Fjodor M. Dostojewski

Der Jüngling

SERIE PIPER
Band 404

Zu diesem Buch

Dieser großangelegte gesellschaftskritische Roman einer Entwicklung erschien erstmals 1875. Es ist Herbst, als der junge Arkadij Makarowitsch Dolgorukij, unehelicher Sohn des Gutsherrn Andrei Petrowitsch Werssiloff und einer ehemaligen Leibeigenen, aus Moskau nach Petersburg reist, um an Eltern und Gesellschaft für den Makel seiner Geburt und eine einsame Jugend Rache zu nehmen und seine »Idee«, nämlich durch Reichtum zu Macht und Einfluß zu gelangen, zu verwirklichen. Es ist Mai, als er beginnt, seine Geschichte aufzuschreiben. Diese kurze Zeitspanne umschließt ein wesentliches Stück seiner Entwicklung. Im spannenden und mitunter turbulenten Gang der Ereignisse, unter dem Eindruck der um ihn her sich erfüllenden Schicksale, in die er mit hineingezogen ist, klärt sich sein Denken, löst sich die gewollte Isolation. Der Jüngling gewinnt eine natürlichere und wahrere Beziehung zu seinen Mitmenschen und wird auch seine Ideen einmal in der richtigen Form verwirklichen können.

Der Roman ist eine Entwicklungsstudie von außerordentlicher psychologischer Wahrhaftigkeit und Feinheit. Dostojewski führt hier den Begriff der »zufälligen Familie« ein: der Familie, der nichts mehr von der alten Einheit eigen ist, sondern die in eine Fülle von Sonderexistenzen aufgesplittert wurde. Das Petersburg der zweiten Hälfte des 19. Jahrhunderts bildet den Hintergrund der Geschehnisse und Verwicklungen, die sich jedoch für fast alle Beteiligten in einem tröstlichen und befreienden Ausklang lösen.

Fjodor M. Dostojewski

Der Jüngling

Roman

Piper
München Zürich

Aus dem Russischen übertragen von E. K. Rahsin

Originaltitel »Podrostok«
Mit einem Nachwort von Aage Hansen-Löve, Namenverzeichnis,
Anmerkungen, biographischen Daten und Auswahlbibliographie

Von Fjodor M. Dostojewski liegen in der Serie Piper bereits vor:

Einzelausgaben
Sämtliche Erzählungen (338)
Der Spieler (507)
Ein junges Weib · Ein schwaches Herz (1177)

Dünndruck-Ausgabe der Werke
Rodion Raskolnikoff (401)
Die Brüder Karamasoff (402)
Die Dämonen (403)
Onkelchens Traum (405)
Der Doppelgänger (406)
Aufzeichnungen aus einem Totenhaus (407)
Der Spieler (408)
Tagebuch eines Schriftstellers (409)

Die Werke Dostojewskis erschienen in der Übertragung von E. K. Rahsin
im R. Piper & Co. Verlag erstmals in den Jahren 1906–1919.
Der Text dieser Ausgabe folgt – mit Ausnahme des Anhangs –
seitengleich der 1957 von
E. K. Rahsin neu durchgesehenen Ausgabe.

ISBN 3-492-10404-5
Neuausgabe Mai 1986
15. Auflage, 75.–76. Tausend Juli 1994
(2. Auflage, 9.–10. Tausend dieser Ausgabe)

Umschlag: Federico Luci
Satz: Jos. C. Huber, Dießen
Druck und Bindung: Clausen & Bosse, Leck
Printed in Germany

Erster Teil

ERSTES KAPITEL

I

Nun habe ich doch nicht widerstehen können und mich hingesetzt, um die Geschichte meiner ersten selbständigen Schritte auf dem Schauplatz meines Lebens niederzuschreiben, obschon ich das eigentlich auch unterlassen könnte ... Eins aber weiß ich schon jetzt gewiß: daß ich mich nie wieder nochmals hinsetzen werde, um meine ganze Lebensgeschichte zu schreiben, und sollte ich auch hundert Jahre alt werden. Da müßte man denn doch schon gar zu erbärmlich in die eigene Person verliebt sein, um ohne Scham vor sich selbst sein ganzes Leben aufzudecken! Was mich diesmal noch entschuldigt, ist ja nur, daß ich nicht aus dem Grunde schreibe, der alle anderen dazu bewegt, das heißt: ich schreibe nicht, um vom Leser bewundert zu werden. Wenn es mir dennoch auf einmal in den Sinn gekommen ist, wahrheitsgetreu alles aufzuzeichnen, was ich in diesem letzten Jahr erlebt habe, so ist das infolge eines inneren Klärungsbedürfnisses geschehen: so tief und nachhaltig hat mich all das Erlebte aufgewühlt. Ich will nur die Begebenheiten aufzeichnen und mir alle Mühe geben, Beiläufiges zu übergehen und namentlich die üblichen literarischen Schnörkel zu vermeiden. So ein Schriftsteller schreibt mitunter dreißig Jahre lang, zu guter Letzt aber weiß er selber nicht, wozu er so lange geschrieben hat. Ich dagegen bin kein Schriftsteller und möchte auch gar keiner sein, denn das Innerste meiner Seele und schöne Schilderungen meiner Gefühle auf den Literaturmarkt zu bringen, würde ich sogar für unanständig und für eine Gemeinheit halten. Indessen habe ich zu meinem Ärger schon so ein Vorgefühl, daß es ganz ohne Schilderung von Gefühlen und ohne Betrachtungen (vielleicht sogar recht abgeschmackte

Betrachtungen) wahrscheinlich doch nicht gehen werde: dermaßen demoralisierend wirkt schon jede literarische Betätigung auf den Menschen, selbst wenn er ausschließlich für sich allein zu schreiben vorhat. Diese Betrachtungen aber können sogar recht trivial erscheinen, denn es ist doch möglich, daß das, was man selbst am höchsten schätzt, einem fremden Zuschauer völlig belanglos erscheint. Aber genug davon. Da habe ich nun doch ein ganzes Vorwort geschrieben. Weiteres von dieser Art soll es aber nicht mehr geben. Jetzt fange ich endgültig an, obschon freilich nichts schwieriger ist, als eine Sache anzufangen, – und vielleicht ist das sogar bei jeder Sache der Fall.

II

Ich beginne, das heißt, ich wollte mit dem neunzehnten September des vorigen Jahres beginnen, also mit dem Tage meiner ersten Begegnung mit . . .

Aber so ohne weiteres zu sagen, wem ich damals begegnet bin, noch bevor man überhaupt etwas weiß, wäre blöd; ja, ich glaube sogar, daß dieser ganze Ton reichlich blöd ist: nachdem ich mir doch geschworen habe, mich aller literarischen Schnörkel zu enthalten, gerate ich schon von der ersten Zeile an in diese Albernheiten. Außerdem scheint mir jetzt, daß der Wunsch allein, vernünftig zu schreiben, noch nicht genügt, um es auch schon zu können. Dazu möchte ich noch bemerken, daß es, wie mir scheint, in keiner anderen europäischen Sprache so schwierig ist, sich schriftlich auszudrücken, wie in der russischen. Ich habe soeben überlesen, was ich geschrieben habe, und muß sagen, daß ich viel klüger bin, als das Geschriebene vermuten ließe. Woher kommt es nur, daß selbst das von einem klugen Menschen Ausgesprochene immer so viel dümmer wirkt als das, was unausgesprochen in ihm zurückbleibt? Ich habe das öfters bemerkt in diesem ganzen verhängnisvollen Jahr, sowohl an mir selbst wie in der Unterhaltung mit anderen Menschen, und das hat mich nicht wenig gequält.

Wenn ich nun auch mit dem neunzehnten September anfangen werde, so muß ich doch vorher immerhin mit ein paar Worten sagen, wer ich bin, woher ich komme und folglich auch – wenn auch nur andeutungsweise – wie es an jenem Vormittag des neunzehnten September in meinem Kopf ungefähr aussah, damit das dann Folgende dem möglichen Leser und vielleicht auch mir selbst verständlicher werde.

III

Ich habe das Gymnasium absolviert und stehe heute schon im einundzwanzigsten Lebensjahr. Ich trage den Familiennamen Dolgorukij, denn vor dem Gesetz ist mein Vater Makár Iwánoff Dolgorúkij, ein ehemaliger Hofknecht des Adelsgeschlechts der Werssíloff. So bin ich denn nach dem Gesetz ein legitimer Sohn, während ich in Wirklichkeit ein höchst illegitimer bin und meine außereheliche Herkunft nicht dem geringsten Zweifel unterliegt. Die Sache verhält sich so:

Vor zweiundzwanzig Jahren besuchte der Gutsherr Werssíloff (das ist nämlich mein Vater) wieder einmal sein Stammgut im Gouvernement Tula. Ich nehme an, daß er damals als fünfundzwanzigjähriger junger Mann noch etwas ziemlich Unpersönliches war. Wohlgemerkt sei: daß dieser Mensch, der auf mich schon in meiner Kindheit einen so gewaltigen Eindruck gemacht und auf meine ganze geistige Ausrichtung einen so entscheidenden Einfluß gehabt hat – einen Einfluß, der vielleicht auch in Zukunft noch in meinem ganzen Leben weiterwirken wird –, daß dieser Mensch für mich auch heute noch in überaus vielen Dingen ein vollkommenes Rätsel ist. Aber darauf werde ich erst später zu sprechen kommen. Das läßt sich nicht gleich so erzählen.

Von diesem Menschen wird ja in meinen Aufzeichnungen ohnehin noch genug die Rede sein.

Damals, also in seinem fünfundzwanzigsten Lebensjahr, hatte er gerade seine Frau verloren. Sie stammte aus einer sehr vornehmen, aber nicht besonders reichen Familie, eine geborene Fanariótoff, und er hatte von ihr einen Sohn und eine Tochter. Leider habe ich nur sehr wenig Näheres über diese seine erste Frau erfahren können, und selbst dies wenige ist nicht ganz verbürgt. Aber auch aus dem Privatleben Werssíloffs ist mir vieles unbekannt oder wenigstens unerklärlich geblieben, so stolz, hochmütig, verschlossen und nachlässig war er im Verkehr mit mir, obschon er sich mitunter geradezu wie mit einer inneren Demut zu mir verhielt, die mich jedesmal stutzig machte. Hier sei auch gleich vermerkt – gewissermaßen als Charakteristikum –, daß er in seinem Leben schon ganze drei Vermögen verbraucht hat, und sogar recht bedeutende, so einige viermalhunderttausend Rubel, vielleicht aber noch viel mehr. Augenblicklich hat er selbstverständlich nichts.

Auf sein Gut war er damals »Gott weiß wozu« gekommen, wenigstens drückte er sich auf meine Frage hin einmal so aus. Seine beiden kleinen Kinder waren nicht bei ihm, sondern natürlich bei Verwandten: so pflegte er es sein Lebtag mit seinen Kindern zu halten, sowohl mit den ehelichen wie mit den unehelichen. Das Hofgesinde auf diesem Gut war überaus zahlreich, und zu diesem gehörte auch der Gärtner Makár Iwánoff Dolgorúkij. Um es gleich zu sagen und damit ein für allemal abzutun: es hat sich wohl selten jemand über seinen Familiennamen so wütend geärgert wie ich mich über den meinigen schon von Kindheit an. Das war selbstverständlich dumm von mir, aber es war nun einmal so. Jedesmal, wenn ich zum Beispiel in eine Schule eintrat oder einem Menschen in den Weg kam, dem ich als kleiner Junge oder Halbwüchsling Rede und Antwort stehen mußte, mit einem Wort, jeder Schulmeister, Hauslehrer, Gymnasialinspektor, Pope, – ein jeder, wirklich ein jeder,

der auf die Frage nach meinem Namen hörte, ich hieße Dolgorúkij, hielt es für unbedingt notwendig, weiter zu fragen:

»*Fürst* Dolgorúkij?«[1]

Und jedesmal mußte ich jedem dieser müßigen Leute erklären:

»Nein, *einfach* Dolgorukij.«

Dieses »einfach« drohte schließlich, mich schier verrückt zu machen. Übrigens verdient es gewissermaßen als Phänomen erwähnt zu werden, daß ich mich tatsächlich an keine einzige Ausnahme erinnern kann: alle stellten die Frage. Viele interessierte die Feststellung offenbar kaum, und ich begreife auch wirklich nicht, was, zum Teufel, sie das hätte angehen sollen. Aber sie fragten alle, alle ohne Ausnahme. Und wenn der Fragende dann vernommen hatte, ich hieße *einfach* Dolgorukij, dann maß er mich gewöhnlich mit einem stumpfen, dumm-gleichmütigen Blick, der nur bestätigte, daß er selbst nicht wußte, wozu er gefragt hatte, und wandte sich von mir ab. Am kränkendsten fragten die Schulkameraden. Wie wird überhaupt ein Neuling von einem Mitschüler gefragt? Bekanntlich ist der unsichere, eingeschüchterte Neuling an seinem ersten Schultage (gleichviel in welcher Schule) das allgemeine Opfer: ihm wird verschiedenes befohlen, er wird geneckt und von allen Seiten unter die Lupe genommen. Und da pflanzt sich denn ein gesunder, dicker Junge breitspurig vor ihm auf und betrachtet ihn geraume Zeit mit strengem, hochmütigem Blick: der Neuling steht vor ihm, schweigt, sieht zu Boden oder zur Seite oder sieht ihn an, wenn er kein Feigling ist, und wartet, was jetzt wohl geschehen werde.

»Wie heißt du?«

»Dolgorukij.«

»*Fürst* Dolgorukij?«

»Nein, einfach Dolgorukij.«

»Ah so, einfach! – Esel!«

Und er hat recht: es gibt nichts Dümmeres, als Dolgorukij zu heißen, wenn man nicht auch Fürst ist. Und den Fluch dieser Dummheit muß ich ohne mein Verschulden ewig mit mir herumschleppen. Später, als es mich doch zu sehr zu ärgern begann, antwortete ich auf die Frage:

»Bist du'n Fürst?«

jedesmal:

»Nein, ich bin der Sohn eines Hofbauern, eines ehemaligen Leibeigenen.«[2]

Und als meine Wut ihren Höhepunkt erreicht hatte, antwortete ich auf die Frage, ob ich Fürst sei, laut und mit fester Stimme:

»Nein, ich heiße einfach Dolgorukij und bin der uneheliche Sohn meines früheren Gutsherrn Werssíloff.«

Das hatte ich mir in der vorletzten Klasse des Gymnasiums ausgedacht, und wenn ich mich auch bald überzeugte, daß das dumm von mir war, so hörte ich doch nicht so bald auf, diese Dummheit zu begehen. Ich erinnere mich noch, wie einer meiner Lehrer – übrigens nur er allein – einmal von mir sagte, ich wäre von der rachsüchtigen sozialen Idee erfüllt. Im allgemeinen nahm man aber solche Ausfälle meinerseits mit einer Nachdenklichkeit auf, in der für mich entschieden etwas Verletzendes lag. Einmal aber sagte mir ein Mitschüler, einer, der nicht auf den Kopf gefallen war, – doch geschah es nur selten, daß wir ein paar Worte wechselten, – mit seltsam ernstem Gesicht, indem er zur Seite blickte:

»Solche Gefühle machen Ihnen natürlich nur Ehre, und zweifellos werden Sie auch alle Ursache haben, darauf stolz zu sein; aber an Ihrer Stelle würde ich mit einer unehelichen Geburt doch nicht gar so sehr prahlen . . . Sie dagegen scheinen sich darüber zu freuen, als wären Sie heute Geburtstagskind.«

Seitdem »prahlte« ich nicht mehr mit meiner unehelichen Geburt.

Wie gesagt, es ist tatsächlich sehr schwer, russisch zu schreiben: da habe ich nun ganze drei Seiten gebraucht, um zu erzählen, wie ich mich über meinen Familiennamen geärgert habe, während der Leser sicherlich schon nach der ersten Seite vermutet haben wird, mein Ärger über meinen Namen sei nichts anderes gewesen als der Ärger darüber, daß ich nicht Fürst bin, sondern einfach Dolgorúkij heiße. Dies nun zu widerlegen und womöglich eine Art Rechtfertigung zu versuchen, wäre aber doch erniedrigend für mich.

IV

Also, unter diesem Hofgesinde, das, wie erwähnt, sehr zahlreich war, befand sich auch ein junges Mädchen, das kaum sein achtzehntes Lebensjahr erreicht hatte, als der fünfzigjährige Makár Dolgorúkij plötzlich die Absicht äußerte, dieses Mädchen zu heiraten. Die Ehen des Hofgesindes wurden früher, zur Zeit der Leibeigenschaft, bekanntlich nur mit Genehmigung der Gutsherrschaft geschlossen, mitunter aber auch direkt auf deren Anordnung. Damals lebte auf diesem Gut Werssiloffs als einzige Vertreterin der Herrschaft nur Tantchen; das heißt, sie ist eigentlich niemandes Tante, nur wird sie, ich weiß nicht weshalb, schon von jeher und von allen »Tantchen« genannt, nicht etwa als meine Tante, sondern als Tante überhaupt, was auch vonseiten der Familie Werssiloff geschieht, mit der sie allerdings so etwas wie entfernt verwandt sein soll. Sie heißt Tatjána Páwlowna Prútkowa, und damals besaß sie noch in demselben Gouvernement und demselben Bezirk Land und fünfunddreißig Leibeigene. Sie war nicht geradezu die Verwalterin des Werssiloffschen Gutes (fünfhundert Seelen), aber sie sah als Nachbarin dort nach dem Rechten, und diese Oberaufsicht soll, wie ich hörte, derjenigen eines der gelernten Verwalter in nichts nachgestanden haben.

Im übrigen gehen mich ihre landwirtschaftlichen Kenntnisse nichts an. Ich will hier nur noch hinzufügen, und ohne mich auch nur im geringsten bei ihr einschmeicheln oder ihr schöntun zu wollen, daß diese Tatjána Páwlowna ein wirklich edles und, was noch mehr heißen will, ein sogar durchaus originelles Wesen ist.

Also, eben diese Tatjana Pawlowna suchte damals den finsteren Makar Dolgorukij (er soll damals finster gewesen sein) von dem Heiratsgedanken nicht etwa abzubringen, sondern soll ihm aus einem mir unbekannten Grunde sogar noch zugeredet haben. Ssófja Andréjewna (so hieß jenes achtzehnjährige Mädchen aus dem Hofgesinde, also meine Mutter) war zu der Zeit schon seit einigen Jahren Ganzwaise. Ihr verstorbener Vater, der gleichfalls zum Hofgesinde gehört und vor Makar Dolgorukij unbegrenzte Hochachtung gehegt hatte, ihm dazu auch in irgendeiner Sache zu besonderem Dank verpflichtet gewesen war, soll deshalb auf seinem Sterbebett vor sechs Jahren, nur eine Viertelstunde vor seinem Tode (so daß man es im Notfall auch schon als unbewußtes Irrereden hätte auffassen können, ganz abgesehen davon, daß er als Leibeigener überhaupt nichts zu bestimmen hatte) den alten Makár Dolgorúkij zu sich gerufen und ihm in Gegenwart des Geistlichen und aller versammelten Gutsleute laut und bestimmt, auf seine zwölfjährige Tochter weisend, gesagt haben:

»Erzieh sie und nimm sie zum Weibe.«

Das haben alle gehört. Was nun aber den alten Makár Iwánoff betrifft, so weiß ich nicht, aus welcher Überlegung er sie dann später geheiratet hat, ich meine, ob mit Vergnügen oder nur aus Pflichtgefühl. Anzunehmen ist, daß er sich vollkommen gleichgültig dazu verhielt. Er war ein Mensch, der sich auch damals schon »hervorzutun« verstand. Ich will damit nicht sagen, daß er etwa sehr belesen oder sehr bibelkundig gewesen sei, obschon er die ganze Liturgie und namentlich die Heiligenlegenden auswendig kannte, diese allerdings, ohne sie selbst gelesen zu haben. Nein, er war auch nicht einmal ein sogenannter Bauernräsonneur, sondern einfach ein eigensinniger Charakter, ja, mitunter sogar gewagt eigensinnig: er redete selbstbewußt, urteilte unwiderruflich, und führte zum Überfluß ein »ehrsames Leben«, wie er sich selbst ausdrückte. Ja, so war er zu jener Zeit. Natürlich wurde er von allen geachtet, aber nichtsdestoweniger war er allen unausstehlich. Das sollte erst später anders werden, als er sein Pilgerleben begann: dann sah man in ihm nahezu einen Heiligen oder jedenfalls einen großen Dulder.

Über den Charakter meiner Mutter läßt sich nicht viel sagen: bis zu ihrem achtzehnten Jahr hatte Tatjána Páwlowna sie bei sich behalten, trotz aller Ratschläge des Verwalters, sie doch nach Moskau zu schicken, um sie dort etwas lernen zu lassen. Tatjána Páwlowna hatte sie statt dessen selbst in manchem unterrichtet, im Nähen, im Zuschneiden, wie sie sich als Mädchen zu benehmen habe, und sogar ein wenig im Lesen. Schreiben konnte meine Mutter nie so recht. Die Heirat mit Makár Iwánoff war in ihren Augen eine schon längst beschlossene Sache, und überhaupt fand sie alles, was mit ihr damals geschah, vortrefflich und sogar besser, als sie es sich zu wünschen gewußt hätte. Zum Altar ging sie mit der ruhigsten Miene, die man bei einer solchen Gelegenheit nur haben kann, so daß selbst Tatjána Páwlowna sie damals einen Fisch genannt hat. Dies alles hat mir Tatjana Pawlowna selbst erzählt. Genau ein halbes Jahr nach dieser Trauung kam Werssiloff auf sein Gut.

V

Ich möchte nur sagen, daß ich nie habe erfahren oder zufriedenstellend erraten können, womit es zwischen ihm und meiner Mutter eigentlich begonnen hat. Ich bin durchaus zu glauben bereit, daß es, wie er mir vor einem Jahr selbst versicherte – leicht errötend, obwohl er von alledem mit der ungezwungensten und »geistig überlegensten« Miene sprach –, daß es einen Roman zwischen ihnen überhaupt nicht gegeben habe, und alles ganz »von selbst« so gekommen sei. Ich glaube es ihm, daß es so war, und dieses russische »von selbst« ist wunderbar, nur wollte ich trotzdem immer genau wissen, wie es zwischen ihnen überhaupt hatte anfangen können. Ich für meine Person hasse alle diese Abscheulichkeiten zeitlebens und werde sie immer hassen. Natürlich handelt es sich hierbei meinerseits keineswegs bloß um schamlose Neugier. Ich muß hier bemerken, daß ich meine Mutter bis zum vorigen Jahr kaum gekannt habe; von klein auf bin ich bei fremden Menschen untergebracht gewesen, um Werssíloffs Behagen nicht zu stören, worauf ich übrigens noch später zu sprechen kommen werde. Deshalb kann ich mir auch gar keine Vorstellung davon machen, wie meine Mutter damals ausgesehen hat. Wenn sie aber gar nicht einmal so hübsch gewesen ist, wodurch hat sie dann einen Menschen wie Werssiloff, und noch dazu den erst fünfundzwanzigjährigen Werssiloff, zu fesseln vermocht? Das ist die Frage. Und wichtig ist sie für mich nur deshalb, weil sie an diesem Menschen noch eine ganz andere Seite ahnen läßt. Nur deshalb frage ich also, und nicht etwa aus jugendlicher Verderbtheit. Er selbst, dieser finstere und verschlossene Mensch, sagte mir einmal mit seiner ganzen entzückenden Treuherzigkeit, die er jedesmal, weiß der Teufel woher, nahm (gleichsam aus der Tasche), wenn er sah, daß es anders nicht ging – ja, er selbst sagte mir, er sei damals noch ein »ganz dummer junger Hund« gewesen, nicht gerade sentimental, aber »eben so«, nachdem er „Antón Goremýka" und „Pólinka Ssachs"[3] gelesen, zwei literarische Werke, die einen unermeßlich zivilisierenden Einfluß auf die bei uns damals heranwachsende Generation gehabt haben. Er fügte noch hinzu, daß er vielleicht sogar einzig infolge der Lektüre des „Anton Goremyka" auf sein Gut gekommen sei – und zwar fügte er das überaus ernst hinzu. Wie also, auf welche Weise hatte dann dieser »dumme junge Hund« mit meiner Mutter anzubändeln vermocht! Ich sage mir soeben, daß, wenn ich auch nur einen einzigen Leser haben sollte, dieser jetzt sicherlich laut über mich lachen würde, wie über den lächerlichsten unerfahrenen Jüngling, der sich noch seine dumme Unschuld bewahrt hat und sich dabei doch unterfängt, über Dinge zu reden und zu philosophieren, von denen er überhaupt nichts versteht. Ja, es ist wahr, ich habe noch keinen Begriff davon, doch sage ich das jetzt nicht aus Stolz; denn ich weiß ganz gut, wie maßlos dumm eine solche Unkenntnis an einem zwanzigjährigen Tölpel ist; nur kann ich diesem verehrten Leser sagen, daß er, wenn er lacht, dann selbst von manchen Dingen keine Ahnung hat, und ich werde ihm das beweisen. Es ist wahr, von Frauen weiß ich nichts und will ich auch nichts wissen, denn ich habe mir das Wort gegeben, mein Leben lang nichts von ihnen wissen zu wollen. Aber so viel weiß ich doch, daß das eine Weib durch Schönheit berückt, oder wodurch es da sonst zu berücken versteht, und zwar sofort, in einem Augenblick; eine andere dagegen muß man erst ein halbes Jahr lang studieren, bis man begreift, was an ihr ist; und um eine solche ausfindig zu machen und sich in sie zu verlieben, genügt nicht, daß man bloß zu allem bereit ist, sondern man muß außerdem noch mit etwas ganz Besonderem begabt sein. Davon bin ich fest überzeugt, obschon ich nichts weiß, und wenn dies nicht wahr wäre, müßte man sofort alle Frauen auf die Stufe gewöhnlicher Haustiere stellen und sie nur als solche bei sich halten, was vielleicht sogar sehr viele gern täten.

Wie ich aus verschiedenen und glaubwürdigen Quellen weiß, ist meine Mutter keine Schönheit gewesen – ihr Bild aus jenen Jahren, das irgendwo existieren soll, habe ich freilich nicht gesehen. Jedenfalls konnte man sich also nicht auf den ersten Blick in sie verlieben. Zur gewöhnlichen »Zerstreuung« hätte Werssiloff eine andere wählen können, eine hübschere, und eine solche soll es damals auf seinem Gut auch gegeben haben, sogar eine unverheiratete: eine gewisse Anfíssa Ssapóshkowa, die im Herrenhause Stubenmädchen war. Und wenn man bedenkt, daß er obendrein noch unter dem Eindruck der Lektüre des „Antón Gorernýka“ in die Heimat gekommen war, um dann nur auf

Grund der Gutsherrenrechte die Heiligkeit einer Ehe zu schänden – und wenn es sich auch nur um die Ehe seines Leibeigenen handelte, gleichviel –, so hätte das doch vor dem eigenen Gewissen noch um so beschämender sein müssen! Wie gesagt, von diesem „Antón Goremýka" hat er noch vor ein paar Monaten, also noch nach mehr als zwanzig Jahren, mit vollkommenem Ernst zu mir gesprochen. Aber diesem Anton wurde ja nur das Pferd genommen, hier dagegen handelte es sich doch um die Frau! Es muß also etwas Ungewöhnliches geschehen sein, weshalb denn auch Mademoiselle Ssapóshkowa verspielte (meiner Meinung nach gewann sie). Ich habe im Laufe des letzten Jahres mehr als einmal etwas aus ihm herauszubringen versucht, sobald man nur mit ihm reden konnte (denn nicht allemal konnte man mit ihm reden), und dabei ist mir zunächst nur aufgefallen, daß er trotz seiner ganzen weltmännischen Sicherheit und der inzwischen vergangenen zwanzig Jahre stets seltsam verlegen wurde und auszuweichen suchte, sobald ich darauf zu sprechen kam. Aber ich gab nicht nach. Und so erreichte ich wenigstens, daß er einmal in jenem gewissen Ton mäkelnden Widerwillens, den er sich oft genug mir gegenüber erlaubte, etwas seltsam vor sich hinbrummte, meine Mutter sei eine von jenen Schutzlosen, jenen gleichsam Verteidigungsunfähigen gewesen, in die man sich nicht, wie man so sagt, verliebe – im Gegenteil, das durchaus nicht –, sondern die einen plötzlich aus irgendeinem Grunde *rühren,* vielleicht durch ihre Sanftmut, oder übrigens, wie soll man's wissen, wodurch? Den Grund könne niemand genau angeben, jedenfalls aber rühren sie einen nicht nur für einen kurzen Augenblick; man fühle sich von ihnen angezogen, und es entstehe eine Zuneigung und ... »Mit einem Wort, mein Lieber, zuweilen ist es dann so, daß man doch nicht mehr loskommt.« – Das sind seine eigenen Worte. Und wenn es wirklich so gewesen ist, dann bin ich gezwungen, ihn als Fünfundzwanzigjährigen durchaus nicht für einen so »dummen jungen Hund« zu halten, wie er selbst zu jener

Zeit gewesen zu sein glaubt. Das ist es, was ich zuvor feststellen wollte.

Übrigens begann er gleich darauf, d. h. gleich nach diesem Geständnis, zu versichern, meine Mutter habe ihn »aus Demut« geliebt. Es fehlte noch, daß er gesagt hätte »aus Leibeigenschaftsgehorsam«! Das hat er einfach gelogen, nur weil es sich »schick« anhört, gegen sein Gewissen, gegen Ehre und Anstand gelogen!

Alles das habe ich natürlich gewissermaßen wie zum Lobe meiner Mutter hier wiedergegeben, und doch habe ich schon gesagt, daß ich sie in ihren jüngeren Jahren weder gekannt noch bis jetzt Genaueres über ihr Wesen als junges Mädchen in Erfahrung gebracht habe. Im Gegenteil, ich kenne gerade die ganze Unbesiegbarkeit, die ganze Starrheit der kläglichen Begriffe jener Umgebung, in der sie aufgewachsen war und mit deren Anschauungen sie alt geworden ist. Und dennoch geschah das Unglück. Übrigens habe ich ganz vergessen, von der Tatsache zu reden, wie gewöhnlich, wenn ich mich in Wolken verliere, während doch das Geschehnis stets ganz zuerst hervorgehoben werden müßte. Also: es begann bei ihnen unmittelbar mit dem *Unglück*. (Ich hoffe, der Leser wird sich nicht so weit verstellen, daß er nicht sofort begreift, was ich meine.) Kurz, es begann gerade so nach Gutsbesitzerart, ungeachtet dessen, daß es doch so ganz anders begann und Mademoiselle Ssapóshkowa verschmäht worden war. Hier muß ich aber auch für mich eintreten und bemerken, daß ich mir nicht im geringsten widerspreche. Denn, mein Gott, wovon hätte ein Mensch wie Werssiloff mit einer Person wie meiner Mutter selbst im Fall der unbezwingbarsten Liebe reden können? Ich habe von verderbten Lebemännern gehört, daß manche Männer bisweilen, wenn sie mit einer Frau zusammenkommen, vollkommen stumm beginnen, was natürlich der Gipfel aller Abscheulichkeit und allen Ekels ist. Nichtsdestoweniger hätte Werssiloff – selbst wenn er gewollt hätte – wahrscheinlich überhaupt nicht anders mit meiner Mutter beginnen können. Er konnte doch nicht anfangen, ihr „Pólinka Ssachs" zu erklären! Und übrigens wird es ihnen damals wohl nicht um russische Literatur zu tun gewesen sein. Im Gegenteil, nach seinen Worten (er ging einmal ganz zufällig etwas mehr aus sich heraus) haben sie sich in allen Winkeln versteckt, auf Treppen einander erwartet, ja, wie Bälle sind sie mit roten Gesichtern zurückgeschnellt, wenn jemand kam, und der »Tyrann als Gutsherr« hat vor jeder letzten Scheuermagd gezittert, trotz all seiner Rechte, die er als Herr seiner Leibeigenen besaß. Aber wenn es auch nach Gutsherrenart begonnen hatte, so endete es doch ganz anders, das heißt . . . aber ich sehe schon, im Grunde läßt sich doch nichts erklären. Es wird sogar nur noch unverständlicher. Allein schon die Tragweite, die ihre Liebe gewann, ist und bleibt ein Rätsel; denn die erste Bedingung solcher Menschen wie Werssiloff ist doch: sofort zu verlassen, sobald das Ziel erreicht ist. Hier aber geschah etwas ganz Anderes. Mit einem netten, flatterhaften Hofmädel zu sündigen (meine Mutter gehörte nicht zu diesen), war für einen verderbten »jungen Hund« (und sie waren alle verderbt, alle ohne Ausnahme, die fortschrittlich Eingestellten genau so wie die Reaktionäre) nicht nur möglich und sozusagen »erlaubt«, sondern sogar unvermeidlich und selbstverständlich, besonders wenn man noch seine romantische Stellung als junger Witwer und Müßiggänger in Betracht zieht; sie aber fürs ganze Leben liebzugewinnen — das war denn doch zuviel. Ich will nicht dafür einstehen, daß er sie so lange wirklich geliebt habe, jedenfalls aber hat er sie sein Leben lang überallhin mit sich herumgeschleppt.

Ich habe zwar eine ganze Menge Fragen gestellt, aber es gibt da eine allerwichtigste Frage, die ich noch nie offen an meine Mutter zu richten gewagt habe, obwohl wir uns in diesem letzten Jahr so nahe gekommen sind und ich überdies als roher und undankbarer Grünschnabel lange Zeit der Meinung war, sie, meine Eltern, hätten mir noch *ein Unrecht abzubitten*. Deshalb war ich auch im Verkehr mit meiner Mutter zumeist sehr wenig rücksichtsvoll. Diese Hauptfrage, wie ich sie nennen möchte, bestand in folgendem: wie hatte sie, sie selbst, nachdem sie schon ein halbes Jahr in der Ehe gelebt, wie hatte sie, die an die Heiligkeit der Ehe bis zur Ohnmacht glaubte und ihren Makar Iwanowitsch nicht weniger als irgendeine Gottheit verehrte, wie hatte sie trotzdem in kaum zwei Wochen eine solche Sünde begehen können? Sie war doch kein verderbtes Weib! Im Gegenteil, ich kann ruhig behaupten, daß eine reinere Seele als die meiner Mutter kaum denkbar sein dürfte. Wenigstens wäre es schwer, sich etwas noch Reineres, als es meine Mutter bis zum heutigen Tage ist, auch nur vorzustellen. Erklären könnte man sich ihren Fehltritt höchstens damit, daß sie ihn nicht bei vollem Bewußtsein getan – jedoch nicht in dem Sinne, wie es jetzt die Verteidiger von ihren Klienten, von Mördern und Dieben, vorgeben, sondern wie im Bann eines mächtigen, überwältigenden Eindrucks, der bei einer gewissen Harmlosigkeit des Herzens sich verhängnisvoll und tragisch seines Opfers bemächtigen kann. Vielleicht hatte sie sich sterblich in ... seinen Rockschnitt verliebt, oder in seinen Scheitel à la parisienne oder in seine Aussprache des Französischen – gerade des Französischen, von dem sie keinen Ton verstand – oder in ein Lied, das er manchmal sang? – jedenfalls in etwas noch nie Gesehenes, noch nie Gehörtes (er war übrigens eine sehr schöne Erscheinung) – und daß sie sich dann mit eins in den ganzen dazugehörenden Menschen, so wie er war, zusammen mit allen Kleiderschnitten und Liedern verliebte? Das soll, wie ich gehört habe, mit den Hofmädchen zur Zeit der Leibeigenschaft bisweilen geschehen sein, und zwar gerade mit den keuschesten. Ich kann das sehr gut verstehen, und ein Schuft ist, wer das im Ernst nur mit der Gewohnheit an Leibeigenschaftsgehorsam erklären wollte! Folglich aber mußte doch dieser junge Mann so viel unverfälschte, so echte berückende Macht besessen haben, daß er ein bis dahin so reines und, was noch mehr sagen will, ein so anders geartetes

Geschöpf, das in einer so anderen Welt aufgewachsen war, zu fesseln und in so offenkundiges Verderben zu ziehen vermochte. Daß es aber »Verderben« war, das hat, hoffe ich, auch meine Mutter ihr Leben lang gewußt; höchstens damals, als sie ging, wird sie nicht an das Verderben gedacht haben. Aber so ist es ja gewöhnlich mit diesen Schutzlosen: sie wissen, es geht ins Verderben, und dennoch gehen sie hinein.

Nachdem die Sünde geschehen war, hatten sie sogleich alles gebeichtet. Er erzählte mir sogar sehr gescheit, daß er an der Schulter Makar Iwanowitschs, den er zu sich ins Kabinett hatte rufen lassen, geschluchzt habe. Sie aber – sie lag währenddessen verlassen irgendwo dort in ihrer Dienerschaftskammer . . .

VI

Aber genug jetzt der Fragen und peinlichen Einzelheiten! Werssíloff reiste, nachdem er meine Mutter von Makar Dolgorukij freigekauft hatte, bald wieder irgendwohin fort, und seitdem hat er sie fast überallhin mitgenommen, außer in den wenigen Fällen, wenn er ganz plötzlich aufbrach und dann gewöhnlich längere Zeit wie verschollen blieb. In solchen Fällen war jedoch sogleich Tantchen zur Stelle, oder vielmehr Tatjána Páwlowna Prútkowa, die dann meine Mutter ohne weiteres in ihre Obhut nahm. So hatten denn Werssiloff und meine Mutter in Moskau gelebt, auf verschiedenen anderen Gütern, in verschiedenen anderen Städten, sogar im Auslande, und schließlich in Petersburg. Doch von diesem Leben soll noch später die Rede sein, oder auch nicht – wozu schließlich? Ich will nur sagen, daß ein Jahr nach dem Loskauf meiner Mutter von ihrem rechtmäßigen Mann ich zur Welt kam, darauf, wieder nach einem Jahr, meine Schwester, und dann nach zehn oder elf Jahren ein kränklicher Knabe, mein jüngster Bruder, der aber schon nach wenigen Monaten starb. Nach der schweren Geburt dieses Kindes war auch die Schönheit meiner Mutter dahin, wenigstens erzählte man mir so; sie begann schnell zu altern und zu kränkeln.

Aber die Verbindung mit Makár Iwánowitsch blieb bestehen. Gleichviel wo Werssiloffs sich aufhielten, ob sie ein paar Jahre lang an einem Ort lebten oder auf Reisen waren, Makar Iwanowitsch hielt »die Familie« über seine Person immer auf dem Laufenden. So bildete sich ein recht eigentümliches Verhältnis zwischen ihnen aus, das zum Teil feierlich und beinahe ernsthaft war. Zieht man die sonstige Einstellung der Herrschaften zu ihren Leibeigenen in Betracht, so hätte ein solcher Verkehr miteinander unbedingt einen etwas komischen Beigeschmack annehmen müssen, das weiß ich wohl; aber hier geschah das nicht. Diese Briefe wurden zweimal im Jahr geschrieben, nicht mehr und nicht weniger, und sie unterschieden sich kaum voneinander. Ich habe sie zu Gesicht bekommen: es ist in ihnen so gut wie nichts Persönliches zu entdecken; sie enthalten, im Gegenteil, nach Möglichkeit nur feierliche Berichte über die alltäglichen Ereignisse und die allgemeinsten Gefühle, wenn man Gefühle so klassifizieren darf: Nachrichten vor allem über den Stand seiner Gesundheit, hierauf Erkundigungen nach unserer Gesundheit, dann gute Wünsche, feierliche Empfehlungen und Segenssprüche, und das war alles. Gerade in dieser Allgemeingültigkeit und Unpersönlichkeit scheint man in jenem Milieu den geziemenden Ton und die feineren Umgangsformen zu vermuten. »Unserer liebwerten und ehrsamen Ehefrau Ssófja Andréjewna sende ich unsere untertänigste Empfehlung ...« »Unseren liebwerten Kinderchen meinen väterlichen Segen, der in Ewigkeit unerschütterlich sei.« Die Kinderchen wurden alle in der Reihenfolge aufgezählt, wie sie sich einstellten, ich als Ältester an der Spitze. Übrigens war Makar Iwanowitsch doch klug genug, »Se. Hochgeboren, den hochzuverehrenden Herrn Andrei Petrówitsch« (so hieß Werssiloff) nie, wie es sonst üblich ist, seinen

»Wohltäter« zu nennen, obschon er ihm unentwegt in jedem Brief seine alleruntertänigste Empfehlung sandte, ihn um sein gnädiges Wohlwollen bat und für ihn wiederum Gottes Segen herabflehte. Die Antwort auf seine Briefe erhielt Makar Iwanowitsch von meiner Mutter immer sehr bald. Werssiloff beteiligte sich natürlich nicht an dieser Korrespondenz. Auch ihre Briefe unterschieden sich fast in nichts voneinander. Makar Iwanowitsch schrieb aus allen Gegenden Rußlands, bald aus Städten, bald aus Klöstern, in denen er sich mitunter auf längere Zeit niederließ. Er führte damals bereits ein sogenanntes Pilgerleben. Niemals bat er um etwas, dafür aber kam er alle drei Jahre einmal unfehlbar »nach Haus« und erschien dann regelmäßig bei meiner Mutter, die, wie es sich so ergab, immer ihre eigene Wohnung hatte, getrennt von derjenigen Werssiloffs. Darauf werde ich übrigens noch später zu sprechen kommen, hier aber will ich nur bemerken, daß Makar Iwanowitsch es sich dann nicht etwa im Gastzimmer auf den Sofas bequem machte, sondern bescheidentlich mit einer Schlafstelle irgendwo hinter einem Bettschirm fürliebnahm. Er blieb auch nicht lange, gewöhnlich nur fünf Tage, höchstens eine Woche. Ich habe bisher ganz vergessen zu sagen, daß sein Familienname Dolgorúkij ihm unendlich gefiel und er ihn ungeheuer achtete. Natürlich war das nur eine lächerliche Dummheit von ihm. Am dümmsten aber war, daß sein Nachname ihm gerade deshalb so gefiel, weil es Fürsten dieses Namens gibt. Eine merkwürdige Auffassung, eine völlig verkehrte Welt!

Wenn ich gesagt habe, daß die ganze Familie stets beisammen war, so war sie das, versteht sich, nur mit Ausnahme meiner Person. Ich war wie aus dem Nest geworfen, und fast schon von meiner Geburt an hatte man mich bei fremden Menschen untergebracht. Doch lag dieser Handlungsweise keinerlei besondere Absicht zugrunde, es hatte sich eben ganz von selbst so gemacht. Als meine Mutter mich geboren hatte, war sie noch jung und hübsch, und daher behielt er sie bei sich; ein kleiner Schreihals aber wäre sehr hinderlich gewesen, besonders noch auf Reisen. So ist es denn gekommen, daß ich meine Mutter vor meiner Übersiedlung nach Petersburg, also bis zu meinem zwanzigsten Lebensjahr, nur zwei- oder dreimal ganz flüchtig gesehen habe. Das war freilich nicht auf die Gefühle meiner Mutter zurückzuführen, sondern auf den Hochmut Werssiloffs den Menschen gegenüber.

VII

Jetzt von etwas ganz Anderem.

Einen Monat zuvor, das heißt, einen Monat vor diesem neunzehnten September, hatte ich in Moskau beschlossen, mich von ihnen allen loszusagen und mich bereits endgültig in meine Idee zurückzuziehen. Ich schreibe diese Worte auch buchstäblich so hin: »mich in meine Idee zurückzuziehen«, denn dieser Ausdruck umfaßt nahezu vollkommen meinen Hauptgedanken – eben die Idee, für die allein ich hinfort auf Erden leben will. Was das für eine »eigene Idee« ist, davon wird weiterhin noch mehr als genug die Rede sein. In der jahrelangen verträumten Einsamkeit meines Moskauer Lebens hatte sie sich langsam entwickelt, dann aber, in der vorletzten Klasse des Gymnasiums, hatte sie fast plötzlich vollständig Besitz von mir ergriffen und mich danach vielleicht keinen einzigen Augenblick mehr verlassen. Es war seitdem, als habe diese Idee mein ganzes Leben verschlungen. Auch vorher schon hatte ich mehr in Träumen als in der Wirklichkeit gelebt, ja, eigentlich hatte ich schon von Kindheit an mein Leben in einem Reich der Träumereien zugebracht, in einer Traumwelt von jener bewußten Art; aber mit dem Auftreten dieser größten und alles übrige in mir verschlingenden Idee wurden auch meine Träume bestimmter, gewannen sie feste Umrisse und feste Gestalt: aus kindisch dummen Phantastereien wurden fast über Nacht vernünftige Zukunftspläne. Die Schule hatte das Träumen nicht verhindert, so konnte sie auch meiner Idee nichts anhaben. Übrigens will ich hier doch bemerken, daß ich das Gymnasium im letzten Jahr als schlechter Schüler beendete, während ich bis dahin immer einer der ersten gewesen war, und schuld daran war natürlich nichts anderes als diese Idee, infolge eines (vielleicht falschen) Schlusses, den ich aus ihr gezogen hatte. So war denn nicht das Gymnasium ein Hindernis für die Idee, sondern umgekehrt, die Idee ein Hindernis für das Gymnasium. Und ebenso verhinderte sie das weitere Studium, ich meine: den Besuch der Universität. Nach dem Abitur beabsichtigte ich, nicht nur unverzüglich mit allen Verwandten zu brechen, sondern falls nötig auch mit der ganzen Welt – und das, obschon ich damals erst neunzehn Jahre alt war. So schrieb ich nach Petersburg, daß man mich hinfort in Ruhe lassen, kein Geld mehr zu meinem Unterhalt senden und mich, wenn möglich, vollständig vergessen solle (vorausgesetzt, daß man sich meiner überhaupt noch erinnerte). Und zum Schluß erklärte ich unumwunden, die Universität »um keinen Preis« beziehen zu wollen. Sah ich mich doch damals vor ein unausweichliches Dilemma gestellt: entweder verzichtete ich auf die Universität und die Weiterbildung, oder ich schob die Umsetzung der Idee in die Tat noch auf ganze vier Jahre hinaus. Furchtlos und ohne zu zögern entschied ich mich für die Idee und gab das Studium auf, zumal ich alles schon mathematisch berechnet hatte und vom Erfolg überzeugt war.

Auf meinen Brief erhielt ich eine Antwort von Werssiloff, meinem natürlichen Vater, den ich bis dahin bloß einmal, als Zehnjähriger, und auch da nur kurz gesehen hatte (und doch hatte er, so kurz der Augenblick auch war, einen mächtigen, ja, bestrickenden Eindruck auf mich gemacht). Er antwortete auf meinen Brief, der übrigens gar nicht an ihn gerichtet gewesen war, mit einem eigenhändigen Schreiben, in dem er mich nach Petersburg zu kommen aufforderte und mir daselbst eine private Anstellung versprach.

Eine solche Aufforderung von diesem verschlossenen, stolzen Menschen, der sich so hochmütig und nachlässig zu mir verhalten und mich bis dahin, nachdem er mich gezeugt und dann unbekümmert unter fremden Leuten meinem Schicksal überlassen hatte, nicht nur nicht gekannt, sondern sein Verhalten zu mir nicht einmal bereut hatte (vielleicht aber, wer kann's wissen, hatte er von meinem ganzen Dasein kaum mehr als eine dunkle und jedenfalls ungenaue Vorstellung; denn, wie es sich später herausstellte, hatte nicht er für meinen Unterhalt in Moskau gezahlt, sondern auch das war von anderer Seite geschehen) – ja, die Aufforderung dieses Menschen, sage ich, der sich so plötzlich meiner erinnerte und mich eines eigenhändigen Schreibens würdigte, – diese Aufforderung verführte mich und entschied mein Schicksal. Unter anderem gefiel mir sein Brief (eine einzige Seite kleinen Formats) auch deshalb, weil er in ihm mit keinem Wort vom Studium sprach: weder bat er mich, meinen Entschluß zu ändern, noch machte er mir deshalb einen Vorwurf – kurz, er kam mir mit keiner einzigen der in solchen Fällen üblichen elterlichen Redensarten. Und eben das gefiel mir, obschon es, genau genommen, gerade kein hübscher Zug von ihm war, da dieses Verhalten noch deutlicher seine Gleichgültigkeit mir gegenüber bewies. Ich entschloß mich aber auch noch aus dem Grunde zur Fahrt, weil dieser »Abstecher« meiner Idee und ihrer Ausführung schließlich nichts anhaben konnte. ‚Ich kann mir ja die Geschichte dort mal ansehen', philosophierte ich, ‚jedenfalls aber bleibe ich nur für einige Zeit bei ihnen, vielleicht nur für die allerkürzeste. Sollte ich jedoch sehen, daß dieser Schritt, so bedingt und klein er auch ist, mich dennoch von meinem Hauptziel ablenken könnte, so breche ich unverzüglich mit allen, soviel ihrer dort sind, lasse alles liegen und ziehe mich sofort zurück in mein Gehäuse. Ja, gerade in mein „Gehäuse"! Ich verkrieche mich, verstecke mich wie eine Schildkröte in ihrer Schale.' Dieser Vergleich gefiel mir sehr. ‚Ich werde nicht allein sein', fuhr ich in Gedanken fort, während ich die letzten Tage in Moskau wie benommen umherging, ‚jetzt werde ich niemals mehr allein sein, wie bisher alle die langen entsetzlichen Jahre. Jetzt habe ich meine Idee, von der ich nie mehr lassen werde, selbst dann nicht, wenn sie mir dort auch alle, Gott weiß wie sehr, gefallen, mich vielleicht sogar relativ glücklich machen sollten, und ich womöglich ganze zehn Jahre bei ihnen verbliebe!' Eben diese Überzeugung aber war es, die in meine Pläne und Ziele einen Zwiespalt brachte und mich die ganze Zeit über in Petersburg unfrei machte (denn ich weiß wirklich nicht, ob ich in Petersburg auch nur einen einzigen Tag erlebt habe, an dem ich nicht an meine Idee gedacht und nicht den nächsten Tag als meinen letzten Termin festgesetzt hätte, um mit allen zu brechen und fortzugehen). Und dieser Zwiespalt war, glaube ich, die Hauptursache oder zum mindesten eine von den Hauptursachen, warum ich im Laufe dieses Jahres so viele Unvorsichtigkeiten, so viele Häßlichkeiten, ja sogar Niedrigkeiten und, versteht sich, auch unzählige Dummheiten begangen habe.

Natürlich, wie hätte es anders sein sollen: ich bekam plötzlich einen Vater, etwas, was ich bis dahin noch nie besessen hatte. Dieses Geschenk berauschte mich, der Gedanke daran verdrängte während der Reisevorbereitungen und der Fahrt fast alle anderen Gedanken. Das heißt, daß er mein Vater war, bedeutete für mich eigentlich noch nicht einmal so viel; denn ich bin kein Freund von Zärtlichkeiten; aber dieser Mensch hatte mich nicht kennen wollen und sich so ohne jede Achtung zu mir verhalten, während ich mich von Kindheit an mit allen Fibern, allen Gedanken und Träumen gleichsam an ihn festgesogen hatte (wenn man sich im übertragenen Sinne so ausdrücken darf). Jeder meiner Träume hatte, so weit ich zurückdenken kann, mit ihm in Zusammenhang gestanden, sich gewöhnlich nur mit ihm beschäftigt, oder war wenigstens im Endergebnis auf ihn hinausgelaufen. Ich weiß nicht: liebte ich ihn oder haßte ich ihn? Ich weiß nur, daß alle meine Zukunftspläne und Träume nur um ihn kreisten, er war der Mittelpunkt des ganzen Lebens, das noch vor mir lag – und das hatte sich ganz von selbst so gemacht, das war mit meiner Entwicklung Schritt für Schritt mitgegangen.

Zu meinem Entschluß, der Aufforderung nach Petersburg Folge zu leisten, trug auch noch ein mächtiger Umstand bei, der durch einen gewissen verlockenden Reiz vielleicht sogar zum ausschlaggebenden für mich wurde. Das war etwas, was mein Herz schon ganze drei Monate vor meiner Abreise aus Moskau (als von Petersburg noch nicht die Rede war) schneller hatte schlagen lassen: es zog mich in jenen unbekannten Ozean namentlich deshalb so mächtig hinein, weil ich sogleich als Herrscher und Herr sogar über fremde Schicksale – und noch wessen Schicksale! – dort auftreten konnte. Aber es waren nur großmütige und nicht despotische Gefühle, die in mir kochten – das sei hier vorausgeschickt, damit man aus meinen Worten keine falschen Schlüsse ziehe. Dachte doch Werssiloff gewiß nichts anderes von mir (das heißt, wenn er mich überhaupt dessen würdigte, sich über mich ein paar Gedanken zu machen), als daß da nun ein kleiner Knabe angereist kommen werde, ein Gymnasiast, ein grüner Jüngling, der beim Anblick dieser ihm neuen Welt die Augen vor Verwunderung, weiß Gott wie weit, aufreißen werde. Ich aber kannte indessen schon sein größtes Geheimnis und hatte ein Dokument in Händen, für das er (jetzt weiß ich es und kann es mit der größten Sicherheit behaupten) damals, gerade damals, mehrere Jahre seines Lebens hingegeben hätte, wenn ich ihm nur für diesen Preis das Dokument auszuliefern bereit gewesen wäre. Übrigens sehe ich soeben, daß ich hier in Rätseln rede, während doch in erster Linie Tatsachen vonnöten sind. Ohne Tatsachen lassen sich Gefühle nicht beschreiben, wenigstens nicht so, daß ein anderer sie nachfühlen könnte. Zudem wird von diesen meinen Empfindungen noch genug die Rede sein – habe ich doch nur deshalb zu schreiben angefangen, um auch mir selbst Klarheit zu verschaffen. So aber, so ohne Anhaltspunkte zu schreiben – da gleicht ja das Geschriebene Fiebertraumgesichten oder Wolken.

VIII

Um nun endlich zu jenem neunzehnten September zu kommen, will ich vorher nur noch kurz erwähnen, daß ich sie alle, das heißt, Werssiloff, meine Mutter und meine Schwester (letztere sah ich, nebenbei bemerkt, zum erstenmal im Leben), in den bedrängtesten Verhältnissen, fast gänzlich mittellos oder sogar buchstäblich vor der Bettelarmut antraf. Ich hatte davon schon in Moskau gehört, aber das, was ich dann vorfand, hatte ich doch nicht erwartet. Schon von Kindheit an war ich gewöhnt, diesen Menschen, diesen »meinen zukünftigen Vater« mir geradezu in einem Glorienschein vorzustellen; ich konnte ihn mir überhaupt nicht anders denken als überall auf dem ersten Platz. Werssiloff hatte mit meiner Mutter bis dahin noch niemals zusammen in einer Wohnung gelebt, sondern für sie immer eine andere gemietet, und das hatte er natürlich nur getan, um jenen erbärmlichen »Anstand«, was diese Kreise so nennen, in den Augen der Welt zu wahren. Jetzt aber lebten sie alle zusammen in einem hölzernen Gartenhaus, oder richtiger: in einem Flügel eines Mietwohnhauses in einer kleinen Querstraße im Stadtteil Ssemjónowskij Polk. Von ihren Sachen war fast alles schon versetzt, so daß ich meiner Mutter, natürlich ohne Werssiloffs Wissen, meine heimlichen sechzig Rubel gab. Ja, mein »heimliches« Geld; denn niemand wußte davon, daß ich es mir von meinem Taschengelde – ich bekam in jedem Monat fünf Rubel – im Laufe von zwei Jahren zusammengespart hatte. Angefangen zu sparen hatte ich gleich am ersten Tage meiner »Idee«, und deshalb durfte Werssiloff kein Wort von diesem Gelde erfahren. Davor zitterte ich.

Diese Hilfe war aber nur ein Tropfen auf einen heißen

Stein. Meine Mutter arbeitete und meine Schwester gleichfalls – sie stickten für Geld. Werssiloff dagegen tat nichts, war launisch wie ein verzogenes Kind und ließ sich durch nichts abhalten, sein früheres Leben mit all den vielen kostspieligen Gewohnheiten weiterzuführen. Nichts war ihm recht, namentlich bei Tisch, wo er an jeder Speise herummäkelte, und überhaupt war sein ganzes Verhalten zu den anderen geradezu despotisch. Aber meine Mutter, meine Schwester, Tatjána Páwlowna und die ganze Familie des seligen Andrónikoff (eines etwa drei Monate vor meiner Ankunft verstorbenen Bürochefs, der nebenbei auch Werssiloffs Vermögen verwaltet hatte), auch diese ganze Familie, die aus lauter Frauenzimmern älterer Jahrgänge bestand, kurz: alle diese Frauen verhielten sich zu ihm in nahezu andachtsvoller Ehrfurcht und dienten ihm wie einem Götzen. Ich hätte so etwas gar nicht für möglich gehalten. Vor neun Jahren war er eine unvergleichlich elegantere, auffallendere Erscheinung gewesen. In meiner Erinnerung hatte ich ihn, wie ich bereits erwähnt habe, förmlich in einem Glorienschein gesehen, weshalb ich denn auch nicht begriff, wie er in so kurzer Zeit – in ungefähr neun Jahren – so merklich hatte altern und sich äußerlich verändern können. Es machte mich geradezu traurig, und er tat mir leid, und ich schämte mich fast für ihn. Sein Anblick war mir einer der schwersten ersten Eindrücke nach meiner Ankunft. Übrigens machte er deshalb noch längst nicht den Eindruck eines alten Mannes: er war ja auch erst fünfundvierzig; und als ich mich aufmerksamer in ihn hineinsah, fand ich in seinen Gesichtszügen sogar etwas noch weit Auffallenderes, Fesselnderes, als es seine frühere Schönheit, deren ich mich noch so gut entsann, gehabt hatte. Es war weniger Glanz, weniger äußere Schönheit, ja sogar weniger Vornehmheit in ihm, aber das Leben hatte doch etwas weitaus Interessanteres in dieses Gesicht hineingezeichnet, als es jene ganze frühere Schönheit jemals gewesen war.

Indessen bildete die Armut nur einen zehnten oder zwanzigsten Teil von allem Widerwärtigen, das ihm in letzter Zeit zugestoßen war, das wußte ich. Außer der Armut gab es da etwas noch weit Ernsteres – ganz abgesehen davon, daß er immer noch Aussicht hatte, den Erbschaftsprozeß, den er schon seit einem Jahr gegen den Fürsten Ssokólskij führte, zu gewinnen und somit schon in nächster Zeit in den Besitz eines Gutes im Werte von über siebzigtausend Rubel zu gelangen. Ich habe bereits erwähnt, daß dieser Werssiloff schon ganze drei Erbschaften in seinem Leben verbraucht hatte, und da sollte ihn nun wieder eine herausreißen! Die Sache mußte in den nächsten Tagen zur Verhandlung kommen. Daraufhin war ich auch nach Petersburg gerufen worden, in der Hoffnung, daß auch dieses Vermögen ihnen zufallen werde. Nichtsdestoweniger hielt es schwer, irgendwo Geld aufzutreiben, da die bloße Hoffnung auf den günstigen Ausgang des Rechtsstreites für Geldleiher eine zu unsichere Bürgschaft war, und so mußte man eben ausharren.

Aber Werssiloff suchte auch niemanden auf, obschon er zuweilen den ganzen Tag fortblieb. Er war schon seit über einem Jahr aus der Gesellschaft *ausgestoßen.* Die Vorgeschichte dieser Ausstoßung war mir trotz meiner größten Bemühungen in der Hauptsache leider völlig unaufgeklärt geblieben, obgleich ich damals schon einen ganzen Monat nach der Ursache geforscht hatte. War Werssiloff schuldig oder unschuldig? – das allein wollte ich wissen, und deshalb war ich auch nach Petersburg gekommen! Alle hatten sich von ihm abgewandt, unter anderen auch alle einflußreichen Aristokraten, mit denen zu verkehren und in Beziehung zu bleiben, er eigentlich immer vorzüglich verstanden hatte. Und die Ursache dieser allgemeinen Abwendung war das Gerücht von seinem niedrigen und, was in den Augen der »Welt« noch weit schlimmer ist, anstößigen Verhalten in einer Sache, die vor einem Jahre in Deutschland sich zugetragen haben sollte. Ja, man sprach sogar von einer Ohrfeige, die er eben damals nahezu öffentlich bekommen habe, und zwar von einem der Fürsten Ssokólskij, und auf die er nicht mit einer Forderung geantwortet hatte. Sogar seine Kinder (die ehelichen), sein Sohn und seine Tochter, hatten sich daraufhin von ihm zurückgezogen und vermieden es, mit ihm in Berührung zu kommen, was ihnen ja nicht schwer fiel, da sie nicht bei ihm lebten. Beide waren sie durch die Fanarótoffs, ihre Verwandten mütterlicherseits, und den alten Fürsten Ssokólskij, Werssiloffs ehemaligen Freund, in den höchsten Kreisen zu Hause. Übrigens konnte ich in Werssiloff, nachdem ich ihn doch schon einen ganzen Monat beobachtet hatte, nichts anderes sehen als einen unglaublich hochmütigen Menschen, der nicht etwa von der Gesellschaft ausgestoßen worden war, sondern der vielmehr selbst die Gesellschaft hinausgeworfen hatte – so unbeirrt und überlegen war sein ganzes Verhalten. Aber, fragt es sich, hatte er auch das Recht zu diesem Verhalten? – das war es, was mich quälte. Ich mußte unbedingt die ganze Wahrheit in kürzester Zeit erfahren; denn ich war gekommen – um diesen Menschen zu richten. Noch verbarg ich meine Macht vor ihm, aber lange durfte das nicht mehr währen; denn ich wollte wissen, wofür ich mich zu entscheiden hatte: ihn anzuerkennen oder mich für immer von ihm loszusagen. Letzteres wäre mir zu schwer gewesen, und ich litt darunter ... Ich will endlich ein volles Geständnis ablegen: dieser Mensch war mir teuer!

Inzwischen lebte ich bei ihnen in ihrer Wohnung, arbeitete und tat mir Zwang an, um ihnen keine Grobheiten zu sagen. Oder richtiger: sehr oft bezwang ich mich nicht. Ich lebte schon einen Monat bei ihnen und kam mit jedem Tage mehr zu der peinlichen Überzeugung, daß ich es entschieden um keinen Preis fertig brächte, mich mit einer direkten Frage nach dem tatsächlichen Sachverhalt an ihn selbst zu wenden. Dieser stolze Mensch stand förmlich wie ein leibhaftiges Rätsel vor mir, und noch dazu wie eines, das mich aufs tiefste gekränkt hatte und täglich von neuem kränkte. Er war ja sogar sehr nett zu mir, scherzte und unterhielt sich ganz unbefangen, mir aber wäre Streit und Widerspruch lieber gewesen als diese scherzhafte Behandlung seinerseits. Alle meine Gespräche mit ihm hatten stets etwas Zweideutiges, das heißt, es lag in seinem Ton immer ein leiser, seltsamer Unterton wie von ganz feinem Spott. Er hatte mich von Anfang an, kaum daß ich aus Moskau eingetroffen war, gewissermaßen nicht ernst genommen. Warum aber und wozu er mich das überhaupt merken ließ, konnte ich mir nicht erklären. Allerdings erreichte er damit, daß er für mich ein Rätsel blieb und ich ihn nicht zu durchschauen vermochte; nur wollte ich mich deshalb noch längst nicht so weit erniedrigen, ihn zu bitten, in ernstem Tone mit mir zu reden. Überdies lag auch etwas geradezu wunderbar Unwiderstehliches in seiner ganzen Art und Weise, ein Etwas, womit ich nichts anzufangen wußte, ich meine: wie ich mich dem gegenüber verhalten sollte. Kurz, er ging mit mir um wie mit dem grünsten Jüngling, was ich bald kaum noch zu ertragen vermochte, obschon ich im voraus gewußt hatte, daß es so und nicht anders kommen würde. Infolgedessen hörte auch ich auf, ernst mit ihm zu sprechen; ich wollte abwarten, wie lange das noch so weitergehen und was dann kommen werde. Ja, eigentlich hörte ich sogar ganz auf zu sprechen. Ich wartete auf einen bestimmten Menschen, und erst nach dessen Eintreffen in Petersburg konnte ich die Wahrheit zu erfahren hoffen. Jedenfalls bereitete ich mich schon auf den endgültigen Bruch mit ihnen vor und richtete mich bereits danach ein. Meine Mutter tat mir leid; aber . . . »entweder er oder ich« – das war es, was ich ihr und meiner Schwester als Letztes vorschlagen wollte. Sogar den Tag, an dem dies geschehen sollte, hatte ich schon im voraus bestimmt. Vorläufig aber versah ich meine Obliegenheiten in jener privaten Anstellung, die man mir verschafft hatte.

ZWEITES KAPITEL

I

An diesem neunzehnten September sollte ich mein erstes Gehalt für den ersten Monat Dienst in meiner Petersburger »privaten« Anstellung erhalten. Wegen dieser Anstellung hatte man mich überhaupt nicht gefragt, sondern mich einfach hingeschickt, wenn ich nicht irre, sogar schon am Tage meiner Ankunft. Das war beinahe eine Roheit von ihnen, und es wäre eigentlich meine Pflicht gewesen, dagegen zu protestieren. Es handelte sich um eine Anstellung im Hause des alten Fürsten Ssokólskij. Aber schon am ersten Tage zu protestieren, wäre gleichbedeutend gewesen mit einem sofortigen Bruch, der mich zwar durchaus nicht abschreckte, doch hätte er mich von der Verfolgung meines Zieles abgelenkt, und somit wäre der Zweck meiner Reise vorläufig oder auch auf längere Zeit, wenn nicht gar für immer ein problematischer geblieben. Deshalb nahm ich denn die Stelle an, ohne dazu ein Wort zu sagen, um auf diese Weise meine Würde durch Schweigen zu wahren. Zur Erklärung will ich hier gleich bemerken, daß dieser alte Fürst Ssokólskij, ein reicher Mann und Geheimrat, mit jenen Moskauer Fürsten Ssokólskij, die schon seit mehreren Generationen verarmt sind und gegen die Werssiloff damals gerade seinen Prozeß führte, nicht einmal entfernt verwandt ist. Sie haben nur zufällig denselben Namen. Nichtsdestoweniger interessierte sich der alte Fürst sehr für sie, und namentlich der ältere von den zwei Brüdern und der Älteste ihres Geschlechts – ein junger Offizier – galt geradezu für seinen Liebling. Werssiloff hatte auf diesen alten Fürsten vor noch gar nicht so langer Zeit mächtigen Einfluß gehabt und war sein Freund gewesen – ein etwas sonderbarer Freund; denn wie ich bemerkte, fürchtete ihn der arme Fürst nicht nur zu jener Zeit, als ich in seinen Dienst trat, sondern offenbar schon von jeher, seitdem er überhaupt mit ihm befreundet war. Übrigens hatten sie sich lange nicht mehr gesehen: das ehrlose Verhalten, das man Werssiloff zum Vorwurf machte, ging nämlich unmittelbar die Familie des alten Fürsten an. Aber da griff Tatjána Páwlowna in die Angelegenheit ein, und durch ihre Vermittlung wurde ich dann bei dem alten Fürsten untergebracht, der einen »jungen Mann« in seinem Arbeitsraum, also so etwas wie einen Privatsekretär, zu haben wünschte. Bei der Gelegenheit zeigte sich, daß es sein größter Wunsch war, Werssiloff irgendwie einen Dienst zu erweisen, also gewissermaßen den ersten Schritt zur Versöhnung zu tun, und Werssiloff *erlaubte* es ihm, das heißt, er ließ es ruhig geschehen. Dieses Arrangement traf der Fürst in Abwesenheit seiner Tochter, der Witwe eines Generals, die diesen Schritt ganz entschieden nicht zugelassen hätte. Doch davon später; hier will ich nur bemerken, daß mich gerade dieses seltsame Verhalten des Fürsten zu Werssiloff stutzig machte, und zwar in dem Sinne, daß es mir zugunsten Werssiloffs zu sprechen schien: ich sagte mir, wenn das Haupt der beleidigten Familie Werssiloff immer noch achtet, so können doch die Gerüchte von jener angeblichen Gemeinheit nicht auf Wahrheit beruhen oder zum mindesten doch nicht ganz dem Vorgefallenen entsprechen. Dieses rätselhafte Verhalten des Fürsten war denn zum Teil auch der Grund, weshalb ich mich nicht gegen das Ansinnen auflehnte: ich hoffte, vielleicht auf diesem Wege hinter das Geheimnis kommen zu können.

Diese Tatjána Páwlowna, das »Tantchen«, von dem ich bereits gesprochen habe, spielte zu jener Zeit in ihrem Petersburger Bekanntenkreise eine sehr bedeutsame Rolle. Ich hatte ihre Existenz fast schon ganz vergessen und hätte natürlich nie im Leben vermutet oder für möglich gehalten, daß sie eine so einflußreiche Persönlichkeit sein könnte. Ich hatte sie bis dahin drei- oder viermal gesehen, und jedesmal war sie dann, Gott weiß woher, wie auf jemandes Befehl erschienen, jedesmal, wenn ich wieder irgendwo untergebracht werden sollte – sowohl als ich in jene elende Pension des Monsieur Touchard kam, wie auch zweieinhalb Jahre später bei meinem Eintritt ins Gymnasium: da erschien sie wieder in Moskau, um mich bei dem unvergeßlichen Nikolai Ssemjónowitsch unterzubringen. Wenn sie kam, blieb sie den ganzen Tag bei mir, revidierte meine Wäsche, meine Kleider, fuhr mit mir nach dem Kusnetzkij[4], kaufte mir alle Sachen, die ich nötig hatte, kurz, sie versah mich mit allem, bis zum letzten Kofferchen und Federmesser. Bei der Gelegenheit schalt sie mich die ganze Zeit ununterbrochen, machte mir Vorwürfe, examinierte mich und nannte mir fortwährend andere Knaben als Muster aller Tugenden, obwohl ich doch diese ihre jungen Anverwandten, die alle viel besser erzogen sein sollten als ich, gar nicht kannte, und dabei puffte und kniff sie mich bei jeder Gelegenheit – wirklich, ich lüge nicht – und mitunter sogar so stark, daß es ordentlich weh tat. Und war ich dann eingekleidet, untergebracht und versorgt, dann verschwand sie wieder spurlos für mehrere Jahre. Ähnlich geschah es auch diesmal: kaum war ich angekommen, da tauchte sie schon auf, um mich sogleich wieder irgendwo unterzubringen. Sie ist ein hageres Persönchen mit einem spitzen Vogelnäschen und scharfen Vogelaugen. Sie diente Werssiloff wie eine Sklavin und erwies ihm eine Ehrerbietung, als wäre er der Papst, aber sie tat es aus Überzeugung. Zu meiner größten Verwunderung bemerkte ich bald, daß sie entschieden von allen und überall sehr geachtet wurde und alle Welt mit ihr bekannt war. Der alte Fürst Ssokólskij begegnete ihr mit geradezu auffallender Hochachtung, und dasselbe ließ sich von seinem ganzen Hause sagen, wie auch von Werssiloffs stolzen legitimen Kindern und deren Verwandten, den Fanariótoffs – und dabei lebte sie von Näharbeit und der Reinigung kostbarer Spitzen und von Stickereien, die sie im Auftrage von verschiedenen Geschäften anfertigte. Ich aber geriet mit ihr schon bei den ersten Worten in Streit, da sie es sich einfallen ließ, mich wie früher als kleinen Schulbengel zu behandeln. Und seitdem gab es jeden Tag Streit zwischen uns, was jedoch nicht hinderte, daß wir uns bisweilen auch verständig unterhielten, und ich muß gestehen, gegen Ende des Monats fand ich schon Gefallen an ihr: weil sie ein so selbständiger Charakter war. Das habe ich ihr aber selbstverständlich nicht verraten.

Ich begriff natürlich sofort, daß man mich zu diesem kranken alten Fürsten nur zu dem Zweck schickte, damit er Unterhaltung und Zerstreuung habe, und daß darin mein ganzer Dienst bestehen sollte. Das war aber doch eine Erniedrigung, und ich bereitete mich denn auch dementsprechend auf das Weitere vor: um nötigenfalls sogleich Vorkehrungen treffen zu können. Aber dieser alte Sonderling machte auf mich einen ganz anderen Eindruck, als ich erwartet hatte; ich empfand förmlich so etwas wie Mitleid mit ihm, und gegen Ende des Monats fühlte ich mich bereits ganz eigentümlich zu ihm hingezogen. Wenigstens gab ich meine anfängliche Absicht auf, ihm, sobald er den geringsten Anlaß dazu böte, gründlich die Wahrheit zu sagen und dann kein Blatt vor den Mund zu nehmen. Er war übrigens erst sechzig. Und es war mit ihm erst unlängst eine ganze Geschichte passiert. Vor etwa anderthalb Jahren hatte er plötzlich einen Anfall bekommen: es hieß, er sei auf der Reise irgendwohin, vermutlich infolge eines Anfalls, plötzlich sozusagen unzurechnungsfähig geworden; und dieser Umstand hatte einen kleinen Skandal zur Folge gehabt, über den in der Petersburger Gesellschaft geredet worden war. Wie es in solchen Fällen üblich ist, hatte man ihn schleunigst ins Ausland gebracht, aber schon nach fünf Monaten war er wieder in Petersburg erschienen, und zwar vollkommen gesund. Trotzdem hatte er den Abschied genommen. Werssiloff beteuerte allerdings ernsthaft (und mit auffallendem Eifer), daß von einer Geistesstörung bei ihm überhaupt nicht habe die Rede sein können, es sei nichts als eine Nervenattacke gewesen. Den Eifer aber, mit dem er seine Behauptung verteidigte, merkte ich mir einstweilen. Übrigens muß ich sagen, daß ich eigentlich seine Ansicht teilte. Der alte Herr erschien mir höchstens manchmal ein bißchen zu leichtfertig, was sich in seinen Jahren vielleicht nicht mehr ganz schickte, und eben dies hatte man ihm vorher nicht nachsagen können. Wie ich hörte, soll er früher irgendwo in einer Behörde als Rat eine Rolle gespielt und sich einmal bei einem ihm zuteil gewordenen Auftrag ganz besonders hervorgetan haben. Ich kannte ihn nun schon einen ganzen Monat, aber ich kann nicht sagen, daß ich ihm eine besondere Eignung zum Ratgeber jemals zugetraut hätte. Man sagte ihm nach und wollte die Beobachtung gemacht haben (ich selbst habe sie freilich nicht gemacht), daß sich in ihm nach jenem Anfall eine besondere Neigung zum Heiraten entwickelt habe, und angeblich sei er im Laufe dieser anderthalb Jahre bereits mehr als einmal dieser Idee nähergetreten. Und darüber, hieß es, sei man in der Gesellschaft gut unterrichtet, und besonders einzelne Damen interessierten sich deshalb sehr für ihn. Da nun aber die tatsächliche Ausführung eines solchen Vorhabens keineswegs den Interessen gewisser Personen aus der Umgebung des Fürsten entsprach, so wurde der alte Herr von allen Seiten überwacht. Seine eigene Familie war klein; er war schon seit zwanzig Jahren Witwer und hatte nur eine einzige Tochter, eben jene Generalswitwe, die jetzt täglich aus Moskau zurückerwartet wurde, eine junge Frau, vor deren Charakter der alte Fürst zweifellos Angst hatte. Um so zahlreicher waren aber die entfernteren Verwandten, namentlich von Seiten seiner verstorbenen Frau, die nahezu alle bettelarm waren. Und außer diesen Verwandten hatte er noch unzählige Pflegesöhne und Pflegetöchter, die schon viel Gutes von ihm erfahren hatten und nun fest darauf rechneten, in seinem Testament noch einmal bedacht zu werden, weshalb sie denn auch die Generalin bei der Überwachung des alten Herrn unterstützten. Übrigens hatte er schon von Jugend auf eine seltsame Liebhaberei, von der ich nicht weiß, ob ich sie lächerlich nennen soll oder nicht: er liebte es, arme Mädchen zu verheiraten. Er verheiratete sie schon seit mehr als fünfundzwanzig Jahren – gleichviel ob es entfernte Verwandte von ihm oder Stieftöchter irgendwelcher Vettern seiner Frau oder auch nur deren Patenkinder waren. Ja, sogar die Tochter seines Portiers hat er verheiratet. Zuerst nahm er sie als kleine Mädchen in sein Haus, erzog sie mit Hilfe von Gouvernanten und Französinnen, danach schickte er sie in die besten Institute, und zuletzt verheiratete er sie und gab ihnen noch eine Ausstattung. Und das alles drängte sich nun fortwährend um ihn herum. Die Pflegetöchter bekamen in der Ehe natürlich wieder Töchter, und auch diese wollten gar zu gern als Pflegetöchter von ihm erzogen und verheiratet werden; überall mußte er Pate stehen, und alle diese Menschen kamen dann an seinem Namenstage, um ihm zu gratulieren, und alles das machte ihm den größten Spaß.

Als ich bei ihm meine Stellung antrat, merkte ich sofort, daß sich in dem alten Herrn eine quälende Überzeugung eingenistet hatte – und es war unmöglich, das nicht zu bemerken –, die Überzeugung, daß alle sich jetzt anders zu ihm verhielten als früher, als er noch gesund gewesen war, oder richtiger: als ihn noch niemand für krank oder geistesgestört gehalten hatte. Diese Empfindung den Menschen gegenüber verließ ihn selbst in der lustigsten Gesellschaft nicht. So war er argwöhnisch geworden und glaubte in aller Augen ein gewisses Etwas zu lesen. Der Gedanke, daß alle ihn für nicht mehr ganz normal hielten, quälte ihn sichtlich; selbst mich beobachtete er oft genug mit merklichem Mißtrauen. Und hätte er von einem Menschen erfahren, dieser verbreite oder bestätige jenes Gerücht von seinem Geisteszustand – ich glaube, er wäre trotz all seiner Gutmütigkeit fähig gewesen, ihn bis in den Tod für seinen größten Feind zu halten. Und diesen Umstand bitte ich, sich wohl zu merken. Ich füge gleich hinzu, daß dies schon vom ersten Tage an der Grund war, weshalb ich nicht derb mit ihm umging; ja, es freute mich sogar, wenn es mir gelang, ihn zu erheitern oder auch nur zu zerstreuen. Ich glaube nicht, daß dieses Geständnis einen Schatten auf meine Würde werfen kann.

Sein Vermögen hatte er zum größten Teil in Aktien angelegt. Er war, und zwar erst nach seiner Krankheit, Teilhaber einer großen Aktiengesellschaft geworden, übrigens einer sehr soliden. Das Unternehmen wurde allerdings von anderen geleitet, doch wollte auch er überall dabei sein; er interessierte sich sehr für alle Beschlüsse, besuchte die Versammlungen der Aktionäre, wurde in den Ausschuß gewählt, wohnte den Beratungen bei, hielt lange Reden, widerlegte, befürwortete, regte die Geister an, und tat das alles offenbar mit Vergnügen. Reden zu halten, liebte er sogar sehr: da konnte er doch allen seinen gesunden Verstand und noch einiges mehr beweisen. Und überhaupt wurde es für ihn geradezu zum Bedürfnis, selbst in ganz belanglose Privatgespräche die tiefsinnigsten Dinge einzuflechten, mitunter auch ein Bonmot, und dieses Bedürfnis finde ich schließlich nur zu erklärlich.

In seinem Hause war unten im ersten Stock eine Art Büro eingerichtet, in dem ein Beamter die Bücher führte, als Sekretär alles Schriftliche erledigte und außerdem noch das Haus verwaltete. Dieser Beamte, der nebenbei auch noch im Staatsdienst einen Posten bekleidete, hätte für die zu leistende Arbeit vollkommen genügt; auf besonderen Wunsch des Fürsten aber wurde ich noch hinzugenommen, angeblich als Hilfskraft fur den Beamten; doch schon am ersten Tage wurde ich in das Privatkabinett des Fürsten geführt, und oft hatte ich nicht einmal zum Schein eine Arbeit vor mir, weder Bücher noch Papiere.

Ich schreibe das jetzt wie einer, der schon längst ernüchtert und erwacht ist, und in vieler Hinsicht fast sogar wie ein ganz objektiver Beobachter; wie aber soll ich jetzt meinen Kummer beschreiben, diesen ruhelosen Kummer jener Tage, der sich in meinem Herzen eingenistet hatte (gerade jetzt steht er wieder wie lebendig vor mir, und ich empfinde ihn wie damals) – und wie meine damalige Aufregung, die zu einem so unklaren, leidenschaftlich gespannten Zustand geworden war, daß ich nachts nicht mehr schlafen konnte vor lauter Ungeduld und Rätseln, die ich mir selbst aufgegeben hatte?

II

Geld zu fordern, das ist immer eine höchst widerwärtige Geschichte, sei es selbst ein Gehalt, besonders wenn man dabei irgendwo in den verborgensten Tiefen des Gewissens fühlt, daß man es eigentlich nicht ganz verdient hat. Ich hatte aber am Abend vorher gehört, wie meine Mutter und meine Schwester heimlich miteinander flüsterten, ganz leise, damit Werssiloff nichts davon höre (man wollte doch »Andrei Petrowitsch nicht betrüben«), und wie beschlossen wurde, ein Heiligenbild, das der Mutter ganz besonders teuer war, ins Pfandhaus zu tragen. Ich war nun zwar mit einem Monatsgehalt von fünfzig Rubeln angestellt, hatte aber keine Ahnung, wer sie mir auszahlen würde; davon hatte mir noch niemand etwas gesagt. Vor etwa drei Tagen hatte ich unten den Beamten bei der Arbeit angetroffen und mich bei ihm erkundigt, wer hier die Gagen auszahlte. Er hatte mich aber darauf nur mit dem Lächeln eines verwunderten Menschen angesehen (er war mir nicht gewogen) und gefragt:

»Bekommen Sie denn ein Gehalt?«

Ich dachte mir, er würde nach meiner Bejahung hinzufügen: »Aber wofür denn das?« Er versetzte jedoch nur trocken, er wisse nichts, und beugte sich wieder über sein liniiertes Hauptbuch, in das er aus verschiedenen Papieren Zahlen eintrug.

Es war ihm übrigens nicht unbekannt, daß ich immerhin einiges getan hatte. Vor zwei Wochen hatte ich ganze vier Tage über einer Arbeit gesessen, die er mir noch selbst zugewiesen: es galt einen Entwurf abzuschreiben, wie er sagte, doch stellte sich heraus, daß ich fast alles umarbeiten mußte. Es handelte sich um einen ganzen Stoß »Gedanken« des Fürsten, die er in nächster Zeit dem Komitee der Aktionäre unterbreiten wollte. Dieses Material mußte zu einem zusammenhängenden Ganzen verarbeitet und der Stil hier und da etwas gefeilt werden. Nachher saßen wir, der Fürst und ich, noch einen ganzen Tag über diesem Manuskript, und er stritt mit mir äußerst lebhaft, wenn unsere Meinungen auseinandergingen, aber trotzdem schien meine Arbeit zu seiner vollen Zufriedenheit ausgefallen zu sein. Nur weiß ich nicht, ob er die Schrift dann auch wirklich eingereicht hat oder nicht. Von den zwei oder drei Geschäftsbriefen, die ich auf seine Bitte geschrieben habe, will ich weiter gar nicht reden.

Es war mir jedoch noch aus einem weniger allgemeinen Grunde peinlich, um mein Monatsgehalt zu bitten: ich hatte nämlich schon beschlossen, diese Anstellung aufzugeben, infolge der Vorahnung, daß ich mich ohnehin und wohl schon in kürzester Zeit zwingender Umstände halber würde entfernen müssen. Als ich an jenem Morgen aufstand und mich in meinem Dachstübchen ankleidete, fühlte ich, wie mein Herz zu klopfen begann, und dieselbe Aufregung empfand ich, obschon ich im Grunde auf alles pfiff, als ich das Haus des Fürsten betrat. An jenem Morgen sollte endlich jene Frau hier eintreffen, von deren Erscheinen ich die Aufklärung aller Rätsel erwartete, alles dessen, was mich quälte! Und diese Frau war: die Tochter des Fürsten, die Generalin Achmakóff, die junge Witwe (ich habe von ihr bereits gesprochen), die mit Werssiloff unversöhnlich verfeindet war.

Da habe ich nun diesen Namen endlich hingeschrieben! Sie selbst hatte ich damals natürlich noch nie gesehen und konnte mir auch gar nicht vorstellen, wie ich mit ihr sprechen und ob ich es überhaupt tun würde. Aber ich hatte doch die Empfindung (und vielleicht auch allen Grund dazu), daß mit ihrer Ankunft jenes Dunkel sich aufklären werde, welches Werssiloff vor meinen Augen immer noch verhüllte. Ich konnte mich nicht beherrschen und ruhig bleiben: es ärgerte mich schrecklich, daß ich mich schon vom ersten Schritt an so kleinmütig und unbeholfen fühlte; ich war furchtbar gespannt und hauptsächlich doch angewidert – alles zugleich. So hatte ich drei verschiedene Empfindungen zu gleicher Zeit. Ich habe diesen ganzen Tag gut im Gedächtnis behalten!

Mein Fürst ahnte inzwischen noch nichts von der so nah bevorstehenden Rückkehr seiner Tochter und erwartete sie frühestens in einer Woche. Ich aber war am Vorabend ganz zufällig in das Geheimnis eingeweiht worden: Tatjána Páwlowna hatte von der Generalin einen Brief erhalten und meiner Mutter in flüsternd geführtem Gespräch die Nachricht mitgeteilt. Sie flüsterten allerdings nur ganz leise, und Tatjána Páwlowna drückte sich auch noch ziemlich indirekt aus, aber ich erriet doch bald, um was es sich handelte. Natürlich habe ich ihr Gespräch nicht absichtlich belauscht: ich *mußte* einfach aufmerksamer hinhören, als ich sah, wie meine Mutter bei der Nachricht von der Rückkehr dieser Frau erschrak und wie groß ihre Erregung war. Werssiloff war gerade nicht zu Hause.

Dem alten Fürsten wollte ich nichts davon sagen; denn wie hätte ich es in diesem ganzen Monat nicht merken sollen, daß er sich vor ihrer Heimkehr förmlich fürchtete. Ja, er hatte sogar nur wenige Tage vorher gesprächsweise verlauten lassen – natürlich nur ganz entfernt und selbst etwas zaghaft –, daß er für mich fürchte, wenn sie zurückkehre, das heißt, in dem Sinne, daß es dann um meinetwillen Streit geben werde. Doch übrigens muß ich hier einschalten, daß er als Familienoberhaupt trotz allem seine Selbständigkeit zu wahren und seinen Willen durchzusetzen wußte, so vor allen Dingen was die Verfügung über seine Gelder betraf. Anfangs hielt ich ihn für nichts anderes als ein richtiges altes Weib; dann aber mußte ich meine Auffassung dahin ändern, daß er, wenn er auch ein Weib sein mochte, zum mindesten noch einen gewissen Eigensinn besaß, wenn man es nicht wirklichen Mut nennen wollte. Es gab Augenblicke, wo mit seinem scheinbar so ängstlichen und nachgiebigen Charakter nicht das geringste anzufangen war. Später hat mir Werssiloff seinen Charakter eingehender erklärt. Soeben fällt mir eine Tatsache ein, die hier erwähnt sei: der Fürst und ich hatten bis dahin noch niemals von der Generalin gesprochen, und es war, als hätten wir das beide vermieden. Ich vermied es absichtlich, er aber vermied es wiederum, von Werssiloff zu sprechen. Schon damals erriet ich, daß ich entschieden keine Antwort von ihm erhalten würde, wenn ich die eine oder andere von den kitzligen Fragen, die mich so sehr interessierten, direkt an ihn richten wollte.

Wenn nun jemand wissen will, wovon wir den ganzen Monat miteinander geredet hatten, so muß ich sagen: von allem nur Möglichen auf der Welt, aber es waren doch immer etwas eigentümliche Themata, die wir erörterten. Ganz besonders gefiel mir an ihm die Offenherzigkeit, mit der er sich mir gegenüber aussprach. Oft betrachtete ich ihn ganz verwundert und fragte mich: ‚Wo hat der denn jemals Vorsitzender sein können? Der paßte doch noch vorzüglich in unser Gymnasium, aber höchstens in die vierte Klasse, und gäbe dort einen famosen Schulkameraden ab!' Auch über sein Gesicht habe ich mich oft genug gewundert: es war dem Anscheine nach das Gesicht eines vollkommen ernsten Menschen (und sogar hübsch zu nennen), schmal und hager; dichtes graues, etwas welliges Haar, ein offener Blick; auch seine Gestalt war hager und von gutem Wuchs. Aber dieses Gesicht hatte eine gewisse unangenehme, fast sogar unschickliche Eigenschaft: es konnte sich ganz plötzlich, wie mit einem Schlage, aus einem ungewöhnlich ernsten in ein etwas schon gar zu vergnügtes verwandeln, so daß man ihn, wenn man diese Verwandlung zum erstenmal sah, vor Überraschung ganz verdutzt anstarrte. Ich sprach auch einmal zu Werssiloff von dieser meiner Beobachtung, und wie ich bemerkte, horchte er interessiert auf. Ich glaube, er hatte von mir nicht erwartet, daß ich solche Beobachtungen machen könnte. Als Antwort darauf bemerkte er nur leichthin, diese Erscheinung habe sich erst nach der Krankheit des Fürsten eingestellt.

Vornehmlich drehten sich unsere Gespräche um zwei abstrakte Gegenstände: um Gott und sein Dasein, das heißt, um seine Existenz oder Nichtexistenz, und dann um die Frauen. Der Fürst war sehr religiös und gefühlvoll. In seinem Arbeitsraum hing ein riesiger Heiligenschrein, vor dem immer das Lämpchen brannte. Aber bisweilen kam es vor, daß er plötzlich der Anfechtung unterlag: dann zweifelte er am Dasein Gottes und sprach wunderliche Dinge, womit er mich zum Widerspruch herausforderte. Dieses Thema war mir, im allgemeinen gesprochen, zwar ziemlich gleichgültig, aber wir gerieten doch jedesmal sehr in Hitze, und das sogar wirklich aufrichtig. Überhaupt kann ich sagen, daß ich auch heute noch mit Vergnügen an jene Gespräche zurückdenke.

Aber am liebsten plauderte er doch von Frauen. Zu seinem Leidwesen konnte ich, erstens schon aus Abneigung gegen solche Gespräche, auf diesem Gebiet kein unterhaltsamer Partner sein. Das schien ihn oft beinahe zu betrüben.

An jenem denkwürdigen Morgen des neunzehnten September begann er zufällig, kaum daß ich eingetreten war, wieder von den Frauen zu reden. Er war bei selten guter Laune, was mich ein wenig wunderte, da ich ihn am Vorabend in der traurigsten Stimmung zurückgelassen hatte. Indessen mußte unbedingt noch am Vormittag die bewußte Geldangelegenheit erledigt werden — unbedingt noch vor der Ankunft einer gewissen Person. Ich rechnete damit, daß man uns bestimmt unterbrechen werde (klopfte doch mein Herz nicht umsonst schon seit dem Morgen!), — und dann würde ich mich vielleicht nicht mehr entschließen können, auf das Geld zu sprechen zu kommen. Als nun der Fürst von etwas so ganz Anderem begann und ich nicht mit meiner Frage herauszurücken verstand, da ärgerte ich mich natürlich über meine Dummheit, und die Folge davon war, daß ich über eine etwas zu weitgehende scherzhafte Frage seinerseits fast in Wut geriet und mit meinen Anschauungen über die Frauen ganz plötzlich und nahezu jähzornig herausplatzte. Ich ärgerte mich in der Tat. Doch mit meiner zornigen Auslassung erreichte ich nur, daß ich ihn amüsierte und er noch interessierter bei diesem Thema verharrte.

III

»... mit einem Wort, ich liebe die Frauen nicht, weil sie ungezogen sind, weil sie taktlos sind, weil sie unselbständig sind und weil sie sich unanständig kleiden!« schloß ich nicht gerade logisch meine lange Tirade.

»Hab Erbarmen! Hab Erbarmen!« fiel er mir unsäglich erheitert ins Wort, was mich noch mehr erboste.

Ich pflege nur in Kleinigkeiten nachgiebig zu sein, in wichtigen Fragen dagegen gebe ich nie nach. In Kleinigkeiten, oder wenn es sich zum Beispiel um irgendwelche gesellschaftlichen Anforderungen handelt, kann man, Gott weiß was, alles mit mir machen, und diesen Zug werde ich ewig an mir verwünschen. Zuweilen bin ich einfach aus geradezu stinkender Gutmütigkeit bereit, selbst dem erstbesten Geck beizustimmen, einzig, weil mich seine Höflichkeit gefangennimmt, oder ich lasse mich mit einem Dummkopf in einen Streit ein, was noch unverzeihlicher ist. Das kommt aber nur daher, daß ich keine Ausdauer habe und im Winkel aufgewachsen bin, und ich ärgere mich dann jedesmal weidlich über mich selbst, aber am nächsten Tage geschieht dasselbe. Und das ist auch der Grund, warum man mich bisweilen fast für einen Sechzehnjährigen gehalten hat. Doch anstatt mir nun Ausdauer und bessere Umgangsformen anzugewöhnen, ziehe ich es auch jetzt noch vor, mich noch mehr in meinen Winkel zu verkriechen, und das meinetwegen sogar auf die menschenfeindlichste Weise. »Nun gut, dann bin ich eben ungeschickt! Also: lebt wohl!« Das sage ich jetzt vollkommen im Ernst und ein für allemal. Übrigens erwähne ich das jetzt nicht etwa nur anläßlich dieses Zwischenfalles mit dem Fürsten, und auch nicht einmal anläßlich jenes Gesprächs. »Ich rede nicht, um Sie zu erheitern!« schrie ich ihn beinahe an. »Ich habe nur meine Überzeugung ausgesprochen!«

»Aber inwiefern sind denn die Frauen ungezogen und wieso unanständig gekleidet? Das ist mir neu!«

»Doch! Sie sind ungezogen! Gehen Sie ins Theater, gehen Sie auf die Promenade und sehen Sie einmal zu: jeder Herr weiß, wo rechts und wo links ist, sie begegnen sich und gehen aneinander vorüber, er biegt nach rechts aus, und ich biege nach rechts aus. Die Frau dagegen, das heißt, die Dame – ich rede von den Damen –, die rennt schnurstracks auf einen los, ohne einen auch nur zu bemerken, als wäre man schon unbedingt verpflichtet, zur Seite zu treten und ihr den Weg freizugeben. Ich bin ja gern bereit, ihr, als einem schwächeren Geschöpf, den Weg freizugeben; warum aber tut sie, als wäre es ihr Vorrecht, warum ist sie so fest überzeugt, daß ich es tun *müsse* – das ist es, was mich giftet! Ich habe immer ausgespien, wenn ich so einer begegnet bin. Und dann schreien sie noch, sie seien erniedrigt, und verlangen Gleichberechtigung! Wo bleibt hier die Gleichberechtigung, wenn sie mich unter die Füße tritt oder mir Sand in den Mund wirbelt!«

»Sand?!«

»Jawohl! Denn sie sind unanständig gekleidet – das kann nur einem Lebemann nicht auffallen. Werden doch bei Gerichtsverhandlungen die Türen geschlossen, wenn es sich um Unanständigkeiten handelt, warum erlaubt man sie dann auf der Straße, wo doch noch mehr Menschen zugegen sind? Sie binden sich hinten Seidenrüsche unter den Rock, als Froufrou, um belle femme zu scheinen – öffentlich! Ich kann es doch unmöglich nicht bemerken, ein Jüngling wird es doch ebenso bemerken, und ein Kind, ein heranwachsender Knabe gleichfalls! Das ist einfach schändlich! Alte Lüstlinge mögen sich daran ergötzen und ihnen mit heraushängender Zunge nachlaufen, aber es gibt doch eine reine Jugend, die man schonen muß ... Bleibt also nichts übrig, als auszuspeien. Da geht sie auf dem Boulevard und wirbelt mit ihrer meterlangen Schleppe den Staub auf! – danke fürs Vergnügen, dann hinter ihr zu gehen! Also lauf entweder voraus oder spring zur Seite; denn sonst fegt sie einem mit ihrer Schleppe fünf Pfund Sand in Ohren, Mund und Nase. Und zudem ist es noch Seide, was sie so drei Werst weit auf den Straßensteinen nachschleift, nur weil es Mode ist, während ihr Mann sich als Beamter in seiner Kanzlei auf nicht mehr als fünfhundert Rubel jährlich steht. Sehen Sie, da sitzen die Sporteln! Ich habe immer ausgespien, wenn ich solch einer begegnet bin, ganz öffentlich ausgespien und geschimpft.«

Ich gebe dieses Gespräch jetzt allerdings mit Humor und zugleich mit meiner damaligen Charakteristik wieder, doch selbstverständlich bin ich auch heute noch ganz derselben Meinung.

»Und es ist immer noch gut abgegangen?« fragte der Fürst neugierig.

»Ich speie einfach aus und gehe weiter. Natürlich hört sie es, zuckt aber mit keiner Wimper und segelt majestätisch dahin, ohne auch nur den Kopf nach mir umzuwenden. Geantwortet haben sie mir nur ein einziges Mal, zwei auf dem Boulevard, beide mit solch meterlangen Schwänzen. Ich beschimpfte sie, doch versteht sich: nicht mit groben Worten, aber so ... ich bemerkte nur eben hörbar, daß solche Schwänze eine Unverschämtheit seien.«

»Du hast dich wirklich so ausgedrückt?«

»Ja. Erstens treten sie alle gesellschaftlichen Formen mit Füßen und zweitens – sie wirbeln Staub auf, der Boulevard aber ist für alle da: ich gehe, ein anderer geht, ein dritter, vierter, Fjodor, Iwan, gleichviel wer. Und das äußerte ich eben. Überhaupt ... ich liebe die weibliche Gangart nicht, besonders von hinten gesehen. Das äußerte ich gleichfalls, aber nur andeutungsweise.«

»Mon ami, du kannst dich noch in eine ernste Geschichte verwickeln, wenn du es so toll treibst! Bedenke, sie hätten dich doch vor den Friedensrichter schleppen können!«

»*Gar* nichts hätten sie können! Was hatte ich ihnen denn getan? Es geht ein Mensch neben ihnen einher und spricht mit sich selbst. Jeder Mensch hat das Recht, seine Überzeugung in die Luft zu äußern. Ich sprach ja ganz abstrakt, wandte mich überhaupt nicht an sie. Sie fingen selbst an; und sie schimpften sogar viel gröber als ich: ein Grünschnabel sei ich, und ohne Essen müsse man mich lassen, ein Nihilist sei ich, und sie würden mich einem Polizeioffizier übergeben, und ich verfolgte sie nur deshalb, weil sie allein und schutzlose, schwache Frauen seien; wären sie dagegen in Begleitung eines Mannes, so würde ich mich sofort kleinlaut aus dem Staube machen. Hierauf riet ich ihnen kaltblütig, mich gefälligst nicht zu attackieren; um ihnen jedoch zu beweisen, daß ich ihre Männer nicht fürchte und selbst eine Herausforderung anzunehmen bereit sei, würde ich ihnen auf zwanzig Schritt bis zu ihrem Haus folgen und mich dort aufstellen, um ihre Männer zu erwarten. Und so tat ich's auch.«

»Tatsächlich?«

»Es war natürlich eine Dummheit, aber ich war gereizt. Und so schleppten sie mich denn gute drei Werst in der Hitze bis in die äußerste Vorstadt, traten in ein einstöckiges hölzernes Wohnhaus – das übrigens, ich muß gestehen, ganz anständig aussah: durch die Fenster sah man drinnen viele Blumen, zwei Kanarienvögel, drei kleine Pinscher, und eingerahmte Stahlstiche an den Wänden. Ich stand eine gute halbe Stunde mitten auf der Straße vor dem Hause. Dreimal lugten sie heimlich durch die Gardinen, um nach mir zu sehen, dann ließen sie alle Fenstervorhänge herab. Endlich trat aus der Hofpforte ein schon bejahrter Beamter heraus. Seinem Aussehen nach zu urteilen, hatte er geschlafen und war von ihnen erst geweckt worden. Er erschien nicht gerade im Schlafrock, aber doch in sehr häuslichem Aufzug. Vor dem Pförtchen blieb er stehn, kreuzte die Hände auf dem Rücken und fing an, mich zu betrachten; ich ihn gleichfalls. Bald wandte er den Blick von mir ab, bald sah er mich wieder an, und plötzlich begann er mir zuzulächeln. Da drehte ich mich um und ging.«

»Mein Freund, das ist ja geradezu à la Schiller! Ich habe mich schon immer gewundert: du bist so rotwangig, du strotzt ja geradezu vor Gesundheit, und dabei eine solche, man muß schon sagen, Abneigung gegen Frauen! Wie ist es möglich, daß die Frau in deinem Alter nicht einen gewissen Eindruck auf dich macht? Was mich betrifft, mon cher, so war ich erst elf Jahre alt, als mein Hofmeister es schon rügte, daß ich denn doch gar zu interessiert die nackten Statuen im Sommergarten betrachtete.«

»Sie würden es wohl furchtbar gern sehen, daß ich zu irgendeiner hiesigen Josephine ginge und Ihnen dann Bericht erstattete. Ich habe schon mit dreizehn Jahren ein Weib nackt gesehen, splitternackt; seitdem finde ich sie ekelhaft.«

»Im Ernst? Aber, cher enfant, ein schönes, frisches Weib duftet doch wie ein Apfel, was kann denn da ekelhaft sein!«

»Ich hatte in meinem ersten kleinen Pensionat, bei Touchard, noch bevor ich ins Gymnasium kam, einen Kameraden, Lambert mit Namen. Er prügelte mich in einem fort, denn er war um mehr als drei Jahre älter als ich, und ich bediente ihn und zog ihm die Stiefel aus. Zu seiner Erstkommunion kam der Abbé Rigaud zu ihm gefahren, um ihm von Herzen zu gratulieren, und beide fielen unter Tränen einander um den Hals. Abbé Rigaud jedoch begann ihn krampfhaft an seine Brust zu drücken, mit verschiedenen Gesten. Ich weinte gleichfalls und beneidete ihn sehr. Als sein Vater starb, trat er aus, und zwei Jahre lang sah ich ihn hierauf nicht wieder; nach zwei Jahren aber begegnete ich ihm einmal auf der Straße. Er sagte mir, er werde zu mir kommen. Damals war ich schon Gymnasiast und lebte bei Nikolai Ssemjónowitsch. Er kam auch richtig schon am nächsten Morgen, zeigte mir fünfhundert Rubel und sagte, ich solle mitkommen. Wenn er mich vor zwei Jahren auch geprügelt hatte, so brauchte er mich doch immerzu, und nicht nur zum Stiefelausziehen, sondern in erster Linie, um mir sein Herz ausschütten zu können. Von dem Gelde sagte er, er habe es an demselben Morgen aus der Schatulle seiner Mutter entwendet – er hätte sich einen passenden Schlüssel verschafft –; denn das ganze Geld seines Vaters gehöre gesetzlich ihm, und sie habe kein Recht, es ihm vorzuenthalten; gestern aber sei der Abbé Rigaud zu ihm gekommen, um ihm Vorhaltungen zu machen. Er sei eingetreten, habe sich vor ihm aufgestellt, habe angefangen zu weinen, vor Entsetzen die Hände zu ringen und zum Himmel zu erheben – ‚Ich aber zog das Messer und sagte, ich würde ihn erstechen', erzählte er. (Da er das r nicht aussprechen konnte, klang es wie „ä-s'techen".) Wir fuhren nach der Kusnetzkijstraße. Unterwegs teilte er mir mit, daß seine Mutter mit diesem Abbé Rigaud ein Verhältnis habe, er habe es bemerkt, pfeife aber darauf; ferner, daß alles, was sie da von der Kommunion redeten, Unsinn sei. Er sagte noch vieles andere, ich aber fühlte mich sehr unbehaglich. In der Kusnetzkij-Straße machte er seine Einkäufe: er kaufte ein doppelläufiges Gewehr, eine Jagdtasche, fertige Patronen, eine Reitpeitsche und nachher noch ein Pfund Konfekt. Dann fuhren wir weiter, um außerhalb der Stadt zu schießen. Unterwegs begegneten wir einem Vogelhändler mit vielen Vogelbauern und Vögeln. Von diesem kaufte Lambert einen Kanarienvogel. Im nächsten Wäldchen gab er den Vogel frei, da ja Vögel nach langer Haft im Bauer bekanntlich nicht weit fortfliegen können, und dann schoß er nach ihm, traf ihn aber nicht. Er schoß zum erstenmal in seinem Leben, ein Gewehr aber hatte er sich schon lange kaufen wollen, schon als er noch bei Touchard war, und wir hatten uns oft ausgemalt, wie wir es kaufen würden. Er schien vor Erregung ganz außer sich zu sein. Sein Haar war pechschwarz, sein Gesicht weiß und rosig, wie eine Maske, die Nase lang und gebogen, wie sie die Franzosen gewöhnlich haben; dazu weiße Zähne, schwarze Augen. Schließlich band er den Kanarienvogel mit einem Faden an einen Ast und schoß dann auf drei Zentimeter Entfernung aus beiden Läufen zugleich, und der Vogel zerstob in hundert Federchen. Darauf kehrten wir in die Stadt zurück, fuhren in ein Hotel, mieteten ein Zimmer und begannen zu essen und Champagner zu trinken. Eine Dame trat ein ... Ich entsinne mich noch, daß ich sehr erstaunt war über ihr elegantes, kostbares Kleid – sie trug eine grünseidene Robe. Da sah ich denn alles das ... wovon ich Ihnen erzählte ... Darauf, als wir uns wieder an den Champagner machten, fing er an, sich über sie lustig zu machen und sie zu beschimpfen. Sie saß ganz nackt da; er hatte ihr alle Kleidungsstücke fortgenommen, und als sie gleichfalls zu schimpfen begann und ihre Sachen zurückverlangte, da fing er an, sie mit seiner Reitpeitsche aus allen Kräften zu peitschen, und ich weiß noch, er traf gerade ihre nackten Schultern. Ich sprang auf und packte ihn an den Haaren, und mit einem einzigen Ruck warf ich ihn zu Boden. Er aber hatte schon eine Gabel erfaßt, und die stieß er mir in den Schenkel. Da stürzten auf das Geschrei hin Leute ins Zimmer, und es gelang mir fortzulaufen. Seitdem ekelt es mich an, an ein nacktes Weib zu denken. Und doch war sie eine Schönheit, ich versichere Ihnen ...«

Das Gesicht des Fürsten hatte sich während meiner Erzählung aus einem lächelnden nach und nach in ein sehr trauriges verwandelt.

»Mon pauvre enfant! Ich bin immer überzeugt gewesen, daß es in deiner Kindheit sehr viele unglückliche Tage gegeben hat.«

»Oh, machen Sie sich deswegen keine Sorgen, bitte.«

»Aber du warst allein, du hast es mir selbst gesagt ... und dieser Lambert – du hast es so lebendig zu schildern gewußt: dieser Kanarienvogel, diese Konfirmation mit Tränen und Umarmungen ... und dann, es vergeht kaum ein Jahr, und er spricht so von seiner Mutter und dem Abbé ... Oh, mon cher, dieses Kinderproblem ist in unserer Zeit zu etwas Grauenvollem geworden! Solange sie noch in den ersten Jahren mit ihren goldblonden Lockenköpfchen vor einem umherspringen und uns mit ihrem hellen Lachen und ihren lichten Augen so unschuldig ansehen, sind sie wie Gottes kleine Engel, wie reizende kleine Vögel, dann aber ... dann wäre es oft besser, sie würden überhaupt nicht heranwachsen.«

»Wie empfindsam Sie sind, Fürst! Man könnte fast glauben, daß Sie selbst noch kleine Kinder hätten. Sie haben aber doch keine Kinder mehr, und Sie werden auch nie mehr welche haben.«

»Tiens!« Im Nu veränderte sich sein ganzes Gesicht. »Da sagte mir doch neulich Alexándra Petrowna – vor drei Tagen, hehehe! – Alexandra Petrowna Ssinítzkaja – du mußt sie vor ein paar Wochen noch hier gesehen haben –, denk dir, ja, vor drei Tagen sagt sie mir plötzlich, auf meine scherzhafte Bemerkung, daß ich, falls ich jetzt heiratete, wenigstens insofern ruhig sein könnte, als ich keinen Kindersegen mehr zu befürchten hätte – ja, darauf plötzlich sagt sie mir, und noch dazu mit einer solchen Schadenfreude: ,Im Gegenteil, gerade Sie werden Kinder haben: gerade solche wie Sie haben sie *unfehlbar!* Sogar schon vom ersten Jahre an, das werden Sie sehen!' Hehehe ... Und alle glaubten sie plötzlich, ich würde mich bestimmt noch verheiraten. Aber wenn es auch boshaft gesagt war, so war es doch, das mußt du zugeben, immerhin ganz witzig.«

»Witzig, ja, und – beleidigend.«

»Nun, cher enfant, nicht ein jeder kann einen beleidigen. Was ich am meisten an den Leuten schätze, ist Witz. Leider scheint mir aber, daß er heutzutage allen immer mehr abhanden kommt. Was aber da so eine Alexándra Petrówna sagt – zählt denn das überhaupt?«

»Wie, wie sagten Sie?« griff ich schnell den Gedanken auf, »,nicht ein jeder kann einen' ... das ist richtig! Nicht ein jeder ist es wert, von uns so weit beachtet zu werden – ein vorzüglicher Grundsatz! Und gerade ich kann ihn brauchen! Den werde ich mir merken. Sie, Fürst, Sie sagen mitunter ganz vorzügliche Sachen!«

Sein ganzes Gesicht erhellte sich sofort und strahlte nur so!

»N'est-ce pas? Cher enfant, der echte Witz verschwindet je länger desto mehr. Eh, mais ... C'est moi qui connaît les femmes! Glaub mir, das Leben eines jeden Weibes, was sie da auch reden mag, ist ein ewiges Suchen, wem sie sich unterordnen könnte, ist gewissermaßen eine Sehnsucht nach Unterwerfung. Und das – merk es dir – gilt von allen, ohne jede Ausnahme.«

»Sehr richtig, das ist vorzüglich gesagt, ausgezeichnet!« Ganz entzückt rief ich es aus. Zu jeder anderen Zeit hätten wir uns sogleich philosophischen Betrachtungen über dieses Thema hingegeben und hätten wohl eine Stunde darüber geredet; plötzlich aber war es mir, als steche mich etwas, und ich errötete bis über die Ohren: mir kam der Gedanke, daß ich, indem ich sein Bonmot lobte, mich vielleicht des Geldes wegen gut mit ihm stellen wollte, oder wenigstens, daß er das unbedingt denken werde, wenn ich ihn nun um das Geld bäte. Ich erwähne dies hier nicht ohne Absicht.

»Fürst, ich möchte Sie bitten, mir sogleich die fünfzig Rubel, die Sie mir für diesen Monat schulden, auszahlen zu wollen«, platzte ich plötzlich wie eine Bombe los, und in einem so gereizten Ton, daß es wie eine Grobheit wirkte.

Ich weiß noch (da ich mich dieses Vormittags bis in die kleinsten Einzelheiten entsinne), daß sich danach eine in ihrer krassen Realität geradezu widerwärtige Szene abspielte. Zuerst verstand er mich überhaupt nicht, er sah mich an und begriff nicht, von was für einem Gelde ich sprach. Natürlich hatte er es sich nicht träumen lassen, daß ich auf ein monatliches Gehalt Ansprüche erheben könnte, – wofür auch? Freilich begann er mir dann, als er endlich erraten hatte, um was es sich handelte, sogleich zu versichern, daß er es unverzeihlicherweise ganz vergessen habe, und zog sogleich sein Portefeuille hervor. Er beeilte sich so, daß er in der Verwirrung gar nicht die richtige Tasche finden konnte, und er wurde sogar rot im Gesicht. Da erhob ich mich und sagte schroff, ich könne das Geld nicht annehmen, man habe mir offenbar irrtümlicherweise von dem Gehalt gesprochen, oder vielleicht auch, damit ich mich nicht weigere, auf den Vorschlag einzugehen; doch begriffe ich jetzt sehr wohl, daß durchaus kein Grund vorliege, mich zu honorieren, da jedes Honorar Dienst voraussetze, hier aber von einem solchen nicht die Rede sein könne. Der Fürst erschrak und begann zu versichern, daß ich ihm unendlich viele Dienste erwiesen hätte und ihm fernerhin noch viel größere erweisen könne, fünfzig Rubel dagegen eine so nichtssagende Summe seien, daß er mir noch einen Zuschuß geben werde, ja, das sei sogar seine Pflicht und Schuldigkeit, zumal er es mit Tatjána Páwlowna so vereinbart habe, doch habe er unverzeihlicherweise nicht daran gedacht, daß jetzt ein Monat um sei. Mir stieg das Blut ins Gesicht, und ich erklärte ihm unumwunden, meine Ehre verbiete mir, für Skandalgeschichten, wie meine Erzählung von dem Vorfall mit den beiden Schleppendamen, ein Gehalt zu beziehen; ich sei nicht als Spaßmacher engagiert, um ihn zu amüsieren, sondern um zu arbeiten, wenn es aber hier keine Arbeit gäbe, so müsse ich eben gehen, usw. usw.

Ich hätte es nicht für möglich gehalten, daß ein Mensch so erschrecken könnte, wie er nach diesen meinen Worten erschrak. Es endete aber damit, daß ich aufhörte, ihm zu widersprechen, und mir doch die fünfzig Rubel aufdrängen ließ. Noch jetzt erröte ich vor Scham, wenn ich daran denke, daß ich das Geld tatsächlich annahm! Es pflegt ja so ziemlich alles in der Welt mit einer Gemeinheit zu enden, aber das Gemeinste an dieser Sache war, daß es ihm beinahe wirklich gelang, mir zu beweisen, daß ich das Honorar unanfechtbar verdient hätte. Und ich war dumm genug, es ihm zu glauben, und irgendwie war es schließlich ganz unmöglich, bei der Weigerung zu bleiben und das Geld nicht anzunehmen.

»Cher, cher enfant!« rief er darauf nahezu gerührt aus und umarmte und küßte mich (ich muß gestehen, daß ich selbst, weiß der Teufel weshalb, fast dem Weinen nahe war, obschon ich mich im Augenblick wieder zusammennahm, und soeben fühle ich, daß mir auch jetzt, während ich dies schreibe, das Blut wieder ins Gesicht gestiegen ist). »Mein lieber Freund, du stehst mir jetzt so nah, so nah wie ein Blutsverwandter, du bist mir in diesem Monat zu einem Stück von meinem eigenen Herzen geworden! In der ‚Gesellschaft' ist nur ‚Gesellschaft' und nichts weiter. Meine Tochter Katerína Nikolájewna ist eine entzückende Frau, und ich bin stolz auf sie, aber sie hat mich oft, mein Lieber, sehr, sehr oft gekränkt ... Und diese Mädelchen – elles sont charmantes – und deren Mütter, die mich an meinem Namenstage besuchen –, die bringen mir doch immer nur ihre Kanevasquadrate her, selbst aber verstehen sie nichts zu sagen. Ich habe schon für mindestens sechzig Sofakissen solche Kreuzstichstickereien von ihnen erhalten, lauter Hunde und Hirsche. Ich liebe sie ja auch sehr, aber zu dir fühle ich mich wie zu einem Gleichartigen hingezogen – nicht wie zu einem Sohne, sondern eher wie zu einem Bruder, und am meisten liebe ich an dir deine Entgegnungen: du bist literarisch gebildet, du hast viel gelesen, du bist begeisterungsfähig ...«

»Ich habe nichts gelesen und bin keineswegs literarisch gebildet. Früher habe ich gelesen, was mir in die Hände kam, in den letzten zwei Jahren aber habe ich nichts gelesen und werde es auch überhaupt nicht mehr tun.«

»Warum denn nicht?«

»Ich habe andere Ziele.«

»Cher ... es wäre schade, wenn du dir am Ende deines Lebens sagen müßtest wie ich: je sais tout, mais je ne sais rien de bon. Ich weiß wirklich nicht, wozu ich auf Erden gelebt habe! Aber ... ich bin dir so dankbar ... und ich wollte sogar ...«

Er brach seltsam ab, wurde ganz schlaff und matt und versank in Nachdenken. Nach jeder Erregung (und solche Erregungen konnten jeden Augenblick durch den geringfügigsten Anlaß hervorgerufen werden) machte er gewöhnlich den Eindruck, als sei er eine Zeitlang nicht recht bei voller Vernunft und unfähig, sich zusammenzunehmen, körperlich ebensowenig wie geistig. Übrigens dauerte dieser Zustand nie lange an, so daß er schließlich nichts ausmachte.

Wir saßen so reichlich über eine Minute stillschweigend einander gegenüber. Seine Unterlippe, die sehr voll war, hing schlaff herab ... Am meisten wunderte es mich, daß er so plötzlich auf seine Tochter zu sprechen gekommen war, und noch dazu mit einer solchen Offenheit. Ich schrieb das natürlich seiner augenblicklichen Verwirrung zu.

»Cher enfant, du nimmst es mir doch nicht übel, daß ich du zu dir sage, nicht wahr?« fuhr er plötzlich aus seiner Versunkenheit auf.

»Nicht im geringsten. Ja, anfangs, das erstemal, da fühlte ich mich, offen gestanden, allerdings etwas verletzt und wollte Sie gleichfalls duzen, sah aber noch rechtzeitig die Dummheit ein; denn Sie duzen mich doch nicht, um mich zu erniedrigen?«

Er hörte nicht mehr hin auf das, was ich sagte, und schien auch seine Frage schon vergessen zu haben.

»Nun, und was macht dein Vater?« fragte er plötzlich, indem er gedankenverloren zu mir aufsah.

Ich fuhr am ganzen Körper zusamen. Er hatte Werssiloff als meinen *Vater* bezeichnet, was er sich bis dahin noch nie mir gegenüber erlaubt hatte, und dann: daß er überhaupt im Gespräch mit mir auf Werssiloff zu sprechen kam, das war auch noch nie geschehen.

»Sitzt ohne Geld da und ist schlechter Laune«, antwortete ich kurz, doch innerlich verging ich vor Neugier.

»Ja, das Geld. Heute entscheidet sich doch ihr Rechtsstreit vor dem Bezirksgericht, und ich warte auf den Fürsten Sserjósha.[5] Wer weiß, was für eine Nachricht er bringen wird. Er wollte sogleich zu mir kommen. Davon hängt für sie alles ab. Hier handelt es sich um sechzig- oder achtzigtausend Rubel. Natürlich habe ich Andreí Petrówitsch« (das heißt, Werssiloff) »von jeher das Beste gewünscht, und ich glaube, das Vermögen wird ihm auch zugesprochen werden, und die Fürsten gehen dann leer aus. Gesetz ist Gesetz.«

»Heute vor dem Bezirksgericht?« rief ich, aufs höchste überrascht.

Der Gedanke, daß Werssiloff mir auch *das* nicht mitgeteilt, nicht für mitteilenswert gehalten hatte, frappierte mich außerordentlich. ‚Dann hat er es wohl auch der Mutter nicht gesagt, vielleicht überhaupt keinem Menschen', dachte ich mir sogleich, ‚was für ein Charakter!'

»Aber ist denn Fürst Ssergeí Ssokólskij in Petersburg?« fragte ich, plötzlich selbst ganz betroffen bei dieser Vorstellung.

»Seit gestern. Direkt aus Berlin, eben nur wegen dieser Gerichtsverhandlung.«

Das war gleichfalls eine für mich sehr bedeutsame Mitteilung. Und dieser Mensch, der *ihn* geohrfeigt hatte, sollte heute herkommen!

»Und was treibt er sonst?« fuhr der alte Fürst, dessen Gesicht sich plötzlich wieder veränderte, lächelnd fort, »verkündet er wieder Gott wie früher und . . . nun ja, stellt er wieder den Mädelchen nach, den noch nicht flügge gewordenen? Hehe . . . Da fällt mir soeben ein amüsantes Histörchen ein, hehe . . .«

»Wer verkündet . . .? Wer stellt den Mädeln nach?«

»Andrei Petrowitsch natürlich. Was glaubst du wohl, er rückte uns doch damals so auf den Leib, daß wir gar keine Seelenruhe mehr vor ihm hatten. Was eßt ihr, an was denkt ihr, – das heißt, es fehlte faktisch nicht mehr viel, so wäre es schließlich so weit gekommen. Er wollte uns bange machen, predigte Buße. ‚Wenn du religiös bist, warum wirst du dann nicht Mönch?' Ja, tatsächlich, fast war es das, was er von uns verlangte. Mais quelle idée! Wenn es im Grunde vielleicht auch richtig gedacht sein mag, so fragt es sich doch, ob damit nicht zuviel verlangt ist? Namentlich mich liebte er mit dem Jüngsten Gericht zu schrecken, mich ganz besonders.«

»Davon habe ich nichts bemerkt, und ich lebe doch schon

einen Monat mit ihm zusammen«, versetzte ich, mit größter Spannung aufhorchend. Es ärgerte mich schrecklich, daß er sich noch nicht erholt hatte und so träge und zusammenhanglos vor sich hinredete.

»Er spricht jetzt bloß nicht davon, aber glaube mir, es war so, wie ich dir sage. Er ist ein geistreicher Mensch, zweifellos auch von umfassender Bildung und tiefem Wissen, nur fragt es sich, ob sein Wissen auch wirklich gerade das richtige Wissen ist. Das geschah damals alles erst nach seinem dreijährigen Aufenthalt im Auslande. Ich gestehe, er hat mich tief erschüttert ... und überhaupt uns alle ... Cher enfant, j'aime le bon Dieu ... Ich glaube an ihn, ich glaube soviel ich kann, aber ... damals geriet ich doch entschieden außer mir. Nun ja, schön, nehmen wir an, daß mein Einwand etwas leichtfertig war, aber ich wählte mit Absicht gerade diesen, denn ich war gereizt, ich ärgerte mich ... – und übrigens war der Kern meiner Entgegnung, das Wesentliche, genau so ernsthaft, wie er es seit dem Beginn der Welt gewesen ist: ‚Wenn es ein höheres Wesen gibt', sage ich zu ihm, ‚und es *persönlich* existiert, und nicht bloß in Gestalt irgendeinen Geistes in der Schöpfung ausgegossen ist, etwa wie eine Flüssigkeit oder so ungefähr (denn das ist ja noch schwerer zu begreifen), so frage ich: wo wohnt es dann eigentlich?' Mein Freund, c'était bête, natürlich, aber im Grunde laufen doch alle Einwände nur auf diese eine Frage hinaus. Un domicile – das ist eine wichtige Sache. Er wurde furchtbar böse. Er ist dort zum Katholizismus übergetreten.«

»Von diesem Gerücht habe ich gleichfalls gehört. Selbstverständlich ist das nur dummes Geschwätz.«

»Ich versichere dir bei allem, was heilig ist, es war so. Betrachte ihn nur aufmerksamer ... Übrigens, du sagst, er habe sich verändert. Nun, aber damals! – wie hat er uns da alle gehetzt und gequält! Wirst du's mir glauben, er hielt sich doch so, als ob er ein Heiliger wäre und sein Leib nach dem Tode nicht verwesen würde. Seine Gebeine also

Reliquien! Er verlangte von uns Rechenschaft über unseren Lebenswandel, ich schwöre es dir! Und dann: Reliquien! En voilà une autre! Nun gut, ich will ja nichts sagen, wenn es sich um irgend so einen Mönch oder Einsiedler handelt; ein Mensch aber, der hier unter uns im Frack einhergeht, und auch in allem übrigen normal ist, und so weiter... und plötzlich: heilige Gebeine!... Ein seltsamer Wunsch für einen Gentleman und, offen gestanden, auch ein recht sonderbarer Geschmack. Das heißt, ich will ja nichts dagegen sagen; das gehört natürlich alles zur Geschichte der heiligen Glaubensdinge, und was kann denn schließlich nicht vorkommen... Und überdies ist das alles de l'inconnu, aber für einen Menschen, der in der Gesellschaft lebt, ist so etwas doch einfach unschicklich, sogar direkt unstatthaft, meiner Meinung nach. Wenn das zum Beispiel mit mir geschehen sollte, oder sagen wir, wenn man es mir anböte, so würde ich es, mein Wort darauf, doch lieber ablehnen. Wie, heute speise ich im Klub, und dann plötzlich – erscheine ich verklärt!... Aber ich würde mich doch einfach lächerlich machen! Das habe ich ihm damals auch alles auseinandergesetzt... Er trug damals nach Art der Büßer Ketten auf dem Leibe.«

Mir stieg vor Zorn das Blut ins Gesicht.

»Haben Sie die selbst gesehen?«

»Selbst habe ich sie nicht gesehen, aber man hat mir...«

»Dann kann ich Ihnen nur sagen, daß das nichts als Lügen sind, gemeine Verleumdungen seiner Feinde, oder richtiger, seines größten und unmenschlichsten Feindes; denn im Grunde hat er ja überhaupt nur einen einzigen Feind, und dieser ist – Ihre Tochter!«

Jetzt war er es, dem Zornesröte ins Gesicht stieg.

»Mon cher, ich bitte dich und wünsche, daß der Name meiner Tochter hinfort nie mehr vor meinen Ohren mit dieser schändlichen Geschichte in Verbindung gebracht werde.«

Ich erhob mich. Er war empört; sein Kinn zitterte.

»Cette histoire infame!... Ich habe nicht an sie geglaubt,

niemals würde ich an sie glauben, aber ... wenn man mir von allen Seiten sagt: glaube daran, glaube, so ...«

Da trat der Diener ins Zimmer und meldete unerwarteten Besuch. Ich setzte mich wieder auf meinen Platz.

IV

Ins Zimmer traten zwei junge Damen: die eine war die Stieftochter eines Vetters der verstorbenen Frau des Fürsten, oder etwas ähnliches, die von ihm erzogen worden war und der er bereits eine Mitgift ausgesetzt hatte, obschon sie (dies sei hier gleich für später bemerkt) auch selbst nicht unbemittelt war.

Die andere war Anna Andréjewna, Werssiloffs legitime Tochter, die drei Jahre älter war als ich. Sie lebte mit ihrem Bruder bei den Fanariótoffs, und ich hatte sie bis dahin nur ein einziges Mal ganz flüchtig auf der Straße gesehen. Mit ihrem Bruder dagegen war ich in Moskau bereits einmal zusammengekommen, allerdings auch nur flüchtig. (Vielleicht werde ich bei Gelegenheit auf diese Begegnung in Moskau noch zu sprechen kommen, obschon das eigentlich nicht der Mühe wert ist.) Diese Anna Andréjewna war schon von Kindheit an der ganz besondere Liebling des alten Fürsten gewesen (Werssiloffs Bekanntschaft mit dem Fürsten hatte schon vor vielen, vielen Jahren begonnen). Ich war durch die zuletzt zwischen uns gefallenen Worte so verwirrt, daß ich, als sie eintraten, nicht einmal aufstand, während der Fürst sich sogleich erhob und ihnen entgegenging; dann aber war es zu spät und ich schämte mich, noch nachträglich aufzustehen, und so blieb ich sitzen. Ich war hauptsächlich deshalb so verwirrt, weil der Fürst mich vor ein paar Augenblicken so angefahren hatte, daß ich nicht wußte, ob ich fortgehen oder bleiben sollte. Aber der Alte hatte seiner Gewohnheit gemäß schon wieder alles vergessen und schien durch die Ankunft der jungen Damen förmlich neu belebt zu sein: sein ganzes Mienenspiel veränderte sich im Nu, und er raunte mir noch, während jene bereits eintraten, mit einem vielsagenden Augenzwinkern unbemerkt zu:

»Betrachte die Olympia, aber aufmerksam, aufmerksam, werde dir später erzählen ...«

Ich betrachtete sie denn auch wirklich ziemlich aufmerksam, konnte aber nichts Besonderes an ihr entdecken: ein nicht sehr großes Mädchen, rundlich und mit auffallend roten Wangen. Das Gesicht war eigentlich ganz sympathisch, eines von jenen, die den Materialisten gefallen. Vielleicht lag in ihm auch ein Ausdruck von Güte, jedoch mit Vorbehalt. Durch besondere Intelligenz konnte sie sich entschieden nicht auszeichnen – ich meine Intelligenz im höheren Sinne –; denn Schlauheit verrieten ihre Augen sogar in hohem Maße. Alter – höchstens neunzehn. Mit einem Wort, nichts Besonderes. Bei uns im Gymnasium hätte man gesagt: ein Kissen. (Wenn ich jetzt alles so ausführlich beschreibe, so geschieht das nur, weil das für später nötig ist.)

Übrigens dient auch alles andere, was ich bisher scheinbar mit ganz überflüssiger Ausführlichkeit wiedergegeben habe, nur zur Erläuterung des Weiteren. Somit ist denn nichts überflüssig; an der richtigen Stelle komme ich auf alles zurück; ich habe es nur nicht verstanden, Einzelheiten zu übergehen, doch wen sie langweilen, den bitte ich, sie nicht zu lesen.

Ein ganz anderes Wesen war dagegen Werssiloffs Tochter. Groß, schlank, mit einem länglichen, auffallend blassen Gesicht; dazu dunkles, fast schwarzes, wundervolles Haar; und ebenso dunkle Augen, dunkel und groß, mit einem tiefen Blick; schmale blaßrosa Lippen, ein frischer Mund. Das erste Weib, das mich durch seinen Gang nicht angeekelt hat – freilich war sie, wie gesagt, sehr schlank, fast sogar mager. Ihr Gesichtsausdruck sprach nicht gerade von Güte, aber es lag in ihm Vornehmheit und Würde. Zweiundzwanzig Jahre alt. Doch sonderbar: es war da fast kein einziger Zug im Gesicht, der eine Ähnlichkeit mit Werssiloff gehabt hätte, indessen aber, wie durch ein Wunder, lag eine ungeheure Ähnlichkeit mit ihm im ganzen Gesichtsausdruck. Ich weiß nicht, ob ich sie schön nennen soll. Es kommt auf den Geschmack an. Gekleidet waren sie beide so schlicht, daß es sich nicht lohnt, die Kleider näher zu beschreiben. Ich war darauf gefaßt, daß die Werssílowa mich sogleich beleidigen werde, sei es mit einem Blick, einem Achselzucken oder gleichviel wie, und ich bereitete mich schon darauf vor. Hatte doch ihr Bruder in Moskau auch schon bei unserer ersten Begegnung die Gelegenheit wahrgenommen, mich zu beleidigen! Sie konnte zwar nicht wissen, daß ich es war, sie hatte mich noch niemals gesehen, aber natürlich hatte sie schon gehört, daß ich zum Fürsten kam. Es erregte eben alles, was der Fürst tat oder unterließ, in der ganzen Schar seiner Verwandten, die ja alle auf ihn »hofften«, von vornherein das größte Interesse, weshalb denn auch die geringfügigsten Dinge zu wahren Ereignissen aufgebauscht wurden; – um wieviel mehr mußte das nun noch mit seiner plötzlichen großen Zuneigung zu mir der Fall sein. Ich wußte bereits, daß der Fürst sich für das Schicksal Anna Andréjewnas ausnehmend interessierte und ihr einen Gatten verschaffen wollte. Nur war es unvergleichlich schwerer, für die Werssílowa einen Bräutigam zu finden als für jene, die auf Kanevas stickten.

Doch siehe da, es kam ganz anders und wider alle Erwartung: nachdem die Werssílowa dem Fürsten die Hand gereicht und ein paar scherzhafte, wenn auch konventionelle Worte mit ihm gewechselt hatte, sah sie plötzlich gespannt nach mir hin. Ich sah sie gleichfalls an, und plötzlich nickte sie mir mit einem Lächeln zu. Das hätte freilich nicht viel zu bedeuten gehabt, sie grüßte eben, wie man es immer tut, wenn man in ein Zimmer tritt, in dem ein fremder Gast des Hausherrn anwesend ist. Aber ihr Lächeln – nein, dieses Lächeln war so gütig, daß es augenscheinlich nur vorbedacht sein konnte. Und ich erinnere mich noch, ich hatte dabei eine ungewöhnlich angenehme Empfindung.

»Und das ... und das ist mein lieber junger Freund Arkadij Andréjewitsch Dol ...«, begann der Fürst, der ihren Gruß bemerkt hatte, während ich immer noch saß, – und plötzlich stockte er mitten im Satz: vielleicht besann er sich darauf, wen er da vorstellte – im Grunde doch den Bruder der Schwester. Das Kissen grüßte daraufhin gleichfalls, ich aber ärgerte mich plötzlich dümmsterweise und sprang empört auf: es war eine Anwandlung falschen, sinnlos übertriebenen Stolzes, natürlich nur aus Eitelkeit.

»Entschuldigen Sie, Fürst, ich heiße nicht Arkadij Andréjewitsch, sondern Arkádij Makárowitsch«, versetzte ich schroff, ohne daran zu denken, daß ich den jungen Damen zuvor eine Verbeugung schuldig war. Wenn doch der Teufel diesen peinlichen Augenblick geholt hätte!

»Mais ... Tiens!« Der Fürst besann sich sogleich und schlug sich mit der Hand vor die Stirn.

»Wo haben Sie die Schule besucht?« ertönte da in meiner Nähe eine kindlich dumme Frage in kindlich langsamer Sprechweise: das Kissen war zu mir getreten.

»In Moskau, auf dem Gymnasium.«

»Ah! Ich habe davon gehört. Wie, wird dort gut unterrichtet?«

»Sehr gut.«

Ich stand immer noch da und antwortete wie ein Soldat, der rapportieren muß.

Die Fragen dieses Fräuleins waren wohl nichts weniger als geistreich, aber immerhin hatte sie die Geistesgegenwart, meinen dummen Ausfall durch irgendeine Frage vergessen zu machen und dem Fürsten aus seiner Verlegenheit zu helfen. Übrigens hörte dieser schon mit einem heiteren Lächeln dem geheimnisvollen und munteren Geflüster der Werssílowa zu, das augenscheinlich nicht mich zum Gegenstand hatte. Ich fragte mich: Weshalb nahm es dieses Mädchen, das mir doch so völlig fremd war, ungebeten auf sich, meinen dummen Ausfall gutzumachen? Und überdies war es ganz unmöglich, sich vorzustellen, daß sie sich nur so, nur zufällig an mich wandte: die Absicht war zu deutlich. Sie sah mich gar zu interessiert an, ganz als hätte sie gewünscht, von mir ebenso betrachtet zu werden, so interessiert wie nur möglich. Das habe ich mir natürlich erst nachher gesagt und mich auch nicht getäuscht ...

»Wie, schon heute?« rief plötzlich der Fürst ganz erschrokken aus.

»Haben Sie es denn nicht gewußt?« fragte die Werssílowa verwundert. »Olympia! Der Fürst hat es gar nicht gewußt, daß Katerina Nikolájewna heute ankommt. Aber wir sind doch deshalb hergekommen, weil wir dachten, sie sei schon mit dem Frühzug eingetroffen und schon längst zu Haus. Statt dessen trafen wir sie gerade erst bei der Vorfahrt, als wir ausstiegen: sie kam direkt von der Bahn und sagte uns, wir sollten nur zu Ihnen gehen, sie werde gleich nachkommen ... Aber da ist sie ja schon!« Die Tür zum Nebenzimmer wurde geöffnet und – *jene Frau erschien!*

Ich kannte bereits ihr Gesicht. Im Kabinett des Fürsten hing ein wundervolles Porträt von ihr, und den ganzen Monat hatte ich es Zug für Zug studiert. Während ihrer Anwesenheit verbrachte ich höchstens drei Minuten im Kabinett und wandte die ganze Zeit keinen Blick von ihrem Gesicht. Wenn ich aber das Porträt nicht gekannt und jemand mich nach jenen drei Minuten gefragt hätte: »Wie sieht sie aus?« – ich hätte ihm nichts antworten können; denn ich wußte es wirklich nicht, es war da alles in mir zu einem Chaos geworden.

Ich entsinne mich, wenn ich an diese drei Minuten zurückdenke, nur noch einer wirklich sehr schönen Frau, die der Fürst mehrmals küßte und bekreuzte, und die sich dann plötzlich – ganz offen und unverhohlen, kaum daß sie eingetreten war – mir zuwandte und mich anstarrte. Ich hörte noch ganz deutlich, wie der Fürst, der offenbar auf mich gewiesen hatte, mit einem unsicheren kleinen Lachen etwas von seinem neuen Sekretär murmelte und zum Schluß meinen Familiennamen nannte. Sie warf eigentümlich den

Kopf in den Nacken, blickte mich häßlich an und lächelte dann so beleidigend, daß ich plötzlich vortrat, zum Fürsten schritt und zitternd, wohl nur halb verständlich, die Worte durch die Zähne hervorstieß:

»Von jetzt ab ... ich habe anderes zu tun ... für mich. Ich gehe.«

Und ich drehte mich um und ging. Niemand sagte ein Wort zu mir, nicht einmal der Fürst; alle sahen mich nur an. Später sagte mir der Fürst, ich wäre so bleich geworden, daß er »einfach Angst bekommen« hätte.

Das war nun freilich ganz überflüssig!

DRITTES KAPITEL

I

Er hatte wirklich nichts zu befürchten: eine höhere Erwägung löschte alle diese kleinen Nebensachen völlig aus, und ein einziges mächtiges Gefühl entschädigte mich für alles andere. Ich empfand nichts als Genugtuung, ich war entzückt, war förmlich begeistert, als ich sie verließ; und als ich auf die Straße hinaustrat, hätte ich am liebsten gesungen. Es war aber auch gerade ein herrlicher Morgen, so richtig zu meiner Stimmung passend: Sonne, viele Menschen, Lärm, Bewegung, Frohsinn, Gedränge. – Wie, hatte mich denn diese Frau nicht beleidigt? Von wem hätte ich mir sonst einen solchen Blick und ein so herabsetzendes Lächeln gefallen lassen, ohne sofort zu protestieren? – und wenn mein Protest auch noch so albern ausgefallen wäre, gleichviel! Und nicht zu vergessen: sie war ja doch eigens mit der Absicht hergereist, mich sobald wie möglich zu beleidigen, obgleich sie mich noch nie gesehen hatte: in ihren Augen war ich der »heimliche Abgesandte Werssiloffs«, und damals, wie auch noch lange nachher, war sie fest überzeugt, daß Werssiloff ihr ganzes Schicksal in Händen hielte, das heißt, daß er die Möglichkeit hätte, sie, sobald er nur wollte, ins Elend zu stürzen. Kurz, sie glaubte ihn im Besitz eines gewissen Dokuments, oder vermutete wenigstens stark, daß er es besaß. So war denn ihr Kampf gegen Werssiloff ein Zweikampf auf Leben und Tod. Und siehe da: ich war nicht beleidigt! Ihr Benehmen war eine Beleidigung gewesen, ich aber hatte die Beleidigung gar nicht empfunden! Ach wo! Ich war sogar unbändig froh, als wäre mir eine große Freude widerfahren. Ich war nach Petersburg gekommen, um sie zu hassen, und nun fühlte ich, wie ich sie zu lieben begann.

‚Ich weiß nicht, ob eine Spinne die Fliege hassen kann, auf die sie es abgesehen und die sie schon so gut wie umsponnen hat? Süße kleine Fliege! Ich glaube, man liebt sein Opfer; wenigstens kann man es lieben. Ich jedenfalls liebe meinen Feind: Zum Beispiel gefällt es mir furchtbar, daß sie schön ist. Es gefällt mir ungeheuer, meine Gnädigste, daß Sie so hochmütig und erhaben sind: wären Sie bescheidener, würde ich nicht dieses Vergnügen auskosten, oder wenigstens kein so großes. Sie haben mich gewissermaßen angespien mit Ihrem Blick, ich aber triumphiere. Und wenn Sie mir tatsächlich ins Gesicht gespien hätten, so würde ich mich vielleicht wirklich nicht einmal darüber geärgert haben; denn Sie sind – mein Opfer, *mein* Opfer und nicht *seins*. Wie bezaubernd dieser Gedanke ist! Nein, das Bewußtsein der eigenen *geheimen* Macht ist unvergleichlich angenehmer als offenkundige Überlegenheit und Herrschaft. Wenn ich ein hundertfacher Millionär wäre, ich glaube, da würde es mir die größte Wonne bereiten, in ganz schäbigen Kleidern zu gehen, damit man mich für einen ganz armen Kauz halte, womöglich für einen, der nahe daran ist, um Almosen zu bitten, der geschubst und mißachtet wird: mir würde das Bewußtsein genügen.‘

So ungefähr könnte ich meine damaligen Gedanken ausdrücken, wie überhaupt meine Freude und vieles von dem, was ich empfand. Ich will nur noch bemerken, daß hier in dem soeben Geschriebenen alles viel oberflächlicher klingt: in Wirklichkeit war ich tiefer und schamhafter. Vielleicht bin ich auch jetzt im Grunde meines Wesens schamhafter als in meinen Worten und Taten. Gebe Gott, daß es so sei!

Vielleicht war es sehr falsch von mir, daß ich überhaupt angefangen habe, dies alles niederzuschreiben: es bleibt doch so unendlich viel mehr in einem zurück, als was man in Worten auszudrücken vermag. Jeder Gedanke, selbst der unbedeutendste, ist, solange er in uns bleibt, immer tiefer als in Worten ausgedrückt: ausgesprochen erscheint er auch uns selbst lächerlicher und gleichsam – ehrloser. Werssiloff sagte mir einmal, nur bei schlechten Menschen sei es umgekehrt. Die lügen eben nur, da haben sie es leicht. Ich dagegen mühe mich, die ganze Wahrheit zu schreiben; das aber ist furchtbar schwer!

II

An diesem neunzehnten September unternahm ich noch einen »Schritt«.

Seit meiner Ankunft in Petersburg hatte ich zum erstenmal Geld in der Tasche, denn meine in zwei Jahren zusammengesparten sechzig Rubel hatte ich, wie bereits erwähnt, meiner Mutter gegeben; ein paar Tage zuvor aber hatte ich mir fest vorgenommen, an dem Tage, an dem ich mein Monatsgehalt erhielt, eine »Probe« zu machen, von der ich schon seit langem träumte. Und gerade am Abend vorher hatte ich im Inseratenteil einer Zeitung etwas gefunden, auf alle Fälle ausgeschnitten und zu mir gesteckt: das war eine »Bekanntmachung vom St. Petersburger Bezirksgericht« usw. usw., daß am 19. September er. um 12 Uhr vormittags im Kasaner Viertel, in dem und dem Bezirk, im Hause Nummer soundso die gerichtliche Versteigerung des Mobiliars einer gewissen Frau Lebrecht stattfinden werde, und daß die Taxationsliste der betreffenden Gegenstände, und natürlich auch diese selbst, am Tage der Versteigerung dem Publikum zur Orientierung und Besichtigung in besagtem Hause bereitgestellt sein würden usw. usw.

Es war kurz nach ein Uhr. Ich eilte zu Fuß nach dem Kasaner Viertel. Schon seit drei Jahren benutzte ich keine Droschke mehr; ich hatte mir das so geschworen (andernfalls hätte ich mir auch nicht jene sechzig Rubel ersparen können). Ich war noch nie zu einer Auktion gegangen, ich hatte mir das noch nicht *erlaubt;* und obschon mein erster Schritt auf diesem Gebiet nur ein *Versuch* sein sollte, so hatte ich mir doch von vornherein eines fest vorgenommen: nicht eher wollte ich mir diesen Versuch gestatten, als bis ich das Gymnasium beendet, mit allen gebrochen und mich in mein Gehäuse verkrochen hätte, also erst dann, wenn ich vollkommen frei sein würde. Freilich war ich nun noch längst nicht in meinem Gehäuse und auch noch weit davon entfernt, frei zu sein. Aber der Schritt sollte ja auch nur als Versuch in Frage kommen, eben als Probe, nur so, um zu sehen, wie es ist, fast nur, um meine Zukunftsträume danach gestalten zu können; dann aber wollte ich, vielleicht eine lange Zeit, nichts derartiges mehr unternehmen, vielleicht sogar bis zu dem Zeitpunkt, wo ich damit ernstlich beginnen könnte. Für alle anderen war dies nur eine kleine, nichtssagende Auktion, für mich aber so etwas wie der erste Balken des Schiffes, auf dem ich wie Kolumbus ausfahren wollte, um Amerika zu entdecken. Das waren ungefähr die Gefühle, die ich damals hatte.

Ich fand das Haus, ging, wie in der Notiz angegeben war, über den Hof und betrat die Wohnung der Frau Lebrecht. Diese Wohnung bestand aus einem Vorraum und vier nicht großen, niedrigen Zimmern. Im ersten Zimmer befanden sich viele Menschen, vielleicht ganze dreißig an der Zahl; aber nur die Hälfte von ihnen mochte sich aus Käufern zu sammensetzen, die anderen waren augenscheinlich nur aus Neugier gekommen oder als Liebhaber jeglicher Versammlungen, oder auch als heimlich Beauftragte der Frau Lebrecht. Es waren da außer Krämern und Juden, die es auf die Goldsachen abgesehen hatten, auch einige »sauber« gekleidete Leute. Sogar die Physiognomien einzelner von ihnen haben sich meinem Gedächtnis eingeprägt. Im nächsten Zimmer rechts, dessen Tür offenstand, hatte man gerade zwischen die Türpfosten einen Tisch gestellt, so daß er den Eingang zu jenem Zimmer versperrte; dort aber befanden sich alle die unter den Hammer gekommenen Sachen, die ausgeboten werden sollten. Links lag ein anderes Zimmer, dessen Tür geschlossen war, doch von Zeit zu Zeit ein klein wenig geöffnet wurde, und dann sah man, daß jemand verstohlen durch den Spalt lauerte, – wahrscheinlich jemand von den zahlreichen Familienangehörigen der Frau Lebrecht, die sich an dem Tage natürlich in einer recht beschämenden Lage befanden. Hinter dem Tisch in der Tür saß, das Gesicht dem Publikum zugewandt, der Gerichtsvollzieher, der die Sachen zu versteigern hatte. Als ich eintrat, war ungefähr die Hälfte schon verkauft. Ich drängte mich sogleich bis dicht an den Tisch heran. Es wurden gerade zwei Bronzeleuchter ausgeboten. Ich sah mich nach den anderen Sachen um.

Dabei drängten sich mir sogleich Zweifel auf: was konnte ich hier überhaupt kaufen? Was finge ich zum Beispiel mit diesem Paar Bronzeleuchter an, wo brächte ich sie jetzt unter, und könnte ich denn so überhaupt jemals zum Ziel gelangen? Wird denn die Sache auch wirklich so gemacht, und wird meine Berechnung auch wirklich richtig sein? War es nicht schließlich eine ganz kindische Berechnung? Und während mir diese Gedanken durch den Kopf fuhren, stand ich und wartete – etwa wie man am Spieltisch wartet, wenn man noch nicht gesetzt hat, obschon man mit der Absicht, unbedingt zu spielen, an den Tisch getreten ist und gerade noch denkt: ‚Wenn ich will, setze ich, wenn ich will, gehe ich fort – ganz wie's meinem freien Willen beliebt.' Das Herz pocht dann noch nicht, aber es ist, als verlangsame sich sein Schlagen, und hin und wieder erbebt es nur so eigenartig, – eine Empfindung, die nicht ohne Reiz ist. Aber die Unentschlossenheit fängt bald an, einen zu bedrücken, und dann wird man plötzlich gleichsam blind und taub und streckt die Hand aus und nimmt eine Karte, aber alles ganz wie mechanisch, fast sogar wie gegen den eigenen Willen, als führte ein Fremder unsere Hand; und plötzlich hat man sich entschlossen und setzt, – dann hat man aber schon gleich eine ganz andere Empfindung, die ungeheuer ist. Ich rede hier nicht von Auktionen, sondern nur von mir: wer sonst könnte denn auf einer Auktion Herzklopfen bekommen?

Es waren da Leute, die sich sehr ereiferten, andere wiederum, die schwiegen und warteten, und wieder andere, die dies oder jenes kauften und es nachher bereuten. Ich kann nicht sagen, daß sie mir leid taten: ein Herr, zum Beispiel, der sich verhört hatte und eine Milchkanne aus Neusilber für eine silberne kaufte und statt etwa zwei Rubel ganze fünf Rubel zahlen mußte, erweckte nicht das geringste Mitleid in mir, im Gegenteil, dieser Zwischenfall erheiterte mich sogar. Der Gerichtsvollzieher brachte übrigens nach Möglichkeit Abwechslung in die Versteigerung: nach den Leuchtern kamen Ohrringe zum Ausgebot, nach den Ohrringen ein gesticktes Saffiankissen, dann eine Schatulle, – wahrscheinlich, um das Interesse wachzuerhalten, oder vielleicht auch, um den Wünschen der Kauflustigen nachzukommen. Ich hielt es nicht zehn Minuten aus, wandte mich zuerst dem Kissen zu, darauf der Schatulle, aber im entscheidenden Moment bot ich dann doch nicht mit: diese Gegenstände erschienen mir ganz unmöglich. Da hielt der Gerichtsvollzieher ein Album in der Hand.

»Ein Album, in einem roten Saffianeinband, gebraucht, mit Aquarell- und Tuschzeichnungen, in einem Futteral mit geschnitzter Elfenbeineinlage und mit silbernen Schließen. Zwei Rubel!«

Ich trat näher: ein elegantes Ding, aber die Elfenbeinschnitzerei war an einer Stelle schon etwas schadhaft. Nur ich allein war nähergetreten, die anderen schwiegen. Konkurrenten gab es also nicht. Ich hätte ja die Schließen öffnen und das Album herausnehmen können, um es zu betrachten, ließ es aber bleiben. ‚Gleichviel', dachte ich, ‚das ist ja egal!'

»Zwei Rubel und fünf Kopeken«, bot ich mit vor Aufregung unsicherer Stimme.

Niemand bot mehr. So fiel es mir zu. Ich holte sogleich mein Geld hervor, bezahlte, nahm das Album und zog mich in einen Winkel des Zimmers zurück. Dort erst nahm ich es aus dem Futteral, um es schnell, fast fieberhaft zu durchblättern: das war nun, abgesehen von dem Futteral, das wertloseste Ding der Welt – ein Stammbuch von der Größe eines Postpapierbogens kleinen Formats, ein dünnes Büchlein mit abgenutztem Goldschnitt – genau von der Art, wie sie in früheren Jahren bei jungen Mädchen, die ein Institut besuchten, so überaus beliebt waren. Mit Tusche und Wasserfarben waren da Tempel auf Bergen gemalt, Amoretten, ein Teich, auf dem Schwäne schwammen, und dazu natürlich Gedichte.

„. . . Vor mir liegt eine weite Reise,
Weshalb ich Abschied nehmen muß,
Drum send ich Dir auf diese Weise
Hiermit noch einen letzten Gruß.“

(Da hab' ich richtig noch eins von ihnen behalten!) Ich gestand mir, daß ich »hereingefallen« war: wenn es etwas gab, was kein Mensch brauchen konnte, so war das dieses alte Album.

‚Tut nichts‘, schloß ich schnell meinen Gedankengang, ‚die erste Karte verspielt man immer; das hat sogar eine gute Vorbedeutung.‘

Ich war entschieden vergnügt.

»Ach, da bin ich zu spät gekommen! Sie haben es? Sie haben es erstanden?« hörte ich plötzlich neben mir die Stimme eines Herrn, der sehr stattlich aussah und gut gekleidet war. Er war gerade erst eingetreten.

»Zu spät! Schade, sehr schade! – Für wieviel, wenn ich fragen darf?«

»Für zwei Rubel fünf Kopeken.«

»Ach, wie schade! . . . Würden Sie es mir nicht abtreten?«

»Gehen wir hinaus«, flüsterte ich ihm zu, während mein Herzschlag stockte.

Wir gingen hinaus auf die Treppe.

»Ich trete es Ihnen für zehn Rubel ab«, sagte ich, mit einem Gefühl von Kälte im Rücken.

»Zehn Rubel! Ich bitte Sie, was fällt Ihnen ein!«

»Wie Sie wollen.«

Er sah mich aus aufgerissenen Augen an und musterte

mich von oben bis unten: ich war gut gekleidet und glich wohl nicht im entferntesten einem Juden oder Trödler.

»Aber ich bitt' Sie, das ist doch nur ein wertloses altes Album, das zu nichts mehr zu gebrauchen ist, auch das Futteral ist ja nichts mehr wert, wer wird denn so etwas noch kaufen?«

»Sie wollen es doch kaufen.«

»Aber doch nur aus einem besonderen Grunde! Ich erfuhr es erst gestern – und solcher, die das kaufen wollen, gibt es doch außer mir keinen einzigen! Was fällt Ihnen ein!«

»Ich hätte fünfundzwanzig Rubel fordern sollen; aber da Sie dann vielleicht doch zurückgetreten wären, so habe ich, um das Wagnis nicht zu übertreiben, nur zehn gefordert. Davon lasse ich keine Kopeke ab.«

Ich kehrte ihm den Rücken und ging.

»So nehmen Sie vier Rubel!« rief er mir nach und holte mich mit schnellen Schritten ein – ich war schon auf dem Hof. »Nun, meinetwegen: fünf!«

Ich schwieg und ging weiter.

»Nun denn – da haben Sie!« Er nahm zehn Rubel aus seinem Portemonnaie, ich gab ihm das Album.

»Aber Sie müssen doch zugeben, daß das nicht ehrlich ist! Zwei Rubel und zehn – was?«

»Weshalb nicht ehrlich? Einfach Markt!«

»Was ist denn hier für ein Markt!« (Er wurde wütend.)

»Wo Nachfrage ist, ist auch Markt. Hätten Sie sich nicht eingefunden – keine vierzig Kopeken hätt' ich dafür bekommen.«

Ich sagte es zwar ganz ernst, aber innerlich lachte ich – lachte nicht gerade vor Entzücken, sondern – ja, ich weiß es eigentlich selbst nicht, weshalb ich lachte, jedenfalls aber geriet ich dabei etwas außer Atem.

»Hören Sie«, wandte ich mich leise an ihn – ich konnte es nicht zurückhalten, was sich mir auf die Lippen drängte, und ich sagte es ganz freundschaftlich zu ihm und hatte ihn dabei sogar furchtbar gern –, »hören Sie, als James Rothschild, der Verstorbene, der Pariser, Sie wissen doch, der eintausendsiebenhundert Millionen Francs hinterlassen hat« (er nickte mit dem Kopf), »als also dieser James Rothschild – damals war er noch jung – zufällig ein paar Stunden früher als alle anderen von der Ermordung des Herzogs von Berry erfuhr und davon ungesäumt gewissen Leuten Mitteilung machte, verdiente er dadurch in wenigen Minuten ein paar Millionen – sehen Sie, so machen es solche Leute!«

»Ja, sind *Sie* denn Rothschild?« schrie er mich wütend an, als hätte er es mit einem Narren zu tun.

Ich ließ ihn stehen und ging fort. Ein einziger Schachzug – und ich hatte sieben Rubel fünfundneunzig Kopeken verdient! Gut, sagen wir: es war ein Zufall, ein kindisches Spiel, ich gebe es zu, aber immerhin stimmte dieser „Zufall" mit meiner Berechnung überein, und da war es nur natürlich, daß er einen ungeheuer tiefen Eindruck auf mich machte ... Übrigens, wozu Gefühle beschreiben? Den Zehnrubelschein hatte ich in meiner Westentasche, ich steckte zwei Finger hinein, um ihn zu befühlen, und so ging ich weiter, ohne die Hand herauszuziehen. Als ich etwa hundert Schritte gegangen war, zog ich den Schein hervor, um ihn zu betrachten: ich besah ihn von allen Seiten und hätte ihn am liebsten geküßt. Da rollte eine Equipage vor das Haus, an dem ich gerade vorübergehen wollte. Der Portier öffnete die Tür, und aus dem Hause trat eine Dame, jung, schön, in Seide und Samt gekleidet, mit einer fast meterlangen Schleppe – und sie ging an mir vorüber zur Equipage. Plötzlich entglitt ihrer Hand ein entzückendes kleines Ledertäschchen und fiel hin, ohne daß sie es bemerkte: sie stieg ein. Der Diener wollte sich schon bücken, um das Ding aufzuheben, aber ich kam ihm zuvor, hob es auf und reichte es der Dame, indem ich den Hut lüftete. (Ich trug einen Zylinder und war als selbständiger junger Zivilist gut gekleidet.) Die Dame sagte zurückhaltend, aber mit dem liebenswürdigsten Lächeln: »Merci m'sieu.« Die Equipage rollte davon. Ich küßte meinen Zehnrubelschein.

III

Ich mußte an jenem Tage noch unbedingt einen früheren Schulkameraden von mir aufsuchen, einen gewissen Jefím Swerjóff, der schon früher aus dem Gymnasium in Moskau ausgetreten war, um in Petersburg eine höhere Fachschule zu besuchen. Er selbst ist weiter keiner Erwähnung wert, und eigentlich war ich mit ihm auch nichts weniger als befreundet, ich hatte ihn aber trotzdem schon im ersten Monat in Petersburg aufgesucht: er konnte mir (infolge von Umständen, die gleichfalls nicht der Rede wert sind) die Adresse eines gewissen Menschen mitteilen, der mich sehr interessierte und der bald aus Wilna zurückkehren sollte. Dieser Mensch hieß Krafft. Swerjóff hatte mir vor einiger Zeit mitgeteilt, daß er ihn gerade an jenem Tage oder spätestens am folgenden zurückerwartete. Ich mußte mich nach einem ganz anderen Stadtteil begeben, nach der „Petersburger Seite", aber auch diese Strecke legte ich wieder zu Fuß zurück und wurde nicht einmal müde. Ich traf ihn (Swerjóff war mit mir in einem Alter, erst neunzehn geworden) auf dem Hof des Hauses seiner Tante, bei der er damals wohnte. Er hatte gerade zu Mittag gegessen und leistete sich das Vergnügen, im Hof auf Stelzen herumzugehen. Er sagte mir sogleich, daß Krafft schon tags zuvor angekommen und in seiner früheren Wohnung auf der Petersburger Seite abgestiegen sei und mich gleichfalls so bald als möglich zu sehen wünsche, da er mir etwas Wichtiges mitzuteilen habe.

»Er muß bald wieder irgendwohin verreisen«, fügte Jefím noch hinzu.

Da es für mich unter diesen Umständen und noch aus besonderen Gründen von größter Wichtigkeit war, Krafft zu sprechen, so bat ich Jefím, mich sogleich zu ihm zu führen, zumal dessen Wohnung nur ein paar Schritte von dort entfernt war. Doch Jefím erklärte mir darauf, daß er Krafft schon vor einer Stunde getroffen habe: er sei zu Dergatschóff gegangen und werde dort wohl sicher sitzengeblieben sein.

»Gehen wir doch einfach zu Dergatschóff, warum willst du immer nicht? Hast du Angst?«

In der Tat, Krafft konnte bei Dergatschóff lange sitzen bleiben, und wo sollte ich auf ihn warten? Zu Dergatschoff zu gehen, davor fürchtete ich mich zwar nicht, aber es widerstrebte mir, obwohl es schon das drittemal war, daß Jefím mich hinschleppen wollte. Und dabei hatte er schon jedesmal dieses »Hast du Angst?« mit einem Lächeln angehängt, das mich für feig hielt. Nein, es geschah meinerseits nicht aus Feigheit, das sei vorausgeschickt.

Wenn ich ungern hinging, so hatte das einen ganz anderen Grund. Diesmal aber entschloß ich mich doch, mich hinführen zu lassen. Es war übrigens gleichfalls nicht weit zu gehen. Unterwegs fragte ich Jefim, ob er immer noch die Absicht habe, nach Amerika durchzubrennen.

»Vielleicht schiebe ich es auch noch ein bißchen auf«, erwiderte er mit leichtem Auflachen.

Ich hatte ihn nicht sonderlich gern oder, wenn ich ganz aufrichtig sein soll, ich mochte ihn eigentlich gar nicht. Er war für meinen Geschmack gar zu blond, sein Gesicht schon gar zu weiß und rosig, geradezu unpassend zart, als wäre er noch ein Säugling, und dabei war er sogar länger als ich, doch konnte man ihn höchstens für einen Siebzehnjährigen halten. Eine ernste Unterhaltung mit ihm war ganz unmöglich.

»Wer ist denn dort alles? Trifft man dort wirklich immer eine ganze Versammlung an?« erkundigte ich mich wissenschaftshalber.

»Warum hast du denn immer Angst?« fragte er wieder höhnisch.

»Scher dich zum Teufel!« sagte ich ärgerlich.

»Durchaus keine Versammlung. Es kommen nur Bekannte hin, lauter Gesinnungsgenossen, sei unbesorgt.«

»Was, zum Teufel, geht das mich an, ob sie Gesinnungsgenossen sind oder nicht! Aber werde auch ich dort Gesinnungsgenosse sein? Woher wissen diese Leute, ob sie mir vertrauen können?«

»*Ich* bringe dich hin, das genügt. Sie haben aber auch schon von dir gehört. Und Krafft kann ihnen ja auch Auskunft über dich geben.«

»Hör mal, wird Wassin dort sein?«

»Das weiß ich nicht.«

»Wenn er da ist, so stoß mich an, sobald wir eintreten, so mit dem Ellenbogen, und zeig ihn mir heimlich, damit ich weiß, welcher es ist. Gleich beim Eintreten, hörst du?«

Von diesem Wassin hatte ich schon viel gehört und interessierte mich schon lange für ihn.

Dergatschóff wohnte in einem kleinen Nebengebäude auf dem Hof eines großen Hauses, das einer Kaufmannsfrau gehörte, doch dafür bewohnte er das Häuschen ganz allein. Es waren dort nur drei Wohnzimmer, und an allen vier Fenstern waren die Stores herabgelassen. Er war Techniker und hatte in Petersburg eine Anstellung; wie ich gehört hatte, war ihm eine sehr vorteilhafte Privatstellung in der Provinz angeboten worden, und es hieß, er wolle schon in nächster Zeit Petersburg verlassen.

Kaum waren wir in das kleine Vorzimmer getreten, da hörten wir schon laute Stimmen: man schien heftig zu streiten, und jemand rief: »Quae medicamenta non sanant – ferrum sanat, quae ferrum non sanat – ignis sanat!«

Ich fühlte mich allerdings etwas beunruhigt. Natürlich war ich nicht an Gesellschaft gewöhnt, gleichviel an welch eine. Im Gymnasium hatte ich mit meinen Mitschülern zwar auf du und du gestanden, doch kann ich nicht sagen, daß ich auch nur mit einem von ihnen wirklich Freundschaft geschlossen hätte. Ich hatte mir meinen Winkel geschaffen und in diesem Winkel gelebt. Aber das war es nicht, was mich verwirrte. Für alle Fälle nahm ich mir fest vor, mich nicht auf einen Meinungsstreit einzulassen und überhaupt nur das Notwendigste zu sprechen, so daß man aus meinen Worten nicht die geringsten Schlüsse auf mich ziehen könnte; vor allen Dingen aber wollte ich mich nicht in ihren Streit hineinziehen lassen.

Im ersten Zimmer, das wirklich schon etwas gar zu klein war, waren sieben Herren anwesend und drei Damen. Dergatschoff war ein Mann von fünfundzwanzig Jahren und verheiratet. Die Schwester der Frau und noch eine Verwandte von ihr lebten gleichfalls bei ihnen. Das Zimmer war nur einfach möbliert, doch ausreichend, und es war sogar sehr sauber. An der einen Wand hing ein Porträt, eine ganz billige Lithographie, und in einer Ecke ein Heiligenbild ohne metallene Bekleidung, doch mit einem brennenden Lämpchen davor. Dergatschoff kam mir entgegen, drückte mir die Hand und bat mich, Platz zu nehmen.

»Setzen Sie sich, wir sind hier ganz unter uns.«

»Ja, bitte sehr«, forderte mich sogleich auch eine recht nett aussehende, sehr bescheiden gekleidete junge Frau auf, worauf sie nach einem freundlichen Gruß das Zimmer verließ.

Das war Dergatschoffs Frau, die offenbar auch ihre Meinung geäußert hatte und nun fortging, um ihr Kind zu stillen. So blieben nur noch zwei Damen im Zimmer: eine sehr kleine von etwa zwanzig Jahren, in einem schwarzen einfachen Kleide und gleichfalls nicht häßlich, und die andere von etwa dreißig Jahren, eine hagere Person mit stechenden Augen. Sie saßen ganz still da und hörten aufmerksam zu, beteiligten sich aber nicht am Gespräch.

Die Herren standen fast alle, nur Krafft und Wássin saßen, und dann als Dritter auch ich. Auf diese beiden hatte mich Jefím sogleich aufmerksam gemacht, denn auch Krafft sah ich zum erstenmal. Ich stand gleich wieder auf und trat auf ihn zu. Sein Gesicht werde ich nie vergessen: keine Spur von besonderer Schönheit, aber es lag in ihm ein Ausdruck wie von fast schon gar zu großer Sanftmut und auch von Zartgefühl, obgleich sich dabei doch in allem das Bewußtsein der eigenen Würde bemerkbar machte. Er mochte ungefähr sechsundzwanzig Jahre alt sein, war ziemlich mager, übermittelgroß, blond, mit einem ernsten, doch weichen Gesicht. In allem an ihm war gleichsam eine große Stille. Indessen – so sonderbar das sein mag – ich hätte mein vielleicht sehr nichtssagendes Gesicht doch nicht gegen sein Gesicht, das mir so anziehend erschien, eingetauscht. Es lag etwas in seinem Gesicht, was ich in meinem Gesicht nicht hätte haben wollen, etwas doch schon gar zu Ruhiges im moralischen Sinne, etwas von der Art eines heimlichen, sich selbst unbewußten Stolzes. Übrigens habe ich damals gewiß noch nicht so eingehend urteilen können; es scheint mir wohl nur jetzt so, als hätte ich das alles schon bei der ersten Begegnung herausgefühlt, jetzt, nach dem Geschehnis.

»Es freut mich sehr, daß Sie gekommen sind«, sagte Krafft zu mir. »Ich habe einen Brief, der Sie angeht. Wir können noch eine Weile hierbleiben, dann kommen Sie mit zu mir.«

Dergatschoff war mittelgroß von Wuchs, breitschulterig, kräftig, brünett und trug einen großen Bart. Aus seinen Augen sprach einsichtsvoller Verstand und Scharfblick, doch vor allem Zurückhaltung, die förmlich wie eine gewisse unablässige Vorsicht anmutete. Obschon er größtenteils schwieg, war er derjenige, der die ganze Unterhaltung leitete. Wassins äußere Erscheinung machte auf mich keinen gerade überraschenden Eindruck, was mich eigentlich ein wenig wunderte, da ich von ihm schon als von einem ungeheuer klugen Menschen hatte reden hören: er war blond, hatte große hellgraue Augen, ein sehr offenes Gesicht, in dem gleichzeitig ein Ausdruck von etwas vielleicht gar zu großer Charakterfestigkeit lag. Man merkte es ihm an, daß er wenig mitteilsam war, aber seine Augen verrieten Klugkeit; sie waren sogar klüger als die Dergatschoffs und auch tiefer, – er hatte die klügsten Augen von allen Anwesenden; übrigens ist es möglich, daß ich jetzt etwas übertreibe. Von den übrigen sind mir nur noch zwei im Gedächtnis geblieben: ein langer brünetter Mensch mit einem dunklen Backenbart, etwa siebenundzwanzig Jahre alt, ein Lehrer, glaube ich, der viel sprach; und dann noch ein junger Bursche, ungefähr in meinem Alter, in einer russischen Bluse, mit faltigem Gesicht, einer von den Schweigsamen, die mit großem Interesse zuzuhören verstehen. Später stellte sich dann auch heraus, daß er ein Bauernsohn war.

»Nein, das ist nicht so aufzufassen«, begann der Lehrer mit dem schwarzen Backenbart, der sich von allen am meisten ereiferte, indem er offenbar die Diskussion, die durch uns unterbrochen worden war, wieder aufnahm. »Von den mathematischen Beweisen will ich weiter nicht reden, aber diese Idee, an die zu glauben ich auch ohne mathematische Beweise gern bereit bin . . .«

»Warte mal, Tichomíroff«, unterbrach ihn Dergatschoff mit erhobener Stimme, »die Eingetretenen wissen noch gar nicht, wovon die Rede ist. Wir streiten hier über eine Ansicht«, wandte er sich plötzlich an mich ganz allein (und ich muß gestehen, wenn er mich als Neuling examinieren und zum Sprechen bringen wollte, so war das von ihm sehr geschickt angefangen; ich fühlte dies denn auch sogleich heraus und wappnete mich), »über eine Ansicht dieses Herrn Krafft, dessen Charakter und Anschauungen wir alle schon kennen, ebenso wie seine Gewissenhaftigkeit, mit der er prüft, bevor er urteilt. Er ist nun infolge eines ganz gewöhnlichen Faktums zu einem so ungewöhnlichen Schluß gekommen, daß er uns alle damit in Erstaunen gesetzt hat. Er ist also, wie gesagt, zu dem Schluß gelangt, daß das russische Volk ein Volk zweiten Ranges sei . . .«

»Dritten Ranges!« rief jemand dazwischen.

». . . ein Volk zweiten Ranges, das bestimmt ist, nur als Material für einen edleren Stamm zu dienen, nicht aber eine selbständige Rolle in den Geschicken der Menschheit zu spielen. Und in Erwägung dieses vielleicht auch ganz richtigen Schlusses ist Herr Krafft zu der weiteren Folgerung gelangt, daß durch eben diese Idee jeder fernere Tatendrang in uns Russen paralysiert werden müsse, also mit anderen Worten, uns allen müßten die Hände einfach herabsinken . . .«

»Erlaube, Dergatschoff, das ist nicht so zu interpretieren«, unterbrach ihn ungeduldig wieder jener mit dem Backenbart – Tichomíroff hieß er (und Dergatschoff überließ ihm auch sogleich das Wort). »In Anbetracht dessen, daß Krafft ernsthafte Studien gemacht, seine Schlüsse auf Grund physiologischen Wissens gezogen hat, weshalb er sie auch für mathematisch richtig anerkennt, und so vielleicht ganze zwei Jahre Studium seiner Idee geopfert hat (die ich mit der größten Ruhe auch a priori als bewiesen angenommen hätte) – in Anbetracht dessen, sage ich, das heißt also, wenn man in Betracht zieht, wie sehr ihn diese Sache aufgeregt und wie ernst er sie genommen hat, müssen wir sie als ein Phänomen auffassen, das von uns als solches untersucht werden will. Es ergibt sich nämlich aus dem Ganzen eine Frage, die Krafft nicht verstehen kann, und eben das ist es, womit man sich beschäftigen muß, also mit Kraffts Unfähigkeit, sie zu verstehen; denn eben diese seine Unfähigkeit ist das Phänomen. Jetzt heißt es: entscheiden, ob dieses Phänomen in die Klinik gehört, als ein Fall, der in seiner Art einzig dasteht, oder ob es nur der Ausdruck einer Eigenschaft ist, die sich normalerweise auch bei anderen vorfinden kann. Das festzustellen dürfte schon im Hinblick auf die allgemeine Sache von Interesse sein. Was dabei Rußland betrifft, so glaube ich ihm gern, was er sagt, ja, ich kann sogar gestehen, daß es mich beinahe freut; denn wenn alle sich diese Auffassung zu eigen machten, würde sie uns die Hände entfesseln und viele von ihrem patriotischen Vorurteil befreien . . .«

»Ich habe nicht aus Patriotismus gesprochen«, bemerkte Krafft, wie mit einer gewissen Selbstüberwindung.

Alle diese Debatten waren ihm anscheinend unangenehm.

»Aus Patriotismus oder nicht, das kann man hier beiseite lassen«, brummte Wassin vor sich hin, womit er zum erstenmal sein Schweigen brach.

»Aber inwiefern, bitte mir das zu sagen, inwiefern kann denn Kraffts Vernunftschluß einen abhalten, für die gemeinsame Sache der Menschheit zu wirken?« rief der Lehrer (nur er allein ereiferte sich so, alle anderen sprachen ruhig).

»Mag Rußland zur Zweitrangigkeit verurteilt sein, aber man kann doch auch nicht nur für Rußland allein arbeiten! Und überdies, wie kann Krafft ein Patriot sein, wenn er schon aufgehört hat, an Rußland zu glauben?«

»Zudem ist er ja auch ein Deutscher«, ertönte wieder die Stimme, die schon einmal dazwischengerufen hatte.

»Ich bin Russe«, sagte Krafft.

»Das gehört nicht zur Sache, wenigstens nicht direkt«, bemerkte Dergatschoff zu dem gewandt, der die Zwischenbemerkung gemacht hatte.

»Treten Sie aus der Enge Ihrer Idee heraus«, fuhr Tichomíroff fort, ohne auf irgendwelche Zwischenrufe zu achten, »wenn Rußland nur das Material für edlere Völker ist, ja, warum sollte es dann nicht als Material dazu dienen? Das ist doch, meiner Meinung nach, eine immer noch ganz ansehnliche Rolle. Weshalb also sollte man sich nicht, im Hinblick auf die Erweiterung der Aufgabe, mit dieser Idee zufrieden geben? Die Menschheit steht am Vorabend ihrer Verwandlung, die ja schon begonnen hat. Die Aufgabe, die vor uns liegt und unser harrt, können nur Blinde ablehnen. So laßt doch Rußland Rußland sein, wenn ihr den Glauben daran verloren habt, und arbeitet für das Zukünftige – für das zukünftige, uns noch unbekannte Volk, das aus der ganzen Menschheit hervorgehen wird, ohne Unterschied der Völkerschaften. Einmal würde Rußland doch sowieso sterben; selbst die begabtesten Völker leben im ganzen nur anderthalb, höchstens zwei Jahrtausende; ist es da nicht ganz gleich, ob es nun zweitausend oder zweihundert Jahre sind? Die Römer haben nicht einmal anderthalb Jahrtausende schöpferisch gelebt und haben sich dann gleichfalls in Material verwandelt. Römer gibt es schon lange nicht mehr, aber sie haben eine Idee hinterlassen, und diese ist als Element des Nachfolgenden in die Geschicke der Menschheit eingegangen. Wie kann man also einem Menschen sagen, daß es nichts zu tun gäbe? Ich, für meine Person, kann mir ein Leben, in dem es nichts zu tun gäbe, in dem Schaffen keinen Sinn hätte, überhaupt nicht vorstellen! So tut es für die Menschheit, und wegen des übrigen macht euch keine Sorgen. Zu tun aber gibt es so viel, daß das Leben nicht ausreicht, wenn man sich nur mal aufmerksam umschaut.«

»Man muß nach dem Gesetz der Natur und der Wahrheit leben«, sagte hinter der Tür Frau Dergatschoff. Die Tür war nicht ganz geschlossen, und durch den Spalt sah man sie stehen, das Kind an der Brust, die sie bedeckt hatte, und mit brennender Anteilnahme lauschen.

Krafft hörte mit einem halben Lächeln zu, schließlich sagte er mit einem etwas müden, gequälten Ausdruck, doch übrigens im Ton einer tiefen Aufrichtigkeit:

»Ich verstehe nicht, wie einer, wenn er unter dem Einfluß eines ihn beherrschenden Gedankens steht, dem sich sein Verstand und Herz vollkommen unterworfen haben, dann noch für etwas anderes, das außerhalb dieses Gedankens liegt, leben kann.«

»Aber wenn man Ihnen doch logisch und mathematisch beweist, daß Ihr Vernunftschluß falsch ist, daß der ganze Gedanke falsch ist, daß Sie nicht das geringste Recht haben, sich von der allgemeinen nutzbringenden Tätigkeit auszuschließen, nur weil Rußland vorherbestimmtermaßen zweitrangig ist! Wenn man Sie darauf hinweist, daß an Stelle des alten engen Horizonts die Unendlichkeit sich vor Ihnen auftut, daß an Stelle der engen Idee des Patriotismus . . .«

»Ach«, fiel ihm Krafft mit einer müden Handbewegung ins Wort, »ich sagte Ihnen doch schon, daß Patriotismus hiermit nichts zu tun hat.«

»Hier liegt augenscheinlich ein Mißverständnis vor«, mischte sich auf einmal Wássin ein. »Der Irrtum besteht darin, daß Krafft nicht nur einen logischen Schluß verficht, sondern einen Schluß, der für ihn sozusagen zu einem Gefühl geworden ist. Nicht alle Naturen sind von gleicher Art; bei vielen verwandelt sich ein logischer Schluß tatsächlich in das stärkste Gefühl, das ihr ganzes Wesen ergreift und beherrscht, und dieses Gefühl zu bannen oder zu verändern, ist doch wohl sehr schwer. Um einen solchen Menschen zu heilen, müßte man eben dieses Gefühl ändern, was wohl nur möglich wäre, wenn man es durch ein gleichstarkes anderes Gefühl ersetzen könnte. Das ist unter allen Umständen schwer, in vielen Fällen aber einfach unmöglich.«

»Falsch!« rief wieder der streitsüchtige Lehrer, »der logische Schluß hebt schon ganz von selbst alle Vorurteile auf. Eine vernünftige Überzeugung gebiert dasselbe Gefühl, das heißt, nicht gerade dasselbe, sondern ein gleichwertiges, gleichstarkes. Der Gedanke geht aus dem Gefühl hervor, und sobald er vom Menschen Besitz ergriffen hat, erzeugt er seinerseits ein neues Gefühl!«

»Die Menschen sind sehr verschieden: einige ändern ihre Gefühle leicht, andere schwer«, entgegnete Wassin gleichsam ablenkend, als wolle er den Streit nicht fortsetzen; mich aber hatte seine Auffassung schon förmlich begeistert.

»So ist es, gerade so, wie Sie sagen!« wandte ich mich plötzlich an ihn, indem ich mit einem Mal das Schweigen brach und zu sprechen begann, als hätte ich nie einen Vorsatz gefaßt. »Sie haben recht, man muß das eine Gefühl durch ein anderes ersetzen, um das erste überwinden zu können. In Moskau lebte, es sind jetzt vier Jahre her, ein General. Sehen Sie, meine Herrschaften, ich habe ihn zwar nicht gekannt, aber ... Vielleicht hat er auch als Mensch gar keine besondere Beachtung verdient ... Und außerdem kann einem der ganze Vorfall, genau genommen, als ein Beispiel von Unverstand erscheinen, aber ... Übrigens, sehen Sie, er verlor ein Kind oder vielmehr zwei, zwei kleine Mädchen, beide starben kurz nacheinander, beide am Scharlach ... Und was glauben Sie, das hat ihn so erschüttert, daß er sich nicht mehr aufzuraffen vermochte, er grämte sich und grämte sich, und sah bald so aus, daß man ihn nicht ansehen konnte — und es endete damit, daß er starb, nach Verlauf kaum eines halben Jahres. Daß er wirklich nur deshalb gestorben ist, das ist Tatsache! Wodurch, fragt es sich nun, hätte man ihn wieder aufrichten können? Antwort: durch ein gleichstarkes

Gefühl! Man hätte also diese beiden kleinen Mädchen herausgraben und ihm lebendig wiedergeben müssen – das war's, das heißt, nur bildlich gesprochen. Und da das nicht anging, starb er eben. Indessen aber – was hätte man ihm da nicht alles für wunderschöne Schlüsse vorhalten können: daß das Leben vergänglich ist, und daß wir alle einmal sterben müssen, ja, man hätte ihm sogar aus dem Kalender die Statistik vorlesen können, wieviel Kinder jährlich am Scharlach sterben, und so weiter... Er war General außer Dienst....«

Ich stockte, fast außer Atem, und sah mich im Kreise um.

»Aber das ist doch etwas ganz Anderes«, sagte irgend jemand.

»Die von Ihnen angeführte Tatsache entspricht zwar nicht ganz dem in Frage stehenden Fall, aber sie hat doch Ähnlichkeit mit ihm und erklärt die Sache anschaulicher«, sagte Wassin, sich zu mir wendend.

IV

Hier muß ich nun bekennen, weshalb mich Wássins Argument von der »Idee, die zum Gefühl wird«, so begeisterte, und gleichzeitig will ich etwas gestehen, dessen ich mich höllisch schämen muß.

Ja, ich hatte wirklich Angst gehabt, zu Dergatschóff zu gehen, wenn auch nicht aus dem Grunde, den Jefím annahm. Ich hatte Angst und hatte mich schon in Moskau vor ihnen gefürchtet. Ich wußte, daß sie (das heißt, ob es nun gerade diese oder andere waren, bleibt sich gleich, ich meine nur Leute von ihrer Art) – daß sie Dialektiker waren und mir womöglich »meine Idee« in Trümmer schlagen konnten. Zwar glaubte ich fest an mich selbst, und daß ich ihnen meine Idee mit keiner Silbe verraten würde; aber schließlich konnten sie mir doch (das heißt wiederum: sie oder ihresgleichen) irgend etwas sagen, was vielleicht ohne ihr

Wissen einen solchen Eindruck auf mich machte, daß ich dann selbst und ohne fremden Beistand meine Illusionen über meine Idee zerstörte; und eine solche Ernüchterung war jederzeit möglich, auch wenn ich, getreu meinem Vorsatz, kein Wort über meine Idee verlauten ließ. In »meiner Idee« gab es Fragen, auf die ich noch keine Antwort gefunden hatte, aber ich wollte nicht, daß ein anderer für mich das Beantworten übernahm. In den letzten zwei Jahren hatte ich sogar das Lesen von Büchern aufgegeben, weil ich fürchtete, auf eine Stelle zu stoßen, die nicht zugunsten meiner Idee sprach und meinen Standpunkt vielleicht erschüttern könnte. Und da hatte nun Wassin mit einem Satz das ganze Problem gelöst und mich beruhigt – ich meine, im *höheren* Sinne beruhigt. In der Tat, was hatte ich denn gefürchtet, und was konnten sie mir mit ihrer ganzen Dialektik schließlich anhaben? Ich war dort vielleicht der einzige unter ihnen allen, der überhaupt begriff, was Wassin mit dieser »Idee, die zum Gefühl wird«, oder sagen wir, mit dem »Ideegefühl«, gemeint hatte! Es genügt nicht, daß man die uns beherrschende herrliche Idee widerlegt, nein, man muß einen Ersatz für sie bereithaben, muß sie durch etwas ebenso Herrliches ersetzen können; anderenfalls widerlege ich in meinem Herzen, da ich doch mein Gefühl um keinen Preis hergeben will, alles, was sie dort an Widerlegungen vorbringen, selbst wenn ich dabei meine Logik vergewaltigen muß. Was aber konnten sie mir als Ersatz anbieten? Deshalb hätte ich mutiger sein können, ja, es wäre sogar meine erste Pflicht gewesen, standhafter zu sein. So fühlte ich mich, während mich Wassins Idee begeisterte, tief innerlich doch beschämt und kam mir vor wie ein unmündiges Kind.

Und dann hatte ich mich noch aus einem anderen Grunde zu schämen. Nicht der erbärmliche Wunsch allein, mich mit meinem Verstande hervorzutun, hatte mich veranlaßt, meinen vorsätzlichen Eispanzer des Schweigens zu sprengen und mit dem Sprechen zu beginnen, sondern auch das Verlangen, mich ihnen an den Hals zu werfen. Dieses Verlangen, mich anderen »an den Hals zu werfen«, damit sie mich für einen wertvollen Menschen anerkennten und mich umarmten oder ungefähr so etwas (kurz, irgend so eine Schweinerei), halte ich für das Schmählichste und Ekelhafteste, dessen ich mich zu schämen habe. Ich hatte es schon lange geahnt, oder richtiger, mich selbst dieses Verlangens verdächtigt, und ich wußte auch damals schon, daß der Keim desselben in jenem »Winkelleben« zu suchen war, das ich so lange geführt habe – was ich übrigens gar nicht bereue. Ich wußte, daß ich unter Menschen verschlossener sein mußte. Aber nach jeder Blamage solcher Art konnte ich mich stets noch damit trösten, daß »meine Idee« immerhin noch bei mir war, als mein zutiefst verborgenes Geheimnis wie zuvor, daß ich sie den anderen nicht preisgegeben hatte. Mit Bangen versuchte ich zuweilen, mir vorzustellen, wie das wäre, wenn ich einmal zu einem anderen Menschen von meiner Idee schon gesprochen hätte: dann würde ich plötzlich nichts mehr für mich allein haben, dann würde ich plötzlich ganz so sein wie alle anderen, würde mich durch nichts mehr von ihnen unterscheiden und würde vielleicht auch die ganze Idee alsdann aufgeben. Deshalb hütete ich sie wie mein Kleinod und wußte mich mit ihr nur in der Einsamkeit sicher, und deshalb zitterte ich davor, daß ich zum Reden und Schwatzen gebracht werden könnte. Und da hatte ich nun bei Dergatschoff, also schon bei dem ersten Zusammenstoß mit diesen Menschen, nicht standzuhalten vermocht! Verraten hatte ich meine Idee freilich nicht, aber geschwatzt hatte ich doch in geradezu schmählicher Weise. Und das Ergebnis davon war natürlich eine beschämende Schlappe. Scheußliche Erinnerung! Nein, ich darf nicht mit Menschen zusammen leben. Das ist auch heute noch meine Überzeugung; und die werde ich nicht ändern; ich sage das für vierzig Jahre im voraus. Meine Idee ist gleichbedeutend mit einem einsamen Leben im Winkel.

V

Kaum hatte Wassin mir beigepflichtet, da erfaßte mich auch schon das unbezwingliche Verlangen, zu sprechen.

»Meiner Meinung nach hat jeder Mensch das Recht, seine Gefühle zu haben ... wenn sie auf seiner Überzeugung beruhen ... ohne daß jemand ihm deswegen Vorwürfe machen dürfte«, wandte ich mich an Wassin. Ich sprach es zwar ganz verwegen aus, aber es war mir doch, als sei nicht ich es, der da sprach, und als bewege sich eine fremde Zunge in meinem Munde.

»Was Sie nicht sagen?« versetzte sogleich mit gedehnter Ironie dieselbe Stimme, die Dergatschoff unterbrochen und Krafft gesagt hatte, er sei eben ein Deutscher. Da ich diesen Menschen für ein ganz nichtiges Subjekt hielt, wandte ich mich an den Lehrer, als hätte er gefragt.

»Es ist meine Überzeugung, daß ich niemanden richten darf«, sagte ich, zitternd vor innerer Erregung, denn ich fühlte schon, daß es für mich jetzt kein Stillhalten mehr gab.

»Weshalb denn so bescheiden?« ertönte wieder die Stimme des nichtigen Subjekts.

»Jeder hat seine Idee«, sagte ich, immer noch zum Lehrer gewandt, den ich unverwandt ansah, während dieser ruhig schwieg und mich mit einem Lächeln betrachtete.

»Und die Ihre wäre?« fragte wieder der Nichtige.

»Das zu erzählen, würde zuviel Zeit kosten ... Aber zum Teil besteht meine Idee gerade darin, daß man mich in Ruh lassen soll. Solange ich noch zwei Rubel in der Tasche habe, will ich für mich allein und von keinem anderen abhängig sein (beunruhigen Sie sich nicht, ich kenne die Einwände), und so lange will ich auch nichts tun – nicht einmal für jene gepriesene zukünftige Menschheit, für die zu arbeiten Sie Herrn Krafft aufforderten. Persönliche Freiheit, das heißt, ich rede nur von meiner eigenen, ist für mich die erste Bedingung, alles andere geht mich nichts an.«

Mein Fehler war nur der, daß ich mich ärgerte.

»Sie predigen also die Ruhe einer satten Kuh?«

»Meinetwegen. Eine Kuh ist nicht beleidigend. Ich bin keinem Menschen etwas schuldig, ich zahle dem Staat oder der Gesellschaft in Form von Steuern die Entschädigung dafür, daß man mich nicht bestiehlt, nicht verprügelt, nicht totschlägt, mehr aber darf niemand von mir verlangen. Vielleicht habe ich persönlich auch noch andere Ideen und könnte sogar der Menschheit dienen wollen, und werde das auch wirklich tun, vielleicht noch zehnmal mehr als diese Prediger allesamt. Ich will aber in erster Linie, daß niemand von mir das zu *fordern* sich unterstehen dürfe, wie vor ein paar Augenblicken von Herrn Krafft. Es soll mein freier Wille sein, ob ich was tue oder nicht, und daß ich, wenn ich nicht will, nicht einen Finger zu rühren brauche. Aber herumzulaufen und vor lauter Liebe zur Menschheit allen um den Hals zu fallen und vor Rührung in Tränen zu zerfließen, das ist jetzt nur so Mode! Ja, warum soll ich denn unbedingt meinen Nächsten lieben oder diese Ihre zukünftige Menschheit, die ich nie sehen werde, die von mir nichts wissen wird und die, wenn an sie die Reihe kommt, ebenfalls spurlos vergehen wird, ohne irgendwelche sichtbare Erinnerung zu hinterlassen (die Zeit spielt hierbei gar keine Rolle), wenn die Erde sich zuletzt in einen Eisblock oder vereisten Stein verwandelt und im luftleeren Raum mit einer unendlichen Anzahl ganz genau solcher vereisten Steine herumfliegen wird, das heißt also, wenn etwas dermaßen Sinnloses geschieht, wie man sich Sinnloseres gar nicht mehr vorstellen kann. Da haben Sie Ihre ganze Lehre. So sagen Sie mir doch, warum soll ich denn unbedingt edel sein, und das noch dazu, wenn doch alles nur eine Minute dauert?«

»Hört, hört!« ließ sich wieder die Stimme vernehmen.

Ich hatte das alles nervös und geärgert hervorgestoßen, als hätte ich alle Stricke mit einem Ruck zerrissen. Ich fühlte und wußte, daß ich, bildlich gesprochen, in eine Grube fiel, aber ich hielt mich nicht zurück, im Gegenteil, ich drängte mich vorwärts, ich überstürzte mich, denn ich fürchtete, unterbrochen zu werden. Ich fühlte es ja selbst nur zu gut, daß ich alles das wie durch ein Sieb aus mir herausschüttete, ohne Zusammenhang, ohne darauf zu achten, daß ich vom Hundertsten ins Tausendste geriet, aber es drängte mich, und ich beeilte mich, sie zu überzeugen, sie alle zu besiegen. Das war so wichtig für mich! Ich hatte mich drei Jahre lang vorbereitet! Eines war aber dabei doch bemerkenswert: sie verstummten plötzlich alle, ja, sie erwiderten so gut wie nichts, sondern hörten nur zu. Ich fuhr fort, und wieder wandte ich mich an den Lehrer.

»Jawohl. Ein überaus kluger Mensch hat einmal unter anderem gesagt, daß nichts schwerer sei, als auf die Frage zu antworten: ‚Warum soll ich unbedingt edel sein?' Sehen Sie, es gibt drei Arten Schufte in der Welt: erstens die naiven Schufte – das sind die, die überzeugt sind, daß ihre Schuftigkeit der höchste Edelmut sei; zweitens die verschämten Schufte – das sind die, die sich der eigenen Schuftigkeit zwar schämen, dabei aber doch bei ihrer Schuftigkeit unbedingt verharren. Und schließlich einfach Schufte, sagen wir: *echte* Schufte oder Vollblutschufte. Erlauben Sie: ich hatte einen Schulkameraden, einen gewissen Lambert, der sagte mir mal, als er erst sechzehnjährig war, daß er, sobald er mit seiner Mündigkeit sein Erbe erhalte, als größtes Vergnügen sich die Wonne leisten werde, Hunde mit Brot und Fleisch zu füttern, wenn die Kinder der Armen Hungers sterben; und wenn sie nichts hätten, womit sie ihre Öfen heizen könnten, werde er einen ganzen Holzhof kaufen, das Holz auf freiem Felde aufstapeln und das Feld heizen, den Armen aber werde er auch nicht ein Scheit geben. Das waren *seine* Gefühle! Nun sagen Sie mir, bitte, was ich einem solchen *echten* Schuft auf die Frage, warum er denn unbedingt edel sein solle, antworten könnte? Und das noch dazu jetzt, in unserer Zeit, in der sie doch alles so entstellt haben, daß man überhaupt nicht mehr weiß, woran man sich halten soll, denn etwas Schlimmeres als das, was jetzt ist, hat es noch nie gegeben. Ja, meine

Herrschaften, ich kann wohl sagen, daß in unserer Gesellschaft heute nichts weniger als Klarheit herrscht. Sie leugnen doch Gott, sie leugnen den Tatendrang, – ja, was für eine taube, blinde, stumpfe Macht kann mich dann dazu bewegen, *so* zu handeln, wenn es für mich *anders* vorteilhafter ist? Sie sagen: ein vernünftiges Verhalten zur Menschheit sei auch für mich am vorteilhaftesten. Aber wenn mir nun diese Vernünftigkeit als Unvernunft erscheint, alle diese Kasernen und Phalansterien?[6] So hol sie doch der Teufel, was gehen sie mich an, sie, wie die ganze Zukunft überhaupt, wenn ich im ganzen nur ein einziges Mal auf der Welt lebe! Erlauben Sie mir, selbst besser zu wissen, was für mich am vorteilhaftesten ist; so hat man auch mehr davon. Was geht es mich an, was nach tausend Jahren mit dieser Ihrer Menschheit sein wird, wenn mir für das, was Sie ‚vernünftiges Verhalten zur Menschheit' nennen, nach Ihrem Kodex weder Liebe, noch ein Jenseits, noch die Anerkennung, daß ich eine große Tat vollbracht, zuteil wird? Nein, ich danke, wenn das so ist. Da werde ich doch lieber in der rücksichtslosesten Weise nur für mich leben, und die übrigen mag meinetwegen der Teufel holen!«

»Ein prachtvoller Wunsch!«

»Übrigens bin ich jederzeit bereit, mit von der Partie zu sein.«

»Noch besser!« (Immer dieselbe Stimme.)

Die anderen schwiegen nach wie vor und musterten mich mehr oder weniger unverhohlen; doch schon glaubte ich, irgendwoher ein Kichern zu vernehmen, allerdings leise noch, aber sie grinsten mir alle ganz offen ins Gesicht. Nur Wassin und Krafft taten es nicht. Jener mit dem schwarzen Backenbart lächelte gleichfalls; dabei sah er mich die ganze Zeit unausgesetzt an und hörte aufmerksam zu.

»Meine Herren«, fuhr ich fort, und ich zitterte schon am ganzen Körper, »denken Sie nur nicht, daß ich Ihnen meine Idee preisgeben werde, das täte ich um nichts in der Welt! Aber ich werde Sie dafür von *Ihrem* Standpunkt aus fragen, – denken Sie also nicht, ich fragte von meinem eigenen aus, denn ich liebe die Menschheit vielleicht tausendmal mehr als Sie alle zusammengenommen! So sagen Sie mir doch – und Sie müssen mir jetzt Rede stehen, Sie sind verpflichtet, mir zu antworten, weil Sie lachen – also sagen Sie mir bitte: Wodurch wollen Sie mich gewinnen, wodurch mich verlokken, mich Ihnen anzuschließen? Sagen Sie doch, womit Sie mir beweisen wollen, daß es bei Ihnen besser sein werde? Was wird denn in Ihrer Kaserne mit dem Protest meiner Persönlichkeit geschehen? Ich habe, meine Herren, schon lange den Wunsch gehabt, mit Ihnen einmal zusammenzukommen. Sie werden dort in Ihrer Zukunft Kasernenbauten, gemeinsame Wohnungen haben, stricte nécessaire, Atheismus und gemeinsame Frauen ohne Kinder – das ist doch Ihr Finale, ich weiß es ja schon. Und für ein solches Leben, für dies bißchen Durchschnittsvorteil, den mir Ihre Vernünftigkeit sicherstellt, für einen satten Magen und ein warmes Zimmer, – dafür fordern Sie von mir als Preis meine ganze Persönlichkeit! Erlauben Sie: Nehmen wir an, ein anderer nimmt mir dort meine Frau weg: wollen Sie mir dann auch meine Persönlichkeit soweit nehmen, daß ich dem Gegner nicht den Schädel einschlagen darf? Sie werden mir jetzt darauf erwidern, ich würde dort schon ganz von selbst um so viel vernünftiger werden, daß ich unter diesen Umständen gar nicht mehr ein solches Verlangen verspüren könnte. Aber was wird denn die Frau zu einem so vernünftigen Manne sagen, wenn sie auch nur ein bißchen Selbstachtung hat? Das ist doch unnatürlich! Schämen sollten Sie sich!«

»Sie sind wohl, was Frauen betrifft, – Spezialist?« ertönte geradezu schadenfroh wieder die Stimme des Nichtigen.

Einen Moment war ich im Begriff, mich auf ihn zu stürzen und meine Fäuste zu gebrauchen. Er war klein von Wuchs, rothaarig, mit Sommersprossen ... ach, übrigens zum Teufel mit seinem ganzen Äußeren!

»Beruhigen Sie sich, ich habe noch nie ein Weib gekannt«, versetzte ich schneidend, mich zum erstenmal ihm zuwendend.

»Ein kostbares Bekenntnis, nur hätte es im Hinblick auf die anwesenden Damen etwas diskreter ausfallen können!«

Aber da gerieten plötzlich alle in Bewegung: man griff nach den Hüten und brach auf – natürlich nicht meinetwegen, sondern einfach, weil es für sie alle an der Zeit war. Aber das Beschämende, das in ihrem schweigenden Verhalten zu mir lag, empfand ich bis zur Pein. Ich sprang natürlich sofort auf, um mich gleichfalls zu verabschieden.

»Erlauben Sie einstweilen, daß ich mich nach Ihrem Namen erkundige; Sie haben mich die ganze Zeit angesehen«, sagte da der Lehrer, indem er mit dem gemeinsten Lächeln auf mich zutrat.

»Dolgorukij.«

»Fürst Dolgorukij?«

»Nein, einfach Dolgorukij, ... vor dem Gesetz der Sohn des ehemaligen Leibeigenen Dolgorukij, und in Wirklichkeit der uneheliche Sohn meines früheren Gutsherrn Werssiloff. – Beunruhigen Sie sich nicht, meine Herren: ich sagte das durchaus nicht, damit Sie mir gleich um den Hals fallen und wir alle vor lauter Rührung wie die Kälber zu heulen anfangen!«

Schallendes, ungeniertestes Gelächter war die Antwort, so daß der im Nebenzimmer eingeschlafene Säugling aufwachte und mit schwachem Stimmchen zu schreien begann. Ich bebte vor Wut. Alle drückten sie Dergatschöff die Hand und entfernten sich, ohne mich überhaupt noch zu beachten.

»Gehen wir«, sagte Krafft, und er berührte mich am Arm. Ich trat auf Dergatschöff zu und drückte ihm aus aller Kraft die Hand und schüttelte sie außerdem noch ein paarmal gleichfalls aus aller Kraft.

»Entschuldigen Sie, daß Kudrjúmoff (so hieß der Rothaarige) Sie die ganze Zeit gekränkt hat«, sagte Dergatschoff zu mir.

Ich folgte Krafft, der schon hinaustrat. Ich schämte mich nicht im geringsten.

VI

Selbstverständlich ist zwischen dem Menschen, der ich damals war, und dem, der ich jetzt bin, ein unermeßlicher Unterschied.

Als ich hinausging, fuhr ich immer noch fort, »mich nicht im geringsten zu schämen«, und holte auf der Treppe Wassin ein, während ich Krafft, der mich im Augenblick weniger interessierte, vorausgehen ließ. Und als wäre nichts vorgefallen, fragte ich Wassin mit der unbefangensten Miene der Welt:

»Ich glaube, Sie kennen meinen Vater, das heißt, ich meine Werssiloff?«

»Ich bin eigentlich nicht gerade bekannt mit ihm«, antwortete mir Wassin sogleich mit größter Bereitwilligkeit (und ohne die geringste Spur von jener kränkenden, ganz besonderen Höflichkeit, die sonst zartfühlende Leute an den Tag zu legen pflegen, wenn sie mit einem, der sich gerade blamiert hat, sprechen müssen); »aber ich kenne ihn immerhin ein wenig: ich bin mit ihm zusammengetroffen und habe ihn reden hören.«

»Nun, wenn Sie ihn haben reden hören, dann kennen Sie ihn natürlich, denn Sie sind eben *Sie!* Was halten Sie von ihm? Verzeihen Sie meine vorschnelle Frage, aber ich muß es wissen. Gerade wie *Sie* über ihn denken, gerade *Ihre* Meinung ist für mich jetzt von größter Wichtigkeit.«

»Sie fragen etwas viel auf einmal. Ich glaube, dieser Mensch ist fähig, ungeheure Anforderungen an sich selbst zu stellen und sie vielleicht auch zu erfüllen. Nur ist er ein Mensch, der keinem Rechenschaft gibt.«

»Das ist richtig, das ist sehr richtig, er ist wirklich ein sehr stolzer Mensch! Aber ist er auch ein reiner Mensch? Hören Sie, was halten Sie von seinem Katholizismus? Übrigens, ich vergaß, Sie wissen vielleicht noch nichts davon ...«

Wenn ich nicht so erregt gewesen wäre, hätte ich ihn wohl

nicht so überrumpelt mit meinen Fragen, wenigstens ihn nicht so blindlings mit ihnen angerannt, zumal ich doch nur durch andere von ihm gehört, aber noch nie persönlich mit ihm gesprochen hatte. Es wunderte mich nur, daß Wassin meine Verrücktheit gar nicht zu bemerken schien.

»Ich habe allerdings davon gehört, aber ich weiß nicht, wieviel daran Wahres ist«, antwortete er ebenso ruhig und in demselben Ton, wie er vorher gesprochen hatte.

»Nichts! Kein Wort ist davon wahr! Das ist einfach eine Verleumdung! Hielten Sie es denn wirklich für möglich, daß er an Gott glauben könnte?«

»Er ist . . . ein sehr stolzer Mensch, wie Sie soeben selbst sagten, viele aber von diesen sehr Stolzen lieben es, an einen Gott zu glauben, besonders diejenigen, die für die Menschen eine gewisse Verachtung empfinden. Viele starke Menschen haben, wie mir scheint, geradezu ein natürliches Bedürfnis, jemand oder etwas zu finden, vor dem sie sich beugen können. Für einen starken Menschen ist es oft sehr schwer, seine eigene Stärke zu ertragen.«

»Hören Sie, das ist, glaube ich, eine grandiose Wahrheit!« rief ich wieder ganz begeistert aus, »aber ich begreife nur nicht . . .«

»Der Grund ist hier doch ziemlich klar: sie wählen Gott, um sich nicht vor Menschen zu beugen; natürlich ohne selbst zu ahnen, was sie innerlich dazu bewegt. Vor Gott sich zu beugen, ist für ihren Stolz nicht so erniedrigend. Man kann wohl sagen, daß aus ihrer Mitte die inbrünstigsten Gläubigen hervorgehen. Oder richtiger: solche, die den inbrünstigsten Wunsch haben, zu glauben, und diesen Wunsch schon für den Glauben selbst halten. Gerade von diesen werden viele zu guter Letzt zu Enttäuschten. Was Herrn Werssiloff betrifft, so denke ich, daß zu seinen Charakterzügen auch eine ungewöhnliche Aufrichtigkeit gehört. Und überhaupt hat er mein Interesse erweckt.«

»Wassin, Sie ahnen gar nicht, was für eine Freude Sie mir machen!« rief ich. »Ich wundere mich nicht über Ihren Verstand und Ihre Urteilskraft, ich wundere mich vielmehr darüber, wie Sie, der Sie doch als Mensch so rein sind und so unermeßlich hoch über mir stehen, — wie Sie jetzt hier so mit mir gehen und so einfach und freundlich mit mir sprechen können, ganz als wäre nichts passiert!«

Wassin lächelte.

»Sie äußern sich doch wohl etwas zu überschwenglich über mich. Passiert ist dort nur das, daß Sie gar zu sehr abstrakte Gespräche lieben. Sie haben wahrscheinlich bis heute sehr lange geschwiegen.«

»Ich habe drei Jahre lang geschwiegen, ich habe mich drei Jahre lang darauf vorbereitet zu sprechen... Als Dummkopf konnte ich Ihnen natürlich nicht erscheinen, dazu sind Sie selbst viel zu klug... obschon man sich schwerlich noch dümmer benehmen kann, als ich es vorhin tat. Dafür aber haben Sie mich für einen Schuft halten müssen!«

»Für einen Schuft?«

»Ja, zweifellos! Sagen Sie, verachten Sie mich denn nicht im stillen wegen meiner Mitteilung, daß ich Werssiloffs unehelicher Sohn bin ... und wegen meiner Prahlerei, daß ich nach dem Gesetz der Sohn eines Leibeigenen sei?«

»Sie quälen sich selbst zu viel. Wenn Sie finden, daß es nicht gut war, so brauchen Sie es einfach ein nächstes Mal nicht wieder zu tun. Sie haben noch fünfzig Jahre vor sich.«

»Oh, ich weiß! Ich weiß, daß ich unter Menschen sehr schweigsam sein muß. Das schmählichste von allen Lastern ist, sich anderen an den Hals zu werfen. Das habe ich denen dort soeben erst gesagt, und da werfe ich mich hier schon wieder Ihnen an den Hals! Aber es ist doch ein Unterschied, es ist doch einer, nicht? Wenn Sie aber diesen Unterschied begreifen, wenn Sie fähig sind, ihn zu begreifen, dann werde ich diese Stunde segnen.«

Wassin lächelte wieder.

»Besuchen Sie mich, wenn Sie Lust haben«, sagte er. »Ich habe jetzt zwar eine Arbeit vor und bin sehr beschäftigt, aber Ihr Besuch würde mich trotzdem freuen.«

»Als ich Sie vorhin sah, glaubte ich, aus Ihrem Gesicht zu ersehen, daß Sie ein übermäßig charakterfester und unmitteilsamer Mensch sind.«

»Das ist vielleicht sehr richtig. Ich habe Ihre Schwester Lisawéta Makárowna im vorigen Jahr in Lúga kennen gelernt . . . Krafft ist stehengeblieben und wartet auf Sie, wie's scheint. Er muß hier von meinem Wege abbiegen.«

Ich drückte Wassin kräftig die Hand und holte mit schnellen Schritten Krafft ein, der die ganze Zeit, während ich mit Wassin sprach, außer Hörweite uns vorangegangen war. Schweigend gingen wir bis zu seiner Wohnung. Ich wollte und konnte noch nicht mit ihm sprechen. Im Charakter Kraffts war aber einer der hervortretendsten Züge außergewöhnliches Zartgefühl.

VIERTES KAPITEL

I

Krafft hatte früher irgendwo eine Anstellung gehabt, war aber gleichzeitig dem verstorbenen Andrónikoff bei der Führung verschiedener Privatgeschäfte, mit denen sich dieser beständig noch neben seiner Amtstätigkeit befaßt hatte, behilflich gewesen (natürlich gegen eine materielle Entschädigung). Für mich war es nun von besonderer Wichtigkeit, daß Krafft, eben als ehemaliger Mitarbeiter Andrónikoffs, in vieles von dem, was mich so sehr interessierte, eingeweiht sein konnte. Außerdem hatte mir Márja Iwánowna gesagt – die Frau Nikolaí Ssemjónowitschs, bei dem ich als Gymnasiast lange Jahre gelebt habe, und die als leibliche Nichte und Pflegetochter Andrónikoffs dessen Liebling gewesen war –, daß Krafft sogar »beauftragt« sei, mir etwas zu übergeben. Deshalb hatte ich denn auch diesen ganzen Monat mit solcher Spannung auf ihn gewartet.

Er lebte in einer kleinen Wohnung von zwei Zimmern, wohnte dort ganz allein und war jetzt, nach der Rückkehr von der Reise, sogar ohne Bedienung. Sein Koffer war zwar schon aufgeschlossen, aber noch nicht ausgepackt; ein Teil der Sachen lag auf den Stühlen umher, und auf dem Tisch vor dem Sofa lag ein Reisesack, ein Necessaire, ein Revolver und noch verschiedenes andere. Als wir eintraten, war Krafft tief in Gedanken versunken und schien mich ganz vergessen zu haben; ja, vielleicht war es ihm überhaupt nicht zum Bewußtsein gekommen, daß ich unterwegs gar nicht mit ihm gesprochen hatte. Er begann sogleich irgend etwas zu suchen, als er aber dabei zufällig in den Spiegel sah, blieb er stehen und betrachtete sich eine ganze Weile aufmerksam. Das fiel mir zwar als sonderbar auf (und später habe ich mich alles dessen lebhaft erinnert), aber in jenem Augenblick war ich niedergeschlagen und sehr verwirrt. Ich hatte nicht die Kraft, meine Gedanken zu konzentrieren. Plötzlich wollte ich kurz entschlossen fortgehen und »die ganze Sache für immer aufgeben«. Ja, und was war denn das alles, genau genommen? War es nicht eine ganz unnützerweise mir von mir selbst eingeredete Sorge? Der Gedanke war zum Verzweifeln, daß ich hier einzig aus Sentimentalität eine Menge Energie auf wertlose Kleinigkeiten verschwendete, während eine so große Aufgabe, wie ich sie vor mir sah, meiner ganzen Energie restlos bedurfte. Indessen aber hatte sich meine Unfähigkeit zu einer ernsten Sache, wie mir schien, durch das, was bei Dergatschóff geschehen war, schon selbst ein glänzendes Zeugnis ausgestellt!

»Sagen Sie, Krafft, werden Sie jemals wieder zu diesen da . . . hingehen?« fragte ich ihn plötzlich. Er wandte sich langsam zu mir und sah mich an, als verstünde er mich nicht recht. Ich setzte mich auf einen Stuhl.

»Verzeihen Sie ihnen!« sagte er da auf einmal.

Ich hielt das im ersten Augenblick natürlich für Spott; als ich ihn aber prüfend ansah, gewahrte ich in seinem Gesicht einen Ausdruck so seltsamer und sogar erstaunlicher Treuherzigkeit, daß es mich selber wundernahm, wie er mich denn so im Ernst hatte bitten können, ihnen zu »verzeihen«. Er zog einen Stuhl heran und setzte sich zu mir.

»Ich weiß es selbst, daß ich vielleicht nur ein Konglomerat aller Ehrgeize bin und nichts weiter«, begann ich, »aber um Verzeihung bitte ich nicht.«

»Und es ist ja auch niemand da, den Sie bitten könnten«, sagte er ernst und leise. Er sprach die ganze Zeit leise und sehr langsam.

»Mag ich auch tausendmal vor mir selber schuldig sein . . . Ich liebe es, mich vor mir schuldig zu fühlen . . . Krafft, verzeihen Sie, daß ich Ihnen nicht die Wahrheit sage! Sagen Sie, gehören Sie denn wirklich auch zu diesem Kreis? Das war es, was ich Sie fragen wollte.«

»Die dort sind nicht dümmer als die anderen und nicht klüger; sie sind — geisteskranke Menschen wie alle.«

»Sind denn alle geisteskrank?« Ich wandte mich zu ihm und sah ihn mit unwillkürlicher Neugier an.

»Von den besseren sind jetzt alle geisteskrank. In jubilo gelebt wird nur von der geistigen Mittelmäßigkeit und Unbegabtheit . . . Übrigens, wozu davon reden, es lohnt ja nicht.«

Während er sprach, schaute er vor sich in die Luft, jedoch ohne etwas zu sehen, begann seine Sätze und brach sie wieder ab. Was mir ganz besonders auffiel, war eine gewisse Mutlosigkeit in seiner Stimme.

»Sollte auch Wássin zu ihnen gehören? Wassin hat Geist, Wassin hat eine sittliche Idee!« rief ich.

»Sittliche Ideen gibt es jetzt überhaupt nicht; plötzlich erwies es sich, daß keine einzige vorhanden war, und das Wichtigste: es ist, als hätte es auch früher nie welche gegeben.«

»Wie, auch früher nicht?«

»Lassen wir dies lieber«, sagte er, sichtlich ermüdet.

Sein trauriger Ernst ging mir nahe. Ich schämte mich meiner Selbstsucht und versuchte, auf seinen Ton einzugehen.

»Unsere Zeit«, begann er von selbst wieder nach einer Weile, dabei immer noch vor sich in die Luft starrend, »unsere Zeit ist das Zeitalter der goldenen Mittelmäßigkeit und der Gefühlsstumpfheit, der größten Vorliebe für Unwissenheit und Faulheit, ist das Zeitalter der Unfähigkeit zur Tat und des Verlangens, alles fertig vorzufinden. Kein Mensch denkt nach; selten bringt es jemand bis zu einer eigenen Idee.«

Er schwieg eine Weile, dann fuhr er fort:

»Jetzt fällen sie in Rußland die Wälder, erschöpfen den Boden, verwandeln das Land in eine Steppe und bereiten es für die Kalmücken vor. Sollte aber ein Mensch noch Hoffnung haben und einen jungen Baum pflanzen — da würden sie ihn einfach auslachen: ‚Wirst du denn noch bis zur Nutznießung leben?' Die aber, die das Gute wollen, die verbringen ihr Leben in Debatten über das, was in tausend Jahren sein wird. Jede festigende Idee ist abhanden gekommen. Alle leben wie auf einer Poststation, und es ist, als müßten sie morgen schon hinaus aus Rußland; alle leben, als dächten sie: wenn's nur für uns noch langt ...«

»Erlauben Sie, Krafft, Sie sagten: die das Gute wollen, die dächten nur daran, was in tausend Jahren sein wird. Nun, aber Ihr Verzweifeln ... an Rußlands Schicksal ... ist das – ist das nicht eine Sorge von derselben Art?«

»Das ... das ist die erste und wichtigste Frage, die es für uns heute überhaupt gibt!« stieß er gereizt hervor und erhob sich hastig.

»Ach so! Da hätte ich es fast vergessen!« sagte er plötzlich, wie sich besinnend und mit ganz anderer Stimme, und dabei sah er mich wie selbst überrascht und gleichsam verwundert an. »Ich habe Sie wegen einer bestimmten Angelegenheit zu mir gebeten, und statt dessen ... Ich bitte Sie vielmals um Entschuldigung.«

Es war, als wäre er aus einem Traum erwacht und deshalb etwas verwirrt. Er nahm aus seinem Portefeuille, das auf dem Tisch lag, einen Brief und übergab ihn mir.

»Dies hier sollte ich Ihnen einhändigen. Dieser Brief hat die Bedeutung eines Dokuments, das von einer gewissen Wichtigkeit ist«, begann er, sichtlich mit konzentrierter Aufmerksamkeit und sehr sachlich. Lange nachher habe ich ihn noch in der Erinnerung bewundern müssen wegen dieser seiner Fähigkeit, sich mit so aufrichtiger Teilnahme (und das noch in diesen Stunden!) einer fremden Angelegenheit widmen, so ruhig und gewissenhaft und unbeirrt den Sachverhalt klarlegen zu können.

»Das ist ein Brief von eben jenem Stolbéjeff, nach dessen Tode es wegen seiner Nachlassenschaft zwischen Werssíloff und den Fürsten Ssokólskij zum Prozeß gekommen ist. Die Sache ist noch nicht entschieden, aber aller Voraussicht nach wird das Gericht die Erbschaft Werssiloff zusprechen; für ihn spricht jedenfalls das Gesetz. In diesem Brief aber, einem

Privatbrief, der vor zwei Jahren geschrieben ist, spricht der verstorbene Stolbéjeff seinen Willen in betreff des Vermächtnisses aus, oder richtiger gesagt, seinen Wunsch, und tut das eher zugunsten der Fürsten als zugunsten Werssiloffs. Wenigstens erhalten die Punkte, auf die sich die Fürsten bei der Anfechtung des Testaments berufen, durch diesen Brief eine starke Stütze. Werssiloffs Gegner würden deshalb viel für dieses Dokument geben, obschon dasselbe, wie gesagt, noch längst nicht von entscheidender Bedeutung ist. Alexeí Nikanórowitsch Andrónikoff, der sich mit Werssiloffs Angelegenheiten befaßte, bewahrte diesen Brief bei sich auf, und erst kurz vor seinem Tode gab er ihn mir mit der Bitte, ihn bei mir ‚aufzubewahren', – vielleicht fürchtete er für seine Papiere, da er seinen baldigen Tod wohl voraussah. Übrigens will ich mich nicht in Mutmaßungen über seine Beweggründe zu dieser Handlungsweise ergehen, aber … ich muß gestehen, daß ich mich nach seinem Tode in einer peinigenden Ungewißheit befand: ich wußte nicht, was ich mit diesem Dokument anfangen sollte, besonders da die gerichtliche Entscheidung in diesem Prozeß schon so nahe bevorstand. Aus dieser schwierigen Situation befreite mich zum Glück Márja Iwánowna, der Andrónikoff bei seinen Lebzeiten, wie mir scheint, vieles anvertraut hat. Sie schrieb mir – ungefähr vor drei Wochen – mit aller Bestimmtheit, ich solle den Brief gerade *Ihnen* übergeben, das würde *‚wahrscheinlich'* (dies ist ihr Audruck) auch mit dem Wunsch des verstorbenen Andrónikoff übereinstimmen. So, und nun habe ich das Dokument Ihnen eingehändigt, und ich bin sehr froh, daß ich das endlich habe tun können.«

»Hören Sie mal«, sagte ich, noch bestürzt durch diese unerwartete Neuigkeit, »aber was soll ich denn jetzt mit diesem Brief anfangen? Wie soll ich handeln?«

»Das hängt nun schon von Ihrem Ermessen ab; ganz wie Sie wollen.«

»Unmöglich, ich bin doch entsetzlich gebunden, das müssen Sie doch selbst zugeben! Werssiloff hat so auf diese Erbschaft gewartet ... und wissen Sie, ohne diese Hilfe ist er einfach verloren ... und da existiert nun plötzlich dieses Dokument!«

»Es existiert nur hier, in diesem Zimmer.«

»Ist das wirklich so?« Ich sah ihn aufmerksam an.

»Wenn Sie in diesem Fall nicht selbst wissen, wie Sie handeln sollen, was kann ich Ihnen dann noch raten?«

»Aber den Fürsten Ssokólskij kann ich den Brief doch auch nicht geben: damit würde ich alle Hoffnungen Werssiloffs zerstören, und überdies würde ich dann geradezu als Verräter vor ihm dastehen ... Andererseits, wenn ich den Brief Werssiloff gebe, so stürze ich Unschuldige in die größte Armut, und ihn selbst brächte ich in eine Zwangslage, aus der es keinen anderen Ausweg gibt, als – entweder auf die Erbschaft verzichten oder Diebstahl begehen.«

»Sie überschätzen die Bedeutung des Briefes gar zu sehr.«

»Sagen Sie mir eines: hat dieser Brief als Dokument einen endgültig entscheidenden Charakter?«

»Nein, den hat er nicht. Ich bin kein großer Jurist, aber der Anwalt der Gegenpartei würde natürlich wissen, wie er sich dieses Dokuments zu bedienen hätte, und selbstverständlich würde er den größtmöglichen Nutzen aus ihm herausschlagen; aber Andrónikoff behauptete positiv, daß dieser Brief, wenn er vorgezeigt werden sollte, doch von keiner großen juridischen Bedeutung wäre, so daß Werssiloff dennoch den Prozeß gewinnen könnte. Die Bedeutung dieses Dokuments ist also, wenn man will, eher unter dem Gesichtswinkel einer Gewissenssache aufzufassen ...«

»Ja, aber gerade das ist doch das Wichtigste«, unterbrach ich ihn, »eben deshalb käme Werssiloff in eine rettungslose Lage!«

»Er kann ja das Dokument auch vernichten, und dann wäre er, im Gegenteil, von aller Gefahr befreit.«

»Haben Sie besondere Gründe, eine solche Handlungsweise von ihm zu erwarten, Krafft? Das ist es, was ich wissen will: deshalb bin ich auch hier bei Ihnen!«

»Ich glaube, an seiner Stelle würde ein jeder so handeln.«

»Und Sie – Sie auch?«

»Mir fallen keine Erbschaften zu, daher kann ich es von mir nicht sagen.«

»Nun gut«, sagte ich und steckte den Brief in die Tasche. »Diese Sache mag vorläufig abgetan sein. Aber jetzt hören Sie mich an, Krafft. Marja Iwánowna, die mir übrigens – ich versichere Ihnen – vieles anvertraut hat, sagte mir, nur Sie, Sie allein könnten mir die Wahrheit darüber sagen, was sich vor anderthalb Jahren in Ems zwischen Werssiloff und den Achmakóffs zugetragen hat. Ich habe auf Sie gewartet wie auf die Sonne, die mir alles erhellen werde. Sie kennen meine Lage nicht. Ich bitte, ich beschwöre Sie, Krafft, sagen Sie mir die ganze Wahrheit! Ich will, ich muß wissen, was für ein Mensch er ist, und jetzt, gerade jetzt ist das für mich mehr denn je von allergrößter Wichtigkeit.«

»Es wundert mich, daß Marja Iwánowna Ihnen nicht selbst alles gesagt hat; sie konnte doch alles vom verstorbenen Andrónikoff erfahren, und natürlich hat sie das auch, weshalb sie vielleicht mehr weiß als ich.«

»Ja, aber Andrónikoff habe in dieser Sache selbst nicht ganz klar gesehen, sagte sie mir. Wie mir scheint, kann überhaupt kein Mensch diese verworrene Geschichte entwirren! Da würde selbst der Teufel mit den Beinen im Garn steckenbleiben! Von Ihnen aber weiß ich, daß Sie damals gleichfalls in Ems waren ...«

»Nicht die ganze Zeit. Erst zum Schluß. Was ich weiß, kann ich Ihnen ja erzählen, nur fragt es sich, ob ich Sie damit zufriedenstellen werde?«

II

Ich will das, was er mir damals erzählte, nicht wörtlich wiedergeben, sondern mich auf eine kurze Darstellung des Sachverhalts, soweit ihm dieser bekannt war, beschränken.

Vor anderthalb Jahren war Werssiloff mit der Familie Achmakóff, die er durch den alten Fürsten Ssokólskij kennengelernt hatte (alle hielten sich zu der Zeit in Bad Ems auf), sehr befreundet gewesen und hatte namentlich auf den General Achmakóff einen großen Eindruck gemacht. Der General war noch kein alter Mann, hatte aber in den drei Jahren seiner Ehe bereits die ganze große Mitgift seiner zweiten Frau, der Tochter des alten Fürsten Ssokólskij, Katerina Nikolájewna, am Kartentisch verspielt und infolge seines zügellosen Lebens schon einen Schlaganfall erlitten. Von diesem Schlaganfall erholte er sich im Auslande; in Ems aber lebte er wegen seiner Tochter, des einzigen Kindes aus seiner ersten Ehe. Das war ein kränkliches Mädchen von siebzehn Jahren, brustleidend, und wie man erzählt, soll sie sehr schön gewesen sein, zugleich aber auch ungeheuer phantastisch. Eine Mitgift besaß sie nicht, man hoffte aber auch in dieser Beziehung, wie überhaupt, auf den alten Fürsten. Von Katerina Nikolájewna heißt es allgemein, daß sie eine gute Stiefmutter gewesen sei. Aber das junge Mädchen hing aus irgendeinem Grunde mit rührender Liebe an Werssiloff. Er predigte damals »etwas Leidenschaftliches«, wie Krafft sich ausdrückte, irgendein neues Leben, und war »im höheren Sinne religiös gestimmt«, nach einem seltsamen und vielleicht sogar spöttischen Ausdruck Andrónikoffs, der mir auch von anderer Seite wiedergegeben worden ist. Merkwürdig bleibt aber trotzdem, daß ihn bald alle nicht mehr mochten. Ja, der General begann ihn sogar zu fürchten. Krafft stellte auch das Gerücht durchaus nicht in Abrede, wonach es Werssiloff gelungen sei, den kranken General mittelbar auf den Gedanken zu bringen, daß Katerina Nikolájewna gegen den jungen Fürsten Ssokólskij, der damals schon Ems verlassen und sich nach Paris begeben hatte, nicht gleichgültig sei. Gesagt habe er ihm das nicht offen und unmißverständlich, sondern »nach seiner Art«, mit mehr allgemein gehaltenen Betrachtungen, Andeutungen und in ihrer Wirkung fein berechneten indirekten Bemerkungen, »in welcher Kunst er ja ein Meister ist«, wie Krafft sich ausdrückte. Überhaupt muß ich sagen, daß Krafft ihn eher für einen Vortäuscher und geborenen Intriganten hielt und halten wollte, als für einen wirklich von etwas Höherem erfüllten oder auch nur originellen Menschen. Ich hatte allerdings schon in Moskau gehört, daß Werssiloff anfangs einen ungeheuren Einfluß auf Katerina Nikolájewna gehabt, später aber sich mit ihr verfeindet habe. Wie es dazu gekommen und was hierbei mit im Spiel gewesen war, konnte ich nun leider auch von Krafft nicht erfahren. Er bestätigte nur, was ich schon wußte: daß beide nach ihrer großen Freundschaft die größten Feinde geworden waren. Dann aber war etwas sehr Sonderbares geschehen: die kränkliche Stieftochter der Katerina Iwánowna hate sich augenscheinlich in Werssiloff verliebt; vielleicht war sie durch irgend etwas an ihm bestrickt worden, oder seine Worte hatten sie begeistert, oder – ja, ich weiß nicht, wie das zu erklären wäre. Jedenfalls hat Werssiloff eine Zeitlang alle seine Tage bei dem jungen Mädchen verbracht. Es endete damit, daß das Mädchen eines Tages dem Vater erklärte, Werssiloff heiraten zu wollen. Diese Tatsache haben mir alle bestätigt, sowohl Krafft wie Andrónikoff und Márja Iwánowna; und sogar der verschwiegenen Tatjána Páwlowna ist einmal in meiner Gegenwart unbedachterweise eine diesbezügliche Bemerkung entschlüpft. Desgleichen sagten alle übereinstimmend aus, daß Werssiloff die Ehe mit dem jungen Mädchen nicht nur gewünscht, sondern auf diesem Wunsch sogar unbedingt bestanden habe, und das Einverständnis dieser beiden so ungleichartigen Geschöpfe, des älteren Mannes und des kindlichen Mädchens, somit ein beiderseitiges gewesen sei. Den Vater erschreckte dieser Gedanke; er hatte, seitdem seine einst heiße Liebe zu Katerina Nikolájewna zu erkalten begann, seine Tochter fast zu vergöttern angefangen, besonders nach seinem Schlaganfall. Aber als erbittertste Gegnerin einer solchen Ehe war Katerina Nikolajewna selbst aufgetreten. Es kam zu unzähligen, wenn auch nur heimlichen, höchst unerquicklichen Familienszenen, zu Streit und Kränkungen und – nun, mit einem Wort, zu verschiedenen Schändlichkeiten. Der Vater begann schließlich nachzugeben, als er die Hartnäckigkeit seiner verliebten und, wie Krafft sich ausdrückte, »von Werssiloff fanatisierten« Tochter sah. Aber Katerina Nikolájewna blieb bei ihrem Widerstand, und das sogar mit unerbittlichem Haß. Was nun weiter geschehen ist oder geschehen sein soll, ist eine Verwicklung, die niemand zu verstehen vermag. Ich kann nur wiedergeben, wie Krafft das Ganze auf Grund der ihm bekannten Tatsachen zu deuten versuchte, nur ist auch diese seine Auslegung bloß eine von vielen.

Er meinte, Werssíloff habe dem jungen Mädchen auf seine Art fein und glaubwürdig einzuflüstern verstanden, Katerina Nikolájewna sei nur deshalb so sehr gegen diese Heirat, weil sie sich selbst in ihn verliebt habe und ihn schon seit langer Zeit mit ihrer Eifersucht quäle, ihn verfolge, intrigiere, ihm sogar schon ihre Liebe gestanden habe und ihn jetzt aus Haß, weil er eine andere liebgewonnen, womöglich umzubringen fähig sei. Kurz, er *vermutete* irgend eine häßliche Einflüsterung von ungefähr dieser Art. Noch viel häßlicher war aber seine Vermutung, er habe das auch dem General, dem Gatten der »ungetreuen« Frau, »zu verstehen gegeben«, und gleichzeitig auf den Verkehr der jungen Generalin mit dem jungen Fürsten Ssokólskij zur Ablenkung der Aufmerksamkeit hingewiesen. Natürlich wurde nun das Familienleben der Achmakóffs zur Hölle. Von anderer Seite hatte ich aber gehört, daß Katerina Nikolájewna ihre Stieftochter innig geliebt habe und über diese Verleumdung geradezu verzweifelt gewesen sei, ganz abgesehen von der Pein des Zusammenseins mit ihrem kranken Mann. Aber es gibt auch noch eine andere Variante, der zu meinem Kummer auch Krafft Glauben schenkte, und die auch ich am glaubwürdigsten fand (von allen diesen Sachen hatte ich schon früher gehört). Es wurde nämlich behauptet (Katerina Nikolájewna soll es Andrónikoff selbst gesagt haben), daß, im Gegenteil, Werssiloff schon früher, das heißt, bevor das junge Mädchen sich in ihn verliebt hatte, Katerina Nikolájewna seine Liebe angetragen habe; sie aber, die früher sein guter Freund und zeitweilig sogar seine glühende Verehrerin gewesen war, obschon sie ihm beständig nicht ganz getraut und immer widersprochen hatte, soll diese Liebeserklärung Werssiloffs mit Widerwillen vernommen und ihn mit Hohn zurückgewiesen haben. Und nach seinem unverblümten Vorschlag, nach dem bald zu erwartenden zweiten Schlaganfall und Tode ihres Gatten ihn, Werssiloff, zu heiraten, habe sie ihm dann in aller Form die Tür gewiesen. So war es denn nur zu erklärlich, daß Katerina Nikolájewna einen ganz besonderen Abscheu gegen Werssiloff empfand, als sie dann sah, wie er sich kurz darauf ganz unverhohlen um die Hand ihrer Stieftochter bewarb. Marja Iwánowna, die mir das alles in Moskau erzählte, glaubte selbst sowohl an diese wie an jene Variante, also an beide zugleich: sie behauptete sogar ausdrücklich, daß beides sehr wohl gleichzeitig habe geschehen können, das wäre wie la haine dans l'amour, wie gekränkter Liebesstolz beiderseits usw. usw., mit einem Wort, es lief schließlich auf eine an Romane erinnernde allerfeinste Gefühlsverwirrung hinaus, wie sie jedes ernsten und gesund denkenden Menschen unwürdig ist, und der zum Überfluß noch persönliche Gemeinheit beigemischt war. Allerdings braucht das, was Marja Iwánowna sagt, noch nicht maßgebend zu sein, sie ist doch von Kindheit an mit Romanen vollgestopft, und noch jetzt liest sie sie Tag und Nacht, trotz ihres an sich prächtigen Charakters. Kurz, das Endergebnis des Ganzen war, daß man Werssíloffs unzweifelhafte Niederträchtigkeit sah, dazu ein Gewebe von Lüge und Intrige, etwas Dunkles und Häßliches, um so mehr, als es tatsächlich tragisch endete: das arme verliebte junge Mädchen vergiftete sich, und zwar, wie man erzählt, mit Phosphorstreichhölzern. Nur habe ich bis heute noch nicht feststellen vermocht, ob dieses Gerücht auf Wahrheit beruht; jedenfalls hat man dasselbe nach Kräften zu vertuschen gesucht. Tatsache ist aber, daß das Mädchen im ganzen zwei Wochen lang krank war und dann starb. So ist denn die Auslegung mit den Streichhölzern immerhin zweifelhaft geblieben, aber Krafft glaubte dennoch bedingungslos an diese Todesursache. Bald darauf starb auch der General, wie man sagt, infolge der durch den Tod der geliebten Tochter verursachten schmerzlichen Erschütterung, die einen zweiten Schlaganfall hervorrief. Übrigens starb er doch erst drei Monate nach ihrem Tode. Inzwischen aber war der junge Fürst Ssokolskij aus Paris nach Ems zurückgekehrt und hatte Werssiloff öffentlich im Kurpark eine Ohrfeige gegeben, war aber von diesem daraufhin nicht gefordert worden; im Gegenteil, Werssiloff war schon am nächsten Tage wieder auf der Promenade erschienen, als wäre nicht das geringste vorgefallen. Da hatten sich denn alle von ihm abgewandt, was man später in Petersburg gleichfalls tat. Die wenigen, mit denen Werssiloff einen Verkehr noch fortsetzte, gehörten einem ganz anderen Kreise an. In der Gesellschaft wurde er einstimmig verurteilt, obschon kaum jemand Näheres über den wahren Sachverhalt wußte: man hatte im Grunde nur von dem romantischen Tode des jungen Mädchens und von der Ohrfeige gehört. Vollständige Kenntnis von der Sachlage, soweit das überhaupt möglich war, hatten nur zwei oder drei Personen. Am meisten wußte der verstorbene Andrónikoff, da er schon jahrelang zu den Achmakóffs in geschäftlichen Beziehungen gestanden hatte und besonders in einer gewissen Angelegenheit Katerina Nikolájewnas Ratgeber gewesen war. Doch von allen diesen ihm anvertrauten Geheimnissen erfuhr selbst seine Familie nicht das geringste, nur Krafft und Marja Iwánowna hatte er einiges mitgeteilt, und auch das nur aus einem zwingenden Grunde.

»Die Hauptsache ist hier nun ein gewisses Dokument«, schloß Kraft seine Mitteilungen, »vor dem Frau Achmakówa große Angst hat.«

Und er teilte mir folgendes mit:

Katerina Nikolájewna hatte die Unvorsichtigkeit begangen, als ihr Vater, der alte Fürst Ssokólskij, sich im Auslande von seinem Anfall schon zu erholen begann, einen sie selbst höchst kompromittierenden Brief an Andrónikoff zu schreiben. Wie verlautet, soll der alte Fürst damals während seiner Genesung tatsächlich wie von einer Verschwendungssucht befallen gewesen sein und das Geld fast zum Fenster hinausgeworfen haben. So hatte er dort im Auslande verschiedene unnötige, doch teure Sachen zu kaufen angefangen, Gemälde, Vasen, hatte größere Summen zu, Gott weiß welchen, Unternehmungen und sogar zum Besten verschiedener dortiger Anstalten gestiftet, und von einem russischen Lebemann und Verschwender hätte er beinahe unbesehen für eine Riesensumme ein gänzlich heruntergewirtschaftetes und mit Schulden belastetes Gut gekauft; und schließlich soll er sich wirklich mit dem Gedanken an eine neue Heirat getragen haben. Angesichts dieser beängstigenden Aussichten hatte dann seine Tochter, die während seiner Krankheit treu bei ihm aushielt, besagten Brief an Andrónikoff geschrieben und ihm als Juristen und »altem Freund« einfach die Frage vorgelegt, »ob und wie es gesetzlich möglich wäre, den Fürsten unter Vormundschaft zu stellen oder ihn gerichtlich für rechtsunfähig zu erklären, und, falls das anginge, welche Schritte man dann zu tun hätte, damit kein Skandal entstünde und niemand ihr irgendwelche Vorwürfe machen könnte; doch müßten bei alledem die Gefühle des Vaters geschont werden usw. usw.« Andrónikoff soll ihr davon abgeraten und die Gründe auseinandergesetzt haben, und als dann der Fürst wieder ganz gesund und vernünftig geworden war, da konnte von dieser Idee natürlich nicht mehr die Rede sein. Jener Brief aber verblieb im Besitz Andrónikoffs. Da starb aber Andrónikoff plötzlich; Katerina Nikolajewna fiel sofort wieder der Brief ein, und sie sagte sich: wenn er sich unter den Papieren des Verstorbenen befände und vielleicht auf Umwegen in die Hände ihres alten Vaters gelangte, so würde dieser sie zweifellos auf ewig verstoßen, ihr die ganze Erbschaft entziehen und ihr auch bei Lebzeiten keine Kopeke mehr geben. Der Gedanke, seine einzige Tochter zweifle an seinem Verstande und habe ihn für wahnsinnig erklären lassen wollen, hätte dieses Lamm zweifellos zu einem reißenden Wolf gemacht. Sie aber war als Witwe dank der Spielleidenschaft ihres Mannes vollständig mittellos zurückgeblieben und war einzig auf ihren Vater angewiesen; von ihm hoffte sie, und mit Recht, nochmals eine nicht geringere Mitgift zu erhalten als das erstemal.

Von dem weiteren Schicksal jenes Briefes wußte Krafft nichts Näheres, bemerkte aber, Andrónikoff habe »Papiere von irgendwelcher Bedeutung niemals zerrissen« und sei außerdem nicht nur ein Mann mit einem »weiten Blick«, sondern auch einer mit einem »weiten Gewissen« gewesen. (Ich wunderte mich über ein so rücksichtsloses Urteil von seiten Kraffts, der doch den verstorbenen Andrónikoff sehr geliebt und geachtet hatte.) Aber obschon Krafft nichts genau wußte, war er persönlich überzeugt, daß das verfängliche Schriftstück in den Besitz Werssiloffs geraten sei, infolge der nahen Bekanntschaft Werssiloffs mit der Witwe und den Töchtern Andrónikoffs; es war bereits bekannt, daß diese auf Anordnung des Verstorbenen alle von ihm hinterlassenen Papiere Werssiloff eingehändigt hatten. Auch wußte Krafft, daß Katerina Nikolájewna die Vermutung, der Brief befinde sich in Werssiloffs Händen, bereits bekannt war, und daß gerade diese Möglichkeit sie am meisten ängstigte, da sie befürchtete, Werssiloff werde mit dem Brief alsbald zum alten Fürsten gehen. Er wußte ferner, daß sie nach ihrer Rückkehr aus dem Auslande schon in Petersburg nach dem Brief geforscht hatte, auch schon bei Andrónikoffs gewesen war und ihn auch jetzt noch suchte, immer in der Hoffnung, der Brief befinde sich vielleicht doch nicht im Besitze Werssiloffs, und daß sie ausschließlich dieses Briefes wegen nach Moskau gereist war, um dort Marja Iwánowna anzuflehen, die Papiere zu durchsuchen, die von ihr aufbewahrt wurden. Vom Dasein Marja Iwánownas und deren Beziehungen zum verstorbenen Andrónikoff, als dessen geliebter Pflegetochter, hatte sie erst kurz zuvor in Petersburg zum erstenmal gehört.

»Und Sie glauben, daß sie den Brief bei Marja Iwánowna nicht gefunden hat?« fragte ich ausdrücklich und mit einem Hintergedanken.

»Wenn Marja Iwánowna nicht einmal Ihnen gegenüber etwas von diesem Brief hat verlauten lassen, dann hat sie ihn vielleicht auch nicht.«

»Und folglich nehmen Sie an, der Brief befinde sich bei Werssiloff?«

»Das dürfte wohl das Wahrscheinlichste sein. Übrigens ... ich weiß nicht, schließlich ist alles möglich«, sagte er langsam und sichtlich abgespannt.

Ich gab es auf, ihn weiter auszufragen. Wozu auch? Das Hauptsächlichste war mir jetzt klar: trotz dieser ganzen unwürdigen Verwirrung hatte sich alles von mir erst nur Befürchtete jetzt bestätigt.

»Das Ganze ist wie ein Fiebertraum«, sagte ich in tiefer Traurigkeit und griff nach meinem Hut.

»Dieser Mensch ist Ihnen wohl sehr teuer?« fragte mich Krafft mit sichtlicher und großer Teilnahme, die ich in diesem Augenblick auf einmal in seinem Gesicht wahrnahm.

»Ich habe schon so eine Vorahnung gehabt, daß ich von Ihnen doch nicht alles erfahren würde«, bemerkte ich. »So bleibt mir nur noch die Hoffnung auf die Achmakówa selbst. Eigentlich habe ich ja auch nur auf sie gehofft. Vielleicht gehe ich zu ihr, vielleicht auch nicht.«

Krafft sah mich etwas befremdet an.

»Leben Sie wohl, Krafft! Wozu sich Leuten aufdrängen, die einen nicht haben wollen? Da ist es doch besser, mit allen zu brechen, meinen Sie nicht?«

»Und dann wohin?« fragte er eigentümlich hart, indem er zu Boden sah.

»Zu sich selbst, zu sich selbst! Alle Bande zerreißen und fortgehen zu sich selbst!«

»Nach Amerika?«

»Ach, Amerika! – nein, zu mir selbst, zu mir allein! Sehen Sie, darin besteht ‚meine Idee'!« sagte ich begeistert.

Er sah mich seltsam interessiert an.

»Und Sie haben einen solchen Ort, wohin Sie ‚zu sich selbst' gehen können?«

»Den habe ich. Auf Wiedersehen, Krafft. Ich danke Ihnen, und verzeihen Sie mir die Belästigung! Ich würde an Ihrer Stelle, wenn ich selbst ein solches Rußland im Kopf hätte, alle zum Teufel jagen: packt euch, intrigiert, zankt euch dort, so viel ihr wollt! – was geht das mich an?«

»Bleiben Sie noch etwas bei mir«, sagte er plötzlich, als er mich schon bis zur Tür begleitet hatte.

Ich wunderte mich ein wenig, kehrte aber zurück und setzte mich. Krafft setzte sich mir gegenüber. Wir tauschten gegenseitig ein gewisses wortloses Lächeln – alles das sehe ich noch so deutlich vor meinen Augen, als geschähe es jetzt. Ich erinnere mich auch noch gut, daß ich mich ein wenig über ihn wunderte.

»Mir gefällt an Ihnen besonders, daß Sie ein so höflicher Mensch sind«, sagte ich unvermittelt.

»Ja?«

»Ich sage das deshalb, weil ich selbst nur selten höflich zu sein verstehe, obschon ich es gern verstehen wollte... Übrigens, vielleicht ist es sogar besser, daß die Menschen einen kränken; wenigstens befreien sie einen auf diese Weise von dem Unglück, sie zu lieben.«

»Welche Stunde des Tages lieben Sie am meisten?« fragte er plötzlich, offenbar ohne mich gehört zu haben.

»Welche Stunde? Ich weiß nicht. Den Sonnenuntergang liebe ich nicht.«

»Nicht?« Er sagte das mit einem ganz eigentümlichen Interesse, versank aber sogleich wieder in Gedanken.

»Sie wollen wieder verreisen?«

»Ja ... ich verreise.«

»Bald?«

»Ja, bald.«

»Ist denn wirklich zu einer Reise nach Wilna ein Revolver nötig?« fragte ich ohne den geringsten Hintergedanken, eigentlich sogar ohne überhaupt etwas zu denken. Ich fragte einfach so, weil mein Blick auf den Revolver fiel und ich nicht recht wußte, wovon ich sprechen sollte.

Er blickte sich um und sah den Revolver unverwandt an.

»Nein, den pflege ich nur so, aus Gewohnheit . . .«

»Wenn ich einen Revolver besäße, so würde ich ihn irgendwo hinter Schloß und Riegel verbergen. Wissen Sie, es steckt doch, bei Gott, eine Versuchung in dem Ding! Ich selbst glaube vielleicht nicht einmal an die Selbstmordepidemie, aber wenn einem so ein Ding immer in die Augen funkelt – wahrhaftig, es gibt Minuten, wo es tatsächlich verführen könnte.«

»Sprechen Sie nicht davon«, sagte er und stand plötzlich auf.

»Ich rede ja nicht von mir«, fügte ich hinzu, mich gleichfalls erhebend, »ich würde das Ding nie gebrauchen. Mir könnten Sie meinetwegen ganze drei Menschenleben geben, und auch die wären für mich noch zu wenig.«

»Ja, leben Sie!« kam es plötzlich gleichsam impulsiv über seine Lippen, wie anspornend.

Er lächelte zerstreut und – sonderbar – er ging geradeswegs ins Vorzimmer zur Eingangstür, mich auf diese Weise einfach hinausführend, doch tat er das selbstverständlich, ohne sich dessen bewußt zu sein.

»Ich wünsche Ihnen vollen Erfolg, Krafft«, sagte ich zum Abschied, auf die Treppe hinaustretend.

»Soll mir recht sein«, antwortete er mit fester Stimme.

»Auf Wiedersehen!«

»Auch das soll mir recht sein.«

Ich erinnere mich noch seines letzten Blickes auf mich.

III

Das war also der Mensch, um den mein Herz so viele Jahre lang geklopft hatte! Und was hatte ich denn von Krafft erwartet, was hätten denn das für neue Aufklärungen sein sollen?

Als ich aus seiner Wohnung auf die Straße hinaustrat, verspürte ich großen Hunger, es wurde schon Abend, und ich hatte noch nicht zu Mittag gegessen. Ich trat deshalb auf dem Großen Prospekt der „Petersburger Seite" in ein kleines Wirtshaus, mit dem Vorsatz, nur zwanzig oder höchstens fünfundzwanzig Kopeken auszugeben, denn mehr hätte ich mir damals um keinen Preis erlaubt. Ich bestellte eine Portion Suppe, und als ich sie gegessen hatte, setzte ich mich ans Fenster, um hinauszusehen; es waren viele Menschen im Lokal und es roch nach verbranntem Fett, alten Servietten und Tabak. Widerlich war es hier. Über meinem Kopf hing ein Vogelbauer, und eine stimmlose Nachtigall pickte verdrossen und ratlos müßig mit dem Schnabel auf den Boden ihres Käfigs. Im anstoßenden Billardzimmer wurde gelärmt, ich aber saß da und dachte gespannt nach. Der Sonnenuntergang (warum hatte Krafft sich darüber gewundert, daß ich die Stunde des Sonnenuntergangs nicht liebe?) rief in mir ganz neue und unerwartete Empfindungen hervor, die gar nicht am Platz waren. So glaubte ich die ganze Zeit den stillen Blick meiner Mutter vor mir zu sehen, ihre lieben Augen, die mich nun schon einen ganzen Monat so schüchtern ansahen, als wolle die Liebe selbst mich auskundschaften. In der letzten Zeit war ich zu Hause sehr grob gewesen, namentlich in meinem Verhalten zu ihr; ich wollte gegen Werssiloff grob sein, aber da ich es gegen ihn nicht zu sein wagte, quälte ich infolge meines schändlichen Charakters statt seiner die Mutter. Ich hatte sie sogar gänzlich eingeschüchtert; oft sah sie mich mit einem so flehenden Blick an, wenn Werssiloff eintrat, in der Angst vor einem Ausfall meinerseits...

Sehr sonderbar war es, daß mir dort in diesem widerwärtigen Speisehaus zum erstenmal zum Bewußtsein kam, daß sie wie eine Fremde immer »Sie« zu mir sagte, während Werssiloff mich duzte. Freilich hatte ich mich auch früher schon darüber gewundert und mir dabei manches gedacht, was für sie nicht gerade schmeichelhaft war; hier aber fiel mir das irgendwie noch besonders auf, und ich bedachte es tiefer . . . und lauter ähnliche Gedanken kamen mir einer nach dem anderen unaufhaltsam in den Sinn. Ich saß dort lange auf meinem Platz, bis zur dunkelsten Dämmerung. Auch über meine Schwester dachte ich nach . . .

Eine schicksalträchtige Stunde. Ich stand vor der Entscheidung. Es galt, einen Entschluß zu fassen, um jeden Preis! Oder war ich denn wirklich unfähig, einen Entschluß zu fassen? Was war denn Schweres dabei, mit allen zu brechen, zumal hier niemand sich etwas aus mir machte? Meine Mutter, meine Schwester? Aber die wollte ich doch sowieso in keinem Fall verlassen, – gleichviel wie die Sache sich auch wenden mochte.

Es ist wahr: das Erscheinen dieses Menschen in meinem Leben, das heißt sein Erscheinen auf einen kurzen Augenblick, noch in meiner ersten Kindheit, war der schicksalvolle Anstoß gewesen, der mein Bewußtsein geweckt hatte und bis zu dem meine Erinnerung jetzt zurückreicht. Hätte er damals nicht meinen Weg gekreuzt, mein Verstand, meine ganze Einstellung zum Denken, ja, mein ganzer Lebenslauf wären heute anders, sogar ungeachtet meines mir vom Schicksal vorbestimmten Charakters, dem ich doch unter keinen Umständen entronnen wäre.

Und nun erwies es sich, daß dieser Mensch . . . nur eine von mir geschaffene Phantasiegestalt war, ein Traum meiner Kinderjahre. Ich selbst hatte ihn mir so ausgedacht, in Wirklichkeit aber sah ich jetzt einen ganz anderen Menschen, der tief unter meinem Phantasiegebilde stand. Ich war zu einem reinen Menschen hergereist, nicht aber zu diesem. Und warum hatte ich mich in ihn verliebt, so auf ewig in ihn verliebt, in jenem kurzen Augenblick, als ich ihn damals in meiner Kindheit einmal sah? Dieses »auf ewig« mußte verschwinden. Ich werde vielleicht einmal, wenn ich Platz dafür finde, diese unsere erste Begegnung erzählen: es ist doch ein ganz belangloses Geschichtchen, das zu gar nichts verpflichtet. Bei mir aber entstand daraus eine ganze Pyramide. Ich begann diese Pyramide schon unter der Decke meines Kinderbettchens zu bauen, als ich vor dem Einschlafen weinen konnte und träumen – wovon? – das weiß ich selbst nicht. Davon, daß ich verlassen war? Davon, daß man mich quälte? Aber gequält hat man mich nur wenig, im ganzen nur zwei Jahre lang, in der Pension Touchard, in der ich damals untergebracht wurde, als er wieder verreiste. Späterhin hat mich niemand mehr gequält; im Gegenteil, ich war es, der stolz auf seine Kameraden hinabsah. Und ich kann sie auch nicht ausstehen, diese sich selbst bedauernden Waisenkinder! Es gibt nichts Widerlicheres, als wenn Waisen oder unehelich Geborene, alle diese Ausgestoßenen und überhaupt dieses ganze Pack, mit dem ich auch nicht das geringste Mitleid habe, sich plötzlich feierlich vor dem Publikum erheben und kläglich und moralisch loszuheulen beginnen: »Seht, wie man mit uns umgegangen ist!« Ich würde diese Waisen am liebsten verprügeln, denn keiner von diesem ganzen widerlichen Auswurf begreift, daß es von zehnmal mehr Anstand zeugt, wenn er schweigt und nicht heult und zum Klagen sich nicht herabläßt. Läßt du dich aber dazu herab, so hast du, »Sohn der Liebe«, dein Schicksal mit Recht verdient. Das ist meine Auffassung der Sache!

Aber nicht das ist lächerlich, daß ich als Kind unter meinem Deckchen so träumte, wohl aber, daß ich auch nach Petersburg wiederum wegen dieses von mir erdachten Menschen gekommen war, und über dem Gedanken an ihn mein Hauptziel fast vergessen hatte. Ich war gekommen, um ihm zu helfen, die Verleumdung zu vernichten, seine Feinde zu zerschmettern. Jenes Dokument, von dem Krafft gesprochen hatte, der Brief dieser Frau an Andrónikoff, den sie jetzt so angstvoll suchte, da er ihr Leben zerstören, sie bettelarm machen konnte, und den sie in Werssiloffs Händen wähnte – jener Brief war nicht bei Werssiloff, sondern bei mir, stak eingenäht in meiner Seitentasche! Ich selbst hatte ihn dort eingenäht, und kein Mensch auf der ganzen Welt ahnte etwas davon. Daß die romantische Marja Iwánowna dieses ihr »zum Aufbewahren« eingehändigte Dokument gerade mir und keinem anderen zu übergeben für nötig befunden hatte, war ihr freier Wille gewesen, auf Grund ihrer besonderen Auffassung der Sache, die zu erklären ich nicht verpflichtet bin, vielleicht jedoch gelegentlich erzählen werde. Aber so unverhofft bewaffnet, hatte ich dem geheimen Wunsch, nach Petersburg zu reisen, nicht mehr widerstehen können. Selbstverständlich hatte ich vor, diesem Menschen nicht anders als im geheimen zu helfen, ohne selbst hervorzutreten oder in Hitze zu geraten, ohne von ihm Lobeserhebungen oder Umarmungen zu erwarten. Und niemals, niemals wollte ich ihn dessen *würdigen*, ihm wegen irgend etwas einen Vorwurf zu machen! War es denn seine Schuld, daß ich mich in ihn verliebt und aus ihm ein phantastisches Idealbild geschaffen hatte? Ja, vielleicht liebte ich ihn überhaupt nicht einmal. Sein origineller Verstand, sein interessanter Charakter, seine geheimnisvollen Intrigen und Abenteuer, und der Umsand, daß meine Mutter bei ihm wohnte, – alles das, so schien es mir, hätte mich nicht mehr aufhalten können; es genügte ja schon, daß meine phantastische Puppe zerschlagen war und ich ihn so, wie er wirklich war, gar nicht lieben konnte. Also, was hielt mich denn fest, an welcher Stelle war ich denn eingesunken? – das war die Frage. Und als Endergebnis stellte sich heraus, daß nur ich hier der Dumme war und sonst niemand.

Da ich von anderen Ehrlichkeit verlange, will auch ich ehrlich sein: ich muß gestehen, daß jener in meiner Tasche eingenähte Brief nicht nur den leidenschaftlichen Wunsch, Werssiloff zu Hilfe zu eilen, in mir erweckt hatte. Das ist mir heute nur zu klar, aber auch damals errötete ich schon bei dem Gedanken an diesen anderen Grund. Ich träumte von einer Frau, einer stolzen Aristokratin, der ich Aug in Auge gegenüberstehen werde; sie wird mich verachten, über mich lachen, wie über eine Maus, und wird nicht einmal ahnen, daß ich Herr über ihr Schicksal bin. Dieser Gedanke hatte mich schon in Moskau berauscht, und besonders noch während der Reise im Bahnwagen, als ich nach Petersburg fuhr. Das habe ich übrigens schon einmal gestanden. Ja, ich haßte diese Frau, und doch liebte ich sie schon, liebte sie als mein Opfer, und das ist wahr, es verhielt sich wirklich so. Nur war's gleichzeitig so kindisch, daß ich es nicht einmal von einem solchen, wie ich damals war, erwartet hätte. Ich gebe meine damaligen Gefühle wieder, das heißt, was mir dort im Speisehaus durch den Kopf ging, als ich auf dem Platz neben der Nachtigall saß und den Entschluß faßte, noch an demselben Abend mit ihnen allen unwiderruflich zu brechen. Der Gedanke an meine Begegnung mit dieser Frau trieb mir plötzlich heiße Schamröte ins Gesicht. Diese schmachvolle Begegnung! Ein erbärmlicher und dummer Eindruck, der – was das Schlimmste war – vielleicht am deutlichsten meine Unfähigkeit zur Ausführung einer Tat bewies? Oder nein, er bewies nur so dachte ich damals , daß ich nicht einmal den billigsten Verlockungen zu widerstehen die Kraft habe, obschon ich noch vor einer kleinen Weile zu Krafft gesagt hatte, ich hätte so einen Ort, wohin ich zu mir gehen könnte, und ich würde, selbst wenn ich drei Menschenleben erhielte, doch immer noch nicht genug haben an Lebenszeit. Mit Stolz hatte ich das gesagt. Daß ich mich nun von meiner Idee hatte ablenken und in Werssiloffs Angelegenheiten hineinziehen lassen, das hätte man noch mit irgend etwas entschuldigen können; daß ich aber wie ein überraschter Hase auf diese und jene Seite hin- und hersprang und mich schon von jeder Nebensächlichkeit einfangen ließ, daran war nichts anderes als meine Dummheit schuld. Wer plagte mich, zu Dergatschóff zu gehen und dort mit meinen Dummheiten herauszuplatzen, obschon ich doch längst wußte, daß ich nichts klar und vernünftig zu erzählen verstehe und das Vorteilhafteste für mich Schweigen ist? Und irgend so ein Wassin muß dann die Sache richtigstellen durch die Erklärung, mir ständen noch »fünfzig Jahre Leben bevor«, und folglich sei für mich »kein Grund vorhanden, mich zu grämen«. Seine Einwendung ist stichhaltig, ist vorzüglich, das gebe ich zu, und macht seinem unbestreitbaren Verstande Ehre; sie ist schon deshalb vorzüglich, weil sie die einfachste ist, das Einfachste aber wird immer erst zuletzt begriffen, wenn man es schon mit allem anderen versucht hat, was umständlicher oder dümmer ist. Aber diese Erklärung sagte mir nichts Neues, die kannte ich bereits, noch bevor Wassin sie aussprach; diesen Gedanken hatte ich schon seit guten drei Jahren vorausgefühlt; ja, und nicht nur das, in ihm besteht ja sogar ein ganzer Teil »meiner Idee«. – Das waren damals so meine Gedanken dort im Wirtshause.

Ich hatte ein widerwärtiges Gefühl, als ich, müde vom Gehen und Denken, gegen acht Uhr abends im Stadtteil Ssemjónowskij Polk anlangte. Es war schon ganz dunkel geworden, und das Wetter hatte sich verändert: es war trokken, aber ein abscheulicher Petersburger Wind hatte sich erhoben, blies mir schneidend scharf in den Rücken und wirbelte Staub und Sand auf. Wie viele verdrossene Gesichter unter den einfachen Leuten, die von der Arbeit und aus den Geschäften hastend heimeilen in ihre Winkel! Ein jeder hat seine eigene trübe Sorge im Gesicht, und in der ganzen Menge war vielleicht kein einziger gemeinsamer, alle vereinender Gedanke! Krafft hatte recht: ein jeder lebte für sich. Ein kleiner Knabe begegnete mir, der war so klein, daß es mich sonderbar berührte, ihn um diese Stunde allein auf der Straße zu sehen; er hatte sich offenbar verirrt; ein Weib blieb einen Augenblick stehen, um ihn anzuhören, aber es verstand ihn nicht, schüttelte den Kopf und ließ ihn allein in der Dunkelheit stehen. Ich ging auf ihn zu, er aber erschrak plötzlich vor mir und lief weiter. Kurz vor unserem Hause beschloß ich, niemals zu Wassin zu gehen. Als ich die

Treppe hinaufstieg, hatte ich den heißen Wunsch, Mutter und Schwester allein zu Hause anzutreffen, ohne Werssiloff, um vor seinem Kommen noch etwas Liebes meiner Mutter sagen zu können, oder wenigstens meiner lieben Schwester, zu der ich in diesem ganzen Monat fast noch kein einziges besonderes Wort gesagt hatte. Und so traf es sich auch, er war nicht zu Hause . . .

IV

Übrigens: da ich in meinen »Aufzeichnungen« nunmehr diese »neue Person« (nämlich Werssiloff) persönlich auftreten lassen muß, will ich zunächst in aller Kürze seinen Lebenslauf angeben, der allerdings nichts zu bedeuten hat. Ich tue das nur, damit dem Leser alles verständlicher werde, und ich will es an dieser Stelle tun, weil ich nicht voraussehe, wo ich diese Angaben weiterhin einflechten könnte.

Er hat studiert, ist aber dann in ein Garde-Kavallerie-Regiment eingetreten; hat die Fanarióтowa geheiratet und seinen Abschied genommen. Er reiste ins Ausland und, zurückgekehrt, lebte er den Vergnügungen der großen Gesellschaft. Nach dem Tode seiner Frau kam er auf sein Gut; hier folgte die Episode mit meiner Mutter. Danach lebte er lange irgendwo im Süden. Während des Krimkrieges trat er wieder in den Militärdienst, kam aber mit seinem Regiment nicht in die Krim und ist überhaupt nicht im Feuer gewesen. Nach dem Friedensschluß nahm er wieder den Abschied, reiste ins Ausland und nahm sogar meine Mutter mit, die er aber dann in Königsberg zurückließ. Die Arme erzählte manchmal kopfschüttelnd und mit wahrem Grauen, wie sie dort ein volles halbes Jahr allein und verlassen mit ihrem Töchterchen gelebt hatte, der Sprache unkundig, wie im Walde verloren, und zuletzt noch ohne Geld. Dann war Tatjána Páwlowna gekommen und hatte sie nach Rußland zurückgebracht, irgendwohin aufs Land, im Gouvernement

Níschnij Nówgorod. Werssiloff trat nach seiner Rückkehr den Posten eines Friedensvermittlers beim Zivilgericht[7] an, und wie man erzählt, soll er sich in seinem Amt glänzend bewährt haben und jeder Aufgabe gewachsen gewesen sein. Bald aber gab er diesen Posten auf und begann in Petersburg als Jurist sich mit der Führung verschiedener Zivilklagen zu beschäftigen. Andrónikoff hat seine Fähigkeiten immer hoch eingeschätzt und ihn sehr geachtet, nur was seinen Charakter anbetrifft, soll er geäußert haben, daß er den nicht verstehen könne. Aber auch diese Beschäftigung gab Werssiloff bald auf und reiste wieder ins Ausland, diesmal auf lange Zeit – er blieb dort mehrere Jahre. Und in eben dieser Zeit begannen seine bald sehr nahen Beziehungen zum alten Fürsten Ssokólskij. Im Laufe dieses ganzen angegebenen Lebensabschnittes haben sich seine pekuniären Verhältnisse zwei- oder dreimal vollständig verändert: bald war er gänzlich mittellos und stand dem Nichts gegenüber, bald fiel ihm wieder ein Vermögen zu, und er war von neuem auf der Höhe.

Außerdem will ich mich jetzt, wo ich mit meinen Aufzeichnungen bis zu dieser Stelle gekommen bin, endlich einmal entschließen, »meine Idee« auseinanderzusetzen. Ich werde sie zum erstenmal seit ihrer Entstehung in mir, so gut ich vermag, in Worten auszudrücken versuchen. Ich entschließe mich, sie sozusagen dem Leser mitzuteilen, und tue das gleichfalls nur deshalb, damit im folgenden manches klarer sei. Das muß ich um so mehr, als es nicht nur für den sogenannten Leser nötig wäre, sondern weil auch ich, der Verfasser, der das Wiederzugebende doch selbst erlebt hat, mich in den schwierigen Erklärungen mancher Schritte schon zu verwirren beginne. Deshalb möchte ich vorher schon alles klarlegen, was mich zu diesem oder jenem veranlaßt, bewogen oder gezwungen hat. Infolge meiner Ungeschicktheit im Schreiben und meines anfänglichen Vorsatzes, alles außerhalb der Ereignisse Liegende zu übergehen, bin ich wieder in den Stil der Romanschreiber verfallen, den ich anfangs selbst verspottet

habe. Jetzt, wo ich wie durch eine Tür in meinen Petersburger Roman mit allen meinen schmählichen Erlebnissen einzutreten im Begriff bin, erscheint mir diese Erklärung meiner Idee als Einleitung unbedingt notwendig. Aber eigentlich hat mich bisher nicht nur der Widerwille gegen den Stil der Literaten bestimmt, diese Einleitung zu unterlassen, sondern auch das Wesen der Sache, das heißt, die Schwierigkeit ihrer Wiedergabe. Selbst jetzt, wo schon alles Vergangene überwunden ist, erscheint mir die Aufgabe, diese »Idee« zu erklären, schier unausführbar. Hinzu kommt nun noch, daß ich sie doch fraglos in ihrer damaligen Form wiedergeben muß, das heißt, wie sie in mir entstanden ist, und wie sie damals von mir gedacht wurde, und nicht, wie ich sie heute denke; das aber macht die Sache noch schwieriger. Manches läßt sich ja fast überhaupt nicht wiedergeben. Gerade die einfachsten, die klarsten Ideen, gerade die sind meist schwerer zu verstehen. Hätte Kolumbus vor der Entdeckung Amerikas seine Idee anderen zu erzählen angefangen, so würde man ihn, davon bin ich überzeugt, furchtbar lange nicht verstanden haben. Und man hat ihn ja auch nicht verstanden. Indem ich das sage, denke ich keineswegs daran, mich mit Kolumbus zu vergleichen; wenn jemand zu dieser Folgerung kommen sollte, so schäme er sich, und das ist alles, was ich dazu sagen kann.

FÜNFTES KAPITEL

I

Meine Idee ist: ein Rothschild zu werden. Ich fordere den Leser auf, ruhig und ernst zu bleiben.

Ich wiederhole: meine Idee ist, ein Rothschild zu werden, ebenso reich zu werden wie Rothschild, also nicht nur einfach reich, sondern so reich wie Rothschild. Wozu, weshalb, welches Ziel ich dabei verfolge, davon später. Zunächst werde ich nur beweisen, daß ich mein Ziel mit mathematischer Sicherheit erreichen muß. Die Sache ist sehr einfach, das ganze Geheimnis liegt in zwei Worten, und die lauten: *Fleiß* und *Ausdauer*.

»Kennen wir«, wird man mir sagen, »das ist nichts Neues: jeder Vater in Deutschland predigt das seinen Kindern, indessen ist Ihr Rothschild« (das heißt, der verstorbene James Rothschild, der Pariser, von dem allein spreche ich) »immer nur ein Einziger geblieben. Väter aber gibt es zu Millionen.«

Auf diesen Einwand würde ich antworten:

»Sie behaupten, das hätten Sie schon gehört, dabei haben Sie aber noch gar nichts gehört. Allerdings, in einem haben Sie recht: wenn ich gesagt habe, die Sache sei ‚sehr einfach', so habe ich vergessen hinzuzufügen, daß sie gleichzeitig die schwerste von allen ist. Alle Religionen und Sittenlehren der Welt lassen sich schließlich in den einen Satz zusammenfassen: ‚Liebe die Tugend und fliehe das Laster.' Was könnte anscheinend einfacher sein? Nun, dann führen Sie doch etwas Tugendhaftes aus und überwinden Sie wenigstens ein einziges Ihrer Laster, versuchen Sie es doch einmal! – nun, wie? Und so ist es auch hiermit.«

Sehen Sie, deshalb ist, obgleich Ihre unzähligen Väter diese zwei wunderbaren Wörter, die das ganze Geheimnis

enthalten, schon seit unzähligen Jahrhunderten ihren Kindern wiederholen, James Rothschild dennoch ein Einziger geblieben. Daraus folgt, daß anscheinend dasselbe doch nicht ganz dasselbe ist und die Väter einen ganz anderen Gedanken predigen.

Freilich reden die Väter von Fleiß und Ausdauer, nur ist zur Erreichung meines Zieles mit einem Fleiß und einer Ausdauer, wie die Väter sie lehren, nicht gedient.

Schon das Wort »Vater« (ich rede nicht nur von den deutschen Vätern), schon die Tatsache, daß er Kinder, daß er eine Familie hat und wie alle anderen lebt, daß er Ausgaben hat wie alle und Pflichten wie alle, sagt uns bereits, daß er kein Rothschild werden kann, sondern nur ein Durchschnittsmensch bleiben wird. Ich aber verstehe doch nur zu gut, daß ich, wenn ich ein Rothschild werde oder auch nur ein Rothschild werden will, jedoch nicht im Sinne der Väter, sondern ernstlich, daß ich allein schon dadurch sofort aus der Gesellschaft ausscheide.

Vor ein paar Jahren las ich in den Zeitungen von einem Bettler, der auf einem Wolgadampfer gestorben war. Alle hatten ihn dort gekannt, so lange bettelte er schon. Nach seinem Tode fand man in seinen zerlumpten Kleidern eingenäht an dreitausend Rubel in Banknoten. Und vor kurzem las ich wieder von einem Bettler, der einer adligen Familie entstammte, aber in Wirtshäusern und Kneipen gebettelt hatte. Er wurde verhaftet, und man fand bei ihm an fünftausend Rubel. Hieraus ergeben sich ohne weiteres zwei Schlüsse: erstens, daß unermüdlicher Fleiß im Sammeln und Sparen, wenn auch nur von Kopeken, schließlich doch große Summen zusammenbringt (die Zeit ist hierbei natürlich nebensächlich). Und zweitens: daß selbst die unschlaueste Erwerbsart, wenn man sie nur mit Ausdauer betreibt, also ununterbrochen, mit mathematischer Sicherheit zum Erfolg führt.

Indessen gibt es vielleicht sogar sehr viele achtbare, kluge und enthaltsame Menschen, die (soviel sie sich auch mühen) weder drei- noch fünftausend Rubel ersparen können und doch mächtig gern Geld ersparen wollen. Woher kommt das? Die Antwort ist klar: weil kein einziger von ihnen, trotz seines ganzen Wollens, so stark will, daß er zum Beispiel, wenn es absolut nicht anders ginge, selbst Bettler zu werden bereit wäre; und weil kein einziger charakterfest genug ist, um nicht die ersten Kopeken für ein zusätzliches Stück Brot für sich oder seine Familie wieder auszugeben. Bei dieser Erwerbsart aber, ich meine, beim Betteln, darf man sich nur von Brot mit Salz nähren und muß sich alles versagen, wenn man von Almosen ein Vermögen ersparen will; wenigstens denke ich mir das so. Und bestimmt werden auch die erwähnten zwei Bettler nur so zu ihrem Kapital gekommen sein, also indem sie sich ausschließlich von Brot nährten und so gut wie unter freiem Himmel lebten. Zweifellos haben sie nicht die Absicht gehabt, Rothschilds zu werden; sie waren nur Harpagons oder Pljúschkins[8] in ihrer typischsten Erscheinungsform, und weiter gar nichts. Aber auch bei bewußtem Gelderwerb in jeder anderen Form, ist, wenn man ein Rothschild werden will, zur Durchführung nicht weniger heißes Wollen erforderlich und nicht geringere Willenskraft, als diese beiden Bettler sie gehabt haben. Ein predigender Vater wird solche Kraft nicht aufbringen. Die Kräfte dieser Welt sind in sehr verschiedenen Portionen verteilt, besonders die Kräfte des Willens und des Wollens. Es gibt eine Temperatur, bei der Wasser zu kochen anfängt, und einen Hitzegrad, bei dem Eisen in Rotglut gerät.

Hier ist es dasselbe, wie ins Kloster gehen, dasselbe, wie Erfüllung strengster Asketengelübde. Hier handelt es sich um ein Gefühl, nicht um eine Idee. Und wozu? Für was? Ist das denn moralisch, ist es nicht vielmehr ungeheuerlich, sein Leben lang im groben Bettlerkittel zu gehen und nur Schwarzbrot zu essen, wenn man soviel Geld bei sich trägt? Von diesen Fragen reden wir später, jetzt zuerst von der Möglichkeit der Erreichung des Zieles.

Als ich mir »meine Idee« ausgedacht hatte (und sie ist

ja nichts anderes als eben Rotglut), begann ich mich daraufhin zu prüfen, ob ich einer solchen Askese fähig wäre. Ich nahm mir also vor, einen ganzen Monat nur Wasser und Brot zu genießen, und zwar täglich nur zwei und ein halbes Pfund Schwarzbrot. Um die Prüfung durchführen zu können, mußte ich den klugen Nikolai Ssemjónowitsch und die mir so wohlwollende Marja Iwánowna betrügen. Ich äußerte den Wunsch, daß mir das Essen auf mein Zimmer gebracht werde, und zu ihrer Betrübnis wie zur teilweise bedenklichen Verwunderung des sehr taktvollen Nikolai Ssemjónowitsch bestand ich darauf. So geschah es denn auch. Nur aß ich nichts von dem, was mir gebracht wurde, sondern goß die Suppe aus dem Fenster in die Nesseln oder anderswohin, und das Fleisch warf ich dem Hofhund zu oder wickelte es in Papier und trug es in der Tasche hinaus, und ähnlich beseitigte ich alles übrige. Da mir aber mit den Speisen viel weniger Brot als zweieinhalb Pfund auf mein Zimmer geschickt wurde, so kaufte ich heimlich noch Brot hinzu. Ich hielt diese Kost einen ganzen Monat aus, verdarb mir dabei nur ein wenig den Magen; vom zweiten Monat an erlaubte ich mir noch einen Teller Suppe zum Brot und morgens und abends noch je ein Glas Tee, und ich kann versichern, ich habe das ganze Jahr körperlich in bester Gesundheit und Zufriedenheit, moralisch aber wie in einem Rausch und in fortwährender heimlicher Ekstase gelebt. Um die Speisen tat es mir nicht nur nicht leid, sondern ich fühlte mich als Sieger und lebte in Seligkeit. Als das Jahr zu Ende war und ich mich überzeugt hatte, daß ich jedes Fasten durchhalten konnte, begann ich wieder wie alle zu essen und speiste wieder mit ihnen zusammen. Aber diese Prüfung allein genügte mir nicht, und ich ersann eine neue. Außer dem Pensionsgeld, das man Nikolai Ssemjónowitsch für mich zahlte, erhielt ich noch in jedem Monat fünf Rubel als Taschengeld. Und so beschloß ich denn, von diesen fünf Rubeln nur die Hälfte auszugeben. Das war eine sehr schwere Prüfung, aber nach guten zwei Jahren hatte ich, als ich nach Petersburg reiste, außer dem

Reisegeld noch sechzig Rubel in der Tasche, und die hatte ich mir ausschließlich von jenem Monatsgeld erspart. Das Ergebnis dieser beiden Versuche war für mich von ungeheurer Bedeutung: ich hatte mir die Gewißheit verschafft, daß ich stark genug zu wollen vermag, um mein Ziel zu erreichen, und das war, ich wiederhole es, die Hauptsache bei meiner ganzen »Idee«, alles weitere – sind lauter Kleinigkeiten.

II

Aber betrachten wir auch die Kleinigkeiten.

Ich habe nun meine ersten zwei Versuche beschrieben; in Petersburg machte ich, wie ich schon erzählt habe, den dritten Versuch; ich ging auf eine Auktion und gewann mit einem Schlage sieben Rubel fünfundneunzig Kopeken. Selbstverständlich war das kein ernster Versuch, sondern nur ein Spiel, ein Vergnügen: ich hatte Lust, einen Augenblick aus der Zukunft herauszuklauben und im voraus auszukosten, wie ich so in künftigen Jahren gehen und mein Vorhaben ausführen würde. Den wirklichen Anfang der Umsetzung meiner Idee in die Tat hatte ich von vornherein, schon in Moskau, bis zu dem Zeitpunkt hinausgeschoben, wo ich vollkommen frei wäre; ich sah ein, daß ich zum Beispiel wenigstens das Gymnasium vorher beenden mußte. (Die Universität hatte ich, wie schon erwähnt, bereits geopfert.) Natürlich reiste ich mit einem geheimen Grimm nach Petersburg: kaum hatte ich das Gymnasium beendet und war nun frei geworden, da sah ich plötzlich, daß Werssiloffs Angelegenheiten mich vom Beginn der Ausführung meines Vorhabens auf unbestimmte Zeit ablenkten! Aber trotzdem habe ich mich nicht im entferntesten wegen der Erreichung meines Zieles beunruhigt gefühlt.

Freilich fehlte mir noch die praktische Erfahrung; aber in den drei Jahren hatte ich schon alles bedacht, und so konnte mich kein Zweifel mehr beunruhigen. Wohl tausendmal hatte ich es mir ausgemalt, wie ich anfangen würde: plötzlich befinde ich mich, wie vom Himmel gefallen, in einer von unseren zwei Residenzstädten (ich hatte mir gerade für den Anfang diese erwählt, und zwar gab ich aus einer gewissen Erwägung Petersburg den Vorzug). Ich bin also wie vom Himmel herabgefallen und vollständig frei, hänge von keinem ab, bin gesund und habe in der Tasche ein heimliches Vermögen von hundert Rubeln, mein Anlagekapital. Ohne hundert Rubel kann man nicht gut anfangen; denn sonst würde die erste Periode des geringen Erwerbs gar zu lange dauern. Außer den hundert Rubeln besaß ich noch, wie sich erwiesen hatte, Mut, Ausdauer, Fähigkeit zu vollständiger Einsamkeit und zur folgerechten Geheimhaltung eines Geheimnisses. Ja, gerade die bedingungslose Einsamkeit war die Hauptsache; ich habe tatsächlich bis zuletzt keinerlei Beziehungen oder Verbindungen mit anderen Menschen gemocht, und im allgemeinen stand es für mich unumstößlich fest, daß ich mit der Ausführung meiner Idee unbedingt ganz allein anfangen würde: das war mein sine qua non. Die Menschen bedrücken mich, ich werde innerlich unruhig, und die Unruhe würde die Verfolgung meines Zieles beeinträchtigen. Und überhaupt ist es bisher in meinem Leben immer so gewesen: wenn ich mir vorstellte oder träumte, wie ich mich im Verkehr mit den Menschen halten würde, verlief alles immer sehr gut und klug, kaum aber trat an die Stelle des Traumes oder der Vorstellung die Wirklichkeit, so benahm ich mich immer furchtbar dumm. Ich gestehe das mit Unwillen und aufrichtig; immer habe ich mich selbst durch meine Worte zu erkennen gegeben und übereilt gesprochen, und deshalb hatte ich beschlossen, auf den Umgang mit Menschen zu verzichten. Nur so konnte ich mir Unabhängigkeit, Seelenruhe und ungestörte Verfolgung meines Zieles sichern.

In Petersburg sind die Preise für Lebensmittel bekanntlich sehr hoch, aber dessenungeachtet hatte ich ein für allemal beschlossen, nicht mehr als fünfzehn Kopeken täglich fürs Essen auszugeben, und ich wußte im voraus, daß ich meinen

Vorsatz durchführen würde. Diese Frage der Ernährung habe ich lange und eingehend erwogen. So zum Beispiel nahm ich mir vor, zwei Tage lang nichts als Brot mit Salz zu essen, um dann am dritten Tage für die in zwei Tagen ersparten Kopeken um so viel mehr zu essen; denn mir schien diese Verteilung zuträglicher für die Gesundheit als ein ewig gleichmäßiges Fasten bei einer Tagesration für die geringste Summe. Ferner bedurfte ich eines Winkels, buchstäblich nur eines Winkels, wo ich mich in der Nacht ausschlafen konnte und bei gar zu unfreundlichem Wetter auch am Tage Schutz fand. Zu leben beabsichtigte ich eigentlich nur auf der Straße und war bereit, im Notfall auch in den Nachtasylen für Obdachlose zu schlafen, wo man, abgesehen vom Nachtlager, noch ein Stück Brot und ein Glas Tee erhält. Oh, ich würde es schon verstehen, mein Geld so zu verstecken, daß es mir weder vom Winkelnachbarn noch im Nachtasyl gestohlen werden könnte, nicht einmal ahnen würden sie, daß ich welches besitze. »Was, *mir* könnte man es stehlen? Ach, Freund, ich muß mich ja selbst nur in acht nehmen, daß nicht ich einem anderen was stehle!« hörte ich einmal auf der Straße im Vorübergehen einen Galgenstrick mit Humor zum anderen sagen. Was mich betrifft, so würde ich es ihm nur in Vorsicht und Schlauheit gleichtun, aber zu stehlen, nein, zu stehlen beabsichtige ich nicht. Ja, ich habe sogar schon in Moskau, und vielleicht schon am ersten Tage meiner »Idee«, beschlossen, weder Pfandleiher noch Wucherer zu werden: dazu sind die Juden da und auch diejenigen Russen, die weder Verstand noch Charakter haben. Pfänder und Prozente, das ist so was für die Gewöhnlichen.

In betreff der Kleidung hatte ich mir vorgenommen, immer zwei Anzüge zu besitzen, einen Alltagsanzug und einen guten. Wenn ich sie mir einmal angeschafft hätte, würde ich sie lange tragen, das wußte ich. Zweieinhalb Jahre lang habe ich mich vorsätzlich darin geübt, wie man seine Kleider tragen muß, damit sie sich nicht schnell abnutzen, und habe bei der Gelegenheit ein Geheimnis entdeckt: soll ein Kleidungsstück immer wie neu aussehen, so muß man es möglichst oft bürsten, womöglich fünf- bis sechsmal am Tage. Tuch fürchtet die Bürste nicht, wohl aber Staub und Schmutz. Staub besteht, unter dem Mikroskop betrachtet, aus Steinen, die Bürstenhaare aber sind, selbst die härtesten, immerhin etwas der Wolle Ähnliches. Ebenso habe ich meine Stiefel zu tragen gelernt: das Geheimnis besteht darin, daß man ganz gerade und mit der ganzen Sohle auftritt; denn vor allem gilt es ein Schieftreten der Stiefel zu vermeiden. In vierzehn Tagen hat man das heraus, und dann geht's von selbst, ohne daß man daran zu denken braucht. So trägt man Stiefel im Durchschnitt um ein Drittel der Zeit länger. Ergebnis zweijährigen Versuchs.

Hierauf befaßte ich mich schon mit der eigentlichen Aufgabe.

Ich ging von der Erwägung aus: ich habe hundert Rubel. In Petersburg finden so viel Auktionen und Ausverkäufe statt, gibt es so viel kleine Buden auf dem Trödelmarkt und so viel kauflustige Menschen, daß es unmöglich ist, eine Sache, die man für so und so viel gekauft hat, nicht etwas teurer verkaufen zu können. An dem einen Album habe ich mit einem Anlagekapital von zwei Rubel und fünf Kopeken ganze sieben Rubel und fünfundneunzig Kopeken verdient. Diesen ungeheuren Gewinn erhielt ich ohne jedes Wagnis meinerseits: ich sah dem Käufer an den Augen an, daß er dieses alte Album unbedingt erstehen wollte. Natürlich gebe ich zu, daß dieser Fall nur ein Zufall war, aber gerade solche Fälle suche ich ja, nur deshalb habe ich doch beschlossen, auf der Straße zu leben! Nun gut, mögen sie noch so selten sein, gleichviel, mein Grundsatz bleibt: nichts aufs Ungewisse zu setzen, und zweitens: unbedingt an jedem Tage wenigstens etwas mehr als das Minimum zu verdienen, das ich für meinen Unterhalt täglich ausgeben muß, damit an keinem Tage die Vermehrung des Kapitals stillstehe.

Man wird mir sagen: »Das sind alles nur Träume! Sie

kennen die Straße noch nicht, man wird Sie schon beim ersten Schritt übers Ohr hauen!« Aber ich habe Willen und Charakter, und die Wissenschaft der Straße läßt sich wie jede andere Wissenschaft erwerben, zumal wenn man Konzentration, Ausdauer, Aufmerksamkeit und Fähigkeiten mitbringt. Auf dem Gymnasium war ich bis zur obersten Klasse einer der ersten Schüler und ein sehr guter Mathematiker. Und wie kann man nur die bloße »Erfahrung« und die Straßenwissenschaft so götzenbildhaft überschätzen und, wo sie fehlen, ein sicheres Mißlingen prophezeien! Das pflegen aber immer nur diejenigen zu tun, die selbst niemals einen Versuch, gleichviel in welcher Sache, gemacht haben, die nie etwas Neues angefangen, sondern immer auf dem Fertigen frierend gesessen haben. »*Einer* hat sich die Nase verbrannt, *folglich* wird jeder *andere* sie sich auch verbrennen.« Nein, ich nicht. Ich habe Charakter, und wenn ich will, kann ich alles erlernen. Wäre es denn überhaupt möglich, daß man es bei ununterbrochener Aufmerksamkeit, Berechnung und Überlegung, bei unermüdlicher und ununterbrochener Tätigkeit und Lauferei schließlich nicht zu dem Wissen brächte, wie man täglich zwanzig Kopeken verdienen kann? Sehr wichtig ist, daß man sich nicht auf den größtmöglichen Gewinn versteift, sondern immer ruhig bleibt. Späterhin, wenn ich das eine und andere Tausend schon verdient habe, würde ich selbstverständlich und ganz unwillkürlich den kleinen Handel und Wiederverkauf auf der Straße aufgeben und mich mit Besserem befassen. Allerdings sind mir jetzt die Börse, die Aktien- und Bankgeschäfte und ähnliches noch wenig bekannt. Aber dafür weiß ich so genau, wie ich fünf Finger an jeder Hand habe, daß ich alle diese Börsen- und Bankgeschäfte mit der Zeit erlernen und mich wie kein anderer in ihnen auskennen werde, und daß dieses Wissen sich bei mir fast von selbst einstellen wird, einfach weil die Dinge dazu führen. Als ob Gott weiß was für eine salomonische Weisheit dazu erforderlich wäre! Wenn man nur Charakter hat, Verständnis, Übung, Wissen kommen dann ganz von selbst. Wenn nur das »Wollen« nicht aufhört.

Die Hauptsache bleibt: nichts aufs Spiel setzen, und gerade das kann man nur, wenn man Charakter hat. Erst kürzlich kam mir hier in Petersburg eine Zeichnungsliste auf Eisenbahnaktien in die Hand; wer damals subskribieren konnte, hat viel verdient. Eine Zeitlang stiegen die Aktien schnell. Da gibt es dann immer Leute, die zu spät kommen, und wenn ich, nehmen wir an, subskribiert hätte, würde mir doch der eine oder andere den Vorschlag gemacht haben, ihm die Aktien für eine Prämie von soundso viel Prozent abzutreten. Nun, ich hätte dann unbedingt verkauft, ohne lange auf weiteres Steigen der Papiere zu warten. Natürlich hätte man mich ausgelacht, weil man mir nach einiger Zeit vielleicht zehnmal mehr bieten würde. Das wäre ja möglich, aber mein kleiner Gewinn ist schon deshalb vorteilhafter, weil ich ihn bereits in der Tasche habe, der erhoffte große Gewinn aber noch irgendwo in der Luft hängt. Man wird mir hierauf zu bedenken geben, daß man auf diese Weise doch viel mehr verdienen könne. Entschuldigen Sie, darin irren Sie sich, und darin besteht auch der große Irrtum aller unserer großen verkrachten Spekulanten. So hören Sie denn die Wahrheit: Konzentration und Ausdauer im Verdienen und vor allem im Sparen machen mehr aus als zufällige große Gewinne, selbst wenn diese hundert Prozent und darüber einbringen!

Als ein gewisser John Law zu Anfang des achtzehnten Jahrhunderts in Paris erschien, um ein im Prinzip geniales Projekt durchzuführen (das freilich nachher bei der Ausführung fürchterlich zusammenbrach), geriet ganz Paris in Aufregung. Man riß sich förmlich um Laws Aktien, das Gedränge war unbeschreiblich. Und in das Haus, in dem die Aktien ausgegeben wurden, strömte aus ganz Paris das Geld zusammen. Aber das Haus konnte so viele Menschen nicht fassen, das Publikum mußte schon auf der Straße bleiben, und dort drängte sich alles durcheinander: Arme, Reiche,

Vornehme, Geringe, Kinder und Greise, Bourgeoisie und Noblesse, Gräfinnen, Marquisen und Dirnen – alles wurde zu einer einzigen, nur von einem Gedanken besessenen Masse, als wären alle von einem tollen Hund gebissen. Alle Standes- und Rassenvorurteile, Rang, Stolz, sogar Ehre und guter Name – alles wurde unter die Füße in den Schmutz getreten; alles wurde geopfert (sogar von Frauen), nur um ein paar dieser Aktien zu ergattern. Die Subskription mußte schließlich auf der Straße stattfinden, dort aber hatte man keine Unterlage, auf der man hätte schreiben können. Da machte man einem Buckligen den Vorschlag, seinen Buckel als Tisch benutzen zu lassen. Der willigte ein – man kann sich denken, wieviel er sich dafür von jedem Subskribenten zahlen ließ! Nun, es dauerte nicht lange, und alle waren bankerott, das ganze Unternehmen, die ganze Idee ging zum Teufel, und die Aktien waren auf einmal wertlose Papierstücke. Wer hatte nun gewonnen? Nur der Bucklige, eben weil er statt der Aktien die baren Louisdors genommen hatte. Nun, und dieser Bucklige bin unter ähnlichen Umständen – ich! Habe ich doch genug Willenskraft gehabt, nicht zu essen und kopekenweise mir zweiundsiebzig Rubel zusammenzusparen; sie wird wohl auch ausreichen, um dem Wirbel einer alle erfassenden Gier zu widerstehen und das geringe, aber sichere Geld dem großen, aber ungewissen vorzuziehen. Nur in Kleinigkeiten bin ich kleinlich, im großen – nie. Wenn zu einer Sache nur ein wenig Geduld erforderlich war, hat meine Willenskraft oft nicht ausgereicht, sogar nachdem ich mir meine Idee schon ausgedacht hatte; zu einer großen Geduld aber wird sie immer ausreichen. Wenn meine Mutter mir morgens, bevor ich zum Fürsten ging, einen Kaffee vorsetzte, der nur noch lauwarm war, ärgerte ich mich und wurde grob, und dabei war ich derselbe Mensch, der einen Monat nur von Wasser und Brot gelebt hatte.

Mit einem Wort, es wäre unnatürlich, wenn ich auf diese Weise nicht zu Geld käme oder wenn ich nicht erlernen könnte, wie man Geld erwirbt. Und ebenso unnatürlich

beschuldigen; aber meinem Denken in dieser Richtung folgte auf dem Fuß ein anderer Gedanke, der für mich zu schwer zu ertragen war, der Gedanke: »Bin ich nicht statt ihrer am Ende selbst der Schuldige?« Und wie oft habe ich dann mich allein umsonst beschuldigt? Und um solchen Fragen aus dem Wege gehen zu können, sehnte ich mich nach Einsamkeit und suchte sie. Außerdem habe ich in der Gesellschaft der Menschen nichts finden können, trotz allem Suchen, und ich habe gesucht; wenigstens alle meine Altersgenossen, alle Schulkameraden erwiesen sich stets als geistig unter mir stehend; ich erinnere mich keiner Ausnahme.

Ja, ich bin ein düsterer Mensch, ich verschließe mich fortwährend. Oft habe ich Lust, mich von den Menschen ganz und gar abzusondern. Vielleicht werde ich den Menschen auch Gutes tun, aber zumeist kann ich nicht den geringsten, einigermaßen einleuchtenden Beweggrund dazu entdecken. Auch sind sie keineswegs so herrlich, daß es sich lohnte, sich sonderlich um sie zu kümmern. Warum treten sie nicht gerade und offen an mich heran, und warum sollte ich unbedingt verpflichtet sein, als erster zu ihnen zu gehen? Diese Fragen sind mir immer wieder durch den Kopf gegangen. Ich bin ein dankbares Geschöpf, das haben mir wohl schon hundert von mir begangene Dummheiten bewiesen. Einem offenen Menschen würde ich sofort mit Offenheit antworten und ihn liebgewinnen. So habe ich es ja auch getan; aber alle haben sie mich dann sogleich betrogen und sich selbst wieder vor mir verschlossen, sogar mit Hohn über mich. Der offenste von allen war Lambert, der mich als Junge so gehauen hat; aber auch dieser war bloß ein offener Schuft und Lump; und die Offenheit war bei diesem schließlich nur die Folge seiner Dummheit. Mit solchen Anschauungen kam ich damals nach Petersburg.

Als ich an jenem denkwürdigen Tage die Wohnung Dergatschöffs verließ (zu dem es mich, Gott weiß weshalb, hingezogen hatte), schloß ich mich Wassin an, und in einer Anwandlung von Begeisterung überschüttete ich ihn mit Lob.

Und was geschah darauf? Noch an demselben Abend fühlte ich, daß ich ihn bereits viel weniger liebte. Warum? Ja, eben darum, weil ich durch meinen ihm überschwenglich gezollten Beifall mich selbst vor ihm erniedrigt hatte. Indessen sollte man meinen, es hätte gerade das Entgegengesetzte geschehen müssen: ein Mensch, der soweit gerecht und großmütig ist, daß er einem anderen in einer Weise Anerkennung zollt, die ihn selbst erniedrigt – ein solcher Mensch steht doch an Menschenwürde eigentlich beinahe höher als jeder andere. Nun, und – ich sah das ein; trotzdem liebte ich Wassin weniger, sogar sehr viel weniger. Ich habe absichtlich ein dem Leser schon bekanntes Beispiel genommen. Selbst an Krafft dachte ich mit einem herben oder sogar bitteren Gefühl zurück, weil er mir ins Vorzimmer vorausgegangen war und mich auf diese Weise verabschiedet hatte: dieses Gefühl hatte ich die ganze Zeit bis zum nächsten Tage, bis ich plötzlich etwas erfuhr, das mir alles an ihm erklärte und jeden Grund zum Ärger nahm. Aber schon in den untersten Klassen des Gymnasiums fühlte ich mich gekränkt, wenn einer meiner Mitschüler mich übertraf, sei es in einer Wissenschaft oder an Schlagfertigkeit und Witz, oder sei es, daß er mir an körperlicher Kraft überlegen war; dann stellte ich sofort jeden Umgang mit ihm ein und sprach nicht einmal mehr mit ihm. Ich kann nicht sagen, daß ich ihn gehaßt oder ihm Mißerfolg gewünscht hätte; nein, das nicht; ich wandte mich nur von ihm ab, denn so ist nun einmal mein Charakter.

Ja, mich hat mein ganzes Leben lang nach Macht gedürstet, nach Macht und Einsamkeit. Ich träumte davon schon in so jungen Jahren, daß entschieden ein jeder mich ausgelacht hätte, wenn er meine geheimen Gedanken hätte lesen können. Deshalb habe ich die Heimlichkeit so liebgewonnen. Ja, ich träumte mit aller Kraft und allen Sinnen, träumte so viel, daß mir keine Zeit blieb, mich mit anderen Menschen zu unterhalten; daraus folgerte man, daß ich menschenscheu sei, und aus meiner Zerstreutheit zog man noch dümmere Schlüsse, aber meine rosigen Wangen bewiesen das Gegenteil.

Besonders glücklich war ich, wenn ich schon im Bett lag und die Decke über die Schulter gezogen hatte, und nun ganz allein, in der größten Einsamkeit, ohne Menschengetriebe um mich herum, ohne einen Laut von ihnen zu hören, mein Leben nach eigenem Wunsch in der Phantasie umzugestalten begann. So verbrachte ich die Zeit, bis »meine Idee« in mir auftauchte, in der glühendsten Träumerei; durch die Idee aber wurden alle Träume, die bis dahin dumm gewesen waren, mit einemmal vernünftig und gingen aus der träumerischen Form des Romans in die denkende Form der Wirklichkeit über.

Alles floß zusammen und strebte nur zu dem einen Ziel. Meine Träume waren übrigens auch früher schon gar nicht so dumm gewesen, obgleich es der Themata zu Tausenden gab. Aber unter ihnen gab es Lieblingsträume . . . Übrigens, es geht doch nicht an, sie hier alle zu erzählen.

Macht! Ich bin überzeugt, daß sehr viele es sehr lächerlich fänden, wenn sie erführen, daß so ein »Nichts« wie ich es gerade auf Macht abgesehen hatte. Aber ich werde sie durch ein weiteres Geständnis noch mehr in Erstaunen setzen: Ich habe mich vielleicht schon von meinen ersten Träumen an, das heißt, so gut wie seit meiner frühesten Kindheit, mir selbst nie anders vorzustellen vermocht, als immer und unter allen Umständen auf dem ersten Platz. Und ich füge ein zweites seltsames Geständnis hinzu: Vielleicht setzt sich das noch heute fort. Hierzu bemerke ich, daß ich nicht um Verzeihung zu bitten beabsichtige.

Und darauf beruht ja meine »Idee«, gerade darin liegt auch ihre Stärke, daß das Geld der einzige Weg ist, der selbst den Nichtigsten auf den ersten Platz bringen kann. Vielleicht bin ich nicht einmal der Nichtigste; aber ich weiß zum Beispiel – der Spiegel sagt es mir –, daß mein Äußeres mir schadet, weil mein Gesicht ein ganz gewöhnliches Gesicht ist. Wenn ich aber so reich wie Rothschild bin, wer wird dann noch nach meinem Gesicht fragen, und werden dann nicht Tausende von Frauen, sobald ich nur pfeife, mit all ihren Schönheiten zu mir geflogen kommen? Ich bin sogar überzeugt, daß sie selbst, und zwar vollkommen aufrichtig, mich schließlich für einen schönen Mann halten werden. Ferner: ich bin vielleicht auch klug. Aber mag ich auch noch so klug sein und eine noch so hohe Stirn haben, es kann sich doch in jeder Gesellschaft einer finden, der eine noch höhere Stirn hat, und ich bin verloren. Aber wenn ich nun ein Rothschild bin, wird dann dieser Klügere noch etwas neben mir bedeuten? Man wird ihn doch nicht einmal zu Wort kommen lassen neben mir! Ich bin vielleicht geistreich; aber da befindet sich plötzlich ein Talleyrand neben mir, ein Piron[9], – und ich bin in den Schatten gestellt; bin ich aber ein Rothschild, wo bleibt dann Piron, ja, selbst Talleyrand? Geld ist natürlich eine despotische Macht, zu gleicher Zeit aber ist es der größte Gleichmacher, und darin liegt seine hauptsächliche Macht. Geld macht alle Ungleichheiten gleich. Das habe ich alles schon in Moskau eingesehen.

Man wird in diesem meinem Gedanken selbstverständlich nichts als einen Ausdruck von Unverschämtheit und Herrschsucht sehen, hinter dem das Gelüst des Nichtigen steht, über die Begabten zu triumphieren. Ich gebe zu, daß dieser Gedanke verwegen ist (und deshalb süß). Aber mag er, mag er es sein: Sie denken gewiß, ich wolle Macht, nur um triumphieren, bedrücken und mich rächen zu können? Das ist es ja, daß unbedingt so und nicht anders der schäbige Durchschnitt handeln würde. Und nicht nur dieser; ich bin überzeugt, daß Tausende von Talenten und klugen Leuten, die sich so hochstehend und geistig dünken, wenn man ihnen plötzlich die Rothschildschen Millionen aufladen würde, dem Reichtum nicht gewachsen wären, und wie die Ordinärsten verfahren und am allermeisten die anderen bedrücken würden. Meine Idee ist eine ganz andere. Ich fürchte das Geld nicht; mich wird es nicht bedrücken und auch nicht veranlassen, andere zu bedrücken.

Ich brauche das Geld nicht, oder sagen wir richtiger, ich brauche nicht das Geld, und nicht einmal die Macht; ich brauche nur das, was man durch Macht erwirbt und was man auf keine Weise ohne Macht erlangen kann; und das ist das einsame und ruhige Bewußtsein der Kraft! Das ist die erschöpfendste Bezeichnung dessen, was man »Freiheit« nennt und um die sich die ganze Welt so abquält! »Freiheit!« Endlich habe ich es hingeschrieben, dieses große Wort ... Ja, das einsame Bewußtsein der Kraft – ist bezaubernd und wundervoll. Habe ich die Kraft, so ich bin ruhig. Jupiter hat Blitz und Donner in der Hand, und was sehen wir: er ist ruhig. Hört man's denn häufig, daß er den Donner grollen läßt? Ein Dummer könnte glauben, er schlafe. Aber setzt an die Stelle Jupiters irgendeinen Literaten oder ein dummes Bauernweib, und das Donnern wird kein Ende nehmen!

Habe ich erst einmal die Macht, philosophierte ich, so werde ich ihrer überhaupt nicht mehr bedürfen. Ich versichere, daß ich dann freiwillig und aus eigenem Antriebe überall den letzten Platz einnehmen werde. Wäre ich Rothschild, so würde ich in einem alten Mantel und mit einem Regenschirm gehen. Was mache ich mir daraus, daß man mich auf der Straße stößt, daß ich schnell über das schmutzige Pflaster springen muß, um nicht überfahren zu werden! Das Bewußtsein, daß ich es bin, Rothschild selbst, würde mich in solchen Augenblicken belustigen. Ich weiß, daß ich den ersten Koch der Welt und ein Essen wie keiner haben kann, aber es genügt mir, das zu wissen. Ich würde ein Stück Brot mit Schinken essen und würde satt sein durch mein Bewußtsein. Dieser Ansicht bin ich auch heute noch.

Ich werde mich nicht zu den Aristokraten drängen, wohl aber werden sie sich zu mir drängen; nicht ich werde den Weibern nachlaufen, sondern sie mir, wie Wasser nachläuft, und sie werden mir alles anbieten, was ein Weib nur anzubieten hat. Die »Vulgären« werden des Geldes wegen kommen, die Klugen aber wird das neugierige Interesse für den sonderbaren, stolzen, verschlossenen und zu allem sich gleichmütig verhaltenden Menschen anlocken. Ich werde sowohl zu diesen wie zu jenen freundlich sein und ihnen vielleicht Geld geben, von ihnen annehmen aber werde ich nichts. Interesse jedoch erweckt Leidenschaft, vielleicht werde ich auch Leidenschaft erwecken. Aber ich kann versichern, sie werden vergeblich gekommen sein und nichts von mir mitnehmen als höchstens Geschenke. Und das wird mich für sie nur doppelt interessant machen.

„. . . denn mir genügt
Vollauf das Bewußtsein . . .“

Sonderbar ist, daß ich mich in dieses Bild (das übrigens richtig ist) schon als Siebzehnjähriger verliebt habe.

Bedrücken und quälen will ich und werde ich keinen; aber ich würde wissen, daß, wenn ich einen bestimmten Menschen, etwa meinen Feind, verderben wollte, niemand mich daran hindern könnte, alle vielmehr diensteifrig mir helfen würden, und wiederum würde mir dieses Bewußtsein genügen. Nicht einmal rächen würde ich mich. Es hat mich immer gewundert, daß James Rothschild eingewilligt hat, den Titel Baron anzunehmen! Warum das und wozu, wenn er doch schon über allen stand? ‚Oh, mag mich doch dieser unverschämte General auf einer Poststation beleidigen, wo wir beide auf frische Pferde warten; wenn er wüßte, wer ich bin, würde er selbst meine Postpferde anschirren helfen und mir beim Einsteigen in meinen bescheidenen Reisewagen behilflich sein.‘ War doch einmal in den Zeitungen davon die Rede, daß ein ausländischer Graf oder Baron in einem Wiener Eisenbahnzug einem dortigen Bankier vor dem ganzen Publikum die Pantoffeln angezogen hatte, und dieser war so ordinär gewesen, das geschehen zu lassen. ‚Oh, mag doch, mag doch diese unheimliche Schönheit (gerade ‚unheimliche‘ Schönheit, es gibt solche!), diese Tochter der pompösen und bekannten Aristokratin, mit der ich zufällig auf einem Schiffsdeck oder sonstwo zusammentreffe, mich mit ungehaltenem Blick messen und, hochmütig die Nase hebend, mit Verachtung sich darüber wundern, wie dieser geringe, abscheuliche Mensch mit dem Buch oder der Zeitung in der Hand es wagen durfte, sich in die erste Klasse zu setzen, und noch dazu neben sie! Doch wenn sie nur wüßte, wer neben ihr sitzt! Und sie wird es erfahren, – erfahren und sich selbst neben mich setzen, ergeben, schüchtern, freundlich, und wird meinen Blick suchen und sich über mein Lächeln freuen ...‘ Ich habe hier mit Absicht diese frühesten Träume wiedergegeben, damit der Gedanke greller hervortrete und dann verständlicher werde; aber diese Phantasiebildchen sind blaß und vielleicht trivial. Nur die Wirklichkeit vermag alles zu rechtfertigen.

Man wird sagen, so zu leben, wäre dumm: warum nicht in einem Palais wohnen, nicht ein gastfreies Haus machen, nicht Gesellschaft bei sich versammeln, warum nicht Einfluß haben, und warum nicht heiraten? Aber was würde dann aus dem »Rothschild« werden, aus dem reichsten Menschen der Welt? Er würde zu dem werden, was alle sind. Der ganze Reiz der »Idee«, ihre ganze sittliche Kraft würde dahin sein. Schon als Kind habe ich den Monolog des „Geizigen Ritters" von Puschkin[10] auswendig gelernt; als Idee hat Puschkin nichts Höheres geschaffen! Der Meinung bin ich auch heute noch.

»Aber Ihr Ideal ist doch gar zu niedrig«, wird man mir mit Verachtung vorhalten. »Geld, Reichtum! Etwas ganz Anderes sind doch gemeinnützige Unternehmungen, humane Großtaten!«

Aber wer weiß es denn, wie ich meinen Reichtum anwenden würde? Was soll denn dabei unsittlich und niedrig sein, wenn aus vielen jüdischen, schädlichen und schmutzigen Händen diese Millionen in die Hand eines nüchternen und standhaften Asketen, der mit scharfem Blick in die Welt schaut, zusammenfließen? Überhaupt, alle diese Zukunftsträume, alle diese Versicherungen – das wirkt jetzt noch wie ein Roman, und ich habe sie vielleicht ganz umsonst niedergeschrieben; wäre lieber alles in meinem Schädel geblieben! Ich weiß auch, daß niemand diese Zeilen lesen wird;

aber wenn jemand sie lesen sollte, wird er dann glauben, daß ich die Rothschildschen Millionen vielleicht doch nicht ertragen könnte? Nicht deshalb, weil sie mich etwa bedrükken würden, sondern im entgegengesetzten Sinne!? In meinen Träumen habe ich schon mehr als einmal jenen Augenblick vorausbedacht, wo mein Macht*bewußtsein* übersättigt sein, die Macht an sich mir aber gar nicht als etwas so Großes erscheinen wird. Dann werde ich – nicht aus Langeweile und nicht aus zielloser Melancholie, sondern weil mich nach unermeßlich Größerem verlangen wird –, dann werde ich alle meine Millionen den Menschen hingeben, mag die Gesamtheit über meinen ganzen Reichtum verfügen, ich aber – ich aber tauche wieder hinab und verschwinde unter den Namenlosen! Vielleicht ende ich dann auch so auf einem Zwischendeck, wie jener Bettler auf dem Wolgadampfer, bloß mit dem Unterschied, daß man in meinem Kittel nichts Eingenähtes finden wird. Allein das Bewußtsein, daß Millionen in meiner Hand waren und ich sie in den Schmutz geworfen habe wie Spreu, würde mich wie ein Rabe speisen in meiner Wüste. Ich bin auch jetzt noch bereit, genau so zu denken. Ja, meine »Idee« ist die Festung, in die ich mich jederzeit und unter allen Umständen zurückziehen und vor allen Menschen verbergen kann, selbst als Bettler. Das ist nun meine Dichtung! Und wißt, ich brauche meinen lasterhaften Willen *ganz*, nur um *mir selbst* beweisen zu können, daß ich imstande bin, auf ihn zu verzichten.

Man wird mir hierauf zweifellos vorhalten, das sei doch Phantasterei; in Wirklichkeit würde ich die Millionen nie aus den Fingern lassen und mich nie und nimmer in einen solchen Bettler verwandeln. Möglich, daß ich sie nicht aus den Fingern lasse; ich habe doch nur das Ideal meiner Idee aufgezeichnet. Aber ich füge noch hinzu, und im Ernst: Wenn mein Reichtum bis zu der Ziffer eines Rothschildschen angewachsen ist, so könnte es in der Tat damit enden, daß ich ihn den Menschen hinwerfe. (Übrigens: vor Erreichung der Rothschildschen Ziffer, das heißt, der Ziffer des größten persönlichen Reichtums, wäre es schwer, das auszuführen.) Und nicht die Hälfte würde ich hingeben; denn dabei käme doch nur eine Banalität heraus: ich würde nur um die Hälfte ärmer werden und nichts weiter; sondern gerade alles, alles bis aufs Letzte, weil ich, wenn ich dann freiwillig zum Bettler geworden bin, mit einem Schlage doppelt so reich sein würde wie Rothschild! Wenn man das nicht begreift, ist es nicht meine Schuld; erklären werde ich es nicht.

»Das ist Fakirtum, ist Poesie der Nichtigkeit und Kraftlosigkeit!« werden die Menschen urteilen, »das ist der Triumph der Talentlosigkeit und Mittelmäßigkeit.« Gut, ich gebe zu, es mag zum Teil auch der Triumph der Talentlosigkeit und Mittelmäßigkeit sein, aber wohl kaum der Kraftlosigkeit. Es gefiel mir ungeheuer, mir gerade ein talentloses und mittelmäßiges Geschöpf vorzustellen, das vor der ganzen Welt steht und lächelnd zu ihr sagt: ihr seid die Galileis und Kopernikusse, die Charlemagnes und Napoleons, ihr seid die Puschkins und Shakespeares, seid Feldmarschälle und Hofmarschälle, und hier bin ich – die Unbegabtheit und Illegalität selbst, und bin dennoch höher als ihr, denn ihr selbst habt euch dem unterworfen. Diese Phantasie habe ich, das muß ich gestehen, so weit und schrankenlos fortgesetzt, daß ich sogar die Bildung verwarf. Es schien mir, es müsse noch schöner sein, wenn dieser Mensch sogar maßlos ungebildet wäre. Diese Übertreibung des Gedankens blieb auch nicht ohne Einfluß auf meine Schulzeugnisse in der letzten Klasse des Gymnasiums; ich hörte einfach auf zu lernen, und zwar aus Fanatismus: die Verwirklichung des Ideals von einem Menschen ohne Bildung erschien mir gleichsam schöner. Inzwischen habe ich meine Ansicht in dieser Frage geändert: Bildung wäre kein Hindernis.

Meine Herren, sollte denn Selbständigkeit im Denken, und wäre es auch nur die geringste, wirklich so schwer für Sie sein? Selig ist, wer ein Schönheitsideal hat, und mag es auch nur ein fehlerhaftes sein! Aber an das meine glaube ich.

Ich habe es nur nicht richtig dargestellt, habe es ungeschickt und schülerhaft wiedergegeben. Nach zehn Jahren würde ich es selbstverständlich besser können. Aber diese Darstellung hier werde ich mir doch zur Erinnerung aufbewahren.

IV

Ich habe nun die Darlegung meiner »Idee« beendet. Wenn ich sie schlecht, oberflächlich geschildert habe, so ist das meine Schuld und nicht die der Idee. Ich habe schon gesagt, daß die einfachsten Ideen am schwersten zu verstehen sind; jetzt kann ich noch hinzufügen, daß sie auch am schwersten zu erklären sind, und bei der vorliegenden war dies um so mehr der Fall, als ich meine »Idee« in ihrer früheren Gestalt zu erklären hatte. Aber auch für Ideen ist die Regel von den umgekehrten Gesetzen zutreffend: niedrige, billige Ideen werden ungewöhnlich schnell begriffen, und unbedingt von der ganzen Masse, von der Straße sozusagen; und nicht nur das: man hält sie sofort für die größten und genialsten, jedoch – nur am Tage ihres Bekanntwerdens. Das Billige ist nicht dauerhaft. Schnelles Begriffenwerden ist nur das Anzeichen der Trivialität des zu Begreifenden. Die Idee Bismarcks ist im Nu für genial gehalten worden, und Bismarck selbst für ein Genie; aber gerade diese Schnelligkeit ist verdächtig: warten wir ab, was in zehn Jahren von seiner Idee übrig sein wird und vielleicht auch vom Herrn Kanzler selbst. Diese im höchsten Grade nicht zur Sache gehörende Bemerkung habe ich natürlich nicht zum Vergleich eingeflochten, sondern gleichfalls nur zur Erinnerung für mich. (Dies zur Erklärung für einen schon gar zu naiven Leser.)

Jetzt aber will ich noch zwei kleine Erlebnisse erzählen, um damit endgültig mit meiner »Idee« abzuschließen, und zwar so, daß ich später nichts mehr hinzuzufügen noch zu erklären habe, was mich in der Erzählung nur aufhalten würde.

Einmal im Sommer, es war im Juli, zwei Monate vor meiner Abreise nach Petersburg, als ich schon ganz frei geworden war, bat mich Marja Iwánowna, nach dem „Tróïtzkij Possád“[11] zu einem alten Fräulein, das sich dort niedergelassen hatte, hinauszufahren und einen Auftrag auszurichten – etwas ganz Nebensächliches, was der Erwähnung nicht wert ist. Auf der Rückfahrt, noch an demselben Tage, bemerkte ich im Bahnwagen einen ziemlich widerlichen jungen Mann, der nicht schlecht, aber unsauber gekleidet war, ein finniges Gesicht hatte und die olivbraune Hautfarbe, die manchen Brünetten eigen ist. Er zeichnete sich dadurch aus, daß er auf jeder Station und Haltestelle ausstieg und einen Schnaps trank. Als die Reise sich ihrem Ende näherte, hatte sich um ihn ein vergnügter Kreis gebildet, übrigens eine recht lumpige Gesellschaft. Besonders entzückt war ein schon etwas betrunkener Kaufmann von dieser Fähigkeit des jungen Menschen, ununterbrochen zu trinken und dennoch nüchtern zu bleiben. Und sehr zufrieden schien damit auch ein junger Bursche zu sein, der furchtbar dumm und furchtbar viel sprach, nach deutscher Art gekleidet war und einen sehr schlechten Geruch verbreitete – ein Kellner, wie ich später erfuhr. Dieser Kellner hatte sich mit dem brünetten jungen Mann alsbald angefreundet, und jedesmal, wenn der Zug hielt, bewog er ihn zum Aufstehen, indem er sagte: »Es ist Zeit für'n Schnäpschen!« – und dann stiegen sie beide, freundschaftlich umschlungen, aus. Der junge Mann, der soviel Alkohol schadlos zu sich nehmen konnte, sprach im allgemeinen kaum ein Wort, aber die Gesellschaft um ihn herum wurde immer lauter und zahlreicher; er hörte nur allen zu und verzog fortwährend seinen Mund zu einem speichligen Grinsen; von Zeit zu Zeit aber ließ er, und zwar immer ganz unerwartet, einen sonderbaren Laut hören, der ungefähr wie »Türlürlü!« klang, und dazu legte er regelmäßig mit einer höchst karikaturhaft wirkenden Armbewegung den Zeigefinger an seine Nase. Das machte dem Kaufmann und dem Kellner, wie auch der übrigen Gesellschaft, großen Spaß, sie lachten dann laut und ungeniert. Es ist unbegreiflich, über was alles die Menschen mitunter lachen können. Auch ich gesellte mich schließlich zu ihnen, und ich weiß nicht, warum dieser junge Mann auch mir gewissermaßen gefiel; vielleicht, weil er die allgemeingültigen, fast zu Gesetzen gewordenen Anstandsformen so unbekümmert außer acht ließ. Kurz, ich erkannte in ihm nicht den Esel, der er war; und wir begannen uns noch im Waggon zu duzen. Beim Aussteigen sagte er mir, er werde am Abend, gegen neun Uhr, auf den Twerskói Boulevard kommen. Er war, wie sich herausstellte, ein ehemaliger Student. Ich kam auf den Boulevard, und er veranlaßte mich zur Teilnahme an folgendem Stückchen: Wir gingen beide über alle Boulevards, und sobald wir zu späterer Stunde ein alleingehendes Mädchen oder eine junge Frau entdeckten, eine von den anständigen, und in deren Nähe sich nicht viele andere Fußgänger befanden, so gesellten wir uns schnell zu ihr. Ohne sie anzureden, gingen wir neben ihr in gleichem Schritt weiter, er auf der einen, ich auf der anderen Seite, und begannen mit der ruhigsten Miene, als bemerkten wir sie überhaupt nicht, das allerunanständigste Gespräch. Wir nannten die Dinge mit ihren richtigen Namen, taten es mit dem gleichmütigsten Gesicht, als gehöre es sich so, und ergingen uns dann bei der Schilderung verschiedener Abscheulichkeiten und Schweinereien in solchen Finessen, wie sie die schmutzigste Phantasie selbst des schmutzigsten Wollüstlings sich nicht besser hätte ausdenken können. (Ich hatte natürlich alle diese Kenntnisse schon in der Schule erworben, sogar schon vor dem Eintritt ins Gymnasium, aber ich kannte doch nur die Worte, nicht die Sache selbst.) Das Mädchen oder die junge Frau erschrak dann immer entsetzlich und ging so schnell sie nur konnte, aber auch wir beschleunigten unseren Schritt und – sprachen weiter. Unser Opfer konnte natürlich nichts tun, schreien hätte ihr wenig geholfen: sie hatte keine Zeugen, und überhaupt – es wäre doch peinlich gewesen. Dieses Vergnügen setzten wir acht Tage lang fort.

Ich verstehe nicht, wie mir das hat gefallen können; es gefiel mir ja auch gar nicht, aber ich tat doch mit ... Anfangs erschien es mir originell, gleichsam aus den alltäglichen, zu Schablonen gewordenen Äußerungsformen heraustretend; und außerdem konnte ich die Weiber nicht ausstehen. Einmal erzählte ich dem Studenten, daß Jean Jacques Rousseau in seinen „Beichten" gesteht, er habe als Jüngling mit Vorliebe gewisse, stets bedeckte Körperteile zu entblößen und heimlich hinter Ecken hervorzustecken geliebt, um dann auf vorübergehende Frauen zu warten. Als Antwort pfiff mir der Student wieder nur sein »Türlürlü!« Ich merkte schon, daß er schrecklich unwissend war und sich für erstaunlich wenige Dinge interessierte. Es war in ihm auch keine Spur von einer verborgenen Idee, wie ich sie in ihm zu finden erwartet hatte. Anstatt der anfangs vermuteten Originalität fand ich in ihm nur erdrückende Eintönigkeit. Ich mochte ihn gar nicht, und dieses Gefühl nahm immer noch zu. Schließlich endete alles ganz plötzlich und auf eine völlig unvorhergesehene Weise: wir hatten uns wieder einmal, als es schon ganz dunkel war, einem noch sehr jungen, vielleicht erst sechzehnjährigen Mädchen angeschlossen, das schnell und furchtsam über den Boulevard ging; sie war sehr sauber und bescheiden gekleidet, lebte wohl von ihrer Hände Arbeit und eilte nach Hause, vielleicht zu einer alten Mutter, einer armen, womöglich kinderreichen Witwe; übrigens, wozu sentimental werden. Das Mädchen ging mit gesenktem Kopf eilig zwischen uns weiter, so schnell sie nur konnte, und hielt krampfhaft den Schleier fest, als wolle sie sich mit ihm die Ohren zuhalten, und so eilte sie furchtsam und zitternd vor uns her, aber plötzlich blieb sie stehen, schlug den Schleier von ihrem, soweit ich mich erinnere, gar nicht häßlichen, aber mageren Gesichtchen zurück und fuhr uns empört mit blitzenden Augen an:

»Ach, wie gemein Sie sind!«

Vielleicht war sie nahe daran, in Tränen auszubrechen; aber es kam anders: sie holte aus und gab dem Studenten mit ihrer kleinen mageren Hand eine Ohrfeige, wie geschickter und gewandter vielleicht noch nie eine gegeben worden ist. Es klatschte nur so! Er wollte losschimpfen und sich auf sie stürzen, aber ich hielt ihn zurück, und das Mädchen konnte sich retten. Zwischen uns aber kam es sofort zum Streit: ich sagte ihm alles ins Gesicht, was sich an Wut in mir angesammelt hatte, sagte ihm, daß er nur ein erbärmlicher Wicht, die Unbegabtheit und Gewöhnlichkeit in Person sei und niemals auch nur den Schatten einer eigenen Idee gehabt habe. Und er beschimpfte wiederum mich ... (ich hatte ihm einmal etwas von meiner außerehelichen Geburt gesagt), dann spien wir aus, und seitdem habe ich ihn nie wieder gesehen. An jenem Abend war ich sehr ungehalten, am anderen Tage war ich es weniger, am dritten – hatte ich den ganzen Vorfall schon vergessen. Und sonderbar, wenn später auch dieses junge Mädchen zuweilen in meiner Erinnerung auftauchte, so geschah das doch immer nur zufällig und flüchtig. Erst nach meiner Ankunft in Petersburg, ungefähr in der dritten Woche, fiel mir auf einmal dieses ganze Erlebnis ein, – es fiel mir ein, und ich schämte mich so entsetzlich, daß mir buchstäblich Tränen der Scham in die Augen traten und über die Wangen rollten. Es quälte mich den ganzen Abend, die ganze Nacht, und auch jetzt noch quält es mich. Ich konnte lange nicht begreifen, wie es mir möglich gewesen war, damals so tief und schmachvoll zu sinken, und vor allem: diesen Fall zu vergessen, mich seiner nicht zu schämen, nicht Reue zu empfinden! Erst jetzt habe ich erraten, woran das lag: meine »Idee« war schuld daran! Ich will mich kurz fassen und unmittelbar den Schluß ziehen: Hat man etwas Feststehendes, Starkes, was einen unausgesetzt und tief beschäftigt, so ist man dadurch gleichsam der ganzen äußeren Welt entrückt, man lebt bei sich wie in einer Einsiedelei, und alle äußeren Geschehnisse huschen an einem vorüber, fast ohne dieses innere Wesentliche auch nur zu streifen. So können sich oft Eindrücke fast ganz verflüchtigen, oder man empfindet sie falsch, jedenfalls nicht so, wie man es in normalem Zustande müßte. Und dabei hat man, was das Schlimmste ist, immer gleich eine Ausrede zur Hand. Wie oft habe ich in dieser Zeit meine Mutter gequält, wie schmählich habe ich mich um meine Schwester gar nicht gekümmert! »Ach, ich habe ja meine ,Idee', alles andere ist Nebensache!« – so ungefähr könnte ich das in Worten ausdrücken, womit ich mich gefühlsmäßig über alles hinwegsetzte. Man beleidigte mich, und sogar empfindlich, und ich ging beleidigt davon und sagte mir dann nur: »Nun ja, ich bin gemein, aber ich habe immerhin meine ,Idee', und davon wissen meine Beleidiger nichts.« Die »Idee« tröstete mich in der Erniedrigung und Schande; aber auch alle meine Gemeinheiten versteckten sich gleichsam hinter die Idee; sie machte mir alles gewissermaßen leichter; aber sie hüllte auch alles um mich herum wie in einen Nebel. Aber eine so unklare Auffassung der Ereignisse und Dinge kann natürlich auch der Idee selbst schaden, ganz abgesehen von allem anderen.

Jetzt noch das zweite Erlebnis.

Es war im letzten Frühling in Moskau. Marja Iwánowna feierte am ersten April wie gewöhnlich ihren Namenstag. Zum Abend waren Gäste eingeladen, jedoch nur wenige. Da kommt plötzlich Agraféna atemlos ins Zimmer gestürzt und sagt, im Flur vor der Küche schreie ein kleines, ausgesetztes Kind, sie wisse nicht, was sie tun solle. Diese Nachricht regte alle auf, alle erhoben sich, gingen hinaus und sahen tatsächlich in einem Korb aus Birkenrinde ein drei oder vier Wochen altes, quäkendes kleines Mädchen liegen. Ich nahm den Korb und trug ihn in die Küche, wo ich sogleich einen am Korb befestigten zusammengefalteten Zettel bemerkte. Auf diesem Papier stand geschrieben: »Liebe Wohltäter, erweist wohlwollende Hilfe dem armen, Arina getauften Mädchen, und wir werden mit ihr zusammen zeitlebens unsere Tränen zum Throne des Höchsten emporsenden, wünschen euch auch Glück zum Namensfeste. Euch unbekannte Menschen.« Da geschah es denn, daß der von mir so sehr verehrte Nikolai Ssemjónowitsch mich zum erstenmal enttäuschte und betrübte: er machte ein sehr ernstes Gesicht und erklärte, das kleine Mädchen müsse sofort ins Findelhaus gebracht werden. Das machte mich ganz traurig. Sie lebten sehr sparsam, hatten aber keine Kinder, worüber Nikolai Ssemjónowitsch immer sehr froh war. Vorsichtig schob ich meine Hände unter die Ärmchen der kleinen Arina und hob sie aus dem Korb; aus den Decken kam ein säuerlicher und scharfer Geruch, wie er lange nicht gebadeten Säuglingen eigen ist. Ich stritt mich zunächst mit Nikolai Ssemjónowitsch herum wegen des Findelhauses und erklärte dann plötzlich, daß ich das Mädchen auf meine Kosten aufziehen lassen würde. Er widersprach mir mit einer gewissen Strenge, trotz seiner sonstigen Weichherzigkeit, und obschon er mit einem Scherz den Streit beilegte, gab er seine Absicht in betreff des Findelhauses doch nicht auf. Es kam aber anders, und ich setzte meinen Willen durch. Auf unserem Hof lebte in einem Nebengebäude ein armer Tischler, ein schon älterer Mann und großer Trunkenbold, dessen Frau, ein noch junges und sehr gesundes Weib, gerade ihren Säugling verloren hatte, ihr einziges Kindchen nach achtjähriger kinderloser Ehe. Dieses Kind war gleichfalls ein Mädchen gewesen und zum Glück zufällig auch Arina getauft worden. Ich sage »zum Glück«; denn als wir noch wegen des Findelhauses stritten, war diese Tischlersfrau, die von der Überraschung gehört hatte, nur aus Neugier herbeigelaufen; als sie aber hörte, die Kleine hieße Arina, da hatte sie Mitleid mit dem Kindchen. Die Milch war bei ihr noch nicht vergangen, und so entblößte sie die Brust und stillte das Kind. Ich machte mich nun gleich an sie heran und bat sie eindringlich, das Kind zu sich zu nehmen, und ich versprach, ihr monatlich dafür zu zahlen. Sie befürchtete, der Mann würde es ihr nicht erlauben, nahm aber das Kind doch für die Nacht zu sich. Am nächsten Morgen gab der Mann seine Einwilligung, vorausgesetzt, daß man acht Rubel monatlich zahlte, was ich dann auch unverzüglich tat, indem ich ihm acht Rubel für den ersten Monat einhändigte. Er vertrank das Geld, ohne zu säumen. Nikolai Ssemjónowitsch, der zu meinem Vorhaben immer noch sonderbar lächelte, willigte ein, die Bürgschaft dafür zu übernehmen, daß die acht Rubel in jedem Monat von mir gezahlt werden würden. Ich wollte nun Nikolai Ssemjónowitsch meine sechzig Rubel einhändigen, damit er eine Sicherheit habe, aber er nahm sie nicht. Übrigens wußte er, daß ich Geld besaß, und vertraute mir. Durch dieses taktvolle Verhalten seinerseits war denn auch unser kurzer Streit beigelegt. Marja Iwánowna sagte nichts, aber sie wunderte sich, daß ich eine solche Sorge auf mich nahm. Ich habe das Zartgefühl dieser Menschen immer ganz besonders geschätzt; in diesem Fall erlaubten sie sich nicht den geringsten Scherz über mich, sondern faßten die ganze Sache genau so ernst auf, wie sie war. Ich lief jeden Tag zu Darja Rodiwónowna, sogar dreimal täglich, und nach einer Woche schenkte ich ihr persönlich und heimlich, damit ihr Mann es nicht erführe, noch drei Rubel. Für weitere drei Rubel kaufte ich ein Deckchen und Windeln. Aber am zehnten Tage erkrankte die kleine Rina. Ich holte sofort den Arzt, er verschrieb etwas, und wir blieben die ganze Nacht bei dem Kinde und quälten das arme Dingelchen mit seiner abscheulichen Medizin, aber schon am Morgen sagte er, es sei hoffnungslos, und auf meine Bitten – übrigens waren es, glaube ich, Vorwürfe – erwiderte er nur mit edler Friedfertigkeit: »Ich bin kein Gott.« Die Zunge, die Lippen, der ganze Mund des kleinen Mädchens waren wie mit einem leichten weißen Ausschlag bedeckt, und am Abend starb die Kleine, die großen schwarzen Augen auf mich gerichtet, als könne sie schon alles verstehen. Ich begreife nicht, wie es mir nicht in den Sinn gekommen ist, die kleine Tote photographieren zu lassen. Und wird man es glauben, ich habe an diesem Abend nicht nur geweint, sondern einfach geheult, was ich mir früher niemals erlaubt hätte. Marja Iwánowna war noch genötigt, mich zu trösten, und das geschah alles wieder ohne den geringsten Spott. Der Tischler fertigte eigenhändig den kleinen Sarg an, Marja Iwánowna schmückte ihn mit Rüschen und legte ein hübsches kleines Kissen hinein, und ich kaufte Blumen, die ich über das Kindchen streute, und so trug man meine arme kleine Blume fort, die ich, wird man es glauben, bis zum heutigen Tage nicht vergessen kann. Bald darauf aber bewog mich dieser ganze unvorhergesehene Zwischenfall zu recht ernsthaftem Nachdenken. Freilich, Rínotschka war mir nicht sehr teuer zu stehen gekommen: alles zusammen – auch der Sarg und die Beerdigung, der Arzt und die Blumen und die Zahlung an Darja Rodiwónowna – machte dreißig Rubel aus. Dieses Geld holte ich bei der Abreise durch Ersparungen von den vierzig Rubeln, die Werssiloff mir zur Reise geschickt hatte, und durch den Verkauf einiger alter Sachen vor der Abreise wieder ein, so daß mein »Kapital« auf derselben Höhe blieb. »Aber«, sagte ich mir, »wenn ich mich oft so ablenken lasse, dann werde ich nicht weit kommen.« Aus der Geschichte mit dem Studenten ging hervor, daß eine »Idee« von einem so weit Besitz ergreifen kann, daß man sich über äußere Eindrücke gar nicht mehr klar wird oder sogar die ganze tägliche Wirklichkeit unbemerkt an einem vorüberzieht; und aus der Geschichte mit Rínotschka ging das Gegenteil hervor: daß keine »Idee« von einem (oder wenigstens von mir) so weit Besitz zu ergreifen vermag, daß sie mich davon abhalten könnte, plötzlich vor irgendeiner erschütternden Tatsache stehenzubleiben und auf einmal alles das zu opfern, was ich schon in jahrelanger Mühe für die »Idee« getan hatte. Zwei entgegengesetzte Folgerungen, und nichtsdestoweniger waren sie beide richtig.

SECHSTES KAPITEL

1

Meine Hoffnung ging doch nicht ganz in Erfüllung: ich traf sie nicht allein an; Werssiloff war allerdings nicht da, aber dafür saß bei meiner Mutter Tatjána Páwlowna – immerhin ein fremder Mensch. Meine großmütige Stimmung ward deshalb im Nu um die Hälfte weniger großmütig. Es ist merkwürdig, wie schnell sich in solchen Fällen meine Stimmung verändert: ein Sandkörnchen oder Härchen genügt schon, um das Gute zu verscheuchen und das Böse an seine Stelle treten zu lassen. Meine schlechten Eindrücke aber sind zu meinem Bedauern nicht so schnell zu verscheuchen, obschon ich keineswegs nachtragend bin. Als ich eintrat, schien mir im Augenblick, daß meine Mutter ihre anscheinend recht lebhafte Unterhaltung mit Tatjana Pawlowna sofort und hastig abbrach. Meine Schwester war erst kurz vor mir von ihrer Arbeit zurückgekehrt und war noch in ihrem Stübchen.

Diese Wohnung bestand aus drei Zimmern. Das eine davon, das mittlere, in dem sich gewöhnlich alle aufhielten, unser Wohn- und Empfangszimmer zugleich, war ein ziemlich großer Raum und sah beinahe anständig aus. In ihm waren wenigstens Polstermöbel, rote Sofas, übrigens mit schon verschlissenem Seidenbezug (Werssiloff duldete keine Überzüge), dazu einige Teppiche, ein paar Tische und überflüssige Tischchen. Rechts von diesem Raum lag Werssiloffs Zimmer, eng und schmal und mit nur einem Fenster. Dort stand ein armseliger Schreibtisch, auf dem nur etliche unbenutzte Bücher und vergessene Schriftstücke herumlagen, und vor dem Tisch stand ein nicht minder armseliger Polstersessel mit einer zerbrochenen und infolgedessen schief hervorstehenden Feder, über die Werssiloff oft genug stöhnte und schimpfte. In demselben Kabinett wurde für ihn abends auf einem weichen, aber gleichfalls verschlissenen Diwan ein Lager zurechtgemacht. Er haßte dieses sogenannte Kabinett und tat, glaube ich, nie etwas in ihm, sondern zog es vor, stundenlang müßig im Wohnzimmer zu sitzen. Links vom Wohnzimmer lag ein genau so großes Zimmer wie das Kabinett, dort schliefen meine Mutter und meine Schwester. Ins Wohnzimmer trat man aus einem Korridor, an dessen Ende eine Tür in die Küche führte, wo die Köchin Lukérja ihr Wesen trieb. Wenn sie kochte oder briet, ließ sie erbarmungslos den Küchengeruch durch die ganze Wohnung ziehen. Es gab Augenblicke, wo Werssiloff einzig wegen dieses Küchengeruchs sein ganzes Leben und sein Schicksal verfluchte, und in diesem einen Punkte konnte ich ihm vollkommen nachfühlen. Auch ich haßte diese Gerüche, obschon sie nicht bis in mein Zimmer drangen. Ich wohnte oben unter dem Dach im Giebelstübchen, wohin ich auf einer schmalen, überaus steilen und knarrenden Treppe hinaufstieg. An Sehenswürdigkeiten gab es bei mir dort nur ein halbrundes Fenster und eine entsetzlich niedrige Decke. Auf dem mit Wachstuch überzogenen Diwan machte mir Lukerja abends mit Bettlaken und Kopfkissen ein Nachtlager zurecht, und sonst waren an Möbeln nur noch zwei Sachen da: ein einfacher Tisch aus ungestrichenen Brettern und ein Stuhl mit geflochtenem und schon durchgesessenem Sitz.

Übrigens gab es bei uns immerhin noch etliche Überbleibsel eines ehemaligen Komforts: im Wohnzimmer zum Beispiel stand eine sogar sehr schöne Porzellanlampe, und an einer Wand hing eine vorzügliche große Gravüre der Dresdner Madonna, und an der anderen Wand, ihr gegenüber, eine teure Photographie der berühmten Bronzetür des Florentiner Baptisteriums. In demselben Zimmer hing ferner in einer Ecke ein großer Heiligenschrein mit altertümlichen Heiligenbildern, ein Familienerbstück, und eines von ihnen (das Bild Aller Heiligen) hatte eine reiche silbervergoldete Bekleidung (die einmal versetzt werden sollte) und ein Muttergottesbild eine Bekleidung aus perlenbesticktem Samt. Vor den Heiligenbildern hing ein Lämpchen, das am Vorabend jedes Feiertages angezündet wurde. Werssiloff verhielt sich zu den Heiligenbildern, im Sinne ihrer Bedeutung, scheinbar ganz gleichgültig, zog nur zuweilen die Stirne kraus, wenn das Lämpchen brannte, und beklagte sich, indem er sich merklich bezwang, nur wie beiläufig, über den von der vergoldeten Bekleidung zurückgeworfenen Lichtschein, der ihn angeblich blende, was für seine Augen schädlich sei; aber immerhin hinderte er meine Mutter nicht, das Lämpchen anzuzünden.

Ich trat gewöhnlich schweigend und mit finsterem Gesicht ins Zimmer, sah keinen an, sondern irgendwohin in eine Ecke, und zuweilen grüßte ich nicht einmal, wenn ich nach Hause kam. Ich war sonst immer früher heimgekehrt als diesmal, und das Mittagessen hatte man mir immer nach oben gebracht. Als ich aber nun eintrat, sagte ich plötzlich: »Guten Abend, Mama«, was ich früher nie getan hatte, aber auch diesmal brachte ich es aus einem gewissen Schamgefühl nicht fertig, sie dabei anzusehen, und ich setzte mich am entgegengesetzten Ende des Zimmers hin. Ich war sehr müde, aber daran dachte ich nicht.

»Dieser Flegel fährt ja immer noch fort, wie ein Tölpel hier einzutreten«, fiel Tatjana Pawlowna sogleich gehässig über mich her.

Schimpfworte hatte sie sich auch früher erlaubt, und das war ihr mir gegenüber eigentlich schon zur Gewohnheit geworden.

»Guten Abend ...«, antwortete meine Mutter unsicher, als habe meine ungewohnte Begrüßung sie ganz verlegen gemacht.

»Das Essen ist längst fertig«, fuhr sie fast verwirrt fort, »wenn nur die Suppe nicht kalt geworden ist, aber die Koteletts werde ich gleich ...«

Und sie wollte schon eilig aufstehen, um in die Küche zu

gehen, und vielleicht zum erstenmal in diesem ganzen Monat schämte ich mich plötzlich, daß sie so eilfertig aufstand, um mich zu bedienen, wie ich das bis dahin selbst von ihr verlangt hatte.

»Danke sehr, Mama, ich habe schon gegessen. Wenn ich nicht störe, will ich hier ein bißchen verschnaufen.«

»Ach ... natürlich! ... Warum denn nicht ... bleiben Sie nur ...«

»Seien Sie unbesorgt, Mama, ich werde gegen Andrei Petrówitsch nicht mehr ausfallend sein«, sagte ich plötzlich.

»Ach Gott, welch eine Großmut von ihm!« rief Tatjána Páwlowna wieder gehässig aus. »Aber Täubchen, Ssónja, sagst du denn wirklich immer noch ‚Sie' zu ihm? Wer ist er denn, daß er so geehrt werden müßte, und dazu noch von seiner leiblichen Mutter! Und da schau nur! – nun bist du noch ganz verlegen geworden vor ihm! Schäm' dich!«

»Es wäre mir selbst viel angenehmer, Mama, wenn Sie mich duzen wollten.«[12]

»Ach ... nun, gut, gut, dann werde ich ...«, beeilte sich meine Mutter, allen Wünschen nachzukommen. »Ich ... ich habe ja auch nicht immer ‚Sie' gesagt ... aber von jetzt ab werde ich es nicht mehr tun, ich werde wissen, wie ...«

Sie errötete vor Verlegenheit. Ihr Gesicht hatte entschieden etwas überaus Anziehendes ... Es war ein treuherziges, durchaus nicht gewöhnliches Gesicht, ein wenig blaß, vielleicht blutarm. Ihre Wangen waren sehr mager, sogar eingefallen, und auf der Stirn bildeten sich schon viele Runzeln, aber um die Augen herum hatte sie noch gar keine Runzeln, und diese Augen, die recht groß waren und offen blickten, leuchteten immer in einem stillen, ruhigen Licht, das mich schon vom ersten Tage an zu ihr hingezogen hatte. Es war mir auch lieb, daß in ihrem Gesicht gar nichts Trauriges oder Bedrücktes lag, im Gegenteil, ihr Gesichtsausdruck wäre sogar heiter gewesen, wenn sie sich nicht so oft aufgeregt hätte, mitunter sogar ganz ohne Ursache. Sie erschrak nicht selten und erhob sich plötzlich von ihrem Platz in ganz grundloser Furcht, oder sie lauschte ängstlich auf jedes Wort, wenn man über etwas Neues sprach, bis sie sich überzeugte, daß sich deshalb nichts veränderte und alles beim alten blieb – dieses »Beim-alten-Bleiben« war für sie gleichbedeutend mit der Überzeugung, daß alles gut war. Wenn sich nur nichts veränderte, wenn nur nichts Neues geschah, und mochte es auch etwas noch so Gutes sein! ... Man hätte glauben können, sie sei als Kind einmal mit der Androhung von etwas »Neuem« entsetzlich eingeschüchtert worden. Außer ihren Augen gefiel mir auch noch das Oval ihres länglichen Gesichtes, und ich vermute, wenn ihre Backenknochen nur um ein Härchen weniger breit gewesen wären, hätte man sie nicht nur in der Jugend, sondern auch jetzt noch hübsch nennen können. Sie war noch nicht über neununddreißig, aber in ihrem dunkelblonden Haar glänzten schon viele silberne Fäden.

Tatjána Páwlowna sah sie mit entschiedenem Unwillen an.

»So einen Grünschnabel siezen! Und so vor ihm zu zittern! Sei doch nicht lächerlich, Ssófja! Kannst mich nur ärgern, wenn du so bist, damit du's weißt!«

»Ach, Tatjána Páwlowna, warum sind Sie denn jetzt so zu ihm! Aber Sie scherzen wohl nur, – nicht?« fragte meine Mutter, da sie im Gesicht Tatjána Páwlownas so etwas wie ein Lächeln bemerkte.

Tatjána Páwlownas Schelten konnte man in der Tat manchmal nicht ernst nehmen, diesmal jedoch lächelte sie, (*wenn* sie es wirklich tat?) natürlich nur über meine Mutter, denn sie liebte deren Güte sehr und hatte zweifellos schon bemerkt, wie glücklich die Gute in diesem Augenblick über meine Friedfertigkeit war.

»Es kann mir natürlich nicht gleichgültig sein, daß Sie so über mich herfallen, Tatjána Páwlowna, und noch dazu gerade jetzt, nachdem ich beim Eintreten ,Guten Abend, Mama' gesagt, was ich früher nicht getan habe«, bemerkte ich schließlich, da mir das notwendig erschien.

»Hat man schon so was gehört!« brauste sie sofort auf,

»denkt euch nur, er hält das für 'ne Heldentat! Soll man dir nicht noch kniend dafür danken, daß du einmal im Leben höflich gewesen bist? Und was ist denn das für eine Höflichkeit! Warum siehst du denn in den Winkel, wenn du hereinkommst? Als ob ich nicht wüßte, wie du zu ihr bist und dich aufführst! Hättest auch mir ‚Guten Tag' sagen können, hab' deine Windeln gewickelt, bin deine Patin!«

Selbstverständlich verschmähte ich jeden Rechtfertigungsversuch. In diesem Augenblick trat meine Schwester ins Zimmer, und ich wandte mich schnell an sie:

»Lisa, ich habe heute Wassin gesehen, und er erkundigte sich nach dir. Du bist mit ihm bekannt?«

»Ja, von Luga her, im vorigen Jahr«, antwortete sie mir ganz schlicht, setzte sich neben mich und sah mich freundlich an.

Ich weiß nicht, weshalb ich eigentlich erwartet hatte, daß sie sofort erröten würde, wenn ich ihr das von Wassin erzählte. Meine Schwester war blond, hellblond, ihre Haarfarbe hatte sie weder von der Mutter noch vom Vater; aber ihre Augen, das Oval des Gesichts hatte sie fast ganz von der Mutter. Ihre Nase war sehr gerade, nicht groß und regelmäßig; und dann noch eine kleine Besonderheit: leichte kleine Sommersprossen im Gesicht, von denen bei der Mutter keine Spur vorhanden war. Werssiloffsches hatte sie nur wenig, es sei denn die Schlankheit der Gestalt, den hohen Wuchs und im Gang eine gewisse anmutige Schönheit. Mit mir dagegen verband sie nicht die geringste Ähnlichkeit – wir waren wie zwei entgegengesetzte Pole.

»Ich habe drei Monate in Luga mit ihnen verkehrt«, fügte Lisa nach einer Weile hinzu.

»Du meinst doch Wassin allein? – warum sagst du dann ‚mit ihnen', Lisa? Mit ihm, sagt man, – ‚mit ihnen' sagen Bediente von ihrer Herrschaft. Verzeih, Schwester, daß ich dich verbessere, aber es tut mir weh, daß man deine Bildung, wie es scheint, vernachlässigt hat.«

»Und von dir ist es schändlich, in Gegenwart deiner Mutter solche Bemerkungen zu machen!« donnerte mich Tatjána Páwlowna sofort an. »Außerdem faselst du: nichts ist vernachlässigt worden!«

»Es ist mir gar nicht eingefallen, meiner Mutter einen Vorwurf zu machen!« verteidigte ich mich nun schroff. »Damit Sie es wissen, Mama: ich betrachte Lisa als Ihr zweites Ich. Sie haben aus ihr, was Güte und Charakter betrifft, etwas ebenso Entzückendes gemacht, wie Sie es sicherlich selbst waren und auch jetzt sind und ewig sein werden ... Ich rede nur von der äußeren Politur, von allen diesen gesellschaftlichen Dummheiten, die nun einmal notwendig sind. Ich bin nur darüber ungehalten, daß Werssiloff dich auf diesen Fehler bestimmt nicht aufmerksam gemacht hätte, Lisa; dermaßen hochmütig und gleichgültig verhält er sich zu uns. Nur das ist es, was mich ärgert!«

»Selbst ist er wie ein Bärenjunges, und dabei will er anderen Politur beibringen! Und unterstehen Sie sich nicht, mein Gnädigster, hinfort noch in Gegenwart Ihrer Mutter statt Andréi Petrówitsch nur ‚Werssíloff' zu sagen[13], desgleichen nicht in meiner Gegenwart; das dulde ich nicht!« Tatjana Pawlownas Augen blitzten.

»Mama, ich habe heute mein Monatsgehalt erhalten, fünfzig Rubel; hier, bitte, nehmen Sie sie.«

Ich trat zu ihr und legte das Geld vor sie hin; sie sah sofort wieder erschrocken und aufgeregt aus.

»Ach, ich weiß nicht, wie ich das annehmen soll!« sagte sie ängstlich, als fürchte sie sich, das Geld zu berühren.

Ich verstand sie nicht.

»Aber ich bitte Sie, Mama, wenn Sie und Lisa mich als Sohn und Bruder betrachten, so ...«

»Ach, ich hab' so'n schlechtes Gewissen vor dir ... ich würde dir etwas gestehen, aber ich wage nicht ...«

Sie sagte es mit einem schüchternen und bittenden Lächeln. Ich verstand sie wieder nicht und fiel ihr ins Wort:

»Übrigens, ist es Ihnen bekannt, Mama, daß heute der Prozeß mit den Ssokólskijs seinen Abschluß finden sollte?«

»Ach, ich weiß!« rief sie erschrocken aus und schlug vor Schreck die Handflächen vor der Brust zusammen (ihre gewöhnliche Geste).

»Heute?« Tatjana Pawlowna zuckte am ganzen Körper zusammen. »Aber das ist doch nicht möglich, er hätte es sonst gesagt! Hat er es dir gesagt?« wandte sie sich an meine Mutter.

»Ach nein, daß es heute sein soll, das hat er nicht gesagt. Aber ich habe schon die ganze Woche solche Angst gehabt. Meinetwegen kann er ihn verlieren, ich würde ein Gebet sprechen, wenn es nur überstanden wär' und alles wieder beim alten bliebe, ach, wirklich!«

»So hat er es nicht einmal Ihnen gesagt, Mama!« rief ich aus. »Da sieht man, was für ein Mensch das ist! Da haben wir gleich ein Beispiel seiner Gleichgültigkeit und seines Hochmuts! Was habe ich soeben noch gesagt?«

»Aber wie, womit hat es denn geendet, wie hat das Gericht entschieden? Wer hat dir das überhaupt gesagt?« stürzte sich Tatjana Pawlowna erregt auf mich. »So sprich doch endlich!«

»Da kommt er ja selbst! Vielleicht wird er es erzählen«, sagte ich, da ich seine Schritte im Korridor hörte, und setzte mich schnell neben Lisa.

»Bruder, um Gottes willen, schone Mama und habe Geduld mit Andréi Petrówitsch«, flüsterte mir die Schwester zu.

»Das werde ich, das werde ich, mit diesem Vorsatz bin ich ja heute nach Hause gekommen«, sagte ich und drückte ihr die Hand.

Sie sah mich sehr mißtrauisch an und hatte recht.

II

Er trat ein, sehr zufrieden mit sich, so zufrieden, daß er es nicht einmal für nötig fand, seine gehobene Stimmung zu verbergen. Überhaupt hatte er sich gerade in der letzten Zeit vor uns nicht den geringsten Zwang angetan, und das nicht nur in bezug auf seine schlechten, sondern auch in bezug auf seine lächerlichen Eigenschaften, die doch wohl ein jeder etwas ängstlich verbirgt; und dabei wußte er ganz genau, daß wir alles, auch den geringsten Zug, verstanden. Auch in seiner Kleidung war er in diesem letzten Jahr, nach einer Bemerkung von Tatjána Páwlowna zu urteilen, sehr viel weniger gepflegt, das heißt, er war immer gut angezogen, aber seine Kleider waren nicht mehr ganz neu und nicht gesucht elegant. Allerdings muß ich zugeben, daß er, um den Verhältnissen Rechnung zu tragen, schließlich seine Wäsche ganze zwei Tage trug, und nicht mehr nur einen Tag, was meine Mutter sogar sehr betrübte; denn das wurde für ein großes Opfer gehalten, und die ganze Schar der ihm ergebenen Frauen sah darin schlechterdings eine Heldentat. Er trug schwarze, breitkrempige weiche Hüte. Wenn er in der Tür den Hut abnahm, erhob sich auf seinem Kopf ein ganzer Busch von dichtem, aber schon stark angegrautem Haar. Ich liebte es, dieses Aufwogen der Haare zu beobachten, wenn er seinen Hut abnahm.

»Guten Tag. Alle beisammen, wie ich sehe, und sogar er ist dabei? Ich hörte seine Stimme schon auf dem Flur; hat sich wohl über mich beklagt, wenn ich mich nicht täusche.«

Es war unter anderem eines der sichersten Anzeichen guter Laune bei ihm, wenn er über mich scherzte. Ich erwiderte natürlich nichts. Lukérja kam und brachte ein großes Paket mit allerhand Einkäufen und legte es auf den Tisch.

»Gewonnen, Tatjána Páwlowna! Der Prozeß ist gewonnen, und zu appellieren werden die Fürsten sich natürlich nicht entschließen. Die Erbschaft ist mir zugefallen! Ich habe auch gleich einen gefunden, der mir tausend Rubel geliehen hat! Ssofja, lege die Arbeit weg, verdirb dir nicht die Augen. Lisa, du kommst wohl von der Arbeit?«

»Ja, Papa«, antwortete Lisa freundlich. Sie nannte ihn Vater; ich hätte das unter keiner Bedingung getan.

»Müde?«

»So ziemlich.«

»Laß die Arbeit, morgen gehst du nicht mehr hin, und überhaupt: gib das ganz auf.«

»Papa, so ist es mir aber lieber.«

»Ich bitte dich darum ... Wissen Sie, Tatjána Páwlowna, ich kann es nicht ausstehen, wenn Frauen arbeiten.«

»Aber wie ginge es denn ohne Arbeit? Und dazu noch Frauen und nicht arbeiten? ...«

»Ich weiß, ich weiß, das ist ja alles sehr schön und richtig, und ich bin im voraus mit allem einverstanden; aber – ich spreche hauptsächlich von den Handarbeiten. Können Sie sich denken, das ist bei mir, ich glaube, ein krankhaftes Vorurteil, das, sagen wir, auf einem unnatürlichen Kindheitseindruck beruht. In meinen dunklen Erinnerungen aus meinem fünften, sechsten Lebensjahr sehe ich am häufigsten, und natürlich mit Widerwillen, rings um einen runden Tisch ein Konklave von klugen Frauen mit strengen, harten Gesichtern, dazu Scheren, Stoff, Schnittmuster und Modeblätter. Alle überlegen und geben ihre Meinung ab, nicken wichtig und langsam oder schütteln den Kopf, sie messen und berechnen und schicken sich an, den Stoff zuzuschneiden. Alle diese freundlichen Wesen, die immer so liebreich zu mir waren, sind auf einmal unnahbar geworden: will ich unartig werden, so schickt man mich sofort hinaus. Selbst meine alte Kinderfrau, die mich an der Hand hält, hat dann weder Sinn noch Verständnis für mein Quängeln und Zerren, sie ist nur noch Auge und Ohr, als sänge da ein Paradiesvogel. Sehen Sie, diese Strenge der klugen Frauen, und diese ihre ernste Wichtigtuerei beim Zuschneiden, das ist mir, ich weiß nicht weshalb, sogar jetzt noch eine qualvolle Vorstellung. Sie, Tatjana Pawlowna, Sie haben eine große Vorliebe für das Zuschneiden, aber – so aristokratisch das auch sein mag – mir ist dennoch die Frau am liebsten, die überhaupt nicht arbeitet. Beziehe das nur nicht auf dich, Ssófja ...! Aber wie solltest du! Die Frau ist auch ohnedies eine große Macht. Das weißt du übrigens auch selbst, Ssófja. Wie denken Sie darüber, Arkádij Makárowitsch, Sie lehnen sich gewiß dagegen auf?«

»Nein, durchaus nicht«, erwiderte ich. »Besonders gut ist der Ausspruch, daß die Frau eine große Macht sei. Aber ich verstehe nicht, warum Sie das mit der Arbeit in Verbindung bringen? Daß man nicht anders kann und arbeiten muß, wenn man kein Geld hat, wissen Sie doch selbst.«

»Aber jetzt ist genug gearbeitet«, wandte er sich an meine Mutter, die nur so strahlte (als er mich anredete, war sie zusammengezuckt); »wenigstens in der nächsten Zeit will ich keine Handarbeiten mehr sehen, ich bitte darum um meinetwillen. Du, Arkadij, du bist doch als Jüngling unserer Zeit sicherlich ein wenig Sozialist; nun, wirst du's mir glauben, mein Freund, daß der Müßiggang von keinem so geliebt wird wie gerade von dem ewig arbeitenden Volk!«

»Die Erholung vielleicht, aber nicht der Müßiggang.«

»Nein, gerade der Müßiggang, das absolute Nichtstun; das ist das Ideal! Ich habe einen ewigen Arbeiter gekannt, allerdings war er kein Mann aus dem Volk ... Er war ein geistig ziemlich entwickelter Mensch und konnte sogar aus Persönlichem auf Allgemeines schließen. Nun, und dieser Mensch träumte sein Lebelang, vielleicht sogar jeden Tag, mit Wonne und Rührung von nichts anderem als von vollständigem Müßiggang; er erhob sozusagen sein Ideal zum Absolutum, und das war: in schrankenlosester Unabhängigkeit, in ewiger Freiheit und in müßigster Beschaulichkeit zu leben. Und davon träumte er, bis er unter der Arbeit zusammenbrach; zu helfen war ihm nicht mehr; er starb im Krankenhaus. Ich bin wirklich mitunter im Ernst zu der Annahme geneigt, daß die Vorstellung vom Genuß der Arbeit von Müßiggängern erfunden worden ist, versteht sich, von den tugendhaften unter ihnen. Das ist so eine von den ‚Genfer Ideen' aus dem letzten Viertel des vorigen Jahrhunderts. Tatjana Pawlowna, vor drei Tagen schnitt ich aus der Zeitung eine Anzeige aus, hier ist sie« (er zog ein Stückchen Papier aus der Westentasche), »eine von den unzähligen Anzeigen der studierenden Jugend, die die alten Sprachen beherrscht und in der Mathematik unterrichtet und zu allem bereit ist, zu jedem Unterricht ‚auch auswärts', zum Leben in Dachkammern und – kurz, zu allem. Also hören Sie: ‚Lehrerin übernimmt Vorbereitung für alle Lehranstalten' – wohlgemerkt: für alle – ‚und gibt Arithmetikstunden'. Nur eine Zeile, aber sie ist klassisch! Man sollte meinen, wenn sie ‚für alle Lehranstalten vorbereitet', so muß sie doch auch in der Arithmetik unterrichten. Nein, sie erwähnt die Arithmetik noch ausdrücklich. Das – das ist schon das letzte Verhungern, das ist schon die höchste Not. Rührend ist hier gerade diese Unkenntnis: offenbar hat sie sich niemals zur Lehrerin ausgebildet, und es ist kaum anzunehmen, daß sie wirklich in einem Fach gut zu unterrichten versteht. Aber es bleibt ihr ja nichts anderes übrig, und so opfert sie ihren letzten Rubel für die Anzeige in der Zeitung und macht bekannt, daß sie in allen Fächern vorbereitet und außerdem noch Unterricht in der Arithmetik erteilt. Per tutto mundo e in altri siti.«

»Ach, Andréi Petrówitsch, könnte man ihr denn nicht helfen!« rief Tatjána Páwlowna aus. »Wo wohnt sie denn?«

»Ach, solcher gibt es viele!« Er steckte die Anzeige wieder in die Westentasche. »Dieses Paket dort auf dem Tisch – da habe ich euch verschiedenes mitgebracht, – für dich, Lisa, und für Sie, Tatjana Pawlowna; Ssofja und ich, wir lieben ja keine Süßigkeiten. Und vielleicht auch für dich, junger Mann. Ich habe selbst alles bei Jelisséjeff und Ballet[14] eingekauft. Wir haben schon gar zu lange ‚am Hungertuch genagt', wie Lukérja sagt.« (NB. Niemand von uns hat jemals gehungert.) »Dort sind Weintrauben, Konfekt, Duchessebirnen und eine Erdbeertorte, und auch einen vorzüglichen Likör habe ich genommen; auch Nüsse. Sonderbar, daß ich auch jetzt noch, ganz wie als Kind, Nüsse liebe, und wissen Sie, Tatjana Pawlowna, gerade die gewöhnlichen Haselnüsse liebe ich am meisten. Lisa hat dieselbe Vorliebe; sie ist wie ein Eichhörnchen auf Nüsse erpicht. Es gibt aber auch nichts

Schöneres, Tatjana Pawlowna, als sich manchmal, ganz unversehens, so unter anderen Kindheitserinnerungen, auf Augenblicke im Walde zu denken, unter Knick und Busch, und an einem Zweig sieht man Nüsse sitzen, und die holt man sich ... Die Tage sind fast schon herbstlich, aber klar, manchmal ist es schon ziemlich frisch, und man versteckt sich im Dickicht, streift durch den Wald, es riecht nach Blättern ... Ich sehe so etwas wie Sympathie in Ihrem Blick, Arkádij Makárowitsch?«

»Die ersten Jahre meiner Kindheit habe ich auch auf dem Lande verlebt.«

»Wie, du hast doch, glaube ich, in Moskau gelebt ... wenn ich mich nicht irre?«

»Er war nur damals bei Andrónikoffs in Moskau, als Sie hinkamen; bis dahin aber hatte er bei Ihrer verstorbenen Tante Warwára Stepánowna auf dem Lande gelebt«, sagte Tatjana Pawlowna schnell.

»Ssofja, hier ist Geld, lege es weg. Man versprach, mir in den nächsten Tagen fünftausend auszuzahlen.«

»So haben die Fürsten gar keine Hoffnung mehr?« fragte Tatjana Pawlowna.

»Ganz und gar keine, Tatjana Pawlowna.«

»Ich habe immer mit Ihnen gefühlt, Andrei Petrowitsch, und mit allen Ihren Angehörigen, und bin eine Freundin Ihres Hauses, aber wenn mir die Fürsten auch fremd sind, sie tun mir, weiß Gott, doch leid. Nehmen Sie mir das nicht übel, Andrei Petrowitsch.«

»Ich habe nicht die Absicht, mit ihnen zu teilen, Tatjana Pawlowna.«

»Sie kennen natürlich meine Meinung, Andrei Petrowitsch. Die Fürsten hätten den Prozeß nicht angestrengt, wenn Sie gleich am Anfang eine Teilung vorgeschlagen hätten; jetzt ist es natürlich zu spät. Aber ich kann ja darüber nicht urteilen ... Ich meinte nur, weil der Verstorbene sie in seinem Testament doch bestimmt nicht übergangen hätte.«

»Nicht nur nicht übergangen, sondern er hätte ihnen bestimmt alles vermacht, übergangen aber hätte er nur mich allein, wenn er die Sache richtig anzufassen und ein Testament aufzusetzen verstanden hätte. So aber, wie es sich jetzt verhält, spricht das Gesetz für mich, und damit Punktum. Teilen will und werde ich nicht, Tatjana Pawlowna, und somit ist die Sache erledigt.«

Er sagte das sogar mit einer gewissen Erbitterung, die er sich sonst selten anmerken ließ. Tatjana Pawlowna verstummte. Meine Mutter schlug ersichtlich bedrückt die Augen nieder. Werssiloff wußte, daß sie Tatjana Pawlowna innerlich beistimmte.

‚Hier spricht die Emser Ohrfeige mit', sagte ich mir. Der Brief in meiner Tasche, den Krafft mir übergeben hatte, würde eine traurige Rolle spielen, wenn er jetzt noch in seine Hände gelangte. Und plötzlich fühlte ich, daß ich dies alles noch auf dem Halse hatte, und dieser Gedanke, in Verbindung mit allem übrigen, wirkte auf mich unwillkürlich aufreizend.

»Arkadij, ich würde es gern sehen, daß du dich etwas besser kleidetest, mein Freund. Du bist gewiß nicht schlecht angezogen, aber für die Zukunft könnte ich dir einen guten französischen Schneider empfehlen, der nicht überfordert und auch Geschmack hat.«

»Ich bitte Sie, mir nie wieder derartige Vorschläge zu machen«, fuhr ich wütend auf.

»Warum das?«

»Ich sehe darin zwar nichts Erniedrigendes, aber wir stehen keineswegs in solchem Einvernehmen, sondern ganz im Gegenteil, wir sind sogar sehr verschiedener Ansicht, und ich werde in den nächsten Tagen, werde schon morgen nicht mehr zum Fürsten gehen, weil ich dort nichts zu tun habe und von einer Arbeit bei ihm überhaupt nicht die Rede sein kann.«

»Aber daß du hingehst, daß du bei ihm sitzt — das soll ja eben deine ganze Arbeit bei ihm sein.«

»Diese Auslegung ist erniedrigend.«

»Das sehe ich nicht ein; doch übrigens, wenn du so empfindlich bist, dann brauchst du ja bloß kein Geld von ihm anzunehmen; gehe nur so hin. Du würdest ihn sonst furchtbar kränken; er hat dich bereits liebgewonnen, sei versichert ... Übrigens, wie du willst ...«

Die Sache war ihm sichtlich unangenehm.

»Sie sagen, ich brauchte kein Geld von ihm anzunehmen, und dabei habe ich heute schon eine Gemeinheit begangen, was ich nur Ihnen zu verdanken habe: Sie hatten es unterlassen, mich vorher zu informieren, und da habe ich denn heute von ihm das Gehalt für den verflossenen Monat verlangt.«

»So hast du schon darüber verfügt. Und ich dachte, offengestanden, du würdest es nicht fertig bringen, ihn darum zu bitten. Wie geschickt ihr doch jetzt alle seid! Heutzutage gibt es keine Jugend mehr, Tatjana Pawlowna.«

Er ärgerte sich furchtbar; aber auch ich wurde wütend.

»Ich mußte doch hier mit Ihnen abrechnen ... eben Sie haben mich doch in diese Zwangslage gebracht ... jetzt weiß ich nicht, was ich tun soll ...«

»Apropos, Sophie, gib Arkadij doch gleich seine sechzig Rubel wieder; du aber, mein Freund, nimm mir die Eile der Abrechnung nicht übel. Ich errate schon aus deinem Gesicht, daß du etwas zu unternehmen beabsichtigst, und so benötigst du wohl ... ein Betriebskapital ... oder etwas von der Art.«

»Ich weiß nicht, was aus meinem Gesicht zu erraten ist, aber ich hätte es von Mama wirklich nicht erwartet, daß sie Ihnen von diesem Gelde erzählen würde, da ich sie doch so gebeten habe, es nicht zu tun«, sagte ich, und sah meine Mutter mit funkelnden Augen an. Ich kann gar nicht sagen, wie sehr ich mich verletzt fühlte.

»Arkáscha, Täubchen, verzeih mir um Gottes willen, ich konnte wirklich nicht anders, ich konnte es nicht verheimlichen ...«

»Mein Freund, beschwere dich nicht darüber, daß sie mir

deine Geheimnisse verraten hat«, wandte er sich an mich, »und zudem hat sie es nur in bester Absicht getan: die Mutter war stolz auf das Verhalten des Sohnes zu ihr. Aber sei versichert, ich hatte es schon ohnehin erraten, daß du ein Kapitalist bist. Alle deine Geheimnisse stehen auf deinem ehrlichen Gesicht geschrieben. Er hat seine ‚eigene Idee', Tatjana Pawlowna, wie ich Ihnen schon sagte.«

»Lassen wir mein ehrliches Gesicht aus dem Spiel«, fuhr ich außer mir fort, »ich weiß, Sie können die Menschen durchschauen, was jedoch nicht hindert, daß Sie in manchen Fällen nicht weiter sehen, als die eigene Nase reicht. Übrigens habe ich mich oft gewundert über Ihren Scharfsinn. Nun ja, ich habe eine ‚eigene Idee'. Daß Sie sich gerade so ausdrückten, war natürlich nur ein Zufall, aber ich fürchte mich nicht, das einzugestehen: ja, ich habe eine ‚Idee'. Ich fürchte mich nicht und schäme mich nicht.«

»Vor allem, schäme dich nicht.«

»Aber trotzdem werde ich sie Ihnen niemals mitteilen.«

»Das soll wohl heißen, du werdest dich nicht dazu herablassen. Nicht nötig, mein Freund, mir ist auch so schon das Wesentliche deiner Idee bekannt. Auf jeden Fall heißt es:

„Einsam zieh' ich mich zurück
In die Wüste . . ."

Tatjana Pawlowna! Meine Vermutung ist: er will . . . ein Rothschild werden, oder irgend so etwas, und sich in seine einsame Größe zurückziehen. Selbstredend wird er dann uns und Ihnen großmütig eine Pension aussetzen, oder mir vielleicht auch nicht . . . aber jedenfalls haben wir ihn dann am längsten gesehen. Er ist bei uns wie der junge Neumond: kaum ist er aufgegangen, da geht er schon wieder unter.«

Ich war innerlich zusammengezuckt. Natürlich war das alles Zufall: er wußte nichts und meinte etwas ganz Anderes, wenn er auch ausgerechnet Rothschild genannt hatte; aber wie konnte er meine Gefühle so zutreffend feststellen: die Lust, mit ihnen allen zu brechen und mich zu entfernen? Er hatte schon alles erraten und wollte die Tragik der Sache mit seinem Zynismus im voraus beschmutzen. Daß er sich aber dabei fürchterlich ärgerte, darüber konnte kein Zweifel bestehen.

»Mama! Verzeihen Sie meinen Ausfall; der war um so überflüssiger, als man vor Andrei Petrowitsch doch nichts verbergen kann«, rief ich, mich zum Lachen zwingend, und bemüht, das Ganze wenigstens für einen Augenblick als Scherz hinzustellen.

»Das war das Beste, mein Lieber, was du tun konntest, daß du zu lachen begannst. Es ist schwer zu beschreiben, wie unendlich viel jeder Mensch dadurch gewinnt, schon rein äußerlich. Ich sage das im Ernst. Wissen Sie, Tatjana Pawlowna, er sieht doch immer so aus, als habe er etwas dermaßen Wichtiges im Sinn, daß er sogar selbst förmlich beschämt ist von dieser Wichtigkeit.«

»Ich möchte Sie im Ernst gebeten haben, etwas zurückhaltender zu sein, Andrei Petrowitsch.«

»Du hast recht, mein Freund; aber einmal muß man es doch aussprechen, damit später nie wieder daran gerührt werde. Du bist aus Moskau hergekommen, um hier sogleich zu rebellieren. Das ist vorläufig alles, was uns von den Gründen deiner Herreise bekannt ist. Davon aber, daß du gekommen bist, um uns mit irgend etwas in Erstaunen zu setzen, davon werde ich selbstredend nichts weiter erwähnen. Ferner gefällt es dir, hier uns einen ganzen Monat lang anzuschreien; indessen bist du doch allem Anscheine nach ein kluger Mensch, und als solcher könntest du das Anschreien eigentlich denen überlassen, die sich schon auf keine andere Weise an den Menschen für die eigene Nichtigkeit rächen können. Du verschließt dich immer, während dein ehrliches Aussehen und deine frischen Wangen offenkundig beweisen, daß du jedem mit vollkommener Unschuld in die Augen sehen könntest. Er ist ein Hypochonder, Tatjana Pawlowna, nur verstehe ich nicht, warum sie heutzutage alle Hypochonder sind?«

»Wenn Sie nicht einmal wußten, wo ich aufgewachsen bin,

wie sollten Sie dann wissen, warum ein Mensch zum Hypochonder wird?«

»Da haben wir schon des Rätsels Lösung: Du bist gekränkt, weil ich vergessen konnte, wo du aufgewachsen bist!«

»Durchaus nicht, schreiben Sie mir keine Dummheiten zu. Mama, Andrei Petrowitsch hat soeben mein Lachen gelobt; nun denn – lassen Sie uns einmal alle lachen! Wozu so stillsitzen! Wenn Sie wollen, werde ich Ihnen ein paar Geschichten aus meinem Leben erzählen? – zumal Andrei Petrowitsch doch noch nichts von meinen Erlebnissen weiß.«

Viel hatte sich in mir angesammelt. Und ich sagte mir, daß wir nie wieder so wie jetzt beisammensitzen würden, und daß ich, wenn ich aus diesem Hause hinausgegangen wäre, nie wieder dasselbe betreten würde. Deshalb, am Vorabend alles dessen, konnte ich mich nicht bezwingen. Er selbst hatte mich zu einem solchen Finale herausgefordert.

»Das wäre natürlich allerliebst, wenn es nur auch wirklich lustig wird«, bemerkte er und sah mich forschend mit durchdringendem Blick an. »Du bist ein wenig brutal geworden, mein Freund, dort, wo du aufgewachsen bist, doch immerhin bist du noch ziemlich gesittet. Er ist heute sehr nett, Tatjana Pawlowna; von Ihnen aber ist es sehr vernünftig, daß Sie endlich mein Paket aufmachen.«

Aber Tatjana Pawlowna machte ein finsteres Gesicht; nach seinen Worten wandte sie sich nicht einmal nach ihm um und fuhr wortlos in ihrer Beschäftigung fort, die von ihm mitgebrachten Früchte und Süßigkeiten auf die ihr gereichten Teller zu legen. Meine Mutter saß gleichfalls mit unsicheren Gefühlen da, ohne etwas verstehen zu können, aber sie fühlte und ahnte, daß es zwischen uns nicht gut enden werde. Meine Schwester berührte mich noch einmal am Arm.

III

Ich will euch allen jetzt nur erzählen«, begann ich, anscheinend mit der größten Harmlosigkeit, »wie einmal ein Vater zum erstenmal mit seinem lieben Sohn zusammentraf; geschehen ist das eben dort, ‚wo du aufgewachsen bist' . .«

»Mein Freund, wird das nicht . . . langweilig? Du weißt: tous les genres . . .«

»Seien Sie unbesorgt, Andrei Petrowitsch, machen Sie ein heiteres Gesicht, ich beabsichtige durchaus nicht das, was Sie vermuten. Ich will ja nur, daß alle lachen.«

»So möge Gott dich hören, mein Lieber. Ich weiß, daß du uns alle liebst und . . . uns nicht den Abend wirst verderben wollen«, sagte er, aber der Ton war nicht echt, und er sprach es undeutlich und nachlässig aus.

»Das haben Sie wohl auch wieder aus meinem Gesicht erraten, daß ich Sie liebe?«

»Ja, zum Teil auch aus dem Gesicht.«

»Nun, ich aber habe aus Tatjana Pawlownas Gesicht schon längst erraten, daß sie in mich verliebt ist. Ach, sehen Sie mich nicht so wild an, Tatjana Pawlowna, lachen Sie lieber! Lachen wir lieber!«

Da wandte sie sich plötzlich schnell nach mir um und sah mich durchbohrend an, mehrere Sekunden lang.

»Nimm dich in acht!« drohte sie mir plötzlich mit dem Finger, aber so ernst, daß sich das gar nicht auf meinen dummen Scherz beziehen konnte, sondern wie eine Warnung in einer anderen Hinsicht klang, und ihr Blick schien zu fragen: ‚Läßt du dir etwa einfallen, schon anzufangen?'

»Andrei Petrowitsch, so erinnern Sie sich wirklich nicht, wie wir uns zum erstenmal im Leben begegnet sind?«

»Bei Gott, ich hab's vergessen, mein Freund, und fühle mich von Herzen schuldig. Ich entsinne mich bloß, daß es vor sehr langer Zeit gewesen sein muß und irgendwo . . .«

»Und, Mama, erinnern Sie sich auch nicht, wie Sie einmal

dort auf dem Lande waren, wo ich aufwuchs, ich glaube, als ich ungefähr sechs oder sieben Jahre alt war? Ich will nur wissen: sind Sie wirklich einmal dort auf dem Gut gewesen, oder scheint es mir so nach einem Traum, daß ich Sie dort zum erstenmal gesehen habe? Das wollte ich Sie schon lange fragen, aber ich schob es immer hinaus, – jetzt ist es Zeit dazu.«

»Selbstverständlich, Arkáschenka, selbstverständlich! Ich bin doch ganze dreimal bei Warwára Stepánowna zu Besuch gewesen. Das erstemal kam ich, als du erst ein Jahr alt warst, das zweitemal, als du vier wurdest, und als ich das drittemal kam, da warst du schon sechs.«

»Nun also, das wollte ich Sie schon den ganzen Monat fragen.«

Meine Mutter errötete lebhaft unter der Flut von Erinnerungen, die auf sie einstürmten, und sie fragte mich innig: »So kannst du dich wirklich noch aus der Zeit meiner erinnern, Arkáschenka?«

»Ich erinnere mich an nichts und weiß nichts, nur ein Etwas ist von Ihrem Antlitz für mein ganzes Leben in meinem Herzen geblieben, und außerdem noch das Wissen, daß Sie meine Mutter sind. Das ganze Gut der Warwára Stepánowna sehe ich jetzt nur noch wie im Traum vor mir, selbst meine Wärterin habe ich vergessen. Und dieser Warwára Stepánowna entsinne ich mich auch nur verschwindend wenig, und dieses wenigen nur deshalb, weil sie beständig wegen Zahnweh eine verbundene Backe hatte. Ich erinnere mich noch der großen Bäume vor dem Hause, ich glaube, es waren Linden, und wie heller Sonnenschein in den offenen Fenstern stand, dazu ein Blumenbeet, ein Gartenweg ... Und Sie, Mama, sehe ich nur in dem einen Augenblick klar vor mir, als ich in der dortigen Kirche einmal das Abendmahl bekam, und Sie hoben mich auf, damit ich die Hostie empfinge und den Kelch küßte: es war im Sommer, und eine Taube flog oben unter der Kuppel durch die Kirche, zu einem Fenster herein, zum anderen hinaus ...«

»Herrgott! So war es ja wirklich!« rief meine Mutter aus und schlug die Hände zusammen, »und dieses Täubchen sehe ich doch noch wie heute! Gerade vor dem Kelch fuhrst du auf und riefst: ‚Eine Taube, eine Taube!'«

»Ihr Gesicht, oder nur etwas von ihm, vielleicht nur der Ausdruck, hatte sich meinem Gedächtnis so tief eingeprägt, daß ich Sie fünf Jahre später in Moskau sofort wiedererkannte, obgleich mir niemand gesagt hatte, Sie seien meine Mutter. Aber Andréi Petrówitsch habe ich zum erstenmal gesehen, als ich von Andrónikoffs fortgenommen wurde, nachdem ich bei ihnen fast fünf Jahre lang still und munter gelebt hatte. Ich erinnere mich auch noch bis in alle Einzelheiten ihrer Dienstwohnung, und ebenso aller dieser Damen und jungen Mädchen, die hier jetzt alle so alt geworden sind, und an das ganze Haus und an Andronikoff, und wie er den ganzen Proviant, Geflügel, Fische und Spanferkel in Paketen immer selbst aus der Stadt mitbrachte und bei Tisch selbst die Suppe uns vorschöpfte, an Stelle der Frau, die immer so vornehm tat, und wie die ganze Tischgesellschaft darüber lachte, er selbst am meisten. Die Damen brachten mir dort Französisch bei, aber am meisten liebte ich die Fabeln von Kryloff, von denen ich bald eine ganze Menge auswendig konnte, und jeden Tag deklamierte ich Andrónikoff eine Fabel vor, wozu ich jedesmal einfach in sein kleines Arbeitszimmer ging, unbekümmert darum, ob er zu tun hatte oder nicht. Nun, und so eine Fabel hat denn auch meine Bekanntschaft mit Ihnen, Andrei Petrowitsch, eines Tages vermittelt. Ich sehe, Sie fangen an, sich zu erinnern.«

»Ein wenig, mein Lieber, eben daß du mir damals etwas erzähltest oder aufsagtest ... war es eine Fabel oder etwas aus „Verstand schafft Leiden", wenn ich mich nicht irre? Was du übrigens für ein Gedächtnis hast!«

»Gedächtnis! Das fehlte noch! Hat doch mein Gedächtnis nur an dieses Eine mein Leben lang gedacht!«

»Gut, gut, mein Lieber, du belebst mich förmlich mit deiner Erzählung.«

Er lächelte sogar, und nach ihm lächelten sogleich auch meine Mutter und meine Schwester. Das Vertrauen kehrte zurück; bloß Tatjana Pawlowna, die die Früchte und Süßigkeiten auf den Tisch gestellt und sich wieder hingesetzt hatte, sah mich immer noch mit bösem Blick an.

»Es begann damit«, fuhr ich fort, »daß eines schönen Morgens die Freundin meiner Kindheit, Tatjana Pawlowna, bei uns erschien, wie gewöhnlich unvorhergesehen plötzlich, so etwa wie es im Theater zu geschehen pflegt. Sie kam, um mich abzuholen, und dann fuhr ich mit ihr im Wagen zu einem schönen Herrenhause und kam in eine prunkvolle Wohnung. Sie, Andrei Petrowitsch, waren damals bei der Fanariótowa abgestiegen, in dem Hause, das sie von Ihnen einmal gekauft hatte; sie selbst war damals im Ausland. Ich hatte bis dahin immer nur Blusen getragen, jetzt aber wurde ich auf einmal in einen hübschen dunkelblauen Anzug und in die feinste Wäsche gesteckt. Tatjana Pawlowna nestelte den ganzen Tag an mir herum und kaufte viele Sachen für mich; ich aber strich den ganzen Tag durch alle Zimmer und betrachtete mich in allen Spiegeln. So kam es, daß ich am nächsten Morgen, als ich so gegen zehn Uhr meine Streifzüge natürlich wieder aufnahm, ahnungslos in Ihr Kabinett geriet. Ich hatte Sie schon am Tage vorher bei meiner Ankunft gesehen, aber nur ganz flüchtig auf der Treppe. Sie kamen die Treppe herunter, um sich in den Wagen zu setzen und irgendwohin zu fahren. Sie waren damals allein nach Moskau gekommen, nach sehr langer Abwesenheit, und nur auf kurze Zeit, weshalb sich denn alle um Sie rissen und Sie zu Hause kaum zu sehen waren. Als Sie Tatjana Pawlowna und mich auf der Treppe erblickten, sagten Sie nur gedehnt: ‚Ah!‘ und blieben nicht einmal stehen.«

»Er schildert alles mit besonderer Liebe«, bemerkte Werssiloff zu Tatjana Pawlowna; diese wandte sich aber nur ab und sagte nichts.

»Ich sehe Sie so, wie Sie damals waren, jung und schön, noch wie leibhaftig vor mir. Sie haben in diesen neun Jahren wirklich erstaunlich zu altern und sich ins Unvorteilhafte zu verändern verstanden, verzeihen Sie mir schon diese Aufrichtigkeit. Übrigens waren Sie damals bereits sechsunddreißig, aber ich konnte mich gar nicht sattsehen an Ihnen; was hatten Sie für wundervolles dunkles Haar, und in dem glänzte noch kein einziger Silberfaden. Ihr Schnurrbart und die kleinen Bartkoteletten, wie sie damals mit den hohen Halsbinden Mode waren – die waren einfach wie von einem Juwelier ziseliert, anders kann ich es nicht beschreiben. Ihr Gesicht war von einer matten Blässe, nicht kränklich blaß, wie jetzt, sondern so wie das Gesicht Ihrer Tochter Anna Andréjewna, die ich heute kennen zu lernen die Ehre hatte; dazu feurige dunkle Augen und prachtvolle Zähne – die fielen mir besonders auf, als Sie lachten. Und als ich eintrat und Sie mich betrachteten, begannen Sie zu lächeln; ich konnte damals noch nicht viel unterscheiden, und von Ihrem Lächeln wurde mir nur froh zumut. Sie trugen an diesem Morgen einen dunkelblauen Samtrock, eine solferinofarbene Halsbinde und ein kostbares Hemd mit Alençonspitzen, und Sie standen vor dem Spiegel und deklamierten den letzten Monolog Tschatzkijs, und besonders seinen letzten Ruf: ‚Den Wagen, meinen Wagen!'«[15]

»Ach Gott, ja!« griff Werssiloff lebhaft die Erinnerung auf, »tatsächlich, er hat recht! Ich hatte damals trotz der kurzen Zeit die Rolle Tschatzkijs in der Liebhaberaufführung bei Alexandra Petrówna Witówtowa zu spielen übernommen, da Shilénko plötzlich erkrankt war!«

»Hatten Sie das wirklich vergessen?« fragte Tatjana Pawlowna lachend.

»Er hat mich wieder daran erinnert! Ja, offen gestanden, diese paar Tage damals in Moskau waren vielleicht die schönste Zeit meines ganzen Lebens! Wir waren damals noch alle so jung ... und erwarteten alle so glühend ... Ich traf damals in Moskau ganz unvermutet so viel ... Aber erzähle weiter, mein Lieber; das hast du diesmal sehr gut gemacht, daß du so ausführlich alles wiedergabst ...«

»Ich stand, sah Sie an und hörte zu, und plötzlich rief ich entzückt: ‚Ach, wie fein! Der richtige Tschatzkij!' Da drehten Sie sich überrascht nach mir um und fragten: ‚Ja, kennst du denn schon Tschatzkij?' – und dann setzten Sie sich aufs Sofa und machten sich in der besten Stimmung an Ihren Kaffee – ich hätte Ihnen einfach um den Hals fallen mögen! Und da erzählte ich Ihnen denn, daß bei Andrónikoffs von allen sehr viel gelesen wurde, und daß die jungen Damen viele Gedichte auswendig konnten und aus dem Lustspiel „Verstand schafft Leiden" so unter sich ganze Szenen spielten, und daß in der vorigen Woche an den Abenden Turgénjeffs „Aufzeichnungen eines Jägers" vorgelesen worden waren, und daß ich am meisten Krylóffs Fabeln liebte und auswendig hersagen konnte. Und da sagten Sie, ich solle doch eine aufsagen, und ich begann mit dem „Wählerischen Mädchen":

„Ein Mädchen, jung an Jahren,
wünschte sich einst einen Freier ..."«

»Ja, richtig, richtig, jetzt entsinne ich mich!« rief Werssiloff lebhaft. »Aber, mein Freund, jetzt sehe ich auch dich wieder deutlich vor mir: du warst damals ein so netter Junge, sogar ein gewandter Junge, und ich schwöre dir, bei Gott, du hast gleichfalls viel verloren in diesen neun Jahren.«

Nun begannen schon alle, selbst Tatjana Pawlowna, zu lachen. Man sah, daß Andrei Petrowitsch zu scherzen beliebte und mir für meine boshafte Bemerkung über sein gealtertes Aussehen mit derselben Münze heimzahlte. Alle waren erheitert; aber er hatte es auch in einem unnachahmlichen Tone gesagt.

»Je weiter ich die Fabel vortrug, desto amüsierter lächelten Sie, aber ich war noch nicht einmal bis zur Hälfte gekommen, da unterbrachen Sie mich, klingelten und sagten dem Diener, Sie ließen Tatjana Pawlowna zu sich bitten. Die kam denn auch unverzüglich und mit so frohem Gesicht herbeigeeilt, daß ich, der ich sie tags zuvor gesehen hatte, sie kaum wiedererkannte. In ihrer Gegenwart begann ich noch einmal das „Wählerische Mädchen“ und beendete den Vortrag glänzend. Sogar Tatjana Pawlowna lächelte, und Sie, Andrei Petrówitsch, Sie riefen sogar ‚Bravo!‘ vor Entzücken, und darauf äußerten Sie lebhaft, es hätte Sie nicht gewundert, wenn ein gescheiter Junge in meinen Jahren eine Fabel, wie vielleicht die von der Grille und der Ameise, gut vorgetragen hätte, aber diese Fabel sei doch mit einer solchen nicht zu vergleichen!

„Ein Mädchen, jung an Jahren,
wünschte sich einst einen Freier.
Dran war nichts ungeheuer!“

– ‚Hören Sie doch nur, wie er das sagt: „Dran war nichts ungeheuer“!‘ – Mit einem Wort, Sie waren ganz entzückt. Und dann sprachen Sie plötzlich Französisch mit Tatjana Pawlowna, deren Gesicht sich gleich wieder verfinsterte, und sie widersprach Ihnen und sogar immer eifriger. Aber da es nun doch einmal unmöglich ist, Andrei Petrowitsch etwas zu versagen, wenn er plötzlich was will, so nahm denn Tatjana Pawlowna mich schließlich an der Hand und führte mich schnell in ihr Zimmer; dort wusch man mir von neuem Gesicht und Hände, mir wurde nochmals neue Wäsche angezogen, ich wurde mit Pomade und Wohlgerüchen bearbeitet, und zu guter Letzt wurden mir sogar Locken eingelegt. Und gegen Abend zog sich Tatjana Pawlowna selbst recht festlich an und putzte sich so heraus, wie ich es von ihr gar nicht erwartet hätte, und dann nahm sie mich in einem Wagen mit. Ich kam zum erstenmal im Leben in ein Theater, es war eine Liebhaber-Aufführung bei Witówtoffs: Lichtgeflimmer, Kronleuchter, Damen, Militärpersonen, Generäle, junge Mädchen, der Vorhang, die Stuhlreihen – nichts ähnliches hatte ich je zuvor gesehen! Tatjana Pawlowna setzte sich auf das bescheidenste Plätzchen in einer der hintersten Reihen, und mich setzte sie neben sich. Es waren naturlich auch noch andere Kinder da, Kinder in meinem Alter, aber ich beachtete sie nicht, ich wartete nur mit klopfendem Herzen auf die Vorstellung. Als Sie, Andrei Petrowitsch, auf der Bühne erschienen, war ich bis zu Tränen begeistert, – warum, weshalb, – das begreife ich selbst nicht. Warum vor lauter Begeisterung gerade Tränen? – das ist es, was mich stets befremdet hat, wann immer ich in den folgenden neun Jahren daran zurückdachte! Damals aber verfolgte ich mit atemloser Spannung die Komödie. Ich begriff natürlich nur, daß sie *ihn* betrog und verschmähte, daß dumme Menschen über *ihn* lachten, Menschen, die nicht einmal seine Schuhsohle wert waren. Und als Tschatzkij auf dem Ball seine Gedanken aussprach, begriff ich, daß er erniedrigt und gekränkt wurde, daß er allen diesen erbärmlichen Leuten die Wahrheit sagte, er selbst aber war groß, groß! Natürlich trug meine Vorbereitung bei Andrónikoffs viel zu meinem Verständnis der Sache bei, aber nicht minder auch Ihr Spiel, Andrei Petrówitsch! Ich war zum erstenmal im Theater! Und in der Schlußszene, wo Tschatzkij nach seinem Wagen ruft: „Den Wagen, meinen Wagen!" (und Sie riefen das großartig!) – da sprang ich vom Stuhl auf, und zusammen mit dem ganzen Saal, der wie rasend applaudierte, klatschte ich aus aller Kraft in die Hände und schrie Bravo! bravo! so laut ich nur konnte. Und ich weiß noch genau, wie mich in demselben Augenblick gleichsam eine Stecknadel stach – ‚unterhalb des Kreuzes', wo mich Tatjana Pawlowna wütend kniff; aber ich beachtete das nicht einmal! Natürlich brachte sie mich gleich nach Schluß der Vorstellung wieder nach Haus. ‚Du kannst doch nicht noch zum Tanz bleiben, nur deinetwegen muß auch ich auf alles verzichten!' – diesen Vorwurf bekam ich von Ihnen, Tatjana Pawlowna, während der ganzen Heimfahrt immer wieder zu hören. Die Nacht verbrachte ich in Fieberträumen, und am folgenden Morgen stand ich schon um zehn Uhr vor der Tür Ihres Kabinetts, aber die war verschlossen, und bei Ihnen saßen Leute, und Sie sprachen mit ihnen über Geschäftliches, und dann fuhren Sie fort und kehrten erst spät in der Nacht zurück – so sah ich Sie denn nicht mehr! Was ich Ihnen damals sagen wollte, habe ich jetzt vergessen, aber ich werde es wohl auch damals nicht genau gewußt haben; ich hatte nur den glühenden Wunsch, Sie so bald als möglich wiederzusehen. Und am zweiten Morgen hatten Sie schon vor acht Uhr das Haus verlassen und sich nach Sserpuchóff begeben. Sie hatten kurz vorher Ihr Gut im Túlaschen Gouvernement verkauft, um mit Ihren Gläubigern abrechnen zu können, aber es war Ihnen doch noch ein ganz erkleckliches Sümmchen verblieben, und das war auch der Grund, weshalb Sie sich damals wieder einmal in Moskau sehen ließen, was Sie bis dahin wegen der Gläubiger wohlweislich vermieden hatten. Aber da war nun dieser eine Grobian in Sserpuchóff, der einzige von allen Gläubigern, der sich nicht mit der Hälfte der Summe, die Sie ihm schuldeten, zufrieden geben wollte! Tatjana Pawlowna antwortete mir nicht einmal auf meine Fragen. ‚Danach hast du nicht zu fragen', sagte sie barsch, ‚übermorgen bringe ich dich in eine Pension. Mach dich bereit, bring deine Hefte und Bücher in Ordnung und gewöhne dich beizeiten daran, deinen Koffer selbst zu packen. Dir steht es nicht zu, mit Adelsgewohnheiten aufzuwachsen. Merke Er sich das, mein Herr!' – und dies nicht und das nicht und jenes nicht – gepredigt haben Sie mir in diesen drei Tagen wahrlich nicht wenig, Tatjana Pawlowna! Es endete damit, daß Sie mich in die Pension Touchard brachten, mich, den Ahnungslosen, der nur in Sie verliebt war, Andrei Petrowitsch. Nun ja, diese ganze Begegnung mit Ihnen mag als dummer Zufall erscheinen, aber werden Sie es mir glauben, ich wollte doch später, so nach einem halben Jahr, von Touchard zu Ihnen fliehen!«

»Du hast vorzüglich erzählt und mir alles so lebendig vergegenwärtigt«, bemerkte Werssiloff langsam und markant, »aber am auffallendsten war in deiner Erzählung der Reichtum an gewissen Einzelheiten, zum Beispiel was meine Schulden betrifft. Ganz abgesehen von der Taktlosigkeit der Erwähnung dieser Einzelheiten, verstehe ich nicht, wie du sie hast erfahren können?«

»Die Einzelheiten? Wie erfahren? Aber ich sagte Ihnen

doch, ich habe in diesen ganzen neun Jahren meines Lebens nichts anderes getan, als Einzelheiten über Sie zu erfahren gesucht.«

»Ein sonderbares Geständnis und ein sonderbarer Zeitvertreib, fürwahr!«

Er bewegte sich, halb liegend im Sessel, und gähnte kaum merklich – ob mit Absicht oder unwillkürlich, das weiß ich nicht.

»Soll ich fortfahren und erzählen, wie ich von Touchard zu Ihnen fliehen wollte?«

»Verbieten Sie es ihm, Andrei Petrówitsch, werfen Sie ihn hinaus!« fuhr Tatjana Páwlowna auf.

»Das geht nicht an, Tatjana Pawlowna«, erwiderte Werssiloff eindringlich. »Arkadij hat offenbar etwas im Sinn, und deshalb muß man ihn unbedingt alles aussprechen lassen. Nun, und so mag er es denn tun. Er wird es erzählen, und dann ist er es los; für ihn aber ist das ja die Hauptsache, daß er es los wird. Also fang nur an, mein Lieber, mit deiner neuen Geschichte, das heißt, ich sage nur so, neu; sei unbesorgt, für mich ist sie das nicht, ich kenne ihr Ende.«

IV

Meine Flucht, oder vielmehr, wie ich zu Ihnen fliehen wollte, das war sehr einfach. Tatjana Pawlowna, erinnern Sie sich noch, daß Sie etwa zwei Wochen nach meinem Eintritt in diese Pension von Touchard einen Brief erhielten? Mir hat später Marja Iwánowna diesen Brief gezeigt, der sich gleichfalls unter den Papieren des verstorbenen Andronikoff befunden hatte. Touchard war plötzlich auf den Gedanken gekommen, daß er für mich zu wenig Pensionsgeld verlangt hätte, und so erklärte er Ihnen in seinem Brief mit Stolz und Würde, in seiner Pension würden nur Fürsten- und Senatorensöhne erzogen, und da es dem Ansehen seiner Pension zweifellos schade, einen Zögling von solcher Herkunft unter den anderen zu zählen, müsse er für mich eine Zulage verlangen.«

»Mon cher, du könntest . . .«

»Oh, es ist nichts weiter, nichts weiter«, fiel ich ihm schnell ins Wort, »ich will nur noch ein wenig von Touchard erzählen. Sie, Tatjana Pawlowna, antworteten ihm schon aus der Provinz, erst nach vierzehn Tagen, und wiesen ihn mit seinem Anliegen kategorisch ab. Ich weiß noch, wie er mit puterrotem Kopf in unser Klassenzimmer kam. Er war ein sehr kleiner und dicker Franzose, ungefähr fünfundvierzig Jahre alt und tatsächlich geborener Pariser – natürlich ehemaliger Schuster oder so was Gutes, aber er lebte schon seit undenklichen Zeiten in Moskau als Lehrer der französischen Sprache an einem Kroninstitut, und deshalb hatte er auch Rang und Titel, auf die er ungemein stolz war. Im Grunde war Touchard ein vollständig ungebildeter Mensch. Pensionäre hatte er im ganzen nur sechs, und einer von diesen war allerdings der Neffe eines Moskauer Senators. Wir lebten bei ihm, als gehörten wir alle zu einer Familie, und standen mehr unter der Aufsicht seiner Frau, einer sehr feinen Dame, der Tochter eines russischen Beamten. In den ersten zwei Wochen hatte ich mich ungeheuer wichtig gemacht vor den Kameraden, sowohl mit meinem blauen Anzug, wie mit meinem Papa Andrei Petrówitsch, und ihre Fragen, warum ich denn nicht auch so wie Sie, Werssíloff, hieß, sondern Dolgorúkij, vermochten mich nicht im geringsten zu verwirren, einfach weil ich selbst nicht wußte, warum das so war.«

»Andrei Petrowitsch!« rief Tatjana Pawlowna beinahe drohend, wie um Einhalt zu gebieten. Meine Mutter dagegen hörte mir mit Spannung zu, ohne einen Blick von mir zu wenden, und ersichtlich wollte sie, daß ich weiter erzählte.

»Ce Touchard . . in der Tat, ich entsinne mich jetzt, er war so ein kleiner, unruhiger Mensch«, sagte Werssiloff langsam und mit zusammengebissenen Zähnen, »aber er wurde mir damals von der besten Seite empfohlen . . .«

»Ce Touchard kam wütend mit dem Brief in der Hand herein und trat an unseren großen Eichentisch, an dem wir alle gerade lernten, packte mich an der Schulter, riß mich vom Stuhl in die Höhe und befahl mir, meine Hefte zu nehmen.

‚Dein Platz ist nicht hier, sondern dort!' schrie er mich an und wies auf ein unglaublich kleines Zimmerchen links vom Vorraum, wo nur ein einfacher Tisch, ein Strohstuhl und ein mit Wachstuch bezogener Divan standen – genau wie bei mir jetzt hier im Mansardenzimmer. Ich war erstaunt und erschrocken und tat ganz befangen, was er mir befohlen hatte, – so grob war noch kein Mensch zu mir gewesen. Nach einer halben Stunde, als Touchard das Klassenzimmer wieder verlassen hatte, begann ich zu den Kameraden hinüber zu schauen, und auch sie sahen mich an, und lachten, natürlich lachten sie über mich, aber ich erriet das nicht und glaubte harmlos, wir lachten, weil wir lustig wären. Da kam Touchard hereingestürzt, packte mich am Schopf, und nun wurde ich gezaust.

‚Wie darfst du es wagen, mit vornehmen Kindern umzugehen, du bist niedriger Herkunft und kaum mehr als ein Lakai!'

Und er schlug mich schmerzhaft auf meine frische Backe, und da er am Schlagen Gefallen fand, schlug er mich noch einmal und dann noch zum drittenmal. Ich weinte laut auf und war schrecklich verblüfft. Eine ganze Stunde saß ich, das Gesicht in den Händen vergraben, und schluchzte, schluchzte. Es war etwas geschehen, was ich auf keine Weise verstehen, was ich überhaupt nicht fassen konnte. Und ich begreife auch heute noch nicht, wie dieser als Mensch keineswegs bösartige Touchard, der sich sogar über die Aufhebung der Leibeigenschaft in Rußland freute – er, der Ausländer –, wie dieser Mensch einen dummen kleinen Jungen so schlagen konnte. Übrigens war ich nur erstaunt, nicht beleidigt; ich verstand damals noch nicht, Beleidigungen als solche zu empfinden. Ich glaubte, ich sei unartig gewesen; wenn ich mich jedoch besserte und artig wäre, so würde man mir verzeihen, und wir würden dann wieder alle fröhlich sein und auf dem Hof zusammen spielen und ein Leben führen, wie es nicht schöner denkbar ist!«

»Mein Freund, wenn ich nur geahnt hätte...«, sagte Werssiloff langsam und mit dem nachlässigen Lächeln eines etwas ermüdeten Menschen, »aber wer hätte sich das denken können, daß dieser Touchard so ein Nichtswürdiger wäre! Übrigens gebe ich die Hoffnung noch immer nicht auf, daß du dich doch noch mit ganzer Kraft aufraffst und uns alles das schließlich verzeihst, und wir dann wieder ein Leben führen können, wie es nicht schöner denkbar ist.«

Er gähnte tatsächlich.

»Aber ich beschuldige doch keinen Menschen, das fällt mir ja gar nicht ein, und ich beklage mich auch gar nicht über Touchard, ich versichere Ihnen!« rief ich laut, aber innerlich doch etwas verwirrt durch seine Bemerkung. »Und er schlug mich ja im ganzen auch nur zwei Monate lang. Ich weiß noch, ich wollte ihn immer durch irgend etwas entwaffnen, ich stürzte zu ihm, um seine Hände zu küssen, und ich küßte sie, und ich weinte, weinte. Die Kameraden lachten über mich und verachteten mich, da Touchard mich nun wie seinen Diener zu behandeln begann, sich die Kleider von mir reichen ließ, wenn er sich anzog, und ähnliches. Hierbei kam mir meine Bedientennatur instinktiv zustatten; ich gab mir die größte Mühe, ihm alles recht zu machen, und ich war nicht im geringsten beleidigt, da ich doch nichts von alledem begriff. Wirklich, ich wundere mich bis zum heutigen Tage, daß ich damals noch so dumm war und nicht einmal erriet, warum ich geringer war als die anderen alle. Freilich hatten mir meine Mitschüler schon damals vieles erklärt; das war eine gute Schule. Touchard aber zog es bald vor, mich mit dem Knie von hinten zu stoßen, statt mich zu ohrfeigen, und so nach einem halben Jahr war er manchmal sogar freundlich zu mir, aber wenigstens einmal im Monat mußte er mich doch noch schlagen, zur Erinnerung, damit ich mich nicht vergäße. Bald durfte ich auch wieder mit den anderen zusammensitzen oder spielen, aber in den ganzen zweieinhalb Jahren hat Touchard keinen Augenblick den Unterschied in unserer sozialen Stellung außer acht gelassen oder vergessen, und wenn er auch nicht mehr beständig Dienstleistungen von mir verlangte, so konnte er das doch nicht ganz unterlassen, wie ich vermute, eben um mich an den Unterschied zu erinnern ...

Meine Flucht – das heißt, nein, es blieb ja beim Versuch, und den machte ich erst im fünften, sechsten Monat nach diesen zwei ersten Monaten. Ich bin eigentlich immer sehr schwerfällig im Entschließen gewesen. Sobald ich im Bett lag und mich zugedeckt hatte, begann ich an Sie zu denken, Andrei Petrowitsch, nur an Sie. Ich weiß es selbst nicht, wie sich das so machte. Und sogar im Traum sind Sie mir erschienen. Aber ich träumte auch wachend, und dann mit Leidenschaft und nur davon, wie Sie plötzlich eintreten und ich Ihnen entgegenstürze, und wie Sie mich von hier fortbringen zu sich, in jenes Kabinett, und dann fahren wir wieder ins Theater, nun, und so weiter. Die Hauptsache war, daß wir uns dann nie wieder trennen – das war das Wichtigste und Schönste! Wenn ich dann am Morgen aufstehen mußte, begannen gleich wieder der Spott und die Verachtung der Mitschüler. Einer von ihnen begann mich einfach zu prügeln und zwang mich, ihm die Stiefel zu reichen; er verspottete mich mit den schändlichsten Schimpfnamen und bemühte sich nach Möglichkeit, meine Herkunft zu erläutern, zur Belustigung aller Zuhörer. Und wenn zum Schluß noch Touchard selbst erschien, dann begann in meiner Seele etwas Unerträgliches. Ich fühlte, daß man mir hier niemals verzeihen werde – oh, ich begann damals schon allmählich zu begreifen, *was* man mir nicht verzieh und worin mein Vergehen bestand! Und so kam ich auf den Gedanken, zu fliehen. Ganze zwei Monate träumte ich davon mit Bangen, endlich entschloß ich mich. Es war schon September. Ich wartete auf den Sonnabend, wenn alle Mitschüler zum

Sonntag nach Hause fuhren, und inzwischen machte ich mir heimlich aus den notwendigsten Sachen ein Bündelchen; an Geld besaß ich nur zwei Rubel. Ich wollte bis zum Einbruch der Dunkelheit warten – ‚Dann schleiche ich die Treppe hinunter', dachte ich, ‚und schlüpfe hinaus, und dann gehe ich!' – Wohin? Ich wußte, daß Andrónikoff schon nach Petersburg versetzt war, und so beschloß ich, das Haus der Fanariótowa auf dem Arbát aufzusuchen. ‚Die Nacht über gehe ich herum oder sitze irgendwo, und am Morgen gehe ich dann auf den Hof des Hauses und frage dort: Wo ist jetzt Andrei Petrowitsch? Und wenn er nicht in Moskau ist, wohin ist er dann gefahren, in welcher Stadt und in welchem Reich lebt er jetzt? Und das wird man mir dann doch bestimmt sagen. Und dann gehe ich fort und frage an einem anderen Ort wieder irgend jemand: An welchem Schlagbaum muß ich vorübergehen, wenn ich in die und die Stadt will? Nun, und dann werde ich aus der Stadt hinausgehen und immer weiter und weiter gehen. Und ich werde immer gehen und gehen, nächtigen werde ich am Wege unter Büschen, und essen werde ich nur Brot, und wenn ich für zwei Rubel Brot kaufe, so wird das für sehr lange ausreichen.' So dachte ich mir das alles. Aber am Sonnabend konnte ich meine Absicht nicht ausführen, ich mußte bis zum Sonntag warten, und da traf es sich, daß gerade an diesem Sonntag Herr und Frau Touchard irgendwohin wegfuhren; im ganzen Hause blieben nur die Magd Agáfja und ich zurück. Ich wartete mit einer furchtbaren Sehnsucht auf die Nacht. Ich weiß noch: ich saß im Gastzimmer am Fenster und sah hinaus auf die staubige Straße mit den kleinen hölzernen Häusern und den seltenen Fußgängern. Touchard wohnte in einer abgelegenen Gegend am Rande der Stadt, und aus den Fenstern sah man einen Schlagbaum ... ‚Sollte es nicht dieser sein?' dachte ich flüchtig. Die Sonne ging so rot unter, der Himmel war so kalt, und ein scharfer Wind wirbelte den Staub auf, ganz wie heute. Endlich wurde es dunkel, ganz dunkel. Ich stellte mich vor das Heiligenbild und begann zu beten, aber nur schnell, schnell, ich hatte keine Zeit zu verlieren; ich nahm mein Bündelchen und schlich auf den Fußspitzen über die knarrenden Treppenstufen hinab, in großer Furcht, Agáfja könnte mich in der Küche hören. Der Schlüssel der Haustür stak im Schloß, ich machte auf und plötzlich – dunkle, dunkle Nacht stand schwarz vor mir, wie eine unendliche Fremde voller Gefahren, und der Wind riß mir nur so die Mütze vom Kopf. Ich trat hinaus; von der anderen Straßenseite erscholl das heisere Geschimpf und Gegröhl eines vorübertorkelnden Betrunkenen. Ich stand und sah, und dann kehrte ich still wieder um, trat wieder ein, schlich still nach oben, kleidete mich aus, stellte mein Bündelchen fort und legte mich hin, grub das Gesicht in die Kissen, ohne Tränen, ohne Gedanken, und von dieser Minute an hab' ich zu denken begonnen, Andrei Petrowitsch! Gerade von diesem selben Augenblick an, wo ich erkannte, daß ich nicht nur ein Lakai, sondern zum Überfluß auch ein Feigling war – da erst begann meine wirkliche, meine richtige Entwicklung!«

»Und jetzt, von diesem Augenblick an, habe auch ich dich für alle Zeiten und ganz und gar erkannt!« rief plötzlich Tatjana Pawlowna aufspringend und so unerwartet, daß ich ganz überrascht war. »Ja, du warst nicht nur damals ein Lakai, du bist es auch heute noch, weil du eine Lakaienseele hast! Was hätte es damals Andrei Petrowitsch ausgemacht, dich bei einem Schuster in die Lehre zu geben? Er hätte dir damit sogar eine Wohltat erwiesen, hätte er dich ein Handwerk lernen lassen! Wer hätte von ihm mehr für dich erwarten oder gar verlangen dürfen? Dein Vater, Makar Iwanowitsch, hat nicht nur darum gebeten, sondern geradezu gefordert, daß man euch, seine Kinder, nicht aus der unteren Klasse heraushebe. Aber nein, du schätzt das ja nicht, daß er dich bis zur Universität gebracht hat und du durch ihn Vorrechte bekommen hast! Schulbuben haben ihn geneckt, ei, seht doch mal an, und da hat er sich geschworen, sich an der Menschheit zu rächen! So ein Plebejer!«

Ich muß gestehen, ich war verblüfft. Ich erhob mich und stand und sah sie an, ohne zu wissen, was ich darauf erwidern sollte.

»Nein, wirklich, Tatjana Pawlowna hat mir etwas Neues gesagt«, wandte ich mich entschlossen und mit fester Stimme an Werssiloff, »ich bin wirklich so weit ‚Lakai', daß ich mich auf keine Weise nur damit zufrieden geben kann, daß Werssiloff mich nicht zu einem Schuster in die Lehre gegeben hat; sogar die ‚Vorrechte' des höheren Standes, die ich ihm verdanke, da er mich hat unterrichten lassen, haben mich nicht gerührt. Nein, gebt mir den ganzen Werssiloff, gebt mir den Vater ... das habe ich verlangt – wie sollt' ich denn da nicht ein Lakai sein? Mama, es liegt mir schon acht Jahre auf dem Gewissen, wie ich Sie damals, als Sie allein zu Touchard kamen, um mich zu besuchen – wie ich Sie damals empfing. Aber jetzt habe ich keine Zeit, auch das noch zu erzählen, und Tatjana Pawlowna würde es ja auch nicht zulassen. Also morgen, Mama, *wir* sehen uns vielleicht noch einmal. Tatjana Pawlowna! Was würden Sie dazu sagen, wenn ich sogar in einem so hohen Maße ein ‚Lakai' wäre, daß ich nicht einmal das billigen könnte, daß ein Mann, der eine Ehefrau hat, noch eine zweite heiratet? Das aber ist doch in Ems von Andrei Petrowitsch nahezu versucht worden! Mama, wenn Sie nicht bei einem Mann bleiben wollen, der morgen vielleicht eine andere heiratet, so erinnern Sie sich daran, daß Sie einen Sohn haben, der Ihnen jetzt verspricht, ewig ein ehrerbietiger Sohn zu sein – denken Sie daran und kommen Sie zu mir, aber nur unter der Bedingung: entweder er oder ich! – Wollen Sie? Ich verlange ja nicht sofort eine Antwort; ich weiß, daß man auf solche Fragen nicht im Augenblick antworten kann ...«

Ich konnte nicht zu Ende sprechen, da ich viel zu erregt war und den Faden verlor. Meine Mutter erbleichte, und die Stimme schien ihr zu versagen: sie konnte kein Wort hervorbringen. Tatjana Pawlowna sprach sehr laut und sehr viel, so daß ich nicht verstand, was sie sagte, und zweimal stieß sie mich mit der Faust an die Schulter. Ich weiß nur noch, daß sie schrie, meine Worte seien »erklügelt, in einer kleinlichen Seele gehätschelt, mit den Fingern herausgebohrt«. Werssiloff saß unbeweglich da und war sehr ernst, er lächelte nicht. Ich ging zu mir nach oben. Der letzte Blick, der mich aus dem Zimmer begleitete, war der vorwurfsvolle Blick meiner Schwester; sie sah mir nach und schüttelte ernst den Kopf.

SIEBENTES KAPITEL

I

Ich gebe alle diese Szenen wieder, ohne mich selbst dabei zu schonen, um mir alles deutlich zu vergegenwärtigen und die Eindrücke richtig wiederherzustellen. Als ich oben in meinem Zimmer angelangt war, wußte ich überhaupt nicht, ob ich mich schämen oder ob ich stolz sein sollte, wie einer, der seine Pflicht getan hat. Wäre ich nur ein wenig erfahrener gewesen, so hätte ich gewußt, daß selbst der geringste Zweifel in solchem Fall den Ausschlag zuungunsten des Zweiflers gibt. Aber ein Umstand verwirrte mich endgültig: daß ich dabei so froh war, ich weiß nicht worüber; aber ich war furchtbar froh, obwohl ich zweifelte und einsah, daß ich unten schlecht abgeschnitten hatte. Ja, selbst daß Tatjana Pawlowna mich so boshaft beschimpft hatte, erschien mir nur komisch und unterhaltend und ärgerte mich nicht im geringsten. Wahrscheinlich wirkte das alles nur deshalb so, weil ich immerhin die Kette zerrissen hatte und mich nun zum erstenmal vollkommen frei fühlte. Ich fühlte auch, daß ich meine Stellung zu ihnen verdorben hatte: jetzt war ich mir noch viel mehr im unklaren darüber, was ich mit dem von Krafft erhaltenen Brief, der die Erbschaft betraf, anfangen sollte. Wenn ich ihn jetzt noch übergab, würde man entschieden glauben, ich wollte mich an Werssiloff rächen. Aber schon unten, während dieser ganzen Auseinandersetzungen hatte ich bereits bei mir beschlossen, diese Erbschaftsfrage mit dem Brief von einem Dritten entscheiden zu lassen, und zwar von Wassin, an den ich mich wie an einen Schiedsrichter wenden wollte, oder wenn er es ablehnte, dann von einem anderen – ich wußte schon, von wem. Ich sagte mir: nur einmal, nur zu diesem Zweck, werde ich zu

Wassin gehen, dann aber – dann verschwinde ich für alle auf lange Zeit, auf mehrere Monate, und für Wassin noch ganz besonders. Nur meine Mutter und meine Schwester werde ich vielleicht manchmal sehen. Das war alles ziemlich wirr in mir; ich fühlte, daß ich etwas getan hatte, aber nicht so, wie es hätte getan werden sollen, und – und ich war trotzdem zufrieden. Ich wiederhole: über irgend etwas war ich dennoch froh.

Für diesen Abend nahm ich mir vor, früher schlafen zu gehen, da ich am nächsten Tage weite Wege zu machen hatte. Zunächst mußte ich mir ein Zimmer mieten und umziehen, und dann faßte ich noch verschiedene Entschlüsse, die ich, so oder so, gleich ausführen wollte. Aber dieser denkwürdige Abend sollte nicht ohne eine seltsame Überraschung enden: Werssiloff verstand es, mich noch in höchstes Erstaunen zu versetzen. Er war noch nie in mein Stübchen gekommen, und nun plötzlich, ich hatte noch keine Stunde bei mir oben gesessen, hörte ich seine Schritte auf der Treppe: er rief mir zu, ich sollte ihm leuchten. Ich ging mit der Kerze zur Tür und half ihm, auf der steilen Treppe heraufzusteigen, indem ich ihm die Hand nach unten entgegenstreckte, die er auch ergriff.

»Merci, mein Freund, bisher bin ich noch nie hier heraufgeklettert, nicht einmal, als ich die Wohnung mietete. Ich ahnte, was hier ungefähr sein konnte, aber ... einen solchen Hundestall habe ich doch nicht vermutet.« Er war in der Mitte meines Stübchens stehengeblieben und schaute sich neugierig um. »Aber das ist ja ein Sarg, ein richtiger Sarg!«

Das Stübchen hatte allerdings eine gewisse Ähnlichkeit mit dem Inneren eines Sarges, und ich wunderte mich, wie richtig er das sofort herausgefunden und ausgedrückt hatte. Es war ein schmaler, länglicher Raum; in Schulterhöhe neigte sich die Wand in stumpfem Winkel nach vorn, in der Schrägheit des Giebeldaches, und stieß oben wieder in stumpfem Winkel mit der Decke zusammen, die ich mit der Handfläche berühren konnte. Werssiloff hielt sich anfangs unwillkürlich gebeugt, als fürchte er, unversehens mit dem Kopf anzustoßen; aber schließlich sah er, daß nichts zu befürchten war, und setzte sich ziemlich ruhig auf meinen Diwan, auf dem schon mein Nachtlager hergerichtet war. Ich setzte mich nicht und betrachtete ihn mit der größten Verwunderung.

»Deine Mutter sagte soeben, sie hätte nicht gewußt, ob sie das Geld von dir annehmen sollte, das du ihr vorhin für Beköstigung und Wohnung angeboten hast. Nun, im Hinblick auf diesen Sarg darf man das Geld nicht nur nicht annehmen, sondern ganz im Gegenteil, dir müßte von uns noch zugezahlt werden! Ich bin hier noch nie gewesen und ... kann mir nicht denken, daß es überhaupt möglich ist, hier zu leben.«

»Ich habe mich daran gewöhnt. Daß ich aber Sie jetzt bei mir sehe, daran kann ich mich auf keine Weise gewöhnen – nach alledem, was sich unten zugetragen hat.«

»Nun ja, du warst unten beträchtlich grob, aber ... ich habe gleichfalls meine besonderen Zwecke, die ich dir auch erklären werde, obschon in meinem Kommen, nebenbei bemerkt, nichts Außergewöhnliches liegt. Selbst das, was sich unten zugetragen hat, auch das ist alles nur in der Ordnung der Dinge; aber erkläre mir, ich bitte dich, nur das eine: War das, was du uns dort unten erzähltest, und wozu du uns so feierlich und großartig vorbereitet hast – war das nun wirklich alles, was du uns eröffnen oder mitteilen wolltest, hattest du weiter nichts zu sagen?«

»Das war alles. Das heißt, nehmen wir an, daß es alles war.«

»Dann war es etwas wenig, mein Freund, ich muß gestehen, nach deinem Anfang, und wie du uns alle zum Lachen gereizt hast, und als ich dann noch sah, wie sehr es dich drängte, zu erzählen – da erwartete ich Größeres.«

»Sollte Ihnen das nicht ganz gleich sein?«

»Ich spreche im Grunde ja nur aus dem Maßgefühl heraus; das war dieses große Vorspiel nicht wert, da war das Maßverhältnis gestört. Einen ganzen Monat hast du geschwiegen, dich gesammelt, und plötzlich – ist nichts dahinter.«

»Ich wollte vieles erzählen, aber ich schäme mich schon, daß ich dies wenige erzählt habe. Es läßt sich nicht alles erzählen, so in Worten ausdrücken, manches wird am besten nie erzählt. Ich aber habe doch genug gesagt, und dennoch haben Sie nichts verstanden.«

»Ah, auch du leidest also manchmal darunter, daß ein Gedanke sich nicht in Worte hineinzwängen läßt! Das ist ein edler Schmerz, mein Freund, und wird nur Auserwählten gegeben; ein Dummkopf ist immer zufrieden mit dem, was er gesagt hat, und außerdem sagt er immer mehr als nötig ist; viel Lärm um nichts.«

»Wie zum Beispiel ich vorhin; auch ich sagte mehr als nötig war; ich verlangte den ‚ganzen Werssiloff'; – das ist viel mehr als nötig ist: ich brauche Werssiloff überhaupt nicht.«

»Mein Freund, du willst, wie ich sehe, das wieder einholen, was du unten verloren hast. Du scheinst zu bereuen, und da bereuen bei uns nichts anderes heißt, als sofort wieder einen anderen angreifen, so möchtest du mich diesmal gut treffen und nicht wieder vorbeischlagen. Ich bin zu früh gekommen, du bist noch nicht abgekühlt, und zudem fällt es dir sehr schwer, Kritik zu ertragen. Aber so setze dich doch, um Gottes willen. Ich bin gekommen, um dir etwas mitzuteilen. So, danke. Aus dem, was du unten deiner Mutter von deinem Fortgehen sagtest, geht nur zu klar hervor, daß es unter allen Umständen am besten ist, wenn wir uns trennen. Ich bin nun zu dir gekommen, um dich zu bitten, das nach Möglichkeit weniger schroff und ohne einen Skandal zu tun, damit es deine Mutter nicht noch mehr betrübt und erschreckt. Schon daß ich selbst zu dir ging, hat ihr Hoffnung gemacht: sie glaubt, wir würden uns noch versöhnen, und dann werde wieder alles beim alten bleiben. Und ich glaube, wenn wir jetzt hier oben ein- oder zweimal etwas lauter lachen würden, so würden wir ihrem schüchternen Herzen die größte Freude bereiten. Mögen es auch nur schlichte Herzen sein, aber sie lieben doch so innig und ungekünstelt, weshalb sollte man da nicht etwas gut zu ihnen sein, wenn sich Gelegenheit dazu bietet? Das wäre das eine. Und dann zweitens: Warum sollen wir denn mit Rachedurst, mit Zähneknirschen und grimmigen Schwüren auseinandergehen? Zweifellos haben wir nicht die geringste Veranlassung, uns gegenseitig um den Hals zu fallen, aber man kann sich doch auch trennen und sich dabei gegenseitig achten, nicht wahr?«

»Das ist alles – Unsinn! Ich verspreche, ohne Skandal das Haus zu verlassen, und das genügt. Sie sagen, Sie bemühten sich um meiner Mutter willen? Und mir will es scheinen, daß die Ruhe der Mutter hiermit nichts zu tun hat und Sie nur so reden.«

»Du glaubst mir nicht?«

»Sie sprechen mit mir entschieden wie mit einem kleinen Kinde!«

»Mein Freund, ich bin ja bereit, dich tausendmal um Verzeihung zu bitten, für all das, was du mir da vorwirfst, für alle diese Jahre deiner Kindheit und so weiter, aber, cher enfant, was käme denn dabei heraus? Du bist so klug, daß du es wohl selbst nicht wünschen wirst, dich in einer so dummen Lage zu befinden. Ich will noch nicht einmal davon reden, daß ich den Charakter deiner Vorwürfe sogar bis jetzt noch nicht verstehe. In der Tat, was machst du mir nun eigentlich zum Vorwurf? Daß du nicht als ein Werssiloff geboren bist? Oder nicht? Bah! Du lachst verächtlich und wehrst mit der Hand ab, also ist es nicht das!«

»Versichere Ihnen, nein. Und ich kann auch keine besondere Ehre darin finden, Werssiloff zu heißen.«

»Lassen wir die Ehre beiseite; zudem mußte ja deine Antwort unbedingt demokratisch sein; aber wenn es nicht das ist, was ist es dann?«

»Tatjana Pawlowna hat vorhin alles gesagt, was mir klargemacht werden mußte, da ich von selbst niemals darauf verfallen wäre: Sie haben mich nicht zu einem Schuster in die Lehre gegeben, folglich muß ich noch dankbar sein. Ich verstehe nur nicht, warum ich undankbar bin, sogar jetzt noch, sogar nachdem man mich aufgeklärt hat. Spricht da nicht am Ende Ihr stolzes Blut, Andrei Petrowitsch?«

»Wahrscheinlich nicht. Und außerdem wirst du zugeben müssen, daß alle deine Ausfälle unten, statt mich zu treffen, wie du es wolltest, nur deine Mutter getroffen und gepeinigt haben. Indessen sollte man meinen, nicht dir stünde es zu, sie zu richten. Und worin besteht denn ihre Schuld vor dir? Und vielleicht erklärst du mir auch, mein Freund, aus welchem Grunde und zu welchem Zweck du in der Schule und auf dem Gymnasium und überall, ja sogar dem ersten besten, dem du vorgestellt wurdest, wie ich gehört habe, von deiner illegitimen Geburt erzählt hast? Man sagte mir, du hättest das mit einer besonderen Vorliebe getan. Und dabei ist das ein Nonsens und eine häßliche Verleumdung; denn du bist legitim geboren als Sohn Makár Iwánowitsch Dolgorúkijs, eines ehrenwerten und sowohl durch Verstand als Charakter ausgezeichneten Menschen. Wenn du aber eine höhere Bildung erhalten hast, so verdankst du das allerdings deinem ehemaligen Gutsherrn Werssiloff, doch was hat das mit deiner Herkunft zu tun? Indem du aber selbst von deiner illegitimen Herkunft erzählst, was selbstverständlich an sich schon eine Verleumdung ist, hast du das Geheimnis deiner Mutter preisgegeben und, aus einer Art von falschem Stolz, deine Mutter vor den Richterstuhl jedes ersten besten Lumpen gezogen. Mein Freund, das ist sehr unfein, um so mehr, als deine Mutter persönlich an nichts schuld ist: sie ist das reinste Wesen, das ich kenne, und wenn sie nicht den Namen Werssiloff trägt, so liegt das nur daran, daß sie immer noch mit einem anderen verheiratet ist.«[16]

»Schon gut, ich bin vollkommen einverstanden mit Ihnen, und halte Sie für so klug, daß ich hoffe, Sie werden mir nicht gar zu lange den Kopf waschen. Sie lieben ja so sehr das Maßhalten; und schließlich muß es doch für alles ein

Maß geben, selbst für Ihre plötzliche Liebe zu meiner Mutter. Aber ich würde Ihnen folgenden Vorschlag machen: da Sie sich nun einmal entschlossen haben, zu mir zu kommen und eine viertel oder eine halbe Stunde hier zu sitzen (ich weiß zwar noch immer nicht, wozu eigentlich, aber nehmen wir meinetwegen an, es geschehe wirklich zur Beruhigung meiner Mutter) – und da Sie außerdem so bereitwillig mit mir sprechen, ungeachtet dessen, was unten vorgefallen ist, so erzählen Sie mir lieber von meinem Vater, – eben von diesem Makár Iwánow, dem Pilger. Gerade von Ihnen würde ich gern Näheres über ihn hören; ich habe Sie schon längst nach ihm fragen wollen. Und dann möchte ich, daß Sie mir noch etwas beantworten, gerade jetzt, bevor wir uns trennen, vielleicht für eine lange Zeit. Das ist: haben Sie denn wirklich in diesen ganzen zwanzig Jahren nicht so weit auf die Vorurteile meiner Mutter einzuwirken vermocht, und ebenso jetzt auf meine Schwester – gerade Sie, mit Ihrem ganzen bildenden Einfluß –, daß meine Mutter wenigstens aus der Finsternis ihrer früheren bäuerlichen Umgebung herausgekommen wäre? Oh, ich spreche nicht von ihrer Reinheit! Sittlich hat sie *auch so* immer schon unendlich viel höher gestanden als Sie, entschuldigen Sie schon, aber ... sie ist doch nur eine unendlich viel höherstehende Tote. Nur Werssiloff lebt, alle übrigen um ihn herum und alles mit ihm Verbundene vegetiert nur unter der einen strikten Bedingung, dafür die Ehre zu haben, ihn mit den eigenen Kräften, den eigenen Lebenssäften ernähren zu dürfen. Aber auch meine Mutter muß doch einmal lebendig gewesen sein? In irgend etwas an ihr haben Sie sich doch verliebt? Auch sie ist doch einmal ein Weib gewesen?«

»Mein Freund, vielleicht kann man sagen, daß sie das nie gewesen ist«, antwortete er mir, indem er sogleich wieder in seine anfängliche Manier verfiel – in diese Manier mit mir zu sprechen, die mich so giftete, und die ich noch so gut im Gedächtnis habe! Das heißt, anscheinend ist er die Aufrichtigkeit selbst, sieht man aber näher zu, so ist an ihm alles nur tiefster Spott, so daß ich aus seinem Gesicht manchmal gar nicht klug werden konnte. »Daß sie das nie gewesen ist! Die russische Frau – ist niemals Weib.«

»Ach, und die Polin, die Französin, die ist es etwa? Oder die Italienerin, die leidenschaftliche Italienerin, die so einen zivilisierten Russen der höheren Stände, von der Art eines Werssiloff, zu bezaubern vermag?«

»Nun sag einer«, rief er lachend aus, »hätte ich ahnen können, daß ich hier auf einen Slawophilen stoßen würde!«

Ich erinnere mich seiner Erzählung Wort für Wort. Er begann sogar mit großer Bereitwilligkeit und sichtlichem Vergnügen zu sprechen. Es wurde mir bald nur zu klar, daß er durchaus nicht deshalb zu mir gekommen war, um sich mit mir zu unterhalten, und auch gar nicht deshalb, um meine Mutter zu beruhigen, sondern bestimmt aus ganz anderen Gründen.

II

Wir haben, deine Mutter und ich, diese unsere zwanzig Jahre in vollkommenem Stillschweigen miteinander verbracht«, begann er sein Geplauder (im höchsten Grade gesellschaftlich gewandt und unnatürlich), »und was immer zwischen uns geschehen ist, ist dann auch schweigsam geschehen. Ja, man kann wohl sagen, daß das wesentlichste Charakteristikum unserer ganzen zwanzigjährigen Verbindung eben in dieser Schweigsamkeit lag. Ich glaube, wir sind auch nicht ein einziges Mal in Streit geraten. Allerdings war ich oft verreist ... und habe sie allein gelassen, aber es hat doch immer damit geendet, daß ich wieder zu ihr zurückgekehrt bin. Nous revenons toujours, und das ist nun einmal die Grundeigenschaft der Männer; es geschieht von ihnen infolge ihrer Großmut. Wenn das Eheleben von den Frauen allein abhinge – keine einzige Ehe hätte Bestand. Deine Mutter ... Demut, Nachgiebigkeit, Geduld,

Unterwürfigkeit, und zu gleicher Zeit Festigkeit, Kraft, wirkliche Kraft – das ist der Charakter deiner Mutter. Merke dir, sie ist die beste von allen Frauen, die mir in meinem Leben begegnet sind. Und daß in ihr Kraft ist, kann ich bezeugen: ich habe gesehen, wie diese Kraft sie genährt hat. Wenn es sich um ... ich will nicht sagen ‚Überzeugungen' handelt – denn zu regelrechten Überzeugungen fehlen die Voraussetzungen –, aber um das, was von ihnen für Überzeugung gehalten wird, und was folglich ihrer Ansicht nach heilig ist, da lassen sie sich lieber foltern, aber sie bleiben dabei. Nun, und ich – sag' dir doch selbst: sehe ich aus wie einer, dem das Quälen liegt? Sieh, deshalb habe ich es denn auch vorgezogen, fast zu allem zu schweigen, und das nicht nur deshalb, weil das leichter ist; und offengestanden, ich bereue es nicht. Auf diese Weise hat sich alles ganz von selbst in einer breiten und humanen Art geregelt, so daß ich mir selbst gar kein Verdienst dabei zuschreibe. Ich möchte hier nur nebenbei bemerken, daß ich aus einem unbestimmten Grunde den Verdacht habe, sie könnte nie an meine Humanität geglaubt und darum immer gezittert haben; aber trotz des Zitterns hat sie sich doch nicht im geringsten der Kultur gebeugt. Diese Leute verstehen das irgendwie auf ihre Art, wir aber begreifen da irgend etwas nicht, und überhaupt verstehen sie besser als wir, sich im Leben einzurichten. Sie können sogar in Lagen, die für sie die unnatürlichsten sind, die ihrer ganzen Art vollständig widersprechen, dennoch weiterleben und sogar vollkommen sie selbst bleiben. Wir verstehen das nicht so.«

»Wer sind diese ‚sie'? Ich verstehe Sie nicht ganz.«

»Ich meine das Volk, mein Freund, ich rede vom Volk. Es hat diese große lebendige Kraft und seine historische Lebenszäheit sowohl auf sittlichem als auch auf politischem Gebiet bewiesen. Doch um wieder auf unser Gespräch zurückzukommen, will ich von deiner Mutter noch sagen, daß sie ja nicht immer schweigt, manchmal sagt sie auch etwas, aber aus dem, was sie sagt und wie sie es sagt, ersiehst du ohne weiteres, daß dein ganzes Reden nur Zeitverschwendung gewesen ist, selbst wenn du sie fünf Jahre lang allmählich vorbereitet hast. Zudem sind es die überraschendsten Entgegnungen. Und merke dir wiederum, ich sage von ihr durchaus nicht, daß sie dumm sei; im Gegenteil, sie hat in ihrer Art Verstand, und sogar einen sehr bemerkenswerten. Übrigens, an den Verstand wirst du vielleicht nicht glauben ...«

»Warum denn nicht? Ich glaube nur daran nicht, daß Sie selbst an ihren Verstand glauben, das heißt, wirklich und ohne sich zu verstellen.«

»Du meinst? Du hältst mich also für ein solches Chamäleon? Mein Freund, ich erlaube dir ein bißchen schon zuviel ... wie einem verwöhnten Sohne .. . aber mag es denn diesmal so hingehen.«

»Erzählen Sie mir von meinem Vater, und wenn Sie können, die Wahrheit.«

»Von Makar Iwanowitsch? Makar Iwanowitsch war, wie du weißt, ein Gutsbauer, den sozusagen nach einem gewissen Ruhm verlangte ...«

»Ich wette, daß Sie ihn in diesem Augenblick um irgend etwas beneiden!«

»Im Gegenteil, mein Freund, im Gegenteil, und wenn du willst, freut es mich, dich in einer so scharfsinnigen Geistesverfassung zu sehen. Ich schwöre dir, ich bin gerade jetzt in einer sogar überaus reumütigen Stimmung, und gerade jetzt, in diesem Augenblick, empfinde ich vielleicht zum tausendsten Mal ohnmächtiges Bedauern vor alledem, was vor zwanzig Jahren geschehen ist. Gott könnte es bezeugen, wie sehr das damals vom Zufall abhing und fast aus Versehen geschehen ist ... nun, und dann, so weit es in meinen Kräften lag, human verlaufen ist; wenigstens nach meiner damaligen Vorstellung von Humanität. Oh, wir brannten damals alle vor Verlangen, Gutes zu tun, der Hebung der Gesamtheit alle unsere Kräfte zu widmen, einer höheren Idee zu dienen; wir verurteilten Titel und Stände, unsere ererbten Vorrechte, die Güterwirtschaft und sogar die Kreditbanken, wenigstens einige unter uns ... Auf mein Ehrenwort! Wir waren nicht viele, aber wir sprachen gut, und ich versichere dir, zuweilen wurde von uns sogar gut gehandelt.«

»Sie meinen, damals, als Sie an seiner Schulter schluchzten.«

»Mein Freund, ich bin mit dir in allem, was du sagen willst, im voraus einverstanden; übrigens hast du das mit der Schulter von mir selbst gehört, somit mißbrauchst du mein Vertrauen und meine Aufrichtigkeit, um sie jetzt gegen mich zu wenden. Aber du wirst zugeben müssen, daß dieses mit der Schulter tatsächlich gar nicht so übel war, wie es auf den ersten Blick erscheinen mag, besonders noch für die damalige Zeit. Wir fingen doch damals erst an. Natürlich war das Pose von mir, aber ich wußte doch damals noch nicht, daß es Pose war. Sollte es zum Beispiel dir noch nie passiert sein, daß du in praktischen Fällen ein wenig posierst?«

»Ich habe mich vorhin unten wohl zuviel vom Gefühl bestimmen lassen, und als ich nach oben kam, schämte ich mich nicht wenig bei dem Gedanken, daß Sie von mir denken könnten, ich hätte posiert. Es ist wahr, daß man in manchen Fällen, obschon man alles aufrichtig empfindet, sich äußerlich doch verstellt; vorhin aber, unten, das schwöre ich, war alles natürlich.«

»Eben das ist es; du hast es sehr treffend ausgedrückt: obschon man alles aufrichtig empfindet, gibt man sich äußerlich doch nicht natürlich. Nun, und genau so war es auch mit mir: obschon ich mich verstellte, schluchzte ich doch vollkommen aufrichtig. Ich will nicht bestreiten, daß Makar Iwánowitsch diese Schultergeschichte als eine Vergrößerung des Hohnes hätte betrachten können, wenn er scharfsinniger gewesen wäre, aber seine Ehrlichkeit ließ damals keinen Scharfblick zu. Ich weiß nur nicht, ob ich ihm damals auch leid tat oder nicht; wie ich mich erinnere, wollte ich ihm damals sehr gern leid tun.«

»Wissen Sie«, unterbrach ich ihn, »auch jetzt, während Sie das sagen, spotten Sie doch nur. Und überhaupt die ganze

Zeit, diesen ganzen Monat, so oft Sie mit mir gesprochen haben, haben Sie nur gespottet. Warum haben Sie das immer getan, wenn Sie mit mir sprachen?«

»Meinst du?« erwiderte er sanft. »Du bist sehr mißtrauisch; übrigens, wenn ich auch spotte, so doch nicht über dich, oder wenigstens nicht über dich allein, also beruhige dich. Aber jetzt spotte ich nicht, und damals – mit einem Wort, ich tat damals alles, was ich konnte, und glaube mir, nicht zu meinem Vorteil. Wir alle, das heißt, die besten Menschen von damals, verstanden nicht im geringsten, zu unserem Vorteil zu handeln; im Gegenteil, wir schadeten uns immer selbst soviel wie möglich, und ich vermute, eben das wurde von uns damals für eine Art von ‚höherem Vorteil' gehalten, der auch uns zugute käme, selbstverständlich in einem höheren Sinne. Die jetzige Generation der Avantgardisten ist unvergleichlich mehr auf ihren Vorteil bedacht, als wir es waren. Ich hatte damals, noch vor der Sünde, Makar Iwanowitsch alles mit großer Offenheit erklärt. Jetzt gebe ich zu, daß vieles von dem gar nicht zu erklären nötig gewesen wäre, und noch weniger mit solcher Offenheit: das wäre, ganz abgesehen von der Humanität, sogar höflicher gewesen; aber versuch einmal, wenn du gerade so recht ins Tanzen gekommen bist, dich plötzlich zu bezwingen und nicht noch einen netten kleinen Tanzschritt zu machen! Doch, wer weiß, vielleicht sind die Forderungen des Schönen und Erhabenen wirklich gerade von dieser Art, darüber bin ich mir in meinem ganzen Leben nicht klar geworden. Übrigens ist das ein zu tiefes Thema für unsere oberflächliche Unterhaltung, aber du kannst mir glauben, daß ich jetzt manchmal vor Scham vergehe, wenn ich daran zurückdenke. Ich bot ihm damals dreitausend Rubel an, und ich weiß noch, er schwieg die ganze Zeit, und nur ich allein redete. Kannst du dir denken, es schien mir damals, daß er mich fürchtete, das heißt, als Leibeigener mein Herrenrecht, und ich weiß noch, daß ich mich aus allen Kräften bemühte, sein Mißtrauen zu verscheuchen; ich redete ihm zu, er solle doch frank und frei alle seine Wünsche aussprechen, und sogar Kritik üben soviel er wolle, er hätte nichts zu befürchten. Ich gab ihm mein Wort darauf, daß ich, wenn er auf meinen Vorschlag eingehen wollte – das heißt, dreitausend Rubel als Entschädigung, dazu den Freibrief (für ihn und seine Frau selbstverständlich) und die Reise wohin er wollte (ohne Frau selbstverständlich) –, wenn er also darauf eingehen wollte, daß ich ihm dann sofort den Freibrief geben, ja, womöglich seine Frau zu ihm zurückschicken und sie beide noch beschenken würde, mit eben jenen Dreitausend, glaube ich. Und sie brauchten auch nicht von mir fortzuziehen, sondern ich selbst würde von ihnen ganz allein fortziehen, gleich auf drei Jahre und nach Italien. Mon ami, sei versichert, ich hätte damals nicht die Mademoiselle Ssapóschkowa mitgenommen: ich war aufrichtig rein in jenem Augenblick, als ich ihm das sagte. Aber was geschah? Dieser Makar begriff natürlich nur zu gut, daß ich das Versprochene auch ausführen würde; aber er fuhr fort zu schweigen, und erst, als ich schon zum drittenmal wieder damit anfangen wollte, wich er zurück, winkte ab, drehte sich um und verließ das Zimmer – sogar auf eine so unhöfliche Weise, daß ich selbst damals, ich versichere dir, geradezu verwundert war. Ich sah mich darauf zufällig im Spiegel, nur mit einem Blick, und kann nicht vergessen, wie ich aussah. Überhaupt, wenn solche Leute nichts sagen, das ist das Schlimmste; er aber war ein finsterer Charakter, und ich muß gestehen, als ich ihn zu mir ins Kabinett rufen ließ, da hatte ich nicht nur kein Zutrauen zu ihm, sondern fürchtete ihn sogar heftig: in diesem Milieu gibt es Charaktere, und sogar sehr viele, die sozusagen die Personifizierung der unglaublichsten Unberechenbarkeit sind, und vor so etwas fürchtet man sich mehr als vor Schlägen. Sic. Und wieviel ich riskierte, wieviel ich riskierte! Nun, wie, wenn er auf dem Gut, im ganzen Bezirk, zu schreien und zu heulen angefangen hätte, dieser ländliche Urias, – was wäre dann wohl aus mir geworden, aus dem jungen König David, was hätte ich da tun können? Deshalb schob ich denn auch zuerst die Dreitausend vor, das geschah instinktiv, aber ich hatte mich zum Glück getäuscht: dieser Makar Iwanowitsch war etwas ganz Anderes ...«

»Sagen Sie, war die Sünde schon geschehen? Sie sagten soeben, Sie hätten ihn noch vor der Sünde rufen lassen.«

»Das heißt, sieh mal, das ist so zu verstehen ...«

»Also, sie war geschehen. Sie sagten, Sie hätten sich in ihm getäuscht, er wäre etwas ganz Anderes gewesen; was war er denn anderes?«

»Ja, was er eigentlich war, das weiß ich bis zum heutigen Tage noch nicht. Jedenfalls etwas anderes, und weißt du, sogar etwas sehr Anständiges; das schließe ich daraus, daß ich mich zu guter Letzt noch dreimal mehr vor ihm schämte. Schon am nächsten Tage willigte er ein, das Gut zu verlassen, natürlich ohne viel Worte, und ohne auch nur eine einzige der von mir versprochenen Belohnungen zu vergessen.«

»Nahm er das Geld?«

»Und wie! Und kannst du dir denken, mein Freund, in diesem Punkt hat er mich sogar sehr in Erstaunen gesetzt. Die dreitausend Rubel hatte ich damals selbstverständlich nicht in der Tasche, aber ich verschaffte mir siebenhundert und gab ihm diese so fürs erste; und er? – Er verlangte von mir, um der übrigen zweitausenddreihundert Rubel sicher zu sein, eine Schuldverschreibung in dieser Höhe mit der Bürgschaft eines Kaufmanns. Und nach Verlauf von zwei Jahren ließ er dieses Geld auf Grund der Schuldverschreibung bereits gerichtlich eintreiben, und sogar mit den Prozenten, was mich wieder sehr wunderte, um so mehr, als er damals buchstäblich für ein Gotteshaus als Pilger Gaben sammelte. Und seit der Zeit, nun sind es schon zwanzig Jahre, pilgert er immer noch. Ich begreife nicht, wozu ein Pilger soviel eigenes Geld braucht ... Geld ist eine so weltliche Sache ... Ich hatte es ihm in dem Augenblick natürlich aufrichtig angeboten und, sagen wir, in der ersten Hitze, dann aber, nachdem schon soviel Augenblicke darüber vergangen waren, konnte ich mich doch besinnen ... und ich rechnete eigentlich darauf, daß er wenigstens Nachsicht mit mir haben würde ... oder sozusagen mit *uns*, mit mir und ihr, daß er wenigstens warten würde. Indessen, nicht einmal gewartet hat er.«

(Ich muß hier ein notwendiges Notabene einfügen: wenn Herr Werssiloff inzwischen gestorben wäre und meine Mutter ihn überlebt hätte, so wäre sie im Alter buchstäblich ohne eine Kopeke zurückgeblieben, falls Makár Iwánowitsch damals nicht diese dreitausend Rubel gesichert hätte, die sich durch die Zinsen nun schon längst verdoppelt haben, und die er ihr nach seinem Tode im vorigen Jahr unangetastet, bis auf den letzten Rubel, testamentarisch hinterlassen hat. Also hatte er sogar damals schon Werssiloff durch und durch erkannt.)

»Sie sagten einmal, Makar Iwanowitsch hätte Sie mehrmals besucht und wäre dann immer in Mamas Wohnung abgestiegen?«

»Ja, mein Freund; und ich muß gestehen, ich habe anfangs große Angst gehabt vor diesen Besuchen. In diesen zwanzig Jahren ist er im ganzen sechs- oder siebenmal bei uns gewesen, und die ersten Male habe ich mich, wenn ich zu Hause war, nicht sehen lassen. Ich konnte zunächst nicht verstehen, was diese Besuche zu bedeuten hatten, und warum er überhaupt kam. Dann aber, nach einigen Erwägungen, erschien mir das durchaus nicht so dumm von ihm. Und später einmal, da wurde ich zufällig neugierig und ging zu ihm, um ihn mir anzusehen, und ich muß sagen, ich gewann einen überaus originellen Eindruck. Das war bei seinem dritten oder vierten Besuch, eben damals, als ich Friedensvermittler war und mich selbstverständlich mit Eifer daranmachte, Rußland gründlich kennen zu lernen. Und ich habe von ihm sogar außerordentlich viel Neues erfahren. Außerdem fand ich in ihm das, was ich gerade in ihm niemals zu finden erwartet hätte: eine gewisse Seelengröße, eine große Ausgeglichenheit des Charakters, und was am erstaunlichsten war, ein nahezu heiteres Gemüt. Nicht die geringste Anspielung auf *jenes* (tu comprends?). Dazu besaß er im höchsten Grade die Fähigkeit, sachlich und gut und sogar schön zu sprechen, ich meine, ohne diesen ihren dummen bäuerischen Tiefsinn — den ich, unter uns gesagt, trotz meiner ganzen volksfreundlichen Gesinnung, nicht ausstehen kann — und ohne alle diese gewaltsamen Russizismen, mit denen bei uns in Romanen und auf der Bühne alle „echten Russen" ihre Rede durchsetzen zu müssen glauben. Dabei sprach er sehr wenig von Religion, wenn man nicht selbst davon anfing, aber er erzählte in ihrer Art entzückende Geschichten von Klöstern und aus dem Klosterleben, wenn man ihn danach fragte. Aber das Hervortretendste war: seine Ehrerbietung, diese bescheidene Ehrerbietung, eben die Ehrerbietung, die zu jeder Gleichheit im höheren Sinne unerläßlich ist, ja, ohne die man, meiner Meinung nach, auch gar keine Überlegenheit erlangen kann. Gerade durch das Fehlen selbst der geringsten Überhebung wird der höhere Anstand erreicht, und man sieht einen Menschen vor sich, der sich selbst ohne jeden Zweifel achtet, und zwar gerade so, wie er ist, in seiner Stellung, gleichviel welch eine Stellung das ist, und gleichviel welch ein Schicksal ihm zuteil geworden ist. Diese Fähigkeit, sich selbst gerade in seiner Stellung zu achten, findet man äußerst selten auf Erden, mindestens ebenso selten wie wirkliche persönliche Würde ... Das wirst du selbst sehen, wenn du länger lebst. Aber am meisten hat mich an ihm doch das überrascht, und nicht zu Anfang, sondern erst später«, fügte Werssiloff hinzu, »daß dieser Makár so auffallend wohlgestaltet und, glaube mir, außergewöhnlich schön ist. Wenn er auch alt ist, so ist er doch

„gebräunt von der Sonne,
hochgewachsen und aufrecht..."

dazu schlicht und voll Würde; ich habe mich sogar über meine arme Ssofja gewundert, wie sie mich *damals* ihm hat vorziehen können. Damals war er fünfzig, aber doch noch ein ganzer Mann, und ich im Vergleich zu ihm so ein unbeständiger Mensch. Übrigens, ich entsinne mich, er war doch bereits sehr stark ergraut, und so wird er wohl schon grau gewesen sein, als er sie heiratete . . . Vielleicht hat das sie beeinflußt.«

Dieser Werssiloff hatte eine hundsgemeine Angewohnheit, die in den höchsten Gesellschaftskreisen üblich ist: hatte er einmal (wenn es nicht anders ging) einige sehr gescheite und gute Sachen gesagt, so schloß er plötzlich absichtlich mit irgendeiner Dummheit, wie in diesem Fall mit der Vermutung, die grauen Haare Makár Iwánowitschs wären vielleicht von entscheidendem Einfluß auf meine Mutter gewesen. Das tat er mit Absicht und wahrscheinlich, ohne selbst zu wissen warum, aus dümmster gesellschaftlicher Angewohnheit. Hörte man ihm so zu, konnte man glauben, er rede sehr ernsthaft, dabei aber war es für ihn innerlich nur Spott oder er posierte vor sich selbst.

III

Ich begreife nicht, warum mich damals plötzlich eine so ungeheure Erbitterung erfaßte. Überhaupt denke ich mit großem Mißbehagen an einzelne meiner Ausfälle in jenen Augenblicken zurück; ich erhob mich plötzlich vom Stuhl.

»Wissen Sie was«, sagte ich, »auf meine Frage erklärten Sie mir, Sie wären hauptsächlich deshalb gekommen, um meine Mutter glauben zu machen, wir hätten uns versöhnt. Zeit ist nun zu dem Zweck genug vergangen; vielleicht haben Sie die Güte, mich jetzt wieder allein zu lassen.«

Er wurde etwas rot und erhob sich.

»Mein Lieber, du bist recht unhöflich gegen mich. Übrigens, wie du willst, auf Wiedersehen. Liebenswürdigkeit läßt sich nicht erzwingen. Ich erlaube mir nur noch eine Frage: Hast du wirklich die Absicht, nicht mehr zum Fürsten zu gehen?«

»Aha! Ich habe es doch gewußt, daß Sie zu einem besonderen Zweck gekommen sind ...«

»Das heißt wohl, du hast mich im Verdacht, ich wäre gekommen, um dich zu veranlassen, beim Fürsten zu bleiben, weil ich davon irgendwelchen Vorteil für mich erwartete? Aber, mein Freund, dann bist du ja vielleicht auch der Ansicht, ich hätte schon damals irgendeinen Vorteil für mich im Auge gehabt, als ich dich aus Moskau herrief? Wie mißtrauisch du bist! Im Gegenteil, ich wünsche dir in allem das Beste. Und gerade jetzt, wo meine Verhältnisse sich so sehr gebessert haben, wäre es mir lieb, wenn du wenigstens manchmal deiner Mutter und mir erlauben würdest, dir zu helfen.«

»Ich liebe Sie nicht, Werssiloff.«

»Sogar ,Werssiloff'. Bei der Gelegenheit: ich bedauere es sehr, daß es mir nicht möglich war, dir diesen Namen zu vererben; denn im Grunde besteht doch nur darin meine ganze Schuld, wenn schon einmal eine Schuld bestehen soll, nicht wahr? Aber wie gesagt, ich konnte doch keine verheiratete Frau heiraten, das siehst du doch ein.«

»Dann wollten Sie wohl eben deshalb eine Unverheiratete heiraten.«

Es zuckte in seinem Gesicht.

»Du sprichst von Ems. Höre mal, Arkadij, du hast dir schon unten denselben Ausfall erlaubt und dabei mit dem Finger auf mich gewiesen, in Gegenwart deiner Mutter. Ich sage dir, gerade hierin bist du im größten Irrtum befangen. Von der Geschichte mit der verstorbenen Lydia Achmakówa weißt du so gut wie nichts. Du weißt auch nicht, wie weit deine Mutter selbst an dieser Geschichte beteiligt gewesen ist, ja, ungeachtet dessen, daß sie damals nicht bei mir war. Und wenn ich jemals in einer Frau die Güte selbst gesehen habe, so war es damals, und diese Frau war deine Mutter. Doch genug davon; das ist vorläufig noch ein Geheimnis, du aber sprichst nur anderen nach, ohne selbst zu wissen, was du sprichst.«

»Der Fürst hat mir gerade heute gesagt, daß Sie ein

Liebhaber noch nicht flügge gewordener Mädchen wären.«

»Das hat der Fürst gesagt?«

»Ja, und wenn Sie wollen, sage ich Ihnen ganz genau, weshalb Sie jetzt zu mir gekommen sind? Ich habe die ganze Zeit gesessen und mich gefragt: welchen geheimen Zweck könnte dieser Besuch wohl haben? – und jetzt endlich habe ich es, glaube ich, erraten.«

Er war schon im Begriff, das Zimmer zu verlassen, blieb aber stehen, wandte mir sein Gesicht zu und wartete.

»Vorhin ist mir die Bemerkung entschlüpft, der Brief Touchards an Tatjána Páwlowna sei in Moskau von Marja Iwánowna unter den Papieren des verstorbenen Andrónikoff gefunden worden. Ich sah, wie in dem Augenblick plötzlich etwas in Ihrem Gesicht zuckte, und erst jetzt, als es wieder so in Ihrem Gesicht zuckte, habe ich erraten, warum: Ihnen kam damals der Gedanke, wenn schon ein Brief aus den Händen Andrónikoffs in die Hände Marja Iwánownas übergegangen ist, weshalb könnte dann nicht noch ein zweiter Brief denselben Weg gegangen sein? Und in Andronikoffs Nachlaß haben sich doch ungemein wichtige Briefe befinden können, wie? Ist das nicht so?«

»Und ich, ich hätte nun, indem ich zu dir kam, dich dazu bringen wollen, daß dir wieder eine Bemerkung entschlüpfe?«

»Darüber werden Sie selbst Bescheid wissen.«

Er wurde sehr bleich.

»Darauf bist du nicht von selbst verfallen; hier merke ich den Einfluß einer Frau; und wieviel Haß schon in deinen Worten liegt – in deiner rohen Vermutung!«

»Einer Frau? Und gerade heute habe ich diese Frau gesehen! Vielleicht wollen Sie gerade nur deshalb, daß ich beim Fürsten bleibe, um ihr nachspionieren zu können?«

»Jedenfalls sehe ich, daß du es auf deinem neuen Wege noch weit bringen wirst. Ist *das* nicht am Ende auch ‚deine Idee'? Fahre nur so fort, mein Freund, du hast zweifellos Anlagen zum Detektiv. Ist einem ein Talent gegeben, so muß man es ausbilden.«

Er hielt inne, um Atem zu schöpfen.

»Nehmen Sie sich in acht, Werssiloff, machen Sie mich nicht zu Ihrem Feinde!«

»Mein Freund, seine letzten Gedanken spricht in solchen Fällen niemand aus, sondern behält sie für sich. Und nun, ich bitte dich, leuchte mir. Du bist zwar mein Feind, aber doch wohl nicht in solchem Maße, daß du mir einen Genickbruch wünschtest. Tiens, mon ami, stelle dir vor«, fuhr er fort, indem er die Treppe hinabstieg, »ich habe dich diesen ganzen Monat für einen gutmütigen Jungen gehalten. Du möchtest so gern leben, du lechzt so nach Leben, daß dir, wie es scheint, selbst wenn man dir drei Menschenleben gäbe, sogar diese drei nicht genügen würden, auch die wären für dich noch zu wenig: das steht auf deinem Gesicht geschrieben; nun, und solche Leute sind meistens gutmütige Burschen. Und da sieh nun, wie ich mich getäuscht habe!«

IV

Ich kann gar nicht sagen, wie mein Herz sich zusammenkrampfte, als ich allein zurückblieb: es war mir, als hätte ich mir bei lebendigem Leibe ein Stück von meinem eigenen Fleisch herausgeschnitten! Was mich auf einmal so erbittert, und weshalb ich ihn so beleidigt hatte – so übertrieben und so absichtlich –, das könnte ich jetzt nicht erzählen, und damals hätte ich es natürlich auch nicht gekonnt. Und wie bleich er geworden war! Wie aber, wenn dieses Erbleichen vielleicht nur der Ausdruck des aufrichtigsten und reinsten Gefühls und des tiefsten Schmerzes war und nicht des Zornes und des Beleidigtseins? Es hatte mir immer geschienen, daß es Augenblicke gegeben hatte, wo er mich sehr liebte. Warum, warum soll ich jetzt nicht daran glauben, um so mehr, als jetzt doch schon so vieles seine Erklärung gefunden hat?

Aber wütend geworden war ich und hinausgewiesen hatte ich ihn vielleicht wirklich nur infolge des plötzlichen Verdachtes, er könnte zu mir gekommen sein, um von mir zu erfahren, ob sich nicht noch andere Briefe unter den Papieren Andronikoffs bei Marja Iwanowna gefunden hatten. Daß er diese Briefe oder wenigstens einen dieser Briefe suchen mußte und tatsächlich suchte, das wußte ich. Aber wer kann es wissen, vielleicht täuschte ich mich gerade damals ungeheuer? Und wer weiß, ob ich ihn nicht selbst durch eben diesen Irrtum auf den Gedanken brachte, daß Marja Iwanowna möglicherweise das Gesuchte besäße?

Und schließlich noch eine Sonderbarkeit: wieder hatte er einen meiner Gedanken ausgesprochen (von den drei Leben), denselben, den ich bei Krafft geäußert hatte, und wiederum buchstäblich mit meinen Worten. Die Übereinstimmung der Worte war natürlich ein Zufall, aber immerhin, wie gut mußte er doch das Wesen meiner Natur kennen: welch ein Scharfblick und welch ein Ahnungsvermögen! Aber wenn er das eine so gut verstand, warum verstand er dann das andere so gar nicht? Und sollte er sich denn wirklich nicht verstellt haben, wirklich nicht fähig gewesen sein zu erraten, daß ich nicht den Werssíloffschen Adelsnamen brauchte, daß ich nicht meine Geburt ihm nicht verzeihen konnte, sondern daß ich nur ihn brauchte, mich nur nach ihm mein ganzes Leben lang gesehnt habe, daß ich den ganzen Werssiloff, den ganzen Menschen, den Vater brauchte, und daß dieser Gedanke schon in mein Blut übergegangen war? Sollte ein so feinfühliger Mensch wirklich so stumpf und roh sein können? Und wenn nicht, – ja, wozu reizte er mich dann so, wozu verstellte er sich?

ACHTES KAPITEL

I

Am nächsten Morgen wollte ich möglichst früh aufstehen. Gewöhnlich stand man bei uns um acht Uhr auf, das heißt, ich, meine Mutter und meine Schwester; Werssiloff blieb behaglich bis halb zehn im Bett. Pünktlich um halb neun pflegte meine Mutter mir den Kaffee zu bringen, diesmal aber beschloß ich, das Haus schon vorher, schon um acht Uhr zu verlassen. Ich hatte mir bereits am Abend einen ganzen Plan für diesen Tag zurechtgelegt. Dabei hatte ich aber schon gefühlt, daß, trotz meiner ganzen leidenschaftlichen Entschlossenheit, unverzüglich mit der Verwirklichung meiner Idee zu beginnen, gerade in den wichtigsten Punkten dieses Planes noch unendlich viel Unsicheres und Unbestimmtes war. Deshalb hatte ich denn auch fast die ganze Nacht wie im Halbschlaf verbracht, hatte unzählige Träume gehabt und war überhaupt nicht richtig eingeschlafen. Dennoch erwachte ich am nächsten Morgen munterer und frischer als je. Gerade jetzt wollte ich eine Begegnung mit meiner Mutter unbedingt vermeiden. Ich konnte mit ihr nach allem Vorgefallenen doch über nichts anderes sprechen als über das bewußte Thema, und ich fürchtete, irgendein neuer, unerwarteter Eindruck würde mich vielleicht von meinem Vorsatz ablenken können.

Der Morgen war kalt, und über allem lag ein feuchter, milchiger Nebel. Ich weiß nicht warum, aber der frühe, geschäftige Petersburger Morgen gefällt mir immer, trotz seines garstigen Aussehens, und dieses ganze, an sein Tagewerk eilende, auf sein Ich bedachte und stets gedankenversunkene Menschenvolk hat für mich morgens um acht Uhr etwas besonders Anziehendes. Namentlich liebe ich es, unterwegs in der Eile entweder selbst jemanden nach irgend etwas zu fragen oder von einem anderen gefragt zu werden: die Frage wie die Antwort sind immer kurz, klar, vernünftig, und werden gewechselt, fast ohne daß man stehenbleibt, und immer nahezu freundschaftlich. Die Bereitwilligkeit, zu antworten, ist in den Morgenstunden größer als zu jeder anderen Tageszeit. Mitten am Tage ist der Petersburger weniger mitteilsam; und gegen Abend wird er es noch weniger; sobald ihm dann etwas nicht recht ist, kann er einen sogar anfahren oder verhöhnen; früh am Morgen aber, noch vor der Arbeit, in den nüchternsten und erntesten Tagesstunden ist er ganz anders. Das habe ich beobachtet.

Ich ging wieder über die Newa nach der „Petersburger Seite". Da ich jedoch gegen zwölf Uhr unbedingt bei Wássin sein mußte, der in der Stadt an der Fontánka wohnte (um diese Zeit war er am ehesten zu Hause anzutreffen), so beeilte ich mich sehr und hielt mich nirgends auf, obgleich ich ein großes Verlangen hatte, irgendwo einen Morgenkaffee zu trinken. Zudem mußte ich auch Jefím Swerjóff unbedingt noch zu Hause antreffen; ich begab mich wieder zu ihm und wäre in der Tat beinahe zu spät gekommen; er war mit seinem Kaffee fast schon fertig und hatte einen Gang vor.

»Was bringt dich schon wieder zu mir?« begrüßte er mich, ohne sich zu erheben.

»Das werde ich dir gleich erklären.«

Jeder frühe Morgen, der Petersburger einbegriffen, übt auf die Natur des Menschen eine ernüchternde Wirkung aus. Mancher feurige nächtliche Gedankentraum ist im Licht und in der Kälte des Morgens plötzlich erloschen und wie Rauch verschwunden, und auch ich habe schon an manchem Morgen meiner soeben noch in der Dunkelheit geträumten Phantasien, und mitunter sogar auch begangenen Taten, mit Selbstvorwürfen und Scham gedacht. Übrigens will ich hier noch erwähnen, da ich nun einmal darauf zu sprechen gekommen bin, daß ich den Petersburger Morgen, den anscheinend prosaischsten auf dem ganzen Erdball, nahezu für den phantastischsten der Welt halte. Das ist meine persönliche Auffassung, oder richtiger, mein persönlicher Eindruck, aber ich stehe für ihn ein. An einem solchen modrigen, feuchten und nebligen Petersburger Morgen muß sich, wie mir scheint, der tolle Einfall eines Puschkinschen Hermann aus der „Pique-Dame“ (eine kolossale Gestalt, ein ungewöhnlicher, durchaus Petersburger Typus – ein Typus aus der Petersburger Periode unserer Geschichte!) – noch mehr festigen und erstarken.[17] In diesem Nebel ist mir hundertmal die sonderbare, zudringliche, durch nichts zu verscheuchende Vorstellung gekommen: ‚Wie aber, wenn dieser Nebel verflöge und in die Höhe stiege? – würde dann nicht mit ihm zusammen auch diese ganze modrige, sumpfige Stadt emporsteigen und wie Rauch verfliegen? – und was zurückbliebe, wäre dann nur der frühere finnische Sumpf, und mitten in ihm, meinetwegen als Schmuck, der Eherne Reiter auf dem heißschnaubenden überjagten Pferde.‘ Aber ich sehe, ich kann meine Eindrücke nicht so wiedergeben, wie ich möchte. Schließlich ist das alles doch nur Phantasie oder gar Poesie und folglich Unsinn; nichtsdestoweniger habe ich oft vor der vollständig sinnlosen Frage gestanden, und immer wieder steht sie noch vor mir auf: »Da hasten und eilen sie nun alle hin und her und mühen sich ab, aber wer weiß, vielleicht ist das alles nur ein Traum von irgend jemand, und es gibt hier nicht einen einzigen leibhaftigen, wirklichen Menschen, nicht eine einzige wirkliche Handlung? Irgend jemand, dessen Traum dies alles ist, wird plötzlich aufwachen – und alles wird dann jäh verschwunden sein . . .«

Aber ich habe mich ablenken lassen. Eins möchte ich im voraus sagen: es gibt in jedem Menschenleben Einfälle und Illusionen, die scheinbar dermaßen exzentrisch sind, daß man sie auf den ersten Blick unbedingt für Wahnsinn halten kann. Mit einem solchen Einfall kam ich an diesem Morgen zu Jefím, – zu Jefím, weil ich in Petersburg keinen Menschen kannte, an den ich mich mit diesem besonderen Anliegen hätte wenden können. Dabei war gerade Jefim ein

Mensch, zu dem ich, wenn ich die Wahl gehabt hätte, wohl zuletzt mit einem solchen Anliegen gegangen wäre. Als ich mich ihm gegenüber hingesetzt hatte, schien es mir selbst, daß ich, ein verkörperter Fiebertraum, der verkörperten goldenen Mittelmäßigkeit und Prosa gegenübersäße. Aber auf meiner Seite war die Idee und das richtige Gefühl, auf seiner – nur der praktische Schluß, daß es niemals so gemacht werde. Mit einem Wort, ich erklärte ihm kurz und bündig, daß ich in Petersburg außer ihm keinen einzigen Bekannten hätte, den ich in einer außergewöhnlichen Ehrenangelegenheit als meinen Sekundanten eine Forderung überbringen lassen könnte; er aber wäre mein ehemaliger Schulmerad und hätte deshalb nicht das Recht, meinen Auftrag abzulehnen; fordern aber wollte ich den Gardeleutnant Fürsten Ssergéi Ssokólskij, weil er vor mehr als einem Jahr in Ems meinem Vater, Werssiloff, einen Schlag ins Gesicht versetzt hatte. Ich muß bemerken, daß Jefim über meine Familienverhältnisse informiert war, ebenso über mein Verhältnis zu Werssiloff; außerdem hatte ich ihm beinahe alles, was ich von Werssiloffs Lebensgeschichte wußte, zu verschiedenen Zeiten selbst erzählt, natürlich mit Ausnahme einiger Geheimnisse. Er saß da und hörte zu, wie gewöhnlich aufgeplustert wie ein Spatz im Vogelbauer, schweigsam, ernst, pausbackig, mit seinem weißblonden Bürstenhaar. Schon nach meinen ersten Worten erschien ein unbewegliches spöttisches Lächeln auf seinen Lippen. Dieses Lächeln war um so widerwärtiger, als es ein ganz unbeabsichtigtes und unwillkürliches war; man sah es ihm an, daß er sich in diesem Augenblick wirklich und wahrhaftig sowohl an Verstand als an Charakter mir weit überlegen fühlte. Auch hatte ich noch den Verdacht, daß er mich wegen der gestrigen Szene bei Dergatschöff verachtete; das konnte nicht anders sein: Jefim ist die Menge, Jefim ist die Gasse, und die beugt sich immer nur vor dem Erfolg.

»Und Werssiloff weiß nichts davon?« fragte er.

»Selbstverständlich nicht.«

»Aber was hast du dann für ein Recht, dich in seine Angelegenheiten einzumischen? Das erstens. Und zweitens, was gedenkst du damit zu bezwecken?«

Ich kannte die Einwände und erklärte ihm sogleich, daß mein Vorhaben gar nicht so dumm wäre, wie er annehme. Erstens würde diesem unverschämten Fürsten damit bewiesen werden, daß es auch in unserem Stande noch Menschen gibt, die einen Begriff von Ehre haben, und zweitens würde Werssiloff beschämt werden und erhielte eine Lehre. Und drittens, und dies wäre die Hauptsache: selbst wenn Werssiloff damit recht gehabt haben sollte – vielleicht aus irgendwelchen Überzeugungen –, daß er ihn nicht forderte und die Beleidigung hinnahm, so würde er wenigstens sehen, daß es einen Menschen gäbe, der die ihm, Werssiloff, zugefügte Beleidigung so stark zu empfinden vermochte wie eine ihm selbst zugefügte, und der bereit wäre, für ihn, Werssiloff, sogar das Leben einzusetzen ... obgleich er sich von ihm auf ewig getrennt hatte.

»Halt, schrei nicht so, Tante liebt das nicht. Aber sag', mit diesem selben Fürsten Ssokólskij führt doch Werssiloff augenblicklich einen Prozeß wegen einer Erbschaft? In dem Fall wäre das nun ein ganz neues und originelles Verfahren, einen Prozeß zu gewinnen – indem man den Gegner einfach fordert und im Duell über den Haufen schießt.«

Hierauf erklärte ich ihm en toutes lettres, daß er einfach ein Dummkopf und ein eingebildeter Patron sei, und sein zunehmend spöttisches Lächeln nur seine Selbstzufriedenheit und Gewöhnlichkeit beweise. Er glaube wohl, die Verwickelung der Sache durch den Erbschaftsstreit wäre mir nicht von Anfang an klar gewesen, und dieser Gedanke hätte nur seinen gedankenreichen Schädel eines Besuchs für würdig gehalten. Darauf setzte ich ihm auseinander, daß der Prozeß schon von Werssiloff gewonnen sei; ferner, daß er gar nicht von diesem *einen* Fürsten Ssokolskij, sondern von *den* Fürsten Ssokolskij angestrengt worden war, so daß, falls der eine im Duell fiele, deshalb noch nicht alle Gegner Werssiloffs beseitigt wären. Ungeachtet dessen würde man mit der Forderung so lange warten müssen, bis die Berufungsfrist verstrichen wäre (obschon die Fürsten gewiß nicht Berufung einlegen würden), eben um des Anstands willen. Nach Ablauf der Frist aber sollte dann das Duell stattfinden, und jetzt wäre ich nur deshalb zu ihm gekommen, um mich zu versichern, ob ich auf ihn als Sekundanten rechnen könne, und falls nicht, dann hätte ich bis dahin wenigstens noch Zeit, mich nach einem anderen umzusehen. So, und deshalb wäre ich jetzt zu ihm gekommen.

»Nun, so komm dann, wenn du mich brauchst, was läufst du denn jetzt schon umsonst die zehn Werst ab.«

Er erhob sich und nahm seine Mütze.

»Und dann wirst du es tun?«

»Nein, selbstverständlich nicht.«

»Warum nicht?«

»Schon allein deshalb nicht, weil du dann bis zum Ablauf der Berufungsfrist jeden Tag zu mir laufen wirst, wenn ich jetzt einwillige. Außerdem ist das Ganze doch barer Unsinn und nichts weiter. Wozu soll ich mir deinetwegen meine Karriere verpfuschen? Und wenn mich der Fürst auf einmal fragt: ‚Wer schickt Sie zu mir?' – ‚Dolgorúkij'. – ‚Aber was hat Dolgorúkij mit Werssíloff zu schaffen?' – Soll ich ihm dann deinen ganzen Stammbaum erklären, was? Er wird mir doch ins Gesicht lachen.«

»Dann schlag' ihm in die Fratze!«

»Ach, das sind doch Phrasen!«

»Du wagst es nicht? Du bist doch so groß und warst der Stärkste auf dem Gymnasium.«

»Natürlich wage ich es nicht. Und der Fürst wird allein schon aus dem Grunde die Forderung nicht annehmen, weil man sich nur mit seinesgleichen duelliert.«

»Bitte sehr, ich gehöre als Abiturient zur bevorrechtigten Klasse, bin gleichfalls ein Gentleman, bin also seinesgleichen ... im Gegenteil, eher könnte ich sagen, er sei nicht meinesgleichen, stehe unter mir ...«

»Nein, du gehörst zu den Kleinen.«

»Wieso zu den Kleinen?«

»Eben so; wir gehören beide zu den Kleinen, er aber gehört zu den Großen.«

»Dummkopf! Nach dem Gesetz kann ich schon seit einem Jahr heiraten.«

»Na, dann heirate! Trotzdem bist du jetzt noch ein Bengel: du wächst ja noch!«

Ich begriff natürlich, daß er sich über mich lustig machen wollte. Diese ganze dumme Geschichte hätte ich ohne Zweifel gar nicht erst zu erzählen brauchen, und es wäre sogar besser, wenn sie unerzählt geblieben wäre; hinzu kommt, daß sie in ihrer Kleinlichkeit und Überflüssigkeit widerlich ist, was jedoch nicht hinderte, daß sie ziemlich ernste Folgen hatte.

Um mich aber noch mehr zu bestrafen, werde ich sie ganz erzählen. Als ich begriffen hatte, daß Jefim sich über mich lustig machte, stieß ich ihn mit der rechten Hand an die Schulter, oder richtiger mit der rechten Faust. Da erfaßte er mich an beiden Schultern, drehte mich um, mit dem Gesicht zur Tür, und – bewies mir durch die Tat, daß er auf dem Gymnasium wirklich der Stärkste von uns allen gewesen war.

II

Der Leser wird natürlich denken, daß ich Jefim in der schrecklichsten Stimmung verlassen habe, aber er irrt sich. Ich begriff nur zu gut, daß sich hier bloß ein Schuljungenstreich abgespielt hatte, der Ernst der Sache aber deshalb doch unangetastet blieb. Meinen Kaffee trank ich erst auf dem Wassílij Óstrow[18], nachdem ich auf der Petersburger Seite absichtlich an dem Wirtshaus mit der Nachtigall vorübergegangen war: dieses Wirtshaus und die Nachtigall waren mir jetzt doppelt verhaßt. Sonderbar: ich kann sogar

Orte und Sachen hassen, als ob es Menschen wären. Aber ich habe in Petersburg auch einige glückliche Orte, ich meine solche, wo ich einmal aus irgendeinem Grunde glücklich gewesen bin; diese Orte meide ich vorläufig: ich will sie erst später, wenn ich schon ganz einsam und unglücklich sein werde, wieder aufsuchen, um dann dort trauern und mich den Erinnerungen hingeben zu können. Während ich meinen Kaffee trank, ließ ich Jefim und seinem gesunden Menschenverstand volle Gerechtigkeit widerfahren. Ja, er war praktischer als ich, aber wohl kaum realer. Ein Realismus, dessen Umkreis nur bis zur eigenen Nasenspitze reicht, ist gefährlicher als die unvernünftigste Phantasterei, weil er blind ist. Aber wenn ich Jefim auch Gerechtigkeit widerfahren ließ (er wird wahrscheinlich in derselben Zeit gedacht haben, ich ginge auf der Straße und schimpfte über ihn), so gab ich doch deshalb noch keinen Deut von meinen Überzeugungen auf, wie ich auch bis auf den heutigen Tag noch nichts aufgebe. Ich habe genug solcher Leute gesehen, die nach dem ersten Guß kalten Wassers nicht nur ihr Vorhaben aufgeben, sondern sogar ihre Idee, und womöglich noch selbst über das lachen, was sie vor einer Stunde für heilig gehalten haben; oh, und mit welch einer Leichtigkeit sie das fertigbringen! Mochte Jefim selbst im Wesentlichen der Sache recht gehabt haben, und mochte ich auch dümmer als dumm gewesen sein und erklügelt posiert haben, so lag doch der ganzen Sache in ihrer tiefsten Tiefe ein Punkt zugrunde, auf dem fußend auch ich im Recht war: inwiefern aber auch ich im Recht war, werden solche Leute – und das ist sehr wichtig! – nie verstehen können.

Um zwölf Uhr langte ich bei Wassin an, der in der Nähe der Ssemjónoffbrücke an der Fontánka wohnte, traf ihn aber nicht daheim. Seine Arbeitsstätte hatte Wassin auf dem Wassilij Óstrow, nach Hause aber kam er immer zu genau festgesetzten Stunden, mittags fast regelmäßig um zwölf. Und da es außerdem noch irgendein Feiertag war, hatte ich mit Bestimmtheit darauf gerechnet, ihn zu Hause zu finden;

so blieb mir nun nichts anderes übrig, als auf ihn zu warten, wozu ich mich denn auch entschloß, obgleich ich ihn zum erstenmal besuchte.

Während ich wartete, dachte ich mir ungefähr folgendes: Die Sache mit dem Brief, der die Erbschaft betrifft, ist eine Gewissenssache, und wenn ich nun Wassin zum Richter wähle, beweise ich ihm damit, wie sehr ich ihn verehre und schätze, was ihm natürlich schmeicheln wird. Selbstverständlich machte mir dieser Brief ernstlich Sorge, und ich war wirklich überzeugt, daß die Entscheidung eines unbeteiligten Dritten erforderlich wäre; aber trotzdem glaube ich, daß ich mich auch ohne fremde Hilfe aus der Schwierigkeit hätte herausziehen können. Und was die Hauptsache ist, ich wußte das schon damals, als ich dort saß und wartete; ich brauchte ja nur den Brief Werssiloff zu übergeben, und dann konnte er tun, was er selbst für richtig hielt. Mir selbst aber die Rolle eines höheren Richters in einer solchen Angelegenheit anzumaßen, war sogar nichts weniger als richtig. Wenn ich mich dagegen auf die Weise ausschaltete, daß ich den Brief Werssiloff in die Hand gab, und zwar schweigend, so stellte ich mich eben dadurch auf einen Standpunkt, auf dem ich Werssiloff unbedingt überlegen war; denn indem ich dadurch gleichzeitig auf alle Vorteile dieser Erbschaft verzichtete (mittelbar wäre natürlich auch mir, als dem Sohne Werssiloffs, von diesem Gelde manches zugute gekommen, wenn auch nicht gleich, so doch später einmal) – erhielt ich das Recht, über Werssiloffs künftige Handlungsweise von einem höheren sittlichen Standpunkt aus zu urteilen. Und wenn Werssiloff den Brief vernichtete, konnte man mir doch noch nicht den Vorwurf machen, daß ich die Fürsten ruiniert hätte, da das Dokument rechtlich nicht von entscheidender Bedeutung war. Das alles bedachte ich und machte ich mir klar, während ich in Wassins Zimmer wartete; und da kam mir plötzlich der Verdacht, ich könnte zu Wassin gekommen sein, nicht weil mich so sehr nach seinem Rat verlangt hätte, sondern einzig zu dem Zweck, damit er bei der Gelegenheit sähe, was für ein edler und uneigennütziger Mensch ich wäre, und somit, um meine gestrige Selbsterniedrigung dadurch wieder wettzumachen.

Über diese Erkenntnis ärgerte ich mich sehr; nichtsdestoweniger blieb ich sitzen und ging nicht fort, obgleich ich genau wußte, daß mein Ärger mit jeden weiteren fünf Minuten noch größer werden würde.

Zunächst begann mir Wassins Zimmer schrecklich zu mißfallen. »Zeige mir dein Zimmer, und ich sage dir, was für einen Charakter du hast« – in der Tat, man könnte das Sprichwort auch so anwenden. Wassin bewohnte ein möbliertes Zimmer bei augenscheinlich armen Leuten, die außer ihm noch andere Mieter hatten, und wohl nur vom Zimmervermieten lebten. Ich kenne diese schmalen, kaum möblierten Zimmerchen, die den anmaßenden Wunsch haben, komfortabel auszusehen; da steht unfehlbar ein gepolstertes Sofa vom Althändler, das von der Stelle zu rücken stets etwas gefährlich ist, ein Waschtisch und ein eisernes Bett hinter einem Schirm. Wassin war offenbar der beste und zuverlässigste Mieter; so einen besten hat unbedingt jede Vermieterin, und für diesen tut sie auch ihrerseits ein übriges: sein Zimmer wird bedeutend sorgfältiger aufgeräumt und gesäubert, über dem Sofa wird irgendeine Lithographie an die Wand gehängt, und unter den Tisch ein schwindsüchtiger Teppich gebreitet. Menschen, die diese fadenscheinige Sauberkeit und vor allem diese dienstbeflissene Hochachtung der Wirtin mögen, sind selbst verdächtig. Ich war überzeugt, daß der Ruf, der beste Zimmerherr zu sein, Wassin schmeichelte. Ich weiß nicht, aus welchem Grunde mich der Anblick dieser beiden mit Büchern beladenen Tische schließlich immer mehr zu ärgern begann. Die Bücher, die Papiere, das Tintenfaß – alles befand sich in der widerwärtigsten Ordnung, deren Ideal mit der Weltanschauung der deutschen Wirtin und ihres Stubenmädchens wohl übereinstimmte. Bücher waren in Menge da, und nicht nur Broschüren und Zeitschriften, sondern richtige Bücher; und offenbar las er sie sogar und setzte sich dazu sicherlich mit einer sehr wichtigen und gewissenhaften Miene an den Tisch. Ich weiß nicht, mir ist es lieber, wenn die Bücher unordentlich umherliegen, wenigstens wird dann aus der Beschäftigung mit ihnen nicht so eine sakrale Zeremonie gemacht. Dieser Wassin war sicherlich sehr höflich gegen jeden Besuch, aber wahrscheinlich sagte dabei jede seiner Bewegungen: »Nun gut, ich sitze mit dir jetzt ein bis anderthalb Stündchen, dann aber, wenn du gegangen bist, dann werde ich mich wieder an meine Arbeit machen.« Sicherlich konnte man mit ihm eine sehr interessante Unterhaltung führen und viel Neues von ihm hören, aber – »nun ja, ich unterhalte mich jetzt mit dir und interessiere dich sehr, aber wenn du gegangen bist, dann mache ich mich an das für mich Interessantere ...« Und dennoch ging ich nicht fort, sondern blieb sitzen. Davon jedoch, daß ich seines Rates überhaupt nicht mehr bedurfte, hatte ich mich schon endgültig überzeugt.

Ich saß dort vielleicht schon eine Stunde oder sogar noch länger, und saß auf einem der beiden Rohrstühle, die am Fenster standen. Es ärgerte mich auch, daß ich durch das Warten soviel Zeit verlor, und dabei mußte ich noch vor dem Abend ein Zimmer mieten. Ich wollte schon ein Buch nehmen, um mich nicht zu langweilen, unterließ es aber: der bloße Gedanke, mich zu zerstreuen oder abzulenken, verdarb meine Stimmung noch mehr. Über eine Stunde hatte die auffallende Stille im Hause gedauert, da vernahm ich auf einmal ein leises Flüstern irgendwo in der Nähe, dort hinter der Tür, die durch das Sofa verstellt war. Unwillkürlich horchte ich auf und hörte, wie das Geflüster immer eifriger und vernehmbarer wurde. Es sprachen zwei Stimmen, Frauenstimmen, aber die Worte waren nicht zu unterscheiden; und doch begann ich aus Langweile zuzuhören. Jedenfalls sprachen sie mit Eifer und Leidenschaft, und es handelte sich offenbar nicht um Schnittmuster: sie schienen sich zu beraten oder zu streiten, oder die eine Stimme bat und beschwor, und die andere hörte nicht darauf und widersprach. Die Sprechenden waren wohl zwei von den anderen Zimmermietern. Bald wurde es mir langweilig, und mein Ohr gewöhnte sich daran, so daß ich das Geflüster zwar noch vernahm, aber fast gar nicht mehr daran dachte – bis mich plötzlich etwas aufschreckte: es war, als ob jemand vom Stuhl herabgesprungen wäre, auf beide Füße zugleich, oder vielleicht vom Stuhl aufgesprungen und mit den Füßen gestampft hätte . . . dann ein Stöhnen und plötzlich ein Schrei, sogar nicht nur ein Schrei, sondern ein fast tierisches, wutbebendes Aufschreien oder Aufkreischen, dem es ganz gleichgültig war, ob Fremde es hörten oder nicht. Ich stürzte zur Tür und machte sie auf. Im selben Augenblick ging noch eine andere Tür auf, am Ende des Korridors – die Tür der Wirtin, wie ich später erfuhr – und zwei neugierige Köpfe schauten heraus. Der Schrei war übrigens sofort verstummt, doch plötzlich wurde die Tür neben mir aufgestoßen, die Tür der Nachbarinnen, und ein, wie mir schien, junges Frauenzimmer riß sich los und lief schnell zur Treppe hin. Eine andere, eine ältere Frau, wollte sie zurückhalten, vermochte es aber nicht und rief nur angstvoll hinter ihr her: »Olä, Olä, wohin? Ach Gott!«

Da gewahrte sie aber unsere offenen Türen und zog schnell ihre Tür wieder zu, und nur durch einen kleinen Spalt horchte sie noch heraus, bis Oläs schnelle Schritte auf der Treppe nicht mehr zu hören waren. Ich kehrte zu meinem Fenster zurück. Alles wurde still. Für mich war es ein bedeutungsloser, vielleicht sogar komischer Zwischenfall, und ich dachte bald nicht mehr an ihn.

Ungefähr eine Viertelstunde später erscholl auf dem Korridor, unmittelbar vor Wassins Tür, eine laute und muntere Männerstimme. Jemand drückte auf die Klinke und öffnete die Tür nur so weit, daß ich auf dem Korridor einen hochgewachsenen Mann erkennen konnte, der augenscheinlich auch mich bereits erblickt hatte und mich sogar schon betrachtete, jedoch noch nicht eintrat und fortfuhr, die Klinke in der Hand, sich über den ganzen Korridor hin mit der

Wirtin zu unterhalten. Die Wirtin antwortete ihm mit dünnem, fröhlichem Stimmchen, und schon aus diesem heiteren Ton konnte man erraten, daß der Herr ihr längst bekannt war und von ihr geachtet und geschätzt wurde, sowohl als solider Gast wie als lustiger Herr. Der lustige Herr sprach fast schreiend und machte seine Witzchen ganz laut, die sich übrigens nur darauf bezogen, daß er Wassin wieder nicht zu Hause traf, ihn auch sonst niemals finden konnte, das sei ihm wohl schon als besonderes Pech in die Wiege gelegt, und nun wolle er wieder einmal warten – und das alles schien die Wirtin für ungeheuer witzig und geistreich zu halten. Endlich trat der Herr ins Zimmer, wobei er die Tür schwungvoll so weit aufriß, wie sein Arm es zuließ. Es war ein gut gekleideter Herr, der augenscheinlich bei einem besseren Schneider arbeiten ließ und, wie man sagt, „herrschaftlich" angezogen war, indessen hatte er aber nichts weniger als etwas „Herrschaftliches" an sich, und das sogar trotz des anscheinend großen Wunsches, es zu haben. Er war nicht gerade das, was man harmlos „ungezwungen" nennt, sondern war gewissermaßen von einer natürlichen Frechheit, also immerhin weniger verletzend frech, als es einer ist, der sich vor dem Spiegel darin geübt hat. Seine dunkelblonden, nur leicht ergrauten Haare, seine dunklen Augenbrauen, sein großer Bart und seine großen Augen verliehen ihm nicht nur nichts Charakteristisches, sondern gaben ihm gleichsam ein noch mehr allgemeines, jedermann ähnliches Aussehen. Solch ein Mensch kann lachen und ist gern bereit zu lachen, aber aus irgendeinem Grunde wird man nie heiter in seiner Gesellschaft. Sein Gesichtsausdruck wechselt beständig, geht blitzschnell vom lachenden in einen wichtigen über und vom wichtigen in einen lustig scherzhaften oder verschlagen zuzwinkernden, aber alle diese Veränderungen sind immer irgendwie grundlos und sprunghaft ... Übrigens hat es keinen Sinn, ihn im voraus zu charakterisieren. Ich habe ihn später viel besser und näher kennengelernt, und deshalb zeichne ich seinen Charakter jetzt unwillkürlich viel genauer, als ich ihn damals nach seinem Eintritt ins Zimmer beurteilen konnte. Aber selbst jetzt würde es mir schwer fallen, etwas Bestimmtes über ihn auszusagen; denn bei diesen Menschen ist das Hauptmerkmal eben diese ihre Unvollkommenheit, Sprunghaftigkeit und Unbestimmtheit.

Er hatte sich noch nicht hingesetzt, als mir plötzlich der Gedanke kam, das könnte Wassins Stiefvater sein, ein gewisser Herr Stebelkóff, von dem ich irgend etwas gehört hatte, aber nur so flüchtig, daß ich mich nicht mehr erinnern konnte, was es eigentlich gewesen war; nur dessen entsann ich mich noch, daß man jedenfalls nichts Gutes gesagt hatte, sogar das Gegenteil. Wassin war, das wußte ich, früh verwaist und hatte lange unter seiner Vormundschaft gestanden, sich jedoch schon längst von seinem Einfluß befreit; ihre Ziele wie ihre Interessen waren jetzt von ganz verschiedener Art, und überhaupt lebten sie in jeder Beziehung getrennt. Ferner hatte ich von dem damals Gehörten noch behalten, daß dieser Stebelkóff einiges Kapital besaß und so eine Art von Spekulant und Geschäftsmann war ... mit einem Wort, ich hatte zwar schon manches Nähere über ihn gehört, aber das Gehörte wieder vergessen. Er maß mich mit einem Blick, übrigens ohne mich zu grüßen, stellte seinen Zylinderhut auf den Tisch vor dem Sofa, schob den Tisch mit dem Fuß herrisch zur Seite und setzte sich nicht etwa, sondern warf sich geradezu auf das Sofa, auf das ich mich nicht zu setzen gewagt hatte, so daß das Möbel förmlich ächzte, spreizte die Beine und begann wohlgefällig die Spitze seines rechten Lackstiefels zu betrachten, indem er sie hob und senkte. Natürlich wandte er sich sogleich wieder mir zu und musterte mich mit seinen großen, etwas starren Augen.

»Treffe ihn nicht!« nickte er mir flüchtig zu.

Ich schwieg.

»Keine Zuverlässigkeit! Hat seine eigene Auffassung von der Sache. Von der Petersburger!«

»Sie ... wollen sagen, daß Sie von der Petersburger Seite gekommen sind?« fragte ich ihn.

»Nein, das frage ich Sie.«

»Ich ... ja, ich bin von der Petersburger Seite gekommen, aber woher wissen Sie das?«

»Woher? Hm! ...«

Er zwinkerte mir zu, würdigte mich aber keiner Erklärung.

»Das heißt, ich wohne nicht auf der Petersburger Seite, aber ich war heute dort und bin dann hergekommen.«

Er fuhr fort, schweigend zu lächeln, mit einem gewissermaßen bedeutsamen Lächeln, das mir furchtbar mißfiel. In diesem Zuzwinkern lag etwas ungeheuer Dummes.

»Bei Herrn Dergatschóff?« fragte er schließlich. Ich riß die Augen auf.

»Was ist bei Dergatschoff?« fragte ich.

Er sah mich triumphierend an.

»Ich kenne ihn ja gar nicht.«

»Hm! ...«

»Wie Sie wollen«, versetzte ich.

Er wurde mir widerlich.

»Hm! ... tja. Nein, erlauben Sie: Sie kaufen in einem Laden eine Sache, in einem zweiten Laden nebenan kauft ein anderer Käufer eine andere Sache, was für eine glauben Sie wohl? Einfach Geld vom Kaufmann, der Wucherer genannt wird ... denn Geld ist ebenfalls eine Sache, und der Wucherer ist ebenfalls ein Kaufmann ... Sie folgen?«

»Ich ... nun ja, ich folge.«

»Ein dritter Käufer geht vorüber und sagt, auf einen der beiden Läden deutend: ‚Der ist gediegen', und auf den anderen Laden deutend, sagt er: ‚Der ist nicht gediegen'. Was kann ich daraus in bezug auf diesen Käufer schließen?«

»Wie soll ich das wissen?«

»Nein, erlauben Sie. Noch ein Beispiel. Von guten Beispielen lebt der Mensch. Ich gehe auf dem Newskij und bemerke, daß auf dem anderen Trottoir ein Herr einhergeht, dessen Charakter ich gern ergründen würde. Wir gehen, ein jeder auf seiner Straßenseite, bis zur Ecke der Morskája, und gerade dort, wo das Englische Magazin ist, bemerken wir einen dritten Fußgänger, der soeben von einer Droschke überfahren worden ist. Jetzt merken Sie auf: Es geht ein vierter Herr vorüber, der den Charakter von uns allen dreien ergründen will, einschließlich den des Überfahrenen, im Sinne seiner praktischen Bedeutung und Gediegenheit ... Sie folgen?«

»Verzeihung, nur mit Mühe.«

»Vortrefflich; so habe ich es mir auch gedacht. Ich ändere jetzt das Thema. Gesetzt, ich bin in einem deutschen Bad, Mineralquellen, Sie verstehen, wie ich sie mehrfach bereits besucht habe. Name Nebensache. Ich promeniere, trinke, sehe Engländer. Mit einem Engländer ist, wie Sie wissen, schwer Bekanntschaft zu machen; aber da, 's vergehen zwei Monate, hab' meine Kur beendet, da sind wir alle in den Bergen, steigen in Gesellschaft mit eisenspitzigen Bergstöcken auf einen Berg hinauf, auf diesen oder jenen. Name Nebensache. An der Biegung, das heißt, an einer Etappe, und zwar gerade dort, wo die Mönche den Chartreux brauen – merken Sie sich das – treffe ich einen Einheimischen, der einsam dasteht und schweigend schaut. Ich will über seine Gediegenheit zu einem Schluß kommen: was meinen Sie, könnte ich mich zu diesem Zweck an die Engländerschar wenden, mit der ich gehe, einzig aus dem Grunde, weil ich im Kurort sie nicht anzureden verstanden habe?«

»Wie soll ich das wissen. Entschuldigen Sie, es fällt mir sehr schwer, Ihnen zu folgen.«

»Schwer?«

»Ja, Sie ermüden mich.«

»Hm.« Er zwinkerte mir zu und machte mit der Hand eine Bewegung, die wahrscheinlich Triumph und Sieg bedeuten sollte; darauf zog er äußerst ehrbar und ruhig eine Zeitung, die er offenbar soeben erst gekauft hatte, aus der Tasche, entfaltete sie und begann auf der letzten Seite zu lesen, offenbar mit der Absicht, mich in Ruhe zu lassen. Vielleicht fünf Minuten lang sah er mich nicht an.

»Die Brestográjewschen sind doch nicht gefallen, was? Sie sind gestiegen, sie steigen noch! Kenne viele, die gleichzeitig gefallen sind.«

Er sah mich mit ganzer Seele an.

»Ich verstehe vorläufig noch sehr wenig von diesem Börsenspiel«, versetzte ich.

»Verdammen es?«

»Was?«

»Das Geld?«

»Nein, das nicht, aber ... aber mir scheint, zuerst kommt die Idee, danach das Geld.«

»Das heißt, erlauben Sie! ... Nehmen wir einen Menschen, der, sagen wir, ein gewisses eigenes Kapital hat ...«

»Zuerst eine höhere Idee, dann das Geld; ohne höhere Idee wird die Gesellschaft mit ihrem Geld zugrunde gehen.«

Ich weiß nicht, weshalb ich mich zu ereifern begann. Er sah mich ein wenig stumpf an, als könne er sich nicht zurechtfinden, aber auf einmal verbreiterte sich sein ganzes Gesicht zu einem überaus vergnügten und schlauen Lächeln.

»Aber Werssiloff, was? der hat's doch gekriegt, hat's gekriegt! Gestern, das Urteil, was?«

Da merkte ich plötzlich zu meiner größten Überraschung, daß er schon längst wußte, wer ich war, und vielleicht sogar noch sehr viel mehr wußte. Ich begreife nur nicht, warum ich plötzlich rot wurde und ihn dumm ansah, ohne den Blick von ihm abzuwenden. Er triumphierte sichtlich, als hätte er mich auf schlaue Weise gefangen und überführt.

»Nein«, sagte er und zog beide Augenbrauen in die Höhe, »mich müssen Sie nach Herrn Werssiloff fragen, mich! Was habe ich Ihnen soeben in betreff der Gediegenheit gesagt? Vor anderthalb Jahren hätte er dank diesem Kinde ein brillantes Geschäft machen können – tja, aber er verspielte die Sache, das war's!«

»Dank welch einem Kinde?«

»Dem Säugling, den er jetzt anderweitig aufziehen läßt, nur ist das für ihn aussichtslos ... denn ...«

»Was für ein Säugling? Was soll das heißen?«

»Sein Kind natürlich, seine eigenes, von Mademoiselle Lydia Achmakówa ... ‚Ein schönes Mädchen, hat mich geliebt ...‘ Die Phosphorzündhölzer – hm?«

»Welch ein Unsinn! Blödsinn! Er hat niemals ein Kind von der Achmakowa gehabt!«

»Oho! Wo war denn ich? Ich bin doch auch Arzt und Geburtshelfer, bitte sehr. Mein Name ist Stebelkóff – nicht gehört? Tja, hab' freilich auch damals schon nicht mehr praktiziert, aber einen praktischen Rat in einer praktischen Sache geben, das konnte ich sehr wohl.«

»Sie ... sind Geburtshelfer ... haben bei der Achmakowa ein Kind empfangen?«

»Nein, empfangen hab' ich bei ihr nichts. Dort, in der Vorstadt von Ems, lebte ein Doktor Grantz, mit einer großen Familie belastet, anderthalb Taler wurden ihm gezahlt. So ist die Taxe dort bei Ärzten. Und niemand kannte ihn. Der tat es dann statt meiner ... Ich aber hatte ihn empfohlen, damit es im Dunkel der Unbekanntheit bliebe. Sie folgen? Ich habe nur einen praktischen Rat gegeben auf eine Frage Werssiloffs, wollte sagen Andrei Petrówitschs, tja, auf eine se–ehr diskrete Frage – unter vier Augen. Geheimnis! Aber er wollte zwei Hasen zugleich fangen.«

Ich hörte ihm mit der größten Verwunderung zu.

»„Wer zwei Hasen jagt, fängt keinen“, sagt ein volkliches oder richtiger: bäuerliches Sprichwort. Ich aber sage so: Ausnahmen, die sich unausgesetzt wiederholen, werden zur allgemeinen Regel. Er jagte noch einem zweiten Hasen nach oder sachlich: einer zweiten Dame, und das Ergebnis war gleich Null. Hat man schon mal was in der Hand, so soll man das festhalten. Wo schnell gehandelt werden muß, dort zögert er. Werssiloff – tja, das ist ein ‚Weiberprophet‘ – so hat ihn damals der junge Fürst Ssokolskij mal in meiner Gegenwart nett bezeichnet. Nein, kommen Sie zu mir! Wenn Sie über Werssiloff viel erfahren wollen, dann müssen Sie zu mir kommen, zu mir!«

Er weidete sich mit sichtlichem Wohlgefallen an meinem Anblick, wie ich so, vor lauter Verwunderung mit offenem Munde, dasaß. Noch niemals hatte ich auch nur das geringste von diesem Säugling gehört. Da, in demselben Augenblick, wurde plötzlich bei den Nachbarinnen die Tür krachend zugeschlagen, und wir hörten ein paar schnelle Schritte.

»Werssiloff wohnt im Ssemjónowschen Stadtteil, Moshaiskaja, Nummer dreizehn, Haus Litwínoff, ich war soeben auf dem Adreßbüro!« rief laut eine erregte Frauenstimme; jedes Wort konnten wir hören. Stebelkoff zog aufhorchend die Brauen in die Höhe und hob den Finger hoch.

»Wir reden von ihm hier, und da ist er auch schon dort! ... Da haben wir die Ausnahmen, die sich unausgesetzt wiederholen! Quand on parle d'une corde ...« Er hopste förmlich auf seinem Platz und rückte näher zur Tür, worauf er fast begierig zu lauschen begann. Auch ich war maßlos überrascht. Ich überlegte, daß diese Worte wohl dasselbe junge Frauenzimmer gerufen hatte, das vorhin so erregt aus dem Nebenzimmer hinausgelaufen war. Aber was hatte Werssiloff hiermit zu tun? Plötzlich erscholl wieder dasselbe Gekreisch wie vorhin, der Schrei eines vor Wut wie ein Tier aufheulenden Menschen, dem man irgend etwas nicht gibt oder den man von etwas zurückhalten will. Dieser Ausbruch unterschied sich nur dadurch vom vorigen, daß er länger andauerte. Man hörte einen Kampf, abgerissene Worte, ein schnelles: »Ich will nicht, ich will nicht; geben Sie es ihm wieder, Mamachen, geben Sie es ihm sofort zurück, sofort!« – oder so ungefähr – ich erinnere mich nicht mehr genau. Darauf lief wieder jemand, ganz wie vorher, eilig zur Tür und riß sie auf. Beide Nachbarinnen stürzten auf den Korridor hinaus, und wieder schien die eine von ihnen die andere zurückhalten zu wollen. Stebelkóff, der schon längst vom Sofa aufgesprungen war und mit Wonne gelauscht hatte, schoß nur so zur Tür und sprang ganz ungeniert auch auf den Korridor hinaus, gerade auf die Nachbarinnen zu. Natürlich lief ich gleichfalls zur Tür. Doch sein

Erscheinen hatte auf die Frauen wie ein Guß kalten Wassers gewirkt: sie waren sogleich wieder in ihrem Zimmer verschwunden und hatten im Nu ihre Tür mit lautem Krach zugeschlagen. Stebelkóff wollte ihnen nacheilen, blieb aber vor der Tür stehen, erhob den Zeigefinger, lächelte und erwog; diesmal bemerkte ich in seinem Lächeln etwas unendlich Gemeines, Dunkles und Bösartiges. Da erblickte er die Wirtin, die wieder ihren Kopf heraussteckte, und schlüpfte auf den Fußspitzen geschwind zu ihr hin; nachdem er dann wohl ganze zwei Minuten mit ihr getuschelt und von ihr sicherlich Näheres erfahren hatte, kehrte er würdevoll und entschlossen ins Zimmer zurück, nahm seinen Zylinderhut vom Tisch, warf einen Blick in den Spiegel, fuhr sich mit der Hand durchs Haar, damit es höher stehe, und begab sich voll selbstbewußter Würde, ohne mich auch nur mit einem Blick zu streifen, zu den Nachbarinnen. Einen Moment horchte er, das Ohr an der Tür, und dabei zwinkerte er siegesgewiß der Wirtin zu, die ihm mit dem Finger drohte und den Kopf dazu wiegte, als wollte sie sagen: »Ach, Sie Schlingel, Sie Schlingel!« Endlich richtete er sich entschlossen auf, machte ein möglichst teilnehmendes, ernstes Gesicht, ja, er ließ sogar wie vor lauter Teilnahme den Kopf hängen und klopfte mit dem Fingerknöchel an die Tür.

»Wer da?« fragte eine Stimme.

»Gestatten Sie mir, in einer höchst wichtigen Angelegenheit mit Ihnen Rücksprache zu nehmen?« fragte Stebelkoff laut und würdevoll.

Man zögerte, aber schließlich öffnete man doch, zunächst nur ein wenig, nur zu einem Viertel; doch Stebelkoff ergriff schnell die Klinke und ließ die Tür nicht wieder schließen. Es begann ein Gespräch, Stebelkoff sprach laut und versuchte sogleich, einzutreten; ich erinnere mich nicht mehr wörtlich des Gesprächs, aber jedenfalls sprach er von Werssiloff, sagte, er könne alles erklären, ihnen vieles mitteilen — »nein, *mich* müssen Sie fragen«, und »nein, *ich* bin es, an den Sie sich wenden müssen«, und so weiter in dieser Art. So kam es denn, daß man ihn sehr bald eintreten ließ. Ich kehrte zum Sofa zurück und wollte ihr Gespräch verfolgen, konnte aber wenig verstehen; ich hörte nur, daß Werssiloffs Name oft genannt wurde. Aus dem Tonfall der Stimme Stebelkoffs erriet ich, daß er das Gespräch schon beherrschte und nicht mehr einschmeichelnd sprach, sondern überlegen und großmäulig, in der Art, wie er kurz zuvor mit mir gesprochen hatte: »Sie folgen?«, »Jetzt merken Sie auf« und so weiter. Dennoch schien er mit den Damen ausnehmend liebenswürdig zu sein. Schon zweimal hatte er laut aufgelacht, wahrscheinlich ganz zur unrechten Zeit; denn außer seiner Stimme waren auch die Stimmen der beiden Frauen zu hören, von denen die seine manchmal sogar übertönt wurde, und die klangen keineswegs froh, besonders die Stimme der jüngeren, die vorher geschrien hatte: sie sprach viel, nervös, schnell – offenbar beklagte sie sich oder klagte jemand an; es war, als heische sie Gerechtigkeit und einen unparteiischen Richter. Aber Stebelkoff ließ nicht nach, er erhob seine Stimme mehr und mehr, er lachte immer häufiger. Menschen von seiner Art verstehen nicht, anderen zuzuhören. Ich verließ bald wieder den Platz auf dem Sofa; denn ich schämte mich, so zu lauschen, und ich setzte mich wieder auf meinen Rohrstuhl am Fenster. Ich war überzeugt, daß Wassin diesen Herrn überhaupt nicht achtete, mir jedoch, falls ich dieselbe Ansicht äußern sollte, mit ernster Würde und belehrend auseinandersetzen würde, daß dieser Mensch einer von den gegenwärtigen Geschäftsleuten sei, »ein Mann der praktischen Erfahrung«, den man nicht von unseren »allgemeinen und abstrakten Gesichtspunkten« aus beurteilen dürfe. In jenem Augenblick fühlte ich mich übrigens, wie ich mich erinnere, moralisch wie zerschlagen; mein Herz klopfte heftig, und zweifellos erwartete ich irgend etwas. Es vergingen vielleicht zehn Minuten, da, plötzlich – mitten in einer lauten Lachsalve Stebelkoffs – sprang wieder jemand plötzlich vom Stuhl auf, beide Frauen schrien und sprachen erregt, auch Stebelkoff schien aufgesprungen zu sein, aber er sprach schon in einem anderen Ton, der so klang, als wolle er sich rechtfertigen oder sie beschwören, ihn zu Ende sprechen zu lassen ... Aber dazu kam es nicht. Ich hörte den zornigen Schrei: »Hinaus! Sie sind ein Elender, ein schamloser Lump!« Es war klar, daß ihm die Tür gewiesen wurde. Ich öffnete unsere Tür gerade in dem Augenblick, als er von den Nachbarinnen heraussprang, und zwar, wie mir schien, buchstäblich von ihnen hinausgestoßen wurde. Wie er mich erblickte, schrie er plötzlich los, auf mich weisend:

»Hier, sehen Sie, hier ist Werssiloffs Sohn! Wenn Sie mir nicht glauben, so bitte, hier, dies ist sein Sohn, sein leiblicher Sohn! Bitte sehr!« Und er packte mich an der Schulter. »Dieser hier ist sein Sohn, sein leiblicher Sohn! Tja!« wiederholte er immer wieder und zerrte mich zu den Damen, übrigens ohne etwas zur näheren Erklärung hinzuzufügen.

Die Junge stand im Korridor, die Ältere einen Schritt hinter ihr in der Tür. Ich weiß nur noch, daß dieses arme Mädchen nicht häßlich war, vielleicht zwanzig Jahre alt, aber recht mager und kränklich aussah. Sie hatte rötliches Haar und im Gesicht eine gewisse Ähnlichkeit mit meiner Schwester: gerade dieser Umstand fiel mir auf. Nur habe ich Lisa niemals so außer sich vor Empörung gesehen, und sie hätte natürlich auch nie so außer sich geraten können wie dieses junge Mädchen, das ich vor mir sah: ihre Lippen waren weiß, ihre hellgrauen Augen sprühten, und ihr ganzer Körper bebte vor Zorn. Ich weiß noch, ich fühlte mich in einer äußerst dummen und erniedrigenden Lage, zumal ich nichts zu sagen wußte, und das alles dank diesem gemeinen Stebelkóff!

»Was geht das mich an, wessen Sohn er ist! Wenn er mit Ihnen zusammen ist, so ist er ein Lump. Wenn Sie Werssiloffs Sohn sind«, wandte sie sich plötzlich an mich, »so sagen Sie Ihrem Vater, daß er ein Nichtswürdiger ist, ein ehrloser, schamloser Mensch, daß ich sein Geld nicht brauche. ... Da haben Sie es, da, und da! – Nehmen Sie es und bringen Sie es ihm sofort zurück!« Sie hatte blitzschnell ein paar Banknoten aus der Tasche gezogen und wollte sie mir zuwerfen, aber die Ältere (das war die Mutter, wie sich später herausstellte) ergriff ihre Hand und hielt sie fest:

»Olä, aber vielleicht ist das gar nicht wahr, vielleicht ist das gar nicht sein Sohn!«

Olä sah sie flüchtig an, besann sich, maß mich dann mit einem verachtungsvollen Blick und wandte sich zurück ins Zimmer, doch bevor sie die Tür zuschlug, schrie sie Stebelkoff noch einmal wütend an:

»Hinaus!«

Und sie stampfte sogar mit dem Fuß auf. Dann schlug sie die Tür zu und schloß sie ab. Stebelkoff, der mich immer noch an der Schulter festhielt, erhob wieder den Zeigefinger, und während ein nachdenkliches Lächeln seinen Mund langsam in die Breite zog, richtete er seinen fragenden Blick auf mich und sah mich starr an.

»Ich finde Ihre Handlungsweise lächerlich und schändlich«, sagte ich wütend, aber mit gedämpfter Stimme.

Er hörte nicht darauf, obgleich er keinen Blick von mir wandte.

»Das müßte man un–ter–suchen!« sagte er nachdenklich.

»Aber wie durften Sie mich so vorschieben? Wer sind diese? Was ist das für ein Frauenzimmer? Sie packen mich an der Schulter und schieben mich vor – was soll das bedeuten?«

»I, Teufel! Irgend so eine ihrer Unschuld Beraubte ... ‚die oft sich wiederholende Ausnahme' – Sie folgen?« Und er stemmte seinen Finger gegen meine Brust.

»Zum Teufel!« Ich stieß seinen Finger weg.

Doch plötzlich und ganz unerwartet begann er zu lachen, lautlos, lange, belustigt. Schließlich setzte er seinen Hut auf, und mit schnell verändertem und schon wieder finsterem Gesicht bemerkte er, die Stirn runzelnd:

»Und die Wirtin müßte man instruieren ... man muß sie aus der Wohnung jagen, unbedingt, und so schnell wie möglich, sonst werden sie hier noch ... Sie werden schon sehen! Behalten Sie meine Worte, Sie werden schon sehen! I, Teufel!« fluchte er, plötzlich wieder erheitert. »Sie werden doch noch auf Grischa warten?«

»Nein, ich warte nicht länger«, sagte ich entschlossen.

»Na, egal ...«

Und ohne noch einen Ton hinzuzufügen, wandte er sich um, ging hinaus und stieg die Treppe hinunter. Der Wirtin, die augenscheinlich auf eine Erklärung oder Neuigkeit wartete, schenkte er nicht einmal einen Blick. Ich nahm gleichfalls meinen Hut, bat die Wirtin, Wassin zu melden, daß ich, Dolgorukij, auf ihn gewartet hätte, und lief die Treppe hinunter.

III

Ich hatte nur Zeit verloren. Als ich auf der Straße war, machte ich mich sofort auf die Wohnungssuche; aber ich war zerstreut, ging mehrere Stunden lang durch die Straßen, sah mir wohl fünf oder sechs möblierte Zimmer an, bin aber überzeugt, daß ich an zwanzig anderen vorübergegangen bin, ohne sie zu bemerken. Ich hätte mir nie gedacht, daß es so schwer sein könnte, ein Unterkommen zu finden, und das vergrößerte meinen Ärger beträchtlich. Alle Zimmer waren wie das von Wassin bewohnte, sogar bedeutend schlechter, und die Miete riesig hoch, das heißt, im Vergleich zu meiner Berechnung. Ich hatte mir eigentlich nur einen Winkel gedacht, so groß, daß man sich gerade nur einmal umdrehen konnte in ihm, und als ich das äußerte, gab man mir mit Verachtung zu verstehen, dann müßte ich »Winkelvermieter« aufsuchen und nicht zu ihnen kommen. Außerdem waren überall noch viele andere sonderbare Untermieter, neben denen ich mich, allein schon wegen ihres Äußeren, niemals hätte einleben können ... sogar zugezahlt hätte ich, um nicht neben ihnen wohnen zu müssen. Da waren so sonderbare Herren ohne Röcke, nur in Westen und Hemdärmeln, mit zerzausten Bärten und mit freien Manieren, die sehr neugierig zu sein schienen. In einem unglaublich kleinen Zimmerchen saßen ihrer ganze zehn beim Kartenspiel mit Bier, und nebenan sollte ich mieten. An anderen Stellen gab ich selbst auf die Fragen der Zimmervermieter so unüberlegte Antworten, daß man mich verwundert ansah, und in einer Wohnung kam es geradezu zu einem Skandal. Übrigens, wozu alle diese Nichtigkeiten beschreiben; ich wollte ja nur sagen, daß ich schrecklich müde wurde und schließlich, als es schon zu dämmern begann, in einer Garküche irgend etwas aß. Ich hatte mich jetzt endgültig entschlossen, sogleich hinzugehen und den Brief, der sich auf die Erbschaft bezog, Werssiloff selbst zu übergeben (ohne alle Erklärungen), ferner aus meinem Giebelzimmer meinen Koffer und meine Reisetasche zu nehmen und für die Nacht meinetwegen in ein Gasthaus zu gehen. Ich erinnerte mich, daß es am Ende des Obúchoff-Prospektes, am Triumphtor, Herbergen gab, wo man sogar ein ganzes Zimmer für dreißig Kopeken bekommen konnte; für diese eine Nacht wollte ich noch soviel opfern, nur um nicht mehr bei Werssiloff zu übernachten. Doch wie ich nun schon am Technologischen Institut vorüberging, kam es mir auf einmal in den Sinn, bei Tatjána Páwlowna, die dort gegenüber dem Institut wohnte, vorzusprechen. Der eigentliche Vorwand, sie aufzusuchen, war für mich dieser Brief wegen der Erbschaft, aber mein unbezwingbares Verlangen, mit ihr zusammenzukommen, hatte natürlich andere Gründe, die ich übrigens auch jetzt noch nicht ganz zu erklären vermag: es saß da so ein Wirrwarr in meinem Kopf, von einem »Säugling, den er heimlich aufziehen läßt«, von »Ausnahmen, die zur allgemeinen Regel werden« ... War es nun, daß ich mit einem Menschen darüber sprechen oder vor ihr wichtigtun oder mit jemandem handgemein werden oder womöglich weinen wollte – ich weiß es nicht, und jedenfalls stieg ich zu Tatjána Páwlowna hinauf. Ich war schon früher bei ihr gewesen, aber nur ein einziges Mal, kurz nach meiner Ankunft aus Moskau, und zwar mit einem Auftrag von meiner Mutter; ich weiß noch, nachdem ich ihn ausgerichtet hatte, war ich sogleich wieder fortgegangen, sogar ohne mich gesetzt zu haben, wozu sie mich, nebenbei bemerkt, auch nicht einmal aufgefordert hatte.

Ich klingelte; ihre Köchin öffnete mir sogleich und ließ mich schweigend eintreten. Diese Nebensächlichkeiten muß ich hier erwähnen; denn sonst würde man vielleicht nicht verstehen, wie es zu diesem verrückten Zusammentreffen kommen konnte, das einen so ungeheuren Einfluß auf alles Folgende haben sollte. Zunächst ein paar Worte über diese Köchin. Das war eine Finnländerin mit einer aufgestülpten Nase, eine böse Person, die, wie ich vermute, ihre Herrin Tatjana Pawlowna regelrecht haßte, während diese sich nicht von ihr trennen konnte und mit einer Leidenschaft an ihr hing, wie sonst alte Jungfern an alten feuchtnasigen Möpsen oder ewig schlafenden Katzen zu hängen pflegen. Die Finnländerin war entweder wütend und infolgedessen frech, oder sie schmollte nach einem Streit und sprach dann wochenlang keine Silbe, um auf diese Weise ihre Herrin zu bestrafen. Vermutlich hatte sie damals wieder so einen Schweigetag; denn auf meine Frage, ob das gnädige Fräulein zu Hause sei, antwortete sie mir keinen Ton und kehrte schweigend in ihre Küche zurück. Selbstverständlich nahm ich nun ohne weiteres an, Tatjana Pawlowna wäre zu Hause, und ich begab mich ins Zimmer; es war aber niemand da, und ich blieb stehen in der Erwartung, sie werde gleich aus dem Schlafzimmer heraustreten; wie hätte denn sonst die Köchin mich eintreten lassen können? Ich setzte mich nicht und wartete wohl zwei oder drei Minuten; es war schon stark dämmerig, und Tatjana Pawlownas dunkle kleine Wohnung machte durch den überall hängenden Kattun einen noch beengenderen Eindruck auf mich. Zur Erklärung meiner späteren Zwangslage muß ich auch über diese schändliche Wohnung noch ein paar Worte sagen. Tatjana Pawlowna hätte sich mit ihrem eigensinnigen und herrschsüchtigen Charakter und ihren alten gutsherrlichen Angewohnheiten niemals als Untermieterin in einem möblierten Zimmer einleben können, und deshalb hatte sie diese Parodie auf eine Wohnung gemietet, nur um allein und von keinem abhängig als ihr eigener Herr zu leben. Diese zwei Zimmerchen waren buchstäblich wie zwei kleine Kanarienvogelbauer, eins ans andere gedrückt, eins kleiner als das andere, dazu im dritten Stock, und die Fenster gingen auf den Hof hinaus. Wenn man eintrat, kam man zunächst in einen schmalen kleinen Korridor von ungefähr einem Meter Breite; links davon waren die erwähnten Kanarienvogelbauer, und geradeaus, am Ende des Korridors, war die Tür zur winzigen Küche. Die anderthalb Kubikfaden Luft, die ein Mensch in zwölf Stunden braucht, waren in diesen zwei Zimmerchen vielleicht noch enthalten, mehr aber wohl kaum. Sie waren schändlich niedrig, und was das Dümmste war: alles, Fenster, Türen, Möbel, alles war mit Kattun behangen und bezogen, allerdings mit sehr schönem französischem Kattun; und durch die Festons über Fenstern und Türen, die das Zimmer zum Teil noch dunkler machten, gemahnte es fast an das Innere eines Reisewagens. In dem ersten Zimmer, wo ich wartete, konnte man sich noch umdrehen, obgleich es mit Möbeln vollgepackt war, und übrigens mit gar nicht so schlechten Möbeln: da gab es verschiedene Tischchen mit eingelegter Arbeit und Bronzebeschlägen, eigentümliche Schatullen und einen eleganten und sogar kostbaren Toilettentisch. Aber das folgende Zimmerchen, aus dem sie, nach meiner Annahme, jeden Augenblick heraustreten mußte, ihr Schlafzimmer, das vom ersten Zimmer durch einen Vorhang ganz abgeschlossen war, bestand, wie ich später sah, tatsächlich nur aus einem Bett. Alle diese Einzelheiten sind notwendig, damit man die Dummheit, die ich beging, begreifen könne. Also, ich wartete und zweifelte an nichts, als plötzlich im Korridor die Türschelle ertönte. Ich hörte, wie die Köchin mit langsamen Schritten, ohne sich zu beeilen, über den Korridor ging und jemand genau so wie mich vorhin, schweigend, eintreten ließ. Die Eintretenden waren zwei Damen, die beide laut sprachen, und wie groß war meine Verwunderung, als ich die Stimme Tatjana Pawlownas erkannte, und die andere – die andere war die Stimme gerade jener Frau, der zu begegnen ich am allerwenigsten vorbereitet war, und das noch dazu unter diesen Umständen! Ein Irrtum war ausgeschlossen: ich erkannte sie sofort, diese metallisch klangvolle Stimme, die ich erst vor einem Tage gehört hatte, freilich nur drei Minuten lang, aber ihr Klang war in meiner Seele geblieben. Ja, es war die »Frau von gestern«! Was sollte ich tun? Ich stelle diese Frage nicht an den Leser, sondern vergegenwärtige mir nur den damaligen Augenblick, aber ich bin auch jetzt nicht imstande, zu erklären, wie es kam, daß ich plötzlich hinter den Vorhang stürzte und mich in Tatjana Pawlownas Schlafzimmer befand. Kurz, ich versteckte mich und war kaum in Sicherheit, als sie schon eintraten. Warum ich ihnen nicht entgegenging und mich versteckte – das weiß ich nicht; es geschah alles ganz wie von selbst und ohne jede Überlegung.

Fast im selben Augenblick, als ich hinter den Vorhang sprang und auf das Bett stieß, bemerkte ich auch die Tür, die aus diesem Schlafzimmer in die Küche führte, und ich begriff, daß es somit noch einen Ausweg und eine Rettung gab und ich die Wohnung ganz verlassen konnte. Aber – o Entsetzen! – die Tür war verschlossen, und der Schlüssel stak nicht im Schloß. Verzweifelt sank ich aufs Bett; es kam mir auf einmal zu Bewußtsein, daß ich nun die Frauen belauschen würde, und schon aus den ersten Sätzen, ja sogar schon aus dem Ton der ersten Worte erriet ich, daß sie ein geheimnisvolles und bedenkliches Gespräch führten. Oh, natürlich, ein ehrlicher und anständiger Mensch muß in solchem Fall aufstehen, hervortreten und laut sagen: »Ich bin hier, bitte einen Augenblick zu warten!« – und, ungeachtet seiner lächerlichen Lage, vorüber- und hinausgehen. Ich aber stand nicht auf und ging nicht hinaus: ich hatte nicht den

Mut dazu, erbärmlicherweise wagte ich nicht mehr, es zu tun.

»Aber liebste Katerína Nikolájewna, Sie betrüben mich wirklich!« beschwor Tatjána Páwlowna. »So beruhigen Sie sich doch ein für allemal, das paßt ja auch gar nicht zu Ihrem Charakter. Überall, wo Sie sind, ist Freude, und jetzt auf einmal ... Aber wenigstens mir, denke ich, werden Sie doch noch trauen. Sie wissen doch, wie sehr ich Ihnen ergeben bin. Ihnen doch wirklich nicht weniger als Andréi Petrówitsch, dem ich ewig ergeben sein werde, woraus ich vor keinem Menschen ein Geheimnis mache ... Nun, so glauben Sie mir doch, ich schwöre Ihnen bei meiner Ehre, dieses Dokument ist nicht bei ihm, und vielleicht hat es überhaupt niemand. Und solche Ränke zu schmieden, dazu ist er doch wahrhaftig nicht fähig! Es ist eine Sünde von Ihnen, ihn solcher Sachen auch nur zu verdächtigen. Sie haben sich beide diese Feindschaft nur selbst eingebrockt ...«

»Der Brief, dieses unselige Dokument, existiert bestimmt irgendwo, und er ist zu allem fähig. Und gestern, wie ich eintrete, ist das erste, was ich sehe: ce petit espion, den er dem Fürsten aufgedrängt hat!«

»Ach Unsinn, ce petit espion! Erstens ist er durchaus kein Spion; denn ich, ich selbst habe darauf bestanden, ihn zum Fürsten zu schicken, sonst wäre er in Moskau übergeschnappt oder verhungert – so wurde es uns von dort berichtet; aber vor allem ist dieser dumme Bengel einfach nur ein kleiner Narr, wie sollte der zu spionieren verstehen!«

»Ja, das wäre möglich, aber das hindert ihn vielleicht nicht, ein kleiner Schuft zu werden. Ich war gestern nur zu empört, sonst wäre ich gestorben vor Lachen: er erbleichte, stürzte vor, verbeugte sich, sprach Französisch – und in Moskau hatte mir Marja Iwánowna Wunderdinge von ihm erzählt, sie versicherte geradezu, er sei ein Genie. Daß aber dieser unselige Brief noch wohlbehalten existiert und sich irgendwo in den gefährlichsten Händen befindet, das habe ich aus dem Gesicht dieser Marja Iwanowna erraten.«

»Aber Liebste, Sie sagen doch selbst, daß sie nichts hat!«

»Das ist es ja, daß sie ihn hat! Sie lügt ja nur, und Sie ahnen nicht, was das für eine geschickte Lügnerin ist! Vor meiner Reise nach Moskau konnte ich immer noch hoffen, daß vielleicht gar keine Papiere übriggeblieben seien, jetzt aber, jetzt ...«

»Ach, aber Liebste, im Gegenteil, diese Marja Iwánowna soll doch ein so gutes und vernünftiges Geschöpf sein; der Verstorbene hat sie von allen seinen Nichten am meisten geschätzt. Es ist ja wahr, ich selbst kenne sie nicht so genau, aber – ach, hätten Sie sie doch bestrickt, meine Schönheit! Was macht Ihnen denn das aus, das können Sie doch so leicht; ich bin doch schon eine alte Schachtel, aber Sie wissen doch, wie ich in Sie verliebt bin, ich werde Sie gleich küssen! ... Ach, das wäre für Sie doch eine Kleinigkeit gewesen, diese Marja Iwánowna zu bezaubern!«

»Ich habe es ja versucht, liebe Tatjána Páwlowna, sie war auch ganz entzückt, aber sie ist doch gar zu schlau ... Nein, das ist schon ein ganzer Charakter, und ein besonderer noch dazu, ein Moskauer ... Und können Sie sich denken, sie hat mir doch geraten, mich hier an einen gewissen Herrn Krafft zu wenden, den ehemaligen Gehilfen und Mitarbeiter Andrónikoffs: sie meinte, vielleicht wisse dieser etwas Näheres. Von diesem Herrn Krafft hatte ich schon eine gewisse Vorstellung, ich habe ihn früher einmal flüchtig gesehen, aber wie sie mir dieses von Krafft sagte, da erst kam ich endgültig zu der Überzeugung, daß sie nicht etwa bloß etwas weiß, sondern daß sie lügt und über alles ganz genau unterrichtet ist.«

»Aber weshalb denn, weshalb? Ja, es ist wahr, man könnte sich bei Krafft erkundigen. Dieser Deutsche ist kein Schwätzer und, ich erinnere mich, er ist sogar ein peinlich ehrlicher Mensch – nein, wirklich, man müßte ihn ausfragen! Bloß ist er jetzt, glaube ich, nicht in Petersburg ...«

»Ach, er ist doch schon gestern zurückgekehrt, und ich war ja soeben bei ihm! Deshalb bin ich doch in solcher Aufregung zu Ihnen gekommen – meine Hände und Füße zittern mir noch! – weil ich Sie bitten wollte, mein Engel, da Sie doch alle Menschen kennen: könnte man nicht irgendwie Näheres über den Verbleib seiner Papiere erfahren; denn er wird doch bestimmt welche hinterlassen haben, aber in wessen Hände kommen die nun wieder? Womöglich in die gefährlichsten! Deshalb bin ich zu Ihnen geeilt, um Sie um Ihren Rat zu fragen.«

»Ja, aber von welchen Papieren reden Sie?« fragte Tatjana Pawlowna etwas verwundert. »Sie sagen doch, daß Sie soeben selbst bei Krafft waren ...«

»Ach gewiß, ich war ja bei ihm, soeben, aber er hat sich doch erschossen! Schon gestern abend!«

Ich sprang vom Bett auf. Ich hatte ruhig zuhören können, wie man mich einen Spion und blöd nannte, und je weiter sie sprachen, um so unmöglicher war es mir erschienen, nun noch hervorzutreten. Das erschien mir ganz undenkbar! Mir war nichts anderes übriggeblieben als das eine – und das hatte ich denn auch im Herzen beschlossen: regungslos so lange zu warten, bis Tatjana Pawlowna ihren Gast hinausgeleitet hätte (wenn sie nicht vorher zu meinem Unglück ins Schlafzimmer kam), und dann, sobald die Achmakowa fortgegangen war – dann mochte es zwischen Tatjana Pawlowna und mir meinetwegen zu einer Schlacht kommen! ... Aber wie ich nun plötzlich von Kraffts Selbstmord hörte, war ich unwillkürlich aufgesprungen – es hatte mich wie ein Krampf gepackt. Ohne zu denken, ohne zu überlegen, ohne mich zu fragen, was ich tat, trat ich vor, schob den Vorhang zur Seite und stand vor ihnen. Es war gerade noch hell genug, um mich zu erkennen, wie ich bleich und zitternd hervortrat ... Sie schrien beide auf. Wie hätten sie auch nicht aufschreien sollen!

»Krafft?« stammelte ich und starrte die Achmakowa an. »Erschossen? Gestern? Bei Sonnenuntergang?«

»Wo warst du? Woher kommst du?« kreischte Tatjana Pawlowna auf und krallte sich buchstäblich in meine Schulter. »Du hast spioniert? Du hast uns belauscht!«

»Was habe ich Ihnen gesagt! ...« Katerina Nikolájewna erhob sich vom Sofa und wies auf mich.

Ich geriet außer mir.

»Lauter Lügen!« fiel ich ihr wütend ins Wort. »Sie haben mich soeben einen Spion genannt, o Gott! Lohnt es sich denn zu spionieren, ja, lohnt es sich überhaupt, zu leben neben solchen wie Sie! Ein hochherziger Mensch endet durch Selbstmord, Krafft hat sich erschossen! – wegen der Idee, wegen Hekuba ... Übrigens, was wissen Sie von Hekuba! ... Und hier ... lebe nun einer mitten unter Ihren Intrigen und Lügen und bewege sich zwischen Ihren Minen und Fallgruben ... Ich habe genug davon!«

»Ohrfeigen Sie ihn! Ohrfeigen Sie ihn!« schrie Tatjana Pawlowna, und da Katerina Nikolajewna mich zwar ansah, ohne einen Blick von mir zu wenden (ich erinnere mich noch jedes kleinsten Nebenumstandes), sich jedoch nicht von der Stelle rührte, so hätte Tatjana Pawlowna mir im nächsten Augenblick bestimmt selbst die Ohrfeige gegeben, weshalb ich unwillkürlich den Arm hob, um mein Gesicht zu schützen; aus dieser einen Bewegung aber schloß sie, daß ich selbst schlagen wollte.

»So, schlag nur, schlag nur!« rief sie empört, »zeig nur, daß du von Geburt ein Knecht bist! Du bist ja stärker als Frauen, also genier dich nicht!«

»Jetzt hab' ich aber genug von Ihren Verleumdungen, schweigen Sie!« fuhr ich wütend auf. »Niemals habe ich meine Hand gegen eine Frau erhoben! Sie sind einfach schamlos, Tatjana Pawlowna! Ich weiß, Sie haben mich immer verachtet. Oh, mit den Menschen muß man umgehen, ohne sie zu achten! Sie lachen, Katerina Nikolájewna – wahrscheinlich über meine Gestalt. Ja, Gott hat mir keine solche Gestalt gegeben, wie Ihre Adjutanten sie haben. Und doch fuhle ich mich vor Ihnen nicht erniedrigt, sondern im Gegenteil, erhoben ... oder gleichviel, wie man das ausdrücken muß. Ich weiß nur, daß es nicht meine Schuld war! Ich bin ganz ahnungslos hier eingetreten, Tatjana Pawlowna. An der ganzen Sache ist nur Ihre Köchin schuld, oder richtiger, Ihre Vorliebe für diese Person; warum hat sie mir auf meine Frage nichts geantwortet und mich hier eintreten lassen? Und nachher, das müssen Sie doch selbst sagen, so aus dem Schlafzimmer einer Frau herauszutreten, das – das erschien mir so monströs, daß ich mich entschloß, lieber Ihre Schmähungen hinzunehmen, als mich nun noch zu zeigen ... Sie lachen wieder, Katerina Nikolájewna?«

»Hinaus! Hinaus mit dir! pack dich von hier!« schrie Tatjana Pawlowna, und sie wollte mich beinahe schon hinausstoßen. »Achten Sie nicht auf sein Geschwätz, Katerina Nikolájewna: ich sagte Ihnen ja, man hat uns doch schon von dort geschrieben, daß er verrückt ist!«

»Verrückt? Von dort geschrieben? Wer hätte das wohl tun können und woher? Gleichviel, es ist genug, Katerina Nikolájewna! Ich schwöre Ihnen bei allem, was mir heilig ist, daß dieses Gespräch und was ich hier gehört habe, unter uns bleiben wird ... Es war nicht meine Schuld, daß ich Ihre Geheimnisse erfahren habe; um so weniger, als ich morgen meine Stellung bei Ihrem Vater aufgebe, so daß Sie wegen des Dokuments, das Sie suchen, beruhigt sein können!«

»Was heißt das? ... Von was für einem Dokument sprechen Sie?« fragte Katerina Nikolájewna bestürzt, und sie erbleichte sogar, oder vielleicht schien es mir nur so. Ich begriff, daß ich schon zu viel gesagt hatte.

Ich ging schnell hinaus; sie sahen mir beide stumm nach, und in ihren Augen lag maßlose Verwunderung. Kurz, ich hatte ihnen ein Rätsel aufgegeben ...

NEUNTES KAPITEL

I

Ich eilte nach Hause und – sonderbar – war sehr zufrieden mit mir. Natürlich spricht man nicht so mit Frauen, und noch dazu mit solchen Frauen, oder nein: mit einer solchen Frau; denn Tatjana Pawlowna zählte für mich nicht mit. Vielleicht darf man einer Frau von dieser Art niemals ins Gesicht sagen, daß man auf ihre Intrigen einfach pfeift, ich aber hatte es gesagt und war gerade damit sehr zufrieden. Abgesehen von allem anderen, war ich wenigstens überzeugt, daß ich mit diesem Ton alles Lächerliche, das in meiner Situation lag, ausgelöscht hatte. Aber ich hatte keine Zeit, mich lange bei diesen Gedanken aufzuhalten: Krafft beschäftigte mich mehr als alles andere. Nicht, daß der Gedanke an ihn mich so furchtbar gequält hätte, aber immerhin war ich aufs tiefste erschüttert, war es sogar in solchem Maße, daß selbst die allgemein menschliche Empfindung einer gewissen Genugtuung bei fremdem Unglück – ich meine, wenn jemand sich ein Bein bricht oder seine Ehre einbüßt oder ein geliebtes Wesen verliert oder etwas ähnliches ihm widerfährt –, daß sogar diese Empfindung einer niedrigen Genugtuung einer ganz anderen und vollständig ungeteilten Empfindung Platz gemacht hatte, und zwar dem Schmerz: einer Klage um den Toten. Das heißt, ob es gerade eine Klage war, das weiß ich nicht, aber jedenfalls war es ein überaus starkes und gutes Gefühl. Und damit war ich gleichfalls zufrieden. Es ist erstaunlich, wie viele nebensächliche Gedanken in einem auftauchen können, gerade wenn man durch irgendeine furchtbare Nachricht ganz erschüttert ist, die, wie man eigentlich meinen sollte, alle anderen Gefühle ersticken und alle nebensächlichen Gedanken verscheuchen müßte, besonders die kleinlichen, – aber gerade diese sind dann die zudringlichsten. Ich erinnere mich noch, wie allmählich ein ziemlich fühlbares nervöses Zittern meinen Körper ergriff und mehrere Minuten andauerte und sich sogar in der ganzen Zeit fortsetzte, während der ich zu Hause war und die Sache mit Werssiloff erledigte.

Diese Erledigung fand unter seltsamen und außergewöhnlichen Umständen statt. Ich habe bereits erwähnt, daß wir in einem besonderen Hause auf dem Hof wohnten, und unsere Wohnung trug die Nummer dreizehn. Noch bevor ich auf den Hof trat, hörte ich in der Nähe eine weibliche Stimme laut, ungeduldig und gereizt fragen: »Wo ist hier die Wohnung Nummer dreizehn?« Ich bemerkte eine Frauengestalt, die die Tür eines kleinen Ladens gleich neben dem Haustor geöffnet hatte; aber man schien ihr nichts zu antworten, oder vielleicht sagte man ihr sogar eine Ungezogenheit, und sie stieg empört und böse die kleine Ladentreppe wieder herunter. »Wo ist denn hier der Hausmeister?« rief sie erregt und stampfte vor Ungeduld mit dem Fuß auf. Ich hatte diese Stimme sofort wiedererkannt.

»Ich gehe in die Wohnung Nummer dreizehn«, sagte ich, auf sie zutretend, »wen suchen Sie?«

»Ich suche hier schon eine ganze Stunde den Hausmeister, ich habe alle gefragt, bin alle Treppen hinaufgestiegen.«

»Die Wohnung ist auf dem Hof. Erkennen Sie mich nicht wieder?«

Sie hatte mich schon erkannt.

»Sie suchen Werssiloff, Sie haben mit ihm abzurechnen, und ich auch«, fuhr ich fort. »Ich bin gekommen, um für immer Abschied zu nehmen. Gehen wir.«

»Sie sind sein Sohn?«

»Das hat damit nichts zu tun. Übrigens nehmen wir an, ich wäre sein Sohn, obgleich ich Dolgorúkij heiße, ich bin ein uneheliches Kind. Dieser Herr hat eine Menge unehelicher Kinder. Wenn Gewissen und Ehre es verlangen, verläßt selbst der leibliche Sohn das Elternhaus. Das steht schon in der Bibel. Außerdem ist ihm jetzt eine Erbschaft zugefallen, ich will aber nichts damit zu tun haben, und so gehe ich, um von meiner Hände Arbeit zu leben. Wenn es nötig ist, opfert ein hochherziger Mensch sogar sein Leben. Krafft hat sich erschossen, Krafft! – und einzig um einer Idee willen! Können Sie sich das vorstellen, er war noch ein junger Mann und berechtigte zu großen Hoffnungen ... Hier, bitte hier! Wir wohnen im Gartenhause. Schon die Bibel spricht davon, daß die Kinder ihre Väter verlassen und ihr eigenes Nest bauen sollen. Wenn die Idee einen treibt ... wenn man eine Idee hat! Die Idee ist die Hauptsache, die Idee ist alles ...«

So und ähnlich sprach ich die ganze Zeit zu ihr, während wir zu unserer Wohnung schritten. Der Leser wird wohl bemerken, daß ich mich nicht gerade schone, und wo es nötig ist, mich selbst an den Pranger stelle: ich will lernen, die Wahrheit zu sagen. Werssiloff war zu Hause. Ich trat ein, ohne den Mantel abzulegen; sie gleichfalls. Sie war furchtbar ärmlich gekleidet: über einem dunklen Kleidchen hing irgendein Zeugstück, das einen Kragen oder eine Mantille vorstellen sollte, und auf dem Kopf hatte sie ein altes ramponiertes Matrosenhütchen, das ihr sehr schlecht zu Gesicht stand. Als wir eintraten, saß meine Mutter mit einer Handarbeit auf ihrem gewohnten Platz, und meine Schwester trat aus ihrem Zimmer, um zu sehen, wer da käme, und blieb in der Tür stehen. Werssiloff tat wie gewöhnlich nichts; als wir eintraten, erhob er sich und sah mich mit einem strengen, fragenden Blick an.

»Ich habe hiermit nichts zu schaffen«, beeilte ich mich zu versichern und stellte mich abseits am Fenster auf. »Ich traf diese Dame soeben unten am Haustor; sie suchte Sie, und niemand konnte ihr den Weg hierher zeigen. Ich aber bin jetzt in einer eigenen Angelegenheit gekommen, die zu erklären ich nach der Dame das Vergnügen haben werde ...«

Werssiloff fuhr aber trotzdem fort, mich neugierig anzusehen.

»Erlauben Sie«, begann das junge Mädchen ungeduldig.

Werssiloff wandte sich ihr zu.

»Ich habe lange darüber nachgedacht, aus welchem Grunde es Ihnen eingefallen sein könnte, dieses Geld gestern bei mir zu lassen ... Ich ... mit einem Wort ... Da, nehmen Sie Ihr Geld!« rief sie wieder empört, außer sich, wie ich sie schon schreien gehört hatte, und sie schleuderte das Päckchen Banknoten auf den Tisch. »Ich habe Ihre Wohnung erst im Adreßbüro aufsuchen müssen, sonst hätte ich es Ihnen früher zurückgebracht. Hören Sie, Sie!« wandte sie sich plötzlich an meine Mutter, die auf einmal erbleichte; »ich will Sie nicht kränken, Sie sehen ehrlich aus, und vielleicht ist das sogar Ihre Tochter. Ich weiß nicht, ob Sie seine Frau sind oder wer sonst, aber Sie sollen es erfahren, daß dieser Herr Zeitungsanzeigen ausschneidet, solche, in denen Gouvernanten und Lehrerinnen für ihr letztes Geld Stunden suchen, und dann geht er zu diesen Unglücklichen und sucht sie ehrlos zu machen, indem er sie mit Geld ins Unglück zieht. Ich verstehe nicht, wie ich gestern das Geld von ihm annehmen konnte, – er sah so ehrlich aus! ... Schweigen Sie, kein Wort! Sie sind ein Lump, mein Herr! Und selbst wenn Sie mit ehrlicher Absicht gekommen sein sollten, so will ich doch Ihr Almosen nicht. Kein Wort! Schweigen Sie! Oh, wie mich das freut, daß ich Sie jetzt vor Ihren Frauen habe entlarven können! Seien Sie verflucht!«

Sie lief schnell hinaus, nur auf der Schwelle blieb sie noch eine Sekunde lang stehen und rief noch höhnisch zurück: »Sie sollen ja, sagt man, eine Erbschaft gemacht haben!« Und sie verschwand wie ein Schatten. Ich erinnere nochmals daran: sie war außer sich, sie glich einer Rasenden. Werssiloff war tief bestürzt; er stand wie in Gedanken versunken da und als überlege er: auf einmal wandte er sich hastig zu mir.

»Du kennst sie überhaupt nicht?«

»Ich habe vorhin zufällig gesehen und gehört, wie sie auf dem Korridor bei Wassin außer sich geriet, schrie und Sie verfluchte; gesprochen aber habe ich dort nicht mit ihr und weiß auch sonst nichts, und jetzt traf ich sie hier unten vor dem Haustor. Das wird wohl dieselbe Lehrerin sein, von der Sie gestern sprachen, die Unterricht ‚auch in der Arithmetik' erteilt?«

»Ja, dieselbe. Einmal im Leben wollte ich etwas Gutes tun, und . . . Übrigens, was wolltest du?«

»Hier, diesen Brief übergeben«, erwiderte ich kurz. »Eine Erklärung halte ich für überflüssig: er kommt von Krafft, der ihn vom verstorbenen Andrónikoff erhalten hat. Aus dem Inhalt werden Sie alles ersehen. Ich füge nur hinzu, daß jetzt kein Mensch auf der ganzen Welt von diesem Brief etwas weiß, außer mir; denn Krafft, der mir diesen Brief gestern übergab, hat sich gleich nach meinem Fortgehen erschossen.«

Während ich das atemlos und eilig sagte, nahm er den Brief, hielt ihn unschlüssig in der linken Hand und beobachtete mich aufmerksam. Als ich den Selbstmord Kraffts erwähnte, sah ich ihn scharf an, um zu sehen, welchen Eindruck diese Nachricht auf ihn machte. Und was sah ich? – sie machte überhaupt keinen Eindruck auf ihn: nicht einmal seine Augenbrauen zuckten! Als er bemerkte, daß ich innehielt, zog er seine Lorgnette hervor, die ihn nie verließ und an einem schwarzen Bande hing, hielt den Brief näher zum Licht, sah nach der Unterschrift und begann ihn aufmerksam zu lesen. Ich kann gar nicht sagen, wie sehr diese hochmütige Gefühllosigkeit mich verletzte. Er mußte Krafft sehr gut gekannt haben, und es war doch wirklich keine so gewöhnliche Nachricht! Und schließlich war es nur natürlich, daß ich mit ihr gern einen großen Eindruck gemacht hätte. Ich wartete vielleicht noch eine halbe Minute, aber da der Brief, wie ich wußte, lang war, wandte ich mich um und ging hinaus. Mein Koffer war schon längst gepackt, es blieben mir nur noch ein paar Sachen zu einem Bündel zusammenzuschnüren. Ich dachte an meine Mutter, und daß ich nun so fortgegangen war, ohne an sie auch nur heranzutreten. Nach zehn Minuten, als ich schon fertig war und gerade fortgehen wollte, um mir eine Droschke zu holen, trat meine Schwester in mein Zimmer.

»Hier, Mama schickt dir deine sechzig Rubel und läßt dich nochmals bitten, ihr zu verzeihen, daß sie Andrei Petrówitsch davon gesagt hat. Und dann noch zwanzig Rubel. Du hast gestern fünfzig Rubel für deinen Unterhalt gegeben; aber Mama sagt, mehr als dreißig könne man von dir auf keinen Fall nehmen; denn mehr ist für dich nicht ausgegeben worden, und den Rest von zwanzig Rubeln schickt sie dir zurück.«

»Nun gut, besten Dank, wenn es sich wirklich so verhält. Leb wohl, Lisa, ich fahre jetzt!«

»Wohin fährst du jetzt?«

»Vorläufig in eine Herberge, nur um nicht in diesem Hause zu übernachten. Sage Mama, daß ich sie liebe.«

»Sie weiß es. Und sie weiß, daß du auch Andrei Petrowitsch liebst. Schämst du dich nicht, daß du diese Unglückliche hergeführt hast!«

»Ich schwöre dir, ich habe sie nicht hergeführt! Ich traf sie hier vor dem Haustor.«

»Nein, du hast sie hergeführt.«

»Ich versichere dir . . .«

»Denke nach, frage dich ehrlich, und du wirst einsehen, daß du sie dazu veranlaßt hast.«

»Ich war nur sehr froh, daß Werssiloff beschämt wurde. Stell dir vor, er hat von Lydia Achmakowa ein Kind, einen Säugling . . . übrigens, wozu sage ich dir das.«

»Er? Ein Kind? Aber das ist doch nicht *sein* Kind! Wo hast du diese Unwahrheit gehört?«

»Ach, was weißt du davon.«

»Ich soll nichts davon wissen? Aber ich habe doch in Luga dieses Kind selbst betreut! Höre, Bruder: ich sehe schon längst, daß du überhaupt noch nichts weißt, und dabei beleidigst du Andrei Petrowitsch, und . . . Mama gleichfalls.«

»Wenn er recht hat, so bin ich im Unrecht, und das wäre alles, euch aber liebe ich deshalb nicht weniger. Warum bist du so rot geworden, Schwester? So, und jetzt wirst du noch röter! Nun gut, aber trotzdem werde ich diesen Fürstenbengel für die Ohrfeige, die er Werssiloff in Ems gegeben hat, zum Duell fordern. Und wenn Werssiloff in der Geschichte mit der Achmakowa untadelig war, dann erst recht.«

»Bruder, besinne dich, was fällt dir ein!«

»Gut, daß der Prozeß jetzt beendet ist ... Da sieh, jetzt bist du auf einmal ganz blaß geworden.«

»Ach, aber der Fürst wird sich ja mit dir gar nicht duellieren«, sagte Lisa, noch im Schreck mit einem blassen Lächeln.

»Dann werde ich ihn öffentlich beleidigen! ... Was hast du nur, Lisa?«

Sie wurde so bleich, daß sie nicht mehr stehen konnte und auf den Diwan sank.

»Lisa!« hörten wir unten die Mutter rufen.

Sie nahm sich zusammen und erhob sich; sie lächelte mir freundlich zu.

»Bruder, laß diese Dummheiten, oder warte so lange, bis du manches erfahren hast; du weißt noch so schrecklich wenig.«

»Ich werde es nicht vergessen, Lisa, daß du erbleicht bist, als du hörtest, daß ich mich duellieren werde.«

»Ja, ja, vergiß auch das nicht!« rief sie lächelnd mir noch zum Abschied zu und verließ mich.

Ich holte mir eine Droschke und schaffte mit Hilfe des Kutschers meine Sachen aus der Wohnung. Niemand zeigte sich oder hielt mich zurück. Ich ging nicht zum Abschied zu meiner Mutter, um nicht Werssiloff zu begegnen. Als ich schon in der Droschke saß, kam mir auf einmal ein Gedanke:

»Zur Ssemjónoffbrücke, an die Fontánka«, befahl ich dem Kutscher und fuhr nun doch zu Wassin.

II

Es war mir plötzlich eingefallen, daß Wassin von Kraffts Selbstmord doch bestimmt schon unterrichtet sein mußte und vielleicht sogar hundertmal mehr erfahren hatte als ich; und so war es auch. Wassin erklärte sich sogleich bereit, mir alles Nähere mitzuteilen, was er denn auch tat, übrigens ohne große Erregung. Ich schloß daraus, daß er wohl sehr abgespannt wäre, und so verhielt es sich, wie sich herausstellte, tatsächlich. Schon früh am Morgen hatte man ihn benachrichtigt, und er war dann selbst hingegangen. Krafft hatte sich mit dem Revolver erschossen (mit demselben, den ich früher schon erwähnt habe), gegen Abend, als es schon dunkelte, was aus seinen Aufzeichnungen hervorging. Den letzten Satz hat er kurz vor dem Schuß geschrieben: er bemerkt, daß er fast in vollkommener Dunkelheit schreibe und das Geschriebene selbst kaum sehen könne; die Kerze aber wolle er nicht anzünden, weil sonst nachher leicht ein Brand entstehen könne. »Und sie jetzt noch anzünden, um sie vor dem Schuß wieder auszulöschen, ganz wie mein Leben, das will ich nicht«, hatte er fast in der letzten Zeile noch seltsam hinzugefügt. Diese Aufzeichnungen vor dem Tode waren von ihm einen Tag vorher angefangen worden, gleich nach seiner Rückkehr nach Petersburg und noch vor seinem Besuch bei Dergatschöff; nachdem ich von ihm fortgegangen war, hatte er in jeder Viertelstunde etwas geschrieben und die letzten drei oder vier Bemerkungen nach je fünf Minuten. Ich sprach laut meine Verwunderung darüber aus, daß Wassin von diesen Aufzeichnungen (man hatte sie ihm zu lesen gegeben) keine Abschrift gemacht hatte, was er doch um so mehr hätte tun können, als das Ganze, wie er sagte, nicht mehr als einen Bogen mit zumeist nur kurzen Bemerkungen ausmachte. »Wenn Sie doch wenigstens die letzte Zeile abgeschrieben hätten!« äußerte ich mit Bedauern. Wassin erwiderte darauf mit einem Lächeln, er habe es auch so behalten, und überdies wären die Bemerkungen ohne jedes System, wären einfach Bemerkungen über alles mögliche gewesen, was einem so in den Sinn kommt. Ich wollte ihm schon auseinandersetzen, daß gerade solche Gedanken in diesem Fall, also kurz vor dem Selbstmord, wertvoll zu erfahren wären, unterließ es aber und bat ihn nur, mir wenigstens das zu sagen, was er vom Gelesenen behalten hatte, und er besann sich denn auch auf ein paar Aussprüche, wie zum Beispiel auf einen, den Krafft eine Stunde vor dem Schluß geschrieben hatte: daß »ihn fröstele«, daß er, »um sich zu erwärmen, einen Schluck Wein habe trinken wollen, aber der Gedanke, daß das einen größeren Bluterguß verursachen könnte, habe ihn davon abgehalten«. – »Und alles übrige ungefähr von dieser Art«, schloß Wassin seinen Bericht.

»Und das nennen Sie belanglos!« rief ich aus.

»Wann hätte ich das so genannt? Ich habe nur keine Abschrift gemacht. Aber wenn es auch nicht belanglos ist, so ist dieses Tagebuch doch etwas ziemlich Alltägliches oder, besser gesagt, etwas ganz Natürliches, nämlich so, wie es in diesem Fall anders nicht hätte sein können . . .«

»Aber es sind doch die letzten Gedanken, die letzten Gedanken!«

»Die letzten Gedanken sind bisweilen ungeheuer nichtssagend. In genau so einem Tagebuch beklagt sich ein ähnlicher Selbstmörder darüber, daß in einer so bedeutungsvollen Stunde ihm auch nicht ein einziger ‚höherer Gedanke' komme, sondern lauter kleinliche und leere Gedanken ihn heimsuchten.«

»Und das, daß ihn fröstelte, auch das soll ein leerer Gedanke sein?«

»Meinen Sie buchstäblich das Frösteln und den Bluterguß? Es ist doch eine bekannte Tatsache, daß sehr viele von denen, die fähig sind, an ihren bevorstehenden Tod zu denken, gleichviel, ob es ein freiwilliger ist oder nicht, sehr häufig um das schöne Aussehen ihrer Leiche besorgt sind. So wird wohl auch Krafft bei dem Gedanken an einen reichlichen Bluterguß ein gewisses Unbehagen empfunden haben.«

»Ich weiß nicht, ob das eine bekannte Tatsache ist, ... und wie das überhaupt ist«, stotterte ich, »aber ich wundere mich, daß Sie das so natürlich finden, und doch – wie lange ist es denn her, daß Krafft unter uns saß, mit uns sprach, sich ereiferte? Sollte er Ihnen denn wirklich nicht einmal leid tun?«

»Oh, selbstverständlich tut er mir leid, aber das ist doch etwas ganz Anderes. Jedenfalls hat Krafft seinen Tod selbst als logische Folgerung hingestellt. Es erweist sich, daß alles, was gestern bei Dergatschöff über ihn gesagt wurde, sehr richtig war: er hat ein dickes Heft hinterlassen, und das ist voll von gelehrten Schlüssen darüber, daß die Russen eine zweitrangige Menschenrasse seien, Schlüsse auf Grund der Phrenologie, der Kraniologie und sogar der Mathematik, und daß es sich folglich für einen Russen überhaupt nicht zu leben lohne. Vielleicht ist hierbei das am meisten Charakteristische, daß man daraus jeden beliebigen logischen Schluß ziehen kann; daß man sich aber infolge des Schlusses erschießt, das kommt natürlich nicht immer vor.«

»Wenigstens muß man seinem Charakter Anerkennung zollen.«

»Vielleicht, und nicht nur dem allein«, bemerkte Wassin ausweichend, so daß es mir nicht klar war, ob er damit eine Dummheit oder eine Schwäche der Vernunft meinte. Mich reizte das alles sehr.

»Sie haben gestern selbst von Gefühlen gesprochen, Wassin.«

»Ich verneine sie auch jetzt nicht; aber angesichts der vollbrachten Tat erscheint in ihr etwas so grob fehlerhaft, daß ein strenger Blick auf die Sache unwillkürlich selbst das Mitleid irgendwie verdrängt.«

»Wissen Sie was: ich habe es schon vorhin aus Ihren Augen erraten, daß Sie Krafft tadeln würden, und um diesen Tadel nicht zu hören, nahm ich mir vor, Sie nicht nach Ihrer Meinung zu fragen. Aber Sie haben sie von selbst ausgesprochen, und jetzt bin ich gegen meinen Willen gezwungen, Ihnen recht zu geben; aber dabei bin ich doch unzufrieden mit Ihnen! Es tut mir leid um Krafft.«

»Wir sind etwas weit abgekommen . . .«

»Ja, freilich«, unterbrach ich ihn, »aber es bleibt uns doch wenigstens der eine Trost, den in solchen Fällen die am Leben gebliebenen Richter immer ruhig so für sich sagen können: ,Da hat sich nun ein Mensch erschossen, der gewiß Mitleid und Nachsicht verdient, aber schließlich sind wir doch am Leben geblieben, und folglich ist zu großer Trauer eigentlich kein Grund vorhanden.'«

»Ja, natürlich, wenn man von diesem Standpunkt aus . . . Ach so, Sie haben das, glaube ich, nur im Scherz gesagt! Und sehr treffend. Ich pflege um diese Zeit immer meinen Tee zu trinken und werde ihn gleich bestellen: Sie werden mir doch Gesellschaft leisten.«

Er ging hinaus, und im Vorübergehen maß er mit einem Blick meinen Koffer und mein Bündel.

Ich hatte allerdings etwas recht Boshaftes sagen wollen, um Krafft zu rächen, und ich hatte es gesagt so gut ich es verstand; merkwürdig war aber, daß er meinen Ausspruch, daß solche Menschen wie *wir* doch am Leben geblieben sind, im ersten Augenblick für Ernst genommen hatte. Aber wie dem auch sein mochte, immerhin hatte er in allem mehr recht als ich, sogar was die Gefühle betraf. Ich gestand mir das ohne jedes Mißvergnügen ein, fühlte aber sehr deutlich, daß ich ihn nicht liebte.

Als man den Tee gebracht hatte, sagte ich ihm, daß ich ihn für diese eine Nacht um seine Gastfreundschaft bäte, aber wenn es nicht ginge, daß ich hier übernachtete, so sollte er es mir unumwunden sagen, dann würde ich eben in eine Herberge gehen. Darauf setzte ich ihm in aller Kürze meine Gründe auseinander und sagte ihm geradezu und einfach, daß ich mich mit Werssiloff endgültig überworfen hätte; die Einzelheiten überging ich. Wassin hörte mich aufmerksam an, jedoch ohne sich im geringsten zu wundern oder aufzuregen. Überhaupt antwortete er nur auf meine Fragen, aber er tat es bereitwillig und ließ es auch an Ausführlichkeit nicht fehlen. Von dem Brief aber, mit dem ich am Vormittag zu ihm gekommen war, um ihn um Rat zu fragen, schwieg ich ganz und sagte nur, ich hätte ihm einen Besuch machen wollen. Da ich Werssiloff mein Wort gegeben hatte, daß jetzt außer mir niemand von diesem Brief etwas wüßte, glaubte ich, nicht mehr das Recht zu haben, von diesem Brief jemandem, wem es auch sei, etwas zu sagen. Und aus irgendeinem Grunde widerstand es mir auf einmal sehr, Wassin von manchem Mitteilung zu machen. Von manchen Dingen, aber nicht von allen; so erzählte ich ihm von den Szenen auf dem Korridor und im Nebenzimmer bei seinen Nachbarinnen, und wie sich dann noch die letzte Szene in der Wohnung Werssiloffs abgespielt hatte, und es gelang mir, ihn zu interessieren: er hörte sehr aufmerksam zu, besonders als ich von Stebelkóff erzählte. Wie Stebelkóff mich über Dergatschóff hatte ausfragen wollen, mußte ich ihm zweimal erzählen, und er wurde sogar ganz nachdenklich; zum Schluß lachte er übrigens einmal kurz auf. In diesem Augenblick schien es mir plötzlich, daß Wassin durch nichts und niemand jemals in die Enge getrieben werden könnte; und ich weiß noch, der erste Gedanke daran kam mir in einer für Wassin äußerst schmeichelhaften Form.

»Überhaupt konnte ich vieles von dem, was Herr Stebelkóff mir sagte, nicht ganz verstehen«, schloß ich meinen Bericht, »er hat eine etwas irreführende Ausdrucksweise ... und es ist alles nur so obenhin gesprochen ...«

Wassin machte sogleich ein ernstes Gesicht.

»Ihm fehlt allerdings die Gabe des Wortes, aber er hat schon über manches auf den ersten Blick sehr richtige Bemerkungen gemacht, und überhaupt sind Leute wie er mehr Männer der Tat, mehr Geschäftsleute als Männer des abstrakten Denkens; unter diesem Gesichtswinkel muß man sie denn auch betrachten und beurteilen ...«

Das sagte er genau so, wie ich es mir von ihm gedacht hatte.

»Er hat übrigens bei Ihren Nachbarinnen arg geschürt, Gott weiß, womit es noch hätte enden können.«

Von diesen Nachbarinnen wußte Wassin mir nur zu berichten, daß sie erst seit etwa drei Wochen in diesem Zimmer wohnten und irgendwoher aus der Provinz gekommen waren; ihr Zimmer sei das kleinste, und wie aus allem zu ersehen wäre, müßten sie sehr arm sein; jetzt säßen sie hier und warteten auf irgend etwas. Er wußte nicht, daß die Junge in den Zeitungen Beschäftigung als Lehrerin gesucht hatte, er hatte aber von Werssiloffs Besuch bei ihnen schon gehört; Werssiloff war während seiner Abwesenheit dagewesen, aber die Wirtin hatte ihm davon erzählt. Die Nachbarinnen lebten, wie er sagte, geradezu ängstlich zurückgezogen und schienen sogar vor der Wirtin Angst zu haben. In den letzten Tagen war auch ihm schließlich aufgefallen, daß bei ihnen vielleicht nicht alles stimmte, aber zu solchen Szenen, wie ich sie an diesem Tage miterlebt hatte, war es in seiner Anwesenheit noch nie gekommen. Dieses Gespräch über die Nachbarinnen erwähne ich wegen des Folgenden. Im Nebenzimmer herrschte währenddessen Totenstille. Mit besonderem Interesse vernahm Wassin, daß Stebelkóff es für unbedingt notwendig gehalten hatte, mit der Wirtin wegen der Nachbarinnen zu sprechen, und daß er zweimal gesagt hatte: »Sie werden schon sehen, Sie werden schon sehen, behalten Sie meine Worte!«

»Und Sie werden auch bestimmt sehen, daß ihm das nicht grundlos in den Kopf gekommen ist«, sagte Wassin. »In solchen Sachen hat er einen erstaunlich scharfen Blick.«

»Ja, wie, muß man denn Ihrer Meinung nach der Wirtin raten, die Frauen aus dem Hause zu jagen?«

»Nein, so meinte ich das nicht, aber man müßte achtgeben, daß bei ihnen nicht irgend etwas passiert . . . Übrigens pflegen solche Geschichten, ob nun so oder so, doch immer auf eine Weise zu enden . . . Sprechen wir nicht davon.«

Was nun Werssiloffs Besuch bei den Nachbarinnen betraf, so weigerte er sich mit aller Entschiedenheit, irgendeine Vermutung darüber auszusprechen.

»Alles ist möglich; der Mensch hat plötzlich Geld in der Tasche gefühlt . . . Übrigens ist aber auch das möglich, sogar wahrscheinlich, daß er einfach Armen hat helfen wollen; das würde seinen Gewohnheiten entsprechen und dem, was man sich von ihm erzählt, und vielleicht auch seinen Neigungen.«

Ich erzählte, was Stebelkóff von einem »Säugling« geschwätzt hatte.

»In diesem Fall irrt sich Stebelkóff ganz und gar«, sagte Wassin, als ich zu Ende erzählt hatte, mit besonderem Ernst und Nachdruck (und das merkte ich mir). »Stebelkoff«, fuhr er fort, »verläßt sich zuweilen gar zu sehr auf seine praktische gesunde Vernunft und macht deshalb seine Folgerung entsprechend seiner Logik, die oft allerdings recht scharfsinnig ist; indessen kann die Wirklichkeit ein viel phantastischeres und ungewöhnlicheres Kolorit haben, je nachdem von welcher Art die handelnden Personen sind. So ist es auch in diesem Fall: er kennt die Sache nur zum Teil und hat nun logisch den Schluß gezogen, daß es Werssiloffs Kind sei; und doch ist es nicht Werssiloffs Kind.«

Ich drang mit Bitten in ihn und erfuhr zu meiner großen Verwunderung: das Kind stammte vom Fürsten Ssergéi Ssokólskij. Lydia Achmakówa hatte manchmal, ob nun infolge ihrer Krankheit oder einfach aus phantastischer Charakteranlage, wie eine Wahnsinnige gehandelt. So hatte sie sich noch vor ihrer Schwärmerei für Werssiloff in den Fürsten verliebt, und der Fürst hatte »kein Bedenken getragen, ihre Liebe anzunehmen«, wie Wassin sich ausdrückte. Das Verhältnis dauerte nur allerkürzeste Zeit: es war zwischen ihnen sehr bald zum Zerwürfnis gekommen, und Lydia hatte den Fürsten von sich gestoßen, »worüber dieser, glaube ich, sehr froh war«, sagte Wassin.

»Sie war ein sehr eigenartiges Mädchen«, fuhr er fort, »und mitunter vielleicht nicht ganz zurechnungsfähig. Jedenfalls hatte der Fürst, als er nach Paris abreiste, keine Ahnung davon, in welchem Zustande er sein Opfer zurückließ, ja, er hat das sogar bis zum Schluß, bis zu seiner Rückkehr nach Rußland, nicht gewußt.« Werssiloff, der inzwischen der Freund der jungen Dame geworden war, hatte ihr nun die Heirat mit ihm angeboten, eben wegen des erwähnten Umstandes (von dem, wie es scheint, auch ihre Eltern fast bis zuletzt nichts geahnt haben). Das in ihn verliebte junge Mädchen war bezaubert durch ihn und sah in dem Antrag Werssiloffs, nach Wassins Äußerung, »nicht nur die Selbstaufopferung seinerseits«, die sie übrigens auch zu schätzen wußte. »Natürlich wird er schon verstanden haben, die Sache richtig anzufassen«, meinte Wassin. Das Kind (ein Mädchen) war einen Monat oder sechs Wochen zu früh zur Welt gekommen und irgendwo in Deutschland zum Aufziehen untergebracht worden; später aber hatte Werssiloff das Kind nach Rußland bringen lassen, und jetzt war es vielleicht sogar in Petersburg.

»Und die Phosphorstreichhölzer?« fragte ich.

»Davon weiß ich nichts«, schloß Wassin. »Lydia Achmakowa starb zwei Wochen nach der Geburt des Kindes: was da geschehen ist, weiß ich nicht. Der Fürst, der damals gerade aus Paris zurückgekehrt war, erfuhr nur, daß sie ein Kind zur Welt gebracht hatte, und da hat er, wie es scheint, zuerst nicht glauben wollen, daß es von ihm wäre ... Überhaupt wird diese Geschichte von allen Seiten so geheimgehalten, selbst jetzt noch ...«

»Aber was ist das für ein Mensch, dieser Fürst!« rief ich empört. »Was ist das für ein Verhalten zu einem kranken Mädchen!«

»Sie war damals noch nicht krank ... Außerdem hat sie ihm ja selbst den Laufpaß gegeben ... Allerdings hat er seine Verabschiedung vielleicht etwas zu bereitwillig angenommen.«

»Sie verteidigen noch einen solchen Schurken?«

»Nein, ich nenne ihn nur nicht ohne weiteres einen Schurken. Hierbei ist noch vieles andere mit im Spiel, außer wirklicher Schurkerei. Überhaupt war das ein ziemlich alltäglicher Fall.«

»Sagen Sie, Wassin, Sie haben ihn doch näher gekannt? Ich würde mich gern auf Ihr Urteil verlassen, gerade jetzt und wegen eines Umstandes, der mich nicht wenig angeht.«

Aber hierauf antwortete mir Wassin bereits merklich zurückhaltend. Den Fürsten kannte er, aber unter welchen Umständen er seine Bekanntschaft gemacht hatte, das verschwieg er, und offenbar mit Absicht. Er meinte nur, der Fürst verdiene wegen seines Charakters eine gewisse Nachsicht. »Er hat viele gute Eigenschaften, und es ist in ihm ehrliches Wollen ... und er ist auch sehr eindrucksfähig, aber er hat weder genügend gesunde Vernunft noch wirkliche Willenskraft, um seine Wünsche zu beherrschen.« Eigentlich sei er ganz ungebildet. »Eine Menge von Ideen und Erscheinungen sind für ihn gar nicht faßbar, indessen sind es gerade diese, die ihn faszinieren. Und dann versteift er sich auf das, was er für seine Überzeugung hält, und wird Ihnen aufdringlich beweisen wollen, daß er recht habe, zum Beispiel so: ‚Ich bin ein Fürst und stamme von Rjurik ab; aber warum soll ich nicht Schustergeselle werden, wenn ich mir mein Brot verdienen muß und zu keinem anderen Erwerb fähig bin? Auf meinem Schild wird stehen: „Schuster Fürst Soundso" – und es wird sogar vornehm sein.' Und er wird es nicht nur sagen, er geht hin und tut es auch wirklich .... das ist die Hauptsache«, fügte Wassin hinzu. »Indessen handelt es sich hierbei nicht um Überzeugungskraft, sondern einzig um leichtsinnigste Eindrucksfähigkeit, Hingabe an die jeweilige Stimmung. Dafür stellt sich dann später unfehlbar die Reue ein, und dann ist er immer bereit, in irgendein entgegengesetztes Extrem zu verfallen; und darin besteht sein ganzes Leben. In unserer Zeit sind viele auf diese Art in die Klemme geraten«, bemerkte Wassin, »eben dadurch, daß sie in unserer Zeit geboren sind.«

Ich wurde unwillkürlich nachdenklich.

»Ist es wahr, daß er von seinem Regiment gezwungen worden ist, den Dienst zu quittieren?« erkundigte ich mich.

»Ich weiß nicht, inwieweit er dazu gezwungen worden ist, aber er hat das Regiment allerdings wegen Unannehmlichkeiten verlassen. Ist es Ihnen bekannt, daß er im vorigen Herbst, als er schon den Abschied erhalten hatte, zwei oder drei Monate in Luga verbracht hat?«

»Ich ... ich weiß, daß Sie damals in Luga waren.«

»Ja, eine Zeitlang auch ich. Der Fürst war auch mit Lisawéta Makárowna bekannt.«

»Ja? Das wußte ich nicht. Ich muß gestehen, ich habe noch so wenig mit meiner Schwester gesprochen ... Aber wie, – ist er denn im Hause meiner Mutter empfangen worden?« fragte ich bestürzt.

»O nein; er war ja nur entfernt bekannt mit ihr, durch ein drittes Haus.«

»Ja, richtig, was war es doch, was meine Schwester mir von diesem Kinde sagte? War denn auch dieses Kind in Luga?«

»Eine Zeitlang.«

»Und wo ist es jetzt?«

»Bestimmt in Petersburg.«

»Nein, nie im Leben glaube ich das«, rief ich maßlos aufgebracht, »daß meine Mutter an dieser Geschichte mit der Lydia auch nur im geringsten beteiligt gewesen sei!«

»Die Rolle Werssiloffs in dieser ganzen Geschichte hat, wenn man von allen diesen Intrigen absieht, die zu erklären ich nicht versuchen will, eigentlich nichts besonders Tadelnswertes«, bemerkte Wassin mit einem nachsichtigen Lächeln. Ich glaube, es wurde ihm schwer, mit mir zu sprechen, aber er ließ es sich nicht anmerken.

»Nie, nie werde ich es glauben, daß eine Frau ihren Mann einer anderen Frau abtreten könnte!« rief ich wieder erregt, »das kann ich einfach nicht glauben! ... Ich schwöre Ihnen, meine Mutter kann in dieser Geschichte nie und nimmer eine Rolle gespielt haben!«

»Allein, es scheint doch, daß sie keinen Einspruch erhoben hat?«

»Ich hätte an ihrer Stelle schon aus Stolz keinen Einspruch erhoben!«

»Ich muß es meinerseits vollständig ablehnen, über eine solche Sache zu urteilen«, äußerte sich Wassin dazu.

Es war wirklich möglich, daß Wassin, trotz all seinem unstreitigen Verstande, von den Frauen vielleicht überhaupt nichts verstand, so daß ein ganzer Kreis von Ideen und Erscheinungen für ihn fremd blieb. Ich verstummte. Wassin war damals zeitweilig bei einer Aktiengesellschaft angestellt, und ich wußte, daß er gewöhnlich noch Arbeit nach Hause mitnahm. Auf meine beharrlichen Fragen gestand er endlich, daß er auch jetzt eine Arbeit hatte – irgendwelche Rechnungen zu prüfen –, und ich bat ihn dringend, sich durch mich nicht davon abhalten zu lassen. Das war ihm, glaube ich, sehr angenehm; aber noch bevor er sich an die Arbeit setzte, machte er für mich auf dem Sofa ein Nachtlager zurecht. Zuerst wollte er mir sein Bett abtreten, als ich aber darauf nicht einging, war er, glaube ich, auch damit sehr zufrieden. Von der Wirtin verschaffte er sich ein Kissen und eine Decke. Wassin war ungemein artig und freundlich, aber es war mir doch gewissermaßen peinlich zu sehen, wie er sich so um meinetwillen bemühte. Es war mir viel angenehmer zumute gewesen, als ich einmal, etwa drei Wochen vorher, bei Jefim auf der Petersburger Seite zufällig übernachtet hatte. Auch er hatte ein Lager für mich bereitet, gleichfalls auf einem Sofa in seinem Zimmer – und zwar heimlich, damit die Tante nichts davon hörte, denn er fürchtete, sie könnte böse werden, wenn sie erführe, daß seine Freunde bei ihm übernachteten. Wir hatten während des Herrichtens nicht wenig gelacht: das Bettlaken wurde durch ein Hemd ersetzt und das fehlende Kissen durch einen zusammengelegten Mantel. Ich weiß noch: als das Werk beendet war, schlug Jefim mit liebevollem Stolz auf die Sprungfedern der Polsterung, schnippte vergnügt mit den Fingern und sagte:

»Vous dormirez comme un petit roi!«

Und seine harmlose Lustigkeit und dazu diese französische Phrase, die zu ihm paßte wie ein Sattel auf eine Kuh, hatten bewirkt, daß ich mich damals bei diesem närrischen Kauz mit Vergnügen und ganz vorzüglich ausschlief. Hier dagegen, bei Wassin war ich allerdings erst froh, als er endlich, mit dem Rücken zu mir, an seiner Arbeit saß. Ich streckte mich auf dem Sofa aus und dachte, während ich seinen Rükken betrachtete, über vieles lange nach.

III

Und ich hatte wahrlich auch Stoff zum Nachdenken. In meinem Innern war Unklarheit und Unruhe und doch keine greifbare, zwingende Veranlassung dazu; einzelne Empfindungen traten sehr deutlich hervor, aber keine einzige von ihnen riß mich ganz mit sich fort, da ihrer so viele waren. Alles tauchte nur flüchtig auf, ohne Zusammenhang und Reihenfolge, und ich hatte auch selbst gar keine Lust, bei irgend etwas zu verweilen oder Ordnung in die Reihenfolge zu bringen. Sogar der Gedanke an Krafft trat unmerklich zurück – und geriet immer mehr in den Hintergrund. Am meisten beschäftigte und erregte mich meine eigene Lage: daß ich nun schon mit ihnen »gebrochen« hatte, daß mein Koffer bei mir war und ich nicht mehr zu Hause schlief, und daß jetzt bereits das Neue begonnen hatte, ganz als hätte ich mit allen meinen Absichten und Vorbereitungen bisher nur im Scherz gespielt, und als hätte »erst jetzt, und vor allem ganz plötzlich und *unvermutet*, die Wirklichkeit begonnen«. Aber diese Vorstellung gab mir Mut, und so unklar und unruhig ich mich innerlich aus vielen Gründen auch fuhlte, sie machte mich sogar froh. Aber . . . aber es waren da auch noch andere Empfindungen; und eine von diesen wollte sich aus allen anderen ganz besonders hervordrängen und sich meiner Seele bemächtigen. Und sonderbar, auch diese Empfindung ermunterte mich: sie rief mich gleichsam zu etwas ungemein Lustigem. Und doch hatte sie mit einer Angst angefangen: ich fürchtete, und schon lange, schon seit dem Augenblick des Geschehens, daß ich in der Hitze und Überrumpelung der Achmakowa zuviel von dem Dokument gesagt hatte. ‚Ja, ich habe zuviel gesagt', dachte ich, ‚und nun werden sie womöglich etwas erraten ... fatal! Natürlich werden sie mir keine Ruhe mehr lassen, wenn sie Verdacht geschöpft haben, aber ... meinetwegen! Übrigens, sie werden mich nicht einmal finden: ich verstecke mich, ganz einfach! Was aber dann, wenn sie wirklich anfangen mich zu verfolgen ...' Und ich begann mich bis in alle Einzelheiten und mit wachsendem Vergnügen zu erinnern, wie ich vor Katerina Nikolájewna gestanden hatte, und wie ihre furchtlosen, nur maßlos verwunderten Augen mich unverwandt angesehen hatten. Und auch als ich hinausgegangen war, hatte ich sie in derselben Verwunderung zurückgelassen, erinnerte ich mich. ‚Ihre Augen sind aber doch nicht ganz dunkel ... nur die Wimpern sind ganz schwarz, deshalb erscheinen auch die Augen so dunkel ...'

Und auf einmal, ich weiß noch, wurde mir die Erinnerung unendlich widerlich ... und ärgerlich und ekelhaft wurden mir sowohl die beiden Frauen wie ich mir selbst. Ich warf mir da irgend etwas vor und bemühte mich, an anderes zu denken. ‚Warum ist in mir nicht die geringste Empörung über Werssiloff wegen der Geschichte mit der Nachbarin?' ging es mir plötzlich durch den Sinn. Ich war natürlich fest überzeugt, daß er ein Liebeserlebnis gesucht und sie nur deshalb aufgesucht hatte, aber das empörte mich eigentlich gar nicht. Es schien mir sogar, daß man ihn sich überhaupt nicht anders denken könne, und wenn es mich auch freute, daß er bloßgestellt worden war, so verurteilte ich ihn doch nicht. Das war nicht wichtig für mich; wichtig war aber für mich, daß er mich so böse angesehen hatte, als ich mit dieser Nachbarin eingetreten war, daß er mich so angesehen hatte wie noch nie zuvor. ‚Also endlich hat auch er mich *ernst* genommen!' dachte ich mit stockendem Herzschlag. Oh, wenn ich ihn nicht so geliebt hätte, sein Haß hätte mich nicht so gefreut!

Endlich kam der Schlaf über mich, und ich schlief fest ein. Ich sah nur noch, halb schon schlafend, wie Wassin nach Beendigung seiner Arbeit alles ordentlich zusammenräumte und, nach einem prüfenden Blick auf mich, sich auszukleiden begann und das Licht löschte. Das war um ein Uhr nachts.

IV

Fast genau zwei Stunden später fuhr ich wirr aus dem Schlaf auf und kam, auf meinem Sofa sitzend, erschrocken zu mir. Hinter der Tür, im Zimmer der Nachbarinnen, ertönten schreckliche Schreie, dazwischen verzweifeltes Weinen und Heulen. Unsere Zimmertür stand offen, und auf dem Korridor, der schon erhellt war, schrien und liefen Leute. Ich wollte schon Wassin anrufen, erriet aber, daß er nicht mehr im Bett war. Ich wußte nicht, wo die Streichholzschachtel lag, so tastete ich nach meinen Sachen und begann mich in der Dunkelheit schnell anzukleiden. Im Nebenzimmer waren die Wirtin und wohl auch die anderen Zimmermieter schon zusammengelaufen. Übrigens war es nur eine Stimme, die so schrie und weinte, eben die der älteren Nachbarin, während die junge Stimme, die ich am Tage gehört und gut behalten hatte, gänzlich schwieg; ich erinnere mich noch, daß mir dies gleich als merkwürdig auffiel. Ich hatte noch nicht Zeit gehabt, mich ganz anzuziehen, als Wassin eilig eintrat; im Nu fand er mit gewohnter Hand die Streichhölzer und machte Licht im Zimmer. Er hatte über seiner Wäsche nur seinen Schlafrock an, die Füße staken in Pantoffeln, und er machte sich sogleich ans Ankleiden.

»Was ist geschehen?« fragte ich ihn bestürzt.

»Eine sehr unangenehme Sache mit endlosen Scherereien«, versetzte er fast wütend. »Die junge Nachbarin, von der

Sie mir erzählten, hat sich dort in ihrem Zimmer erhängt.«

Ich schrie auf. Ich vermag gar nicht wiederzugeben, was ich empfand! Wir eilten auf den Korridor hinaus. Ich muß gestehen, ich wagte nicht, in ihr Zimmer einzutreten, und so sah ich die Unglückliche erst später, als man sie schon aus der Schlinge genommen hatte, und auch dann, aufrichtig gesagt, nur aus einiger Entfernung, wie sie dalag, mit einem Laken zugedeckt, unter dem nur die zwei schmalen Sohlen ihrer Schuhe hervorsahen. So habe ich ihr denn auch, ich weiß nicht warum, überhaupt nicht ins Gesicht gesehen. Ihre Mutter war in einer furchtbaren Verfassung; die Wirtin, die übrigens gar nicht so sehr erschrocken zu sein schien, war bei ihr. Desgleichen waren alle übrigen Mieter zugegen und drängten sich da herum. Es waren nicht viele: ein alter Seemann, der immer sehr brummig und anspruchsvoll war, sich jetzt aber ganz still verhielt, und ein altes Ehepaar aus dem Gouvernement Túla, ganz ehrenwerte Leute aus dem Beamtenstande. Ich will den Verlauf dieser Nacht, alle diese Laufereien und später auch die offiziellen Besuche, nicht weiter beschreiben; bis zum Morgengrauen zitterte ich buchstäblich die ganze Zeit wie bei einem Schüttelfrost und hielt es für meine Pflicht, mich nicht hinzulegen, obgleich ich nichts zu tun hatte und auch nichts tat. Eigentlich sahen alle sehr munter aus, ja sogar irgendwie besonders aufgeweckt. Wassin fuhr irgendwohin. Die Wirtin zeigte sich als ganz achtbare Frau, jedenfalls war sie besser, als ich erwartet hatte. Ich erklärte ihr (und das rechne ich mir zur Ehre an), daß man die Mutter jetzt nicht bei der Leiche der Tochter so allein lassen könne, und daß sie die Arme wenigstens bis zum nächsten Tage bei sich in ihrem Zimmer aufnehmen müsse. Sie war dazu gleich bereit, und wie sehr sich die Mutter auch wehrte, und sich schluchzend weigerte, die Leiche zu verlassen, zu guter Letzt gelang es doch, sie zur Wirtin hinüberzuführen, die sogleich ihren Ssamowár aufstellen ließ. Hierauf zogen sich auch die übrigen in ihre Zimmer zurück und schlossen die Türen, ich aber wollte mich um keinen Preis hinlegen und saß noch lange bei der Wirtin, die sogar froh war über die Gegenwart eines dritten Menschen, der außerdem noch manches auf den Vorfall Bezügliche mitteilen konnte. Der Tee kam uns sehr zustatten, und überhaupt ist der Ssamowár eine der allernotwendigsten Sachen im russischen Leben, besonders bei Katastrophen und Unglücksfällen, namentlich, wenn es plötzliche, schreckliche und ganz außergewöhnliche sind. Selbst diese verzweifelte Mutter trank schließlich zwei Täßchen, natürlich erst nach langem Zureden unsererseits und Versuchen, sie womöglich dazu zu zwingen. Und doch muß ich aufrichtig sagen, daß ich noch nie einen so grausamen und unmittelbaren Schmerz gesehen habe wie damals bei dieser Unglücklichen. Nach den ersten Ausbrüchen der Verzweiflung und Hysterie begann sie zu sprechen; sie hatte offenbar das Bedürfnis, zu sprechen, und ich hörte ihr gierig zu. Es gibt Unglückliche, besonders unter Frauen, die man in solchen Fällen unbedingt soviel wie möglich sprechen lassen muß. Gibt es doch tatsächlich Menschen, die vom Kummer schon so zermürbt sind, die ihr ganzes Leben lang gelitten, die schon soviel und Ungeheuerliches erduldet haben, und beständig um kleinlicher Dinge willen, daß sie durch nichts mehr erschüttert werden können, auch nicht durch plötzliche Katastrophen, daß sie sogar am Sarge des geliebtesten Wesens keine einzige der so hart erworbenen Regeln ihres diensteifrigen Umgangs mit Menschen vergessen. Und ich verurteile sie nicht: hier ist es nicht niedrige Selbstsucht, nicht Gefühlsroheit; in diesen Herzen findet sich vielleicht mehr Gold als in denen der scheinbar edelsten Heldinnen; aber die Gewohnheit der langen Erniedrigung, der Selbsterhaltungstrieb, die langjährige Einschüchterung und Niedergedrücktheit erweisen sich schließlich als stärker. Darin hatte die arme Selbstmörderin ihrer Mutter nicht geglichen. Übrigens war in ihren Gesichtszügen, wenn ich mich nicht irre, doch eine Ähnlichkeit vorhanden, obgleich die Verstorbene entschieden hübsch gewesen war. Die Mutter war noch keine sehr alte Frau, erst gegen fünfzig, ebenso blond wie die Tochter, aber ihre Augen und Wangen waren eingefallen, ihre Zähne ungleichmäßig, groß und gelb. Ja, eigentlich war alles an ihr gelblich: die Haut ihres Gesichts und ihrer Hände erinnerte an Pergament. Ihr dunkles billiges Kleid hatte vor Alter auch schon einen braungelben Farbton, und den Nagel des Zeigefingers ihrer rechten Hand hatte sie, ich weiß nicht weshalb, sorgfältig und sauber mit gelbem Wachs beklebt.

Die Erzählung der armen Frau war zum Teil zusammenhanglos. Ich werde sie wiedergeben, wie ich sie selbst verstanden und soweit ich ihre Worte behalten habe.

V

Sie waren aus Moskau gekommen. Die Mutter war schon lange Witwe, »aber doch Hofrätin«, wie sie sagte; ihr Mann hatte sein Beamtengehalt gehabt und fast nichts hinterlassen, »außer einer Jahrespension von zweihundert Rubeln. Aber was sind zweihundert Rubel?« Immerhin hatte sie ihre Tochter erziehen und das Gymnasium beenden lassen können ... »Und wie sie gelernt hat, wie gut sie gelernt hat! – sogar die Silberne Medaille hat sie nach dem Schlußexamen bekommen ...« (Hier begann sie natürlich wieder zu weinen.) Ihr verstorbener Mann hatte früher einmal an einen hiesigen (Petersburger) Kaufmann ein Kapital von viertausend Rubeln verloren. Da erfuhren sie, daß dieser Kaufmann inzwischen reich geworden war, »und ich hatte Dokumente, ich begann mich zu erkundigen, und da sagte man mir, ich solle einen Prozeß anstrengen, ich würde bestimmt alles wiederbekommen ... Und so fragte ich denn bei ihm an, und der Kaufmann schien darauf einzugehen; aber man riet uns doch, selbst herzureisen. Und so machten wir uns denn auf die Reise. Vor einem Monat trafen wir hier ein. Aber was haben wir denn für Mittel? So nahmen wir dieses Zimmerchen, weil es das kleinste von allen ist und in einem anständigen Hause, das sahen wir doch gleich, und darum war es uns am meisten zu tun. Wir sind doch unerfahrene Frauen, ein jeder kann uns beleidigen. Nun, Ihnen bezahlten wir für einen Monat voraus, hier etwas Geld und dort etwas Geld, für dies und für das, Petersburg ist doch so teuer, unser Kaufmann aber denkt nicht daran, uns etwas auszuzahlen: ‚Kenne Sie nicht und weiß von nichts‘, sagte er. Mein Dokument ist aber nicht ganz so, wie es sein müßte, das sehe ich ja auch selbst ein. Und da riet man mir denn: Gehen Sie doch zu unserem berühmten Rechtsanwalt; der ist sogar Professor gewesen, ist nicht so ein gewöhnlicher Advokat, sondern sozusagen ein bedeutender Jurist, damit er Ihnen dann schon richtig sagt, was nun zu tun ist. So nahm ich denn meine letzten fünfzehn Rubel und trug sie zu ihm hin; er ließ mich denn auch zu sich hereinbitten, hörte mich aber nicht einmal drei Minuten lang an: ‚Ich sehe schon‘, sagt er, ‚ich weiß schon‘, sagt er, ‚wenn der Kaufmann will‘, sagt er, ‚dann wird er es zurückgeben, wenn er aber nicht will, dann nicht‘, sagt er, ‚und wenn Sie einen Prozeß anstrengen, können Sie noch die Kosten tragen. Am besten ist, Sie legen es gütlich bei.‘ Und er scherzte noch mit einem Bibelspruch: ‚Seien Sie willfähig mit Ihrem Widersacher, dieweil Sie noch auf dem Wege sind‘, sagt er, ‚denn sonst kommt man nicht von dannen heraus, bis daß man den letzten Heller bezahlt hat‘ – und damit geleitet er mich hinaus und lacht noch. Da waren sie nun hin, meine fünfzehn Rubel! Ich komme zurück zu meiner Olä, wir sitzen uns gegenüber, da begann ich denn zu weinen. Sie weint nicht; sitzt so stolz da, ist unwillig. Und immer ist sie so gewesen, von Kindheit an, schon als ganz kleines Mädchen, niemals hat sie geklagt, niemals geweint, sie sitzt nur da und sieht so streng aus, daß mir ganz bange wird, sie anzusehen. Und werden Sie es mir glauben: ich habe doch Angst vor ihr gehabt, wirklich, hab' schon lange Angst vor ihr gehabt, und schon oft habe ich weinen wollen, hab' es aber nicht gewagt, wenn sie dabei war. So ging ich denn zum letztenmal zum

Kaufmann, weinte mich bei ihm aus: ‚Schon gut', sagt er, hört mich nicht einmal an. Und dabei waren wir, das muß ich Ihnen nun schon gestehen, wir waren, da wir doch nicht darauf gerechnet hatten, so lange hierbleiben zu müssen, so waren wir denn schon lange ohne Geld. Da mußte ich denn nach und nach von unseren Kleidern dies und jenes forttragen: was wir versetzten, davon lebten wir dann. Alle unsere Sachen hatten wir schon versetzt, bis sie schließlich ihre letzte Wäsche zusammensuchte und mir abgab; nun hielt ich es nicht mehr aus und fing bitterlich zu weinen an. Da stampfte sie mit dem Fuß auf, sprang auf und lief selbst zum Kaufmann. Er ist Witwer; er sprach mit ihr. ‚Kommen Sie übermorgen', sagt er, ‚um fünf; vielleicht sage ich Ihnen dann etwas.' Sie kam ganz froh zurück; ‚Übermorgen wird er mir Bescheid geben', sagt sie. Nun, auch ich war froh, aber ins Herz kroch mir dabei doch so was Kaltes: was wird das nun sein? denk' ich so bei mir, aber sie zu fragen wag' ich doch nicht. Übermorgen, hatte er gesagt, sollte sie zu ihm kommen, aber wie sie dann von ihm zurückkehrte, war sie ganz blaß und zitterte am ganzen Körper und warf sich aufs Bett . . . Da erriet ich alles und wagte nichts mehr zu fragen. Was glauben Sie wohl, er hatte ihr fünfzehn Rubel angeboten, dieser Räuber, und gesagt: ‚Und wenn ich volle Unschuld finde, geb' ich vierzig Rubel und noch was drüber.' Und hatte ihr das so ins Gesicht gesagt, hatte sich nicht geschämt, das so zu sagen! Da war sie auf ihn losgestürzt, erzählte sie mir, aber er hatte sie zurückgestoßen und sich im Nebenzimmer sogar vor ihr eingeschlossen. Und dabei hatten wir, ich schwöre es Ihnen, nichts mehr zu essen. So brachten wir unsere letzte warme Jacke hin, sie war mit Hasenfell gefüttert, und verkauften sie, und dann ging sie und machte in der Zeitung bekannt, daß sie in allen Fächern unterrichtet, auch in der Arithmetik. ‚Wenigstens dreißig Kopeken wird man mir doch zahlen', sagte sie zu mir. Aber zu guter Letzt, Mütterchen, hat sie mich wirklich in Schrekken versetzt: kein Wort hat sie mit mir gesprochen, stundenlang sitzt sie am Fenster und starrt auf das Dach des Hauses gegenüber, bis sie plötzlich auffährt: ‚Meinetwegen Wäsche waschen, meinetwegen Erde graben!‘ oder so was ruft sie aus und stampft mit dem Fuß. Und mit keiner Menschenseele sind wir hier bekannt, kennen keinen, an den wir uns wenden, den wir um Rat fragen könnten. Was wird nun aus uns werden? denk' ich. Aber mit ihr darüber zu reden, wag' ich schon gar nicht. Einmal schlief sie ein bißchen am Tage, und wie sie erwachte, die Augen aufschlug, sah sie mich an: ich saß auf dem Koffer und sah sie gleichfalls an. Da stand sie schweigend auf, kam zu mir, schlang fest, so fest, ihre Arme um mich, und da erst konnten wir uns beide nicht mehr beherrschen und brachen in Tränen aus, und so saßen wir denn und weinten und ließen uns nicht aus den Armen. Zum erstenmal in ihrem Leben war sie so. Und während wir noch so beieinander sitzen, kommt Ihre Nastassja herein und sagt: ‚Da ist eine Dame, die sich nach Ihnen erkundigt und Sie sprechen will.‘ Das war erst vor vier Tagen. Die Dame kommt herein: wir sehen, sie ist so schön gekleidet, spricht zwar Russisch, hat aber so eine deutsche Aussprache: ‚Sie haben in der Zeitung bekanntgemacht, daß Sie Stunden geben‘, sagt sie. Da waren wir so froh, baten sie, doch Platz zu nehmen, und sie lachte so freundlich: ‚Nicht zu mir‘, sagt sie, ‚aber meine Nichte hat kleine Kinder; wenn es Ihnen recht ist, bemühen Sie sich vielleicht zu uns, dann können wir alles besprechen.‘ Sie gab uns ihre Adresse, bei der Wossesenskij-Brücke wohnte sie, im Hause Nummer soundso, und auch die Wohnungsnummer nannte sie. Dann ging sie. Óletschka wollte keine Zeit verlieren, ging noch am selben Tage hin – nach zwei Stunden kam sie zurück, außer sich, weint und schlägt um sich wie in Krämpfen. Später erzählte sie mir: ‚Ich fragte den Hausmeister nach der Wohnung‘, sagte sie, ‚die und die Nummer. Der sah mich‘, sagte sie, ‚so merkwürdig an‘: ‚Was wollen Sie denn dort in dieser Wohnung?‘ hat er sie so eigentümlich gefragt, daß sie schon gleich hätte Verdacht schöpfen können. Sie aber war ja schon immer so stolz und ungeduldig, solche Fragen und Unhöflichkeiten hat sie nie ertragen. ‚Dort hinauf', sagt schließlich der Hausmeister und weist mit dem Finger nach der Treppe, und dann hat er sich umgedreht und ist in seine Kammer gegangen. Und können Sie sich denken: sie geht hinein, erkundigt sich: da kommen schon von allen Seiten Frauenzimmer herbeigelaufen! ‚Bitte, treten Sie näher, bitte hier, bitte sehr!' – lauter Frauenzimmer, und sie lachen, umringen sie, und alle sind geschminkt und aufgeputzt und schamlos, spielen Klavier, ziehen sie mit. – ‚Ich wollte fort', sagte sie, ‚wollte hinauslaufen, aber sie hielten mich fest.' Da hat schreckliche Angst sie erfaßt, und die Knie haben ihr gezittert, aber man ließ sie einfach nicht fort, man redete ihr zu, man war so freundlich, Portweinflaschen wurden entkorkt, es wurde eingeschenkt, angeboten, genötigt. Da war sie denn aufgesprungen und hatte geschrien, so laut sie konnte: ‚Lassen Sie mich, lassen Sie mich!' und da war sie zur Tür gestürzt, die Tür wird aber von ihnen zugehalten, sie aber schreit und ruft um Hilfe; da springt plötzlich die herzu, die bei uns gewesen war, und schlägt meiner Olä zweimal ins Gesicht und stößt sie zur Tür hinaus. ‚Du bist es nicht wert, du altes Fell, in einem feinen Hause zu sein!' schreit sie ihr zu, und eine andere schreit ihr noch auf die Treppe nach: ‚Du bist selbst zu uns gekommen, um dich uns aufzudrängen, weil du nichts zu fressen hast, wir aber hätten eine solche Fratze überhaupt nicht beachtet!' Diese ganze Nacht war sie wie im Fieber, sie phantasierte sogar im Schlaf, und am nächsten Morgen brannten ihre Augen, sie stand auf, ging umher . . . ‚Der Polizei anzeigen', sagt sie, ‚ich bringe sie vor den Richter, vors Gericht!' Ich schweige, denke so bei mir: und was gewinnst du dadurch, womit beweist du? Sie aber geht immer noch ruhelos umher, ringt die Hände, die Tränen rollen ihr über die Wangen, aber die Lippen hat sie zusammengepreßt, unbeweglich. Und ihr ganzes Gesicht war von Stund' an verfinstert, und so blieb es auch bis zum Ende. Am dritten Tage wurde ihr leichter, sie schwieg, als hätte sie sich beruhigt. Und gerade an dem Tage, gegen vier Uhr nachmittags, suchte uns Herr Werssiloff auf.

Ich muß wohl offen sagen: ich kann noch immer nicht verstehen, wie das kam, daß meine Ólä, die doch schon so mißtrauisch geworden war, damals gleich nach seinem ersten Wort ihn anzuhören begann! Was uns beide am meisten und von vornherein für ihn einnahm, das war, daß er so ernst, ja sogar streng aussah; und er sprach so ruhig, so sachlich, und dabei ist er so höflich – was sage ich, höflich! – geradezu ehrerbietig ist er, und dabei nicht eine Spur von einem Sich-einschmeicheln-wollen. Man sieht sofort, dieser Mensch ist mit reinen Gedanken gekommen. Er sagte: ‚Ich habe Ihre Anzeige in der Zeitung gelesen, Sie haben sie aber', sagt er, ‚nicht ganz richtig abgefaßt, und der Fehler könnte leicht zu einem falschen Urteil über Sie verleiten.' Und er fing an, ihr das zu erklären, aber ich muß sagen, ich habe nicht alles ganz verstanden, – von der Arithmetik sagte er da etwas. Nur sehe ich, meine Olä wird plötzlich ganz rot und ist wieder wie neubelebt, hört ihn aufmerksam an, spricht mit ihm so bereitwillig (und er muß doch auch ein sehr kluger Mensch sein!), und was höre ich: sie bedankt sich bei ihm sogar. Er fragte sie nach allem so sachlich und gewissenhaft, und man merkte gleich, daß er lange in Moskau gelebt hatte, und es erwies sich, daß er die Direktrice des ersten Mädchengymnasiums dort persönlich kannte. ‚Stunden', sagt er, ‚werde ich Ihnen bestimmt verschaffen, denn ich bin hier mit vielen bekannt und kann auch viele einflußreiche Persönlichkeiten darum bitten, und falls Sie eine dauernde Stellung wünschen, so könnte man auch das im Auge behalten ... vorläufig aber – verzeihen Sie', sagt er, ‚wenn ich eine offene Frage an Sie richte: Könnte ich Ihnen nicht jetzt gleich irgendeinen Dienst erweisen? Betrachten Sie es so', sagt er, ‚daß nicht ich Ihnen einen Gefallen erweise, sondern Sie mir damit ein Vergnügen bereiten, wenn Sie es zulassen, daß ich Ihnen in irgendeiner Form meine Hilfe anbieten darf. Fassen Sie es meinetwegen als Darlehen auf', sagt er, und sobald

Sie eine Stellung erhalten haben, können Sie das ja in kürzester Zeit mit mir verrechnen. Sollte ich jemals in eine ähnliche Lage geraten, während Sie wohlhabend sind, so würde ich mich, glauben Sie mir bei meiner Ehre, wegen einer solchen Hilfe ohne weiteres an Sie wenden, würde auch meine Frau und Tochter in solchem Fall zu Ihnen schicken...‘ oder so ungefähr drückte er sich aus, ich habe nicht alle seine Worte behalten, ich weiß nur, daß mir Tränen in die Augen traten, denn ich sah, daß auch bei meiner Olä die Lippen bebten vor Dankbarkeit: ‚Wenn ich es annehme‘, antwortete sie, ‚so tue ich das nur, weil ich Vertrauen habe zu einem anständigen und humanen Menschen, der mein Vater sein könnte . . .‘ Und so hübsch sagte sie ihm das, so zurückhaltend und vornehm, so – ‚einem humanen Menschen‘, sagte sie. Er erhob sich sofort. ‚Unbedingt‘, sagte er, ‚unbedingt werde ich Ihnen Privatstunden und auch eine Anstellung verschaffen: ich werde unverzüglich das Nötige tun, denn Ihre Zeugnisse genügen ja vollkommen . . .‘ Ich vergaß vorhin zu sagen, daß er sich gleich als erstes alle ihre Zeugnisse vom Gymnasium hatte zeigen lassen und sie durchgesehen hatte, und dann hatte er sie noch selbst in verschiedenen Fächern examiniert . . . Olä sagte noch später zu mir: ‚Mamachen, er hat mich doch in allen Fächern examiniert, und wie klug er ist, Mamachen‘, sagt sie, ‚ich habe noch niemals mit einem so klugen und gebildeten Menschen gesprochen . . .‘ Und sie strahlte nur so. Das Geld – es waren sechzig Rubel – lag noch auf dem Tisch. ‚Legen Sie es fort, Mamachen‘, sagte sie, ‚wenn ich meine Anstellung habe, wird es unsere erste Pflicht sein, ihm das so bald wie möglich zurückzugeben, wir werden ihm beweisen, daß wir anständig sind; und daß wir Takt haben, das hat er schon gesehen.‘ Dann schwieg sie wieder ein Weilchen; ich sehe, sie sinnt und atmet so tief. ‚Wissen Sie‘, sagt sie plötzlich zu mir, ‚wissen Sie, Mamachen, wenn wir taktlos wären, so würden wir seine Hilfe vielleicht aus Stolz nicht angenommen haben; daß wir sie aber von ihm angenommen haben, gerade dadurch haben wir ihm unser Zartgefühl bewiesen, und daß wir ihm unser Vertrauen schenken, als einem ehrenwerten Manne mit schon ergrauendem Haar, nicht wahr?‘ Ich verstand sie nicht gleich und fragte: ‚Aber warum denn, Olä, warum soll man von einem edlen und reichen Menschen nicht eine Wohltat annehmen, wenn er außerdem noch ein Mensch mit einem guten Herzen ist?‘ Sie runzelte die Stirn. ‚Nein, Mamachen‘, sagte sie, ‚das ist es nicht, nicht die Wohltat war nötig, sondern seine Menschlichkeit‘, sagte sie, ‚die ist hier das Wertvolle. Und das Geld, das hätten wir lieber gar nicht annehmen sollen, Mamachen: da er doch versprochen hat, mir eine Anstellung zu verschaffen, so ist auch das schon genug ... wenn wir es auch noch so nötig hätten.‘ – ‚Ach, Olä‘, sag ich, ‚wir haben es doch wohl mehr als nur nötig, wie sollen wir denn ohne das auskommen? – da mußten wir es doch schon annehmen‘, sag ich, der Gedanke kam mir sogar spaßig vor, und ich lächelte noch über sie. Ich war so froh innerlich, aber nach einer Stunde sagt sie mir auf einmal: ‚Mamachen‘, sagt sie, ‚warten Sie noch etwas, geben Sie das Geld noch nicht aus‘ – und so bestimmt sagt sie es. ‚Warum nicht?‘ frage ich. – ‚Ich will es nicht!‘ sagt sie kurz, bricht ab und verstummt. Für den ganzen Abend blieb sie stumm; erst in der Nacht, so gegen zwei Uhr, wache ich auf und höre, Olä bewegt sich in ihrem Bett: ‚Sie schlafen nicht, Mamachen?‘ – ‚Nein‘, sag ich, ‚ich schlafe nicht.‘ – ‚Wissen Sie‘, sagt sie, ‚er hat mich doch beleidigen wollen!‘ – ‚Was fällt dir ein‘, sag ich, ‚wie kommst du darauf?‘ – ‚Bestimmt hat er das gewollt‘, sagt sie, ‚das ist ein gemeiner Mensch, nicht eine Kopeke dürfen Sie von seinem Gelde ausgeben!‘ sagt sie. Ich wollte ihr zureden, fing sogar in meinem Bett zu weinen an, – sie aber drehte sich zur Wand: ‚Seien Sie still‘, sagt sie, ‚lassen Sie mich schlafen!‘ Am Morgen sehe ich sie an, sie geht umher, aber sie ist gar nicht wiederzuerkennen. Und ich sage Ihnen, glauben Sie mir oder glauben Sie mir nicht, vor Gottes Gericht kann ich's beschwören: sie war da nicht mehr ganz bei Sinnen! In derselben Stunde, wo man sie in diesem unanständigen Hause beleidigt hatte, war ihr Herz irre geworden ... und auch ihr Verstand. Ich sah sie an diesem Morgen an und wunderte mich über sie; mir wurde schon ganz angst und bange; und ich denke noch so bei mir: ich werde ihr heute lieber nicht widersprechen, mit keinem Wort. ‚Seine Adresse hat er uns also richtig nicht angegeben', sagt sie. ‚Schäm dich, Olä', sag ich, ‚das ist sündhaft von dir: du hast doch selbst gestern gehört, was er gesagt hat, hast ihn nachher noch selbst gelobt, warst selbst vor Dankbarkeit dem Weinen nahe ...' Kaum hatte ich das gesagt – da schrie sie auf, stampfte mit dem Fuß: ‚Sie sind eine Frau mit niedrigen Gefühlen', sagt sie, ‚altmodisch sind Sie erzogen', sagt sie, ‚Ihre Auffassungen stammen noch aus der Zeit der Leibeigenschaft ...!' und was sie da noch alles sagte. Plötzlich nimmt sie ihren Hut, läuft hinaus, ich rufe sie noch zurück, will sie halten ... Was ist mit ihr, denke ich, wohin will sie nun laufen? Sie aber lief aufs Adreßbüro, dort erfuhr sie, wo Herr Werssiloff wohnt, und kam zurück: ‚Heute noch', sagt sie, ‚sofort bring ich ihm das Geld zurück und werfe es ihm ins Gesicht; er hat mich beleidigen wollen, ganz wie Ssafrónoff (so heißt unser Kaufmann); nur hat Ssafrónoff mich wie ein roher Kerl beleidigt, dieser aber wie ein hinterlistiger Jesuit!' Und da kommt und klopft noch zu unserem Unglück dieser Herr an die Tür. ‚Ich höre, es ist hier von Herrn Werssiloff die Rede', sagt er, ‚da müssen Sie *mich* fragen, ich allein kann Ihnen alles sagen.' Wie sie das hört und den Namen Werssiloff, da klammert sie sich schon an ihn, wie außer sich ist sie, und spricht und spricht, daß ich sie nur ansehen und mich wundern kann: mit keinem hatte sie so gesprochen, so schweigsam war sie immer gewesen, und nun plötzlich ist sie so, mit diesem ganz fremden Menschen? Ihre Wangen glühen, ihre Augen blitzen ... Und da sagt er noch: ‚Sie haben vollkommen recht, gnädiges Fräulein. Werssiloff', sagt er, ‚ist genau so einer wie die hiesigen Generäle, von denen die Zeitungen zu berichten wissen. So ein General wirft sich in Gala, steckt alle seine

Orden an und besucht dann alle Gouvernanten, die durch die Zeitungen Stunden suchen, und so geht er und findet, was er sucht; und wenn er das nicht findet, dann sitzt er ein Weilchen, redet, verspricht Gott weiß was alles, und geht wieder ... nun, und hat sich doch wenigstens eine kleine Zerstreuung verschafft. Tja!' sagte er. Meine Olä lachte sogar, aber so böse klang es, dieser Herr aber, was sehe ich, erfaßt ihre Hand und scheint ihre Hand an sein Herz ziehen zu wollen: ‚Mein Fräulein', sagt er, ‚auch ich habe mein eigenes Kapital und könnte es in jedem Augenblick einem schönen Mädchen anbieten, aber es ist besser', sagt er, ‚ich küsse ihr zunächst nur das kleine Händchen ...' und er zieht, sehe ich, ihre Hand an die Lippen und will sie schon küssen. Wie aber Olä da aufsprang, und ich nun auch – und da haben wir beide ihn einfach hinausgejagt! Kurz vor Abend aber entriß Olä mir das Geld, lief fort und kam atemlos wieder. ‚Mamachen', sagt sie, ‚ich habe mich an einem ehrlosen Menschen gerächt!' – ‚Ach, Olä, Olä', sag ich, ‚jetzt ist vielleicht auch unser Glück dahin, einen edlen, wohltätigen Menschen hast du beleidigt!' Und ich mußte weinen vor Unwillen über sie, ich konnte nicht anders. Da fährt sie auf und schreit: ‚Ich will nicht', schreit sie, ‚ich will nicht! Und wenn er auch der anständigste Mensch ist, ich will sein Almosen nicht! Und daß mich jemand bedauert oder bemitleidet, das ertrag ich nicht, das will ich nicht!' Als ich an diesem Abend zu Bett ging, dachte ich an nichts. Wie oft habe ich diesen großen Nagel in unserer Wand angeschaut, an dem früher Ihr Spiegel hing, aber niemals ist mir so was in den Sinn gekommen, ich bin überhaupt nicht darauf verfallen, weder gestern noch früher, niemals habe ich an so etwas auch nur gedacht, nicht mal befürchtet, und von Olä hätt ich so was schon ganz und gar nicht erwartet! Ich schlafe gewöhnlich sehr fest, ja, ich schnarche sogar, das Blut dringt mir im Schlaf so zu Kopf, manchmal auch zum Herzen, und dann schreie ich auf im Schlaf, so daß Olä mich schon oft in der Nacht geweckt hat: ‚Wie fest Sie schlafen, Mamachen', sagt sie, ‚man kann Sie ja gar nicht aufwecken, wenn es nötig ist.‘ – ‚Ach, Olä‘, sag ich, ‚ich weiß ja, daß ich fest schlafe.‘ Und so fest muß ich denn auch an diesem Abend eingeschlafen sein, und darauf hat sie wohl nur gewartet, um dann leise aufzustehen, ohne befürchten zu müssen, daß ich aufwachte. Und dieser Riemen von unserem Koffer, so ein langer Riemen, der trieb sich schon den ganzen Monat im Zimmer herum, und noch am Morgen dachte ich: ‚Ach, den muß man doch endlich einmal weglegen, damit er nicht ewig so im Wege liegt.‘ Und den Stuhl hat sie dann wohl mit dem Fuß umgestoßen, und damit er keinen Lärm mache, hatte sie ihren Rock an der Seite untergebreitet. Und ich bin dann wohl erst lange, lange nachher, erst nach einer Stunde oder noch später, aufgewacht. ‚Olä!‘ ruf ich, ‚Olä!‘ – Und gleich ahnte ich etwas, wie ich sie rufe. War es nun, daß ich ihr Atmen von ihrem Bett her nicht mehr hörte, oder daß ich in der Dunkelheit doch vielleicht sah, daß ihr Bett leer war – ich stand plötzlich auf und tappte mit der Hand: im Bett ist niemand, und das Kissen ist kalt. Da sank mir der Mut, ich stehe und rühre mich nicht vom Fleck, wie leblos, und im Kopf ist mir ganz schwindelig. ‚Sie ist wohl aus dem Zimmer gegangen‘, denk ich, und ich mach einen Schritt, aber da seh' ich, beim Bett, in der Ecke, neben der Tür – da ist so etwas, als stünde sie selbst dort. Ich stehe, schweige, sehe sie an, und es ist mir, als ob sie aus der Dunkelheit mich gleichfalls ansähe, ohne sich zu rühren ... ‚Aber warum ist sie denn‘, denk ich, ‚auf den Stuhl gestiegen?‘ ... ‚Olä‘, flüstere ich ganz verzagt, ‚Olä, hörst du?‘ – Und da war's mir auf einmal, als werde alles in mir erleuchtet, ich schritt, streckte beide Arme aus, gerade auf sie zu, umfaßte sie, sie aber, sie schaukelt in meinen Armen, ich greife zu, sie aber schaukelt ... Da begriff ich alles und will doch nichts begreifen ... Schreien will ich, aber es ist keine Stimme in mir ... Ach, dachte ich! Da fiel ich wie getroffen zu Boden und schrie ...«

– –

»Wassin«, sagte ich am Morgen gegen sechs Uhr, »wenn Ihr Stebelkóff nicht dazwischen gekommen wäre, dann wäre das Unglück vielleicht gar nicht geschehen.«

»Wer kann das wissen. Wahrscheinlich wäre es dennoch geschehen. In diesem Fall kann man nicht so urteilen, hier war auch ohnedies schon alles reif ... Freilich, dieser Stebelkoff ist bisweilen ...«

Er sprach den Satz nicht zu Ende und runzelte die Stirn, wie über einen sehr unangenehmen Gedanken. Gegen sieben Uhr fuhr er wieder fort. Er hatte es übernommen, alle erforderlichen Schritte zu tun. Schließlich blieb ich ganz allein. Es war schon hell geworden. Im Kopf hatte ich ein leichtes Schwindelgefühl. Werssiloff stand mir vor Augen: die Erzählung dieser Mutter hatte ihn mir in einem ganz anderen Licht gezeigt. Um besser darüber nachdenken zu können, legte ich mich auf Wassins Bett, so wie ich war, angekleidet und in Stiefeln – nur auf einen Augenblick und ganz ohne die Absicht zu schlafen – und auf einmal war ich eingeschlafen, ich weiß selbst nicht wie. Ich schlief gute vier Stunden; niemand weckte mich.

ZEHNTES KAPITEL

I

Ich erwachte erst gegen halb elf und traute lange meinen Augen nicht: auf dem Sofa, auf dem ich am Abend eingeschlafen war, saß meine Mutter und neben ihr – die unglückliche Mutter der Selbstmörderin. Sie saßen und hatten sich die Hände gegeben und sprachen flüsternd, wahrscheinlich, um mich nicht zu wecken, und beide weinten sie. Ich stand auf vom Bett und eilte auf meine Mutter zu, um sie zu küssen. Ihr ganzes Gesicht erstrahlte nur so, und sie küßte mich und bekreuzte mich dreimal mit der rechten Hand. Noch bevor wir ein Wort sagen konnten, ging die Tür auf, und ins Zimmer traten Werssiloff und Wassin. Meine Mutter erhob sich sogleich und führte die arme Frau mit sich fort. Wassin reichte mir die Hand, Werssiloff aber sagte kein Wort zu mir und setzte sich in einen Lehnstuhl. Er und Mama waren wohl schon seit einiger Zeit hier. Sein Gesicht sah finster und besorgt aus.

»Am meisten bedauere ich«, begann er langsam, zu Wassin gewandt, offenbar ihr Gespräch fortsetzend, »daß ich keine Zeit gehabt habe, das alles noch gestern abend zu ordnen, so hätte ich dieses ganze schreckliche Unglück verhütet. Und eigentlich hatte ich sogar Zeit: es war noch nicht acht. Als sie von uns fortlief, wollte ich ihr auf dem Fuß hierher folgen, um sie umzustimmen, aber diese unvorhergesehene und unaufschiebbare Sache, die ich übrigens sehr gut bis heute hätte aufschieben können ... ja sogar auf eine ganze Woche – diese ärgerliche Sache hat alles verhindert und verdorben. Daß auch alles so zusammentreffen mußte!«

»Vielleicht wäre es Ihnen auch nicht mehr gelungen, sie umzustimmen«, bemerkte Wassin wie nebenbei, »hier hatte sich, glaube ich, doch ohnehin schon zu viel Brennstoff angesammelt.«

»Nein, es wäre mir wohl gelungen, es wäre mir bestimmt gelungen! Und mir kam auch schon der Gedanke, Ssofja Andréjewna zu schicken. Einen Augenblick dachte ich daran, aber nur einen Augenblick. Gerade Ssófja Andréjewna hätte sie am besten beruhigen und überzeugen können, und die Arme wäre am Leben geblieben. Nein, nie wieder werde ich mich mit ... ‚guten Taten' vordrängen ... Habe es im ganzen nur einmal im Leben versucht! Und ich glaubte sogar, ich gehörte noch zur jungen Generation und verstände noch die Jugend von heute. Aber unsere Generation ist ja schon alt geworden, fast noch bevor sie reif wurde. Apropos, es gibt jetzt tatsächlich unendlich viele Zeitgenossen, die sich aus alter Gewohnheit immer noch zur jungen Generation rechnen, weil sie noch gestern zu ihr gehörten, und dabei merken sie gar nicht, daß sie ihre Rolle schon ausgespielt haben.«

»Hier in diesem Fall war es nur ein Mißverständnis, das ist doch ganz klar«, bemerkte Wassin vernünftig. »Die Mutter der Toten sagt doch selbst, daß ihre Tochter nach der rohen Beleidigung in dem öffentlichen Hause nicht mehr bei voller Vernunft gewesen sei. Und dann die ganze Sachlage hier und die erste Beleidigung durch den Kaufmann ... das hätte alles genau so auch in früherer Zeit vorkommen können und charakterisiert meiner Meinung nach durchaus nicht nur die heutige Jugend.«

»Etwas ungeduldig ist sie schon, die Jugend von heute, abgesehen natürlich von ihrem geringen Verständnis für die Wirklichkeit, das allerdings jeder Jugend abgeht, aber der heutigen fehlt es gewissermaßen besonders ... Sagen Sie, was hat Herr Stebelkóff hier zusammengeschwatzt?«

»Herr Stebelkoff ist an allem schuld«, mischte ich mich plötzlich ins Gespräch. »Wenn er nicht dazwischengekommen wäre, wäre nichts geschehen. Er hat einfach Öl ins Feuer gegossen.«

Werssiloff ließ mich zu Ende sprechen, sah mich aber nicht an. Wassin runzelte die Stirn.

»Ich mache mir auch noch etwas anderes zum Vorwurf«, fuhr Werssiloff fort, wieder in seiner langsamen Sprechweise. »Ich glaube, ich habe mir damals im Gespräch mit ihr eine gewisse Heiterkeit erlaubt, einen gewissen oberflächlichen, halb scherzhaften Ton – kurz, ich bin nicht genügend schroff, trocken und finster gewesen – drei Eigenschaften, die, wie mir scheint, von der heutigen Jugend gleichfalls sehr hoch geschätzt werden. Mit einem Wort, ich gab ihr Veranlassung, mich für einen fahrenden Seladon zu halten.«

»Ganz im Gegenteil«, mischte ich mich wieder lebhaft ein, »ihre Mutter sagte ausdrücklich, Sie hätten einen vorzüglichen Eindruck gemacht, und gerade durch Ihren Ernst, ja sogar durch Ihre Strenge und Ihre Aufrichtigkeit, – das sind ihre eigenen Worte. Die Verstorbene hat noch selbst nach Ihrem Fortgehen in diesem Sinne von Ihnen gesprochen und Ihr Verhalten gerühmt.«

»J–ja?« fragte Werssiloff lässig und warf endlich einen flüchtigen Blick auf mich. »Nehmen Sie diesen Zettel an sich, er dürfte als Beweisstück notwendig sein«, sagte er und reichte Wassin ein kleines Stückchen Papier. Der nahm es, doch da er bemerkte, daß ich neugierig hinsah, reichte er es mir zum Durchlesen. Es war ein Zettel, auf dem zwei ungleichmäßige Zeilen mit einem Bleistift gekritzelt waren, vielleicht in der Dunkelheit:

> »Mamachen, Sie Liebe, verzeihen Sie mir, daß ich mein Lebensdebüt abgebrochen habe. Ihre Sie betrübende Olä.«

»Das wurde erst heute morgen gefunden«, bemerkte Wassin zur Erklärung.

»Was für ein sonderbarer Abschiedsgruß!« rief ich verwundert aus.

»Inwiefern sonderbar?« fragte Wassin.

»Wie kann man nur in einem solchen Augenblick in humoristischen Ausdrücken schreiben?«

Wassin sah mich fragend an.

»Und dazu noch was für ein sonderbarer Humor«, fuhr ich fort, »das ist ja ein Gymnasiastenausdruck, wie er unter Schulkameraden üblich ist ... Wie kann man sich nur in einem solchen Augenblick in solch einem Schreiben an seine unglückliche Mutter so ausdrücken – und sie hat ihre Mutter doch augenscheinlich geliebt – ‚daß ich mein Lebensdebüt abgebrochen habe'!«

»Ja, warum kann man denn nicht so schreiben?« fragte Wassin, der noch immer nicht verstand.

»Humor ist hierin so gut wie überhaupt nicht enthalten«, bemerkte schließlich Werssiloff. »Dieser Ausdruck ist hier natürlich nicht angebracht, paßt gar nicht zu dem Ton und könnte allerdings einem Gymnasiastenjargon entnommen sein oder einem burschikosen Kameradschaftston, wie du sagst, oder vielleicht einem Feuilleton; jedenfalls aber hat die Verstorbene ihn hier auf diesem schrecklichen Zettel ganz naiv und ernsthaft gebraucht.«

»Das ist nicht möglich, sie hat das Gymnasium beendet und das Schlußexamen mit der Silbernen Medaille bestanden.«

»Die Silberne Medaille spielt in diesem Fall gar keine Rolle. Heutigentags beenden viele so das Gymnasium.«

»Das geht wieder auf die heutige Jugend«, sagte Wassin lächelnd.

»Keineswegs«, widersprach ihm Werssiloff, der sich erhob und seinen Hut nahm, »wenn die jetzige junge Generation nicht so literarisch ist, so hat sie dafür zweifellos ... andere Vorzüge«, fügte er mit ungewöhnlichem Ernst hinzu. »Außerdem sind ‚viele' nicht ‚alle', und Ihnen zum Beispiel habe ich geringe literarische Bildung doch wahrscheinlich nicht vorgeworfen, Sie aber sind ja gleichfalls ein junger Mensch.«

»Aber Wassin hat ja auch nichts Schlechtes im ‚Lebensdebüt' gefunden!« konnte ich mich nicht enthalten, zu bemerken.

Werssiloff reichte Wassin schweigend die Hand; der griff nach seiner Mütze, um mit ihm zusammen fortzugehen, und rief mir noch zu: »Auf Wiedersehen!« Werssiloff ging aus dem Zimmer, ohne mich zu beachten. Ich hatte auch keine Zeit zu verlieren: ich mußte mir unbedingt ein Zimmer suchen, – jetzt war das sogar nötiger als je! Mama war nicht mehr bei der Wirtin, die war fortgegangen und hatte die unglückliche Nachbarin mitgenommen. Ich fühlte mich seltsam munter, als ich auf die Straße trat ... Eine gewisse ganz neue und große Empfindung erwachte in meiner Seele. Und dazu kam nun noch, daß mir alles, wie vorherbestimmt, sofort gelang: ich fand ungemein schnell das Richtige, ein Zimmer, wie es mir gerade zusagte; doch davon später, zunächst will ich das Wichtige zu Ende erzählen.

Es war erst etwas nach eins, als ich zurückkehrte, um meinen Koffer abzuholen, und ich traf Wassin zu Hause an. Als er mich erblickte, rief er mir froh und herzlich entgegen:

»Ach, das freut mich, daß Sie kommen und mich noch antreffen, ich wollte soeben wieder fortgehen! Ich kann Ihnen etwas mitteilen, was Sie wohl sehr interessieren wird.«

»Glaub' ich ohne weiteres!« rief ich.

»Bah! Wie mutig Sie aussehen. Sagen Sie, wußten Sie nichts von einem gewissen Brief, der von Krafft aufbewahrt worden ist, und den Werssiloff gestern erhalten hat, und der sich gerade auf die ihm zugefallene Erbschaft bezieht? In diesem Brief äußert der Erblasser seinen Willen in einem Sinne, der dem Ergebnis der gestrigen Gerichtsentscheidung gerade entgegengesetzt ist. Dieser Brief ist aber schon vor langer Zeit geschrieben. Kurzum, ich weiß nicht genau, was dieser Brief enthält, aber wissen Sie nichts Näheres?«

»Allerdings! Krafft hat mich doch vorgestern nur deshalb zu sich geführt, von ... jenen Herrschaften da, Sie wissen schon, um mir diesen Brief zu übergeben, und ich übergab ihn gestern Werssiloff.«

»Ja? So dachte ich es mir. Stellen Sie sich vor, die Sache, von der Werssiloff hier vorhin sprach, – daß sie ihn gestern abend verhindert habe, herzukommen und dieses junge Mädchen umzustimmen, – diese Sache war gerade durch diesen Brief dazwischengekommen. Werssiloff hat sich nämlich sofort nach Empfang des Briefes, also noch gestern abend, zum Rechtsanwalt der Fürsten Ssokólskij begeben, ihm diesen Brief eingehändigt und auf die ganze von ihm gewonnene Erbschaft verzichtet. Jetzt ist dieser Verzicht schon in der vorschriftsmäßigen rechtsgültigen Form abgefaßt. Werssiloff schenkt nicht die Erbschaft, sondern erkennt in diesem Akt das alleinige Anrecht der Fürsten auf die Erbschaft an.«

Ich stand wie erstarrt, aber ich war entzückt. In Wahrheit war ich ja vollkommen überzeugt gewesen, daß Werssiloff den Brief vernichten würde, ja, nicht nur das! – Ich war sogar – obschon ich zu Krafft gesagt hatte, daß eine solche Handlungsweise niedrig wäre, und obgleich ich mir im Wirtshause dasselbe wiederholt hatte, und daß ich »zu einem reinen Menschen gekommen wäre, nicht aber zu diesem« – ich war doch trotz allem im tiefsten Seelengrunde der Meinung gewesen, daß man anders überhaupt nicht handeln könnte, als den lästigen Brief einfach aus der Welt schaffen. Das heißt, ich hatte das für die normalste Tat gehalten. Und wenn ich dann nachher Werssiloff auch beschuldigt hätte, so hätte ich das doch nur in einer bestimmten Absicht getan, eben um den Schein, das heißt, um meine moralische Überlegenheit ihm gegenüber zu bewahren. Als ich aber jetzt von Werssiloffs Handlungsweise hörte, geriet ich in vollständiges, aufrichtiges Entzücken, und mit Reue und Scham verurteilte ich meinen Zynismus und meine Gleichgültigkeit der Tugend gegenüber und stellte Werssiloff im Augenblick unendlich hoch über mich; fast wäre ich Wassin um den Hals gefallen.

»Was für ein Mensch! Was für ein Mensch! Wer hätte an seiner Stelle das getan?« rief ich wie berauscht.

»Ich stimme Ihnen bei, sehr viele würden das nicht getan haben ... und seine Handlungsweise ist zweifellos eine höchst uneigennützige ...«

»Aber? ... Sprechen Sie es aus, Wassin, Sie haben noch ein Aber?«

»Ja, natürlich, es ist auch ein Aber dabei. Werssiloffs Handlungsweise ist meines Erachtens ein wenig übereilt und nicht so ganz gradsinnig«, meinte Wassin lächelnd.

»Nicht gradsinnig?«

»Ja. Es liegt darin gleichsam so ein gewisses „Piedestal". Wenigstens hätte man dasselbe tun können, ohne sich selbst so ungeheuer zu benachteiligen. Immerhin hätte Werssiloff, wenn nicht die Hälfte, so doch einen Teil der Erbschaft behalten können, sogar bei einer noch so feinfühligen Auffassung der Sache; um so mehr, als der Brief als Dokument keine entscheidende Bedeutung hat, und der Prozeß von ihm schon gewonnen ist. Dieser Ansicht ist auch der Advokat der Gegenpartei; ich habe soeben mit ihm gesprochen. Die Handlungsweise wäre deshalb nicht weniger schön gewesen, aber einzig, weil ihn gelüstete, seinen Stolz zu befriedigen, ist es anders geschehen. Vor allem hat Herr Werssiloff sich hinreißen lassen und – hat sich unnötigerweise übereilt, denn er sagte doch vorhin selbst, daß er es womöglich um eine ganze Woche hätte hinausschieben können ...«

»Wissen Sie was, Wassin? Ich kann nicht anders als Ihnen beistimmen, aber ... mir ist es *so* doch lieber, so gefällt es mir besser!«

»Übrigens, das ist Geschmackssache. Sie selbst haben mich herausgefordert, meine Ansicht zu äußern, sonst hätte ich geschwiegen.«

»Ja, selbst wenn auch ein „Piedestal" dabei ist, selbst dann ist es so besser«, fuhr ich fort, »ein Piedestal bleibt zwar ein Piedestal, aber an sich ist es doch eine sehr wertvolle Sache. Dieses „Piedestal" ist doch immer das „*Ideal*", und schwerlich dürfte es besser sein, daß dieses in mancher heutigen Menschenseele nicht mehr vorhanden ist: mag ihm sogar eine kleine Verschrobenheit anhaften, wenn es nur da ist! Und bestimmt denken Sie auch so, Wassin, mein Teurer, mein lieber Wassin, mein guter, bester Wassin! Na ja, ich weiß, ich bin natürlich aus dem Konzept geraten, aber Sie, Sie verstehen mich doch! Dafür sind Sie Wassin, und – na, jedenfalls umarme und küsse ich Sie, Wassin!«

»Vor Freude?«

»Vor übergroßer Freude; denn dieser Mensch „war tot und ist wieder lebendig geworden, er hatte sich verloren und hat sich wieder gefunden"! Wassin, ich bin ein nichtsnutziger Bengel und bin Ihrer nicht wert. Und gerade deshalb gestehe ich, daß ich in manchen Augenblicken ein ganz anderer bin, viel höher und tiefer. Ich habe Sie dafür, daß ich Sie vorgestern so ins Gesicht gelobt habe (und das tat ich, weil man mich erniedrigt und beschämt hatte) – dafür habe ich Sie diese ganzen zwei Tage lang gehaßt! Ich gab mir noch am selben Tage das Wort, niemals zu Ihnen zu gehen, und gestern vormittag kam ich nur aus Bosheit zu Ihnen, verstehen Sie, nur aus Bosheit! Ich saß hier allein auf dem Stuhl und kritisierte Ihr Zimmer und Sie und jedes Ihrer Bücher und Ihre Wirtin, und wollte Sie erniedrigen und spottete über Sie.«

»Aber so was braucht man doch nicht zu sagen ...«

»Gestern abend schloß ich aus einer Ihrer Bemerkungen, daß Sie die Frauen nicht verständen, und ich war froh, daß ich diesen Fehler an Ihnen entdecken konnte. Und vorhin, als Sie das Wort ‚Lebensdebüt' ganz richtig fanden, hat mich das wieder furchtbar gefreut, und alles das nur deshalb, weil ich damals solch ein Lobhudler gewesen war.«

»Aber das ist doch nur zu verständlich!« rief endlich Wassin (er fuhr immer noch fort, zu lächeln und schien sich nicht im geringsten über mich zu wundern). »Das ist doch immer so, und fast bei allen Menschen, und ist sogar das erste, was geschieht; nur gesteht das kein Mensch ein, und das braucht man ja auch gar nicht einzugestehen; denn das vergeht, und jedenfalls entsteht nichts daraus.«

»Sollte das wirklich bei allen Menschen so sein? Sind alle so? Und Sie sind, während Sie das sagen, sogar ganz ruhig? Aber mit einer solchen Anschauung kann man doch nicht leben!«

»Und Ihre Anschauung ist wohl:

„Teurer, als uns erhöhender Trug,
Ist mir die Finsternis niederer Wahrheit!“

Wie?«

»Aber das ist doch richtig!« rief ich, »in diesen zwei Zeilen liegt ja ein heiliges Axiom!«

»Ich weiß nicht; ich will mir darüber kein Urteil erlauben, ob diese zwei Zeilen das Richtige sagen oder nicht. Wahrscheinlich liegt die Wahrheit, wie das ja immer zu sein pflegt, irgendwo in der Mitte: das heißt, im einen Fall ist es heilige Wahrheit, im anderen aber – Lüge. Eines nur weiß ich genau: daß diese Frage noch lange einer der wichtigsten strittigen Punkte unter den Menschen sein wird. Doch abgesehen davon, scheint mir, daß Sie jetzt Lust zum Tanzen haben. Na, nur los: Bewegung ist gesund! – Mir aber hat man gerade heute so viel Arbeit aufgepackt ... und da ist es nun über der Unterhaltung mit Ihnen schon so spät geworden ...«

»Ich gehe schon, gehe schon, packe mich sofort! Nur noch ein Wort«, rief ich und hatte schon meinen Koffer erfaßt, »wenn ich mich Ihnen jetzt wieder ‚an den Hals geworfen‘ habe, so habe ich das einzig deshalb getan, weil Sie, als ich eintrat, mit so aufrichtiger Freude diese Neuigkeit mir mitteilten und sich darüber ‚freuten‘, daß ich Sie noch zu Hause antraf, und das alles nach meiner Bemerkung am Morgen bezüglich des ‚Debüts‘; mit dieser aufrichtigen Freude haben Sie mein ‚junges Herz‘ im Nu wieder Ihnen zugewandt. Na, aber jetzt adieu, leben Sie wohl, ich werde mich bemühen, möglichst lange Sie nicht wieder zu besuchen, und ich weiß, daß Ihnen das höchst angenehm sein wird, was ich schon Ihren Augen ansehe, und uns beiden wird das noch zum Vorteil gereichen ...«

Während das so aus mir hervorsprudelte und mir fast der Atem ausging vor fröhlich sich überstürzendem Geplauder, schleppte ich meinen Koffer aus dem Zimmer und begab mich dann mit ihm nach meiner neuen Wohnung. Vor allem gefiel mir furchtbar, daß Werssiloff am Morgen so ersichtlich böse auf mich gewesen war, daß er mich nicht einmal hatte ansehen, noch mit mir sprechen wollen. Als ich meinen Koffer in meinem neuen Zimmer abgestellt hatte, eilte ich sogleich zu meinem alten Fürsten. Ich muß gestehen, in diesen zwei Tagen war es mir ohne ihn sogar ein wenig schwer geworden. Und zudem mußte er von Werssiloffs Tat doch sicherlich schon gehört haben.

II

Ich hatte es ja gewußt, daß er sich über mein Kommen furchtbar freuen würde, und, mein Ehrenwort, ich wäre an diesem Tage auch ohne den Fall Werssiloff zu ihm gegangen. Mich hatte in diesen zwei Tagen nur der Gedanke geschreckt, daß ich vielleicht irgendwie Katerina Nikolájewna begegnen könnte; jetzt aber fürchtete ich mich vor nichts mehr.

Er umarmte mich vor Freude.

»Was sagen Sie zu Werssiloff! Haben Sie es schon gehört?« war das erste, womit ich herausplatzte.

»Cher enfant, du mein lieber Freund, das ist so erhaben, das ist so edel – en un mot, sogar auf Kilian« (so hieß der Beamte unten) »hat es einen erschütternden Eindruck gemacht! Es ist unvernünftig von ihm, aber es ist glänzend, ist ein Meisterstück, ist eine Heldentat! Das Ideal muß man schätzen!«

»Nicht wahr? Nicht wahr? Darin stimmen wir zwei immer überein.«

»Du mein Lieber, wir zwei stimmen nicht nur darin, sondern in allem überein. Wo warst du so lange? Ich wollte unbedingt selbst zu dir fahren, aber ich wußte nicht, wo ich dich suchen sollte ... denn bei Werssiloff vorsprechen konnte ich doch nicht ... Obgleich jetzt, nach alledem ... Weißt du, mein Freund: gerade mit diesen Zügen hat er, wie mir scheint, die Frauen besiegt, gerade mit diesen Zügen, das steht außer Frage ...«

»Apropos, um es nicht zu vergessen, ich habe es mir speziell für Sie gemerkt. Gestern hat ein nichtswürdiger Narr, der in meiner Gegenwart auf Werssiloff schimpfte, unter anderem von ihm gesagt, er sei ein ‚Weiberprophet'. Wie finden Sie den Ausdruck, gerade den Ausdruck? Ich merkte ihn mir für Sie ...«

»Ein ‚Weiberprophet'! Mais ... c'est charmant! Haha! Aber das paßt doch so zu ihm, das heißt, ich wollte sagen, es paßt gar nicht – pfui! ... Aber es ist so treffend ... das heißt, es ist durchaus nicht treffend, aber ...«

»Tut nichts, tut nichts, Sie brauchen sich nicht zu entschuldigen, betrachten Sie es nur als Bonmot.«

»Als Bonmot ist es prachtvoll, und, weißt du, es hat einen ungeheuer tiefen Sinn ... Die Idee ist ganz richtig! Das heißt, wirst du es mir glauben ... Ich werde dir ein ganz kleines Geheimnis mitteilen. Hast du dir damals hier diese kleine Olympia gemerkt? Wirst du's glauben, ihr tut das Herz ein wenig weh vor Liebe zu Andrei Petrowitsch, und das sogar in solchem Maße, daß sie, wie mir scheint, gewisse Absichten ...«

»Absichten! Hat sie nicht Lust, das hier kennen zu lernen?« rief ich unwillig und zeigte meine Faust.

»Mon cher, sprich nicht so laut, das ist alles so, wie es ist, und du hast meinetwegen recht von deinem Standpunkt aus. Apropos, mein Freund, was geschah mit dir eigentlich das vorige Mal nach Katerina Nikolájewnas Erscheinen? Du schwanktest ... ich dachte, du fielest um, und wollte schon zu dir eilen, um dich zu stützen!«

»Sprechen wir jetzt nicht davon. Ich ... ich war einfach verwirrt, aus einem bestimmten Grunde ...«

»Du bist auch jetzt wieder rot geworden.«

»Und Sie müssen das natürlich gleich breittreten. Sie wissen doch, daß sie mit Werssiloff verfeindet ist ... na, und so alles das; und so war ich denn einfach erregt – ach, lassen wir das jetzt, reden wir darüber nächstens einmal!«

»Gut, gut, lassen wir das, lassen wir das, ich bin selbst froh, von alledem nicht sprechen zu müssen ... Wie dem auch sei, ich habe ihr großes Unrecht getan, ich habe dir sogar, erinnerst du dich, noch über sie vorgeklagt ... Vergiß das, mein Freund; sie wird gleichfalls ihre Meinung über dich ändern, das fühle ich schon voraus, verlaß dich drauf ... Ah, da ist ja der Fürst Sserjósha!«

Ins Kabinett trat ein junger und hübscher Offizier. Ich sah ihn begierig an, ich hatte ihn noch nie gesehen. Das heißt, ich sage »hübsch«, wie das alle von ihm sagten, aber in diesem jungen und hübschen Gesicht lag etwas, was nicht ganz anziehend war. Ich erwähne das hier als ersten Eindruck, den ich im ersten Augenblick von ihm empfing, und den ich dann die ganze Zeit nicht mehr habe vergessen können. Er war mager, prachtvoll gewachsen, dunkelblond, hatte ein frisches, aber doch etwas gelbliches Gesicht und einen entschlossenen Blick. Seine schönen dunklen Augen blickten etwas streng und hart, auch wenn er ganz gelassen war. Aber gerade sein entschlossener Blick stieß ab, und zwar, weil man aus irgendeinem Grunde das Gefühl hatte, daß diese Entschlossenheit ihm gar zu billig zu stehen komme. Übrigens verstehe ich das nicht auszudrücken ... Freilich, der strenge Ausdruck seines Gesichts konnte sehr schnell wechseln und sich plötzlich in einen erstaunlich freundlichen, bescheidenen und zärtlichen verwandeln, und dabei geschah die Verwandlung ersichtlich mit aller Aufrichtigkeit und Echtheit. Diese seine Aufrichtigkeit wirkte ungemein anziehend. Und ich erwähne noch einen Zug: trotz aller Freundlichkeit und Aufrichtigkeit wurde dieses Gesicht niemals fröhlich, nicht einmal wenn der Fürst aus vollem Herzen lachte, selbst dann fühlte man gleichsam, daß eine wirkliche, helle, leichte Fröhlichkeit niemals in seinem Herzen war ...

Übrigens ist es außerordentlich schwer, einen Menschen so zu beschreiben. Das verstehe ich gar nicht. Der alte Fürst beeilte sich sofort, nach seiner dummen Angewohnheit, uns bekanntzumachen.

»Dies ist mein junger Freund Arkadij Andréjewitsch (wieder sagte er Andréjewitsch!) Dolgorúkij.«

Der junge Fürst wandte sich mir sofort mit doppelt höflichem Gesichtsausdruck zu; man sah aber, daß mein Name ihm völlig unbekannt war.

»Es ist ... ein Verwandter Andrei Petrówitschs«, raunte ihm mein abscheulicher Fürst zu. (Wie sie einen mitunter ärgern können, diese alten Herren mit ihren Angewohnheiten!) Der junge Fürst erriet nun sofort, wer ich war.

»Ach! Ich habe schon von Ihnen gehört ...«, sagte er schnell. »Ich hatte das außergewöhnliche Vergnügen, im vorigen Jahr in Lúga Ihr Fräulein Schwester Lisawéta Makárowna kennen zu lernen. Auch sie hat mir von Ihnen erzählt.«

Ich wunderte mich: aus seinem Gesicht strahlte entschieden aufrichtige Freude.

»Erlauben Sie, Fürst«, sagte ich stockend, während ich meine beiden Hände auf den Rücken legte, »ich muß Ihnen offen sagen – und es freut mich, daß ich das im Beisein unseres lieben Fürsten sagen kann – daß ich zwar eine Begegnung mit Ihnen sogar gewünscht habe, und noch kürzlich, gestern noch, aber zu einem ganz anderen Zweck. Ich sage Ihnen das ganz offen, wie sehr Sie sich darüber auch wundern mögen. Kurz, ich wollte Sie fordern wegen der Beleidigung, die Sie Werssiloff vor anderthalb Jahren in Ems zugefügt haben. Und obschon Sie meine Forderung vielleicht gar nicht angenommen hätten, da ich ja noch ein halber Gymnasiast und ein noch nicht volljähriger Jüngling bin, so hätte ich Sie dennoch gefordert, gleichviel wie Sie das aufgefaßt oder sich dazu verhalten hätten ... und ich gestehe, ich habe auch jetzt noch dieselbe Absicht.«

Der alte Fürst äußerte später, es sei mir gelungen, das alles ganz vorzüglich zu sagen.

Im Gesicht des jungen Fürsten drückte sich aufrichtige Betrübnis aus.

»Sie haben mich nur nicht aussprechen lassen«, sagte er eindringlich. »Wenn ich mich mit herzlicher Freude an Sie gewandt habe, so geschah das von mir aus infolge meiner gegenwärtigen, meiner jetzigen Gefühle für Andrei Petrówitsch. Es tut mir leid, daß ich Ihnen nicht gleich alle inzwischen hinzugekommenen Momente erklären kann, aber ich versichere Sie bei meiner Ehre, daß ich meine unselige Tat in Ems schon längst aufs tiefste bereue. Als ich mich jetzt nach Petersburg aufmachte, hatte ich schon beschlossen, Andrei Petrówitsch jede überhaupt mögliche Genugtuung zu geben, ich meine: ihn direkt und buchstäblich um Entschuldigung zu bitten, und das in eben der Form, die er selbst bestimmt. Diese Veränderung meiner Auffassung haben höhere und mächtigere Einflüsse verursacht. Daß wir gerade einen Prozeß führten, konnte auf meinen Entschluß nicht den geringsten Einfluß haben. Doch seine gestrige Handlungsweise mir gegenüber hat mich, ich muß sagen, bis in die Seele erschüttert, und sogar jetzt noch, werden Sie es mir glauben, bin ich ... wie noch nicht zu mir gekommen! Und da muß ich Ihnen nun mitteilen, und deshalb bin ich auch zum Fürsten gekommen, um ihm von diesem außergewöhnlichen Umstand Mitteilung zu machen: vor drei Stunden, also gerade während der Zeit, als er mit unserem Anwalt die Sache gesetzmäßig erledigte, erschien bei mir ein Bevollmächtigter Andrei Petrówitschs und überbrachte mir seine Forderung ... eine formelle Forderung wegen des Vorfalls in Ems ...«

»Er hat Sie gefordert?« rief ich und fühlte, wie meine Augen aufblitzten und das Blut mir heiß ins Gesicht schoß.

»Ja, er hat mich gefordert. Ich nahm die Forderung selbstverständlich an, beschloß aber, noch bevor das Duell ausgetragen wird, einen Brief an ihn zu schreiben, in dem ich meine jetzige Ansicht über mein damaliges Vorgehen erklären und meine ganze Reue wegen dieses entsetzlichen

Irrtums aussprechen wollte . . . denn es war nur ein Irrtum, ein unseliger, verhängnisvoller Irrtum! Ich muß bemerken, daß meine Stellung im Regiment ein solches Vorgehen meinerseits zu einem Wagnis macht: durch einen solchen Brief vor dem Austrag fordert man die öffentliche Meinung heraus . . . Sie verstehen? Aber nichtsdestoweniger entschloß ich mich, bloß kam ich nicht dazu, den Brief abzusenden; denn etwa eine Stunde nach der Forderung erhielt ich von ihm ein Schreiben, in dem er mich wegen der Beunruhigung um Entschuldigung bittet: ich möchte die Forderung vergessen! Und er fügt hinzu, er bereue seine ‚vorübergehende Anwandlung von Kleinmut und Selbstsucht' – das sind seine eigenen Worte. So hat er mir nun den Schritt mit dem Brief unendlich erleichtert. Ich habe den Brief noch nicht abgesandt, bin aber gerade deswegen hergekommen, um mit dem Fürsten über etwas Diesbezügliches zu sprechen . . . Und glauben Sie mir, ich habe unter meinen Gewissensbissen mehr gelitten als vielleicht sonst jemand . . . Genügen Ihnen diese Erklärungen wenigstens vorläufig, Arkadij Makárowitsch? Werden Sie mir die Ehre erweisen, meiner Aufrichtigkeit vollen Glauben zu schenken?«

Ich war vollständig besiegt; ich sah in ihm eine Offenherzigkeit, an deren Echtheit nicht zu zweifeln war, und die ich von ihm am allerwenigsten erwartet hätte. Überhaupt hatte ich nichts ähnliches erwartet. Ich murmelte irgend etwas zur Antwort und streckte ihm plötzlich meine Hände entgegen: er schüttelte sie freudig mit beiden Händen. Darauf führte er den alten Fürsten ins Nebenzimmer und sprach dort einige Minuten mit ihm. »Wenn Sie mir ein besonderes Vergnügen bereiten wollen«, wandte er sich laut und kurz an mich, als er aus dem Schlafgemach des alten Fürsten wieder heraustrat, »so fahren Sie mit mir jetzt gleich zu mir, und ich zeige Ihnen den Brief, den ich Andrei Petrowitsch sende, und gleichzeitig seinen Brief an mich.«

Ich willigte mit Vergnügen ein. Mein alter Fürst wurde

bei unserem Aufbruch sehr geschäftig und rief mich auch noch auf einen Augenblick in sein Schlafgemach.

»Mon ami, wie froh ich bin, wie froh ich bin ... Wir reden noch darüber, über alles, aber später. Jetzt jedoch, sieh, ich habe hier zwei Briefe in meinem Portefeuille: der eine ist hinzubringen, und dort ist auch noch persönliche Rücksprache zu nehmen, und der andere ist an die Bank, und dort ist dasselbe zu tun ...«

Und damit händigte er mir zwei angeblich wichtige Schreiben ein und tat, als erfordere der Auftrag große Mühe und Aufmerksamkeit. Ich hatte nur hinzufahren und persönlich zu übergeben, zu quittieren usw.

»Ach, Sie Schlauberger!« rief ich lachend und nahm die Briefe, »ich bin überzeugt, das ist alles nichts von Bedeutung, und was da Mühe machen soll, möchte ich auch gern wissen. Aber Sie haben sich diesen Auftrag einzig für mich ausgedacht, um mich glauben zu machen, ich hätte hier was zu tun und bekäme das Geld nicht umsonst!«

»Mon enfant, ich schwöre dir, du irrst dich: das sind zwei überaus wichtige und unaufschiebbare Sachen ... Cher enfant!« rief er auf einmal, unendlich gerührt, »mein lieber Junge!« (Er legte mir beide Hände aufs Haupt.) »Ich segne dich und dein Los ... seien wir immer so reinen Herzens, wie du es heute warst ... Seien wir gut und schön, soviel wir nur irgend können ... Laß uns alles Schöne lieben ... in allen seinen verschiedenartigen Formen ... Und – enfin ... enfin rendons grâce ... et je te bénis!«

Er sprach nicht zu Ende und begann zu schluchzen über meinem Haupte. Ich muß gestehen, auch mir waren die Tränen nahe; wenigstens umarmte ich meinen Sonderling herzlich und mit Freuden. Wir küßten uns aufrichtig.

III

Der Fürst Sserjósha (das heißt, der junge Fürst Ssergéi Petrówitsch Ssokólskij, – ich werde ihn nur Ssergéi Petrówitsch nennen) brachte mich in einem eleganten Gefährt nach seiner Wohnung, und das erste war, daß ich mich über die Pracht dieser Wohnung wunderte. Nicht Pracht im üblichen Sinne, aber die Wohnung war wie bei den „allerersten Leuten“, mit hohen, großen, hellen Räumen (ich sah zwei von ihnen, die Türen zu den anderen waren geschlossen), und die Möbel – allerdings nicht in Gott weiß was für einem Versailles- oder Renaissancestil, aber es waren doch schöne, komfortable, reiche Möbel in Menge, und im ganzen eine Einrichtung auf großem Fuß, mit schönen Teppichen, geschnitzter Holztäfelung und Statuen. Und doch wurde allgemein davon gesprochen, daß sie so gut wie bettelarm seien, fast nichts mehr besäßen. Ich hatte freilich einmal flüchtig die Bemerkung gehört, daß dieser Fürst überall den Leuten Sand in die Augen gestreut habe – sowohl hier wie in Moskau, im Regiment und in Paris –, daß er sogar ein Spieler sei und Schulden habe. Ich hatte einen verknüllten Rock an, an dem zum Überfluß noch Federstäubchen waren, da ich angekleidet auf Wassins Bett gelegen hatte, und mein Hemd trug ich schon den vierten Tag. Der Rock war übrigens noch nicht so schlecht, aber hier beim Fürsten fiel mir wieder das Angebot Werssiloffs ein, mir bei seinem Schneider Kleider machen zu lassen.

»Denken Sie sich, ich habe, dank einer Selbstmörderin, diese ganze Nacht angekleidet geschlafen«, bemerkte ich aus einer gewissen inneren Zerstreutheit heraus, und da er sogleich Interesse zeigte, so erzählte ich ihm kurz den ganzen Fall. Aber sein Brief schien ihn doch mehr zu beschäftigen. Und mich beunruhigte hauptsächlich, daß er nicht nur nicht gelächelt, sondern nicht einmal den Schimmer eines Gedankens an ein Lächeln gezeigt hatte, als ich vorhin so ohne weiteres mit meiner Absicht, ihn zu fordern, herausgerückt war. Wenn ich auch verstanden hatte, ihn zum Ernstsein zu zwingen, so war das doch merkwürdig von einem Menschen dieser Art. Wir setzten uns mitten im Raum einander gegenüber, an seinen riesigen Schreibtisch, und er gab mir den fertigen, schon ins reine geschriebenen Brief an Werssiloff zur Durchsicht. Dieses Dokument enthielt fast dasselbe, was er mir schon bei meinem Fürsten gesagt hatte; es war ersichtlich mit Leidenschaft geschrieben. Ich wußte freilich noch nicht, wie ich diese seine augenscheinliche Offenherzigkeit und seine Bereitwilligkeit zu allem Guten eigentlich beurteilen sollte, aber ich ließ mich schon besiegen; denn im Grunde genommen: warum hätte ich ihm nicht glauben sollen? Was er als Mensch auch sein und was man von ihm auch sagen mochte, er konnte doch trotz allem gute Neigungen haben. Ich las auch Werssiloffs Brief an ihn — nur sieben Zeilen —: die Zurücknahme der Forderung. Obschon er in diesem Brief tatsächlich von »Kleinmut« und »Selbstsucht« geschrieben hatte, so sprach doch aus dem Ganzen ein gewisser Hochmut ... oder richtiger, in seiner ganzen Handlungsweise lag eine gewisse Geringschätzung. Ich sprach das aber nicht aus.

»Wie fassen Sie diesen Verzicht auf das Duell eigentlich auf?« fragte ich. »Sie glauben doch wohl nicht, daß er den Mut verloren hat?«

»Selbstverständlich nicht«, sagte der Fürst lächelnd, aber es war ein sehr ernstes Lächeln, und überhaupt wurde der Ausdruck seines Gesichts immer sorgenvoller. »Ich weiß, daß dieser Mensch mutig ist. Hier, in diesem Fall ist es natürlich ein Ausdruck seiner besonderen Auffassung ... seiner persönlichen Ideenrichtung.«

»Zweifellos ist es das!« fiel ich ihm lebhaft ins Wort. »Ein gewisser Herr Wassin sagt, in seiner Handlungsweise mit dem Brief des Erblassers und in dem Verzicht auf die Erbschaft sei ein gewisses Verlangen, sich auf ein „Piedestal" zu stellen ... Meiner Ansicht nach tut man so etwas nicht fürs Publikum, sondern die Tat entspricht etwas dem Wesen des

Menschen zugrunde Liegendem, dem Innersten dieses Menschen.«

»Ich kenne Herrn Wassin sehr gut«, bemerkte der Fürst.

»Ach, ja, Sie müssen ihn ja in Luga gesehen haben.«

Wir sahen uns plötzlich an, und ich weiß noch: ich wurde, glaube ich, ein wenig rot. Wenigstens brach er das Gespräch sofort ab. Ich dagegen hätte sehr gern weitergesprochen. Der Gedanke an eine Begegnung, die ich tags zuvor gehabt hatte, lockte mich, etliche Fragen an ihn zu richten, ich wußte nur nicht, wie ich anfangen sollte. Und überhaupt war ich gewissermaßen schlecht aufgelegt. Mich frappierte auch seine erstaunliche Wohlerzogenheit und Höflichkeit, die Ungezwungenheit seiner Manieren – mit einem Wort, diese ganze glänzende Politur des Verhaltens, das diese Menschen fast schon in der Wiege annehmen. In seinem russisch geschriebenen Brief aber fand ich zwei äußerst grobe grammatikalische Fehler. Übrigens: bei solchen Begegnungen erniedrige ich mich nicht etwa, sondern werde übertrieben schroff, was bisweilen vielleicht auch unangebracht ist. Aber in diesem Fall trug dazu auch noch der Gedanke bei, daß mein Rock nicht gebürstet war, und so überschritt ich erst recht die Grenze und rückte mit fast familiären Fragen heraus. Es war mir nicht entgangen, daß der Fürst mich hin und wieder sehr aufmerksam musterte.

»Sagen Sie, Fürst«, platzte ich plötzlich mit der Frage heraus, »finden Sie es in Ihrem Inneren nicht lächerlich, daß ich, der ich noch so ein „Milchbart" bin, Sie zum Zweikampf fordern wollte, und das noch wegen einer einem Fremden zugefügten Beleidigung?«

»Durch die Beleidigung des Vaters kann man sehr wohl sich selbst beleidigt fühlen. Nein, ich finde es nicht lächerlich.«

»Mir aber will es scheinen, daß so etwas furchtbar lächerlich sein muß ... von manchem Gesichtspunkt aus ... das heißt, versteht sich, nicht von meinem aus. Um so mehr, als ich Dolgorukij heiße und nicht Werssiloff. Wenn Sie mir aber nicht die Wahrheit sagen, vielleicht um die Sache zu beschönigen, aus glatter gesellschaftlicher Höflichkeit, so sagen Sie mir wohl auch in allem übrigen nicht die Wahrheit und betrügen mich?«

»Nein, ich finde es nicht lächerlich«, wiederholte er ungeheuer ernst. »Wie sollten Sie denn das Blut Ihres Vaters nicht in sich spüren? ... Sie sind aber noch zu jung; denn ... ich weiß nicht ... ich glaube, wer noch nicht volljährig ist, darf sich noch nicht duellieren, oder man darf seine Forderung nicht annehmen ... so ist die Regel ... Aber vielleicht gibt es hier schließlich nur einen einzigen ernsten Einwand: wenn Sie ohne Wissen des Beleidigten, wegen dessen Beleidigung Sie sich schlagen wollen, den Beleidiger fordern, so äußern Sie damit gleichsam eine gewisse persönliche Nichtachtung des Betreffenden Ihrerseits, ist es nicht so?«

Unser Gespräch wurde von einem Diener unterbrochen, der eintrat und etwas melden zu wollen schien. Als der Fürst ihn erblickte, stand er sofort auf – er hatte wohl schon die ganze Zeit auf ihn gewartet – und ging schnell auf ihn zu, so daß der Diener die Meldung nur halblaut machte, und ich natürlich nichts davon hören konnte.

»Entschuldigen Sie mich, bitte«, wandte sich der Fürst nach mir um, »in einer Minute bin ich wieder da.«

Und damit ging er hinaus. Ich blieb allein zurück, ging auf und ab und dachte nach. Sonderbar, er gefiel mir, und gleichzeitig gefiel er mir gar nicht. Es war in ihm irgend so etwas, was ich selbst nicht zu benennen gewußt hätte, aber jedenfalls war es etwas Abstoßendes. ‚Wenn er wirklich nicht über mich lacht, so muß er allerdings sehr offenherzig sein; aber wenn er über mich lachte, so ... würde ich ihn vielleicht für klüger halten ...', ging es mir etwas seltsam durch den Kopf.

Ich trat an den Tisch und las noch einmal seinen Brief an Werssiloff. Die Gedanken beschäftigten mich so, daß ich die Zeit ganz vergaß, und als ich wieder zu mir kam, da bemerkte ich plötzlich, daß die ‚eine Minute' des Fürsten sich schon zweifellos zu einer Viertelstunde ausgedehnt hatte. Das regte mich ein wenig auf; ich ging noch einmal hin und her, schließlich nahm ich meinen Hut und beschloß hinauszugehen, und falls mir jemand begegnete, den Fürsten rufen zu lassen, und wenn er käme, mich einfach zu verabschieden unter dem Vorwand, daß ich zu tun hätte und nicht länger warten könne. Ich dachte, das wäre das Richtigste; denn mich quälte ein wenig der Gedanke, daß er mich, indem er mich so lange allein ließ, etwas nachlässig behandelte. Der Raum hatte nur zwei Türen, beide waren geschlossen und befanden sich in derselben Wand. Da ich vergessen hatte, durch welche Tür wir eingetreten waren, vielleicht aber auch aus Zerstreutheit, öffnete ich die falsche Tür und sah auf einmal in einem schmalen, langen Zimmer, auf einem Sofa sitzend, – meine Schwester Lisa. Außer ihr war niemand im Raum, und sie wartete wohl auf jemand. Aber noch hatte ich keine Zeit, mich zu wundern, als ich auf einmal die Stimme des Fürsten hörte, der laut hinter der anderen Tür mit jemand sprach und ins Kabinett zurückkehrte. Ich schloß schnell meine Tür, und der eintretende Fürst merkte nichts. Ich erinnere mich, er begann sich zu entschuldigen und sprach von einer Anna Fjódorowna ... Ich war aber so verwirrt und betroffen durch das Gesehene, daß ich fast nichts verstand und nur irgendwie hervorstotterte, daß ich unbedingt nach Hause müsse, und ich verließ entschlossen und schnell das Zimmer. Der wohlerzogene Fürst wird mein Benehmen wohl sehr merkwürdig gefunden haben. Er begleitete mich sogar bis ins Vorzimmer und sprach die ganze Zeit, ich aber antwortete nichts und sah ihn nicht einmal an.

IV

Als ich auf die Straße hinaustrat, bog ich nach links und ging weiter, ohne zu denken, wohin. Meine Gedanken waren alle wie zerrissen und verstreut. Ich ging langsam und ich glaube, ich war schon ein gutes Stück gegangen, wohl über fünfhundert Schritt, als ich plötzlich einen leichten Schlag auf meiner Schulter fühlte. Ich sah mich um und erblickte Lisa: sie hatte mich eingeholt und mit dem Schirm leicht auf die Schulter geschlagen. Etwas ungeheuer Lustiges und zugleich auch etwas Schalkhaftes lag in ihrem strahlenden Blick.

»Nein, bin ich froh, daß du nach dieser Seite gegangen bist, sonst hätte ich dich heute nicht mehr erreicht!« Sie war vom schnellen Gehen etwas außer Atem.

»Wie du außer Atem bist.«

»Ich bin so schnell gegangen, fast gelaufen, um dich einzuholen.«

»Lisa, das warst doch *du,* die ich vorhin gesehen habe?«

»Wo?«

»Beim Fürsten ... beim Fürsten Ssokolskij ...«

»Nein, das war nicht ich, nein, mich hast du nicht gesehen ...«

Ich schwieg; so gingen wir etwa zehn Schritte. Plötzlich fing Lisa furchtbar zu lachen an.

»Ich ... ach, natürlich war ich es, ich, ich! Hör mal, du hast mich doch selbst gesehen, hast mir in die Augen gesehen und ich dir, wie kannst du nun noch fragen, ob ich es war? Nein, das ist mir mal ein Charakter! Und weißt du, ich wollte furchtbar lachen, als du mir dort in die Augen sahst; denn du sahst furchtbar komisch aus!« Und sie lachte unbändig. Ich fühlte, wie sofort mein ganzer Kummer aus meinem Herzen schwand.

»Aber wie, sag doch, wie bist du denn hingekommen?«

»Ich war bei Anna Fjódorowna.«

»Bei was für einer Anna Fjódorowna?«

»Bei der Stolbéjewa. Als wir in Lúga waren, saß ich ganze Tage bei ihr, sie hat auch Mama bei sich empfangen und ist sogar selbst zu uns gekommen. Sonst aber hat sie dort fast mit keinem Menschen verkehrt. Mit Andrei Petrówitsch ist sie entfernt verwandt. Auch mit dem Fürsten Ssokolskij; sie ist, glaube ich, eine Großtante des Fürsten.«

»So wohnt sie beim Fürsten?«

»Nein, der Fürst wohnt bei ihr.«

»Aber wessen Wohnung ist denn das?«

»Natürlich ihre Wohnung. Sie hat diese Wohnung schon seit einem ganzen Jahr. Der Fürst ist ja jetzt erst angekommen und bei ihr abgestiegen. Und auch sie ist erst seit vier Tagen in Petersburg.«

»Nun denn . . . weißt du was, Lisa, hol sie der Henker, ihre Wohnung und sie selbst . . .«

»Nein, sie ist ein prächtiger Mensch . . .«

»Na, meinetwegen, das kann sie ja sein, aber wir sind selbst prächtige Menschen! Sieh, was das für ein Tag ist, sieh, wie schön es ist! Und was du heute für eine Schönheit bist, Lisa! Aber weißt du, du bist doch noch ein richtiges Kind.«

»Arkadij, sag, jenes junge Mädchen von gestern . . .«

»Ach, sie tut mir so leid, Lisa, ach Gott, so schrecklich leid!«

»Ja, wie ist das traurig! Was war das für ein Schicksal! Weißt du, es ist doch eigentlich sündhaft, daß wir hier so fröhlich gehen, während ihre Seele jetzt irgendwo in der Finsternis schwebt, irgendwo in einer bodenlosen Finsternis, mit ihrer Sünde und mit dem Unrecht, das man ihr angetan. Arkadij, wer ist an ihrer Sünde schuld? Wie ist das grauenvoll! Denkst du auch jemals an diese Finsternis? Ach, wie ich den Tod fürchte, und wie sündhaft das ist! Ich liebe die Dunkelheit nicht, da ist doch solch eine Sonne ein ganz anderes Ding! Mama sagt, es sei Sünde, sich zu fürchten . . . Arkadij, sag, kennst du Mama gut?«

»Noch wenig, Lisa, nur wenig.«

»Wenn du wüßtest, was sie für ein Wesen ist! Du mußt sie unbedingt kennen lernen! Aber man muß sie auf eine ganz eigene Weise verstehen . . .«

»Aber auch dich habe ich ja bisher nicht gekannt und kenne dich jetzt doch ganz und gar. In einer Minute habe ich dich verstehen gelernt und begriffen. Du, Lisa, fürchtest zwar den Tod, aber du bist doch stolz, unerschrocken, mutig. Bist besser als ich, viel besser als ich! Ich liebe dich furchtbar, Lisa. Ach, Lisa! Mag, wenn es sein muß, der Tod kommen, aber bis dahin – leben, leben! Laß uns um jene Unglückliche trauern, aber das Leben laß uns dennoch segnen, nicht? Nicht? Ich habe eine ‚Idee', Lisa. Lisa, du weißt doch, daß Werssiloff die Erbschaft abgelehnt hat? Du kennst meine Seele nicht, Lisa, du weißt nicht, was dieser Mensch für mich bedeutet hat!«

»Wie sollte ich das nicht wissen! Alles weiß ich.«

»Alles weißt du? Nun ja, dafür bist du eben du! Du bist klug; du bist klüger als Wassin. Du und Mama, ihr habt durchschauende Augen, menschenfreundliche Augen, das heißt, ich meine den Blick, nicht die Augen, ich rede dummes Zeug ... Ich bin in vieler Hinsicht schlecht, Lisa.«

»Dich muß man nur an der Hand nehmen, und das ist alles!«

»Nimm mich, Lisa. Wie schön es heute ist, dich anzusehen. Ja, weißt du auch, daß du ganz entzückend aussiehst? Ich habe noch niemals deine Augen gesehen ... Erst jetzt zum erstenmal ... Wo hast du sie heute hergenommen, Lisa? Wo gekauft? Wieviel bezahlt? Lisa, ich habe noch niemals einen Freund gehabt, ja, und ich betrachte die Freundschaftsidee überhaupt als Unsinn; aber Freundschaft mit dir wäre kein Unsinn ... Willst du, so laß uns Freunde werden? Du verstehst, was ich sagen will ...«

»Sehr gut sogar.«

»Und weißt du, ohne Abmachungen, ohne Kontrakt – laß uns einfach Freunde sein!«

»Ja, einfach, ganz einfach, aber nur eine Abmachung: wenn wir uns irgendeinmal gegenseitig beschuldigen sollten, wenn wir einmal unzufrieden werden oder sogar böse und schlecht, ja, selbst wenn wir alles dieses vergessen sollten – so wollen wir doch niemals den heutigen Tag und diese Stunde vergessen! Geben wir uns das Wort darauf! – Das Wort, daß wir immer dieses Tages gedenken werden, wo wir zwei so Hand in Hand gingen und lachten und uns so froh zumute war ... Ja? Ja?«

»Ja, Lisa, ja, und ich schwöre dir das. Aber weißt du, Lisa, mir ist, als hörte ich dich zum erstenmal ... Lisa, hast du viel gelesen?«

»Bis jetzt hast du noch nie danach gefragt! Erst gestern zum erstenmal, als ich mich versprach und mich wie Mama ausdrückte, geruhten Sie, das zu bemerken, mein hochgeehrter Herr und Philosoph!«

»Warum hast du denn nicht selbst mit mir zu sprechen angefangen, wenn ich so ein Dummkopf war?«

»Ich habe immer darauf gewartet, daß du klüger werden würdest. Ich habe Sie, mein Herr, von Anfang an durchschaut, und wie ich Sie, Arkádij Makárowitsch, durchschaut hatte, da dachte ich bei mir: ‚Er wird schon zu mir kommen, es wird ja bestimmt damit enden, daß er kommt' – nun, und so nahm ich mir vor, diese Ehre, als erster den Schritt zu tun, Ihnen zu überlassen. ‚Nein', dachte ich, ‚mach du mir erst mal den Hof'!«

»Ach, du Kokette! Na, Lisa, gestehe mal ehrlich: hast du in diesem Moment über mich gelacht oder nicht?«

»Oh! – du bist so komisch, du bist furchtbar komisch, Arkadij! Und weißt du, vielleicht habe ich dich gerade deswegen am meisten geliebt in diesem Monat – weil du solch ein Sonderling bist. Aber du bist in vielen Dingen auch ein häßlicher Sonderling – das sage ich dir, damit du mir nicht zu stolz wirst. Aber weißt du auch, wer noch über dich gelacht hat? Mama hat über dich gelacht, mit mir zusammen. ‚So ein drolliger Kauz', flüsterte sie mir dann zu, ‚sieh nur, was für ein drolliger Kauz!' Du aber sitzt da und denkst dabei, wir wagten nicht zu sprechen und zitterten vor dir.«

»Lisa, wie denkst du über Werssiloff?«

»Ich halte sehr viel von ihm; aber weißt du, wir wollen jetzt lieber nicht über ihn sprechen. Heute brauchen wir nicht über ihn zu sprechen, nicht wahr?«

»Ja, du hast recht! Nein, du bist wirklich furchtbar klug,

Lisa! Du bist unbedingt klüger als ich. Warte nur, Lisa, ich mache mit alledem ein Ende, und vielleicht sage ich dir dann etwas ...«

»Warum machst du auf einmal ein so finsteres Gesicht?«

»Nein, ich mache kein finsteres Gesicht, Lisa, das war nur so ... Sieh, Lisa, ich spreche es lieber offen aus: das ist so eine meiner Eigenheiten, daß ich es nicht liebe, wenn man manches Empfindliche, was man so in der Seele hat, mit den Fingern anrührt ... oder sagen wir: wenn man gewisse Gefühle oft anderen aufdeckt oder sie hervorzieht, damit alle sie betrachten können, so ist das doch eine Schande, nicht wahr? Deshalb ziehe ich es vor, ein finsteres Gesicht zu machen und zu schweigen. Du bist klug, du mußt das verstehen.«

»Nicht nur das, ich bin auch selbst so; ich habe dich in allem verstanden. Weißt du auch, daß selbst Mama so ist?«

»Ach, Lisa! Wenn man nur länger auf Erden leben könnte! Wie? Was sagtest du?«

»Nein, ich habe nichts gesagt.«

»Du siehst mich an?«

»Ja, und auch du siehst mich an. Ich sehe dich an und liebe dich.«

Ich begleitete sie fast bis nach Hause und gab ihr meine Adresse. Beim Abschied küßte ich sie zum erstenmal im Leben.

V

Und alles wäre gut gewesen, aber nur eines war schlecht: Ein schwerer Gedanke wälzte sich in mir schon seit der Nacht und ging mir nicht aus dem Sinn. Das war die Erinnerung, daß ich am Abend vorher, als ich vor unserem Haustor mit jener Unglücklichen zusammengetroffen war, ihr gesagt hatte, ich ginge aus dem Hause, verließe das Nest; denn von bösen Menschen müsse man fortgehen und sein eigenes Nest bauen, und Werssiloff hätte viele außereheliche Kinder. Solche Worte, über den Vater vom leiblichen Sohn gesagt, hatten natürlich ihren ganzen Verdacht gegen Werssiloff bestätigt, auch den, daß sie von ihm beleidigt worden sei. Ich hatte Stebelkóff angeklagt, aber vielleicht war vor allen anderen ich derjenige gewesen, der Öl ins Feuer gegossen hatte. Dieser Gedanke war schrecklich und ist es noch heute ... Damals aber, an jenem Morgen, hatte er zwar schon angefangen, mich zu quälen, aber es schien mir noch alles Einbildung zu sein. ‚Ach, da hatte sich auch ohne mein Dazutun schon genug angesammelt und aufgehäuft', wiederholte ich mir immer wieder. ‚Ach, tut nichts, es wird schon vorübergehen! Ich werde mich bessern! Ich werde das irgendwie gutmachen ... durch irgendeine gute Tat ... Ich habe noch fünfzig Jahre vor mir!'

Aber der Gedanke quälte doch weiter.

Zweiter Teil

ERSTES KAPITEL

I

Ich überspringe einen Zeitraum von fast zwei Monaten; der Leser braucht sich aber nicht zu beunruhigen: aus dem Folgenden wird ihm alles klar werden. Besonders einen Tag, den fünfzehnten November, möchte ich scharf hervorheben – diesen Tag, der mir aus vielen Gründen nur zu gut im Gedächtnis geblieben ist. Vor allen Dingen hätte mich damals niemand wiedererkannt, der mich zwei Monate vorher gesehen, wenigstens nicht mein Äußeres, oder wenn er mich auch wiedererkannt hätte, so hätte er sich diese Veränderung doch nicht erklären können. Ich war hyperelegant gekleidet – das war das erste. Jener französische Schneider mit gutem Geschmack, der mir von Werssiloff einmal empfohlen worden war, hatte mir nicht nur einen Anzug gemacht, sondern war mir schon nicht mehr fein genug: für mich arbeiteten bereits ganz andere Schneider, erstklassige, und ich habe bei ihnen sogar laufende Rechnung. Auch in einem vornehmen Restaurant habe ich laufende Rechnung, aber hier wage ich es noch nicht recht, und sobald ich wieder Geld habe, bezahle ich sofort, obschon ich weiß, daß ein solches Bezahlen mauvais ton ist und mich kompromittiert. Auf dem Newskij Prospekt habe ich einen französischen Friseur, mit dem ich mich sehr gut stehe, und wenn ich mich von ihm frisieren lasse, erzählt er mir alle möglichen Geschichten. Um die Wahrheit zu sagen, ich spreche mit ihm, um mich im Französischen zu üben. Ich beherrsche ja die Sprache, und sogar ganz gut, aber in großer Gesellschaft habe ich doch noch eine gewisse Scheu, selbst anzufangen; und meine Aussprache ist wohl auch längst nicht pariserisch. Ich habe Matwéi, meinen Fiaker, der mit seinem Traber zu meinen Diensten steht, wo und wann ich bestimme. Er hat einen hellbraunen Hengst (Schimmel liebe ich nicht). Manches stimmte auch nicht ganz: es war der fünfzehnte November, seit drei Tagen hatten wir schon Winter, mein Pelz aber war alt, ein von Werssiloff längst abgelegter; hätte ich ihn verkauft, so hätte ich etwa fünfundzwanzig Rubel bekommen. »Ich muß mir einen neuen anschaffen«, sagte ich mir, »aber meine Taschen sind leer, und außerdem muß ich mir noch zu heute abend um jeden Preis Geld verschaffen, sonst bin ich verloren.« – »Unglücklich und verloren« – das waren damals meine meistgebrauchten Wörter. O Niedrigkeit! Wie, woher kamen auf einmal diese Tausende, dieser Traber und diese vornehmen Restaurants? Wie hatte ich so schnell alles vergessen und mich so verändern können? O Schmach! Ja, mein Leser, jetzt beginne ich die Geschichte meiner Schmach und Schande, und nichts im Leben kann für mich beschämender sein, als es diese Erinnerungen sind!

Ich sage das als mein eigener Richter, und ich weiß, daß ich schuldig bin. In diesem Wirbel, in den ich damals hineingeraten war und in dem ich mich drehte, war ich zwar allein, ohne Führer und ohne Ratgeber, aber ich schwöre, auch damals schon wußte ich, daß ich gefallen war, und darum bin ich nicht zu entschuldigen. Und dennoch war ich in diesen zwei Monaten beinah glücklich ... was sage ich, »beinah«? Ich war schon gar zu glücklich! War es sogar in solchem Maße, daß selbst das Bewußtsein meiner Schmach, das von Zeit zu Zeit in mir aufblitzte (und wie oft!) und unter dem mein Herz sich zusammenkrampfte, – daß dieses Bewußtsein (wird man es glauben?) mich noch mehr berauschte: ‚Ach nun, fällt man, dann fällt man; für immer falle ich ja doch nicht, ich komme schon wieder heraus! Ich habe meinen Stern‘ ... Ich ging gleichsam auf einem schmalen Stege aus dünnen Spänen und ohne Geländer über einem Abgrund, und es machte mir Spaß, daß ich so ging; ich sah sogar in den Abgrund hinab. Es war ein Wagnis, und es war lustig. Aber meine »Idee«? – Die »Idee«, die war für später, die Idee wartete; alles, was jetzt war und geschah, war »nur ein kleiner Seitensprung«: »Warum sich denn nicht ein bißchen amüsieren?« Eben das ist ja das Schlechte an »meiner Idee«, ich sage es hier nochmals, daß sie entschieden alle Seitensprünge zuläßt; wäre sie weniger fest und radikal, so hätte ich vielleicht nicht gewagt, mich ablenken zu lassen.

Indessen war ich immer noch der Inhaber meines kleinen möblierten Mietzimmers, war der Mieter, aber nicht der Bewohner desselben. Dort stand mein Koffer, lagen meine Reisetasche und noch andere Sachen; meine Hauptresidenz aber war beim Fürsten Sergei Ssokólskij. Bei ihm hielt ich mich tagsüber auf, bei ihm übernachtete ich auch, und zwar sogar wochenlang ... Wie es dazu gekommen war, werde ich gleich erzählen, zuvor aber möchte ich noch ein paar Worte über dieses kleine Zimmer sagen. Es war mir jetzt bereits teuer: hierher war Werssiloff gekommen, hatte er selbst mich aufgesucht, er als erster nach unserem damaligen Zerwürfnis, und nachher war er noch viele Male gekommen. Ich sage nochmals: diese Zeit war für mich eine schreckliche Schmach, zugleich aber auch ein ungeheures Glück ... Und alles machte sich damals wie von selbst und lächelte mir so zu! »Und was soll auch diese ganze frühere Griesgrämigkeit!« sagte ich mir in manchen berauschenden Augenblicken, »und wozu dieses Denken an alte Wunden, an meine einsame und trübselige Kindheit, an meine dummen Träume unter der Bettdecke, an meine Schwüre, meine Pläne und selbst an meine „Idee“? Ich habe mir das alles ausgedacht und ausgemalt, und nun stellt es sich heraus, daß die Welt ganz anders aussieht; und mir ist doch so froh und leicht zumut: ich habe einen Vater – Werssiloff, ich habe einen Freund – den Fürsten Sserjósha, und ich habe auch noch ...« Aber von diesem »auch noch« reden wir lieber nicht. Ach, alles geschah im Namen der Liebe, der Großmut, der Ehre, und hernach erwies es sich als unanständig, unverschämt und ehrlos.

Genug davon.

II

Das erstemal war er am dritten Tage nach unserem damaligen Zerwürfnis zu mir gekommen. Ich war nicht zu Hause, und so blieb er da, um auf mich zu warten. Ich hatte schon diese ganzen drei Tage auf ihn gewartet, aber als ich in mein Zimmer trat und ihn erblickte, verschwamm alles vor meinen Augen, und mein Herz klopfte so stark, daß ich in der Tür stehenblieb. Zum Glück saß mein Wirt bei ihm, da er sich für verpflichtet gehalten hatte, sich dem Gast, damit diesem das Warten nicht langweilig werde, vorzustellen und ihn mit Eifer zu unterhalten. Er war ein kleiner Beamter, Titularrat, schon in den Vierzigern, sehr pockennarbig, sehr arm, und hatte eine kranke, schwindsüchtige Frau und ein krankes Kind. Seinem Charakter nach war er äußerst mitteilsam und friedfertig, übrigens auch recht taktvoll. Ich freute mich über seine Anwesenheit, die wenigstens über den Anfang hinweghalf; denn was hätte ich sonst zu Werssiloff sagen sollen? Ich hatte es ja gewußt, genau gewußt, diese ganzen drei Tage gewußt, daß Werssiloff selbst kommen, als erster kommen werde, – genau so, wie ich das wünschte; denn ich wäre um keinen Preis als erster zu ihm gegangen, nicht etwa aus Trotz und Verstocktheit, sondern einzig aus Liebe zu ihm, aus einer gewissen Liebeseifersucht, oder – ich weiß nicht, wie ich das ausdrücken soll. Ja, und überhaupt wird der Leser kein schönes Rednertalent bei mir finden. Aber obschon ich ihn diese ganzen drei Tage erwartet und mir fast ununterbrochen vorgestellt hatte, wie er, wenn er käme, in mein Zimmer eintreten werde, so hatte ich mir doch nie im voraus ausdenken können, wie sehr ich mich auch anstrengte, wovon wir beide zu sprechen anfangen würden . . . nach allem, was geschehen war.

»Ah, da bist du ja«, sagte er und streckte mir freundschaftlich die Hand entgegen, ohne sich dabei zu erheben. »Setze dich zu uns; Pjotr Ippolítowitsch erzählt gerade eine überaus interessante Geschichte von dem Großen Stein, der in der Nähe der Páwlowsker Kasernen liegt ... oder hier irgendwo in der Umgegend ...«

»Ja, ich kenne den Stein«, sagte ich schnell und setzte mich zu ihnen auf einen Stuhl. Sie saßen am Tisch. Das ganze Zimmer war genau zwei Quadratklafter groß. Ich holte einmal tief Atem.

Ein Funke von Zufriedenheit blitzte in Werssiloffs Augen auf; ich glaube, er hatte befürchtet, ich würde mich Gott weiß wie benehmen. Nun war er beruhigt.

»Erzählen Sie es doch lieber nochmals von Anfang an, Pjotr Ippolítowitsch.« – Sie redeten sich schon mit dem Vor- und Vatersnamen an.

»Ja, also, – das hat sich nämlich noch zu Nikolais des Ersten Zeiten zugetragen«, wandte sich Pjotr Ippolítowitsch nervös und mit einer gewissen Pein zu mir, als litte er schon im voraus unter der Möglichkeit, daß seine Geschichte keinen Eindruck machen könnte. »Sie kennen doch diesen Stein – plötzlich so ein großer Stein auf der Straße: warum? wozu? – er stört doch nur, nicht wahr? Majestät fuhren mehrere Male den Weg, und jedesmal war dieser Stein da. Schließlich mißfiel das Majestät, und es ist doch auch wahr: so ein ganzer Berg, auch noch mitten auf der Straße, er ist doch nur im Wege, nicht wahr? ‚Der Stein ist zu beseitigen!' sagt Majestät. Nun, einmal gesagt: ‚ist zu beseitigen' – Sie verstehen, was das heißt, dieses ‚ist' und ‚zu beseitigen'? Man weiß doch, wie der Selige war. Also: was tun mit diesem Stein? Alle verloren den Kopf. Da war nämlich die Stadtduma, und dann hauptsächlich war da, ich weiß nicht mehr wer, nämlich einer von unseren Aristokraten, damals die erste Persönlichkeit, und dieser hatte für alles aufzukommen. Und dieser selbe Würdenträger hört sie nun alle an, die Ratgeber nämlich: fünfzehntausend Rubel werde es kosten, sagen sie, nicht weniger, und in Silber (denn in der Regierungszeit des Seligen stand das

Metallgeld höher im Wert als das Papiergeld). ‚Was, fünfzehntausend, Blödsinn!‘ sagt der Würdenträger. Die Engländer wollten nämlich zuerst Schienen legen bis zum Stein und ihn mit Dampfkraft fortschaffen; aber was hätte das gekostet? Eisenbahnen gab es doch damals bei uns noch nicht, nur die eine nach Zárskoje Sseló, die fuhr schon . . .«

»Ach was, man hätte ihn doch einfach zersägen können«, sagte ich mit wachsendem Verdruß; ich ärgerte mich und schämte mich vor Werssiloff; er aber hörte mit sichtlichem Vergnügen zu. Ich begriff, daß auch er über die Anwesenheit des Wirtes froh war; denn mit mir allein zu sein, wäre wohl auch ihm peinlich gewesen, und er schämte sich sogar vor mir, das sah ich; ich weiß noch, ich empfand das nahezu als rührend von ihm.

»Jawohl, jawohl, gerade das war's ja auch, worauf man dann verfiel, und es verfiel darauf von allen nur Montferrand, der nämlich damals gerade die Isaakskirche baute. ‚Zersägen und wegschaffen‘, riet er. Jawohl, aber was wird das kosten?«

»Nichts kostet das, man zersägt einfach und schafft die Stücke fort.«

»Nein, erlauben Sie, da muß man doch eine Maschine aufstellen, eine Dampfmaschine, und dann: wohin fortführen? Und dazu solch einen Riesenstein, fast wie ein Berg? Zehntausend, sagt man, weniger wird es nicht kosten, zehn- oder zwölftausend.«

»Hören Sie mal, Pjotr Ippolitowitsch, das ist doch barer Unsinn, das kann doch nicht so gewesen sein . . .« Aber da zwinkerte mir Werssiloff heimlich zu, und in diesem geheimen Zeichen, das er mir gab, lag so viel zartes Mitgefühl mit meinem Wirt, ja sogar ein so aufrichtiges Leiden für ihn, daß mir das ungeheuer gefiel, und ich begann zu lachen.

»Ja . . . ja . . .«, freute sich nun auch mein Wirt, der natürlich nichts bemerkt hatte und nur fürchtete, wie alle diese Geschichtenerzähler, daß man ihn durch Fragen aus dem Text bringen könnte. »Ja, und da kommt nun zufällig gerade ein Kleinbürger des Weges gegangen, ein noch junger Mann, so, wissen Sie, ein echter Russe, Vollbart und Hemdbluse, und womöglich mit so einem kleinen Rausch ... oder nein, berauscht war er nicht. Und da steht nun dieser Kleinbürger und hört zu, wie sie da beraten, nämlich die Engländer und der Montferrand; und dieser Würdenträger, die Hauptperson, ist gerade im Wagen angefahren gekommen, hört sie an und ärgert sich: wie sie sich da so lange beraten und doch nicht Rat zu schaffen wissen! Und da fällt sein Blick auf diesen Kleinbürger, auf denselben nämlich, der etwas weiter weg steht, zuhört und so ein wenig schief lächelt, das heißt, nicht schief, ich habe mich nicht richtig ausgedrückt, aber so, nämlich sozusagen etwas ... etwas ...«

»Spöttisch«, half ihm Werssiloff vorsichtig.

»Spöttisch, ja, das ist das Wort, das heißt, ein wenig spöttisch, nämlich so mit einem gewissen gutmütigen russischen Lächeln, genau so, wissen Sie. Nun, dem Würdenträger war das natürlich ein Grund mehr, um sich zu ärgern, man weiß ja, wie die sind: ‚Heda, du, was hältst du hier Maulaffen feil? Wer bist du?'

‚Ja so', sagt er, ‚ich sehe mir nur das Steinchen an, Euer Gnaden.' Gerade so sagte er, nämlich zu dem Würdenträger. – Ja, war das nicht am Ende Fürst Ssuwóroff Italíjskij selber, das heißt ein Nachkomme des alten Feldmarschalls? ... Oder nein, doch nicht Ssuwóroff – schade, ich hab's nämlich vergessen, wer es war, nur war er, wissen Sie, wenn auch Durchlaucht und was nicht alles, so doch ein echter Russe, so ein russischer Typus, Patriot, mit einem verstehenden russischen Herzen; na, er rief sofort:

‚So, siehst dir nur das Steinchen an und lachst dabei. Würdest du etwa den Stein fortschaffen können? Worüber lachst du denn?'

‚Mehr so eigentlich über die Engländer, Euer Gnaden', sagt er, ‚die machen doch einen schon gar zu hohen Preis, weil der russische Beutel dick ist und sie zu Hause nichts zu essen haben. Wenn Euer Gnaden mir hundert Rubel aussetzen wollten – bis morgen abend schaffen wir das Steinchen aus dem Wege.‘

Nun, können Sie sich einen solchen Vorschlag denken? Die Engländer hätten ihn vor Wut natürlich gefressen; Montferrand lacht; nur dieser Würdenträger mit dem russischen Herzen sagt: ‚Man gebe ihm die hundert Rubel! Wirst du ihn wirklich fortschaffen können?‘

‚Morgen gegen Abend wird er weg sein, Euer Gnaden.‘

‚Ja, aber, wie willst du das machen?‘

‚Das mag schon, mit Verlaub, wenn Euer Gnaden das nicht übelnehmen, unser Geheimnis bleiben‘, sagt er, und wissen Sie, sagt es so richtig russisch! Das gefiel dem Würdenträger. ‚Man gebe ihm alles, was er verlangt!‘ und dabei blieb's. Was glauben Sie wohl, was er nun tat?«

Mein Wirt machte eine Kunstpause und sah mit gerührtem Blick bald mich, bald Werssiloff an.

»Ich weiß es nicht«, sagte Werssiloff lächelnd; ich ärgerte mich.

»Ja, sehen Sie, er tat das nämlich so«, hub der Wirt nun mit einem solchen Triumphgefühl an, als hätte er das alles selbst gemacht. »In kürzester Zeit hatte er sich soundso viele Bauern mit Spaten gedungen, ganz gewöhnliche, aber so richtige russische Bauern, und mit denen begann er dicht beim Stein eine Grube zu graben; die ganze Nacht gruben sie, gruben eine riesige Grube, so groß wie der Stein, sogar noch etwas größer, und als sie fertig war, ließ er allmählich und vorsichtig und immer mehr die Erde auch unter dem Stein weggraben. Nun, das ist doch erklärlich, je mehr sie unten weggruben, um so weniger hatte der Stein Boden unter sich, auf dem er stehen konnte, und um so mehr kam sein Gleichgewicht ins Wanken; und wie es dann ganz ins Wanken kam, da stemmten sie sich noch alle Mann von der anderen Seite gegen den Stein, so, wissen Sie, mit Hurra und auf russische Art: der Stein schaukelte mal, und – plumps! fiel er in die Grube! Dann wurde flink zugeschaufelt, mit einem Rammklotz festgestampft, mit Steinchen festgepflastert – alles glatt, und der Stein war völlig weg!«

»Denken Sie sich!« sagte Werssiloff.

»Und was da an Menschen zusammenlief! Menschen, mehr als man zählen kann! Die Engländer, die nämlich schon längst alles erraten hatten, stehen da, sind wütend. Montferrand kommt angefahren: ,Das', sagt er, ,ist bäurisch gemacht, ist gar zu einfach.' – Aber das ist doch gerade der ganze Witz der Sache, daß es so einfach zu machen war, ihr aber, ihr Schafsköpfe, seid nicht darauf verfallen! Und ich kann Ihnen sagen, dieser Vorgesetzte, nämlich dieser hohe Würdenträger und Staatsmann – der umarmte ihn einfach und küßte ihn: ,Ja, woher kommst du, wer bist du?' fragt er ihn. – ,Wir sind aus dem Jarosláwschen, Euer Gnaden, sind unserem Handwerk nach, mit Verlaub zu sagen, eigentlich Schneider, im Sommer aber kommen wir nach der Hauptstadt, um mit Obst ein wenig Handel zu treiben, Euer Gnaden.' Nun, die Obrigkeit erfuhr davon, und ihm wurde eine Medaille umgehängt; und so ging er denn seit der Zeit immer mit der Medaille am Halse; aber dann hat er sich dem Trunk ergeben, sagt man. Wissen Sie, ein russischer Mensch, der bändigt sich ja nicht! Deshalb nämlich werden wir auch bis heute von den Ausländern ausgesogen, ja . . . ja . . . sehen Sie wohl!«

»Ja, allerdings, die russische Geistesart . . .«, begann Werssiloff, aber da wurde mein Wirt von der kranken Frau gerufen, und er mußte zu ihr eilen, – zu seinem Glück, denn ich hätte mich nicht mehr lange bezwingen können. Werssiloff lachte.

»Mein Lieber, er hat mich ja schon eine ganze Stunde amüsiert, noch bevor du kamst. Diese Anekdote vom Stein . . . die ist doch für ihn die einzige Möglichkeit, sein vages patriotisches Empfinden auszudrücken, – wie soll man ihn da unterbrechen? Du hast es doch selbst gesehen: er verging ja förmlich vor Wonne. Und außerdem liegt dieser Stein, wenn ich mich nicht sehr irre, noch heute dort und ist noch niemals versenkt worden . . .«

»Ach, bei Gott!« rief ich, »das ist ja wahr! Aber wie durfte er dann ...«

»Was hast du? Du bist ja, wie's scheint, ernstlich aufgebracht? Laß gut sein. Er hat da etwas verwechselt. Ich habe eine ähnliche Geschichte von so einem Stein schon in meiner Kindheit gehört, nur lag jener Stein selbstverständlich irgendwo anders. Ich bitte dich: ‚Die Obrigkeit erfuhr davon'! – seine ganze Seele sang ja förmlich, als er das sagte. In diesem traurigen Milieu geht es nicht ohne solche Anekdoten. Sie kennen meist eine Unmenge davon, und sie gefallen ihnen ... Hauptsächlich wegen ihrer eigenen Zuchtlosigkeit. Sie haben nichts ordentlich gelernt, sie wissen nichts Wissenswertes, nun, ein Mensch aber will doch manchmal auch von etwas anderem reden als nur vom Kartenspiel oder ewig fachsimpeln, man will doch auch einmal von etwas allgemein Menschlichem, Poetischem reden ... Was ist er, dieser Pjotr Ippolitowitsch?«

»Ein armer Kerl, und sogar ein unglücklicher Mensch.«

»Nun siehst du, vielleicht spielt er nicht einmal Karten? Ich sage dir nochmals, mit der Erzählung solcher Anekdötchen kommt er auch noch dem Bedürfnis seiner Nächstenliebe nach: er wollte doch auch uns glücklich machen. Und auch seiner Vaterlandsliebe hat er damit Genüge getan. Dann haben sie da noch eine Anekdote: wie die Engländer Sawjáloff eine Million angeboten hätten, wenn er seine Fabrikate nicht mehr mit seiner Fabrikmarke versehen wollte.«

»Ach Gott, ja, diese Anekdote habe ich auch gehört.«

»Wer hat sie nicht gehört? Und wenn er sie erzählt, weiß er ja ganz genau, daß du sie schon gehört hast, aber er erzählt sie trotzdem und macht sich selbst glauben, daß du sie noch nicht gehört habest. Die Anekdote von der Vision des Schwedenkönigs scheint bei ihnen jetzt schon veraltet zu sein; in meiner Jugend wurde sie noch mit Wonne erzählt, und in geheimnisvollem Flüsterton, ganz wie die andere Geschichte, daß zu Anfang des Jahrhunderts jemand im Senat vor den Senatoren auf den Knien gelegen habe. Über den Kommandanten Baschútzkij gab es gleichfalls viele Anekdoten, zum Beispiel, wie das Denkmal entführt wurde. Besonders beliebt sind Anekdoten, die sich angeblich bei Hofe zugetragen haben. Zum Beispiel von Tschernýschoff, dem ehemaligen Premierminister; etwa wie er, der siebzigjährige Greis, sich äußerlich so herzurichten verstanden hätte, daß er wie ein Dreißigjähriger aussah, und wie der selige Kaiser sich bei den Empfängen jedesmal über ihn wunderte.«

»Auch diese Geschichte kenne ich.«

»Wer kennt sie nicht? Alle diese Anekdoten sind der Gipfel geistiger Zuchtlosigkeit; aber du mußt wissen, daß dieser Typ des unsachlichen Menschen viel tiefer sitzt und sogar viel verbreiteter ist, als wir gemeinhin annehmen. Die Lust zu faseln, um seinen Nächsten glücklich zu machen, wirst du sogar in unserer besten Gesellschaft antreffen; denn wir leiden alle an dieser Unenthaltsamkeit unserer Herzen. Nur sind unsere Geschichten von etwas anderer Art; aber was bei uns zum Beispiel allein von Amerika alles erzählt wird, und noch dazu von Staatsmännern, das ist fürchterlich. Ja, ich muß bekennen, daß ich selbst zu diesem unenthaltsamen Typ gehöre und mein ganzes Leben lang darunter gelitten habe...«

»Die Anekdote von Tschernýschoff habe auch ich schon ein paarmal erzählt.«

»Sogar schon selbst erzählt?«

»Hier ist außer mir noch ein Zimmermieter, ein Beamter, der gleichfalls Pockennarben hat, ein schon bejahrter Mann, aber er ist ein furchtbarer Prosaiker, und sobald Pjotr Ippolítowitsch zu erzählen beginnt, fängt er sofort an, ihn zu unterbrechen und aus dem Text zu bringen. Und damit hat er es so weit gebracht, daß mein Wirt ihn wie ein Sklave bedient und ihm alles zu Gefallen tut, damit er ihn nur erzählen lasse.«

»Das ist bereits ein anderer Typus des Zuchtlosen und vielleicht sogar ein widerlicherer als der erste. Der erste ist ganz Begeisterung! ‚Laß mich nur etwas faseln, und du wirst sehen, wie schön alles sich abspielt!‘ Der zweite ist ganz Mißgunst und Prosa: ‚Ich lasse dich nicht faseln, wo geschah das, wann, in welchem Jahr?‘ – mit einem Wort, der zweite ist der Mensch ohne Herz. Mein Freund, laß den Menschen immer ein wenig ... dichten, es ist eine unschuldige Lust. Laß ihn sogar viel dichten. Erstens beweist du damit Zartgefühl, und zweitens wird man dich dafür gleichfalls dichten lassen – also zwei Vorteile zugleich. Que diable! Man soll seinen Nächsten lieben. Aber für mich ist es Zeit. Du hast dich sehr nett eingerichtet«, bemerkte er, sich vom Stuhl erhebend. »Ich werde Ssofja Andréjewna und deiner Schwester erzählen, daß ich bei dir gewesen bin und dich bei guter Gesundheit angetroffen habe. Auf Wiedersehen, mein Lieber.«

Wie, war das alles? Aber das war ja gar nicht das, was ich brauchte! Ich hatte etwas ganz Anderes erwartet, natürlich die Hauptsache, aber ich begriff nun und sah ein, daß es anders ja gar nicht möglich war. Ich nahm das Licht und begleitete ihn auf die Treppe hinaus; auch mein Wirt eilte diensteifrig herbei und wollte ihn gleichfalls begleiten, aber ich packte ihn hinter Werssiloffs Rücken am Arm und stieß ihn wütend zurück. Er sah mich zwar verwundert an, drückte sich aber sofort.

»Diese Treppen ...«, sagte Wersiloff undeutlich und langsam, augenscheinlich nur, um etwas zu sagen und somit zu verhüten, daß ich etwas sagte, wovor er Angst zu haben schien, »... diese Treppen – ich bin an so was nicht gewöhnt, und du wohnst im dritten Stock – übrigens, jetzt finde ich schon den Weg ... Bemühe dich nicht weiter, mein Lieber, du wirst dich noch erkälten.«

Aber ich ging nicht zurück. Wir waren schon auf der zweiten Treppe.

»Ich habe diese ganzen drei Tage nur auf Sie gewartet«, entrang es sich mir plötzlich, wie von selbst; mein Atem stockte.

»Ich danke dir, mein Lieber.«

»Ich wußte, daß Sie bestimmt kommen würden.«

»Und ich wußte, daß du wußtest, daß ich bestimmt kommen würde. Hab Dank, mein Lieber.«

Er verstummte. Wir waren fast schon an der Haustür angelangt, und ich folgte ihm immer noch. Er wollte die Tür öffnen – ein kurzer Windstoß löschte mein Licht. Da ergriff ich plötzlich seine Hand; es war stockdunkel. Er zuckte zusammen, sagte aber nichts und schwieg. Ich beugte mich plötzlich über seine Hand und küßte sie gierig, küßte sie mehrmals, küßte sie immer wieder.

»Mein lieber Junge, ja, wofür liebst du mich denn so?« sagte er, aber schon mit einer ganz anderen Stimme.

Seine Stimme bebte, etwas ganz Neues klang in ihr, ganz als hätte nicht er gesprochen.

Ich wollte irgend etwas erwidern, brachte aber nichts über die Lippen und lief zurück nach oben. Er aber wartete immer noch und stand auf demselben Fleck; erst als ich schon im dritten Stock angelangt war, hörte ich, wie unten die Haustür aufging und dann laut zuschlug. An meinem Wirt, der mir, weiß Gott weshalb, wieder in den Weg lief, schlüpfte ich schnell vorüber in mein Zimmer, verriegelte die Tür von innen und warf mich, ohne Licht zu machen, auf mein Bett, grub das Gesicht ins Kissen und – weinte, weinte. Zum erstenmal weinte ich wieder seit der Zeit bei Touchard! Das Schluchzen erschütterte mich mit solcher Gewalt, und ich war so glücklich . . . doch wozu das beschreiben.

Ich habe das jetzt niedergeschrieben, ohne mich zu schämen, denn vielleicht war das alles auch gut, trotz der ganzen Ungereimtheit.

III

Aber er mußte mir dafür schon büßen! Ich wurde ein schrecklicher Despot. Selbstverständlich ist diese Szene von uns nachher nie erwähnt worden. Im Gegenteil, wir begegneten uns am dritten Tage, als hätte sich nicht das geringste zwischen uns zugetragen, – mehr noch: ich war an dem Abend nahezu grob, und auch er war von einer gewissen wortkargen Trockenheit. Das trug sich wieder in meiner Wohnung zu; ich war, ich weiß nicht weshalb, noch immer nicht zu ihnen gegangen, trotz meines Verlangens, meine Mutter wiederzusehen.

Gesprochen haben wir in dieser ganzen Zeit, das heißt in diesen ganzen zwei Monaten, nur von den abstraktesten Dingen. Und darüber muß ich mich nun eigentlich wundern: wir taten wirklich nichts anderes als Gespräche über die abstraktesten Fragen zu führen; natürlich waren es allgemein menschliche und die für unsere Zeit wichtigsten Fragen, aber sie berührten nicht im entferntesten die dringendsten Fragen unseres persönlichen Lebens in der konkreten Wirklichkeit. Und dabei gab es in dieser Wirklichkeit so vieles, was besprochen und aufgeklärt werden mußte, und das tat sogar dringend not, aber gerade darüber schwiegen wir. Ich sprach sogar mit keinem Wort von meiner Mutter oder Lisa und ... nun, und schließlich auch nicht von mir und meiner ganzen Geschichte. Geschah das nun aus Schamgefühl oder aus einer gewissen jugendlichen Dummheit, das weiß ich nicht. Ich nehme an, daß es Dummheit war; denn über das Schamgefühl hätte man sich immerhin noch hinwegsetzen können. Ich spielte ihm gegenüber, wie gesagt, den Despoten, und manchmal wurde ich sogar unverschämt, wurde es aber eigentlich gegen meine Absicht: ich weiß noch, das geschah alles irgendwie ganz von selbst und unbezwingbar, ich konnte mich nicht zurückhalten. In seinem Ton dagegen lag nach wie vor ein feiner Spott, wenn er auch immer überaus freundlich war, trotz aller meiner Ausfälle. Es wunderte mich auch nicht wenig, daß er selbst lieber zu mir kam, so daß ich schließlich nur noch sehr selten zu Mama ging, höchstens einmal in der Woche, nicht öfter, besonders in der allerletzten Zeit, als ich schon ganz und gar vom Wirbel erfaßt worden war und mich in ihm drehte. Er kam immer abends, saß bei mir und unterhielt sich mit mir; auch mit meinem Wirt unterhielt er sich gern – das ärgerte mich bei einem Menschen wie ihm. Mir kam auch der Gedanke: hat er denn außer mir wirklich keinen Menschen, zu dem er gehen könnte? Ich wußte doch ganz genau, daß er noch andere Bekannte hatte und in der letzten Zeit sogar frühere Beziehungen zu der höheren Gesellschaft, die von ihm vor einem Jahr abgebrochen worden waren, wieder erneuert hatte; aber ich glaube, der Verkehr mit ihnen lockte ihn nicht sonderlich; viele Beziehungen hatte er nur offiziell erneuert, und wie mir schien, kam er lieber zu mir. Es rührte mich manchmal sehr, daß er, wenn er abends zu mir kam, fast jedesmal beim Öffnen der Tür gleichsam zagte und in der ersten Minute mir immer mit einer sonderbaren Unruhe in die Augen sah, als wollte er fragen: »Störe ich nicht? Sage es nur, und ich gehe.« Ja, er sprach das manchmal sogar aus. Einmal zum Beispiel, es war in der letzten Zeit, kam er, als ich gerade vom Schneider meinen Anzug erhalten und mich angekleidet hatte, um zum »Fürsten Sserjosha« zu fahren, mit dem ich mich irgendwohin begeben wollte (wohin – werde ich später erklären). Er aber hatte sich schon gesetzt und wahrscheinlich gar nicht bemerkt, daß ich aufbrechen wollte; bisweilen kam eine sehr sonderbare Zerstreutheit über ihn. Und zum Unglück begann er gerade von meinem Wirt zu sprechen; ich brauste auf:

»Ach, zum Teufel mit ihm, mit diesem Wirt!«

»Ach so, mein Lieber«, er stand sofort auf. »Du scheinst ausgehen zu wollen, und da habe ich dich aufgehalten ... Entschuldige bitte.«

Und er beeilte sich, mich zu verlassen. Eben diese Bescheidenheit eines solchen Menschen, und noch mir gegenüber, eines so unabhängigen Weltmannes, der soviel Persönliches hatte, erweckte in meinem Herzen mit einem Schlage wieder meine ganze Zärtlichkeit zu ihm und meinen ganzen Glauben an ihn. Aber wenn er mich so liebte, warum hielt er mich dann in dieser Zeit meiner Schmach nicht zurück? Er hätte doch damals nur ein Wort zu sagen brauchen, und ich hätte mich vielleicht beherrscht. Übrigens ... vielleicht auch nicht. Aber er sah doch meine Modetorheiten, meine Großmannssucht, meinen Schlitten (ich wollte ihn sogar einmal in meinem Schlitten mitnehmen, aber er lehnte es ab; und sogar mehr als einmal habe ich ihn aufgefordert, einzusteigen, er hat immer abgelehnt), er sah doch, daß ich mit dem Gelde nur so um mich warf – und kein Wort, kein Wort von ihm, nicht einmal eine neugierige Frage! Das hat mich die ganze Zeit gewundert, auch heute noch wundert es mich. Ich aber schämte mich damals natürlich nicht im geringsten vor ihm und ließ ihn alles sehen, wenn ich auch kein Wort zur Erklärung sagte. Er fragte nicht, und ich sagte nichts. Das heißt, ein paarmal waren wir doch nahe daran, auf das Thema der dringenden Angelegenheiten überzugehen. Einmal fragte ich ihn (das war noch am Anfang, bald nach seinem Verzicht auf die Erbschaft), wovon und wie er denn jetzt zu leben gedenke.

»Irgendwie, mein Freund«, sagte er mit auffallender Ruhe.

Heute weiß ich, daß selbst Tatjána Páwlownas kleines Kapital von ungefähr fünftausend Rubeln in diesen zwei letzten Jahren zur Hälfte für Werssiloff verausgabt worden ist.

Ein anderes Mal kamen wir, ich weiß nicht mehr, wie, auf meine Mutter zu sprechen; auf einmal sagte er traurig: »Mein Freund, ich habe es Ssofja Andréjewna oft gesagt, in der ersten Zeit unserer Verbindung, übrigens nicht nur in der ersten Zeit, auch in der Mitte und am Ende: ‚Liebste, ich quäle dich und quäle dich zu Tode, und es tut mir nicht leid, solange du bei mir bist; aber ich weiß, wenn du nicht mehr da sein wirst, werde ich mich mit Selbstanklagen zu Tode quälen.'«

An diesem Abend war er, ich weiß noch, ganz besonders offenherzig.

»Wenn ich noch ein charakterschwacher wertloser Mensch wäre und unter diesem Bewußtsein litte! Aber das ist es ja nicht, ich weiß doch, daß ich unendlich stark bin, und wodurch, was glaubst du? – eben durch diese unmittelbare Kraft der Verträglichkeit mit allem, was es auch sei, die allen klugen Russen unserer Generation in so hohem Maße eigen ist. Mich kann nichts zerstören, nichts vertilgen und nichts in Erstaunen setzen. Ich habe ein so zähes Leben wie ein Hofhund. Ich kann auf die allerbequemste Weise zwei entgegengesetzte Gefühle zu gleicher Zeit empfinden – und das geschieht doch schon selbstverständlich nicht aus eigenem Willen. Aber nichtsdestoweniger weiß ich, daß das ehrlos ist, vor allem deshalb, weil es gar zu vernünftig ist. Ich habe fast bis zum fünfzigsten Jahr gelebt, und noch immer weiß ich weder, noch ahne ich, ob es nun gut oder ob es schlecht ist, daß ich solange gelebt habe. Natürlich, ich liebe das Leben, und das ergibt sich ja ganz von selbst aus der Sache; aber für einen Menschen wie ich ist das Leben lieben – unwürdig. In der letzten Zeit hat etwas Neues begonnen, und Menschen wie Krafft leben sich nicht ein, sondern erschießen sich. Aber es ist doch klar, daß die vom Typus Krafft dumm sind; nun, wir aber sind klug, – folglich läßt sich auch hier auf keine Weise eine Parallele ziehen, und die Frage bleibt trotz alledem offen. Und sollte denn die Erde wirklich nur für solche da sein wie wir? Höchstwahrscheinlich: ja; aber dieser Gedanke ist doch schon gar zu trostlos. Doch übrigens ... übrigens bleibt die Frage dennoch offen.«

Er sagte das traurig, und trotzdem wußte ich nicht, ob es aufrichtig war oder nicht. Es blieb in ihm immer noch eine Art Versteck da, das er um keinen Preis verlassen wollte.

IV

Ich überschüttete ihn damals mit Fragen, ich stürzte mich auf ihn wie ein Hungriger auf Brot. Er antwortete mir immer bereitwillig und offenherzig, aber zu guter Letzt steuerte er immer die populärsten Aphorismen an, so daß doch nichts aus ihm herauszubekommen war. Dabei hatten mich alle diese Fragen schon mein Leben lang gequält, und ich sage offen, ich hatte die Entscheidung dieser Fragen schon in Moskau bis auf weiteres aufgeschoben, eben bis zu unserer Zusammenkunft in Petersburg. Ich habe ihm das einmal sogar gesagt, und er begann nicht über mich zu lachen, im Gegenteil, ich weiß noch, er drückte mir die Hand. Über die internationale Politik und die sozialen Fragen konnte ich auch so gut wie nichts aus ihm herausbringen, und gerade diese Fragen beunruhigten mich im Hinblick auf meine »Idee« am allermeisten. Über Menschen wie Dergatschóff entriß ich ihm einmal die Bemerkung, sie ständen »unter jeder Kritik«, aber gleich darauf fügte er sonderbar hinzu, daß er sich »das Recht vorbehalte, seiner eigenen Meinung nicht die geringste Bedeutung beizumessen«. Darüber, wie die heutigen Staaten und die heutige Welt enden und wie die neue soziale Welt sich aufbauen werde, schwieg er sich lange aus, aber schließlich gelang es mir einmal doch, wenigstens ein paar Worte darüber aus ihm herauszuquälen.

»Ich glaube, daß sich das alles irgendwie höchst prosaisch abspielen wird«, sagte er. »Es werden ganz einfach alle Staaten einmal, obgleich ihre Budgets balancieren und ‚keine Defizite' vorhanden sind, un beau matin endgültig in der unlösbarsten Verwicklung sitzen, und da werden denn wohl alle ohne Ausnahme nicht mehr bezahlen wollen, damit alle ohne Ausnahme sich im allgemeinen Bankerott erneuern können. Dem wird sich das ganze konservative Element der Welt widersetzen, denn eben dieses wird der Aktionär und Gläubiger sein und den Bankerott nicht zulassen wollen.

Dann wird wohl selbstverständlich der sozusagen allgemeine Oxydationsprozeß beginnen; es werden viele Juden herbeiströmen, und dann wird die jüdische Vorherrschaft anheben, und darauf werden alle diejenigen, die niemals Aktien besessen haben und überhaupt noch nichts besessen haben, also alle Armen, natürlicherweise den Oxydationsprozeß nicht mitmachen wollen ... So wird denn der Kampf beginnen, und nach siebenundsiebzig Niederlagen werden die Armen die Aktionäre vernichten, ihnen die Aktien wegnehmen und sich auf ihre Plätze setzen, wiederum als Aktionäre, versteht sich. Vielleicht werden sie auch was Neues sagen, vielleicht aber auch nicht. Wahrscheinlicher ist, daß sie gleichfalls bankerottieren werden. Weiter, mein Freund, vermag ich mir nichts mehr vorzustellen von den zukünftigen Ereignissen, die das Antlitz dieser Welt verändern werden. Übrigens, schlage in der Apokalypse nach ...«

»Ja, ist denn das wirklich alles so materialistisch zu verstehen? Wird denn die jetzige Welt wirklich nur an den Finanzen zugrunde gehen?«

»Oh, ich habe selbstverständlich nur ein Eckchen des Gesamtbildes genommen, aber auch dieses Eckchen ist doch mit dem Ganzen sozusagen durch unzerreißbare Bande verknüpft.«

»Ja, aber was soll man denn tun?«

»Ach Gott, laß dir doch Zeit: das wird ja alles nicht so bald geschehen. Im allgemeinen aber ist nichts zu tun das Allerbeste; wenigstens hat man dann sein ruhiges Gewissen und kann sich sagen, daß man sich an nichts beteiligt hat.«

»Nein, hören Sie auf, sprechen Sie doch zur Sache. Ich will wissen, was ich eigentlich tun, wie ich leben soll?«

»Was du tun sollst, mein Lieber? Sei ehrlich, lüge nie, trachte nie nach deines Nächsten Haus, mit einem Wort: lies die Zehn Gebote – dort ist alles das auf ewig niedergeschrieben.«

»Schon gut, schon gut, aber das ist ja alles so alt, und zudem sind es bloß Worte, hier aber bedarf es einer Tat!«

»Nun, wenn dich die Langeweile schon gar zu sehr drückt, dann bemühe dich, irgend jemand oder irgend etwas liebzugewinnen oder einfach nur dein Herz an irgend etwas zu hängen.«

»Sie spotten ja nur! Und dann, was soll ich denn ganz allein mit Ihren Zehn Geboten anfangen?«

»Erfülle sie nur, trotz all deiner Fragen und Zweifel, und du wirst ein großer Mensch sein.«

»Von dem niemand was weiß.«

»Es gibt nichts Geheimes, was nicht offenbar würde.«

»Sie spotten ja tatsächlich!«

»Nun, wenn du es dir schon so sehr zu Herzen nimmst, so ist es das Beste, du bemühst dich, möglichst schnell dich zu spezialisieren; befasse dich mit Häuserbau oder mit der Jurisprudenz, und dann, wenn du deine wirkliche und ernste Arbeit hast, wirst du dich beruhigen und das Unwichtige vergessen.«

Ich schwieg darauf; was konnte man solchen Reden entnehmen? Und doch regten mich diese Fragen nach jedem solchen Gespräch noch mehr auf als zuvor. Außerdem sah ich doch deutlich, daß in ihm immer gleichsam ein gewisses Geheimnis verblieb, und gerade das war es, was mich immer mehr und immer stärker zu ihm hinzog.

»Hören Sie«, unterbrach ich ihn einmal, »ich habe immer den Verdacht, daß Sie alles das nur so sagen, aus Erbitterung und Leid, insgeheim aber, so für sich, sind gerade Sie ein Fanatiker irgendeiner höheren Idee, nur verheimlichen Sie das oder Sie schämen sich, es einzugestehen.«

»Ich danke dir, mein Lieber.«

»Hören Sie, es gibt nichts Höheres, als nützlich zu sein. Sagen Sie mir, wodurch kann ich im gegebenen Augenblick am allernützlichsten sein? Ich weiß, daß es Ihnen nicht möglich ist, das zu entscheiden; aber ich will nur Ihre Meinung wissen: Sagen Sie sie, und was Sie sagen, das werde ich tun, das schwöre ich Ihnen! Also: Was wäre zum Beispiel ein großer Gedanke?«

»Nun, Steine in Brot zu verwandeln, — da hast du einen großen Gedanken.«

»Ist das der größte? Nein, wahrhaftig, Sie haben mir einen ganzen Weg gezeigt! Sagen Sie: ist das wirklich der größte?«

»Ein sehr großer, mein Freund, ein sehr großer, aber nicht der größte; groß, aber zweitrangig, nur im gegebenen Moment ist er groß: hat der Mensch sich sattgegessen, so denkt er nicht mehr daran; im Gegenteil, er wird sofort sagen: ‚So, nun habe ich mich sattgegessen, und was soll ich jetzt tun?' Die Frage bleibt ewig offen.«

»Sie sprachen einmal von ‚Genfer Ideen'; ich habe Sie damals nicht verstanden; was sind das für ‚Genfer Ideen'?«

»Die Genfer Ideen? Das ist die Tugend ohne Christus, mein Freund, also die heutigen Ideen, oder richtiger, die Idee der ganzen heutigen Zivilisation. Mit einem Wort, das ist eine dieser langen Geschichten, von denen anzufangen, eine sehr langweilige Sache ist, und es wird viel besser sein, wenn wir beide von etwas anderem sprechen, oder noch besser, wenn wir von anderem schweigen.«

»Natürlich, wenn Sie nur schweigen können, das ist für Sie immer die Hauptsache!«

»Mein Freund, vergiß nicht, schweigen ist gut, ungefährlich und schön.«

»Schön?«

»Selbstverständlich. Das Schweigen ist immer schön, und der Schweigende ist immer schöner als der Redende.«

»Freilich ist so reden, wie Sie mit mir reden, ebensogut wie schweigen. Zum Teufel mit solch einer Schönheit, und vor allem, zum Teufel mit solch einem Vorteil!«

»Mein Lieber«, sagte er da auf einmal zu mir, und er änderte ein wenig seinen Ton, ja, er sprach sogar mit einem gewissen Gefühl und mit besonderem Nachdruck: »Mein Lieber, ich will dich durchaus nicht zu irgendeiner bourgeoisen Tugendhaftigkeit verführen und von deinen Idealen fortlocken; ich predige dir nicht: „Glück ist besser als Heldentum"; im Gegenteil, Heldentum steht höher als jedes Glück, und allein die Fähigkeit dazu ist an sich schon ein Glück. So brauchen wir nun darüber keine Worte mehr zu verlieren. Eben deshalb achte ich dich ja auch, weil du in unserer Oxydationszeit fähig gewesen bist, in deiner Seele dir irgendeine ‚eigene Idee' zu schaffen (rege dich nicht auf, ich habe mir das sogar sehr gemerkt). Aber man muß doch auch ans rechte Maß denken; denn dich verlangt jetzt nach einem auffallenden Leben: womöglich etwas anzuzünden oder zu zerschmettern, über ganz Rußland dich zu erheben, wie eine Gewitterwolke vorüberzuziehen und alle in Angst und Entzücken zurückzulassen, selbst aber irgendwo in den Vereinigten Staaten von Nordamerika zu verschwinden. Sicherlich ist jetzt etwas ähnliches in deiner Seele, und deshalb halte ich es auch für notwendig, dich zu warnen, denn ich habe dich aufrichtig liebgewonnen, mein Junge.«

Und was konnte ich selbst hieraus entnehmen? Hieraus sprach nur Unruhe um mich, um mein materielles Schicksal; der Vater verriet sich mit prosaischen, wenn auch guten Gefühlen; aber war es denn das, was ich angesichts der Ideen brauchte, für die jeder ehrliche Vater seinen Sohn selbst in den Tod schicken muß, wie der alte Horatius seine Söhne für die Idee Roms?

Ich kam ihm auch oft mit Fragen wegen der Religion, aber hier stieß ich auf den dichtesten Nebel. Auf meine Frage: »Was soll ich in diesem Sinne tun?« antwortete er mir auf die dümmste Weise, als wäre ich ein kleines Kind: »Man muß an Gott glauben, mein Lieber.«

»Aber wenn ich an alles das nun einmal nicht glaube?« rief ich gereizt.

»Nun, das ist ja vortrefflich, mein Lieber.«

»Wieso vortrefflich?«

»Es ist das beste Anzeichen, mein Freund; sogar das zuverlässigste, denn unser russischer Atheist – wenn er nur auch wirklich Atheist ist und dazu ein wenig Verstand besitzt – ist der beste Mensch auf der ganzen Welt, und ist immer geneigt, Gott freundlich zu behandeln, eben weil er unbedingt gut ist, und gut ist er, weil er maßlos zufrieden damit ist, daß er Atheist ist. Unsere Atheisten sind ehrenwerte Leute und sind in höchstem Maße zuverlässig, sind sozusagen die Stützen des Vaterlandes ...«

Das war natürlich etwas, aber ich wollte was anderes; nur einmal sprach er sich deutlicher mir gegenüber aus, aber doch so sonderbar, daß er mich durch diese Worte am meisten in Erstaunen setzte, besonders, da ich von seinem angeblichen Katholizismus und seinen Büßerketten gehört hatte.

»Mein Lieber«, sagte er damals zu mir, es war nicht in meinem Zimmer, sondern auf der Straße, und nach einem langen Gespräch; ich begleitete ihn. »Mein Freund, die Menschen so zu lieben, wie sie sind, ist unmöglich. Und doch soll man es nun einmal. Deshalb verbeiße deine Gefühle, wenn du ihnen Gutes tun willst, halte dir die Nase zu und schließe die Augen (letzteres ist unbedingt erforderlich). Ertrage von ihnen Böses, nach Möglichkeit ohne dich über sie zu ärgern, ‚eingedenk dessen, daß auch du ein Mensch bist'. Selbstverständlich bist du verpflichtet, streng mit ihnen zu sein, wenn du auch nur ein wenig klüger sein mußt als der Durchschnitt. Die Menschen sind ihrer Natur nach niedrig und am ehesten aus Furcht zu lieben bereit; gehe du auf eine solche Liebe nicht ein und höre nicht auf, zu verachten. Irgendwo im Koran gebietet Allah dem Propheten, auf die ‚Verstockten' wie auf Mäuse zu schauen, ihnen Gutes zu tun und an ihnen vorüberzugehen. Ein wenig stolz, aber richtig. Lerne es, sie selbst dann zu verachten, wenn sie gut sind, denn gerade dann sind sie am häufigsten schlecht. Oh, mein Lieber, wenn ich das sage, urteile ich nach mir selbst! Wer auch nur minimal nicht dumm ist, kann nicht leben, ohne sich selbst zu verachten, mag er nun ehrenhaft sein oder nicht, das ist ganz einerlei. Seinen Nächsten lieben und ihn nicht verachten – ist unmöglich. Meiner Ansicht nach ist der Mensch mit der physischen Unmöglichkeit geschaffen, seinen Nächsten zu lieben. Es muß da ein Irrtum in der Wahl des Wortes vorliegen, und zwar schon von Anfang an, und unter der „Liebe zur Menschheit" kann man nur Liebe zu derjenigen Menschheit verstehen, die du dir selbst in deiner Seele erschaffst (mit anderen Worten: dich selbst hast du erschaffen, und folglich ist es Liebe zu dir selbst) – und die es folglich niemals in der Wirklichkeit geben wird.«

»Niemals geben wird?«

»Mein Freund, ich gebe zu, daß das ein wenig dumm wäre, aber das ist nicht meine Schuld; und da man bei der Erschaffung der Welt mich nicht gefragt hat, so behalte ich mir das Recht vor, in der Beziehung meine eigene Meinung zu haben.«

»Ja, aber ... wie kann man Sie dann noch einen Christen nennen«, rief ich aus, »einen Mönch mit Büßerketten, einen Propheten? Das verstehe ich nicht!«

»Wer nennt mich denn so?«

Ich erzählte es ihm; er hörte sehr aufmerksam zu, brach aber das Gespräch ab.

Leider kann ich mich nicht mehr erinnern, aus welchem Anlaß es damals zu diesem mir noch so gut erinnerlichen Gespräch zwischen uns kam; aber ich weiß noch, daß er nahezu in Zorn geriet, was mit ihm sonst fast nie geschah. Er sprach leidenschaftlich und ohne Spott, als spräche er gar nicht mit mir. Aber wiederum glaubte ich ihm nicht: er konnte doch mit einem Menschen wie mir von solchen Dingen nicht ernsthaft reden!

ZWEITES KAPITEL

I

An diesem Morgen des fünfzehnten November traf ich ihn beim »Fürsten Sserjosha«. Ich war es auch gewesen, der ihn und den Fürsten wieder zusammengeführt hatte; aber ganz abgesehen von mir, hatten sie ja genug Berührungspunkte (alle diese früheren Geschichten im Auslande usw.). Außerdem hatte der Fürst ihm sein Wort gegeben, von der Erbschaft wenigstens ein Drittel an ihn abzutreten, was mindestens zwanzigtausend Rubel ausgemacht hätte. Ich weiß noch, mich wunderte es damals sehr, daß er nur ein Drittel und nicht eine volle Hälfte abtreten wollte; aber ich sagte nichts. Dieses Versprechen hatte der Fürst ganz aus eigenem Antriebe gegeben; Werssiloff hatte ihn mit keiner Silbe dazu veranlaßt, hatte nie auch nur ein Wort darüber fallen lassen; der Fürst war selbst damit hervorgetreten, Werssiloff aber hatte nur schweigend zugehört und auch nachher kein einziges Mal etwas darüber geäußert oder erwähnt, hatte auch mit keiner Miene gezeigt, daß er sich dieses Versprechens überhaupt erinnerte. Ich will hier gleich bemerken, daß der Fürst in der ersten Zeit von Werssiloff ganz bezaubert war, besonders von seinen Reden, die ihn geradezu begeisterten, und in dem Sinne hatte er sich auch mir gegenüber oftmals geäußert. Wenn wir beide allein waren, hatte er manchmal ganz verzweifelt über sich ausgerufen, er sei »so ungebildet, so unwissend, und auf einem so falschen Wege! ...« Oh, damals waren wir noch so befreundet! ... Auch Werssiloff gegenüber bemühte ich mich immer, nur die guten Seiten des Fürsten hervorzuheben, und ich verteidigte oder leugnete sogar seine Fehler, obgleich ich sie selbst sah; aber Werssiloff schwieg dazu oder lächelte.

»Nun ja, mag er auch seine Fehler haben, aber jedenfalls hat er ebenso viele Vorzüge, wie er Fehler hat!« rief ich einmal, als ich mit Werssiloff allein war.

»Gott, wie du ihm schmeichelst«, sagte er auflachend.

»Wieso? Inwiefern schmeichle ich ihm?« Ich wollte ihn zuerst nicht verstehen.

»Ebenso viele Vorzüge! Da müßten ja seine Gebeine Reliquien werden, wenn er ebenso viele Vorzüge wie Fehler hätte!«

Aber natürlich, das war kein Urteil. Und überhaupt schien er es damals gewissermaßen vermeiden zu wollen, vom Fürsten zu sprechen, wie überhaupt von allem Gegenwärtigen und Dringenden; aber vom Fürsten besonders. Ich hatte schon damals den Verdacht, daß er beim Fürsten auch ohne mich vorsprach, und daß sie besondere Beziehungen hatten, aber ich nahm das so hin. Ich wurde auch deswegen nicht eifersüchtig, daß er mit ihm gleichsam ernster sprach als mit mir, sagen wir, positiver, und weniger Spott beimischte: ich war damals so glücklich, daß mir das sogar gefiel. Und ich entschuldigte es noch damit, daß der Fürst ja ein wenig beschränkt war und deshalb es nicht liebte, wenn man sich ungenau ausdrückte, und manche Feinheiten verstand er überhaupt nicht. Aber siehe da, in der letzten Zeit hatte er angefangen, sich gewissermaßen zu emanzipieren. Seine Gefühle Werssiloff gegenüber begannen sich sogar zu verändern, was der feinfühlige Werssiloff natürlich sofort merkte. Ich muß noch erwähnen, daß der Fürst in derselben Zeit auch sein Verhalten zu mir änderte und sogar recht merklich; es waren nur gewisse tote Formen von unserer anfänglich fast glühenden Freundschaft übriggeblieben. Aber ich fuhr doch fort, nach wie vor zu ihm zu gehen. Übrigens, wie hätte ich nicht mehr zu ihm gehen sollen, nachdem ich nun einmal in all das hineingeraten war! Oh, wie unschlau ich damals war! Und kann denn wirklich lediglich Herzensdummheit einen Menschen zu einer solchen Einfalt und Erniedrigung führen? Ich borgte Geld von ihm und dachte, das hätte nichts auf sich, das gehöre sich so. Übrigens, nein: ich wußte auch damals schon, daß es sich so nicht gehörte, aber – ich dachte einfach zu wenig darüber nach. Nicht des Geldes wegen ging ich zu ihm, obschon ich das Geld furchtbar nötig hatte. Ich wußte, daß ich nicht des Geldes wegen ging, aber ich begriff, daß ich jeden Tag bei ihm erschien und mir Geld holte. Aber ich war im Wirbel, und abgesehen von alledem, war meine Seele damals von etwas ganz Anderem erfüllt, – sang etwas ganz Anderes in meiner Seele!

Als ich an jenem Morgen eintrat, ungefähr um elf Uhr, fand ich Werssiloff bei ihm und hörte noch, wie er gerade einen längeren Satz zu Ende sprach; der Fürst hörte zu und schritt im Zimmer auf und ab; Werssiloff saß. Der Fürst schien einigermaßen erregt zu sein. Werssiloff regte ihn fast immer auf. Der Fürst war ein überaus empfänglicher Mensch, war das sogar bis zu einer Naivität, die mich in manchen Fällen veranlaßte, mich ihm sehr überlegen zu fühlen. Aber ich wiederhole, in den letzten Tagen war in ihm ein gewisser boshafter Hohn zum Ausdruck gekommen. Er blieb stehen, als er mich erblickte, und in seinem Gesicht verzog sich etwas. Ich wußte im geheimen, wie ich mir diesen Schatten an diesem Morgen zu erklären hatte, aber ich hatte doch nicht erwartet, daß sein Gesicht sich in solchem Maße verändern werde. Es war mir bekannt, daß er eine Menge Unannehmlichkeiten hatte, aber das Abscheuliche war, daß ich nur den zehnten Teil dieser Unannehmlichkeiten kannte – alles übrige war für mich damals ein Geheimnis, von dem ich nicht das mindeste ahnte. Das war um so abscheulicher und um so dümmer, als ich ihn oft großartig zu trösten versuchte, ihm Ratschläge gab und sogar hochmütig lächelte über seine Schwäche, »wegen solcher Lappalien« außer sich zu geraten. Er hüllte sich dann in Stillschweigen; aber es ist undenkbar, daß er mich in diesen Augenblicken nicht furchtbar gehaßt habe; ich befand mich in einer gar zu falschen Stellung ihm gegenüber, hatte aber selbst nicht einmal eine Ahnung davon. Oh, ich rufe Gott zum Zeugen an, daß ich von der Hauptsache damals wirklich keine Ahnung hatte!

Er streckte mir aber doch höflich die Hand entgegen. Werssiloff nickte mir zu, ohne sich unterbrechen zu lassen. Ich ließ mich auf ein Sofa fallen. – Was war das überhaupt für ein Ton, den ich mir erlaubte, was waren das für Manieren! Seine Bekannten behandelte ich, als wären sie meine Bekannten ... Oh, wenn es doch eine Möglichkeit gäbe, alles das ungeschehen zu machen, wie anders würde ich mich jetzt zu benehmen verstehen!

Noch zwei Worte, damit ich es später nicht zu erwähnen vergesse: der Fürst wohnte damals immer noch in derselben Wohnung, die jetzt fast ganz von ihm eingenommen wurde; die Stolbéjewa, der die Wohnung gehörte, hatte nur einen Monat in Petersburg verbracht und war dann wieder irgendwohin verreist.

II

Sie sprachen über den Adel. Ich muß vorausschicken, daß diese Idee den Fürsten manchmal sehr aufregte, trotz seiner ganzen anscheinend fortschrittlichen Gesinnung. Ja, ich vermute sogar, daß vieles Schlechte in seinem Leben durch diese Idee veranlaßt oder ausschließlich um ihretwillen von ihm begangen worden war: da er so viel auf seine Fürstlichkeit gab, hatte er in seinem ganzen Leben aus falschem Stolz mit dem Gelde um sich geworfen und sich auf diese Weise, da er ja ganz arm war, in Schulden gestürzt. Werssiloff hatte ihm schon mehrmals zu verstehen gegeben, daß der Adel nicht darin liege, und hatte gleichzeitig versucht, ihm eine höhere Auffassung vom Adel nahezulegen; aber der Fürst schien es schließlich übelzunehmen, daß man ihn belehren wollte. Offenbar hatte ihr Gespräch auch an diesem Morgen davon gehandelt, aber den Anfang hatte ich nun versäumt. Werssiloffs Worte schienen mir zunächst sehr reaktionär zu sein, später aber söhnte er mich wieder aus.

»Das Wort Ehre bedeutet Pflicht«, sagte er (ich gebe nur den Sinn seiner Rede wieder, seine Worte aber nur, soweit ich mich ihrer erinnere). »Wenn in einem Staat ein führender Stand herrscht, so ist dieses Land stark. Ein führender Stand hat immer seinen bestimmten Ehrbegriff und sein bestimmtes Ehrenbekenntnis, das meinetwegen auch unrichtig sein kann, aber es dient doch fast immer als Bindemittel und festigt das Ganze; sittlich ist es von großem Nutzen, doch noch mehr ist es das politisch ... Aber die Sklaven leiden darunter, das heißt alle, die nicht zum führenden Stande gehören. Damit sie nicht leiden, versucht man, die Rechte anzugleichen. Das hat man auch bei uns getan, und das ist sehr schön. Nur hat bisher, wie die Erfahrung lehrt, überall (das heißt, natürlich nur in Europa) die Angleichung der Rechte ein gewisses Sinken des Ehrgefühls zur Folge gehabt und folglich auch des Pflichtgefühls. Der Egoismus ist an die Stelle der früheren zusammenhaltenden Idee getreten, und alles ist zu persönlicher Freiheit auseinandergefallen. Die Freigewordenen aber, die ohne einen vereinenden, festigenden Gedanken blieben, haben nun mit der Zeit jede höhere, ideelle Bindung in solchem Maße eingebüßt, daß sie zu guter Letzt sogar die von ihnen erlangte persönliche Freiheit nicht einmal mehr gemeinsam verteidigen mögen. Aber der russische Adelstypus hat dem europäischen niemals geglichen. Unser Adel könnte selbst jetzt, nach Verlust seiner Vorrechte, der höchste Stand bleiben, als Hüter der Ehre, des Lichts, der Wissenschaft und der höheren Idee, und, was die Hauptsache ist, ohne sich als besondere Kaste abzuschließen, was der Tod der Idee wäre. Im Gegenteil, die Tür zu diesem Stande steht bei uns schon lange offen, jetzt aber dürfte es an der Zeit sein, sie endgültig und vollends aufzustoßen. Möge jede große Tat der Ehre, der Wissenschaft, des Mutes bei uns einem jeden das Recht geben, sich den Menschen des höheren Standes anzuschließen. Auf diese Weise würde sich der höhere Stand ganz von selbst in eine Gemeinschaft der Besten verwandeln, und zwar im buchstäblichen und wahren Sinne, und nicht im früheren Sinne einer privilegierten Kaste. In dieser neuen, oder, sagen wir richtiger, erneuerten Gestalt könnte sich dieser Stand erhalten.«

Der Fürst verzog den Mund zu einem halb höhnischen Lächeln, das seine Zähne sehen ließ.

»Was wird das dann noch für ein Adel sein? Was Sie da projektieren, ist ja eine Art Freimaurerloge, aber kein Adel.«

Ich erwähne nochmals: der Fürst war furchtbar ungebildet. Ich nahm vor Ärger über ihn auf meinem Sofa eine andere Stellung ein, obschon ich Werssiloff nicht ganz beistimmte. Werssiloff begriff nur zu gut, daß der Fürst sich zur Wehr setzen wollte.

»Ich weiß nicht, wie Sie das meinen, was Sie da von der Freimaurerei sagen«, erwiderte er; »doch übrigens, wenn selbst ein russischer Fürst sich von einer solchen Idee lossagt, so ist selbstredend ihre Zeit noch nicht gekommen. Die Idee der Ehre und der Aufklärung als Glaubensbekenntnis eines jeden, der in diesen Stand eintreten will, der niemals abgeschlossen und beständig erneuert wird, – ist natürlich eine Utopie, aber weshalb sollte sie denn schließlich immer unmöglich bleiben? Wenn dieser Gedanke auch nur in wenigen Köpfen lebt, so ist er doch noch nicht erloschen, sondern brennt und leuchtet noch, und sei es auch nur wie ein Lichtpunkt in tiefer Finsternis.«

»Sie gebrauchen immer Worte wie: ‚der große Gedanke', ‚die zusammenhaltende Idee' und ähnliche. Ich wüßte gern, was Sie darunter eigentlich verstehen, zum Beispiel unter dem ‚großen Gedanken'?«

»Ich weiß wirklich nicht, was ich Ihnen darauf antworten soll, mein lieber Fürst«, erwiderte Werssiloff mit feinem Lächeln. »Das Beste ist wohl, ich gestehe Ihnen, daß ich selbst nichts darauf zu antworten weiß. Der große Gedanke, das ist meistens ein Gefühl, das manchmal sehr, sehr lange unausgesprochen bleibt. Ich weiß nur, daß es immer dasjenige gewesen ist, woraus das lebendige Leben zu strömen pflegt, ich meine nicht das intellektuelle und nicht das erklügelte, sondern im Gegenteil, das wirkliche, niemals langweilige und heitere Leben; so ist denn die höhere Idee, der es entströmt, entschieden unentbehrlich – zum allgemeinen Ärger selbstverständlich.«

»Warum zum allgemeinen Ärger?«

»Weil mit Ideen zu leben, nicht behaglich ist, ohne Ideen dagegen immer heiter.«

Der Fürst schluckte die Pille.

»Und was ist denn dieses lebendige Leben Ihrer Meinung nach?« (Er ärgerte sich sichtlich.)

»Auch das weiß ich nicht, Fürst; ich weiß nur, daß es etwas unglaublich Einfaches sein muß, das Alltäglichste und Unverborgenste, etwas Tagtägliches und Allstündliches, etwas dermaßen Gewöhnliches, daß wir einfach nicht glauben können, dieses Einfache könnte es sein, und deshalb gehen wir schon so viele Jahrtausende an ihm vorüber, ohne es zu bemerken und zu erkennen.«

»Ich wollte nur sagen, daß Ihre Idee vom Adel gleichzeitig eine Verneinung des Adels ist«, sagte der Fürst.

»Nun, wenn Sie es denn durchaus wissen wollen, so hat es einen Adel bei uns vielleicht gar nie gegeben.«

»Was Sie da sagen, ist alles furchtbar dunkel und unklar. Ich denke, wenn man schon spricht, muß man seinen Gedanken auch begründen ...«

Der Fürst runzelte die Stirn und blickte flüchtig nach der Sturzuhr. Werssiloff erhob sich und nahm seinen Hut.

»Begründen!« sagte er, »nein, lieber nicht; und überdies ist es meine Leidenschaft, zu sprechen ohne Begründungen. In der Tat, so ist es. Und dann noch eine Eigenheit: geschieht es einmal, daß ich einen Gedanken, an den ich selbst glaube, zu begründen anfange, so ist es bisher immer geschehen, daß ich zum Schluß der Erklärung an das Erklärte selbst zu glauben aufhöre; dem fürchte ich mich auch heute auszusetzen. Auf Wiedersehen, teurer Fürst; bei Ihnen rede ich immer unverzeihlich viel.«

Er ging hinaus; der Fürst gab ihm höflich das Geleit, ich aber fühlte mich gekränkt.

»Warum schauen Sie denn so finster drein?« fuhr er mich plötzlich geradezu an und ging, ohne mich anzusehen, zu seinem Schreibtisch.

»Wenn ich finster dreinschaue«, begann ich mit einem Zittern in der Stimme, »so tue ich es deshalb, weil ich finde, daß Ihr Ton mir und sogar Werssiloff gegenüber sich so sonderbar verändert hat, weshalb ich . . . Allerdings, Werssiloff begann vielleicht etwas zu reaktionär, aber dann hat er das doch wieder gutgemacht und . . . in seinen Worten lag vielleicht ein tiefer Sinn, aber Sie haben das wohl gar nicht verstanden, und . . .«

»Ich will einfach nicht, daß man mich belehren zu müssen glaubt, und mich für einen Schuljungen hält!« schnitt er mir fast wütend das Wort ab.

»Fürst, solche Ausdrücke . . .«

»Keine Theaterposen, wenn ich bitten darf. Ich weiß, daß das, was ich tue, eine Gemeinheit ist, daß ich ein Verschwender bin, ein Spieler, vielleicht ein Dieb . . . ja, ein Dieb; denn ich verspiele das Geld meiner Familie, aber ich wünsche nicht, daß andere sich als meine Richter vor mich hinsetzen. Das wünsche ich nicht, und das dulde ich nicht. Ich bin mein eigener Richter. Und wozu diese zweideutigen Anspielungen? Wenn er mir etwas sagen wollte, so hätte er es einfach und geradezu aussprechen sollen, nicht aber so einen nebligen Unsinn verkünden. Um mir aber das zu sagen, muß man das Recht dazu haben, muß man selbst anständig sein . . .«

»Erstens habe ich den Anfang Ihrer Unterhaltung nicht gehört und weiß daher nicht, wovon Sie gesprochen haben; zweitens aber, inwiefern ist denn Werssiloff nicht anständig? Gestatten Sie, daß ich Sie das frage.«

»Genug davon, ich bitte Sie, genug davon. Sie baten mich gestern um dreihundert Rubel – hier sind sie . . .« Er legte das Geld vor mir auf den Tisch, setzte sich selbst in seinen

Lehnstuhl, lehnte sich nervös zurück und schlug ein Bein über das andere. Ich blieb verwirrt stehen.

»Ich weiß nicht ...«, murmelte ich, »ich habe Sie wohl gebeten ... und ich habe das Geld augenblicklich zwar sehr nötig, aber im Hinblick auf diesen Ton ...«

»Lassen Sie den Ton. Wenn ich mich etwa scharf ausgedrückt habe, so entschuldigen Sie mich. Ich versichere Ihnen, ich habe an anderes zu denken. Hören Sie mich an: Ich habe einen Brief aus Moskau erhalten; mein Bruder Ssascha, der kleine Junge, Sie wissen, ist vor vier Tagen gestorben. Mein Vater ist, wie Sie gleichfalls wissen, nun schon seit zwei Jahren gelähmt, und jetzt geht es ihm, wie man mir schreibt, viel schlechter, er kann überhaupt nicht mehr sprechen und erkennt keinen mehr. Sie haben sich dort alle so über die Erbschaft gefreut und wollen ihn nun gern ins Ausland bringen; der Arzt aber schreibt mir, daß er kaum noch zwei Wochen leben könne. So bleiben von uns nur noch meine Mutter, meine Schwester und ich, also eigentlich so gut wie nur ich ... Nun, sagen wir, ich, ich allein ... Diese Erbschaft ... diese Erbschaft – oh, vielleicht wäre es besser gewesen, es hätte sie überhaupt nicht gegeben! Aber was ich Ihnen eigentlich sagen wollte: ich habe von dieser Erbschaft mindestens zwanzigtausend Rubel Andrei Petrowitsch versprochen ... Und dabei ... können Sie sich denken, diese Formalitäten halten doch alle so auf, ich habe da noch nichts besorgen können. Ich bin sogar ... das heißt, wir ... das heißt, mein Vater ist sogar noch nicht einmal offiziell bestätigt, er hat den Besitz noch nicht angetreten. Und dabei habe ich in diesen letzten drei Wochen soviel Geld verloren, und dieser Schuft Stebelkóff nimmt solche Prozente ... Ich habe Ihnen jetzt fast mein letztes Geld gegeben ...«

»Oh, Fürst, wenn es so ist ...«

»Ach, ich sage es doch nicht deshalb, nicht deshalb. Stebelkóff wird mir heute sicher welches bringen, und das wird für den Augenblick reichen, aber der Teufel werde aus ihm klug, aus diesem Stebelkóff! Ich habe ihn beschworen, mir zehntausend zu verschaffen, damit ich Werssiloff wenigstens zehntausend geben kann. Mein Versprechen, ihm ein Drittel abzutreten, quält mich, foltert mich! Ich habe mein Wort gegeben und muß es halten. Und ich schwöre Ihnen, ich brenne darauf, mich wenigstens nach dieser Seite hin von meinen Verpflichtungen befreien zu können. Sie sind schwer, niederdrückend, unerträglich! Diese mich bedrükkende Verbindung .. Ich kann Andrei Petrowitsch nicht ansehen, weil ich ihm nicht offen in die Augen sehen kann ... weshalb mißbraucht er das?«

»Was mißbraucht er, Fürst?« Ich blieb erstaunt vor ihm stehen. »Hat er denn jemals Ihnen gegenüber auch nur eine Andeutung gemacht?«

»O nein, und ich weiß das zu würdigen, aber ich selbst mache mir Andeutungen. Und schließlich, ich werde immer tiefer und tiefer hineingezogen ... Dieser Stebelkóff ...«

»Hören Sie, Fürst, beruhigen Sie sich doch, ich bitte Sie; ich sehe schon, je mehr Sie reden, um so mehr regen Sie sich auf, und dabei ist vielleicht das alles doch nur Einbildung. Ich habe mich ja auch hineinziehen lassen und unverzeihlich, niederträchtig! – aber ich weiß doch, daß es nur vorübergehendes Unglück ist .. und wenn ich nur eine gewisse Summe zurückgewinne, dann ... Sagen Sie, mit diesen dreihundert schulde ich Ihnen jetzt zweitausendfünfhundert Rubel, nicht wahr?«

»Ich habe sie von Ihnen, denke ich, noch nie zurückverlangt«, sagte der Fürst plötzlich mit einem höhnischen Lächeln, das wieder seine Zähne sehen ließ.

»Sie sagen, zehntausend brauchten Sie für Werssiloff. Wenn ich von Ihnen jetzt borge, so tue ich das selbstverständlich auf Rechnung der Werssiloffschen Zwanzigtausend; anders lasse ich es nicht zu. Aber ... aber ich werde es Ihnen ja bestimmt schon vorher wiedergeben ... Oder denken Sie womöglich, er käme zu Ihnen des Geldes wegen?«

»Mir wäre es leichter, wenn er des Geldes wegen käme«, sagte der Fürst rätselhaft.

»Sie sprachen von einer Sie ‚bedrückenden Verbindung‘ ... Wenn Sie damit Ihren Verkehr mit Werssiloff und mir meinten, so ist das, bei Gott, eine Beleidigung. Und dann, Sie sagen: Warum ist er nicht selbst so, wie er andere zu sein lehrt? – das ist doch Ihre Logik! Aber erstens ist das nicht Logik, erlauben Sie schon, daß ich Ihnen das sage; denn selbst wenn er auch nicht so wäre, könnte er doch nicht anders, als die Wahrheit verkünden ... Und schließlich, was ist das für ein Wort: ‚verkünden‘? Sie sagen, er sei ein ‚Prophet‘. Sagen Sie, haben Sie ihn in Deutschland einen ‚Weiberpropheten‘ genannt?«

»Nein, nicht ich.«

»Stebelkoff sagte mir, Sie hätten es getan.«

»Dann hat er gelogen. Ich bin kein Meister im Erfinden von Spitznamen. Aber wenn jemand Ehre predigt, so muß er selbst ehrenhaft sein – das ist meine Logik, und wenn sie falsch ist, so ist mir das gleichgültig. Ich will, daß es so sei, und es muß so sein. Und keiner, keiner darf es wagen, in mein Haus zu kommen, um mich zu verurteilen und mich für einen dummen Jungen zu halten! Genug, hören Sie auf!« rief er heftig und winkte mir ungeduldig mit der Hand ab, damit ich nicht mehr spräche ... »Ah, endlich!«

Die Tür wurde geöffnet, und herein trat Stebelkóff.

III

Der war noch unverändert derselbe: ebenso stutzerhaft gekleidet, wölbte er die Brust noch ebenso vor, sah einem ebenso albern in die Augen, bildete sich ebenso ein, daß er jeden überliste, und war überhaupt sehr eingenommen von sich. Nur daß er sich diesmal beim Eintreten etwas merkwürdig umschaute; gleichsam vorsichtig und eigentümlich spähend, als hätte er aus unseren Gesichtern etwas erraten wollen. Aber er beruhigte sich sofort, und das selbstbewußte Lächeln erschien wieder auf seinen Lippen, jenes

»unverschämt nachsichtige« Lächeln, das mir bei alledem so unsäglich zuwider war.

Ich wußte schon längst, daß er den Fürsten furchtbar quälte. Er war früher schon ein- oder zweimal während meiner Anwesenheit zum Fürsten gekommen. Ich ... ich hatte in diesem letzten Monat auch schon einmal mit ihm zu tun gehabt, aber diesmal wunderte ich mich ein wenig – aus einem besonderen Grunde – über sein Erscheinen beim Fürsten.

»Gleich!« sagte der Fürst zu ihm und begann, ohne ihn überhaupt zu begrüßen, und indem er uns den Rücken zuwandte, aus seinem Schreibtisch Papiere und Rechnungen herauszunehmen. Was mich betrifft, so fühlte ich mich durch die letzten Worte des Fürsten entschieden beleidigt; seine Anspielung auf Werssiloffs Unehrenhaftigkeit war so deutlich gewesen (und so unbegreiflich), daß ich die Sache nicht ohne radikale Erklärung auf sich beruhen lassen konnte. Aber in Stebelkoffs Gegenwart war ein Zur-Rede-Stellen nicht möglich. Ich warf mich wieder in meine Sofaecke und schlug ein Buch auf, das auf dem Tisch lag.

»Was! Belinskij, Zweiter Teil! Das ist doch! – Sie wollen sich wohl bilden?« rief ich dem Fürsten zu, aber es klang, glaube ich, recht gezwungen.

Er war sehr beschäftigt und beeilte sich sichtlich, aber auf meine Worte hin drehte er sich plötzlich nach mir um:

»Ich bitte Sie, lassen Sie das Buch liegen«, sagte er scharf.

Das ging nun doch schon über alle Grenzen, und das noch dazu in Stebelkóffs Gegenwart! Und Stebelkoff mußte natürlich gleich schlau und boshaft schmunzeln, und dazu deutete er mir heimlich mit dem Kopf und einem zwinkernden Auge auf den Fürsten. Ich kehrte diesem Dummkopf den Rücken.

»Ärgern Sie sich nicht, Fürst; ich trete Sie der Hauptperson ab und ziehe mich vorläufig zurück ...«

Ich hatte beschlossen, mich harmlos ungezwungen zu geben.

»Wie, was? – die Hauptperson, das soll wohl ich sein?« griff Stebelkoff sofort das Wort auf und wies vergnügt mit dem Finger auf sich selbst.

»Jawohl, eben Sie; Sie allein sind die Hauptperson, wie überhaupt der erste Mann in allem, und das wissen Sie ja selbst ganz genau!«

»Nein, wenn ich bitten darf. Aber es gibt überall immer einen zweiten Mann. Und dieser zweite Mann, der bin ich. Es gibt einen ersten Mann, und es gibt einen zweiten Mann. Der erste Mann tut, und der zweite Mann nimmt. Folglich wird der zweite Mann zum ersten Mann, und der erste Mann zum zweiten Mann. Ist es so oder nicht?«

»Möglich, daß es so ist, nur verstehe ich Sie wie gewöhnlich nicht ganz.«

»Erlauben Sie! In Frankreich war die Revolution, und alle wurden geköpft. Da kam Napoleon und steckte alles ein. Die Revolution, das war sozusagen der erste Mann, und Napoleon war der zweite Mann. Tja, aber zum Schluß, da war die Sache umgekehrt, wie es sich erwies: da war Napoleon der erste Mann und die Revolution der zweite Mann. Ist es so oder nicht?«

Nebenbei bemerkt: daß er mir gerade mit der Französischen Revolution als Beispiel kam, darin erblickte ich wieder eine von seinen kleinen schlauen Anspielungen, die mich diesmal sehr amüsierte. Da er nun einmal irgendwie erfahren hatte, daß ich bei Dergatschóff gewesen war, so nahm er ohne weiteres an, ich sei Revolutionär, und verblieb in diesem Glauben, und jedesmal, wenn er mit mir zusammentraf, hielt er es für notwendig, von etwas derartigem zu sprechen.

»Kommen Sie«, sagte der Fürst.

Sie gingen zusammen ins Nebenzimmer. Ich blieb allein zurück und beschloß nun endgültig, die dreihundert Rubel dem Fürsten zurückzugeben, sobald Stebelkóff ihn verlassen hätte. Ich hatte dieses Geld furchtbar nötig, aber ich war trotzdem entschlossen, es nicht anzunehmen.

Aus dem Nebenzimmer war zunächst etwa zehn Minuten lang nichts zu hören, auf einmal aber fingen sie laut zu sprechen an. Sie sprachen erregt und beide zugleich, und plötzlich begann der Fürst Stebelkóff anzuschreien, wie in maßloser Gereiztheit oder womöglich in wahrer Wut. Er konnte manchmal sehr aufbrausen, so daß auch ich ihm schon manches hatte nachsehen müssen. In dem Augenblick kam der Diener, um einen Besuch anzumelden; ich wies ihn ins Nebenzimmer, und kaum war er dort eingetreten, da wurde es still. Der Fürst trat schnell und mit besorgtem Gesichtsausdruck, aber doch lächelnd, aus dem Zimmer, der Diener verschwand, und nach einer halben Minute trat der Besuch des Fürsten ein.

Das war ein sehr wichtiger Besuch, ein Herr mit den Fangschnüren eines Adjutanten und einem Namenszug auf den Achselstücken, etwa dreißig Jahre alt. Er war von vornehmem und gewissermaßen strengem Äußeren. Ich muß hier bemerken, daß Fürst Ssergei Petrówitsch in der höchsten Petersburger Gesellschaft bisher noch nicht richtig eingeführt worden war, trotz seines lebhaften Wunsches, hier eingeführt zu werden (von diesem Wunsch wußte ich), und deshalb mußte dieser Besuch für ihn von ganz besonderer Wichtigkeit sein. Ich wußte auch, daß es ihm erst kurz zuvor und nach großen Bemühungen seinerseits gelungen war, die Bekanntschaft mit diesem Aristokraten anzuknüpfen, der ihm nun seinen Gegenbesuch machte, aber zum Unglück des Fürsten kam er in einem äußerst ungelegenen Augenblick. Ich sah, mit was für einer Qual und mit welch einem gleichsam verlorenen Blick der Fürst sich einen Moment nach Stebelkóff umsah; aber Stebelkóff hielt den Blick aus, als wäre nichts dabei, und dachte nicht daran, sich unbemerkt zurückzuziehen, sondern setzte sich frech und wohlgemut auf ein Sofa und begann mit der Hand seine Haare aufzuwühlen, wahrscheinlich um zu zeigen, daß er sich hier vollkommen unabhängig fühle. Ja, er setzte sogar eine gewisse hochmütige Miene auf und war, mit einem Wort, entschieden unmöglich. Was mich betrifft, so verstand ich natürlich auch damals schon, mich zu benehmen, und hätte selbstverständlich keinen durch die Bekanntschaft mit mir kompromittiert; aber wie groß war meine Verwunderung, als ich denselben verlorenen, hilflosen und bösen Blick des Fürsten auch mich streifen sah: er schämte sich also nicht nur Stebelkóffs, sondern auch meiner, und stellte mich somit auf ein und dieselbe Stufe mit Stebelkóff. Dieser Gedanke empörte mich bis zur Wut; ich setzte mich deshalb noch ungenierter auf mein Sofa und blätterte in meinem Buch mit einer Miene, als gingen sie mich überhaupt nichts an. Stebelkoff dagegen machte große Augen, beugte sich vor und hörte ihrem Gespräch aufmerksam zu, wahrscheinlich im Glauben, das wäre höflich und liebenswürdig zugleich. Der Besuch warf einmal und dann noch einmal einen Blick auf Stebelkoff; auf mich übrigens auch.

Sie sprachen von Familienneuigkeiten; dieser Herr hatte früher mal die Mutter des Fürsten gekannt, die aus einer alten vornehmen Familie stammte. Soviel ich beurteilen konnte, war dieser Herr, trotz der Liebenswürdigkeit und scheinbaren Offenherzigkeit seines Tones, ein peinlich akkurater Mensch und von sich in solchem Maße eingenommen, daß er mit seiner Visite wohl jedem Sterblichen eine große Ehre zu erweisen wähnte. Wäre der Fürst allein gewesen, ohne uns, so hätte er sich, davon bin ich überzeugt, viel sicherer und gewandter benommen; so aber sprach eine gewisse Unsicherheit und Nervosität aus seinem Lächeln, das vielleicht etwas zu liebenswürdig war, und außerdem war er von einer sonderbaren Zerstreutheit.

Sie saßen noch keine fünf Minuten, als der Diener wieder einen Besuch meldete, und wie zum Verhängnis war es wieder ein den Fürsten kompromittierender Bekannter. Diesen kannte ich gut, das heißt, ich hatte schon viel von ihm gehört, ich selbst aber war ihm völlig unbekannt. Es war ein noch sehr junger Mensch, übrigens doch schon dreiundzwanzigjährig, vorzüglich angezogen, aus guter Familie und ein sehr hübscher Junge, nur – gehörte er doch zweifellos zur schlechten Gesellschaft. Vor einem Jahr war er noch Offizier in einem der vornehmsten Garde-Kavallerie-Regimenter gewesen, hatte aber dann aus zwingenden Gründen seinen Abschied nehmen müssen, und diese Gründe waren allen bekannt. Seine Verwandten mußten sogar in den Zeitungen bekanntmachen, daß sie für seine Schulden nicht aufkämen, er aber führte sein Verschwenderleben auch jetzt noch unbehindert fort, verschaffte sich Geld zu zehn Prozent monatlich, jeute toll in den Spielzirkeln und ruinierte sich für eine bekannte kleine Französin. Vor einer Woche hatte er wieder Glück gehabt und an einem einzigen Abend an die zwölftausend Rubel gewonnen, so war er jetzt wieder obenauf. Mit dem Fürsten stand er auf freundschaftlichem Fuß: sie spielten oft für gemeinsame Rechnung; aber der Fürst zuckte zusammen, als er ihn erblickte, ich sah das von meinem Platz aus. Dieser junge Mann benahm sich überall so, als wäre er bei sich zu Hause, sprach laut und lustig, sprach alles aus, was ihm in den Kopf kam, genierte sich nie und wäre natürlich auch im Traum nicht darauf verfallen, daß unser Fürst sich vor dem wichtigen Besuch seiner übrigen Bekannten schämte.

Er trat ein, unterbrach ihre Unterhaltung und begann sogleich, noch bevor er sich gesetzt hatte, von dem gestrigen Spielabend zu erzählen.

»Sie waren, glaub' ich, gleichfalls dort«, wandte er sich schon nach dem dritten Satz an den würdevollen Besuch, den er augenscheinlich für einen Herrn aus ihrem Spielerkreise hielt, aber er bemerkte sofort seinen Irrtum und rief: »Ach, entschuldigen Sie, ich hielt Sie im Augenblick für einen der Herren von gestern!«

»Alexéi Wladímirowitsch Darsánn, Ippolít Alexándrowitsch Naschtschókin«, beeilte sich der Fürst vorzustellen. Diesen jungen Mann konnte man immerhin vorstellen: er entstammte einer bekannten vornehmen Familie; uns aber hatte er nicht vorgestellt, und wir saßen immer noch auf unseren Plätzen und rührten uns nicht. Ich wollte nicht einmal den Kopf zu ihnen wenden; Stebelkóff aber hatte seit dem Erscheinen des jungen Mannes erfreut zu grinsen angefangen und sah ganz danach aus, als wollte er sich nun gleichfalls am Gespräch beteiligen. Mich begann das alles schließlich zu amüsieren.

»Ich habe Sie im vorigen Jahr oft bei der Gräfin Werigin gesehen«, sagte Darsánn.

»Ja, ich entsinne mich Ihrer, aber Sie waren damals, wenn ich mich recht erinnere, Offizier«, erwiderte Natschtschókin freundlich.

»Ja, ich war Offizier, aber dank ... Ah, da ist ja auch Stebelkoff! Wie kommt denn der hierher? Ja, schauen Sie mal, eben dank diesen Leutchen bin ich nicht mehr Offizier«, – und er wies ungeniert auf Stebelkóff und begann zu lachen.

Stebelkóff lachte sogleich mit und schien den Hinweis auf sich für eine Freundlichkeit zu halten. Der Fürst wurde rot und wandte sich schnell mit irgendeiner Frage an Naschtschókin; Darsánn trat zu Stebelkóff und begann mit ihm sehr lebhaft, aber nun doch schon flüsternd zu sprechen.

»Wenn ich mich nicht irre, sind Sie im Auslande mit Katerina Nikolájewna Achmakówa sehr gut bekannt gewesen?« fragte Naschtschókin den Fürsten.

»Oh, ja, ich war mit ihr bekannt ...«

»Es scheint, daß es bald eine Neuigkeit geben wird. Man spricht davon, daß sie den Baron Bjoring heiraten werde.«

»Ja, das stimmt!« rief Darsánn herüber.

»Sie ... wissen das genau?« fragte der Fürst Naschtschókin sichtlich erregt, und im Ton seiner Frage lag gespannte Erwartung.

»Ich habe es gehört; aber ich glaube, es wird schon allgemein davon gesprochen; genau weiß ich es allerdings nicht.«

»O doch, das steht fest!« sagte Darsann und trat wieder zu ihnen. »Dubassoff sagte es mir gestern; er ist immer der erste, der solche Neuigkeiten weiß. Aber auch Sie, Fürst, müßten das eigentlich schon wissen.«

Naschtschókin ließ Darsánn zu Ende sprechen und wandte sich dann wieder an den Fürsten:

»Sie hat sich in der letzten Zeit selten in der Gesellschaft sehen lassen.«

»Den letzten Monat war ihr Vater krank«, bemerkte der Fürst eigentümlich trocken.

»Das ist doch, scheint's, eine Dame mit Erlebnissen?« platzte Darsann unbedacht heraus.

Ich hob den Kopf und richtete mich auf.

»Ich habe die Ehre, Katerina Nikolájewna persönlich zu kennen, und halte es für meine Pflicht, zu versichern, daß alle skandalösen Gerüchte nichts als Lüge und schändlicher Klatsch sind ... und von denen erfunden, die ... ihr den Hof gemacht, jedoch nichts erreicht haben.«

Nachdem ich so dumm abgebrochen hatte, sah ich sie alle mit glühendem Gesicht und gerade aufgerichtet immer noch an. Alle hatten sich nach mir umgewandt, aber da begann Stebelkoff zu kichern, und auch der anfangs verdutzte Darsánn lächelte auf einmal.

»Arkádij Makárowitsch Dolgorúkij«, stellte der Fürst mich Darsánn vor.

»Ach, glauben Sie mir, *Fürst«*, wandte sich Darsánn unbefangen und gutmütig an mich, »das war ja gar nicht meine Meinung; wenn es solche Gerüchte gibt, so habe nicht ich sie verbreitet.«

»Oh, ich meinte ja auch gar nicht Sie!« versetzte ich schnell, aber schon lachte Stebelkoff unverzeihlich, und zwar, wie sich später herausstellte, nur darüber, daß Darsann mich für einen *Fürsten* Dolgorúkij gehalten hatte. Mein verwünschter Name mußte mir auch hier wieder alles verpfuschen! Selbst jetzt erröte ich noch bei dem Gedanken, daß ich damals, natürlich aus Schamgefühl, den dummen Irrtum nicht aufzuklären wagte und ihm nicht sagte, daß ich *einfach* Dolgorukij hieße. Ich habe das damals zum erstenmal in meinem Leben unterlassen. Darsann sah verwundert bald mich, bald den lachenden Stebelkoff an.

»Ach, ja! Wer war denn dieses hübsche Mädel, dem ich vorhin auf Ihrer Treppe begegnet bin, schlank, blond, lebendig?« fragte er auf einmal den Fürsten.

»Das weiß ich nicht ... wie soll ich das wissen ...« Der Fürst war plötzlich rot geworden.

»Wer denn sonst?« lachte Darsann.

»Übrigens, das ... das könnte ...«, begann der Fürst eigentümlich unsicher und stockend.

»Das ... tja, das war doch sein Schwesterchen, eben Lisawéta Makárowna!« sagte plötzlich Stebelkóff, mit dem Finger auf mich weisend. »Ich bin ihr ja vorhin auch begegnet ...«

»Ach, ja, in der Tat!« fiel ihm der Fürst ins Wort, und sein Gesicht sah plötzlich ernst und streng aus. »Das wird allerdings Lisawéta Makárowna gewesen sein. Sie ist sehr befreundet mit Anna Fjódorowna Stolbéjewa, bei der ich hier wohne. Wahrscheinlich hat sie heute Dárja Oníssimowna besucht, der Anna Fjódorowna für die Zeit ihrer Abwesenheit die ganze Führung des Haushalts anvertraut hat ...«

Und so war es auch. Diese Dárja Oníssimowna war die Mutter der armen Ólä und war von Tatjána Páwlowna schließlich bei der Stolbéjewa untergebracht worden. Ich wußte, daß Lisa die Stolbéjewa früher besucht hatte und nun auch manchmal bei der armen Dárja Oníssimowna gewesen war, die wir alle sehr liebgewonnen hatten; aber in diesem unseligen Augenblick, nach dieser übrigens sehr sachlichen Erklärung des Fürsten und diesem dummen Ausfall Stebelkóffs, oder vielleicht auch nur deshalb, weil man mich mit dem Titel »Fürst« angeredet hatte – oder war es vielleicht alles zusammen –, da wurde ich auf einmal feuerrot. Zum Glück erhob sich gerade Naschtschókin, um aufzubrechen; er reichte auch Darsann die Hand. In dem Augenblick, wo Stebelkoff und ich allein blieben – Darsann stand mit dem Rücken zu uns in der Tür – begann Stebelkoff mir sofort lebhaft zuzuzwinkern und mit dem Kopf auf Darsann zu weisen; ich zeigte Stebelkoff die Faust.

Eine Minute später brach auch Darsann auf, nachdem er mit dem Fürsten noch die Verabredung getroffen hatte, am nächsten Tage an einem bestimmten Ort zusammenzutreffen – natürlich in einem Lokal, wo gespielt wurde. Beim Hinausgehen rief er noch Stebelkoff irgend etwas zu und machte vor mir eine leichte Verbeugung. Kaum war er hinausgegangen, da sprang Stebelkoff auf, blieb mitten im Zimmer stehen und hob den Finger vor sich in die Höhe:

»Dieser junge Adelssproß hat sich in der vorigen Woche folgenden Scherz geleistet: hat einen Wechsel gegeben, einen Wechsel mit gefälschter Unterschrift, hat den Namen Awerjánoff selbst geschrieben! Und der Wechsel existiert nun noch in dieser Form und ist noch nicht eingelöst! Kriminalsache! Achttausend Rubel!«

»Und dieser Wechsel ist bestimmt in Ihren Händen!« Ich sah ihn wütend an.

»Ich habe eine Bank, ich habe einen Mont de piété, keinen Wechsel. Haben Sie schon gehört, was das ist, der Mont de piété in Paris? Das Brot und die Vorsehung für die Armen! Tja! Wie gesagt, einen Mont de piété . . .«

Der Fürst unterbrach ihn grob und zornig:

»Was wollen Sie hier noch? Was hatten Sie hier zu sitzen?«

»Tja . . .« Stebelkóffs Augen zwinkerten, »und das? Geht das denn nicht?«

»Nein, nein, nein, es geht *nicht*!« schrie ihn der Fürst an und stampfte mit dem Fuß. »Ich habe Ihnen doch gesagt . . .!«

»Tja, nun, wenn es so ist . . . dann ist es so. Dann ist es eben anders . . .«

Er drehte sich hastig um und ging mit plötzlich gesenktem Kopf und krummem Rücken schnell hinaus. Als er schon in der Tür war, rief ihm der Fürst noch zornig nach:

»Und damit Sie es wissen, mein Herr, ich habe nicht die geringste Angst vor Ihnen!«

Er war sehr gereizt, wollte sich setzen, warf aber einen Blick auf mich und setzte sich nicht. Sein Blick hatte gleichsam auch mir gesagt: »Und auch du, was hast du hier noch zu suchen?«

»Ich, Fürst ...«, wollte ich anfangen, aber er fiel mir ins Wort:

»Ich habe wirklich keine Zeit, Arkadij Makárowitsch, ich muß sogleich ausfahren.«

»Nur einen Augenblick, Fürst, es ist etwas für mich sehr Wichtiges; und vor allem, bitte, nehmen Sie Ihre dreihundert Rubel zurück.«

»Was soll das nun wieder bedeuten?«

Er war auf und ab gegangen, jetzt blieb er stehen.

»Das soll bedeuten, daß ich nach allem, was vorgefallen ist ... und was Sie von Werssiloff gesagt haben – daß er unehrenhaft wäre –, und schließlich Ihr Ton die ganze Zeit heute ... Mit einem Wort, ich kann es wirklich nicht annehmen.«

»Sie haben es aber doch schon einen ganzen Monat annehmen *können*.«

Er setzte sich plötzlich hin. Ich stand am Tisch und blätterte mit der einen Hand in dem Buch von Belinskij, in der anderen hielt ich meinen Hut.

»Es waren andere Gefühle, Fürst ... Und schließlich, ich hätte es nie bis zu dieser Summe kommen lassen ... Aber dieses Spiel ... Mit einem Wort, ich kann nicht!«

»Sie haben sich heute einfach durch nichts Besonderes ausgezeichnet, und deshalb sind Sie wütend; ich möchte Sie bitten, das Buch liegen zu lassen.«

»Was heißt das: ‚sich durch nichts Besonderes ausgezeichnet'? Und dann, Sie haben mich vor Ihren Gästen fast auf eine Stufe mit Stebelkoff gestellt.«

»Ah, das ist also des Rätsels Lösung!« lächelte er gehässig. »Und außerdem wurden Sie verlegen, weil Darsann Sie für einen Fürsten hielt.«

Er lachte böse. Ich fuhr auf.

»Ich verstehe Sie nicht ... Ihren Fürstentitel würde ich auch umsonst nicht annehmen!«

»Ich kenne Ihren Charakter. Wie lächerlich Sie sich als Verteidiger der Achmakowa aufspielten ... Lassen Sie das Buch liegen!«

»Was soll denn das heißen?« Auch ich wurde wütend.

»Lassen Sie das Buch liegen!« brüllte er mich auf einmal an und richtete sich wild in seinem Sessel auf, fast wie im Begriff, sich auf mich zu stürzen.

»Das geht denn doch über alle Grenzen«, sagte ich und ging schnell aus dem Zimmer. Aber noch hatte ich den Saal nicht ganz durchschritten, als er mich schon von der Tür seines Kabinetts zurückrief:

»Arkadij Makárowitsch, kommen Sie zurück! Kommen Sie zurück! Zu–rück, sage ich! Zum ...!«

Ich achtete nicht darauf und ging weiter. Da holte er mich mit schnellen Schritten ein, ergriff mich am Arm und zog mich zurück ins Kabinett. Ich widersetzte mich nicht.

»Nehmen Sie!« sagte er, bleich vor Erregung, und hielt mir die dreihundert Rubel hin, die ich auf den Tisch gelegt hatte. »Sie müssen sie nehmen, unbedingt ... sonst sind wir ... Sie müssen! Unbedingt!«

»Fürst, wie kann ich denn?«

»Nun, ich werde Sie um Verzeihung bitten, wollen Sie? Also, verzeihen Sie mir! ...«

»Fürst, ich habe Sie immer gern gehabt, und wenn Sie mich auch ...«

»Ja, ich auch: nehmen Sie ...«

Ich nahm das Geld. Seine Lippen bebten.

»Ich verstehe ja, Fürst, daß dieser Schuft Sie in Wut versetzt hat ... aber ich nehme es nur dann, Fürst, wenn wir uns küssen, wie nach unseren früheren kleinen Zerwürfnissen ...«

Ich zitterte, als ich das sagte.

»Was für Zärtlichkeiten!« murmelte der Fürst mit einem verwirrten Lächeln, beugte sich aber herab und küßte mich.

Ich fuhr zusammen: in seinem Gesicht sah ich, während er mich küßte, entschieden einen Ausdruck des Ekels.

»Hat er Ihnen wenigstens Geld gebracht?« fragte ich.

»Ach, das ist ja egal.«

»Ich frage nur Ihretwegen, ich ...«

»Ja, ja, er hat mir welches gebracht ...«

»Fürst, wir waren Freunde ... und schließlich, Werssiloff ...«

»Ja, ja, schon gut!«

»Nein, hören Sie, ich weiß wirklich nicht, diese Dreihundert ...«

Ich hielt sie in der Hand.

»Nehmen Sie sie, so ne–hmen Sie sie doch!« drängte er und lächelte wieder, aber in seinem Lächeln war etwas sehr Ungutes.

Ich nahm sie.

DRITTES KAPITEL

I

Ich nahm das Geld, weil ich ihn gern hatte. Wer mir das nicht glauben will, dem kann ich sagen, daß ich wenigstens in dem Augenblick, als ich dieses Geld von ihm nahm, fest überzeugt war, daß ich mir, wenn ich nur wollte, auch aus einer anderen Quelle und mit Leichtigkeit Geld verschaffen könnte. Und folglich habe ich das Geld nicht genommen, weil mich die Not dazu zwang, sondern aus Taktgefühl, um ihn nicht zu kränken. Ja, leider, so dachte ich damals! Aber ich fühlte mich doch sehr bedrückt, als ich ihn verließ: die außergewöhnliche Veränderung in seinem Verhalten zu mir an diesem Vormittag hatte mich zu sehr überrascht. Einen solchen Ton hatte er sich mir gegenüber noch nie erlaubt, und sein Verhalten zu Werssiloff war ja schon eine richtige Auflehnung gewesen. Stebelkóff hatte ihn natürlich mit irgend etwas fürchterlich gereizt, aber das hatte ja schon vor Stebelkóffs Erscheinen angefangen. Und wie gesagt, eine Veränderung in seinem Verhalten zu mir war schon die ganzen letzten Tage zu bemerken gewesen, aber doch nicht so, doch nicht in dem Maße – und das war das Auffallende daran, das zu denken gab.

Vielleicht hatte ihn auch die dumme Nachricht von diesem Flügeladjutanten Baron Bjoring aufgebracht ... Mich hatte sie ja gleichfalls aufgeregt, aber ... Das war es eben, daß ich damals etwas ganz Anderes im Sinn und strahlend vor Augen hatte, weshalb ich so vieles leichtsinnig außer acht ließ: ich beeilte mich förmlich, es außer acht zu lassen, zu übersehen, ich verscheuchte alles Dunkle und wandte mich immer nur diesem einen vor mir Strahlenden zu ...

Es war noch nicht ein Uhr. Vom Fürsten fuhr ich mit

meinem Matwéi geradeswegs – wird man es mir glauben, zu wem? – zu Stebelkóff! Dieser Stebelkoff hatte mich vorhin nicht so sehr durch sein Erscheinen beim Fürsten in Erstaunen versetzt (da der Fürst auf das von ihm versprochene Geld gewartet hatte), als dadurch, daß er zwar nach seiner dummen Angewohnheit mir zugeblinzelt, jedoch mit keiner Miene darauf angespielt hatte, was zwischen uns einzig einer Erklärung bedurfte. Ich hatte nämlich am Abend vorher durch die Stadtpost einen Brief von ihm erhalten, der für mich ziemlich rätselhaft war: er bat mich, gerade heute gegen zwei Uhr bei ihm vorzusprechen, er hätte mir »Dinge mitzuteilen, die ich wohl nicht erwartete«. Und nun hatte er beim Fürsten mit keiner Miene angedeutet, daß er von seinem Brief an mich etwas wußte. Was mochten das für Geheimnisse sein, die es zwischen Stebelkoff und mir überhaupt geben konnte? Schon der Gedanke war ja lächerlich; aber nach allem, was sich da zugetragen hatte, war ich nun auf der Fahrt zu ihm sogar ein wenig aufgeregt. Ich hatte mich allerdings schon einmal an ihn gewandt, als ich dringend Geld brauchte – das war vor etwa zwei Wochen gewesen –, und er wollte es mir auch geben, aber es war doch nicht dazu gekommen, und ich selbst hatte auf das Geld verzichtet: er hatte gleich wieder etwas Unverständliches zu schwatzen angefangen, und da war in mir der Verdacht aufgestiegen, daß er mir etwas vorschlagen, mir besondere Bedingungen stellen wollte; da ich ihn aber jedesmal, wenn ich ihn beim Fürsten antraf, sehr von oben herab behandelt hatte, so hatte ich stolz jeden Gedanken an besondere Bedingungen zurückgewiesen und war fortgegangen, obschon er mir noch bis zur Wohnungstür nachgelaufen war. Das Geld hatte ich mir dann vom Fürsten geborgt.

Stebelkoff lebte ganz für sich und wohnte wie ein wohlhabender Mann: es waren vier schöne Zimmer mit guten Möbeln, dazu hatte er einen Diener und ein Mädchen und noch eine Wirtschafterin, die übrigens eine ziemlich bejahrte Person war. Zornig trat ich bei ihm ein.

»Hören Sie mal, mein Bester«, begann ich schon in der Tür, »was hat, erstens mal, dieser Brief an mich zu bedeuten? Ich verbitte mir Briefe von Ihnen an meine Adresse. Und warum haben Sie mir nicht vorhin beim Fürsten erklärt, was Sie von mir wollen? Sie konnten doch dort mit mir sprechen!«

»Aber warum haben Sie denn dort gleichfalls geschwiegen und nicht selbst gefragt?« Ein höchst selbstzufriedenes Lächeln zog seinen Mund in die Breite.

»Weil nicht ich Sie brauche, sondern Sie mich!« rief ich und war auf einmal wütend.

»Aber warum sind Sie dann zu mir gekommen, wenn es so ist?« Er hopste fast auf seinem Stuhl vor lauter Vergnügen. Ich drehte mich sofort um und wollte gehen, aber er hielt mich an der Schulter fest.

»Nein, nein, ich hab' ja nur gescherzt. Die Sache ist wichtig. Sie werden sehen!«

Ich setzte mich. Ich muß gestehen, ich war doch neugierig geworden. Wir saßen an seinem großen Schreibtisch einander gegenüber. Er lächelte verschmitzt und wollte schon wieder seinen Finger in die Höhe heben.

»Bitte, diesmal ohne Ihre Schlauheit und Ihre Fingerturnerei, und vor allen Dingen lassen Sie Ihre Allegorien beiseite und sprechen Sie sachlich, sonst gehe ich sofort!« rief ich wieder wütend.

»Sie . . . sind stolz!« sagte er im Ton eines dummen Vorwurfs, indem er sich in seinem Lehnstuhl zu mir vorbeugte und alle seine Falten auf der Stirn in die Höhe zog.

»Das ist Ihnen gegenüber unerläßlich!«

»Sie . . . haben sich heute vom Fürsten Geld geliehen, dreihundert Rubel; ich habe auch Geld. Mein Geld ist besser.«

»Woher wissen Sie, daß der Fürst mir Geld geliehen hat?« fragte ich maßlos verwundert, »sollte er es Ihnen wirklich selbst gesagt haben?«

»Er hat es mir gesagt; regen Sie sich nicht auf, es war nur so, nur so beiläufig, es entschlüpfte ihm unbedachterweise, da von Geld die Rede war, nicht mit Absicht. Er hat es mir gesagt. Aber Sie hätten es von ihm nicht zu nehmen brauchen. Ist es so oder nicht?«

»Aber Sie erpressen ja, wie ich gehört habe, unmenschliche Prozente.«

»Ich habe einen Mont de piété, ich erpresse nichts. Ich helfe nur Freunden, anderen gebe ich nichts. Für die anderen ist der Mont de piété da ...«

Dieser sein Mont de piété war eine ganz gewöhnliche Pfandleihe, aber nicht auf seinen Namen; sie befand sich auch in einer anderen Wohnung, und das Geschäft blühte.

»Aber Freunden gebe ich große Summen.«

»Wie, ist denn der Fürst auch so ein Freund von Ihnen?«

»Das ... ist er; aber ... er redet allerhand Unsinn zusammen. Und er darf nicht solchen Unsinn reden.«

»Ist er denn so in Ihren Händen? Schuldet er Ihnen viel?«

»Er ... schuldet mir viel.«

»Er wird Ihnen alles bezahlen; er hat die Erbschaft ...«

»Das ist nicht seine Erbschaft. Er ist mir Geld schuldig und ist mir noch anderes schuldig. Die Erbschaft langt nicht. Ich leihe Ihnen ohne Prozente.«

»Gleichfalls als Ihrem ‚Freunde'? Womit habe ich denn das verdient?« fragte ich auflachend.

»Sie werden es noch verdienen.«

Wieder beugte er sich mit dem ganzen Oberkörper zu mir vor und erhob den Finger.

»Stebelkoff! Ohne Fingerzeichen, sonst gehe ich!«

»Hören Sie ... er könnte doch Anna Andréjewna Werssílowa heiraten!« Und er kniff sein linkes Auge teuflisch listig zusammen.

»Wissen Sie, Stebelkoff, Ihre Geschichten nehmen einen dermaßen skandalösen Charakter an ... Wie dürfen Sie es wagen, den Namen Anna Andréjewnas überhaupt auszusprechen?«

»Ärgern Sie sich nicht.«

»Es kostet mich wirklich Überwindung, Sie anzuhören,

und ich tue es nur, weil ich hier eine Machenschaft wittere und wissen will ... Aber mir kann auch die Geduld reißen, Stebelkoff!«

»Ärgern Sie sich nicht, und seien Sie nicht so stolz. Haben Sie nur ein wenig Geduld, und hören Sie mich an. Dann können Sie wieder stolz sein. Das mit Anna Andréjewna wissen Sie doch? Daß der Fürst sie heiraten könnte ... das wissen Sie doch?«

»Ich habe natürlich davon gehört und weiß alles; aber ich habe mit dem Fürsten niemals darüber gesprochen. Ich weiß nur, daß diese Idee vom alten Fürsten Ssokólskij stammt, der jetzt krank ist; aber ich habe niemals darüber gesprochen, mit keinem Menschen, und habe damit auch nichts zu schaffen. Ich sage Ihnen das alles einzig zur Erklärung der Sachlage ... Und nun gestatten Sie die Frage, erstens: wozu *Sie* denn eigentlich davon mit mir zu sprechen angefangen haben? Und zweitens: hat denn der Fürst wirklich *mit Ihnen* über diese Dinge gesprochen?«

»Nicht er mit mir; er will mit mir nicht darüber sprechen, aber ich spreche mit ihm, und er will mich bloß nicht anhören. Vorhin bei ihm, da schrie er mich ja deshalb an.«

»Das fehlte noch, daß er es nicht getan hätte! Ich kann ihm nur zustimmen.«

»Der Alte, der alte Fürst Ssokólskij, wird Anna Andréjewna eine große Mitgift geben; sie hat's verstanden, ihm zu gefallen. Dann wird mir der Bräutigam, der junge Fürst Ssokólskij, mein ganzes Geld wiedergeben. Wird mir auch die andere Schuld, außer der Geldschuld, wiedergeben. Das wird er sicher! Jetzt aber hat er nichts, wovon er es mir zurückzahlen könnte.«

»Aber was soll *ich* denn, wozu brauchen Sie denn *mich* dabei?«

»Zu der Hauptsache! Sie sind dort bekannt, Sie sind dort mit allen bekannt. Sie können alles erfahren.«

»Zum Teufel ... was erfahren?«

»Ob der Fürst will, ob Anna Andréjewna will, ob der

alte Fürst will! Das müßten Sie alles bald genau feststellen.«

»Und Sie unterstehen sich, mir vorzuschlagen, Ihr Spion zu sein, und das – für Geld!« Empört sprang ich auf.

»Seien Sie nicht so stolz, seien Sie nicht so stolz! Warten Sie nur noch ein wenig mit dem Stolzsein, nur noch fünf Minuten!«

Er zwang mich wieder zum Hinsetzen. Meiner Empörung und meinen Ausrufen maß er offenbar nicht die geringste Bedeutung bei; aber ich beschloß, ihn zu Ende anzuhören.

»Ich muß es bald erfahren, möglichst bald, und muß es genau wissen, denn ... denn vielleicht könnte es bald zu spät sein. Haben Sie nicht bemerkt, wie unangenehm ihm die Neuigkeit war, die der Offizier von dem Baron Bjoring und der verwitweten Achmakówa erzählte?«

Entschieden erniedrigte ich mich dadurch, daß ich ihn anhörte, aber meine Neugier war so groß, daß ich mich nicht loszureißen vermochte.

»Hören Sie ... Sie nichtsnutziger Mensch!« sagte ich entschlossen. »Wenn ich noch hier sitze und Sie anhöre und Sie sogar von diesen mir nahestehenden Menschen sprechen lasse ... und Ihnen auch noch antworte, so geschieht das keineswegs deshalb, weil ich Ihnen etwa das Recht dazu zugestünde. Ich sehe nur, daß es sich hier um eine Gemeinheit handelt ... Und dann vor allem, was für Hoffnungen könnte sich denn der Fürst auf Katerina Nikolájewna machen?«

»Gar keine, aber er ist wütend.«

»Das ist nicht wahr!«

»Er ist wütend. Er hat also dort schon verspielt, hat ein Paroli verloren. Jetzt ist ihm nur noch Anna Andréjewna verblieben. Ich gebe Ihnen zweitausend Rubel ... ohne Wechsel und ohne Zinsen.«

Nachdem er das gesagt hatte, lehnte er sich zufrieden und wichtig zurück und glotzte mich an. Auch ich riß die Augen auf und sah ihn an.

»Sie tragen Anzüge von einem Schneider aus der Großen Milliónnajastraße; dazu braucht man Geld, Geld, und mein Geld ist besser als seins. Ich gebe Ihnen mehr als zweitausend . . .«

»Aber wofür? Wofür denn, zum Teufel?«

Ich stampfte mit dem Fuß auf. Er beugte sich wieder vor zu mir und sagte mit besonderer Betonung:

»Damit Sie nicht stören.«

»Ich kümmere mich sowieso nicht darum«, rief ich.

»Ich weiß, daß Sie dazu schweigen; das ist gut.«

»Ihr Gutheißen können Sie für sich behalten, ich brauche es nicht. Ich würde diese Verbindung selbst sehr wünschen, aber ich halte das nicht für meine Sache, und mich da hineinzumischen, wäre nicht anständig.«

»Sehen Sie, sehen Sie, tja, das ist es ja: eben nicht anständig!« Er erhob den Finger zum Zeichen der Bedeutsamkeit des Wortes.

»Was – sehen Sie? Was soll ich da sehen?«

»Tja, das wäre unanständig . . . Hehe!« Er begann zu lachen. »Ich verstehe, verstehe, das wäre von Ihnen unanständig, aber . . . werden Sie auch nicht stören?« Er zwinkerte mir wieder zu.

Aber in diesem Zuzwinkern lag etwas so maßlos Freches, sogar Spöttisches, Niedriges! Es war, als hätte er in mir irgendeine Niedrigkeit vorausgesetzt und auf eben diese Niedrigkeit gerechnet . . . Das war klar; aber ich konnte auf keine Weise erraten, um was es sich dabei handelte.

»Anna Andréjewna ist – doch auch Ihre Schwester«, sagte er schließlich eindringlich.

»Ich verbiete Ihnen, davon zu sprechen! Und wie unterstehen Sie sich, Anna Andréjewna überhaupt zu erwähnen!«

»Tun Sie nicht so stolz, gedulden Sie sich noch einen Augenblick! Also hören Sie: er wird das Geld bekommen und dann *alle* sicherstellen«, sagte er mit besonderer Betonung. »Sie folgen? Ich sage: *alle* – verstehen Sie? – *alle!*«

»So glauben Sie, ich würde dann Geld von ihm nehmen?«

»Jetzt nehmen Sie es doch?«

»Ich nehme mein eigenes.«

»Wieso Ihr eigenes?«

»Dieses Geld ... gehört Werssiloff; er schuldet Werssiloff zwanzigtausend.«

»So doch nur Werssiloff und nicht Ihnen.«

»Werssiloff ist mein Vater.«

»Nein, Sie heißen Dolgorúkij und nicht Werssiloff.«

»Das bleibt sich gleich!« – So glaubte ich damals die Sache wirklich noch erklären und rechtfertigen zu können! Ich wußte, daß es sich nicht gleichblieb; denn so dumm war ich schließlich doch nicht, aber ich dachte wiederum aus »Taktgefühl« so.

»Genug davon«, rief ich. »Ich werde aus Ihrem Gefasel überhaupt nicht klug. Und wie haben Sie mich wegen solchem leeren Geschwätz noch extra herzubitten gewagt?«

»Ja, wie ... verstehen Sie denn *wirklich* nicht? Sie ... verstellen Sie sich bloß, oder?« fragte Stebelkoff langsam und sah mich durchdringend mit einem seltsam ungläubigen Lächeln an.

»Bei Gott, ich verstehe kein Wort!«

»Ich sage Ihnen: er wird dann *alle* sicherstellen, *alle*, wenn Sie nur nicht dazwischenfahren und ihm abraten ...«

»Sie müssen wahrhaftig übergeschnappt sein! Was reiten Sie denn ewig auf diesen ‚allen' herum? Meinen Sie etwa Werssiloff, daß er den sicherstellen soll?«

»Sie sind doch nicht allein da, und auch Werssiloff ist nicht allein da ... da sind auch noch andere. Und Anna Andréjewna ist ebenso gut Ihre Schwester wie ... *Lisawéta Makárowna!*«

Ich sah ihn mit aufgerissenen Augen an. Auf einmal sah ich in seinem widerlichen Blick einen Ausdruck auftauchen wie von Mitleid mit mir:

»Sie verstehen also nicht, so ist es auch besser! Das ist gut, sehr gut, daß Sie nicht verstehen. Das ist lobenswert ... wenn Sie wirklich nicht verstehen.«

Jetzt wurde ich aber wütend.

»Hol' Sie der Teufel mit Ihrem Gefasel, Sie übergeschnappter Mensch!« fuhr ich auf und griff nach meinem Hut.

»Das ist kein Gefasel! Also bleibt es dabei? Wissen Sie, Sie werden wiederkommen.«

»Nein!« schnitt ich ab, schon in der Tür.

»Sie werden wiederkommen, und dann ... dann gibt es eine andere Unterredung. Dann kommt die Hauptunterredung. Zweitausend, vergessen Sie das nicht!«

II

Er hatte einen so schmutzigen und verworrenen Eindruck auf mich gemacht, daß ich, als ich aus seiner Wohnung trat, mir sogar Mühe gab, nicht mehr an ihn zu denken, und einfach ausspie. Der Gedanke, daß der Fürst mit ihm von mir und von diesem Gelde hatte sprechen können, stach mich plötzlich wie eine Nadel. »Ich werde gewinnen und es ihm heute noch zurückgeben«, sagte ich mir entschlossen.

Aber so dumm Stebelkoff und so verworren seine Rede auch war, ich hatte in ihm doch den ausgesprochen gemeinen Menschen in seinem ganzen Glanze erkannt und sofort erraten, daß er, was die Hauptsache war, an einer Intrige spann. Nur hatte ich damals keine Zeit, gleichviel welchen Intrigen nachzuspüren, und das war auch der Hauptgrund meiner damaligen unglaublichen Blindheit! Unruhig sah ich auf meine Uhr, aber es war noch nicht zwei; also konnte ich noch einen Besuch machen; denn sonst wäre ich bis drei Uhr vor Aufregung umgekommen. So fuhr ich denn sogleich zu Anna Andrejewna Werssilowa, meiner Halbschwester. Mit ihr war ich schon längst gut bekannt geworden, und zwar bei meinem alten Fürsten während seines Krankseins. Ich hatte ihn nun schon drei oder vier Tage nicht gesehen, und das quälte ein wenig mein Gewissen; aber eben Anna Andréjewna hatte mich bei ihm vertreten: der alte Fürst hing schon sehr an ihr, ja, seine Zuneigung zu ihr war so groß, daß er sie mir gegenüber sogar seinen Schutzengel genannt hatte. Übrigens ging der Plan, sie mit dem jungen Fürsten Ssergei Petrówitsch Ssokólskij zu verheiraten, tatsächlich von meinem lieben alten Herrn aus, und er hatte ihn mir schon mehr als einmal mitgeteilt, natürlich immer als Geheimnis. Gelegentlich hatte ich das auch Werssiloff erzählt, da es mir nicht entgangen war, daß ihn von allen die nächste Gegenwart betreffenden Dingen, gegen die er so gleichgültig war, nur das eigentümlich zu interessieren schien, was ich ihm von meinen Begegnungen mit Anna Andréjewna mitteilte. Als Antwort hatte Werssiloff damals nur kurz und wie beiläufig so etwas gemurmelt, daß Anna Andréjewna doch zu klug sei, um in einer so delikaten Sache des Rates anderer zu bedürfen. Selbstverständlich hatte Stebelkoff recht, wenn er annahm, daß der alte Fürst ihr, wenn sie heiratete, eine Mitgift geben würde, aber wie durfte er es wagen, auf ihre Mitgift zu rechnen? Fürst Sserjósha hatte ihm vorhin nachgerufen, er fürchte sich nicht vor ihm: sollte ihm Stebelkoff im Nebenzimmer da nicht wirklich von Anna Andréjewna gesprochen haben? Da konnte ich mir denken, daß auch ich an seiner Stelle empört gewesen wäre.

Anna Andrejewna hatte ich in der letzten Zeit sogar ziemlich oft besucht. Aber jedesmal war mir dabei etwas Merkwürdiges aufgefallen: sie hatte immer selbst bestimmt, wann ich zu ihr kommen sollte, und selbstverständlich erwartete sie mich, aber wenn ich dann erschien, tat sie immer ganz überrascht, als wäre ich ganz unerwartet gekommen; dieser Zug an ihr war mir zwar als sonderbar aufgefallen, aber ich war ihr dennoch zugetan. Sie lebte bei der alten Frau Fanariótowa, ihrer Großmutter, natürlich als deren Pflegetochter (Werssiloff kümmerte sich ja nicht um seine Kinder und sorgte auch nicht für ihren Unterhalt), aber sie spielte im Hause ihrer Pflegemutter keineswegs die Rolle, in der sonst mittellose Pflegetöchter im Hause vornehmer Damen geschildert werden, wie zum Beispiel in Puschkins „Piquedame“ die arme Pflegetochter der tyrannischen alten Gräfin. Anna Andréjewna erinnerte eher selbst an diese alte Gräfin. Sie lebte in diesem Hause ganz für sich, freilich im selben Stockwerk und in derselben Wohnung wie die Fanariotoffs, aber doch in zwei ganz abgesonderten Zimmern, so daß ich zum Beispiel beim Kommen und Gehen noch nie einem von den Fanariotoffs begegnet war. Sie konnte bei sich empfangen, wen sie wollte, und ihre Zeit ganz nach eigenem Belieben verbringen. Allerdings war sie ja auch schon dreiundzwanzig. Im letzten Jahr hatte sie in der Gesellschaft so gut wie nichts mitgemacht, obschon ihre Großmutter mit Ausgaben für sie gar nicht geizte, da sie, wie ich schon damals gehört hatte, ihre Enkelin sehr liebte. Mir aber hatte gerade das an Anna Andréjewna von Anfang an gefallen, daß ich sie immer in so schlichten Kleidern sah und immer bei einer Beschäftigung antraf, sei es mit einem Buch oder mit einer Handarbeit. Ihr Äußeres hatte etwas Klösterliches, fast Nonnenhaftes, und auch das gefiel mir. Sie war nicht sehr gesprächig, aber was sie sprach, hatte immer eine gewisse Bedeutung, und sie verstand vorzüglich, anderen zuzuhören, was ich niemals verstanden habe. Wenn ich ihr sagte, daß sie mich sehr an Werssiloff erinnerte, obgleich sie keinen einzigen gemeinsamen Zug hatten, wurde sie immer ein wenig rot. Sie errötete überhaupt oft und immer sehr schnell, aber es war meist nur ein ganz leises Erröten, und diese Eigentümlichkeit ihres Gesichts war mir bald sehr lieb geworden. Wenn ich mit ihr sprach, nannte ich Werssiloff nie mit dem Familiennamen, sondern stets »Andrei Petrówitsch«, und das war ganz von selbst so gekommen. Ich hatte es sogar sehr gut gemerkt, daß man sich bei den Fanariotoffs Werssiloffs etwas zu schämen schien; übrigens hatte ich das einzig aus Anna Andréjewnas Verhalten geschlossen, und eigentlich weiß ich auch nicht, ob man das mit dem Wort „sich schämen“ ausdrücken kann; jedoch etwas ähnliches mochte es immerhin sein. Ich hatte bei ihr manchmal auch vom jungen Fürsten Ssergei Petrówitsch zu sprechen angefangen, und sie hatte mir immer sehr aufmerksam zugehört, ja, wie mir schien, hatten diese Mitteilungen sie sogar sehr interessiert; aber es war immer irgendwie ganz von selbst so gekommen, daß ich aus eigenem Antrieb von ihm erzählte, ohne von ihr aufgefordert zu werden. Sie fragte einen nie aus. Von der Möglichkeit einer Heirat zwischen ihnen hatte ich niemals zu sprechen gewagt, obschon ich es oftmals gewollt hatte, denn zum Teil gefiel mir dieses Projekt sogar ganz gut. Aber in ihrem Zimmer wagte ich von sehr vielem nicht mehr zu sprechen, und doch fühlte ich mich sehr wohl in ihrem Zimmer. Unter anderem gefiel mir an ihr auch sehr, daß sie so gebildet war und viel gelesen hatte, sogar wissenschaftliche Bücher; sie hatte viel mehr gelesen als ich.

Das erstemal hatte sie selbst mich aufgefordert, sie zu besuchen. Auch damals schon begriff ich, daß sie vielleicht darauf rechnete, manches durch mich zu erfahren. Oh, damals konnten viele vieles durch mich erfahren, und sie verstanden es großartig, mich auszuhorchen! ‚Aber was tut das', dachte ich, ‚schließlich empfängt sie mich bei sich doch nicht nur deshalb.' Mit einem Wort, es freute mich noch, daß ich ihr nützlich sein konnte, und . . . und wenn ich bei ihr war, hatte ich immer die Empfindung, daß es meine Schwester war, die hier mir gegenüber saß, obgleich ich mit ihr noch kein einziges Mal über unsere Verwandtschaft gesprochen hatte – mit keinem Wort, nicht einmal mit einer Andeutung war zwischen uns davon die Rede gewesen, ganz als hätte eine solche Verwandtschaft überhaupt nicht bestanden. Wenn ich bei ihr saß, erschien es mir einfach undenkbar, davon zu sprechen, und in der Tat, wenn ich sie so ansah, kam mir manchmal sogar der unsinnige Gedanke in den Kopf: daß sie von unserer Verwandtschaft vielleicht überhaupt nichts wußte – denn so war ihre Haltung mir gegenüber.

III

Ich trat in ihr Zimmer und traf Lisa bei ihr an. Das überraschte mich so, daß ich ganz betroffen war. Ich wußte, daß sie sich früher schon gesehen hatten, und das war bei jenem bewußten »Säugling« geschehen. Von diesem phantastischen Einfall der stolzen und schamhaften Anna Andréjewna, dieses Kind des jungen Fürsten Ssokolskij und der Lydia Achmakowa sehen zu wollen, und ihrer Begegnung dort mit Lisa werde ich vielleicht später bei Gelegenheit erzählen; aber ich hatte doch nicht erwartet, daß Anna Andrejewna jemals Lisa zu sich einladen würde. Das überraschte mich angenehm. Natürlich ließ ich mir nichts anmerken, begrüßte Anna Andrejewna, drückte Lisa innig die Hand und setzte mich neben sie hin. Sie waren mit einer *ernsten* Sache beschäftigt: auf dem Tisch und auf ihren Knien lag ausgebreitet ein teures Gesellschaftskleid Anna Andréjewnas, das leider schon alt war, das heißt, ein Kleid, das sie schon dreimal angehabt hatte, und das sie nun irgendwie ändern wollte. Lisa aber war eine große „Meisterin" in solchen Sachen und hatte viel Geschmack, und so fand denn jetzt eine feierliche Beratung der „klugen Frauen" hier statt. Mir fiel Werssiloff ein, und ich mußte lachen; aber ich war ja auch so schon in strahlender Stimmung.

»Sie sind heute recht lustig, das ist sehr angenehm«, sagte Anna Andrejewna, und wie gewöhnlich sprach sie jedes Wort schön und deutlich aus. Sie hatte eine dunkle, wohltönende Altstimme, sprach immer ruhig und nicht laut, hielt dann ihre langen Wimpern gesenkt, während ab und zu ein kaum merkliches Lächeln über ihr Antlitz huschte.

»Lisa weiß, wie unangenehm ich sein kann, wenn ich nicht lustig bin«, erwiderte ich heiter.

»Vielleicht weiß auch Anna Andrejewna etwas davon«, neckte Lisa schelmisch. Die Liebe! Wenn ich nur geahnt hätte, was damals in ihrer Seele vorging!

»Womit beschäftigen Sie sich jetzt?« fragte mich Anna Andrejewna. (Ich muß bemerken, daß sie selbst mich gebeten hatte, sie an diesem Tage zu besuchen.)

»Ich sitze jetzt hier und frage mich: warum ist es mir immer angenehmer, Sie bei einem Buch anzutreffen als bei einer Handarbeit? Nein, wahrhaftig, so eine Handarbeit paßt nicht zu Ihnen. In der Beziehung stimme ich ganz mit Andrei Petrówitsch überein.«

»Haben Sie sich noch immer nicht entschlossen, die Universität zu besuchen?«

»Ich bin Ihnen zu dankbar, daß Sie unsere Gespräche nicht vergessen: das beweist mir, daß Sie mitunter auch an mich denken, aber . . . wegen der Universität habe ich noch keinen Entschluß gefaßt, und außerdem habe ich meine besonderen Absichten.«

»Das heißt: er hat ein besonderes Geheimnis«, bemerkte Lisa.

»Laß die Scherze, Lisa. Ein kluger Mensch hat vor ein paar Tagen gesagt, daß wir in unserer ganzen progressiven Bewegung der letzten zwanzig Jahre vor allem bewiesen hätten, wie schauerlich ungebildet wir wären. Das war natürlich auch von unseren Universitätsleuten gesagt.«

»Ach, das ist bestimmt ein Ausspruch von Papa. Du zitierst furchtbar oft seine Aussprüche«, bemerkte Lisa.

»Lisa, das sagst du so, als trautest du mir überhaupt keinen eigenen Verstand zu!«

»Heutzutage kann es nur von Nutzen sein, wenn man auf die Worte kluger Menschen achtet und sie behält«, trat Anna Andrejewna ein wenig für mich ein.

»Sehr richtig, Anna Andrejewna«, stimmte ich ihr eifrig bei. »Wer über die gegenwärtige Phase Rußlands nicht nachdenkt, ist kein Staatsbürger! Ich betrachte Rußland vielleicht von einem sonderbaren Standpunkt aus: wir haben den Einfall der Tataren überlebt und dann die zweihundertjährige Knechtschaft, und das selbstverständlich nur deshalb, weil das eine wie das andere nach unserem Geschmack war.

Jetzt ist uns die Freiheit gegeben, und wir müssen die Freiheit ertragen: werden wir auch das verstehen? Wird es sich erweisen, daß auch die Freiheit zu ertragen, nach unserem Geschmack ist? Das ist die Frage.«

Lisa warf einen schnellen Blick auf Anna Andrejewna, und die schlug sogleich die Augen nieder und begann neben sich irgend etwas zu suchen; ich sah, daß Lisa sich krampfhaft zusammennahm, aber auf einmal trafen sich doch unsere Blicke, und da brach sie plötzlich in Lachen aus; ich fuhr auf:

»Lisa, du bist wirklich unbegreiflich!«

»Verzeih mir!« sagte sie hastig und war schon wieder ernst, ja, fast sogar traurig. »Weiß Gott, was ich heute im Kopf habe . . .«

Und es war, als zitterten Tränen in ihrer Stimme. Da schämte ich mich auf einmal: ich nahm ihre Hand und küßte sie von Herzen.

»Sie sind ein guter Mensch«, bemerkte Anna Andrejewna weich, als sie sah, daß ich Lisa die Hand küßte.

»Am meisten freut es mich, Lisa, daß du mich heute lachend begrüßt hast«, sagte ich. »Werden Sie es mir glauben, Anna Andrejewna: in den letzten Tagen ist sie mir immer mit einem so sonderbaren Blick begegnet, und in dem Blick schien immer so eine Frage zu liegen, wie ungefähr: ‚Hast du nicht irgend etwas erfahren? Ist alles gut gegangen?' Wahrhaftig, es war immer so etwas wie eine Befürchtung in ihr.«

Anna Andrejewna hob langsam den Blick und sah sie scharf an. Lisa senkte den Kopf. Ich sah übrigens sehr gut, daß sie viel besser und näher miteinander bekannt waren, als ich bei meinem Eintritt vorhin vermutet hatte; dieser Gedanke war mir angenehm.

»Sie sagten soeben, ich sei ein guter Mensch; Sie glauben nicht, wie sehr ich mich bei Ihnen zum Besseren verändere, und wie angenehm es mir ist, bei Ihnen zu sein, Anna Andrejewna«, sagte ich mit aufrichtigem Gefühl.

»Es freut mich sehr, daß Sie gerade jetzt so sprechen«, entgegnete sie mir bedeutungsvoll. Ich muß bemerken, daß sie mit mir niemals von meinem Verschwenderleben und von dem Pfuhl, in den ich geraten war, gesprochen hatte, obgleich sie, wie ich wußte, nicht nur über alles schon unterrichtet war, sondern sogar noch selbst bei anderen sich unter der Hand nach allem erkundigt hatte. So war denn diese Entgegnung jetzt eine erste Andeutung ihrerseits, und — mein Herz wandte sich ihr noch mehr zu.

»Was macht unser Kranker?« fragte ich.

»Oh, er fühlt sich viel besser: er geht schon herum, und gestern und heute ist er ausgefahren. Sind Sie denn heute noch nicht bei ihm gewesen? Er erwartet Sie sehr.«

»Ja, ich fühle mich schuldig, aber Sie ersetzen mich ja vollständig bei ihm; er ist mir untreu geworden und hat mich gegen Sie eingetauscht.«

Sie machte ein sehr ernstes Gesicht, da mein Scherz höchstwahrscheinlich doch recht trivial war.

»Ich war heute beim Fürsten Ssergei Petrówitsch«, stotterte ich, »und ich habe ... apropos, Lisa, du warst doch vorhin bei Darja Onissimowna?«

»Ja, ich war dort«, sagte sie auffallend kurz und ohne den Kopf zu erheben. »Aber du gehst doch, denke ich, jeden Tag zum kranken Fürsten?« fragte sie ganz unvermittelt und hastig, vielleicht nur, um etwas zu sagen.

»Ja, ich gehe allerdings zu ihm, nur komme ich nicht bei ihm an«, versetzte ich lachend. »Ich trete zwar ins Haus ein, biege dann aber nach links ab.«

»Der Fürst hat auch schon bemerkt, daß Sie sehr oft bei Katerina Nikolájewna vorsprechen. Er sprach noch gestern darüber und lachte«, sagte Anna Andrejewna.

»Worüber? Worüber hat er gelacht?«

»Er scherzte nur, Sie kennen ihn doch. Er meinte eine junge und schöne Frau rufe in einem jungen Mann von Ihrem Alter nur die Empfindung des Unwillens und Zornes hervor ...« Und sie mußte selbst lachen.

»Hören Sie mal . . . Nein, wissen Sie, diese Bemerkung ist sogar erstaunlich richtig!« rief ich aus. »Bestimmt hat das nicht er gesagt, sondern Sie haben es ihm gesagt!«

»Wieso? Nein, das hat er gesagt.«

»Nun, aber wie, wenn diese schöne Frau dem jungen Mann ihre Aufmerksamkeit zuwendet, obwohl er noch gar nichts bedeutet, in der Ecke steht und sich ärgert, weil er noch kein „Erwachsener" ist, und sie ihn auf einmal der ganzen Schar der sie umgebenden Bewunderer vorzieht, – was dann?« fragte ich plötzlich herausfordernd und mit der kühnsten Miene.

Mein Herz begann zu klopfen.

»Dann wird es um dich auch auf der Stelle geschehen sein«, sagte Lisa lachend.

»Um mich geschehen sein?« rief ich. »Nein, um mich nicht. Ich glaube, das ist nicht richtig. Wenn eine Frau sich mir in den Weg stellt, so muß sie mir folgen. Mir stellt man sich nicht ungestraft in den Weg . . .«

Lisa hat mir später gesagt, als wir einmal, lange nachher, auf diese Unterhaltung zu sprechen kamen, daß ich diesen Satz damals sehr sonderbar hervorgebracht hätte, sehr ernst und wie plötzlich in Gedanken versunken, dabei aber »so komisch, daß es ganz unmöglich war, ernst zu bleiben«. In der Tat fing auch Anna Andrejewna wieder zu lachen an.

»Lachen Sie nur, lachen Sie nur über mich!« rief ich wie berauscht; denn dieses ganze Gespräch und die Richtung, in der es sich bewegte, gefielen mir ungemein. »Wenn Sie es tun, ist es für mich nur ein Vergnügen. Ich liebe Ihr Lachen, Anna Andrejewna! Sie haben einen eigenen Zug: Sie sind ernst, und plötzlich lachen Sie, so plötzlich, daß man es noch einen Augenblick vorher aus Ihrem Gesicht nicht erraten kann. Ich habe in Moskau eine Dame gekannt, nur vom Sehen – ich beobachtete sie unbemerkt: sie war fast ebenso schön wie Sie, aber sie hatte nicht dieses Lachen, und dieses Gesicht, das sonst ebenso reizvoll war, hatte deshalb gar nichts Anziehendes; Ihr Gesicht dagegen ist ungeheuer anziehend ... eben durch diese Eigenschaft ... Das habe ich Ihnen schon lange einmal sagen wollen.«

Was ich da von der Dame gesagt hatte, die »fast ebenso schön« gewesen sei wie Anna Andrejewna, war nur ein schlauer Schachzug von mir: ich tat bewußt ganz unbefangen, als wäre es eine ganz unbeabsichtigte Bemerkung; denn ich wußte, daß ein unbedacht »entschlüpftes« Kompliment von einer Frau höher geschätzt wird als jede noch so fein polierte Schmeichelei. Und wie sehr Anna Andrejewna auch errötete, ich wußte doch, daß meine Bemerkung ihr angenehm war. Die Moskauer Dame aber hatte ich mir einfach ausgedacht, nur um Anna Andrejewna unauffällig etwas Angenehmes sagen zu können und ihr damit eine Freude zu machen.

»Man könnte wirklich glauben«, sagte sie mit einem gewinnenden Lächeln, »daß Sie sich in den letzten Tagen unter dem Einfluß irgendeiner schönen Frau befunden hätten.«

Mir war, als flöge ich irgendwohin ... Ich hatte sogar Lust, ihnen etwas zu verraten ... aber ich bezwang mich.

»Und doch ist es noch gar nicht lange her, daß Sie sich über Katerina Nikolajewna sogar sehr feindlich äußerten.«

»Wenn ich mich irgendwie negativ über sie geäußert habe«, sagte ich mit blitzenden Augen, »so war daran nur die ungeheuerliche Verleumdung schuld, daß sie Andrei Petrówitschs Feindin sei; und außer dieser noch die andere Verleumdung gegen ihn, daß er sie geliebt und ihr einen Heiratsantrag gemacht habe, und ähnlicher Unsinn. Diese Behauptung ist ebenso ungeheuerlich wie die andere Verleumdung gegen sie, daß sie noch zu Lebzeiten ihres Mannes dem jungen Fürsten Ssergei Petrówitsch das Versprechen gegeben habe, ihn zu heiraten, wenn sie Witwe werde, und nun sagt man, sie habe ihr Wort nicht gehalten. Ich weiß aber aus erster Hand, daß alles dies nicht wahr ist, und das Ganze nur ein Scherz gewesen ist. Ich weiß das aus erster Hand. Sie hat dort einmal im Ausland, in einem übermütigen Augenblick, zum Fürsten allerdings gesagt – natürlich nur im Scherz: ‚Vielleicht in der Zukunft'; aber das konnte doch nichts anderes sein als nur ein leichtfertiges Wort! Ich weiß auch genau, daß der Fürst einem solchen Versprechen nicht die geringste Bedeutung beilegen konnte, und er hat auch gar nicht die Absicht gehabt«, fügte ich schnell hinzu, da mir plötzlich etwas eingefallen war. »Er hat, glaube ich, ganz andere Absichten«, flocht ich noch schlau ein. »Vorhin erzählte Naschtschókin bei ihm, daß Katerina Nikolájewna den Baron Bjoring heiraten werde: glauben Sie mir, er hat bei dieser Neuigkeit die beste Haltung bewahrt, dessen kann ich Sie versichern.«

»Naschtschókin war bei ihm?« fragte plötzlich Anna Andrejewna gespannt und augenscheinlich etwas verwundert.

»Ja, versteht sich; ich glaube, das ist einer von den anständigen Menschen ...«

»Und Naschtschókin hat mit ihm von dieser Heirat mit Bjoring gesprochen?« fragte Anna Andrejewna auf einmal sehr interessiert.

»Nicht von der Heirat, nein, nur von der Möglichkeit, von dem Gerücht; er sagte, in der Gesellschaft spräche man davon. Was mich betrifft, so bin ich überzeugt, daß es eine unsinnige Erfindung ist.«

Anna Andrejewna dachte nach und beugte sich über ihre Näharbeit.

»Ich habe den Fürsten Ssergei Petrowitsch sehr gern«, fuhr ich voll Eifer fort. »Er hat ja natürlich seine Fehler, das läßt sich nicht bestreiten, und ich habe mit Ihnen darüber schon gesprochen; eben eine gewisse Einseitigkeit ... aber auch seine Fehler bezeugen nur seine anständige Gesinnung, das ist sicher. Heute zum Beispiel hätten wir uns wegen einer Meinungsverschiedenheit beinahe entzweit: er ist der Ansicht, daß einer, der von Anstand spricht, selbst anständig sein müsse, sonst wäre alles, was er sagt, Lüge. Nun, sagen Sie doch selbst, ist denn das logisch? Und dabei beweist das doch nur, was für hohe Anforderungen er im Herzen an das Ehr- und Pflichtgefühl jedes Menschen stellt, und an das Gerechtigkeitsgefühl, ist es nicht so ...? Ach, Herrgott, wieviel Uhr ist es denn?« fuhr ich plötzlich auf, da mein Blick zufällig auf die Kaminuhr gefallen war.

»Zehn Minuten vor drei«, sagte Anna Andrejewna ruhig nach einem Blick auf die Uhr. Während ich vom Fürsten gesprochen hatte, war sie ganz still gewesen und hatte mir mit gesenktem Blick und einem verschmitzten, doch lieben Lächeln zugehört: sie wußte, warum ich ihn so lobte. Lisa hatte den Kopf über ihre Arbeit gebeugt und sich nicht mehr in die Unterhaltung gemischt.

Ich sprang auf, als hätte ich mich verbrannt.

»Sie haben sich verspätet?«

»Ja ... nein ... übrigens ja, aber ich gehe gleich. Nur noch ein Wort, Anna Andrejewna«, begann ich erregt, »ich kann nicht anders, ich muß es Ihnen heute sagen! Ich muß Ihnen gestehen, daß ich schon mehrmals Ihre Güte gesegnet habe und das Zartgefühl, mit dem Sie mich zu sich eingeladen haben ... Auf mich ist der Verkehr mit Ihnen von größtem Einfluß gewesen ... In Ihrem Zimmer werde ich gewissermaßen seelisch reiner, und ich verlasse Sie als ein besserer Mensch, als ich sonst bin ... Glauben Sie mir. Wenn ich bei Ihnen sitze, kann ich von Schlechtem nicht nur nicht sprechen, sondern ich kann dann nicht einmal schlechte Gedanken haben; die verschwinden in Ihrer Gegenwart, und wenn mir hier zufällig etwas Häßliches einfällt, so schäme ich mich gleich, fühle mich befangen und erröte im Herzen. Und wissen Sie, es war mir ganz besonders angenehm, heute meine Schwester bei Ihnen anzutreffen ... das spricht von soviel herzlichem Entgegenkommen Ihrerseits ... und von einem so schönen Verhältnis ... Mit einem Wort, Sie beweisen dadurch, wenn Sie mir schon das Eis zu brechen erlauben, so viel *Geschwisterliebe*, daß ich ...«

Während ich sprach, hatte sie sich von ihrem Platz erhoben und war immer mehr errötet; plötzlich aber schien sie zu erschrecken – gleichsam vor einer Grenze, die sie nicht überschreiten wollte –, und sie unterbrach mich hastig:

»Glauben Sie mir, ich weiß Ihre Gefühle von ganzem Herzen zu schätzen ... Ich habe Sie auch ohne Worte verstanden ... und schon lange ...«

Sie stockte verwirrt und drückte mir die Hand. Plötzlich zupfte mich Lisa heimlich am Ärmel. Ich verabschiedete mich und ging hinaus, aber schon im nächsten Zimmer holte Lisa mich ein.

IV

Lisa, warum hast du mich am Ärmel gezupft?« fragte ich.

»Sie ist schlecht, sie ist schlau, sie ist es nicht wert ... Sie stellt sich mit dir nur so, um dich auszuhorchen«, flüsterte sie mir schnell und haßerfüllt zu. Ich hatte ihr Gesicht noch nie so gesehen.

»Lisa, ich bitte dich, wie kommst du darauf? Sie ist ein so reizendes Mädchen!«

»Nun, dann bin *ich* die Schlechte.«

»Lisa, was hast du nur?«

»Ich bin sehr schlecht. Sie ist vielleicht der beste Mensch, und ich bin der schlechteste. Genug, laß das. Höre: Mama läßt dich um etwas bitten, ‚was sie selbst nicht zu sagen wagt', so drückte sie sich aus. Arkadij, Liebster! Höre auf mit dem Spielen, Lieber, ich flehe dich an ... Mama auch ...«

»Lisa, ich weiß es ja selbst, aber ... Ich weiß, es ist eine erbärmliche Schlappheit, aber ... das sind ja nur Lappalien und nichts weiter! Sieh mal, ich bin in Schulden geraten wie ein Esel, und jetzt will ich auch nur gewinnen, um aus den Schulden herauszukommen, und ich *kann* gewinnen; denn bisher habe ich ganz ohne Berechnung gespielt, einfach drauflos wie ein Esel, jetzt aber werde ich um jeden Rubel zittern ... Ich müßte nicht ich sein, wenn ich verlieren sollte! Ich spiele nicht aus Leidenschaft, das Spiel ist für mich nicht die Hauptsache, sondern nur eine vorübergehende Nebensache, ich versichere dir! Ich bin viel zu stark, um nicht aufhören zu können, sobald ich will. Habe ich das Geld zurückgegeben, so gehöre ich ganz und gar wieder euch, und sage Mama, daß ich euch dann nie mehr verlassen werde ...«

»Diese dreihundert Rubel vorhin, was haben sie dich gekostet!«

»Woher weißt du ...?« fragte ich zusammenzuckend.

»Darja Onissimowna hat vorhin alles gehört ...«

Da versetzte mir Lisa plötzlich erschrocken einen Stoß und zog mich hinter eine Portiere, und wir befanden uns in der sogenannten „Laterne", einem kleinen runden Erkerzimmer, dessen Wände fast nur aus Fenstern bestanden. Noch bevor ich richtig zu Besinnung kam, hörte ich eine bekannte Stimme, Sporenklirren und einen bekannten Schritt.

»Fürst Sserjósha«, flüsterte ich.

»Er ist es«, flüsterte sie.

»Warum bist du denn so erschrocken?«

»Nur so; ich möchte ihm um keinen Preis hier begegnen ...«

»Tiens, läuft er dir nicht am Ende nach?« fragte ich lachend. »Dann würde ich ihm aber den Standpunkt klarlegen! Wohin willst du?«

»Gehen wir; ich komme mit.«

»Aber hast du dich denn schon verabschiedet?«

»Ja; meine Pelzjacke ist im Vorzimmer ...«

Wir traten hinaus. Auf der Treppe kam mir plötzlich ein Gedanke:

»Weißt du, Lisa, er ist vielleicht gekommen, um ihr einen Heiratsantrag zu machen!«

»N–nein ... er wird ihr keinen Heiratsantrag machen ...« sagte sie langsam und bestimmt mit leiser Stimme.

»Du weißt nicht, Lisa, wir sind vorhin wohl aneinandergeraten – da man es dir doch schon gesagt hat, sollst du es meinetwegen wissen – aber, bei Gott, ich liebe ihn aufrichtig und wünsche ihm hier Erfolg ... Wir haben uns vorhin wieder ausgesöhnt. Wenn man glücklich ist, ist man so gut ... Sieh mal, er hat eine Menge guter Eigenschaften ... auch Menschlichkeit ... oder wenigstens gute Ansätze ... und in den Händen einer so charakterfesten und klugen Frau wie Anna Andréjewna würde sein Charakter sich ausgleichen und er könnte glücklich werden. Schade, daß wir keine Zeit haben ... oder fahren wir ein Stück zusammen, ich könnte dir dann einiges mitteilen ...«

»Nein, fahre allein, ich habe einen anderen Weg. Kommst du zum Essen?«

»Ich komme, ich komme, wie ich versprochen habe. Höre, Lisa: ein gewisses Scheusal – kurz, ein ganz gemeines Subjekt, na, einfach ein gewisser Stebelkóff, wenn du ihn kennst, hat einen schrecklichen Einfluß auf seine Verhältnisse ... Wechsel und so was ... Na, mit einem Wort, er hat ihn ganz in der Hand und hat ihn so in die Enge getrieben, und der Fürst hat sich schon so vor ihm erniedrigen müssen, daß es einfach keinen anderen Ausweg mehr gibt – wenigstens können sie beide keinen anderen finden – als den einen: daß der Fürst Anna Andréjewna heiratet. So müßte man sie eigentlich warnen ... übrigens, nein, Unsinn, sie wird schon selbst alles in Ordnung bringen. Aber was meinst du, wird sie ihm einen Korb geben?«

»Adieu, ich habe keine Zeit«, brach Lisa das Gespräch kurz ab, und in ihrem mich flüchtig streifenden Blick sah ich plötzlich so viel Haß, daß ich erschrocken ausrief:

»Aber Lisa, Liebe, was hast du gegen mich?«

»Nicht gegen dich; gib nur das Spielen auf ...«

»Ach, wegen des Spiels – ja, ich gebe es auf.«

»Du sagtest soeben: ‚wenn man glücklich ist' – so bist du jetzt wohl sehr glücklich?«

»Maßlos, Lisa, maßlos! Ach Gott, da ist es schon drei und sogar später ...! Leb wohl, Lisa! Lísotschka, Liebste, sag: kann man denn eine Frau auf sich warten lassen? Ist so was überhaupt möglich?«

»Meinst du bei einem Stelldichein?« fragte sie, kaum lächelnd, es war ein seltsam totes, ein zitterndes Lächeln.

»Gib mir deine Hand, auf daß sie mir Glück bringe!«

»Glück? Meine Hand? Um keinen Preis geb ich sie dir!«

Und sie entfernte sich schnell. Und so ernst hatte sie das ausgerufen. Ich sprang in meinen Schlitten.

Ja, ja: eben dieses »Glück« war ja damals die Hauptursache, weshalb ich wie ein blinder Maulwurf nichts begriff und nichts sah außer mir selbst!

VIERTES KAPITEL

I

Jetzt wird mir das Erzählen zur Pein. Das ist ja alles schon vor langer Zeit geschehen; aber für mich ist es auch jetzt noch wie eine Fata Morgana.

Wie hätte eine Frau, wie sie, einem so garstigen Jungen, wie ich damals war, ein Stelldichein geben können? – Das war die erste Frage! Als ich nach dem Gespräch mit Lisa in meinem Schlitten zu ihr flog, und mein Herz zu klopfen begann, dachte ich geradezu, ich wäre verrückt geworden: die Vorstellung, daß sie mich zu einem Stelldichein aufgefordert hatte, erschien mir auf einmal so ungereimt, so hirnverbrannt, daß jede Möglichkeit, daran zu glauben, einfach ausgeschlossen war. Und dennoch zweifelte ich nicht im geringsten daran; es war sogar so: je klarer ich die Unmöglichkeit erkannte, um so blinder glaubte ich.

Daß es schon drei geschlagen hatte, beunruhigte mich: ‚Wenn es ein Stelldichein sein sollte, wie darf ich dann zu spät kommen?' dachte ich. Es gingen mir auch noch andere dumme Fragen durch den Kopf, wie zum Beispiel: ‚Was ist für mich jetzt ratsamer, Kühnheit oder Schüchternheit?' Aber das zog alles nur flüchtig vorüber; denn das Vorherrschende und die Hauptsache lag doch im Herzen, und das war etwas, was ich nicht zu benennen vermochte. Am Tage vorher hatte sie zu mir gesagt: »Morgen werde ich um drei Uhr bei Tatjána Páwlowna sein« – und das war alles gewesen. Aber erstens hatte sie mich auch bei sich immer allein empfangen, sie hätte mir also in ihrer Wohnung alles sagen können, was sie nur wollte, und brauchte sich deshalb nicht zu Tatjána Páwlowna zu begeben; folglich fragte es sich, wozu sie mich denn nun eigentlich an einen anderen Ort, eben zu Tatjana Pawlowna, bestellt hatte? Und die zweite Frage: Wird Tatjana Pawlowna zu Hause sein oder nicht? Wenn es ein Stelldichein sein sollte, so durfte Tatjana Pawlowna natürlich nicht zu Hause sein. Aber wie hätte sie das so einrichten können, ohne Tatjana Pawlowna vorher in alles einzuweihen? Also mußte Tatjana Pawlowna um das Geheimnis wissen? Dieser Gedanke erschien mir geradezu roh und so ... so unkeusch, ja, fast sogar schmutzig.

Und schließlich konnte sie gestern einfach auf den Gedanken gekommen sein, Tatjana Pawlowna zu besuchen, was sie mir dann ohne jede besondere Absicht mitgeteilt hatte, ich aber war gerade auf diese einfachste Deutung gar nicht verfallen. Und sie hatte es auch nur so nebenbei gesagt, nachlässig, ruhig, und nach einer sehr langweiligen Unterhaltung; denn ich war an diesem Nachmittag die ganze Zeit völlig verwirrt gewesen: ich hatte dagesessen, stockend gesprochen und nicht gewußt, was ich sagen sollte, hatte mich furchtbar geärgert und geniert, sie aber hatte, wie sich herausstellte, irgendwohin fahren wollen und war daher sichtlich froh, als ich endlich aufbrach. Alle diese Erwägungen zogen durch meinen Kopf. Zuletzt beschloß ich folgendes: ‚Ich werde klingeln, und wenn die Köchin aufmacht, sie einfach fragen, ob Tatjána Páwlowna zu Hause ist. Ist sie nicht zu Hause, so ist es ein Stelldichein.' Aber ich zweifelte nicht daran, ich zweifelte nicht daran!

Ich lief die Treppe hinauf, und noch auf der Treppe, vor der Tür ihrer Wohnung, verschwand plötzlich meine ganze Furcht. »Ach, gleichviel wie und was«, dachte ich, »wenn's sich nur schnell entscheidet!« Die Köchin machte mir die Tür auf und brummte mit ihrem widerlichen Phlegma, Tatjana Pawlowna sei ausgegangen. Ich wollte schon fragen: »Aber ist nicht sonst jemand hier, wartet nicht jemand auf Tatjána Páwlowna?« – aber ich unterließ die Frage, dachte mir: ‚Ich sehe lieber selbst nach', sagte der Köchin, ich würde warten, warf meinen Pelz ab und machte die Tür auf ...

Katerina Nikolajewna saß am Fenster und »wartete auf Tatjana Pawlowna«.

»Sie ist nicht da?« fragte sie mich sogleich, anscheinend besorgt und etwas geärgert, kaum daß sie mich erblickt hatte.

Und ihre Stimme und ihr Gesichtsausdruck entsprachen so wenig meinen Erwartungen, daß ich einfach auf der Schwelle stehen blieb und zu versinken glaubte.

»Wer ist nicht da?« stammelte ich.

»Tatjana Pawlowna! Ich bat Sie doch gestern, ihr zu sagen, daß ich um drei Uhr zu ihr käme.«

»Ich . . . ich habe sie überhaupt nicht gesehen.«

»Sie haben es vergessen?«

Ich sank wie erschlagen auf einen Stuhl. Also das war es gewesen! Und alles war ja so klar, wie sich nun herausstellte, wie zweimal zwei vier ist, ich aber – ich glaubte unentwegt immer noch.

»Ich kann mich aber gar nicht erinnern, daß Sie mich gebeten hätten, es ihr zu sagen. Und Sie haben mich ja auch gar nicht darum gebeten: Sie sagten nur, daß Sie um drei Uhr hier sein würden«, brachte ich ungeduldig hervor.

Ich sah sie nicht an.

»Ach!« rief sie da auf einmal, »wenn Sie es ihr zu sagen vergessen haben, selbst aber wußten, daß ich hier sein würde, wozu sind Sie dann eigentlich hergekommen?«

Ich hob den Kopf: weder Spott noch Zorn sah ich in ihrem Gesicht, sondern nur ein helles, lustiges Lächeln und eine gewisse auffallende Schelmerei in ihrem Gesichtsausdruck – übrigens hatte sie vorwiegend diesen Ausdruck – so eine kindliche Ausgelassenheit, die förmlich zu necken schien: »Siehst du, jetzt habe ich dich ganz überführt, was wirst du nun sagen?«

Ich wollte nicht antworten und sah wieder zu Boden. Das Schweigen dauerte wohl eine halbe Minute.

»Sie kommen von Papa?« fragte sie plötzlich.

»Ich komme von Anna Andréjewna, beim Fürsten Nikolai Iwánowitsch bin ich überhaupt nicht gewesen ... Und das wußten Sie«, fügte ich auf einmal hinzu.

»Und bei Anna Andrejewna ist mit Ihnen nichts geschehen?«

»Sie meinen, weil ich wie ein Verrückter aussehe? Nein, ich war schon vor meinem Besuch bei Anna Andrejewna verrückt.«

»Und sind bei ihr nicht vernünftig geworden?«

»Nein, ich bin nicht vernünftig geworden. Ich habe außerdem gehört, daß Sie Baron Bjoring heiraten werden.«

»Hat sie Ihnen das gesagt?« forschte sie plötzlich interessiert.

»Nein, das habe ich ihr mitgeteilt, und gehört habe ich es vorhin, als Naschtschókin während seines Besuchs beim Fürsten Ssergéi Petrówitsch davon sprach.«

Ich sah sie noch immer nicht an; ich wagte nicht, den Blick zu ihr zu erheben; sie ansehen, hieß für mich, in strahlendes Licht, in Freude, in Glück tauchen, ich aber wollte nicht glücklich sein. Der Stachel des Unwillens hatte sich in mein Herz gebohrt, und in einem Augenblick faßte ich einen ungeheuren Entschluß. Und dann begann ich auf einmal zu sprechen, ich weiß kaum noch, wovon. Ich sprach atemlos, sprach wirr und unverständlich, aber ich sah sie schon dreist an. Mein Herz klopfte. Ich sprach von irgend etwas, was mit der Situation in gar keinem Zusammenhang stand, vielleicht aber doch nicht ganz ohne Sinn war. Sie wollte mir anfangs wie gewöhnlich mit ihrem nachsichtigen, sich gleichbleibenden Lächeln zuhören, das selten ganz aus ihrem Gesicht verschwand, doch allmählich trat Erstaunen und schließlich sogar Schreck in ihren gespannt auf mir ruhenden Blick Das Lächeln schwand immer noch nicht ganz, aber auch das Lächeln veränderte sich hin und wieder gleichsam vor Schreck; da fiel es mir auf, daß sie plötzlich zusammenzuckte.

»Was haben Sie?« fragte ich.

»Ich fürchte mich vor Ihnen«, antwortete sie mir fast aufgeregt.

»Warum gehen Sie dann nicht fort? Da Sie doch Tatjana Pawlowna nicht angetroffen haben und wissen, daß sie nicht so bald kommen wird, so hätten Sie doch aufstehen und fortgehen müssen.«

»Ich hatte die Absicht, auf sie zu warten, aber jetzt ... in der Tat ...« Und sie wollte sich schon erheben.

»Nein, nein, bleiben Sie«, hielt ich sie zurück, »da sind Sie schon wieder zusammengezuckt, aber Sie lächeln auch in der Angst .. Sie sind immer wie von einem Lächeln überhaucht. Sehen Sie, jetzt lächeln Sie ganz deutlich ...«

»Sie reden wohl im Fieber?«

»Ja, im Fieber.«

»Ich fürchte ...«, flüsterte sie.

»Was?«

»Daß Sie die Wand einreißen wollen ...«, sagte sie wieder lächelnd, aber nun fürchtete sie sich wirklich.

»Ich kann Ihr Lächeln nicht ertragen!«

Und ich begann wieder zu sprechen. Es war mir, als flöge ich, und irgend etwas stieß mich vorwärts. Noch nie, noch nie hatte ich so zu ihr gesprochen, immer war ich schüchtern gewesen. Auch jetzt war mir furchtbar bange, aber ich sprach trotzdem. Ich weiß noch, ich fing von ihrem Gesicht an:

»Ich kann Ihr Lächeln nicht mehr ertragen!« stieß ich auf einmal hervor. »Warum habe ich Sie mir so anders vorgestellt, noch in Moskau, immer streng, unnahbar, pompös und mit den tückischen Gesellschaftsphrasen der großen Dame? Ja, schon in Moskau! Wir haben damals viel von Ihnen gesprochen, Marja Iwánowna und ich, haben immer versucht, uns vorzustellen, wie Sie aussehen könnten ... Sie kennen doch Marja Iwánowna? Sie waren ja bei ihr. Und auf der Reise hierher hat mir die ganze Nacht im Wagen nur von Ihnen geträumt. Und hier habe ich vor Ihrer Ankunft einen ganzen Monat Ihr Porträt im Kabinett Ihres Vaters betrachtet und doch nichts erraten. Der Ausdruck Ihres Gesichts ist in Wirklichkeit kindliche Schelmerei und unendliche Offenherzigkeit – ja! Ich habe mich die ganze Zeit, seitdem ich Sie besuche, darüber gewundert. Oh, ich weiß, Sie können auch stolz sein und einen mit Ihrem Blick einfach vernichten: ich werde es nicht vergessen, wie Sie mich damals bei Ihrem Vater ansahen, als Sie aus Moskau zurückkehrten ... Ich sah Sie damals, aber hätte mich draußen jemand gefragt: Wie sieht sie aus? – ich hätte nichts zu sagen gewußt. Nicht einmal Ihre Größe hätte ich anzugeben gewußt. Wie ich Sie damals erblickte, erblindete ich. Ihr Porträt dort ist Ihnen gar nicht ähnlich: Sie haben keine dunklen, sondern helle Augen, nur Ihre langen Wimpern lassen sie dunkel erscheinen. Sie haben eine volle Gestalt, Sie sind von mittlerer Größe, aber Ihre volle Gestalt ist straff und leicht wie die eines gesunden Dorfmädchens. Und auch Ihr Gesicht ist ländlich, ist das Gesicht einer jungen Dorfschönheit – nehmen Sie es mir nicht übel; denn das ist doch gut, ist ja viel besser so – ein rundes, frisches, helles, kühnes, lachendes und ... schüchternes Gesicht! Wirklich schüchtern. Und das soll das Gesicht Katerina Nikolájewnas sein? – Ja, schüchtern und keusch ist es, ich schwöre Ihnen! Ja, mehr noch als keusch, kindlich ist es! So ist Ihr Gesicht! Ich habe mich die ganze Zeit darüber gewundert und mich immer gefragt: ist das wirklich dieselbe Frau? Jetzt weiß ich, daß Sie sehr klug sind, aber anfangs dachte ich doch, Sie wären ein bißchen simpel. Sie haben einen heiteren Verstand, aber ohne allen Zierat ... Und was ich an Ihnen noch besonders liebe, ist, daß dieses Lächeln Sie nie verläßt; dieses Lächeln ist mein Paradies! Und dann liebe ich noch Ihre Ruhe, Ihre Stille, und daß Sie die Worte so gleitend aussprechen, so ruhig und fast lässig – gerade diese Lässigkeit liebe ich. Ich glaube, selbst wenn eine Brücke unter Ihnen einstürzte, Sie würden auch dann noch ruhig und lässig irgend eine Bemerkung machen ... Ich stellte Sie mir als den Gipfel allen Stolzes und aller Leidenschaften vor, und nun haben Sie zwei Monate mit mir wie ein Student mit einem Studenten gesprochen. Ich hätte mir nie gedacht, daß Sie eine solche Stirn haben; sie ist etwas niedrig, wie bei griechischen Statuen, aber weiß und zart wie Marmor unter dem reichen Haar. Sie haben eine hohe Brust, einen leichten Gang, Sie sind von außergewöhnlicher Schönheit, und dabei sind Sie eigentlich gar nicht stolz. Das habe ich ja erst jetzt begriffen, bis heute habe ich es ja immer noch nicht geglaubt!«

Sie hatte diese ganze wilde Tirade mit großen offenen Augen angehört; sie sah, daß ich zitterte. Ein paarmal hatte sie mit einer reizenden furchtsamen Gebärde ihre kleine behandschuhte Hand erhoben, um mich aufzuhalten, aber jedesmal hatte sie ihre Hand verwundert und ängstlich wieder sinken lassen. Ein paarmal war sie sogar zurückgezuckt und weitergerückt. Zwei- oder dreimal war auch ihr Lächeln wieder erschienen; einmal wurde sie feuerrot, zum Schluß aber sah sie entschieden erschrocken aus und wurde immer blasser. Kaum war ich verstummt, da streckte sie die Hand aus und sagte halblaut mit bittender weicher Stimme:

»So dürfen Sie nicht sprechen ... so spricht man nicht ...«

Und plötzlich erhob sie sich von ihrem Platz und griff ohne Hast nach ihrem Schal und ihrem Zobelmuff.

»Sie gehen?« rief ich.

»Ich fürchte mich wirklich vor Ihnen ... Sie mißbrauchen meine ...«, sagte sie zögernd, und ich glaubte, ein Bedauern und einen Vorwurf herauszuhören.

»Hören Sie mich an, ich werde bei Gott die Wand nicht einreißen.«

»Sie haben ja schon damit angefangen«, konnte sie sich nicht enthalten zu sagen, und sie lächelte. »Ich weiß nicht einmal, ob Sie mich hinauslassen werden?«

Ich glaube, sie befürchtete wirklich, daß ich sie nicht hinauslassen würde.

»Ich werde Ihnen selbst die Tür aufmachen, es steht Ihnen frei, zu gehen. Aber hören Sie mich an: ich habe einen großen Entschluß gefaßt; und wenn Sie meiner Seele Licht schenken wollen, so bleiben Sie noch, setzen Sie sich und lassen Sie mich Ihnen nur noch zwei Worte sagen. Aber wenn Sie's nicht wollen, so gehen Sie, ich werde Ihnen selbst die Tür aufmachen!«

Sie sah mich an und setzte sich.

»Mit welcher Empörung wäre eine andere fortgegangen, Sie aber sind geblieben!« rief ich berauscht.

»Sie haben sich früher nie erlaubt, so zu sprechen.«

»Ich habe früher nie meine Schüchternheit überwinden können. Auch als ich jetzt hier eintrat, wußte ich nicht, was ich sagen sollte. Sie glauben, ich wäre jetzt nicht schüchtern? Ich bin es. Aber ich habe einen großen Entschluß gefaßt, und ich fühle, daß ich ihn ausführen werde. Und als ich diesen Entschluß gefaßt hatte, da verlor ich gleich meinen Verstand und begann das alles zu sagen ... Hören Sie mich an, nur zwei Worte: bin ich Ihr Spion, oder bin ich's nicht? Antworten Sie mir – das ist meine Frage!«

Das Blut stieg ihr schnell ins Gesicht.

»Nein, antworten Sie noch nicht, Katerina Nikolájewna, hören Sie erst alles an, und dann sagen Sie mir die ganze Wahrheit.«

Ich zerbrach auf einmal alle Zäune und raste ins Freie.

II

Vor zwei Monaten stand ich hier hinter der Portiere ... Sie wissen es ... und Sie erzählten Tatjana Pawlowna von jenem Brief. Ich stürzte schließlich hervor, besinnungslos, außer mir, und verriet mein Geheimnis. Sie begriffen sofort, daß ich etwas wußte ... Sie mußten es ja begreifen. Sie suchten ein wichtiges Dokument und befürchteten vieles ... Warten Sie, Katerina Nikolajewna, sagen Sie noch nichts. Ich erkläre Ihnen hiermit, daß Ihr Verdacht nicht unbegründet war: dieses Dokument existiert ... das heißt, es hat existiert ... ich habe es gesehen; es war ein Brief von Ihnen an Andrónikoff, nicht wahr?«

»Sie haben diesen Brief gesehen?« fragte sie hastig in sichtlicher Verwirrung und Aufregung. »Wo haben Sie ihn gesehen?«

»Ich ... ich habe ihn ... bei Krafft gesehen; bei dem, der sich erschossen hat ...«

»Wirklich? Sie haben den Brief selbst gesehen? Wo ist er jetzt, was ist mit ihm geschehen?«

»Krafft hat ihn zerrissen.«

»In Ihrer Gegenwart? Haben Sie das selbst gesehen?«

»Ja, in meiner Gegenwart. Er hat ihn zerrissen, wahrscheinlich, um ihn vor seinem Tode zu vernichten. Ich wußte ja damals noch nicht, daß er sich erschießen wollte ...«

»So ist der Brief vernichtet! Gott – sei – Dank!« sagte sie langsam, aufatmend, und sie bekreuzte sich.

Ich hatte sie nicht angelogen. Das heißt, ich hatte ihr natürlich eine Unwahrheit gesagt; denn das Dokument besaß *ich*, und Krafft hatte es nie besessen, doch das war nur eine Nebensache; in der Hauptsache aber hatte ich nicht gelogen; denn in dem Augenblick, als ich sagte, der Brief wäre zerrissen worden, gab ich mir das Wort, diesen Brief noch an demselben Abend zu verbrennen. Wäre der Brief in dem Augenblick in meiner Tasche gewesen, so hätte ich ihn, mein Ehrenwort, hervorgezogen und ihn ihr übergeben; aber ich hatte ihn nicht bei mir, er war in meiner Wohnung. Übrigens, vielleicht hätte ich ihn ihr doch nicht gegeben; denn ich hätte mich sehr geschämt, ihr zu gestehen, daß ich ihn besessen, ihn so lange aufbewahrt und gewartet und ihn ihr nicht gegeben hatte. Deshalb dachte ich denn: ich verbrenne ihn zu Haus, also ist er schon ebensogut wie vernichtet, und folglich sage ich ja gar keine Unwahrheit! Jedenfalls war mein Gewissen rein, und das mit Recht.

»Und da es so ist«, fuhr ich nahezu in Ekstase fort, »so sagen Sie mir jetzt: haben Sie mich nur deshalb angelockt, weil Sie vermuteten, ich wüßte etwas von diesem Dokument? Warten Sie noch einen Augenblick, Katerina Nikolájewna, sagen Sie noch nichts, lassen Sie mich erst zu Ende sprechen: ich habe die ganze Zeit, so lange ich mit Ihnen überhaupt verkehre, geargwöhnt, daß Sie nur aus dem Grunde freundlich zu mir waren, weil Sie von mir Näheres über diesen verschwundenen Brief erfahren wollten, weil Sie mich zu Geständnissen verleiten wollten ... Warten Sie noch einen Augenblick: ich argwöhnte das, aber ich litt darunter. Ihr Doppelspiel war für mich unerträglich; denn ich ... denn ich hatte in Ihnen das edelste Wesen erkannt! Ich sage Ihnen offen, ganz offen: ich war Ihr Feind, aber ich habe in Ihnen das edelste Wesen erkannt! Alles in mir war mit einem Schlage besiegt. Aber Ihr Doppelspiel, das heißt, der Verdacht, Sie könnten nicht aufrichtig sein, hat mich gequält ... Jetzt muß sich alles entscheiden, alles erklären, jetzt ist die Stunde gekommen, aber ... nein, warten Sie noch ein wenig, sagen Sie noch nichts, hören Sie erst, wie ich selbst die Sache ansehe, gerade jetzt, in diesem Augenblick! Ich sage Ihnen unverhohlen: wenn es auch so war, ich werde Ihnen deshalb nicht böse sein ... das heißt, ich wollte sagen, es würde mich nicht kränken; denn es wäre ja so natürlich; ich verstehe das doch! Was ist denn dabei Unnatürliches und Schlechtes? Das Dokument quält Sie, Sie haben einen im Verdacht, daß er etwas davon weiß oder alles weiß; da mußten Sie doch, das ist ja selbstverständlich, den Wunsch haben, von diesem Wissenden etwas zu erfahren, ihn zum Sprechen zu veranlassen ... Es ist doch nichts Schlechtes dabei, wirklich nicht! Ich sage das ganz aufrichtig! ... Aber es ist doch notwendig, daß Sie mir jetzt etwas sagen ... daß Sie ein Geständnis ablegen (verzeihen Sie das Wort). Ich muß die Wahrheit wissen! Aus einem besonderen Grunde! So sagen Sie mir jetzt: Sind Sie *deshalb* freundlich zu mir gewesen, um über das Dokument etwas von mir zu erfahren ... Katerina Nikolájewna?«

Ich sprach wie ein aus Höhen kopfüber Hinabstürzender, meine Stirn brannte. Sie hörte mich bereits ohne Aufregung an, im Gegenteil, es lag Mitempfinden in ihrem Gesicht; aber ihr Blick war schüchtern, als schäme sie sich.

»Ja, deshalb«, sagte sie langsam und halblaut. »Verzeihen Sie mir, es war unrecht von mir«, fügte sie plötzlich hinzu und hob ihre Hände ein wenig mir entgegen. Das hätte ich nimmer erwartet. Auf alles war ich gefaßt, alles hätte ich erwartet, nur diese Worte nicht; nicht von ihr, obgleich ich sie doch schon kannte.

»Und Sie sagen mir das so: ‚Es war unrecht von mir'! Sagen es so ohne weiteres und offen, daß es unrecht von Ihnen war?« rief ich aus.

»Oh, ich habe es schon lange gefühlt, daß ich Ihnen unrecht tat, ich habe meine Schuld empfunden ... und ich bin sogar froh, daß es jetzt zur Sprache gekommen ist ...«

»Schon lange gefühlt? Aber warum haben Sie denn nichts gesagt?«

»Ja, ich wußte nicht, wie ich es sagen sollte«, sagte sie lächelnd. »Das heißt, ich hätte es vielleicht auch gewußt«, lächelte sie wieder, »aber ich schämte mich immer mehr ... denn ich hatte Sie anfangs tatsächlich nur deshalb ‚angelockt', wie Sie sich ausdrückten, dann aber wurde mir alles das sehr bald zuwider ... und diese ganze Verstellung hatte ich bald so satt, das können Sie mir glauben!« fügte sie mit bitterem Gefühl hinzu, »und überhaupt diese ganze Sucherei!«

»Aber warum, warum haben Sie mich dann nicht einfach gefragt, ganz offen und ehrlich? Sie hätten nur zu sagen brauchen: ‚Du weißt doch von diesem Brief, warum verstellst du dich?' – und ich hätte Ihnen sofort alles gesagt, hätte sofort alles gestanden!«

»Ja, ich ... fürchtete Sie ein wenig. Ich muß gestehen, ich traute Ihnen nicht ganz. Und es ist doch wahr: wenn ich nicht ganz aufrichtig gewesen bin, so sind Sie es ja auch nicht gewesen«, schloß sie und lachte leise.

»Ja, wahrhaftig, ich hatte Ihr Vertrauen nicht verdient!« rief ich betroffen. »Oh, Sie kennen noch nicht die ganze unermeßliche Tiefe meines Falles!«

»Ach, sogar schon unermeßliche Tiefe! Ich erkenne Ihren Stil wieder«, lächelte sie still. »Dieser Brief«, fuhr sie traurig fort, »war die häßlichste und leichtsinnigste Tat meines Lebens. Das Bewußtsein dieser Tat ist mir eine ewige Selbstanklage gewesen. Ich habe unter dem Einfluß der Umstände und verschiedener Befürchtungen an meinem lieben, großmütigen Vater gezweifelt. Und da ich wußte, daß dieser Brief ... bösen Menschen in die Hände fallen könnte ... und da ich allen Grund hatte, das zu fürchten«, sagte sie erregt, »so zitterte ich bei dem Gedanken, daß man ihn benutzen, meinem Papa zeigen könnte ... Dieser Brief hätte auf ihn einen so schrecklichen Eindruck machen können ... bei seinem Zustand ... bei seiner angegriffenen Gesundheit ... er hätte aufgehört, mich zu lieben ... Ja«, fuhr sie fort und sah mir hell in die Augen, da sie in meinem Blick wohl einen flüchtigen Gedanken gelesen hatte, »ja, ich fürchtete auch für meine Zukunft: ich fürchtete, er könnte ... unter dem Einfluß seiner Krankheit ... mir seine Unterstützung entziehen ... Diese Sorge beunruhigte mich gleichfalls, aber ich habe ihm gewiß auch in dieser Beziehung unrecht getan: er ist so gut und großmütig, daß er mir bestimmt verziehen hätte. Und das war alles. Daß ich mich aber Ihnen gegenüber so verhalten habe, das war nicht richtig von mir«, schloß sie plötzlich wieder verlegen. »Jetzt muß ich mich vor Ihnen schämen.«

»Nein, Sie haben keinen Grund, sich vor mir zu schämen!« rief ich.

»Ich habe, in der Tat, auf ... Ihr heißes Temperament gerechnet ... und gestehe Ihnen das«, sagte sie leise mit gesenktem Blick.

»Katerina Nikolájewna! Wer, sagen Sie, wer zwingt Sie, mir dieses Geständnis zu machen?« rief ich wie trunken. »Sie hätten doch nur aufzustehen und mir in den gewähltesten Ausdrücken auf die feinste Weise zu erklären brauchen, wie zweimal zwei vier ist, daß, wenn auch etwas gewesen ist, eigentlich doch nichts gewesen sei – Sie wissen schon: wie man so in Ihren hohen Kreisen mit der Wahrheit umzugehen pflegt. Ich bin doch unerfahren und unschlau, ich hätte Ihnen sofort geglaubt; Ihnen hätte ich alles geglaubt, gleichviel was Sie gesagt hätten! Es hätte Sie doch nichts gekostet, so zu handeln. Sie können sich doch in der Tat nicht vor mir fürchten? Wie konnten Sie sich freiwillig so vor mir erniedrigen, vor mir, dem vorwitzigen Jungen, vor so einem traurigen Jüngling?«

»Nein, eben dadurch habe ich mich nicht vor Ihnen erniedrigt«, sagte sie mit freiem Stolz: sie hatte meine Worte offenbar nicht verstanden.

»Oh, im Gegenteil, im Gegenteil! Nur das sage ich ja die ganze Zeit . . .!«

»Ach, das war so häßlich und so leichtsinnig von mir!« rief sie und legte ihre Hand auf die Augen. »Ich habe mich noch gestern so geschämt, und deshalb war ich auch so mißgestimmt, als Sie bei mir waren . . . Es war ja nur«, fuhr sie auf einmal fort, »weil meine Verhältnisse sich so gestalteten, daß ich endlich die Wahrheit über den Verbleib dieses unseligen Briefes erfahren mußte . . . ich war ja schon daran, ihn ganz zu vergessen . . . Denn ich habe Sie durchaus nicht nur deshalb bei mir empfangen«, fügte sie auf einmal hinzu.

Mein Herz erzitterte.

»Natürlich nicht«, sagte sie mit einem feinen Lächeln, »natürlich nicht nur deshalb! Ich . . . Sie bemerkten vorhin sehr richtig, Arkadij Makarowitsch, wir hätten miteinander oft so gesprochen wie ein Student mit einem Studenten. Sie können mir glauben, daß ich mich in der Gesellschaft oft sehr langweile; besonders jetzt nach meiner Rückkehr aus dem Ausland und allen diesen Unglücksfällen in unserer Familie . . . Ich gehe jetzt auch nur selten aus, und das geschieht nicht nur aus Trägheit. Oft habe ich Lust, aufs Land zu ziehen. Dort würde ich noch einmal alle meine Lieblingsbücher lesen, die ich schon so lange nicht mehr in der Hand gehabt habe, und hier komme ich immer nicht dazu. Ich habe mit Ihnen schon darüber gesprochen. Erinnern Sie sich noch: Sie lachten darüber, daß ich russische Zeitungen lese und sogar zwei Zeitungen täglich?«

»Darüber habe ich gar nicht gelacht ...«

»Aber das hat Sie doch ebenso erregt wie mich, und ich habe Ihnen ja schon lange gestanden: ich bin Russin und liebe Rußland. Wissen Sie noch, wie wir immer zusammen die ,Fakta' lasen, wie Sie das nannten« (sie sagte es lächelnd). »Sie waren zwar recht oft etwas ... wunderlich, aber Sie konnten sich manchmal so beleben und begeistern, und dann haben Sie immer eine treffende Bemerkung gemacht, und immer haben Sie sich gerade für das interessiert, was auch mich interessierte. Wenn Sie ,Student' sind, sind Sie wirklich nett und originell. Aber die anderen Rollen, die, scheint es, eignen sich weniger für Sie«, meinte sie in einem entzückenden Ton schalkhafter Neckerei. »Wissen Sie noch, wie wir zuweilen stundenlang nur Zahlen addierten und verglichen, wie wir zählten, wieviel Schulen es in Rußland gibt, in welcher Richtung sich bei uns die Aufklärung bewegt? Wir zählten die Morde und Kriminalfälle und zählten die guten Nachrichten und hielten sie dann gegeneinander ... wir wollten feststellen, wohin das alles tendiert, und was schließlich aus uns selbst werden würde. Ich habe in Ihnen so viel echte Aufrichtigkeit gefunden. In der Gesellschaft spricht man mit uns Frauen niemals so. In der vorigen Woche versuchte ich mit dem Fürsten Wolkoff über Bismarck zu sprechen, weil diese Frage mich interessierte und ich mich da nicht auskannte; und stellen Sie sich vor, er setzte sich neben mich und begann mir alles zu erklären, sogar sehr eingehend und ausführlich, aber bei alledem doch mit diesem gewissen Sarkasmus, eben mit dieser für mich unerträglichen Nachsicht, mit der die ,großen Männer' gewöhnlich mit uns Frauen sprechen, wenn wir uns ,in Dinge einmischen, die uns nichts angehen' ... Und wissen Sie noch, wie wir uns wegen Bismarck einmal fast verzankt hätten? Sie erklärten mir, auch Sie hätten eine Idee, und die wäre sogar ,viel bedeutender' als die Bismarcksche«, sagte sie lachend. »Ich bin in meinem Leben nur zwei Männern begegnet, die mit mir wirklich ganz ernsthaft gesprochen haben:

meinem verstorbenen Mann, der ein sehr, sehr kluger und *edler* Mensch war«, sagte sie eindringlich, »und dann noch – Sie wissen, wem ...«

»Werssiloff!« rief ich. Ich lauschte fast atemlos auf jedes ihrer Worte.

»Ja, ich habe es sehr geliebt, ihm zuzuhören, ich sprach mit ihm schließlich ganz ... vielleicht gar zu aufrichtig, aber gerade dann glaubte er mir nicht mehr!«

»Er glaubte Ihnen nicht?«

»Nein, und auch sonst hat mir ja noch nie jemand geglaubt.«

»Aber Werssiloff, Werssiloff!«

»Nicht nur, daß er mir nicht glaubte«, sagte sie mit gesenktem Blick und einem eigentümlichen Lächeln, »er meinte sogar, in mir wären ‚alle Laster' ...«

»Von denen kein einziges in Ihnen ist!«

»Doch, auch ich habe welche.«

»Werssiloff hat Sie nicht geliebt, deshalb hat er Sie auch nicht verstanden«, rief ich mit blitzenden Augen. In ihrem Gesicht zuckte es eigen.

»Lassen Sie das, und reden Sie mir nie wieder von ... diesem Menschen«, sagte sie heftig und sehr energisch. »Aber genug davon; es ist Zeit für mich.« Sie erhob sich, um aufzubrechen. »Nun, und wie wird es zwischen uns: verzeihen Sie mir, oder verzeihen Sie mir nicht?« fragte sie und sah mir hell in die Augen.

»Ich ... Ihnen ... verzeihen! Hören Sie nur noch eine Frage, Katerina Nikolájewna, und werden Sie nicht böse: Ist es wahr, daß Sie heiraten werden?«

»Das ist noch gar nicht entschieden«, sagte sie, als hätte irgend etwas sie erschreckt, gleichsam verwirrt.

»Ist er ein guter Mensch? Verzeihen Sie, verzeihen Sie mir diese Frage!«

»Ja, ein sehr guter Mensch ...«

»Antworten Sie mir nicht mehr, würdigen Sie mich keiner Antwort! Ich weiß doch, daß solche Fragen von mir etwas

Unmögliches sind! Ich wollte ja nur wissen, ob er Ihrer wert ist, aber ich werde das schon selbst zu erfahren wissen.«

»Ach, nein, das geht doch nicht!« sagte sie erschrocken.

»Nein, nein, ich werde es nicht, ich werde es nicht tun. Ich verzichte ... Aber nur das will ich Ihnen noch sagen: Gott gebe Ihnen jedes Glück, jedes, das Sie sich selbst wünschen ... dafür, daß auch Sie mir jetzt soviel Glück gegeben haben, in dieser einen Stunde! Sie haben sich jetzt auf ewig in mein Herz geprägt. Ich habe einen Schatz erworben: den Gedanken an Ihre Vollkommenheit. Ich argwöhnte Hinterlist, gefühllose Koketterie und war unglücklich ... denn ich konnte diesen Gedanken nicht mit Ihrem Bilde vereinigen ... In der letzten Zeit habe ich mich Tag und Nacht damit abgequält, jetzt aber ist auf einmal alles klar und licht wie der Tag! Als ich herkam, dachte ich, ich würde Jesuitismus, Schlauheit und eine aushorchende Schlange finden, statt dessen fand ich Ehre und Stolz, fand einen ‚Studenten'! Sie lachen? Meinetwegen, lachen Sie nur, das tut nichts, das tut nichts! Sie sind doch eine Heilige, Sie können nicht über das lachen, was heilig ist ...«

»O nein, ich lache nur über Ihre schrecklichen Ausdrücke. Was ist das nun wieder für eine ‚aushorchende Schlange'?« lachte sie.

»Ihnen ist heute ein kostbares Wort entschlüpft«, fuhr ich begeistert fort. »Wie konnten Sie mir so von Angesicht zu Angesicht sagen, Sie hätten ‚auf mein heißes Temperament gerechnet'? Nun gut, mögen Sie als Heilige auch das gestanden haben – da Sie sich schuldig glaubten und sich selbst strafen wollten ... obschon von einer Schuld gar nicht die Rede sein kann, denn wenn da auch so etwas gewesen sein sollte, so ist doch nichts gewesen, da alles, was von Ihnen kommt, heilig ist! – Aber Sie hätten doch gerade dieses Wort nicht zu sagen brauchen, nicht diesen Ausdruck! ... Eine solche geradezu unnatürliche Offenherzigkeit beweist nur Ihre hohe Keuschheit, Ihre Achtung vor mir, Ihren Glauben an mich«, rief ich wirr. »Oh, erröten Sie nicht, erröten Sie nicht! ... Und wer, wer hat Sie so verleumden und sagen können, Sie wären ... eine leidenschaftliche Frau? Oh, verzeihen Sie mir! – Ich sehe einen gequälten Ausdruck in Ihrem Gesicht; verzeihen Sie einem außer sich geratenen Jüngling seine plumpen Worte! Aber kommt es denn jetzt auf Worte, auf Ausdrücke an? Stehen Sie denn nicht über allen Ausdrücken? ... Werssiloff hat mir einmal gesagt, Othello hätte nicht deshalb Desdemona getötet und dann sich selbst, weil er eifersüchtig war, sondern weil man ihm sein Ideal genommen hatte ... Ich kann das verstehen, denn auch mir ist heute mein Ideal wiedergegeben worden!«

»Sie rühmen mich gar zu sehr, ich bin dessen nicht wert«, sagte sie mit innigem Gefühl. »Wissen Sie noch, was ich Ihnen einmal über Ihre Augen gesagt habe?« fügte sie, wie um abzulenken, als scherzhafte Frage hinzu.

»Daß ich nicht Augen hätte, sondern statt der Augen zwei Mikroskope, und daß ich aus jeder Fliege ein Kamel machte! Nein, diesmal übertreibe ich nicht ...! Wie, Sie gehen schon?«

Sie stand mitten im Zimmer, den Muff und ihren Schal in der Hand.

»Nein, ich warte, bis Sie gegangen sind, ich gehe später. Ich werde noch zwei Worte an Tatjana Pawlowna schreiben.«

»Ich gehe gleich, sofort, aber noch einmal: werden Sie glücklich, allein oder mit dem, den Sie erwählen, das gebe Gott! Ich aber – ich brauche nichts weiter als ein Ideal!«

»Lieber, guter Arkádij Makárowitsch, glauben Sie mir, daß ich Sie ... Mein Vater sagt von Ihnen immer: ‚Dieser liebe, dieser gute Junge!‘ Glauben Sie mir, ich werde nie vergessen, was Sie mir von dem armen Jungen, der bei fremden Menschen untergebracht war, und von seinen einsamen Träumen erzählt haben ... Ich verstehe so gut, wie Ihre Seele sich unter diesen Verhältnissen entwickelt hat ... Aber jetzt«, fuhr sie mit einem bittenden und verlegenen Lächeln fort, indem sie meine Hand drückte, »jetzt dürfen wir uns, obschon wir beide Studenten sind, doch nicht mehr sehen, wir dürfen nicht mehr wie früher verkehren und, und ... Sie werden das doch wohl selbst einsehen?«

»*Nicht* mehr?«

»Nein, nicht mehr, lange nicht mehr ... daran bin ich nun schuld ... Ich sehe, daß das jetzt ganz unmöglich ist ... Wir werden uns wohl treffen, manchmal bei Papa ...«

‚Sie fürchten mein „heißes Temperament", Sie trauen mir nicht?' wollte ich schon ausrufen; aber da sah ich, wie sehr sie sich auf einmal vor mir schämte, und die Worte kamen mir nicht über die Lippen.

»Sagen Sie«, hielt sie mich plötzlich noch einmal auf, als ich schon zur Tür ging, »haben Sie es selbst gesehen, daß ... dieser Brief zerrissen worden ist? Kann es nicht ein Irrtum sein? Wissen Sie es genau? Woher wußten Sie, daß es gerade dieser Brief an Andrónikoff war?«

»Krafft hat mir seinen Inhalt erzählt und ihn mir sogar gezeigt ... Leben Sie wohl! Wenn ich bei Ihnen war, war ich schüchtern in Ihrer Gegenwart, aber wenn Sie hinausgegangen waren, wäre ich am liebsten hingestürzt, um die Stelle zu küssen, wo Ihr Fuß gestanden hatte ...«, kam es plötzlich über meine Lippen, ich wußte selbst nicht, wie und wozu ich es sagte, und ich ging, ohne sie anzusehen, schnell aus dem Zimmer.

Ich fuhr schnurstracks nach Haus; ich war von Entzücken erfüllt. In meinem Kopf drehte sich alles wie im Wirbelsturm, und mein Herz war übervoll. Als ich vor dem Hause, in dem meine Mutter wohnte, vorfuhr, fiel mir plötzlich Lisas Undankbarkeit gegen Anna Andrejewna ein und ihr hartes, ungeheuerliches Wort, das sie vorhin gesagt hatte, und auf einmal tat mir das Herz um sie alle weh!

‚Wie hart doch ihrer aller Herzen sind! Und Lisa, was mag sie nur haben?' dachte ich, als ich aus dem Schlitten stieg.

Ich entließ meinen Matwei und befahl ihm, mich um neun Uhr aus meiner Wohnung abzuholen.

FÜNFTES KAPITEL

I

Ich kam etwas zu spät, aber sie hatten sich noch nicht zu Tisch gesetzt und warteten auf mich.[19] Wie ich sah, hatte man noch einige besondere Gerichte hinzugefügt, vermutlich deshalb, weil ich selten bei ihnen aß: Sardinen als Vorspeise usw. Aber zu meiner Verwunderung und zu meinem Bedauern sahen die Meinigen alle gleichsam sorgenvoll und verstimmt aus: Lisa lächelte kaum, als sie mich erblickte, und Mama war sichtlich beunruhigt; Werssiloff lächelte zwar, aber ich sah ihm an, daß er sich dazu zwingen mußte. ‚Sollten sie sich etwa gezankt haben?' dachte ich flüchtig. Übrigens ging zu Anfang alles gut: Werssiloff runzelte nur wegen der Suppe mit Klößchen die Stirn und schnitt ein Gesicht, als danach Hammelragout aufgetragen wurde.

»Ich brauche nur zu sagen, daß ich irgendeine Speise nicht vertrage, dann steht sie unfehlbar am nächsten Tage auf dem Tisch«, sagte er unwillkürlich geärgert.

»Aber was soll man sich denn ausdenken, Andrei Petrówitsch? Es fällt einem doch wirklich nichts Neues ein«, sagte meine Mutter zaghaft.

»Deine Mutter ist das gerade Gegenteil von einigen unserer Zeitungen, bei denen alles gut ist, was neu ist«, versuchte Werssiloff etwas humoristisch und freundschaftlich zu scherzen, aber es mißlang ihm, und er erschreckte meine Mutter nur noch mehr, die von diesem Vergleich mit den Zeitungen natürlich nichts begriff und verständnislos von einem zum anderen sah.

Da kam Tatjana Pawlowna; sie sagte, sie hätte schon gegessen, und setzte sich neben Mama auf das Sofa.

Mir war es noch immer nicht gelungen, die Geneigtheit

dieser Dame zu erwerben; ja, sie verhielt sich jetzt sogar noch feindlicher zu mir und fiel schließlich wegen jeder Kleinigkeit über mich her. Besonders in der letzten Zeit hatte sich ihre Unzufriedenheit mit mir sehr gesteigert: meine stutzerhafte Kleidung konnte sie einfach nicht sehen, und wie Lisa mir erzählte, war sie beinahe in Ohnmacht gefallen, als es einmal zur Sprache kam, daß ich mir einen teuren Mietkutscher hielt. Kurz, ich hatte in der letzten Zeit Begegnungen mit ihr nach Möglichkeit zu vermeiden gesucht. Damals, nach Werssiloffs Verzicht auf die Erbschaft, vor zwei Monaten, war ich schleunigst zu ihr geeilt, um mit ihr über Werssiloffs Handlungsweise zu sprechen, hatte aber bei ihr nicht das geringste Verständnis gefunden: sie war sogar sehr erbittert gewesen; denn es gefiel ihr gar nicht, daß alles und nicht bloß die Hälfte zurückgegeben worden war; mich aber hatte sie auf einmal sogar scharf angefahren:

»Und du bildest dir jetzt wohl ein, er hätte das Geld zurückgegeben und zum Duell gefordert, einzig um deine Meinung über ihn zu verbessern!«

Und sie hatte es auch wirklich beinah erraten: im geheimen hatte ich damals tatsächlich etwas ähnliches empfunden.

Als sie jetzt eintrat, fühlte ich sofort, daß sie mich unbedingt wieder angreifen werde; ja, ich war bis zu einem gewissen Grade sogar überzeugt, daß sie eigentlich nur zu dem Zweck gekommen war, und deshalb benahm ich mich auf einmal recht ungezwungen und flott; und das kostete mich auch nicht die geringste Anstrengung, da ich mich immer noch, nach dem Vorhergegangenen, in strahlend freudiger Stimmung befand. Ich möchte hier ein für allemal bemerken, daß Flottheit noch nie zu mir gepaßt hat, das heißt, sie steht mir nun einmal nicht zu Gesicht und hat mir bisher auch immer nur Schande eingebracht. So geschah es auch jetzt: schon mit dem ersten Wort rannte ich selbst hinein. Da es mir zufällig auffiel, daß Lisa so wortkarg war, bemerkte ich plötzlich mit gespielter Barschheit, rein aus Leichtsinn, ohne jede böse Absicht und überhaupt ganz unbedacht:

»Alle Jubeljahre einmal esse ich hier bei euch, und da mußt du, Lisa, ausgerechnet heute so trübselig sein!«

»Ich habe Kopfschmerzen«, erwiderte Lisa.

»Ach, mein Gott, so hört doch nur!« fuhr Tatjana Pawlowna sogleich auf, »darf sie denn nicht auch einmal Kopfschmerzen haben? Bloß weil der hochverehrte Arkadij Makarowitsch zum Essen herüberzukommen geruht hat, muß sie wohl gleich tanzen und fröhlich sein!«

»Sie sind wahrhaftig das Unglück meines Lebens, Tatjana Pawlowna! Nie wieder werde ich herkommen, wenn Sie hier sind!« Ich schlug in ehrlichem Ärger mit der Hand auf den Tisch; Mama fuhr zusammen, und Werssiloff sah mich sonderbar an. Da lachte ich auf und entschuldigte mich:

»Tatjána Páwlowna, ich nehme das Wort ‚Unglück' zurück«, sagte ich, mich an sie wendend und immer noch den Flotten spielend.

»Nein, nein, lieber nicht«, wehrte sie kurz ab, »es ist viel schmeichelhafter für mich, dein Unglück zu sein, als das Gegenteil, sei versichert.«

»Mein Lieber, die kleinen Unglücksfälle des Lebens muß man so hinzunehmen lernen«, meinte Werssiloff halblaut und lächelnd, »ohne Unglück lohnte es sich ja gar nicht zu leben.«

»Wissen Sie, mitunter sind Sie ein schrecklicher Reaktionär!« rief ich und lachte nervös.

»Mein Freund, das ist nebensächlich.«

»Nein, das ist nicht nebensächlich! Warum sagen Sie es einem Esel nicht unumwunden ins Gesicht, wenn er ein Esel ist?«

»Sprichst du am Ende gar von dir selbst? Erstens mag ich keines Menschen Richter sein und zweitens dürfte ich es auch gar nicht.«

»Warum mögen Sie nicht, und warum dürften Sie es nicht?«

»Teils aus Faulheit, teils aus Widerwillen. Eine kluge Frau hat mir einmal gesagt, ich hätte nicht das Recht, Richter über andere zu sein, weil ich selbst ‚nicht zu leiden verstünde'; um Richter über andere sein zu dürfen, müsse man sich das Recht dazu durch eigenes Leiden erst verdienen. Ein wenig hochtrabend, aber in der Anwendung auf mich vielleicht auch richtig, so daß ich mich denn auch bereitwilligst diesem Urteil unterwarf.«

»Hat Ihnen das wirklich Tatjana Pawlowna gesagt?« fragte ich überrascht.

»Woher weißt du das?« Werssiloff sah mich mit einiger Verwunderung an.

»Ich habe es aus Tatjana Pawlownas Gesicht erraten: es zuckte etwas in ihm, als Sie das sagten.«

Ich hatte es wirklich ganz zufällig erraten. Später stellte sich heraus, daß Tatjana Pawlowna diese Worte am Abend vorher in einem hitzigen Gespräch zu Werssiloff gesagt hatte. Und überhaupt, das sei nochmals gesagt, warf ich mich ihnen mit meiner Freude und meiner Mitteilsamkeit sehr zur unrechten Zeit an den Hals: jeder von ihnen hatte seine eigene Sorge, und keine davon war leicht.

»Nein, das verstehe ich nicht«, sagte ich, »das ist alles so abstrakt; und überhaupt ist das ein Zug von Ihnen: Sie lieben es furchtbar, abstrakt zu sprechen, Andrei Petrowitsch; das ist ein egoistischer Zug: abstrakt zu sprechen lieben nur Egoisten.«

»Nicht dumm gesagt, aber dränge dich damit nicht auf.«

»Nein, erlauben Sie mal«, fuhr ich fort, ihnen auf den Leib zu rücken, »was heißt das: ‚das Recht zum Richtersein über andere sich durch eigenes Leiden erst verdienen'? Wer ehrlich ist, der darf auch Richter sein – das ist meine Meinung.«

»In *dem* Fall wirst du wohl nicht viele Richter zusammenbringen.«

»Einen kenne ich schon.«

»Wer ist denn das?«

»Er sitzt hier am Tisch und spricht mit mir.«

Werssiloff lächelte sonderbar, beugte sich ganz nah zu

meinem Ohr, und, indem er mich an der Schulter faßte, flüsterte er mir zu: »Der belügt dich die ganze Zeit.«

Bis heute verstehe ich noch nicht, was er damals im Sinn hatte, doch offenbar war er in dem Augenblick innerlich sehr erregt (infolge einer besonderen Nachricht, wie ich mir später überlegte). Aber dieses Wort: »Der belügt dich die ganze Zeit«, das war so unerwartet und so ernst gesagt und mit einem so sonderbaren, gar nicht scherzhaften Ausdruck, daß ich unwillkürlich nervös zusammenzuckte, beinahe erschrak und ihn entsetzt ansah; aber schon besann sich Werssiloff und lachte auf.

»Ach nun, Gott sei Dank!« sagte Mama, die es erschreckt hatte, daß er mir etwas ins Ohr sagte, »und ich dachte schon, Gott weiß was ... Du, Arkáscha, du mußt nicht böse auf uns sein; kluge Leute wirst du auch ohne uns immer finden, aber wer wird dich liebhaben, wenn wir einander nicht hätten?«

»Das ist ja eben das Unmoralische an der Liebe aus Verwandtschaft, Mama, daß sie unverdiente Liebe ist. Liebe muß verdient sein.«

»Ach, bis du sie dir von anderen erst verdienst, derweil liebt man dich hier schon ohne Grund.«

Da mußten alle lachen.

»Nun, Mama, Sie hatten vielleicht gar nicht die Absicht, zu schießen, aber den Vogel haben Sie doch getroffen!« rief ich, gleichfalls lachend.

»Und du hast dir wohl eingebildet, daß du Liebe schon irgendwie verdient hättest?« fiel Tatjana Pawlowna wieder über mich her. »Sie lieben dich hier nicht nur ohne Grund, sie lieben dich sogar trotz ihres Ekels vor dir!«

»Ach nein, so ist es doch nicht!« rief ich lustig. »Wissen Sie, wer mir heute vielleicht sogar gesagt hat, daß er mich liebe?«

»Gesagt, indem man sich über dich lustig machte!« fiel mir Tatjana Pawlowna sofort geradezu erbost und verblüffend schlagfertig ins Wort, ganz als hätte sie gerade auf diese

Bemerkung von mir nur gewartet. »Jeder anständige Mensch, und besonders jede Frau, muß ja allein schon vor deinem seelischen Schmutz Ekel empfinden. Du hast einen Scheitel auf dem Kopf und die feinste Wäsche an, und deinen Anzug hat ein französischer Schneider gearbeitet, aber dabei ist das alles doch nur Schmutz! Wer ist es, der deine Kleider bezahlt, dich ernährt, dir Geld gibt, um Roulette zu spielen? Besinne dich, von wem du das Geld anzunehmen dich nicht schämst!«

Mama wurde vor Scham so rot, wie ich sie noch nie erröten gesehen hatte. In mir krampfte sich alles zusammen.

»Wenn ich verschwende, so verschwende ich mein eigenes Geld und bin keinem Rechenschaft schuldig«, versuchte ich das Gespräch kurz abzubrechen, wurde aber doch feuerrot.

»Wieso dein eigenes? Seit wann dein eigenes?«

»Wenn nicht meins, so ist es doch Andrei Petrowitschs Geld. Er wird es mir nicht abschlagen ... Ich habe es vom Fürsten genommen, a conto des Geldes, das er Andrei Petrowitsch schuldet ...«

»Mein Freund«, sagte da plötzlich Werssiloff in sehr bestimmtem Ton, »von seinem Gelde gehört mir auch nicht eine Kopeke.«

Dieser Satz war nur zu bedeutungsvoll. Ich blieb stumm vor Überraschung. Oh, wenn ich jetzt an meine damalige paradoxe und sorglose Stimmung denke, so sage ich mir, daß ich mich in dem Augenblick sicherlich durch einen »hochedlen« Ausbruch oder mit einer knatternden Phrase oder sonstwie herausgerissen hätte, aber da sah ich auf einmal in Lisas finsterem Gesicht einen bösen, anklagenden Ausdruck, einen ungerechten Vorwurf, fast Hohn, und da war's, als stieße mich der Teufel vorwärts.

»Und Sie, mein Fräulein«, wandte ich mich plötzlich an sie, »Sie scheinen ja neuerdings sehr oft Darja Oníssimowna in der Wohnung des Fürsten zu besuchen? Vielleicht ist es Ihnen gefällig, ihm diese Dreihundert zu übergeben, da Sie mich dieses Geldes wegen heute schon so sekkiert haben!«

Ich zog die Dreihundert hervor und hielt sie ihr hin. Wird man es mir glauben, daß ich diese dummen Worte ganz unbedacht sagte, das heißt, ohne die geringste Anspielung auf irgend etwas. Und das war ja auch ganz natürlich, denn ich hatte ja damals noch keine Ahnung von dem, worauf diese Worte eine Anspielung hätten sein können. Ich hatte eigentlich nur den Wunsch gehabt, ihr einen Stich zu versetzen, und zwar mit einer verhältnismäßig ganz harmlosen Bemerkung, die ungefähr soviel sagen sollte, wie: »Wenn Sie, mein Fräulein, sich um Dinge kümmern, die Sie nichts angehen, würde es Ihnen dann nicht auch gefällig sein, mit diesem Fürsten zusammenzukommen, mit dem jungen Kavalier und Petersburger Leutnant, und ihm dieses Geld selbst einzuhändigen, da Sie sich ja so gern in die Angelegenheiten junger Männer einmischen!« Aber wie groß war meine Bestürzung, als plötzlich meine Mutter aufstand und mir mit dem Finger drohend erregt zurief:

»Untersteh dich nicht, untersteh dich nicht!«

So etwas hätte ich von ihr nie im Leben erwartet! Ich sprang auf, nicht vor Schreck, sondern wie vor Schmerz, gleichsam mit einer qualvollen Wunde im Herzen, weil ich plötzlich erriet, daß etwas Schweres geschehen war. Aber meine Mutter hielt es nicht lange aus: sie bedeckte das Gesicht mit den Händen und verließ schnell das Zimmer. Lisa ging ihr nach, ohne auch nur einen Blick auf mich zu werfen. Tatjana Pawlowna sah mich wohl eine halbe Minute lang schweigend an:

»Solltest du dich jetzt wirklich noch herauslügen können?« rief sie schließlich rätselhaft und sah mich mit größter Verwunderung an; aber sie wartete meine Antwort nicht ab und eilte ihnen nach. Werssiloff erhob sich mit feindseligem, fast bösem Gesicht und holte seinen Hut.

»Mir scheint, du bist gar nicht so dumm, sondern nur ahnungslos«, sagte er undeutlich, mit halbem Spott. »Wenn sie kommen, so sage ihnen, daß sie mit der Torte nicht auf mich warten sollen: ich gehe ein wenig an die Luft.«

Ich blieb allein zurück; zunächst fand ich alles nur sonderbar, dann kränkend, und schließlich wurde es mir ganz klar, daß ich der Schuldige war. Allerdings wußte ich nicht genau, was ich denn nun verbrochen haben konnte, aber ich hatte doch ein gewisses Schuldgefühl. Ich saß am Fenster und wartete. Nach ungefähr zehn Minuten nahm ich gleichfalls meinen Hut und ging nach oben, in mein ehemaliges Giebelstübchen. Ich wußte, daß sie dort waren, das heißt Mama und Lisa, und daß Tatjana Pawlowna sie schon verlassen hatte. Und so fand ich sie auch beide oben im Stübchen auf meinem Diwan sitzend und miteinander flüsternd. Als ich erschien, verstummten sie sogleich. Zu meinem Erstaunen waren sie mir gar nicht böse; meine Mutter wenigstens lächelte mir zu.

»Mama, ich möchte um Verzeihung bitten . . .«, begann ich.

»Schon gut, schon gut, tut ja nichts«, unterbrach mich meine Mutter, »wenn ihr euch nur immer liebhabt und nicht zankt, so wird euch Gott auch schon Glück geben.«

»Er wird mich niemals wissentlich kränken, Mama, glauben Sie mir!« sagte Lisa überzeugt und mit warmer Stimme.

»Wenn nicht diese Tatjana Pawlowna dagewesen wäre, so wäre auch nichts geschehen«, rief ich geärgert. »So ein schändliches Weibsbild!«

»Sehen Sie, Mama? Hören Sie?« fragte Lisa, indem sie auf mich wies.

»Wißt ihr, was ich euch beiden jetzt sagen werde?« erklärte ich auf einmal. »Wenn auf der Welt etwas schlecht ist, so bin ich allein dieses Schlechte, alles übrige ist einfach . . . wundervoll!«

»Arkáscha, sei nicht böse, Lieber, aber wirklich, wenn du aufhören wolltest . . .«

»Zu spielen? Ja, ich werde aufhören, Mama: heute gehe ich zum letztenmal hin, das ist doch selbstverständlich, nachdem Andrei Petrowitsch erklärt hat, daß er beim Fürsten keine Kopeke zugute habe. Sie glauben mir nicht, wie sehr ich mich schäme ... Übrigens muß ich mit ihm noch Rücksprache nehmen ... Mama, Liebe, das vorige Mal habe ich hier ... Unziemliches gesagt ... Mamachen, das war nur Aufschneiderei: es ist mein aufrichtiger Wunsch, zu glauben, damals aber lästerte ich nur so; ich liebe Christus sehr ...«

Es war das letztemal zwischen uns zu einem Gespräch über dieses Thema gekommen, und meine Äußerungen hatten meine Mutter sehr betrübt und erregt. Als sie jetzt meine Entschuldigung hörte, lächelte sie mir zu wie einem Kinde:

»Christus verzeiht alles, Arkáscha, er verzeiht auch deine Lästerung, und verzeiht auch noch Schlimmeres. Christus ist aller Vater, Christus bedarf selbst nichts und wird noch in der tiefsten Finsternis leuchten ...«

Ich verabschiedete mich von ihnen und ging. Ich dachte über die Möglichkeit nach, heute noch Werssiloff zu sehen; ich mußte mit ihm unbedingt sprechen, vorhin aber war das nicht möglich gewesen. Ich vermutete stark, daß er in meiner Wohnung wartete! Ich ging zu Fuß: es war warm gewesen, jetzt begann es leicht zu frieren; und es war sehr angenehm zu gehen.

II

Ich wohnte in der Nähe der Wosnessenskijbrücke in einem großen Miethaus, aber im Rückgebäude. Als ich durch das Hoftor trat, stieß ich auf Werssiloff, der aus meiner Wohnung kam.

»Ich bin auf meinem Spaziergang nach alter Gewohnheit bis zu deiner Wohnung gegangen, habe sogar eine Weile bei Pjotr Ippolítowitsch auf dich gewartet, aber es wurde mir zu langweilig. Sie zanken sich dort ewig bei dir, und heute hat sich die kranke Frau sogar ins Bett gelegt und weint. So bin ich denn wieder gegangen.«

Ich weiß nicht, weshalb ich mich auf einmal über ihn ärgerte.

»Sie scheinen ja überhaupt nur zu mir zu gehen und außer mir und Pjotr Ippolítowitsch in ganz Petersburg keinen Menschen zu kennen?«

»Mein Freund ... aber das ist doch so gleichgültig.«

»Wohin denn jetzt? Gehen wir doch zu mir.«

»Nein, noch einmal gehe ich nicht zu dir. Wenn du willst, können wir einen Spaziergang machen, der Abend ist herrlich.«

»Wenn Sie mit mir nicht von Ihren abstrakten Betrachtungen gesprochen hätten, sondern menschlich, wenn Sie mir zum Beispiel nur ein Wort gesagt hätten über dieses verwünschte Spiel, so wäre ich vielleicht nicht wie ein Esel in alles das hineingeraten«, sagte ich auf einmal.

»Tut es dir leid? Das ist gut«, erwiderte er seltsam durch die Zähne. »Ich habe vorausgesehen, daß das Spiel bei dir nicht zur Hauptsache werden kann, sondern nur eine zeitwei-lige Verirrung ist ... Du hast recht, mein Freund, das Spiel ist eine Schweinerei, und hinzu kommt noch, daß man verlieren kann.«

»Und dazu noch fremdes Geld.«

»Hast du denn auch fremdes Geld verloren?«

»Das Geld gehörte doch Ihnen. Ich entlieh es vom Fürsten auf Ihr Guthaben hin. Das war natürlich eine furchtbare Dummheit und Unverschämtheit von mir ... Ihr Geld für mein eigenes zu halten, aber ich wollte immer das Verlorene zurückgewinnen.«

»Ich möchte dich nochmals darauf aufmerksam machen, mein Lieber, daß mir von seinem Gelde nichts gehört. Ich weiß, daß der junge Mann selbst in Geldverlegenheit ist, und ich rechne überhaupt nicht auf irgendwelches Geld von ihm, trotz all seiner Versprechungen.«

»Ja, aber, wenn das so ist, dann ist ja meine Lage um so schlimmer ... sie ist einfach lächerlich! Und aus welchem Grunde hat er mir dann das Geld geliehen, und mit welchem Recht habe ich es mir überhaupt leihen lassen?«

»Das zu beurteilen, ist nun wohl deine Sache ... Aber

wüßtest du nicht doch irgendeinen Grund, der vielleicht ein Anlaß für dich gewesen wäre, von ihm das Geld anzunehmen, was meinst du?«

»Außer unserer Freundschaft ...«

»Ja, noch außer der Freundschaft? Gibt es nicht doch irgend etwas, auf Grund dessen es dir möglich erschienen wäre, das Geld von ihm anzunehmen? Nun, sagen wir, aus irgendwelchen besonderen Erwägungen?«

»Aus welchen Erwägungen? Ich verstehe nicht.«

»Nun, um so besser, daß du es nicht verstehst, und ich kann dir offen sagen, mein Freund, daß ich immer davon überzeugt gewesen bin. Brisons-là, mon cher, und versuch einmal, das Spielen aufzugeben.«

»Hätten Sie mir das doch früher gesagt! Und auch jetzt sagen Sie es nur so wie beiläufig!«

»Wenn ich dir das früher gesagt hätte, so hätten wir uns nur verzankt, und du hättest mich nicht mehr so gern abends zu dir kommen sehen. Und wisse, mein Lieber, alle diese belehrenden guten Ratschläge im voraus, die sind doch nur ein Sich-Eindrängen in ein fremdes Gewissen, und das noch auf fremde Kosten. Ich habe mich genug in fremde Gewissen eingedrängt und zu guter Letzt nur Nasenstüber und Spott geerntet. Übrigens sind die Nasenstüber und der Spott natürlich gleichgültig, aber die Hauptsache ist, daß man auf diese Weise nichts erreicht: niemand wird auf dich hören, magst du dich auch noch so abmühen ... und bald werden dich alle nicht mehr mögen.«

»Es freut mich, daß Sie mit mir endlich einmal nicht von Abstraktem zu sprechen anfangen. Ich möchte Sie auch noch etwas fragen, schon lange wollte ich das, aber es war mir immer nicht möglich, mit der Frage herauszurücken. Gut, daß wir jetzt auf der Straße sind. Erinnern Sie sich noch jenes Abends zu Hause, des letzten Abends, vor zwei Monaten, wie wir dort in meinem Giebelstübchen saßen, im ‚Sarge', und ich Sie über Makár Iwánowitsch ausfragte und über Mama – erinnern Sie sich noch, wie ungeniert ich damals mit Ihnen sprach? Wie konnten Sie es zulassen, daß so ein Grünschnabel von einem Sohn in solchen Ausdrücken von seiner Mutter sprach? Sie aber, Sie ließen keine Silbe darüber fallen, Sie gaben sich sogar gleichfalls möglichst frei, und damit erlaubten Sie mir noch mehr Freiheiten.«

»Mein Freund, du weißt nicht, wie es mich freut, das von dir zu hören ... gerade diese Gefühle ... Ja, ich erinnere mich dieses Abends noch sehr genau: ich wartete damals in der Tat darauf, Schamröte in dein Gesicht steigen zu sehen; und wenn ich selbst auf deinen Ton einging, ja, dich noch herausforderte, so geschah das meinerseits vielleicht nur zu dem Zweck, um dich bis an die Grenze zu führen, damit du sie selbst fändest ...«

»Und so haben Sie mich damals nur betrogen und den reinen Quell in meiner Seele nur noch mehr getrübt! Ja, ich bin ein trauriger Halbwüchsling und weiß oft selbst nicht, was gut und was böse ist. Hätten Sie mir damals nur ein wenig, wenn auch nur andeutungsweise, den Weg gewiesen, so hätte ich mich schon zurechtgefunden und hätte gleich den richtigen Weg betreten. Sie aber haben mich damals nur noch mehr aufgehetzt.«

»Cher enfant, ich habe immer schon so ein Vorgefühl gehabt, daß wir zwei, ob nun so oder so, jedenfalls einmal zusammenkommen würden: diese ‚Schamröte' ist dir doch jetzt von selbst ins Gesicht gestiegen, ohne meine Anleitung, und das ist, glaube mir, für dich selbst besser ... Du hast, mein Lieber, in der letzten Zeit viel gewonnen ... sollte das wirklich auf deinen Verkehr mit diesem Fürstlein zurückzuführen sein?«

»Loben Sie mich nicht, ich mag das nicht. Erwecken Sie in meinem Herzen nicht den quälenden Verdacht, daß Sie mich aus Jesuitismus loben, zum Schaden der Wahrheit, nur um nicht aufzuhören zu gefallen. In der letzten Zeit aber ... sehen Sie ... ich habe viel mit Damen verkehrt. Ich bin zum Beispiel von Anna Andréjewna sehr freundlich aufgenommen worden, wissen Sie das schon?«

»Ich weiß es von ihr selbst, mein Freund. Ja, sie ist sehr nett und klug. Mais brisons là, mon cher. Ich bin heute in einer ganz sonderbar widerwärtigen Stimmung – ist es nun Melancholie oder was? Es wird wohl von der Verdauung herrühren, nehme ich an. Nun, was geschah denn noch zu Hause? Nichts weiter? Du hast dich dort natürlich versöhnt, und zum Schluß gab es Umarmungen? Celà va sans dire. Manchmal macht es mich geradezu traurig, zu ihnen zurückzukehren, auch wenn das Spazierengehen einem noch so widerlich wird. In der Tat, ich mache oft noch einen überflüssigen Umweg, selbst im Regen, nur um die Rückkehr in dieses Heim nach Möglichkeit hinauszuschieben ... Und die Langweile, die Langweile, o Gott!«

»Mama ...«

»Deine Mutter ist das vollkommenste und herrlichste Wesen, mais ... Mit einem Wort, ich bin ihrer wohl nicht wert. Übrigens, was haben sie heute eigentlich? Schon die ganzen letzten Tage sind sie alle, die eine wie die andere, irgendwie so ... Weißt du, ich bemühe mich zwar immer, das zu ignorieren, aber heute muß sich dort irgend etwas angesponnen haben ... Hast du nichts bemerkt?«

»Ich weiß von nichts, und ich hätte auch nichts bemerkt, wenn nicht diese verwünschte Tatjana Pawlowna dazwischengekommen wäre, die es selbstverständlich nie unterlassen kann, über einen herzufallen! Sie haben recht: da muß irgend etwas geschehen sein. Vorhin traf ich Lisa bei Anna Andréjewna, und auch dort war sie schon so eigentümlich ... ich wunderte mich noch über sie. Sie wissen doch, daß Anna Andrejewna mit ihr verkehrt?«

»Ich weiß es, mein Freund. Aber ... wann warst du denn heute bei Anna Andréjewna, ich meine, um wieviel Uhr? Ich möchte das aus einem bestimmten Grunde wissen.«

»Von zwei bis drei. Und können Sie sich denken, als ich sie verließ, kam gerade der Fürst zu ihr ...«

Und ich erzählte ihm meinen ganzen Besuch bis in alle Einzelheiten. Er hörte alles schweigend an; zu der Möglichkeit, daß der Fürst ihr vielleicht einen Heiratsantrag gemacht habe, äußerte er kein Wort, und zu meinem begeisterten Lob Anna Andrejewnas bemerkte er nur beiläufig: »Ja, sie kann sehr liebenswürdig sein.«

»Ich habe sie heute auch sehr überrascht, indem ich ihr die letzte frischgebackene Neuigkeit aus der Gesellschaft mitteilte: daß Katerina Nikolájewna Achmakowa den Baron Bjoring heiraten werde«, sagte ich auf einmal, als hätte sich irgend etwas plötzlich in mir losgerissen.

»Ja? Nun, dieselbe ‚Neuigkeit' hat sie mir heute schon am Morgen erzählt, vor zwölf, also schon viel früher, als du sie damit überraschen konntest.«

»Was sagen Sie?« Verdutzt blieb ich stehen. »Aber woher hat sie denn das erfahren können? Übrigens, was rede ich da? Selbstverständlich hat sie das schon früher als ich erfahren können, aber denken Sie sich: sie hat doch meine Mitteilung wie eine überraschende Neuigkeit angehört! Übrigens ... übrigens, was verlange ich denn? Es lebe die Weitherzigkeit! Muß man nicht weitherzig alle Charaktere zulassen, ist's nicht so? Ich, zum Beispiel, ich hätte sofort alles ausgeplaudert, sie aber hat es wie in eine Tabatière eingeschlossen ... Aber wenn auch, wenn auch, nichtsdestoweniger ist sie ein herrliches Geschöpf und ein prachtvoller Charakter!«

»Oh, zweifellos, ein jeder nach seiner Art! Und was das Originellste ist: diese prachtvollen Charaktere verstehen einen mitunter auf eine ganz eigenartige Weise zu überraschen; stelle dir vor: Anna Andréjewna verblüffte mich heute auf einmal mit der Frage, ob ich Katerina Nikolájewna Achmakowa liebte oder nicht?«

»Was für eine verrückte, undenkbare Frage!« rief ich, wieder ganz verdutzt. Im Moment flimmerte es sogar vor meinen Augen. Noch niemals hatte ich mit ihm von diesem Thema zu sprechen gewagt, und da begann er nun selbst ...

»Womit begründete sie denn ihre Frage?«

»Mit nichts, mein Freund; die Tabatière schloß sich gleich

darauf nur noch fester, und was das Auffallendste ist: sie hat mich das gefragt, obgleich ich niemals auch nur die Möglichkeit ähnlicher Gespräche zwischen ihr und mir zugelassen habe, und sie gleichfalls ... Übrigens, du sagst ja, daß du sie kennst, folglich kannst du dir denken, wie eine solche Frage zu ihr paßt ... oder weißt du vielleicht etwas zur Erklärung hierfür?«

»Ich bin ebenso überrascht wie Sie. Vielleicht war es Neugier von ihr oder nur ein Scherz?«

»Oh, im Gegenteil, es war die ernsteste Frage, und fast schon keine Frage mehr, sondern nahezu ein Verhör sozusagen, und das offenbar als Vorbedingung zu den wichtigsten und kategorischsten Entschlüssen. Wirst du nicht bald wieder bei ihr vorsprechen? Könntest du nicht Näheres erfahren? Ich würde dich sogar darum bitten; denn, sieh mal ...«

»Aber auch nur die Möglichkeit, erstens mal, auch nur die Möglichkeit, so was anzunehmen, daß Sie Katerina Nikolájewna lieben könnten! Verzeihen Sie, aber ich kann es noch immer nicht fassen! Niemals, niemals habe ich mir erlaubt, über dieses oder ein ähnliches Thema mit Ihnen zu sprechen ...«

»Und das war sehr vernünftig von dir, mein Lieber.«

»Ihre früheren Intrigen und Ihre Beziehungen – dieses Thema ist zwischen uns, versteht sich, kein passendes Gespräch, und es wäre taktlos von mir, davon überhaupt anzufangen; aber gerade in der letzten Zeit, in den letzten Tagen, habe ich mehrmals innerlich ausgerufen: Ach, wenn Sie diese Frau doch wenigstens irgend einmal geliebt hätten, wenigstens einen Augenblick! – Oh, dann hätten Sie sie niemals so falsch beurteilt, hätten nie einen solchen Fehler begehen können in Ihrem Urteil über sie! Was dabei herausgekommen ist, das weiß ich: ich weiß von Ihrer gegenseitigen Feindschaft und Ihrem gegenseitigen Abscheu, ich weiß, ich habe davon gehört, habe alles gehört, schon in Moskau habe ich davon gehört. Aber daraus geht doch als erstes nur zu klar und deutlich die Tatsache der gegenseitigen Abneigung, der erbitterten Feindschaft, also des Gegenteils der Liebe hervor, und da fragt nun Anna Andrejewna: ‚Lieben Sie sie?' Sollte sie denn wirklich so schlecht unterrichtet sein? Das ist doch nicht zu glauben! Sie hat nur gescherzt, ich versichere Sie, sie hat wirklich nur gescherzt!«

»Aber, mein Lieber, ich bemerke«, – in seiner Stimme klang auf einmal etwas Nervöses und Inniges, zum Herzen Dringendes mit, was bei ihm nur furchtbar selten vorkam – »ich bemerke, daß du selbst etwas gar zu feurig von dieser Sache sprichst. Du sagtest vorhin, daß du mit Damen verkehrst ... natürlich, so dich auszufragen, ist mir gewissermaßen ... gerade über dieses Thema, wie du sagtest ... Aber steht nicht auch ‚diese Frau' auf der Liste deiner neuen Freundinnen?«

»Diese Frau ...«, meine Stimme bebte plötzlich, »hören Sie, Andrei Petrówitsch, hören Sie: diese Frau ist das, was Sie heute beim Fürsten vom ‚lebendigen Leben' sagten, – erinnern Sie sich? Sie sagten, dieses lebendige Leben ist etwas so Ungekünsteltes und Einfaches, etwas, was so klar und offen einen ansieht, daß man gerade wegen dieser Klarheit und Offenheit nicht glauben kann, daß dieses wirklich dasselbe sei, was wir unser ganzes Leben lang mit solcher Mühe suchen ... Nun, sehen Sie, und mit einem solchen Blick ist Ihnen eine Frau begegnet, das Ideal einer Frau, Sie aber haben in diesem Ideal, in dieser Vollkommenheit nur ‚alle Laster' zu sehen geglaubt! Da haben Sie's!«

Der Leser kann daraus wohl ersehen, in welch einem Rausch ich mich befand.

»‚Alle Laster'! Oho! Diesen Ausspruch kenne ich!« rief Werssiloff. »Aber wenn es schon so weit gekommen ist, daß man dir diesen Ausspruch mitgeteilt hat, kann man dir dann nicht schon zu etwas gratulieren? Das verrät ja eine solche Intimität zwischen euch, daß man dich noch loben muß, wegen deiner Sittsamkeit und Verschwiegenheit, zu der nur selten ein junger Mann in solchem Falle fähig ist ...«

In seiner Stimme vibrierte ein liebes, freundschaftliches, gleichsam schmeichelndes Lachen ... etwas Ermunterndes, Liebes lag in seinen Worten und auch in seinem hellen Gesicht, soviel ich in der Dunkelheit erkennen konnte. Er war erstaunlich belebt. Ich erstrahlte unwillkürlich.

»Sittsamkeit, Verschwiegenheit! O nein, nein!« rief ich errötend und drückte gleichzeitig krampfhaft seine Hand, die ich auf einmal, ich weiß nicht wie, erfaßt hatte und die ich, ohne dessen gewahr zu werden, nicht mehr losließ. »Nein, ganz und gar nicht! ... Mit einem Wort, mir ist zu nichts zu gratulieren, und es kann da auch niemals, niemals etwas geschehen«, sprach ich atemlos weiter und schwebte schon gleichsam in der Luft, und ich hatte solche Lust, zu fliegen, und es war mir so angenehm, daß ich flog. »Wissen Sie ... also mag es denn einmal sein, nur ein einziges Mal! Sehen Sie, mein geliebter, herrlicher Papa – Sie erlauben mir doch, Sie Papa zu nennen –, sehen Sie, von seinen Beziehungen zu einer Frau darf man nicht nur nicht als Sohn mit dem Vater, sondern überhaupt mit keinem Dritten sprechen, selbst wenn diese Beziehungen noch so rein sind! Ja, je reiner sie sind, um so mehr muß man das Schweigen hüten! Anders wäre es ekelhaft, wäre roh, kurz, ein Dritter ist unmöglich! Aber wenn nichts, nichts geschehen ist, nicht das Geringste, dann darf man doch sprechen, dann darf man doch?«

»Je nachdem, wie das eigene Herz entscheidet.«

»Warten Sie, zunächst eine unbescheidene, eine sehr unbescheidene Frage: Sie haben in Ihrem Leben doch auch Frauen gekannt, Sie haben doch Verhältnisse gehabt? ... Ich spreche nur im allgemeinen, im allgemeinen, ich meine keine Einzelfälle!« rief ich errötend und rang nach Atem vor Begeisterung.

»Nun ja, man hat seine Sünden gehabt.«

»Also hören Sie, dann erklären Sie mir einen Fall, da Sie doch der Erfahrenere sind: plötzlich sagt Ihnen eine Dame, von der Sie sich gerade verabschieden, gleichsam beiläufig, und indem sie selbst zur Seite sieht: ‚Morgen werde ich um drei Uhr dort und dort sein …‘ nun, sagen wir, bei Tatjana Pawlowna«, platzte ich heraus, und nun riß es mich endgültig und unwiderstehlich fort. Mein Herz klopfte gewaltig und drohte, nach jedem Schlage stehenzubleiben; ich mußte sogar im Sprechen innehalten vor Herzklopfen. Er aber, das sah ich, hörte mit größter Spannung zu. »Und nun, am nächsten Tage, bin ich um drei Uhr bei Tatjana Pawlowna, gehe hinauf und denke so bei mir: wenn die Köchin mir aufmacht – Sie kennen doch ihre Köchin? –, so frage ich sie ganz einfach: ‚Ist Tatjana Pawlowna zu Hause?‘ Und wenn die Köchin mir dann sagt, daß Tatjana Pawlowna nicht zu Hause ist, aber eine Dame sitze dort und warte auf sie – was muß ich dann daraus schließen, sagen Sie mir das, wenn Sie … Mit einem Wort, wenn Sie …«

»Ganz einfach, daß man dich zu einem Rendezvous bestellt hat. Also dann war es doch das? Und das war heute? Ja?«

»O nein, nein, nein, gar nichts, gar nichts war heute! Es war, aber es war nicht das; wenn auch ein Rendezvous, so doch nicht zu dem Zweck, das schicke ich gleich voraus, um nicht ein Schuft zu sein, es war was, aber …«

»Mein Freund, das fängt ja an, so interessant zu werden, daß ich den Vorschlag machen möchte …«

»Hab' früher selber Unbemittelten gegeben, mal 'nen Fünfundzwanziger, mal 'nen Zehner für 'n Schnäpschen. Wie wär's, wenn Sie nun auch mal mit 'n paar Kopeken 'nem armen Leutnant unter die Arme greifen wollten? – Bitt' schön, bin mal Leutnant gewesen.« Eine hohe Gestalt vertrat uns den Weg, und vielleicht war der Bittsteller wirklich ein verkommener ehemaliger Leutnant. Merkwürdigerweise war er aber für sein Gewerbe eigentlich sehr gut gekleidet, und doch hielt er die Hand hin, um ein Almosen zu empfangen.

III

Diesen dummen Zwischenfall mit dem nichtsnutzigen »Leutnant« will ich nicht unerwähnt lassen, da ich mir Werssiloff heute nicht anders vorstellen kann als mit allen geringfügigen Einzelheiten jener für mich so verhängnisvollen Stunde. Ja, sie war verhängnisvoll, ich aber ahnte das nicht einmal!

»Wenn Sie, mein Herr, uns nicht sofort aus dem Wege gehen, so werde ich die Polizei rufen«, sagte Werssiloff plötzlich empört und mit übertrieben lauter Stimme, indem er vor dem Leutnant stehenblieb. Ich hätte nie gedacht, daß dieser Philosoph so in Zorn geraten könnte, und das noch aus einem so geringen Anlaß. Doch man darf nicht vergessen, daß unser Gespräch an einer Stelle unterbrochen wurde, die sein ganzes Interesse erregte, wie er soeben noch selbst gesagt hatte.

»Haben Sie denn wirklich nicht mal 'nen Fünfer bei sich?« grobte nun der Leutnant ihn an. »Heutzutage hat ja wahrhaftig keine Kanaille mehr 'nen Fünfer in der Tasche! Lumpen! Schufte! Selber im Biberpelz, aber aus einem lump'gen Fünfer wird gleich 'ne Staatsfrage gemacht!«

»Schutzmann!« rief Werssiloff.

Er brauchte nicht einmal laut zu rufen: in nächster Nähe an der Straßenecke stand ein Schutzmann, der das Geschimpfe des Leutnants gehört haben mußte.

»Ich ersuche Sie, Zeuge dieses Vorfalls zu sein, und Sie ersuche ich, sich mit uns auf die Polizeiwache zu begeben«, sagte Werssiloff.

»Äh, zum . . . Na, mir soll's egal sein, beweisen können Sie ja doch nichts! Vor allem keinen eigenen Verstand!«

»Lassen Sie ihn nicht laufen, Schutzmann, und begleiten Sie uns«, sagte Werssiloff herrisch.

»Was, wollen Sie denn wirklich auf die Wache mit ihm? Ach, zum Teufel mit diesem Kerl!« flüsterte ich ihm zu.

»Unbedingt, mein Lieber. Diese Zuchtlosigkeit auf unseren Straßen fängt nachgerade an, einem bis zum Ekel widerlich zu werden, und wenn ein jeder seine Pflicht täte, so hätten alle den Vorteil davon. C'est comique, mais c'est ce que nous ferons.«

Wir gingen; etwa hundert Schritte weit war der Leutnant sehr empört, renommierte großartig und zeigte sich sehr mutig; er versicherte, »das geht doch nicht«, wegen eines »einz'gen Fünfers«, usw., usw. Aber schließlich begann er halblaut mit dem Schutzmann zu unterhandeln. Der Schutzmann, der ein vernünftiger Mensch und ein Feind von Straßenunruhen zu sein schien, war offenbar auf seiner Seite, aber doch nur bis zu einem gewissen Grade. Auf die Anfrage des Leutnants brummte er halblaut zur Antwort, jetzt wäre schon nichts mehr zu machen, »jetzt ist es schon mal herausgekommen« . . . »aber wenn Sie, beispielsweise, sich entschuldigen wollten, und wenn der Herr die Entschuldigung annehmen würde, ja, dann vielleicht . . .«

»Na . . . also . . . Hö–ören Sie mal, verehrtester Herr, na, wohin gehen wir denn jetzt? . . . Ich frage Sie: wohin begeben wir uns, und was ist denn da für ein Witz bei?« polterte der Leutnant los. »Wenn ein von Mißerfolgen heimgesuchter unglücklicher Mann seine Entschuldigung zu machen bereit ist . . . wenn Sie schließlich unbedingt seine Selbsterniedrigung wünschen . . . Zum Teufel, wir sind doch nicht im Salon, sondern auf der Straße! Für die Straße genügt doch wohl diese Entschuldigung . . .«

Werssiloff blieb stehen, und plötzlich begann er zu lachen, und ich dachte fast schon, er hätte diese ganze Geschichte nur spaßeshalber angefangen, aber so verhielt es sich nicht.

»Ich nehme Ihre Entschuldigung an, mein Herr Offizier, und ich versichere Ihnen, daß Sie ein Mann mit Fähigkeiten sind. Halten Sie sich nur so auch im Salon, denn bald wird das ja auch im Salon vollkommen genügen; einstweilen aber nehmen Sie hier die zwei Zwanziger für ein paar Gläschen und einen Imbiß. Entschuldigen Sie, Herr Schutzmann, die

Belästigung, ich würde mich auch für Ihre Mühe gern erkenntlich zeigen, aber die Herren Schutzleute sind ja jetzt so vornehm geworden ... Mein Lieber«, wandte er sich an mich, »hier in der Nähe ist ein Lokal, eigentlich eine entsetzliche Kloake, aber man kann dort Tee trinken, und ich wollte dir den Vorschlag machen ... hier gleich in der Nähe ... gehen wir!«

Ich wiederhole, ich hatte ihn noch nie in einer solchen inneren Erregung gesehen, obschon sein Gesicht heiter war und strahlte; es war mir aber aufgefallen, daß seine Hände, als er aus dem Portemonnaie das Geld für den Leutnant herausnehmen wollte, so bebten, daß er schließlich mich bat, das Geld zu nehmen und dem Leutnant zu geben; ich kann das nicht vergessen.

Er führte mich in eine kleine Kellerwirtschaft am Kanal. Es waren nur wenige Gäste da. Ein kleiner verstimmter, heiserer Musikautomat erklang, es roch nach fettigen Servietten; wir setzten uns in eine Ecke.

»Du weißt es vielleicht nicht? Ich liebe es zuweilen, aus Langeweile ... aus schrecklicher seelischer Langweile ... mich in gerade solche Kloaken zu setzen. Diese ganze Einrichtung hier, diese meckernde Arie aus der „Lucia", dazu diese Kellner mit ihrer fast schon unanständigen russischen Tracht, dieser Tabakqualm, dieses Geschrei aus dem Billardzimmer – das ist alles dermaßen erbärmlich und prosaisch, daß es fast schon wieder phantastisch wird. Nun, wie war es denn, mein Lieber? Dieser Marsjünger hat uns, glaub' ich, an der interessantesten Stelle unterbrochen ... Ah, da ist schon unser Tee; ich liebe es, hier Tee zu trinken ... Stell dir vor, dieser Pjotr Ippolítowitsch, dein Wirt, begann dort seinem anderen Zimmermieter, dem Pockennarbigen, zu versichern, vom englischen Parlament wäre im vorigen Jahrhundert eine Kommission von Juristen eingesetzt worden, um den ganzen Prozeß Christi vor dem Hohenprieser und vor Pilatus zu revidieren, einzig zu dem Zweck, um zu sehen, wie der Prozeß nach unseren Gesetzen verlaufen wäre; und deshalb hätte man alles gewissenhaft und mit der gebotenen Feierlichkeit, mit Staatsanwälten und Rechtsanwälten und allem, was dazu gehört, in Szene gesetzt ... nun, und die Geschworenen hätten sich doch gezwungen gesehen, ihn schuldig zu sprechen ... Jedenfalls eine erstaunliche Geschichte! Dieser dumme Zimmerherr begann aber zu streiten, ärgerte sich fürchterlich und erklärte mit großem Krach, daß er am nächsten Tage ausziehen werde ... Die Wirtin begann zu heulen, weil sie die Miete verlöre ... Mais passons. In diesen Wirtschaften gibt es zuweilen Nachtigallen. Kennst du die alte Moskauer Anekdote à la Pjotr Ippolítowitsch? In einer Moskauer Wirtschaft singt eine Nachtigall; ein Kaufmann kommt herein, einer vom Typ ‚Steh mir nicht im Wege'. Er hört die Nachtigall, fragt: ‚Was kostet der Vogel?' – ‚Hundert Rubel.' – ‚Braten und auftragen!' Man briet die Nachtigall und servierte sie. ‚Schneid mir davon für zehn Kopeken herunter.' – Ich erzählte diese Geschichte einmal deinem Pjotr Ippolitowitsch, aber der glaubte sie mir nicht und war sogar sehr ungehalten.«

Er erzählte noch vielerlei. Ich führe diese Bruchstücke bloß als Beispiele an. Er unterbrach mich immer wieder, sobald ich nur den Mund auftat, um mit meinem Bericht zu beginnen, und begann wieder irgend etwas zu erzählen, irgend so einen eigentümlichen Unsinn, der gar nicht zur Sache gehörte, und dabei sprach er lebhaft und lustig; er lachte über, Gott weiß was, alles und lachte seltsam in sich hinein, was ich an ihm noch nie gesehen hatte. In einem Zuge trank er sein Glas Tee aus und goß sich ein neues ein. Jetzt weiß ich, wie das zu erklären war: er glich damals einem Menschen, der einen für ihn teuren, interessanten, lange und heiß ersehnten Brief erhalten hat und ihn nun vor sich hinlegt und absichtlich nicht öffnet, sondern erst lange befühlt, das Kuvert betrachtet, den Poststempel, dann noch ins Nebenzimmer geht, um dort noch Verschiedenes zu erledigen, kurz, der den interessanten Augenblick hinausschiebt, da er weiß, daß er ihm doch nicht entgeht; dies alles nur, um das Vergnügen zu steigern und die Vorfreude noch länger auszukosten.

Natürlich erzählte ich ihm dann alles, alles von Anfang an, und erzählte vielleicht eine Stunde lang. Und wie hätte es auch anders sein können: schon vorher, die ganze Zeit schon hatte es mich gedrängt, zu erzählen. Ich begann mit unserer ersten Begegnung, damals beim alten Fürsten, gleich nach ihrer Ankunft aus Moskau; dann erzählte ich, wie das alles nach und nach so gekommen war. Ich überging nichts, und ich hätte auch nichts übergehen können: er selbst erinnerte mich an alles und erriet alles, er soufflierte mir förmlich. Bisweilen schien es mir, daß etwas Phantastisches vor sich gehe, daß er dort irgendwo unsichtbar gesessen oder hinter einer Tür gestanden haben müsse, so oft ich in diesen zwei Monaten bei ihr gewesen war: er wußte im voraus jede meiner Bewegungen, jedes meiner Gefühle. Ich empfand eine unfaßbare Lust bei dieser Beichte vor ihm; denn ich sah in ihm eine so zarte Weichheit, eine so tiefe psychologische Feinheit, eine so erstaunliche Fähigkeit, schon aus einer halben Silbe alles zu erraten. Er hörte zart zu, wie eine Frau. Vor allem verstand er es so zu machen, daß ich mich überhaupt nicht schämte; manchmal fiel er mir ins Wort, und ich mußte dann bei einem Nebenumstand verweilen; oft unterbrach er mich, um nervös zu wiederholen: »Vergiß nicht die Details, die Hauptsache ist, vergiß nicht die Details: je kleiner ein Zug ist, um so wichtiger kann er mitunter sein.« Und so unterbrach er mich mehrmals. Oh, versteht sich, ich erzählte anfangs sehr selbstbewußt und sprach sehr von oben herab über sie, aber bald siegte doch die Wahrheit. Ich erzählte ihm aufrichtig, daß ich am liebsten die Stelle des Fußbodens geküßt hätte, wo ihr Fuß gestanden hatte. Am schönsten, am wunderbarsten war, daß er ohne weiteres verstand, wie man unter der Angst wegen des Dokuments leiden und dabei doch das reine und untadelige Wesen sein konnte, als das ich sie heute vor mir gesehen hatte. Er begriff auch nur zu gut, was mit dem Wort »Student« gemeint war. Aber als ich mich schon dem Ende näherte, bemerkte ich, daß durch sein gütiges Lächeln von Zeit zu Zeit so etwas wie eine schon gar zu heftige Ungeduld in seinem Blick aufzublitzen begann; hinzu kam eine gewisse Zerstreutheit und Schroffheit. Als ich auf das bewußte »Dokument« zu sprechen kam, dachte ich bei mir: ‚Soll ich ihm die Wahrheit sagen oder soll ich nicht?' – und ich sagte sie ihm nicht, trotz meiner ganzen Begeisterung. Das verzeichne ich hier zur Erinnerung für mein ganzes Leben. Ich erklärte ihm die Sache ebenso, wie ich sie ihr erklärt hatte: daß der Brief von Krafft zerrissen und verbrannt worden sei. In seine Augen trat ein Brennen, eine sonderbare Falte erschien flüchtig auf seiner Stirn und gab seinem Gesicht etwas Finsteres.

»Erinnerst du dich genau, mein Lieber, daß Krafft diesen Brief an der Kerze verbrannt hat? Täuschest du dich wirklich nicht?«

»Nein, ich täusche mich nicht«, beteuerte ich.

»Die Sache ist die, daß dieser Brief für sie von gar zu großer Wichtigkeit ist, und wenn du ihn heute in der Hand hättest, so könntest du heute noch ...« (Er sprach es aber nicht aus, was ich »könnte«). »Ja, wie, hast du ihn denn jetzt nicht bei dir?«

Ich zuckte innerlich zusammen, äußerlich aber ließ ich mir nichts anmerken, zuckte nicht einmal mit der Wimper; aber ich konnte es noch nicht fassen, daß ich wirklich diese Frage gehört hatte.

»Wie das, bei mir? Ob ich ihn jetzt bei mir habe? Aber wenn Krafft ihn doch damals verbrannt hat?«

»Wirklich?« Er sah mich plötzlich an, mit brennendem, reglosem Blick, mit einem Blick, den ich nie vergessen werde. Übrigens lächelte er gleich darauf, aber seine ganze Güte, die ganze nahezu weibliche Weichheit seines Gesichtsausdrucks, mit dem er mir bis dahin zugehört hatte, waren auf einmal verschwunden. Statt dessen trat nun etwas seltsam

Unbestimmtes, wie eine Verstimmung hervor; er wurde immer zerstreuter. Hätte er sich damals mehr in der Gewalt gehabt, so, wie er sich bis zu diesem Augenblick die ganze Zeit in der Gewalt gehabt hatte, so hätte er diese Frage wegen des Briefes bestimmt nicht gestellt; wenn er es aber tat, so geschah das wohl nur deshalb, weil er selbst so außer sich war. So erkläre ich mir das heute, damals aber begriff ich die Veränderung, die in ihm vorging, kaum oder wenigstens nicht so schnell; ich schwebte ja immer noch in Wonne, in meiner Seele klang immer noch dieselbe Musik. Mein Erlebnis war zu Ende erzählt; ich sah ihn an.

»Aber etwas ist doch merkwürdig«, sagte er auf einmal, als ich ihm schon alles bis zum letzten Komma erzählt hatte, »sogar sehr merkwürdig, mein Freund: du sagst, du hättest dort zwischen drei und vier mit ihr gesprochen, und Tatjana Pawlowna wäre nicht zu Haus gewesen?«

»Ich war dort von ungefähr acht Minuten nach drei bis halb fünf.«

»Nun, denk dir mal, ich war genau um halb vier bei Tatjana Pawlowna, es war auf die Minute halb vier, und ich sprach mit ihr in der Küche: ich gehe ja zu ihr oft über die näherliegende Hintertreppe hinauf.«

»Wie, Sie haben sie in der Küche getroffen?« rief ich, unwillkürlich zurückfahrend vor Schreck.

»Ja, und sie erklärte mir, daß sie mich nicht empfangen könne; ich blieb vielleicht zwei Minuten; denn ich hatte bei ihr nur vorgesprochen, um sie zum Mittagessen einzuladen.«

»Vielleicht war sie in dem Augenblick erst zurückgekehrt?«

»Das weiß ich nicht; übrigens nein, das ist ausgeschlossen: sie war in ihrer Hausjacke. Und die Uhr war genau halb vier.«

»Aber ... Hat Tatjana Pawlowna Ihnen nicht gesagt, daß ich da war?«

»Nein, sie hat mir nicht gesagt, daß du da warst ... Sonst hätte ich es schon gewußt und dich nicht danach gefragt.«

»Hören Sie, das ist doch furchtbar wichtig . . .«

»Ja . . . je nachdem, von welchem Standpunkt aus man es ansieht. Du bist ja ganz bleich geworden, mein Lieber. Doch übrigens, was ist denn hierbei schließlich schon so wichtig?«

»Man hat sich über mich wie über einen dummen Jungen lustig gemacht!«

»Man hat einfach Angst gehabt vor deinem ‚heißen Temperament', wie sie sich selbst ausgedrückt hat – nun, und da ist Tatjana Pawlowna gebeten worden, zur Sicherheit zu Hause zu bleiben.«

»Aber, mein Gott, was ist denn das für ein abgekartetes Spiel gewesen! Hören Sie, dann hat sie mich doch das alles in Gegenwart einer dritten Person sagen lassen, in Gegenwart von Tatjana Pawlowna? – die hat ja dann alles gehört, was ich ihr vorhin gesagt habe! Aber das . . . das ist ja schrecklich, sich auch nur vorzustellen!«

»C'est selon, mon cher. Und überdies hast du ja selbst vorhin von Weitherzigkeit den Frauen gegenüber gesprochen und noch ausgerufen: ‚Es lebe die Weitherzigkeit, die alles zuläßt!'«

»Wenn ich Othello wäre und Sie Jago, so hätten Sie nicht besser . . . übrigens, ich lache! Von einem Othello kann ja hier gar nicht die Rede sein; denn die Verhältnisse sind ja ganz andere. Und wie sollte ich denn nicht lachen! Mag es doch so gewesen sein! Ich glaube dennoch an das, was unendlich hoch über mir steht, und gebe mein Ideal nicht auf! . . . Wenn das ein Scherz von ihr war, so verzeihe ich ihr. Ein Scherz mit einem armseligen Jüngling – nun gut! Ich habe mich ja auch als nichts anderes gegeben. Aber der Student – der Student war doch und ist doch, trotz allem, trotz allem, in ihrem Herzen; denn wenn er schon einmal in ihrem Herzen, in ihrer Seele war, so ist er es noch und wird es bleiben! Doch genug davon! Hören Sie, was meinen Sie: soll ich nicht lieber gleich zu ihr hinfahren, um die ganze Wahrheit zu erfahren?«

Ich sagte zwar: »Ich lache!«, aber mir standen doch Tränen in den Augen.

»Ja? Fahre nur, mein Freund, wenn du Lust dazu hast.«

»Mir ist, als hätte ich damit meine Seele beschmutzt, daß ich Ihnen das alles erzählt habe. Seien Sie mir nicht böse, Liebster, aber über eine Frau, das sage ich nochmals, über eine Frau darf man einem Dritten nichts anvertrauen; der andere wird das doch nicht verstehen, was man ihm anvertraut. Selbst ein Engel würde das nicht verstehen! Wenn du die Frau achtest – suche dir keinen Vertrauten! Wenn du dich selbst achtest – suche dir keinen Vertrauten! Ich achte mich jetzt selbst nicht. Auf Wiedersehen; ich werde mir das nie verzeihen ...«

»Höre doch auf, mein Lieber, du übertreibst ja. Du sagst doch selbst, daß ‚nichts geschehen' sei.«

Wir traten hinaus auf die Straße am Kanal und nahmen Abschied.

»Wirst du mir denn nie einen kindlich herzlichen Kuß geben, wie ein Sohn seinen Vater küßt?« fragte er auf einmal mit einem sonderbaren Beben in der Stimme.

Ich küßte ihn glühend.

»Mein lieber Junge ... Bleibe immer so reinen Herzens wie jetzt.«

Ich hatte ihn in meinem Leben noch niemals geküßt, und nie hätte ich mir träumen lassen, daß er selbst diesen Wunsch haben könnte.

SECHSTES KAPITEL

I

Selbstverständlich hinfahren!« entschied ich, während ich nach Hause eilte, »und zwar sofort hinfahren! Wahrscheinlich werde ich sie ganz allein antreffen, aber auch wenn sie nicht allein sein sollte, gleichviel, man kann sie herausbitten lassen ... Sie wird mich empfangen; sie wird sich wundern, aber empfangen wird sie mich trotzdem! Aber wenn sie nicht will? So werde ich darauf bestehen, werde ihr sagen lassen, daß es sich um etwas sehr Wichtiges handle. Sie wird denken, es handle sich um das Dokument, und schon deshalb wird sie mich empfangen. Und dann werde ich von ihr selbst erfahren, wie das mit dieser Tatjana Pawlowna gewesen ist! Und dann ... Ja, und was dann? Wenn ich im Unrecht bin, so werde ich es tausendfach gutzumachen suchen; wenn ich aber im Recht bin, und sie schuldig ist, dann – dann ist ja sowieso alles aus! Was habe ich zu verspielen? Nichts! Also hinfahren! hinfahren!«

Und doch fuhr ich nicht hin; das werde ich niemals vergessen und werde immer mit Stolz daran zurückdenken, daß ich *nicht* hingefahren bin! Kein Mensch wird davon erfahren, das wird mit mir begraben werden; aber es genügt, wenn ich selbst weiß, daß ich in einem solchen Augenblick zu einer solchen Haltung fähig war!

»Es ist eine Versuchung, aber ich werde an ihr vorübergehen«, entschied ich mich schließlich, nachdem ich mich auf mich selbst besonnen hatte. »Man hat mich mit einer Tatsache erschrecken, durch eine Tatsache überzeugen wollen, ich aber lasse mich von einer Tatsache nicht überzeugen und gebe meinen Glauben an ihre Schuldlosigkeit nicht auf! Wozu jetzt hinfahren? Wessen mich noch vergewissern? Wie kann ich von ihr verlangen, daß sie an mich auch so hätte glauben sollen, wie ich an sie glaube? –, daß sie mein ‚heißes Temperament' nicht hätte fürchten sollen? Nur deshalb hat sie doch Tatjana Pawlowna zu ihrer Sicherheit in der Nähe behalten! Ich habe ein solches Vertrauen von ihr doch noch gar nicht verdient. Mag sie, mag sie auch nicht wissen, daß ich ihr volles Vertrauen verdiene, daß ich allen ‚Versuchungen' gewachsen bin und nichts von alledem glaube, was man ihr Schlechtes nachsagt; – dafür weiß ich es, ich, und achte mich deswegen. Ich achte meine eigenen Gefühle. O ja, sie hat es zugelassen, daß ich das alles in Tatjana Pawlownas Gegenwart aussprach, sie wußte, daß Tatjana Pawlowna dort saß und uns belauschte (denn man hört ja doch jedes Wort, wenn man dort sitzt), sie wußte, daß sie dort über mich lachte – das ist gewiß fürchterlich, oh, fürchterlich ist das! Aber ... aber wenn es für sie anders gar nicht möglich war? Was hätte sie denn in ihrer Lage tun sollen? Und wie darf ich sie deswegen anklagen? Auch ich habe sie doch heute angelogen – in der Sache mit Krafft und dem Brief –, weil es eben nicht anders ging ... so habe ich sie ganz gegen meinen Willen und unvorhergesehenerweise belügen müssen. »Mein Gott!«, rief ich plötzlich, mich auf einmal besinnend, und ich errötete heiß vor peinigender Scham, »und ich selbst, was habe ich soeben selbst getan! Habe ich sie nicht derselben Tatjana beinahe preisgegeben, habe ich nicht soeben noch Werssiloff alles erzählt? Übrigens, nein, was rede ich! Da ist doch ein Unterschied. Es war ja jetzt nur von dem Dokument die Rede, ich habe Werssiloff doch eigentlich nur von dem Dokument erzählt; denn ich hatte ja nichts anderes zu erzählen und konnte auch nichts zu erzählen haben. Habe ich nicht gleich vorausgeschickt und ihm als erstes gesagt, daß zwischen uns ‚nichts, nichts, gar nichts' geschehen ist! Er ist doch ein Mensch, der das versteht. Hm! Aber was für einen Haß er doch gegen diese Frau in seinem Herzen trägt, selbst heute noch! Was für ein Drama mag sich damals zwischen ihnen abgespielt haben, und aus welchem Grunde? Natürlich aus Eigenliebe! Werssiloff kann ja auch zu gar keinem anderen Gefühl fähig sein, außer zu grenzenloser Eigenliebe!«

Jawohl, dieser letzte Gedanke kam mir damals ganz plötzlich, und ich beachtete ihn nicht einmal. Das waren die Gedanken, die mir so durch den Kopf gingen, und die sich ganz von selbst einer aus dem anderen ergaben. Dabei war ich vor mir ganz aufrichtig: ich machte mir nichts vor, ich betrog mich nicht. Und wenn ich damals auf etwas nicht verfiel, so geschah das nicht aus Jesuitismus mir selbst gegenüber, sondern weil mir die Einsicht fehlte.

Ich langte in ungeheuer belebter Gemütsverfassung in meiner Wohnung an, wußte jedoch selbst nicht, warum ich mich in einer so frohen Stimmung befand, obschon alles unklar in mir war. Aber ich getraute mich nicht, meine Gefühle näher zu untersuchen, und gab mir die größte Mühe, an anderes zu denken. Ich ging sogleich zu meiner Wirtin; zwischen ihr und ihrem Mann hatte es tatsächlich einen großen Streit gegeben. Sie war eine hochgradig schwindsüchtige kleine Beamtenfrau, im Grunde vielleicht ein gutmütiger Mensch, aber, wie alle Schwindsüchtigen, schrecklich launenhaft. Ich begann sofort Frieden zu stiften, ging zu Tscherwjäkóff – so hieß der andere Zimmermieter, der taktlose pockennarbige Schafskopf und selbstgefällige Bankbeamte, den ich nicht ausstehen konnte, mit dem ich mich aber sonst ganz gut stand, weil ich die Schwäche hatte, mich oft mit ihm zusammen über Pjotr Ippolítowitsch lustig zu machen. Ich redete ihm zu, doch nicht auszuziehen, aber ich glaube, er hätte sich sowieso gar nicht dazu entschlossen. Es endete damit, daß es mir gelang, die Wirtin vollkommen zu beruhigen und ihr außerdem noch das Kopfkissen wunderbar aufzuschütteln und zurechtzulegen. »Pjotr Ippolitowitsch hat das niemals so gut verstanden«, sagte sie schadenfroh. Darauf begab ich mich mit ihren Senfpflastern in die Küche und bereitete ihr eigenhändig zwei Pflaster. Der arme Pjotr Ippolítowitsch konnte mir bei alledem nur neidisch zusehen:

ich erlaubte ihm nicht einmal, auch nur mit einem Finger ein Pflaster anzurühren, und ward für meine Mühe denn auch buchstäblich mit Tränen der Dankbarkeit von ihr belohnt. Aber auf einmal, ich erinnere mich dessen noch genau, wurde mir alles zuwider, und ich wurde mir bewußt, daß ich gar nicht aus Güte der Kranken geholfen hatte, sondern aus einem ganz anderen Grunde.

Ich wartete mit nervöser Ungeduld auf meinen Schlitten: an diesem Abend wollte ich noch zum letztenmal mein Glück versuchen ... doch ganz abgesehen davon, empfand ich ein schreckliches Bedürfnis zu spielen: es war eine unerträgliche Stimmung. Wenn ich diesen Wunsch nicht gehabt hätte, so hätte ich es nicht ausgehalten und wäre zu ihr gefahren. Der Schlitten mußte bald kommen, aber plötzlich öffnete sich die Tür, und ein ganz unerwarteter Besuch trat ein: Dárja Oníssimowna. Ich runzelte die Stirn und wunderte mich. Sie kannte meine Wohnung, denn sie war im Auftrag meiner Mutter schon einmal bei mir gewesen. Ich bat sie, Platz zu nehmen, und sah sie fragend an. Sie sagte kein Wort, sah mir nur in die Augen und lächelte bedrückt.

»Sie kommen wohl von Lisa?« fiel es mir plötzlich ein, sie zu fragen.

»Nein, ich komme nur so.«

Ich teilte ihr mit, daß ich im Begriff sei, auszufahren; sie antwortete mir noch einmal, sie wäre ja »nur so« zu mir gekommen und werde gleich wieder gehen. Ich weiß nicht, warum sie mir auf einmal leidtat. Ich muß hier bemerken, daß sie von uns allen, von Mama und besonders von Tatjana Pawlowna, viel Anteilnahme erfahren hatte; aber seit sie bei der Stolbéjewa untergebracht war, hatte man sie mehr und mehr zu vergessen angefangen, mit Ausnahme vielleicht von Lisa, die oft nach ihr sah. Zum Teil lag das wohl an ihr selbst, denn sie besaß die Eigenschaft, sich abzusondern und zurückzuziehen, trotz all ihrer Unterwürfigkeit und ihres schüchtern schmeichelnden Lächelns. Mir persönlich gefiel dieses Lächeln nicht; ich glaubte, daß sie ihr Gesicht immer gleichsam zurechtlegte; ja, ich hatte ihr schon im Herzen einmal den Vorwurf gemacht, daß sie ihrer Olä eigentlich gar nicht sonderlich nachtrauerte. Diesmal aber tat sie mir, ich weiß nicht warum, wirklich leid.

Und siehe da, plötzlich, ohne ein Wort zu sagen, beugte sie sich vor, umfaßte mich mit beiden Armen, senkte den Kopf tief herab, und stützte ihr Gesicht auf meine Knie. Sie ergriff meine Hand, aber nicht, wie ich glaubte, um sie zu küssen, sondern sie drückte sie nur an ihre Augen; und auf einmal brach sie in heiße Tränen aus. Sie erzitterte vor Schluchzen, weinte aber lautlos. Mein Herz krampfte sich zusammen, obschon ich mich gleichzeitig ärgerte. Sie umschlang mich voll Zutrauen, ohne meinen Ärger zu fürchten, obschon sie mich vorher so ängstlich und unterwürfig angelächelt hatte. Ich bat sie, sich doch zu beruhigen.

»Liebster! Bester, ich weiß nicht, was ich mit mir anfangen soll. Sobald die Dämmerung kommt, kann ich es nicht mehr aushalten. Die Dämmerung zieht mich jedesmal auf die Straße hinaus, in die Dunkelheit. Und immer wegen der einen Vorstellung. Ich denke dann so bei mir, wenn ich ... wenn ich ... hinausgehe, werde ich sie plötzlich auf der Straße treffen. Und so gehe ich denn, und mir scheint, ich sehe sie schon. Ich weiß ja, es gehen da ganz andere Leute, aber ich gehe ihnen nach, absichtlich immer nur hinter ihnen, und denke so bei mir: Da, diese da ... ist die nicht meine Olä? Und so denk ich und denk ich ... Und zuletzt werde ich ganz dumm und taumele nur noch irgendwie weiter ... mir wird ganz übel. Wie eine Betrunkene taumele ich und stoße die Leute an, manche schimpfen. Ich behalte schon alles für mich und gehe zu keinem hin. Denn wohin ich auch gehe, es wird mir nur schlechter. Und jetzt bin ich hier an Ihrem Haus vorbeigekommen, und da dachte ich so bei mir: ‚Ich will doch zu ihm gehen, er ist der beste von allen, und er ist auch damals dabeigewesen.‘ Mein Lieber, verzeihen Sie mir unnützem Menschen ... ich werde ja gleich wieder gehen, ich gehe schon ...«

Sie erhob sich plötzlich und beeilte sich sehr, fortzukommen. Ich ging mit ihr. Als wir hinaustraten, kam mein Matwei gerade vorgefahren; ich setzte sie in den Schlitten und brachte sie nach Haus, in die Wohnung der Stolbéjewa.

II

In der letzten Zeit hatte ich den Roulettezirkel des Herrn Sérschtschikoff bevorzugt. Bis dahin hatte ich schon an die drei andere Zirkel besucht, immer zusammen mit dem Fürsten, der mich »einführte«. In einem dieser Zirkel wurde nur ein kniffliches Hasardspiel gespielt, und zwar mit sehr hohen Einsätzen. Aber dort gefiel es mir nicht: ich sah, daß man dazu viel Geld haben mußte, und außerdem versammelten sich dort gar zu arrogante Leute und die bekannte goldene Jugend der Aristokratie. Gerade das aber gefiel dem Fürsten; denn er liebte nicht nur das Spiel, sondern liebte es auch, mit diesem hochgeborenen Gesindel zu verkehren. Ich hatte übrigens bemerkt, daß er sich, wenn er auch mit mir zusammen hinging, im Laufe des Abends doch möglichst von mir zu entfernen pflegte, und mich mit keinem aus »seinen Kreisen« bekannt machte. Allerdings benahm ich mich auch denkbar unbeholfen, und es kam vor, daß ich sogar die Aufmerksamkeit der Anwesenden erregte. Am Spieltisch wechselte ich wohl manchmal mit dem einen oder anderen ein paar Worte, aber als ich mal in denselben Räumen eines dieser Herrchen, mit dem ich am Abend vorher gesprochen und gelacht, und dem ich sogar mit Glück zu zwei bestimmten Karten geraten hatte, am anderen Tage begrüßen wollte, schien er mich einfach nicht wiederzuerkennen. Ja, schlimmer noch: er sah mich mit gemachter Verwunderung an, lächelte und schritt an mir vorüber. Deshalb ging ich denn auch nicht mehr hin und besuchte seitdem mit Leidenschaft eine Kloake – anders wüßte ich es nicht zu benennen. Das war eigentlich ein ziemlich unbedeutender

Roulettezirkel in der Wohnung einer Kokotte, die jedoch selbst niemals im Saal erschien. Dort herrschte ein sehr freier Ton, obgleich der Zirkel von Offizieren und reichen Kaufleuten besucht wurde, und es ging alles ziemlich schmierig zu, was übrigens manche gerade anzog. Außerdem hatte ich dort Glück im Spiel. Aber auch diesen Zirkel verließ ich nach einer sehr widerwärtigen Geschichte, die dort einmal mitten im Spiel angefangen und mit einer richtigen Prügelei zwischen zwei Spielern geendet hatte. Und seitdem besuchte ich den Zirkel Sérschtschikoffs, in den mich übrigens gleichfalls der Fürst eingeführt hatte. Sérschtschikoff war Stabs-Rittmeister außer Diensten. Der Ton in seinem Zirkel war sehr erträglich: militärisch, überempfindlich in der Beobachtung alles dessen, was mit Ehrbegriffen zu tun hatte, wortkarg und sachlich. Spaßvögel zum Beispiel und Saufbrüder wurden nicht geduldet. Außerdem spielte man dort durchaus nicht zum Spaß. Es wurde Pharao und Roulette gespielt. Vor diesem Abend des fünfzehnten November war ich erst zweimal dort gewesen, und Serschtschikoff kannte mich, glaube ich, schon vom Sehen; aber Bekannte hatte ich dort gar keine. Auch der Fürst und Darsánn erschienen ausgerechnet an diesem Abend erst um Mitternacht; sie kamen aus dem Zirkel jenes hochgeborenen Gesindels, den ich nicht mehr besuchte, und so war ich denn an diesem Abend ein Unbekannter unter Unbekannten.

Wenn ich einen Leser hätte, und der Betreffende hätte alles das, was ich von meinen Erlebnissen bisher erzählt habe, schon gelesen, so brauchte ich ihm jetzt wohl nicht mehr zu erklären, daß ich für keine einzige Art von gesellschaftlichem Leben geschaffen bin. Ich verstehe überhaupt nicht, mich in Gesellschaft zu benehmen. Wenn ich irgendwo hinkomme, wo viele Menschen sind, habe ich immer ein Gefühl, als würde ich von allen diesen Blicken richtig elektrisiert, und ich winde mich förmlich unter diesen Blicken, auch im Theater und in ähnlichen Versammlungen, und vor allem natürlich in Privatgesellschaften. In all diesen Spielsälen und Zirkeln habe ich mir entschieden keine gesellschaftliche Haltung anzueignen verstanden: bald sitze ich da und mache mir Vorwürfe wegen meiner übertriebenen Weichheit und Höflichkeit, bald springe ich plötzlich auf und begehe irgendeine Plumpheit. Und dabei verstehen doch selbst die größten Nichtsnutze im Vergleich zu mir, sich dort mit erstaunlicher Haltung zu bewegen, – und gerade das war es, was mich am meisten giftete, bis ich meine Kaltblütigkeit immer mehr verlor. Ich sage es offen: nicht nur jetzt, sondern schon damals wurde mir diese ganze Gesellschaft, ja, wenn ich aufrichtig sein soll, selbst das Gewinnen, – zum Ekel, zur Qual. Einfach zur Qual. Ich empfand natürlich einen außergewöhnlichen Genuß dabei, aber dieser Genuß mußte sich durch diese ganze Qual erst durchzwängen; das Ganze, das heißt, diese Menschen, das Spiel und hauptsächlich ich selbst unter ihnen, erschien mir fürchterlich schmutzig. »Sobald ich nur gewonnen habe, spucke ich sofort auf das alles!« sagte ich mir jedesmal, wenn ich nach durchspielter Nacht in meiner Wohnung bei Morgengrauen zu Bett ging. Und was nun das Gewinnen an sich betrifft, so ist vor allem das eine zu bedenken: daß ich Geld überhaupt nicht mag. Das heißt, ich will nicht die alten widerlichen Gemeinplätze nachsprechen, die bei solchen Erklärungen üblich sind: daß ich etwa nur aus Liebe zum Spiel, aus Leidenschaft, also nur wegen der Aufregung und um des Wagnisses willen, aber nicht aus pekuniären Gründen gespielt hätte. Ich hatte das Geld schrecklich nötig, und obschon dieser Spielerweg nicht zu meiner Idee paßte, so hatte ich doch beschlossen, es auf ihm wenigstens zur Probe zu versuchen. Dabei verwirrte mich aber ein schwerwiegender Gedanke: »Du hast dich doch schon überzeugt, daß du ein Millionär werden kannst, daß du den dazu erforderlichen Charakter besitzt, du hast doch diese Charakterprobe bestanden; so bestehe sie doch auch hier; sollte man denn zum Roulette wirklich mehr Charakter brauchen als zur Ausführung deiner Idee?« Das war es, was ich mir immer wieder sagte. Ich halte bis heute an der Überzeugung fest, daß man beim Hasardspiel, wenn man nur seine vollkommene Ruhe zu bewahren vermag – und damit die ganze Schärfe seines Verstandes und seiner Berechnung –, daß man dann die Unschlauheit des blinden Zufalls besiegen und im Spiel gewinnen muß. Und da ich an dieser Überzeugung festhielt, so regte es mich um so mehr auf, als ich sah, wie mein Charakter immer wieder versagte und ich mich wie ein ganz kleiner Junge fortreißen ließ: »Ich, der ich dem Hunger gewachsen gewesen bin, ich sollte nun plötzlich dieser Dummheit nicht gewachsen sein!« Das reizte mich fürchterlich. Hinzu kam nun noch das Bewußtsein, daß ich, wie lächerlich und erniedrigt ich auch erscheinen mochte, doch diesen Schatz an Kraft in mir trug, der sie einmal alle zwingen würde, ihre Meinung über mich zu ändern, daß dieses Bewußtsein schon seit meiner Kindheit die einzige Quelle meines Lebens, mein Licht und meine Würde, meine Waffe und mein Trost gewesen war; sonst hätte ich mir vielleicht schon als Knabe das Leben genommen. Und wie sollte ich darum nicht gegen mich selbst erbittert sein, als ich nun sah, in was für ein klägliches Geschöpf ich mich am Spieltisch verwandelte? Das war auch der Grund, warum ich vom Spiel schon nicht mehr lassen konnte: das ist mir jetzt ganz klar. Und außer diesen Sorgen quälte mich noch kleinliche Eigenliebe: daß ich im Spiel verlor, erniedrigte mich auch vor anderen, vor dem Fürsten, vor Werssiloff, obgleich dieser es nicht für der Mühe wert hielt, ein Wort darüber zu verlieren, nicht einmal Tatjana Pawlowna gegenüber! – so schien es mir, so empfand ich es wenigstens. Und nun noch ein Geständnis: dieses Leben hatte mich schon verdorben; es fiel mir bereits schwer, auf ein Mittagessen von sieben Gängen im Restaurant zu verzichten, auf Matwei, auf das englische Herrengeschäft, auf die Meinung meines französischen Coiffeurs, kurz, auf diesen ganzen Luxus. Ich war mir dessen schon damals bewußt, aber ich mochte darüber nicht weiter nachdenken; jetzt freilich, wo ich das niederschreibe, erröte ich vor mir selbst.

III

Nachdem ich so allein eingetreten war und mich unter lauter fremden Menschen sah, ließ ich mich an einer Ecke des Tisches nieder und setzte nur kleine Beträge. So saß ich zwei Stunden, ohne mich zu rühren. In diesen zwei Stunden war das Spiel eine schreckliche Schlamperei, flau und unbelebt. Ich ließ außergewöhnliche Chancen ungenützt vorübergehen, und gab mir Mühe, mich nicht zu erhitzen, sondern durch Kaltblütigkeit und Zuversicht zu gewinnen. Das Ergebnis war, daß ich in diesen zwei Stunden schließlich weder verloren noch gewonnen hatte: von dreihundert Rubeln hatte ich im ganzen vielleicht zehn bis fünfzehn Rubel verspielt. Dieses klägliche Ergebnis ärgerte mich, und außerdem war noch eine widerwärtige Geschichte dazwischengekommen. Ich wußte, daß man in diesen Spielzirkeln häufig Diebe trifft, das heißt, nicht Diebe von der Straße, sondern Diebe unter den Spielern selbst. Ich bin zum Beispiel überzeugt, daß der bekannte Spieler Aférdoff ein Dieb ist; er spielt sogar eine Rolle in Petersburg, und ich habe ihn noch vor kurzem in seinem Ponygespann fahren sehen, aber er ist doch ein Dieb und hat mich bestohlen. Auf diese Geschichte werde ich später zurückkommen; an jenem Abend gab es erst nur ein Vorspiel dazu. Ich saß, wie gesagt, zwei Stunden an einer Ecke des Tisches, und links neben mir saß die ganze Zeit ein schäbiger kleiner Stutzer, wenn ich nicht irre, ein Jüdchen; übrigens ist er irgendwo angestellt, außerdem schriftstellert er und wird sogar gedruckt. Im letzten Augenblick gewann ich ganz unerwartet noch zwanzig Rubel. Zwei rote Scheine lagen vor mir auf dem Tisch, und plötzlich sehe ich, wie dieses Jüdchen die Hand ausstreckt und absolut gelassen den einen der beiden Scheine an sich nimmt. Ich protestierte natürlich, er aber erklärte mir mit der unverschämtesten Sicherheit und ohne die Stimme zu erheben, daß es sein Gewinn sei, er hätte soeben gleichfalls gesetzt und gewonnen; und damit wandte er sich ab, als verzichte er darauf, das Gespräch mit mir fortzusetzen. Zum Unglück war ich in dem Augenblick in einer ganz verzwickten Gemütsverfassung: ich hatte gerade einen vorzüglichen Einfall gehabt, war im Begriff gewesen, aufzustehen, und da ich keine Lust hatte, mit ihm lange zu streiten, so ließ ich es dabei bleiben, das heißt, ich schenkte ihm einfach den Roten. Übrigens wäre es auch schwierig gewesen, diesem frechen Diebe gegenüber noch mein Recht zu behaupten, denn ich hatte den Augenblick schon verpaßt: das Spiel begann bereits von neuem. Damit hatte ich nun einen sehr großen Fehler begangen, dessen Folgen sich später zeigen sollten: drei oder vier Spieler neben uns hatten unseren kurzen Wortwechsel gehört, und als sie sahen, daß ich so leicht nachgab, hielten sie wahrscheinlich mich für einen solchen Dieb. Es war gerade zwölf Uhr. Ich ging in das Nebenzimmer, dachte nach, legte mir meinen neuen Plan zurecht und kehrte wieder zurück. Beim Bankhalter wechselte ich mein Papiergeld in Halbimperiale um. Ich hatte nun ungefähr vierzig Halbimperiale in Gold. Ich teilte sie in zehn Häufchen ein und beschloß, zehnmal hintereinander auf Zero zu setzen, jedesmal vier Halbimperiale. »Gewinne ich, so ist das mein Glück, verliere ich, um so besser; dann werde ich nie mehr spielen.« Ich muß hier bemerken, daß in den ganzen zwei Stunden Zero noch kein einziges Mal herausgekommen war, weshalb niemand mehr auf Zero zu setzen wagte.

Ich setzte im Stehen, schweigend, mit gerunzelter Stirn und zusammengebissenen Zähnen. Nach meinem dritten Satz rief Sérschtschikoff laut: »Zero!« – an diesem Abend zum erstenmal. Mir wurden vierzig Halbimperiale in Gold auf den Tisch gezählt. Ich hatte nun von meinen zehn zurechtgelegten Einsätzen noch sieben, und ich setzte weiter, aber schon begann sich alles im Kreise um mich zu drehen und zu tanzen.

»Kommen Sie hierher!« rief ich über den ganzen Tisch

hin einem Spieler zu, der vorhin neben mir gesessen hatte, einem Herrn im Frack, mit grauem Schnurrbart und kupferrotem Gesicht, der mit unwahrscheinlicher Ausdauer schon seit einigen Stunden kleine Summen setzte und Einsatz um Einsatz verlor. »Kommen Sie hierher! Hier hat man Glück!«

»Meinen Sie mich?« fragte vom anderen Ende des Tisches der alte Schnauzbart mit drohender Verwunderung.

»Jawohl, Sie! Dort werden Sie ja alles bis aufs Hemd verspielen!«

»Das ist nicht Ihre Sache, und ich bitte Sie, mich gefälligst in Ruhe zu lassen!«

Aber ich konnte mich schon absolut nicht mehr zurückhalten. Mir gegenüber an der anderen Seite des Tisches saß ein älterer Offizier. Er sah meinen Goldhaufen an und bemerkte halblaut zu seinem Nachbarn:

»Sonderbar, Zero. Nein, auf Zero zu setzen, könnte ich mich nicht entschließen.«

»Entschließen Sie sich nur, Herr Oberst!« rief ich ihm zu und setzte von neuem auf Zero.

»Ich bitte Sie, auch mich in Ruhe zu lassen und Ihre Ratschläge für sich zu behalten«, schnitt er mir scharf das Wort ab. »Sie sind hier auffallend laut«, fügte er noch hinzu.

»Ich gebe Ihnen ja nur einen guten Rat. Wetten wir, daß jetzt wieder Zero kommt? Hier – zehn Goldstücke! Wollen Sie wetten?«

Und ich schob ihm zehn Halbimperiale hin.

»Auf zehn Goldstücke wetten? Meinetwegen«, sagte er trocken und streng. »Ich wette mit Ihnen, daß diesmal nicht Zero kommt.«

»Zehn Louisdor, Oberst.«

»Was soll das heißen: Louisdor?«

»Ich meine zehn Halbimperiale, Oberst, oder, wenn das besser klingt, zehn Louisdor?«

»Dann sagen Sie Halbimperiale und lassen Sie Ihre Scherze.«

Ich hoffte selbstverständlich nicht, die Wette zu gewinnen: sechsunddreißig Chancen gab es gegen eine, daß Zero nicht herauskam; ich wettete aber, um mich, erstens, hervorzutun, und zweitens, um die Sympathie aller zu gewinnen. Ich fühlte nur zu sehr, daß alle mich hier aus irgendeinem Grunde nicht mochten, und daß man mich dies mit besonderem Vergnügen fühlen ließ. Die Roulette drehte sich, und – wie groß war das allgemeine Erstaunen, als wieder Zero herauskam! Man schrie fast auf! Von dem Augenblick an war ich dem Rausch des Gewinners verfallen. Wieder wurden mir hundertundvierzig Halbimperiale vorgezählt. Sérschtschikoff fragte mich, ob ich nicht einen Teil in Banknoten ausgezahlt haben wollte, und ich murmelte darauf etwas vollkommen Unverständliches, da ich buchstäblich nicht mehr ruhig und sachlich sprechen konnte. Mir schwindelte, und ich empfand ein Schwächegefühl in den Knien. Ich fühlte plötzlich, daß ich jetzt alles wagen würde; am liebsten hätte ich noch jemandem eine Wette angeboten oder einige tausend Rubel auf einmal gesetzt. Mechanisch scharrte ich mit der Hand die Banknoten und das Geld zusammen, konnte mich aber nicht dazu aufraffen, das Geld zu zählen. In diesem Augenblick bemerkte ich hinter mir den Fürsten und Darsánn: sie waren soeben aus ihrem Hasardzirkel gekommen und hatten, wie ich später erfuhr, ihr ganzes Geld verspielt.

»Ah, Darsánn«, rief ich ihm zu, »hier ist das Glück! Setzen Sie auf Zero!«

»Kann nicht, hab' alles verspielt«, versetzte er trocken. Der Fürst tat einfach, als bemerke und kenne er mich nicht.

»Hier ist doch Geld!« rief ich und zeigte auf meinen Goldhaufen. »Wieviel brauchen Sie?«

»Zum Teufel!« rief Darsánn wütend und wurde feuerrot. »Ich habe Sie, glaub' ich, nicht um Ihr Geld gebeten!«

»Sie werden gerufen«, sagte neben mir Serschtschikoff und berührte mich am Ärmel.

Ich war von dem Oberst, der die Wette mit mir verloren hatte, schon einigemal und fast grob angerufen worden.

»Nehmen Sie es gefälligst!« rief er ganz rot vor Zorn. »Ich bin nicht verpflichtet, auf Sie zu warten, bis Sie das Geld eingesteckt haben ... Sonst sagen Sie nachher, Sie hätten es nicht bekommen. Hier ist die Summe. Zählen Sie nach.«

»Ich glaube Ihnen, ich glaube Ihnen, Oberst, ich glaube Ihnen auch so, ohne nachzuzählen; ich bitte Sie nur, mich nicht so anzuschreien und sich nicht so zu ärgern«, sagte ich und strich das Häufchen Gold mit der Hand zusammen.

»Mein Herr, bleiben Sie mir gefälligst mit Ihrer Familiarität vom Halse«, schnauzte mich der Oberst scharf an. »Ich habe mit Ihnen zusammen noch nicht Schweine gehütet!«

»Sonderbar, daß man solche Menschen überhaupt zuläßt! – Wer ist das eigentlich ...? Irgendein Jüngling«, hörte ich halblaut sprechen.

Aber ich achtete nicht darauf, ich setzte blindlings weiter, jedoch nicht mehr auf Zero. Ich setzte einen ganzen Packen regenbogenfarbener Scheine auf die ersten achtzehn Nummern.

»Fahren wir, Darsann«, hörte ich hinter mir die Stimme des Fürsten.

»Sie fahren nach Haus?« fragte ich, indem ich mich schnell nach ihnen umwandte. »Warten Sie auf mich, fahren wir zusammen, ich mache hier Schluß!«

Mein Einsatz gewann; das brachte mir wieder eine große Summe.

»Basta!« rief ich und begann mit zitternden Händen das Gold in meinen Taschen unterzubringen, ohne es zu zählen. Die Haufen von Banknoten knitterte ich mit den Fingern irgendwie zusammen, um sie in meine Seitentasche zu stekken. Plötzlich legte sich die dicke beringte Hand Afèrdoffs, der unmittelbar neben mir saß und auch hohe Einsätze gemacht hatte, auf drei meiner regenbogenfarbenen Hundertrubelscheine und deckte sie zu.

»Erlauben Sie, die gehören nicht Ihnen«, sagte er ernst, langsam und deutlich, übrigens jedoch mit sanfter Stimme.

Und damit begann jenes Vorspiel, das ein paar Tage später solche Folgen nach sich ziehen sollte. Heute kann ich auf mein Ehrenwort schwören, daß diese drei Banknoten mir gehörten, damals aber wollte es mein Unglück, daß ich zwar glaubte, sie gehörten mir, aber leider nicht ganz fest davon überzeugt war: ein leiser Zweifel war doch noch in mir, und für einen anständigen Menschen bedeutet das alles. Und ich bin ein anständiger Mensch. Auch wußte ich damals noch nicht, daß Aferdoff ein Dieb war; ich kannte nicht einmal seinen Namen, und in dem Augenblick konnte ich wirklich glauben, daß ich mich getäuscht hätte und daß diese drei Banknoten nicht zu denen gehörten, die mir soeben ausgezahlt worden waren. Ich hatte mein in Haufen liegendes Geld nicht gezählt und nur so mit den Händen zusammengescharrt. Vor Aferdoff aber hatte die ganze Zeit gleichfalls Geld gelegen, gerade neben dem meinen, nur mit dem Unterschied, daß sein Geld geordnet und gezählt war. Aferdoff war aber hier bekannt, man hielt ihn für reich und benahm sich ihm gegenüber mit Ehrerbietung: das beeinflußte nun auch mein Verhalten, und ich protestierte wieder nicht. Das war ein großer Fehler von mir! Die größte Schweinerei aber bestand darin, daß ich von Spiel und Gewinn so berauscht war.

»Es tut mir sehr leid, daß ich das nicht genau weiß, aber es scheint mir durchaus mein Geld zu sein«, sagte ich, und meine Lippen zitterten vor Unwillen. Diese Worte riefen sofort ein Murren hervor.

»Um so etwas zu behaupten, muß man es *ganz* genau wissen, Sie aber sagen ja selbst, daß Sie es *nicht* genau wissen«, bemerkte Aferdoff in unerträglich herablassendem Ton.

»Wer ist das eigentlich? – Wie darf er sich so etwas erlauben?« hörte man hier und da rufen.

»Das passiert ihm nicht zum erstenmal; vorhin hatte er mit Rechberg auch so eine Geschichte wegen eines Zehnrubelscheins«, sagte eine gemeine Stimme in meiner Nähe.

»Schon gut, schon gut!« rief ich, »ich sage ja nichts, nehmen Sie sie nur! Fürst . . . wo sind denn der Fürst und Darsann geblieben? Sind sie fortgegangen? Meine Herren, haben Sie nicht gesehen, wohin der Fürst und Darsann gegangen sind?« Und nachdem es mir endlich gelungen war, mein ganzes Geld in meinen Taschen unterzubringen – ein paar Goldstücke behielt ich noch in der Hand –, eilte ich Darsann und dem Fürsten nach. Der Leser dürfte daraus wohl ersehen, daß ich mich nicht schone und mich mit jeder häßlichen Einzelheit selbst so zeichne, wie ich in jenem Augenblick war, damit man verstehe, was daraus folgte.

Der Fürst und Darsann gingen bereits die Treppe hinunter, ohne mein Rufen auch nur im geringsten zu beachten. Ich hätte sie beinahe eingeholt, doch hielt ich mich einen Augenblick beim Portier auf, um ihm, weiß der Teufel warum, die drei Goldstücke in die Hand zu drücken; er sah mich nur verwundert an und dankte mir nicht einmal. Aber das war mir gleichgültig; und wenn mein Kutscher dagewesen wäre, so hätte ich ihm sicher eine ganze Handvoll Gold gegeben; ja, ich glaube, ich wollte es auch schon tun, aber als ich auf die Vorfahrt hinaustrat, fiel mir ein, daß ich ihn vorhin fortgeschickt hatte. Da fuhr schon der Traber des Fürsten vor, und er stieg in den Schlitten.

»Ich fahre mit, Fürst, ich will ja zu Ihnen!« rief ich und schlug die Schlittendecke zurück, um gleichfalls einzusteigen; doch statt meiner sprang plötzlich Darsann in den Schlitten, und der Kutscher riß mir die Decke aus der Hand und deckte die Herren zu.

»Zum Teufel!« schrie ich außer mir. Es war ja, als hätte ich wie ein Diener für Darsann die Decke gehalten!

»Nach Haus!« rief der Fürst dem Kutscher zu.

»Halt!« brüllte ich und hielt mich am Schlitten fest; aber das Pferd zog an, und ich fiel in den Schnee. Mir schien sogar, daß sie beide lachten. Ich sprang auf, nahm sofort den nächsten vorbeifahrenden Schlitten und jagte dem Fürsten nach, wobei ich den Gaul fortwährend durch Rufe antrieb.

IV

Aber wie zum Trotz kam der Gaul, wie mir schien, kaum vom Fleck, obgleich ich dem Kutscher einen ganzen Rubel Trinkgeld versprach, woraufhin der Gaul nun auch für mindestens einen Rubel Peitschenhiebe von ihm bekam. Mein Herz drohte stillzustehen. Ich wollte dem Kutscher etwas sagen, aber ich konnte noch kein vernünftiges Wort hervorbringen, sondern stotterte nur irgend einen Unsinn zusammen. Und in diesem Zustand stürzte ich zum Fürsten ins Zimmer! Er war erst kurz vor mir angekommen; er hatte Darsann nach Hause gebracht und war allein. Bleich und erregt schritt er im Kabinett auf und ab. Wie gesagt: er hatte furchtbar viel verloren. Er sah mich mit einer sonderbar zerstreuten Verwunderung an.

»Sie sind schon wieder da!« stieß er unmutig hervor, und sein Gesicht verfinsterte sich.

»Ja, um mit Ihnen zu einem Ende zu kommen, mein Herr!« sagte ich atemlos. »Wie konnten Sie sich unterstehen, mich so zu behandeln?«

Er sah mich fragend an.

»Wenn Sie die Absicht hatten, mit Darsann zu fahren, so hätten Sie mir sagen sollen, daß Sie mit ihm fahren wollten. Sie aber gaben dem Kutscher den Befehl, und ich ...«

»Ach ja, Sie fielen, glaub' ich, in den Schnee!« Und er lachte mir ins Gesicht.

»Darauf antwortet man mit einer Forderung! Deshalb will ich mit Ihnen zuerst abrechnen.«

Und ich begann mit zitternden Händen mein Geld hervorzuholen und legte es auf ein Sofa, auf ein Marmortischchen, auf ein offenes Buch, legte es in Haufen hin, handvollweise, in Gold und Banknoten; einige Goldstücke rollten auf den Teppich.

»Ach, richtig, Sie haben ja gewonnen. Deshalb! Das merkt man auch gleich an Ihrem Ton.«

Noch nie hatte er so unverschämt zu mir gesprochen. Ich war sehr bleich.

»Hier ... ich weiß nicht, wieviel das ist ... man müßte es zählen. Ich schulde Ihnen an dreitausend ... oder wieviel ...? War es weniger oder mehr?«

»Ich habe Sie meines Wissens nicht ersucht, mir dieses Geld zurückzuzahlen.«

»Nein, es ist mein eigener Wunsch, und Sie wissen, warum. Hier, dieses Paket Banknoten enthält tausend Rubel«, fuhr ich fort, und begann mit zitternden Fingern die Scheine zu zählen, gab es aber auf. »Einerlei, ich weiß ja doch, daß es tausend Rubel sind. Nun, dieses Tausend behalte ich für mich, das übrige, diesen Haufen da, nehmen Sie, zur Begleichung meiner Schuld, das heißt, als Teil meiner Schuld: es müssen, denke ich, an zweitausend sein oder vielleicht auch mehr.«

»Aber das eine Tausend behalten Sie immerhin für sich?« bemerkte der Fürst mit höhnischem Grinsen.

»Brauchen Sie es denn? In dem Falle ... ich wollte eigentlich ... ich dachte, Sie wünschten es nicht ... aber wenn Sie es brauchen, dann natürlich ...«

»Nein, ich brauche es nicht.« Er wandte mir mit Verachtung den Rücken und begann im Zimmer auf und ab zu schreiten. »Und der Teufel weiß, wie Sie überhaupt darauf kommen, mir das Geld zurückzugeben?« Er drehte sich plötzlich wieder zu mir um und sah mich mit brutaler Herausforderung an.

»Ich gebe es Ihnen zurück, weil ich Sie zur Rechenschaft ziehen will!« fuhr ich nun meinerseits wütend auf.

»Scheren Sie sich zum Teufel mit Ihren großartigen Worten und Gesten!« schrie er mich plötzlich an und stampfte außer sich mit dem Fuß auf. »Ich wollte Sie beide schon lange hinauswerfen: Sie und Ihren Werssiloff!«

»Sie sind wohl wahnsinnig geworden!« rief ich. Es sah auch wirklich danach aus.

»Sie haben mich fast zu Tode gepeinigt mit Ihren großartigen Phrasen: jawohl, Phrasen, nichts als Phrasen! Über die Ehre zum Beispiel! Pfui Teufel! Schon lange wollte ich damit ein Ende machen! Ich freue mich, ich freue mich, daß endlich der Augenblick gekommen ist. Ich hielt mich für gebunden und schämte mich, daß ich Sie empfangen mußte ... Sie beide! Aber jetzt halte ich mich durch nichts mehr für gebunden, durch nichts, durch nichts, haben Sie verstanden?! Ihr Werssiloff hat mich aufgehetzt, die Achmakowa zu verleumden ... Und nach alledem wagen Sie es noch, Sie und Werssiloff, mir von Ehre zu sprechen! Sie, die selbst ehrlos sind ... alle beide, alle beide! Haben Sie sich denn nicht geschämt, von mir Geld anzunehmen?«

Mir wurde dunkel vor den Augen.

»Ich nahm es von Ihnen als Freund«, begann ich furchtbar leise. »Sie haben es mir doch selbst angeboten, und ich glaubte an Ihre Zuneigung ...«

»Es gibt keine Freundschaft zwischen mir und Ihresgleichen! Ich habe Ihnen Geld gegeben, aber doch nicht deshalb, sondern ... Sie wissen ja selbst, warum ich es Ihnen gegeben habe ...«

»Ich habe es auf Werssiloffs Konto genommen; das war natürlich dumm von mir, aber ich ...«

»Sie konnten es nicht auf Werssiloffs Konto nehmen ohne seine Erlaubnis, und ich hätte Ihnen sein Geld auch gar nicht ohne seine Erlaubnis geben dürfen ... Ich habe Ihnen *mein* Geld gegeben; und das wußten Sie; Sie wußten das und nahmen das Geld doch; und ich habe diese ganze verhaßte Komödie in meinem Hause ertragen müssen!«

»Was soll ich gewußt haben? Welche Komödie? Wofür haben Sie mir denn das Geld gegeben?«

»Pour vos beaux yeux, mon cousin!« lachte er mir gerade ins Gesicht.

»Teufel!« brüllte ich. »Nehmen Sie doch alles, hier! – Da ist auch dieses Tausend noch! So, jetzt sind wir quitt, und morgen ...«

Und ich schleuderte ihm das Paket mit den Hundertrubelscheinen zu, die ich für mich hatte zurückbehalten wollen. Das Paket traf seine Weste und fiel zu Boden. Er trat schnell mit drei großen Schritten schnurstracks und drohend an mich heran.

»Wagen Sie zu behaupten«, sagte er in tierischer Wut, jede Silbe scharf hervorstoßend, »daß Sie den ganzen Monat das Geld von mir genommen hätten, ohne zu wissen, daß Ihre Schwester von mir schwanger ist?«

»Wie? Was!« schrie ich auf, und plötzlich wurden meine Beine so schwach, daß ich kraftlos auf das Sofa sank. Er hat mir später selbst gesagt, ich sei so weiß geworden wie ein Handtuch. Mein Verstand verwirrte sich. Ich weiß noch, wir sahen einander lange schweigend in die Augen, und ich sah, wie ein Schrecken auf einmal über sein Gesicht lief; er beugte sich plötzlich vor und faßte mich an den Schultern, um mich zu halten. Ich sehe noch heute sein erstarrtes Lächeln: es lag Mißtrauen in ihm und Verwunderung. Ja, er hatte nicht erwartet, daß seine Worte einen solchen Eindruck auf mich machen würden, da er von meiner Schuld fest überzeugt war.

Ich wurde ohnmächtig, aber nur für einen Augenblick; ich kam gleich wieder zu mir, erhob mich, sah ihn an und versuchte, meine Gedanken zu sammeln – und auf einmal offenbarte sich die ganze Wahrheit meinem Verstand, der so lange geschlafen hatte! Wenn man mir das früher gesagt und mich gefragt hätte, was ich in dem Fall mit ihm täte, ich hätte wahrscheinlich geantwortet, daß ich diesen Menschen in Stücke zerreißen würde. Aber es geschah etwas ganz Anderes, ganz gegen meinen Willen: ich schlug auf einmal meine Hände vors Gesicht und brach in Tränen aus. Ich weinte bitterlich. Das geschah so ganz von selbst! In dem jungen Menschen kam plötzlich das Kind zum Vorschein. Dieses kleine Kind beherrschte damals noch reichlich die Hälfte meiner Seele. Ich sank auf das Sofa und schluchzte. »Lisa! Lisa! Arme, unglückliche Lisa!« Da glaubte mir der Fürst auf einmal alles.

»Mein Gott, wie habe ich Ihnen unrecht getan!« rief er mit tiefem Schmerz. »Oh, wie niedrig habe ich von Ihnen gedacht ... in meinem Mißtrauen ... Können Sie mir verzeihen, Arkadij Makárowitsch!«

Ich sprang plötzlich auf, wollte ihm etwas sagen, blieb auch vor ihm stehen, brachte aber kein Wort hervor – und stürzte aus dem Zimmer, aus dem Hause. Ich weiß, daß ich zu Fuß heimging, aber ich erinnere mich nicht mehr, wie ich nach Hause kam. Ich warf mich im Dunkeln auf mein Bett, grub mein Gesicht in das Kissen, und so verharrte ich in der Dunkelheit und dachte, dachte. In solchen Augenblicken kann man nie wohlgeordnet und folgerichtig denken. Mein Denken und meine Vorstellungskraft glitten gleichsam immer ab vom Faden, und ich erinnere mich noch, daß mir Gott weiß was für ganz nebensächliche Dinge durch den Kopf gingen. Aber Kummer und Leid traten immer wieder plötzlich mit Schmerz und dumpfem Weh in mein Bewußtsein, und ich rang die Hände und rief: »Lisa, Lisa!« und brach wieder in Tränen aus. Ich weiß nicht mehr, wie ich einschlief, aber ich schlief tief und süß.

SIEBENTES KAPITEL

I

Ich erwachte am nächsten Morgen gegen acht Uhr, schloß schnell meine Tür zu, setzte mich ans Fenster und begann wieder nachzudenken. So saß ich fast ganze zwei Stunden. Die Magd hatte inzwischen schon zweimal an meine Tür gepocht, aber ich hatte sie fortgeschickt. Schließlich, die Uhr ging schon auf elf, wurde zum drittenmal bei mir angeklopft. Ich wollte schon wütend hinausrufen, man solle mich nicht stören, aber diesmal war es Lisa. Mit ihr trat auch die Magd herein, die mir meinen Kaffee brachte und dann den Ofen anzuheizen begann. Sie fortzuschicken war nicht möglich: die ganze Zeit, während diese saumselige Fjókla das Holz in den Ofen legte und schließlich das Feuer anblies, ging ich mit großen Schritten in meinem kleinen Zimmer auf und ab. Ich begann absichtlich kein Gespräch und gab mir Mühe, Lisa nicht anzusehen. Die Magd verrichtete ihre Arbeit mit unvorstellbarer Langsamkeit, und zwar absichtlich, wie das alle Mägde tun, wenn sie bemerken, daß die Herrschaft etwas besprechen will, was die Dienstboten nicht hören sollen. Lisa hatte sich auf den Stuhl am Fenster gesetzt und schien mich zu beobachten.

»Dein Kaffee wird kalt«, sagte sie auf einmal.

Ich sah sie an: nicht die geringste Verlegenheit war in ihrem beherrschten Gesicht, auf den Lippen sogar ein Lächeln.

»Nein, diese Weiber!« entfuhr es mir unwillkürlich, und ich zuckte die Achseln.

Endlich war die Magd mit dem Anheizen des Ofens fertig und wollte nun auch noch das Zimmer aufräumen, aber jetzt schickte ich sie doch wütend hinaus und konnte endlich die Tür hinter ihr zuschließen.

»Warum hast du die Tür wieder zugeschlossen?« fragte Lisa.

Ich blieb vor ihr stehen.

»Lisa, hätte ich das jemals denken können, daß du mich so betrügen würdest!« rief ich plötzlich aus, ohne überhaupt daran gedacht zu haben, daß ich so anfangen würde; und diesmal kamen mir nicht die Tränen in die Augen, sondern irgend ein fast böses Gefühl stach mir auf einmal ins Herz, daß ich sogar selbst ganz verwundert darüber war.

Lisa wurde rot, erwiderte aber nichts; sie fuhr nur fort, mir gerade in die Augen zu sehen.

»Warte, Lisa, warte, – oh, wie dumm ich war! Aber lag es denn an mir? – an meiner Dummheit? Alle diese Andeutungen sind doch erst gestern so zusammengetroffen, bis dahin aber – wie hätte ich denn etwas erraten können? Etwa daraus, daß du die Stolbéjewa besuchtest und diese ... Dárja Oníssimowna? Aber ich habe dich für eine Sonne gehalten, Lisa, und wie hätte mir so was überhaupt in den Sinn kommen sollen? Weißt du noch, wie ich dich damals, vor zwei Monaten, dort bei *ihm* im Nebenzimmer sah, und wie wir dann in der Sonne gingen und froh waren ... Bestand es – damals schon? Bestand es schon?«

Sie antwortete mit einem bejahenden Nicken.

»So hast du mich schon damals betrogen! Dann war nicht meine Dummheit der Grund meines Nichtverstehens, Lisa, sondern eher mein Egoismus. Oder nein: die Ursache war bestimmt nicht meine Dummheit, wohl aber bestimmt der Egoismus meines Herzens und ... und vielleicht auch mein Glaube an heilige Reinheit. Oh, ich habe immer geglaubt, ihr ständet alle hoch über mir, und – da haben wir's nun! Gestern aber, an diesem einzigen kurzen Tage, hatte ich gar keine Zeit, mir das alles zu erklären, trotz der verschiedenen Anspielungen ... Es waren ganz andere Dinge, die mich gestern beschäftigten!«

Da mußte ich auf einmal an Katerina Nikolájewna denken, und wieder stach mich etwas wie mit einer Nadel schmerzhaft ins Herz, und ich wurde bis über die Ohren rot. Natürlich konnte ich in einem solchen Augenblick nicht gut zu ihr sein.

»Aber weshalb suchst du dich zu rechtfertigen? Mir scheint, Arkadij, daß du dich rechtfertigen zu müssen glaubst. So sag mir doch, weswegen denn eigentlich?« fragte Lisa leise und sanft, aber dennoch mit sehr fester und sicherer Stimme.

»Weswegen?! Ja, aber was soll ich denn jetzt tun? – nehmen wir nur diese eine Frage! Und du fragst noch ,weswegen eigentlich?' Ich weiß nicht, was ich jetzt tun soll! Ich weiß nicht, wie Brüder in solchen Fällen vorzugehen haben... Ich weiß, daß man mit der Pistole in der Hand zur Heirat zwingen kann... Ich werde vorgehen, wie ein anständiger Mensch in solchem Fall vorgehen muß! Aber da weiß ich nun wieder nicht einmal, wie ein anständiger Mensch unter diesen Umständen vorzugehen hat!... Und warum ich das nicht weiß? Weil wir – keine Aristokraten sind, er aber ist ein Fürst und will seine Karriere in seinem Kreise machen; er wird uns ja überhaupt nicht anhören! Wir sind ja nicht einmal Geschwister, sind irgend so welche ,Außereheliche', ohne Familie, Kinder eines leibeigenen Hofknechts; seit wann vermählen sich denn Fürsten mit dem Hofgesinde? Oh, der Ekel! Und zum Überfluß sitzt du da und wunderst dich noch über mich!«

»Ich glaube dir, daß du dich quälst«, sagte Lisa und errötete wieder, »aber du übereilst dich und quälst dich selbst.«

»Ich übereile mich? Ja, meinst du denn, daß ich mich noch nicht genug – verspätet habe? Für dich bin ich wohl noch zu früh dahinter gekommen! Wie kannst *du*, Lisa, gerade *du* mir das sagen?« ließ ich mich schließlich von hellem Zorn fortreißen. »Und wieviel Schmach ich deswegen geschluckt habe! Oh, ich kann mir denken, wie dieser Fürst mich hat verachten müssen! Mir ist ja jetzt alles klar, das ganze Bild steht jetzt deutlich vor mir: er hat wirklich geglaubt, daß ich um sein Verhältnis mit dir wußte, jedoch absichtlich dazu schwieg oder gar die Nase hochtrug und auf die Beziehung meiner Schwester zu einem *Fürsten* noch ‚stolz' war – selbst das hätte er von mir denken können! Und daß ich mir für meine Schwester, für die Schande meiner Schwester von ihm Geld geben ließ! Das hat ihn selbstverständlich angeekelt, und ich finde das auch durchaus gerechtfertigt. Jeden Tag den Schuft sehen und empfangen müssen, bloß, weil er *ihr* Bruder ist, und der redet ihm dann noch von Ehre vor! ... das hält kein Herz aus, selbst ein Herz wie seines nicht! Und du hast das alles zugelassen, du hast mir nicht die Augen geöffnet! Er hat mich dermaßen verachtet, daß er sogar einem Stebelkóff alles von mir erzählt hat, und gestern sagte er mir selbst, er hätte mich schon zusammen mit Werssiloff hinauswerfen wollen. Und dieser Stebelkóff! ‚Anna Andréjewna ist doch ebenso Ihre Schwester wie Lisawéta Makárowna', und dann schreit er mir noch nach: ‚Mein Geld ist besser!' Und ich, ich lümmele mich frech auf seinem Sofa, ich behandle seine Bekannten wie ein Gleichstehender und dränge mich ihnen auf – der Teufel hole sie allesamt! Und du hast das zugelassen! Auch Darsann weiß es wohl schon, wenigstens nach seinem Ton gestern abend zu urteilen ... Alle, alle haben es schon gewußt, nur ich nicht ...!«

»Niemand weiß etwas, er hat es keinem von seinen Bekannten erzählt und gar nicht erzählen *können*«, unterbrach mich Lisa. »Von diesem Stebelkóff weiß ich nur, daß er ihn quält, und daß Stebelkoff höchstens etwas erraten haben kann ... Was aber dich betrifft, so habe ich ihm mehrmals gesagt, und er hat es mir auch aufs Wort geglaubt, daß du nichts weißt; nur verstehe ich nicht, warum und wie es gestern zwischen euch zur Sprache gekommen ist ...«

»Oh, zum Glück habe ich ihm gestern meine Schuld zurückgezahlt, so habe ich doch wenigstens diese Qual vom Halse! Lisa, weiß Mama es schon? Übrigens, was frage ich noch, selbstverständlich weiß sie es! – gestern, gestern wie sie sich da gegen mich erhob! ... Ach, Lisa! Ja, hältst du dich denn wirklich für vollkommen im Recht, glaubst du denn wirklich, daß dich nicht die geringste Schuld trifft? Klagst du dich denn gar nicht an? Ich weiß nicht, wie man heutzutage darüber urteilt, und welcher Ansicht du bist, ich meine, soweit das auch mich angeht, deine Mutter, deinen Bruder, deinen Vater ... Weiß Werssiloff es schon?«

»Mama hat ihm nichts gesagt, und er fragt nicht; wahrscheinlich will er nicht fragen.«

»Er weiß es natürlich, aber er will es nicht wissen, das ist schon so, das sieht ihm ähnlich! Nun gut, du lachst vielleicht über die Rolle des Bruders, über den dummen Bruder, wenn er von Pistolen redet, aber deine Mutter! Hast du denn wirklich nicht daran gedacht, Lisa, daß das für Mama ein Vorwurf ist? Ich habe mich die ganze Nacht damit gequält. Mamas erster Gedanke muß doch jetzt sein: ‚Das ist deshalb geschehen, weil auch ich mich vergessen habe, und wie die Mutter, so die Tochter!«

»Oh, wie gehässig und grausam du das sagst!« rief Lisa, mit Tränen in den Augen, stand auf und ging schnell zur Tür.

»Bleib, bleib, Lisa!« rief ich und hielt sie zurück, legte den Arm um sie, führte sie wieder zu ihrem Platz und setzte mich neben sie, ohne meinen Arm fortzunehmen.

»Ich dachte mir schon, als ich herkam, daß alles so kommen würde, und daß du bestimmt verlangen würdest, ich solle mich selbst anklagen ... Nun gut, ich klage mich an. Nur aus Stolz habe ich soeben geschwiegen und nichts gesagt, aber ihr anderen und Mama, ihr tut mir viel mehr leid, als ich mir selber leid tue ...«

Sie stockte, und plötzlich brach sie in heiße Tränen aus.

»Laß gut sein, Lisa, weine nicht, das ist nicht nötig, durchaus nicht nötig. Ich bin nicht dein Richter, Lisa. Aber Mama – sag, weiß sie es schon lange?«

»Ich glaube, ja; ich habe es ihr selbst erst vor kurzem gesagt, als – das geschehen war«, sagte sie leise mit niedergeschlagenen Augen.

»Und was sagte sie?«

»Sie sagte: ‚Trag es!'« sprach Lisa noch leiser vor sich hin.

»Ach, Lisa, ja, ‚trag es!' Tu dir nicht irgend etwas an, Gott behüte dich davor!«

»Nein, ich werde mir nichts antun«, antwortete sie fest und sah mich wieder an. »Du kannst ganz ruhig sein«, fügte sie hinzu, »darum handelt es sich ja gar nicht.«

»Lisa, Liebste, ich sehe nur, daß ich hiervon gar nichts verstehe, aber dafür ist mir erst jetzt zu Bewußtsein gekommen, wie ich dich liebe. Nur eins verstehe ich ganz und gar nicht, Lisa: es ist mir ja sonst alles klar, aber nur das begreife ich nicht, warum du dich denn in ihn verliebt hast? Wie konntest du dich in so einen verlieben? Das ist die Frage!«

»Und wahrscheinlich hast du dich auch mit dieser Frage die ganze Nacht gequält?« Lisa lächelte still.

»Warte Lisa, nein, das war eine dumme Frage, und du lachst über mich. Lach nur, aber es ist doch ganz unmöglich, sich nicht darüber zu wundern: du und er – ihr seid doch solche Gegensätze! Ich kenne ihn jetzt, ich habe ihn studiert: er ist finster, mißtrauisch, vielleicht im Grunde ein guter Mensch, aber dafür ist er im höchsten Grade geneigt, in allem zuerst das Schlechte zu sehen (darin ist er übrigens ganz wie ich!). Er verehrt leidenschaftlich das edel Vornehme, das gebe ich zu, das sehe ich, aber ich glaube, er verehrt es doch wohl nur abstrakt, so als Ideal. Oh, er neigt dazu, schnell zu bereuen, er verwünscht sich sein Leben lang ununterbrochen und bereut, aber dafür bessert er sich nie, übrigens ist vielleicht auch das ein Zug, den er mit mir teilt. Tausend Vorurteile und Sophismen, und dabei überhaupt keine eigenen Gedanken! Er sehnt sich nach einer großen Heldentat, und macht sich in Kleinigkeiten schmutzig. Verzeih, Lisa, ich bin übrigens ein Esel: indem ich das sage, kränke ich dich und weiß das; ich kann das ja verstehen ...«

»Das Porträt könnte stimmen«, sagte Lisa lächelnd, »aber

du bist jetzt um meinetwillen gar zu böse auf ihn, und deshalb stimmt doch nichts daran. Er ist dir gegenüber von Anfang an mißtrauisch gewesen, deshalb hast du ihn überhaupt nicht richtig kennenlernen können; zu mir aber war er schon in Luga ... Er sieht ja überhaupt nur mich, seitdem er mich in Luga kennengelernt hat. Ja, er ist mißtrauisch und krankhaft – ohne mich wäre er wahnsinnig geworden ... Und wenn er mich verlassen sollte, wird er bestimmt wahnsinnig werden oder sich erschießen. Ich glaube, das hat er jetzt eingesehen und weiß es«, sagte Lisa wie zu sich selbst und in Gedanken verloren vor sich hin. »Ja, er ist fortwährend schwach, aber gerade diese Schwachen sind manchmal auch zu einer außergewöhnlich starken Tat fähig ... Was du da von der Pistole sagtest, Arkadij, das paßt gar nicht hierher, das ist gar nicht nötig – ich weiß selbst ganz genau, was geschehen wird. Nicht ich laufe ihm nach, sondern er läuft mir nach. Mama weint und sagt: ‚Wenn du ihn heiratest, wirst du unglücklich werden, er wird dann aufhören, dich zu lieben.' Das glaube ich aber nicht; unglücklich werde ich vielleicht werden, aber mich zu lieben wird er doch nicht aufhören. Das war nicht der Grund, weshalb ich ihm so lange nicht mein Jawort gegeben habe. Er bittet mich schon zwei Monate darum, nur habe ich immer nicht eingewilligt; erst heute habe ich ihm gesagt: Ja, ich heirate dich. Arkascha, weißt du, gestern ist er« – ihre Augen strahlten, und sie schlang auf einmal beide Arme um meinen Hals –, »gestern ist er zu Anna Andrejewna gefahren und hat ihr ganz ehrlich und mit aller Offenheit gesagt, daß er sie nicht lieben kann ... Ja, er hat ihr alles erklärt, und diese Sache ist jetzt für immer abgetan! Er hat sich ja an diesem Plan auch nie beteiligt, das hat alles der alte Fürst Nikolai Iwánowitsch ausgeheckt, und diese seine Quälgeister haben ihn noch obendrein dazu bewegen wollen, dieser Stebelkóff und noch ein anderer ... Sieh, und dafür habe ich ihm heute mein Jawort gegeben. Lieber, lieber Arkadij, er bittet dich sehr, zu ihm zu kommen, und du sollst das nicht übelnehmen, was gestern vorgefallen ist: er ist heute nicht ganz wohl und wird den ganzen Tag zu Hause bleiben. Er ist wirklich krank, Arkadij, glaube nicht, daß das eine Ausrede ist. Er hat mich auch nur deshalb hergeschickt und mich gebeten, dir zu sagen, daß er ‚deiner bedarf', und daß er dir viel zu sagen hat, hier aber, in dieser Wohnung würde das nicht gut gehen. Nun, leb wohl! Ach, Arkadij, ich schäme mich, es dir zu sagen, aber auf dem Wege hierher habe ich solche Angst gehabt, du könntest mich jetzt nicht mehr lieben, ich bekreuzte mich unterwegs immer wieder, du aber – du bist so gut, so lieb! Das werde ich dir nie vergessen! Ich muß jetzt zu Mama. Und du – versuch, ihn wenigstens ein bißchen lieb zu gewinnen, willst du?«

Ich umfing sie warm und sagte:

»Lisa, ich glaube, du bist ein starker Charakter. Ja, und ich glaube dir auch, daß nicht du ihm nachläufst, sondern er dir, aber trotzdem begreife ich nicht . . .«

»‚Warum du dich in ihn verliebt hast – das ist die Frage!'« fiel mir Lisa plötzlich ins Wort, mit einem kleinen schelmischen Lachen wie früher, und dies letzte: »Das ist die Frage!« sagte sie genau so wie ich, und dabei hob sie auch den Zeigefinger in die Höhe, ganz wie ich es bei diesem Satz zu tun pflege.

Wir küßten uns zum Abschied, aber als sie hinausgegangen war, krampfte sich mir doch wieder das Herz zusammen.

II

Zunächst eine Anmerkung nur für mich: es gab Augenblicke, nachdem Lisa mich verlassen hatte, wo mir die überraschendsten Gedanken, und zwar gleich in ganzen Scharen, in den Kopf kamen, und ich sogar sehr zufrieden mit ihnen war. ‚Ja, aber weshalb rege ich mich denn auf', dachte ich unter anderem, ‚was geht das schließlich mich an? So ist es doch bei allen, oder wenigstens ähnlich. Und was hat denn das auf sich, daß Lisa dies passiert ist? Bin ich etwa verpflichtet, die „Familienehre" zu retten?' Ich erwähne hier alle diese Einzelheiten, um zu zeigen, wie wenig ich damals noch in meinen Begriffen von Gut und Böse gefestigt war. Nur das Gefühl rettete mich: ich wußte, daß Lisa unglücklich war, daß Mama unglücklich war, ich wußte das, weil ich es fühlte, wenn ich an sie dachte – und deshalb fühlte ich auch, daß alles das, was da geschehen war, unmöglich gut sein konnte.

Jetzt muß ich vorausschicken, daß die Ereignisse von diesem Tage an bis zu der Katastrophe meiner Erkrankung mit solcher Schnelligkeit einander folgten, daß ich mich nun selbst wundere, wenn ich daran zurückdenke, wie ich ihnen habe standhalten können und nicht vom Schicksal erdrückt worden bin. Sie entkräfteten meinen Verstand und selbst meine Gefühle, und wenn ich zu guter Letzt doch nicht standgehalten und ein Verbrechen begangen hätte (und ich war wirklich schon nahe daran), so ist es sehr wohl möglich, daß ich von den Geschworenen später freigesprochen worden wäre. Aber ich will mich bemühen, alles in möglichster Ordnung wiederzugeben, obschon meine Gedanken damals sehr wenig geordnet waren. Die Ereignisse stürmten mit solcher Wucht gegen mich an, daß sie meine Gedanken wie dürres Laub im Herbst durcheinanderwirbelten. Und da ich ganz aus fremden Gedanken bestand, wo sollte ich da plötzlich eigene hernehmen, als ich sie auf einmal zu einem selbständigen Entschluß brauchte? Einen Führer oder Berater hatte ich ja nicht.

Zum Fürsten beschloß ich erst am Abend zu gehen, um mich mit ihm über alles freimütig auszusprechen; bis dahin aber wollte ich zu Hause bleiben. Es begann bereits zu dämmern, als die Stadtpost mir wieder einen Brief von Stebelkóff brachte: es waren nur drei Zeilen mit der dringenden und »beschwörenden« Bitte, am nächsten Tage um elf Uhr bei ihm vorzusprechen, »wegen einer Sache von höchster Wichtigkeit, was Sie selbst einsehen werden«. Ich überlegte und beschloß, je nach den Umständen zu handeln; denn bis dahin war ja noch viel Zeit. Es war inzwischen acht Uhr geworden; ich wäre schon längst zum Fürsten gegangen, wenn ich nicht die ganze Zeit auf Werssiloff gewartet hätte: ich hatte das Bedürfnis, ihm vieles zu sagen. Mein Herz brannte. Aber Werssiloff war nicht gekommen und kam nicht. Bei Mama und bei Lisa wollte ich mich vorläufig noch nicht zeigen, und eine Ahnung sagte mir, daß auch Werssiloff diesen ganzen Tag über nicht zu Hause war. Schließlich machte ich mich auf und ging zu Fuß zum Fürsten, aber unterwegs kam mir der Gedanke, doch in das Kellerrestaurant am Kanal, wohin Werssiloff mich gestern geführt hatte, hineinzusehen. Und richtig, er saß dort auf demselben Platz, auf dem er am Abend vorher gesessen hatte.

»Ich habe mir schon gedacht, daß du hierherkommen würdest«, sagte er mit einem eigentümlichen Lächeln und einem sonderbaren Blick auf mich.

Es war kein gutes Lächeln; es war ein Lächeln, wie ich es in seinem Gesicht schon lange nicht mehr gesehen hatte. Ich setzte mich an den Tisch und erzählte ihm zunächst die Tatsache vom Fürsten und Lisa, und dann den ganzen Auftritt, zu dem es in der Nacht zwischen mir und dem Fürsten nach dem Roulette gekommen war; ich vergaß auch nicht, meinen großen Gewinn zu erwähnen. Er hörte sehr aufmerksam zu und fragte noch einmal nach dem Entschluß des Fürsten, Lisa zu heiraten.

»Pauvre enfant, vielleicht wird sie dadurch nichts gewinnen. Aber vermutlich wird es nicht dazu kommen ... obschon er fähig wäre ...«

»Sagen Sie mir wie einem Freunde: Sie haben das doch gewußt, haben es doch geahnt?«

»Mein Freund, was konnte ich denn dabei tun? Das alles ist – eine Sache des Gefühls und eines fremden Gewissens ..., wenn es auch um das Schicksal dieses armen Mädchens ging. Ich sage dir nochmals: ich habe mich seinerzeit zur Genüge in fremde Gewissen eingedrängt – es ist die undankbarste Beschäftigung! Im Unglück werde ich meine Hilfe nicht versagen, soweit ich helfen kann, und wenn man mir nur sagt, wie. Und du, mein Lieber, du hast also wirklich die ganze Zeit nichts geahnt?«

»Wie konnten Sie«, rief ich in plötzlich auflodernden Zorn, »wie konnten Sie, wenn Sie auch nur einen Funken von einem Verdacht hatten, ich wüßte um Lisas Verhältnis mit dem Fürsten, und da Sie doch wußten, daß ich von ihm Geld pumpte, – wie konnten Sie da noch mit mir sprechen, mit mir verkehren, mir die Hand reichen, mir, den Sie doch für einen Schuft halten mußten! Denn ich könnte wetten, daß Sie bestimmt vermutet haben, ich wüßte alles und nähme das Geld vom Fürsten wissentlich für meine Schwester!«

»Das war wiederum ... eine Gewissenssache«, sagte er lächelnd. »Und woher weißt du denn«, fügte er deutlich und mit einem geradezu rätselhaft warmen Empfinden hinzu, »woher weißt du, ob nicht auch ich, ganz wie du gestern in einem anderen Fall, – ob nicht auch ich gefürchtet habe, mein ‚Ideal' zu verlieren und statt meines heißblütigen und ehrlichen Jungen einen üblen Taugenichts vor mir zu sehen? In dieser Befürchtung schob ich den Augenblick hinaus. Warum sollte man in mir nicht statt Faulheit und Hinterlist etwas Unschuldigeres, nun, meinetwegen auch Dümmeres, aber doch etwas Edleres voraussetzen dürfen? Que diable! Ich bin gar zu oft dumm, auch ohne edleren Grund. Was wärst du dann noch für mich gewesen, wenn du schon solche Anlagen gehabt hättest? Durch Zureden bessern wollen ist in solchen Fällen ein klägliches Verfahren; in meinen Augen würdest du doch jeden Wert verloren haben, auch wenn du dich gebessert hättest ...«

»Aber Lisa tut Ihnen doch leid, sie tut Ihnen doch leid?«

»Sehr leid, mein Lieber. Wie kommst du darauf, mich für so gefühllos zu halten? ... Im Gegenteil, ich werde mich nach Kräften bemühen ... Nun, und wie steht es mit *dir*, wie stehen *deine* Angelegenheiten?«

»Sprechen Sie nicht davon; ich denke jetzt nicht an meine

Angelegenheiten. Aber sagen Sie, warum zweifeln Sie daran, daß er sie heiraten wird? Er ist gestern bei Anna Andréjewna gewesen und hat sich endgültig losgesagt . . . von, Sie wissen schon, von diesem dummen Einfall des alten Fürsten Nikolai Iwánowitsch . . . sie zu verkuppeln. Er hat sich endgültig davon losgesagt.«

»So? Wann war er denn bei ihr? Und von wem hast du das gehört?« erkundigte er sich interessiert.

Ich erzählte ihm alles, was ich wußte.

»Hm . . . Dann ist das . . .«, sagte er nachdenklich und schien zu überlegen. »Dann ist das ungefähr eine Stunde früher geschehen . . . vor einer anderen Erklärung. Hm . . . nun ja, eine solche Auseinandersetzung zwischen ihnen kann ja immerhin stattgefunden haben . . . obgleich ich genau weiß, daß in dieser Sache dort niemals, weder von der einen noch von der anderen Seite, etwas gesagt oder getan worden ist . . . Freilich genügen ja zwei Worte, um das zu erklären. Aber nun höre mal zu«, sagte er plötzlich mit einem eigentümlichen Lächeln, »ich werde dich mit einer recht außergewöhnlichen Neuigkeit überraschen: selbst wenn dein junger Fürst gestern Anna Andréjewna einen Heiratsantrag gemacht hätte (übrigens hätte ich, da ich die Geschichte mit Lisa ahnte, diese Verbindung aus allen Kräften zu verhindern gesucht, entre nous soit dit), so hätte ihm Anna Andrejewna unter allen Umständen sofort einen Korb gegeben. Du scheinst Anna Andrejewna sehr gern zu haben, sie auch sehr zu achten und zu schätzen, wenn ich mich nicht irre? Das ist sehr nett von dir, und deshalb wirst du dich vermutlich für sie freuen, wenn ich dir diese Neuigkeit mitteile: sie hat sich verlobt, mein Lieber. Und soweit ich ihren Charakter kenne, wird es auch zur Heirat kommen, und ich – nun, ich gebe ihr natürlich meinen Segen.«

»Sie wird heiraten? Aber wen denn?« rief ich maßlos erstaunt.

»Rat mal. Aber ich will dich nicht quälen: sie heiratet den Fürsten Nikolai Iwánowitsch, deinen lieben alten Herrn.«

Ich starrte ihn aus großen Augen an.

»Es ist anzunehmen, daß sie schon lange diese Absicht gehegt hat; und selbstverständlich wird sie die Sache genial vorbereitet haben«, fuhr er lässig und langsam, doch nicht ohne Schärfe fort. »Ich denke mir, das wird so etwa eine Stunde nach dem Besuch des ‚Fürsten Sserjósha' geschehen sein. (Der hätte mit seinem Besuch bei ihr auch etwas warten können!) Sie ist einfach zum alten Fürsten Nikolai Iwánowitsch gegangen und hat ihm den Antrag gemacht.«

»Wie das – ‚ihm den Antrag gemacht'? Sie wollen wohl sagen: er hat ihr einen Antrag gemacht?«

»Wie sollte er! Nein, mein Lieber, sie, sie selbst hat es getan, deshalb ist er ja auch so selig und entzückt. Wie ich hörte, soll er jetzt nichts tun als dasitzen und sich immer nur wundern, wie und weshalb er nicht selbst darauf gekommen ist. Man sagte mir, er sei sogar krank geworden . . . vermutlich auch das vor Seligkeit.«

»Hören Sie, Sie sagen das so spöttisch . . . Ich kann es fast nicht glauben. Ja, und wie hat sie ihm denn den Antrag machen können? Was hat sie denn gesagt?«

»Sei überzeugt, mein Freund, daß ich mich darüber aufrichtig freue«, sagte er da mit einem plötzlich ganz ernsten Gesicht. »Er ist allerdings schon alt, aber nach Gesetz und Sitte kann er doch noch heiraten; und was sie betrifft – ja, das ist nun wieder Sache eines fremden Gewissens, ist das, wovon ich dir schon mehrmals gesprochen habe, mein Freund. Übrigens ist sie viel zu klug, um nicht ihre eigenen Ansichten zu haben und um nicht genau zu wissen, was sie tut. Was nun die Einzelheiten betrifft, nach denen du fragst, und wie sie sich ausgedrückt hat – ja, darüber weiß ich dir nichts zu sagen, mein Freund. Aber sie wird es fraglos schon verstanden haben, und wahrscheinlich besser, als wir zwei es jemals uns ausdenken könnten. Das Beste an der ganzen Sache ist, daß sie nichts von einem Skandal an sich hat; die Welt wird alles très comme il faut finden. Natürlich ist es ja klar, daß sie sich damit eine Stellung in der Gesellschaft schaffen will, aber sie ist dieser Stellung doch wahrlich auch wert! So etwas ist ja in der Gesellschaft doch gang und gäbe. Und ihren Antrag hat sie offenbar tadellos und mit der größten Vornehmheit gemacht. Sie ist der Typ einer strengen Frau, mein Freund, eine ‚geborene Nonne', wie du sie einmal bezeichnet hast; oder auch eine ‚ruhige Jungfrau', wie ich sie schon lange nenne. Sie ist doch fast seine Pflegetochter, das weißt du ja, und sie hat auch seine Güte schon mehr als einmal an sich selbst erfahren. Sie hat mir bereits vor langer Zeit versichert, daß sie ihn ‚so schätze und verehre, so bedauere und so mit ihm sympathisiere', und noch alles mögliche von der Art, daß ich zum Teil eigentlich vorbereitet war. Alles dieses hat mir heute morgen in ihrem Namen und auf ihre Bitte hin mein Sohn Andrei Andréjewitsch mitgeteilt, ihr Bruder, mit dem du, glaube ich, nicht bekannt bist. Ich sehe ihn in jedem halben Jahr auch nur einmal. Er billigt ihren Schritt mit allem schuldigen Respekt.«

»So ist die Sache schon öffentlich? Weiß Gott, ich bin ganz baff!«

»Nein, sie ist noch gar nicht öffentlich; wenigstens vorläufig soll sie noch nicht bekanntgemacht werden ... Ich bin darüber nicht näher unterrichtet und stehe überhaupt ganz abseits. Aber es ist so, wie ich dir sagte.«

»Ja, aber was wird jetzt Katerina Nikolájewna, seine Tochter ... Was meinen Sie, was wird Bjoring dazu sagen?«

»Das kann ich nicht wissen ... was eigentlich ihm daran nicht gefallen könnte. Sei versichert, Anna Andréjewna ist auch in der Beziehung ein im höchsten Grade korrekter Mensch. Aber ist sie nicht großartig, diese Anna Andrejewna? Da fragt sie mich gerade noch kurz vorher am Morgen, ob ich die verwitwete Frau Achmakowa liebe! Erinnerst du dich, ich erzählte dir das gestern und wunderte mich noch. Das russische Gesetz würde ihr doch nicht gestatten, den Vater zu heiraten, wenn ich die Tochter geheiratet hätte! Verstehst du das jetzt?«

»Ach, in der Tat!« rief ich. »Aber hat denn Anna Andrejewna wirklich im Ernst glauben können, daß Sie . . den Wunsch haben könnten, Katerina Nikolájewna zu heiraten?«

»Offenbar, mein Freund. Übrigens . . . übrigens wird es für dich jetzt an der Zeit sein, deinen Weg dorthin fortzusetzen, wohin du gehen willst. Ich habe, offen gestanden, die ganze Zeit Kopfschmerzen. Werde die „Lucia" spielen lassen. Ich liebe die Feierlichkeit der Langweile. Aber das habe ich dir schon einmal gesagt . . . Ich wiederhole mich unverzeihlich . . . Vielleicht werde ich auch irgendwo anders hingehen. Ich habe dich sehr lieb, mein Lieber, aber jetzt lebe wohl. Wenn ich Kopfschmerzen habe oder Zahnweh, dann verlangt mich nach Einsamkeit.«

In seinem Gesicht bemerkte ich einen Ausdruck von innerer Qual; ich glaube es ihm jetzt wohl, daß ihn damals der Kopf schmerzte, besonders der Kopf!

»Also morgen«, sagte ich.

»Morgen? Wer weiß, was morgen sein wird!« sagte er mit einem verzerrten Lächeln.

»Ich komme morgen zu Ihnen, oder Sie kommen zu mir.«

»Nein, nicht ich werde zu dir kommen, wohl aber wirst du zu mir stürzen . . .«

Aus seinem Gesicht sprach etwas Böses, aber ich dachte nicht weiter an ihn: nach einer solchen Neuigkeit!

III

Der Fürst war in der Tat nicht wohl und saß allein zu Haus, den Kopf mit einem nassen Handtuch umwunden. Er schien mich mit Ungeduld erwartet zu haben; ihn quälten nicht nur heftige Kopfschmerzen, sondern vor allem seelische Schmerzen. Überhaupt muß ich darauf hinweisen, daß ich in der letzten Zeit vor der Katastrophe fortgesetzt mit Menschen zusammenkam, die so erregt und durcheinandergebracht waren, daß man sie alle für mehr oder weniger geisteskrank hätte halten können, und ich glaube fast, daß ich von ihnen gewissermaßen angesteckt wurde. Ich gestehe, daß ich mit feindlichen Gefühlen zu ihm kam, und ich schämte mich sehr, weil er mich gestern hatte weinen sehen. Immerhin hatten Lisa und er mich so geschickt zu betrügen verstanden, daß ich nun als Dummkopf dastand, was ich doch unmöglich übersehen konnte. Kurz, als ich bei ihm eintrat, tönten in mir viele falsche Saiten. Aber all dieses Vorgefaßte und Falsche fiel sehr bald von mir ab. Besonders in einer Beziehung muß ich ihm Gerechtigkeit widerfahren lassen: nachdem er sein Mißtrauen einmal aufgegeben hatte, gab er sich wirklich mit ganzem Herzen; dann erst sah man seine fast kindliche Zutraulichkeit und Liebesfähigkeit und ein wahrhaft rührendes Vertrauen. Er küßte mich unter Tränen und kam sofort auf die Sache selbst zu sprechen ... Er hatte mich tatsächlich sehr nötig. Seine Worte und Gedanken waren auffallend wirr.

Zunächst teilte er mir seinen festen Entschluß mit, Lisa zu heiraten, und zwar so bald als möglich.

»Daß sie nicht adlig ist, hat nicht einen Augenblick Bedenken in mir erweckt«, sagte er zu mir. »Mein Großvater hat im Alter ein Hofmädchen geheiratet, das bei einem benachbarten Gutsbesitzer, der aus seinen Leibeigenen ein Privattheater gebildet hatte, Sängerin gewesen war. Freilich hat meine Familie gewisse Hoffnungen auf mich gesetzt, aber die werden sie eben aufgeben müssen, und der Kampf wird schließlich nicht allzu lange dauern. Ich will mit allem brechen, mit allem Gegenwärtigen und Gewesenen, ein für allemal! Es muß alles anders werden, alles muß von neuem beginnen! Ich begreife nicht, warum Ihre Schwester mich liebgewonnen hat. Aber eins steht fest: ohne sie lebte ich jetzt gewiß nicht mehr. Ich schwöre Ihnen aus tiefstem Herzen: ich sehe darin einfach eine höhere Fügung in meinem Leben, daß ich ihr damals in Luga begegnet bin. Ich glaube, sie liebt mich wegen der ›unermeßlichen Tiefe meines Falles‹ ... können Sie das verstehen, Arkadij Makarowitsch?«

»Vollkommen!« sagte ich mit aufrichtiger Überzeugung. Ich saß im Lehnstuhl vor dem Tisch, er ging im Zimmer auf und ab.

»Ich muß Ihnen die Geschichte unserer Begegnung ganz erzählen, ohne etwas zu verschweigen«, fuhr er fort. »Der Anlaß war ein Geheimnis, das ich mit mir herumtrage, und das ich nur ihr allein mitgeteilt habe, weil ich nur zu ihr habe Vertrauen fassen können. Außer ihr weiß es bis zum heutigen Tage kein Mensch. Nach Lúga war ich damals mit Verzweiflung im Herzen gekommen; ich wohnte bei der Stolbejewa, warum, weiß ich selbst nicht. Ich suchte wohl Einsamkeit. Damals hatte ich gerade mein Abschiedsgesuch eingereicht und hatte das –sche Regiment verlassen. In dieses Regiment war ich nach meiner Rückkehr aus dem Ausland eingetreten, nach der Geschichte in Ems mit Andrei Petrówitsch. Ich hatte damals Geld, verschwendete viel und lebte auf großem Fuß; aber meine Regimentskameraden mochten mich nicht, obgleich ich mir Mühe gab, keinem zu nahe zu treten. Ja, ich muß gestehen, mich hat in meinem ganzen Leben noch niemand gemocht. Im Regiment war auch ein Kornett, ein gewisser Stepánoff, ein wirklich ganz unbedeutender, nichtssagender und eigentlich sogar etwas verschüchterter Mensch; kurz, ein Mensch, der sich durch nichts Besonderes auszeichnete. Aber er war zweifellos ein anständiger Junge. Es wurde ihm bald zur Gewohnheit, mich zu besuchen – ich machte keine Umstände mit ihm –, und er saß bei mir schweigsam in der Ecke, manchmal einen Tag lang, bewahrte aber durchaus Haltung und störte mich fast nie. Eines Tages erzählte ich ihm eine Geschichte, die gerade kursierte. Im Erzählen fügte ich aber zur Ausschmückung noch manchen Unsinn hinzu, wie zum Beispiel, daß ich der Tochter unseres Obersten nicht ganz gleichgültig sei, und daß der Oberst auf mich als Schwiegersohn rechne, und daher selbstverständlich alles tue, was ich wünschte . . . Die Einzelheiten übergehe ich. Kurz, es entstand daraus eine sehr komplizierte und widerliche Klatschgeschichte. Daran war aber nicht Stepanoff schuld, sondern mein Bursche, der uns belauscht und später alles weitererzählt hatte, besonders einen lächerlichen Umstand, der die junge Dame bloßstellte. Dieser Bursche berief sich später bei seinem Verhör auf Stepánoff als Zeugen. Stepanoff befand sich da in einer peinlichen Lage; denn er konnte doch dem Burschen nicht ins Gesicht leugnen, daß er diese Geschichte tatsächlich von mir gehört hatte. Da aber zwei Drittel der Geschichte von mir frei erfunden waren, so waren die Offiziere sehr empört, und der Regimentskommandeur sah sich gezwungen, das Offizierkorps bei sich zu versammeln und eine Untersuchung anzustellen. Und eben da wurde an Stepanoff jene Frage gestellt: ob er das gehört habe oder nicht? Und er war gezwungen, die ganze Wahrheit auszusagen. Was aber tat ich, ich, der Fürst aus tausendjährigem Geschlecht? Ich leugnete es und sagte Stepanoff ins Gesicht, daß er gelogen habe. Natürlich sagte ich das nur in dem Sinne, daß er mich ‚falsch verstanden habe' usw. usw. . . . Ich übergehe wieder die Einzelheiten, aber der Vorteil meiner Lage war der, daß ich, da Stepanoff mich oft besucht hatte, die Sache so hinstellen konnte – und das war schließlich nicht ganz unwahrscheinlich –, als ob Stepanoff das in einem geheimen Einverständnis mit meinem Burschen ausgesagt hätte und das Ganze ein abgekartetes Spiel von ihnen in einer gewissen eigennützigen Absicht gewesen wäre. Stepanoff sah mich darauf nur schweigend an und zuckte die Achseln. Ich sehe noch seinen Blick und werde ihn nie vergessen. Darauf wollte er sofort sein Abschiedsgesuch einreichen, aber was glauben Sie wohl, was geschah? Die Offiziere machten ihm alle, ohne Ausnahme, einen gemeinsamen Besuch und baten ihn, nicht den Abschied zu nehmen. Vierzehn Tage später trat ich aus dem Regiment aus: mich hatte niemand aufgefordert, zu gehen, niemand hinausgeworfen; ich gab Familienverhältnisse als Grund meines Abschiedsgesuches an. Damit war die Sache erledigt. Am Anfang machte ich mir nichts daraus, ärgerte mich sogar noch über die anderen. Ich lebte in Luga, machte die Bekanntschaft mit Lisaweta Makárowna. Aber es verging ein Monat, und ich betrachtete meinen Revolver und dachte an den Tod. Ich sehe immer alles schwarz, Arkadij Makarowitsch. Schließlich entwarf ich einen Brief an den Regimentskommandeur und an die Kameraden, in dem ich meine Schuld eingestand und Stepanoff vollkommen rehabilitierte. Als ich den Brief geschrieben hatte, stellte ich mir die Frage: soll ich ihn absenden und mich nicht erschießen – oder ihn absenden und mich erschießen? Die Antwort auf die Frage hätte ich allein nie gefunden. Ein Zufall, ein blinder Zufall, ließ mich nach einem flüchtigen und sonderbaren Gespräch Lisaweta Makarowna nähertreten. Sie hatte auch früher schon oft Frau Stolbéjewa besucht, wir waren uns begegnet, hatten uns auch begrüßt, aber selten ein Wort miteinander gesprochen. Und auf einmal gestand ich ihr alles. Und eben damals war es, wo sie mir ihre Hand reichte.«

»Wie beantwortete sie Ihre Frage?«

»Ich schickte den Brief nicht ab. Sie sagte: wenn ich den Brief abschickte, so würde ich damit natürlich eine edle Handlung begehen, die meine Schuld aufhöbe und noch mehr als das; aber ob das nicht über meine Kraft ginge? Sie war der Meinung, daß so etwas über die Kraft eines jeden Menschen gehe: die eigene Zukunft zu vernichten und die Auferstehung zu einem neuen Leben sich selbst unmöglich zu machen. Etwas anderes wäre es gewesen, wenn Stepanoff unschuldig darunter zu leiden gehabt hätte, aber die Offiziere hatten ihn doch sowieso schon vollkommen rehabilitiert. Mit einem Wort, ihre Begründung war paradox; aber sie hielt mich zurück, und ich gab mich ganz in ihre Hand.«

»Sie hat jesuitisch, doch wie ein Weib entschieden!« rief ich. »Sie muß Sie schon damals geliebt haben!«

»Gerade das hat mich ja zu einem neuen Leben erweckt. Ich gab mir das Wort, mich zu ändern, mit dem früheren Leben zu brechen und das Gewesene vor ihr und vor mir selbst gutzumachen, und – womit hat das nun geendet! Damit, daß ich mit Ihnen in die Roulettezirkel fahre und ein Spieler geworden bin! Ich habe vor der Erbschaft nicht standgehalten, habe wieder an eine Karriere gedacht, mich von diesen Gesellschaftsmenschen mit eigenen Equipagen und Pferden blenden lassen ... Ich quäle Lisa ... Oh, die Schmach!«

Er rieb sich mit der Hand die Stirn und schritt wieder durch das Zimmer.

»Das russische Schicksal hat uns beide ereilt, Arkadij Makarowitsch: Sie wissen nicht, was Sie tun sollen, und ich weiß nicht, was ich tun soll. Gerät der russische Mensch nur ein wenig aus dem durch die Gewohnheit für ihn zum Gesetz gewordenen Geleise, so hört er gleich auf zu wissen, was er tun soll. Im Geleise ist alles klar: das Einkommen, der Rang, die Stellung in der Gesellschaft, die Equipage, die Visiten, der Beruf, die Frau. – Aber es braucht nur eine Kleinigkeit in die Quere zu kommen, und – was bin ich? Ein losgelöstes Blatt, mit dem der Wind spielt. Ich weiß nicht, was ich zu tun habe! In diesen zwei Monaten habe ich mir die größte Mühe gegeben, mich im Geleise zu halten; ich liebe das Geleise, ich fühlte, wie es mich ins Geleise zog. Aber Sie kennen noch nicht die ganze Größe meines neuen Verrats: ich liebe Lisa, ich liebe sie aufrichtig, und doch habe ich dabei an die Achmakowa gedacht!«

»Nicht möglich?« rief ich schmerzlich betroffen. »Übrigens, Fürst, was sagten Sie mir gestern über Werssiloff: er habe Sie aufgehetzt, Katerina Nikolájewna zu verleumden?«

»Ich habe vielleicht übertrieben und tue ihm gerade so unrecht mit meinem Mißtrauen, wie ich Ihnen unrecht getan habe. Lassen wir das. Oder glauben Sie, ich hätte nicht die ganze Zeit, seit meinem Aufenthalt in Luga, ein hohes Lebensideal im Herzen gehabt? Ich schwöre Ihnen, ich habe es niemals vergessen, es hat mir immer vorgeschwebt und hat in meiner Seele noch nichts von seiner Schönheit eingebüßt. Ich habe den Schwur, den ich Lisaweta Makárowna gegeben habe, den Schwur, ein neues Leben zu beginnen, niemals vergessen. Andrei Petrowitsch hat mir gestern, als er hier vom Adel redete, nichts Neues gesagt, das können Sie mir glauben. Mein Ideal steht mir klar und fest vor Augen: weniger als hundert Desjätinen Land (denn von der Erbschaft ist mir fast nichts mehr verblieben); ein vollkommener Bruch mit der Gesellschaft und der Karriere; ein Landhaus, eine Familie, und ich selbst ein Ackerbauer oder nicht viel mehr als das. Oh, in unserer Familie ist das nichts Neues: der Bruder meines Vaters hat eigenhändig gepflügt, mein Großvater gleichfalls. Wir, ein tausendjähriges Fürstengeschlecht und von so altem Adel wie die Rohans, – wir sind bettelarm. Aber jedem meiner Kinder würde ich vor allem ein Gebot hinterlassen: ‚Vergiß es nie, daß du – ein Edelmann bist, daß in deinen Adern das heilige Blut russischer Fürsten fließt, und schäme dich dessen nicht, daß dein Vater selbst sein Land gepflügt hat: er hat es fürstlich getan.‘ Ich würde meinen Kindern kein Vermögen hinterlassen, außer diesem einen Stück Land, aber dafür würde ich es für meine Pflicht halten, ihnen eine höhere Bildung zu geben. Oh, Lisa würde mir schon helfen, und die Kinder, die Arbeit; oh, wie oft habe ich mit ihr davon geträumt, hier, in diesen Räumen, und ... Und zur selben Zeit habe ich an Katerina Nikolajewna Achmakowa gedacht, ohne sie zu lieben, und an die Möglichkeit einer reichen, vornehmen Heirat! Erst als uns Naschtschókin gestern die Nachricht von ihrer Verlobung mit Bjoring brachte, entschloß ich mich, zu Anna Andrejewna zu gehen.«

»Aber Sie sind doch zu ihr gegangen, um ihr gewissermaßen abzusagen. Und das war doch, denke ich, sehr anständig von Ihnen.«

»Glauben Sie?« Er blieb vor mir stehen. »Nein, dann kennen Sie meine Natur noch nicht! Oder ... oder ich verstehe da selbst irgend etwas nicht; denn es ist, wie es scheint, nicht nur eine Natur in mir. Ich liebe Sie aufrichtig, Arkadij Makarowitsch, und außerdem habe ich Ihnen in letzter Zeit so sehr unrecht getan – darum möchte ich, daß Sie, als Lisas Bruder, das alles erfahren. Ich fuhr zu Anna Andréjewna, um ihr einen Antrag zu machen, nicht aber, um ihr abzusagen.«

»Ist es möglich? Aber Lisa sagte mir doch...«

»Ich habe Lisa belogen.«

»Sie haben ihr also einen förmlichen Antrag gemacht, und Anna Andrejewna hat Ihnen einen Korb gegeben? War es so? Sagen Sie, war es so? Die Einzelheiten sind für mich ungeheuer wichtig, Fürst.«

»Nein, einen Antrag habe ich ihr nicht gemacht, aber nur darum nicht, weil ich gar nicht dazu kam. Sie gab mir schon im voraus einen Korb – das heißt, nicht buchstäblich, aber sie gab mir mit sehr durchsichtigen Andeutungen ‚zartfühlend' zu verstehen, daß diese Idee unmöglich sei.«

»Dann haben Sie ihr also doch keinen Antrag gemacht, und Ihr Stolz braucht sich nicht verletzt zu fühlen.«

»Können Sie das wirklich so auffassen! Und mein eigenes Gewissen? Und Lisa, die ich betrogen habe und ... die ich somit habe verlassen wollen? Und das Gelübde, das ich vor mir selbst und meinen Vorfahren abgelegt, ein neuer Mensch zu werden und die alten Sünden gutzumachen? Ich bitte Sie, sagen Sie Lisa nichts davon! Dieses eine würde sie mir vielleicht doch nicht vergeben können! Ich bin seit gestern krank. Im Grunde ist ja schon jetzt alles zu Ende, und der letzte der Fürsten Ssokolskij wird zur Zwangsarbeit verurteilt werden. Arme Lisa! Ich habe den ganzen Tag auf Sie gewartet, Arkadij Makarowitsch, um Ihnen, als Lisas Bruder, alles das zu sagen, was sie nicht weiß. Also hören Sie: Ich bin ein ... Kriminalverbrecher und an der Fälschung der –skschen Eisenbahnaktien beteiligt.«

»Was heißt das! Wie, ins Zuchthaus?...« Ich war aufgesprungen und sah ihn entsetzt an.

Aus seinem Gesicht sprach tiefer, düsterer, hoffnungsloser Schmerz und das Bewußtsein, dem Verhängnis nicht mehr entrinnen zu können.

»Setzen Sie sich«, sagte er, und er setzte sich selbst in einen Lehnstuhl mir gegenüber. »Zunächst die Tatsachen: Vor einem Jahr, also in demselben Sommer, als ich in Ems war, wo sich damals auch Lydia und Katerina Nikolájewna aufhielten, und von wo ich mich dann auf zwei Monate nach Paris begab, ging mir, eben in Paris, natürlich das Geld aus. Dort hielt sich aber zu der Zeit gerade Stebelkóff auf, den ich übrigens schon von früher kannte. Er gab mir sofort Geld und versprach, mir noch mehr zu geben, wenn auch ich ihm einen kleinen Dienst erweisen wollte: er brauchte einen Künstler, der Zeichner, Graveur, Lithograph und zugleich Chemiker und Techniker war, und zwar brauchte er ihn zu einem ganz bestimmten Zweck. Diesen Zweck ließ er sogar ziemlich deutlich durchblicken. Warum sollte er auch nicht? Er kannte meinen Charakter: mich belustigte das alles nur. Ich war nämlich, wie er wußte, noch von der Schulbank her mit einem Herrn bekannt, der jetzt als russischer Emigrant – er ist aber nicht Russe – irgendwo dort in Hamburg lebt. In Rußland soll er schon früher einmal in eine unangenehme Geschichte wegen gefälschter Wertpapiere verwickelt gewesen sein. Und gerade auf diesen Menschen rechnete nun Stebelkoff, aber er brauchte eine Empfehlung an ihn, und wegen dieser Empfehlung wandte er sich an mich. Ich gab ihm denn auch ein paar Zeilen mit, aber das war für mich so nebensächlich, daß ich die ganze Geschichte fast sofort vergaß. Darauf traf ich Stebelkoff noch ein paarmal, und ich erhielt von ihm damals im ganzen etwa dreitausend Rubel. Aber wie gesagt, die Hauptsache hatte ich in kürzester Zeit buchstäblich vergessen. Hier habe ich dann die ganze Zeit Geld von ihm genommen, gegen Wechsel und Pfänder; er gab sich fast sklavisch als mein ergebenster Diener. Und gestern höre ich plötzlich von ihm, daß ich ein Kriminalverbrecher sei.«

»Wann denn gestern?«

»Als wir gestern dort im Nebenzimmer aneinandergerieten, kurz bevor Naschtschókin kam. Er unterstand sich da zum erstenmal, mir ganz unverfroren von Anna Andréjewna zu sprechen. Ich erhob die Hand, um ihn zu ohrfeigen, er aber sprang plötzlich auf und erklärte mir, ich dürfe nicht vergessen, daß ich mit ihm solidarisch sei, sein

Helfershelfer und folglich ein Spitzbube wie er. Wenn er sich auch nicht so ausdrückte, so war das doch der Sinn seiner Worte.«

»Was für ein Unsinn! Aber das sind doch Hirngespinste?«

»Nein, das sind keine Hirngespinste. Er war heute wieder bei mir und erklärte sich deutlicher. Die Aktien sind schon längst in Umlauf, und es werden noch neue in Umlauf gesetzt, aber an manchen Stellen scheint man die Fälschung schon erkannt zu haben. Allerdings habe ich nichts damit zu schaffen, aber Stebelkoff erklärte mir: ‚Sie haben mir damals doch diese Empfehlung gegeben.'«

»Aber Sie wußten doch nicht, um was es sich handelte, – oder wußten Sie es?«

»Ich wußte es«, sagte der Fürst leise und schlug die Augen nieder. »Das heißt, sehen Sie, ich wußte es, und wußte es auch wieder nicht. Die Sache belustigte mich, und ich war bei guter Laune. Gedacht habe ich mir damals eigentlich überhaupt nichts, um so weniger, als ich die falschen Aktien doch gar nicht brauchte, und ich auch mit der Fälschung gar nichts zu tun hatte. Aber die Dreitausend, die er mir damals gab, hat er mir nicht angerechnet, und ich, ich habe das zugelassen. Übrigens, was können Sie wissen, vielleicht bin ich auch ein Falschmünzer? Ich mußte mir das doch selbst sagen, ich bin doch kein Kind, das von nichts weiß. Und ich wußte es ja auch, aber, wie gesagt, es belustigte mich, und ich half den Spitzbuben und Zuchthäuslern . . . und half ihnen für Geld! Folglich bin ich doch ein Falschmünzer!«

»Oh, Sie übertreiben! Sie sind ja nicht ganz frei von jeder Schuld, aber so schuldig sind Sie doch wieder nicht!«

»Da ist nun noch ein gewisser Shibélskij«, erzählte der Fürst weiter, »ein junger Mensch, so eine Art Jurist oder Schreiber bei einer Gerichtsbehörde. Der soll an dieser Aktienfälschung auch irgendwie beteiligt sein. Ich weiß nur, daß er von jenem Herrn in Hamburg einmal zu mir gekommen ist, aber aus einem ganz anderen, ganz nebensächlichen Grunde; ja, eigentlich weiß ich selbst nicht, warum; denn von den Aktien war damals nicht einmal die Rede. Aber jedenfalls hat er zwei Briefe von mir in Händen, Briefe von nur zwei bis drei Zeilen, und die sind nun Beweise gegen mich – das habe ich heute sehr gut begriffen. Stebelkoff erklärte mir, daß dieser Shibélskij der Sache gefährlich werde: er hätte da etwas unterschlagen, irgendwelche Gelder, ich glaube Staatsgelder, und er hätte die Absicht, noch mehr zu unterschlagen und dann ins Ausland durchzubrennen; aber um seinen Plan ausführen zu können, brauche er achttausend Rubel, nicht weniger. Mein Teil der Erbschaft würde für Stebelkoff genügen, aber Stebelkoff sagt, auch Shibelskij müsse befriedigt werden ... Kurz, ich müßte ihnen meinen Teil der Erbschaft abtreten und noch zehntausend Rubel dazugeben – das ist ihre letzte Forderung. Dann würde ich meine zwei Briefe von ihnen zurückerhalten. Sie sind natürlich unter einer Decke, das ist klar.«

»Aber das ist doch ein offenbarer Unsinn! Wenn sie Sie anzeigen, so liefern sie sich doch selbst aus! Deshalb werden sie das unter keinen Umständen tun!«

»Das weiß ich. Aber sie drohen ja auch gar nicht damit, sie sagen nur: ‚Wir werden selbstverständlich nichts anzeigen, aber wenn die Sache aufgedeckt wird, so ...' – das ist alles, was sie sagen, und ich denke, das genügt! Aber das ist es ja nicht, worauf es ankommt. Gleichviel was daraus wird und ob ich die Briefe in meiner Tasche habe oder nicht, aber solidarisch zu sein mit diesen Spitzbuben, mein ganzes Leben lang ihr Mitschuldiger zu sein, mein Leben lang! Und mein Vaterland belügen, meine Kinder belügen, Lisa belügen und mein eigenes Gewissen belügen! ...«

»Weiß Lisa davon?«

»Nein, alles weiß sie nicht. Sie würde es in ihrer jetzigen Lage nicht überleben. Ich trage noch die Uniform meines Regiments, aber bei jeder Begegnung mit einem Soldaten meines Regiments, in jedem Augenblick auf der Straße muß ich mir sagen, daß ich nicht wert bin, sie zu tragen.«

»Hören Sie«, fuhr ich plötzlich auf, »da sind weiter

keine Worte zu verlieren: die einzige Rettung, die Ihnen verbleibt, ist Ihr alter Freund, Fürst Nikolai Iwánowitsch. Gehen Sie zu ihm und bitten Sie ihn um zehntausend Rubel, ohne ihm etwas aufzudecken. Bestellen Sie dann die beiden Schufte zu sich, rechnen Sie mit ihnen ab, kaufen Sie Ihre Briefe zurück, und die Sache ist erledigt! Und dann, wenn das aus der Welt geschafft ist, dann sehen Sie zu, daß Sie zu pflügen anfangen! Zum Teufel mit der Phantasie, und vertrauen Sie sich dem Leben an!«

»Daran habe ich schon gedacht«, sagte er entschlossen. »Ich habe es mir den ganzen Tag überlegt und geschwankt, doch jetzt ist mein Entschluß gefaßt. Ich habe nur noch auf Sie gewartet; ich werde hinfahren. Wissen Sie, daß ich noch nie eine Kopeke vom Fürsten Nikolai Iwánowitsch genommen habe? Er ist sehr gut zu uns, er . . . hat sogar bewiesen, daß er Anteil nimmt an meiner Familie, aber ich, ich persönlich habe nie Geld von ihm genommen. Doch jetzt habe ich mich entschlossen. Sie müssen wissen, daß unsere Linie der Fürsten Ssokolskij älter ist als die Linie des Fürsten Nikolai Iwánowitsch; er entstammt der jüngeren Linie, nur einer Seitenlinie, einem fast anfechtbaren Zweig . . . Unsere Vorfahren lebten in Feindschaft miteinander. Als Peter der Große seine Reformen einführte, wollte mein Ururgroßvater, der auch Peter hieß und zu den Altgläubigen gehörte, von seinem Glauben nicht lassen und mußte sich in den Wäldern von Kostromá verbergen. Dieser Fürst Peter war in zweiter Ehe auch mit einer Nichtadeligen verheiratet . . . Und um eben diese Zeit kamen jene anderen Ssokolskijs, die Nebenlinie, in die Höhe . . . Aber ich . . . ja, wovon sprach ich denn eigentlich?«

Er war sehr erschöpft und schien selbst nicht mehr zu wissen, was er sagte.

»Beruhigen Sie sich, und legen Sie sich jetzt schlafen, das ist das erste, was Sie tun müssen«, sagte ich, stand auf und nahm meinen Hut. »Der Fürst Nikolai Iwánowitsch wird es Ihnen nicht abschlagen, besonders jetzt nicht, im Glück.

Sie wissen doch schon das Neueste? Oder noch nicht? Ich habe etwas Unglaubliches gehört: er werde heiraten! Das soll freilich noch ein Geheimnis bleiben, aber natürlich nicht vor Ihnen.«

Und ich erzählte ihm noch schnell, den Hut schon in der Hand, was ich gehört hatte. Er wußte noch nichts davon. Er erkundigte sich hastig nach den Einzelheiten, besonders wollte er wissen, wann und wo diese Verlobung stattgefunden haben sollte, und ob die Nachricht überhaupt zuverlässig sei. Natürlich verheimlichte ich ihm nicht, daß es gleich nach seinem Besuch bei Anna Andréjewna geschehen sein mußte. Ich vermag nicht wiederzugeben, was für einen schmerzlichen Eindruck diese Nachricht auf ihn machte: sein Gesicht verzerrte sich, ein schiefes Lächeln verzog seine Lippen; als ich ihm alles erzählt hatte, war er unheimlich blaß, starrte zu Boden und schien in tiefe Gedanken versunken zu sein. Da begriff ich, daß seine Eigenliebe durch die gestrige Absage Anna Andrejewnas furchtbar verletzt war. Vielleicht sah er in seinem krankhaften Zustand die lächerliche und erniedrigende Rolle, die er gestern gespielt hatte, in gar zu greller Beleuchtung, diese Erniedrigung vor der jungen Dame, von deren Einwilligung er die ganze Zeit über doch so fest überzeugt gewesen war. Und vielleicht kam ihm auch der Gedanke, was für eine Ehrlosigkeit er Lisa gegenüber begangen hatte, und alles das umsonst! Es ist wirklich merkwürdig, wofür diese Gesellschaftsgecken einander halten, und auf welcher Basis sie sich gegenseitig einschätzen; dieser Fürst mußte sich doch sagen, daß Anna Andrejewna von seiner Beziehung zu Lisa, die doch eigentlich ihre Schwester war, einmal erfahren konnte, wenn sie nicht schon alles wußte, aber siehe da: er hatte an ihrem Jawort nicht einmal gezweifelt!

»Und Sie nehmen wirklich an«, sagte er auf einmal, indem er einen stolzen, hochmütigen Blick auf mich heftete, »daß ich, ich fähig wäre, nach einer solchen Mitteilung noch zum Fürsten Nikolai Iwanowitsch zu gehen und ihn um Geld zu bitten! Zu ihm, dem Verlobten dieses Mädchens, das mir soeben einen Korb gegeben hat, – so eine Bettelei, so eine Lakaienhaftigkeit! Nein, jetzt ist alles verloren, und wenn die Hilfe dieses alten Fürsten noch meine letzte Hoffnung war, so mag denn auch diese Hoffnung untergehn!«

In meinem Herzen stimmte ich ihm natürlich bei, aber der Wirklichkeit gegenüber konnte man die Sache doch etwas weitherziger auffassen: war denn dieser alte Herr noch ein Mann, ein richtiger Verlobter? In meinem Kopf begannen noch ein paar Gedanken zu brodeln. Ich hatte übrigens ohnehin vorgehabt, am nächsten Morgen sofort zum alten Fürsten zu gehen. Ich bemühte mich, den schlimmen Eindruck meines Berichts abzuschwächen, und den Armen zu überreden, sich schlafen zu legen. »Schlafen Sie sich aus, und Sie werden sehen, Ihre Gedanken werden klarer werden!« Er drückte mir fest die Hand, aber er küßte mich schon nicht mehr. Ich gab ihm mein Wort, morgen abend zu ihm zu kommen, »und dann wollen wir uns aussprechen, uns aussprechen; es ist jetzt so vieles zusammengekommen, worüber wir noch sprechen müssen«, sagte ich. Als Antwort auf meine Worte hatte er nur ein eigentümlich fatalistisches Lächeln.

ACHTES KAPITEL

I

Diese ganze Nacht träumte mir vom Roulette, vom Spiel, von Gold und von Berechnungen. Ich mühte mich – vermeintlich an einem Spieltisch sitzend – vergeblich, einen Einsatz oder eine besondere Chance zu berechnen, und dieser Traum quälte mich die ganze Nacht wie ein Alb. Um die Wahrheit zu sagen: ich hatte auch schon diesen ganzen Tag, trotz aller mich erschütternden Eindrücke, immer wieder an meinen großen Gewinn bei Sérschtschikoff gedacht. Natürlich hatte ich diese Gedanken zu verscheuchen gesucht, aber der Eindruck ließ sich nun einmal nicht ausschalten, und schon bei der bloßen Erinnerung erzitterte etwas in mir. Ja, dieser Gewinn hatte in mein Herz gebissen. Sollte ich wirklich ein geborener Spieler sein? Wenigstens ist mir dies ganz klar: daß ich Veranlagung zu einem Spieler habe. Selbst heute noch, wo ich das niederschreibe, liebe ich es, manchmal an das Spiel zu denken! Es ist schon vorgekommen, daß ich ganze Stunden damit verbringe, still dazusitzen und mich in Gedanken mit Spielberechnungen zu beschäftigen, mir vorzustellen, wie das alles vor sich geht, wie ich setze, und wie mein Einsatz gewinnt. Ja, ich habe gar viele »Veranlagungen« in mir, und ich habe keine ruhige Seele.

Es war gegen zehn Uhr, als ich beschloß, doch zu Stebelkóff zu gehen, und zwar zu Fuß. Mein Matwei kam allerdings vorgefahren, aber ich schickte ihn nach Haus. Während ich meinen Morgenkaffee trank, versuchte ich, mir alles zu überlegen. Ich fühlte mich eigentlich sehr zufrieden; und wie mir das zu Bewußtsein kam und ich einen Augenblick nachdachte, erkannte ich sofort, daß ich hauptsächlich deshalb so zufrieden war, »weil ich heute im Hause meines alten Fürsten Nikolai Iwánowitsch sein werde«. Aber dieser Tag war ein Schicksalstag in meinem Leben; und unvorhergesehen, wie er war, begann er auch gleich mit einer Überraschung.

Es hatte gerade zehn geschlagen, als plötzlich meine Tür sperrangelweit aufflog, und ins Zimmer stürzte – Tatjána Páwlowna. Alles hätte ich eher erwartet, aber nicht ihr Erscheinen bei mir. Erschrocken sprang ich auf. Ihr Gesicht war grimmig anzusehen, ihre Bewegungen wild und aufgeregt, und ich glaube, wenn man sie gefragt hätte, weshalb sie zu mir geeilt war, hätte sie es vielleicht selbst nicht zu sagen gewußt. Ich muß hier im voraus bemerken, damit es nicht gar zu unverständlich ist, daß sie gerade eine ungeheuerliche, sie fast niederschmetternde Nachricht erhalten hatte und sich noch unter dem ersten erschütternden Eindruck befand. Und dieses Ereignis war zum Teil durch mich verursacht worden. Übrigens blieb sie nur eine halbe Minute bei mir, oder sagen wir meinethalben eine ganze Minute, aber gewiß nicht länger. Sie fiel nur so über mich her.

»Da ist er! Also, so bist du!« schrie sie mich an – ganz krumm stand sie vor mir aufgepflanzt da. »Du junger Hund! Was hast du angerichtet? Oder weißt du's etwa nicht? Da sitzt er und trinkt noch Kaffee! Ach, du Klatschbase, du Plappermaul, du windiger Liebhaber! . . . Solchen Lümmeln sollte man einfach Ruten geben! Jawohl, Ruten, Ruten!«

»Tatjana Pawlowna, was ist geschehen? Was ist denn los? Mama . . .?«

»Wirst's schon erfahren!« schrie sie drohend, und fort war sie, kaum daß ich sie gesehen hatte. Ich wäre ihr natürlich nachgelaufen, aber ein Gedanke hielt mich zurück, oder nicht einmal ein Gedanke, sondern nur eine dunkle Unruhe: ich ahnte, daß der »windige Liebhaber« das wichtigste und bedeutsamste Wort von allen ihren gegen mich geschleuderten Schmähungen gewesen war; freilich, auf den ganzen Zusammenhang wäre ich nie und nimmer von selbst gekommen. Aber ich machte mich doch sogleich auf den Weg, um so schnell wie möglich die Sache mit Stebelkoff zu erledigen und dann zum alten Fürsten zu eilen. »Dort ist der Schlüssel zu allem!« dachte ich instinktiv.

Es war mir unbegreiflich, woher Stebelkoff von der heimlichen Verlobung Anna Andréjewnas bereits gehört haben konnte, aber er wußte schon die ganze Geschichte und sogar bis in die kleinsten Einzelheiten. Ich will nicht alle seine Reden und Gebärden wiedergeben, aber er war entzückt, war ganz zappelig vor Entzücken über diesen »diplomatisch genialen Coup!«, wie er sich ausdrückte.

»Nein, das ist mir mal ein Frauenzimmer! Teufel noch eins! Nein, sehen Sie, das ist mal ein Frauenzimmer!« rief er ein über das andere Mal. »Die ist uns über! Da sitzen wir nun und sitzen, und 's kommt nichts dabei raus; sie aber, sie hatte mal Lust, das Wasser aus der Quelle selbst zu trinken, und da geht sie einfach hin und trinkt, trinkt's auch wirklich! Das . . . das ist eine antike Statue! Das ist ja Minerva selber, bloß daß sie herumgeht und moderne Kleider trägt!«

Ich ersuchte ihn, zur Sache zu kommen. Es handelte sich, wie ich schon vermutet hatte, nur darum, daß ich dem jungen Fürsten zureden sollte, zum alten Fürsten Nikolai Iwánowitsch zu fahren und ihn um seine Hilfe zu bitten. »Sonst wird es ihm, dem Fürsten Ssergei Petrówitsch, doch verdammt schlecht ergehen können! Das liegt doch jetzt nicht mehr in meiner Macht! Ist das so oder nicht?«

Er sah mir wieder in die Augen, aber ich glaube, er vermutete nicht einmal, daß ich inzwischen etwas erfahren haben könnte, was ich während unseres Gesprächs vor zwei Tagen noch nicht gewußt hatte. Aber wie hätte er das auch vermuten sollen, da ich mit keinem Wort, mit keiner Anspielung verriet, daß ich von den Aktien etwas wußte. Wir sprachen nicht lange; er begann mir sogleich Geld zu versprechen, und zwar »viel Geld, sehr viel Geld, wenn Sie nur dazu beitragen, daß der Fürst hinfährt und ihn bittet! Die Sache drängt, drängt fürchterlich, und das ist ja eben das Zwingende, daß sie so drängt!«

Ich hatte keine Lust, ihm zu widersprechen und mich lange mit ihm abzugeben. Ich sagte daher nur, ich würde es »versuchen«. Doch plötzlich setzte er mich maßlos in Erstaunen: ich ging bereits zur Tür, als er auf einmal schmeichelnd seinen Arm um meine Schulter legte und . . . die unverständlichsten Dinge zu reden anfing. Ich übergehe die Einzelheiten und gebe nur den Sinn des Gesprächs wieder, um nicht zu ermüden. Der Sinn war kurz gesagt der, daß er das Ansinnen an mich stellte, ihn mit – Dergatschöff bekannt zu machen, da ich, wie er meinte, »doch dort verkehre!«

Ich verstummte sofort und horchte auf – gab mir aber die größte Mühe, ihn nichts merken zu lassen. Übrigens sagte ich ihm gleich darauf, daß ich dort keineswegs verkehrte und nur einmal, und auch damals nur zufällig, bei ihnen gewesen war.

»Aber wenn Sie schon einmal zugelassen worden sind, dann können Sie doch wieder hingehen, das ist doch so? – oder nicht?«

Nun fragte ich ihn ganz offen, aber sehr kaltblütig, weshalb er das denn wünschte? Und wirklich, ich kann es noch immer nicht verstehen, wie die Naivität eines offenbar doch gar nicht dummen Menschen, dazu noch eines »Geschäftsmannes«, wie Wassin ihn bezeichnet hatte, in dieser Sache so weit gehen konnte! Er erklärte mir nämlich auf meine Frage ohne weiteres, daß er bei Dergatschoff »etwas Verbotenes, sogar streng Verbotenes« vermute, und folglich könnte ich, wenn ich dahinterkäme, einen gewissen Vorteil für mich herausschlagen . . . Und er zwinkerte mir lächelnd mit dem linken Auge zu. Ich antwortete ihm darauf so gut wie nichts Bestimmtes, tat aber, als erwöge ich den Vorschlag, und sagte schließlich, ich würde darüber »noch nachdenken«. Dann beeilte ich mich, fortzukommen. Die Sache wurde verwickelter. Ich fuhr schnell zu Wassin, den ich zum Glück zu Hause traf.

»Ah, auch Sie!« sagte er rätselhaft, als er mich erblickte.

Ich schenkte diesem Ausruf weiter keine Beachtung, sondern erzählte ihm gleich diese letzte Geschichte mit Stebelkóff. Er war sichtlich verdutzt, doch verlor er deshalb keinen Augenblick seine Kaltblütigkeit. Er fragte mich eingehend nach den Einzelheiten, und ich mußte ihm alles ganz ausführlich wiedergeben.

»Ist es nicht doch möglich, daß Sie ihn falsch verstanden haben?«

»Nein, ich habe ihn ganz richtig verstanden; denn der Sinn seiner Worte war überhaupt nicht mißzuverstehen.«

»Jedenfalls bin ich Ihnen außerordentlich dankbar«, sagte er aufrichtig. »Ja, in der Tat, wenn alles so war, dann hat er wohl gedacht, Sie würden einer gewissen Summe nicht widerstehen können.«

»Zumal er meine Lage sehr gut kennt: ich habe viel gespielt und habe mich schlecht aufgeführt, Wassin.«

»Ich habe davon gehört.«

»Am unverständlichsten ist mir aber«, wagte ich, scheinbar unbefangen und wie beiläufig, zu bemerken, »daß er von Ihnen doch weiß, daß Sie zu diesen Leuten gehen.«

»Er weiß ganz genau«, erwiderte Wassin einfach und selbstverständlich, »daß ich mit alledem nichts zu tun habe. Und eigentlich sind ja alle diese jungen Leute doch nur Schwätzer und nichts weiter; übrigens müssen Sie sich ja selbst noch am besten daran erinnern.«

Wie mir schien, traute er mir in irgendeiner Beziehung doch nicht ganz.

»Jedenfalls bin ich Ihnen außerordentlich dankbar«, sagte er noch einmal.

»Man spricht davon, daß es Herrn Stebelkoff geschäftlich nicht gerade gut gehen soll«, bemerkte ich wieder wie beiläufig, scheinbar ohne jeden Hintergedanken, »wenigstens habe ich von gewissen Aktien gehört . . .«

»Von was für Aktien?« fragte er, und ich sah, wie er sofort aufhorchte.

Ich hatte mit Absicht nur »gewisse Aktien« erwähnt, aber selbstverständlich nicht deshalb, um ihm das Geheimnis des

Fürsten mitzuteilen. Ich wollte nur eine Anspielung machen und aus seinem Gesicht, aus seinen Augen ersehen, ob er von diesen Aktien etwas wußte. Und ich erreichte meinen Zweck: aus einem unwillkürlichen, wenn auch kaum merklichen Zucken seines Gesichts erriet ich, daß er auch davon etwas wußte. Ich antwortete nicht auf seine Frage, was für Aktien das wären, sondern sprach von anderem weiter; aber auch er ging merkwürdigerweise auf anderes über.

»Wie geht es Lisaweta Makarowna?« erkundigte er sich teilnehmend.

»Gut. Meine Schwester schätzt Sie sehr ...«

Seine Augen erglänzten vor Freude; ich hatte schon längst bemerkt, daß Lisa ihm nicht gleichgültig war.

»Fürst Ssergei Petrówitsch Ssokólskij war vor einiger Zeit bei mir«, teilte er mir auf einmal mit.

»Wann das?« fragte ich überrascht.

»Vor vier Tagen.«

»Nicht gestern?«

»Nein, gestern nicht.«

Er sah mich fragend an.

»Ich werde Ihnen vielleicht später einmal Näheres über diesen Besuch erzählen, jetzt aber möchte ich Sie nur im voraus darauf aufmerksam machen, zur Warnung«, sagte Wassin rätselhaft, »daß er sich, wie mir schien, in einem gewissermaßen unnormalen Gemüts- und sogar ... Geisteszustand befand. Übrigens ist noch jemand bei mir gewesen«, sagte er plötzlich lächelnd, »soeben, kurz bevor Sie kamen, und auch bei diesem Besuch mußte ich auf einen nicht ganz normalen Zustand schließen.«

»War der Fürst soeben hier?«

»Nein, nicht der Fürst, ich rede jetzt nicht vom Fürsten. Bei mir war vorhin ... Andrei Petrowitsch Werssiloff und ... Wissen Sie nichts? Ist ihm nicht etwas Besonderes widerfahren?«

»Vielleicht, es wäre möglich – aber was ist ihm denn hier bei Ihnen passiert?« fragte ich gespannt.

»Eigentlich dürfte ich das nicht sagen ... Wir führen heute eine etwas sonderbare Unterhaltung, über lauter Geheimnisse«, setzte er mit einem Lächeln hinzu. »Andrei Petrowitsch hat übrigens Verschwiegenheit von mir nicht ausdrücklich verlangt. Aber da Sie sein Sohn sind und ich Ihre Gefühle für ihn kenne, so dürfte es diesmal sogar geboten sein, Sie davon in Kenntnis zu setzen. Stellen Sie sich vor, er kam zu mir, um mich zu fragen, ob ich, wenn er sich in den nächsten Tagen duellieren müßte – ob ich dann die Rolle seines Sekundanten übernehmen würde. Ich habe natürlich abgelehnt.«

Ich war maßlos verwundert. Diese Neuigkeit war die beunruhigendste von allen: es mußte etwas geschehen, ihm etwas widerfahren sein, wovon ich noch nichts wußte! Und plötzlich, im Augenblick, fiel es mir flüchtig ein, daß Werssiloff gestern zu mir gesagt hatte: »Nicht ich werde zu dir kommen, wohl aber wirst du zu mir stürzen.« Ich fuhr schnell zum alten Fürsten Nikolai Iwánowitsch und hatte nun noch intensiver das Vorgefühl, daß dort die Lösung des Rätsels zu finden war. Wassin dankte mir beim Abschied noch einmal.

II

Der alte Fürst saß vor dem Kamin, die Beine mit einem Plaid warm zugedeckt. Er empfing mich mit einem eigentümlich fragenden Blick, ganz als wundere er sich über mein Kommen, und dabei hatte er doch selbst fast jeden Tag nach mir geschickt. Übrigens begrüßte er mich freundlich, aber auf meine ersten Fragen antwortete er gleichsam mißmutig und merkwürdig zerstreut. Hin und wieder schien er über irgend etwas nachzudenken, und dann sah er mich fragend an, ganz als versuche er sich einer Sache zu erinnern, die er zum Teil vergessen hatte und die sich zweifellos auf mich bezog. Ich sagte ihm ganz offen, daß ich schon alles gehört hätte und mich sehr freute. Ein freundliches und gutes Lächeln erschien sofort auf seinen Lippen, und er belebte sich förmlich; seine Zurückhaltung und sein Mißtrauen verschwanden im Nu, als hätte er sie plötzlich ganz vergessen. Und so war es wohl auch.

»Du bist mein lieber junger Freund, ich wußte es ja, daß du als erster kommen würdest. Weißt du, noch gestern dachte ich an dich. Ich fragte mich: ‚Wer wird sich darüber freuen?' und ich sagte mir: ‚*Er* wird sich freuen!' Nun, aber sonst wohl niemand mehr; aber das tut ja nichts. Die Menschen haben böse Zungen, aber das ist doch nicht der Rede wert. Cher enfant, das ist ja alles so erhaben und so wundervoll ... Aber du kennst sie ja selbst. Von dir hält Anna Andrejewna sehr viel. Sie ... sie hat das strenge und schöne Gesicht eines englischen Keepsake. Sie ist wie der schönste englische Stahlstich, den man sich nur denken kann ... Vor drei Jahren hatte ich eine ganze Sammlung von solchen Stichen ... Ich habe schon von jeher, von jeher diese Absicht gehabt! Ich wundere mich nur, weshalb ich nicht von selbst darauf gekommen bin!«

»Sie haben ja Anna Andrejewna, soviel ich weiß, immer schon sehr geliebt und bevorzugt.«

»Mein Freund, wir wollen niemandem schaden. Das Leben mit Freunden, mit Verwandten, mit denen, die unserem Herzen teuer sind, das ist das Paradies. Alle sind wir Dichter ... Das weiß man schon seit prähistorischen Zeiten. Weißt du, wir werden im Sommer zuerst nach Bad Soden reisen und dann nach Bad Gastein. Aber du bist so lange nicht bei mir gewesen, wo warst du denn die ganze Zeit? Ich habe auf dich gewartet. Und nicht wahr, es ist doch inzwischen so viel geschehen! Schade nur, daß ich nicht ruhig bin: sobald ich allein bin, werde ich gleich unruhig. Und deshalb darf ich auch nicht allein bleiben, nicht wahr? Das ist doch klar wie's Einmaleins. Das habe ich auch sofort eingesehen, schon nach ihren ersten Worten. Oh, mein Freund, sie hat ja im ganzen nur zwei Worte gesagt, aber die ... die waren in ihrer Art so etwas wie das wunderbarste Gedicht. Aber du bist ja ihr Bruder, ja, beinah ihr Bruder, nicht wahr? Mein Lieber, deshalb habe ich dich auch so liebgewonnen. Ich schwöre dir, ich habe das alles vorausgefühlt. Ich habe ihr nur die Hand geküßt und dann geweint.«

Er zog sein Taschentuch hervor, als wolle er wieder zu weinen anfangen. Er war sehr erschüttert, und sein Befinden schien so schlecht zu sein, wie ich es bis dahin noch nie erlebt hatte. Gewöhnlich oder sogar fast immer war er frischer und aufgeräumter gewesen.

»Ich würde allen verzeihen, mein Freund«, stammelte er weiter. »Ich habe den Wunsch, allen zu verzeihen, und ich ärgere mich schon lange über niemand mehr. Mir bleibt die Liebe zur Kunst, la poésie dans la vie, Wohltun den Armen, und *sie* ... das ist biblische Schönheit. Quelle charmante personne, nicht wahr? Les chants de Salomon ... non, ce n'est pas Salomon, c'est David, qui mettait une jeune belle dans son lit pour se chauffer dans sa vieillesse. Enfin David, Salomon – das dreht sich alles in meinem Kopf, das reine Durcheinander. Jedes Ding, cher enfant, kann erhaben und gleichzeitig lächerlich sein. Cette jeune belle de la vieillesse de David – c'est tout un poème, aber bei einem Paul de Kock wäre daraus irgendeine scène de bassinoire geworden, und wir würden alle darüber lachen. Paul de Kock hat weder Maß noch Geschmack, wenn er auch Talent hat ... Katerina Nikolájewna lächelt ... Ich sagte ihr, daß wir niemanden stören werden. Wir haben unseren Roman begonnen, und nun soll man uns ihn auch beenden lassen. Mag das ein Traum sein, aber man soll uns diesen Traum nicht nehmen.«

»Wieso denn ein Traum, Fürst?«

»Ein Traum? Wieso ein Traum? Nun, meinetwegen kann es auch nur ein Traum sein, aber man soll mich wenigstens mit diesem Traum sterben lassen.«

»Oh, Fürst, warum denn sterben? Leben müssen Sie, gerade jetzt leben!«

»Ja, was habe ich denn anderes gesagt? Ich sage doch die

ganze Zeit nur das. Ich weiß wirklich nicht, weshalb das Leben so kurz ist. Damit es nicht langweilig werde, natürlich, denn das Leben ist ein Kunstwerk des Schöpfers selbst, ein Kunstwerk von der vollendeten und untadeligen Form eines Puschkinschen Gedichts. Kürze ist die erste Bedingung des Künstlerischen. Aber wenn jemand das Leben nicht langweilig findet, so könnte man den doch auch etwas länger leben lassen.«

»Sagen Sie, Fürst, ist die Verlobung schon offiziell?«

»Nein, mein Lieber, durchaus nicht! Wir haben das alle unter uns nur so beschlossen. Es bleibt in der Familie, nur in der Familie, nur in der Familie. Vorläufig habe ich bloß Katerina Nikolájewna alles mitgeteilt, da ich mich ihr gegenüber schuldig fühle. Oh, Katerina Nikolájewna ist ein Engel, ein Engel!«

»Ja, ja, das ist sie!«

»Ja? Auch du sagst ‚ja'? Und ich dachte, daß gerade du ihr Feind wärest. Apropos, da fällt mir ein: sie bat mich doch, dich nicht mehr zu empfangen. Und stell dir vor: als du hereinkamst, hatte ich das auf einmal ganz vergessen.«

»Was sagen Sie?« Ich sprang auf. »Aber weswegen denn? Wann hat sie das gesagt?«

(Meine Ahnung hatte mich also nicht betrogen! Ja, gerade etwas von der Art hatte ich schon die ganze Zeit geahnt, seit dem überraschenden Erscheinen Tatjana Pawlownas bei mir!)

»Gestern, mein Lieber, gestern hat sie es mir gesagt, und ich verstehe gar nicht, wie du jetzt überhaupt hast hereinkommen können; denn es sind doch schon Anweisungen gegeben worden. Wie bist du hereingekommen?«

»Ich bin ganz einfach eingetreten.«

»Das ist auch am wahrscheinlichsten. Wenn du dich mit vorsichtiger Schlauheit hereingestohlen hättest, würde man dich bestimmt aufgehalten haben, aber da du ganz einfach hereinkamst, haben sie dich durchgelassen. Die Einfachheit, mon cher, ist im Grunde die höchste Schlauheit.«

»Ich verstehe noch immer nicht: also auch Sie hatten beschlossen, mich nicht mehr zu empfangen?«

»Nein, mein Freund, ich habe gesagt, daß mich das nichts anginge... Das heißt, ich habe zu allem jaja gesagt. Glaube mir, mein lieber Junge, daß ich dich viel zu gern habe... Aber Katerina Nikolajewna hat das gar zu bestimmt verlangt... Ah, sieh da!«

In diesem Augenblick erschien Katerina Nikolájewna in der Tür. Sie war zum Ausgehen angezogen und kam, um ihrem Vater vor dem Fortgehen einen Kuß zu geben, wie sie das immer tat. Als sie mich erblickte, stutzte sie, wurde verlegen, drehte sich schnell um und ging hinaus.

»Voilà!« rief der Fürst bestürzt und furchtbar aufgeregt.

»Das ist ein Mißverständnis!« rief ich, »das muß ich im Augenblick... Ich... ich komme sofort zurück, Fürst!«

Und schon eilte ich Katerina Nikolájewna nach.

Was nun folgte, geschah alles so schnell, daß ich nicht nur keine Zeit hatte, zu überlegen, wie ich mich verhalten und vorgehen sollte, sondern daß ich überhaupt nicht zur Besinnung kam. Hätte ich auch nur ein wenig überlegen und mich vorbereiten können, so würde ich mich selbstverständlich ganz anders aufgeführt haben. So jedoch verlor ich wie ein kleiner Junge einfach den Kopf. Ich eilte zunächst zu ihren Zimmern, aber unterwegs stieß ich auf einen Diener, der mir sagte, daß Katerina Nikolajewna bereits hinausgegangen sei und sich in den Wagen setze. Da lief ich Hals über Kopf ins Treppenhaus. Katerina Nikolajewna stieg, schon im Pelz, die Treppe hinunter, und neben ihr ging, oder vielmehr, es führte sie ein hochgewachsener wohlgestalteter Offizier in Uniform, ohne Mantel, den Säbel bereits an der Seite; ein Diener trug ihm den Mantel nach. Das war Baron Bjoring. Er war Oberst, etwa fünfunddreißig Jahre alt, der Typ eines eleganten Offiziers: sehnig, mit einem um eine Idee zu langen Gesicht, einem rötlichblonden Schnurrbart und sogar ebensolchen Wimpern. Sein Gesicht war zwar gar nicht hübsch, aber es war von scharfem Schnitt und herausforderndem Ausdruck. Ich beschreibe ihn nur flüchtig, wie ich ihn in diesem Augenblick sah. Bis dahin hatte ich ihn noch niemals gesehen. Ich eilte ihnen ohne Hut und Pelz nach. Katerina Nikolajewna bemerkte mich zuerst und flüsterte ihm schnell etwas zu. Er wollte schon den Kopf nach mir umwenden, gab aber dann nur dem Diener und dem Portier einen Wink. Der Diener machte schnell einen Schritt auf mich zu – das war schon an der Haustür –, doch ich schob ihn zur Seite und lief ihnen nach auf die Vorfahrt. Bjoring half Katerina Nikolajewna in die Equipage.

»Katerina Nikolájewna! Katerina Nikolájewna!« rief ich sinnlos. (Wie ein Dummkopf! Wie ein Dummkopf! Oh, ich erinnere mich noch so genau; ich war ohne Hut!)

Bjoring wandte sich wütend halb nach dem Diener um und rief ihm laut etwas zu, ein oder zwei Worte, ich verstand aber nicht, was. Ich fühlte nur, wie mich jemand am Ellbogen packte. Da zogen die Pferde an, und die Equipage rollte davon – ich rief noch einmal und wollte ihr nachlaufen, aber ich sah nur noch, daß Katerina Nikolajewna zum Fenster hinausschaute und in großer Unruhe zu sein schien. Aber in meiner Hast, ihr nachzueilen, stieß ich plötzlich heftig an den Baron, ohne es zu gewahren, und ich glaube, ich trat ihm auf den Fuß. Er schrie leicht auf, knirschte mit den Zähnen, faßte mich mit starker Hand an der Schulter und stieß mich wütend fort, so daß ich gute drei Schritt zurückflog. In dem Augenblick reichte ihm der Diener den Mantel; er warf ihn sich um die Schultern, setzte sich in seinen Schlitten und rief im Fortfahren den Dienern und dem Portier noch einmal drohend etwas zu, wobei er auf mich wies. Ich wurde von ihnen ergriffen und festgehalten: der eine warf mir meinen Pelz um, der andere reichte mir den Hut und – ich weiß nicht, was sie noch sagten; ich stand und hörte sie wohl sprechen, aber ich begriff nichts. Und auf einmal drehte ich ihnen den Rücken und eilte davon.

III

Ich lief, ohne zu überlegen, ohne zu denken, ich stieß achtlos die Menschen an und sah kaum etwas, bis ich schließlich die Wohnung Tatjana Pawlownas erreichte. Ich verfiel auch nicht einmal darauf, mir unterwegs eine Droschke zu nehmen. Bjoring hatte mich vor *ihren* Augen zurückgestoßen! Nun ja, ich war ihm auf den Fuß getreten, und da mag er es ganz unwillkürlich getan haben, wie einer, dem jemand auf ein Hühnerauge tritt (und ich war ihm vielleicht wirklich auf ein Hühnerauge getreten!). Aber *sie* hatte es gesehen und hatte auch gesehen, wie die Diener mich ergriffen, und alles das war vor ihren Augen geschehen, vor ihren Augen! Als ich zu Tatjana Pawlowna hineinstürzte, konnte ich zunächst kein Wort hervorbringen. Mein Unterkiefer zitterte wie im Fieber. Aber ich war ja auch im Fieber, und außerdem weinte ich . . . Oh, man hatte mich so grausam gekränkt!

»Ah! Na was? Bist hinausgeworfen worden? Das ist recht, das ist recht!« sagte Tatjana Pawlowna.

Ich sank stumm auf ihr Sofa und sah sie an.

»Aber was ist denn mit ihm?« Sie betrachtete mich prüfend. »Er zittert ja! – Da, trink mal etwas Wasser, hier ist Wasser, trink! Und jetzt sag, was hast du dort noch angerichtet?«

Ich murmelte etwas davon, daß man mich hinausgeworfen und Bjoring mich auf der Straße gestoßen hatte.

»So? Kannst du jetzt schon etwas verstehen oder noch nicht? Dann nimm mal dies hier – lies und freue dich!«

Sie nahm einen Brief vom Tisch, gab ihn mir und blieb erwartungsvoll vor mir stehen. Ich erkannte sofort die Handschrift Werssiloffs: es war ein Brief von ihm an Katerina Nikolájewna. Ich fuhr zusammen, und im Augenblick war auch mein Verstand wieder klar, und ich begriff mit aller Schärfe. Der Inhalt dieses entsetzlichen, schändlichen, verrückten Räuberbriefes war buchstäblich folgender:

»Sehr geehrte gnädige Frau!

Obschon ich weiß, wie verderbt Sie Ihrer Naturanlage und Ihren Anschauungen nach sind, habe ich doch gedacht, daß Sie Ihre Leidenschaften manchmal etwas zügeln und es wenigstens nicht auf Kinder absehen würden. Aber Ihre Schamlosigkeit schreckt selbst davor nicht zurück. Ich teile Ihnen hierdurch mit, daß das Ihnen bekannte Dokument bestimmt nicht verbrannt worden ist und sich auch niemals in den Händen des Herrn Krafft befunden hat, weshalb Sie auf diese Weise nichts erreichen werden. Verderben Sie deshalb nicht zwecklos einen Jüngling. Verschonen Sie ihn, er ist noch nicht volljährig, ist fast noch ein Knabe, ist sowohl geistig wie körperlich noch unentwickelt. Was hätten Sie an diesem Jungen? Ich aber nehme Anteil an ihm, und deshalb wage ich, Ihnen das zu schreiben, wenn ich auch nicht auf einen Erfolg hoffe. Ich habe die Ehre, Sie davon in Kenntnis zu setzen, daß ich eine Abschrift dieses Briefes gleichzeitig an Baron Bjoring sende. A. Werssiloff.«

Ich wurde bleich, als ich das las, dann aber schoß mir das Blut plötzlich heiß ins Gesicht, und meine Lippen bebten vor Empörung.

»Damit meint er ja mich! Damit meint er das, was ich ihm vorgestern anvertraut habe!« rief ich, zitternd vor Wut.

»Das ist's ja, daß du's ihm anvertraut hast!« Tatjana Pawlowna riß mir den Brief aus der Hand.

»Aber ... ich habe ja gar nicht das ... so was hab' ich ihm doch gar nicht gesagt! O Gott, was muß sie jetzt von mir denken! Aber er ist ja wahnsinnig! Er ist wirklich wahnsinnig ... Ich habe ihn gestern gesehen. Wann ist der Brief abgesandt?«

»Gestern im Lauf des Tages; am Abend hat sie ihn erhalten, und heute früh brachte sie ihn mir persönlich.«

»Ich habe ihn gestern gesehen, er ist wahnsinnig! Das hat Werssiloff nicht schreiben können, das hat ein Wahnsinniger geschrieben! Wer schreibt denn so etwas an eine Frau?«

»Eben solche Verrückte schreiben's in ihrer Wut, wenn sie vor Eifersucht und Zorn blind und taub werden und ihr Blut sich in Gift verwandelt ... Du weißt noch gar nicht, was für einer er ist! Dafür wird man ihn jetzt so niederschlagen, daß überhaupt nichts mehr von ihm übrigbleibt. Er steckt ja selber seinen Kopf unter das Richtschwert! Er sollte doch lieber nachts auf die Nikolaibahnstrecke gehen und seinen Kopf auf die Schienen legen! Da würde er ihm so hübsch abgeschnitten werden! ... wenn er ihm nun mal zum Tragen zu schwer geworden ist! Und was hat dich denn geplagt, ihm das zu erzählen? Wozu mußtest du ihn denn noch aufreizen? Wolltest dich wohl rühmen vor ihm?«

»Aber was ist das für ein Haß! Was für ein Haß!« rief ich und schlug mir mit der Hand vor die Stirn. »Und weshalb, weshalb? Haß gegen eine Frau! Was hat sie ihm denn getan? Was für Beziehungen muß es zwischen ihnen gegeben haben, daß solche Briefe überhaupt geschrieben werden können?«

»Was für ein ... ‚Haß'?« verhöhnte mich Tatjana Pawlowna wütend mit beißendem Spott.

Wieder schoß mir das Blut ins Gesicht: es war mir, als hätte ich noch etwas ganz Neues zu begreifen; ich sah sie mit größter Spannung fragend an.

»Scher dich weg! Geh mir aus den Augen!« kreischte sie auf einmal und wandte sich schnell von mir ab. »Hab' mich genug mit euch allen abgegeben! Bin es satt! Und wenn ihr auch alle umkommt! ... Nur um deine Mutter täte es mir noch leid ...«

Ich eilte von ihr natürlich zu Werssiloff. Nein, war das aber eine Niedertracht! So eine heimtückische Niedertracht!

IV

Werssiloff war nicht allein. Eins muß ich vorausschicken: da er nun einmal diesen verhängnisvollen Brief an Katerina Nikolajewna und eine Abschrift desselben tatsächlich an

Baron Bjoring abgesandt hatte (und nur Gott mochte wissen, weshalb), war er selbstverständlich auch auf die Folgen seiner Handlungsweise gefaßt gewesen und hatte deshalb schon am Morgen gewisse Vorkehrungen getroffen. So waren auf seinen Wunsch hin Mama und Lisa, (die, wie ich später erfuhr, an diesem Morgen nicht ganz wohl zurückgekehrt war und sich zu Bett gelegt hatte) nach oben in das Giebelstübchen, in den sogenannten »Sarg«, übergesiedelt; und die Zimmer unten, besonders unser Empfangszimmer, waren sorgfältig aufgeräumt und geputzt worden. Und richtig: um zwei Uhr mittags erschien bei ihm ein Baron R., ein Oberst, etwa vierzig Jahre alt, deutscher Abstammung, von hohem Wuchs, hager, doch offenbar von großer physischer Kraft, und auch so rötlich blond wie Bjoring, nur zeigte sich bei ihm schon der Anfang einer Glatze. Er war einer von diesen Baronen R., deren es sehr viele in der russischen Armee gibt, die alle als »Barone« ein übertriebenes Ehrgefühl haben, gar kein Vermögen besitzen und nur von ihrem Gehalt leben, dabei im Dienst unermüdlich und vortreffliche Frontoffiziere sind. Sie waren bereits mitten in ihrer Auseinandersetzung, als ich eintrat, und schienen beide sehr gereizt zu sein. Wie hätten sie es auch nicht sein sollen! Werssiloff saß auf dem Sofa hinter dem Tisch, der Baron seitlich in einem Sessel. Werssiloff war bleich, sprach jedoch sehr beherrscht und jedes Wort scharf durch die Zähne; der Baron dagegen sprach mit erhobener Stimme und war sichtlich zu heftigen Bewegungen geneigt, bezwang sich aber noch, wenn auch nur mit Mühe, blickte streng, hochmütig und sogar mit Verachtung drein, doch sah man ihm trotzdem eine gewisse Verwunderung an. Als er mich erblickte, verfinsterte sich sein Gesicht; Werssiloff aber schien sich über mein Erscheinen fast zu freuen.

»Guten Tag, mein Lieber. Baron, dieser noch sehr junge Mann ist derselbe, von dem in meinem Brief die Rede ist, aber ich versichere Ihnen, seine Anwesenheit wird uns nicht stören und uns vielleicht sogar zustatten kommen.«

Der Baron musterte mich mit Verachtung.

»Mein Lieber«, fügte Werssiloff hinzu, indem er sich zu mir wandte, »es freut mich, daß du gekommen bist; du setzt dich vielleicht so lange dorthin in die Ecke, bis der Baron und ich unsere Auseinandersetzung beendet haben. Ich bitte dich darum. Beruhigen Sie sich, Baron, er wird uns nicht stören und nur dort in der Ecke sitzen.«

Mir war das schließlich einerlei; denn ich hatte meinen Vorsatz schon gefaßt, und außerdem war ich nicht wenig verwirrt. Ich setzte mich stumm in die Ecke, so weit wie möglich entfernt, und verharrte dort regungslos . . .

»Ich versichere Ihnen nochmals, Baron«, sagte Werssiloff mit fester Stimme, »daß ich Katerina Nikolajewna Achmakowa, an die ich diesen unwürdigen und krankhaften Brief geschrieben habe, nicht nur für das edelste Wesen, sondern für den Gipfel aller Vollkommenheit halte!«

»Eine solche Widerrufung Ihrer eigenen Worte ist aber, wie ich Ihnen bereits erklärt habe, fast eine Wiederholung derselben«, erwiderte der Baron ungehalten. »Ihre Worte bezeugen entschieden nicht das, was man Ehrerbietung nennt.«

»Und doch kann ich Sie nur ersuchen, meine Worte in ihrem buchstäblichen Sinne aufzufassen. Ich leide an gewissen Anfällen und . . . muß deshalb auch eine Kur machen. Und in einem solchen Augenblick habe ich leider . . .«

»Solche Erklärungen kann ich unter keinen Umständen gelten lassen. Ich habe Sie schon noch und noch darauf aufmerksam gemacht, daß Sie unentwegt fortfahren, auf Ihrer falschen Auffassung zu beharren, und das vielleicht sogar absichtlich! Ich habe Sie schon gleich zu Anfang darauf hingewiesen, daß diese Dame bei Behandlung der ganzen Frage, das heißt Ihres Schreibens an die Generalin Achmakoff, in unserer gegenwärtigen Auseinandersetzung ein für allemal ausgeschaltet werden muß; Sie aber kommen immer wieder darauf zurück. Baron Bjoring hat mich gebeten und mich beauftragt, ihm in dieser Angelegenheit nur darüber Klarheit zu verschaffen, was ihn allein und persönlich trifft, also über

Ihre herausfordernde Zusendung einer Kopie jenes Briefes an ihn, und ferner über Ihre Bemerkung, daß Sie zu jeder von ihm gewünschten Satisfaktion bereit seien.«

»Aber dieses letztere dürfte doch wohl, denke ich, ohne weiteres klar sein.«

»Ich verstehe, das haben Sie schon gesagt. Sie suchen also nicht einmal Ihre Entschuldigung, sondern bestehen unverändert nur darauf, daß Sie zu jeder von ihm gewünschten Satisfaktion bereit sind. Aber das ist doch gar zu wohlfeil! Und deshalb halte ich mich schon jetzt für berechtigt, in Anbetracht der Wendung, die Sie dieser Auseinandersetzung hartnäckig zu geben suchen, Ihnen nun auch meinerseits alles, und zwar rückhaltlos, zu sagen: das heißt, ich bin zu der Überzeugung gekommen, daß Baron Bjoring unter gar – kei–nen Umständen mit Ihnen etwas zu tun haben kann ... auf der Grundlage gesellschaftlicher Gleichstellung.«

»Eine solche Auffassung ist natürlich die vorteilhafteste für Ihren Freund, den Baron Bjoring, und ich kann Ihnen gestehen, Sie überraschen mich damit nicht im geringsten: ich war auf so etwas gefaßt.«

Nebenbei bemerkt: ich hatte schon aus den ersten Worten, ja, schon auf den ersten Blick erkannt, daß Werssiloff absichtlich auf einen Zusammenstoß lossteuerte, diesen reizbaren Baron geflissentlich reizte und herausforderte und seine Geduld vielleicht einer gar zu harten Probe aussetzte. Der Baron zuckte zusammen, konnte sich aber noch beherrschen.

»Ich habe gehört, daß Sie witzig sein können, aber Witz ist noch nicht Verstand.«

»Eine außergewöhnlich tiefe Bemerkung, Oberst.«

»Ich habe Sie nicht um Ihren Beifall gebeten«, fuhr der Baron gereizt auf, »und bin nicht gekommen, um hier leeres Geschwätz zu führen! Ich ersuche Sie, mich anzuhören und zu Ende sprechen zu lassen: Baron Bjoring war sich keineswegs klar darüber, was er nach Empfang Ihres Briefes von Ihnen halten sollte, da ein solches Schreiben zweifellos Ihre Reife für eine Irrenanstalt bewies. Und selbstverständlich hätte man sofort Mittel finden können, um Sie ... zu beruhigen. Aber aus gewissen besonderen Gründen entschloß man sich zur Nachsicht mit Ihnen, und es wurden Erkundigungen über Sie eingezogen. So stellte es sich heraus, daß Sie früher allerdings zur guten Gesellschaft gehört haben und Gardeoffizier gewesen sind, jetzt jedoch in der Gesellschaft nicht mehr empfangen werden, und daß Ihr Ruf heute ein mehr als zweifelhafter ist. Trotzdem bin ich hergekommen, um mich persönlich zu unterrichten, und da erlauben Sie sich noch zum Überfluß, leere Worte zu machen und sich damit zu entschuldigen, daß Sie an Anfällen leiden. Das genügt! Baron Bjoring kann in diesem Fall sich und seinen Namen nicht so tief erniedrigen, daß er sich auf diese Geschichte überhaupt einläßt ... Und deshalb, mein Herr, bin ich ermächtigt, Ihnen zu erklären: Sollten Sie sich noch einmal so etwas oder auch nur etwas ähnliches erlauben, so werden unverzüglich Mittel gefunden werden, Sie zur Ruhe zu bringen, und zwar schnell und sicher wirkende, davon können Sie überzeugt sein. Wir leben nicht in einem Urwald, sondern in einem wohlgeordneten Staat!«

»Sind Sie wirklich so fest davon überzeugt, mein guter Baron R.?«

»Zum Teufel!« Der Baron sprang plötzlich auf. »Sie führen mich gar zu sehr in Versuchung, Ihnen unverzüglich zu beweisen, daß ich keineswegs ‚Ihr guter Baron R.' bin!«

»Ich möchte Sie noch einmal darauf aufmerksam machen«, sagte Werssiloff und erhob sich gleichfalls, »daß meine Frau und meine Tochter sich hier in der Nähe befinden ... und deshalb würde ich Sie bitten, nicht so laut zu sprechen, da Ihr Geschrei von ihnen gehört werden könnte.«

»Ihre Frau ... Zum Teufel! Wenn ich hier gesessen und mit Ihnen gesprochen habe, so habe ich das nur getan, um Ihnen einen anderen Standpunkt in dieser widerlichen Geschichte beizubringen!« fuhr der Baron laut und zornig fort und dachte nicht daran, seine Stimme zu dämpfen. »Ich habe aber genug davon!« schrie er wütend. »Sie sind nicht nur aus dem Kreise anständiger Menschen ausgeschlossen, Sie sind überdies noch – ein Maniak, jawohl, sind mit fixen Ideen behaftet, und als solchen hat man Sie uns auch bezeichnet! Sie sind es nicht wert, daß man mit Ihnen Nachsicht hat, und ich erkläre Ihnen, heute noch werden die erforderlichen Schritte getan werden, und man wird Sie an einen Ort befördern, wo man es schon verstehen wird, Sie wieder zur Vernunft zu bringen ... und Sie aus der Stadt zu schaffen!« Er verließ das Zimmer mit großen, schnellen Schritten. Werssiloff geleitete ihn nicht hinaus: er stand da, sah mich zerstreut an, doch wie es schien, ohne mich zu sehen; auf einmal lächelte er, schüttelte seine Haare zurück, nahm dann seinen Hut und ging zur Tür. Ich faßte ihn am Arm.

»Ach, ja, auch du bist hier? Du ... hast es gehört?« Er war vor mir stehengeblieben.

»Wie haben Sie das tun können! Wie haben Sie es so entstellen und mir diese Schande antun können! ... Und noch dazu mit solcher Arglist!«

Er sah mich die ganze Zeit unablässig an, aber sein Lächeln trat immer deutlicher hervor und schien geradezu in ein Lachen übergehen zu wollen.

»Man hat mir die Schmach angetan ... vor ihren Augen! Vor ihren Augen! Man hat mich verspottet, und er ... hat mich auf der Straße gestoßen!« schrie ich außer mir.

»Wirklich? Ach, du armer Junge, wie ich dich bedauere ... So hat man dich dort aus–ge–lacht?«

»Sie lachen noch, Sie lachen noch über mich! Sie finden es lächerlich!«

Er riß seinen Arm aus meiner Hand, setzte den Hut auf und verließ lachend, bereits wirklich lachend, die Wohnung. Wozu sollte ich ihm nachlaufen, wozu jetzt noch? Ich hatte alles begriffen und – in einem Augenblick alles verloren! Auf einmal sah ich meine Mutter in der Tür; sie war von oben heruntergekommen und blickte sich ängstlich um.

»Ist er fortgegangen?«

Ich umfing sie schweigend, und sie drückte sich fest, fest an mich, schmiegte sich geradezu an mich.

»Mama, Liebste, können Sie denn wirklich noch hier bleiben? Kommen Sie gleich mit mir, ich werde Sie verbergen und beschützen, ich werde für Sie wie ein Sträfling arbeiten, für Sie und für Lisa ... Kommen Sie, verlassen wir sie alle, alle, und gehen wir fort! Leben wir ganz allein! Mama, wissen Sie noch, wie Sie mich bei Touchard besuchten und ich Sie nicht anerkennen wollte?«

»Ich weiß es noch, Liebling; ich bin mein Leben lang schuldig vor dir, ich habe dich geboren und dich nicht gekannt.«

»Daran ist nur er schuld, Mama, er allein ist an allem schuld; er hat Sie niemals geliebt!«

»Doch, er hat mich geliebt.«

»Gehen wir, kommen Sie, Mama!«

»Wohin soll ich denn von ihm fortgehen, ist er denn glücklich?«

»Wo ist Lisa?«

»Sie liegt zu Bett; als sie nach Haus kam, fühlte sie sich nicht wohl und legte sich hin. Ich habe solche Angst. Ist man denn dort sehr böse auf ihn? Was werden sie jetzt mit ihm tun? Wohin ist er gegangen? Womit hat dieser Offizier ihm hier gedroht«

»Ach, widerfahren wird ihm ja deshalb doch nichts, beruhigen Sie sich, Mama; ihm widerfährt nie etwas, und ihm kann auch nichts widerfahren. Er ist schon einmal so ein Mensch! Da kommt Tatjana Pawlowna, fragen Sie die, wenn Sie mir nicht glauben, da ist sie!« (Tatjana Pawlowna trat aus dem Korridor ins Zimmer.) »Auf Wiedersehen, Mama. Ich werde gleich zurückkommen, und dann werde ich Sie nochmals dasselbe fragen ...«

Ich eilte hinaus; ich konnte keinen Menschen sehen, wer es auch sein mochte, nicht nur Tatjana Pawlowna; auch Mama quälte mich. Ich wollte allein sein, allein!

V

Aber ich hatte kaum die Straße durchschritten, als ich schon fühlte, daß ich nicht mehr gehen konnte, daß ich mich sinn- und zwecklos unter diesen fremden und teilnahmslosen Menschen herumstieß. Doch wo sollte ich bleiben? Wer brauchte mich, und – was brauchte ich? Ich schleppte mich weiter und verfolgte ganz mechanisch den gewohnten Weg zum Fürsten Ssergei Petrówitsch. Dabei dachte ich aber gar nicht an ihn. Er war nicht zu Haus. Dem Pjotr (seinem Diener) sagte ich, ich würde im Kabinett auf ihn warten (was ich schon oft getan hatte). Das Kabinett war ein großer, hoher Raum, in dem sehr viele Möbel standen. Ich suchte mir den dunkelsten Winkel aus, setzte mich dort auf ein Sofa, stützte die Ellbogen auf den Tisch und den Kopf in die Hände. Ja, das war die Frage: »Was brauchte ich jetzt?« Wenn ich damals diese Frage bewußt hätte formulieren können, so wäre ich doch zu nichts unfähiger gewesen, als sie zu beantworten.

Aber ich konnte weder vernünftig denken noch logische Fragen formulieren. Ich habe schon einmal gesagt, daß ich zu guter Letzt von den Ereignissen förmlich erdrückt war. Ich saß dort, und in meinem Kopf drehte sich alles. In mir war ein Chaos. ‚Ja, ich habe alles in ihm übersehen und nichts bemerkt, nichts begriffen', ging es mir flüchtig durch den Sinn. ‚Er hat mir soeben ins Gesicht gelacht; aber er lachte nicht über mich: er hat ja die ganze Zeit nur an Bjoring gedacht, nicht an mich. Vorgestern bei Tisch, als ich bei ihnen aß, da wußte er schon alles und war finster. Er hat meine dumme Beichte in jenem Kellerrestaurant aufgegriffen und sie auf Kosten der Wahrheit entstellt. Aber wozu? Er glaubt ja selbst nicht ein halbes Wort von dem, was er in seinem Brief an sie geschrieben hat. Ihm war es nur darum zu tun, sie zu beleidigen, sinnlos und grundlos zu beleidigen, ohne selbst zu wissen, wozu; er hat einfach den ersten besten Vorwand benutzt, und diesen Vorwand gab ich ihm mit meiner Beichte ... Die Tat eines tollen Hundes! Will er jetzt etwa Bjoring totschießen? Warum denn? Sein Herz wird es schon wissen, warum! Ich aber habe keine Ahnung davon, was in seinem Herzen vorgeht ... Nein, nein, auch jetzt weiß ich es nicht! ... Sollte er sie denn wirklich bis zu solcher Leidenschaft lieben? Oder sie so leidenschaftlich hassen? Ich weiß es nicht; aber weiß er es denn selbst? Was sagte ich vorhin meiner Mutter, ‚daß ihm nichts widerfahren kann' – was wollte ich damit sagen? Habe ich ihn verloren, oder habe ich ihn noch nicht verloren?'

‚... Sie hat gesehen, wie ich gestoßen wurde ... Sie hat wohl gelacht! – oder sollte sie nicht gelacht haben? Ich hätte an ihrer Stelle gelacht! Der Spion wurde geschlagen, der Spion ...!'

‚Was hat er damit sagen wollen' (das fiel mir ganz plötzlich ein), ‚was hat er damit sagen wollen, was er in diesen schändlichen Brief noch hineingeflochten hat, daß das Dokument gar nicht verbrannt worden ist und noch existiert?'

‚Er wird Bjoring nicht totschießen, er sitzt jetzt bestimmt in dem Kellerrestaurant und hört die „Lucia". Aber nach der „Lucia" wird er vielleicht hingehen und Bjoring erschießen. Bjoring hat mich gestoßen, das ist so gut wie geschlagen; hat er mich wirklich geschlagen? Bjoring ist sogar zu stolz, Werssiloff zu fordern; wie sollte er da eine Forderung von mir annehmen? Vielleicht bleibt mir nichts anderes übrig, als ihn morgen auf der Straße niederzuschießen ...' Diesen letzten Gedanken ließ ich mir ganz mechanisch durch den Kopf gehen, ohne im geringsten dabei zu verweilen.

Hin und wieder war es mir aber, als müsse sogleich die Tür aufgehen und Katerina Nikolajewna trete herein und reiche mir die Hand, und da lachen wir beide ... Oh, mein Student, mein lieber Student!

So zogen die Bilder und Gedanken an mir vorüber, wie meine Wünsche sie heraufbeschworen, als es im Zimmer schon dunkel geworden war.

‚Wie lange ist es denn her, daß ich noch vor ihr stand, mich verabschiedete, und sie reichte mir die Hand und lachte? Wie hat es geschehen können, daß wir in so kurzer Zeit so entsetzlich weit auseinandergekommen sind? Sollte ich nicht einfach zu ihr gehen und mich sofort mit ihr aussprechen, im Augenblick, und ganz einfach alles erklären, ganz einfach?! Mein Gott, wie ist denn das gekommen, daß so plötzlich eine ganz neue Welt angefangen hat! Ja, eine neue Welt, eine ganz, ganz neue Welt... Lisa und der Fürst, die sind noch aus der alten... Ich bin doch jetzt hier beim Fürsten. Und Mama, wie hat sie mit ihm leben können, wenn es so ist! Ich würde es gekonnt haben, ich könnte alles, aber sie? Was soll jetzt werden?‘ Und in meinem kranken Hirn sah ich wie in einem Wirbelwinde die Gestalten aller meiner Bekannten auftauchen und verschwinden. Meine Gedanken wurden immer formloser und ungreifbarer: ich war froh, wenn ich einen von ihnen ganz erfassen und mich an ihn klammern konnte.

‚Ich habe meine Idee!‘ dachte ich auf einmal bewußt.

‚Aber ist es auch so? Habe ich das nicht nur auswendig gelernt? Meine Idee ist – Finsternis und Einsamkeit, aber kann ich denn jetzt noch in die frühere Einsamkeit und Finsternis zurück, ist das für mich jetzt überhaupt noch möglich? Ach, Gott! – Da hab' ich das „Dokument“ doch noch nicht verbrannt! Ich habe es vorgestern richtig vergessen. Sobald ich nach Hause komme, verbrenne ich es an der Kerze, ja, ich zünde einfach eine Kerze an und verbrenne den Brief... Ich weiß nur nicht, ob es das ist, woran ich jetzt denke...‘

Es war schon längst dunkel geworden. Pjotr war einmal gekommen, hatte mir Licht gebracht und mich gefragt, ob ich zu essen wünschte. Ich hatte ihn fortgeschickt und nichts bestellt. Inzwischen war vielleicht eine Stunde vergangen, da kam er wieder und brachte mir Tee. Durstig trank ich ein ganzes Glas. Ich fragte ihn, wieviel Uhr es sei. Es war halb neun, und ich wunderte mich nicht einmal, daß ich schon fünf Stunden dagesessen hatte.

»Ich bin dreimal eingetreten«, berichtete Pjotr, »aber der Herr schienen zu schlafen.«

Ich erinnerte mich nicht, ihn gesehen zu haben; und plötzlich erschrak ich sehr darüber, daß ich »geschlafen« hatte. Ich stand auf und begann im Zimmer auf und ab zu gehen, um nicht wieder zu »schlafen«. Schließlich bekam ich heftige Kopfschmerzen. Es hatte gerade zehn geschlagen, als auf einmal der Fürst eintrat. Ich wunderte mich, daß ich im Glauben gewesen war, auf ihn zu warten: ich hatte ihn ganz vergessen und überhaupt nicht mehr an ihn gedacht.

»Sie sind hier, und ich war bei Ihnen, um Sie abzuholen«, sagte er zu mir.

Sein Gesicht war finster und streng; keine Spur von einem Lächeln zu sehen. In seinem Blick stand ein einziger starrer Gedanke.

»Ich habe mich den ganzen Tag abgehetzt und alles versucht«, fuhr er konzentriert fort, »aber alles ist zusammengestürzt, und vor mir steht das Entsetzen ...« (NB. Beim alten Fürsten Nikolai Iwánowitsch war er doch nicht gewesen.) »Ich habe Shibélskij aufgesucht und gesprochen; das ist ein unmöglicher Mensch. Also: zuerst muß man das Geld haben, dann kann man weiter sehen. Wenn es mir aber nicht gelingt, das Geld zu beschaffen, dann ... Ich habe heute beschlossen, vorläufig *daran* nicht mehr zu denken. Verschaffen wir uns heute nur das Geld, das weitere werden wir dann morgen sehen. Ihr Gewinn von vorgestern ist noch unangerührt. Es fehlten nur drei Rubel an dreitausend. Nach Abzug Ihrer Schuld bekommen Sie noch dreihundertundvierzig Rubel zurück. Nehmen Sie die, und dann noch siebenhundert, damit Sie tausend haben, und ich nehme die übrigen zweitausend. Und jetzt fahren wir zu Serschtschikoff, setzen uns jeder an ein anderes Ende des Tisches und versuchen, zehntausend Rubel zu gewinnen – vielleicht gelingt uns etwas; wenn nicht – dann ... Übrigens ist dies das einzige, was mir noch übrig bleibt.«

Er sah mich fatalistisch an.

»Ja, ja!« rief ich sofort und fühlte mich wie neubelebt. »Fahren wir zu Serschtschikoff! Ich habe ja nur auf Sie gewartet . . .«

In Wirklichkeit hatte ich die ganze Zeit nicht einen Augenblick an das Roulette gedacht.

»Aber die Gemeinheit? Die Erbärmlichkeit eines solchen Vorgehens?« fragte auf einmal der Fürst.

»Sie meinen, daß wir's mit dem Spiel versuchen? Aber das ist doch das einzige!« rief ich. »Geld ist doch alles! Nur wir zwei sind solche Heilige. Bjoring hat sich doch verkauft, Anna Andrejewna hat sich verkauft, Werssiloff aber – haben Sie schon gehört, daß Werssiloff ein Maniak ist? Ein Maniak! Ein Maniak!«

»Sind Sie nicht krank, Arkadij Makarowitsch? Sie haben so sonderbare Augen.«

»Sagen Sie das etwa, weil Sie ohne mich hinfahren wollen? Nein, ich lasse Sie jetzt nicht mehr allein. Mir hat doch nicht umsonst die ganze Nacht vom Spiel geträumt! Fahren wir, fahren wir!« rief ich, als hätte ich damit die Lösung aller Rätsel gefunden.

»Nun, fahren wir denn, wenn Sie auch Fieber haben, dort aber . . .«

Er sprach den Satz nicht zu Ende. Ein schwerer, unheimlicher Ausdruck lag in seinem Gesicht! Wir brachen auf.

»Wissen Sie auch«, sagte er plötzlich, und blieb in der Tür stehen, »daß es noch einen anderen Ausweg gäbe, außer dem Spiel?«

»Was für einen denn?«

»Einen fürstlichen!«

»Was denn? Was meinen Sie?«

»Das werden Sie später erfahren. Nur dies lassen Sie sich gesagt sein, daß ich dieses Auswegs nicht mehr würdig bin, weil ich zu spät darauf gekommen bin. Fahren wir, aber behalten Sie meine Worte. Versuchen wir es mit dem lakaienhaften Ausweg . . . Als ob ich nicht wüßte, daß ich bewußt, aus freiem Willen hinfahre und handle wie ein Lakai!«

VI

Ich flog zum Roulette, als läge in ihm allein mein ganzes Heil, mein einziger Ausweg, dabei aber hatte ich doch, wie ich schon sagte, bis zur Ankunft des Fürsten überhaupt nicht an das Spiel gedacht. Und ich fuhr ja auch gar nicht hin, um für mich zu spielen, sondern um mit dem Gelde des Fürsten für den Fürsten zu spielen; deshalb begreife ich nicht, was mich so mächtig hinzog, aber es zog mich unwiderstehlich hin. Oh, noch niemals waren mir diese Menschen, diese Gesichter, diese Croupiers, diese Ausruferei der Ergebnisse, dieser ganze ekelhafte Saal bei Serschtschikoff so widerlich erschienen, so düster, so roh und trostlos, wie an diesem Abend! Ich erinnere mich nur zu gut des Wehs und der Traurigkeit, die in diesen Stunden am Spieltisch von Zeit zu Zeit mein Herz ergriffen. Aber weshalb ging ich denn nicht weg? Weshalb ertrug ich das, als hätte ich ein mir zugefallenes Los, ein Opfer, eine auszeichnende Tat auf mich genommen? Ich kann von mir nur dies sagen: daß ich damals schon fieberkrank und nicht mehr bei klarem Verstande war. Und doch hatte ich nie zuvor so vernünftig gespielt wie an diesem Abend. Ich war schweigsam und konzentriert, war aufmerksam und furchtbar berechnend; ich konnte geduldig ausharren und geizig sein, und dann wieder schnell entschlossen in dem Augenblick, wo es zu handeln galt. Ich hatte mich wieder in der Nähe des Zero hingesetzt, also wieder zwischen Serschtschikoff und Aferdoff, der immer an Serschtschikoffs rechter Seite zu sitzen pflegte; der Platz zwischen ihnen war mir verleidet, aber ich wollte es unbedingt wieder mit Zero versuchen, und die übrigen Plätze in der Nähe von Zero waren bereits alle besetzt. Wir spielten schon reichlich eine Stunde, als ich auf einmal von meinem Platze aus sah, wie der Fürst sich mit bleichem Gesicht erhob, zu uns herüberkam und meinem Platz gegenüber an der anderen Seite des Tisches stehenblieb: er hatte alles verspielt und sah schweigend meinem Spiel zu, doch wahrscheinlich ohne etwas davon zu verstehen oder überhaupt noch an das Spiel zu denken. Ich hatte gerade erst angefangen zu gewinnen, und Serschtschikoff zahlte mir das gewonnene Geld aus. Plötzlich sah ich, wie Aferdoff mit der größten Gelassenheit vor meinen Augen einen meiner Hundertrubelscheine nahm und zu dem Geldhaufen legte, der vor ihm lag. Ich schrie auf und packte seine Hand. Das geschah alles so plötzlich, so unerwartet: ich riß mich mit einem Ruck gleichsam von einer Kette los; es war, als ob alle Schrecken und Kränkungen dieses Tages sich plötzlich in diesem einen Augenblick zusammengeballt hätten mit dieser erneuten Kränkung des Bestohlenwerdens um hundert Rubel. Es war, als hätte alles, was sich in mir angesammelt hatte und von mir unterdrückt worden war, nur auf diesen Anstoß gewartet, um zu explodieren.

»Hier ist ein Dieb! Er hat mir soeben einen Hundertrubelschein gestohlen!« schrie ich und sah mich wild im Kreise um.

Ich mag die Aufregung nicht beschreiben, die meine Worte hervorriefen: ein solcher Skandal war hier etwas ganz Neues. Bei Serschtschikoff führte man sich tadellos auf, sein Spielzirkel war dafür bekannt. Aber ich war außer mir. Und da hörte man auf einmal, mitten in dem Lärm und Geschrei, Serschtschikoffs Stimme:

»Aber das Geld ist fort, während es noch vor einem Augenblick hier lag! Vierhundert Rubel!«

So kam nun plötzlich noch diese andere Geschichte hinzu: auch aus der Bank war Geld verschwunden, ein Päckchen Banknoten von vierhundert Rubeln. Serschtschikoff wies auf die Stelle, wo das Geld »noch vor einem Augenblick« gelegen hatte, und diese Stelle war gerade neben mir, ja, sie stieß fast an den Platz, wo mein Geld lag, und befand sich somit viel näher zu mir als zu Aferdoff.

»Hier ist der Dieb! Das hat er gleichfalls gestohlen, durchsuchen Sie ihn!« rief ich und wies auf Aferdoff.

»Das kommt alles nur daher«, übertönte eine mächtige Stimme das ganze erregte Stimmengewirr, »daß man hier Menschen zuläßt, die keiner kennt. Leute ohne Empfehlungen! Wer hat ihn eingeführt? Wer ist er überhaupt?«

»Ein gewisser Dolgorukij!«

»*Fürst* Dolgorukij?«

»Fürst Ssokolskij hat ihn eingeführt!« rief jemand.

»Hören Sie, Fürst«, brüllte ich außer mir über den ganzen Tisch ihm zu, »jetzt hält man mich hier für den Dieb, während ich es bin, der hier bestohlen worden ist! Sagen Sie ihnen, sagen Sie ihnen doch, wer ich bin!«

Doch was nun geschah, war das Schrecklichste von allem, was mir an diesem Tage widerfuhr . . . ja, was mir in meinem ganzen Leben widerfahren ist: der Fürst verleugnete mich. Ich sah, wie er mit den Achseln zuckte und auf die Fragen, mit denen man ihn von allen Seiten bestürmte, scharf und deutlich zur Antwort gab:

»Ich stehe für keinen ein. Bitte, mich in Ruhe zu lassen.«

Währenddessen stand Aferdoff, umgeben von einem ganzen Kreise von Herren, und verlangte mit lauter Stimme, man solle ihn durchsuchen. Er drehte schon selbst alle seine Taschen um. Aber auf seine Forderung wurde ihm beschwichtigend zugerufen: »Nein, nein, nicht nötig, wir wissen schon, wer der Dieb ist!« Zwei Diener, die man gerufen hatte, packten mich von hinten an den Armen.

»Ich lasse mich nicht durchsuchen, das erlaube ich nicht!« schrie ich empört und suchte mich loszureißen.

Aber ich wurde ins Nebenzimmer geschleppt und dort mitten in der mich umstehenden Menschenschar bis in die letzte Falte durchsucht. Ich tobte und widersetzte mich aus allen Kräften.

»Er hat's wohl schon weggeworfen, man müßte auf dem Boden suchen«, meinte schließlich jemand.

»Wo denn jetzt noch auf dem Boden suchen?«

»Vielleicht hat er es noch irgendwohin unter den Tisch werfen können!«

»Jetzt ist natürlich schon jede Spur verloren ...«

Man führte mich hinaus, aber in der Tür gelang es mir noch, mich einmal zurückzuwenden und in sinnloser Wut über den ganzen Saal hin zu schreien:

»Das Roulette ist von der Polizei verboten! Heute noch werde ich Sie alle anzeigen!«

Ich wurde nach unten geführt, in meinen Pelz gesteckt, und ... dann öffnete man vor mir die Tür nach der Straße.

NEUNTES KAPITEL

I

Der Tag hatte mit einer Katastrophe geendet, aber es blieb noch die Nacht, und was ich von dieser Nacht im Gedächtnis behalten habe, ist folgendes:

Ich denke, es wird kurz nach zwölf gewesen sein, als ich mich wieder auf der Straße befand. Es war eine klare, stille, frostige Nacht. Ich lief fast und beeilte mich sehr, aber – nicht auf dem Wege nach Hause.

‚Wozu nach Hause? Kann es denn für mich jetzt noch ein Zuhause geben? Zu Hause ... lebt man, da würde ich morgen aufwachen, um weiterzuleben, aber ist denn das für mich jetzt noch möglich? Mein Leben ist zu Ende, jetzt kann ich doch unter keinen Umständen mehr leben.' Und so irrte ich durch die Straßen, ohne darauf zu achten, wohin ich ging, ja, ich weiß nicht einmal, ob ich überhaupt ein Ziel hatte, wohin ich laufen wollte. Mir war sehr heiß, und ich schlug fortwährend meinen schweren Waschbärpelz auf. ‚Jetzt hat für mich schon nichts mehr einen Zweck', dachte ich, und so schien es mir damals wirklich, ‚gleichviel, was ich noch unternehmen wollte'. Und sonderbar: alles ringsum, selbst die Luft, die ich atmete, schien mir auf einmal von einem anderen Planeten zu sein, ganz als befände ich mich jetzt auf dem Monde. Alles das – die Stadt, die Menschen, die noch vereinzelt gingen, das Trottoir, auf dem ich dahineilte –, alles das *gehörte schon nicht mehr zu mir.* ‚Dort ist der Schloßplatz, dort ist die Isaakskirche', sagte irgend etwas wie im Schlaf zu mir, ‚aber jetzt gehen sie mich nichts mehr an.' Alles hatte sich mir gleichsam entfremdet, alles war auf einmal *nicht mehr mein.* ‚Ich habe Mama, ich habe Lisa – aber was sind mir jetzt noch Lisa und Mama? Alles ist zu

Ende, alles hat mit einem Schlage aufgehört, nur das eine ist und bleibt, was jetzt für ewig feststeht: daß ich für immer ein – Dieb bin.'

‚Wie soll ich beweisen, daß ich kein Dieb bin? Ist das jetzt überhaupt noch möglich? Nach Amerika gehen? Was beweist man damit? Werssiloff wird der erste sein, der glauben wird, ich hätte gestohlen! Die „Idee"? Was für eine „Idee"? Was ist die „Idee" jetzt noch? Auch nach fünfzig, nach hundert Jahren wird sich immer noch einer finden, der auf mich weist und sagt: „Der da – ist ein Dieb. Er hat die Verwirklichung seiner Idee damit begonnen, daß er am Spieltisch Geld stahl" . . .'

War damals Zorn in mir? Ich weiß es nicht; vielleicht. Sonderbar, ich habe immer diesen eigentümlichen Charakterzug gehabt, vielleicht schon von meiner frühesten Kindheit an: wenn man mir Böses getan, mich beleidigt, bis zur letzten Demütigung erniedrigt hatte, so war in mir jedesmal sofort das unwiderstehliche Verlangen erwacht, mich passiv der Beleidigung zu unterwerfen oder womöglich den Wünschen der Beleidiger noch entgegenzukommen. ‚Da seht, ihr habt mich erniedrigt, ich aber erniedrige mich selbst noch mehr, seht und freut euch!' Touchard schlug mich und wollte mich fühlen lassen, daß ich ein Bedienter wäre und nicht wie die anderen ein Senatorensohn, und da nahm ich sofort selbst die Rolle des Bedienten auf mich. Ich reichte ihm nicht nur die Kleider, sondern griff noch selber zur Bürste, um auch das letzte Stäubchen von ihm abzubürsten; und es geschah nicht auf seinen Wunsch oder Befehl hin, wenn ich im Eifer der Erfüllung meiner Bedientenpflicht ihm sogar nachlief, um noch ein Federchen von seinem Frack abzubürsten, so daß er mir schließlich selbst Einhalt gebot: »Schon gut, schon gut, Arkadij, es genügt.« Oder er kam nach Hause und zog seinen Überrock aus: da nahm ich den Überrock und bürstete ihn gewissenhaft, legte ihn sorgfältig zusammen und bedeckte ihn noch mit einem bunten Seidentuch. Ich wußte, daß die Kameraden mich deshalb verachteten und auslachten – oh, das wußte ich ganz genau, aber auch das war mir recht: ‚Wenn man einmal will, daß ich Diener sei, nun gut, dann bin ich Diener. Ihr glaubt, ich sei ein geborener Knecht – nun gut, dann bin ich eben ein Knecht!' Passiven Haß und untergründigen Grimm habe ich jahrelang mit mir herumtragen können. Und als ich bei Serschtschikoff wie ein Rasender schrie, ich würde sie alle anzeigen, das Roulette sei von der Polizei verboten – da kam, ich schwöre es, in diesem Schrei eben nur jener erwähnte Charakterzug zum Ausdruck: man hatte mich erniedrigt, durchsucht, für einen Dieb erklärt, moralisch vernichtet, – ‚nun, so hört denn alle, daß ich nicht nur ein Dieb bin, sondern auch noch ein Denunziant!' Wenn ich jetzt daran zurückdenke, kann ich mir das nur so erklären; damals aber dachte ich natürlich durchaus nicht an eine Analyse meiner Gefühle. Ich schrie es einfach in den Saal hinein, ganz ohne vorgefaßte Absicht, noch eine Sekunde vorher wußte ich nicht, daß ich das schreien würde: es schrie von selbst – denn es ist ein solcher *Zug* in meiner Seele.

Zweifellos begann ich damals, als ich so durch die Straßen irrte, schon im Fieber zu phantasieren, aber trotzdem erinnere ich mich genau, daß ich noch bewußt handelte. Allerdings kann ich mit aller Bestimmtheit versichern, daß ein ganzer Kreis von Gedanken und Folgerungen für mich damals schon nicht mehr faßbar war; ich fühlte und wußte in diesen Augenblicken sogar selbst, daß ich ‚gewisse Gedanken noch denken kann, an andere aber schon gar nicht mehr herankomme'. Ebenso konnten manche meiner Entschlüsse, obschon ich sie mit klarem Bewußtsein faßte, an sich jeder Logik bar sein. Und nicht nur das: ich weiß noch ganz genau, daß ich in manchen Augenblicken die Unsinnigkeit eines Entschlusses vollkommen klar erkennen und doch in demselben Augenblick mit vollem Bewußtsein die Ausführung dieses Entschlusses beginnen konnte. Ja, ein Verbrechen drängte sich mir förmlich auf in jener Nacht, und nur ein Zufall war es, daß es nicht geschah.

Mir fiel auf einmal eine Bemerkung ein, die Tatjana Pawlowna höhnisch zu Werssiloffs Verhalten gemacht hatte: er hätte doch an die Nikolaibahn gehen und seinen Kopf auf die Schiene legen können, da wäre er ihm ohne weiteres abgeschnitten worden. Dieser Gedanke bemächtigte sich für einen Augenblick aller meiner Gefühle, aber ich wies ihn sofort und mit einem jähen Schmerz von mir. ‚Den Kopf auf die Schiene legen und sterben, und morgen sagt man dann von mir: Das hat er deshalb getan, weil er gestohlen hat, aus Schamgefühl hat er das getan! – Nein, um keinen Preis.' Und in eben diesem Augenblick, das weiß ich noch, kam plötzlich eine furchtbare Wut über mich. ‚Nun was?' dachte ich erbost, ‚rechtfertigen kann ich mich ja doch auf keine Weise, ein neues Leben anzufangen ist gleichfalls unmöglich, und deshalb – sollte ich mich da nicht dreinfügen, Bedienter, Hund, ein Käfer, den man zertritt, ein Denunziant, ein richtiger Denunziant werden, und dabei heimlich mich vorbereiten und dann auf einmal – alles plötzlich in die Luft sprengen, alles vernichten, alles und alle, Schuldige und Unschuldige, damit dann alle auf einmal erfahren, daß das derselbe getan hat, den sie einen Dieb genannt haben ... und dann natürlich auch mich selbst umbringen!'

Ich weiß nicht mehr, auf welchem Wege ich in eine Querstraße in der Nähe des Gardekavallerie-Boulevards gelangt war. Zu beiden Seiten dieser Querstraße zogen sich hohe Steinmauern hin, wohl hundert Schritte weit, die Mauern von Hinterhöfen. Hinter einer dieser Steinmauern an der linken Straßenseite gewahrte ich einen riesigen Holzstapel; der Stapel war lang und hoch, ganz wie auf einem Holzhof, und überragte die Mauer noch um gute zwei Meter. Ich blieb plötzlich stehen und überlegte. In meiner Tasche hatte ich Wachszündhölzer in einem kleinen silbernen Behälter. Ich sage noch einmal: ich war mir vollkommen dessen bewußt, was ich da überlegte, und erinnere mich noch ganz genau daran, was ich tun wollte; aber warum ich das tun wollte – das weiß ich nicht, das weiß ich wirklich nicht. Ich weiß nur, daß ich dazu plötzlich sehr große Lust hatte. ‚Auf die Mauer hinaufzuklettern ist nicht schwer', überlegte ich; zwei Schritte von mir war in der Mauer ein Tor, das wohl monatelang verschlossen blieb. ‚Wenn man unten auf den Vorsprung tritt', überlegte ich weiter, ‚so kann man mit der einen Hand den oberen Rand des Torflügels fassen und sich mit Leichtigkeit auf die Mauer hinaufschwingen, – und niemand wird es bemerken, ringsum keine Menschenseele, nichts, nur lautlose Stille! Und dann setze ich mich rittlings auf die Mauer und stecke das Holz in Brand, und dazu brauche ich nicht einmal in den Hof hinabzuspringen, ich kann das Holz auch von der Mauer aus anzünden, denn es stößt ja fast an die Mauer. Bei dieser Kälte wird es noch besser brennen. Ich brauche nur ein Scheit Birkenholz zu nehmen . . . und selbst das ist nicht einmal nötig: wenn man auf der Mauer sitzt, braucht man nur mit einer Hand etwas Birkenrinde von einem Scheit abzureißen, anzuzünden und dann zwischen die Scheite des Stapels zu stecken, und der Brand ist da. Ich aber springe dann von der Mauer herab und gehe fort; ich brauche nicht einmal zu laufen; denn es wird ja noch lange nichts bemerkt werden.' So überlegte ich mir das alles, und auf einmal war ich fest entschlossen. Ich empfand ein außerordentliches Vergnügen und eine große Lust und schickte mich sofort an, hinaufzuklettern. Ich war ein guter Turner: Turnen war schon auf dem Gymnasium mein Spezialfach gewesen, aber ich hatte jetzt hohe Galoschen an, und da war die Sache doch schwieriger, als ich gedacht hatte. Ich konnte mich freilich an einem kleinen, kaum fühlbaren Vorsprung oben mit einer Hand festhalten, und ich hob schon die andere Hand, um den Mauerrand zu fassen, aber da glitt ich auf einmal aus und fiel rücklings hinunter. Ich nehme an, daß ich mit dem Hinterkopf aufs Trottoir gefallen bin und wohl eine oder zwei Minuten bewußtlos dagelegen habe. Als ich wieder zu mir kam, zog ich mechanisch den Pelz fester um mich; denn ich empfand auf einmal eine unerträgliche Kälte; und nur halb dessen bewußt, was ich tat, schleppte ich mich zum Tor und setzte mich dort in der Vertiefung, im Winkel zwischen der Mauer und dem Torflügel, ganz zusammengekauert hin. Meine Gedanken verwirrten sich, und ich schlief wohl sehr schnell ein. Wie eines Traumes erinnere ich mich noch, daß in meinen Ohren auf einmal tiefer, schwerer Glokkenklang ertönte und ich mit Lust auf ihn zu lauschen begann.

II

Die Glocke schlug alle zwei oder drei Sekunden einmal fest und sicher an, aber das war keine Alarmglocke, sondern ein seltsam schöner, schwingender Klang, und schließlich kam er mir so bekannt vor, und da sagte ich mir auch schon, daß das ja der Glockenklang von der Nikolaikirche war, der roten Kirche, fast gegenüber dem Hause von Touchard, – der altertümlichen Moskauer Kirche, deren ich mich noch so gut erinnere, die noch aus der Zeit des Zaren Alexéi Michaílowitsch stammt und mit reichem Zierart, vielen Kuppeln und Säulen versehen ist. Und ich wußte auf einmal, daß die heilige Osterwoche soeben erst vorüber war und an den schmächtigen Birken im Gärtchen hinter dem Hause von Touchard schon neugeborene grüne Blättchen zitterten. Die grelle Vorabendsonne schickte ihre schrägen Strahlen in unser Klassenzimmer, bei mir aber, in meinem kleinen Stübchen links vom Vorraum, wohin Touchard mich schon vor einem Jahr aus dem gemeinsamen Raum der »Grafen- und Senatorenkinder« verbannt hat, sitzt ein Gast. Ja, ich, der Elternlose, hatte ganz unerwartet Besuch bekommen, zum erstenmal, seitdem ich bei Touchard war. Ich hatte diesen Besuch sofort erkannt, schon in der Tür: es war Mama. Und doch hatte ich sie nie mehr gesehen, seit sie mich damals in die Dorfkirche gebracht hatte, wo die Taube durch die Kuppel geflogen war. Wir saßen zusammen in meinem Zimmerchen, und ich musterte sie verstohlen. Erst später, viele

Jahre nachher, erfuhr ich, daß sie damals – Werssiloff war ins Ausland gereist und hatte sie allein zurückgelassen –, daß sie damals mit ihrem eigenen spärlichen Gelde und aus eigenem Wunsch und Willen nach Moskau gereist war, fast heimlich und gegen den Willen derer, in deren Obhut er sie zurückgelassen hatte, und das alles nur, um mich wiederzusehen. Sonderbar war auch, daß sie, nachdem sie mit Touchard gesprochen hatte und von ihm zu mir geführt worden war, mir selbst kein Wort davon sagte, daß sie meine Mutter sei. Sie saß neben mir, und ich weiß noch, es wunderte mich, daß sie so wenig sprach. Sie hatte ein Bündelchen bei sich und knüpfte es auf: darin waren sechs Orangen, einige Lebkuchen und zwei gewöhnliche Franzbrote. Diese Franzbrote beleidigten mich geradezu, und ich bemerkte mit gekränkter Miene, wir hätten hier »sehr gute Kost«, und zum Tee bekäme ein jeder von uns ein ganzes Franzbrot.

»Nimm schon vorlieb, Kindchen, ich hab' ja nur so in meiner Einfalt gedacht: vielleicht gibt man ihnen dort in ihrer Schule nicht genug zu essen? Nimm nun schon vorlieb, Kindchen.«

»Antonína Wassíljewna (Touchards Frau) könnte es auch übelnehmen. Und die Mitschüler werden mich auslachen ...«

»Dann willst du sie nicht annehmen? oder vielleicht ißt du sie doch?«

»Meinetwegen, lassen Sie sie hier ...«

Aber ich rührte nichts an; die Orangen und Lebkuchen lagen vor mir auf dem Tischchen, ich aber saß da mit niedergeschlagenen Augen und einer Miene, die sehr viel persönliche Würde ausdrücken sollte. Wer weiß, vielleicht wollte ich es vor ihr auch gar nicht verbergen, daß ihr Besuch mich vor meinen Mitschülern bloßstellte; ich wollte sie das vielleicht doch ein wenig fühlen lassen, damit sie es begriffe, sozusagen: »Sieh doch, du blamierst mich ja, und begreifst das nicht einmal!« Oh, ich lief schon damals mit der Bürste hinter Touchard her, um das letzte Stäubchen von seinem

Rock zu entfernen! Ich stellte mir auch vor, wieviel Spott ich, wenn sie erst fortgegangen wäre, von den anderen Jungen zu ertragen haben würde und vielleicht auch von Touchard selbst, – deshalb war auch nicht das geringste gute Gefühl für sie in meinem Herzen. Nur verstohlen betrachtete ich ihr dunkles, bescheidenes, wohl auch schon altes Kleid, ihre ziemlich derben Hände, die beinahe Händen von Arbeiterinnen glichen, ihre ganz einfachen Stiefel und ihr stark abgemagertes Gesicht; auf ihrer Stirn bildeten sich schon feine Fältchen; und doch sagte Antonína Wassíljewna am Abend zu mir, als meine Mutter schon wieder fortgegangen war: »Ihre maman muß einmal sehr hübsch gewesen sein.«

So saßen wir in meinem Zimmerchen, als auf einmal Agáfja hereinkam und auf einem Präsentierteller eine Tasse Kaffee brachte. Es war nach dem Mittag, und Touchards pflegten um diese Zeit in ihrem Wohnzimmer Kaffee zu trinken. Aber Mama dankte und nahm die Tasse nicht: wie ich später erfuhr, trank sie damals überhaupt keinen Kaffee, weil sie davon Herzklopfen bekam. Nun war aber die Sache die, daß die Touchards in ihrem Herzen schon die Erlaubnis, daß meine Mutter mich sehen durfte, für eine ungeheure Nachsicht ihrerseits hielten, so daß die Tasse Kaffee, die sie noch dazu meiner Mutter schickten, in ihren Augen schon eine Großtat der Menschenliebe war, die ihre Herzensbildung und europäische Fortgeschrittenheit aufs schlagendste bewies. Und nun hatte Mama gerade diese Tasse Kaffee abgelehnt!

Ich wurde zu Touchard gerufen, und er sagte mir, ich solle alle meine Hefte und Bücher nehmen und sie meiner Mutter zeigen: »Damit sie sieht, wieviel Kenntnisse Sie in meiner Anstalt erworben haben.« Antonina Wassiljewna aber schob schmollend die Lippen vor und sagte halb gekränkt, halb spöttisch:

»Ihrer maman scheint unser Kaffee nicht zugesagt zu haben.«

Ich suchte meine Hefte zusammen und ging mit ihnen an allen »Grafen- und Senatorensöhnen«, die sich im Klassenzimmer zusammendrängten und meine Mutter und mich betrachteten, vorüber ins kleine Zimmer zu Mama, die mich erwartete. Und siehe da, ich fand sogar Gefallen daran, Touchards Befehl mit buchstäblicher Genauigkeit auszuführen. »Dies hier sind Lektionen aus der französischen Grammatik, dies hier sind Diktate, dies hier sind Konjugationen der Hilfszeitwörter avoir und être, dies hier ist Geographie, Beschreibungen der Hauptstädte Europas und aller Weltteile« usw., usw. Ich erklärte ihr das alles wohl eine halbe Stunde lang oder noch länger, erklärte mit eintönigem Kinderstimmchen, den Blick sittsam gesenkt. Ich wußte, daß Mama von den Wissenschaften keine Ahnung hatte, vielleicht nicht einmal schreiben konnte, aber gerade deshalb gefiel ich mir in meiner Rolle. Doch ermüden konnte ich sie nicht: sie hörte mir die ganze Zeit unverändert zu, ohne mich zu unterbrechen, und sogar mit ungeheurer Aufmerksamkeit, ja, fast mit Ehrfurcht, so daß es schließlich mir selbst langweilig wurde und ich aufhörte; übrigens war ihr Blick traurig, und in ihrem Gesicht lag etwas Hilfloses.

Endlich erhob sie sich, um aufzubrechen; da kam aber gerade Touchard herein und erkundigte sich bei ihr mit lächerlich wichtiger Miene, ob sie mit den Fortschritten ihres Sohnes zufrieden wäre. Mama wußte nicht, was sie sagen sollte, stammelte irgend etwas und dankte ihm dann, und als auch Antonína Wassíljewna herzukam, bat sie sie beide, mich, »den Waisenknaben«, doch nicht zu verlassen. »Er ist doch so gut wie verwaist, seien Sie seine Wohltäter . . .« Und mit Tränen in den Augen verneigte sie sich vor ihnen, vor jedem besonders und mit einer tiefen Verbeugung, ganz so, wie »einfache« Leute sich zu verneigen pflegen, wenn sie stolze Herrschaften um irgend etwas bitten. Touchards hatten das offenbar nicht erwartet; Antonina Wassiljewna war sogar etwas gerührt und änderte wohl ihre Ansicht über die Ablehnung der Tasse Kaffee. Touchard dagegen erwiderte mit noch größerer Wichtigkeit und nahezu selbst ergriffen von so viel Humanität seinerseits, daß er »zwischen den

Kindern keinen Unterschied mache, hier seien alle seine Kinder und er ihr Vater, und ich stände bei ihm fast auf der gleichen Stufe mit Senatoren- und Grafensöhnen, und das dürfe man nicht unterschätzen« usw. Mama verneigte sich nur, schien aber verwirrt zu sein; schließlich wandte sie sich an mich und sagte mit Tränen in den Augen: »Leb wohl, Jungchen!«

Und sie küßte mich, das heißt, ich erlaubte ihr, mich zu küssen. Sie hatte sichtlich das Verlangen, mich immer wieder zu küssen, mich zu umfassen, an sich zu drücken; aber war es nun, daß sie sich vor den Menschen schämte, oder daß ein bitteres Gefühl sich ihrer bemächtigte, oder daß sie erriet, daß ich mich ihrer schämte – jedenfalls ging sie, nachdem sie sich nochmals vor Touchards verneigt hatte, eilig zur Tür. Ich stand und rührte mich nicht.

»Mais suivez donc votre mère«, sagte Antonina Wassiljewna zu mir, »il n'a pas de coeur, cet enfant!«

Touchard zuckte dazu nur mit den Achseln, was natürlich soviel sagte wie: »Da siehst du's nun selbst, ich behandle ihn doch nicht ohne Grund wie einen Bedienten.«

Gehorsam folgte ich meiner Mutter; wir traten auf die Treppe hinaus. Ich wußte, daß sie jetzt alle durch das Fenster uns nachsahen. Mama wandte sich zur Kirche und bekreuzte und verneigte sich dreimal; ihre Lippen bebten. Vom Turm kam tiefer, volltönender Glockenklang, schlug sicher an und summte. Mama wandte sich zu mir zurück, und – da konnte sie sich nicht mehr bezwingen: sie legte beide Hände auf meinen Kopf und brach in Tränen aus und weinte über meinem Haupt.

»Mamachen, nicht . . . schämen Sie sich doch . . . Die anderen sehen durch das Fenster . . .«

Sie fuhr auf und sagte eilig, sich fast überstürzend:

»Ja, ich geh ja schon . . . Gott . . . Gott beschütze dich . . . mögen die Engel dich behüten, die heilige Mutter Gottes und der heilige Nikolai, der Gottesknecht . . . Gott, lieber Gott!« murmelte sie schnell und bekreuzte mich immer wieder, immer wieder, als könne sie in der Eile mich nicht genug segnen. »Mein Jungchen, mein Liebling! Wart, Jungchen . . .«

Sie griff schnell mit der Hand in ihre Kleidertasche und holte ein blaukariertes Tüchlein hervor, von dem ein Zipfel zu einem Knoten gebunden war, und sie versuchte eilig, diesen Knoten zu lösen . . . es gelang ihr aber nicht . . .

»Nun, tut nichts, nimm's mit dem Tüchlein: es ist ganz sauber, sieh, vielleicht kannst du's brauchen, es sind vier Zwanziger drin, vielleicht hast du mal ein bißchen Geld nötig, verzeih mir nur Jungchen, mehr hab' ich gerade selber nicht . . . verzeih mir nur, Liebling.«

Ich nahm das Tüchlein, wollte aber schon bemerken, daß wir von Herrn Touchard und Antonina Wassiljewna alles bekämen, was wir brauchten, und ich folglich nichts nötig hätte, aber ich unterdrückte diese Bemerkung und nahm das Tüchlein mit dem Gelde von ihr an.

Sie bekreuzte mich nochmals, flüsterte nochmals ein Gebet, und auf einmal – auf einmal verneigte sie sich auch vor mir, ganz wie oben vor Touchards – es war eine tiefe, langsame, lange Verneigung – nie werde ich das vergessen! Ich zuckte zusammen und wußte selbst nicht, warum. Was wollte sie mit dieser Verneigung sagen? ‚Wollte sie vielleicht ihre Schuld vor mir bekennen?', wie ich mich später einmal fragte, lange nachher, – ich weiß es nicht. Damals aber schämte ich mich deswegen gleich noch mehr, denn ‚die anderen stehen doch am Fenster und sehen zu, und Lambert wird mich womöglich noch zu hauen anfangen', dachte ich befangen.

Endlich ging sie. Die Orangen und Lebkuchen hatten die Senatoren- und Grafenkinder schon verspeist, ehe ich wieder zu ihnen kam, und die vier Zwanziger nahm mir Lambert sogleich weg; für die achtzig Kopeken kauften sie sich in der Konditorei Kuchen und Schokolade und boten mir davon nicht einmal etwas an.

Darüber war bald ein volles halbes Jahr vergangen, und der windige, unfreundliche Oktober war gekommen. Ich hatte Mama schon ganz vergessen. Oh, damals war bereits Haß, dumpfer Haß gegen alles in mein Herz eingedrungen und hatte es ganz durchtränkt; zwar bürstete ich noch immer Touchards Kleider, aber ich haßte ihn schon aus aller Kraft, und mit jedem Tage wurde mein Haß noch größer. In dieser Zeit machte ich mich einmal in einer trübseligen Stunde der Abenddämmerung daran, ich weiß selbst nicht warum, in meiner Schublade zu kramen, und da erblickte ich plötzlich in einer Ecke ihr blaukariertes Batisttüchlein; es lag dort, wie ich es damals hineingeworfen hatte. Ich zog es hervor und betrachtete es mit einer gewissen Neugier: der eine Zipfel verriet noch deutlich den Knoten und hatte sogar noch einen glatten runden Abdruck von der Größe eines silbernen Zwanzigkopekenstücks; übrigens legte ich das Tüchlein wieder an dieselbe Stelle zurück und schob die Schublade zu. Es war am Abend vor einem Feiertage, und die Glocke von der nahen St. Nikolaikirche läutete zur Messe. Die anderen Zöglinge waren schon nach dem Mittagessen nach Haus gefahren, nur Lambert war diesmal geblieben und blieb auch den ganzen Feiertag über da – aus irgendeinem bestimmten Grunde hatte man ihn nicht abgeholt. Zwar schlug er mich noch wie früher, aber er machte mich damals auch schon in vielen Dingen zu seinem Vertrauten, und als solchen hatte er mich nötig. Wir sprachen den ganzen Abend von Pistolen des Systems Lepage, von denen weder er noch ich jemals eine gesehen hatten, von tscherkessischen Säbeln und wie man mit ihnen dreinhaut, und dann, wie schön es doch wäre, eine Räuberbande zu gründen, und zu guter Letzt ging Lambert wieder auf sein Lieblingsthema über, auf die bewußten schändlichen Geschichten, die ich, obschon ich mich im geheimen darüber wunderte, doch sehr gern anhörte. An diesem Abend aber konnte ich sie nicht mehr ertragen, und ich sagte, ich hätte Kopfschmerzen. Um zehn Uhr gingen wir zu Bett. Ich zog meine Decke über den Kopf und holte dann unter dem Kissen ihr blaues Tüchlein hervor: eine Stunde vorher hatte ich es, ich weiß nicht weshalb, wieder aus der Schublade geholt und, da unsere Betten schon aufgedeckt waren, unter mein Kopfkissen gesteckt. Ich drückte es gleich an mein Gesicht, und plötzlich begann ich es zu küssen: »Mama, Mama«, flüsterte ich, und die Erinnerung preßte mir wie ein Schraubstock die Brust zusammen. Ich schloß die Augen und sah ihr Gesicht mit den bebenden Lippen, als sie sich vor der Kirche bekreuzt und nachher über mir das Kreuz geschlagen hatte, und ich, ich hatte in diesem Augenblick zu ihr sagen können: »Die anderen stehen doch am Fenster und sehen zu« ... »Mamachen, liebe Mama, nur einmal im Leben bist du bei mir gewesen ... Mamachen, wo bist du jetzt, du Liebe, du mein lieber Gast aus der Ferne? Denkst du jetzt noch an deinen armen Jungen, zu dem du doch wenigstens einmal gekommen bist? ... Zeig dich mir doch noch einmal, erscheine mir wenigstens im Traum, nur damit ich dir sagen kann, wie ich dich liebe! Ich will dich nur umfassen und deine blauen Augen küssen, will dir nur sagen, daß ich mich deiner jetzt gar nicht mehr schäme, daß ich dich auch damals schon liebte und mein Herz mir weh tat, als ich so dasaß wie ein Bedienter! Niemals wirst du erfahren, Mama, wie ich dich damals geliebt habe! Mamachen, wo bist du jetzt? Hörst du mich? Mama, liebe Mama, weißt du noch, wie das Täubchen dort in der Dorfkirche durch die Kuppel flog?«

»Zum Teufel ... Was fehlt ihm, daß er einen nicht schlafen läßt!« brummte Lambert wütend in seinem Bett. »Wart nur, ich werde dich ...!« Er springt aus dem Bett, kommt zu mir gelaufen und will mir die Bettdecke wegreißen, ich aber habe mich ganz in sie hineingewickelt und halte sie krampfhaft fest.

»Er heult! Was weinst du, Dummkopf? So'n Schaf! Da hast du eins!« – und er haut mich, haut mich immer stärker, auf den Rücken, in die Seite, die Schläge werden immer schmerzhafter und ... und auf einmal schlage ich die Augen auf ...

Der Morgen graut schon, auf dem Schnee und an der

Mauer blitzen weiße Eisnadeln ... Ich sitze zusammengekauert, halb noch bewußtlos, halb erfroren in meinem Pelz, und über mich beugt sich jemand, weckt mich, schimpft dabei laut und stößt mich mit der Fußspitze schmerzhaft in die Seite. Ich sehe auf: es ist ein Herr in einem kostbaren Bärenpelz, auf dem Kopf eine Zobelmütze; er hat schwarze Augen, pechschwarze gepflegte kleine Bartkoteletten, eine gebogene Nase, blendend weiße Zähne, ein weißes Gesicht und rote Wangen: fast ein Maskengesicht ... Er beugt sich ganz tief zu mir herab, und bei jedem Wort fliegt sein Atem in der Kälte wie Dampf.

»Erfroren! Teufel! Besoffene Fratze! Steh auf, erfrierst sonst wie ein Hund, steh auf! Steh doch auf!«

»Lambert!« schreie ich.

»Wer bist denn du?«

»Dolgorukij!«

»Zum Teufel, was für ein Dolgorukij?«

»*Einfach* Dolgorukij! ... Bei Touchard ... Der, dem du im Restaurant die Gabel in den Schenkel gestoßen hast!«

»Ha-a-a!« ruft er aus und lächelt, sich erinnernd, ein langes, verwundertes Lächeln (sollte er mich wirklich vergessen haben?). »Ha, also du bist es, du!«

Er hilft mir aufstehen, stellt mich auf die Füße; ich kann kaum stehen, kaum mich bewegen, er führt mich, stützt mich mit dem Arm. Er sieht mir in die Augen, scheint nachzudenken, um sich zu erinnern, und horcht aufmerksam auf mein Gestammel, und ich stammle ununterbrochen und so schnell ich kann, und ich bin so froh, so froh, daß ich sprechen kann, und bin froh, daß es gerade Lambert ist. Erschien er mir nun als mein „Retter" oder klammerte ich mich deshalb so an ihn, weil ich ihn in dem Augenblick für einen Menschen aus einer anderen Welt hielt – ich weiß es nicht, ich dachte nicht darüber nach –, ich hielt mich an ihm fest, ohne mir Rechenschaft zu geben, warum und weshalb ich es tat. Ich weiß auch nicht, was ich sprach, ich erinnere mich keines Wortes, aber es wird wohl nichts Vernünftiges gewesen sein;

denn ich konnte ja kaum ein Wort verständlich hervorbringen; aber er war ganz Ohr. Irgendwo erblickte er einen Schlitten, rief den Kutscher an, und wenige Minuten später saß ich schon in einem warmen Zimmer.

III

Jeder Mensch, wer er auch sei, hat unter seinen Erinnerungen sicherlich eine an ein besonderes Erlebnis, das er für etwas mehr oder weniger Phantastisches, Außergewöhnliches, wenn nicht gar Wunderbares hält oder zu halten geneigt ist, gleichviel, ob das nun ein Traum, eine Begegnung, eine Weissagung oder eine Vorahnung oder sonst etwas von der Art ist. Ich für meinen Teil bin auch heute noch geneigt, mein Zusammentreffen damals mit Lambert für ein Ereignis von nahezu mystischer Bedeutung zu halten ... wenigstens was die Umstände und die Folgen des Zusammentreffens anbelangt. Übrigens war dabei von seiner Seite alles auf die natürlichste Weise zugegangen: er war ganz einfach von seiner nächtlichen Beschäftigung (welcher Art die war, soll später erklärt werden) halbbetrunken nach Hause gegangen, und als er in dieser Querstraße beim Tor einen Augenblick stehengeblieben war, hatte er mich erblickt. In Petersburg hielt er sich erst seit kurzer Zeit auf.

Das Zimmer, in das er mich gebracht hatte, war ein nicht großes, spärlich möbliertes Petersburger Chambre garnie mittlerer Güte. Das stach insofern von ihm ab, als seine Kleider wirklich gut und teuer waren. Auf dem Fußboden standen zwei kleine Koffer, die erst zur Hälfte ausgepackt waren. Eine Ecke des Zimmers war durch einen Wandschirm abgeteilt, hinter dem ein Bett stand.

»Alphonsine!« rief Lambert.

»Présente!« antwortete hinter dem Schirm eine heisernasale Frauenstimme mit deutlichem Pariser Akzent, und es dauerte nicht länger als höchstens zwei Minuten, da kam schon eilig hinter dem Schirm Mademoiselle Alphonsine hervor, die gerade aus dem Bett gesprungen und schnell in ein paar Kleidungsstücke und in eine Morgenjacke geschlüpft war, – ein sonderbares Geschöpf, lang und mager wie ein Holzspan, brünett, mit einer langen Taille, einem langen Gesicht, unruhigen Augen und eingefallenen Wangen – ein furchtbar verlebtes Frauenzimmer!

»Schnell!« rief Lambert (ich übersetze, er sprach Französisch mit ihr), »die Leute hier müssen ihren Ssamowar schon aufgestellt haben – schnell heißes Wasser, Rotwein und Zucker, auch ein Glas, aber schnell, er ist beinah erfroren ... Er ist mein Schulkamerad ... er hat die Nacht draußen im Schnee zugebracht ...«

»Malheureux!« rief sie aus und schlug mit einer theatralischen Gebärde die Hände zusammen.

»Still! Wirst du wohl!« raunzte Lambert sie drohend an, wie einen Hund; sie unterließ sofort alle weiteren Gebärden und lief hinaus, um seinem Befehl nachzukommen.

Er besah und betastete mich, fühlte mir auch den Puls, legte die Hand auf meine Stirn, an meine Schläfen.

»Unbegreiflich ist mir«, brummte er, »daß du nicht erfroren bist ... Allerdings warst du ganz im Pelz, auch dein Kopf war zugedeckt, hocktest da wie in einer Pelzhöhle ...«

Das heiße Getränk tat mir gut, ich schluckte gierig und fühlte mich sogleich wie neubelebt; ich begann auch gleich wieder zu stammeln. Ich saß halb liegend in der Diwanecke und stammelte unaufhörlich, stammelte gleichsam stolpernd, aber was ich sagte oder sagen wollte, dessen entsinne ich mich wiederum fast gar nicht, und manches habe ich sogar vollständig vergessen, weshalb in meiner Erinnerung an diese Stunden große Lücken sind. Wie gesagt: wieviel er von meinem Gerede verstanden hat, das weiß ich nicht, aber eins ist mir nachher doch ganz klar geworden: soviel wird er immerhin verstanden haben, daß er den Schluß ziehen konnte, diese zufällige Begegnung mit mir sei nicht zu unterschätzen ... Ich werde später noch darauf zurückkommen.

Nach dem heißen Getränk wurde ich nicht nur sehr munter, sondern zeitweise sogar fröhlich. Ich erinnere mich noch, wie die Sonne auf einmal ins Zimmer schien, als die Stores hochgezogen wurden, wie das Feuer im Ofen prasselte, nachdem jemand ihn angeheizt hatte – aber wer das getan hatte und wann und wie, das weiß ich alles nicht mehr. Auch erinnere ich mich eines auffallend kleinen schwarzen Bologneserhündchens, das Mademoiselle Alphonsine im Arm hielt und kokett an ihr Herz drückte. Dieses Hündchen gefiel mir so ausnehmend, daß ich sogar zu erzählen aufhörte und mich zweimal vorbeugte, ich glaube, um das Tierchen zu streicheln, aber das mißfiel Lambert, und auf einen Wink von ihm zog sich Alphonsine mitsamt dem Hündchen sofort hinter den Schirm zurück.

Er selbst war auffallend schweigsam, saß mir gegenüber, hatte sich sogar stark zu mir vorgebeugt und hörte mir gespannt zu; hin und wieder erschien langsam ein Lächeln auf seinem Gesicht, und er lächelte lange und kniff dabei die Augen zusammen, als suche er hinter den Zusammenhang des Gehörten zu kommen; jedenfalls schien er angestrengt nachzudenken. Das einzige, wessen ich mich von meiner Erzählung noch ganz klar erinnere, ist, daß ich mich, als ich ihm von dem »Dokument« erzählte, auf keine Weise verständlich auszudrücken und die Geschichte zusammenhängend wiederzugeben vermochte, und daß ich dabei an seinem Gesicht sah, wie gern er diese wirre Geschichte verstanden hätte, bis er mich schließlich sogar mit einer Frage unterbrach; das war insofern ein Wagnis, als ich, sobald ich unterbrochen wurde, von etwas ganz Anderem weitersprach und das früher Erzählte vergaß. Wie lange wir so gesessen und gesprochen haben, weiß ich nicht und kann ich mir nicht einmal denken. Plötzlich stand er auf und rief Alphonsine.

»Er braucht Ruhe; vielleicht wird man auch nach dem Arzt schicken müssen. Was er verlangt, das muß alles sofort getan werden, das heißt ... vous comprenez, ma fille? Vous avez de l'argent, nicht? Da!«

Er gab ihr einen Zehnrubelschein und flüsterte noch ziemlich lange mit ihr. Ich hörte nur, wie er zwischendurch immer wieder »vous comprenez? vous comprenez?« fragte. Er schien ihr etwas einzuschärfen, drohte ihr dabei mit dem Finger und runzelte mit strengem Gesicht die Brauen.

Ich sah, daß sie furchtbare Angst vor ihm hatte.

»Ich komme gleich wieder, du aber mußt dich jetzt erst einmal ausschlafen«, sagte er darauf mit einem Lächeln zu mir und nahm seine Mütze.

»Mais vous n'avez pas dormi du tout, Maurice!« rief Alphonsine pathetisch.

»Taisez-vous, je dormirai après.«

Damit ging er hinaus.

»Sauvée!« flüsterte sie mir zu und deutete mit pathetisch ausgestrecktem Arm ihm nach.

»Monsieur, Monsieur!« fuhr sie gleich darauf fort zu deklamieren und stellte sich theatralisch großartig mitten im Zimmer vor mir auf, »jamais homme ne fut si cruel, ni Bismarck que cet être, qui regarde une femme comme une saleté de hasard. Une femme, qu'est-ce que ça dans notre époque? ‚Tue-la!' voilà le dernier mot de l'Académie française!«

Ich sah sie erstaunt an; vor meinen Augen verdoppelte sich alles, ich glaubte schon, zwei Alphonsinen vor mir zu sehen ... Plötzlich bemerkte ich, daß sie weinte: ich fuhr zusammen und wurde mir bewußt, daß sie ja schon sehr lange zu mir sprach und ich folglich geschlafen haben mußte, wenn ich nicht bewußtlos gewesen war.

»... Hélas! de quoi m'aurait-il servi de le découvrir plus tôt«, rief sie, »et n'aurais-je pas autant gagné à tenir ma honte cachée toute ma vie? Peut-être, n'est-il pas honnête à une demoiselle de s'expliquer si librement devant monsieur, mais enfin je vous avoue que s'il m'était permis de vouloir quelque chose, oh, ce serait de lui plonger au coeur mon couteau, mais en détournant les yeux, de peur que son regard exécrable ne fit trembler mon bras et ne glaçât mon courage! Il a assassiné ce pope russe, monsieur, il lui arracha sa barbe rousse pour la vendre à un artiste en cheveux au pont des Maréchaux, tout près de la Maison de monsieur Andrieux – hautes nouveautés, articles de Paris, linge, chemises, vous savez, n'est-ce pas? . . . Oh, monsieur, quand l'amitié rassemble à table épouse, enfants, soeurs, amis, quand une vive allégresse enflamme mon coeur, je vous demande, monsieur: est-il bonheur préférable à celui dont tout jouit? Mais il rit, monsieur, ce monstre exécrable et inconcevable et si ce n'était pas par l'entremise de monsieur Andrieux, jamais, oh, jamais je ne serais . . . Mais quoi, monsieur, qu'avez-vous, monsieur?«

Sie eilte auf mich zu: ich werde wohl vor Fieber oder Frost gezittert haben, oder vielleicht war es ein Ohnmachtsanfall. Ich kann gar nicht sagen, was für einen bedrückenden, krankhaften Eindruck dieses halbverrückte Geschöpf auf mich machte. Vielleicht glaubte sie, sie müsse mich zerstreuen – wenn Lambert ihr das nicht ausdrücklich befohlen hatte; wenigstens verließ sie mich keinen Augenblick. Vielleicht war sie einmal beim Theater gewesen; sie deklamierte entsetzlich, drehte und bewegte sich ohne Unterlaß, und das Sprechen nahm bei ihr überhaupt kein Ende, während ich schon lange verstummt war. Soweit ich ihr Geschwätz verstanden habe, war sie auf irgendeine Weise mit der Maison de monsieur Andrieux, Hautes nouveautés, articles de Paris, etc. eng verknüpft, ja, vielleicht war Alphonsine sogar aus dieser Maison de monsieur Andrieux hervorgegangen; nun aber war sie auf ewig von diesem monsieur Andrieux getrennt worden, und zwar durch dieses monstre furieux et inconcevable, und darin bestand nun die Tragödie . . . Sie weinte fürchterlich, aber mir schien, daß sie sich nur verstellte und eigentlich gar nicht daran dachte, wirklich zu weinen; manchmal schien es mir, daß sie gleich auseinanderfallen werde wie ein Skelett. Sie sprach mit einer seltsam gequetschten, tremolierenden Stimme; das Wort préférable sprach sie zum Beispiel préfér-a-able aus, und das a blökte sie wie ein Schaf. Einmal sah ich, als ich gerade zu mir kam und wieder die

Augen aufschlug, daß sie mitten im Zimmer eine Pirouette machte, aber sie tanzte dabei nicht etwa, sondern diese Pirouette gehörte auch auf irgendeine Weise zu der Erzählung und sollte die Sache wohl nur anschaulicher machen. Plötzlich eilte sie zu dem kleinen alten, ganz verstimmten Pianino, das an einer Wand stand, klimperte und begann zu singen. Wahrscheinlich bin ich dann wieder eingeschlafen oder eine Zeitlang bewußtlos gewesen, aber da bellte das Bologneserhündchen, und ich erwachte: das Bewußtsein kehrte mir für kurze Zeit mit voller Klarheit zurück und ließ mich alles deutlich in hellem, klarem Licht erkennen; ich erschrak und sprang auf.

‚Lambert, ich bin bei Lambert!' dachte ich, griff schnell nach meiner Mütze und stürzte zu meinem Pelz.

»Où allez-vous, monsieur?« rief Alphonsina erschrocken und eilte zu mir, um mich festzuhalten.

»Ich will fort, ich will hinaus! Lassen Sie mich, halten Sie mich nicht fest ...«

»Oui, monsieur! Oh oui, je comprends!« nickte Alphonsina und lief selbst voraus, um mir die Tür zum Korridor zu öffnen. »Mais ce n'est pas loin, monsieur, ce n'est pas loin du tout, ça ne vaut pas la peine de mettre votre manteau, c'est ici près, monsieur!« rief sie mir zu.

Ich bog aber, als ich auf den Korridor trat, schnell nach rechts.

»Par ici, monsieur, c'est par ici!« schrie sie aus Leibeskräften und klammerte sich mit ihren langen knochigen Fingern an meinen Pelz, und mit der anderen Hand wies sie nach links in den Korridor, irgendwohin, wohin ich gar nicht wollte.

Ich riß mich los und lief durch die Tür am Ende des Korridors auf die Treppe hinaus.

»Il s'en va, il s'en va!« kreischte Alphonsina hinter mir drein und rannte mir nach. »Mais il me tuera, monsieur, il me tuera!«

Aber ich war schon auf der Treppe, und es gelang mir,

obgleich sie mir noch auf die Treppe nachstürzte, die Haustür zu öffnen, mich auf die Straße zu retten und in den ersten besten Schlitten zu springen. Dem Kutscher gab ich Mamas Adresse an ...

IV

Aber das Bewußtsein, das nur für einen Augenblick hell geworden war, erlosch sogleich von neuem. Kaum, kaum erinnere ich mich noch dessen, wie ich heimfuhr und dann zu Mama hineingeführt wurde, dann aber trat bei mir schon vollständige Bewußtlosigkeit ein. Am folgenden Tage soll ich, wie man mir später erzählt hat, auf kurze Zeit wieder zu mir gekommen sein (übrigens habe ich auch selbst noch einiges behalten). Ich erinnere mich, wenn auch nur unklar, daß ich mich in Werssiloffs Zimmer auf seinem Diwan befand; erinnere mich der Gesichter um mich herum: Werssiloffs, Mamas, Lisas; erinnere mich sogar noch genau daran, daß Werssiloff mir irgend etwas von Serschtschikoff und dem Fürsten erzählte, mir immer wieder einen Brief zeigte, mir zuredete und mich zu beruhigen suchte. Später haben sie mir erzählt, ich hätte angstvoll nach einem Lambert gefragt und immer gesagt, ein Hündchen belle. Aber das schwache Licht des Bewußtseins erlosch bald: am Abend dieses zweiten Tages hatte ich schon hohes Fieber und phantasierte. Aber ich will den Ereignissen nicht vorgreifen und zunächst das erzählen, was inzwischen geschehen war, und wovon ich noch nichts wußte:

Als ich an jenem Abend Serschtschikoffs Spielzirkel verlassen hatte, und man dort wieder ruhiger geworden war, hatte Serschtschikoff nach dem Wiederbeginn des Spiels auf einmal mit lauter Stimme erklärt, es sei ein bedauernswerter Irrtum geschehen: die vermißten vierhundert Rubel hätten sich unter dem anderen Gelde gefunden, und die Rechnung der Bank stimme mit dem vorhandenen Gelde vollkommen überein. Da war denn der Fürst, der den Saal noch nicht verlassen hatte, auf Serschtschikoff zugetreten und hatte von ihm in sehr bestimmtem Tone verlangt, daß er meine Unschuld sofort vor allen Anwesenden bezeuge und sich außerdem schriftlich bei mir entschuldige. Serschtschikoff fand diese Forderung durchaus gerechtfertigt und gab dem Fürsten in Gegenwart aller sein Wort darauf, daß er am nächsten Tage an mich schreiben, den Sachverhalt klarlegen und in aller Form seine Entschuldigung aussprechen werde. In der Tat erhielt Werssiloff, dessen Adresse der Fürst angegeben hatte, am nächsten Tage von Serschtschikoff einen Brief an mich und außerdem noch über tausenddreihundert Rubel, die mir gehörten und von mir auf dem Spieltisch vergessen worden waren. So war denn der peinigende Zwischenfall im Spielzirkel abgetan: diese freudige Nachricht trug später sehr viel zu meiner Genesung bei, als ich mein Bewußtsein wiedererlangt hatte.

Der Fürst aber hatte, nachdem er aus dem Spielzirkel heimgekehrt war, noch in derselben Nacht zwei Briefe geschrieben: den einen an mich, den anderen an sein ehemaliges Regiment, bei dem er die Geschichte mit dem Kornett Stepánoff gehabt hatte. Beide Briefe hatte er am nächsten Morgen abgeschickt. Darauf hatte er einen Rapport abgefaßt und mit diesem Rapport in der Hand sich schon am frühen Morgen zu seinem Regimentskommandeur begeben, um ihm zu melden, daß er ein Staatsverbrecher sei und sich als Mitbeteiligter an der Fälschung der und der Aktien dem Gericht stelle und bitte, das Verfahren gegen ihn einzuleiten. Damit hatte er ihm den Rapport eingehändigt, in dem alles schriftlich dargelegt war. Er wurde verhaftet.

Hier ist der Brief, den er in jener Nacht an mich geschrieben hat:

»Teuerster Arkadij Makarowitsch!

Da ich es mit einem lakaienhaften »Ausweg« versucht habe, habe ich eben dadurch das Recht verloren, mich auch nur ein wenig mit dem Gedanken zu trösten, daß auch ich mich schließlich zu einer mutigen Tat habe entschließen können. Ich bin schuldig vor meinem Vaterlande und dem ganzen Geschlecht der Fürsten Ssokolskij, und als der Letzte des Geschlechts richte ich mich selbst. Ich verstehe nicht, wie ich mich an den niedrigen Gedanken der Selbsterhaltung habe klammern und eine Zeitlang daran denken können, mich mit Geld von jenen loszukaufen! Vor meinem Gewissen wäre ich doch ewig ein Verbrecher geblieben. Und selbst wenn diese Leute mir die kompromittierenden Briefe zurückgegeben hätten, sie hätten mich doch mein ganzes Leben lang nicht in Ruhe gelassen! Was blieb mir übrig: mit ihnen zu leben, mein Lebtag an sie gefesselt, mit ihnen unter einer Decke zu sein – das war's, was mich erwartete! Dieses Leben konnte ich nicht annehmen und habe schließlich doch so viel Kraft in mir gefunden oder vielleicht auch nur so viel Verzweiflung, um so zu handeln, wie ich jetzt handle.

Ich habe an meine ehemaligen Regimentskameraden geschrieben und Stepanoff rehabilitiert. In dieser Handlungsweise liegt keinesfalls eine Sühne und kann auch gar keine liegen: das ist ja nur das Testament eines Menschen, der morgen ein Toter ist. Nur so ist das aufzufassen.

Verzeihen Sie mir, daß ich gestern im Spielsaal nicht für Sie einstand; das geschah, weil ich in dem Augenblick Ihrer nicht sicher war. Jetzt, wo ich schon ein toter Mensch bin, kann ich sogar das eingestehen . . . aus jener Welt.

Arme Lisa! Sie weiß noch nichts von diesem Entschluß; möge sie mich nicht verfluchen, sondern selbst entscheiden, ob sie mich verurteilen soll. Ich kann mich nicht rechtfertigen und finde nicht einmal Worte, um ihr auch nur das geringste zu erklären. Sie, Arkadij Makarowitsch, sollen darum noch erfahren, daß ich ihr gestern früh, als sie zum letztenmal bei mir war, auch meinen Betrug aufgedeckt und ihr gesagt habe, daß ich zu Anna Andréjewna gefahren war, um dieser einen Antrag zu machen. Ich konnte das nicht auf meinem Gewissen behalten, nachdem ich meinen letzten Entschluß schon gefaßt hatte, als ich ihre Liebe zu mir sah; und so gestand ich es ihr. Sie vergab mir, vergab mir alles, aber ich konnte es ihr nicht glauben; eine solche Vergebung gibt es nicht; ich an ihrer Stelle könnte das nicht vergeben.

Vergessen Sie mich nicht ganz.

Ihr unglücklicher letzter

Fürst Ssokolskij«

Ich lag neun Tage lang bewußtlos.

Dritter Teil

ERSTES KAPITEL

I

Jetzt von etwas ganz Anderem.

Ich kündige zwar immer an: »von etwas anderem, etwas anderem«, und doch rede ich nach wie vor immer nur von mir allein. Dabei habe ich schon tausendmal erklärt, daß ich keineswegs mich selbst schildern will; das habe ich sogar unbedingt vermeiden wollen, als ich diese Aufzeichnungen begann: ich verstehe doch, daß ich dem Leser völlig gleichgültig bin. Ich schildere andere und wollte ja von Anfang an nur andere schildern, nicht mich, und wenn nun meine Person doch immer wieder dazwischenkommt, so ist das nur ein bedauerliches Mißlingen meiner Absicht, da ich es eben auf keine Weise vermeiden kann, wie gern ich es auch möchte. Vor allem verdrießt es mich, daß ich, wenn ich meine eigenen Erlebnisse mit solchem Eifer beschreibe, damit selbst den Anlaß gebe, von mir zu denken, ich wäre jetzt noch ganz derselbe, der ich damals war. Aber der Leser dürfte sich erinnern, daß ich schon mehr als einmal ausgerufen habe: »Oh, wenn ich das Geschehene doch umändern und ganz von neuem anfangen könnte!« So etwas hätte ich doch nicht ausgerufen, wenn ich inzwischen nicht ein vollständig anderer Mensch geworden wäre. Das leuchtet wohl ein; und wenn sich einer nur vorstellen könnte, wie zuwider mir schon alle diese Entschuldigungen und Vorreden sind, die ich gezwungen bin, alle Augenblicke einzuflechten, sogar jetzt noch, mitten in meine Aufzeichnungen hinein!

Zur Sache!

Nachdem ich neun Tage lang bewußtlos dagelegen hatte, erwachte ich wie ein Wiedergeborener, aber nicht als ein Gebesserter; übrigens ist Wiedergeburt ein ziemlich dummer

Ausdruck dafür, und natürlich war sie nicht das, was man im weiteren Sinne darunter versteht; wenn sie jetzt geschähe, würde sie vielleicht etwas ganz Anderes sein. Meine Idee, das heißt, mein Gefühl, bestand wiederum (wie ja schon tausendmal vorher) nur darin, daß ich von allen diesen Menschen hier fort wollte, diesmal aber unbedingt, und nicht mehr so wie früher, wo ich mich tausendmal vor die Entscheidung gestellt und mich doch immer nicht endgültig hatte entscheiden können. Rächen wollte ich mich an keinem, darauf gebe ich mein Ehrenwort, obschon ich von ihnen allen gekränkt worden war. Ich wollte einfach weggehen von ihnen, ohne Haß, ohne Verwünschungen, und ich wollte eigene Kraft zeigen, wirklich eigene Kraft, die von keinem von ihnen und auch von sonst niemandem in der ganzen Welt abhing; hatte ich mich doch mit allem in der Welt beinahe schon ausgesöhnt! Ich notiere hier diesen meinen Zukunftstraum von damals nicht als einen Gedanken, den ich erwog, sondern nur als eine Empfindung, der ich einfach ausgeliefert war. Solange ich im Bett lag, wollte ich diese Empfindung nicht einmal zu formulieren versuchen. Ich lag in Werssiloffs Zimmer, das man zu meiner Krankenstube gemacht hatte, und erkannte mit Schmerz, wie kraftlos ich war: da lag ja nur noch ein Strohhälmchen, aber nicht ein Mensch, ein Strohhälmchen auch dann, wenn ich nicht krank gewesen wäre, – und wie mich das kränkte! Doch siehe da, aus der tiefsten Tiefe meines Wesens erhob sich ein Protest dagegen, und mir verging der Atem vor einem eigenen Gefühl unendlich gesteigerten Hochmuts und maßloser Herausforderung. Ich kann mich in meinem ganzen Leben keiner Zeit erinnern, wo ich von so anmaßenden Gefühlen erfüllt gewesen wäre, wie in jenen ersten Tagen meiner Genesung, das heißt, wie gerade damals, als ich wie ein Strohhälmchen im Bett lag.

Aber fürs erste schwieg ich und nahm mir sogar vor, vorläufig noch über nichts nachzudenken. Ich sah ihnen immer nur ins Gesicht und bemühte mich, aus ihrem Ausdruck alles zu erraten, was ich wissen wollte. Ich sah es ihnen an, daß auch sie mich nicht ausfragen und nicht neugierig sein wollten, und nach Möglichkeit nur von Nebensächlichem sprachen. Das gefiel mir, und zu gleicher Zeit erbitterte es mich wieder; diesen Widerspruch will ich nicht weiter erklären. Lisa sah ich seltener als Mama, wenn sie auch täglich zu mir hereinkam, gewöhnlich sogar zweimal am Tage. Aus einzelnen Bruchstücken ihrer Unterhaltung, die ich dann und wann auffing, und auch aus ihrem ganzen Gebaren schloß ich, daß Lisa wohl sehr viel zu tun hatte und wegen ihrer eigenen Angelegenheiten sogar sehr oft und stundenlang nicht zu Hause war: aber schon in dieser Möglichkeit, daß sie »eigene Angelegenheiten« hatte, lag für mich gleichsam etwas Kränkendes. Übrigens waren das alles nur krankhafte, rein physiologische Empfindungen, die zu beschreiben sich nicht lohnt. Auch Tatjana Pawlowna kam fast täglich zu mir, und obgleich sie durchaus nicht zärtlich zu mir war und noch nicht einmal besonders rücksichtsvoll, so schimpfte sie doch nicht wie früher. Gerade das aber ärgerte mich fürchterlich, weshalb ich ihr schließlich ins Gesicht sagte: »Sie, Tatjana Pawlowna, Sie sind wahrhaftig, wenn Sie nicht schimpfen, geradezu sträflich langweilig!« – »So, dann komme ich überhaupt nicht mehr zu dir«, versetzte sie kurz und ging. Ich aber war froh, daß ich wenigstens eine hinausgejagt hatte.

Besonders quälte ich Mama, und über sie ärgerte ich mich am meisten. Es stellte sich bei mir ein mächtiger Hunger ein, und ich murrte fortwährend darüber, daß ich mein Essen zu spät bekäme (dabei bekam ich es niemals zu spät). Mama wußte nicht, wie sie es mir recht machen sollte. Einmal brachte sie mir die Suppe und begann, mich mit dem Löffel zu füttern, wie sie das gewöhnlich tat, ich aber murrte die ganze Zeit und hatte an allem etwas auszusetzen. Plötzlich ärgerte ich mich über mich selbst, weil ich so unausstehlich war: ‚Sie ist vielleicht der einzige Mensch, den ich wirklich liebe‘, sagte ich mir, ‚und dabei quäle ich gerade sie!‘

Aber meine Bosheit ließ deshalb nicht nach, und auf einmal brach ich vor lauter Wut in Tränen aus, sie aber, die Arme, dachte wohl, ich weinte vor Rührung, und sie beugte sich über mich und begann mich zu küssen. Ich biß die Zähne zusammen und hielt es aus, so gut es ging, aber ich haßte sie in diesem Augenblick wirklich. Und doch habe ich Mama immer liebgehabt, und auch damals liebte ich sie und haßte sie gar nicht, es geschah nur das, was immer geschieht: wen man am meisten liebt, den kränkt man am ehesten.

Wirklich gehaßt habe ich in jenen ersten Tagen nur den Arzt. Der war ein noch junger Mann, der mit aufgeblasener Miene in sehr scharfem Ton und sogar recht unhöflich zu reden pflegte. Diese Leute tun wahrhaftig immer so, als hätten sie erst gestern und ganz unerwartet etwas Besonderes entdeckt, was außer ihnen, den Wissenschaftlern, noch niemand weiß; dabei haben sie in Wirklichkeit überhaupt nichts entdeckt; aber so ist ja „der Durchschnitt“ und „die Gasse“ immer. Ich ertrug das lange genug, aber schließlich riß mir die Geduld, und ich erklärte ihm in Gegenwart aller, daß er sich ganz umsonst herbemühe, da ich auch ohne seinen Beistand gesund werden würde; daß er, obgleich er sich den Anschein eines Realisten zu geben suche, doch voll von Vorurteilen sei und nicht einmal das begreife, daß die Medizin allein noch nie einen Menschen geheilt habe; und ich fügte hinzu, daß er aller Wahrscheinlichkeit nach vollständig ungebildet wäre, »wie das ja bei uns jetzt alle diese Techniker und Spezialisten sind, die neuerdings die Nase so schrecklich hoch tragen«. Der Doktor war sehr beleidigt (damit allein bewies er schon, was für ein Mensch er war), stellte aber trotzdem seine Besuche nicht ein. Da erklärte ich Werssiloff, daß ich, wenn der Doktor seine Besuche nicht einstellte, ihm etwas noch zehnmal Unangenehmeres sagen würde. Werssiloff meinte daraufhin, man könnte sich wohl kaum etwas ausdenken, was auch nur zweimal unangenehmer wäre als das schon Gesagte, geschweige denn etwas zehnmal Unangenehmeres. Es freute mich, daß er das bemerkt hatte.

Nein, was das doch für ein Mensch ist! Ich meine Werssiloff. Er, nur er allein, war an allem schuld, – und dennoch: nur über ihn allein ärgerte ich mich damals nicht. Es war nicht nur sein Verhalten zu mir, das mich bestach. Ich glaube, wir fühlten damals beide, daß wir uns gegenseitig viele Erklärungen schuldeten ... und daß es gerade deshalb das Beste war, nichts zu erklären. Es ist wirklich ungemein angenehm, in solchen Lebenslagen auf einen klugen Menschen zu stoßen! Ich habe schon im zweiten Teil meiner Aufzeichnungen vorgreifend erwähnt, daß er mir sehr kurz und klar alles von dem Brief des Fürsten an mich, von Serschtschikoff und meiner Rehabilitierung durch ihn usw., mitgeteilt hatte. Da ich mir aber vorgenommen hatte, zu schweigen, so stellte ich an ihn nur ganz trocken zwei, drei kurze Fragen, auf die er mir wiederum klar und präzis antwortete, ohne alle überflüssigen Worte, und was das Beste war, ohne überflüssige Gefühle. Gerade damals fürchtete ich nichts so sehr wie überflüssige Gefühle.

Von Lambert schweige ich, aber der Leser wird natürlich schon erraten haben, daß ich nur zu oft an ihn dachte. In meinen Fieberdelirien hatte ich mehrmals von ihm gesprochen; aber als man mir dann sagte, ich hätte laut phantasiert, erschrak ich und suchte dahinter zu kommen, was sie denn gehört haben konnten; doch ich gewann sehr bald die Überzeugung, daß sie von Lambert nichts wußten, auch Werssiloff nicht. Das freute mich, und meine Angst verging. Später jedoch erfuhr ich zu meinem Erstaunen, daß ich mich darin getäuscht hatte: Lambert war bereits während meiner Bewußtlosigkeit dagewesen, nur hatte Werssiloff mir dies verschwiegen, und so konnte ich damals in dem Glauben leben, Lambert hätte mich schon vollständig vergessen. Nichtsdestoweniger dachte ich oft an ihn, ja, noch mehr als das: ich dachte nicht nur ganz ohne Widerwillen an ihn, nicht nur mit einer gewissen Neugier, sondern sogar mit wirklichem Interesse, als hätte ein Vorgefühl mir gesagt, daß meine Bekanntschaft mit ihm meinen neuen, im Entstehen begriffenen Plänen zustatten kommen könnte. Jedenfalls beschloß ich, den Fall Lambert als erstes zu überdenken, sobald ich mit dem Nachdenken erst einmal anfangen würde. Übrigens verdient ein Umstand als sonderbar erwähnt zu werden: ich hatte vollständig vergessen, wo er wohnte, in welcher Straße sich das damals zugetragen hatte. Das Zimmer, die Alphonsina, das Hündchen, den Korridor – alles das sah ich noch so deutlich vor mir, daß ich es gleich hätte zeichnen können; aber wo das gewesen war, in welcher Straße, in welchem Hause, dessen konnte und konnte ich mich nicht mehr erinnern. Und das Sonderbarste dabei war noch, daß mir dies erst am dritten oder vierten Tage, nachdem ich wieder zu vollem Bewußtsein gekommen war, auffiel, während ich mich in Gedanken gerade mit Lambert schon lange und eifrig beschäftigt hatte.

Also das waren meine ersten Empfindungen nach meinem Erwachen. Ich habe nur das Nebensächlichste aufgezeichnet und das Wichtigste wahrscheinlich nicht aufzuzeichnen verstanden. In der Tat, es ist sehr wohl möglich, daß alles Hauptsächliche sich gerade damals in meinem Herzen geklärt und formuliert hat; ich habe mich in der Zeit doch nicht nur geärgert und gebost, etwa weil ich auf meine Suppe warten mußte! Oh, ich weiß noch, wie traurig ich zeitweise sein konnte und wie oft ich mich damals quälte, besonders wenn ich lange allein blieb. Die anderen hatten zum Unglück auch noch herausgefühlt, daß es mir manchmal schwer wurde, mit ihnen zusammen zu sein, und daß ihre Teilnahme mich nur reizte, und so ließen sie mich denn immer öfter allein: das war nun eine ganz unnötige Rücksicht von ihnen, zu der ein vollkommen überflüssiges Zartgefühl sie veranlaßte.

II

Am vierten Tage nach meinem Erwachen aus der Bewußtlosigkeit lag ich, so um drei Uhr nachmittags, in meinem Bett, und es war niemand bei mir. Der Tag war hell und sonnig, und ich wußte: nach vier Uhr, wenn die Sonne untergeht, wird ein schräger rotgoldener Strahl gerade in die Ecke der Wand fallen, an der ich lag, und dort einen grellen Lichtfleck bilden. Ich wußte das von den früheren Tagen her, und der Gedanke, daß das in einer Stunde unfehlbar eintreten werde, und vor allem, daß ich dies so genau voraus wußte, wie das Ergebnis von zwei mal zwei – gerade das erboste mich bis zur Wut. Ich drehte mich wütend auf die andere Seite und plötzlich, mitten in der tiefen Stille, hörte ich deutlich die Worte: »Herr Jesus Christ, unser Herr und Gott, erbarme dich unser!« Die Worte wurden halblaut gemurmelt, darauf folgte ein schwerer Seufzer aus tiefster Brust, und dann war wieder alles sill. Ich erhob hastig den Kopf.

Ich hatte auch schon früher, das heißt, schon am Abend vorher, ja sogar schon vor zwei Tagen eine gewisse andere Stimmung in unseren drei Zimmern hier unten wahrgenommen. In jenem anderen Zimmer, wo früher Mama und Lisa geschlafen hatten, schien sich ein fremder Mensch zu befinden. Schon ein paarmal hatte ich von dort verschiedene Geräusche gehört, sowohl am Tage wie in der Nacht, aber immer nur für ein paar Augenblicke, und dann war wieder vollständige Stille eingetreten, wieder für mehrere Stunden, so daß ich weiter nicht darauf geachtet hatte. Einmal war mir schon der Gedanke gekommen, Werssiloff wäre dort, da er bald nach so einem Geräusch bei mir eingetreten war, obgleich ich aus ihren Gesprächen entnommen hatte, daß Werssiloff für die Zeit meiner Krankheit irgendwohin in eine andere Wohnung gezogen sein mußte, wo er wohl auch übernachtete. Von Mama und Lisa wußte ich, daß sie jetzt oben in meinem ehemaligen »Sarg« schliefen (damit ich mehr Ruhe hätte, wie ich glaubte), und ich fragte mich noch: »Wie haben sie sich denn dort zu zweit einzurichten vermocht?« Und nun war dort in ihrem früheren Zimmer plötzlich doch ein Mensch, und dieser Mensch war – nicht Werssiloff! Mit einer Leichtigkeit, die ich mir gar nicht zugetraut hätte (da ich bis dahin gedacht hatte, ich wäre vollkommen kraftlos), setzte ich mich auf den Bettrand, schob die Füße in die Pantoffeln, zog den grauen, mit Lammfellchen gefütterten Schlafrock an (den Werssiloff für mich abgetreten hatte), und begab mich durch unser Wohnzimmer nach Mamas früherem Schlafzimmer. Was ich dort erblickte, war für mich überraschend genug: gerade das hatte ich am wenigsten erwartet, und ich blieb wie angewurzelt auf der Schwelle stehen.

Dort saß ein alter Mann mit silbergrauem Haar und einem großen, ganz weißen Bart, und offenbar saß er dort schon lange. Er saß aber nicht auf dem Bett, sondern auf Mamas Fußbänkchen, und lehnte sich nur mit dem Rücken ans Bett. Übrigens hielt er sich so gerade, daß er überhaupt keine Stütze zu brauchen schien, obschon man ihm ansah, daß er krank war. Über dem Hemd hatte er einen kurzen, mit Stoff überzogenen Pelz an, über seine Knie war Mamas Reisedecke gebreitet, und seine Füße staken in Pantoffeln. Man sah sofort, daß er von hohem Wuchs sein mußte, dazu war er breitschultrig und machte, trotz seines Krankseins, einen sehr rüstigen Eindruck, obgleich er etwas bleich und mager aussah. Er hatte ein längliches Gesicht und dichtes, aber nicht sehr langes Haar; sein Alter konnte man auf über siebzig Jahre schätzen. Auf einem Tischchen neben ihm lagen, so daß er sie mit der Hand erreichen konnte, drei oder vier Bücher und eine silberne Brille. Ich hatte zwar mit keinem Gedanken daran gedacht, diesen Menschen hier vorzufinden, aber ich erriet sofort, wer er war, nur konnte ich noch immer nicht begreifen, wie er sich alle diese Tage so still hatte verhalten können, daß in meinem Zimmer fast nichts von ihm zu hören gewesen war.

Er rührte sich nicht, als er mich erblickte, sondern sah mich nur unverwandt und schweigend an, genau wie ich ihn ansah, bloß mit dem Unterschiede, daß in meinen Augen ein maßloses Erstaunen lag, in seinen dagegen nicht das geringste. Und nicht nur das, denn als er mich in diesen fünf oder zehn Sekunden des Schweigens bis zum letzten Zuge betrachtet hatte, lächelte er plötzlich, und dieses Lächeln ging sogar in ein stilles, lautloses Lachen über; und wenn dieses Lachen auch gleich wieder verging, so blieb von ihm doch ein heller, froher Schein in seinem Gesicht zurück, vor allem in seinen Augen, die sehr blau, strahlend und groß waren, nur daß die Lider vom Alter schwer geworden oder geschwollen zu sein schienen, und viele kleine Fältchen sie umgaben. Dieses Lachen machte den stärksten Eindruck auf mich.

Ich finde, wenn ein Mensch lacht, wird es in der Mehrzahl der Fälle widerlich, ihn anzusehen. Am häufigsten äußert sich im Lachen der Menschen etwas Gemeines, etwas, was den Lachenden erniedrigt, wenn auch der Betreffende von dem Eindruck, den er auf andere macht, selbst fast nie etwas weiß. Ebensowenig wissen die Menschen, was für ein Gesicht sie haben, wenn sie schlafen. Mancher Mensch hat auch im Schlaf ein kluges Gesicht, bei manchen aber, und sogar bei klugen Leuten, wird das Gesicht im Schlaf furchtbar dumm und deshalb lächerlich. Ich weiß nicht, woher das kommt; ich will nur sagen, daß der Lachende, ganz wie der Schlafende, von dem Ausdruck des eigenen Gesichts nichts weiß. Die übergroße Mehrzahl der Menschen versteht überhaupt nicht zu lachen. Übrigens ist da nichts zu verstehen: das ist eine angeborene Gabe, die man sich nicht künstlich aneignen kann. Es sei denn, daß man sich selbst zu einem ganz anderen Menschen erzieht, sich zum Besseren entwickelt und die schlechten Neigungen seines Charakters bekämpft: dann könnte sich höchstwahrscheinlich auch das Lachen zum Besseren verändern. Manch einer verrät sich durch sein Lachen vollständig, und man erkennt sofort den ganzen Menschen. Aber selbst ein unstreitig kluges Lachen kann mitunter widerlich sein. Das Lachen verlangt vor allen Dingen Aufrichtigkeit, aber wo findet man in den Menschen Aufrichtigkeit? Das Lachen verlangt Arglosigkeit, die Menschen lachen aber am häufigsten boshaft. Ein aufrichtiges und argloses Lachen ist Fröhlichkeit, wo aber findet man in den Menschen von heute Fröhlichkeit, und verstehen sie überhaupt, fröhlich zu sein? (Diese Bemerkung über die Fröhlichkeit heutzutage habe ich einmal von Werssiloff gehört und mir gemerkt.) Die Fröhlichkeit des Menschen ist der Zug, der mehr als alles andere den Menschen verrät. Mancher Charakter ist lange nicht zu verstehen, aber da braucht der Mensch nur einmal aus ganzem Herzen zu lachen, und sein Charakter liegt offen vor einem, wie auf der Handfläche. Nur ein Mensch von höchster und glücklichster geistiger Ausgeglichenheit versteht es, auf eine Weise fröhlich zu sein, die ansteckend wirkt, das heißt, unwiderstehlich und gutmütig. Ich spreche nicht von seiner intellektuellen Entwicklung, sondern von seinem Charakter, vom ganzen Menschen. Also, wenn man einen Menschen durchschauen und seine Seele erkennen will, so beobachte man nicht, wie er schweigt oder wie er spricht, oder wie er weint, oder gar, wie die edelsten Ideen sein Gemüt bewegen, sondern man beobachte ihn lieber, wenn er lacht: hat er ein gutes Lachen, so ist er ein guter Mensch. Und man achte dabei auch auf alle Nuancen: so darf zum Beispiel das Lachen eines Menschen einem niemals dumm erscheinen, auch wenn er noch so fröhlich und gutmütig lacht. Bemerkt man eine Spur von Dummheit im Lachen eines Menschen, so hat dieser Mensch einen beschränkten Verstand, und mag er auch mit Ideen nur so um sich werfen. Oder wenn das Lachen eines Menschen nicht dumm ist, der Mensch aber, wenn er lacht, einem aus irgendeinem Grunde lächerlich erscheint, und wär's auch nur ein wenig, so hat dieser Mensch keine wirkliche persönliche Würde, oder wenigstens nicht viel davon. Und schließlich, wenn das Lachen eines Menschen zwar ansteckend ist, einem aber aus irgendeinem Grunde vulgär erscheint, so ist auch die ganze Natur dieses Menschen vulgär, und alles Edle und Erhabene, das man früher an ihm zu bemerken geglaubt hat, ist von ihm entweder bewußt herausgekehrt oder unbewußt von anderen angenommen; so ein Mensch wird sich in der Folge unfehlbar zum Schlechteren verändern, wird sich dem „Nützlichen" zuwenden und sich nur noch mit diesem beschäftigen, die früheren edlen Regungen aber als Irrtümer und jugendliche Schwärmereien ohne Bedauern abschütteln.

Diese lange Abhandlung über das Lachen habe ich mit Absicht hier eingefügt, um ihretwillen sogar die Einheitlichkeit meiner Erzählung zerstört, denn diese Erkenntnis des Lachens halte ich für eine der wichtigsten, zu denen ich in meinem Leben bisher überhaupt gekommen bin. Besonders möchte ich sie jenen angehenden Bräuten empfehlen, die fast schon bereit sind, einem Manne ihr Jawort zu geben, ihn aber doch noch nachdenklich und mißtrauisch beobachten und den endgültigen Entschluß immer noch nicht fassen können. Möge man über den Jüngling nicht lachen, der sich mit Belehrungen in Dinge mischt, von denen er keinen Deut versteht; dafür weiß er aber, daß das Lachen die sicherste Probe auf einen Menschen ist. Man beobachte einmal ein Kind: nur Kinder verstehen es, vollkommen arglos zu lachen – deshalb sind sie auch so bezaubernd. Ein weinendes Kind ist mir widerlich, ein lachendes oder fröhliches aber ist ein Sonnenstrahl aus dem Paradies, ist – eine Offenbarung aus der Zukunft, wo die Menschen endlich wieder so rein und arglos sein werden, wie jetzt nur Kinder sind. Und gerade so etwas Kindliches und ganz unglaublich Anziehendes sah ich plötzlich auch in dem flüchtigen Lachen dieses alten Mannes. Ich trat sogleich auf ihn zu.

III

Setz dich, setz dich nieder, deine Füße, denk ich, die werden wohl noch schwach sein«, forderte er mich freundlich auf, während er auf einen Platz neben sich zeigte und mir immer noch mit demselben strahlenden Blick ins Gesicht sah. Ich setzte mich zu ihm und sagte:

»Ich weiß, wer Sie sind. Sie sind Makár Iwánowitsch.«

»Jawohl, Jungchen. Nu sieh, das ist schön, daß du aufgestanden bist. Du bist jung, du hast's gut. Der Alte geht zum Grabe, der Junge ins Leben.«

»Sind Sie denn krank?«

»Jawohl, Freundchen, die Füße sind es arg; bis zur Tür haben sie mich grad noch gebracht, die Füße, aber wie ich mich dann hier niedergesetzt hab', da sind sie mir alsobald aufgeschwollen. Das ist nun von selbigem letzten Donnerstag, als die Grade einsetzten« (er wollte damit sagen, als es zu frieren begann). »Ich hab' sie bislang mit einer Salbe eingeschmiert, sieh mal: vor drei Jahren hat mir ein Doktor, Lichten hieß er, Edmund Karlytsch mit Namen, in Moskau diese Salbe verschrieben, und die hat mir schon etliche Male geholfen, och, und wie die mir geholfen hat! Nun aber, sieh, hilft sie nicht mehr. Und auch in der Brust ist es nicht ganz richtig. Und vom gestrigen Tage an wird mir der Rücken gleichwie von Hunden gebissen... Und schlafen kann ich auch nicht mehr in der Nacht.«

»Wie kommt es, daß Sie hier gar nicht zu hören sind?« fragte ich. Er sah mich an und schien nachzudenken.

»Weck' nur die Mutter nicht auf«, sagte er auf einmal besorgt, als wäre ihm etwas eingefallen. »Sie hat hier die ganze Nacht geschafft, aber so unhörbar, wie eine Fliege fast, und nun hat sie sich hingelegt, das weiß ich. Ach, ein kranker Alter hat es schlecht«, seufzte er, »und an was, fragt man sich, klammert sich das Herz nur so? Aber es hält und hält sich fest und freut sich immer noch am Licht; und, meiner Treu, wenn es möglich wär, denkt man so bei sich selber, das ganze Leben noch einmal von vorn anzufangen, die Seele würde, glaub' ich, auch davor sich nicht fürchten; obzwar so ein Gedanke vielleicht auch sündhaft ist.«

»Warum denn sündhaft?«

»Weil er ein Traum ist, dieser Gedanke, ein Greis aber

muß mit Würde hinscheiden von dieser Welt. Denn wiederum, so du dem Tod mit Murren oder mit Unzufriedenheit entgegengehst, so ist selbiges eine große Sünde. Nun, aber so du aus geistiger Freude das Leben liebgewonnen hast, wird Gott es schon verzeihen, auch einem alten Mann, denk ich. Es ist schwer für den Menschen, bei jeder Sünde zu wissen, was daran sündhaft ist und was nicht: darin liegt ein Geheimnis, das über Menschenverstand geht. Ein Greis aber muß es zufrieden sein zu jeder Zeit, und sterben muß er in der vollen Blüte seines Verstandes, beseligt und vornehm, gesättigt von seinen Tagen, seiner letzten Stunde entgegenatmend und sich freuend, gleichwie eine Ähre zur Garbe hingeht, nachdem er sein Geheimnis erfüllt hat.«

»Sie sagen immer ‚Geheimnis'; was heißt das: ‚nachdem er sein Geheimnis erfüllt hat'?« fragte ich und sah mich nach der Tür um. Ich war froh, daß wir allein waren und daß ringsum unerschütterliche Stille stand. Die Sonne schien grell ins Fenster vor dem Untergehen. Er sprach ein wenig schwülstig und verschwommen, aber sehr aufrichtig und wie in einem Zustand starken Angeregtseins, ganz als hätte ihn mein Kommen tatsächlich sehr erfreut. Aber es entging mir doch nicht, daß er dabei zweifellos fieberte, und sogar hohes Fieber zu haben schien. Auch ich war krank und fieberte seit dem Augenblick, wo ich bei ihm eingetreten war.

»Was ein Geheimnis ist? Alles ist ein Geheimnis, Freund, in allem ist das Geheimnis Gottes. In jedem Baum, in jedem Grashälmchen ist dieses selbe Geheimnis eingeschlossen. Ob ein kleines Vöglein singt, oder ob die ganze Sternenschar in der Nacht am Himmel funkelt, alles ist dasselbe Geheimnis, ein und dasselbe. Und das allergrößte Geheimnis liegt darin, was die Seele des Menschen in jener Welt erwartet. So ist es fürwahr, Freund!«

»Ich weiß nicht, in welchem Sinne Sie ... Ich will Sie natürlich nicht reizen, und Sie können versichert sein, daß ich an Gott glaube ... Aber alle diese Geheimnisse hat der Menschenverstand schon längst aufgedeckt, und was noch nicht aufgedeckt ist, das wird noch aufgedeckt werden, das ist sicher, und vielleicht sogar in kürzester Zeit. Die Botanik weiß ganz genau, wie der Baum wächst, der Physiologe und der Anatom wissen sogar, warum der Vogel singt, oder werden es bald wissen, und was die Sterne betrifft, so sind sie nicht nur alle schon gezählt, sondern auch jede ihrer Bewegungen ist auf die Sekunde genau ausgerechnet, so daß man sogar auf tausend Jahre voraussagen kann, und zwar auf die Minute genau, wann ein Komet erscheinen wird... und jetzt weiß man auch schon, woraus selbst die entferntesten Sterne zusammengesetzt sind. Nehmen Sie ein Mikroskop – das ist so ein Vergrößerungsglas, das die Gegenstände millionenmal größer zeigt – und betrachten Sie durch dieses Glas einen Wassertropfen: da werden Sie eine ganz neue Welt entdecken, eine ganze Welt von Lebewesen. Auch das war ein Geheimnis, aber man hat es doch aufgedeckt.«

»Wohl, wohl, ich habe davon gehört, Freundchen, habe schon mehrfach davon reden hören. Da ist nichts drüber zu sagen, das ist eine große und ruhmvolle Tat. Alles ist dem Menschen durch Gottes Willen gegeben; nicht umsonst hat Gott ihm den lebendigen Odem eingeblasen: ‚Lebe und erkenne'.«

»Nun, das sind Gemeinplätze. Aber Sie... sind Sie denn kein Feind der Wissenschaft, kein Klerikaler? Das heißt, ich weiß nicht, ob Sie das verstehen...«

»Nein, Freundchen, ich habe von jung auf Achtung vor der Wissensschaft gehabt, und wenn ich auch selber keinen Verstand davon habe, so murre ich doch nicht dawider; denn ist er nicht mir gegeben, so ist er dafür einem anderen gegeben. Das ist vielleicht um so besser; denn man sagt doch: jedem das Seine. Zumal, Freundchen, nicht einem jeden die Wissenschaft von Nutzen ist. Wir sind doch alle unenthaltsam, ein jeder will die ganze Welt in Erstaunen setzen, ich aber, wer weiß, ich würde das vielleicht noch mehr als alle anderen wollen, wenn ich gelehrt wäre. Doch wo ich nun ganz ungelehrt bin und von selber nichts weiß, wie kann ich mich da überheben? Du aber bist jung und gewitzt und dir ist dies Los zugefallen, du lerne nun auch. Trachte alles zu erkennen, damit du, so du einem Gottlosen oder einem Streitsüchtigen begegnest, ihm dann Antwort stehen kannst, und er dich mit rasendem Gerede nicht völlig zudecke und deine unreifen Gedanken nicht irreführe. So ein Glas aber habe ich noch ganz kürzlich gesehen.«

Er holte Atem und seufzte. Entschieden hatte ich ihm durch mein Kommen eine große Freude bereitet. Sein Mitteilungsdrang war jedenfalls krankhaft. Außerdem täusche ich mich gewiß nicht, wenn ich behaupte, daß er mich manchmal minutenlang mit ganz besonderer Liebe ansah: zärtlich legte er seine Hand auf meine Hand, streichelte meine Schulter ... manchmal aber, das muß ich allerdings auch gestehen, schien er mich wiederum ganz zu vergessen, als wäre ich gar nicht da, und wenn er dabei auch eifrig weiterredete, so sprach er doch gleichsam irgendwohin in die Luft.

»In dem kleinen Gennádijewschen Kloster«, fuhr er fort, »lebt ein Mann von großem Verstande. Er ist von vornehmer Herkunft; dem Range nach ist er Oberstleutnant, und er besitzt großen Reichtum. Als er noch in der Welt lebte, wollte er sich nicht durch eine Heirat binden; und nun lebt er dort schon das zehnte Jahr ganz abgeschlossen von der Welt; denn er hat sein Herz an die stillen, schweigsamen Zufluchtsstätten gehängt und seine Gefühle von den eitlen Sorgen der Welt gelöst. Er hält die ganze Klosterordnung ein, aber zum Mönch will er sich doch nicht scheren lassen. Und Bücher hat er so viel, wie meine Augen noch nie bei einem Menschen beisammen gesehen haben — er selber sagte mir, es wären Bücher für gute achttausend Rubel. Pjotr Walerjánytsch heißt er mit Namen. In vielem hat er mich zu verschiedenen Zeiten unterwiesen, und ich hab' ihm mit überköstlichem Vergnügen zugehört. Und einmal sage ich so zu ihm: ,Wie geht das zu, Herr, und was ist die Ursache, daß Ihr bei Eurem so großen Verstande, und wo Ihr schon zehn Jahre im Kloster lebt, gehorsam alle Vorschriften befolgt und Euer Begehren allgemach abgetötet habt, – was ist denn die Ursache, daß Ihr nicht das Gelübde ablegt, auf daß Ihr alsdann noch vollkommener werdet?‘ Er aber entgegnet mir darauf und spricht: ‚Was redest du, Alter, von meinem Verstande; vielleicht ist es gerade mein Verstand, der mich gefangen hält, denn ich habe ihn nicht zu zähmen vermocht. Und was redest du von meinem Gehorsam: vielleicht habe ich schon längst mein Maß verloren. Und was redest du von der Abtötung meines Begehrens! Auf mein ganzes Geld könnte ich sofort verzichten, desgleichen auf alle Titel, und die ganze Kavallerie legte ich dir hier auf den Tisch, aber auf meine Pfeife Tabak kann ich nicht verzichten, das zehnte Jahr schon kämpfe ich deshalb mit mir, und doch kann ich nicht davon lassen. Was wäre ich nun nach alledem für ein Mönch, und was für eine Abtötung meines Begehrens rühmst du an mir?‘ Fürwahr, seine Demut nahm mich damals wunder. Und so kam ich denn jüngst im Sommer, zur Zeit der Petrifasten, wieder nach jenem Kloster – Gott führte mich hin –, und da seh' ich, in seiner Zelle steht so ein Ding, ein Mikroskop, das hatte er sich für vieles Geld aus dem Auslande verschrieben. ‚Warte, Alter‘, sagt er zu mir, ‚ich werde dir etwas Erstaunliches zeigen, was du noch nie gesehen hast. Sieh diesen Wassertropfen, er ist rein wie eine Träne: nun und jetzt überzeuge dich, was in ihm alles ist, und du wirst sehen, daß die Mechaniker bald alle Geheimnisse Gottes aufgedeckt haben werden, kein einziges werden sie für uns beide noch übriglassen.‘ Gerade so sagte er, mit selbigen Worten; ich habe sie behalten. Ich aber hatte schon vor fünfunddreißig Jahren durch so ein Ding gesehen, bei Alexander Wladímirowitsch Malgássoff, meinem früheren Herrn, dem Onkel selig von Andrei Petrówitsch, mütterlicherseits, von dem dann auch später, nach seinem Ableben, das Stammgut an Andrei Petrówitsch fiel. Das war ein mächtiger Herr, ein hoher General, und eine große Meute hielt er sich, und ich war unter ihm lange Jahre Pikör damals.

Nun, und da stellte er einmal auch so ein Mikroskop auf, das er mitgebracht hatte, und er befahl dem ganzen Hofgesinde, Männern und Weibern, alle sollten sie einer nach dem andern herantreten und durch das Rohr sehen; und da wurde denn auch alles gezeigt, ein Floh und ein Läuschen und eine Nadelspitze und ein Härchen und ein Wassertropfen. Ja, das war schon eine Kurzweil und ein Spaß: da fürchten sie sich vor dem Wunderding, aber den Herrn, den fürchteten sie auch, denn er konnte gewaltig aufbrausen. Manche wissen gar nicht, wie sie sehen sollen, kneifen die Augen zusammen, blinzeln bloß und sehen überhaupt nichts; andere zittern vor Angst und schreien, und der Dorfälteste Ssávin Makároff hält sich mit beiden Händen die Augen zu und schreit: ‚Macht mit mir, was ihr wollt, ich guck' nicht hinein!' Danach gab es viel unnützes Gelächter. Dem Pjotr Walerjánytsch aber sagte ich nicht, daß ich dazumal so ein Ding schon gesehen hatte, also dies selbe Wunder schon fünfunddreißig Jahre zuvor geschaut hatte, denn ich seh' doch, es macht ihm Spaß, mir das zu zeigen; da tat ich denn mit Fleiß, als wär' ich mächtig verwundert und entsetzt. Er ließ mir Zeit und dann fragte er: ‚Nun, Alter, was sagst du jetzt?' Ich aber verneige mich und sage: „Und Gott sprach: Es werde Licht, und es ward Licht", er aber fragt auf einmal hastig zurück: ‚Ward nicht am Ende Finsternis?' Und so sonderbar sprach er das aus, lachte nicht einmal dazu. Ich wunderte mich noch über ihn, fürwahr, er aber war danach, ich muß schon sagen, beinah so wie böse geworden und sagte nichts mehr.«

»Ganz einfach: Ihr Pjotr Walerjánytsch ißt im Kloster zwar Fastenspeisen und macht die vorschriftsmäßigen Verneigungen wie ein Mönch, aber an Gott glaubt er nicht, und gerade in einem solchen Augenblick sind Sie damals zu ihm gekommen. Das ist die ganze Erklärung«, sagte ich. »Und außerdem ist er eigentlich recht lächerlich: er wird doch in seinem Leben sicherlich schon zehnmal so ein Mikroskop gesehen haben, warum verliert er dann beim elften Male darüber den Verstand? Das wird wohl nur so eine nervöse Reizbarkeit gewesen sein ... die sich durch das Klosterleben bei ihm entwickelt hat.«

»Er ist ein reiner Mensch und von hohem Verstande«, sagte der Alte eindringlich, »und er ist auch kein Gottloser. Er hat reichen Verstand, aber sein Herz ist unruhig. Solcher gibt es jetzt viele unter den Gebildeten und den Gelehrten. Und was ich dir noch sage: solch ein Mensch straft sich und richtet sich selber hin. Du aber geh ihnen aus dem Wege und werde ihnen nicht lästig, doch abends vor dem Schlaf gedenke ihrer in deinem Gebet, denn solche sind es, die Gott suchen. Betest du auch vor dem Schlafengehen?«

»Nein, ich halte das für eine leere Förmlichkeit. Übrigens muß ich Ihnen gestehen, daß Ihr Pjotr Walerjánytsch mir gefällt: wenigstens ist er kein leeres Stroh, sondern immerhin ein Mensch, und noch dazu einer, der sogar eine gewisse Ähnlichkeit mit einem uns beiden nahestehenden Menschen hat.«

Der Alte beachtete nur den ersten Satz meiner Antwort:

»Das ist nicht recht von dir, Freund, daß du nicht betest; beten ist gut, es macht das Herz froh, zumal vor dem Schlafengehen und nach dem Erwachen frühmorgens, und auch so du in der Nacht aufwachst. Das sage ich dir. Einmal in diesem Sommer war's, im Julimonat, da pilgerten wir nach dem Muttergotteskloster zum Kirchenfest. Je näher wir dem Kloster kamen, um so zahlreicher schlossen sich andere Pilger an, und schließlich waren wir unser fast an die zweihundert, die alle hinzogen, um die gnadenspendenden Reliquien der beiden großen Wundertäter Aníkij und Grigórij zu küssen. Wir übernachteten alle beisammen unter freiem Himmel, und ich erwachte frühmorgens, als alle noch schliefen und auch die liebe Sonne noch nicht hinter dem Walde hervorsah. Ich erhob den Kopf, Freundchen, ließ den Blick ringsum über die Erde schweifen und atmete die Luft ein! Eine Schönheit allüberall, die unaussprechlich ist. Still ist alles, die Luft ist leicht. Die Gräschen wachsen –

wachset nur, Gottes Gräschen; ein Vögelchen singt – sing nur, Gottes Vögelchen; ein Kindchen quäkt einmal leise in den Armen eines Weibes – Gott sei mit dir, kleines Menschlein, wachse auf zum Glück, der du geboren bist! Und da war mir, als hätte ich zum erstenmal in meinem ganzen Leben alldies in mich aufgenommen ... Ich legte den Kopf wieder hin, und es schlief sich so leicht. Schön ist es auf der Welt, Lieber! Ich möchte, weißt du, wenn's mir besser gehen sollte, im Frühling wieder wandern gehen. Und daß die Welt ein Geheimnis ist, das macht sie ja sogar noch schöner; bang wird dem Herzen davor und es staunt vor dem Wunder; und wiederum gereicht dies Staunen in Ehrfurcht dem Menschenherzen zur Freude: ‚Alles ist in dir, Gott, und auch ich bin in dir, und so nimm mich denn auf!' Murre nicht, Jungling: um so schöner ist es noch, als es ein Geheimnis ist«, fügte er ergriffen hinzu.

»‚Um so schöner ist es noch, als es ein Geheimnis ist' ... Das werde ich behalten, gerade diese Worte. Sie drücken sich furchtbar ungenau aus, aber ich verstehe Sie schon ... Es überrascht mich, daß Sie viel mehr wissen und verstehen, als Sie auszudrücken vermögen; nur reden Sie, wie's scheint, im Fieber ...«, entfuhr es mir unwillkürlich, als ich in seine fieberhaft glänzenden Augen und sein bleich gewordenes Gesicht sah.

Er aber hatte, glaube ich, meine Worte gar nicht gehört. »Weißt du auch, Jungling«, begann er wieder, als setze er seine frühere Rede fort, »weißt du auch, daß auf Erden der Erinnerung an einen Menschen eine Grenze gesetzt ist? Die Erinnerung an einen Menschen währt nur hundert Jahre. Hundert Jahre nach seinem Tode können noch seine Kinder seiner gedenken und dann seine Enkel, die noch sein Antlitz gesehen haben; wenn sich aber Erinnerung an ihn auch dann noch fortsetzt, so nur von Mund zu Mund, nur durch Worte und Gedanken, dieweil alle, so sein Antlitz mit Augen geschaut haben, alsdann schon dahingegangen sind. Und auf seinem Grabhügel auf dem Friedhof wird Gras wachsen, und der weiße Grabstein wird morsch werden und zerfallen, und alle Menschen werden ihn vergessen, desgleichen seine Nachfahren, und über ein kleines wird auch sein Name vergessen sein, zumal nur wenige Namen im Gedächtnis der Menschen verbleiben – nun, und mag es so sein! Möget ihr mich vergessen, ihr Lieben, ich aber kann euch noch aus dem Grabe heraus lieben. Ich höre eure fröhlichen Stimmen, Kinderchen, höre eure Schritte auf den Gräbern eurer Väter am Allerseelentage; lebt jetzt noch in der Sonne, freuet euch, ich aber werde für euch zu Gott beten, werde im Traume zu euch kommen ... gleichviel, auch nach dem Tode lebt die Liebe! ...«

Ich war in genau dem gleichen Fieberzustande wie er; statt nun hinauszugehen oder ihn zu beruhigen oder ihn womöglich zu überreden, sich hinzulegen, da er ja wie in Phantasien sprach, ergriff ich plötzlich seine Hand, und indem ich mich zu ihm hinabbeugte und seine Hand drückte, flüsterte ich erregt und mit Tränen in der Seele:

»Ich bin froh, daß Sie gekommen sind. Ich habe vielleicht schon lange auf Sie gewartet. Ich kann die anderen alle nicht lieben: sie haben keine Einsicht ... Ich werde den anderen nicht folgen, ich weiß nicht, wohin ich gehen soll, ich werde mit Ihnen gehen ...«

Da kam plötzlich Mama herein – zum Glück; denn ich weiß nicht, womit ich sonst noch geendet hätte. Sie kam, soeben aus dem Schlaf geschreckt, mit aufgeregtem Gesicht, in der Hand ein Fläschchen und einen Eßlöffel; als sie uns erblickte, rief sie besorgt aus:

»Wußt' ich's doch! Da hab' ich ihm die Chinintropfen nicht zur rechten Zeit gegeben, und nun fiebert er! Ich hab' mich verschlafen, Makár Iwánowitsch, Liebster!«

Ich stand auf und ging hinaus. Sie gab ihm die Medizin und brachte ihn zu Bett. Auch ich legte mich wieder in mein Bett, aber ich war sehr erregt. Eine große Neugier hatte ich nun mitgebracht und ich dachte mit allen Gedanken an diese Begegnung. Was ich damals von ihr erwartete? – ich weiß es nicht. Natürlich waren meine Gedanken ohne Zusammenhang, und eigentlich waren es gar keine Gedanken, was mir durch den Kopf ging, sondern nur Bruchstücke von Gedanken. Ich lag mit dem Gesicht zur Wand, und auf einmal erblickte ich in der Ecke den grellen Lichtfleck von der Sonne, auf den ich vorhin mit einer solchen Verwünschung gewartet hatte, und ich weiß noch, wie jetzt meine ganze Seele erklang und wie gleichsam ein ganz neues Licht mein Herz erfüllte. Ich erinnere mich noch gut dieses süßen Augenblicks und will ihn nie vergessen. Es war ein Augenblick neuer Hoffnung und neuer Kraft . . . Ich war ja damals ein Genesender, also konnten diese plötzlichen Stimmungen sehr wohl eine unvermeidliche Folge meines Nervenzustandes gewesen sein; aber an diese selbe lichte Hoffnung glaube ich auch jetzt, – das ist es, was ich jetzt hier niederschreiben und woran ich mich erinnern wollte. Selbstverständlich wußte ich auch damals schon ganz genau, daß ich nicht mit Makar Iwanowitsch gehen würde und daß mir selbst nicht klar war, worin dieser neue Drang, der mich erfaßt hatte, bestand, aber ein Wort hatte ich, wenn auch im Fieberdelirium, doch schon ausgesprochen: »Sie haben keine Einsicht.« ‚Das ist es', dachte ich von diesem Augenblick an in meiner Verzückung, ‚ich suche Einsicht, und die haben sie nicht, deshalb verlasse ich sie.'

Hinter mir hörte ich ein leises Geräusch, ich drehte mich um: an meinem Bett stand Mama, und sie beugte sich über mich und sah mir mit schüchterner Neugier in die Augen. Auf einmal ergriff ich ihre Hand.

»Mama, warum haben Sie mir nichts von unserem teuren Gast gesagt?« fragte ich plötzlich, und fast überraschte es mich selbst, daß ich so sagte.

Die ganze Unruhe verschwand im Nu aus ihrem Gesicht, und Freude leuchtete gleichsam in ihm auf, aber sie antwortete mir nichts und sagte nur:

»Vergiß auch Lisa nicht, Lisa; du hast Lisa vergessen.«

Sie sagte das hastig, errötete und wollte schnell weggehen;

denn auch sie hatte eine furchtbare Scheu davor, von Gefühlen zu reden, und in der Beziehung war sie ganz wie ich, das heißt, schüchtern und keusch; und außerdem wollte sie mit mir natürlich nicht von dem Thema Makár Iwánowitsch anfangen; es genügte auch das, was wir uns mit den Augen sagen konnten. Aber gerade ich, der jedes Zurschaustellen von Gefühlen so haßt, gerade ich hielt sie mit Gewalt an der Hand zurück: ich sah ihr süß in die Augen, lachte still und zärtlich und streichelte mit der anderen Hand ihr liebes Gesicht, ihre eingefallenen Wangen. Sie beugte sich zu mir herab und preßte ihre Stirn auf die meine.

»Nun, Christus sei mit dir«, sagte sie, sich plötzlich wieder aufrichtend, und ihr Gesicht strahlte, »werd' nur gesund! Das vergesse ich dir nicht. Er ist krank, sehr krank. Sein Leben ist in Gottes Hand . . . Ach, was sag' ich da, das kann ja gar nicht geschehen!«

Sie ging hinaus. Ihr Leben lang hat sie in Angst und Bangen und in unermeßlicher Ehrfurcht ihren angetrauten Mann, den Pilger Makár Iwánowitsch, verehrt, ihn, der ihr großmütig und ein für allemal verziehen hatte.

ZWEITES KAPITEL

I

Lisa aber hatte ich durchaus nicht »vergessen«, darin täuschte sich Mama. Dem feinen Spürsinn der Mutter war es nur nicht entgangen, daß zwischen Bruder und Schwester gleichsam eine leise Abkühlung einzutreten begann, aber das hatte nichts mit unserer gegenseitigen Liebe zu tun, sondern entsprang eher einer gewissen Eifersucht. Ich will dies im Hinblick auf das Weitere etwas näher erklären.

In der armen Lisa zeigte sich seit dem Tage der Verhaftung des Fürsten ein gewisser unzugänglicher Stolz, ja, förmlich ein unnahbarer Hochmut, der auf die Dauer unerträglich wurde; ein jeder im Hause begriff natürlich den Grund dieser Veränderung und erriet die Wahrheit, das heißt: wie sehr sie litt; und wenn ich mich in der ersten Zeit über ihre Art, mit uns umzugehen, ärgerte und meinen Ärger auch zeigte, so geschah das nur infolge meiner kleinlichen Reizbarkeit, die durch die Krankheit noch zehnmal schlimmer geworden war, – so denke ich jetzt darüber. Deshalb hatte ich aber doch nicht aufgehört, Lisa zu lieben; im Gegenteil, ich liebte sie sogar noch mehr, nur wollte ich nicht den ersten Schritt zur Annäherung tun, obwohl ich wußte, daß auch sie um nichts in der Welt diesen ersten Schritt tun würde.

Die Sache war die, daß Lisa seit der Verhaftung des Fürsten, nachdem alles über ihn bekannt geworden war, sofort sowohl uns wie auch allen anderen gegenüber eine Haltung annahm, die nicht einmal die Möglichkeit des Gedankens zulassen wollte, daß man sie bedauern oder den Versuch machen könnte, sie zu trösten oder für den Fürsten einzutreten. Im Gegenteil, sie ging – da sie es offenbar für unter ihrer Würde hielt, irgend etwas zu erklären oder mit jemandem zu streiten – wie in einem beständigen Stolz umher, in einem Stolz auf die Tat ihres unglücklichen Bräutigams, als ob er eine höhere Heldentat vollbracht hätte. Sie schien förmlich in jedem Augenblick uns allen zu sagen (doch wie gesagt, ohne ein Wort auszusprechen): ‚Von euch hätte das doch niemand getan, hätte sich niemand aus Ehr- und Pflichtgefühl selbst angezeigt, von euch hat doch keiner ein so feines und stolzes Gewissen! Und was seine schlechten Handlungen betrifft: wer hat denn keine schlechten Handlungen auf dem Gewissen? Nur werden sie von allen ängstlich geheimgehalten, dieser Mensch aber hat es vorgezogen, sich selbst ins Verderben zu stürzen, um nicht in seinen eigenen Augen ein Unwürdiger zu sein.‘ Das war es ungefähr, was jede ihrer Bewegungen auszudrücken schien. Ich weiß nicht, aber ich hätte mich an ihrer Stelle wohl genau so verhalten. Ich weiß auch nicht, ob gerade diese Gedanken in ihrer Seele waren, ich meine, ob sie bei sich wirklich so dachte; ich vermute stark, daß sie das nicht tat. Jedenfalls mußte sie doch mit der anderen, klaren Hälfte ihres Verstandes die ganze Wertlosigkeit ihres »Helden« erkennen; denn wer würde heute nicht zugeben, daß dieser unglückliche und in seiner Art sogar großherzige Mensch gleichzeitig ein im höchsten Grade wertloser Mensch war? Ja, schließlich ließ gerade diese ihre Streitsucht und ihre Anmaßung uns allen gegenüber, und ihr unausgesetztes Mißtrauen, wir könnten vielleicht anders über ihn denken, gerade das ließ zum Teil erraten, daß in der Tiefe ihres Herzens sich ein anderes Urteil über ihren unglücklichen Freund gebildet hatte. Aber ich möchte doch gleich von mir aus hinzufügen, daß sie, meiner Ansicht nach, zur Hälfte immerhin im Recht war; gerade ihr war das Schwanken vor einer endgültigen Schlußfolgerung viel eher zu verzeihen als uns anderen. Ich selbst gestehe aus ganzer Seele, daß ich auch heute, wo doch alles schon der Vergangenheit angehört, noch immer nicht weiß, wie und als was ich diesen Unglücklichen, der uns allen ein solches Rätsel aufgegeben hat, schließlich beurteilen soll.

Nichtsdestoweniger machte Lisa unser Haus fast zu einer kleinen Hölle. Sie, die so stark liebte, litt gewiß sehr, und ihrem Charakter gemäß zog sie es vor, schweigend zu leiden. Ihr Charakter glich dem meinen, das heißt, er war selbstherrlich und stolz, und eigentlich habe ich mir immer gedacht, sowohl damals wie auch jetzt, daß sie den Fürsten aus Herrschsucht liebte, eben weil er keinen Charakter besaß und sich vom ersten Wort und von der ersten Stunde an ihr unterworfen hatte. Das geschieht im Herzen irgendwie ganz von selbst, ohne jede vorhergehende Berechnung; aber eine solche Liebe eines Starken zu einem Schwachen ist manchmal unvergleichlich stärker und qualvoller als die Liebe zwischen zwei Menschen mit gleichen Charakteren, weil der Stärkere ganz unwillkürlich die Verantwortung für seinen schwachen Freund auf sich nimmt. Wenigstens denke ich mir das so. Die Unsrigen umgaben Lisa von Anfang an mit der liebevollsten Sorge, besonders Mama; doch Lisa ließ sich durch nichts erweichen, verhielt sich völlig stumm zu aller Teilnahme und wies jede Hilfe zurück. Anfangs sprach sie noch mit Mama, aber mit jedem Tage wurde sie wortkarger, antwortete immer knapper und sogar immer schroffer. In der ersten Zeit fragte sie Werssiloff um Rat, bald aber erkor sie sich zum Ratgeber und Helfer Wassin, wie ich zu meiner Verwunderung später erfuhr . . . Sie ging fast jeden Tag zu Wassin, ging auch aufs Gericht und zu den Vorgesetzten des Fürsten, ging zu den Advokaten und zum Staatsanwalt; schließlich war sie oft den ganzen Tag nicht zu Haus. Selbstverständlich besuchte sie täglich, und sogar zweimal am Tage, den Fürsten, der im Gefängnis saß, in der Abteilung für Adlige; aber diese Zusammenkünfte waren, wovon ich mich später überzeugt habe, für Lisa sehr qualvoll. Natürlich, welcher Dritte kann das Verhältnis zweier Liebenden zueinander ganz genau beurteilen? Aber ich weiß, daß der Fürst sie dann immer aufs tiefste kränkte; und wodurch? Ja, sonderbarerweise durch fortwährende Eifersucht. Übrigens, darauf werde ich später noch zurückkommen; aber eines möchte ich doch schon hier bemerken: es ist schwer zu sagen, wer von ihnen den anderen mehr quälte. Es ist nicht ausgeschlossen, daß Lisa, die uns gegenüber auf ihren Helden so stolz war, sich ihm gegenüber, unter vier Augen, ganz anders verhielt. Ich vermute das sogar sehr stark – nach einigen Anhaltspunkten, auf die ich noch zurückkommen werde.

So war denn, was meine Gefühle und mein Verhalten zu Lisa betrifft, alles Äußere, Sichtbare nur eine Vortäuschung, und zwar sowohl von mir wie von ihr aus; denn im Grunde haben wir uns niemals stärker geliebt als eben in jener Zeit. Ich muß hier noch bemerken, daß Lisa sich zu Makar Iwanowitsch, nachdem die erste Verwunderung und das erste Interesse vergangen waren, aus irgendeinem Grunde fast geringschätzig, ja sogar hochmütig verhielt. Sie schien ihm absichtlich nicht die geringste Beachtung zu schenken.

Als ich mir vorgenommen hatte zu schweigen – ich habe das bereits erwähnt –, da war ich natürlich fest davon überzeugt, wie man das in der Theorie ja immer ist, daß ich meinen Vorsatz auch durchführen würde. Oh, mit Werssiloff zum Beispiel hätte ich eher von der Zoologie oder von den römischen Imperatoren gesprochen als von, sagen wir, von – *»ihr«* oder etwa von jener wichtigsten Zeile in seinem Brief an sie, wo er ihr mitteilt, daß das Dokument durchaus nicht vernichtet sei und noch eine Rolle spielen könne, – von jener Zeile, an die ich sogleich wieder zu denken begann, kaum daß ich nach den Fieberdelirien zu Bewußtsein und zur Besinnung gekommen war. Aber ach! Schon bei den ersten Schritten in der Praxis, ja, fast sogar schon vor dem ersten Schritt, erkannte ich, wie schwer und unmöglich es ist, solche Vorsätze zu erfüllen: schon am folgenden Tage nach meiner ersten Begegnung mit Makar Iwanowitsch wurde ich durch eine überraschende Neuigkeit in die größte Aufregung versetzt.

II

Diese mich furchtbar aufregende Neuigkeit erfuhr ich durch Dárja Oníssimowna, die Mutter der verstorbenen Ólä, die mich ganz unerwartet besuchte. Von Mama hatte ich schon gehört, daß Darja Onissimowna bereits während meiner Krankheit zweimal bei uns gewesen war und große Teilnahme für mein Befinden gezeigt hatte. Ob nun diese »gute Frau«, wie Mama sie immer nannte, nur wie früher Mama besucht hatte, oder ob sie hauptsächlich meinetwegen gekommen war, danach hatte ich nicht gefragt. Gewöhnlich erzählte mir Mama, wenn sie mir die Suppe brachte und mich fütterte (als ich noch nicht selbst den Löffel führen konnte), alles, was im Hause geschehen war, um mich zu zerstreuen; ich aber gab mir jedesmal hartnäckig den Anschein, als ob mich alle diese Mitteilungen wenig interessierten; so hatte ich denn auch wegen Darja Onissimowna nicht weiter gefragt und einfach geschwiegen.

Es war gegen elf Uhr; ich wollte gerade aufstehen, um mich im Lehnstuhl an den Tisch zu setzen, als Darja Onissimowna in mein Zimmer trat. Da blieb ich absichtlich im Bett. Mama war oben mit irgend etwas beschäftigt und konnte nicht herunterkommen, und so waren wir denn auf einmal allein. Sie setzte sich mir gegenüber auf einen Stuhl, lächelte und sagte kein Wort. Ich sah voraus, was bevorstand: wir würden, wie im Gesellschaftsspiel, uns gegenseitig im Schweigen zu überbieten suchen; und überhaupt ärgerte mich ihr Besuch. Ich nickte ihr nicht einmal zu und sah ihr schweigend gerade in die Augen: aber sie sah mich gleichfalls unbeweglich an.

»Sie langweilen sich jetzt wohl in der Wohnung des Fürsten, seitdem Sie dort allein sind?« fragte ich auf einmal, da ich die Geduld verlor.

»Nein, ich bin nicht mehr in jener Wohnung. Ich bin jetzt, dank Anna Andréjewna, bei dem Kindchen.«

»Bei wessen Kindchen?«

Sie sah sich nach der Tür um und flüsterte vertraulich geheimnisvoll:

»Bei Herrn Werssiloffs Kindchen!«

»Aber dafür sorgt doch Tatjana Pawlowna...«

»Ganz recht, auch Tatjana Pawlowna und auch Anna Andrejewna, beide zusammen, und Lisawéta Makárowna auch, und auch Ihre Mama ... alle. Alle sorgen sie dafür. Tatjana Pawlowna und Anna Andrejewna sind jetzt sehr befreundet miteinander.«

Das war eine Neuigkeit. Sie belebte sich förmlich beim Sprechen. Ich sah sie an und haßte sie.

»Sie sind ja seit dem letztenmal, als Sie bei mir waren, recht munter geworden.«

»Ach, ja.«

»Sie scheinen auch zugenommen zu haben?«

Sie sah mich sonderbar an.

»Ich habe sie sehr liebgewonnen, sehr.«

»Wen denn?«

»Anna Andrejewna doch. Sehr lieb. Sie sind ein so edles Fräulein und so klug...«

»So so. Und wie fühlt sie sich denn jetzt?«

»Sie sind sehr ruhig, sehr.«

»Das ist sie ja immer gewesen.«

»Ganz recht, sie sind immer so.«

»Wenn Sie mit Klatschgeschichten hergekommen sind«, fuhr ich sie plötzlich an, da ich nicht mehr an mich halten konnte, »so lassen Sie sich gesagt sein, daß ich mit alledem nichts mehr zu tun haben will, ich habe beschlossen, alles im Stich zu lassen ... alles und alle, mir ist's egal, – ich gehe weg!...«

Ich besann mich plötzlich und hielt inne. Es erschien mir erniedrigend, daß ich ihr gewissermaßen meine neuen Pläne mitteilte. Sie aber zeigte weder Erstaunen noch Erregung, und es folgte wieder Schweigen. Plötzlich stand sie auf, ging zur Tür und sah ins Nebenzimmer. Als sie sich überzeugt hatte, daß dort niemand war, kehrte sie ganz ruhig zurück und setzte sich auf ihren früheren Platz.

»Das haben Sie gut gemacht!« sagte ich plötzlich lachend.

»Werden Sie Ihre Wohnung bei dem Beamten behalten?« fragte sie auf einmal, wobei sie sich ein wenig zu mir vorbeugte und die Stimme senkte, ganz als wäre das die wichtigste Frage, und als wäre sie nur zu dem Zweck zu mir gekommen, um darüber etwas zu erfahren.

»Meine Wohnung? Ich weiß nicht. Vielleicht gebe ich sie auch auf ... Wie soll ich das wissen?«

»Ihre Wirtsleute erwarten Sie sehr; jener Beamte ist schon ganz ungeduldig, auch seine Frau. Herr Werssiloff hat ihnen versichert, Sie würden bestimmt zu ihnen zurückkehren.«

»Ja, aber weshalb interessieren Sie sich denn dafür?«

»Anna Andrejewna wollten das auch gern wissen; sie waren sehr zufrieden, als sie erfuhren, daß Sie dort bleiben.«

»Aber woher weiß sie denn, daß ich in der Wohnung bleibe?«

Ich wollte noch hinzufügen: »Und was geht das Anna Andrejewna an?« – bezwang mich aber und unterließ die Frage aus Stolz, da ich sie nicht ausfragen wollte!

»Auch Herr Lambert haben ihr dasselbe gesagt.«

»Wa-a-as?«

»Ja, Herr Lambert haben auch Andrei Petrowitsch bestätigt, Sie würden bestimmt dort bleiben, und auch Anna Andrejewna haben sie dessen versichert.«

Ich erstarrte vor Schreck. Was hatte das nun wieder zu bedeuten! Lambert kennt bereits Werssiloff, Lambert war schon bis zu Werssiloff vorgedrungen ... Lambert und Anna Andrejewna ... er war schon bis zu Anna Andrejewna vorgedrungen! Mir wurde ganz heiß, aber ich schwieg. Eine Flut von Stolz erfüllte mich plötzlich ganz, von Stolz, oder ich weiß nicht von was. Aber ich sagte mir in dem Augenblick: ‚Wenn ich jetzt auch nur ein Wort der Erklärung verlange, so verwickle ich mich wieder in diese Welt und werde mich dann nie mehr aus ihr herausreißen können.‘ Haß entbrannte in meinem Herzen. Ich nahm mich mit aller Gewalt zusammen und beschloß zu schweigen; ich lag unbeweglich. Sie schwieg gleichfalls, das Schweigen dauerte schon minutenlang.

»Was macht der alte Fürst Nikolai Iwanowitsch?« fragte ich auf einmal, als hätte ich jede Überlegung verloren. Das heißt, ich fragte ja nur, um auf ein anderes Thema zu kommen, dabei stellte ich aber aus Versehen die allerwichtigste Frage, und so kehrte ich wie ein Wahnsinniger wieder in jene Welt zurück, aus der zu fliehen ich noch vor einem Augenblick so krampfhaft beschlossen hatte.

»Der alte Fürst sind in Zárskoje Sseló. Der Fürst waren nicht ganz gesund, und in der Stadt herrschen jetzt so viele Krankheiten, Influenza und Fieber; da haben denn alle dem Fürsten geraten, doch nach Zárskoje in ihr eigenes Haus überzusiedeln, wegen der guten Luft.«

Ich antwortete nichts.

»Anna Andrejewna und die Generalin besuchen den Fürsten alle drei Tage einmal, sie fahren dann auch zusammen hin.«

Anna Andrejewna und die »Generalin« (das heißt *»sie«*) – waren Freundinnen! Sie fuhren zusammen zum alten Fürsten! – Ich schwieg.

»Sie sind jetzt beide so befreundet, und Anna Andréjewna äußern sich dermaßen freundlich über Katerina Nikolájewna ...«

Ich schwieg immer noch.

»Und Katerina Nikolájewna haben sich wieder in die Welt begeben, machen ein Fest nach dem anderen mit und glänzen überall. Man spricht davon, daß bei Hofe alle Herren in sie verliebt seien ... aber mit Herrn Bjoring ist es ganz aus, und die Hochzeit wird nicht stattfinden, das sagen alle ... nachdem jene Geschichte dazwischen gekommen ist.«

Das heißt, nach der Geschichte mit Werssiloffs Brief.

Ich zitterte nur, sagte aber kein Wort.

»Anna Andrejewna bedauern so sehr den Fürsten Ssergéi Petrówitsch, und Katerina Nikolajewna tun das gleichfalls, und alle sagen, er werde freigesprochen werden, jener andere aber, der Stebelkóff, werde verurteilt werden . . .«

Ich sah sie haßerfüllt an. Sie erhob sich und beugte sich plötzlich über mich:

»Anna Andrejewna haben mich ausdrücklich gebeten, mich nach Ihrer Gesundheit zu erkundigen«, sagte sie ganz leise flüsternd, »und haben mich beauftragt, Sie recht sehr zu bitten, doch bei ihr vorzusprechen, sobald Sie nur auszugehen anfangen. Leben Sie wohl. Werden Sie bald gesund. Ich werde es ihr so sagen . . .«

Sie ging. Ich setzte mich im Bett auf, kalter Schweiß trat auf meiner Stirn hervor, aber ich fühlte eigentlich gar keinen Schreck: die für mich unbegreifliche, ungeheuerliche Nachricht von Lambert und seinen Machenschaften zum Beispiel hatte mich tatsächlich fast gar nicht erschreckt, das heißt, wenn ich den Eindruck dieser Nachricht mit der vielleicht ungerechtfertigten Angst verglich, mit der ich während der Krankheit und der ersten Tage meiner Genesung, ohne mir darüber Rechenschaft abzulegen, an meine Begegnung mit ihm in jener Nacht gedacht hatte. Im Gegenteil, in jenen ersten wirren Augenblicken, gleich nachdem Darja Onissimowna gegangen war, hielt ich mich damals, im Bett sitzend, bei dem Gedanken an Lambert überhaupt nicht auf . . . mich beschäftigte vor allem die Nachricht, die *sie* betraf: ihr Bruch mit Bjoring, ihr Glück in der Gesellschaft, ihre Feste und ihr Erfolg. »Sie glänzen überall«, glaubte ich Darja Onissimownas Stimme noch sagen zu hören. Und plötzlich fühlte ich, daß ich mich aus diesem Strudel mit meinen Kräften allein nicht mehr herausarbeiten konnte, wenn ich es auch noch fertiggebracht hatte, zu schweigen und Darja Onissimowna nicht weiter nach ihren Wundergeschichten auszufragen! Ein maßloses Verlangen nach jenem Leben, nach jenem *anderen* Leben, erfüllte auf einmal meine ganze Seele und . . . und dann noch eine andere süße Lust, die ich bis zum seligsten Glück und bis zu quälender Pein empfand. Meine Gedanken aber drehten sich gleichsam im Kreise, aber ich ließ sie sich drehen. ‚Da ist nichts zu überlegen!' sagte mir mein Gefühl. ‚Mama hat mir auch verschwiegen, daß Lambert hier gewesen ist', dachte ich sprunghaft, ‚das hat Werssiloff ihr gesagt, daß sie darüber schweigen soll... Ich sterbe eher, als daß ich Werssiloff nach Lambert frage!' – ‚Werssiloff', fiel es mir wieder blitzartig ein, ‚Werssiloff und Lambert, oh, wieviel Neues sich da bei ihnen zugetragen hat! Bravo, Werssiloff! Da hat er den Bjoring mit seinem Brief doch abgeschreckt; er hat sie verleumdet, la calomnie... il en reste toujours quelque chose, und der deutsche Hofmann hat Angst bekommen vor einem Skandal – haha, da hat sie ihre Lehre!' – ‚Lambert... sollte Lambert am Ende schon bis zu ihr vorgedrungen sein? Das fehlte noch! Aber warum sollte sie sich nicht auch mit ihm „abgeben"?'

Dann aber schleuderte ich auf einmal alle diese unsinnigen Gedanken von mir und warf mich verzweifelt zurück auf mein Kissen. ‚Nein, das darf doch nicht sein!' rief ich plötzlich entschlossen, sprang aus dem Bett und zog die Pantoffeln und den Schlafrock an, um mich geradeswegs nach dem Zimmer Makar Iwánowitschs zu begeben, ganz als wäre dort die Ablenkung von allen Anfechtungen, die Rettung und Erlösung, der Anker, an dem ich mich würde halten können.

Es ist in der Tat möglich, daß ich damals diesen Gedanken mit allen Kräften meiner Seele fühlte; weshalb wäre ich denn sonst so unaufhaltsam und plötzlich aufgesprungen, um mich in dieser Gemütsverfassung zu Makar Iwanowitsch zu retten?

III

Bei Makar Iwanowitsch aber traf ich ganz gegen meine Erwartung noch andere an: Mama und den Doktor. Da ich jedoch aus einem unbekannten Grunde überzeugt gewesen war, daß ich den Alten wieder so allein antreffen würde wie tags zuvor, blieb ich vor Überraschung geradezu stumpfsinnig verständnislos in der Tür stehen. Aber noch bevor ich dazu kam, ein geärgertes Gesicht zu machen, erschien auch schon Werssiloff, und ihm folgte Lisa . . . So fanden sich plötzlich alle, Gott weiß weshalb, bei Makar Iwanowitsch ein, und gerade in einem Augenblick, wo mir das gar nicht paßte!

»Ich bin gekommen, um mich nach Ihrem Befinden zu erkundigen«, sagte ich und ging geradeaus auf Makar Iwanowitsch zu.

»Danke dir, Lieber, hab' dich erwartet: ich wußte, daß du kommen würdest! Hab' in der Nacht an dich gedacht.«

Er blickte mir freundlich in die Augen, und ich sah es ihm an, daß er mich womöglich von allen am liebsten hatte. Aber gleichzeitig fiel mir auf, ganz unwillkürlich, daß sein Gesicht zwar heiter war, seine Krankheit jedoch im Lauf der Nacht Fortschritte gemacht hatte. Er war soeben vom Doktor gründlich untersucht worden. Später erfuhr ich, daß dieser Doktor (derselbe junge Arzt, über den ich mich so geärgert hatte, und der schon am Tage der Ankunft Makar Iwanowitschs zu Rate gezogen worden war), – daß dieser Doktor seinen neuen Patienten sehr gewissenhaft behandelte und eine – die medizinischen Ausdrücke habe ich vergessen –, jedenfalls eine Verschlimmerung verschiedener Krankheiten bei ihm festgestellt hatte. Wie ich auf den ersten Blick bemerkte, stand Makar Iwanowitsch bereits in dem engsten Freundschaftsverhältnis zu ihm, und in demselben Augenblick mißfiel mir das auch schon. Übrigens war ich gerade besonders schlecht aufgelegt.

»Nun, Alexander Ssemjónowitsch, wie steht es denn heute mit unserem lieben Kranken?« erkundigte sich Werssiloff beim Doktor.

Wenn ich nicht so erschüttert und verstimmt gewesen wäre, hätte ich sogleich mit ungeheurem Interesse Werssiloffs Verhalten zu diesem Greise beobachtet; ich hatte schon am Abend vorher darüber nachgedacht. Jetzt überraschte mich vor allem ein ungewöhnlich weicher und sympathischer Ausdruck in Werssiloffs Gesicht. Es lag etwas unendlich Aufrichtiges darin. Ich habe, glaube ich, schon einmal irgendwo gesagt, daß Werssiloffs Gesicht ganz überraschend schön werden konnte, sobald er nur ein wenig offener und treuherziger wurde.

»Ja, sehen Sie mal, wir zanken uns beständig«, erwiderte der Doktor.

»Sie und Makar Iwanowitsch? Nicht möglich! Mit ihm kann man sich doch gar nicht zanken.«

»Er gehorcht ja nicht: in der Nacht will er nicht schlafen...«

»Nun hör aber schon auf, Alexander Ssemjónowitsch, hast mich doch schon genug gescholten«, sagte Makar Iwanowitsch lachend. »Nun, und wie ist es denn, Väterchen Andrei Petrówitsch, wie hat man denn unser Fräulein abgeurteilt? – Sie ist mir hier schon den ganzen Morgen so in Angst und Bangen und in Unruhe«, fügte er hinzu, indem er auf Mama wies.

»Ach, Andrei Petrowitsch«, rief Mama tatsächlich sehr beunruhigt, »erzähl uns nur schneller, quäl uns nicht: wie ist es denn für die Arme ausgegangen?«

»Ja, da hat man nun unser Fräulein verurteilt!«

»Ach Gott!« rief Mama.

»Beruhige dich, nicht zu sibirischer Zwangsarbeit: bloß zu fünfzehn Rubel Strafe, alles in allem. Es war ein richtiges Lustspiel!«

Er setzte sich, und auch der Doktor nahm Platz. Das Gespräch bezog sich auf Tatjana Páwlowna und auf eine Geschichte, von der ich noch nichts wußte. Mein Platz war links von Makar Iwanowitsch, und Lisa saß mir gegenüber, rechts von ihm; sie hatte an diesem Morgen sichtlich einen besonderen Kummer, mit dem sie zu Mama gekommen war; in ihrem Gesichtsausdruck lag Unruhe und Gereiztheit. Plötzlich trafen sich unsere Blicke, und ich dachte bei mir: ‚Wir haben beide die Schmach kennengelernt; ich muß den ersten

Schritt zur Annäherung tun.‘ Mein Herz wurde plötzlich weich. Doch Werssiloff begann nun, von dem großen Ereignis dieses Morgens zu erzählen.

Zwischen Tatjana Pawlowna und ihrer Köchin war es schließlich zu einem Prozeß gekommen, der an diesem Morgen vor dem Friedensrichter seine Erledigung gefunden hatte. Der Anlaß war eine ganz lächerliche Geschichte. Ich habe bereits erwähnt, daß ihre Köchin, die übellaunige Finnländerin, manchmal, wenn die Bosheit über sie kam, wochenlang schweigen konnte und ihrer Herrin Tatjana Pawlowna nicht einmal auf deren Fragen antwortete; desgleichen habe ich schon erwähnt, daß Tatjana Pawlowna ihr gegenüber von einer unbegreiflichen Schwäche war, sich vieles von ihr gefallen ließ und sie um keinen Preis endlich und ein für allemal zum Teufel jagen wollte. Meiner Ansicht nach verdienen alle diese psychopathischen Launen alter Jungfern und Damen nur die größte Verachtung und sind es wirklich nicht wert, beachtet zu werden; wenn ich mich trotzdem entschließe, diese Geschichte hier zu erwähnen, so geschieht das nur, weil diese Köchin später, im weiteren Verlauf meiner Geschichte, eine nicht geringe und verhängnisvolle Rolle zu spielen haben wird. Kurz, eines Tages war Tatjana Pawlowna schließlich die Geduld gerissen, und sie hatte der eigensinnigen Person, die wieder schon ein paar Tage lang schwieg, eine Ohrfeige gegeben, was früher noch nie vorgekommen war. Die Köchin hatte auf die Ohrfeige nicht den leisesten Ton geantwortet, war aber noch an demselben Tage zu einem Midshipman außer Diensten, namens Ossjótroff, gegangen, der dort irgendwo an der Hintertreppe in einer elenden Kammer hauste und sich mit kleinen Verdiensten für Ratschläge, Abfassungen von Eingaben oder Vertretungen vor Gericht, kümmerlich durchschlug. Und die Folge der Ohrfeige war, daß Tatjana Pawlowna vor dem Friedensrichter erscheinen mußte, und Werssiloff als Zeuge vorgeladen wurde.

Werssiloff erzählte nun den ganzen Hergang der Verhandlung so lustig und witzig, daß selbst Mama lachen mußte; er ahmte sie alle nach, Tatjana Pawlowna, den Midshipman und die Köchin. Letztere hatte dem Gericht gleich zu Anfang erklärt, sie bäte um eine Geldstrafe. »Denn wenn das gnädige Fräulein eingesteckt wird, für wen soll ich dann kochen?« Auf die Fragen des Richters hatte Tatjana Pawlowna mit gewaltigem Hochmut geantwortet, ohne sich zu einem Rechtfertigungsversuch überhaupt herabzulassen, und zum Schluß hatte sie noch gesagt: »Ja, ich habe sie geschlagen und werde mich nicht abhalten lassen, sie nach Gutdünken wieder zu schlagen!« wofür sie unverzüglich wegen ungebührlichen Verhaltens vor Gericht eigens zu einer Strafzahlung von drei Rubeln verurteilt worden war. Der Midshipman, ein lang aufgeschossener, hagerer junger Mann, hatte noch eine lange Rede zur Verteidigung seiner Klientin halten wollen, war aber schmählich aus dem Konzept gekommen und hatte nur den ganzen Gerichtssaal erheitert. Die Verhandlung war bald erledigt gewesen, und Tatjana Pawlowna ward verurteilt, ihrer geohrfeigten Marja fünfzehn Rubel zu zahlen. Sie hatte auch sofort das Portemonnaie hervorgezogen und das Geld auszahlen wollen, aber da war sogleich der Midshipman aufgetaucht und hatte die Hand hingehalten, um auch sein Geld zu empfangen, doch Tatjana Pawlowna hatte seine Hand empört zur Seite gestoßen und sich zu Marja gewandt, die aber hatte das Geld nicht annehmen wollen: »Ach, lassen Sie's schon gut sein, gnädiges Fräulein, das ist doch nicht nötig, es kann ja auf die Rechnung kommen, und mit diesem hier werd' ich schon selber abrechnen!« – »Wozu hast du dir überhaupt so einen langen Galgen genommen!« hatte Tatjana Pawlowna versetzt, auf den Midshipman weisend, ersichtlich hocherfreut, daß ihre Marja endlich wieder sprach. »Ach, wahrhaftig, das ist wohl schon ein Galgen, gnädiges Fräulein«, hatte Marja mit listigem Gesicht geantwortet, »haben gnädiges Fräulein die Kotelettes heute mit Erbsen bestellt, ich hörte vorhin nicht recht, vor lauter Eile, aufs Gericht zu kommen?« – »Ach nein, mit Kohl, Marja, aber bitte laß sie nicht wieder anbrennen, wie gestern.« – »Ach, heute werd' ich mir schon besondre Mühe geben, gnädiges Fräulein; darf ich's Händchen küssen?« – und sie hatte ihr tatsächlich zum Zeichen der Versöhnung die Hand geküßt. Mit einem Wort, der ganze Gerichtssaal war aus dem Lachen nicht herausgekommen.

»Nein, wie diese Tatjana Pawlowna doch ist!« sagte Mama kopfschüttelnd, sehr befriedigt durch den guten Ausgang und durch Andrei Petrowitschs Wiedergabe, doch sah sie heimlich mit Unruhe zu Lisa hinüber.

»Sie ist schon von Kindesbeinen an ein charaktervolles Fräulein gewesen«, meinte Makar Iwanowitsch schmunzelnd.

»Galle und Müßiggang«, versetzte der Doktor.

»Das soll wohl ich sein, die Charaktervolle von Kindesbeinen an, die Galle und der Müßiggang?« platzte plötzlich Tatjana Pawlowna ins Zimmer, aber sie schien sehr zufrieden mit sich zu sein. »Na, weißt du, Alexander Ssemjónowitsch, du als Doktorchen solltest doch lieber nicht solchen Unsinn reden! Kennst mich von deinem zehnten Lebensjahre an, da möcht' ich wissen, wann du mich müßig gesehen hast, und was die Galle betrifft, so bist du es ja selber, der mich schon ein ganzes Jahr lang deshalb behandelt, und wenn du mich nicht kurieren kannst, so ist das doch nur für dich eine Blamage. Na, jetzt habt ihr euch aber genug über mich lustig gemacht; schönen Dank, Andrei Petrowitsch, daß du dir die Mühe gemacht hast, aufs Gericht zu kommen. Na, und wie geht es denn dir, Makáruschka, ich bin ja nur gekommen, um zu sehen, wie es hier mit der Gesundheit steht, mit deiner natürlich nur, nicht mit der Gesundheit dieses da«, sagte sie und wies dabei auf mich, schlug mir aber gleichzeitig mit der Hand freundschaftlich auf die Schulter; ich hatte sie noch nie bei so guter Laune gesehen. »Na, wie steht es denn mit ihm?« wandte sie sich mit besorgt gerunzelter Stirn an den Doktor.

»Er will sich nicht ins Bett legen, und dieses Sitzen ermüdet ihn doch nur.«

»Ich sitze ja nur so ein bißchen, wenn Menschen da sind«,

sagte Makár Iwánowitsch unsicher, mit fast kindlich bittendem Gesicht.

»Ja, das haben wir gern, das haben wir gern! – ich weiß schon: so im Kreise sitzen, wenn man sich um ihn versammelt hat, und dann zu reden – ei freilich, ich kenne doch meinen Makáruschka!« sagte Tatjana Pawlowna.

»Wart, sei nicht so hurtig im Urteilen«, sagte der Alte wieder lächelnd, indem er sich zum Doktor wandte, »höre mich erst an und laß mich aussprechen: ich werd' mich schon hinlegen, Freundchen, aber sieh, unsereins denkt so: ‚Legst du dich erst mal hin, dann stehst du vielleicht überhaupt nicht mehr auf' – siehst du jetzt, Freundchen, was bei mir dahintersteckt?«

»Na ja, ich wußte doch, daß hier irgend so ein Aberglaube mit im Spiel ist. ‚Leg ich mich hin, so steh ich vielleicht überhaupt nicht mehr auf' – das ist es ja, was Leute aus dem Volk so oft fürchten, weshalb sie eine Krankheit lieber stehenden Fußes durchmachen, als daß sie ins Krankenhaus gehen. Sie aber, Makar Iwanowitsch, Sie haben einfach Sehnsucht bekommen, Sehnsucht nach der Freiheit und der Landstraße, darin besteht Ihre ganze Krankheit. Sie sind es nicht mehr gewohnt, lange an einem Ort zu leben. Sie sind doch ein sogenannter Pilger! Nun, und das Vagabundieren wird ja in unserem Volk fast schon zur Leidenschaft. Das habe ich bereits mehr als einmal unter dem Volk beobachtet. Unser ganzes Volk ist ein Vagabund.«

»So ist Makar Iwanowitsch deiner Meinung nach ein Vagabund?« griff Tatjana Pawlowna das Wort auf.

»Oh, ich sagte das ja nicht in dem Sinne; ich gebrauchte den Ausdruck nur im weitesten Sinne des Wortes. Nun, sagen wir, er ist ein religiöser, ein gottesfürchtiger Vagabund, aber schließlich doch ein Vagabund. Ein Vagabund im guten, achtbaren Sinne, aber immerhin ein Vagabund . . . Ich sage das vom Standpunkt des Mediziners . . .«

»Ich versichere Sie«, wandte ich mich plötzlich an den Doktor, »eher sind wir Vagabunden, Sie und ich und wir alle, so viele hier sind, nicht aber dieser alte Mann, von dem wir alle, Sie einbegriffen, noch lernen könnten; denn er hat immerhin etwas Feststehendes im Leben, wir aber, wie wir hier sind, wir haben überhaupt nichts Festes im Leben... Übrigens, wie sollten Sie das begreifen können!«

Ich hatte das wohl in ziemlich scharfem Ton gesagt, aber so war es mir ganz recht. Eigentlich wußte ich nicht, weshalb ich noch dort saß; ich war wie nicht bei Sinnen.

»Was fällt dir nun wieder ein?« fragte Tatjana Pawlowna und sah mich mißtrauisch an. »Na, wie findest du ihn, Makar Iwanowitsch?« fragte sie diesen und wies dabei mit dem Finger auf mich.

»Gott segne ihn, er ist gewitzt«, sagte der Alte mit ernstem Gesicht, aber bei dem Wort »gewitzt« fingen fast alle zu lachen an.

Ich konnte mich gerade noch so weit zusammennehmen, daß ich ernst blieb; am lautesten lachte der Doktor. Dumm war nur, daß ich damals nichts von ihrer Übereinkunft wußte! Werssiloff, der Doktor und Tatjana Pawlowna hatten sich nämlich schon vor drei Tagen verabredet, alles aufzubieten, um Mama von schlimmen Vorahnungen und Befürchtungen für Makar Iwanowitsch abzulenken; denn sein Zustand war schon viel hoffnungsloser, als ich damals ahnte. Deshalb also gaben sie sich Mühe, möglichst lustig zu sein, zu scherzen und zu lachen. Nur der Doktor war dumm und verstand darum auch keinen Scherz: daraus entstand dann später die ganze Geschichte. Wenn ich aber um diese Verabredung gewußt hätte, so würde ich es natürlich nicht dazu gebracht haben, wozu es nun kam. Lisa wußte auch nichts von der Verabredung.

Ich saß und hörte nur mit halbem Ohre zu; sie sprachen und lachten, mir aber gingen die ganze Zeit Darja Onissimowna und ihre Neuigkeiten durch den Kopf, und es war mir nicht möglich, diese Gedanken zu verscheuchen; ich glaubte, sie immer noch vor mir zu sehen, wie sie so sitzt und mich ansieht, sich dann leise erhebt, vorsichtig zur Tür geht und ins andere Zimmer späht. Auf einmal fingen sie alle laut zu lachen an. Tatjana Pawlowna hatte, ich weiß nicht, wie das Gespräch darauf gekommen war, den Doktor einen Gottlosen genannt: »Ach, ihr Mediziner, ihr seid doch alle Gottlose! . . .«

»Makar Iwanowitsch!« rief sofort der Doktor, der auf eine höchst dumme Weise den Beleidigten spielte, der Gerechtigkeit heischt, »bin ich ein Gottloser?«

»Du ein Gottloser? Nein, du bist kein Gottloser«, antwortete der Alte verhalten, nachdem er ihn prüfend angesehen hatte. »Nein, Gott sei Dank!« Er schüttelte den Kopf. »Du bist ein heiterer Mensch.«

»Und wer heiter ist, der ist schon kein Gottloser?« fragte der Doktor ironisch.

»Das ist in seiner Art ein Gedanke«, bemerkte Werssiloff, lachte aber dabei gar nicht.

»Das ist sogar ein starker Gedanke!« rief ich unwillkürlich aus, ganz betroffen durch diesen Gedanken.

Der Doktor sah fragend von einem zum anderen.

»Diese Gelehrten, diese Studierten und großen Professoren« (wahrscheinlich hatten sie vorher von Professoren gesprochen), begann Makar Iwanowitsch, den Blick ein wenig gesenkt, »vor denen hab' ich anfänglich gewaltige Angst gehabt: ich hab' mich an sie überhaupt nicht herangewagt; denn ich hab' nichts also gefürchtet wie den Gottlosen. Ich dachte bei mir: ich hab' doch nur eine einzige Seele; wenn ich die nun verderbe, kann ich mir doch keine andere suchen. Nun, mit der Zeit aber faßte ich Mut: ‚Was können sie denn in aller Welt sein', dacht' ich, ‚Götter sind sie doch nimmer, sondern Menschen ganz wie unsereiner, Menschen mit denselben Leidenschaften'. Und groß war auch meine Neugier: ‚Ich werde dann doch erfahren', dacht' ich bei mir, ‚was das nun eigentlich ist, selbige Gottlosigkeit.' Nur ist mir, Freund, nachher selbst diese Neugier ganz vergangen.«

Er verstummte, aber man sah ihm an, daß er weitersprechen wollte, immer mit demselben stillen und ehrwürdigen Lächeln. Es gibt eine Einfalt, die allen und jedem vertraut und niemals Spott befürchtet. Solche Menschen sind immer beschränkt; denn sie sind bereit, auch das Wertvollste aus ihrem Herzen vor jedem ersten besten auszubreiten. Aber bei Makar Iwanowitsch war es, wie mir schien, etwas ganz Anderes, was ihn zu sprechen veranlaßte, war es nicht die Gedankenlosigkeit der Einfalt: es kam in ihm gleichsam der Propagandist zum Vorschein. Mit Genugtuung hörte ich aus seinem Ton sogar einen leisen Spott heraus, der dem Doktor und vielleicht auch Werssiloff galt. Was er nun sagte, war offenbar eine Fortsetzung ihrer früheren Dispute im Laufe der Woche, doch zum Unglück fiel wieder jenes verhängnisvolle Wort, das mich schon gestern so elektrisiert hatte und das mich nun zu einem bedauerlichen Ausfall veranlaßte.

»Einen gottlosen Menschen«, fuhr der Alte gesammelt fort, »den würde ich vielleicht noch heutigentags fürchten; nur ist das so eine Sache, Freund Alexander Ssemjónowitsch: einem wirklich Gottlosen bin ich in meinem ganzen Leben noch nicht begegnet. Statt seiner bin ich nur dem Ruhelosen begegnet, — siehst du, so muß man ihn richtiger nennen. Darunter gibt es die verschiedensten Leute; kannst dir fürwahr gar nicht ausdenken, was für Leute das alles sind: große und kleine, dumme und gelehrte, und manche darunter sind sogar von allereinfachstem Stande, und alle sind sie ruhelos; denn sie lesen und reden darüber ihr ganzes Leben lang und suchen es auszudeuten, so sie sich an der Süße der Bücher gesättigt haben, selber aber verbleiben sie ewig im Zweifel und können zu keinem Schluß kommen. Manch einer breitet sich so weit aus, daß er sich selber nicht mehr bemerkt. Manch einer ist in seiner Erbitterung härter denn ein Stein, sein Herz aber ist voll von gärenden Träumen. Manch einer wiederum ist gefühllos und leichtsinnig und hat Genüge, wenn er seinen Spott belachen kann. Manch einer hat aus den Büchern nur die Blumen herausgepflückt, und auch die nur nach seinem Gefallen; er selber aber ist unruhig, und es ist in ihm gar kein Gefühl für das Rechte. Und ich sage wiederum:

es ist viel Langeweile dabei. Manch ein Geringer leidet wohl Not: er weiß nicht einmal, womit er seine Kinderchen durchbringen soll, da es ihm an Brot gebricht, und er schläft auf stechendem Stroh, aber sein Herz ist doch heiter und leicht, selbst wenn er auch sündigt und unflätig ist, so ist sein Herz ihm dennoch alleweil leicht. So ein großer Herr dagegen hat zu essen und zu trinken in Hülle und Fülle und hat Gold in Haufen, in seinem Herzen aber ist immer dieselbe Schwermut. Manch einer hat alle Wissenschaften studiert, und doch weicht die Schwermut nicht von ihm. Ich denke so, daß je mehr Wissen hinzukommt, um so mehr kommt auch Langeweile hinzu. Und wenn man noch das bedenkt: sie lehren, solange die Welt steht, aber was haben sie denn Gutes gelehrt, daß die Welt davon schön und heiter, eine von jeglicher Freude erfüllte Wohnung werde? Und ich sage noch mehr: es fehlt ihnen der Anstand der ererbten schönen Form, sie wollen ihn nicht einmal haben. Alle sind ins Verderben geraten, nur lobt ein jeder sein Verderben, sich aber der einzigen Wahrheit zuzuwenden, daran denkt er nicht; ohne Gott jedoch zu leben, ist nur eine Qual. So kommt es, daß wir das verfluchen, wodurch wir erleuchtet werden, und das selber nicht einmal ahnen. Ja, und was hat es auch für einen Sinn: so einen Menschen kann es ja gar nicht geben, der sich nicht vor irgend etwas beugt; ein solcher Mensch würde sich selber nicht ertragen können; kein Mensch könnte das. Wenn er Gott verstoßen hat, so beugt er sich vor einem Götzen, vor einem hölzernen oder goldenen oder einem gedanklichen. Götzendiener sind das alles, aber nicht Gottlose, sieh, so muß man sie nennen. – Aber wie sollte es keine Gottlosen geben? Es gibt welche, die wirklich gottlos sind, nur sind diese viel schrecklicher als jene, dieweil sie den Namen Gottes im Munde führen. Von solchen hab' ich mehrfach gehört, aber begegnet bin ich so einem noch nie. Es gibt aber solche, und ich denke, es muß sie auch geben.«

»Es gibt solche«, bestätigte plötzlich Werssiloff, »es gibt solche und ‚es muß sie auch geben'.«

»Unbedingt gibt es sie und ‚muß es sie auch geben'!« brach es unaufhaltsam und mit Leidenschaft aus mir hervor, ich weiß selbst nicht, weshalb, aber Werssiloffs Ton riß mich hin, und in dem Ausspruch: ‚Es muß sie auch geben', lag ein Gedanke, der mich gefangen nahm. Dieses Gespräch war für mich wirklich eine Überraschung. Doch da geschah plötzlich etwas ganz Unvorhergesehenes.

IV

Es war ein ungewöhnlich klarer Tag. Die Rollvorhänge im Zimmer Makar Iwanowitschs waren anfänglich auf Anordnung des Doktors den Tag über nicht aufgezogen worden; jetzt aber hatte man vor das Fenster einen Vorhang gehängt, der den oberen Teil des Fensters freiließ, denn der Alte hatte sich bei den früheren Vorhängen bedrückt gefühlt, da er die Sonne nicht sehen konnte. Und wie wir nun so saßen, traf es sich, daß ein Sonnenstrahl auf einmal Makar Iwanowitsch gerade ins Gesicht schien. Im Eifer des Gesprächs hatte er das zunächst gar nicht bemerkt, jedoch unwillkürlich schon ein paarmal den Kopf zur Seite gebogen, da der grelle Schein seine schwachen Augen blendete und reizte. Mama, die neben ihm stand, hatte schon unruhig nach dem Fenster geblickt; man hätte das Fenster einfach verhängen müssen, doch um das Gespräch nicht zu unterbrechen, versuchte sie schließlich, die Fußbank, auf der Makar Iwanowitsch saß, etwas aus der Sonne zu rücken, wenn auch nur um eine Handbreit mehr nach rechts. Sie beugte sich hinab und erfaßte die Bank, konnte sie aber nicht von der Stelle rücken: die Bank mit Makar Iwanowitsch darauf rührte sich nicht. Makar Iwanowitsch hatte im Gespräch nur unbewußt ihre Anstrengungen empfunden und unwillkürlich schon ein paarmal versucht, sich zu erheben, doch seine Füße hatten ihm den Dienst versagt. Mama aber fuhr immer noch fort, sich zu bücken und zu ziehen, und das war es, was Lisa schließlich furchtbar ärgerte und aufbrachte. Ich erinnere mich, daß mir schon ein paar funkelnde, empörte Blicke von ihr aufgefallen waren, nur hatte ich im Augenblick nicht verstanden, worauf sie sich bezogen, und außerdem war ich durch das Gespräch ganz und gar in Anspruch genommen. Plötzlich hören wir, wie sie Makar Iwanowitsch beinahe anschreit:

»So erheben Sie sich doch ein wenig! Sehen Sie denn nicht, daß es so über Mamas Kraft geht!«

Der Alte sah sie mit einem schnellen Blick an, begriff sofort, was sie meinte, und versuchte eilig, sich zu erheben, aber es gelang ihm nicht: er kam nur eine Handbreit hoch und fiel wieder zurück.

»Ich kann nicht, Liebling«, sagte er traurig und sah Lisa gewissermaßen gehorsam an.

»Erzählen können Sie ein ganzes Buch, aber sich erheben, das können Sie nicht?«

»Lisa!« rief Tatjana Pawlowna.

Makar Iwanowitsch versuchte noch einmal mit aller Gewalt, sich zu erheben.

»Nehmen Sie doch Ihren Krückstock, er liegt ja neben Ihnen, versuchen Sie es mit dem Stock!« sagte Lisa noch einmal barsch.

»Ja, wirklich«, sagte nun der Alte und griff hastig nach seinem Stock.

»Man muß ihm einfach aufhelfen!« sagte Werssiloff schnell und erhob sich sofort; auch der Doktor und Tatjana Pawlowna sprangen auf, aber noch bevor sie ihm helfen konnten, hatte sich Makar Iwanowitsch, der sich aus aller Kraft auf den Stock stützte, schon von selbst erhoben, und nun stand er da in freudigem Triumph und blickte uns alle an.

»Da bin ich doch aufgestanden!« sagte er fast stolz und lachte froh. »Hab' Dank, Liebe, sieh mal, hast mich klug gemacht; und ich dachte schon, fürwahr, die Füße gehorchten mir gar nicht mehr . . .«

Aber er blieb nicht lange stehen; er hatte kaum zu Ende

gesprochen, als plötzlich der Stock, auf den er sich mit der ganzen Schwere seines Körpers stützte, auf dem Teppich ausglitt, und da die Füße ihn nicht mehr trugen, stürzte er von seiner ganzen Höhe plötzlich mit Wucht zu Boden. Das war geradezu furchtbar anzusehen, erinnere ich mich noch. Alle schrien auf und eilten herbei, um ihn aufzuheben, aber zum Glück hatte er sich keinen Schaden getan: er war nur schwer und mit einem Krach auf beide Knie gestürzt, hatte aber doch noch die rechte Hand vorstemmen können, und so war er wenigstens nicht aufs Gesicht gefallen. Er wurde aufgehoben und aufs Bett gesetzt. Er war sehr bleich geworden, aber nicht vom Schreck, sondern von der Erschütterung. (Der Doktor hatte bei ihm außer allem anderen auch noch ein Herzleiden festgestellt.) Mama aber war vor Schreck ganz außer sich. Doch plötzlich wandte Makar Iwanowitsch, noch bleich und zitternd und wohl noch nicht recht bei Besinnung, das Gesicht Lisa zu und sagte fast zärtlich mit leiser Stimme:

»Nein, Liebe, sieh, die Füße gehorchen mir doch nicht mehr!«

Ich kann gar nicht sagen, was für einen Eindruck das damals auf mich machte. Das Erschütterndste war, daß in den Worten des armen Alten auch nicht die Spur einer Klage oder eines Vorwurfs mitklang; im Gegenteil, man sah sofort, daß er aus Lisas Worten von Anfang an nichts Böses herausgehört und alles ganz in Ordnung gefunden hatte, das heißt, daß er für sein Verschulden gerade eine solche Zurechtweisung verdient zu haben glaubte. Alles das wirkte natürlich furchtbar auf Lisa. Als er gefallen war, war sie wie alle aufgesprungen und stand nun leichenblaß da. Natürlich litt sie, da sie die Schuld an dem ganzen Unfall trug, als sie aber diese Worte hörte, wurde sie plötzlich, im Augenblick, feuerrot vor Scham und Reue.

»So, jetzt ist es aber genug!« kommandierte auf einmal Tatjana Pawlowna, »das kommt alles nur von diesem Geschwätz! Es ist Zeit, auseinanderzugehen; was kann dabei

Gutes herauskommen, wenn der Doktor selbst zu schwätzen anfängt!«

»Sie haben recht«, stimmte ihr Alexander Ssemjónowitsch freimütig bei, während er sich noch bei dem Kranken zu schaffen machte. »Es war meine Schuld, Tatjana Pawlowna, ich hätte es früher sagen sollen, daß er Ruhe braucht.«

Aber Tatjana Pawlowna hatte sich schon von ihm abgewandt: sie stand und sah wohl ein paar Sekunden lang schweigend und gespannt Lisa an.

»Komm her, Lisa, und gib mir einen Kuß, mir alten dummen Person, wenn du's nur magst«, sagte sie auf einmal ganz unerwartet.

Und sie küßte Lisa, ich weiß nicht, weswegen, aber gerade das war es, was man tun mußte, so daß ich beinahe selbst auf Tatjana Pawlowna zugestürzt wäre, um sie dafür abzuküssen. Was jetzt nottat, war nicht, Lisa mit einem Vorwurf zu bedrücken, sondern das neue, gute Gefühl, das sich jetzt zweifellos in ihr erhob, mit Freude zu begrüßen und sie dazu zu beglückwünschen. Aber statt das nun auch zu tun und dem Gefühl nachzugeben, stand ich plötzlich auf und begann markant, mit fester Stimme:

»Makár Iwánowitsch, Sie haben wieder die Worte ‚Anstand' gebraucht und ‚ererbte schöne Form', und gerade das hat mich noch gestern und alle Tage gequält ... und überhaupt hat es mich mein Leben lang gequält, nur habe ich früher nicht gewußt, was mich quälte. Dieses Zusammentreffen der Worte halte ich für eine Schicksalsfügung, fast für ein Wunder. Ich erkläre dies in Ihrer Gegenwart ...«

Aber man fiel mir sogleich ins Wort und ließ mich nicht zu Ende sprechen. Ich sage nochmals: ich wußte nichts von ihrer Verabredung wegen Mama und Makar Iwanowitsch; sie aber glaubten von mir natürlich, nach früheren Erfahrungen, ich wäre zu jedem Verstoß in diesem Sinne fähig.

»Schweig! Bringt ihn zum Schweigen!« rief Tatjana Pawlowna gleich wütend. Mama erzitterte. Makar Iwanowitsch, der den Schreck der anderen sah, erschrak gleichfalls.

»Arkádij, höre auf!« rief Werssiloff streng.

»Für mich, meine Herrschaften«, rief ich nun noch lauter, »für mein Empfinden ist es, Sie alle hier neben diesem reinen Kinde zu sehen (ich deutete auf Makar Iwanowitsch) – einfach die Unschönheit selbst, die größte Gemeinheit.[20] Ich sehe hier nur eine Heilige – das ist Mama, aber auch sie . . .«

»Sie regen ihn auf!« sagte der Doktor eindringlich.

»Ich weiß, daß ich – ein Feind der ganzen Welt bin«, stotterte ich (oder so etwas ähnliches), sah mich im Kreise um und blickte schließlich herausfordernd Werssiloff an.

»Arkadij!« rief er wieder, »einmal ist es hier schon zu so einem Auftritt zwischen uns gekommen. Ich beschwöre dich, beherrsche dich jetzt!«

Ich kann es nicht wiedergeben, mit was für einem starken Gefühl er das sagte. Eine außergewöhnliche, aufrichtige, tiefe Trauer sprach aus seinem Gesicht. Das Erstaunlichste aber war, daß er so aussah wie ein Mensch, der sich seiner Schuld bewußt ist: ich war der Richter, er – der Verbrecher. Das alles gab mir den Rest.

»Ja!« schrie ich ihm zur Antwort zu, »genau so einen Auftritt hat es schon einmal gegeben, als ich Werssiloff begrub und ihn aus meinem Herzen riß . . . Doch damals folgte eine Auferstehung von den Toten, jetzt aber . . . jetzt folgt kein Morgen mehr! . . . Aber Sie alle hier, Sie alle werden noch sehen, wozu ich fähig bin: Sie lassen sich das ja nicht einmal träumen, was ich beweisen kann!«

Und nachdem ich das hervorgestoßen hatte, stürzte ich in mein Zimmer. Werssiloff kam mir eilig nach . . .

V

Ich bekam einen Rückfall; das Fieber stieg beängstigend schnell, und in der Nacht fing ich wieder zu phantasieren an. Aber es war doch nicht alles nur Fieberdelirium: es waren auch Träume, unzählige, einer nach dem anderen, in sinnloser Folge, Träume, von denen ich nur einen Traum oder nur den Teil eines Traumes für mein ganzes Leben behalten habe. Ich will ihn ohne alle Erklärungen wiedergeben; dieser Traum war prophetisch, und ich kann ihn nicht übergehen.

Ich befand mich plötzlich, mit irgendeiner großen und stolzen Absicht im Herzen, in einem großen und hohen Zimmer, es war aber nicht bei Tatjana Pawlowna; ich erinnere mich dieses Zimmers noch sehr genau; das erwähne ich hier schon vorgreifend. Und obgleich ich allein bin, fühle ich doch die ganze Zeit mit Unruhe und Pein, daß ich nicht allein bin, und daß man irgendwo auf mich wartet und irgend etwas von mir erwartet. Irgendwo hinter einer Tür sitzen Menschen und warten auf das, was ich tun werde. Ein unerträgliches Gefühl! ‚Wenn ich doch allein wäre!' denke ich. Und auf einmal kommt *sie* herein. Sie sieht mich schüchtern an, sie fürchtet sich entsetzlich, sie sucht meinen Blick. *Und ich halte das Dokument in meiner Hand.* Sie lächelt, um mich zu bestricken, sie will sich bei mir einschmeicheln; sie tut mir leid, aber schon fange ich an, Ekel zu empfinden. Auf einmal bedeckt sie ihr Gesicht mit den Händen. Da werfe ich ihr mit unsäglicher Verachtung das Dokument hin: »Bitten Sie mich nicht, da haben Sie es, ich brauche nichts von Ihnen! Ich räche mich für alle mir angetane Schmach durch Verachtung!« Und ich gehe aus dem Zimmer, fast erstickend an maßlosem Stolz. Aber in der Tür, im Dunkeln, ergreift mich Lambert! »Dummkopf! Dummkopf!« flüstert er mir aufgebracht zu und hält mich an der Hand zurück, »sie muß in einem billigen Stadtteil ein Pensionat für adlige junge Mädchen eröffnen!« (Das heißt, wenn ihr Vater von mir dieses Dokument erhielte – den unvorsichtigen Brief seiner Tochter an Andrónikoff – sie enterbte und aus dem Hause jagte. Ich habe diese Worte Lamberts buchstäblich so niedergeschrieben, wie er sie in meinem Traum zu mir sagte.)

»Arkadij Makarowitsch sucht den ‚Anstand der schönen

Form',« höre ich Anna Andréjewnas leise Stimme irgendwo in der Nähe sagen; aber kein Lob, sondern ein unerträglicher Spott klingt aus ihren Worten. Ich kehre mit Lambert ins Zimmer zurück. Aber wie *sie* Lambert erblickt, beginnt sie zu lachen. Mein erster Eindruck ist ein furchtbarer Schreck, ein Schreck, daß ich stehen bleibe und mich ihr nicht zu nähern wage. Ich sehe sie an und kann es nicht glauben; es ist, als hätte sie plötzlich eine Maske von ihrem Gesicht fallen lassen: es sind dieselben Züge, aber es ist, als wäre jeder Zug ihres Gesichts durch unsägliche Schamlosigkeit entstellt. »Den Preis, Gnädigste, den Preis!« ruft Lambert und beide lachen sie noch mehr, mein Herz aber will stille stehen: ‚Oh, ist denn dieses schamlose Weib hier – wirklich dieselbe, deren Blick allein schon alle Tugenden in meinem Herzen aufsteigen ließ?'

»Sieh, wozu diese Stolzen der hohen Kreise fähig sind – für Geld!« ruft Lambert. Aber die Schamlose läßt sich auch durch diese Worte nicht verwirren; sie lacht gerade darüber, daß ich so erschrocken bin. Oh, sie ist bereit, den Preis für das Dokument zu zahlen, das sehe ich, und ... und was ist mit mir? Schon fühle ich weder Mitleid noch Ekel; ich zittere, wie ich noch niemals gezittert habe ... Ein neues Gefühl bemächtigt sich meiner, ein unnennbares, das ich noch nie gekannt, und das so stark ist wie die ganze Welt ... Oh, jetzt bin ich schon nicht mehr imstande, fortzugehen, oh, um keinen Preis! Und wie es mir gefällt, daß das so schamlos ist! Ich ergreife ihre Hände, die Berührung ihrer Hände erschüttert mich qualvoll, und ich nähere meine Lippen den ihren, diesen schamlosen, roten, vor Lachen bebenden und mich rufenden Lippen.

Oh, hinweg mit dieser niedrigen Erinnerung! Dieser verwünschte Traum! Ich schwöre, daß vor diesem schamlosen Traum in meinem Geiste noch nichts gelebt hatte, was einem so schändlichen Gedanken auch nur ähnlich gewesen wäre. Nicht einmal eine unfreiwillige Träumerei von der Art war bis dahin in mir gewesen (wenn ich auch das »Dokument«

in meiner Tasche eingenäht trug und manchmal mit einem eigenen Lächeln nach dieser Tasche gefühlt hatte). Wie aber war es denn möglich gewesen, daß alles das plötzlich in dieser fertigen Form in mir hatte auftauchen können? Das kam daher, weil die Seele einer Spinne in mir war! Dieser Traum beweist, daß alles dies in meinem wollüstigen Herzen schon längst gekeimt hatte und in ihm lag, in meinem *Wunsch* lag, aber im wachen Zustande hatte mein Herz sich dessen noch geschämt, und mein Geist hatte noch nicht gewagt, sich etwas ähnliches bewußt vorzustellen. Aber im Schlaf und Traum verriet und zeigte meine Seele, was in meinem Herzen war, zeigte es in deutlichen Bildern, der Wahrheit getreu und – in prophetischer Form. War es denn wirklich *das* gewesen, was ich ihnen hatte *beweisen* wollen, als ich am Morgen aus Makar Iwanowitschs Zimmer gestürzt war? Doch jetzt genug davon, vorläufig werde ich darauf nicht mehr zu sprechen kommen! Dieser Traum, den ich damals hatte, ist eins der sonderbarsten Erlebnisse meines Lebens.

DRITTES KAPITEL

I

Nach drei Tagen stand ich am Morgen vom Bett auf, und als ich mich auf die Füße stellte, fühlte ich, daß ich nun nicht mehr bettlägerig war. Mein Körper spürte bereits mit allen Sinnen die Nähe der völligen Genesung. Vielleicht ist es nicht der Mühe wert, alle diese kleinen Einzelheiten aufzuzeichnen, aber mit jenem Morgen begannen damals ein paar Tage, die, obschon in ihnen nichts Besonderes geschah, doch unauslöschlich in meinem Gedächtnis geblieben sind, wie etwas Tröstliches und Ruhiges, das aber ist etwas ganz Seltenes in meinen Erinnerungen. Meinen damaligen Seelenzustand will ich vorläufig noch nicht ausführlicher schildern; wenn ich dem Leser erzählte, welcher Art dieser Zustand war, würde er mir gewiß nicht glauben. So mag denn alles später aus den Tatsachen sich selbst erklären. Fürs erste sage ich nur dies Eine: möge der Leser nicht vergessen, daß ich von der *»Seele einer Spinne«* gesprochen habe. Und diese Seele war in einem Menschen, der im Namen der »schönen Form« ihnen allen und der ganzen Welt den Rücken kehren wollte! Der Durst nach dieser Schönheit war in mir sogar in hohem Maße vorhanden, und es war ein echter und wirklicher Durst, wie aber und auf welche Weise er sich mit anderen, Gott weiß was für Wünschen in mir vertrug – das ist für mich selbst ein Geheimnis. Und das ist mir auch immer ein Geheimnis gewesen: ich habe mich wohl schon tausendmal über diese Fähigkeit des Menschen (und wie mir scheint, besonders des russischen Menschen) gewundert, das höchste Ideal neben der niedrigsten Gemeinheit in seiner Seele hegen zu können, und beides mit vollkommener Aufrichtigkeit. Ist das nun bloß eine besondere Weitherzigkeit der Natur gerade des russischen Menschen, die ihn zu Großem prädestiniert, oder ist das nur ganz gewöhnliche Gemeinheit? – das ist die Frage!

Doch lassen wir das. Wie dem auch sei, jedenfalls trat damals so etwas wie eine Windstille ein. Ich sagte mir, daß ich unbedingt sobald wie möglich gesund werden mußte, um sobald wie möglich handeln zu können, und deshalb nahm ich mir vor, hygienisch zu leben und die Vorschriften des Doktors (gleichviel was für ein Mensch dieser Doktor war) gewissenhaft zu befolgen; meine stürmischen Pläne aber verschob ich mit außerordentlicher *Vernünftigkeit* (eine Frucht der »Weitherzigkeit«) auf den Tag, da ich zum erstenmal ausgehen würde, das heißt, bis zu meiner völligen Genesung. Auf welche Weise alle meine friedlichen Eindrücke und das Genießen besagter Windstille sich mit den gleichzeitigen qualvoll süßen und erregten Schlägen meines Herzens vertragen konnten, noch dazu bei dem starken Vorgefühl nah bevorstehender stürmischer Entscheidungen, das weiß ich nicht, schreibe aber alles das wiederum der »Weitherzigkeit« zu. Aber die frühere Unruhe, die ich noch unlängst verspürt hatte, war schon nicht mehr in mir; ich hatte alles auf jenen erwähnten Tag verschoben und zitterte nicht mehr vor dem Kommenden, wie noch kurz zuvor, sondern fühlte mich wie ein reicher Mann, der seiner Mittel und seiner Kraft sicher ist. Mein Hochmut und das Gefühl der Herausforderung dem Schicksal gegenüber, das mich erwartete, wurden immer größer; zum Teil kam das wohl von der fortschreitenden Gesundung und dem schnellen Zustrom neuer Lebenskräfte. Und eben an diese paar Tage der endgültigen und vollständigen Genesung denke ich jetzt mit wirklichem Vergnügen zurück.

Oh, sie hatten mir schon alles verziehen, das heißt meinen ganzen Ausfall, und das hatten dieselben Menschen getan, denen ich ins Gesicht gesagt hatte, sie wären gemein! Das liebe ich an den Menschen, das nenne ich den Verstand des Herzens; wenigstens zog mich das sofort zu ihnen hin, natürlich nur bis zu einem gewissen Grade. Mit Werssiloff zum Beispiel fuhr ich fort, mich wie früher zu unterhalten, wir sprachen wie zwei gute Bekannte, aber wiederum nur bis zu einer gewissen Grenze: sobald wir merkten, daß man etwas mehr aus sich herauszugehen begann (und das wollte bisweilen geschehen), nahmen wir uns sogleich wieder zusammen, und es war dann, als schämten wir uns aus irgendeinem Grunde beide ein wenig. Es gibt Fälle, wo der Sieger nicht umhin kann, sich vor dem Besiegten zu schämen, gerade deshalb, weil er die Oberhand über ihn behalten hat. Der Sieger war offenbar – ich; und so schämte ich mich denn auch.

An jenem Morgen, als ich nach meinem Rückfall zum erstenmal aufgestanden war, kam er zu mir ins Zimmer, und da erst teilte er mir ihre Verabredung mit, die sie alle wegen Mama und Makar Iwanowitsch getroffen hatten; zum Schluß sagte er mir noch, daß Makar Iwanowitsch sich allerdings besser fühle, der Doktor aber für nichts einstehe. Natürlich versprach ich ihm sogleich und von ganzem Herzen, künftighin vorsichtiger zu sein. Die Art und Weise, wie Werssiloff mir alles dies mitteilte und darüber sprach, zeigte mir zu meiner Überraschung, daß er selbst um den alten Mann aufrichtig besorgt war, sogar weit mehr, als ich das von einem Menschen wie ihm jemals erwartet hätte; ich sah, daß dieser alte Mann auch ihm selbst aus irgendeinem Grunde besonders teuer war, und dies nicht nur Mamas wegen. Das interessierte mich sogleich sehr, ja, es setzte mich fast in Erstaunen, und ich muß gestehen, daß ich ohne Werssiloff vieles an diesem alten Mann nicht bemerkt oder nicht weiter beachtet oder gar nicht zu schätzen verstanden hätte. So dagegen hat dieser Greis eine der nachhaltigsten und eigenartigsten Erinnerungen in meinem Herzen hinterlassen.

Werssiloff schien anfangs wegen meines Verkehrs mit Makar Iwanowitsch gewisse Befürchtungen zu hegen, das heißt, er war nicht ganz sicher, ob er sich auf meine Klugheit und mein Taktgefühl wirklich verlassen könne; deshalb war er später überaus zufrieden, als er sah, daß auch ich manchmal begreife, wie man sich zu einem Menschen von ganz anderen Anschauungen zu verhalten hat, und daß ich, falls nötig, auch nachgiebig und duldsam sein kann. Ich gestehe auch, ohne zu zögern (und ich glaube, mir dadurch nichts zu vergeben), daß ich in diesem Mann aus dem Volk in bezug auf gewisse Gefühle und Ansichten manches für mich ganz Neue gefunden habe, etwas, was viel klarer und tröstender war als meine bisherige Auffassung dieser Dinge. Nichtsdestoweniger war es ganz unmöglich, manchmal nicht aus der Haut zu fahren, wenn man auf seine Vorurteile stieß, an die er mit der allerempörendsten Ruhe und Unerschütterlichkeit glaubte. Aber daran war natürlich nur seine Unbildung schuld; seine Seele aber war so beschaffen, daß sie alles verstehen konnte, und sogar in einer Weise, daß ich noch bei keinem Menschen ein besseres Verstehen angetroffen habe.

II

Vor allem war es seine außergewöhnliche Treuherzigkeit und das vollkommene Fehlen jeglicher Eigenliebe, was ihn, wie ich schon einmal bemerkt habe, so anziehend machte; man spürte ein Herz, das nahezu frei von aller Sünde war. Es war eben »Fröhlichkeit des Herzens« da, und deshalb auch jene »schöne Form«. Das Wort »Fröhlichkeit« liebte er sehr und gebrauchte es auch oft. Allerdings kam manchmal eine gewisse, gleichsam krankhaft gesteigerte Verzücktheit über ihn, eine übermäßige Ergriffenheit, – zum Teil wohl, wie ich annehme, infolge des Fiebers, das ihn, streng genommen, die ganze Zeit nicht verließ; aber die schöne äußere Form wurde dadurch nicht gestört. Es gab in ihm auch Widersprüche: neben einer erstaunlichen Einfalt, die Ironie gewöhnlich überhaupt nicht wahrnahm (oft zu meinem Ärger), war in ihm gleichzeitig eine gewisse raffinierte Subtilität, die am häufigsten bei polemischen Scharmützeln hervortrat. Polemik aber liebte er sehr, wenn auch mitunter nur Polemik auf seine Art. Man merkte, daß er weit in Rußland herumgekommen war, viel gehört hatte, aber, ich wiederhole, am meisten liebte er das Ergreifende und alles, was rührend war, und gern erzählte er Geschichten, die ans Herz griffen. Überhaupt liebte er es sehr, zu erzählen. Ich habe ihn viel erzählen hören, sowohl von seinen eigenen Wanderungen wie auch Legenden aus dem Leben der frühesten »Glaubenskämpfer.« Diese Legenden waren mir nicht bekannt, aber ich glaube, er wird vieles entstellt wiedergegeben haben, zumal er sie größtenteils aus der mündlichen Überlieferung des einfachen Volkes kannte. Manches klang auch so unglaubhaft, daß es einfach nicht als möglich anzunehmen war. Aber trotz allen augenscheinlich freien Erfindungen oder unzweifelhaften Lügengeschichten kam immer wieder etwas erstaunlich Ganzes, Abgeschlossenes zum Vorschein: ein Ausdruck des Volkes und seines Gefühls, und das hatte fast immer etwas Rührendes ... So ist mir von seinen Erzählungen unter anderen auch noch eine lange Geschichte im Gedächtnis geblieben: „Die Legende von der ägyptischen Maria." Von allen diesen Legenden hatte ich bis dahin gar keine Vorstellung gehabt. Ich kann ohne weiteres sagen: es war kaum möglich, sie ohne Tränen anzuhören, und zwar nicht so sehr vor Rührung als aus einer ganz eigenartigen Begeisterung: man empfand etwas Ungewöhnliches und Glühendes, etwas von der Gewalt und Großartigkeit jener glühenden Wüste, durch die die Löwen streifen und in der die Heilige umherirrt. Übrigens war es nicht diese Geschichte, die ich wiedergeben wollte, und ich bin auch gar nicht kompetent auf diesem Gebiet.

Was mir sonst noch an Makar Iwanowitsch gefiel, waren seine eigenartigen Ansichten über gewisse noch sehr strittige Fragen aus dem Leben der Gegenwart. Einmal, zum Beispiel, erzählte er die Geschichte von einem Soldaten, die sich vor nicht langer Zeit zugetragen und die er selbst nahezu miterlebt hatte:

Es war da ein Soldat nach der Dienstzeit in die Heimat zurückgekehrt, aber es gefiel ihm nicht mehr, unter den Bauern zu leben, und auch er gefiel den Bauern nicht. Dieser Mensch kam auf Abwege, begann zu trinken und schließlich führte er irgendwo einen Raub aus. Man hatte zwar keine sicheren Beweise gegen ihn, aber er wurde doch verhaftet und vors Gericht gebracht. Im Laufe der Verhandlung war es dann dem Advokaten fast schon gelungen, die Geschworenen von der Unschuld des Angeklagten zu überzeugen, es gab eben keine Beweise gegen ihn, und da ließ sich nichts machen, – als der Angeklagte, der ihm die ganze Zeit stumm zugehört hatte, plötzlich aufstand und seinen Verteidiger mit den Worten unterbrach: »Nein, du, halt ein mit dem Reden.« Darauf erzählte er selbst den ganzen Vorgang und »vergaß auch das letzte Staubkörnchen nicht«: unter Tränen der Reue legte er ein volles Geständnis ab. Die Geschworenen zogen sich zur Beratung zurück, kamen dann wieder in den Gerichtssaal, und ihr Urteil wurde verkündet: »Nein, er ist unschuldig.« Alle klatschten in die Hände, freuten sich und schrien, der Soldat aber blieb stehen, wie er stand, rührte sich nicht vom Fleck, als wäre er zu einem Pfosten erstarrt, und begriff noch immer nichts; auch davon, was der Vorsitzende ihm zur Ermahnung sagte, bevor er ihn in die Freiheit entließ, verstand er nichts. So kehrte denn der Soldat in die Freiheit zurück, aber er konnte es selbst nicht fassen. Er fing an, sich zu grämen und nachzudenken, aß nicht, trank nicht, sprach mit keinem Menschen, und am fünften Tage ging er hin und erhängte sich. »So ist das, mit einer Sünde auf dem Gewissen zu leben!« schloß Makar Iwanowitsch.

Diese Geschichte war ja an sich nichts Besonderes, solcher Geschichten findet man heutzutage eine Unmenge in allen Zeitungen; aber was mir dabei ausnehmend gefiel, war sein Ton, und vor allen Dingen manche Aussprüche, in denen entschieden ein neuer Gedanke lag. Als er zum Beispiel von diesem Soldaten erzählte, daß er nach seiner Rückkehr den

Bauern nicht gefallen habe, äußerte er dazu: »Man weiß doch, was ein Soldat ist: ein Soldat ist ein *verdorbener Bauer.«* Und als er auf den Verteidiger zu sprechen kam, der den Prozeß beinahe schon gewonnen hatte, sagte er: »Man weiß doch, was so'n Advokat ist: ein Advokat ist ein *gemietetes Gewissen.«* Diese beiden Ausdrücke brachte er völlig ohne Mühe oder tiefsinniges Nachdenken hervor, sie kamen für ihn selbst ganz unversehens. Dabei lag diesen beiden Ausdrücken eine vollkommen eigene Auffassung zugrunde – wenn auch nicht die des ganzen Volkes, so doch Makar Iwanowitschs eigene, von keinem anderen entlehnte Anschauung! Ja, derartige Volksurteile über manche Erscheinungen sind mitunter wirklich wunderbar in ihrer Ursprünglichkeit und Wahrheit.

»Aber wie denken Sie, Makár Iwánowitsch, über die Sünde des Selbstmordes?« fragte ich ihn bei der Gelegenheit.

»Der Selbstmord ist führwahr die größte menschliche Sünde«, erwiderte er und seufzte; »aber Richter darüber ist nur Gott allein, dieweil nur ihm alles bekannt ist, jegliches Ziel und Maß. Wir aber müssen gewißlich beten für einen solchen Sünder. Wenn du von solcher Sünde hörst, bete vor dem Schlafengehen inbrünstig für solchen Sünder; und so du um ihn auch nur einmal zu Gott aufseufzest, auch wenn du den Sünder gar nicht gekannt hast, um so eher wird dein Gebet für ihn erhört werden.«

»Aber was kann mein Gebet ihm noch helfen, wenn er schon verdammt ist?«

»Was kann man wissen! Viele, ach, viele sind ungläubig und verwirren die Unwissenden; du aber höre nicht auf sie, denn sie wissen selber nicht, wohin sie irren. Das Gebet aber für einen Verdammten von einem lebenden Menschen wird wahrlich erhört. Oder was glaubst du, wie dem zumute ist, der niemand hat, der für ihn betet? Deshalb füge, wenn du vor dem Schlafen dein Gebet sprichst, zum Schluß noch die Worte hinzu: „Erbarme dich, Herr, auch aller derer, die niemand haben, der für sie betet." Dies Gebet ist gewißlich Gott wohlgefällig und wird auch erhört werden. Und bete auch für alle noch lebenden Sünder: „Herr, sei du selbst ihr Richter und sei gnädig allen unbußfertigen Sündern!" – auch dies ist ein gutes Gebet.«

Ich versprach ihm, so zu beten, denn ich fühlte, daß ich ihm mit diesem Versprechen eine große Freude bereiten würde. Und in der Tat sah ich, wie sein Gesicht vor Freude aufleuchtete. Ich will aber gleich hinzufügen, daß er sich in solchen Fällen niemals hochmütig mir gegenüber verhielt, nicht wie ein überlegener Greis zu irgendeinem grünen Jüngling; im Gegenteil, er hörte auch mir, gleichviel worüber ich sprach, sogar sehr gern zu, und immer mit großem Interesse; wohl in der Annahme, daß es nicht nutzlos wäre, obschon ich noch ein »Jungling« war, wie er sich in seiner eigenartigen Redeweise auszudrücken pflegte (er wußte sehr gut, daß man »Jüngling« sagen mußte und nicht »Jungling«); aber er sah doch, daß dieser »Jungling« ihm an Schulbildung weit überlegen war. Unter anderem liebte er es sehr, von dem Einsiedlerleben zu sprechen, und er stellte den Einsiedler viel höher als den »Pilgrim«. Ich widersprach ihm lebhaft und wies immer wieder auf die Ichsucht dieser Menschen hin, die der Welt einfach den Rücken kehren und an den Nutzen nicht denken, den sie der Menschheit bringen könnten, einzig um der ichsüchtigen Idee der eigenen Rettung willen. Zunächst verstand er mich gar nicht, und ich vermute sogar, daß er mich auch später nicht verstand; jedenfalls verteidigte er das Einsiedlerleben sehr. »Zu Anfang tut man sich gewißlich selber leid« (das heißt, wenn man Einsiedler wird), »dann aber wird die Freude mit jedem Tage größer, bis du zu guter Letzt Gott schaust.« – Daraufhin malte ich ihm denn ein ganzes Bild aus von der nützlichen Tätigkeit eines Gelehrten, eines Arztes oder überhaupt eines Menschenfreundes in der Welt, und versetzte ihn in wahres Entzücken, denn ich sprach mit Begeisterung; und er stimmte mir auch in einem fort bei: »So, Lieber, so, Gott segne dich; wahr ist, was du denkst.«

Als ich aber geendet hatte, war er nichtsdestoweniger gar nicht überzeugt: »Das ist so, wie es ist«, meinte er mit einem tiefen Seufzer, »aber wie viele gibt es denn solcher, die standhalten und sich nicht ablenken lassen? Geld ist – wenn auch kein Gott, so doch eines Halbgottes gewaltige Versuchung; und dann ist da noch allweil das weibliche Geschlecht, dazu die Zweifel und Anfechtungen jedweder Art, und dazu kommt noch allgemach der Neid. Somit vergessen die Menschen das Große und geben sich mit dem Kleinen ab. In der Einsamkeit ist das ganz anders: der Mensch festigt sich in sich selbst und wird stark zu jeglicher großen Tat. Freund! Und was ist denn in der Welt?« fragte er plötzlich mit tiefem Gefühl. »Ist das nicht alleweil nur ein Traum? Nimm mal trockenen Sand und säe ihn auf einen Stein; wenn der gelbe Sand auf dem Stein dir aufgeht, alsdann wird dein Traum in der Welt in Erfüllung gehen – sieh, so sagt man bei uns. Christus sagt: „Gehe hin und verteile deine Habe und werde zum Diener aller." Und so du selbiges tust, wirst du um unzähligemal reicher sein, als du warst; denn nicht durch Brot, nicht durch kostbare Kleider, nicht durch Stolz und Neid wirst du glücklich, sondern durch unermeßlich gesteigerte Liebe. Nicht geringwertigen Reichtum erwirbst du so, nicht etliche Hunderttausend, nicht eine Million, sondern du erwirbst dir die ganze Welt! Heutzutage sammeln wir unersättlich und verschwenden mit Unvernunft, dann aber wird es weder Waisen noch Bettler geben; denn alle werden mein sein, meine Verwandten, alle werde ich verdient und erworben haben! Heutzutage geschieht es nicht selten, daß auch dem Reichsten und Vornehmsten die Zahl seiner Tage gleichgültig ist und er selber nicht weiß, was für ein Vergnügen er sich noch ausdenken soll; dann aber werden diese Tage und Stunden sich vertausendfältigen, dieweil du nicht eine Minute wirst verlieren wollen, da du jedwede in der Fröhlichkeit deines Herzens empfinden wirst. Dann wirst du auch nicht nur aus Büchern Weisheit erwerben, sondern wirst Gott von

Angesicht zu Angesicht schauen, und die Erde wird heller denn die Sonne erstrahlen, und es wird keine Trauer und kein Seufzen sein, sondern ein einziges unschätzbares Paradies ...«

Diese begeisterten Ausbrüche liebte gerade Werssiloff, wie mir schien, ganz besonders. An jenem Abend war er auch zugegen.

»Makar Iwanowitsch!« unterbrach ich ihn auf einmal, und ich war selbst über alle Maßen begeistert (ich erinnere mich jenes Abends noch gut), »aber das ist doch Kommunismus, was Sie da predigen, ausgesprochener Kommunismus!«

Und da er von der kommunistischen Lehre noch nichts ahnte, ja, selbst das Wort Kommunismus von mir jetzt zum erstenmal hörte, so begann ich unverzüglich, ihm das Wesentliche dieser Lehre, soweit ich selbst Bescheid darüber wußte, zu erklären. Nun aber war mein diesbezügliches Wissen, ehrlich gesagt, ziemlich mangelhaft und eigentlich recht unklar; ja, ich muß gestehen, daß ich in diesen Dingen auch jetzt noch nicht viel besser unterrichtet bin; aber was ich wußte, das erklärte ich ihm mit dem größten Eifer, ohne mich durch irgend etwas einschüchtern zu lassen. Noch heute denke ich mit Vergnügen an den mächtigen Eindruck, den ich damit auf den Alten machte. Das war fast schon kein Eindruck mehr, sondern geradezu eine Erschütterung! Dabei interessierte er sich ungeheuer für die historischen Einzelheiten: »Wo ist das? Wie? Wer hat's eingeführt? Wer hat's gesagt?« – Übrigens habe ich bemerkt, daß das einfache Volk überhaupt diese Eigenschaft hat: wenn irgend etwas sein Interesse erweckt, so gibt es sich mit der allgemeinen Idee niemals zufrieden, sondern verlangt unbedingt die sichersten und genauesten Angaben aller Einzelheiten. Ich aber war gerade in den Einzelheiten nicht ganz sicher, und da Werssiloff zugegen war, so schämte ich mich ein wenig und geriet deshalb noch mehr in Eifer. Es endete damit, daß Makar Iwanowitsch, der ganz gerührt war, fast zu jedem meiner Worte: »Ja, ja!« sagte, dabei aber, wie es schien, nicht mehr viel begriff und wohl auch den Faden verloren hatte. Ich wollte mich darüber fast schon ärgern, aber da erhob sich Werssiloff und erklärte, es wäre Zeit, schlafen zu gehen. Wir hatten uns damals wieder alle bei Makar Iwanowitsch versammelt, und es war in der Tat schon spät geworden. Als Werssiloff wenige Minuten später noch für einen Augenblick in mein Zimmer trat, fragte ich ihn sogleich, wie er über Makar Iwanowitsch denke und wofür er ihn halte. Werssiloff lächelte heiter. (Aber durchaus nicht wegen meiner fehlerhaften Angaben über den Kommunismus – im Gegenteil, von ihnen sprach er überhaupt nicht.) Ich sage nochmals: er hatte Makar Iwanowitsch ganz entschieden liebgewonnen. Mir war schon des öfteren ein ungemein anziehendes Lächeln in seinem Gesicht aufgefallen, wenn er dem Alten zuhörte. Übrigens stand dieses Lächeln einer Kritik durchaus nicht im Wege.

»Makar Iwanowitsch ist vor allen Dingen kein Bauer, sondern ein Hofknecht«, antwortete er mir sehr bereitwillig auf meine Frage, »ein ehemaliger Hofknecht und Diener, der als Diener und Sohn eines Dieners geboren ist. In früheren Zeiten nahmen die Hofleute und die Dienerschaft oft sehr großen Anteil an dem privaten, religiösen und geistigen Leben ihrer Gutsherrschaft. Merke dir, daß Makar Iwanowitsch sich auch heute noch aufs lebhafteste für Ereignisse aus dem herrschaftlichen Leben, dem Leben der höheren Kreise interessiert. Du weißt noch nicht, wie sehr ihn manche Vorgänge in Rußland, die sich in der letzten Zeit zugetragen haben, beschäftigen. Und weißt du auch, daß er ein großer Politiker ist? Du brauchst ihn nicht mit Honig zu bewirten, sondern erzähle ihm nur, wie und wo Krieg geführt wird, und ob Aussicht vorhanden ist, daß auch wir bald Krieg führen werden – das wird ihm lieber sein als der süßeste Honig. Früher konnte ich ihn mit solchen Gesprächen geradezu selig machen. Die Wissenschaften verehrt er sehr, und am meisten liebt er die Astronomie. Bei alledem hat er etwas so Selbständiges in sich entwickelt, und dieses Selbständige steht so fest, daß du es in keinem einzigen Fall auch nur um Haaresbreite verrücken kannst. Er hat Überzeugungen, und die sind sogar ziemlich klar... und auch aufrichtig. Trotz seiner vollkommenen Unbildung kann er einen plötzlich mit einer ganz genauen Kenntnis mancher Begriffe überraschen, mit einer Kenntnis, die man bei ihm niemals vermutet hätte. Er preist mit Begeisterung das Einsiedlerleben, er selbst aber würde um keinen Preis Einsiedler oder Mönch werden, eben weil er ganz und gar ‚Vagabund' ist, wie Alexander Ssemjónowitsch ihn so nett benannt hat. Nebenbei: über diesen Alexander Ssemjonowitsch ärgerst du dich ganz grundlos. Nun, und was wäre denn sonst noch von Makar Iwanowitsch zu sagen? Es steckt in ihm auch ein Künstler, er prägt oft eigene Worte, aber er gebraucht freilich auch Ausdrücke, die nicht seine eigenen sind. Bei logischen Auseinandersetzungen versagt er wohl ein wenig; bisweilen spricht er sehr abstrakt. Er hat Anwandlungen von Sentimentalität, aber von einer durchaus volklichen Sentimentalität, oder richtiger, von jener volklichen Rührung, die unser Volk so verschwenderisch in sein religiöses Gefühl hineinlegt. Von seiner Treuherzigkeit und Güte schweige ich: davon zu sprechen, steht uns beiden nicht an...«

III

Um die Charakteristik Makar Iwanowitschs zu beenden, will ich hier wenigstens eine seiner Erzählungen wiedergeben, gerade eine aus dem russischen Volksleben. Der Charakter aller dieser Erzählungen war eigenartig; oder vielleicht ist es richtiger, wenn ich sage, daß sie gar keinen allgemeinen Charakter hatten: eine allgemeine Moral oder Tendenz ließ sich aus ihnen nicht heraushören, das einzige, was man von ihnen sagen könnte, wäre nur, daß sie alle mehr oder weniger rührend waren. Aber es gab auch andere, nicht rührende Geschichten; ja, einige waren geradezu lustig und enthielten sogar Spott über manche lockeren Mönche, so daß er mit dem Erzählen dieser Geschichten seiner Idee unmittelbar schadete, worauf ich ihn auch aufmerksam machte, aber er verstand gar nicht, was ich damit sagen wollte. Manchmal war es schier unbegreiflich, was ihn denn eigentlich veranlaßte, *so viel* zu erzählen; wenigstens habe ich mich über diese seine Redseligkeit gewundert und sie mir zum Teil nur durch seine Altersschwäche und seinen krankhaften Zustand erklären können.

»Er ist nicht mehr das, was er früher war«, raunte Werssiloff mir einmal zu, »er war gar nicht so, wie er jetzt ist. Er wird wohl bald sterben, viel früher, als wir denken, darauf müssen wir gefaßt sein.«

Ich habe vergessen zu sagen, daß bei uns in dieser Zeit so etwas wie »Abende« stattfanden: man versammelte sich bei Makar Iwanowitsch. Außer Mama, die natürlich nicht von ihm wich, kam gegen Abend immer Werssiloff zu ihm; desgleichen fand ich mich regelmäßig in seinem Zimmer ein, denn wo sollte ich mich schließlich sonst aufhalten. In den letzten Tagen kam auch Lisa; zwar kam sie immer später als alle anderen und sprach fast nie etwas, aber wenigstens saß sie da. Auch Tatjana Pawlowna fand sich gewöhnlich ein, und manchmal, allerdings selten, erschien noch der Doktor. Mit diesem hatte ich mich ganz unversehens ausgesöhnt; es hatte sich fast von selbst so gemacht: wir vertrugen uns fortan, wenn auch nicht gerade gut, so doch leidlich, wenigstens kam es meinerseits nicht mehr zu Ausfällen gegen ihn. Ich erkannte schließlich seine ganze Harmlosigkeit, und die gefiel mir, ebenso wie seine Anhänglichkeit an unser Haus, weshalb ich mich denn entschloß, ihm seinen Medizinerhochmut zu verzeihen. Außerdem brachte ich ihm bei, die Hände zu waschen und die Nägel zu putzen, wenn ich ihn auch nicht dazu bewegen konnte, saubere Wäsche zu tragen. Ich setzte ihm sogar klar auseinander und bewies ihm, daß meine Forderungen nichts mit Geckenhaftigkeit oder mit irgendwelchen „schönen Künsten“ zu tun hatten, sondern daß Sauberkeit einfach zum Handwerk des Arztes gehöre. Schließlich war auch Lukérja aus ihrer Küche gekommen und hatte, hinter der Tür stehend, zugehört, wie Makar Iwanowitsch erzählte; aber einmal hatte Werssiloff sie hereingerufen und ihr gesagt, sie solle doch einen Stuhl nehmen und sich hier hinsetzen. Mir hatte das gefallen; aber seitdem kam sie nicht wieder an die Tür. Auch Dienstboten haben ihre Anstandsbegriffe.

Ich will hier eine seiner Erzählungen einfügen, ohne besondere Wahl; wenn ich gerade diese bringe, so geschieht das, weil ich sie am besten behalten habe. Es ist die Geschichte von einem Kaufmann, und ich denke, solche Fälle gibt es in unseren Städten und Städtchen zu Tausenden, man muß nur zu sehen verstehen. Wen diese Geschichte nicht interessiert, der kann sie ja überschlagen, um so mehr, als ich sie nicht mit meinen, sondern mit seinen Worten wiederzugeben versuchen will.

IV

Jetzt will ich euch erzählen, was für ein Wunder sich einmal bei uns in der Stadt Afímjewsk zugetragen hat. Es lebte da ein Kaufmann, Skotobóinikoff hieß er, Maxím Iwánowitsch mit sonstigem Namen, und in der ganzen Gegend war kein Reicherer denn er. Eine große Kattunfabrik hatte er sich erbaut, und Arbeiter hielt er etliche Hundert; und eingebildet war er über die Maßen. Man muß schon sagen, daß alles nach seinem Wink ging, und auch die hohe Obrigkeit war ihm in nichts entgegen, und der Abt selber dankte ihm noch für seinen Glaubenseifer: viel hatte er schon für das Kloster gestiftet, und wenn es über ihn kam, seufzte er sehr um sein Seelenheil und war um das zukünftige Leben nicht wenig besorgt. Witwer war er und hatte keine Kinder; von seiner Frau aber erzählte man, daß er sie schon im ersten Jahr gedroschen habe, denn schon von Jugend auf habe er seine Fäuste nicht gern im Zaum gehalten. Nur war das alles schon lange vor dieser Zeit geschehen; von neuem aber wollte er sich durch eine Heirat nicht binden. Auch das Trinken war eine Schwäche von ihm, und wenn seine Zeit kam, so lief er in der Betrunkenheit nackend durch die Stadt und brüllte. Es war ja keine vornehme Stadt, aber eine Schande war's doch. Wenn aber die Zeit vorüber war, wurde er böse, und alles, was er dann sagte, mußte somit gut sein, und alles, was er befahl, mußte somit richtig sein. Mit seinen Arbeitern aber rechnete er so ab, wie es ihm gefiel: nimmt das Rechenbrett, setzt die Brille auf: ‚Du, Fomá, wieviel hast du zu kriegen?' – ‚Hab' seit Weihnachten nichts bekommen, Maxim Iwánowitsch; neununddreißig Rubel hab' ich zugut.' – ‚Hu, wieviel Geld! Das ist zuviel für dich; so viel bist du ja alles in allem nicht wert; so viel Geld paßt gar nicht zu dir: zehn Rubel zieh' ich dir ab, neunundzwanzig kannst du kriegen.' Und der Mensch steht und schweigt; es wagte eben keiner, wider ihn zu mucksen; alle schwiegen sie.

‚Ich weiß schon, wieviel man einem jeden geben kann', sagte er. ‚Mit diesen Leuten kann man ja anders gar nicht umgehen. Das hiesige Volk ist doch mehr als verderbt; ohne mich würden sie alle Hungers sterben, wie viele ihrer hier nur sind. Und Diebe sind's auch: was einer sieht, das stiehlt er schon, 's ist gar keine Männlichkeit in ihnen. Und schließlich sind's auch Trunkenbolde: zahlst du ihm alles aus, so trägt er's sofort in die Schenke und bleibt dort, bis er alles versoffen hat, auch das letzte Fädchen, und nackend verläßt er die Schenke. Und auch Jämmerlinge sind sie, diese Kerle: da setzt sich denn so einer auf einen Stein gegenüber der Schenke hin, und dann hebt das Geweine an: ‚Meine Mutter hat mich geboren, ach, warum hast du mich Saufbold in die Welt gesetzt? Hättest du mich Elenden doch bei der Geburt erwürgt!' – Ist denn so einer überhaupt ein Mensch? Das ist doch ein Tier, aber kein Mensch;

so einen muß man zuvor aufklären, und dann erst kann man ihm Geld geben. Oh, ich weiß schon, wann ich ihm welches gebe!‘

Also sprach Maxím Iwánowitsch von den Leuten in Afímjewsk; und wenn er auch viel Schlechtes sprach, so war doch manches Wahre dabei: die Leute dort waren wahrlich schwach, konnten der Versuchung nicht widerstehen.

Es lebte aber in derselben Stadt noch ein anderer Kaufmann, und der starb. Das war ein noch junger und leichtsinniger Mensch; und der machte Bankrott und büßte sein ganzes Vermögen ein. Das letzte Jahr zappelte er noch wie ein Fisch auf dem Sande und versuchte noch immer, sich zu retten, aber seine Tage waren schon gezählt. Mit Maxím Iwánowitsch hatte er sich die ganze Zeit nicht gut gestanden und war ihm viel Geld schuldig. Also kam es, daß er in seiner Sterbestunde Maxim Iwanowitsch verfluchte. Und er hinterließ eine Witwe in jungen Jahren und fünf kleine Kinderchen. Schon eine einsame Witfrau ist nach des Mannes Tod wie eine Schwalbe ohne Nest; das ist keine kleine Prüfung! Und nun noch eine, die mit fünf kleinen Kindern zurückbleibt, für die sie kein Stückchen Brot hat, um sie zu ernähren. Das Letzte, was sie noch besaß, war ein Holzhaus, und das nahm ihr nun Maxím Iwánowitsch für die Schuld weg. Da ging sie denn mit ihren Kinderchen zur Kirche, stellte sie alle eins neben das andere an der Kirchentür auf: das älteste, ein Knabe, war achtjährig, die anderen waren Mädelchen, eins immer ein Jahr jünger als das andere, eins kleiner als das andere; das älteste war erst vier Jährchen alt, das jüngste noch auf dem Arm an der Mutterbrust. Der Gottesdienst war zu Ende, Maxim Iwanowitsch kam heraus, und wie sie ihn erblickten, da fielen alle Kinderchen vor ihm auf die Knie, die ganze Reihe – so hatte die Mutter sie geheißen – und die Hände legten sie bittend zusammen, und hinter ihnen stand sie selbst mit dem fünften Kindchen auf dem Arm. Und während alle die Leute zusahen, verneigte sie sich tief vor ihm und bat ihn mit ihren Kinderchen: ‚Väterchen, Maxím Iwánowitsch, erbarm dich der Waisen, nimm ihnen nicht ihr Letztes, wirf sie nicht aus ihrem Elternnest!‘ Und allen, wer dort war, wurden die Augen feucht – so gut hatte sie den Kinderchen das beigebracht. Sie dachte wohl: ‚So vor allen Leuten wird er zu stolz sein, mir meine Bitte abzuschlagen, und wird das Haus den Waisen zurückgeben.‘ Es kam aber anders. Maxim Iwanowitsch blieb stehen: ‚Du‘, sagte er, ‚du bist eine junge Witwe und willst nur einen Mann. Nicht wegen der Waisen weinst du, und von deinem Mann weiß ich wohl, daß er mich noch auf dem Sterbebett verflucht hat!‘ Und mit diesen Worten ging er vorbei und gab ihnen das Haus nicht zurück. ‚Wozu sich von ihren Dummheiten rühren lassen? Nachsicht üben! Erweist man ihnen Wohltaten, so schmähen sie einen noch mehr; all dies Kroppzeug gedeiht auch so, sonst gibt's nur noch mehr Gerede.‘ Und es gab auch wirklich ein Gerede, wonach er dieser Witwe, als sie noch ein junges Mädchen war, so an die zehn Jahre zurück, heimlich ein großes Geld durch Kuppler hatte anbieten lassen (denn schön war sie sehr), und er hatte dabei nicht bedacht, daß selbige Sünde gerade so groß ist, wie wenn einer ein Gotteshaus zerstört. Aber er hatte damals nichts erreicht. Und solcher Schändlichkeiten beging er in der Stadt und sogar im ganzen Umkreis nicht wenig und hatte in dieser Sache wahrlich jedwedes Maß verloren.

Die Mutter und ihre Kinder aber weinten laut; er trieb sie aus dem Hause und tat es nicht nur aus bösem Herzen, sondern wie so der Mensch manchmal selber nicht weiß, was ihn veranlaßt, hartherzig auf seinem Willen zu bestehen und nicht nachzugeben. Eine Zeitlang halfen ihr gute Leute, dann suchte sie sich Arbeit. Aber was gibt es denn in so einer Kleinstadt für Arbeit, außer auf der Fabrik? Hier wusch sie die Dielen auf, dort jätete sie im Gemüsegarten oder heizte eine Badestube; dabei das jüngste Kindchen immer auf dem Arm; und die vier anderen spielen derweil im Hemdchen auf der Straße. Als sie die

Kinderchen vor der Kirchentür niederknien ließ, da hatten sie doch noch alle Schuhchen angehabt und Kleidchen, gleichviel was für welche, aber es waren doch immer noch Kaufmannskinder gewesen! Nun aber liefen sie schon barfuß: an Kinderchen sind doch Kleider wie Zunder, das weiß man ja. Aber was machen sich denn Kindchen daraus? Wenn nur die Sonne scheint, freuen sie sich schon; sie ahnen ja das Unheil nicht, ganz wie Vögelchen sind sie, und ihre Stimmchen klingen wie Glöckchen. Die Witwe aber denkt bei sich: ‚Wenn es nun Winter wird, wo lasse ich sie dann? Wenn Gott euch doch vorher zu sich nähme!' Aber sie brauchte nicht einmal so lange zu warten. Es gibt dort in der Gegend einen argen Husten, Keuchhusten nennen sie ihn, und der geht von einem Kinde auf alle anderen über, mit denen es zusammenkommt. Als erstes starb das jüngste Kindchen, danach erkrankten auch die anderen, und noch im selben Herbst begrub sie alle ihre vier Mädchen. Eins davon war auf der Straße überfahren worden. Und was glaubt ihr wohl? Selbst hatte sie gewünscht, Gott möge die Armen zu sich nehmen, als sie sie aber begrub, weinte sie laut, denn es tat ihr doch weh. So ist das Mutterherz!

Von allen ihren Kinderchen blieb ihr nur noch der älteste Knabe am Leben, und den hütete sie nun wie ihren Augapfel, so zitterte sie um ihn. Ein schwächlicher und zarter Knabe war's, von Angesicht lieblich wie ein Mädchen. Schließlich brachte sie ihn auf die Fabrik zu seinem Taufpaten, der dort Verwalter war, selbst aber wurde sie bei einem Beamten Kinderfau. Da geschah es, daß der Knabe einmal auf den Hof lief, und plötzlich kommt da Maxim Iwanowitsch in seinem Wagen mit zwei Pferden vorgefahren, und er hatte wieder einmal getrunken; der Knabe aber springt die Treppe herunter, stolpert und rennt dem Maxim Iwanowitsch, der gerade aus dem Wagen steigt, mit beiden Fäusten in den Bauch. Der packt den Kaben wütend an den Haaren und brüllt ihn an: ‚Wer bist du? Ruten her! Prügelt ihn! Sofort! Hier vor meinen Augen!' Der Knabe war zu

Tode erschrocken. Man holte Ruten herbei und begann ihn zu schlagen, Maxím Iwánowitsch aber brüllte: ‚So schreist du noch? Prügelt ihn, bis er aufhört zu schreien!‘ befahl er. Ob man ihn nun viel oder wenig schlug, wer kann das wissen? Aber er schrie die ganze Zeit, bis er wie tot liegen blieb. Da hielt man erschrocken inne: der Knabe atmete gar nicht mehr, lag ganz bewußtlos da. Später sagte man, sie hätten ihn nicht einmal stark geschlagen, der Knabe wäre nur gar zu schreckhaft und zart gewesen. Auch Maxim Iwanowitsch erschrak! ‚Wem gehört er?‘ fragte er; man sagte es ihm. ‚Hm! Bringt ihn zu seiner Mutter; was hat er hier auf der Fabrik zu suchen?‘ Zwei Tage lang schwieg er, dann fragte er wieder: ‚Wie steht's denn mit dem Knaben?‘ Mit diesem aber stand es schlecht: er lag krank bei der Mutter im Stubenwinkel, und die Mutter hatte ihre Stelle bei dem Beamten aufgeben müssen, denn der Knabe war noch dazu an Lungenentzündung erkrankt. ‚Hm!‘ sagte Maxím Iwánowitsch, ‚und wovon denn eigentlich? Ich wollte nichts sagen, wenn man ihn Gott weiß wie sehr gedroschen hätte: er sollte doch nur ein wenig eingeschüchtert werden. Ich habe schon ganz anders prügeln lassen, und es hat doch noch niemand deshalb solche Dummheiten gemacht!‘ Er wartete nun darauf, daß die Mutter des Knaben ihn verklage, und so schwieg er aus Stolz. Aber wie durfte sie ihn denn verklagen, das wagte sie ja gar nicht. Da schickte er ihr von sich aus fünfzehn Rubel und den Arzt; nicht deshalb, weil er Angst gehabt hätte, sondern nur so, er war nachdenklich geworden. Dann kam aber wieder seine schlimme Zeit, und er trank drei Wochen lang.

Der Winter ging vorüber, und gerade am Ostersonntag, am heiligen Feiertag, fragt Maxim Iwanowitsch wieder einmal: ‚Wie geht es denn jenem Knaben?‘ Den ganzen Winter über hatte er geschwiegen, nichts gefragt. Und man sagt ihm: ‚Der ist gesund geworden, ist bei der Mutter, die tagsüber wieder für Lohn arbeitet.‘ Da fuhr Maxim Iwanowitsch noch am selbigen Tage zu der Witwe hin, ging aber nicht ins Haus hinein, sondern ließ sie zum Hofpförtchen rufen; selbst sitzt er im Wagen: ‚Hör mich an, ehrbare Witwe‘, sagt er, ‚ich will deinem Sohn ein wirklicher Wohltäter werden und ihm alles Gute erweisen: ich nehme ihn zu mir in mein Haus. Und wenn er mir nur ein wenig gefällt, so verschreibe ich ihm ein gewisses Kapital; und wenn er mir sehr gut gefällt, so kann ich ihm auch mein ganzes Vermögen verschreiben und ihn zu meinem Erben und Nachfolger einsetzen, gleichwie einen leiblichen Sohn; jedoch mit der Bedingung, daß Ihr selber nicht in mein Haus kommt, außer an hohen Feiertagen. Wenn Ihr darauf eingeht, so bringt den Knaben morgen früh zu mir. Es ist Zeit für ihn, mit dem Spielchenspielen aufzuhören.‘ Und nachdem er so gesagt hatte, fuhr er davon, die Mutter aber war wie von Sinnen. Die Leute, die davon hörten, sagten zu ihr: ‚Dein Sohn wird heranwachsen und dir selber Vorwürfe machen, daß du ihm solch ein Glück vorenthalten hast.‘ Da weinte die Mutter die ganze Nacht über ihren Sohn, am Morgen aber brachte sie ihn hin. Der Knabe war vor Angst mehr tot als lebendig.

Maxím Iwánowitsch ließ ihn wie ein vornehmes Kind kleiden, nahm für ihn einen Lehrer ins Haus und setzte ihn unverzüglich hinter die Bücher; und es kam so weit, daß er ihn nicht mehr aus den Augen ließ, immer war er bei ihm. Kaum sah der Knabe vom Buch auf, da schrie er ihn schon an: ‚Sieh ins Buch! Lern! Ich will aus dir einen Menschen machen.‘ Der Knabe aber war kränklich: nach jenem selben Tage, als er damals geprügelt worden war, hatte er zu husten angefangen. Maxim Iwanowitsch wunderte sich: ‚Ist das vielleicht kein gutes Leben, das er bei mir hat? Bei der Mutter ist er barfuß gelaufen und hat nur Brotkrusten gekaut, warum ist er denn jetzt kränklicher als zuvor?‘ Der Lehrer aber sagt zu ihm: ‚Jeder Knabe‘, sagt er, ‚muß auch mal ausgelassen sein und nicht immer nur über den Büchern sitzen; ihm tut Bewegung not‘, und er erklärte ihm alles ganz vernünftig. Maxim Iwanowitsch dachte nach. ‚Du hast recht', sagte er. Dieser Lehrer aber, Pjotr Stepánowitsch hieß er, Gott hab ihn selig, war eigentlich sozusagen ein behafteter Mensch, und trinken tat er so viel, daß man sagen kann, es war schon mehr als zuviel, und deshalb hatte er auch schon lange keine Stelle mehr und lebte in der Stadt, so gut es ging, von milden Gaben und zufälliger Unterstützung, dabei war er aber von großem Verstande und wußte in allen Wissenschaften Bescheid. ‚Mein Platz ist nicht hier', sagte er selber von sich, ‚mein Platz wäre an der Universität, Professor müßt' ich in der Hauptstadt sein, hier aber bin ich im Schmutz versunken und meine Kleider selbst haben Abscheu vor mir.' Maxim Iwanowitsch aber setzte sich somit hin und schrie den Knaben an: ‚Bewege dich!' – Der Knabe aber wagte vor ihm kaum zu atmen. Und es kam so weit, daß der Knabe, sobald er nur seine Stimme hörte, schon zu zittern anfing. Maxim Iwanowitsch aber wunderte sich immer mehr: ‚Er ist nicht dies und nicht das; ich hab' ihn aus dem Schmutz gezogen, in teures Tuch gekleidet, er hat die feinsten Halbstiefelchen an, ein Hemd mit Stickereien, wie einen Generalssohn halte ich ihn – weshalb ist er mir nun nicht zugetan? Weshalb schweigt er wie so'n kleiner Wolf?' Und wenn man's auch schon längst aufgegeben hatte, sich über Maxim Iwanowitsch noch zu wundern, hiernach fing man doch wieder an, sich über ihn zu wundern: der Mensch war gar nicht mehr derselbe; er hing an diesem Knaben, daß er ihn nicht mehr aus den Augen ließ. ‚Ich will nicht leben, wenn's mir nicht gelingt, diesen Starrsinn in ihm auszurotten! Sein Vater hat mich noch auf dem Sterbebett verflucht, nachdem er schon die heiligen Sakramente empfangen hatte, und diesen Charakter hat er von seinem Vater.' Dabei schlug er ihn nicht ein einziges Mal mit der Rute (seit jenem selben Tage wagte er so was gar nicht mehr). Aber der Knabe war nun mal schon verschüchtert, das war's! Da bedurfte es gar keiner Rute mehr, er zitterte schon so vor ihm.

Und dann geschah das Unglück. Er war einmal gerade

aus dem Zimmer gegangen, da sprang der Knabe von den Büchern fort und stieg auf einen Stuhl: sein Ball war vorher auf ein Eckschränkchen gefallen, und den wollte er herunterholen, aber sein Ärmel blieb an der Lampe hängen; und auf einmal fiel die Lampe um, fiel krachend zu Boden und zerschlug in tausend Stücke, daß es im ganzen Hause zu hören war. Es war eine kostbare Lampe: sächsisches Porzellan. Und das hörte nun Maxim Iwanowitsch aus dem dritten Zimmer, und wie er's hörte, brüllte er los. Der Knabe lief vor Entsetzen davon, ohne zu sehen, wohin, lief auf die Terrasse hinaus und in den Garten und durch ein kleines Pförtchen geradeswegs zum Fluß. Dort am Flußufer aber führt eine Straße entlang mit alten Weidenbäumen; eine hübsche Stelle. Er lief bis dicht ans Ufer hinunter, die Menschen sahen es, und wie er das Wasser erblickte, fuhr er zusammen, blieb stehen vor Schreck und stand wie angewurzelt. Das war gerade an der Stelle, wo die Fähre anlegt. Der Fluß ist dort recht breit und reißend. Frachtkähne ziehen vorüber. Auf dem anderen Flußufer sind Läden, ein großer Platz und eine Kirche mit goldenen Kuppeln, die in der Sonne glänzen. Und da kam gerade die Frau des Obersten Fersing mit ihrem Töchterchen zur Fähre – ein Regiment Infanterie stand in der Stadt. Das kleine Fräulein war auch erst so ein Kindchen von acht Jahren, in einem weißen Kleidchen; und es sieht den Knaben an und lacht, und in der Hand hat es so ein kleines Weidenkörbchen, wie die Bauern sie anfertigen, und in dem Körbchen ist ein Igel. ‚Sehen Sie, Mamachen', sagt sie, ‚sehen Sie, wie dieser Knabe meinen Igel ansicht.' – ‚Nein', sagt die Frau Oberst, ‚er scheint nur erschrocken zu sein. Was hat dich denn so erschreckt, mein Junge?' fragt sie ihn (so wurde das später alles erzählt von denen, die es gehört hatten). ‚Wie nett er aussieht, und wie gut er gekleidet ist... Wer bist du denn, mein Junge?' fragte sie ihn. Er aber hatte noch nie einen Igel gesehen; da trat er näher, um das Tierchen zu sehen, und schon vergaß er alles andere;

man weiß ja, wie Kinder sind! ‚Was ist das da', fragt er, ‚was ist das, was Sie da haben?' – ‚Das ist unser Igelchen', sagt das kleine Mädchen, ‚wir haben ihn vorhin von einem Bauern gekauft, der hat ihn im Walde gefunden.' – ‚Was ist das für ein Igel?' fragt der Knabe, und schon lacht er und rührt ihn mit dem Fingerchen an, und der Igel faucht und sträubt seine Stacheln, das Mädchen aber freut sich über den Knaben. ‚Wir werden ihn nach Haus bringen', sagt sie, ‚und ihn ganz zahm machen.' – ‚Ach', sagt der Knabe, ‚schenken Sie ihn mir, den Igel!' Und er bat so rührend, aber kaum hatte er das gesagt, da erscholl auf einmal Maxim Iwanowitschs Stimme vom Gartenpförtchen oben: ‚Ha! Da bist du! Haltet ihn!' (Er war so aufgebracht, daß er ihm ohne Mütze vom Hause aus nachgelaufen war.) Da fiel dem Knaben plötzlich alles wieder ein, er schrie auf und stürzte zum Ufer, preßte seine beiden kleinen Fäuste an die Brust, sah hinauf zum Himmel (das hat man gesehen, viele haben es gesehen!) – und plötzlich warf er sich in den Fluß! Alles schrie auf, von der Fähre sprang man ihm nach und versuchte, ihn herauszuziehen, aber die Strömung trug ihn fort: der Fluß ist reißend. Und als man ihn dann endlich herausgezogen hatte, war er schon ertrunken – war tot. Er hatte ja immer schon eine schwache Brust gehabt, da hatte er das Wasser nicht ausgehalten, und wieviel ist denn auch nötig für so ein Kind? Aber soweit die Menschen dort zurückdenken konnten, entsannen sie sich nicht, daß jemals ein so kleines Kind sich selbst umgebracht hätte! So eine Sünde! Was kann denn wohl so eine kleine Seele Gott dem Herrn in jener Welt antworten? Über diese selbe Sache begann Maxim Iwanowitsch nun nachzudenken. Und der ganze Mensch veränderte sich so, daß man ihn nicht wiedererkennen konnte. Es war schon sehr traurig. Er fing wohl zu trinken an, trank viel, aber dann ließ er es – es half nicht. Er fuhr auch nicht mehr nach der Fabrik und hörte überhaupt nicht mehr darauf, was man zu ihm sprach. Sagt man ihm etwas – er schweigt oder winkt nur mit der Hand ab.

So verbrachte er fast zwei Monate und dann begann er mit sich selber zu sprechen: er ging ganz allein umher und sprach mit sich. In der Nähe der Stadt brannte das Dörfchen Wásskowo ab, neun Häuser brannten dort nieder. Maxim Iwanowitsch fuhr hin, um sich das anzusehen. Die Abgebrannten umringten ihn, weinten und klagten; da versprach er, ihnen zu helfen und traf auch die Anordnungen. Aber dann ließ er den Verwalter rufen und widerrief alle Anordnungen: ‚Es ist nichts nötig', sagt er, ‚es wird ihnen nichts gegeben', und sagt nicht einmal, weshalb. ‚Gott hat mich zum Niedertreten der Menschen bestimmt', sagt er, ‚und wenn ich schon mal ein Ungeheuer sein soll, dann mag es also sein. Wie der Wind', sagt er, ‚hat sich mein Ruf in der Welt verbreitet.' Schließlich kam der Abt in eigener Person zu ihm gefahren; der war ein strenger Greis, hatte im Kloster das gemeinschaftliche Leben eingeführt. ‚Was ist das mit dir?' fragt er ihn so ganz streng. ‚Das ist mit mir', sagt Maxim Iwanowitsch und schlägt vor ihm die Bibel auf und zeigt die Stelle:

„Wer aber ärgert dieser Geringsten einen, die an mich glauben, dem wäre besser, daß ein Mühlstein an seinen Hals gehängt und er ersäuft würde im Meer, da es am tiefsten ist" (Matth. 18, 6).

‚Ja', sagte der Abt, ‚wenn das auch nicht ganz auf diesen Fall paßt, so kommt es doch nahe heran. Wehe, wenn ein Mensch sein Maß verliert, dann ist er verloren. Und deine Überhebung hat auch keine Grenzen mehr gekannt.'

Maxim Iwanowitsch saß da wie erstarrt. Der Abt sah ihn lange an.

‚Höre mich an', sagt er schließlich, ‚und merke dir, was ich dir sagen werde. Es steht geschrieben: „Die Worte des Verzweifelten verweht der Wind." Und vergiß nicht, daß auch die Engel Gottes unvollkommen sind, vollkommen aber und sündlos ist nur unser Herr Jesus Christus, dem die Engel deshalb auch dienen. Du aber wolltest doch nicht den Tod dieses Knaben, du warst nur unbesonnen. Und noch eins', sagt er, ‚erscheint mir wunderlich: du hast doch viel größere Schandtaten begangen, hast doch nicht wenig Menschen ins Verderben gebracht, hast doch nicht wenige verführt und zugrunde gerichtet so gut wie durch Mord? Und sind nicht alle vier Schwesterchen dieses Knaben fast unter deinen Augen gestorben, und das hast du doch ruhig geschehen lassen? Weshalb hat dich nun der Tod dieses einzelnen Knaben auf einmal so verstört? Alle anderen hast du doch nicht nur nicht bedauert, sondern hast, denke ich, nicht einmal an sie gedacht oder schon längst an sie zu denken vergessen. Weshalb ängstigt dich nun dieser Knabe so, an dessen Tod du noch nicht einmal so große Schuld trägst?‘

‚Er erscheint mir im Traum‘, sagt da Maxím Iwánowitsch.

‚Und?‘

Aber Maxim Iwanowitsch sagt nichts weiter, er sitzt da und schweigt. Da wunderte sich der Abt, aber er erfuhr nichts und mußte ihn auch so verlassen. Da war nichts weiter zu machen.

Maxím Iwánowitsch aber schickte nach dem Lehrer des Knaben, dem Pjotr Stepánowitsch; seit jenem Geschehnis damals hatten sie sich nicht mehr gesehen.

‚Erinnerst du dich noch?‘ fragt er.

‚Ich erinnere mich noch‘, sagt jener.

‚Du‘, sagte er, ‚du hast hier für das Wirtshaus mit Ölfarbe Bilder gepinselt und hast auch von dem Porträt des Bischofs eine Kopie gemacht. Kannst du mir nun auch mit Ölfarbe ein Bild fertigmalen?‘

‚Ich‘, sagt er, ‚ich kann alles; ich‘, sagt er, ‚ich hab’ alle Talente und kann alles!‘

‚Also dann mal du mir ein Bild, so groß wie die ganze Wand, und mal mir drauf ganz zuerst den Fluß und das Ufer und die Fähre; und mal mir auch alle Menschen, die damals dort waren, auf das Bild. Und daß auch die Frau Oberst und ihre Tochter auf dem Bilde zu sehen sind, und auch der Igel. Und das ganze andere Ufer malst du mir auch drauf, damit man es ganz so sieht, wie es ist: die Kirche und den großen Platz und die Läden und die Droschken an der Haltestelle – alles, wie es ist, malst du mir auf das Bild, verstanden? Und nun in der Mitte vor dem Fluß, an der Anlegestelle der Fähre, malst du mir den Knaben, gerade dort, wo er stand, und unbedingt so, wie er die beiden kleinen Fäuste an sich drückt, gerade so an beide Brustwarzen. Das vergißt du mir nicht. Und vor ihm, gerade ihm gegenüber, also über der Kirche auf dem anderen Ufer, machst du den Himmel auf, und von dort läßt du alle Engel in himmlischem Licht herabschweben, die ihm entgegenkommen, um ihn aufzunehmen. Kannst du mir das malen oder ist das zuviel verlangt?'

‚Ich kann alles', sagt Pjotr Stepánowitsch.

‚Du brauchst nicht zu glauben, daß ich nur so einen wie dich dazu brauche, ich könnte mir auch den allerersten Maler aus Moskau verschreiben oder aus der Stadt London sogar, wenn ich will, aber du – du hast ihn gesehen, du weißt, wie er aussah. Wenn du ihn mir aber nicht ähnlich malst oder nur wenig ähnlich, so kriegst du nur fünfzig Rubel, wenn er aber ganz ähnlich ist, so geb' ich dir zweihundert Rubel. Weißt du noch – blaue Augen hatte er . . . Und das Bild muß so groß sein wie nur irgend möglich!'

Die Vorbereitungen wurden getroffen; Pjotr Stepanowitsch machte sich an die Arbeit, aber auf einmal kommt er wieder zu Maxim Iwanowitsch.

‚Nein', sagt er, ‚so geht das nicht.'

‚Warum nicht?'

‚Weil diese Sünde, der Selbstmord, die größte aller Sünden ist. Wie können ihn nach einer solchen Sünde noch die Engel im Himmel empfangen? Das geht nicht.'

‚Aber er war doch noch ein Kind, ihm kann's doch noch nicht angerechnet werden!' sagt Maxim Iwanowitsch.

‚Nein, er war kein Kind mehr! er war schon ein Knabe von neun Jahren, als dies geschah. Immerhin wird er sich verantworten müssen.'

Da erschrak Maxim Iwanowitsch noch mehr.

‚Ich aber hab' mir das so ausgedacht', sagt Pjotr Stepánowitsch, ‚den Himmel da so großartig zu öffnen und Engel ihm entgegenfliegen zu lassen – das ist überflüssig; statt dessen werd' ich vom Himmel nur so einen hellen Strahl fallen lassen, der ihm sozusagen entgegenkommt: das wäre dann immerhin etwas.'

Und so ließen sie denn so einen Strahl fallen. Ich hab' später selber dies Bild gesehen, und da war auch wirklich der Strahl und der Fluß, – über die ganze Wand hatte er ihn gemalt, ganz blau, und auch der kleine Knabe war da zu sehen, und er drückte auch richtig beide Fäustchen so an die Brust, und auch das kleine Fräulein war da und der Igel – alles hatte er fertiggebracht! Nur zeigte Maxim Iwanowitsch damals keinem Menschen das Bild, sondern schloß die Tür seines Arbeitszimmers zu, und so blieb es vor allen Augen verborgen. In der Stadt aber war man mächtig neugierig, und alles strömte hin, um das Bild zu sehen, er aber ließ alle fortjagen. Darüber war dann ein großes Gerede in der Stadt. Der Pjotr Stepanowitsch aber, der war danach ganz furchtbar stolz. ‚Ich', sagt er, ‚ich kann alles! Ich', sagt er, ‚ich gehöre nach St. Petersburg an den Kaiserlichen Hof!' Ein guter Mensch war er, aber überheben tat er sich damals schon gar zu sehr. Und so ereilte ihn das Schicksal: nachdem er die ganzen zweihundert Rubel erhalten hatte, betrank er sich gleich und zeigte allen sein Geld und prahlte unmäßig; und in derselben Nacht, als er ganz betrunken war, erschlug ihn ein Kleinbürger aus der Stadt, mit dem er zusammen getrunken hatte, und raubte ihm das Geld; doch kam das alles schon am nächsten Morgen an den Tag.

Die Sache aber mit Maxim Iwanowitsch endete so, daß man dort noch heutigestags davon spricht. Auf einmal kommt Maxim Iwánowitsch wieder bei jener Witwe vorgefahren: sie hatte sich ganz am Rande der Stadt in der Hütte einer Kleinbürgerin eingemietet. Diesmal aber stieg er aus und ging hinein, trat vor sie hin und verneigte sich tief vor ihr. Sie aber war seit jenem selben Unglück ganz krank und konnte sich kaum bewegen. ‚Mütterchen', rief er, ‚ehrsame Witwe, heirate mich Ungeheuer, mach es mir wieder möglich, auf Erden zu leben!' Die aber sieht ihn an und ist ganz starr vor Entsetzen. ‚Ich will', sagt er, ‚daß uns beiden ein Knabe geboren werde, und wenn uns einer geboren wird, dann hat der Tote uns verziehen: dir und mir verziehen. So hat er mir im Traum gesagt.' Sie sieht, der Mensch ist nicht bei voller Vernunft, sieht, daß er außer sich ist, aber sie konnte doch nicht an sich halten und sagte:

‚Das ist doch alles nur leeres Geschwätz und nichts als Kleinmut', sagt sie. ‚Durch denselben Kleinmut habe ich alle meine Kinderchen verloren. Ich will Euch nicht einmal vor meinen Augen sehen – wie sollte ich da noch diese ewige Qual auf mich nehmen!'

Maxim Iwanowitsch fuhr nach Haus, aber von seiner Werbung ließ er nicht ab. Die ganze Stadt geriet in Aufregung ob solchen Wunders. Maxim Iwanowitsch schickte nun Brautwerber zu ihr. Aus einem abgelegenen Bezirk des Gouvernements rief er brieflich zwei Tanten herbei, beide waren sie Kleinbürgerinnen. Ob es nun gerade Tanten waren oder nicht, immerhin waren sie mit ihm verwandt, und somit war's immerhin eine Ehre: die fingen nun an, auf sie einzureden, sie zu umschmeicheln, und wichen gar nicht mehr von ihrer Seite. Er schickte aber auch andere aus der Stadt und aus der Kaufmannschaft hin, sogar die Frau des Oberpopen ging zu ihr, und auch Beamtenfrauen suchten sie auf. Die ganze Stadt redete auf sie ein, sie aber antwortet sogar mit Verachtung: ‚Wenn meine armen Kinder dadurch wieder lebendig würden, aber wozu soll ich das so? Und was für eine Schuld würde ich mir damit vor meinen Kindern aufladen!' Maxim Iwanowitsch aber wußte selbst den Abt für sich zu gewinnen, auch der legte dann ein Wort für ihn ein: ‚Du könntest', sagt er, ‚einen neuen Menschen in ihm erwecken.' Da erschrak sie. Die Menschen aber wunderten sich und konnten sie nicht verstehen. ‚Wie ist das nur möglich, daß sie ein solches Glück zurückweist!' Endlich aber fand er etwas, womit er sie doch besiegte: ‚Er ist doch ein Selbstmörder', sagte er, ‚er war kein Kind mehr, und seinem Alter nach könnte man ihn nach dieser Sünde nicht mehr ohne weiteres zum Heiligen Abendmahl zulassen, denn ihn trifft doch schon die Verantwortung für seine Tat. Wenn du mich nun heiratest, so gelobe ich, einzig zum Gedächtnis seiner Seele eine neue Kirche zu erbauen.' Dem konnte sie nicht widerstehen, und da willigte sie denn ein. So wurden sie schließlich getraut.

Und es kam so, daß alle sich mächtig wunderten. Sie lebten vom ersten Tage an in großer und ungeheuchelter Eintracht und nahmen es mit ihren Ehepflichten ängstlich genau und waren wie eine Seele in zwei Leibern. Noch in demselben Winter wurde sie schwanger, und sie besuchten beide sehr viele Gotteshäuser, da sie den Zorn Gottes fürchteten. Drei Klöster suchten sie auf und beteten inbrünstig und hörten die Prophezeiungen. Er aber ließ getreu seinem Gelöbnis die Kirche erbauen und außerdem noch in der Stadt ein Kranken- und ein Armenhaus, und für Witwen und Waisen stiftete er eine große Summe Geldes. Und er entsann sich aller, die er einmal übervorteilt hatte, und machte es wieder gut. Geld gab er eine Unmenge aus, so daß schließlich seine Frau und selbst der Abt ihn davon zurückhielten und sagten: ‚Nun hast du schon übergenug gegeben.' Da besann sich Maxim Iwanowitsch ein wenig. ‚Ich hab' aber dem Fomá', sagt er, ‚zu wenig ausgezahlt.' Nun, Foma wurde gerufen, und es wurde ihm sofort alles ausgezahlt. Dem Fomá aber kommen darüber die Tränen. ‚Ich', sagt er, ‚ich war's ja auch so zufrieden . . . Ich bin schon ohnedem Dank schuldig und werde ewig für Euch zu Gott beten.' So waren denn alle, wie man sieht, ganz ergriffen dadurch, und es zeigte sich, daß man die Wahrheit spricht, wenn man sagt: Durch gutes Beispiel lebt der Mensch. Und die Menschen sind dort ein gutherziges Volk.

Die Fabrik begann nun die Frau selber zu leiten, und auf eine Weise, daß man noch heute davon spricht. Zu trinken hörte Maxim wohl nicht auf, aber die Frau ließ ihn dann nicht aus den Augen, und allmählich versuchte sie, ihn davon abzubringen. Seine Rede wurde ehrbar und sogar seine Stimme veränderte sich. Mit allen hatte er jetzt Mitleid, sogar mit Tieren: einmal sah er aus dem Fenster, wie ein Bauer sein Pferd ganz unmenschlich schlug, und sofort schickte er hinaus und kaufte von ihm das Pferd für den doppelten Preis. Und ihm ward auch die Gnade der Tränen zuteil: sein Herz war leicht zu erweichen und er war schnell gerührt. Und als ihre Zeit kam, da erhörte der Herr ihre Gebete und schenkte ihnen einen Sohn; da wurde Maxim Iwanowitsch zum erstenmal seit jener Zeit wieder heiter; er verteilte viel Geld unter die Armen, erließ viele Schulden und lud fast die ganze Stadt zur Taufe ein. Und die ganze Stadt feierte denn auch die Taufe mit, aber am folgenden Morgen kam er aus seinem Zimmer, finster wie die Nacht. Die Frau sah ihm an, daß etwas mit ihm geschehen war, und so brachte sie denn den Neugeborenen zu ihm. ‚Sieh', sagt sie, ‚der Knabe hat uns verziehen, er hat unsere Tränen und Gebete um ihn vernommen.' Sie hatten das ganze Jahr kein Wort davon gesprochen, sondern beide nur im stillen daran gedacht. Maxim Iwanowitsch aber sah sie düster an. ‚Warte', sagt er, ‚das ganze Jahr ist er nicht gekommen, heut nacht aber ist er mir wieder im Traum erschienen.' – ‚Da drang das Entsetzen zum erstenmal auch in mein Herz, nach diesen schrecklichen Worten', hat sie dann später erzählt. Und nicht grundlos war ihr Entsetzen gewesen. Kaum hatte Maxim Iwanowitsch dies ausgesprochen, da geschah etwas mit dem Neugeborenen: er erkrankte plötzlich. Acht Tage lang war das Kindchen krank; man betete unermüdlich und rief alle Ärzte herbei, auch aus Moskau kam ein sehr berühmter Arzt mit der Eisenbahn angefahren. Er besah das Kindchen und wurde böse: ‚Ich', sagt er, ‚bin der beste Arzt, ganz Moskau wartet auf mich.' Er verschrieb dann irgendwelche Tropfen und fuhr eilig wieder zurück. Achthundert Rubel nahm er mit. Das Kindchen aber starb noch am selben Abend.

Und was geschah nun danach? Maxim Iwanowitsch verschrieb seinen ganzen Besitz seiner lieben Frau, übergab ihr sein ganzes Vermögen und alle Papiere, ließ auch alles gesetzlich bestätigen; und dann trat er vor sie hin, verneigte sich vor ihr bis zur Erde und sagte: ‚Gib mich frei, meine unschätzbare Gattin, laß mich meine Seele erretten, solange es noch möglich ist. Und wenn ich auch vergeblich um den Frieden meiner Seele ringen sollte, zurückkehren werde ich doch nicht mehr. Wohl bin ich hart und grausam gewesen und habe manchen Menschen schwer heimgesucht, aber ich glaube dennoch, daß um des Leides und der Pilgerschaft willen Gott der Herr mir manches erlassen wird, denn es ist kein kleines Kreuz und kein geringes Leid, alles zu verlassen, woran das Herz hängt.‘ Seine Frau aber bat ihn und flehte mit vielen Tränen: ‚Du bist der einzige, den ich jetzt auf Erden noch habe, für wen soll ich leben, wenn du mich verläßt? Ich habe‘, sagt sie, ‚in diesem Jahr viel Liebe für dich in meinem Herzen gefunden!‘ Und die ganze Stadt redete ihm einen Monat lang zu und bat ihn im guten und wollte ihn schließlich mit Gewalt zurückhalten. Er aber hörte nicht darauf, und in einer Nacht ging er heimlich davon und kam nie mehr wieder. Wie man hört, kämpft er noch heute auf Pilgerfahrten und in Geduld. Seiner geliebten Frau aber schickt er in jedem Jahr einmal Kunde von sich . . .«

VIERTES KAPITEL

I

Ich komme jetzt zu der Schlußkatastrophe, deren Erzählung meine Aufzeichnungen abschließen soll. Um aber weitererzählen zu können, muß ich zunächst vorgreifen und etwas erklären, wovon ich damals noch nichts ahnte; erst viel später habe ich davon erfahren und mir das Ganze dann auch klargemacht, das heißt, als alles schon geschehen war. Diese vorgreifende Erklärung ist unbedingt erforderlich, denn sonst würde das Folgende für den Leser gar zu lange unverständlich sein. Deshalb will ich denn eine ganz einfache und sachliche Darstellung der Zusammenhänge und Beweggründe gewisser Personen hier einflechten, obgleich ich damit die sogenannte künstlerische Einheitlichkeit aufhebe, und ich will das so berichten, als ob gar nicht ich dies schriebe, also ganz ohne innere Anteilnahme, ungefähr wie ein kurzer Bericht in der Zeitung geschrieben wird.

Die Sache war die, daß mein Schulfreund Lambert durchaus und sogar ohne weiteres zu jenen ekelhaften kleinen Spitzbuben gezählt werden mußte, die sich zu ganzen Banden zusammentun und dann eine Tätigkeit beginnen, die man neuerdings anstatt Erpressung „Chantage" nennt, und für die man jetzt nach präziseren Begriffsbestimmungen und Strafen für das neue Strafgesetzbuch sucht.

Die Bande, in der Lambert mitwirkte, hatte sich in Moskau gebildet und dort auch schon eine ganze Reihe von Gemeinheiten ausgeführt (in der Folge ist ihre Tätigkeit zum Teil aufgedeckt worden). Später hörte ich, daß sie in Moskau längere Zeit einen sehr erfahrenen und keineswegs dummen Anführer gehabt hatte, einen schon älteren Mann. Ihre Unternehmungen führte sie je nach den Umständen aus: bald wirkten sie alle zusammen mit, bald ging nur ein Teil der Bande vor. Außer den schmutzigsten und zensurwidrigsten Bubenstreichen (von denen, nebenbei bemerkt, manches schon in die Zeitungen gekommen war), führten sie auch ziemlich verzwickte und schlaue Unternehmungen aus, natürlich immer nach den Anordnungen ihres Anführers. Einige dieser Streiche hat man mir nachher erzählt, aber ich mag mich darüber nicht weiter verbreiten. Erwähnt sei hier nur, daß ihr Vorgehen im allgemeinen darin bestand, daß sie irgendwelche Geheimnisse aus dem Privatleben von oft durchaus ehrenwerten und hochstehenden Leuten auszukundschaften suchten; war ihnen das gelungen, so erschienen sie bei dem Betreffenden und drohten mit der Veröffentlichung der Sache (oft ohne überhaupt irgendwelche Beweise in Händen zu haben), und für ihr Schweigen forderten sie Geld. Nun gibt es gewiß Dinge, die nicht einmal eine Sünde und auch kein Verbrechen sind, deren Veröffentlichung aber selbst einen anständigen und standhaften Menschen erschrecken kann. Diese Bande aber hatte es hauptsächlich auf Familiengeheimnisse abgesehen. Um zu zeigen, wie schlau ihr Anführer vorzugehen pflegte, will ich in ein paar Worten und ohne alle Einzelheiten nur eins von ihren Stückchen als Beispiel erzählen. In einer durchaus ehrenwerten und angesehenen Familie war es zu einem sowohl sündhaften als auch verbrecherischen Vergehen gekommen: die Frau eines bekannten und sehr geachteten Mannes hatte mit einem jungen und reichen Offizier ein Liebesverhältnis angefangen. Das hatte die Bande irgendwie erfahren, und nun ging sie folgendermaßen vor: sie teilte dem jungen Offizier einfach mit, daß sie den betrogenen Ehemann benachrichtigen werde. Beweise hatte man zwar nicht, und das wußte der junge Offizier, aber das verhehlte man ihm auch gar nicht; die ganze Schlauheit ihrer Berechnung lag in diesem Fall eben in der richtigen Voraussicht, daß der benachrichtigte Gatte auch ohne Beweise genau so handeln würde, wie wenn er die sichersten Beweise in Händen hielte. Sie verließen sich hierbei auf ihre Kenntnis des Charakters dieses Menschen und auf ihre Kenntnis seiner Familienverhältnisse. Zu dieser Bande gehörte nämlich auch ein junger Mensch aus den besten Kreisen, und das war sehr wichtig für sie; denn eben dieser war es, der ihnen die Geheimnisse zutrug. Von jenem reichen Offizier erpreßten sie auf diese Weise eine recht stattliche Summe, und ohne sich dabei der geringsten Gefahr auszusetzen, da ja ihrem Opfer selbst alles daran gelegen war, daß die Sache geheim blieb.

Lambert war an den Streichen dieser Moskauer Bande, wie gesagt, auch beteiligt gewesen, hatte aber nicht eigentlich zu ihr gehört; da er jedoch alsbald auf den Geschmack daran gekommen war, hatte er allmählich auf eigene Faust dasselbe Treiben begonnen. Nur dies möchte ich gleich bemerken: sehr befähigt war er zu solchen Unternehmungen nicht. Freilich war er durchaus nicht dumm und sogar sehr berechnend; aber er war doch zu unvorsichtig und außerdem zu gutgläubig oder, richtiger gesagt, zu naiv, das heißt, er kannte weder die Menschen noch die Gesellschaft. Zum Beispiel schien er die Bedeutung jenes Anführers der Moskauer Bande gar nicht zu verstehen, schien vielmehr anzunehmen, daß das Gründen und Leiten einer solchen Bande sehr leicht sei. Und schließlich hielt er fast alle Menschen für genau solche Schufte, wie er selbst einer war. Oder wenn er, zum Beispiel, einmal angenommen hatte, der und der Mensch fürchte sich oder müsse sich aus dem und dem Grunde vor irgend etwas fürchten, dann zweifelte er überhaupt nicht mehr daran, sondern war davon gleich und ein für allemal wie von einem Axiom überzeugt. Ich verstehe das vielleicht nicht richtig auszudrücken, aber im weiteren Verlauf meiner Erzählung wird die Wiedergabe meiner eigenen Erlebnisse mit ihm dies schon erklären. Jedenfalls war er, meiner Ansicht nach, ein reichlich unentwickelter Mensch, der an gute, edlere Gefühle nicht nur nicht glaubte, sondern von manchen dieser Gefühle vielleicht überhaupt keine Vorstellung hatte.

Nach Petersburg war er gekommen, weil er an Petersburg schon lange als an ein viel größeres und dankbareres Feld für seine Unternehmungslust gedacht hatte, und überdies war in Moskau bei irgendeiner Gelegenheit eine seiner Machenschaften an den Tag gekommen, weshalb dort ein gewisser Herr nun ihm selbst mit den schlimmsten Absichten nachzuspionieren angefangen hatte. In Petersburg eingetroffen, war er sogleich zu einem früheren Spießgesellen in Beziehung getreten, doch statt der erträumten goldenen Ernte hatte er nur ein sehr mageres, nicht viel versprechendes Betätigungsfeld und nur »unbedeutende Fälle« gefunden. Sein Bekanntenkreis vergrößerte sich dann nach und nach, aber es kam für ihn doch nichts zustande. »Die Leute sind ja hier überhaupt nichts wert, das sind ja lauter Grünschnäbel«, sagte er später selbst zu mir. Und da auf einmal stößt er in der fahlen Dämmerung eines Morgens auf einen Halberfrorenen an einer Hofmauer und kommt durch ihn ohne weiteres auf die Spur einer, seiner Meinung nach, »ergiebigsten Sache«!

Diese »ergiebigste Sache« erfuhr er eben damals aus meinem zusammenhanglosen Gestammel, als ich bei ihm sozusagen auftaute. Oh, ich weiß, ich sprach damals im Fieberdelirium! Aber aus meinen Worten ging immerhin klar hervor, daß von allen Beleidigungen jenes verhängnisvollen Tages die Kränkung, die mir durch Bjoring und *sie* zuteil geworden war, sich mir am tiefsten ins Herz geprägt hatte: andernfalls hätte ich doch nicht nur davon bei Lambert phantasiert, sondern wohl auch von Sérschtschikoff; das aber war nicht geschehen, wie ich nachher von Lambert selbst erfuhr. Und dazu war ich noch so begeistert gewesen, an jenem schrecklichen Morgen, und hatte in Lambert und Alphonsina geradezu meine Befreier und Erretter gesehen! Wenn ich später während meiner Genesung, noch im Bett liegend, zu überlegen gesucht hatte, wieviel Lambert von meinem Gerede verstanden oder wieviel ich ihm wohl verraten haben konnte, war mir nicht ein einziges Mal auch nur der Verdacht gekommen, daß es immerhin so viel hätte sein können! Freilich, nach meinen Gewissensbissen zu urteilen, werde ich selbst damals schon gefühlt haben, daß ich wohl viel Überflüssiges geschwätzt hatte, aber wie hätte ich ahnen können, daß es tatsächlich so viel war! Auch hoffte ich, und ich tröstete mich damit, daß ich in meinem damaligen Zustande wohl kaum ein Wort verständlich ausgesprochen haben werde, wessen ich mich noch genau zu erinnern glaubte; wie es sich aber nachher erwies, war mein Gestammel viel verständlicher gewesen, als ich angenommen und gehofft hatte. Aber das Schlimmste war doch, daß ich alles dies erst nachträglich und viel später erfuhr, und eben das wurde zu meinem Verhängnis.

Aus meinem Gestammel, Gefasel und Überschwang hatte Lambert jedenfalls Folgendes erfahren: erstens, fast alle Namen und sogar einige Adressen; zweitens hatte er sich sofort eine ungefähre Vorstellung von der Bedeutung und gesellschaftlichen Stellung der betreffenden Personen machen können (so zum Beispiel von der des alten Fürsten, von *ihr*, Bjoring, Anna Andrejewna und sogar von Werssiloff); drittens hatte er erfahren, daß ich beleidigt worden war und mich rächen wollte; und viertens, das Allerwichtigste: daß es ein geheimes, verborgenes Dokument gab, einen Brief, der, wenn man ihn dem alten Fürsten zeigte und dieser aus dem Brief erführe, daß seine Tochter, sein einziges Kind, ihn für verrückt hielt und schon an einen Juristen wegen seiner Entmündigung geschrieben hatte, – daß der alte Fürst über diesen Brief entweder den Verstand verlieren oder vor lauter Empörung seine Tochter aus dem Haus jagen und enterben würde, um dann ein Fräulein Werssiloff zu heiraten, was er schon jetzt unbedingt wollte, doch was man ihm vorläufig noch nicht erlaubte. Mit einem Wort, Lambert hatte sehr, sehr viel erfahren; natürlich war für ihn manches dunkel geblieben, aber immerhin hatte er als gerissener Erpresser die Möglichkeiten sofort überschaut. Nachdem ich von Alphonsina unvorhergesehenerweise fortgelaufen war, hatte er sich sofort meine Adresse verschafft (ganz einfach durch das Adreßbüro) und Nachforschungen angestellt, die ihm die Bestätigung gebracht hatten, daß es alle diese Personen, deren Namen von mir im Fieber genannt worden waren, tatsächlich gab. Und daraufhin hatte er dann ungesäumt den ersten Schritt getan.

Die wichtigsten Tatsachen waren für ihn, daß es da ein gewisses Dokument gab, daß dieses Dokument sich in meinem Besitz befand, und daß es einen hohen Wert hatte; an letzterem zweifelte Lambert keinen Augenblick. Nun möchte ich aber einen Umstand vorläufig verschweigen, da seine spätere Mitteilung angebrachter sein dürfte; es genügt, wenn ich hier nur erwähne, daß gerade dieser Umstand Lambert von dem Vorhandensein des Dokuments und dem großen Wert desselben überzeugt hatte. Ich schicke voraus, daß es ein verhängnisvoller Umstand war, von dem ich mir nicht nur damals nichts träumen ließ, sondern auch die ganze Zeit über nicht – bis zum letzten Augenblick, als plötzlich alles einstürzte und sich von selbst aufdeckte. Und so war denn, da er sich in der Hauptsache sicher glaubte, der erste Schritt, den er tat, daß er zu Anna Andréjewna fuhr.

Für mich ist es auch heute noch ein Rätsel, wie Lambert es fertiggebracht hat, sich an eine so unnahbare und vornehme Dame wie Anna Andrejewna heranzumachen und sich in seiner Rolle sogar zu behaupten! Freilich hatte er Erkundigungen eingezogen, aber was will das besagen? Und wenn er auch tadellos angezogen war, wie ein Pariser sprach und einen französischen Namen trug, so ist es doch nicht gut möglich, daß Anna Andrejewna nicht sofort den Spitzbuben in ihm erkannt hat! Oder soll man annehmen, daß sie gerade damals einen Spitzbuben brauchte? Sollte es sich wirklich so verhalten?

Die Einzelheiten ihrer ersten Begegnung habe ich niemals erfahren können, aber ich habe mir später oft genug diese Szene vorzustellen versucht. Wahrscheinlich hat Lambert sich vom ersten Wort und von der ersten Gebärde an als meinen Jugendfreund aufgespielt, der für seinen lieben und einzigen Freund zittere. Nun, und dann wird er wohl schon bei diesem ersten Zusammentreffen zu verstehen gegeben haben, daß ich ein »Dokument« besäße, daß dies ein Geheimnis sei, daß er allein um dieses Geheimnis wisse, daß ich mich mittels dieses Dokuments an der Generalin Achmakoff zu rächen beabsichtige usw. Vor allen Dingen wird er ihr wohl die Bedeutung und den Wert dieses Dokuments klargemacht haben. Anna Andrejewna aber befand sich gerade damals in einer so verzwickten Lage, daß sie einfach nicht anders konnte, als sich an eine Rettungsmöglichkeit klammern. So mußte sie eben diese Neuigkeit aufmerksam anhören und . . . auf diesen Köder anbeißen, wenn sie in ihrem »Kampf ums Dasein« nicht unterliegen wollte. Man hatte ihr ja gerade damals den Bräutigam nach Zárskoje Sseló entführt, hatte ihn fast unter Vormundschaft gestellt, und auch sie selbst stand seitdem gewissermaßen unter Vormundschaft. Und nun plötzlich so ein Fund! Das war etwas anderes als heimliches Weibergeschwätz, war nicht bloß Gejammer und Geklatsch, war nicht Tränen und Klagen, sondern war ein Brief, ein Schriftstück, war ein tatsächlicher Beweis für die Hinterlist seiner lieben Tochter und aller derer, die ihr, Anna Andrejewna, den Bräutigam entreißen wollten: dieser schlagende Beweis würde ihn doch zu der Einsicht bringen, daß er sich retten mußte, und wäre es durch Flucht, sich retten zu ihr, zu ihr allein, zu Anna Andrejewna und sich mit ihr trauen lassen mußte, womöglich binnen vierundzwanzig Stunden, – wenn er von den anderen nicht abgeholt und in eine Irrenanstalt gesteckt werden wollte!

Aber vielleicht ist Lambert auch ganz offen vorgegangen und hat sich dieser jungen Dame gegenüber überhaupt nicht verstellt, sondern einfach von vornherein gesagt: »Mademoiselle, Sie müssen sich entscheiden, was Sie werden wollen: eine alte Jungfer oder eine Fürstin und Millionärin.

Es gibt da ein Dokument, ich werde es dem Jüngling entwenden und Ihnen ausliefern ... gegen einen Wechsel von Ihnen über dreißigtausend Rubel.« Ich glaube sogar, daß er wirklich gerade so vorgegangen ist. Oh, er hielt ja alle für genau solche Schurken, wie er selbst einer war! Ich sage noch einmal: es war in ihm eine gewisse Schurkennaivität, eine gewisse Schurkenunschuld ... Aber welcher Art sein Vorgehen auch gewesen sein mag, es ist immerhin sehr möglich, daß Anna Andrejewna selbst durch diese Taktik sich nicht einen Augenblick hat verwirren lassen; wahrscheinlich wird sie es sogar vorzüglich verstanden haben, sich zu beherrschen und den Erpresser, dessen Redeweise natürlich seinem Gewerbe entsprach, ruhig bis zu Ende anzuhören – und alles das aus »Vorurteilslosigkeit«. Nun, selbstverständlich wird sie zu Anfang ein wenig errötet sein, aber sie wird sich dann schnell zusammengenommen und ihn eben angehört haben. Doch wenn ich mir diese unnahbare, stolze, wirklich achtunggebietende junge Dame, die noch dazu soviel Verstand besitzt, Hand in Hand mit Lambert vorstelle, so ... ja, das ist es ja eben, daß sie soviel Verstand besitzt! Der russische Verstand, besonders einer von solcher Stärke, ist mit Vorliebe gänzlich vorurteilslos, und nun gar ein weiblicher! und dazu noch unter solchen Umständen!

Jetzt fasse ich kurz zusammen:

An dem Tag und zu der Stunde, als ich nach meiner Krankheit zum erstenmal das Haus verließ, hatte Lambert bereits zwei Möglichkeiten ins Auge gefaßt (das weiß ich jetzt ganz genau): die erste Möglichkeit war, von Anna Andrejewna für das Dokument einen Wechsel über mindestens dreißigtausend Rubel zu fordern und ihr dann zu helfen, dem alten Fürsten vor seiner eigenen Tochter und seinem ganzen Anhang angst und bange zu machen, ihn darauf im richtigen Augenblick zu entführen und sie schleunigst mit ihm trauen zu lassen – kurz, etwas von dieser Art. Es war da schon ein ganzer Plan zusammengestellt; man wartete nur noch auf meine Hilfe, das heißt, auf das Dokument.

Lamberts zweiter Plan war: Anna Andrejewna zu verlassen und den Brief nicht an sie, sondern an die Generalin Achmakoff zu verkaufen, wenn das vorteilhafter wäre. Für diesen Fall rechnete er auch auf Bjoring. Aber an die Generalin hatte sich Lambert doch noch nicht herangewagt. Er hatte sich nur erst informiert. Auch hierfür wartete er noch auf mich.

Oh, er hatte mich sehr nötig, oder vielmehr nicht mich, sondern das Dokument! Was aber mich persönlich betrifft, so hatte er in bezug auf mich auch schon zwei Pläne entworfen. Der erste Plan bestand darin, wenn es nun einmal anders gar nicht ginge, Halbpart mit mir zu machen, aber natürlich nur dann, wenn er meiner in jeder Beziehung sicher sein konnte, das heißt, wenn er mich moralisch wie physisch zu sich herübergezogen hätte. Der zweite Plan aber sagte ihm weit mehr zu und bestand darin, daß er mich wie einen dummen Jungen betrügen wollte, indem er mir das Dokument einfach stahl oder mit Gewalt entwendete. Dieser zweite Plan gefiel ihm ausnehmend, und in seinen Träumen malte er sich gern das Gelingen desselben aus. Ich bemerke hier nochmals: es gab da so einen Umstand, der ihn an dem Gelingen dieses zweiten Planes überhaupt nicht zweifeln ließ, doch, wie gesagt, mitteilen werde ich diesen Umstand erst später. Jedenfalls erwartete er mich mit fieberhafter Ungeduld: alles hing für ihn nur von mir und meinem Verhalten ab, jeder Schritt und jeder Entschluß.

Und in einer Beziehung muß ich ihm Gerechtigkeit widerfahren lassen: bis zu meiner Genesung hatte er sich doch im Zaum gehalten, trotz seiner ganzen Ungeduld und einer Veranlagung, die ihn sonst nur schwer eine Sache abwarten ließ. Er war während meiner Krankheit überhaupt nicht zu mir gekommen, ausgenommen das eine Mal, als er mit Werssiloff gesprochen hatte; mich persönlich hatte er wohlweislich ganz in Ruhe gelassen, und bis zu meinem Erscheinen bei ihm war von ihm aus nichts geschehen, was sein Interesse irgendwie verraten hätte. Wegen der Möglichkeit aber, daß ich das Dokument jemandem übergeben oder davon Mitteilung machen oder es vernichten könnte, war er ganz unbesorgt. Aus meinem Gerede damals bei ihm hatte er schon ersehen, wieviel mir selbst an der Geheimhaltung lag und wie sehr ich fürchtete, daß jemand von diesem Dokument auf irgendeine Weise etwas erfahren könnte. Daß ich aber von allen anderen ihn ganz zuerst aufsuchen würde, daran zweifelte er keinen Augenblick: Dárja Oníssimowna war ja zum Teil auch auf seine Veranlassung zu mir gekommen, und er wußte, daß nunmehr schon Neugier und Angst in mir geweckt waren und ich die Ungewißheit nicht lange ertragen würde . . . Und außerdem hatte er bereits alle Vorkehrungen getroffen, ja, es war ihm sogar möglich gewesen, genau zu erfahren, an welchem Tage ich zum erstenmal das Haus verlassen würde, so daß ich ihm doch nicht entgangen wäre, selbst wenn ich's gewollt hätte.

Aber wenn schon Lambert ungeduldig auf mich wartete, so wartete Anna Andrejewna vielleicht noch viel ungeduldiger auf mich. Ich sage ganz offen: Lambert war teilweise vielleicht im Recht, wenn er sich mehr an seinen zweiten Plan hielt und sie im Stich zu lassen beabsichtigte, da sie schließlich selbst die Veranlassung dazu gab. Denn trotz ihres fraglosen Einverständnisses (ich weiß zwar nicht, in welcher Form sie übereingekommen waren, aber daß sie es waren, daran zweifle ich keinen Augenblick), war Anna Andrejewna doch bis zuletzt nicht ganz aufrichtig gegen ihn. So hatte sie ihm von sich nichts mitgeteilt. Sie hatte ihm nur andeutungsweise zu verstehen gegeben, daß sie mit seinem Plan und allen seinen Bedingungen einverstanden war – aber eben doch nur andeutungsweise; sie hatte seinen ganzen Vorschlag sicherlich bis in alle Einzelheiten angehört und ihr Einverständnis wohl nur durch ihr Schweigen ausgedrückt. Ich habe die sichersten Beweise für die Richtigkeit dieser Annahme; und der Grund, weshalb sie sich so verhielt, war wohl, daß sie *auf mich wartete*. Sie wollte es lieber mit mir zu tun haben als mit dem Spitzbuben

Lambert – das steht für mich fest! Und das kann ich auch verstehen; ihre Rechnung stimmte nur deshalb nicht, weil Lambert sie schließlich durchschaute. Für ihn aber wäre es doch gar zu unvorteilhaft gewesen, wenn sie mir hinter seinem Rücken das Dokument abgenommen und sich mit mir verbündet hätte. Hinzu kam, daß er damals von dem Gelingen seines zweiten Planes schon mit aller Sicherheit überzeugt war. Ein anderer hätte an seiner Stelle immer noch ein wenig gezweifelt und sich gefürchtet; Lambert aber war jung, frech, beseelt von der ungeduldigsten Erwerbsgier, kannte die Menschen wenig und hielt sie alle für seinesgleichen; deshalb kam ihm denn auch nicht der geringste Zweifel, um so weniger, als er durch Anna Andrejewnas Verhalten seine wichtigsten Mutmaßungen bestätigt sah.

Nun noch eine letzte und wichtigste Frage: Wußte auch Werssiloff schon irgend etwas, und war er schon damals an irgendwelchen, wenn auch noch so fernen Plänen Lamberts beteiligt? Nein, nein, nein, *damals* gewiß noch nicht, wenn auch das verhängnisvolle Wort vielleicht schon gefallen war . . . Doch genug, genug davon, ich greife zu weit vor.

Nun, und wie verhielt es sich denn mit mir? Wußte ich damals schon etwas und was war es denn, was ich wußte, als ich zum erstenmal das Haus verließ? Ich ging von der Behauptung aus, daß ich damals noch nichts gewußt hätte, ich hätte alles dies erst viel später erfahren, sogar erst dann, als alles schon zu Ende war. Das ist richtig, aber verhielt es sich denn auch buchstäblich so? Nein, im Grunde doch wohl nicht; ich wußte zweifellos schon recht viel; aber woher wußte ich es? Ich erinnere den Leser an meinen *Traum!* Wenn ich schon so einen Traum haben konnte, wenn so etwas schon meinem Herzen entspringen und sich gestalten konnte, so ist das ein Beweis dafür, daß ich schon ungeheuer viel – nicht gerade gewußt, aber doch *geahnt* habe von dem, was ich weiter oben vorausgreifend bereits erzählt habe, und was sich dann allerdings erst später, »als alles schon zu Ende war«, erfuhr. Also von einem »Wissen« konnte damals noch nicht die Rede sein, aber mein Herz klopfte vor lauter Ahnungen, und böse Geister hatten sich schon meiner Träume bemächtigt. Und zu so einem Menschen wie Lambert zog es mich hin, obgleich ich genau wußte, was für ein Mensch er war, und obgleich ich sogar alle seine Absichten vorausahnte! Und weshalb zog es mich denn so zu ihm hin? Sonderbar: gerade jetzt, in diesem Augenblick, wo ich dies niederschreibe, scheint es mir, als hätte ich schon damals ganz genau und sogar alle einzelnen Gründe gewußt, weshalb es mich zu ihm zog, während ich doch gleichzeitig noch gar nichts wußte. Vielleicht wird der Leser das verstehen. Jetzt aber – zur Sache, zu den Ereignissen in ihrer Reihenfolge.

II

Es begann damit, daß zwei Tage vor meinem ersten Ausgang Lisa gegen Abend ganz aufgewühlt vor Erregung nach Hause kam. Sie war aufs tiefste gekränkt worden; es war ihr in der Tat etwas absolut Unzulässiges widerfahren.

Ich habe von ihrer Beziehung zu Wassin schon gesprochen. Sie holte sich von ihm Rat: nicht nur, um uns zu zeigen, daß sie unseres Rates nicht bedurfte, sondern auch, weil sie Wassin wirklich sehr schätzte. Sie hatten einander in Lúga kennengelernt, und ich hatte immer die Empfindung gehabt, daß sie Wassin nicht gleichgültig war. Nun war es ja ganz natürlich, daß es sie in ihrem Unglück nach einem Menschen mit festem, ruhigem, immer über den Dingen stehendem Verstande verlangte, wie ihn Wassin ihrer Meinung nach besaß. Übrigens sind Frauen bekanntlich keine großen Meister in der richtigen Beurteilung eines männlichen Verstandes, wenn der betreffende Mensch ihnen gefällt, und mit Vergnügen nehmen sie Paradoxa dann als Folgeschlüsse von strengster Logik hin, wenn diese ihren eigenen Wünschen entgegenkommen. Was Lisa an Wassin besonders gefiel, war sein Mitgefühl mit ihrem Leid und, wie sie anfangs glaubte, auch seine Sympathie für den jungen Fürsten. Da sie zudem seine Gefühle für sie ahnte, war es selbstverständlich, daß sie seine Sympathie für den Rivalen umso höher einschätzte. Der Fürst aber hatte ihre Mitteilung, daß sie sich von Wassin zuweilen Rat hole, mit großer Unruhe aufgenommen und war sogleich eifersüchtig geworden. Das kränkte Lisa, weshalb sie ihre Besuche bei Wassin schon aus Trotz nicht einstellte. Der Fürst sagte schließlich nichts mehr dazu, er wurde jedoch immer finsterer und mißtrauischer. Lisa aber hat mir später (lange nachher) selbst gestanden, daß Wassin ihr damals schon sehr bald gar nicht mehr gefallen habe; er war immer ruhig, und gerade diese ewig sich gleichbleibende Ruhe, die ihr anfangs so gefallen hatte, war ihr alsbald recht unschön erschienen. Hinzu kam, daß die Ratschläge, die er ihr als ein in Rechtssachen anscheinend doch erfahrener Mann gab und die stets sehr vernünftig klangen, sich leider alle als unausführbar erwiesen, was doch recht sonderbar war. Sein Urteil über andere Menschen fällte Wassin manchmal gar zu sehr von oben herab, und ohne sich dessen auch nur im geringsten vor ihr zu genieren; und je länger, um so weniger genierte er sich vor ihr, was sie seiner unwillkürlich wachsenden Gleichgültigkeit gegenüber ihrem Unglück zuschrieb. Einmal hatte sie ihm dafür gedankt, daß er gegen mich immer so freundlich wäre und trotz seines mir weit überlegenen Verstandes mit mir wie mit seinesgleichen spräche (das heißt, sie hatte ihm meine eigenen Worte wiedergegeben). Seine Antwort war darauf gewesen:

»Das verhält sich nicht so und geschieht nicht deswegen. Ich tue es nur aus dem Grunde, weil ich zwischen ihm und anderen gar keinen Unterschied sehe. Ich halte ihn weder für dümmer als die Klugen, noch für böser als die Guten. Ich bin gegen alle Menschen gleich, weil in meinen Augen alle Menschen gleich sind.«

»Wie, sehen Sie denn wirklich keine Unterschiede?«

»Oh, natürlich unterscheidet sich ein jeder durch irgend etwas vom andern, aber für mich gibt es keine Unterschiede, weil die Unterschiede der Menschen mich nichts angehen: für mich sind alle gleich und ist alles gleich, und deshalb bin ich auch gegen alle Menschen in gleicher Weise freundlich.«

»Und das langweilt Sie nicht?«

»Nein; ich bin immer zufrieden mit mir.«

»Und Sie wünschen sich auch nichts?«

»Wie sollte ich nicht? Aber ich tue es nicht allzusehr. Ich brauche sonst auch fast nichts, nicht einen Rubel mehr, als ich habe. Ob ich in goldenen Kleidern gehe, oder so wie jetzt – das ist doch vollkommen gleichgültig: die goldenen Kleider würden Wassin nichts hinzufügen. Solche Köder locken mich nicht: können denn äußere Ehrungen oder ein hoher Rang meinen Wert beeinflussen?«

Lisa hat mir ehrenwörtlich versichert, daß er ihr einmal buchstäblich so geantwortet hätte. Übrigens läßt sich so etwas in seiner Wirkung nicht genau beurteilen, dazu muß man immer alle Umstände kennen, unter denen es gesagt ward.

Nach und nach war Lisa zu der Überzeugung gekommen, daß er vielleicht auch über den Fürsten nur deshalb so nachsichtig urteilte, weil »für ihn alle gleich waren und es für ihn keine Unterschiede gab«, aber durchaus nicht aus Sympathie für ihn. Doch mit der Zeit begann er merklich, seinen Gleichmut zu verlieren und sich über den Fürsten nicht nur tadelnd, sondern sogar mit Verachtung und Ironie zu äußern. Das reizte Lisa sehr, aber Wassin ließ sich durch nichts davon abhalten. Und dabei drückte er sich immer noch so milde aus, und selbst wenn er ihn tadelte, geschah es ohne Unwillen: er erklärte ihr dann eben mit logischer Folgerichtigkeit den ganzen Unwert ihres Helden: aber gerade in dieser Logik lag ja die Ironie. Schließlich setzte er ihr sogar die ganze »Torheit« ihrer Liebe auseinander, die eigensinnige Erzwungenheit dieser Liebe. »Sie haben sich mit Ihren Gefühlen verirrt; Verirrungen aber, die man einmal als solche erkannt hat, müssen unbedingt aufgegeben werden.«

Das hatte er gerade an jenem Tage zu ihr gesagt. Lisa war empört aufgestanden, um ihn sofort zu verlassen, aber was tat nun und womit schloß dieser vernünftige Mensch? Er schloß damit, daß er ihr mit der edelsten Miene und sogar mit Gefühl seine Hand antrug. Lisa hatte ihm darauf ins Gesicht gesagt, daß er einfach dumm sei, und war hinausgegangen.

Einer Frau vorzuschlagen, einen Ungücklichen aufzugeben, bloß weil dieser Unglückliche ihrer »nicht wert« sei, und das noch dazu einer Frau, die von diesem Unglücklichen schwanger ist – das ist nun die Vernunft solcher Leute! Ich nenne das ein schreckliches Aufgehen in Theorie bei vollständiger Unkenntnis des Lebens, infolge maßloser Eigenliebe. Überdies erkannte Lisa auch ganz genau, daß er auf seine Handlungsweise noch stolz war, und wäre es auch nur deshalb, weil er um ihren Zustand bereits wußte. Mit Tränen der Empörung war sie zum Fürsten geeilt, und dieser – dieser hatte Wassin noch übertrumpft: man sollte meinen, ihre Erzählung hätte ihn wirklich überzeugen müssen, daß er zur Eifersucht jetzt wahrlich keinen Grund mehr hatte; aber gerade nach dieser Erzählung wurde er verrückt. Übrigens sind ja die Eifersüchtigen alle so! Er machte ihr eine furchtbare Szene und beleidigte sie so unerhört, daß sie schon entschlossen war, sofort und unwiderruflich mit ihm zu brechen.

Dennoch kam sie so weit ruhig nach Haus, daß man ihr nicht viel anmerkte, aber vor Mama konnte sie es doch nicht verheimlichen. Oh, an jenem Abend traten sie sich wieder so nah wie früher: das Eis war gebrochen; beide weinten sich aus, während sie sich fest umschlungen hielten, und Lisa beruhigte sich anscheinend, aber man sah es ihr doch an, daß sie sich sehr bedrückt fühlte. Den Abend verbrachte sie bei Makar Iwánowitsch ganz still und stumm; immerhin blieb sie im Zimmer und hörte sehr aufmerksam an, was er sprach. Seit jenem Unfall Makar Iwanowitschs, damals, beim gewaltsamen Aufstehen, war sie zu ihm ausnehmend freundlich und dabei doch gewissermaßen schüchtern ehrerbietig, wenn sie auch nach wie vor einsilbig blieb.

An diesem Abend nun gab Makar Iwanowitsch dem Gespräch auf einmal eine andere Wendung, was für uns ganz unerwartet und überraschend kam. Ich muß bemerken, daß Werssiloff und Alexander Ssemjónowitsch, der Doktor, schon am Morgen dieses Tages mit sehr sorgenvollen Mienen über seinen Zustand gesprochen hatten. Desgleichen muß ich bemerken, daß im Hause seit ein paar Tagen verschiedene Vorbereitungen zu Mamas Geburtstag getroffen wurden und wir schon viel von dem bevorstehenden Familienfest sprachen, obgleich bis dahin noch ganze fünf Tage waren. Eben ein solches Gespräch war es, das in Makar Iwanowitsch alte Erinnerungen wachrief, und er begann, von Mamas Kindheit zu erzählen und von jener ersten Zeit, als sie »noch nicht sicher auf den Beinchen stehen konnte«. »Wenn sie mal auf meinem Arm saß, dann wollte sie um keinen Preis herunter«, erzählte der Alte, »und ich weiß noch, wie ich sie gehen lehrte. Ich stellte sie drei Schritte von mir in den Winkel und rief sie, und sie kam dann ganz unsicher auf mich los und fürchtete sich gar nicht vor mir, sondern lachte noch, und wenn sie dann bei mir angelangt war, umfaßte sie zuerst mein Knie und hob dann die Ärmchen zu meinem Hals. Und wie viele Märchen hab' ich dir erzählt, Ssófja Andréjewna; Märchen liebtest du über alles. Ganze zwei Stunden konnte sie auf meinem Knie sitzen und horchen, und mir die Worte von den Lippen lesen. In der Stube wunderten sich alle: ‚Seht doch nur, wie die an dem Makár hängt!' Oder in der Sommerzeit brachte ich dich in den Wald, suchte dir wohl einen Himbeerstrauch, setzte dich unter ihm hin und schnitzte dir derweil eine Flöte aus Holz. Und wenn wir dann genug gegangen waren, trug ich dich auf dem Arm nach Hause – mein Kindchen schlief schon. Und einmal hast du dich so vor einem Wolf erschreckt, kamst zu mir gelaufen, zittertest vor Angst, und dabei war da gar kein Wolf.«

»Dessen erinnere ich mich noch«, sagte Mama.

»Erinnerst du dich wirklich noch?«

»An vieles erinnere ich mich noch. Soweit ich nur zurückdenken kann, habe ich von Ihnen nur Güte und Liebe erfahren«, sagte sie mit ergriffener Stimme, und plötzlich wurde sie bis über die Stirn rot.

Makar Iwánowitsch wartete ein wenig, bevor er weitersprach.

»Ja, Kinderchen, jetzt werde ich bald von euch gehen. Meine Stunde ist schon gekommen. Im Alter hab' ich Trost gefunden für allen Kummer; habt Dank, ihr Lieben.«

»Aber was reden Sie da, Makar Iwanowitsch, lieber, teurer Mensch«, rief Werssiloff sichtlich beunruhigt. »Mir hat der Arzt noch vorhin gesagt, daß Ihr Zustand bedeutend besser sei . . .«

Mama horchte erschrocken auf.

»Ja, was weiß denn der, euer Alexander Ssemjónowitsch«, sagte Makar Iwanowitsch lächelnd, »ein lieber Mensch ist er, aber auch nicht mehr. Laßt gut sein, Freunde, oder glaubt ihr, daß ich mich vor dem Sterben fürchte? Ich hatte heute nach dem Morgengebet so ein Gefühl im Herzen: daß ich von hier nicht mehr hinausgehen werde; so ist es mir gesagt worden. Nun, und so geschehe es denn, der Name des Herrn sei gelobt. Nur an euch allen will ich mich noch sattsehen. Auch Hiob, der vielfach Geprüfte, fand Trost, wenn er seine neuen Kindlein sah, doch ob er darüber auch seine früheren Kinder vergaß und vergessen konnte? – Unmöglich ist dies! Nur daß sich im Lauf der Jahre die Trauer mit der Freude vermischt und sich in ein leichtes Seufzen verwandelt. So ist es auf Erden: jede Seele wird geprüft und wird auch getröstet. Ich hab' mir vorgenommen, Kinderchen, euch ein paar Wörtchen zu sagen, es ist nicht viel«, fuhr er mit seinem stillen, schönen Lächeln fort, das ich nie vergessen werde, und plötzlich wandte er sich zu mir: »Du, Lieber, eifere für die heilige Kirche, und wenn die Zeit ruft, so geh auch in den Tod für sie – aber wart doch, erschrick nicht, es ist das ja nicht gleich nötig«, unterbrach er sich lächelnd. »Jetzt denkst du vielleicht noch nicht daran, später wirst du vielleicht daran denken. Und dann noch etwas: was du auch Gutes zu tun gedenkst, das tue für Gott, nicht aber um des Neides willen. An deinem Werk aber halte fest und laß es dir nicht durch Kleinmut gleichviel welcher Art entwinden; schaffe es nicht übereilt, nicht kopflos und unstet. Nun, und das ist auch alles, was du zu hören brauchst. Es sei denn noch dies, daß du lernst, täglich und unentwegt zu beten. Ich sage dir das nur so, vielleicht erinnerst du dich mal daran. Ich wollte wohl auch Euch, Andrei Petrówitsch, etwas sagen, Herr, aber Gott wird auch ohne mich Euer Herz finden. Schon lange haben wir nicht mehr davon gesprochen, seit damals, da dieser Pfeil mein Herz durchbohrte. Jetzt aber, wo ich von Euch gehe, wollte ich nur daran erinnern . . . was Ihr mir damals verspracht . . .«

Die letzten Worte sagte er fast flüsternd, daß sie kaum zu verstehen waren . . .

»Makar Iwanowitsch!« stieß Werssiloff verwirrt und befangen hervor und erhob sich von seinem Stuhl.

»Nein, nein, Herr, laßt Euch nicht verwirren, ich hab' ja nur so dran erinnern wollen . . . Die Schuld aber vor Gott trifft in dieser Sache vor allen anderen mich; denn wenn Ihr auch mein Herr wart, so hätt' ich doch dieser Schwäche nicht nachgeben dürfen. Deshalb quäle auch du, Ssofja, dein Herz nicht zu sehr, denn deine ganze Sünde ist – meine Sünde, in dir aber war, so denke ich mir, damals wohl nicht viel Verständnis dafür vorhanden, und vielleicht auch in Euch, Herr, nicht viel mehr als in ihr«, sagte er lächelnd, und seine Lippen bebten wie vor einer Art Schmerz, »und wenn ich dich damals auch hätte belehren können, als mein Weib, und sogar mit dem Stock, und selbiges sogar hätte tun müssen, so tatest du mir doch leid, als du in Tränen vor mir niederfielst und mir nichts verheimlichtest . . . und mir die Füße küßtest. Nicht um dir Vorwürfe zu machen, spreche ich davon, sondern nur um Andrei Petrówitsch zu erinnern... denn Ihr erinnert Euch wohl selber, Herr, Eures Versprechens und Edelmannswortes... und die Trauung deckt alles zu... Vor den Kinderchen sag' ich das, geliebter Herr...«

Er war außergewöhnlich erregt und sah Werssiloff an, als erwarte er von ihm ein zusagendes Wort. Ich wiederhole, das kam alles so unerwartet, daß ich vor Überraschung ganz regungslos dasaß. Werssiloff war nicht weniger erregt als Makar Iwanowitsch: er trat schweigend zu Mama und umfing sie fest; darauf ging Mama, gleichfalls schweigend, zu Makar Iwanowitsch und verneigte sich vor ihm bis zur Erde.

Es war eine erschütternde Szene. Im Zimmer befanden sich diesmal nur wir, nur die Familie. Selbst Tatjana Pawlowna war nicht zugegen. Lisa hatte sich auf ihrem Stuhl eigentümlich gerade aufgerichtet und hörte stumm zu; plötzlich stand sie auf und sagte mit fester Stimme zu Makar Iwanowitsch:

»Segnen Sie auch mich, Makar Iwánowitsch, zu einer bevorstehenden großen Qual. Morgen wird sich mein ganzes Schicksal entscheiden... beten Sie heute für mich.«

Und sie verließ das Zimmer. Ich weiß, daß Makar Iwanowitsch ihr ganzes Unglück schon von Mama erfahren hatte. An diesem Abend sah ich Werssiloff und Mama zum erstenmal zusammen: bis dahin hatte ich neben ihm immer nur seine Sklavin gesehen. Ja, ich hatte ungeheuer vieles noch nicht gesehen und nicht bemerkt an diesem Menschen, den ich bereits verurteilte; so kehrte ich ganz verwirrt in mein Zimmer zurück. Und ich muß sagen: gerade zu dieser Zeit hatten sich alle meine Bedenken und Zweifel gegen ihn verdichtet. Noch nie war er mir so geheimnisvoll und unverständlich erschienen wie in eben jener Zeit. Aber davon handelt ja diese ganze Geschichte, die ich hier schreibe.

‚Nun stellt es sich heraus', dachte ich bei mir, als ich zu Bett ging, ‚daß er damals Makar Iwanowitsch sein ‚Edelmannswort' gegeben hat: daß er Mama heiraten werde, sobald sie Witwe würde. Das hat er mir verschwiegen, als er mir damals von seiner Unterredung mit Makar Iwanowitsch erzählte.'

Den ganzen folgenden Tag war Lisa nicht zu Haus, und als sie dann ziemlich spät heimkehrte, ging sie geradeswegs zu Makar Iwanowitsch. Ich wollte zunächst nicht hingehen, um sie nicht zu stören, doch als ich bald darauf bemerkte, daß auch Mama und Werssiloff bei ihnen waren, ging ich gleichfalls hinein. Lisa saß neben dem Alten und weinte an seiner Schulter, während er mit traurigem Gesicht stumm ihren Kopf streichelte.

Werssiloff sagte mir (nachher in meinem Zimmer), daß der Fürst auf seinem Willen bestehe und sich mit Lisa bei der ersten Möglichkeit trauen lassen wolle, noch vor dem Urteilsspruch des Gerichts. Es fiel Lisa schwer, einzuwilligen, obschon sie kein Recht mehr hatte, nicht einzuwilligen. Überdies hatte Makar Iwanowitsch ihr geradezu »befohlen«, sich trauen zu lassen. Natürlich wäre das später alles ganz von selbst geschehen, und sie hätte sich ja zweifellos trauen lassen, auch ohne fremden Befehl und ohne zu schwanken, aber in diesem Augenblick war sie von dem, den sie liebte, so maßlos gekränkt und durch diese ihre Liebe sogar in ihren eigenen Augen so erniedrigt, daß es ihr unendlich schwer fiel, sich zu fügen. Doch außer der Kränkung war da noch ein neuer Umstand hinzugekommen, von dem ich noch nichts ahnte und auch gar nicht ahnen konnte.

»Hast du es schon gehört, daß diese ganze junge Gesellschaft von der Petersburger Seite verhaftet worden ist?« fragte Werssiloff mich plötzlich wie beiläufig.

»Was? Dergatschöff?« rief ich erschrocken.

»Ja; und Wassin auch.«

Ich war unendlich betroffen, besonders durch die Nachricht von der Verhaftung Wassins.

»Ja, aber ist denn Wassin auch in irgend etwas verwickelt? Mein Gott, was wird jetzt mit ihnen geschehen? Und das ausgerechnet zu derselben Zeit, wo Lisa Wassin so anklagt!... Was glauben Sie, was kann man ihnen anhaben? Dahinter steckt Stebelkóff! Ich schwöre Ihnen, das ist Stebelkoffs Werk!«

»Reden wir nicht davon«, sagte Werssiloff und sah mich sonderbar an (eben wie man einen Menschen ansieht, der nichts begreift und nichts errät), »wer weiß es denn, was sie da vorhatten, und wer kann es wissen, was mit ihnen geschehen wird? Aber das war es nicht, worüber ich mit dir sprechen wollte: ich hörte, du willst morgen ausgehen. Wirst du da nicht auch den Fürsten Ssergei Petrówitsch besuchen?«

»Das ist das erste, was ich vorhabe; wenn es mir auch, offen gestanden, sehr schwer wird... Ja, wie, wollen Sie ihm durch mich etwas sagen lassen?«

»Nein, das nicht. Ich werde ihn selbst sehen. Lisa tut mir leid. Und was kann ihr Makar Iwanowitsch für Ratschläge geben? Er kennt ja selbst weder das Leben noch die Menschen. Und dann noch etwas, mein Lieber« (er hatte lange nicht mehr »mein Lieber« zu mir gesagt), »da sind so... ein paar junge Leute..., von denen einer dein früherer Schulfreund Lambert ist... Mir scheint, das sind lauter – große Halunken... Ich sage das nur, um dich zu warnen... Übrigens ist das natürlich deine Sache, und ich sehe ja ein, daß ich nicht das Recht habe...«

»Andrei Petrowitsch!« Ich ergriff seine Hand, ohne zu überlegen und nahezu begeistert, wie das oft mit mir geschieht (es war fast ganz dunkel im Zimmer). »Andrei Petrowitsch, ich habe geschwiegen, Sie haben es doch gesehen, ich habe die ganze Zeit geschwiegen, und wissen Sie, weshalb? Um Ihren Geheimnissen auszuweichen. Ich habe bei mir beschlossen, diese niemals erfahren zu wollen. Ich bin feige und fürchte mich davor, daß Ihre Geheimnisse Sie ganz aus meinem Herzen reißen könnten, das aber will ich nicht. Und wenn es so ist, wozu sollten Sie dann meine Geheimnisse kennen? Mag es doch auch Ihnen ganz gleich sein, wohin ich gehe! Ist es nicht so?«

»Du hast recht; aber kein Wort mehr darüber, ich bitte dich!« sagte er und verließ mein Zimmer.

So hatten wir uns ganz zufällig doch ein klein wenig ausgesprochen. Aber er hatte damit meine Erregung vor dem neuen Schritt ins Leben am folgenden Tage nur noch verstärkt, so daß ich die ganze Nacht immer wieder aus dem Schlaf aufwachte. Trotzdem war mir wohl zumut.

III

Am nächsten Tage ging ich also aus dem Haus, wenn auch erst um zehn Uhr, aber ich gab mir alle Mühe, unbemerkt hinauszukommen, ohne Adieu zu sagen oder es jemandem mitzuteilen; ich suchte sozusagen heimlich zu entschlüpfen. Warum ich das so tat, das weiß ich nicht; aber selbst wenn ich von Mama gesehen und wegen meines Weggehens angesprochen worden wäre, hätte ich sie mit irgend welchen Worten nur böse angeknurrt. Als ich auf die Straße hinaustrat und im Freien die kalte Luft einatmete, da erzitterte ich nur so von einer ungeheuer starken Empfindung, die etwas Tierisches hatte, ja, die ich *Raubtiertrieb* nennen möchte.[21] Warum ging ich aus, wohin ging ich? Das war vollkommen unbestimmt und zu gleicher Zeit *raubtierhaft*. Und bange war mir und froh zumut, beides zugleich.

‚Werde ich mich heute beschmutzen, oder werde ich mich nicht beschmutzen?' fragte ich mich forsch, obschon ich nur zu gut wußte, daß der für heute geplante Schritt, einmal getan, bereits entscheidend und mein Leben lang nicht mehr gutzumachen sein würde. Doch wozu in Rätseln sprechen.

Ich ging unmittelbar ins Gefängnis zum Fürsten. Schon vor drei Tagen hatte ich von Tatjána Páwlowna ein Briefchen an den Inspektor erhalten, und dieser war infolgedessen sehr liebenswürdig zu mir. Ich weiß nicht, ob er auch sonst ein guter Mensch war, aber das ist ja hier, denke ich, auch ganz nebensächlich; jedenfalls gestattete er mir eine Zusammenkunft mit dem Fürsten, und führte mich zu dem Zweck sogar in ein Zimmer seiner Amtswohnung, wo er uns liebenswürdig allein ließ. Das Zimmer war nicht anders, als die Zimmer einer Amtswohnung eines Beamten von diesem Rang gewöhnlich sind – aber auch das ist, denke ich, überflüssig hier zu beschreiben. So konnten wir denn, der Fürst und ich, ungestört unter vier Augen sprechen.

Er erschien in einem halbmilitärischen Hausrock, in saubersten Wäsche und eleganter Halsbinde, gepflegt und frisiert, war aber furchtbar abgemagert und ganz gelb im Gesicht. Sogar das Weiße seiner Augen war, wie ich bemerkte, gelblich. Kurz, er sah so verändert aus, daß ich stehenblieb und ihn ganz betroffen ansah.

»Wie Sie sich verändert haben!« rief ich unwillkürlich aus.

»Das macht nichts! Setzen Sie sich, lieber Freund«, sagte er, wies mit einer fast gezierten Handbewegung auf einen Stuhl und setzte sich mir gegenüber. »Kommen wir zur Hauptsache: Sehen Sie, mein lieber Alexei Makárowitsch ...«

»Arkadij«, verbesserte ich ihn.

»Was? Ach, schon gut, einerlei ...«, sagte er. »Ach so!« – jetzt erst wurde er sich seines Irrtums bewußt – »Entschuldigen Sie, mein Lieber, aber kommen wir zur Hauptsache ...«

Er hatte es furchtbar eilig, auf irgendeine Hauptsache zu sprechen zu kommen. Der ganze Mensch war nur von einem Gedanken erfüllt, den er auszudrücken und mir zu erklären suchte. Er sprach viel und schnell, eindringlich, mit Gefühl und lebhaften Bewegungen, aber ich konnte ihn beim besten Willen nicht verstehen.

»Mit einem Wort« (er hatte schon zehnmal den Ausdruck »mit einem Wort« gebraucht) – »mit einem Wort«, schloß er seine Rede, »wenn ich Sie, Arkadij Makárowitsch, gestern durch Lisa dringend zu mir zu kommen gebeten habe, so war das vielleicht gar zu beunruhigend, aber da es sich wirklich um einen außerordentlichen und endgültigen Entschluß handelt, so müssen wir ...«

»Erlauben Sie, Fürst«, unterbrach ich ihn, »Sie haben mich

gestern rufen lassen? Lisa hat mir aber nichts davon gesagt.«

»Was?« schrie er auf und sah mich ganz starr an vor Verwunderung oder sogar vor Schreck.

»Sie hat mir nichts davon gesagt. Gestern abend kam sie so niedergeschlagen nach Haus, daß sie fast überhaupt kein Wort gesprochen hat, auch mit mir nicht.«

Der Fürst sprang vom Stuhl auf.

»Ist das wirklich wahr, Arkadij Makarowitsch? In dem Falle ist das . . . ist das . . .«

»Was ist denn dabei so Außergewöhnliches, daß Sie sich darüber so aufregen? Sie wird es einfach vergessen haben oder . . .«

Er setzte sich wieder hin, aber er verblieb wie in einer Erstarrung. Es war, als wäre er von der Nachricht, daß Lisa mir nichts gesagt hatte, einfach niedergeschmettert. Plötzlich begann er wieder zu sprechen und mit den Händen zu fuchteln, aber es wurde mir wieder sehr schwer, auch nur etwas davon zu verstehen, was er eigentlich sagen wollte.

»Passen Sie auf!« sagte er plötzlich, verstummte und hob den Finger in die Höhe. »Passen Sie auf, das . . . das . . . das sind, wenn ich mich nicht irre . . . Kniffe! . . .«, flüsterte er mit dem Lächeln eines Irrsinnigen. »Und das bedeutet, daß . . .«

»Gar nichts bedeutet das!« unterbrach ich ihn. »Ich begreife nicht, wie ein so nichtssagender Umstand Sie überhaupt aufregen kann . . . Ach, Fürst, seit der Zeit, seit jener Nacht, erinnern Sie sich noch . . .«

»Seit was für einer Nacht?« rief er gereizt und sichtlich geärgert darüber, daß ich ihn unterbrochen hatte.

»Bei Sérschtschikoff, wo wir uns zum letztenmal sahen, damals, wissen Sie noch, vor Ihrem Brief an mich. Auch damals waren Sie in einer furchtbaren Aufregung, aber damals und jetzt – der Unterschied ist so groß, daß ich Angst um Sie bekomme . . . oder sollten Sie alles vergessen haben?«

»Ach, ja«, sagte er in gesellschaftlich nachlässigem Ton, als erinnere er sich zufällig, »ach ja! An dem Abend . . . Ich hörte davon . . . Aber wie steht es denn mit Ihrer Gesundheit, und wie fühlen Sie sich jetzt, nach alledem, Arkadij Makarowitsch? . . . Doch kommen wir zur Hauptsache! Sehen Sie, ich verfolge eigentlich drei Ziele, drei Aufgaben sehe ich vor mir, und ich . . .«

Er kam wieder auf seine »Hauptsache« zu sprechen. Ich begriff endlich, daß ich einen Menschen vor mir hatte, dem man zum mindesten ein in Essig getauchtes Handtuch um den Kopf legen mußte, falls man ihn nicht zur Ader lassen konnte. Sein ganzes zusammenhangloses Gerede drehte sich natürlich um den Prozeß und den voraussichtlichen Ausgang desselben; er sprach auch davon, daß sein Regimentskommandeur ihn besucht und ihm dringend von irgend etwas abgeraten hätte, er aber hätte nicht auf ihn gehört – dies bezog sich auf ein Schreiben, das von ihm soeben eingereicht worden war, und das irgend etwas mit dem Staatsanwalt zu tun hatte; ferner sprach er davon, daß man ihm alle Rechte nehmen und ihn wohl irgendwohin, nach den nördlichsten Provinzen Rußlands, verbannen werde; er sprach von der Möglichkeit, Kolonist zu werden oder in Taschkent sich wieder heraufzudienen, und davon, was für Lehren er seinem Sohne (dem erwarteten Sohne von Lisa) auf den Lebensweg mitgeben wolle – »dort in der Einöde bei Archángelsk oder Cholmogóry«. »Ich wollte Ihre Meinung hören, Arkadij Makarowitsch, glauben Sie mir, ich lege so viel Wert auf das Gefühl . . . Wenn Sie wüßten, wenn Sie wüßten, Arkadij Makarowitsch, mein Lieber, mein Bruder, was Lisa für mich bedeutet, was sie für mich hier bedeutet hat, jetzt in dieser Zeit!« rief er auf einmal und faßte sich mit beiden Händen an den Kopf.

»Sergej Petrówitsch, wollen Sie sie denn wirklich zugrunde richten und sie dorthin mitnehmen? . . . Nach Cholmogóry!« entfuhr es mir plötzlich unvorsichtigerweise. Ich hatte es nicht zurückhalten können.

Das Schicksal Lisas, die nun ewig an diesen Irrsinnigen gebunden war, kam mir da plötzlich zum erstenmal klar zu

Bewußtsein. Er sah mich an, erhob sich von neuem, tat ein paar Schritte, kehrte aber um und setzte sich wieder, ohne die Hände, die er an seinen Kopf preßte, sinken zu lassen.

»Mir träumt immer von Spinnen!« sagte er plötzlich.

»Sie sind schrecklich aufgeregt, Fürst; ich rate Ihnen, sich ins Bett zu legen und sofort den Doktor holen zu lassen.«

»Nein, erlauben Sie, das kommt später. Ich habe Sie hauptsächlich deshalb zu mir gebeten, um Ihnen alles über die Trauung mitzuteilen. Die Trauung, wissen Sie, wird hier in der Kirche stattfinden, ich habe alles schon besprochen. Die Erlaubnis ist auch schon erteilt, und man redet mir sogar zu... Was Lisa betrifft, so...«

»Fürst, haben Sie doch Erbarmen mit Lisa«, rief ich – »quälen Sie sie doch nicht so mit Ihrer unsinnigen Eifersucht, wenigstens nicht jetzt!«

»Was!« schrie er auf und sah mich mit hervorquellenden Augen unbeweglich an, und sein ganzes Gesicht verzerrte sich zu einem breiten, sinnlos fragenden Lächeln. Ersichtlich hatte das Wort »Eifersucht« einen schrecklichen Eindruck auf ihn gemacht.

»Verzeihen Sie, Fürst, das ist mir nur so entschlüpft. Oh, Fürst, ich habe in der letzten Zeit einen alten Mann kennengelernt, meinen nominellen Vater... Oh, wenn Sie mit ihm sprechen könnten, Sie würden bestimmt ruhiger werden... Auch Lisa schätzt ihn sehr...«

»Ach ja, Lisa... ach so, das ist ihr Vater? Oder... pardon, mon cher, so etwas ähnliches... Ich weiß... sie sagte mir... ein alter Mann... Ich bin überzeugt davon, überzeugt. Ich habe auch einmal solch einen Alten gekannt... Mais passons. Die Hauptsache ist, daß man, um das ganze innere Wesen der gegenwärtigen Lage sich klarzumachen, daß man, wie gesagt...«

Ich erhob mich, um fortzugehen, denn es schmerzte mich zu sehr, ihn so zu sehen.

»Ich verstehe nicht!« sagte er streng und mit anmaßender Miene, als er sah, daß ich schon aufbrechen wollte.

»Es tut mir weh, Sie so zu sehen«, sagte ich.

»Arkadij Makarowitsch, ein Wort, nur noch ein Wort!« Er ergriff mich plötzlich an den Schultern, aber mit einem ganz anderen Ausdruck im Gesicht und in den Gebärden, und drückte mich wieder auf den Stuhl. »Haben Sie schon gehört von diesen, Sie verstehen schon?...« Er beugte sich über mich.

»Ach, ja, Dergatschoff! Das ist sicherlich eine Machenschaft von Stebelkóff!« rief ich unüberlegt.

»Ja, Stebelkoff, und ... wissen Sie noch nichts?«

Er brach plötzlich ab, und wieder sah er mich mit diesen hervortretenden Augen an und mit diesem verkrampften, sinnlos fragenden Lächeln, das langsam immer breiter wurde. Sein Gesicht erblaßte mehr und mehr. Und plötzlich durchzuckte mich etwas: mir fiel Werssiloffs Blick ein, mit dem er mir gestern die Verhaftung Wassins mitgeteilt hatte.

»Oh, ist es denn möglich?« rief ich erschrocken aus.

»Sehen Sie, Arkadij Makarowitsch, weshalb ich Sie gerufen habe: um Ihnen zu erklären ... ich wollte ...«, flüsterte er hastig.

»Sie haben Wassin angezeigt?« schrie ich.

»Nein, sehen Sie, es war da ein Manuskript. Wassin hatte es Lisa am letzten Tage gegeben ... damit sie es aufbewahre. Sie ließ es mir hier, da ich es durchlesen wollte, und am nächsten Tage verzankten sie sich ...«

»Sie sind es, der das Manuskript der Polizei ausgeliefert hat!«

»Arkadij Makarowitsch, Arkadij Makarowitsch ...«

»Und da haben Sie«, schrie ich stockend, indem ich aufsprang, »und da haben Sie, ohne einen Grund, ohne einen Zweck, den unglücklichen Wassin angezeigt, nur weil er Ihr – *Nebenbuhler* ist! Nur aus Eifersucht haben Sie das Manuskript, *das Lisa anvertraut war* ... ausgeliefert! ... An wen? An den Staatsanwalt?«

Er kam nicht dazu, mir zu antworten, und er hätte mir auch schwerlich etwas erwidern können – er stand vor mir wie ein Götzenbild, immer noch mit demselben krankhaften Lächeln und demselben starren Blick – plötzlich öffnete sich die Tür, und Lisa trat herein. Sie fiel fast in Ohnmacht, als sie uns beide zusammen sah.

»Du hier ... Du bist hier?« rief sie mit verzerrtem Gesicht und ergriff mich am Arm. »So ... weißt du's schon?«

Sie ersah aus meinem Gesicht, daß ich es bereits »wußte«. Ich umfing sie schnell und hielt sie krampfhaft umschlungen! Und erst in diesem Augenblick überwältigte mich die ganze Erkenntnis, was für ein unentrinnbarer, hoffnungsloser Kummer für immer über dem Schicksal dieser ... freiwilligen Märtyrerin lag.

»Kann man denn jetzt überhaupt mit ihm reden?« rief sie und entwand sich mir plötzlich. »Wie kann man ihn denn jetzt beunruhigen? Warum bist du hier? Sieh ihn doch nur an, sieh ihn doch an! Und wie darf man, wie darf man ihn denn verurteilen?«

Unendlicher Schmerz und unendliches Mitleid sprachen aus ihrem Gesicht, als sie das ausrief und auf ihn wies. Er saß im Lehnstuhl, das Gesicht in den Händen vergraben. Und sie hatte recht: es war ein Mensch im Fieberdelirium, den man für nichts verantwortlich machen konnte. Noch an demselben Tag wurde er ins Lazarett gebracht, und am Abend ließ sich bereits eine schwere Gehirnentzündung feststellen.

IV

Vom Fürsten, den ich mit Lisa zurückließ, fuhr ich gegen ein Uhr mittags in meine frühere Wohnung. Ich habe vergessen, zu erwähnen, daß der Tag feucht und trübe war, mit beginnendem Tauwetter und warmem Wind, der selbst einen Elefanten nervös gemacht hätte. Mein Wirt empfing mich mit unendlicher Freude, sehr viel Worten und lebhaften Gebärden, was ich gerade in solchen Augenblicken nicht ausstehen kann. Ich begrüßte ihn trocken und begab mich gleich in mein Zimmer, aber er folgte mir dorthin, und wenn er mich auch nicht mit Fragen zu belästigen wagte, so sah ich doch, wie seine Augen vor Neugier glänzten, und dabei machte er ein Gesicht, als hätte er das größte Recht, neugierig zu sein. Ich mußte mich schon im eigenen Interesse höflich zu ihm verhalten: obgleich ich unbedingt von ihm etwas erfahren wollte (und ich wußte, daß ich es erfahren würde), war es mir doch ekelhaft, sogleich mit dem Ausfragen zu beginnen. Ich erkundigte mich nach der Gesundheit seiner Frau, und wir gingen zu ihr hinüber. Sie empfing mich, wenn auch höflich, so doch sehr wortkarg und anscheinend gelangweilt; das versöhnte mich einigermaßen; dennoch erfuhr ich an diesem Tage die wunderlichsten Neuigkeiten.

Natürlich war Lambert dagewesen; und nachher war er noch zweimal gekommen, um sich »alle Zimmer anzusehen« – unter dem Vorwande, eins mieten zu wollen. Auch Darja Onissimowna war ein paarmal erschienen, Gott weiß warum; »sie hat sich für alles sehr interessiert«, fügte mein Wirt hinzu. Aber ich tat ihm nicht den Gefallen, zu fragen, wofür sie sich denn interessiert hatte. Überhaupt fragte ich ihn nichts: er erzählte von selbst, und ich tat, als krame ich in meinem Koffer (in dem sich fast nichts mehr befand). Aber ärgerlich war, daß auch er bald den Geheimnisvollen zu spielen begann: als er bemerkte, daß ich ihn nicht ausfragen wollte, da fühlte er sich wohl verpflichtet, auch seinerseits wortkarg zu sein.

»Das gnädige Fräulein war auch da«, bemerkte er so nebenbei, und sah mich sonderbar an.

»Was für ein Fräulein?«

»Anna Andrejewna; zweimal war sie hier; mit meiner Frau hat sie Bekanntschaft geschlossen. Eine sehr angenehme, eine reizende Dame. Eine solche Bekanntschaft kann man nicht hoch genug einschätzen, Arkadij Makarowitsch ...«

Er kam mir noch um zwei Schritte näher, als er das sagte: er wollte gar zu gern, daß ich ihn verstünde.

»Wirklich zweimal?« fragte ich erstaunt.

»Das zweitemal ist sie mit ihrem Bruder gekommen.«

‚Wohl mit Lambert', dachte ich unwillkürlich..

»Nein, nicht mit Herrn Lambert«, sagte er, der sofort meinen Gedanken erraten hatte, als wäre er mit seinen Augen in meine Seele eingedrungen. »Sie kam mit ihrem richtigen Bruder, mit dem jungen Herrn Werssiloff. Kammerjunker ist er, glaub' ich.«

Ich war bestürzt; er beobachtete mich mit einem sehr schlauen Lächeln.

»Ach, und dann war da noch jemand und fragte nach Ihnen – ein Fräulein, eine Französin, Fräulein Alphonsine de Verdaigne. Wie schön sie singen kann, und auch Verse deklamiert sie wunderbar! Sie ist heimlich zum Fürsten Nikolai Iwánowitsch nach Zárskoje hinausgefahren, um ihm einen seltenen kleinen Hund zu verkaufen, einen schwarzen, das ganze Tierchen nicht größer als meine Faust . . .«

Ich bat ihn, mich allein zu lassen, und entschuldigte mich damit, daß ich Kopfweh hätte. Er kam meinem Wunsch sofort nach, beendete nicht einmal seinen Satz und war nicht im geringsten beleidigt, ja, fast mit Befriedigung winkte er geheimnisvoll mit der Hand, als wollte er sagen: »Verstehe, verstehe schon«, und wenn er das auch nicht aussprach, so machte er sich doch das Vergnügen, mein Zimmer auf den Fußspitzen zu verlassen. Es gibt schon Leute auf der Welt, die einen doch recht verdrießen können.

So saß ich denn allein wohl an die anderthalb Stunden da und überlegte; übrigens nein, ich überlegte nichts, sondern war nur in Nachdenken versunken. Wenn ich auch verwirrt war, so war ich dafür doch nicht im geringsten verwundert. Eigentlich hatte ich sogar noch weit mehr erwartet, noch größere Wunder. ‚Vielleicht haben sie die inzwischen auch schon angestiftet', dachte ich bei mir. Ich war ja schon längst, schon zu Hause, fest davon überzeugt gewesen, daß ihre Maschine bereits aufgezogen und in Gang gesetzt worden war. ‚Nur ich fehle ihnen noch', dachte ich wieder bei mir, und empfand dabei eine aufreizende und angenehme Selbstzufriedenheit. Daß sie mich jedenfalls mit größter Ungeduld erwarteten und in meiner Wohnung etwas auszurichten vorhatten, das war so klar wie der Tag. ‚Ob nicht gar die Trauung des alten Fürsten? Um ihn dreht sich ja das ganze Kesseltreiben. Nur fragt es sich, ob ich das zulassen werde, meine Herrschaften!' schloß ich wieder mit hochmütiger Selbstzufriedenheit.

‚Aber wenn ich mich überhaupt darauf einlasse, so werde ich doch sofort wieder wie ein Strohhalm in den Strudel hineingerissen werden. Bin ich wenigstens jetzt noch frei, oder bin ich schon nicht mehr frei? Kann ich heute, wenn ich nach Hause zurückkehre, meiner Mutter noch sagen, wie ich alle diese Tage gesagt habe: Ich gehöre nur mir selbst an?'

Das war die Essenz aller meiner Fragen oder, besser gesagt, meines Herzklopfens, während ich die anderthalb Stunden auf dem Bett saß, die Ellbogen auf die Knie gestützt, den Kopf in den Händen. Aber ich wußte doch, ich wußte schon damals, daß alle diese Fragen vollkommen belangloses Geschwafel waren, und daß nur *sie* es war, die mich zu ihnen hinzog – nur *sie*, nur sie allein! Da habe ich es nun endlich doch ausgesprochen und mit der Feder auf dieses Blatt Papier geschrieben, denn selbst heute noch, wo ich es hinschreibe, ein Jahr nachher, weiß ich noch nicht, welchen Namen ich meinem damaligen Gefühl geben soll!

Oh, gewiß tat Lisa mir leid, und in meinem Herzen brannte der ungeheucheltste Schmerz um sie! Und man sollte meinen, schon allein dieses Schmerzgefühl um Lisa hätte wenigstens zeitweise diesen *Raubtiertrieb* (ich erinnere wieder an dieses Wort) in mir zu besänftigen oder auszulöschen vermocht. Aber eine maßlose Neugier und eine Art Bangen riß mich fort, und noch irgend ein Gefühl, – ich weiß nicht, was für eins; aber ich weiß, und das wußte ich auch damals schon, daß es kein gutes Gefühl war. Vielleicht trieb es mich, mich ihr zu Füßen zu werfen, vielleicht aber wollte ich sie allen

Qualen ausliefern und ihr »schneller, schneller« etwas beweisen. Kein anderer Schmerz und kein Mitleid mit Lisa konnten mich jetzt noch aufhalten. Wie hätte ich da noch aufstehen und weggehen, heimkehren können ... zu Makar Iwánowitsch?

,Aber wäre es denn nicht möglich, nur so einmal zu ihnen hinzugehen, um alles zu erkunden, und dann sie plötzlich für immer zu verlassen, unangefochten an allen Wundern und Ungeheuern vorbeizugehen?'

Es war drei Uhr, als ich mich endlich aufraffte und mir sagte, daß ich mich beinahe schon verspätet hatte; ich eilte hinaus, nahm eine Droschke und fuhr blitzschnell zu Anna Andrejewna.

FÜNFTES KAPITEL

I

Als man mich bei Anna Andrejewna meldete, warf sie sofort ihre Näharbeit hin und kam mir eilig ins erste Zimmer entgegen, was früher nie geschehen war. Sie streckte mir beide Hände entgegen und errötete jäh. Schweigend führte sie mich in ihr Zimmer, setzte sich wieder zu ihrer Handarbeit und wies auf einen Stuhl ihr gegenüber. Aber die Arbeit nahm sie nicht wieder auf, sondern fuhr nur fort, mich mit derselben glühenden, lebhaften Teilnahme anzusehen, ohne ein Wort zu sagen.

»Sie haben Dárja Oníssimowna zu mir geschickt«, begann ich ohne Umschweife, ein wenig geniert durch ihre so auffallend gezeigte Teilnahme, obgleich diese mir doch auch schmeichelte.

Da begann sie plötzlich zu sprechen, ohne auf meine Frage einzugehen.

»Ich habe alles gehört, ich weiß alles. Diese schreckliche Nacht ... Oh, wie müssen Sie gelitten haben! Ist es denn wahr, wirklich wahr, daß man Sie besinnungslos, halb erfroren, gefunden hat?«

»Das hat Ihnen ... Lambert ...«, stotterte ich und wurde rot.

»Ich habe gleich damals alles durch ihn erfahren; aber ich habe auf Sie gewartet. Oh, ganz erschrocken kam er zu mir! In Ihrer Wohnung ... dort, wo Sie krank lagen, hat man ihn nicht zu Ihnen gelassen ... und hat ihn überhaupt sehr sonderbar empfangen ... Ich weiß zwar nicht genau, wie sich alles zugetragen hat, aber er hat mir viel von dieser Nacht erzählt: er erzählte mir auch, daß Sie, als Sie kaum zu sich gekommen waren, sogleich von mir gesprochen haben und ... und von Ihrer Ergebenheit für mich. Ich war zu Tränen gerührt, Arkadij Makarowitsch, und ich weiß nicht einmal, wodurch ich diese Ihre glühende Anteilnahme verdient habe, und noch dazu in der Lage, in der Sie sich selbst damals befanden! Sagen Sie, dieser Herr Lambert ist Ihr Jugendfreund?«

»Ja, aber bei diesem Wiedersehen ... ich muß gestehen, war ich etwas unvorsichtig und habe ihm vielleicht etwas zuviel erzählt.«

»Oh, von dieser heimtückischen, schrecklichen Intrige hätte ich auch ohne ihn erfahren! Ich habe schon immer, schon längst vorausgesehen, daß diese Menschen Sie so weit bringen würden. Sagen Sie, ist es wahr, daß Bjoring gewagt hat, seine Hand gegen Sie zu erheben?«

Sie tat so, als wäre ich damals nur durch Bjoring und durch *sie* in jene Verfassung an der Mauer gekommen. Und sie hat ja recht, dachte ich, aber ich brauste doch auf.

»Wenn er gegen mich die Hand erhoben hätte, so wäre er ungezüchtigt nicht davongekommen, und ich würde jetzt nicht ungerächt so vor Ihnen sitzen«, erwiderte ich heftig. Ich fühlte, daß sie mich zu irgend etwas reizen, gegen irgend jemand aufhetzen wollte (es war mir übrigens klar, gegen wen); und doch fiel ich darauf herein.

»Wenn Sie sagen, Sie hätten es vorausgesehen, daß man mich *so weit* bringen werde, so war das von seiten Katerina Nikolájewnas selbstverständlich nur ein Zweifeln an mir ... allerdings ist es wahr, daß ihr Vertrauen sich etwas zu schnell in dieses Mißtrauen verwandelt hat ...«

»Ja, *gar* zu schnell, das ist es ja eben!« griff Anna Androjewna mit überschwänglichem Mitgefühl meine Behauptung auf. »Oh, wenn Sie wüßten, was sie jetzt dort für Intrigen spinnen! Freilich dürfte es Ihnen, Arkadij Makarowitsch, schwer fallen, die ganze Peinlichkeit meiner Lage zu begreifen«, sagte sie errötend und schlug die Augen nieder. »Inzwischen habe ich – nach jenem Vormittag, als wir uns zum letztenmal sahen – habe ich einen Schritt getan, den nicht ein jeder so verstehen kann, wie ihn ein Mensch von Ihrem reinen Verstande und mit Ihrem liebevollen, unverdorbenen und frischen Herzen zu verstehen vermag. Seien Sie überzeugt, mein Freund, daß ich Ihre Ergebenheit mir gegenüber zu schätzen weiß und sie Ihnen mit ewiger Dankbarkeit lohnen werde. Die Gesellschaft wird natürlich den Stein gegen mich erheben, sie hat es ja schon getan. Und selbst wenn sie recht hätte, von ihrem niedrigen Standpunkt aus, wer kann, wer darf selbst in diesem Fall mich verurteilen? Ich bin seit meiner Kindheit von meinem Vater verlassen; wir Werssiloffs sind ein altes vornehmes Geschlecht, und doch sind wir Kinder Heimatlose, und ich esse fremdes Gnadenbrot. Ist es da nicht natürlich, daß ich mich an den gewandt habe, der mir seit meiner Kindheit den Vater ersetzt hat, und dessen Güte ich soviel verdanke? Meine Gefühle für ihn kennt nur Gott, er mag darüber richten, aber den Urteilsspruch der Welt über mich erkenne ich nicht an! Und wenn nun noch die hinterlistigsten Intrigen gesponnen werden und die eigene Tochter ihren vertrauensvollen und großmütigen Vater ins Unglück stürzen will, ja, darf man dann noch zögern? Nein, und wenn es mich auch meinen Ruf kostet, ich rette ihn! Ich bin bereit, einfach als Pflegerin bei ihm zu leben, seine Wärterin, seine Krankenschwester zu sein, doch niemals werde ich zulassen, daß die kalte und niedrige Berechnung der Welt triumphiert!«

Sie hatte mit großem Schwung gesprochen, und obschon dieser Gefühlseinsatz zur Hälfte vielleicht geschauspielert war, so war er dennoch insofern echt, als man daraus ersah, bis zu welch einem Grade sie ihr ganzes Ich in dieser Sache bereits eingesetzt hatte. Oh, ich fühlte es, daß sie log (wenn sie auch aufrichtig log, denn man kann auch bei aller Aufrichtigkeit lügen), und daß sie in diesem Augenblick schlecht war; aber es ist doch erstaunlich, wie das so mit den Frauen zugeht: diese Wahrung des Scheins der Anständigkeit, diese feinen Formen, diese Unnahbarkeit der gesellschaftlichen Überlegenheit und der stolzen Keuschheit, – alles das brachte mich aus dem Konzept, und ich begann, ihr in allem recht zu geben, das heißt, solange ich bei ihr saß; wenigstens ... brachte ich es nicht fertig, ihr zu widersprechen. Oh, der Mann befindet sich entschieden in moralischer Sklaverei gegenüber der Frau, besonders wenn er großmütig ist! So eine Frau kann einen großmütigen Mann alles glauben machen. ‚Sie und Lambert – du lieber Gott!' dachte ich bei mir und sah sie bedenklich an. Übrigens, um gleich alles zu sagen: ich bin noch heute nicht imstande, mir über sie ein Urteil zu bilden; ihre wahren Gefühle konnte wirklich nur Gott allein kennen, der Mensch aber ist doch überdies eine so komplizierte Maschine, daß man in manchen Fällen wirklich nicht aus ihm klug werden kann, und nun gar, wenn dieser Mensch eine Frau ist.

»Anna Andrejewna, was erwarten Sie nun eigentlich von mir?« fragte ich sie aber doch ziemlich resolut.

»Wieso? Was wollen Sie mit dieser Frage gesagt haben, Arkadij Makarowitsch?«

»Mir scheint nach allem ... und nach einigen anderen Erwägungen ...«, erklärte ich befangen, »daß Sie nach mir geschickt haben, weil Sie etwas von mir erwarteten; um was handelt es sich nun eigentlich?«

Sie fing sofort wieder zu sprechen an, ohne jedoch auf meine Frage zu antworten, und sprach wieder so schnell und animiert wie zuvor.

»Aber ich kann doch nicht, ich bin zu stolz dazu, um auf Auseinandersetzungen und Abmachungen mit unbekannten Menschen, wie diesem Herrn Lambert, einzugehen. Ich habe auf Sie gewartet, nicht auf Herrn Lambert. Meine Lage ist einfach fürchterlich, Arkadij Makarowitsch! Alles treibt zur Entscheidung! Ich muß Winkelzüge machen, weil ich von Spionen dieser Frau umgeben bin – und das ist unerträglich für mich. Ich habe mich fast bis zu Intrigen erniedrigen müssen und habe auf Sie gewartet wie auf meinen Retter. Man wird es mir nicht verdenken können, daß ich mich unter diesen Umständen nach einem Freunde umschaue, und wie sollte ich mich nicht glücklich schätzen, daß ich so einen Freund habe: wer in einer solchen Nacht, wo er selbst halb erfroren aufgefunden wird, immer wieder nur meinen Namen nennt, der muß mir doch ergeben sein! Das habe ich mir die ganze Zeit gesagt, und deshalb habe ich auch meine ganze Hoffnung auf Sie gesetzt.«

Sie sah mir ungeduldig fragend in die Augen. Und siehe da, mir fehlte wieder der Mut, ihr den Glauben zu nehmen und ihr geradeaus zu erklären, daß Lambert sie betrogen und daß ich ihm durchaus nicht gesagt hatte, ich sei ihr so ergeben, geschweige denn, daß ich »nur ihren Namen« auf den Lippen gehabt hätte. Mit meinem Schweigen aber unterstützte ich gewissermaßen Lamberts Lüge. Oh, ich bin fest davon überzeugt, daß sie dabei nur zu gut wußte, daß Lambert alles übertrieben und sie einfach belogen hatte, einzig und allein, um einen guten Vorwand zu haben, sie aufzusuchen und die Beziehung mit ihr anzuknüpfen; und wenn sie mir nun so in die Augen sah, als wäre sie wirklich von dem Gesagten und von meiner Ergebenheit überzeugt, so wußte sie eben, daß ich es nicht wagen würde, ihrer Annahme zu widersprechen, einerseits aus Zartgefühl und andererseits infolge meiner jugendlichen Unbeholfenheit. Übrigens, ob ich mit dieser Vermutung recht habe oder nicht, das weiß ich nicht. Vielleicht bin ich nur schrecklich verdorben.

»Mein Bruder wird für mich eintreten«, sagte sie plötzlich eifrig, als sie sah, daß ich keine Antwort geben wollte.

»Man sagte mir, Sie seien mit ihm in meiner Wohnung gewesen«, stammelte ich verwirrt.

»Aber der unglückliche Fürst Nikolai Iwánowitsch kann sich ja vor dieser ganzen Intrige, oder richtiger, vor seiner eigenen Tochter, nirgendwohin sonst mehr retten als in Ihre Wohnung, das heißt, in die Wohnung eines Freundes; denn er hat doch wohl das Recht, Sie wenigstens für seinen Freund zu halten! . . . Und dann, wenn Sie etwas für ihn tun wollen, so tun Sie es, wofern in Ihnen soviel Großmut und Kühnheit ist . . . und schließlich, wenn Sie für ihn wirklich etwas tun können. Oh, nicht um meinetwillen, nicht für mich, sondern für ihn, für den unglücklichen alten Mann, der Sie wirklich aufrichtig liebt, der Sie von ganzem Herzen wie einen eigenen Sohn liebt, und der sich auch heute noch nach Ihnen sehnt! Für mich erwarte ich gar nichts, auch nicht von Ihnen – hat doch selbst mein leiblicher Vater mir einen so hinterlistigen, so boshaften Streich gespielt!«

»Ich glaube, Andrei Petrowitsch ...«, begann ich.

»Andrei Petrowitsch«, unterbrach sie mich mit bitterem Hohnlächeln, »Andrei Petrowitsch hat mir damals auf meine offene Frage ehrenwörtlich versichert, daß er nie auch nur die geringste Absicht auf Katerina Nikolajewna gehabt habe, was ich ihm auch glaubte, als ich meinen Schritt tat; indessen dauerte dieser Verzicht nur so lange, bis er das erste Gerücht von einem gewissen Herrn Bjoring erfuhr.«

»Das ist nicht so zu verstehen«, rief ich, »es hat einen Augenblick gegeben, wo auch ich an seine Liebe zu dieser Frau glaubte – aber das ist es nicht ... Ja, und selbst wenn es der Fall gewesen wäre, so kann er doch jetzt ganz beruhigt sein ... da dieser Herr ja schon verabschiedet worden ist.«

»Welcher Herr?«

»Bjoring.«

»Wer hat Ihnen denn das gesagt? Vielleicht hat dieser Herr noch niemals so viel Einfluß gehabt wie eben jetzt«, lachte sie boshaft; mir schien sogar, daß sie mich dabei spöttisch und scharf beobachtete.

»Mir sagte es Dárja Oníssimowna«, stammelte ich in einer Verwirrung, die zu verbergen ich nicht imstande war und die sie nur zu gut bemerkte.

»Darja Onissimowna ist ja eine sehr nette Person, und natürlich kann ich ihr nicht verbieten, mich zu lieben, aber sie hat gar keine Mittel, etwas zu erfahren, was sie nicht zu wissen braucht.«

Mein Herz krampfte sich zusammen; und wenn sie beabsichtigt hatte, meinen Unwillen zu entflammen, so war ihr das allerdings gelungen, da es in mir heiß zu sieden begann, nur war es nicht Unwille über *jene* Frau, sondern Unwille über sie, Anna Andrejewna. Ich erhob mich.

»Als ehrlicher Mensch muß ich Sie im voraus darauf aufmerksam machen, daß Ihre Erwartungen ... in bezug auf mich ... sich als vergeblich erweisen können ...«

»Ich erwarte von Ihnen, daß Sie für mich eintreten«, sagte sie und sah mich fest an, »für mich, die ich von allen verlassen bin ... für Ihre Schwester, wenn Sie so wollen, Arkadij Makarowitsch.«

Einen Augenblick noch, und sie hätte zu weinen angefangen.

»Nun, dann erwarten Sie lieber nichts von mir, weil ich Sie *vielleicht* enttäuschen könnte«, stammelte ich in unsäglicher Pein.

»Wie soll ich Ihre Worte verstehen?« fragte sie mich ganz zaghaft.

»Einfach, daß ich von ihnen allen fortgehe und – damit basta!« rief ich auf einmal beinahe wütend, »und das *Dokument* – zerreiße ich. Leben Sie wohl.«

Ich verbeugte mich vor ihr und ging schweigend hinaus, wagte aber kaum, sie anzusehen; ich war aber noch nicht die Treppe hinuntergegangen, als Darja Onissimowna mich einholte und mir ein zweimal zusammengefaltetes Blatt Briefpapier überreichte. Woher diese Darja Onissimowna plötzlich kam und wo sie sich während meiner Unterredung mit Anna Andrejewna befunden hatte, das weiß ich nicht. Sie sagte mir kein Wort, übergab mir nur das Papier und lief wieder zurück. Ich entfaltete das Blatt: auf ihm stand nichts weiter als groß und deutlich Lamberts Adresse, und offenbar war dieses Blatt schon seit ein paar Tagen bereit gehalten worden. Ich erinnerte mich plötzlich, daß ich damals, als Darja Onissimowna bei mir gewesen war, ihr gesagt hatte, ich wüßte nicht einmal, wo Lambert wohnte, aber natürlich in dem Sinne, daß ich dessen Wohnung auch gar nicht wissen wollte. Inzwischen aber hatte ich die Adresse

Lamberts schon durch Lisa erhalten, die ich gebeten hatte, sich im Adreßbüro zu erkundigen. Dieser Schachzug Anna Andrejewnas erschien mir denn doch schon zu rücksichtslos, ja, sogar zynisch: ungeachtet meiner Weigerung, ihr zu helfen, schickte sie mich nun einfach zu Lambert. Mir wurde nur zu klar, daß sie den Inhalt des Dokuments kannte – und durch wen hätte sie den erfahren können, wenn nicht durch Lambert, zu dem sie mich jetzt sandte, damit es zwischen uns zu einer Vereinbarung käme!

‚Sie scheinen mich ja alle für einen dummen Jungen zu halten, der weder eigenen Willen noch Charakter hat, mit dem man tun kann, was man will!' dachte ich empört.

II

Nichtsdestoweniger begab ich mich sogleich zu Lambert. Wohin hätte ich auch sonst mit meiner Neugier gehen sollen? Lambert wohnte, wie sich zeigte, sehr weit: in der „Schiefen Querstraße", in der Nähe des Sommergartens, immer noch in jenem möblierten Zimmer; aber damals, als ich ihm davongelaufen und nach Haus gefahren war, hatte ich so wenig auf den Weg geachtet, daß ich, als ich vor vier Tagen seine Adresse durch Lisa erhalten hatte, sehr erstaunt gewesen war und es kaum hatte glauben wollen, daß er dort wohne. Als ich die Treppe zum dritten Stock hinaufstieg, bemerkte ich vor der Tür zwei junge Leute; ich dachte, sie hätten bereits geklingelt und warteten nur darauf, daß ihnen geöffnet werde. Während ich hinaufstieg, standen sie beide mit dem Rücken gegen die Tür und musterten mich aufmerksam. ‚Hier sind ja mehrere möblierte Zimmer, sie werden wohl einen anderen Mieter besuchen wollen', dachte ich stirnrunzelnd; denn es wäre mir sehr unangenehm gewesen, bei Lambert noch irgend jemanden anzutreffen. Ich bemühte mich, sie nicht anzusehen, und streckte die Hand nach der Klingel aus.

»Attendez!« rief mir der eine zu.

»Ach bitte, warten Sie noch etwas mit dem Klingeln«, sagte mit heller und freundlich bittender Stimme der andere junge Mann – er hatte die in unserer höheren Gesellschaft übliche schleppende Sprechweise. »Wir werden gleich fertig sein, und dann klingeln wir zusammen, ist es Ihnen recht?«

Ich zog meine Hand zurück. Beide waren sie junge Leute von zwanzig bis zweiundzwanzig Jahren; sie beschäftigten sich dort an der Tür mit etwas sehr Sonderbarem, und ich schaute ihnen mit Verwunderung zu. Derjenige, der »Attendez« gerufen hatte, war ein auffallend langer Bursche, hager und ausgemergelt, aber sehr muskulös, mit einem für seine Größe viel zu kleinen Kopf, dessen leicht pockennarbiges, gar nicht dummes, ja sogar sympathisches Gesicht einen eigentümlichen, komisch-finsteren Ausdruck hatte. Seine Augen sahen einen gleichsam übertrieben unverwandt an, und das noch mit einer ganz unnötigen und übermäßigen Entschlossenheit. Er war sehr schlecht gekleidet: sein alter wattierter Mantel mit dem schäbigen kleinen Waschbärkragen war viel zu kurz für einen so langen Menschen und offenbar nicht für ihn gemacht; dazu hatte er schlechte, fast bäurische Stiefel und auf dem Kopf einen schrecklich struppigen, schon bräunlich gewordenen Zylinder. Man sah ihm sofort den liederlichen Menschen an: seine unbehandschuhten Hände waren unsauber, die langen Nägel hatten Trauerränder. Sein Kamerad dagegen war tadellos gekleidet, soweit man nach seinem leichten Marderpelz, dem eleganten Hut und den neuen hellen Handschuhen urteilen konnte, die seine schmalen Hände bekleideten; dem Wuchs nach war er ungefähr von meiner Größe und sein frisches jugendliches Gesicht hatte einen äußerst sympathischen Ausdruck.

Der lange Bursche zerrte sich seine Krawatte vom Halse – ein vollkommen zerschlissenes und schmieriges Band, das fast schon zur Schnur zusammengerollt war; und der hübsche Junge zog aus seiner Tasche eine neue, wohl soeben gekaufte schwarze Krawatte, die er dem Langen umzubinden versuchte, der gehorsam und mit furchtbar ernstem Gesicht seinen langen Hals ihm entgegenreckte, während er seinen Mantel von den Schultern gleiten ließ.

»Nein, das geht doch nicht, wenn das Hemd so schmutzig ist«, sagte der andere, »so wird der Eindruck um gar nichts besser, es sieht sogar noch schmutziger aus. Ich hab' dir doch gesagt, du sollst dir einen reinen Kragen umlegen. Wie soll ich das jetzt binden . . . Können Sie es vielleicht?« wandte er sich plötzlich an mich.

»Was?« fragte ich.

»Ihm diese Krawatte umbinden? Sehen Sie, man muß sie irgendwie so umbinden, daß das Hemd nicht zu sehen ist, denn sonst geht der ganze Effekt zum Teufel, aber wie soll man das machen? Deshalb habe ich ihm doch die Krawatte soeben gekauft, für einen Rubel.«

»Das hast du — für denselben?« fragte der Lange.

»Ja, für denselben; ich habe jetzt keine Kopeke mehr. Sie können es also auch nicht? Dann werden wir Alphonsina bitten müssen.«

»Zu Lambert?« fragte mich plötzlich scharf der Lange.

»Allerdings«, antwortete ich ebenso scharf und sah ihm in die Augen.

»Dolgorówky?« fragte er in demselben Ton und mit derselben Stimme.

»Nein, nicht Koróffkin«, antwortete ich ebenso energisch; ich hatte ihn nicht richtig verstanden.

»Dolgorowky?!« wiederholte der Lange fast schreiend und trat drohend auf mich zu. Sein Kamerad begann zu lachen.

»Er sagt Dolgorówky und nicht Koroffkin«, erklärte er mir. »Wissen Sie, die Franzosen verdrehen im „Journal des Débats“ so oft die russischen Namen . . .«

»In der „Indépendance“«, knurrte der Lange.

»Na, egal, dann war's in der „Indépendance“. Den Namen des Fürsten Dolgorúkij schreiben sie zum Beispiel „Dolgorowky“ — ich habe es selbst gelesen, und W—ff schreiben sie immer „le comte Vallonieff“.«

»Doboyny!« rief der Lange.

»Ja, richtig, auch den Namen Doboyny haben sie mal angeführt; ich habe ihn selbst gelesen, und wir haben noch beide drüber gelacht: irgendeine russische Madame Doboyny, die im Auslande wohnt... aber wozu sie jetzt alle aufzählen«, wandte er sich plötzlich an den Langen.

»Entschuldigen Sie, heißen Sie Dolgorukij?«

»Ja – ich heiße Dolgorukij, aber woher wissen Sie denn das?«

Der Lange flüsterte dem hübschen Jungen schnell etwas ins Ohr. Der runzelte die Stirn und machte eine abwehrende Handbewegung, doch der Lange ließ sich nicht abhalten und wandte sich wieder an mich.

»Monsieur le prince, vous n'avez pas de rouble d'argent pour nous, pas deux, mais un seul, voulez-vous?«

»Pfui, wie frech du bist«, rief der Junge.

»Nous vous rendons«, bemerkte der Lange, der die französischen Worte plump und ungeschickt aussprach.

»Wissen Sie, er ist ein Zyniker«, erklärte mir der Junge lachend. »Sie denken vielleicht, er kann kein Französisch? Er spricht wie ein Pariser, aber jetzt parodiert er nur die Russen, die in der Gesellschaft so furchtbar gern laut untereinander Französisch sprechen und es dabei gar nicht können...«

»Dans les wagons«, erläuterte der Lange.

»Ja, auch in den Waggons; ach, wie langweilig du bist! Das ist doch ganz gleich. Auch ein Vergnügen, den Dummkopf zu spielen!«

Ich nahm währenddessen den Rubel heraus und reichte ihn dem Langen.

»Nous vous rendons«, sagte er und steckte den Rubel ein; dann wandte er sich ruhig zur Tür, und begann, während sein Gesicht dabei vollkommen unbeweglich und ernst blieb, mit der Spitze seines großen, plumpen Stiefels gegen die Tür zu hämmern – das alles, wie gesagt, ohne die geringste Erregung...

»Ach, du wirst es wieder zu einem Skandal bringen, mit

Lambert!« rief der Junge beunruhigt. »Klingeln Sie dann schon lieber.«

Ich klingelte, aber der Lange hämmerte unbekümmert weiter mit seinem Fuß an die Tür.

»Ah, sacré...«, hörte man auf einmal die wütende Stimme Lamberts hinter der Tür, und er öffnete schnell. »Dites donc, voulez-vous que je vous casse la tête, mon ami!« schrie er den Langen an.

»Mon ami, voilà Dolgorowky, l'autre mon ami«, sprach ernst und feierlich der Lange und sah dem vor Zorn puterroten Lambert starr in die Augen.

Als dieser mich erblickte, veränderte sich sein Gesicht im Handumdrehen.

»Ach, du bist es, Arkadij! Endlich doch! So bist du jetzt gesund, endlich wieder gesund?«

Er ergriff meine beiden Hände und schüttelte sie kräftig; kurz, er war so aufrichtig erfreut, daß ich mich für den Augenblick sehr angenehm berührt fühlte und ihn beinahe gern hatte.

»Mein erster Weg führt mich zu dir!«

»Alphonsine!« rief Lambert. Sie sprang sofort hinter dem Wandschirm hervor.

»Le voilà!«

»C'est lui!« rief Alphonsinka und schlug die Hände zusammen und breitete sie wieder aus und wollte sich schon auf mich stürzen, um mich zu umarmen, aber Lambert schützte mich davor.

»Nonono! tout beau!« rief er ihr drohend zu, wie einem Hündchen. »Du, Arkadij, sieh mal, ich habe mich heute verabredet, mit ein paar Bekannten im Tatarischen Restaurant zu Mittag zu speisen. Ich lasse dich jetzt nicht fort, du mußt mit mir hinfahren. Wir speisen zusammen; die anderen werde ich mir schon vom Halse schaffen – und dann sprechen wir uns aus. Komm nur herein, komm! Wir werden gleich aufbrechen, nur einen Augenblick mußt du dich gedulden.«

Ich trat ein, sah mich im Zimmer um, und versuchte, mir das Erlebte von damals zu vergegenwärtigen. Lambert kleidete sich schnell hinter dem Wandschirm um. Der Lange und sein Kamerad waren uns gefolgt, trotz der Worte, mit denen Lambert sie empfangen hatte. Wir blieben alle stehen.

»Mademoiselle Alphonsine, voulez-vous me baiser?« äffte der Lange.

»Mademoiselle Alphonsine«, begann auch der Jüngere und näherte sich ihr, indem er ihr die Krawatte hinhielt, aber sie fuhr wütend auf die beiden los.

»Ah, le petit vilain!« schrie sie da den Jüngeren an, »ne m'approchez pas, ne me salissez pas, et vous, le grand dadais, je vous flanque à la porte tous les deux, savez-vous cela!«

Aber der Jüngere ließ sich nicht abschrecken, obgleich sie sich mit solcher Verachtung und solchem Ekel von ihm abwandte, als hätte sie wirklich gefürchtet, sich an ihm zu beschmutzen (was ich gar nicht verstehen konnte, denn er sah so nett aus und war – was ich sah, als er den Pelz ablegte – so gut angezogen!) und bat sie trotzdem unentwegt, seinem langen Kameraden die Krawatte zu binden und ihm vorher einen reinen Kragen von Lambert umzulegen. Sie aber geriet über dieses Ansinnen dermaßen in Wut, daß sie ihn womöglich geschlagen hätte, wenn Lambert, der hinter dem Wandschirm die Bitte gehört hatte, ihr nicht zugerufen hätte, sie möge sie nicht aufhalten und tun, was sie verlangten. »Sonst gehen sie überhaupt nicht mehr weg«, fügte er hinzu. Da nahm Alphonsinka sofort einen Kragen und band dem Langen die Krawatte um, und tat es sogar ohne jede Spur von Widerstreben. Der Lange aber reckte genau wie vorhin auf der Treppe seinen Hals aus, während sie ihm die Krawatte band.

»Mademoiselle Alphonsine, avez-vous vendu votre bologne?« fragte er.

»Qu'est-ce que ça: bologne?«

Der Jüngere erklärte, daß sein Freund mit »bologne« ihr Bologneserhündchen meine.

»Tiens, quel est ce baragouin?«

»Je parle comme une dame russe sur les eaux minérales«, spottete le grand dadais wieder in steifem Französisch, während er immer noch mit vorgestrecktem Halse stand.

»Qu'est-ce que ça, qu'une dame russe ‚sur les eaux minérales'? Et . . . mais où est donc votre jolie montre que Lambert vous a donnée?« wandte sie sich plötzlich an den Jüngeren.

»Was, ist er schon wieder ohne Uhr?« rief Lambert geärgert hinter dem Wandschirm.

»Aufgefressen!« knurrte le grand dadais.

»Ich hab' sie für acht Rubel verkauft: sie war ja nur silbervergoldet – und Sie gaben sie aus als rein goldene Uhr. Solche kosten jetzt neu auch nicht mehr als sechzehn Rubel«, rechtfertigte sich der Jüngere, tat es jedoch ersichtlich mit großer Unlust.

»Damit muß endlich einmal ein Ende gemacht werden!« fuhr Lambert geärgert fort. »Ich kaufe Ihnen, mein junger Freund, nicht zu dem Zweck Kleider und schöne Sachen, damit Sie sie Ihrem langen Freunde in den Rachen werfen. Was für eine Krawatte haben Sie ihm da schon wieder gekauft?«

»Die kostet nur einen Rubel, und der war nicht von Ihrem Geld. Er hatte überhaupt keine Krawatte mehr! Einen Hut muß man ihm auch noch kaufen!«

»Unsinn!« schrie Lambert, jetzt schon wirklich wütend.

»Ich habe ihm genug gegeben, auch für einen Hut, er aber hat sofort Austern und Champagner bestellt. Dabei stinkt er und ist ein Schmutzfink; man kann sich ja nirgendwo mit ihm sehen lassen. Wie soll ich ihn jetzt ins Restaurant mitnehmen?«

»Mit 'ner Droschke«, knurrte der dadais. »Nous avons un rouble d'argent que nous avons prêté chez notre nouvel ami.«

»Gib ihnen nichts, Arkadij!« schrie Lambert wieder.

»Erlauben Sie, Lambert: ich verlange von Ihnen sofort

zehn Rubel«, forderte plötzlich der Jüngere so wütend, daß er ganz rot im Gesicht wurde, was ihn noch hübscher machte. »Und wagen Sie es nicht noch einmal, solche Dummheiten zu sagen, wie jetzt zu Dolgorukij. Ich verlange von Ihnen zehn Rubel, um Dolgorukij den einen Rubel sogleich zurückgeben zu können, von dem übrigen Gelde aber kaufe ich sofort einen Hut für Andréjeff – das werden Sie sehen.«

Lambert kam hinter dem Wandschirm hervor.

»Hier sind drei gelbe Lappen, drei Rubel, mehr gibt es nicht bis Dienstag, und wagt es nicht, mir früher zu kommen . . . sonst . . .«

Le grand dadais riß ihm das Geld nur so aus der Hand.

»Dolgorowky, hier ist der Rubel, nous vous rendons avec beaucoup de grâce. Petjä, fahren wir!« rief er seinem Kameraden zu, und dann auf einmal schwang er die beiden Scheine durch die Luft, sah Lambert frech ins Gesicht und schrie aus allen Kräften: »Ohé, Lambert! Où est Lambert, as-tu vu Lambert?«

»Nehmt euch in acht, nehmt euch in acht!« brüllte Lambert in furchtbarer Wut.

Ich sah, daß hier etwas vorging, was auf Früheres Bezug hatte, wovon ich nichts wußte, und ich hörte nicht ohne Verwunderung zu. Aber der Lange ließ sich durch den Zorn Lamberts nicht im geringsten einschüchtern, im Gegenteil, er schrie sogar noch lauter. »Ohé, Lambert!« usw. Mit diesem Geschrei zogen sie ab. Lambert wollte ihnen nachstürzen, besann sich aber und kehrte wieder um.

»Denen werde ich auch bald einen Genickstoß geben! Die kosten mehr als sie einbringen . . . Gehen wir, Arkadij! Ich hab' mich schon verspätet. Dort erwartet mich noch so einer . . . den ich brauche . . . Auch so ein Vieh . . . und das sind sie alle! Halunken sind sie, Halunken!« schrie er wieder und knirschte vor Wut; doch plötzlich besann er sich und nahm sich zusammen. »Ich freue mich, daß du endlich gekommen bist. Alphonsine, wohlgemerkt: keinen Schritt aus dem Hause! Gehen wir.«

Vor der Haustür wartete auf ihn eine elegante Mietsdroschke. Wir stiegen ein; doch selbst unterwegs konnte er seine Wut auf die jungen Leute nicht meistern und sich beruhigen. Ich wunderte mich, daß er sie so ernst nahm und daß sie Lambert so respektlos behandelten, während er beinahe Angst vor ihnen hatte. Nach den alten, in mir fest eingewurzelten Eindrücken aus meiner Kindheit glaubte ich noch immer, daß alle Lambert fürchten müßten; und ich glaube, selbst in dem Augenblick muß ich, trotz meiner ganzen Unabhängigkeit, Lambert doch noch gefürchtet haben.

»Ich sage dir, das ist ein furchtbares Lumpenpack«, fuhr Lambert fort. »Wirst du's mir glauben, dieser Lange, dieser ekelhafte Kerl, hat mich noch vor drei Tagen in einer Gesellschaft bloßgestellt. Er stellt sich vor mir auf und schreit: ‚Ohé, Lambert!' usw. Und das in guter Gesellschaft! Alle lachen und merken natürlich, daß er es tut, damit ich ihm Geld gebe – kannst du dir meine Lage vorstellen! Und ich habe es ihm geben müssen. Oh, dieses Lumpenpack! Wirst du's mir glauben, er war Junker in einem Regiment, wurde dann ausgeschlossen, und kannst du dir vorstellen, er ist ein gebildeter Mensch: er hat seine Erziehung in einem guten Hause erhalten! Er hat Ideen, er könnte . . . Eh, zum Teufel! Und er ist stark wie ein Herkules. Er ist mir ja nützlich, aber doch nicht sehr . . . Und hast du gesehen, er wäscht sich nicht einmal die Hände! Ich empfahl ihn einer Dame, einer alten vornehmen Dame; ich sagte ihr, er bereue seinen Lebenswandel und wolle sich vor Gewissensbissen umbringen, er aber kommt zu ihr, setzt sich hin und pfeift. Und der andere, der Nette, ist der Sohn eines Generals; die Familie schämt sich seiner, ich hab' ihn gerettet, hab' ihn dem Gericht entrissen, und so lohnt er es mir! Hier gibt es keine Menschen! Aber ich werde sie mir schon vom Halse schaffen und zum Teufel jagen!«

»Sie wissen meinen Namen; hast du mit ihnen von mir gesprochen?«

»Ich war mal so dumm. Weißt du, wenn man so bei Tisch

zusammensitzt, da geht einem manches über die Lippen ... Es kommt noch eine furchtbare Kanaille hin. Der ist schon wirklich eine Kanaille und dabei schlau. Hier gibt es nur Spitzbuben, hier gibt es keine anständigen Menschen! Na, wenn ich mit ihnen fertig bin – dann ... Was ißt du gern? Aber das ist ja egal, man speist dort immer ausgezeichnet. Beunruhige dich nicht, ich werde alles bezahlen. Schön, daß du so gut angezogen bist. Ich kann dir Geld geben. Komm nur immer zu mir. Stell dir vor, ich habe ihnen hier zu essen und zu trinken gegeben, jeden Tag Fischpasteten und Delikatessen; die Uhr, die er verkauft hat, ist schon die zweite. Dieser Knabe, Trischátoff heißt er, – du hast ja selbst gesehen: sogar Alphonsinka ekelt sich vor ihm, läßt ihn nicht an sich herankommen, und plötzlich bestellt er im Restaurant, in Gegenwart von Offizieren – Schnepfen! ‚Ich will Schnepfen', sagt er. Ich habe ihm die Schnepfen damals auch bestellt, aber ich werde mich schon dafür rächen!«

»Erinnerst du dich noch, wie wir in Moskau zusammen ins Restaurant fuhren und du mich dort mit der Gabel stachst, und wie du damals fünfhundert Rubel hattest?«

»Ja, ich weiß noch! Eh, Teufel, ich weiß! Aber ich habe dich gern ... Das kannst du mir glauben. Dich liebt ja sonst kein Mensch, ich aber hab' dich gern; nur ich allein, vergiß das nicht ... Der da, der dorthin kommt, der Pockennarbige – das ist die allerschlaueste Kanaille, die mir je begegnet ist; antworte ihm nichts, wenn er mit dir spricht, und wenn er dich zu fragen anfängt, so antworte ihm irgendeinen Unsinn, oder schweige ganz ...«

Jedenfalls kam er unterwegs infolge seiner Aufregung gar nicht dazu, mich auszufragen. Ich aber empfand es fast als Beleidigung, daß er meiner so sicher war und nicht einmal auf die Vermutung kam, ich könnte ihm mißtrauen; wie mir schien, befand er sich noch in dem dummen Glauben, er könne mich genau so kommandieren wie in früheren Jahren. ‚Und dabei ist er noch so furchtbar ungebildet', dachte ich bei mir, als wir ins Restaurant traten.

III

In diesem Restaurant an der Großen Morskája-Straße hatte ich schon früher verkehrt, in der Zeit, als ich am tiefsten gesunken und ganz haltlos gewesen war; als ich nun diese Räume, diese Kellner, die mich musterten und in mir den früheren Gast erkannten, wiedersah, durchstach gleichsam etwas mein Herz. Und nicht viel anders wirkte auf mich der Anblick dieser rätselhaften Freunde Lamberts, in deren Gesellschaft ich mich plötzlich befand, und zu denen ich schon untrennbar zu gehören schien; und dazu kam nun noch das dunkle Vorgefühl, daß ich mich freiwillig in irgendwelche Gemeinheiten begab, die zweifellos mit einer schlechten Tat enden würden – wie gesagt, dieses Gefühl, dieser Eindruck saß in mir und bohrte in mir. Es gab einen Augenblick, wo ich fort, nur fortlaufen wollte; aber dieser Augenblick ging vorüber und ich blieb.

Der Pockennarbige, den Lambert aus unbekannten Gründen so fürchtete, wartete schon auf uns. Das war ein Mann mit dummgeschäftigem Gesichtsausdruck, ein Typus, den ich schon seit meiner Kindheit geradezu verabscheute; er mochte fünfundvierzig Jahre alt sein, war von mittlerem Wuchs, hatte leicht ergrautes Haar und ein widerlich glattrasiertes Gesicht mit kleinen abgezirkelten Bartkoteletten, die wie zwei Würstchen das auffallend flache und böse Gesicht einfaßten. Natürlich war er langweilig, ernst, wortkarg und, wie es diese Leutchen gewöhnlich sind, aus irgendeinem Grunde auch noch hochmütig. Er musterte mich sehr aufmerksam, sagte aber kein Wort. Lambert war so töricht, uns nicht miteinander bekannt zu machen, obgleich wir uns an denselben Tisch setzten: folglich konnte mich jener für einen der Erpresser aus Lamberts Gefolge halten. Mit den beiden jungen Leuten (die fast gleichzeitig mit uns eingetroffen waren) sprach der Pockennarbige während der ganzen Mahlzeit auch kein Wort, aber es war offensichtlich, daß er sie sehr gut kannte. Er sprach ausschließlich mit Lambert, aber das Gespräch wurde nur im Flüsterton geführt, und eigentlich sprach nur Lambert; der Pockennarbige begnügte sich mit abgerissenen, wütenden Worten, die wie Ultimata klangen. Er verhielt sich äußerst hochmütig, böse und spöttisch, während Lambert sich in großer Erregung befand und sichtlich in der Absicht auf ihn einsprach, ihn zu irgendeinem Unternehmen zu überreden. Einmal streckte ich die Hand nach einer Rotweinflasche aus, aber da griff der Pockennarbige, der bis dahin kein Wort zu mir gesprochen hatte, schnell nach der Sherryflasche und reichte sie mir. »Versuchen Sie den«, sagte er dabei.

Ich erriet sofort, daß er über mich schon unterrichtet war und wohl nicht nur meinen Namen, sondern auch meine ganze Lebensgeschichte kannte und ganz genau wußte, worauf Lambert bei mir rechnete. Der Gedanke, daß er mich für einen von Lamberts Helfershelfern halten könnte, empörte mich mächtig. Lamberts Gesicht aber drückte höchste und dümmste Beunruhigung aus, sobald der andere nur ein Wort zu mir sagte. Dem Pockennarbigen konnte das natürlich nicht entgehen, und er begann zu lachen.

‚Lambert hängt entschieden von ihnen allen ab', dachte ich und haßte ihn in diesem Augenblick aus ganzer Seele. So waren wir denn während der ganzen Mahlzeit, wenn wir auch an einem Tisch zusammensaßen, doch in zwei Gruppen geteilt: am Fenster der Pockennarbige und Lambert einander gegenüber, und am anderen Ende ich neben dem schmierigen Andréjeff, und wiederum uns gegenüber der hübsche Trischátoff. Lambert hatte es sehr eilig mit dem Essen und trieb den Kellner alle Augenblicke zu schnellerem Servieren an. Als man den Champagner brachte, hob er mir plötzlich sein Glas entgegen:

»Auf dein Wohl, stoßen wir an!« unterbrach er sein Gespräch mit dem Pockennarbigen.

»Erlauben Sie auch mir, mit Ihnen anzustoßen?« fragte mich Trischatoff und hielt mir sein Glas entgegen.

Bis zum Champagner war er sehr nachdenklich und schweigsam gewesen. Der dadais hatte überhaupt nichts gesprochen, nur geschwiegen und viel gegessen.

»Mit Vergnügen«, erwiderte ich Trischatoff.

Wir stießen an und leerten unsere Gläser.

»Ich werde nicht auf Ihr Wohl trinken«, wandte sich plötzlich auch der dadais an mich, »nicht weil ich Ihnen etwa den Tod wünsche, sondern weil ich nicht will, daß Sie hier zu viel trinken.« Er sagte das düster und nachdrücklich. »Sie haben von drei Gläsern genug. Ich sehe, Sie betrachten meine ungewaschene Faust?« fuhr er fort und legte die Hand vor sich auf den Tisch. »Ich wasche sie nicht, und so ungewaschen vermiete ich sie an Lambert, zum Einschlagen fremder Schädel, in Fällen, die für Lambert bedenklich sind.«

Und plötzlich schlug er mit der Faust aus aller Kraft auf den Tisch, daß sämtliche Teller und Gläser klirrten. Außer unserem Tisch waren in diesem Zimmer noch vier Tische besetzt – von Offizieren und Herren von tadelloser Haltung. Das Restaurant war gerade in Mode; alle unterbrachen für den Augenblick ihr Gespräch und sahen nach unserer Ecke; ja, ich glaube, wir hatten schon längst ein gewisses Aufsehen erregt. Lambert wurde rot.

»Ha, fängt er schon wieder an! Ich habe Sie doch gebeten, Nikolai Ssemjónowitsch, sich hier anständig aufzuführen«, raunte er in wütendem Geflüster Andréjeff zu. Der wandte ihm langsam den Blick zu und sah ihn lässig an.

»Ich wünsche nicht, daß mein neuer Freund Dolgorowky heute hier zuviel Wein trinkt«, sagte er.

Lambert wurde vor Wut noch röter. Der Pockennarbige hörte schweigend, aber mit sichtlichem Vergnügen zu. Andrejeffs Ausfall schien ihm aus irgendeinem Grunde zu gefallen. Nur ich allein begriff nicht, warum ich nicht mehr trinken sollte.

»Das tut er nur, damit ich ihm noch Geld gebe. Sie bekommen noch sieben Rubel, verstanden, nach dem Essen –

nur lassen Sie uns erst die Mahlzeit beenden; blamieren Sie uns nicht«, sagte Lambert halblaut, wenn auch knirschend vor Wut, zu ihm.

»Aha!« brummte der dadais siegesbewußt.

Das entzückte den Pockennarbigen nun ganz und gar, und er fing boshaft zu kichern an.

»Hör mal, du bist doch schon gar zu ...«, wandte sich Trischatoff beunruhigt und fast schmerzlich berührt an seinen Freund, offenbar um ihn zurückzuhalten.

Andrejeff verstummte, aber nicht für lange, denn das entsprach nicht seiner Absicht. Nicht weit von uns, vielleicht fünf Schritt von unserem Tisch, speisten zwei Herren, die sich lebhaft unterhielten. Beide waren in mittleren Jahren, und man sah ihnen sofort eine gewisse übertriebene Empfindlichkeit an. Der eine war groß und sehr dick, der andere gleichfalls sehr dick, aber klein. Sie unterhielten sich auf polnisch über die neuesten Pariser Ereignisse. Der dadais hatte sie schon lange aufmerksam betrachtet und zu ihnen hinübergehorcht. Der kleinere Pole erschien ihm offenbar als komische Figur, und er haßte ihn sofort, wie das bei Leuten, die an der Galle oder Leber leiden, sehr häufig ohne jeglichen Grund geschieht. Plötzlich sprach der kleine Pole den Namen des Deputierten Madier de Montjeau aus, aber nach der Gewohnheit sehr vieler Polen, sprach er ihn polnisch aus, das heißt, er betonte statt der letzten die vorletzte Silbe: also nicht Madiér de Montjeáu, sondern Mádier de Móntjeau. Das genügte dem dadais. Er wandte sich auf seinem Platz zu den Polen um, reckte sich stolz und sagte plötzlich laut und deutlich, als richte er eine Frage an sie:

»Madiér de Montjeáu?«

Die Polen drehten sich wütend nach ihm um.

»Was wünschen Sie?« schrie der große Pole ihn laut auf russisch an.

Der dadais wartete einen Augenblick.

»Madiér de Montjeáu«, wiederholte er plötzlich noch einmal laut, daß es über den ganzen Saal hin zu hören war, doch ohne weiter irgendeine Erklärung abzugeben, genau so dumm, wie er vor der Tür bei Lambert drohend auf mich zugetreten war und mehrmals den Namen »Dolgorowky« ausgesprochen hatte.

Die Polen sprangen auf, Lambert schnellte hinter dem Tisch in die Höhe und wollte, wie es schien, sich auf Andrejeff stürzen, besann sich aber und eilte zu den Polen, um sie untertänigst um Entschuldigung zu bitten.

»Das sind ja Narren, Pane, das sind ja Narren«, rief der kleine Pole mit Verachtung, vor Zorn dabei rot wie eine Mohrrübe. »Man kann ja bald nicht mehr herkommen!« Auch sonst entstand Unruhe im Saal, man hörte murren, hauptsächlich freilich lachen.

»Kommen Sie... bitte... gehen wir!« murmelte Lambert ganz verwirrt, und hatte nun ersichtlich nur den einen Wunsch, Andrejeff aus dem Lokal zu entfernen. Dieser blickte Lambert prüfend an, und erst als er erriet, daß der ihm nun Geld geben würde, willigte er ein, ihm zu folgen. Wahrscheinlich war es nicht das erstemal, daß er auf diese schamlose Manier von Lambert Geld erpreßte. Trischatoff wollte ihnen eilig folgen, sah dann aber mich an und blieb.

»Ach, wie ekelhaft!« sagte er und bedeckte die Augen mit seinen feinen Fingerchen.

»Tja, ekelhaft ist schon das Wort dafür«, brummte diesmal ganz erbost der Pockennarbige.

Lambert kehrte ganz blaß zurück und begann sogleich flüsternd, aber mit lebhaften Gesten, auf den Pockennarbigen einzureden. Dieser befahl dem Kellner, schneller den Kaffee zu servieren, und hörte Lambert nur widerwillig zu; er hatte es offenbar eilig fortzukommen. Und dabei war der ganze Zwischenfall doch nur ein dummer Schulbubenstreich gewesen. Trischátoff kam mit seiner Tasse Kaffee zu mir herüber und setzte sich neben mich.

»Ich habe ihn sehr gern«, begann er mit einer so zutraulichen Offenherzigkeit, als hätte er mit mir schon oft darüber gesprochen. »Sie glauben nicht, wie unglücklich Andréjeff ist.

Er hat die ganze Mitgift seiner Schwester durchgebracht und vertrunken, ja, alles, was sie besaßen, hat er in dem einen Jahr, als er diente, durchgebracht, und ich sehe, wie ihn das jetzt quält. Daß er sich nicht wäscht, das geschieht nur aus Verzweiflung. Und wissen Sie, er hat furchtbar sonderbare Gedanken: plötzlich sagt er, zwischen einem Spitzbuben und einem ehrlichen Menschen sei gar kein Unterschied, das sei alles eins, und man solle deshalb lieber gar nichts tun, überhaupt nichts, weder Gutes noch Böses, oder wenn man wolle, könne man ja auch Gutes oder Böses tun, am besten aber sei doch, gar nichts zu tun und einfach herumzuliegen, höchstens einmal im Monat die Kleider zu wechseln, nur zu essen und zu trinken und hauptsächlich zu schlafen – und sonst nichts. Aber glauben Sie mir, das sagt er doch alles nur so. Und wissen Sie, ich glaube sogar, diesen ganzen Skandal vorhin, den hat er nur gemacht, um mit Lambert endgültig zu brechen. Er hat schon gestern davon gesprochen. Werden Sie's glauben, manchmal nachts, oder wenn er lange allein sitzt, da fängt er zu weinen an, und wissen Sie, er weint so sonderbar, wie sonst kein Mensch weint: er schluchzt, schluchzt so schrecklich, und das, wissen Sie, tut noch weher ... Und dabei ist er doch so groß und so stark, und auf einmal – weint er wie ein Kind. Was für ein armer Kerl, nicht wahr? Ich möchte ihn so gern retten, aber ich bin ja selbst ... ein so schlechter, verlorener Bengel, daß Sie's gar nicht glauben würden! Würden Sie mich empfangen, Dolgorukij, wenn ich einmal zu Ihnen käme?«

»Oh, kommen Sie nur, ich habe Sie sogar sehr gern.«

»Wofür denn das? Nun, ich danke Ihnen. Hören Sie mal, trinken wir noch ein Glas. Übrigens, was fällt mir ein! Nein, trinken Sie lieber nicht. Er hatte ganz recht, als er Ihnen sagte, daß Sie nicht mehr trinken dürfen«, unterbrach er sich plötzlich und zwinkerte mir bedeutsam zu. »Ich aber werde noch ein Glas trinken. Bei mir kommt's nicht darauf an, ich kann mich ja doch nicht beherrschen, glauben Sie mir. Sie brauchten mir bloß zu sagen, ich dürfe nicht mehr in Restaurants dinieren, und ich bin sofort zu allem bereit, nur um wieder dinieren zu können. Oh, ich versichere Ihnen, es ist unser innigster Wunsch, anständige Menschen zu werden, aber wir schieben's nur immer auf. Und wissen Sie,

„Darüber gehen die Jahre,
Die besten des Lebens, dahin!" . . .

Er aber wird sich, das fürchte ich schrecklich, einmal erhängen. Wird einfach hingehen und es tun, und keinem ein Wort davon sagen. So ist er. Heutzutage hängen sich ja alle auf. Wer weiß, vielleicht gibt es viele solcher, wie wir sind. Ich, zum Beispiel, ich kann ohne überflüssiges Geld einfach nicht leben. Das überflüssige Geld ist für mich viel wichtiger als das notwendige. Sagen Sie, lieben Sie Musik? Ich liebe sie über alles! Ich werde Ihnen was vorspielen, wenn ich zu Ihnen komme. Ich spiele sehr gut Klavier und habe sehr lange Musik studiert. Ernsthaft studiert. Wenn ich mal eine Oper komponierte, so würde ich das Sujet aus dem „Faust" nehmen. Dieses Thema liebe ich sehr. Wissen Sie, ich komponiere mir immer die Szene im Dom, bloß so für mich, im Kopf komponiere ich sie. Das Innere eines gotischen Domes, Chöre, Hymnen; Gretchen tritt ein, dazu, wissen Sie, diesen mittelalterlichen Chorgesang, aus dem man das ganze fünfzehnte Jahrhundert heraushört. Gretchen ist in Verzweiflung; zuerst ein Rezitativ, leise, aber qualvoll, erschütternd, die Chöre aber dröhnen düster, streng, teilnahmlos:

„Dies irae, dies illa!"

Und auf einmal – die Stimme des Bösen Geistes, die Arie des Teufels. Er ist unsichtbar, nur eine Stimme klingt nebenher, schwingt mit den Hymnen, fällt mit ihnen fast zusammen, und ist dabei doch etwas ganz Anderes – so irgendwie müßte das gemacht werden. Eine lange, unablässige Arie für Tenor, unbedingt für Tenor. Sie beginnt leise, zärtlich: „Wie anders, Gretchen, war dir's, als du noch voll Unschuld hier zum Altar tratst, aus dem vergriffenen Büchelchen Gebete lalltest, halb Kinderspiele, halb Gott im Herzen! . . ." Und die Arie wird immer stärker, immer leidenschaftlicher;

die Töne werden immer höher: Tränen sind in ihnen, Schmerz, unaufhörlicher, unentrinnbarer Schmerz, und zuletzt die Verzweiflung: „Keine Vergebung hier für dich, keine Vergebung!“ Gretchen will beten, doch ihrer Brust entringen sich nur Schreie – wissen Sie, wenn die Brust sich zusammenkrampft, vom Schluchzen –, aber die Stimme des Satans verstummt nicht, immer tiefer bohrt sie sich wie ein Dolch in ihre Seele, immer höher schwingt sich ihr Ton – und plötzlich bricht sie ab mit dem Schrei: „Alles zu Ende, du bist verdammt!“ Gretchen fällt auf die Knie, ringt die Hände – und dann beginnt ihr Gebet, ein kurzes Halbrezitativ, ganz naiv, ganz ohne Künstelei, etwas im höchsten Grade Mittelalterliches, vier Verse, im ganzen nur vier Verse – bei Stradella gibt es so ein Motiv –, und nach dem letzten Ton fällt sie in Ohnmacht! Allgemeine Verwirrung. Sie wird aufgehoben, hinausgetragen – und da setzt auf einmal wie ein Donnerschlag ein gewaltiger Chor ein. Der müßte wie ein Orkan von Stimmen sein, ein ekstatischer, sieghaft zerschmetternder Chor, wie eine gewaltige Hymne von der Art unseres „Dori-no-ssi-ma tschin-mi“, daß alles bis in die Grundfesten erbebt, bis schließlich alles in den begeisterten, jauchzenden Aufschrei „Hosianna!“ ausklingt. Wie ein Schrei des ganzen Weltalls müßte es sein, sie aber wird weiter und weiter getragen, und dann fällt der Vorhang. Nein, wissen Sie, wenn ich das nur machen könnte! Nur kann ich jetzt schon gar nichts mehr, – außer träumen. Ich träume und träume in einem fort; mein ganzes Leben verwandelt sich in einen Traum, auch nachts. Ach, Dolgorukij, haben Sie mal den „Antiquitätenhändler“ von Dickens gelesen?«

»Ja, ich habe ihn gelesen; was ist denn damit?«

»Erinnern Sie sich . . . Warten Sie, ich trinke noch ein Glas, – erinnern Sie sich noch der einen Stelle ganz zum Schluß, wie die beiden – der wahnsinnige Greis und dieses reizende dreizehnjährige Mädchen, seine Enkelin – nach ihrer phantastischen Flucht und ihren Irrfahrten endlich irgendwo am äußersten Ende Englands ein Unterkommen finden, dort bei einem mittelalterlichen gotischen Dom, wo das Mädchen noch ein Amt erhält: den Besuchern die Kirche zu zeigen ... Und einmal, bei Sonnenuntergang, steht dieses Kind vor dem Kirchenportal, ganz umflutet von den letzten Sonnenstrahlen, steht und schaut in den Sonnenuntergang, schaut mit stiller, nachdenklicher Betrachtung in der kindlichen Seele, einer staunenden Seele, als stünde es vor einem Rätsel, denn das eine wie das andere ist doch wie ein Rätsel, – dort die Sonne als ein Gedanke Gottes, hier der Dom als ein Menschengedanke ... nicht wahr? Ach, ich kann das nicht so ausdrücken, aber Gott liebt solche ersten Gedanken von Kindern ... Und neben ihr, auf den Stufen des Domes, sitzt der wahnsinnige Alte, ihr Großvater, und sieht sie unverwandt an ... Wissen Sie, es ist ja da gar nichts Besonderes in diesem Dickensschen Bilde, ja, eigentlich nichts Besonderes, und doch werden Sie es in Ewigkeit nicht vergessen, und so ist es auch in der Erinnerung von ganz Europa geblieben, – warum? Weil da Schönheit ist! Weil da Unschuld ist! Oder ich weiß selbst nicht, was das ist, aber es ist schön. Ich habe die ganze Zeit auf dem Gymnasium Romane gelesen. Wissen Sie, ich habe eine Schwester auf dem Gut, die ist nur ein Jahr älter als ich ... Ach, jetzt ist dort alles schon verkauft, und auch das Gut haben wir nicht mehr! Ich habe mit ihr auf der Terrasse gesessen, unter unseren alten Linden, und habe mit ihr zusammen diesen Roman gelesen, und die Sonne ging damals auch gerade unter, und plötzlich hörten wir auf zu lesen, und gaben uns gegenseitig das Versprechen, von nun an auch so gut zu sein und immer schön zu handeln – ich bereitete mich damals gerade für die Universität vor, und ... Ach, wissen Sie, Dolgorukij, ein jeder hat so seine Erinnerungen! ...«

Und plötzlich lehnte er seinen hübschen Kopf an meine Schulter und – weinte. Er tat mir sehr, sehr leid. Freilich hatte er viel getrunken, aber er hatte so aufrichtig und brüderlich mit mir gesprochen, mit so echtem Gefühl ...

In diesem Augenblick hörten wir plötzlich von der Straße her Geschrei, und starke Finger trommelten an unser Fenster (es waren große Glasscheiben zur Straße hin, im Erdgeschoß, so daß man sie vom Fußsteig aus erreichen konnte). Das war der vor die Tür gesetzte Andréjeff.

»Ohé, Lambert! Où est Lambert! As-tu vu Lambert?« scholl sein wüstes Geschrei von draußen herein.

»Ach, er ist ja noch da! Er ist noch nicht fortgegangen?« rief mein Junge und sprang auf.

»Zahlen!« wandte sich Lambert wütend an den Kellner. Seine Hände zitterten vor Wut, als er das Geld herausholte, doch siehe da, der Pockennarbige ließ es nicht zu, daß er auch für ihn bezahlte.

»Warum denn nicht? Ich habe Sie doch eingeladen, und Sie haben die Einladung angenommen?«

»Nein, Sie müssen schon gestatten . . .« Der Pockennarbige nahm seine Börse, berechnete seinen Anteil und bezahlte für sich.

»Sie kränken mich, Ssemjón Ssídorowitsch!«

»Ich wünsche es aber so«, schnitt ihm Ssemjón Ssídorowitsch das Wort ab, nahm seinen Hut und verließ, ohne sich von jemandem zu verabschieden, allein das Lokal. Lambert warf dem Kellner das Geld hin und stürzte ihm eilig nach, wobei er in seiner Erregung sogar mich ganz vergaß. Trischátoff und ich folgten als die Letzten. Andréjeff stand lang wie ein Meilenpfosten am Portal und wartete auf Trischatoff.

»Lümmel!« konnte sich Lambert nicht enthalten, ihm hinzuwerfen.

»No–no!« brüllte Andréjeff ihn an und schlug ihm mit einer einzigen Handbewegung den runden Hut vom Kopf. Der Hut rollte über das Trottoir, Lambert lief ihm mit beschämendem Eifer nach und hob ihn auf.

»Vingt cinq roubles!« sagte Andrejeff und zeigte Trischatoff den Geldschein, den er Lambert vorhin abgeknöpft hatte.

»Ach, hör doch auf!« rief Trischatoff ungehalten. »Wozu mußt du immer Krach machen ... Und wofür hast du ihm ganze fünfundzwanzig abgenommen? Du hattest doch nur sieben zu bekommen.«

»Wofür ich sie ihm abgenommen habe? Er hatte uns doch ein Diner im Chambre séparée versprochen; mit olympischen Weibern; aber statt der Weiber hat er uns nur einen Pockennarbigen serviert; und außerdem habe ich mich nicht satt essen können und habe in der Kälte für mindestens achtzehn Rubel gefroren. Sieben Rubel hatte ich noch von ihm zu bekommen – macht zusammen genau fünfundzwanzig Rubel aus.«

»Schert euch alle beide zum Teufel!« brüllte Lambert. »Ich werfe euch beide hinaus und werd' euch schon Mores lehren ...«

»Nein, Lambert, nicht Sie, sondern *ich* werfe Sie hinaus und werde Sie schon Mores lehren!« schrie seinerseits Andrejeff. »Adieu, mon prince, trinken Sie nichts mehr mit ihm! Pétjä, komm, marsch! Ohé, Lambert! Où est Lambert? As-tu vu Lambert?« grölte er noch zum letztenmal und entfernte sich schon mit seinen riesenlangen Schritten.

»Ich werde also mal zu Ihnen kommen, darf ich?« flüsterte mir Trischátoff noch schnell zu und eilte seinem Freunde nach.

Ich blieb mit Lambert allein.

»Na ... gehen wir!« sagte Lambert, der mühsam Atem holte und sogar ganz duselig zu sein schien.

»Wohin soll ich gehen? Mit dir gehe ich nirgendwohin!« beeilte ich mich, ihn herausfordernd anzufahren.

»Wie, du willst nicht mitgehen?« fuhr er gleichsam erschrocken aus seiner Betäubung auf. »Ich habe doch nur darauf gewartet, daß wir endlich allein bleiben!«

»Ja, wohin denn gehen?«

Ich muß gestehen, daß mir von den drei Gläsern Champagner und von den zwei Gläsern Sherry der Kopf schon ein wenig brummte.

»Hierhinein, siehst du, gleich hierhinein!«

»Da steht doch „Frische Austern“ auf der Tafel. Dort riecht es so abscheulich ...«

»Das scheint dir nur so, weil du vom Essen kommst, das ist der Miljútinsche Laden; Austern brauchen wir ja nicht zu essen, aber ich werde dir Champagner bestellen ...«

»Ich will nicht! Ich weiß, du willst mich betrunken machen.«

»Das haben dir diese Schufte eingeredet; aber sie haben sich doch nur über dich lustig machen wollen! Und du glaubst diesen Schuften!«

»Nein, Trischatoff ist kein Schuft. Und ich verstehe mich auch selbst in acht zu nehmen – verstanden?«

»Was, du glaubst, einen eigenen Willen zu haben?«

»Ja, ich habe mehr Charakter als du, denn du bist Sklave jedes ersten besten. Du hast uns blamiert, wie ein Lakai hast du die Polen um Entschuldigung gebeten. Du mußt wohl in Restaurants schon oft Prügel gekriegt haben?«

»Wir müssen uns doch aussprechen, Dummkopf!« rief er mit jener verachtenden Ungeduld, die beinahe sagte: ‚Tu doch nicht, als ob du was Besseres wärest!‘ Aber er sagte nur: »Du hast wohl Angst, was? Bist du mein Freund oder bist du nicht mein Freund?«

»Ich bin nicht dein Freund und kann es auch gar nicht sein, denn ich weiß, daß du ein Schuft bist. Aber gehen wir, nur um dir zu beweisen, daß ich dich nicht fürchte! Puh, wie es hier stinkt! Nach Käse! Wie abscheulich!«

SECHSTES KAPITEL

I

Ich bitte nochmals, nicht zu vergessen, daß mein Kopf schon ein wenig benommen war: wäre das nicht der Fall gewesen, so hätte ich wohl anders gesprochen und gehandelt. In einem Hinterzimmer dieses Ladens konnte man Austern essen, und wir setzten uns also dort an ein Tischchen, das mit einem billigen, unsauberen Tischtuch bedeckt war. Lambert bestellte Champagner; das Glas mit dem kalten goldfarbenen Wein stand plötzlich vor mir und blinkte mich verführerisch an; ich aber ärgerte mich.

»Sieh, Lambert, vor allen Dingen ärgert es mich, daß du dir einbildest, mich auch jetzt noch so kommandieren zu können, wie bei Touchard, während du doch hier selbst der Sklave aller anderen bist.«

»Dummkopf! Ach, stoßen wir an.«

»Du hältst es nicht einmal für der Mühe wert, dich vor mir zu verstellen, wenn du es doch wenigstens verbergen würdest, daß du mich betrunken machen willst!«

»Red keinen Unsinn, du bist ja schon betrunken. Wenn du jetzt noch etwas trinkst, wirst du nur lustiger werden. Nimm dein Glas, so nimm's schon!«

»Was soll das heißen: So nimm's schon? Ich gehe einfach fort und damit Schluß!«

Und damit stand ich auf. Er wurde schrecklich wütend.

»Dich hat Trischatoff gegen mich aufgehetzt! Ich hab' doch gesehen, wie ihr dort zusammen getuschelt habt. Du bist ein Dummkopf, wenn du ihm Gehör schenkst! Alphonsina ekelt sich schon, wenn er ihr nur in die Nähe kommt ... Er ist ein Ekel. Ich werde dir noch erzählen, was er für einer ist ...«

»Das hast du mir schon gesagt. Bei dir ist jedes dritte Wort Alphonsina; du bist entsetzlich beschränkt.«

»Beschränkt?« Er verstand mich nicht. »Sie sind jetzt zum Pockennarbigen übergegangen. Das ist es! Darum habe ich sie davongejagt. Sie sind ehrlose Buben. Dieser Pockennarbige ist ein Erzschuft und wird sie noch ganz verderben! Ich aber habe von ihnen immer verlangt, daß sie sich anständig aufführen.«

Ich setzte mich wieder, griff ganz mechanisch nach dem Glas und trank einen Schluck.

»Ich stehe an Bildung hoch über dir«, sagte ich.

Er aber war schon froh, daß ich mich wieder gesetzt hatte, und füllte sogleich mein Glas nach.

»Du scheinst sie ja sehr zu fürchten?« fuhr ich fort, ihn zu reizen (und sicherlich war ich in diesem Augenblick noch widerlicher als er). »Andrejeff schlug dir den Hut vom Kopf, und dafür hast du ihm fünfundzwanzig Rubel gegeben.«

»Das hab' ich, aber er wird mir noch dafür büßen! Sie verschwören sich jetzt gegen mich, aber ich werde schon mit ihnen fertig werden . . .«

»Der Pockennarbige scheint dich ja sehr zu beunruhigen. Und weißt du, ich glaube, ich bin jetzt der einzige, der dir noch verblieben ist. Alle deine Hoffnungen hast du jetzt auf mich gesetzt, — ist's nicht so?«

»Ja, Arkadij, das ist so: du bist jetzt der einzige Freund, der mir noch geblieben ist; das hast du gut gesagt!« Er klopfte mir auf die Schulter.

Was sollte man mit einem so beschränkten Menschen anfangen? Er war ja geistig vollkommen unentwickelt und faßte meinen Spott als Schmeichelei auf.

»Du könntest mir aus einer schlimmen Lage heraushelfen, wenn du ein guter Freund sein wolltest, Arkadij«, fuhr er fort und sah mich liebevoll an.

»Womit könnte ich dir denn helfen?«

»Du weißt doch selbst, womit. Ohne mich würdest du die Sache wie ein Narr anfassen und alles nur verpfuschen, ich aber würde dir dreißigtausend Rubel geben; wir würden den Gewinn einfach teilen, und du weißt doch schon selbst wie und was! Na, und überhaupt, sag doch selbst: was bist du jetzt? Du hast doch nichts – keinen Namen, keine Familie; hier aber bietet sich dir mit einem Schlage ein ganzes Vermögen; und hast du erst einmal Geld, so kannst du noch wer weiß was für eine Karriere machen!«

Ich staunte nur so über die Art seines Vorgehens. Ich hatte zum mindesten erwartet, daß er mich zu überlisten suchen werde, und nun begann er mit mir so ohne alle Vorsichtsmaßregeln, als ob ich ein dummer Junge wäre! Ich beschloß, ihn anzuhören; ich tat es einerseits aus Vorurteilslosigkeit und andererseits ... aus schrecklicher Neugier.

»Sieh, Lambert: du wirst das zwar nicht verstehen, aber ich bin bereit, dich anzuhören, weil ich vorurteilslos bin«, erklärte ich mit plötzlicher Entschlossenheit und trank wieder einen Schluck.

Lambert goß sofort wieder nach.

»Hör mich an, Arkadij, was ich dir sagen werde: wenn so ein Bjoring gewagt hätte, mich in Gegenwart einer Dame, die ich verehre, zu beschimpfen und zu schlagen, ich weiß nicht, was ich mit ihm getan hätte! Du aber hast den Schimpf eingesteckt, und ich kann dich einfach nur verachten: du bist ja doch nur ein Waschlappen!«

»Wie wagst du zu behaupten, Bjoring hätte mich geschlagen!« rief ich wütend und wurde rot. »Eher habe ich ihn geschlagen als er mich!«

»Nein, er hat dich geschlagen, nicht du ihn.«

»Du lügst! Ich bin ihm dabei noch auf den Fuß getreten!«

»Er aber hat dich zurückgestoßen und den Dienern befohlen, dich rauszuschmeißen ... und sie hat im Wagen gesessen und zugesehen und dich ausgelacht; sie weiß, daß du keinen Vater hast, und daß man dich ungestraft beleidigen darf.«

»Ich weiß nicht, Lambert, wir führen auf einmal eine Unterhaltung wie zwei dumme Jungen, daß ich mich geradezu schäme. Du willst mich aufhetzen und tust es so plump und offensichtlich, als hättest du einen Sechzehnjährigen vor dir. Du bist mit Anna Andrejewna übereingekommen!« rief ich wutbebend und trank dabei ganz mechanisch wieder einen Schluck.

»Anna Andrejewna ist eine raffinierte Kanaille! Sie wird sowohl dich wie mich und die ganze Welt übers Ohr hauen! Ich habe nur auf dich gewartet, denn du wirst bei der anderen mehr erreichen als bei dieser.«

»Bei welcher anderen?«

»Na, bei Madame Achmakoff. Ich weiß alles. Du hast mir selbst gesagt, daß sie den Brief, der in deinen Händen ist, fürchtet . . .«

»Was für einen Brief . . . du lügst . . . hast du sie gesehen?« stammelte ich verwirrt.

»Ich habe sie gesehen. Sie ist sehr schön. Très belle; du hast Geschmack.«

»Ich weiß, daß du sie gesehen hast; aber mit ihr zu sprechen hast du doch nicht gewagt, und ich will auch nicht, daß du von ihr zu sprechen wagst!«

»Du bist noch ein Junge, und sie macht sich lustig über dich, und damit ist alles gesagt! Wir haben in Moskau einen ähnlichen Fall mit einer solchen tugendhaften Dame gehabt: ach, wie stolz die war, wie hoch sie die Nase trug! Und wie erzitterte sie, als man ihr sagte, wir würden alles erzählen, und wie gehorsam war sie dann . . . und wir nahmen natürlich das eine wie das andere: Geld und noch – du kannst dir schon denken was. Jetzt ist sie in der Gesellschaft wieder die unnahbare große Dame! Teufel noch eins, wie hoch oben sie wieder ist, und in was für einer Equipage sie wieder fährt, und dabei – wenn du nur gesehen hättest, in was für einer Kammer das geschah! Du kennst das Leben noch nicht, wenn du wüßtest, vor was für Spelunken diese Damen nicht zurückscheuen . . .«

»Das hab' ich mir schon gedacht«, murmelte ich unaufhaltsam.

»Verdorben sind sie bis in die Fingerspitzen! Du ahnst nicht, wozu sie fähig sind! Alphonsina ist einmal in einem reichen Hause gewesen: es hat sie angeekelt.«

»Das habe ich mir schon gedacht«, stimmte ich wieder zu.

»Du aber läßt dich schlagen und hast dann noch Mitleid mit ihr . . .«

»Lambert, du bist ein Halunke, du Verfluchter!« schrie ich auf, plötzlich gleichsam zur Besinnung kommend, und ich erzitterte. »Ich hab' das alles schon im Traum gesehen, du standest mit Anna Andrejewna . . . Oh, du Verfluchter! Hast du wirklich geglaubt, daß ich so ein Lump sein könnte? Mir hat davon bereits geträumt, weil ich wußte, daß du mir ähnliches sagen würdest! Und schließlich, das kann doch alles nicht so einfach sein, daß du mir so geradeaus und ohne Bedenken davon reden könntest!«

»Sieh mal, wie du aufbraust! Te-te-te!« spottete Lambert und lachte triumphierend. »Nun, Freund Arkáschka, jetzt weiß ich glücklich alles, was ich wissen wollte. Darum hab' ich auf dich gewartet. Nun höre mal: du hast dich also in sie verliebt und möchtest dich an Bjoring rächen! — sieh, das war es, was ich wissen mußte. Ich hab' mir das auch schon gedacht, die ganze Zeit, während ich auf dich wartete. Ceci posé, cela change la question. Um so besser, da sie doch selbst in dich verliebt ist. Darum heirate sie, ohne zu zögern, das wird das Beste sein, was du tun kannst. Und was anderes kannst du auch gar nicht tun, du hast das Richtigste getroffen. Und dann vergiß nicht, Arkadij, daß du einen Freund hast, auf dem du meinetwegen reiten kannst, und dieser Freund bin ich. Dieser Freund wird dir helfen und dich mit ihr verheiraten! — und sollte er auch alles aus der Hölle für dich herausholen müssen, Arkascha! Du aber gibst deinem alten Freunde dann dreißig Tausender für die Mühe, was? Ich werde dir mächtig helfen, da sei du unbesorgt. In solchen Geschäften kenne ich mich aus: du bekommst ihre ganze Mitgift ausgezahlt, bist dann ein reicher Mann und hast eine glänzende Zukunft vor dir!«

In meinem Kopf drehte sich zwar schon alles durcheinander, aber ich sah Lambert doch noch verwundert an. Er sprach im Ernst, das heißt, nicht, daß man ihn ernst nehmen konnte, aber jedenfalls schien er doch im Ernst an die Möglichkeit zu glauben, mich mit ihr verheiraten zu können, und offenbar nahm er diese Idee sogar mit Begeisterung auf. Selbstverständlich merkte ich sofort, daß er mich fangen wollte, und das noch dazu auf eine so plumpe Art, als hätte er es mit einem dummen Jungen zu tun (ich bin sicher, daß ich das schon damals bemerkt habe); aber der Gedanke an eine Ehe mit ihr überwältigte mich dermaßen und nahm mich so schnell gefangen, daß ich – obgleich ich mich über Lambert wunderte, weil er von einem so phantastischen Einfall ernsthaft reden konnte –, daß ich doch gleichzeitig selber ganz hingerissen an die Möglichkeit glaubte, ohne aber dabei auch nur für einen Augenblick das Wissen zu vergessen, daß diese sich doch nie und nimmer verwirklichen konnte. Ich begreife selbst nicht, wie sich das alles in mir miteinander vertrug.

»Ja, aber ist denn das möglich?« stammelte ich.

»Warum denn nicht? Du zeigst ihr das Dokument – da wird sie Angst bekommen und dich heiraten, um nicht ihr ganzes Erbe zu verlieren.«

Ich beschloß, Lambert in seinen gemeinen Vorschlägen nicht zu unterbrechen, zumal er sie mir mit einer Harmlosigkeit vorlegte, die nicht einmal zu ahnen schien, daß ich mich plötzlich dagegen empören könnte; indessen murmelte ich doch so etwas davon, daß ich sie nicht zwingen wolle:

»Aber ich will sie doch um nichts in der Welt mit Gewalt dazu bewegen, mich zu heiraten, wie kannst du so gemein sein, mir überhaupt solche Vorschläge zu machen?«

»Ei, was! sie heiratet dich ja ganz von selbst: du brauchst sie zu nichts zu zwingen, denn sie wird so erschrocken sein, daß sie von selbst alles tun wird. Und sie wird allein schon darum wollen, weil doch auch sie in dich verliebt ist«, schloß Lambert, und sprach damit plötzlich die Hauptsache aus.

»Du faselst! Du willst dich über mich lustig machen! Woher kannst du wissen, ob sie in mich verliebt ist?«

»Unbedingt ist sie das! Ich weiß es. Auch Anna Andrejewna ist der Meinung. Ich sage dir das im Ernst, und es ist wahr, daß Anna Andrejewna daran glaubt. Und dann werde ich dir noch etwas erzählen, wenn du zu mir kommst, eine Sache, aus der du ersehen kannst, daß sie in dich verliebt ist. Alphonsina ist in Zárskoje gewesen; sie hat dort auch allerhand erfahren . . .«

»Was kann sie denn dort erfahren haben?«

»Komm, gehen wir zu mir! Sie wird dir alles selbst erzählen, und du wirst es gern hören. Bist du denn schlechter als irgendein anderer? Du bist hübsch, wohlerzogen . . .«

»Ja, ich bin wohlerzogen«, flüsterte ich atemlos. Mein Herz klopfte mächtig, und natürlich nicht nur vom Wein.

»Du bist ein hübscher Kerl, du bist immer gut gekleidet.«

»Ja, ich bin gut gekleidet.«

»Und du bist ein guter Kerl . . .«

»Ja, ich bin ein guter Kerl.«

»Warum sollte sie denn da nicht Ja sagen? Bjoring wird sie ohne Geld selbstverständlich nicht nehmen, du aber kannst sie durch ihren Vater an den Bettelstab bringen. Das wird sie nicht wenig erschrecken. Und wenn du sie heiratest, rächst du dich dadurch an Bjoring. Du hast mir doch selbst in jener Nacht gesagt, als ich dich halb erfroren zu mir brachte, daß sie in dich verliebt ist.«

»Hab' ich das wirklich gesagt? Nein, so kann ich mich nicht ausgedrückt haben!«

»Doch, gerade so!«

»Vielleicht im Fieber phantasierend. Dann habe ich dir wohl auch von einem Dokument etwas gesagt?«

»Ja, du sagtest, daß du einen Brief besäßest, und ich dachte noch: wie kann er, wenn er einen solchen Brief in der Hand hat, seinen Vorteil so aus dem Auge lassen?«

»Aber das ist ja alles nur Phantasie, und ich bin doch nicht so dumm, so etwas ernst zu nehmen«, murmelte ich.

»Erstens ist da der Altersunterschied, und zweitens bin ich doch ohne Herkunft.«

»Sie wird dich schon nehmen; sie kann ja gar nicht anders, wo es sich doch um so viel Geld handelt! Das werde ich ihr schon klar machen. Und außerdem liebt sie dich doch. Du weißt ja selbst am besten, wie sehr der alte Fürst dir zugetan ist; durch seine Protektion kannst du noch wer weiß was für Verbindungen anknüpfen; und was das betrifft, daß du keine Adelstitel hast, so ist doch heutigentags so was überhaupt nicht mehr nötig; wenn du nur erst Geld hast, dann geht's schon von selbst höher und höher hinauf, und in zehn Jahren bist du ein Millionär, von dem ganz Rußland redet, was brauchst du dann noch einen Namen? In Österreich kann man sich den Baron kaufen. Aber wenn du sie heiratest, so nimm sie gleich fest in die Hand. Du mußt sie stramm halten. Wenn eine Frau einen Mann liebt, so hat sie es gern, wenn er sie fest in der Faust hält. Die Frau liebt im Mann den Charakter. Mit dem Brief wirst du sie so erschrecken, daß sie sofort deinen Charakter zu fühlen bekommt. Und unwillkürlich wird sie sich dann sagen: ‚Er ist zwar noch jung, aber er hat doch Charakter!'«

Ich saß ganz konfus da. Mit keinem anderen Menschen hätte ich mich zu einem so dummen Gespräch erniedrigt. Hier aber verführte mich ein gleichsam wonnevoller Durst, es fortzusetzen. Zudem war Lambert so dumm und gemein, daß man sich vor ihm gar nicht schämen konnte.

»Nein, weißt du, Lambert«, bemerkte ich plötzlich, »du kannst sagen, was du willst, aber das meiste davon ist doch Unsinn; ich habe mit dir überhaupt nur deshalb davon gesprochen, weil wir Schulkameraden sind und uns voreinander nicht zu schämen brauchen; einem anderen gegenüber hätte ich mich niemals so weit vergessen. Und vor allem: woher kannst du 's wissen, ob sie mich liebt? Was das Kapital betrifft, so hast du das selber sehr richtig gesagt, aber sieh, Lambert, du kennst diese vornehmen Kreise nicht: bei ihnen geschieht alles auf Grund der patriarchalischsten Überlieferung, sozusagen auf den ererbten Fundamenten der Adelsgeschlechter, und da würde sie eben, solange sie meine Fähigkeiten noch nicht kennt und nicht weiß, was ich in meinem Leben zu erreichen hoffe, doch nicht wollen und sich genieren. Aber ich will dir nicht verhehlen, Lambert, daß es da wirklich einen Punkt gibt, der einem Hoffnung machen könnte. Siehst du, vielleicht könnte sie mich aus Dankbarkeit heiraten, weil ich sie dann von dem Haß eines gewissen Menschen befreien würde; denn sie fürchtet ihn, diesen Menschen.«

»Ach, du meinst deinen Vater? Wie, liebt er sie denn wirklich so leidenschaftlich?« fuhr Lambert plötzlich lebhaft und mit außergewöhnlicher Neugier auf.

»Ach nein!« rief ich. »Wie schrecklich du doch bist, Lambert, und zu gleicher Zeit wie dumm! Wie könnte ich sie denn heiraten wollen, wenn ich wüßte, daß er sie liebt! Immerhin: Vater und Sohn, das aber wäre doch schon eine Schande! Er liebt Mama, nur Mama, ich habe selbst gesehen, wie er sie umarmt hat. Ich habe ja auch schon einmal geglaubt, daß er Katerina Nikolajewna liebte, aber jetzt weiß ich's genau, daß er sie vielleicht früher mal geliebt hat, sie jetzt aber schon seit langem haßt ... und sich an ihr rächen will, und sie fürchtet sich, denn ich sage dir, Lambert, er kann unheimlich werden, wenn er sich zu rächen anfängt. Er ist dann wie wahnsinnig. Wenn er über sie in Zorn gerät, dann ist er zu allem fähig. Das ist eine Feindschaft von der alten Art, um erhabener Prinzipien willen. Heutzutage pfeift man auf allgemeine Prinzipien; heutzutage gibt es keine allgemeinen Prinzipien mehr, sondern nur Einzelfälle. Ach, Lambert, du verstehst aber auch gar nichts: du bist, weiß Gott, dumm wie ein einzelner Finger; ich erzähle dir hier von diesen Prinzipien, und du hast wahrscheinlich überhaupt keine Vorstellung davon, was so ein Prinzip ist. Du bist furchtbar ungebildet. Weißt du noch, wie du mich gehauen hast? Heute bin ich stärker als du, – weißt du das auch?«

»Arkaschka, gehen wir zu mir nach Haus! Wir verbringen zusammen den Abend, trinken noch eine Flasche, und Alphonsina singt uns zur Gitarre vor.«

»Nein, ich will nicht. Höre, Lambert, ich habe außerdem meine ‚Idee'. Wenn aus all dem anderen nichts wird und ich nicht heirate, so werde ich nur noch für meine Idee leben; du aber hast keine Idee.«

»Schon gut, schon gut, das erzählst du mir zu Haus, komm, laß uns gehen.«

»Nein, ich gehe nicht!« Ich stand auf. »Ich will nicht und ich tu's nicht. Ich werde schon zu dir kommen, aber du bist und bleibst doch ein Schuft. Ich gebe dir die Dreißigtausend – meinetwegen; aber ich bin reiner und stehe höher als du ... Ich sehe doch, daß du mich nur betrügen willst. Und an sie auch nur zu denken, verbiete ich dir einfach: sie steht höher als alles andere auf der Welt, und deine Pläne sind von einer solchen Gemeinheit, daß ich über dich nur staunen kann, Lambert. Ich möchte heiraten, gewiß, aber das ist eine Sache für sich; dazu brauche ich kein Geld, ich verachte dieses Geld. Ich würde ihr Geld auch dann nicht annehmen, wenn sie es mir kniend selbst anböte ... Aber heiraten, heiraten – das ist etwas ganz Anderes. Und weißt du, das hast du ganz gut gesagt, das von dem In-der-Faust-Halten. Lieben, leidenschaftlich lieben, mit der ganzen Großherzigkeit, die im Manne liegt und die in der Frau gar nie sein kann, aber gleichzeitig muß man auch ein Despot sein, – das ist richtig. Denn, weißt du, Lambert, die Frau liebt den Despotismus. Du, Lambert, kennst die Frau. Aber in allen übrigen Dingen bist du doch unglaublich dumm. Und weißt du, Lambert, du bist ja gar nicht so schlecht, wie es den Anschein hat, du bist nur einfältig. Deshalb habe ich dich auch gern. Ach, Lambert, warum bist du so ein Spitzbube? Was könnten wir sonst für ein fröhliches Leben zusammen führen! Weißt du, Trischátoff ist ein netter Junge ...«

Alle diese letzten zusammenhanglosen Sätze stammelte ich schon auf der Straße. Oh, ich übergehe absichtlich nicht die geringste Kleinigkeit, damit der Leser sehe, wie leicht ich damals trotz aller Begeisterung, trotz aller Schwüre und Gelöbnisse, nach meiner Genesung aufzuerstehen zu Besserem und die »schöne Form« zu suchen, – wie leicht ich damals trotzdem fallen konnte, und noch dazu in solchen Schmutz! Und ich schwöre: wenn ich nicht vollkommen und ganz überzeugt wäre, daß ich jetzt schon ein ganz und gar anderer Mensch bin, ein Mensch, der sich im praktischen Leben einen Charakter erarbeitet hat, so hätte ich dem Leser um nichts in der Welt dies alles gestanden.

Als wir den Laden verließen, hatte Lambert leicht den Arm um mich gelegt und mich gestützt. Auf einmal sah ich ihn an und bemerkte denselben entschlossenen, furchtbar aufmerksamen und im höchsten Grade nüchternen Ausdruck in seinem Blick – wie damals am Morgen, als er mich halb erstarrt gefunden und mich ebenso umschlungen haltend zur Droschke geführt und dabei mit genau derselben Aufmerksamkeit auf mein zusammenhangloses Gestammel gelauscht hatte. Bekanntlich kann bei Berauschten, die noch nicht vollkommen betrunken und abgefallen sind, plötzlich und auf Augenblicke gänzliche Ernüchterung eintreten.

»Um keinen Preis gehe ich jetzt zu dir!« sagte ich entschlossen und wieder ganz bei Sinnen. Ich sah ihn höhnisch an und suchte ihn mit der Hand von mir wegzuschieben.

»Na, komm schon, Alphonsina wird uns Tee machen, komm!«

Er war natürlich überzeugt, daß ich mich von ihm nicht mehr losreißen könne, und hielt mich immer noch als sein sicheres Opferchen mit Wonne umfangen; er hatte mich doch auch so nötig, gerade an diesem Abend, und dazu noch in einem solchen Zustand! Später wird es schon klar werden, weswegen!

»Ich will nicht!« wiederholte ich. »He, hierher!« rief ich einen vorüberfahrenden Droschkenkutscher an, der sofort anhielt, und ich sprang in den Schlitten.

»Was! wo willst du hin? Was fällt dir ein!« schrie Lambert furchtbar erschrocken und packte mich an meinem Pelz.

»Wage es nicht, mir nachzufahren!« rief ich. »Daß du dich nicht unterstehst!«

In diesem Augenblick zog das Pferd an, und mein Pelz wurde Lambert aus der Hand gerissen.

»Na gut, aber du wirst schon von selbst zu mir kommen!« schrie er mir wütend nach.

»Wenn's mir paßt! – Das hängt ganz von meinem Willen ab!« rief ich zurück, indem ich mich im Schlitten nach ihm umwandte.

II

Er verfolgte mich nicht, freilich nur darum nicht, weil gerade kein zweiter Schlitten zur Stelle war, und so gelang es mir, ihm zu entkommen. Ich fuhr aber nur bis zum Heumarkt; dort stieg ich aus und entließ den Schlitten, denn ich hatte das Bedürfnis, zu Fuß zu gehen. Ich empfand weder Müdigkeit noch besondere Trunkenheit, ich war nur ausnehmend munter. Es war ein großer Überschuß von Kräften in mir, ich fühlte mich außergewöhnlich fähig zu jedem Unternehmen; unzählige angenehme Gedanken gingen mir durch den Kopf.

Mein Herz schlug jäh und hart – ich spürte jeden Schlag. Und alles erschien mir so schön, alles so leicht. Als ich an der Hauptwache am Heumarkt vorüberging, hatte ich die größte Lust, zum Posten hinzugehen und ihn zu umarmen. Es war Tauwetter; der Schnee auf dem Platz sah schon ganz schwarz aus und stank; aber auch das gefiel mir sehr.

‚Jetzt gehe ich den Obúchoff-Prospekt hinunter', dachte ich bei mir, ‚dann biege ich links ein und mache einen Umweg über die Ssemjónoff-Kaserne, das ist fein; alles ist herrlich. Den Pelz trage ich offen . . . Warum nimmt ihn mir niemand ab, wo sind denn hier die Diebe? Auf dem Heumarkt soll es doch Diebe geben, sagt man. Mögen sie nur kommen, ich überlasse ihnen vielleicht meinen Pelz. Wozu brauche ich einen Pelz? Ein Pelz ist Eigentum. La propriété, c'est le vol. Übrigens, was ist das für'n Unsinn, aber wie schön ist doch alles! Wie gut, daß es taut. Wozu gibt es Frost? Frost ist doch gar nicht nötig. Schön ist auch, allerhand Unsinn daherzureden. Was habe ich doch vorhin zu Lambert von Prinzipien gesagt? Ich sagte, es gäbe gar keine allgemeinen Prinzipien, es gäbe nur noch ‚Einzelfälle'. Das war von mir geschwindelt, war eine Erzschwindelei! Und mit Absicht, um mich wichtig zu machen. Ein bißchen schäme ich mich ja, aber ... das tut nichts, ich werde es schon wieder gutmachen. Schämen Sie sich nicht, Arkadij Makarowitsch, quälen Sie sich doch nicht deswegen! Sie gefallen mir, Arkadij Makarowitsch. Sie gefallen mir sogar außerordentlich, mein junger Freund. Schade nur, daß Sie ein kleiner Schuft sind ... und ... und ... ach ja ... Ach!'

Ich blieb plötzlich stehen, und mein ganzes Herz erbebte wieder vor Entzücken:

‚Mein Gott! Was hat er gesagt? Er sagte, sie liebe mich! ... Oh, er ist ein Spitzbube, das meiste davon war gelogen; nur, damit ich bei ihm übernachtete. Oder vielleicht auch nicht. Er sagte doch, auch Anna Andréjewna sei derselben Meinung ... Bah! Und Dárja Oníssimowna – ob die nicht manches für ihn ausgekundschaftet hat? Die schnüffelt doch dort überall herum. Warum bin ich eigentlich nicht mit ihm gegangen? Ich hätte dann alles erfahren. Hm! Er hat einen Plan. Ich habe ja alles bis zur letzten Einzelheit vorausgeahnt. Mein Traum! Ihr Plan ist großzügig entworfen, Herr Lambert, nur ist das barer Unsinn, denn so wird das nicht sein! Oder vielleicht doch? Vielleicht doch! Kann er mich denn verheiraten? Vielleicht kann er es wirklich. Er ist naiv und glaubt daran. Und dazu ist er dumm und dreist, wie alle praktischen Leute. Dummheit mit Dreistigkeit gepaart ist eine große Macht. Geben Sie es nur zu, Arkadij Makarowitsch, daß Sie vor diesem Lambert doch Angst gehabt haben! Wozu braucht er anständige Menschen? Ganz ernsthaft sagt er das so hin: ‚Hier gibt es keinen einzigen anständigen Menschen!‘ Aber wer bist du denn selbst? Doch was rede ich! Als ob Spitzbuben nicht auch anständige Menschen nötig hätten? Zu Spitzbübereien sind anständige Menschen noch viel unentbehrlicher als zu sonst was. Haha! Das haben Sie, Arkadij Makarowitsch, in Ihrer großen Unschuld bis heute noch nicht gewußt. Herrgott! Und wenn er mich nun wirklich mit ihr verheiratete!‘

Ich blieb abermals stehen. Ich muß hier eine Dummheit eingestehen (sie liegt ja schon so weit hinter mir!), – die Dummheit, daß ich schon lange vorher hatte heiraten wollen. Das heißt, eigentlich habe ich es ja nie gewollt, und es wäre auch niemals geschehen (und auch in Zukunft wird es nie geschehen, mein Wort darauf!), aber ich hatte schon oft und schon lange vorher davon geträumt – das heißt, unzählige Male, besonders abends vor dem Einschlafen –, wie schön es doch sein müßte, zu heiraten. Das hatte schon in meinem sechzehnten Jahr angefangen. Ich hatte auf dem Gymnasium einen Kameraden, einen Altersgenossen, Lawrowskij hieß er; er war ein netter, stiller, hübscher Junge, der sich übrigens durch nichts weiter auszeichnete. Gesprochen hatte ich mit ihm fast noch nie. Eines Abends saßen wir zufällig allein nebeneinander, und er schien ganz in Gedanken versunken zu sein; plötzlich sagte er zu mir: »Ach, Dolgorukij, was meinen Sie, wenn man doch jetzt heiraten könnte? Es ist doch wahr, wann soll man denn heiraten, wenn nicht jetzt? Gerade jetzt wäre die beste Zeit dazu, und doch ist das einem ganz unmöglich gemacht!« Und so aufrichtig sagte er das. Ich stimmte ihm sofort von ganzem Herzen bei, denn ich hatte schon selbst über irgend so etwas zu sinnieren angefangen. Nachher kamen wir eine Zeitlang täglich zusammen und sprachen dann heimlich nur von diesem einen, immer nur davon. Dann aber – ich weiß nicht, wie es kam – suchten wir einander nicht mehr auf und sprachen nicht mehr davon. Und seit eben dieser Zeit begann ich davon zu träumen. Natürlich sind solche

Erinnerungen nicht weiter erwähnenswert, aber ich wollte nur mal feststellen, in wie frühen Jahren das manchmal schon einsetzen kann ...

‚Hierbei gibt es nur einen einzigen ernsthaften Einwand', spann ich meine Gedanken weiter, während ich meinen Weg fortsetzte, ‚denn der nichtssagende Altersunterschied kann selbstverständlich kein Hindernis sein. Dagegen, wenn man bedenkt: sie ist eine solche Aristokratin, und ich heiße – ‚einfach Dolgorukij'! Das ist scheußlich! Hm! Aber könnte Werssiloff nicht, wenn er Mama heiratet, ein Gesuch einreichen und von der Regierung die Erlaubnis erwirken, mich zu adoptieren ... sozusagen in Anbetracht seiner Verdienste ... Er war doch im Staatsdienst, er hat sich doch als Friedensvermittler um den Staat verdient gemacht ...' Und plötzlich durchzuckte es mich: ‚Oh, hol's der Teufel, was für eine Gemeinheit!'

Fast lautlos stieß ich es hervor, und plötzlich blieb ich zum drittenmal stehen, diesmal aber wie von einem Keulenschlage getroffen. Die ganze Qual der erniedrigenden Erkenntnis, daß ich mir solche Schmach hatte wünschen können wie die Änderung meines Namens durch Adoption, dieser Verrat an meiner ganzen Kindheit – zerstörte in einem Augenblick meine gehobene Stimmung, und meine ganze Freude war wie Rauch verflogen. ‚Nein, das werde ich keinem Menschen sagen', dachte ich und errötete heiß, ‚so tief habe ich nur sinken können, weil ich ... verliebt und dumm bin ... Nein, wenn Lambert in einem recht hatte, so darin, daß heutzutage, in unserer Zeit, die Hauptsache der Mensch selbst ist, und dann sein Geld. Das heißt, nicht sein Geld, sondern sein Vermögen. Wenn ich mich mit so einem Kapital an die Verwirklichung meiner ‚Idee' mache, so wird in zehn Jahren ganz Rußland von mir widerhallen, und ich werde mich an allen rächen können. Und mit ihr viel Umstände zu machen, hat auch gar keinen Sinn, darin hat Lambert wieder recht. Sie wird Angst bekommen und mich einfach nehmen. Sie wird auf die einfachste und erbärmlichste Weise einwilligen und mich nehmen.' »Du kannst dir nicht vorstellen, nicht vorstellen kannst du dir, in was für einer Kammer das geschah.« Diese Worte Lamberts fielen mir wieder ein. ‚Und so ist es', bekräftigte ich, ‚Lambert hat recht, hat tausendmal mehr recht als ich und Werssiloff und alle Idealisten! Er ist ein Realist. Sie wird sehen, daß ich Charakter habe, und wird sich sagen: ‚Ah, er hat Charakter!' Lambert ist ein Schuft, und ihm kommt es nur darauf an, mir die dreißigtausend Rubel zu entreißen, und doch ist er in Wirklichkeit der einzige, der als Freund zu mir hält. Eine andere Freundschaft gibt es nicht und kann es gar nicht geben, die haben sich bloß unpraktische Leute ausgedacht. Und *sie* erniedrige ich damit durchaus nicht; wodurch erniedrige ich sie denn? Keineswegs: die Weiber sind alle so! Gibt es denn überhaupt ein Weib, das ganz ohne Gemeinheit wäre? Deshalb muß es auch den Mann über sich haben, deshalb ist es als untergeordnetes Wesen geschaffen. Das Weib ist Laster und Versuchung, der Mann ist Anstand und Großmut. Und so wird es bleiben ewiglich! Daß ich aber im Begriff stehe, das „Dokument" auszunutzen, das besagt noch gar nichts. Das hindert mich nicht, anständig und großmütig zu sein. Schillersche Idealmenschen gibt es im wirklichen Leben nicht, die hat man sich nur ausgedacht. Dies bißchen Niedrigkeit aber – kann doch schließlich nebensächlich sein, wenn das Ziel erhaben ist! Das läßt sich später alles wieder abwaschen und gutmachen. Jetzt ist das nur Weitherzigkeit, ist das Leben, ist die Lebensweisheit – ja, so nennt man das heutzutage!'

Oh, ich sage noch einmal: möge man mir verzeihen, daß ich diese Träumereien der Trunkenheit so eingehend wiedergebe. Was ich hier schreibe, ist natürlich nur ein Auszug und eine Verdeutlichung meiner Träume von damals, aber es ist mir doch, als hätte ich diese Gedanken sogar mit eben diesen Worten gedacht. Ich mußte sie wiedergeben, denn ich habe mich doch zum Schreiben hingesetzt, weil ich über mich selbst ein Urteil fällen wollte. Und was wäre wohl mehr zu verurteilen als diese Haltung? Kann denn im Leben etwas ernster sein? Der Wein entschuldigte mich nicht. In vino veritas.

So vor mich hingrübelnd und ganz versunken in meine Träumereien, hatte ich den Weg nach Hause zurückgelegt und war vor Mamas Wohnung angelangt, ohne es zu gewahren. Ja, ich gewahrte es auch dann noch nicht, als ich schon eintrat; erst in unserem kleinen Vorzimmer kam ich gleichsam zu mir, und da fühlte ich plötzlich, daß bei uns etwas ganz Außergewöhnliches vorging. Ich hörte in den Zimmern laut sprechen und aufschreien, und Mama weinte. In der Tür hätte mich Lukérja, die aus dem Zimmer Makar Iwanowitschs kam und in die Küche stürzte, beinahe umgerannt. Ich warf meinen Pelz ab und begab mich schnell zu Makar Iwanowitsch, da alle dort beisammen waren.

Im Zimmer standen Werssiloff und Mama. Mama lag in seinen Armen, und er hielt sie fest an sich gedrückt. Makar Iwanowitsch saß wie gewöhnlich auf der Fußbank, aber so sonderbar haltlos, daß Lisa ihn mit ihrer ganzen Kraft an beiden Schultern festhalten mußte, damit er nicht umfiele, und doch neigte er sich immer mehr nach vorn und drohte ganz zu fallen. Ich stürzte näher, erschrak und begriff: der Alte war tot. Er war soeben gestorben, vielleicht einen Augenblick vor meinem Eintreten. Vor zehn Minuten hatte er sich noch so wie immer gefühlt. Nur Lisa war bei ihm gewesen: sie hatte dagesessen und ihm ihren Kummer erzählt, und er hatte ihr, genau wie gestern, den Kopf gestreichelt. Auf einmal hatte er zu zittern begonnen (so erzählte Lisa später), hatte aufstehen, hatte schreien wollen, und war dann lautlos nach links gesunken. (»Herzschlag!« meinte Werssiloff) ... Lisa hatte aufgeschrien, daß es durch die ganze Wohnung hallte, und da erst waren die anderen herbeigelaufen – und das alles kaum eine Minute vor meinem Erscheinen.

»Arkadij!« rief mir Werssiloff zu, »laufe sofort zu Tatjana

Pawlowna. Sie wird bestimmt zu Hause sein. Bitte sie, sofort herzukommen! Nimm eine Droschke. Schnell, ich beschwöre dich!«

Seine Augen blitzten – ich erinnere mich dessen noch deutlich. In seinem Gesicht bemerkte ich nichts von seinem Mitgefühl oder von Tränen; nur Mama, Lisa und Lukérja weinten. Im Gegenteil – und ich erinnere mich dessen nur zu gut –, sein Gesicht überraschte durch den Ausdruck einer außergewöhnlichen Angeregtheit, ja, fast möchte ich sagen, Begeisterung. Ich lief zu Tatjana Pawlowna.

Der Weg war ja nicht weit. Ich nahm auch keine Droschke, sondern lief den ganzen Weg zu Fuß, ohne einmal anzuhalten. In meinem Kopf war ein wirres Durcheinander, und auch ich fühlte eine Art Begeisterung. Ich begriff, daß etwas Entscheidendes geschehen war. Als ich bei Tatjana Pawlowna klingelte, war meine Betrunkenheit spurlos verschwunden und mit ihr alle unedlen Gedanken.

Die Finnländerin öffnete: »Ist nicht zu Hause!« sagte sie kurz und wollte die Tür sofort wieder schließen.

»Was soll das heißen: nicht zu Hause!« Ich drängte mich mit Gewalt ins Vorzimmer. »Das ist nicht möglich! Makar Iwánowitsch ist gestorben!«

»Wa-as!« hörte ich sofort Tatjana Pawlownas Stimme hinter der geschlossenen Zimmertür rufen.

»Ja, gestorben! Makar Iwanowitsch ist gestorben! Andrei Petrówitsch bittet Sie, sofort hinzukommen!«

»Aber du lügst ja ...«

Der Riegel wurde zurückgeschoben, die Tür jedoch nur handbreit geöffnet.

»Was ist geschehen? So erzähl doch!«

»Ich weiß selbst nicht; ich bin soeben nach Hause gekommen, da war er schon tot. Andrei Petrowitsch sagt: Herzschlag!«

»Ich komme sofort, im Augenblick! Lauf, sag, ich käme gleich! Mach, daß du fortkommst, marsch, marsch! Was stehst du denn noch da?«

Ich hatte aber durch den Türspalt deutlich gesehen, daß jemand hinter der Portiere, die Tatjana Pawlownas Schlafraum abteilte, plötzlich hervorgetreten war und jetzt im Zimmer hinter Tatjana Pawlowna stand. Mechanisch, instinktiv ergriff ich die Klinke und ließ Tatjana Pawlowna die Tür nicht mehr schließen.

»Arkadij Makarowitsch! Ist es wirklich wahr, daß er gestorben ist?« ertönte da eine mir so gut bekannte, verhalten schwingende, sachte Stimme, die mein ganzes Innere auf einmal erzittern machte: der Frage hörte man an, daß *ihr* hier etwas naheging und ihre Seele erregte.

»Na, wenn's so ist ...«, bemerkte Tatjana Pawlowna und ließ die Tür offen, »wenn's so ist ... dann seht zu, wie ihr miteinander fertig werdet. Habt es selbst so gewollt!«

Sie stürzte hinaus, warf sich im Laufen einen Schal und den Pelz um und lief die Treppe hinunter. Wir blieben allein. Ich warf meinen Pelz ab, trat ins Zimmer und schloß die Tür hinter mir. Sie stand vor mir wie damals, bei jenem Stelldichein, mit hellblickenden Augen, und wie damals streckte sie mir beide Hände entgegen. Da knickten mir die Knie ein, und ich sank ihr buchstäblich zu Füßen.

III

Ein Schluchzen saß mir in der Kehle, und Tränen traten mir in die Augen, ich weiß selbst nicht, weshalb; ich weiß auch nicht, wie sie es gemacht hat, daß ich dann neben ihr saß; ich weiß nur noch – und diese Erinnerung ist mir unsagbar teuer –, daß wir nebeneinander saßen, meine Hand in ihrer Hand ruhte, und daß wir ungestüm sprachen: sie fragte mich hastig nach dem Alten und wie er gestorben war, und ich erzählte ihr, mich überstürzend, von ihm. Man hätte denken können, ich weinte um Makar Iwanowitsch, während das ganz und gar nicht der Fall war; und ich weiß auch, daß sie mich einer solchen kindischen Rührseligkeit überhaupt nicht für fähig halten konnte. Damals aber kam mir diese Möglichkeit plötzlich zum Bewußtsein, und ich schämte mich. Heute bin ich der Meinung, daß ich einzig aus Begeisterung geweint habe, und ich denke, sie wird das auch sehr gut verstanden haben, so daß ich wegen dieser Erinnerung ganz beruhigt bin.

Auf einmal kam es mir aber sehr sonderbar vor, daß sie mich so eingehend über Makar Iwanowitsch ausfragte.

»Aber haben Sie ihn denn gekannt?« fragte ich sie verwundert.

»Ich kenne ihn schon lange. Ich habe ihn nie gesehen, aber er hat auch in meinem Leben eine Rolle gespielt. Vieles von ihm hat mir seinerzeit jener Mann erzählt, vor dem ich mich fürchte. Sie wissen, wer das ist?«

»Ich weiß jetzt nur, daß ‚jener Mann' Ihnen seelisch viel näher gestanden hat, als Sie mich haben ahnen lassen«, erwiderte ich, ohne selbst zu wissen, was ich damit eigentlich sagen wollte, aber ich sagte es gleichsam vorwurfsvoll und mit ganz verfinstertem Gesicht.

»Sie sagten, er habe Ihre Mutter soeben geküßt und umarmt? Haben Sie das selbst gesehen?« fragte sie mich hastig weiter, — meine Bemerkung überhörte sie.

»Ja, ich habe das selbst gesehen; und glauben Sie mir, es geschah alles mit der größten Aufrichtigkeit und Großherzigkeit!« beeilte ich mich zu versichern, als ich ihre Freude darüber sah.

»Gott gebe es ihm!« sagte sie und bekreuzte sich. »Jetzt ist er frei. Dieser herrliche Greis hatte sein Leben doch in Ketten geschlagen. Jetzt, wo der Greis tot ist, wird wieder das Pflichtgefühl und . . die Würde in ihm auferstehen, wie es schon einmal geschehen ist. Oh, ich weiß, er ist vor allen Dingen großherzig, er wird dem Herzen Ihrer Mutter den Frieden geben, liebt er sie doch mehr als sonst etwas auf Erden, und dann wird er schließlich auch selbst Ruhe finden, Gott sei Dank, — und es wäre auch Zeit.«

»Er ist Ihnen wohl teuer?«

»Ja, sehr teuer, wenn auch nicht in dem Sinn, in dem er es wünschte und in dem Sie jetzt fragen«, antwortete sie ernst.

»Fürchten Sie denn nun für ihn oder für sich?« fragte ich plötzlich.

»Ach, das sind schwierige Fragen, lassen wir die . . .«

»Gut, lassen wir die; selbstverständlich; nur habe ich von alledem nichts gewußt, vielleicht gar zuviel nicht gewußt. Aber mögen Sie recht damit haben, daß jetzt alles neu anfängt, und wenn einer schon auferstanden ist, so bin ich es, ich als erster. Ich stehe mit niedrigen Gedanken vor Ihnen, Katerina Nikolájewna, und vielleicht ist es noch nicht eine ganze Stunde her, daß ich auch durch die Tat niedrig an Ihnen gehandelt habe. Aber Sie sollen auch das wissen, daß ich jetzt hier neben Ihnen sitze und nicht die geringsten Gewissensbisse verspüre. Denn jetzt ist alles Alte verschwunden und alles, was wird, ist neu. Und jenen Menschen, der noch vor einer Stunde eine Gemeinheit gegen Sie plante, kenne ich einfach nicht und will ich überhaupt nicht mehr kennen!«

»Kommen Sie zu sich«, sagte sie lächelnd. »Sie scheinen mir ein bißchen im Fieber zu sprechen.«

»Und kann man sich denn überhaupt verurteilen, solange man neben Ihnen sitzt?« fuhr ich fort. »Da mag einer anständig sein, oder mag er niedrig sein – Sie sind doch immer wie die Sonne unerreichbar . . . Sagen Sie, wie haben Sie mir jetzt so entgegenkommen können, nach allem, was geschehen ist? Wenn Sie nur wüßten, was noch vor einer Stunde geschehen ist, erst vor einer Stunde! Und was für ein Traum mir in Erfüllung geht!«

»Ich glaube, das kann ich mir schon denken«, sagte sie mit einem stillen Lächeln. »Sie werden sich für irgend etwas an mir haben rächen wollen. Sie haben sich wohl gar geschworen, mich ins Elend zu stürzen; und dabei hätten Sie ganz gewiß einen jeden auf der Stelle erschlagen oder verprügelt, der es gewagt hätte, in Ihrer Gegenwart auch nur ein schlechtes Wort über mich zu sagen.«

Oh, sie lächelte und scherzte: aber sie tat es nur aus

unermeßlicher Güte, denn ihre ganze Seele war in dem Augenblick, wie ich später erriet, so voll von eigener niederdrückender Sorge und von einer so starken und gewaltigen Empfindung, daß sie wohl nur so mit mir sprechen und auf meine nichtigen, lästigen Fragen antworten konnte, wie man vielleicht einem kleinen Kinde auf seine naseweisen unablässigen Fragen antwortet, damit es Ruhe gebe. Das begriff ich plötzlich, und ich schämte mich, aber ich, ich konnte schon nicht mehr Ruhe geben.

»Nein«, rief ich, ohne mich zu beherrschen, »nein, ich habe den durchaus nicht erschlagen, der schlecht von Ihnen sprach, im Gegenteil, ich habe ihm noch beigestimmt!«

»Oh, um Gottes willen, nicht beichten, nein, erzählen Sie nichts!« Sie streckte plötzlich die Hand aus, um mich aufzuhalten, und aus ihrem Gesicht sprach geradezu schmerzliches Mitleid, aber schon war ich aufgesprungen und stand vor ihr, um ihr alles zu sagen; wenn ich ihr damals alles gesagt hätte, so wäre es nicht dazu gekommen, wozu es später gekommen ist; denn es wäre bestimmt darauf hinausgelaufen, daß ich ihr alles gebeichtet und das Dokument ihr ausgeliefert hätte. Aber da begann sie auf einmal zu lachen:

»Nein, es ist wirklich nicht nötig, nichts ist nötig, ich will keine Einzelheiten hören! Ich kenne schon alle Ihre fürchterlichen Verbrechen: ich wette, Sie hatten die Absicht, mich zu heiraten oder so etwas ähnliches, und haben gerade einen diesbezüglichen Plan geschmiedet, mit einem Ihrer Helfershelfer oder einem Ihrer früheren Schulkameraden ... Ach, es scheint ja, daß ich es wirklich erraten habe!« rief sie plötzlich und sah mir ernst forschend ins Gesicht.

»Wie ... wie haben Sie das erraten können?« stotterte ich wie ein Tölpel vor lauter Betroffenheit.

»Das war, weiß Gott, nicht schwer. Doch genug, genug davon! Ich verzeihe Ihnen alles, nur hören Sie auf«, sagte sie abwehrend und jetzt schon mit sichtlicher Ungeduld. »Ich bin selbst eine Träumerin, und wenn Sie wüßten, was ich mir alles ausdenke in manchen Augenblicken, wenn ich's nicht mehr ertragen kann! Aber genug davon, Sie bringen mich immer von dem ab, was ich eigentlich sagen wollte. Ich bin sehr froh, daß Tatjana Pawlowna weggegangen ist: ich hatte schon die ganze Zeit den Wunsch, Sie wiederzusehen, aber in ihrer Gegenwart hätten wir uns doch nicht so aussprechen können. Ich glaube, ich trage die Schuld an dem, was Ihnen damals zugestoßen ist. Ja? Ich bin doch die Schuldige?«

»Sie die Schuldige? Aber damals hatte ich doch Sie an *ihn* verraten, und – was haben Sie überhaupt von mir denken müssen! Daran habe ich seitdem die ganze Zeit gedacht, alle diese Tage, jeden Augenblick habe ich daran gedacht und nur dies gefühlt!« (Ich log ihr nichts vor.)

»Sie haben sich ganz umsonst gequält, denn ich habe doch schon damals nur zu gut verstanden, wie das geschehen konnte: es ist Ihnen da in der Freude ihm gegenüber das Geständnis entschlüpft, daß Sie in mich verliebt waren, und daß ich . . . nun, daß ich Sie angehört hatte. Dafür sind Sie eben zwanzig Jahre alt. Und Sie lieben ihn doch mehr als die ganze Welt, Sie suchen in ihm doch einen Freund, ein Ideal? Das habe ich sehr gut begriffen, aber nur etwas zu spät. O ja, ich war damals selbst schuld daran: ich hätte Sie unverzüglich zu mir rufen müssen, um Sie zu beruhigen; aber ich ärgerte mich zu sehr, und so bestimmte ich, daß Sie im Hause nicht mehr empfangen werden sollten. Und so kam es dann zu jenem Auftritt an der Vorfahrt und später zu Ihren Erlebnissen in jener Nacht. Und wissen Sie, ich habe genau so wie Sie diese ganze Zeit daran gedacht, wie ich Sie heimlich treffen könnte, nur wußte ich nicht, wie ich das einrichten sollte. Und was glauben Sie, was ich dabei am meisten fürchtete? Daß Sie seiner üblen Nachrede über mich glauben könnten.«

»Niemals!« rief ich.

»Ich schätze die Stunden unseres früheren Zusammenseins. Der Jüngling in Ihnen ist mir immer teuer gewesen, und vielleicht sogar auch diese Ihre Aufrichtigkeit . . . Ich bin ja doch ein ernst veranlagter Charakter. Ich bin der ernsteste und griesgrämigste Charakter von allen heutigen Frauen, merken Sie sich das . . . hahaha! Aber wir werden uns schon noch aussprechen können, augenblicklich fühle ich mich nicht ganz beisammen, ich bin aufgeregt und . . . ich glaube fast, ich könnte noch hysterisch werden . . . Gott, jetzt wird *er* doch endlich, endlich auch mich in Ruhe leben lassen!«

Dieser Ausruf entschlüpfte ihr ganz unbedacht; das begriff ich sofort und tat deshalb, als hätte ich ihn überhört, aber ich erzitterte am ganzen Leibe.

»Er weiß, daß ich ihm verziehen habe!« sagte sie plötzlich vor sich hin, als wäre sie ganz allein mit sich.

»Haben Sie ihm denn wirklich jenen Brief verzeihen können? Und woher kann er denn wissen, daß Sie ihm verziehen haben?« rief ich jetzt doch, denn ich konnte mich nicht mehr halten.

»Woher er das wissen kann? Oh, er weiß es«, sagte sie versonnen, wieder wie zu sich selbst, und als hätte sie mich ganz vergessen. »Er ist jetzt erwacht. Und wie sollte er denn nicht wissen, daß ich ihm verziehen habe, da er doch meine ganze Seele auswendig kennt? Er weiß doch, daß auch ich ein wenig von seiner Art bin.«

»Sie?«

»Ja, ich; und das weiß er. Oh, ich bin nicht leidenschaftlich, ich bin ruhig; aber auch ich möchte, ganz wie er, daß alle gut wären . . Wegen irgend etwas hat er mich doch geliebt.«

»Wie hat er dann sagen können, in Ihnen wären alle Laster?«

»Das hat er nur so gesagt; für sich, im geheimen, weiß er etwas ganz Anderes. Aber nicht wahr, sein Brief war doch schrecklich komisch?«

»Lächerlich!«

Ich hörte mit gespanntester Aufmerksamkeit zu; sie schien tatsächlich gleichsam hysterisch erregt zu sein . . sprach vielleicht Dinge aus, die keineswegs für meine Ohren bestimmt waren; aber ich konnte mich trotzdem nicht bezwingen, mehr erfahren zu wollen.

»O ja, gewiß lächerlich, und wie hätte ich gelacht, wenn ... wenn ich mich nicht so gefürchtet hätte. Übrigens bin ich durchaus nicht so furchtsam, glauben Sie das nicht. Aber nach jenem Brief habe ich doch die ganze Nacht nicht geschlafen; er ist wie ... wie mit krankem Blut geschrieben ... und was bleibt nach einem solchen Brief noch übrig? Ich liebe das Leben, ich fürchte entsetzlich für mein Leben, darin bin ich wirklich schrecklich kleinmütig ... Ach, hören Sie!« rief sie auf einmal und wandte sich erregt mir zu, »gehen Sie schnell zu ihm! Er ist jetzt allein, er kann nicht die ganze Zeit dort bleiben, bestimmt ist er allein weggegangen: suchen Sie ihn schnell auf, unbedingt so schnell wie möglich, laufen Sie zu ihm, zeigen Sie ihm, beweisen Sie ihm, daß Sie sein liebender Sohn, daß Sie der liebe, gute Junge sind, mein Student, den ich ... Oh, gebe Gott Ihnen Glück! Ich liebe niemanden, und so ist es auch am besten; aber ich wünsche allen Glück, allen, und vor allem wünsche ich es ihm, und das soll er wissen ... womöglich jetzt gleich, das wäre mir sehr lieb ...«

Sie stand auf, in ihren Augen blitzten Tränen, und plötzlich verschwand sie hinter der Portiere (es waren wohl hysterische Tränen nach dem Lachen). Ich stand allein da und war erregt und verwirrt. Ich wußte wirklich nicht, was sie denn in eine solche Erregung versetzt haben konnte, in eine Erregung, die ich bei ihr gar nicht für möglich gehalten hätte. Irgend etwas in meinem Herzen krampfte sich gleichsam zusammen. Ich wartete fünf Minuten, schließlich zehn Minuten; die tiefe Stille schreckte mich plötzlich auf, und ich entschloß mich, zur Tür hinauszuschauen und zu rufen. Auf meinen Ruf erschien die Köchin Marja und sagte mir im gemächlichsten Ton, die gnädige Frau hätte sich längst angezogen und die Wohnung durch die Hintertür verlassen.

SIEBENTES KAPITEL

I

Das hatte gerade noch gefehlt. Ich griff nach meinem Pelz, warf ihn mir im Gehen um und eilte mit dem Gedanken hinaus: ‚Sie hat mich beauftragt, zu ihm zu gehen, aber wo finde ich ihn jetzt?'

Doch neben allem anderen beschäftigte mich eine Frage, vor der meine Gedanken betroffen stillhielten: ‚Weshalb glaubt sie, daß jetzt etwas anderes eingetreten sei und er sie jetzt in Ruhe lassen werde? Natürlich deshalb, weil er jetzt Mama heiraten wird. Aber was war das: freute sie sich nun darüber, daß er Mama jetzt heiraten kann, oder war sie, im Gegenteil, gerade deshalb unglücklich? Und deshalb vielleicht die hysterische Anwandlung? Warum kann ich nun diese Frage nicht beantworten?'

Ich führe diesen zweiten Gedanken, der mich damals plötzlich durchzuckte, hier absichtlich wortgetreu an, damit ich ihn nicht vergesse: er ist zu wichtig. Dieser Abend war wirklich schicksalträchtig. Und unwillkürlich ist man schließlich versucht, an eine Vorherbestimmung zu glauben: noch war ich keine hundert Schritte auf dem Wege zu Mamas Wohnung gegangen, als ich plötzlich mit demjenigen zusammenstieß, den ich suchte. Er faßte mich an der Schulter und hielt mich fest.

»Du bist's!« rief er erfreut und gleichzeitig wie in größter eigener Verwunderung. »Denke dir, ich war soeben in deiner Wohnung«, sagte er schnell, »ich suchte dich, ich fragte nach dir – nur dich allein brauche ich jetzt von der ganzen Welt! Dein Beamter hat mir Gott weiß was alles vorgefaselt, aber du warst nicht da, und so ging ich wieder; und ich vergaß sogar, dir zu hinterlassen, du möchtest nach deiner Rückkehr unverzüglich zu mir kommen. Aber wirst du's glauben: ich ging doch in der felsenfesten Überzeugung fort, das Schicksal könne doch gar nicht umhin, dich mir entgegenzuführen, gerade jetzt, wo ich dich so notwendig brauche! Und da bist du auch richtig der erste, der mir begegnet! Komm, gehen wir zu mir: du bist noch niemals bei mir gewesen.«

Mit einem Wort, wir hatten uns gegenseitig gesucht, und jedem von uns war das gleiche passiert. Wir gingen sehr eilig weiter.

Unterwegs sagte er nur in ein paar kurzen Sätzen, daß Tatjana Pawlowna bei Mama geblieben sei usw. usw. Er hatte mich untergefaßt und führte mich. Seine Wohnung lag nicht weit von dort, und wir langten bald an. Ja, ich war noch niemals bei ihm gewesen. Es war eine Wohnung von nur drei Zimmern, die er (oder vielmehr Tatjana Pawlowna) wegen jenes »Säuglings« gemietet hatte. Diese Wohnung stand von Anfang an ganz unter Tatjana Pawlownas Aufsicht, und dort lebte nun die Wärterin mit dem kleinen Kinde (und jetzt auch noch Darja Oníssimowna); aber eins der Zimmer -- das erste, in das man unmittelbar aus dem Vorraum trat, ein ziemlich großer und mit Polstermöbeln recht gut ausgestatteter Raum – war für Werssiloff als eine Art Lese- und Arbeitszimmer eingerichtet. In der Tat sah man da auf dem Schreibtisch, im Schrank und auf den Bücherständern eine ganze Menge Bücher (die es in Mamas Wohnung fast gar nicht gab), ferner beschriebene Blätter, Briefe, zu ganzen Päckchen zusammengelegt und verschnürt – kurzum, das Ganze machte den Eindruck eines schon lange bewohnten Raumes; ich weiß, daß Werssiloff auch früher schon, wenn auch ziemlich selten, zeitweilig ganz in diese seine Wohnung übergesiedelt war und sogar wochenlang dort gewohnt hatte. Das erste, was meine Aufmerksamkeit auf sich lenkte, war Mamas Bildnis, das in einem schönen geschnitzten Rahmen aus kostbarem Holz über dem Schreibtisch hing – eine Photographie, offenbar eine ausländische

Aufnahme, die, nach ihrem ungewöhnlichen Format zu urteilen, nicht wenig gekostet haben mußte. Ich hatte von diesem Bildnis nichts gewußt und nie etwas davon gehört; und was mich noch besonders überraschte, war die für eine Photographie ganz erstaunliche Ähnlichkeit, gerade die, ich möchte sagen, geistige Ähnlichkeit. Es war wie ein wirkliches Porträt von Künstlerhand und gar nicht wie eine mechanische Aufnahme. Als ich ins Zimmer trat, blieb ich sogleich und ganz überrascht vor diesem Bilde stehen.

»Nicht wahr? Nicht wahr?« fragte plötzlich Werssiloff dicht hinter mir.

Er meinte damit: »Nicht wahr, wie ähnlich?« Ich sah mich nach ihm um, der Ausdruck seines Gesichts machte mich ganz betroffen. Er war etwas bleich, aber sein gespannter Blick brannte und strahlte gleichsam vor Glück und Kraft: einen solchen Ausdruck hatte ich noch niemals an ihm gesehen.

»Ich habe gar nicht gewußt, daß Sie Mama so lieben!« sagte ich plötzlich, selbst ganz beglückt.

Er lächelte glücklich, wenn auch in seinem Lächeln gleichsam ein Leid lag, oder richtiger, etwas schmerzlich Nachsichtiges, menschlich Höheres . . . ich weiß nicht, wie ich das ausdrücken soll; aber hochentwickelte Menschen können gar nicht, wie mir scheint, ein triumphierendes oder siegesbewußt glückliches Gesicht haben. Ohne mir zu antworten, nahm er das Bild mit beiden Händen von der Wand, hielt es ganz nah vor sein Gesicht, küßte es plötzlich und hängte es dann wortlos wieder auf.

»Merke dir«, sagte er, »photographische Aufnahmen sind sehr selten ähnlich, und das ist leicht zu erklären: das Original, das heißt, ein jeder von uns, ist ja auch im Leben nur äußerst selten sich selber ähnlich. Das Gesicht eines Menschen zeigt seinen wesentlichsten Zug, seinen kennzeichnendsten Gedanken eben nur ausnahmsweise in Augenblicken. Der Künstler studiert das Gesicht, das er malen soll, und erhascht diesen eigentlichen Ausdruck des Gesichts, er errät sozusagen den Hauptgedanken des Menschen und gibt ihn im Bilde wieder, auch wenn das Gesicht des Betreffenden diesen Ausdruck während des Modellsitzens zumeist gar nicht hat. Die Photographie aber gibt den Menschen genau so wieder, wie er in dem einen Augenblick der Aufnahme aussieht, und da ist es nicht ausgeschlossen, daß zum Beispiel Napoleon, in einem zufälligen Augenblick photographiert, auf der Photographie dumm aussehen könnte, und Bismarck sanftmütig. Hier aber, auf dieser Photographie, hat die Aufnahme Ssonja zufällig gerade im Augenblick ihres eigensten Ausdrucks angetroffen: in ihrer verschämten, sanften Liebe und scheuen, schreckhaften Keuschheit. Und sie war ja damals auch so glücklich, als sie sich endlich überzeugt hatte, daß es mich wirklich so sehr nach einem Bilde von ihr verlangte! Diese Aufnahme ist eigentlich vor gar nicht so langer Zeit gemacht, aber sie sah damals doch noch viel jünger und hübscher aus; dabei hatte sie auch damals schon diese eingefallenen Wangen, diese feinen Runzeln auf der Stirn und diese scheue Schüchternheit des Blicks, die bei ihr jetzt mit den Jahren zu wachsen scheint – je weiter, desto mehr. Wirst du's mir glauben, Lieber? Jetzt kann ich sie mir mit einem anderen Gesicht gar nicht mehr vorstellen, und doch ist auch sie einmal jung und reizend gewesen! Die russischen Frauen altern schnell, ihre Schönheit ist flüchtig, und das hat seinen Grund wahrlich nicht nur in einer ethnographischen Besonderheit des Typs, sondern auch darin, daß sie mit rückhaltloser Hingabe zu lieben verstehen. Die russische Frau gibt alles auf einmal hin, wenn sie liebt – den Augenblick und ihr ganzes Leben, die Gegenwart und die Zukunft: sie versteht nicht, ökonomisch zu sein, sie spart und geizt nicht, um des Vorrats willen, und so geht ihre Schönheit bald für den dahin, den sie liebt. Diese eingefallenen Wangen – das ist gleichfalls Schönheit, die für mich hingegeben worden ist, für meine kurze Lust. Es freut dich, daß ich deine Mutter geliebt habe, und du hast vielleicht sogar nicht einmal geglaubt, daß ich sie habe lieben können? Ja, mein Freund, ich habe sie sehr geliebt, und doch habe ich ihr nichts als Böses zugefügt ... Hier ist noch ein Bildnis, – sieh dir auch dies einmal an.«

Er nahm es vom Tisch und reichte es mir. Das war gleichfalls eine Photographie, nur von bedeutend kleinerem Format und in einem schmalen, ovalen Holzrähmchen – das Bild eines jungen Mädchens: ein schmales, schwindsüchtiges, doch trotz alledem schönes Gesicht, versonnen, und dabei doch bis zur Sonderbarkeit gedankenleer. Es waren die regelmäßigen Züge eines durch Generationen verfeinerten Typs; aber sie machten einen krankhaften Eindruck: man hatte die Empfindung, daß sich plötzlich ein starrer Gedanke dieses Wesens bemächtigt hatte, der eben dadurch qualvoll war, daß er über die Kraft dieses Wesens ging.

»Das ... das ist jenes junge Mädchen, mit dem Sie sich trauen lassen wollten, und das an der Schwindsucht starb ... *ihre* Stieftochter?« sagte ich ein wenig zaghaft.

»Ja, mit dem ich mich trauen lassen wollte, das an der Schwindsucht starb, *ihre* Stieftochter. Ich wußte, daß du ... alle diese Klatschgeschichten kennst. Übrigens hättest du außer diesen auch nichts erfahren können. Leg das Bild hin, mein Freund, das war nur eine arme Irrsinnige und nichts weiter.«

»Wirklich irrsinnig?«

»Oder eine Idiotin; übrigens glaube ich, doch mehr eine Irrsinnige. Sie bekam ein Kind vom Fürsten Ssergei Petrowitsch (infolge ihres Irrsinns, nicht aus Liebe; das ist eines der schändlichsten Vergehen des Fürsten). Das Kind ist jetzt hier, in jenem Zimmer, ich habe es dir schon lange zeigen wollen. Fürst Ssergei Petrowitsch darf weder herkommen noch das Kind sehen – laut unserer Vereinbarung im Ausland. Ich habe das Kind mit Einwilligung deiner Mutter zu mir genommen. Und gleichfalls mit Einwilligung deiner Mutter wollte ich mich damals trauen lassen mit dieser ... Unglücklichen ...«

»Ist denn eine solche Einwilligung überhaupt möglich?« fragte ich erregt.

»O ja! Sie erlaubte es mir: eine Frau ist nur auf eine Frau eifersüchtig, diese aber war doch keine Frau.«

»Wenn sie es auch für alle anderen nicht war, für Mama war sie es! Das werde ich mein Lebtag nicht glauben, daß Mama nicht eifersüchtig gewesen ist!« rief ich.

»Du hast recht. Das erriet ich erst, als alles schon beschlossen war, das heißt, als sie mir ihre Einwilligung schon gegeben hatte. Aber lassen wir das. Jedenfalls kam es nicht dazu, da Lydia starb, aber vielleicht wäre es auch so nicht dazu gekommen, wenn sie am Leben geblieben wäre; deine Mutter aber lasse ich auch jetzt noch nicht zu dem Kinde. Das – war nur eine Episode. Mein Lieber, ich habe dich hier schon lange erwartet. Schon lange habe ich davon geträumt, wie wir hier zusammenkommen würden; weißt du, wie lange schon? – Schon seit zwei Jahren.«

Er sah mich offen und ehrlich an, mit einer Herzensliebe, die jede Verschleierung verschmähte. Ich ergriff seine Hand.

»Warum haben Sie dann gezögert, warum haben Sie mich nicht schon früher gerufen? Wenn Sie wüßten, was inzwischen ... und was nicht geschehen wäre, wenn Sie mich schon früher gerufen hätten! ...«

In diesem Augenblick wurde der Ssamowár gebracht, und Darja Oníssimowna kam mit dem Kindchen, das ganz fest schlief.

»Sieh es dir an«, sagte Werssiloff, »ich liebe es und habe es jetzt bringen lassen, damit du es siehst. So, bringen Sie es nun wieder hinaus, Darja Onissimowna. Und du setze dich hierher an den Tisch. Ich werde mir jetzt einbilden, wir zwei hätten ewig so gelebt und jeden Abend so zusammen verbracht, ohne uns jemals zu trennen. Laß mich dich ansehen: setze dich so, daß ich dein Gesicht sehen kann. Wie ich es liebe, dein Gesicht ... Wie habe ich es mir vorzustellen versucht, als ich dich noch aus Moskau erwartete! Du fragst: warum habe ich dich nicht schon früher gerufen? Warte, das wirst du vielleicht erst jetzt verstehen.«

»Hat denn wirklich nur der Tod Makar Iwanowitschs

Ihnen jetzt die Zunge gelöst? Das aber ist doch sonderbar.«

Aber wenn ich das auch sagte, so sah ich ihn doch liebevoll an. Wir sprachen wie zwei Freunde, wie Freunde im höchsten und im vollen Sinn des Wortes. Er hatte mich hierher geführt, um mir irgend etwas zu erklären, zu erzählen, um etwas zu rechtfertigen; und dabei war schon alles, noch bevor Worte gesagt wurden, erklärt und gerechtfertigt. Gleichviel, was ich von ihm jetzt noch gehört hätte – das Ergebnis war schon erreicht, und das wußten wir beide mit einem Glücksgefühl, und so sahen wir einander auch an.

»Nicht gerade der Tod dieses alten Mannes«, antwortete er, »nicht dieser Tod allein; es ist da noch etwas anderes, was damit zusammengetroffen ist ... Gott segne diesen Augenblick und unser Leben hinfort und auf lange! Mein Lieber, laß uns miteinander reden. Ich komme immer wieder vom Thema ab, ich will nur von dem einen reden und lasse mich von tausend nebensächlichen Einzelheiten ablenken. So geht es einem immer, wenn das Herz voll ist ... Doch reden wir jetzt miteinander; die Zeit ist gekommen, und ich bin schon lange in dich verliebt, Junge.«

Er lehnte sich in seinen großen Lehnstuhl zurück und betrachtete mich noch einmal.

»Wie sonderbar, wie sonderbar sich das anhört!« wiederholte ich, während ich in Seligkeit zu versinken glaubte.

Und da, ich weiß noch, da erschien flüchtig wieder dieser eine seltsame Zug in seinem Gesicht – dieser Ausdruck gleichsam von Trauer und Spott zugleich, den ich schon so gut kannte. Aber er nahm sich zusammen und begann dann, wie mit einer gewissen Anstrengung, zu sprechen.

II

Sieh, Arkadij, wenn ich dich früher gerufen hätte, was hätte ich dir da sagen können? In dieser Frage ist meine ganze Antwort enthalten.«

»Das heißt, Sie wollen sagen, daß Sie jetzt Mamas Mann und mein Vater sind, bisher aber ... Sie hätten wohl in betreff meiner sozialen Stellung nicht gewußt, was Sie mir sagen sollten? War es das?«

»Nicht nur darüber, mein Lieber, hätte ich nicht gewußt, was ich dir sagen sollte; ich hätte auch noch über manches andere schweigen müssen. Und vieles davon ist auch beinah lächerlich und sogar erniedrigend, weil es fast wie ein Gauklerstückchen anmutet: in der Tat, wie eine richtige Jahrmarktszauberei. Nun, sag doch selbst, wie hätten wir denn einander früher verstehen können, wenn ich mich selbst erst heute um fünf Uhr nachmittags zum erstenmal verstanden habe, genau zwei Stunden vor dem Tode Makar Iwanowitschs. Du siehst mich unangenehm berührt und leicht verwundert an. Beruhige dich: ich werde dir die Tatsache schon erklären; das aber, was ich dir schon sagte, ist vollkommen richtig; da besteht nun so ein ganzes Leben aus Wandern und Zweifeln, und auf einmal steht, am soundsovielten eines Monats, um fünf Uhr nachmittags, des ganzen Rätsels Lösung fertig vor dir da! Das ist doch eigentlich kränkend, nicht wahr? Noch gestern, ja, in der jetzt schon uralten Vergangenheit, hätte mich das tatsächlich gekränkt.«

Ich hörte ihm in der Tat mit schmerzlicher Verwunderung zu: es trat wieder deutlich jener frühere Werssiloffsche Zug hervor, dem ich an jenem Abend lieber nicht begegnet wäre, nachdem schon solche Worte gefallen waren. Plötzlich durchzuckte es mich.

»Mein Gott!« rief ich, »Sie haben etwas von *ihr* erhalten ... heute, um fünf Uhr?«

Er sah mich scharf an, sichtlich überrascht durch meinen Ausruf, aber vielleicht auch durch den Ausdruck »von *ihr*«.

»Du wirst alles erfahren«, sagte er mit einem sinnenden Lächeln, »und natürlich werde ich dir das, was du wissen mußt, nicht verhehlen, denn zu dem Zweck habe ich dich doch hergeführt; aber jetzt wollen wir das vorläufig noch etwas hinausschieben. Sieh mal, mein Freund, ich habe schon lange gewußt, daß es bei uns Kinder gibt, die bereits in der frühesten Kindheit über ihre Familie nachdenken, weil die Unschönheit ihrer Väter und ihrer Umgebung sie kränkt. Solche früh nachdenkenden Kinder habe ich schon unter meinen Mitschülern bemerkt, und damals glaubte ich, das käme alles daher, weil sie gar zu früh den Neid kennen lernten. Später freilich sagte ich mir, daß ich selbst eins von diesen nachdenkenden Kindern war, doch ... Verzeih, mein Lieber, ich bin heute erstaunlich zerstreut. Ich wollte damit nur sagen, wie sehr ich fast diese ganze Zeit über für dich hier gefürchtet habe. Ich habe dich mir immer als eines jener jungen Wesen vorgestellt, die sich ihrer Begabtheit schon bewußt sind und sich von den anderen absondern und lieber einsam sein wollen. Auch ich habe, ganz wie du, Kameraden nie gemocht. Schwer haben es diese jungen Geschöpfe, die ganz ihren eigenen Kräften und Träumen überlassen sind, und dabei von einem leidenschaftlichen, gar zu frühen und nahezu rachsüchtigen Schönheitsdurst besessen sind – ja: gerade von einem ‚rachsüchtigen' Schönheitsdurst. Doch genug davon, Lieber: ich bin wieder abgeschweift ... Noch bevor ich dich zu lieben anfing, versuchte ich schon, mir dich mit deinen einsamen, menschenscheuen Träumen vorzustellen ... Aber genug davon, wie gesagt. Ja, wovon wollte ich eigentlich sprechen? Übrigens mußte auch dies einmal gesagt werden. Früher aber – was hätte ich dir früher sagen können? Jetzt sehe ich deinen Blick, der auf mir ruht, und ich weiß: es ist mein *Sohn,* der mich ansieht; ich aber hätte doch selbst gestern noch nicht geglaubt, daß ich jemals so wie heute mit meinem Jungen zusammensitzen und mit ihm reden würde.«

Er wurde in der Tat immer zerstreuter und schien zugleich eigentümlich ergriffen zu sein von irgend etwas.

»Jetzt brauche ich nicht mehr zu träumen und mich Illusionen hinzugeben, *Sie* genügen mir vollkommen! Von nun an werde ich Ihnen folgen«, sagte ich und gab ihm meine ganze Seele hin.

»Mir folgen? Aber mein Wandern hat ja gerade aufgehört, gerade heute: du kommst zu spät, mein Lieber. Der heutige Tag ist das Finale des letzten Aktes, und der Vorhang fällt. Dieser letzte Akt hat lange gedauert. Er begann schon vor sehr langer Zeit – damals, als ich zum letztenmal ins Ausland flüchtete. Ich warf damals alles hinter mich; und du sollst wissen, mein Lieber, daß ich damals auch meine Verbindung mit deiner Mutter löste und ihr das auch mitteilte. Das mußt du doch einmal erfahren. Ich erklärte ihr damals, daß ich für immer fortginge, sie würde mich niemals wiedersehen. Das Schlimmste war aber, daß ich sogar vergaß, sie mit Geld zu versorgen. An dich dachte ich damals überhaupt nicht. Ich fuhr mit der Absicht fort, ganz in Europa zu bleiben, mein Lieber, und nie wieder nach Rußland zurückzukehren. Ich emigrierte.«

»Zu Herzen?[22] Um sich an seiner Propaganda im Ausland zu beteiligen? Sie haben doch gewiß Ihr ganzes Leben lang an irgendeiner Verschwörung teilgenommen?« rief ich, ohne mich zurückzuhalten.

»Nein, mein Freund, ich habe mich nie an einer Verschwörung beteiligt. Bei dir aber leuchteten sogar die Augen auf – ich liebe deine impulsiven Ausrufe, mein Lieber. Nein, ich reiste damals einfach aus plötzlicher Schwermut ins Ausland. Es war das die Schwermut des russischen Edelmanns – ich weiß es wirklich nicht besser auszudrücken. Die aristokratische Schwermut – und nichts weiter.«

»Wegen der Aufhebung der Leibeigenschaft[23] ... der Bauernbefreiung?« stieß ich in atemloser Spannung hervor.

»Wegen der Leibeigenschaft? Du meinst, ich hätte die alte Leibeigenschaft wieder herbeigewünscht? Hätte die Befreiung des Volkes nicht ertragen? O nein, mein Freund, gerade wir waren doch die Befreier. Ich wanderte aus ohne jeden Groll. Ich hatte doch bis dahin als Friedensvermittler aus allen Kräften für das Gute zu wirken gesucht, hatte es ganz uneigennützig getan, und wenn ich auswanderte, geschah es nicht deshalb, weil ich für meinen Liberalismus wenig

Dank sah. Wir haben ja damals alle nichts bekommen, das heißt, alle diejenigen, die von meiner Art waren. Ausgewandert bin ich eher mit selbstbewußtem Stolz als mit irgend so einem Bedauern, und nichts lag mir ferner, das kannst du mir glauben, als der Gedanke, für mich könnte jetzt die Zeit gekommen sein, mein Leben als bescheidener Schuster zu beschließen. Je suis gentilhomme avant tout et je mourrai gentilhomme! Aber trotzdem war ich traurig gestimmt. Wir sind unser vielleicht tausend in Rußland – ja, in der Tat, vielleicht nicht mehr als nur tausend Menschen; aber das genügt ja vollkommen, damit die Idee nicht stirbt. Wir sind die Träger einer Idee, mein Lieber! ... Mein Freund, ich sage dir das in der sonderbaren Hoffnung, daß du diese ganze Phantasterei verstehen wirst. Ich habe dich aus einer Laune meines Herzens zu mir gebracht: ich habe schon lange davon geträumt, wie ich dir manches sagen würde ... dir, gerade dir. Doch übrigens ... übrigens ...«

»Nein, sagen Sie es!« rief ich. »Ich sehe wieder Aufrichtigkeit in Ihrem Gesicht ... Und sind Sie dann dank Europa wieder auferstanden? Und was war denn eigentlich diese Ihre ‚aristokratische Schwermut'? Verzeihen Sie, Liebster, ich verstehe noch nicht ganz.«

»Ob ich dank Europa auferstanden bin? Aber ich fuhr doch damals hin, um Europa zu beerdigen!«

»Zu beerdigen?« wiederholte ich verwundert.

Er lächelte.

»Freund Arkadij, jetzt ist meine Seele müde geworden, nur mein Geist hat sich aufgelehnt. Niemals werde ich meine ersten Augenblicke damals in Europa vergessen. Ich hatte auch früher schon in Europa gelebt, damals aber war es eine besondere Zeit, und noch nie war ich in einer so trostlosen Trauer und ... mit solcher Liebe nach Europa gereist wie in jener Zeit. Ich will dir einen von meinen ersten damaligen Eindrücken erzählen, einen Traum, den ich damals hatte, einen richtigen Traum ... Das war noch in Deutschland. Ich war aus Dresden abgereist und in der Zerstreutheit an der

Station vorbeigefahren, wo ich hätte umsteigen sollen, und so kam ich auf eine andere Bahnlinie. Natürlich wurde ich gleich auf der nächsten Station abgesetzt; es war drei Uhr nachmittags, ein heller, schöner Tag. Ich befand mich plötzlich in einem kleinen deutschen Städtchen. Man wies mich nach dem nahen Gasthaus. Ich mußte warten: der nächste Zug ging erst um elf Uhr nachts. Ich war sogar sehr zufrieden mit diesem Zwischenfall, denn ich hatte ja keine Eile, irgendwohin zu kommen. Ich war doch nun einmal ein Wanderer, mein Freund, ein Wanderer. Das Gasthaus war alt und klein, lag aber ganz im Grünen und war von Blumenbeeten umgeben, wie das in Deutschland so üblich ist. Man gab mir ein enges Zimmerchen, und da ich die ganze letzte Nacht auf der Reise nicht geschlafen hatte, legte ich mich nach dem Mittagessen hin und schlief ein, so gegen vier Uhr nachmittags.

Und da hatte ich denn einen wunderlichen Traum, der um so überraschender war, als mir noch nie etwas ähnliches geträumt hatte. In der Dresdener Galerie hängt ein Bild von Claude Lorrain, das im Katalog als „Acis und Galatea" angegeben ist; ich aber habe es immer „Das goldene Zeitalter" genannt, weshalb, weiß ich selbst nicht. Ich hatte es auch früher schon gesehen, und jetzt, vor drei Tagen auf der Durchreise, war es mir wieder aufgefallen. Dieses Bild sah ich nun im Traum, aber nicht als Bild, sondern gleichsam als Wirklichkeit. Übrigens weiß ich selbst nicht recht, was mir da eigentlich träumte ... Ich sah jedenfalls, ganz wie dort auf jenem Bilde, einen Winkel des Griechischen Archipels, und auch die Zeit war gleichsam die vor dreitausend Jahren; ich sah blaue, schmeichelnde Wellen, Inseln und Klippen, ein blühendes Gestade, eine wunderbare Ferne, und dazu die sinkende rufende Sonne ... es ist mit Worten wohl nicht wiederzugeben. In diesem Bilde hat die europäische Menschheit die Erinnerung an ihre Wiege festgehalten, und der Gedanke daran erfüllte auch meine Seele wie mit Heimatliebe. Hier war einmal das irdische Paradies der Menschheit: die Götter stiegen vom Himmel herab und verbanden sich mit den Menschen ... Oh, dort lebten herrliche Menschen! Glücklich und schuldlos erwachten sie und schlummerten sie ein, die Wiesen und Haine waren erfüllt von ihren Liedern und ihren fröhlichen Rufen; der große Überschuß an unausgenutzten Kräften strömte in Liebe und harmloser Freude aus. Die Sonne umgab sie mit Wärme und Licht und freute sich an ihren schönen Kindern ... Welch ein wunderbarer Traum, welch ein erhabener Irrtum der Menschheit! Das goldene Zeitalter ist von allen Illusionen, die die Menschheit jemals gehabt hat, die allerunwahrscheinlichste, und doch haben die Menschen für sie ihr Leben und alle ihre Kräfte hingegeben, für sie sind Propheten getötet worden und gestorben, und ohne sie können die Menschen gar nicht leben, ja, nicht einmal sterben! Und diese ganze Empfindung durchlebte ich gleichsam in meinem Traum; die Klippen und das Meer und die schrägen Strahlen der Abendsonne – das alles glaubte ich noch zu sehen, als ich erwachte und die Augen aufschlug, die mir buchstäblich von Tränen feucht waren. Ich weiß noch, wie froh mir zumut war. Die Empfindung eines mir bis dahin noch ganz unbekannten Glücksgefühls durchströmte mein Herz so stark, daß es fast sogar zum Schmerz wurde; das war die Liebe zur Menschheit. Es war inzwischen schon Abend geworden; in das Fenster meines kleinen Zimmers drang durch die Blätter der Blumen auf dem Fensterbrett eine ganze Flut von schrägen Sonnenstrahlen und übergoß mich mit Licht. Und da wurde, mein Freund, da wurde ... diese untergehende Sonne des ersten Tages der europäischen Menschheit, die ich in meinem Traum gesehen hatte, für mich, als ich erwachte, in der wachen Wirklichkeit sogleich zur untergehenden Sonne des letzten Tages der europäischen Menschheit! Gerade damals war es einem, als zöge durch die Luft Europas Sterbeglockenklang. Ich rede nicht nur vom Kriege und von der Zerstörung der Tuilerien; ich wußte auch ohnedies, daß alles vergehen wird, das ganze Antlitz der europäischen

Alten Welt – früher oder später: aber ich, als russischer Europäer, ich konnte das nicht akzeptieren. Ja, sie hatten damals gerade die Tuilerien niedergebrannt ... Oh, rege dich nicht auf, ich weiß, daß es logisch war, und ich begreife nur zu gut die Unwiderstehlichkeit einer Idee, die in Fluß ist; aber als Träger des höheren russischen Kulturgedankens konnte ich das nicht gelten lassen, denn der höhere russische Gedanke ist eben die Versöhnung aller Ideen miteinander. Und wer hätte damals einen solchen Gedanken verstehen können, wer in der ganzen Welt? Ich streifte allein umher. Ich spreche nicht von mir persönlich, – ich spreche vom russischen Gedanken. Dort gab es Streit und Logik; dort war der Franzose eben nur Franzose und nichts weiter, und der Deutsche eben nur Deutscher und nichts weiter, und das waren sie damals mit noch größerer Ausschließlichkeit und Anspannung, als sie es je zuvor im Lauf ihrer geschichtlichen Entwicklung gewesen sind; folglich hat der Franzose seinem Frankreich und hat der Deutsche seinem Deutschland niemals so großen Abbruch getan wie gerade zu jener Zeit! Damals gab es in ganz Europa auch nicht einen einzigen Europäer! Nur ich allein hätte allen diesen Pariser Petroleumgießern ins Gesicht sagen können, daß ihre Zerstörung der Tuilerien ein – Fehler war; und nur ich allein hätte, umgeben von allen diesen nach Rache schreienden Konservativen, diesen Rächern ins Gesicht sagen können, daß die Einäscherung der Tuilerien zwar ein Verbrechen, aber dennoch vollkommen logisch war. Und das alles, mein Junge, weil nur ich allein, als Russe, damals in ganz Europa der *einzige Europäer* war. Ich spreche wiederum nicht von mir, sondern vom gesamten russischen Gedanken. Ich streifte umher, mein Freund, ich streifte umher und wußte genau, daß ich schweigen und weiter umherstreifen mußte. Aber es war mir doch traurig zumut. Ich, mein Junge, ich kann nicht – meinen Adel nicht achten. Du lachst darüber, scheint es?«

»Nein, ich lache nicht«, sagte ich ergriffen, »ich lache

durchaus nicht. Ihre Vision des goldenen Zeitalters hat mein Herz erschüttert, und seien Sie versichert, ich fange schon an, Sie zu verstehen. Aber am meisten freue ich mich darüber, daß Sie sich selbst so achten. Ich beeile mich, Ihnen das zu sagen. Das hätte ich von Ihnen gar nicht erwartet!«

»Ich habe dir schon gesagt, mein Freund, daß ich deine Ausrufe sehr liebe«, sagte er mit einem Lächeln über meinen naiven Ausruf, erhob sich von seinem Platz und begann, wohl ohne sich dessen bewußt zu sein, im Zimmer auf und ab zu gehen. Ich stand gleichfalls auf. Er fuhr in seinen seltsamen Bekenntnissen fort, und er sprach tief durchdrungen von seinem Gedanken.

III

Ja, mein Junge, ich sage es dir nochmals: ich kann nicht anders als meinen Adel achten. Bei uns in Rußland hat sich im Laufe von Jahrhunderten ein gewisser höherer Kulturtyp herausgebildet, den man bisher überhaupt nicht gekannt hat, und den es sonst in der ganzen Welt nicht gibt: der Typ des universal um alle leidenden Menschen. Das ist ein ausschließlich russischer Typ, und da er sich in der höchsten Kulturschicht des russischen Volkes entwickelt hat, so habe ich ganz von selbst die Ehre, ihm anzugehören. In seiner Hut ist die Zukunft Rußlands. Wir sind unser vielleicht im ganzen nur tausend Menschen – vielleicht etwas mehr, vielleicht etwas weniger –, aber ganz Rußland hat vorläufig nur zu dem Zweck gelebt, um dieses Tausend hervorzubringen. Man wird sagen, das sei wenig; man wird sich darüber entrüsten, daß so viele Jahrhunderte und soviele Millionen Menschen für dies geringe Ergebnis, für ein einziges Tausend Menschen hingegeben und verschwendet sein sollen. Meiner Überzeugung nach aber ist das nicht wenig.«

Ich hörte ihm mit größter Spannung zu. Aus ihm sprach

eine eigenste Überzeugung, und die Richtung seines ganzen Lebens trat klar hervor. Was er von den »tausend Menschen« sagte, zeichnete ihn selbst so plastisch! Ich fühlte auch, daß den Anstoß zu seiner Mitteilsamkeit mir gegenüber eine von außen gekommene Erschütterung gegeben hatte. Während er mir alle diese glühenden Reden hielt – liebte er mich; doch der Grund, weshalb er plötzlich zu mir zu sprechen anfing, und warum es ihn so verlangte, gerade mit mir zu sprechen, blieb mir noch immer unbekannt.

»Ich wanderte aus«, fuhr er fort, »und was auch immer ich hinter mir zurück ließ, es tat mir um nichts leid. Was nur in meinen Kräften lag, hatte ich in den Dienst Rußlands gestellt, damals, als ich hier wirken konnte; und als ich Rußland verließ, fuhr ich fort, ihm zu dienen, nur mit dem Unterschied, daß ich meine Idee erweiterte. Aber indem ich Rußland auf *diese* Weise diente, leistete ich ihm einen viel größeren Dienst, als wenn ich nur Russe und nichts weiter gewesen wäre, so wie damals der Franzose nur Franzose und der Deutsche nur Deutscher war. In Europa kann man das vorläufig noch nicht verstehen. Europa hat die edlen Typen des Franzosen, des Engländers, des Deutschen geschaffen, aber von seinem zukünftigen Menschen weiß es fast noch nichts. Und wie es scheint, will es vorläufig auch noch nichts von ihm wissen. Das ist auch ganz verständlich: sie sind nicht frei, wir aber sind frei. Nur ich allein in Europa, nur ich mit meiner russischen Schwermut, war damals frei ...

Merke dir etwas Eigentümliches, mein Freund: jeder Franzose kann nicht nur seinem Frankreich, sondern auch der ganzen Menschheit einzig unter der Bedingung dienen, daß er so viel wie nur irgend möglich Franzose bleibt; und ebenso ist es mit dem Engländer und dem Deutschen. Nur der Russe allein hat sogar schon in unserer Zeit, also schon viel früher als die endgültige Summe gezogen wird, bereits diese Gabe erhalten: eben dann am meisten Russe zu sein, wenn er am meisten Europäer ist. Und das ist der wesentlichste nationale Unterschied zwischen uns und allen anderen: in dieser Beziehung sind wir etwas ganz Eigenartiges. In Frankreich bin ich Franzose, mit einem Deutschen ein Deutscher, mit den alten Griechen ein Grieche, und eben dadurch diene ich gleichzeitig Rußland am allermeisten, denn ich vertrete somit Rußlands Hauptgedanken. Ich bin ein Pionier dieses Gedankens. Damals emigrierte ich, aber verließ ich denn deshalb Rußland? Nein, ich diente ihm weiter. Und mag ich in Europa auch nichts getan haben, mag ich auch nur ausgewandert sein, um dort umherzustreifen (und ich wußte ja schon im voraus, daß ich nichts anderes tun würde), so war doch auch das schon genug, daß ich mit dem russischen Gedanken und mit dieser meiner Erkenntnis hinfuhr. Ich brachte meine russische Schwermut dorthin. Oh, es war nicht nur das Blut, das damals vergossen wurde, was mich erschreckte, und nicht einmal die Zerstörung der Tuilerien, sondern alles, was darauf folgen wird. Jenen Völkern ist bestimmt, noch lange gegeneinander zu kämpfen, denn sie sind noch gar zu ausschließlich Deutsche und gar zu ausschließlich Franzosen, und sie haben ihre Aufgabe in diesen Rollen noch nicht erfüllt. Und so lange tut es mir eben leid um die Zerstörung. Für den Russen ist Europa genau so teuer wie Rußland: jeder Stein Europas ist mir lieb und wert. Europa ist genau so unser Vaterland gewesen wie Rußland. Oh, sogar mehr! Man kann Rußland nicht glühender lieben, als ich es liebe, und doch habe ich mir nie einen Vorwurf deshalb gemacht, daß Venedig, Rom, Paris, die Schätze ihrer Kunst und Wissenschaft, daß ihre ganze Geschichte mir lieber ist als die Rußlands. Oh, diese alten fremden Steine, diese Wunder der alten Gotteswelt, diese Ruinen und Bruchstücke heiliger Wunderwerke sind uns teuer, uns Russen; und sie sind uns sogar teurer als ihnen selbst! Sie haben jetzt andere Gedanken und andere Gefühle; sie haben aufgehört, die alten Steine noch so andächtig zu verehren. Der Konservative kämpft dort um nichts weiter als nur noch um seine Existenz, und selbst der Petroleur strengt sich nur an, weil es ihm um das Recht auf seinen Anteil zu tun ist. Nur Rußland allein lebt jetzt nicht für sich, sondern für eine Idee, und du wirst mir zugeben, mein Freund, daß es doch eine bedeutsame Tatsache ist, daß Rußland seit fast schon einem ganzen Jahrhundert entschieden nicht für sich, sondern einzig und allein für Europa lebt! Und sie? Oh, ihnen ist bestimmt, zuvor noch schreckliche Qualen durchzumachen, ehe sie das Reich Gottes erlangen werden.«

Ich muß gestehen, ich hörte ihm in nicht geringer Verwirrung zu; selbst der Ton seiner Rede erschreckte mich, wenn auch seine Gedanken nichtsdestoweniger den größten Eindruck auf mich machten. Ich fürchtete nahezu schmerzhaft, daß er mir etwas vorlügen könnte. Plötzlich bemerkte ich mit strenger Stimme:

»Sie sagten soeben: ,das Reich Gottes'. Ich habe gehört, Sie hätten dort im Auslande Gott verkündet und nach Büßerart Ketten getragen?«

»Meine Ketten lassen wir beiseite«, sagte er lächelnd, »das war etwas ganz Anderes. ,Verkündet' habe ich damals noch nichts, aber um ihren Gott hat es mich geschmerzt – das ist wahr. Sie proklamierten damals den Atheismus ... wenn es auch nur ein Häuflein von ihnen tat, aber die Zahl ist ja unwichtig; es waren nur die ersten Vorläufer, aber die Tat war doch der erste Schritt zur *Ausführung* – das ist das Wichtige daran. Hier war es wieder ihre Logik; aber in der Logik allein ist doch immer ein Ungenügen, das schwermütig macht. Ich war von anderer Kultur, und mein Herz ließ das nicht zu. Diese Undankbarkeit, mit der sie sich von der Idee trennten, dieses Auspfeifen und Mit-Schmutz-Bewerfen waren mir unerträglich. Die Schusterhaftigkeit des Vorgangs widerte mich an. Übrigens haftet der Wirklichkeit immer etwas von Schusterhaftigkeit an, selbst wenn sie aus einem noch so reinen Streben zum Ideal hervorgeht. Und ich hätte das natürlich wissen müssen, aber ich war immerhin ein anderer Typus Mensch: ich war frei in der Wahl, sie waren es nicht, und ich weinte, weinte an ihrer

Statt, weinte um die alte Idee, und vielleicht weinte ich sogar wirkliche Tränen, ohne Beschönigung sei's gesagt.«

»Haben Sie so stark an Gott geglaubt?« fragte ich mißtrauisch.

»Mein Freund, diese Frage war vielleicht unnötig. Nehmen wir an, ich hätte auch nicht so ganz geglaubt, aber selbst dann hätte ich doch nicht umhin gekonnt, um die Idee zu trauern. So konnte ich auch nicht umhin, mir bisweilen vorzustellen, wie der Mensch ohne Gott leben solle, und ob das überhaupt jemals möglich sein werde. Mein Herz hat mir immer gesagt, daß es unmöglich wäre, aber eine gewisse Zeitlang wird es vielleicht doch möglich sein ... Für mich gibt es sogar überhaupt keinen Zweifel daran, daß ein solcher Zeitabschnitt einmal kommen wird; dann aber habe ich mir immer ein anderes Bild vorgestellt ...«

»Was war denn das für ein Bild?«

In der Tat, er hatte ja schon vorher selbst gesagt, er wäre jetzt glücklich, und natürlich war auch viel von dieser gesteigerten Stimmung in den Äußerungen, zu denen er sich hinreißen ließ; danach beurteile ich denn auch das meiste von dem, was er damals aussprach. Nur kann ich mich – da ich diesen Menschen doch verehre – selbstverständlich nicht entschließen, von dem was damals zwischen uns zur Sprache kam, alles jetzt dem Papier anzuvertrauen; aber wenigstens ein paar Striche dieses seltsamen Bildes, dessen Skizzierung ich ihm schließlich noch zu entlocken vermochte, möchte ich hier doch wiederzugeben versuchen. Vor allem hatten mich diese angeblich von ihm getragenen »Büßerketten« immer schon und die ganze Zeit vorher gequält, und da ich darüber endlich Klarheit haben wollte, ließ ich nicht davon ab. Ein paar überaus phantastische und seltsame Ideen, die er damals aussprach, haben sich für ewig in mein Herz geprägt.

»Ich versuche mir vorzustellen, mein Lieber«, begann er nachdenklich und mit einem eigenen Lächeln, »wie es sein wird, wenn der Kampf schon beendet und der Streit beigelegt ist. Nach den Flüchen und Verwünschungen, nach dem

Auspfeifen und Mit-Schmutz-Bewerfen ist endlich Stille eingetreten, und die Menschen sind *allein* geblieben, wie sie es gewünscht hatten: die große frühere Idee hat sie verlassen; die große Quelle der Kraft, die sie bislang genährt und gewärmt hatte, ist versiegt, ist untergegangen, ganz wie jene erhabene, rufende Sonne auf dem Bilde von Claude Lorrain, nur daß es hier schon gleichsam der letzte Tag der Menschheit wäre. Und die Menschen begriffen auf einmal, daß sie ganz allein geblieben sind, und da empfänden sie plötzlich eine große Verwaistheit. Mein lieber Junge, ich habe mir die Menschen niemals undankbar und verdummt vorzustellen vermocht. Ich bin überzeugt, diese verwaisten Menschen würden sich sogleich enger und liebevoller aneinander drängen; sie würden sich an den Händen fassen und begreifen, daß sie jetzt ganz allein alles füreinander sind! Die große Idee der Unsterblichkeit wäre verschwunden, und man müßte sie durch eine andere ersetzen; und der ganze gewaltige Überschuß der früheren Liebe zu dem, der ja die Unsterblichkeit war, würde sich in allen Menschen der Natur, der Welt, jedem Atom des Seienden zuwenden. Sie würden die Erde und das Leben unwiderstehlich liebgewinnen, und das um so mehr, je mehr sie ihre eigene Vergänglichkeit und Endlichkeit allmählich erkennen würden, und lieben würden sie bereits mit einer ganz eigenen, ganz neuen, nicht mehr mit der früheren Liebe. In der Natur würden sie Erscheinungen und Geheimnisse bemerken und entdecken, von denen sie früher nichts geahnt haben, denn sie würden die Natur mit neuen Augen sehen, wie ein Liebender die Geliebte ansieht. Sie würden erwachen und sich beeilen, einander zu küssen; sie würden sich beeilen, zu lieben, da sie erkannt hätten, daß ihre Tage kurz sind, daß dies alles ist, was ihnen verbleibt Sie würden füreinander arbeiten, und ein jeder würde alles, was er hat, mit allen teilen, und schon das allein würde ihn glücklich machen. Jedes Kind würde wissen und fühlen, daß jeder Mensch auf Erden ihm Vater und Mutter ist. ‚Und mag auch morgen mein letzter Tag sein', würde ein jeder denken, wenn er die sinkende Sonne sieht, ,was hat das auf sich! Ich sterbe, aber alle die anderen bleiben hier, und nach ihnen ihre Kinder.' Und dieser Gedanke, daß die anderen bleiben und sich gegenseitig immer so lieben werden, und ein jeder sich um jeden sorgen wird, dieser Gedanke würde die frühere Hoffnung auf ein Wiedersehen nach dem Tode ersetzen. Oh, sie würden sich beeilen und nicht ablassen, zu lieben, um die große Trauer in ihrem Herzen zu beschwichtigen. Für sich selbst wären sie stolz und kühn, doch wenn es sich um andere handelt, zaghaft und besorgt; ein jeder würde um das Leben und das Glück jedes anderen bangen. Sie würden zärtlich zueinander sein und würden sich dessen nicht schämen, wie jetzt, und würden einander streicheln wie Kinder. Wenn sie sich begegnen, würden sie einander mit tiefem und denkendem Blick ansehen, und in ihrem Blick läge Liebe und Trauer . . .«

»Mein Lieber«, unterbrach er sich plötzlich mit einem Lächeln, »das sind ja alles nur Vorstellungen der Phantasie, und noch dazu die unwahrscheinlichsten; aber ich habe sie mir schon gar zu oft vorgestellt, weil ich mein Leben lang ohne sie nicht leben konnte und immer daran denken mußte. Ich spreche nicht von meinem Glauben; mein Glaube ist groß: ich bin Deist, philosophischer Deist, wie es alle von unserem Tausend sind – nehme ich an; aber . . . merkwürdigerweise habe ich diese Vorstellung immer mit einer Vision abgeschlossen, ähnlich der Heineschen von Christus auf dem Meere. Ich konnte nicht umhin, ihn mir schließlich unter den verwaisten Menschen vorzustellen, wie er zu ihnen kommt, ihnen die Hände entgegenstreckt und sagt: ,Wie konntet ihr Seiner vergessen?' Und da fällt es gleichwie eine Binde von den Augen aller, und es ertönt die große begeisterte Hymne der neuen und letzten Auferstehung . . .

Aber lassen wir das, mein Freund; und auch meine ,Büßerketten' – es war nichts damit; du brauchst dich ihretwegen nicht zu beunruhigen. Und noch eins: du weißt, daß ich im Sprechen schamhaft und nüchtern bin, und wenn ich jetzt etwas mehr aus mir herausgegangen bin, so geschah das ... aus verschiedenen Gefühlen heraus, und weil ... du es warst; zu keinem anderen werde ich jemals davon sprechen. Das füge ich zu deiner Beruhigung hinzu.«

Ich aber war richtig aufgewühlt: von der Unaufrichtigkeit, die ich befürchtet hatte, war keine Spur zu entdecken gewesen, und mit besonderer Freude erfüllte mich die endlich einmal sichere Erkenntnis, daß er wirklich gelitten und sich gequält und zweifellos viel geliebt hatte — das aber war für mich das Teuerste. Ganz bezaubert teilte ich ihm denn auch sofort meinen Eindruck mit.

»Aber wissen Sie«, fügte ich plötzlich hinzu, »mir scheint doch, Sie müssen damals trotz Ihres ganzen Schmerzes unendlich glücklich gewesen sein?«

Er lachte heiter auf.

»Du bist heute besonders scharfsinnig in deinen Bemerkungen«, sagte er. »Nun ja, ich war glücklich, und wie hätte ich auch mit einem solchen Schmerz unglücklich sein können? Es gibt nichts Freieres und Glücklicheres als einen russischen Europawanderer, einen von unserem Tausend. Das sage ich aber keineswegs im Scherz, darin liegt vielmehr sehr viel Ernstes. Ja, meinen Schmerz hätte ich doch gegen kein anderes Glück eingetauscht. In diesem Sinne bin ich immer glücklich gewesen, mein Lieber, in meinem ganzen Leben. Und vor Glück begann ich damals, deine Mutter zu lieben, zum erstenmal in meinem Leben.«

»Wie das: zum erstenmal in Ihrem Leben?«

»Ja, wie ich sagte. Wie ich so mit meinem Schmerz und meiner unbestimmten Sehnsucht umherstreifte, begann ich sie auf einmal zu lieben, wie ich sie noch nie geliebt hatte, und da ließ ich sie sofort kommen.«

»Oh, erzählen Sie mir auch davon, erzählen Sie mir von Mama!«

»Zu dem Zweck habe ich dich ja zu mir gebracht, und weißt du«, sagte er lächelnd, »ich fürchtete schon, daß du mir alles, was ich deiner Mutter angetan habe, um einer Beziehung zu Alexander Herzen oder um irgendeiner erbärmlichen Verschwörung willen verziehen hättest ...«

ACHTES KAPITEL

I

Da wir damals den ganzen Abend miteinander sprachen und bis tief in die Nacht hinein zusammensaßen, so will ich nicht versuchen, unsere ganze Unterhaltung wiederzugeben, sondern nur noch das, was mich damals endlich über einen rätselhaften Punkt seines Leben aufklärte.

Ich möchte damit beginnen, daß ich an seiner Liebe zu Mama auch nicht im geringsten zweifle; wenn er sie damals verlassen und vor der Abreise seine Verbindung mit ihr gelöst hatte, so hatte er das natürlich nur getan, weil er sich gar zu sehr zu langweilen begann, oder aus irgendeinem ähnlichen Grunde, was übrigens einem jeden in der Welt widerfahren kann, und was im einzelnen immer schwer zu erklären ist. Im Ausland hatte er dann plötzlich, allerdings erst nach längerer Zeit, Mama in ihrer Abwesenheit wieder zu lieben angefangen, das heißt, in der Erinnerung, und da hatte er sie sogleich zu sich gerufen. Man wird vielleicht sagen: »Eine Laune!« Ich aber sage etwas anderes: meiner Überzeugung nach lag hierin alles, was es im Menschenleben nur Ernstes gibt, ungeachtet der ganzen scheinbaren Müßiggängerei und daraus folgenden Langweile, deren teilweise Mitwirkung ich meinethalben zugeben will. Aber ich schwöre, daß ich seine Trauer um Europa, ohne zu zögern, nicht nur so hoch wie eine beliebige neuzeitlich praktische Betätigung etwa im Eisenbahnbau veranschlage, sondern noch unvergleichlich höher. Seine Liebe zur Menschheit erkenne ich als das aufrichtigste und tiefste Gefühl ohne jede Vorgaukelei an, und seine Liebe zu Mama als etwas vollkommen Unanfechtbares, wenn auch vielleicht ein wenig Phantastisches. Im Ausland, in seinem »Schmerz und Glück«, und ich füge hinzu: in seiner strengsten mönchischen Einsamkeit (diesen besonderen Aufschluß erhielt ich erst später durch Tatjana Pawlowna) erinnerte er sich auf einmal an Mama, erinnerte sich gerade ihrer »eingefallenen Wangen«, und da ließ er sie gleich kommen.

»Mein Freund«, brach es unter anderem aus ihm hervor, »ich erkannte plötzlich, daß meine Idee, wenn ich ihr in dieser Weise diente, mich als sittlich bewußtes Wesen durchaus nicht von der Pflicht befreite, im Laufe meines Lebens wenigstens einen Menschen praktisch glücklich zu machen.«

»War wirklich ein solcher Buchgedanke der ganze Anlaß?« fragte ich verwundert.

»Das ist kein Buchgedanke. Oder übrigens – meinetwegen doch ein wenig erklügelt. Trotzdem traf da alles zusammen: ich liebte deine Mutter doch wirklich und aufrichtig, nicht aus abstrakten Erwägungen. Hätte ich sie nicht so geliebt, dann hätte ich sie doch nicht kommen lassen, sondern hätte den ersten besten, irgendeinen Deutschen oder eine Deutsche »glücklich gemacht«, da ich mich nun einmal von dieser Pflicht überzeugt hatte. Aber die Pflicht, unbedingt wenigstens einen Menschen in seinem Leben glücklich zu machen, und zwar praktisch, das heißt: in Wirklichkeit, würde ich für jeden entwickelten Menschen einfach zum Gebot erheben; ganz wie ich im Hinblick auf die Entwaldung Rußlands jeden Bauern gesetzlich zwingen würde, in seinem Leben wenigstens einen Baum zu pflanzen. Übrigens, ein Baum wäre zu wenig, man könnte eigentlich verlangen, daß er in jedem Jahr einen Baum pflanze. Ein höher entwickelter Mensch, der eine höhere Idee verfolgt, läßt sich bisweilen vollkommen ablenken von der Wirklichkeit, wird lächerlich, eigensinnig und kalt, ja, ich kann sogar sagen, wird dumm, und das nicht nur im praktischen Leben, sondern zu guter Letzt sogar dumm auch in seinen Theorien. So würde die Pflicht, sich praktisch im Leben zu betätigen und wenigstens einen Menschen praktisch zu beglücken, alles gutmachen und den Wohltäter selbst erfrischen und beleben. Als Theorie hört sich das sehr lächerlich an; doch wenn sich das praktisch durchsetzte und zum allgemeinen Brauch würde, so wäre das ganz und gar nicht dumm. Ich habe das an mir selbst erfahren: kaum hatte ich diese Idee von dem neuen Gebot zu entwickeln begonnen – und anfangs tat ich das natürlich nur halb im Scherz –, als ich plötzlich auch die ganze Größe der in mir verborgenen Liebe zu deiner Mutter zu erkennen anfing. Bis dahin hatte ich überhaupt nicht begriffen, daß ich sie liebte. Solange ich mit ihr gelebt hatte, war sie für mich nur zu meinem Vergnügen dagewesen, solange sie noch hübsch war, und nachher hatte ich sie mit meinen Launen gequält. Erst in Deutschland begriff ich, daß ich sie liebte. Es begann mit der Erinnerung an ihre eingefallenen Wangen, an die ich niemals ohne Schmerz habe denken und die ich manchmal nicht einmal ohne Schmerz habe sehen können, einen buchstäblichen, wirklichen, physischen Schmerz. Es gibt schmerzhafte Erinnerungen, mein Lieber, die uns wirklichen, körperlichen Schmerz verursachen; fast jeder Mensch hat solche Erinnerungen, nur vergessen die Menschen sie gewöhnlich. Aber dann geschieht es bisweilen, daß sie ihnen plötzlich wieder einfallen, wenn es auch nur irgendein kleiner Zug ist, der ihnen einfällt, und dann können sie die Erinnerung nicht mehr abschütteln. So begann ich damals, mir tausend verschiedene Einzelheiten aus meinem Leben mit Ssónja ins Gedächtnis zurückzurufen; bald kamen sie von selbst, und schließlich stürmten sie in Massen auf mich ein und hätten mich fast totgequält, während ich dort wartete. Ganz besonders quälte mich die Erinnerung an ihre ewige Unterwürfigkeit mir gegenüber, und daran, wie sie sich beständig für tief unter mir stehend gehalten hatte, in jeder Beziehung, stell dir das vor, sogar körperlich. Sie schämte sich und wurde glühend rot, wenn ich auf ihre Hände oder Finger sah, die ja gar nicht aristokratisch sind. Und nicht nur ihrer Finger schämte sie sich – sie schämte sich ihres ganzen Äußeren, ungeachtet dessen, daß ich doch ihre Schönheit liebte. Sie war mir gegenüber schon immer von einer Schamhaftigkeit gewesen, die ich geradezu unverständlich fand, doch das Schlimme war, daß aus dieser Schamhaftigkeit immer eine Art Angst hervorsah. Sie hielt sich, wenigstens vor mir, für etwas ganz Wertloses oder fast Unanständiges. Glaube mir, ich habe in der ersten Zeit manchmal gedacht, sie halte mich immer noch für ihren Gutsherrn und fürchte mich, aber das war es nicht, der Grund war ein ganz anderer. Und dabei war sie, ich schwöre dir, mehr als jeder andere fähig, meine Mängel zu erkennen; überhaupt bin ich in meinem ganzen Leben keiner Frau begegnet, die ein so feinfühliges und verstehendes Herz gehabt hätte wie sie. Oh, wie war sie unglücklich, wenn ich in der ersten Zeit, als sie noch so hübsch aussah, von ihr verlangte, sie solle sich schön kleiden. Da war es nicht nur ihr Selbstgefühl, sondern noch irgendein anderes Gefühl, das sich dadurch gekränkt fühlte: sie begriff, daß sie niemals eine Dame sein könne und in einem ihr fremden Kleide immer nur lächerlich aussehen werde. Sie aber wollte nicht, als Frau, lächerlich sein in ihren Kleidern, denn sie fühlte wohl, daß jede Frau die *ihr* gemäße Kleidung tragen sollte, was Tausende und Hunderttausende von Frauen nie begreifen, die sich immer nur nach der Mode kleiden wollen. Sie fürchtete sich vor meinem spöttischen Blick – das war's! Aber besonders schmerzlich war mir die Erinnerung an ihren tief verwunderten Blick, den ich in der ganzen Zeit unseres Zusammenlebens oft auf mir hatte ruhen fühlen: in diesem Blick hatte immer ein vollkommenes Sichbewußtsein ihres Geschicks und der sie erwartenden Zukunft gelegen, so daß es mir selbst unter diesem Blick schwer ums Herz geworden war, obgleich ich mich damals in Gespräche mit ihr nicht eingelassen und dies alles, ich muß gestehen, gewissermaßen von oben herab behandelt hatte. Und du mußt wissen, daß sie doch nicht immer so scheu und ängstlich war wie jetzt; und auch jetzt kommt es ja noch bisweilen vor, daß sie plötzlich fröhlich wird, und die Fröhlichkeit sie so verjüngt, daß sie wie eine Zwanzigjährige aussieht; in ihrer Jugend aber liebte sie es sehr, zu schwatzen und zu lachen, natürlich nur unter ihresgleichen – so mit den Mädchen und dem ganzen Frauenvolk, das sich in unseren Gutshäusern einzunisten pflegt ... und wie sie zusammenfuhr, wenn ich sie beim Lachen überraschte, wie sie dann rot wurde, wie scheu sie mich ansah! Einmal, das war noch vor meiner Abreise ins Ausland, das heißt, kurz bevor ich die Verbindung mit ihr löste, kam ich in ihr Zimmer und traf sie ganz allein an: sie saß ohne Arbeit an ihrem Tischchen, den Arm aufgestützt und tief in Gedanken. Es kam fast nie vor, daß sie so ohne Arbeit dasaß. Damals war ich schon lange nicht mehr zärtlich zu ihr gewesen. Es gelang mir, mich auf den Zehenspitzen ganz leise an sie heranzuschleichen, und auf einmal umfaßte und küßte ich sie ... Sie sprang auf – oh, nie werde ich diese Seligkeit vergessen, dieses Glück in ihrem Gesicht, doch plötzlich wich das alles einem heißen Erröten, und ihre Augen sprühten. Weißt du, was ich in diesem sprühenden Blick las? ‚Du hast mir ein Almosen gegeben, ich weiß es wohl!' Sie brach in hysterisches Weinen aus, ich hätte sie erschreckt, sagte sie; aber ich wurde sogar damals doch nachdenklich. Und überhaupt – alle diese Erinnerungen sind etwas sehr Schweres, mein Freund. Das ist ähnlich wie mit gewissen *schmerzhaften* Szenen in den Dichtungen der großen Künstler, an die man sein Leben lang mit einem Schmerzempfinden denkt – zum Beispiel, der letzte Monolog Othellos bei Shakespeare, oder wie Puschkins Eugen Onégin vor Tatjána kniet, oder in den „Misérables" von Victor Hugo die Begegnung des entsprungenen Zuchthäuslers mit dem kleinen Mädchen in der kalten Nacht am Brunnen; das durchbohrt einem einmal das Herz, und die Wunde vernarbt danach nie. Oh, wie sehnsüchtig wartete ich damals auf Ssónja, ich konnte es nicht erwarten, sie in meine Arme zu schließen! In fiebernder Ungeduld träumte ich von einem ganz neuen Lebensplan; ich träumte davon, wie ich mit liebevoller Geduld diese beständige Angst vor mir in ihrer Seele zerstören, ihr ihren eigenen Wert klarmachen und ihr auseinandersetzen würde, worin sie sogar über mir stehe! Oh, ich wußte auch damals schon und nur zu gut, daß ich deine Mutter immer dann zu lieben anfing, wenn wir getrennt waren, und daß ich immer kühl zu ihr wurde, wenn ich mit ihr wieder zusammenkam; aber damals war es nicht das, damals war es etwas ganz Anderes.«

Ich war überrascht. ‚Und *sie*?' fuhr es mir durch den Kopf.

Ich fragte vorsichtig: »Und wie trafen Sie denn damals mit Mama zusammen?«

»Damals? Ja, zu diesem Zusammentreffen kam es damals gar nicht. Sie kam gerade nur bis Königsberg und blieb dort, ich aber war am Rhein. Ich fuhr ihr nicht entgegen, sondern schrieb ihr, sie solle dort bleiben und warten. Wir sahen uns erst viel später, oh, erst nach langer Zeit, als ich zu ihr reiste, um von ihr die Erlaubnis zu jener anderen Heirat zu erbitten . . .«

II

Von unserem weiteren Gespräch will ich jetzt nur noch das wiedergeben, was ich von ihm damals an Tatsachen erfuhr, das heißt, selbstverständlich nur das, was ich davon begriff, zumal er seinen Bericht nun ziemlich sprunghaft fortsetzte. Überhaupt wurde seine Art, zu erzählen, unvergleichlich wirrer, unklarer, sowie er bis zu diesem Punkt gekommen war.

Er war plötzlich Katerina Nikolajewna begegnet, ganz unerwartet, gerade in der Zeit, als er auf Mama wartete und seine Ungeduld aufs höchste gestiegen war. Sie hielten sich damals alle in einem Kurort am Rhein auf und tranken dort irgendeinen Brunnen. Katerina Nikolajewnas Mann war schon von den Ärzten aufgegeben worden, oder wenigstens hatten sie erkannt, daß sie ihm nicht mehr helfen konnten. Schon bei der ersten Begegnung hatte sie den tiefsten Eindruck auf ihn gemacht, hatte sie ihn durch irgend etwas förmlich verzaubert. Das war Schicksal, war Fatum.

Sonderbar: jetzt, wo ich unser Gespräch niederschreibe und mir alles wieder vergegenwärtige, kann ich mich nicht erinnern, daß er damals auch nur einmal das Wort »Liebe« gebraucht hätte oder den Ausdruck, er sei »verliebt« gewesen. Aber des Wortes »Fatum« erinnere ich mich noch sehr gut.

Ja, das war allerdings Fatum. Er *hatte es nicht gewollt*, er »hatte nicht lieben wollen«. Ich weiß nicht, ob ich das verständlich werde wiedergeben können; jedenfalls empörte sich alles in ihm allein schon gegen die Tatsache, daß so etwas mit ihm hatte geschehen können. Alles, was an Freiheit in ihm gewesen war, war durch diese Begegnung wie mit einem Schlage vernichtet, und der Mann fühlte sich auf ewig an eine Frau gefesselt, die er nichts anging. In diese Sklaverei der Leidenschaft war er gegen seinen Willen geraten. Ich will es jetzt ganz offen aussprechen: Katerína Nikolájewna ist ein sehr seltener Typus einer Weltdame – ein Typus, den es in diesen Kreisen vielleicht so gut wie überhaupt nicht gibt. Es ist der Typus einer im höchsten Grade schlichten und aufrichtigen Frau. Ich habe gehört, das heißt, ich weiß genau, daß sie eben dadurch in der Gesellschaft unwiderstehlich wirkte, wenn sie in ihr erschien (es war aber schon oft vorgekommen, daß sie sich auf längere Zeit von allem Verkehr zurückzog). Werssiloff hatte damals bei der ersten Begegnung selbstverständlich nicht geglaubt, daß sie so wäre, sondern hatte gerade das Gegenteil vermutet, daß sie eine Heuchlerin und Jesuitin sei. Ich möchte hier gleich vorgreifend ihr Urteil über ihn wiedergeben: Sie versicherte, er habe von ihr auch gar nicht anders denken können, »denn ein Idealist, der mit der Stirn an die Wirklichkeit prallt, ist immer eher als jeder andere geneigt, jede Schändlichkeit vorauszusetzen«. Ich weiß nicht, ob das auf die Idealisten im allgemeinen zutrifft, aber auf ihn traf es natürlich buchstäblich zu. Hier sei meinetwegen auch noch meine eigene Ansicht angeführt, zu der ich schon damals kam, als ich noch dort saß und ihm zuhörte. Ich dachte bei mir, er werde meine Mutter wohl mehr mit einer sozusagen humanen, allgemein menschlichen Liebe geliebt haben als mit der einfachen Liebe, mit der man sonst Frauen liebt; und als er dann einer Frau begegnete, die in ihm eine solche Liebe erweckte, da lehnte er sich gleich gegen diese Liebe auf – wahrscheinlich, weil er daran nicht gewöhnt war. Übrigens ist es möglich, daß diese Auffassung falsch ist – ihm gegenüber habe ich sie natürlich nicht geäußert; es wäre taktlos gewesen. Und außerdem war er in einer solchen Verfassung, daß er wirklich der Schonung bedurfte: er war sehr erregt, und an manchen Stellen seiner Erzählung verstummte er plötzlich und schwieg mehrere Minuten lang, während er mit bösem Gesicht im Zimmer auf und ab ging.

Sie hatte damals sein Geheimnis bald erraten. Oh, vielleicht hatte sie mit ihm sogar absichtlich kokettiert: in solchen Fällen sind ja selbst die reinsten Frauen manchmal gewissenlos, das geschieht nun mal aus einem unbezwingbaren Instinkt. Es endete zwischen ihnen mit einem erbitterten Zerwürfnis: er wollte sie, glaube ich, erschießen; jedenfalls hat er sie in Angst und Schrecken versetzt, und vielleicht hätte er sie auch umgebracht, »aber alles verwandelte sich dann in Haß«. Und danach kam für ihn eine sonderbare Zeit: er stellte sich auf einmal die Aufgabe, sich durch strengste Zucht zu quälen, »durch dieselbe Zucht, die die Mönche anwenden, um sich zu kasteien. Man bezwingt allmählich und durch methodische Übung seinen Willen, man fängt mit den lächerlichsten und nichtigsten Dingen an und endet damit, daß man seinen Willen vollkommen beherrscht, und eben dadurch vollkommen frei wird«, sagte er. Er fügte hinzu, bei den Mönchen sei das eine ernste Sache, da tausendjährige Übung die Zucht zur Wissenschaft erhoben habe. Aber das Merkwürdigste war, daß er sich diese Idee von der Zucht nicht etwa deshalb in den Kopf gesetzt hatte, um von Katerina Nikolajewna loszukommen, sondern in der vollkommenen Überzeugung, daß er nicht nur sie zu lieben aufgehört habe, sondern sie bereits aufrichtig hasse. An diesen seinen Haß glaubte er so fest, daß er plötzlich sogar auf den Gedanken kam, sich in ihre Stieftochter zu verlieben und die arme, vom Fürsten Ssergéi Petrówitsch Betrogene zu heiraten. An seiner neuen Liebe zweifelte er überhaupt nicht mehr, und die arme Idiotin verliebte sich so grenzenlos in ihn, daß er ihr durch diese Liebe in den letzten Monaten ihres Lebens das größte Glück bescherte. Warum er aber damals, statt auf den Gedanken an sie, nicht auf den Gedanken an Mama gekommen war, die immer noch in Königsberg auf ihn wartete, ist für mich unverständlich geblieben. Ja, gerade Mama hatte er auf einmal vollständig vergessen, hatte ihr nicht einmal Geld zum Leben geschickt, und erst Tatjana Pawlowna hatte die Arme gerettet und aus Königsberg abgeholt; aber plötzlich war er dann doch zu Mama gefahren, um von ihr die Erlaubnis zu erbitten, jenes junge Mädchen zu heiraten, unter dem Vorwande, »daß eine solche Braut doch keine Frau sei«. Oh, vielleicht ist dies alles nur das Bild eines »abstrakten Menschen«, wie Katerina Nikolajewna ihn später einmal genannt hat; aber wie kommt es denn, daß diese abstrakten Menschen (wenn es wahr ist, daß sie abstrakt sind) zugleich fähig sind, auf eine so konkrete Weise, so wirklich und unabstrakt sich zu quälen und tragisch zu werden? Übrigens, damals, an jenem Abend, dachte ich ein wenig anders, und mich erschütterte ein Gedanke:

»*Sie* haben Ihre Entwicklung, Ihre ganze wissende Seele durch lebenslängliches Leid und ewigen Kampf erworben, *ihr* aber ist ihre ganze Vollkommenheit umsonst zugefallen. Das macht eine Ungleichheit aus. In *der* Beziehung sind die Frauen wirklich empörend!« Ich sagte das durchaus nicht, um mich ihm einzuschmeicheln, sondern heftig und unwillig.

»Vollkommenheit? Ihre Vollkommenheit? Aber von einer solchen kann doch bei ihr überhaupt nicht die Rede sein!« sagte er plötzlich, fast verwundert über meine Worte. »Das ist doch eine ganz gewöhnliche Frau, sogar eine ganz wertlose Frau... Aber sie ist eben verpflichtet, alle Vollkommenheiten zu haben!«

»Wieso verpflichtet?«

»Weil sie, da sie doch eine solche Macht hat, einfach verpflichtet ist, alle Vollkommenheiten zu besitzen!« schrie er plötzlich wütend auf.

»Das Traurigste ist, daß Sie auch jetzt noch so gequält sind!« entschlüpfte es mir auf einmal ganz ungewollt.

»Jetzt? Gequält?« wiederholte er wieder meine Worte, während er wie verständnislos vor mir stehen blieb.

Und da erschien auf einmal ein stilles, langsames Lächeln in seinem tief nachdenklichen Gesicht, und er erhob, gleichsam überlegend, einen Finger. Und dann, nachdem er wieder wie zu sich gekommen war, nahm er vom Schreibtisch einen geöffneten Brief und warf ihn vor mich hin.

»Hier, lies das! Du mußt unbedingt alles erfahren ... warum hast du mich so lange in diesem alten Gewäsch herumwühlen lassen? ... Ich habe damit nur mein Herz besudelt und erbittert! ...«

Ich kann meine Verwunderung nicht beschreiben. Es war ein Brief von *ihr* an ihn, den sie an demselben Tage geschrieben, und den er gegen fünf Uhr nachmittags erhalten hatte. Während ich las, zitterte ich vor Aufregung. Der Brief war nicht lang, aber mit einer solchen Aufrichtigkeit und Herzlichkeit geschrieben, daß ich sie leibhaftig vor mir zu sehen und ihre Stimme zu hören glaubte. Sie gestand ihm mit aller Offenheit (und das war fast rührend) ihre ganze Angst vor ihm, und flehte ihn dann einfach an, sie doch endlich »in Ruhe leben zu lassen«. Zum Schluß teilte sie ihm mit, es sei jetzt beschlossen, daß sie Bjoring heiraten werde. Vor diesem Brief hatte sie noch nie an ihn geschrieben.

Und nun will ich wiedergeben, was ich damals von seinen Erklärungen verstanden habe:

Nachdem er diesen Brief gelesen, nachmittags um fünf Uhr, hatte er plötzlich eine ganz unerwartete Verwandlung in sich verspürt: zum erstenmal in diesen verhängnisvollen zwei Jahren hatte er nicht den geringsten Haß gegen sie und nicht die geringste Erschütterung empfunden, etwa von der Art, wie er noch kurz vorher bei der bloßen Nachricht von ihrer Verlobung mit Bjoring »verrückt geworden war«. »Im Gegenteil, ich habe ihr von ganzem Herzen meinen Segen gegeben«, sagte er mit tiefem Gefühl zu mir. Mit Entzücken vernahm ich diese Worte. Also war alles, was an Leidenschaft und Qual in ihm getobt hatte, mit einem Schlag verschwunden, ganz von selbst, wie ein Traum, wie ein zweijähriges Behextsein. Noch hatte er es sich selbst nicht geglaubt, als er zu Mama geeilt war – und siehe da: er trat in dem Augenblick bei ihr ein, als sie endlich *frei* wurde und der Greis, der sie ihm gestern gewissermaßen anvertraut hatte, starb. Eben dieses Zusammentreffen hatte ihn so erschüttert. Und nur wenig später war er schon davongeeilt, um mich aufzusuchen, – daß er unter diesen Umständen doch sogleich an mich gedacht hat, werde ich nie vergessen.

Und auch die letzten Stunden jenes Abends werde ich nie vergessen. Dieser Mensch hatte sich ganz und gar und ganz plötzlich wieder verwandelt. Wir saßen bis tief in die Nacht beisammen. Davon, wie diese ganze »Mitteilung« auf mich wirkte, werde ich später erzählen, an einer anderen Stelle, hier aber will ich nur noch ein paar abschließende Worte über ihn sagen. Wenn ich jetzt darüber nachdenke, begreife ich, womit er mich damals am meisten bezaubert hat: das war seine gewisse Demut vor mir und seine so echte Aufrichtigkeit, mir, dem halben Knaben, gegenüber! »Es war wie eine Benommenheit«, rief er aus, »aber auch die segne ich jetzt! Ohne diese Blendung hätte ich in meinem Herzen vielleicht niemals die restlose und für ewig einzige Herrin meines Herzens gefunden, meine Märtyrerin – deine Mutter.« Diese begeisterten Worte, die unaufhaltsam aus ihm hervorbrachen, verzeichne ich hier besonders im Hinblick auf das Weitere. Damals aber ergriff und besiegte er damit meine Seele.

Ich weiß noch, wir wurden zu guter Letzt sehr heiter. Er ließ Champagner bringen, und wir stießen auf Mamas Wohl und auf »die Zukunft« an. Oh, er war so voll Leben und so begierig, zu leben! Aber nicht vom Wein wurden wir auf einmal so lustig: wir tranken jeder im ganzen nur zwei Glas. Ich weiß nicht, weshalb es geschah, aber wir lachten zum Schluß fast unaufhörlich. Wir sprachen schon von ganz anderen, ganz nebensächlichen Dingen; er erzählte mir alle möglichen Geschichtchen und ich ihm gleichfalls. Und unser Lachen wie unsere Geschichten waren weder boshaft noch weiß Gott wie lustig, aber sie steigerten doch noch unsere Heiterkeit. Er wollte mich noch immer nicht fortlassen: »Bleib noch, bleib noch ein wenig!« sagte er immer wieder, und ich blieb. Später aber kam er mit und begleitete mich ein Stück Weges; die Nacht war wundervoll, es fror ein wenig.

»Sagen Sie: haben Sie *ihr* schon geantwortet?« fragte ich plötzlich ganz unbedacht, als ich ihm an der Straßenecke zum letztenmal die Hand drückte.

»Nein, noch nicht, aber das ist ja egal. Komme morgen wieder zu mir, komm schon früher ... Und noch eines: den Umgang mit diesem Lambert gib ein für allemal auf, und das „Dokument" zerreiße, am besten so schnell wie möglich! Leb wohl!«

Und damit ging er plötzlich davon; ich blieb auf demselben Fleck stehen und war so betroffen, daß ich gar nicht dazu kam, ihn aufzuhalten. Der Ausdruck »Das Dokument« überraschte mich ganz besonders; von wem konnte er gerade diese Bezeichnung gehört haben, wenn nicht von Lambert? Ich kehrte in großer Verwirrung nach Hause zurück. ‚Und ist denn so etwas überhaupt möglich', fuhr es mir plötzlich durch den Kopf, ‚daß so ein zweijähriges Verhextsein auf einmal verschwindet, wie ein Traum, wie ein Spuk, wic cine Vision?'

einen Stuhl, nicht ein Sofa mit Samt überziehen ließe und auch als Besitzer von hundert Millionen nur meinen Teller Suppe mit Rindfleisch äße, wie ich es heute tue!

Ich kleidete mich an und beeilte mich dabei, denn es zog mich unaufhaltsam zu ihm hin. Ich muß hier bemerken, daß ich auch wegen seiner gestrigen Erwähnung des »Dokuments« mindestens fünfmal ruhiger war als noch am Abend zuvor. Erstens hoffte ich, mich mit ihm aussprechen zu können, und zweitens, was war denn schließlich dabei, daß Lambert sich auch an ihn herangemacht und über irgend etwas mit ihm gesprochen hatte? – Aber der Hauptgrund meiner Freude lag doch in einem außergewöhnlichen Gefühl: das war der Gedanke, daß er »*sie* nicht mehr liebte«. Daran glaubte ich mit aller Gewalt, und ich hatte eine Empfindung, als hätte jemand gleichsam einen unheimlichen Stein von meinem Herzen gewälzt. Ich erinnere mich auch noch einer ganz flüchtig in mir auftauchenden Erkenntnis: eben der Ungeheuerlichkeit und Sinnlosigkeit seines letzten rasenden Wutausbruchs bei der Nachricht von ihrer Verlobung mit Bjoring und der Absendung jenes beleidigenden Briefes an sie – eben diese äußerste Heftigkeit des Ausbruchs konnte ein Anzeichen und ein Vorläufer der vollkommenen Veränderung seiner Gefühle und seiner baldigen Rückkehr zur Vernunft gewesen sein: ‚Vielleicht ist das wie bei einer Krankheit', dachte ich bei mir, ‚einer Krankheit, in deren Verlauf er einmal unbedingt zu diesem entgegengesetzten Punkt hatte gelangen müssen – also eine ärztlich vorauszusehende Übergangserscheinung und nichts weiter!' Dieser Gedanke machte mich glücklich.

‚Und mag *sie* doch selbst ihr Schicksal bestimmen, mag sie doch ihren Bjoring heiraten, soviel sie will, wenn nur er, mein Vater, mein Freund, wenn nur er sie nicht mehr liebt!' rief es in mir. Übrigens lag hier meinen eigenen Gefühlen ein gewisses Geheimnis zugrunde, doch darüber will ich mich in diesen meinen Aufzeichnungen nicht weiter verbreiten.

Das dürfte genügen. Und nun will ich den ganzen folgenden Schrecken, diese ganzen Machenschaften und das Zusammenwirken der Tatsachen ohne weitere Betrachtungen wiedergeben.

II

Um zehn Uhr, als ich mich gerade anschickte fortzugehen – zu ihm natürlich –, erschien Darja Onissimowna. Ich fragte sie erfreut, ob sie von ihm komme, und ärgerte mich, als ich hörte, daß sie nicht von ihm, sondern von Anna Andrejewna kam, und daß sie, Darja Onissimowna, »die Wohnung schon in aller Frühe verlassen« hätte.

»Welche Wohnung?«

»Dieselbe, in der Sie gestern waren. Diese Wohnung ist jetzt auf meinen Namen gemietet, für das Kindchen, und bezahlt wird sie von Tatjana Pawlowna . . .«

»Ach, was geht das mich an!« unterbrach ich sie geärgert. »Aber ist er wenigstens jetzt zu Hause? Werde ich ihn antreffen?«

Doch zu meiner Verwunderung hörte ich von ihr, daß er noch vor ihr die Wohnung verlassen habe; sie hatte sie schon »in aller Frühe« verlassen; er aber noch früher?

»Nun, dann wird er doch jetzt wieder zurückgekehrt sein?«

»Nein, er ist sicherlich nicht zurückgekehrt und wird vielleicht überhaupt nicht mehr zurückkehren«, sagte sie und sah mich mit demselben scharfen und lauernden Blick an, ohne ihn von mir abzuwenden, ganz wie damals, als ich krank zu Bett lag, bei ihrem Besuch, den ich bereits schilderte.

Vor allem empörte mich hierbei, daß dahinter wieder allerhand Geheimnisse und Dummheiten zu stecken schienen, und daß diese Leute ohne Geheimtuerei und Hinterlist offenbar gar nicht auskommen konnten.

»Weshalb sagen Sie, er werde vielleicht überhaupt nicht

mehr zurückkehren? Was meinen Sie damit? Er wird einfach zu Mama gegangen sein, -- und das ist alles!«

»Ich w—eiß nicht.«

»Ja, wozu haben Sie sich denn hierher bemüht?«

Hierauf sagte sie, sie käme soeben von Anna Andréjewna, die mich zu sich bitten lasse und mich erwarte, und ich möchte unbedingt *sofort* kommen, »denn sonst könnte es zu spät sein.« Dieses neue rätselhafte Wörtchen »zu spät« steigerte meine Gereiztheit ganz beträchtlich.

»Warum zu spät? Ich will aber nicht kommen und komme auch nicht! Ich erlaube es nicht, daß man so einfach über mich verfügt. Den Lambert soll sie zum Teufel jagen, sagen Sie ihr das. Und wenn sie ihn zu mir schickt, so fliegt er die Treppe hinunter – das sagen Sie ihr gleichfalls, und zwar wörtlich!«

Darja Onissimowna erschrak nicht wenig.

»Ach, nein doch!« Sie trat schnell einen Schritt auf mich zu, die Handflächen wie betend zusammengelegt, als wolle sie mich beschwören, »tun Sie das nicht so übereilt! Es handelt sich hier um eine so wichtige Sache, auch für Sie selbst ist sie so wichtig und für Anna Andrejewna, und auch für Andrei Petrowitsch, wie für Ihr Mamachen – für alle... Ach, bitte, gehen Sie doch gleich zu Anna Andréjewna, denn sie können wirklich nicht länger warten... ich schwöre es Ihnen, mein Ehrenwort.. und nachher entschließen Sie sich dann schon selbst...«

Ich sah sie erstaunt und mit gewissem Unbehagen an.

»Unsinn, daraus wird nichts, ich komme nicht!« rief ich eigensinnig und nicht ohne Schadenfreude. »Jetzt wird alles anders angefaßt! Aber wie sollten Sie das verstehen? Leben Sie wohl, Darja Onissimowna, ich werde absichtlich nicht hingehen, und ich frage Sie jetzt absichtlich nicht aus. Sie wollen mich nur verwirren und von meinem Wege abbringen. Ich aber habe gar keine Lust, mich mit Ihren Rätseln abzugeben. Behalten Sie Ihre Geheimnisse für sich!«

Da sie nicht fortging und noch immer dastand, nahm ich

meinen Pelz und meine Mütze, ließ sie einfach mitten im Zimmer stehen und ging hinaus. In meinem Zimmer befanden sich weder Briefe noch Papiere, und ich hatte auch früher mein Zimmer fast nie abgeschlossen, wenn ich aus dem Hause ging. Aber ich war noch nicht bis zur Haustür gekommen, als mir mein Wirt, Pjotr Ippolítowitsch, barhaupt und in der Alltagsmontur die Treppe herunter nachgelaufen kam.

»Arkadij Makarowitsch! Arkadij Makarowitsch!«

»Was wollen Sie denn noch?«

»Werden Sie denn gar keine Anordnungen treffen, bevor Sie gehen?«

»Nein.«

Er sah mich wißbegierig und sichtlich besorgt an.

»In betreff Ihres Zimmers, meine ich?«

»Was ist denn mit dem Zimmer? Ich habe Ihnen die Miete doch richtig zum Termin geschickt?«

»Ach nein, ich rede nicht vom Gelde«, sagte er mit breitem Lächeln, und sein Blick kroch mir wieder in die Augen.

»Ja, was haben Sie denn alle?« rief ich schließlich wütend. »Was wollen Sie denn noch von mir?«

Er zögerte ein Weilchen, als warte er doch noch auf irgend etwas.

»Na, dann werden Sie Ihre Anordnungen wohl später treffen . . . wenn Sie jetzt nicht bei Laune sind«, murmelte er schließlich, und sein Lächeln wurde noch breiter. »Also, gehen Sie nur, auch ich muß jetzt fort, in meine Kanzlei.«

Er lief die Treppe wieder hinauf. Freilich konnte das einem schon zu denken geben.

Ich übergehe absichtlich nicht den kleinsten Zug von dem ganzen kleinlichen Wirrwarr meiner Geschichte an dieser Stelle, weil jede Einzelheit an jenem Tage sich später als zum Ganzen gehörend erweisen soll. Aber davon wird sich der Leser noch selbst überzeugen. Daß die Menschen mich damals tatsächlich verwirrten, muß ich schon eingestehen. Wenn ich so erregt und gereizt war, so war ich das nur, weil ich aus ihren Worten wieder jenen Ton der Ränkespinnerei und Geheimniskrämerei heraushörte, der mir schon so verhaßt geworden war, zumal er mich an die früheren Geschichten erinnerte. Aber ich fahre fort.

Werssiloff traf ich nicht zu Hause an, er war tatsächlich bei Tagesanbruch fortgegangen. »Natürlich zu Mama«, sagte ich mir in eigensinniger Überzeugung. Ich wollte die Kinderwärterin, die ein dummes Weib zu sein schien, nicht weiter ausfragen, aber außer ihr und dem Kinde war niemand in der Wohnung. So eilte ich denn zu Mama, und ich muß gestehen: ich fühlte mich so beunruhigt, daß ich auf halbem Wege eine Droschke nahm. Ich kam hin und erfuhr, daß er bei Mama seit gestern abend nicht mehr gewesen war. Nur Tatjana Pawlowna und Lisa saßen bei ihr. Kaum war ich eingetreten, da begann Lisa sich auch schon zum Ausgehen anzukleiden.

Sie saßen alle oben in meinem »Sarg«. In unserem Wohnzimmer unten war Makár Iwánowitsch aufgebahrt; neben ihm las ein alter Mann langsam die Psalmen. Ich habe schon gesagt, daß ich mich von jetzt ab ausschließlich auf die Wiedergabe der Hauptsachen beschränken und Nebensachen tunlichst übergehen will; hier aber möchte ich doch nicht unerwähnt lassen, daß der Sarg, den man für ihn hatte anfertigen lassen und der bereits im Zimmer stand, durchaus nicht anspruchslos war: er war zwar schwarz, doch mit Samt bezogen, und auch die Sargdecke war aus kostbarem Stoff – ein Luxus, der durchaus nicht zu der Persönlichkeit und den Anschauungen des Alten paßte; aber Mama und Tatjana Pawlowna hatten sich zusammengetan und hartnäckig darauf bestanden.

Selbstverständlich hatte ich nicht erwartet, sie in fröhlicher Stimmung anzutreffen; aber dieser so sonderbar drükkende Kummer, diese Sorge und Unruhe, die ich in ihren Augen las, machten mich betroffen, und ich begriff sofort, daß »wahrscheinlich nicht der Tote allein« die Ursache war. Ich wiederhole: ich erinnere mich dessen noch genau.

Trotz alledem umarmte ich Mama zärtlich und fragte sogleich nach *ihm*. In Mamas Augen trat blitzschnell eine erregte Wißbegier. Ich erzählte kurz, daß wir gestern den Abend bis tief in die Nacht zusammen verbracht hätten, daß er aber heute schon ganz früh von Hause fortgegangen wäre, obgleich er mir gestern beim Abschied gesagt hätte, ich solle heute schon früher zu ihm kommen. Mama antwortete mir nichts darauf, und Tatjana Pawlowna benutzte einen unbewachten Augenblick, um mir mit dem Finger zu drohen.

»Auf Wiedersehen, Arkadij«, sagte Lisa plötzlich und verließ schnell das Zimmer. Ich lief ihr natürlich nach und erreichte sie noch an der Tür.

»Ich wußte, daß du mir nachkommen würdest«, flüsterte sie hastig.

»Lisa, was ist hier vorgefallen?«

»Das weiß ich selbst nicht, aber wahrscheinlich vielerlei. Vermutlich ist es die Entscheidung dieser ewigen Geschichte. Er ist nicht gekommen, sie aber müssen irgendeine Nachricht bekommen haben, die ihn betrifft. Dir werden sie davon wahrscheinlich nichts sagen, aber auch du sei lieber still und frage sie nicht, wenn du klug sein willst. Mama ist jedenfalls ganz niedergeschmettert. Auch ich habe sie nach nichts gefragt. Adieu!«

Sie öffnete die Tür.

»Warte, Lisa, sag doch: wie steht es denn mit dir selbst?« rief ich, indem ich ihr nach auf den Flur hinaustrat. Ihre schrecklich niedergeschlagene, verzweifelte Miene schnitt mir ins Herz. Sie machte nicht nur ein böses, sondern ein geradezu erbittertes Gesicht, lächelte gehässig und zuckte mit der Achsel.

»Wenn er nur stürbe – ich würde Gott danken!« sagte sie wegwerfend von der Treppe aus und ging.

Sie meinte den Fürsten Ssergei Petrówitsch, der damals bewußtlos in hohem Fieber lag. Ich kehrte ebenso bekümmert wie aufgeregt zu den anderen zurück.

‚Die ewige Geschichte! Was ist denn das für eine „ewige

Geschichte“?‘ fragte ich mit einem Gefühl der Herausforderung; und da hatte ich auf einmal die größte Lust, ihnen wenigstens einen Teil meiner Eindrücke von seiner nächtlichen Beichte oder womöglich die Beichte selbst mitzuteilen. ‚Sie denken jetzt sicher irgend etwas Schlechtes von ihm, – so mögen sie denn alles erfahren!‘ schoß es mir durch den Kopf.

Ich weiß nicht, ob es mir gelang, meine Erzählung sehr geschickt anzufangen. Auf ihren Gesichtern erschien sofort unendliche Wißbegier. Tatjana Pawlowna verwandte keinen Blick von mir; Mama dagegen war zurückhaltender; sie war sehr ernst, aber ein stilles, verschönendes, wenn auch seltsam hoffnungsloses Lächeln schimmerte auf ihrem Gesicht und verließ es während meiner ganzen Erzählung fast nicht einen Augenblick. Ich hielt mich bei der Wiedergabe natürlich nur an das Geistige, obgleich ich wußte, daß sie es kaum verstehen würden. Zu meinem Erstaunen fiel mir Tatjana Pawlowna gar nicht ins Wort, bestand nicht einmal auf genauer Wiedergabe aller Einzelheiten und hakte auch nicht überall ein, wie sie es sonst immer tat, wenn ich etwas erzählen wollte. Sie preßte nur hin und wieder die Lippen aufeinander und kniff die Augen zusammen, wie um intensiver überlegen zu können und die mögliche Bedeutung des Gehörten zu erfassen, was wohl nicht leicht war. Zeitweise kam es mir sogar vor, als verstünden sie doch alles, aber das war doch fast unmöglich. Ich erzählte auch von seinen Anschauungen, hauptsächlich aber von seiner gestrigen Begeisterung, von seiner Begeisterung für Mama, von seiner Liebe zu ihr, wie er ihr Bild geküßt hatte ... Als ich das erzählte, tauschten sie schweigend einen schnellen Blick aus, Mama wurde feuerrot, aber sie fuhren beide fort zu schweigen. Und dann .. ja, den wichtigsten Punkt konnte ich in *Mamas Gegenwart* natürlich nicht berühren, ich meine, seine Begegnung mit *ihr* und alles Weitere, und vor allem nicht *ihren* gestrigen Brief an ihn und seine moralische »Auferstehung« auf diesen Brief hin – und eben das war ja die Hauptsache, so daß alle seine Gefühle, wie er sie gestern geäußert, und durch die ich gerade Mama eine solche Freude hatte machen wollen, für sie unverständlich bleiben mußten, was freilich nicht meine Schuld war, denn alles, was sich erzählen ließ, hatte ich sehr schön erzählt. Ich schloß vollkommen verwirrt von Zweifeln und Bedenken. Sie unterbrachen ihr Schweigen auch jetzt nicht, und mir wurde in ihrer Gesellschaft plötzlich sehr schwer zumut.

»Wahrscheinlich wird er jetzt wieder zu Hause sein, oder vielleicht sitzt er bei mir und wartet auf mich«, sagte ich und erhob mich, um zu gehen.

»Geh nur, geh nur!« bestärkte mich Tatjana Pawlowna mit der ihr eigenen Nachdrücklichkeit.

»Bist du unten gewesen?« fragte Mama mich leise, als ich von ihr Abschied nahm.

»Natürlich war ich unten, ich habe an seiner Bahre gekniet und für ihn gebetet. Was für ein ruhiges, schönes Antlitz er hat, Mama! Ich danke Ihnen auch, Mama, daß Sie an seinem Sarge nicht gespart haben. Zuerst befremdete es mich wohl, aber dann dachte ich gleich, daß ich es selbst ebenso gemacht hätte.«

»Kommst du morgen in die Kirche?« fragte sie, und ihre Lippen bebten.

»Was für eine Frage, Mama!« rief ich ganz verwundert. »Selbstverständlich komme ich, auch heute zur Seelenmesse komme ich; und ... außerdem ist ja morgen Ihr Geburtstag, Mama, mein lieber Freund! ... Hätte er doch nur noch drei Tage länger gelebt, dann wäre er noch dabei gewesen!«

Ich ging hinaus, in einem schmerzlichen Staunen: wie konnte sie nur so eine Frage stellen – ob ich zum Totenamt in die Kirche käme oder nicht? Und wenn sie das schon von *mir* glaubten, was würden sie dann erst *von ihm* denken?

Ich wußte, daß Tatjana Pawlowna mir nachkommen werde, und erwartete sie daher absichtlich an der Flurtür; sie aber stieß mich, als sie mich erreichte, auf die Treppe hinaus und schloß die Tür hinter sich.

»Tatjana Pawlowna, was soll das bedeuten, daß Sie Andrei Petrowitsch offenbar weder heute noch morgen erwarten? Ich bin ganz erschrocken . . .«

»Halt den Mund. Große Wichtigkeit, daß du erschrocken bist. Sag jetzt: was hast du da alles für dich behalten, als du von seinem gestrigen Gefasel erzähltest?«

Ich hielt es nicht für nötig, ihr das vorhin Verschwiegene zu verheimlichen, und ich erzählte fast gereizt, über Werssiloff gereizt, von Katerina Nikolajewnas gestrigem Brief, von der Wirkung desselben auf ihn und von seiner Auferstehung zu einem neuen Leben.

Mit Verwunderung sah ich, daß meine Mitteilung von dem Brief sie nicht im geringsten in Erstaunen setzte. Da begriff ich, daß sie von diesem Brief schon wußte.

»Lügst du mir auch nichts vor?«

»Nein, ich lüge nichts vor.«

»Sieh mal an!« sagte sie mit giftigem Lächeln vor sich hin und wurde nachdenklich. »‚Auferstehung!' Das sieht ihm ähnlich! Und ist es wahr, daß er ihr Bild geküßt hat?«

»Es ist wahr, Tatjana Pawlowna.«

»Hat er es wirklich aufrichtig geküßt, hat er sich nicht bloß so angestellt?«

»Angestellt? Hat er denn das jemals getan? Schämen Sie sich, Tatjana Pawlowna! Wie roh Sie sind! – wie es nur ein Weib sein kann!«

Ich hatte mich hinreißen lassen, aber sie schien mich überhaupt nicht zu hören. Sie stand da und überlegte, ungeachtet der grimmigen Kälte im Treppenflur. Mich fror schon im Pelz, und sie war nur im Klcide.

»Ich würde dir einen Auftrag geben, schade nur, daß du zu dumm dazu bist«, sagte sie ärgerlich und verächtlich zugleich. »Höre, geh doch mal zu Anna Andréjewna und schau dort nach, was bei ihr eigentlich los ist . . . Oder nein, geh nicht; ein Tölpel bleibt doch überall ein Tölpel! Marsch, was stehst du hier noch wie ein Meilenpfosten?«

»Nein, jetzt werde ich erst recht nicht zu Anna Andrejewna gehen! Anna Andrejewna hat auch bereits selbst nach mir geschickt.«

»Selbst geschickt? Die Darja Oníssimowna natürlich?« wandte sie sich hastig wieder nach mir um; sie war schon im Begriff gewesen, fortzugehen, und hatte die Tür schon geöffnet – jetzt schloß sie sie wieder.

»Um nichts in der Welt gehe ich zu Anna Andrejewna!« wiederholte ich boshaft und mit wahrer Genugtuung; »ich gehe schon deshalb nicht hin, weil Sie mich soeben einen Tölpel nannten, und dabei war ich noch nie so scharfsinnig wie heute. Alle Ihre Verschwörungen durchschaue ich jetzt, aber zu Anna Andrejewna gehe ich nun erst recht nicht!«

»Das habe ich ja gewußt!« rief sie plötzlich aus, doch nicht als Erwiderung auf meine Worte, sondern wie in einer Fortsetzung ihrer eigenen Gedanken. »Jetzt wird man sie also völlig umstellen und sie mit der Würgeschlinge erdrosseln!«

»Wen erdrosseln? Anna Andrejewna?«

»Dummkopf!«

»Von wem sprechen Sie denn sonst? Doch nicht etwa von Katerina Nikolajewna? Was für eine Würgeschlinge?« Ich erschrak furchtbar. Eine dunkle, unheimliche Ahnung stieg in mir auf. Tatjana Pawlowna sah mich durchdringend an.

»Und du, was stehst du denn hier noch?« fragte sie plötzlich. »Oder bist auch du etwa mit im Spiel? Ich hab' ja auch von dir so etwas munkeln hören ... Nimm dich in acht!«

»Hören Sie mich an, Tatjana Pawlowna: ich werde Ihnen ein großes Geheimnis anvertrauen! – nicht jetzt, jetzt habe ich keine Zeit dazu! – aber morgen und unter vier Augen, aber dafür müssen Sie mir jetzt sofort die ganze Wahrheit sagen: was meinten Sie mit dieser Würgeschlinge? ... Schnell, Tatjana Pawlowna, ich zittere am ganzen Leibe!...«

»Was geht mich dein Zittern an! Aber was für ein Geheimnis willst du mir denn da mitteilen? Solltest du wirklich noch irgend etwas wissen?« Sie durchbohrte mich förmlich mit ihrem Blick. »Du hast ihr doch damals selbst geschworen, daß der Brief von Krafft verbrannt worden sei . . .«

»Tatjana Pawlowna, ich sage Ihnen noch einmal, quälen Sie mich nicht!« fuhr ich meinerseits fort, ohne auf ihre Frage zu antworten. Ich war außer mir. »Begreifen Sie doch, Tatjana Pawlowna: dadurch, daß Sie mir jetzt etwas verheimlichen, kann ein noch weit schlimmeres Unglück geschehen . . . Er hat mir doch gestern selbst gesagt, daß er sich jetzt für auferstanden betrachte!«

»Ach, scher dich zum Teufel, Narr! Bist ja selber wie ein Spatz verliebt! – Vater und Sohn in ein und dasselbe Objekt! Pfui, schamlose Kerle!«

Sie verschwand und schlug wütend die Tür hinter sich zu. Empört über den nackten, schamlosen Zynismus ihrer letzten Worte – einen Zynismus, zu dem nur eine Frau fähig ist – lief ich tief beleidigt davon. Doch ich will nicht meine Gefühle beschreiben. Das habe ich ja schon einmal erklärt. Ich will jetzt nur die Tatsachen wiedergeben, die alles Weitere entscheiden. Natürlich fragte ich beim Vorübergehen an Werssiloffs Wohnung wieder nach, ob er zu Hause sei, und erfuhr abermals von der Wärterin, daß er sich inzwischen nicht habe sehen lassen.

»Wird er denn überhaupt nicht mehr herkommen?« fragte ich.

»Das mag Gott wissen!«

III

Tatsachen, Tatsachen! . . . Aber wird der Leser sie unerklärt überhaupt verstehen können? Ich weiß noch, wie eben diese Tatsachen mich damals bedrückten und mich nicht einmal zum Nachdenken kommen ließen, so daß mein Verstand am Ende des Tages vollständig verwirrt war. Darum will ich hier mit ein paar Worten vorgreifen.

Meine ganze Qual bestand in der Frage: Wenn es wahr

ist, daß er *sie* seit gestern nicht mehr liebt, wo kann er sich dann heute aufhalten? Antwort: am ehesten bei mir, dem er gestern alles gesagt hat; dann: bei Mama, deren Bild er gestern geküßt hat. Statt dessen war er schon »in aller Frühe« aus dem Hause gegangen und irgendwohin verschwunden, und Darja Onissimowna hatte sogar davon phantasiert, daß er vielleicht überhaupt nicht mehr zurückkehren werde. Und nicht genug damit: Lisa spricht auf einmal von einer Entscheidung der »ewigen Geschichte« und sagt, Mama habe irgendwelche Nachrichten von ihm, und zwar die letzten; außerdem sind sie über Katerina Nikolajewnas Brief vollkommen unterrichtet (das hatte ich sehr wohl gemerkt) und wollen trotzdem an seiner »Auferstehung« zu neuem Leben nicht glauben, wenn sie mir auch mit Spannung zuhörten. Mama fühlt sich wie vernichtet, und Tatjana Pawlowna verhöhnt den Ausdruck »Auferstehung«. Wenn das aber so ist, dann muß in ihm über Nacht wieder eine Wandlung vorgegangen sein, eine neue Krisis – und das nach der ganzen Begeisterung, dem ganzen Glück, dem ganzen Pathos von gestern! Also ist seine »Auferstehung« wie eine Seifenblase zerplatzt, und er treibt sich vielleicht wieder genau so herum, in derselben Wut wie damals, als er die Nachricht von ihrer Verlobung mit Bjoring erhalten hatte! Es fragt sich nur, was aus Mama, aus mir, aus uns allen werden wird ... und schließlich auch: was aus *ihr* werden wird? Was kann Tatjana Pawlowna mit der »Würgeschlinge« gemeint haben, als sie mich zu Anna Andrejewna schicken wollte? Und wer soll »erdrosselt« werden? Jedenfalls steht die »Schlinge« mit Anna Andrejewna in Zusammenhang, das ist klar. Warum aber mit Anna Andrejewna? Ich gehe sofort zu Anna Andrejewna! Ich habe ja nur aus Trotz gesagt, daß ich nicht hingehen werde; ich gehe! Aber was sagte Tatjana Pawlowna doch noch von dem Brief, den Krafft verbrannt hätte? Und hat nicht auch er gestern zu mir gesagt: »Das Dokument zerreiße«?

Das war es, was in mir wogte, was mich gleichfalls wie

eine »Schlinge« würgte. Doch im Grunde brauchte ich ja nur *ihn.* Mit ihm hätte ich sofort alles aufgeklärt, das fühlte ich; wir hätten einander in zwei Worten verstanden! Ich hätte seine Hände genommen und sie gedrückt, ich hätte in meinem Herzen heiße Worte für ihn gefunden, – davon war ich fest überzeugt. ‚Oh, ich würde seinen Wahnsinn schon überwinden!' dachte ich. Aber wo war er nur, wo war er?... Und da, gerade in einem solchen Augenblick, wo ich erregt war, mußte mir Lambert in den Weg laufen! Ein paar Schritte von meiner Wohnung entfernt begegnete er mir plötzlich. Er rief mich hoch erfreut mit lauter Stimme an und faßte mich sogleich unter den Arm.

»Dreimal war ich schon bei dir ... Enfin! Komm, laß uns frühstücken gehen!«

»Halt! Du warst bei mir, sagst du? Ist Andrei Petrowitsch nicht dort bei mir?«

»Nein, bei dir ist niemand. Ach, pfeif doch auf sie alle! Du Dummkopf hast dich gestern geärgert. Du warst betrunken. Aber jetzt habe ich dir etwas Wichtiges mitzuteilen: ich habe heute ausgezeichnete Nachrichten über die Sache bekommen, von der wir gestern sprachen ...«

»Lambert«, unterbrach ich ihn hastig und außer Atem und kam unwillkürlich ein wenig ins Deklamieren, »wenn ich hier mit dir stehen geblieben bin, so tue ich das nur, weil ich dir sagen will, daß ich meinen Verkehr mit dir jetzt für immer abbreche. Ich habe dir das schon gestern gesagt, aber du scheinst es nicht verstehen zu wollen. Du bist kindisch und dumm, bist albern, wie nur ein Franzose albern sein kann. Du scheinst zu glauben, wir wären immer noch bei Touchard, und ich wäre noch ebenso unerfahren wie damals ... Aber ich bin nicht mehr so dumm wie bei Touchard ... Ich war gestern betrunken, aber nicht vom Wein, sondern weil ich sowieso schon erregt war; und wenn ich deinem Geschwätz zustimmte, so habe ich das nur aus Schlauheit getan, um deine geheimen Gedanken aus dir herauszulocken. Ich hab' dich hinters Licht geführt, und du hast dich gefreut und mich für den Dummen gehalten und alles ausgeplaudert. Weißt du, ich und – sie heiraten, das ist schon als Idee ein solcher Blödsinn, daß ihn dir kein Gymnasiast aus der ersten Vorbereitungsklasse glauben würde! Und du bildest dir ein, ich hätte so etwas ernst nehmen können? Du hast das doch im Ernst für möglich gehalten! Aber das hast du ja nur tun können, weil du die vornehme Gesellschaft nicht kennst und nicht weißt, wie so etwas in diesen Kreisen gemacht wird. In der vornehmen Gesellschaft ist das alles nicht so einfach, und es wäre ganz unmöglich, daß eine Dame einfach hinginge und heiratete ... Und jetzt werde ich dir klar und deutlich sagen, was du eigentlich willst: du willst mich einfach zu dir locken, um mich betrunken zu machen, damit ich dir dann das Dokument ausliefere und mich mit dir zu irgend einem Halunkenstreich gegen Katerina Nikolájewna verbünde. Du irrst dich aber gewaltig! Ich werde niemals zu dir kommen, und wisse: das Dokument wird sich, wenn nicht morgen, so doch spätestens übermorgen in *ihren* Händen befinden, denn dieses Dokument gehört *ihr* und ist von *ihr* geschrieben worden. Ich selbst werde es ihr, ihr persönlich übergeben, und wenn du noch mehr wissen willst, so kann ich dir sagen, daß das bei Tatjana Pawlowna, die ihre gute Bekannte ist, geschehen wird, in Tatjana Pawlownas Wohnung; ja, in Gegenwart von Tatjana Pawlowna werde ich ihr das Dokument übergeben und dafür garnichts von ihr verlangen. Und jetzt pack dich, verschwinde für mich auf ewig, denn sonst ... sonst, Lambert, könnte ich weit weniger höflich mit dir umgehen ...«

Ich zitterte zum Schluß hin schon am ganzen Leibe wie im Schüttelfrost. Es ist doch wirklich eine der schändlichsten Angewohnheiten im Leben, die einem unter allen Umständen immer nur schadet, nämlich: sich in Szene setzen zu wollen. Der Teufel ritt mich damals, mich so vor ihm zu ereifern, daß ich immer heftiger auf ihn einredete und die Stimme immer mehr erhob, bis ich zu guter Letzt so in Hitze geriet, daß ich auch noch diese durchaus unnötige Einzelheit einflocht, wo diese Übergabe stattfinden werde: in Tatjana Pawlownas Wohnung und in Tatjana Pawlownas Gegenwart! Aber mich überkam damals eine solche Lust, ihn zu verblüffen! Als ich offen das Dokument erwähnte und hierauf sein dummes Erschrecken bemerkte, packte mich das Verlangen, ihn mit der genauen Angabe von Einzelheiten vollends zu zerschmettern. Und eben diese weibische, prahlerische Geschwätzigkeit wurde später zur Ursache unseligster Folgen, denn diese Einzelheiten über Tatjana Pawlowna und ihre Wohnung hatten sich sofort in seinem Kopf festgesetzt, wie das bei Spitzbuben und solchen in kleinen Dingen gerissenen Menschen immer zu geschehen pflegt; in höheren und wichtigen Dingen ist ein Lambert ganz untauglich und begreift auch nichts von ihnen, aber für solche Kleinigkeiten hat er immer einen Riecher. Hätte ich von Tatjana Pawlowna geschwiegen, so wäre viel Unglück nicht geschehen. Nachdem er aber das von mir gehört hatte, war er im ersten Augenblick ganz wirr.

»Hör mal«, murmelte er, »Alphonsina ... Alphonsina wird uns was vorsingen ... Alphonsina war bei *ihr;* hör mal: ich habe einen Brief ... ein Papier ... es ist so gut wie ein Brief, worin die Achmakówa von dir spricht ... der Pockenarbige hat ihn mir verschafft, du erinnerst dich doch an den Pockennarbigen? ... und du wirst schon sehen, du wirst schon sehen, komm nur mit!«

»Du lügst, zeig mir den Brief!«

»Er ist zu Haus, Alphonsina hat ihn, komm, gehen wir!«

Selbstverständlich log er und fabelte mir etwas vor, aus Angst, ich könnte ihm davonlaufen; aber ich ließ ihn plötzlich mitten auf der Straße stehen, und als er mir folgen wollte, machte ich halt und drohte ihm mit der Faust. Er hatte sich's aber schon anders überlegt und — ließ mich gehen: in seinem Kopf war vielleicht schon ein neuer Plan aufgetaucht.

Für mich jedoch waren an diesem Tage die Überraschungen und Begegnungen noch nicht zu Ende. Und wenn ich heute an jenen unseligen Tag zurückdenke, so ist mir immer, als hätten sich alle diese Zufälle unter einander verabredet, um dann plötzlich wie aus einem verwünschten Füllhorn auf mein Haupt herabzufallen. Kaum hatte ich die Tür zu meiner Wohnung geöffnet, als ich, noch im Vorzimmer, mit einem jungen Mann von hohem Wuchs zusammenstieß: er hatte ein längliches, blasses Gesicht, sah hochmütig und »elegant« aus und trug einen kostbaren Pelz. Auf seiner Nase saß ein Kneifer, den er aber sofort fallen ließ, als er mich erblickte (augenscheinlich aus Höflichkeit), und während er mit der Hand zuvorkommend den Zylinder lüftete, sagte er, ohne übrigens stehenzubleiben, mit einem weltmännischen und liebenswürdigen Lächeln: »Ah, bonsoir«, zu mir, ging an mir vorüber und die Treppe hinunter. Wir beide erkannten einander sofort, obgleich ich ihn nur ein einziges Mal flüchtig gesehen hatte, in Moskau. Es war Anna Andréjewnas Bruder, der junge Werssiloff: der Kammerjunker, Werssiloffs Sohn, also gewissermaßen auch mein Bruder. Ihn geleitete meine Wirtin (ihr Mann war noch nicht aus der Kanzlei zurückgekehrt). Als er draußen war, stürzte ich mich auf sie:

»Was hat *der* hier zu suchen? Ist er in meinem Zimmer gewesen?«

»Er ist überhaupt nicht in Ihrem Zimmer gewesen. Er war bei mir . . .«, sagte sie kurz und trocken und wollte in ihr Zimmer gehen.

»Nein, so geht das nicht!« schrie ich sie an. »Antworten Sie gefälligst: was hat er hier gewollt?«

»Ach, du lieber Gott! Soll ich Ihnen denn immer berichten, warum die Leute zu mir kommen? Wir können, glaube ich, doch auch unsere Geschäfte haben! Ein junger Mann; vielleicht hat er Geld bei mir aufnehmen wollen oder eine Adresse erfahren . . . Ich kann sie ihm ja schon das vorige Mal versprochen haben . . .«

»Wieso, das vorige Mal?«

»Ach, du lieber Gott! Er ist doch nicht zum erstenmal hier!«

Sie zog die Tür hinter sich zu. Ich begriff vor allem, daß sich hier der Ton verändert hatte: man fing an, unhöflich gegen mich zu werden. Klar war mir, daß dahinter wieder ein Geheimnis steckte: die Geheimnisse häuften sich mit jedem Schritt, mit jeder Stunde. Das erstemal war der junge Wersiloff mit seiner Schwester Anna Andrejewna dagewesen, damals, als ich krank daniederlag: dessen erinnerte ich mich sehr wohl, ebenso der sonderbaren Andeutung, die Anna Andrejewna gestern mir gegenüber gemacht hatte: daß der alte Fürst in meiner Wohnung absteigen werde ... Aber das alles war so sinnlos und unwahrscheinlich, daß ich mir dabei überhaupt nichts vorstellen konnte. Ich faßte mich an die Stirn, ich setzte mich nicht einmal hin, um auszuruhen, lief vielmehr gleich zu Anna Andrejewna. Ich fand sie aber nicht zu Haus und erhielt vom Portier nur die Auskunft, sie wäre nach Zárskoje gefahren und werde vielleicht morgen ungefähr um dieselbe Zeit wieder zurück sein.

Sie war also nach Zárskoje gefahren, selbstverständlich zum alten Fürsten ... und ihr Bruder besieht sich mittlerweile meine Wohnung! »Nein, das soll nicht geschehen!« sagte ich knirschend vor mich hin, »und wenn dort tatsächlich eine Würgeschlinge gelegt wird, so werde ich es sein, der die ‚arme Frau' verteidigt!«

Von Anna Andrejewna kehrte ich nicht nach Haus zurück, denn in meinem erhitzten Kopf tauchte auf einmal die Erinnerung an die Kellerwirtschaft am Kanal auf, die Andrei Petrowitsch in seinen düsteren Stunden mitunter aufzusuchen pflegte. Ich freute mich, daß ich darauf verfallen war, und eilte sofort hin; es war vier Uhr und es fing bereits zu dämmern an. Im Keller teilte man mir mit, er sei allerdings dagewesen, hätte sich aber nur kurz aufgehalten und sei dann gegangen ... vielleicht käme er wieder, fügte man hinzu. Ich beschloß, hier auf ihn zu warten, und bestellte mir ein Mittagessen; wenigstens verblieb mir eine Hoffnung.

Ich verzehrte mein Mittagessen, aß sogar noch mehr, nur um das Recht zu haben, mich länger dort aufzuhalten, und habe ungefähr vier Stunden so dagesessen. Ich will meine Schwermut und meine fieberhafte Ungeduld nicht beschreiben; in meinem Innern war gleichsam alles durcheinandergeraten und zitterte nur so. Diese Musikorgel, diese Gäste, diese ganze Trübseligkeit prägte sich vielleicht für mein ganzes Leben in mein Herz! Ich will auch die Gedanken nicht schildern, die durch meinen Kopf stoben, gleich einer Wolke von trockenen Blättern im Herbst, die ein Windstoß aufgewirbelt hat; es war wirklich dem vergleichbar, und ich muß gestehen: zeitweise glaubte ich zu fühlen, wie mich die gesunde Vernunft zu verlassen drohte.

Was mich aber geradezu bis zum körperlichen Schmerz peinigte (selbstverständlich nur nebenbei, als Begleiterscheinung meiner sonstigen Pein), das war eine gewisse zudringliche, giftige Erinnerung – zudringlich wie eine giftige Herbstfliege, an die man zunächst gar nicht denkt, und die doch die ganze Zeit um einen kreist, einen stört und dann plötzlich verdammt schmerzhaft sticht. Das war die Erinnerung an ein Erlebnis, von dem ich noch keinem Menschen auf Erden ein Wort erzählt habe. Worum es sich dabei handelte, das will ich jetzt erzählen, weil ja auch das einmal erzählt werden muß.

IV

Als in Moskau schon beschlossen worden war, daß ich nach Petersburg gehen sollte, ließ man mich durch Nikolai Ssemjónowitsch wissen, daß ich noch das Eintreffen meines Reisegeldes abwarten müsse. Von wem dieses Geld mir gesandt werden würde, danach erkundigte ich mich nicht weiter; ich nahm als selbstverständlich an, daß Werssiloff es schicken werde, und da ich damals Tag und Nacht mit klopfendem Herzen und stolzen Plänen nur von meiner Begegnung mit

Werssiloff träumte, so hörte ich ganz auf, vor anderen von ihm zu sprechen; selbst mit Marja Iwanowna sprach ich nicht mehr von ihm. Im übrigen sei daran erinnert, daß ich auch mit meinem ersparten Gelde sehr wohl hätte reisen können; trotzdem beschloß ich, zu warten; unter anderem weil ich annahm, das Geld werde mit der Post kommen.

Da kam eines Tages Nikolai Ssemjónowitsch nach Hause und teilte mir mit (ganz kurz und ohne alle Weitschweifigkeiten, wie das so seine Art war), daß ich mich am nächsten Morgen um elf Uhr in die Mjasnítzkaja-Straße, in das Haus und die Wohnung des Fürsten W–skij begeben solle: dort werde mir der aus Petersburg eingetroffene Kammerjunker Werssiloff, Andrei Petrówitschs Sohn, der bei dem Fürsten W–skij, seinem Freunde vom Lyzeum her, abgestiegen war, das Reisegeld übergeben. Man sollte meinen, nichts hätte einfacher und selbstverständlicher sein können: Andrei Petrowitsch hatte das Geld eben seinem Sohn übergeben, statt es durch die Post zu schicken; trotzdem erschreckte und bedrückte mich diese Mitteilung in ganz unnatürlicher Weise. Werssiloff wollte mich also mit seinem Sohn, meinem Bruder, zusammenführen – nur so vermochte ich mir die Absichten und Gefühle desjenigen zu deuten, an den ich unablässig dachte. Und da erhob sich gleich eine unendlich schwere Frage in mir: Wie würde und wie sollte ich mich bei dieser ganz unvorhergesehenen Begegnung benehmen, und mußte nicht meiner persönlichen Würde dadurch irgendwie Abbruch getan werden?

Am nächsten Morgen erschien ich pünktlich um elf Uhr in der Wohnung des Fürsten W–skij; es war eine Junggesellenwohnung, aber, wie ich auf den ersten Blick erkannte, eine auf großem Fuß eingerichtete, mit Dienern in Livree. Ich blieb im Vorzimmer stehen. Aus den inneren Räumen vernahm ich lautes Sprechen und Lachen: es waren offenbar noch andere Gäste beim Fürsten, außer dem besagten Kammerjunker. Ich beauftragte den Diener, mich zu melden, und tat es, glaub' ich, in ziemlich hochmütiger Weise: wenigstens sah er mich, bevor er hinging, etwas sonderbar an, und wie mir schien, nicht ganz so ehrerbietig, wie es sich für einen Diener gehörte. Zu meiner Verwunderung brauchte er ziemlich viel Zeit, um mich zu melden, mindestens fünf Minuten. Währenddessen setzte sich drinnen das Lachen und Sprechen ununterbrochen fort.

Ich wartete natürlich stehend, denn ich wußte sehr gut, daß es sich für mich »als Herrn« nicht anders schickte, und daß es unmöglich war, mich dort im Vorzimmer, wo die Diener waren, niederzusetzen. So unaufgefordert aber wollte ich um keinen Preis in den Saal treten, aus Stolz wollte ich es nicht, vielleicht aus übertrieben empfindlichem Stolz, aber gerade so mußte es sein. Zu meinem Erstaunen wagten dagegen die beiden im Vorzimmer zurückgebliebenen Diener, sich in meiner Gegenwart hinzusetzen. Ich wandte mich ab und tat, als bemerkte ich es nicht, aber ich fühlte doch, wie ich am ganzen Leibe zu zittern begann; plötzlich kehrte ich mich um, trat entschlossen auf einen der Diener zu und *befahl* ihm, »sofort« hineinzugehen und mich nochmals zu melden. Der Diener sah mich trotz meines strengen Blicks und meiner sichtlichen Erregtheit nur träge an, ja, er stand nicht einmal auf, und statt seiner antwortete mir der andere:

»Sie sind schon gemeldet, seien Sie unbesorgt.«

Da war ich denn im Augenblick entschlossen, höchstens eine Minute noch zu warten, oder womöglich noch weniger, und dann – unbedingt wieder fortzugehen. Ich möchte hier noch hervorheben, daß ich sehr anständig gekleidet war: mein Anzug und mein Paletot waren jedenfalls neu und meine Wäsche ganz frisch, wofür Marja Iwanowna gerade vor diesem Besuch noch besonders gesorgt hatte. Was aber die Bedienten betrifft, so habe ich erst viel später, erst in Petersburg, mit aller *Gewißheit* erfahren, daß ihnen von dem Diener des jungen Werssiloff, den dieser aus Petersburg mitgebracht hatte, schon am Abend vorher gesagt worden war, um elf Uhr werde »irgend so ein unehelicher Bruder, ein Student« zu seinem Herrn kommen. Das weiß ich jetzt.

Die Minute verging. Es ist ein sonderbares Gefühl, wenn man einen Entschluß fassen will und sich doch nicht endgültig entschließen kann. ‚Soll ich gehen oder noch warten, soll ich oder soll ich nicht?' fragte ich mich in jeder Sekunde, während ich in fieberhafter Spannung verharrte. Da erschien plötzlich der Diener, der hineingegangen war. In seiner Hand, zwischen den Fingern, flatterten vier rote Geldscheine, vierzig Rubel.

»Hier, empfangen Sie gefälligst vierzig Rubel!«

Ich fuhr auf. Das war eine solche Beleidigung! Ich hatte die ganze letzte Nacht nur von dieser Begegnung der zwei Brüder geträumt, die doch sicherlich von Werssiloff mit Absicht herbeigeführt worden war; die ganze Nacht hatte ich fieberhaft überlegt, wie ich mich verhalten müßte, um mir nichts zu vergeben, und vor allem, um den ganzen Ideenkreis, den ich in meiner Einsamkeit schon ausgebrütet hatte und auf den ich in jedem Kreise, auch in dem höchsten, stolz sein konnte, nicht zu erniedrigen. Ich stellte mir vor, wie vornehm und stolz ich sein würde, ohne doch eine leise Trauer zu verbergen, – vielleicht sogar in Gegenwart des Fürsten W–skij, und so wäre ich denn ohne weiteres in jene Kreise eingeführt ... oh, ich schone mich nicht, aber laßt nur, laßt nur: gerade mit solcher Ausführlichkeit muß man das aufzeichnen! Und plötzlich werden mir vierzig Rubel vom Diener gebracht, ins Vorzimmer, nachdem man mich zehn Minuten hat warten lassen, dazu noch so offen in der Hand des Dieners, aus dessen Bedientenfingern ich es entgegennehmen soll, nicht einmal auf einem Tablett, nicht einmal in einem Kuvert!

Ich schrie den Bedienten so an, daß er zusammenfuhr und zurückwich; ich befahl ihm, das Geld sofort zurückzutragen: der Herr habe es »persönlich zu übergeben«! Allerdings, meine Forderung war nicht ganz klar ausgedrückt, und der Bediente verstand mich natürlich nicht recht. Aber ich hatte ihn doch so angeschrien, daß er unwillkürlich gehorchte und nochmals hineinging. Außerdem schien man auch drinnen mein Geschrei gehört zu haben: das Sprechen und Lachen verstummte plötzlich.

Fast in demselben Augenblick vernahm ich gedämpfte Schritte, gelassen langsame Schritte in weichen Hausschuhen, und in der Tür des Vorzimmers erschien die hohe Gestalt eines hübschen und anmaßend hochmütig dreinschauenden jungen Mannes (damals war er mir noch blasser und hagerer erschienen als bei dieser zweiten Begegnung vorhin). Er kam übrigens nicht einmal bis an die Tür, sondern blieb im anderen Zimmer gut einen Schritt vor der offenen Tür stehen. Er war in einem prächtigen rotseidenen Schlafrock und in Morgenschuhen, und auf der Nase hatte er einen Kneifer. Er sagte kein Wort, hob nur ein wenig den Kopf und begann mich durch diesen Kneifer zu mustern. Ich trat wie ein Tier einen Schritt auf ihn zu, blieb herausfordernd stehen und sah ihn an, ohne mit der Wimper zu zucken. Aber er betrachtete mich nicht lange, vielleicht nur zehn Sekunden; plötzlich erschien auf seinen Lippen ein kaum merkliches Spottlächeln, das eben dadurch um so verletzender wirkte, als es fast nicht wahrnehmbar war: er drehte sich schweigend um und kehrte wieder in die anderen Räume zurück, genau so ruhig und gelassen und ohne Hast, wie er gekommen war. Oh, diese Beleidiger lernen schon als Kinder, wie man beleidigt; das wird ihnen schon zu Hause von ihren Müttern beigebracht! Natürlich verwirrte mich das Ganze . . . Ach, warum habe ich mich damals auch verwirren lassen!

Einen Augenblick später erschien wieder jener Bediente mit denselben vier roten Geldscheinen in der Hand:

»Nehmen Sie bitte in Empfang, das wird Ihnen aus Petersburg geschickt; aber Sie selbst empfangen kann der Herr jetzt nicht . . . vielleicht ein anderes Mal, wenn der Herr mehr Zeit haben.« Ich fühlte, daß er diese letzten Worte bereits von sich aus hinzugefügt hatte. Aber meine Verwirrung dauerte noch an. Ich nahm das Geld und ging zur Tür; nur, weil ich so verwirrt und kopflos war, nahm ich das Geld, nahm es ganz mechanisch, denn sonst hätte ich es selbstverständlich nicht genommen. Da erlaubte sich aber der Bediente, natürlich um sich an mir zu rächen, eine echt bedientenhafte Frechheit: er riß schwungvoll die Tür vor mir auf, und indem er sie sperrangelweit offen hielt, sagte er wichtig und bedeutsam, als ich an ihm vorüberging:

»Bitte sehr!«

»Lump!« brüllte ich ihn an und holte schon aus, ließ aber die Hand sinken, »und auch dein Herr ist ein Lump! Melde ihm das sofort!« fügte ich hinzu und trat schnell hinaus ins Vestibül.

»Was erlauben Sie sich! Wenn ich das dem Herrn sofort meldete, so könnten Sie gleich mit einem Zettel auf die Polizei gebracht werden. Und mit Ohrfeigen drohen, das ist erst recht nicht statthaft ...«

Ich stieg die Treppe hinunter. Es war eine breite Paradetreppe: von oben konnte man mich die ganze Zeit sehen, solange ich auf dem roten Läufer hinabstieg. Alle drei Bedienten kamen heraus, blieben oben am Geländer stehen und sahen mir nach. Ich hatte schweigend meinen Weg fortgesetzt: ein Streit mit den Bedienten war natürlich unmöglich. Ich ging die ganze Treppe ohne Hast hinunter, ja, ich glaube, ich verlangsamte sogar noch meinen Schritt.

Oh, mag es auch Philosophen geben (und Schande über sie!), die nun sagen werden, das wäre alles nicht der Rede wert, wäre die Überempfindlichkeit eines Milchbartes – mögen sie nur! Aber für mich ist dies Erlebnis eine Verwundung, und diese Wunde ist bis heute noch nicht vernarbt, sogar bis zum gegenwärtigen Augenblick noch nicht, obgleich jetzt schon alles hinter mir liegt und sogar schon gerächt ist. Oh, ich schwöre, ich bin nicht nachtragend und nicht rachsüchtig. Allerdings habe ich noch immer, und sogar bis zur Krankhaftigkeit, den Wunsch, mich zu rächen, wenn man mich beleidigt hat, aber ich schwöre: nur durch Großmut mich zu rächen. Ich will ja nur mit Großmut heimzahlen, aber mit der Bedingung, daß der andere das fühlt, daß er es begreift, – dann bin ich schon gerächt! Da ich einmal darauf zu sprechen gekommen bin, möchte ich gleich hinzufügen: ich bin tatsächlich nicht rachsüchtig, aber ich bin nachtragend, wenn ich auch großmütig bin. Ob das bei anderen auch so ist? Damals aber, oh, damals war ich mit den großmütigsten Gefühlen hingegangen, wenn sie vielleicht auch lächerlich waren – nun gut, mochten sie es sein: lieber lächerliche, aber großmütige Gefühle als nicht lächerliche, aber gemeine, alltägliche, mittelmäßige!

Von dieser Begegnung mit dem »Bruder« habe ich keinem Menschen etwas erzählt, nicht einmal Marja Iwánowna, und in Petersburg nicht einmal meiner Schwester Lisa. Diese Begegnung war so gut wie eine schmachvoll erhaltene Ohrfeige. Und nun begegnet mir plötzlich dieser selbe Herr in einem Augenblick, wo ich am allerwenigsten ihm zu begegnen erwartet hätte; er lächelt, hebt den Hut und sagt vollkommen freundschaftlich: »Bonsoir!« zu mir. Das gab mir natürlich zu denken ... Aber die Wunde brach wieder auf!

V

Nachdem ich etwa vier Stunden in der Kellerwirtschaft gesessen hatte, stürzte ich auf einmal wie in einem plötzlichen Anfall hinaus, natürlich wieder zu Werssiloff, und natürlich fand ich ihn wieder nicht zu Hause; er war überhaupt nicht dagewesen. Die Wärterin langweilte sich und bat mich auf einmal, ich möge Darja Oníssimowna zu ihr schicken. Was mich das anging! Ich lief auch zu Mama, ging aber nicht hinein, sondern rief Lukerja auf den Flur heraus; von ihr erfuhr ich, daß er nicht dagewesen war; auch Lisa war nicht zu Hause. Ich bemerkte, daß Lukerja mich irgend etwas fragen, mir vielleicht auch einen Auftrag geben wollte – das fehlte mir gerade noch! Es blieb noch die letzte Hoffnung, daß er vielleicht bei mir war; aber ich glaubte schon nicht mehr daran.

Ich habe schon gesagt, daß ich nachgerade meine gesunde Vernunft zu verlieren glaubte. Und da treffe ich plötzlich

Alphonsina mit meinem Wirt in meinem Zimmer an. Allerdings verließen sie es in eben dem Augenblick, als ich eintrat, und Pjotr Ippolitowitsch hatte eine Kerze in der Hand.

»Was bedeutet denn das?« brüllte ich ganz sinnlos den Wirt an. »Wie dürfen Sie diese üble Person in mein Zimmer führen?«

»Tiens!« rief Alphonsina, »et les amis?«

»Hinaus!« brüllte ich.

»Mais c'est un ours!« rief sie und spielte die Erschrockene, entschlüpfte auf den Korridor und verschwand im Zimmer der Wirtin. Pjotr Ippolitowitsch trat, immer noch die Kerze in der Hand, mit strenger Miene auf mich zu:

»Erlauben Sie mir die Bemerkung, Arkadij Makarowitsch, daß Sie sich unnötigerweise so aufregen; wie sehr wir Sie auch hochschätzen ... so ist doch Mamsell Alphonsina keine ‚üble Person', sondern ist hier zu Gast, und zwar nicht bei Ihnen, sondern bei meiner Frau, mit der sie schon seit einiger Zeit Freundschaft geschlossen hat.«

»Aber wie wagten Sie es dann, sie in mein Zimmer zu lassen?« rief ich noch einmal und faßte mich an den Kopf, der plötzlich zu schmerzen anfing.

»Oh, ganz zufällig. Ich ging hinein, um das Fenster zu schließen, das ich der frischen Luft wegen geöffnet hatte; und da ich gerade mit Alphonsina Kárlowna in einem Gespräch begriffen war, so folgte sie mir und trat mitten im Gespräch mit mir zusammen ins Zimmer ...«

»Das ist nicht wahr, Alphonsinka ist eine Spionin und Lambert ein Spion! Vielleicht sind Sie selbst auch ein Spion! Alphonsinka hat bei mir etwas stehlen wollen.«

»Darüber mögen Sie denken, wie Sie wollen. Heute sagen Sie dies, morgen sagen Sie das. Meine Wohnung habe ich für einige Zeit vermietet und ziehe selbst mit meiner Frau für die Zeit in die Kammer, und so ist Alphonsína Kárlowna hier genau so eine Mieterin wie Sie auch.«

»Sie haben die Wohnung an Lambert vermietet?« rief ich erschrocken.

»Nein, nicht an Lambert«, lächelte er mit dem langgezogenen Lächeln von heute morgen, in dem mir aber keine Unsicherheit mehr zu liegen schien; vielmehr drückte sich jetzt eine Sicherheit darin aus. »Ich denke, Sie werden das selbst zu wissen geruhen, an wen ich sie vermietet habe, und Sie geben sich ganz vergeblich den Anschein, als ob Sie es nicht wüßten, und tun nur so, als ob Sie wütend wären. Gute Nacht!«

»Ja, ja, lassen Sie mich, lassen Sie mich in Ruh!« winkte ich mit beiden Händen ab, und fast in Tränen, so daß er mich plötzlich verwundert ansah; er ging aber doch hinaus. Ich schob den Riegel vor die Tür, warf mich auf mein Bett und wühlte das Gesicht in die Kissen. So verging der erste schreckliche Tag von diesen drei letzten verhängnisvollen Tagen, die den Abschluß meiner Aufzeichnungen ausmachen.

ZEHNTES KAPITEL

I

Aber nun sehe ich mich schon wieder gezwungen, dem Verlauf der Ereignisse vorzugreifen und dem Leser wenigstens einiges im voraus zu erklären, da sich hier in die logische Entwicklung meiner Geschichte so viele Zufälligkeiten hineinmischten, daß man sich ohne vorhergegangene Erläuterung gewisser Einzelheiten schwerlich zurechtfinden könnte. Es handelte sich hier um eben jene »Würgeschlinge«, von der Tatjana Pawlowna ein Wort hatte fallen lassen. Diese Schlinge bestand darin, daß Anna Andrejewna sich schließlich zu dem gewagtesten Schritt entschlossen hatte, den man sich in ihrer Lage überhaupt ausdenken kann. Sie war in der Tat ein Charakter, das muß man ihr lassen! Wenn auch der alte Fürst unter dem Vorwande, daß sein Gesundheitszustand es erfordere, noch rechtzeitig nach Zárskoje Sseló in Sicherheit gebracht worden war, so daß die Kunde von seiner bevorstehenden Heirat mit Anna Andrejewna nicht leicht in die Öffentlichkeit dringen, vielmehr vorläufig vertuscht oder sozusagen im Keime erstickt werden konnte, so war damit schließlich noch nicht viel erreicht; denn dieser schwache alte Mann, den man sonst zu jeder Nachgiebigkeit verleiten konnte, hätte in diesem Fall doch um nichts in der Welt eingewilligt, von seiner Absicht zurückzutreten und Anna Andrejewna, die ihm den Heiratsantrag gemacht hatte, treulos sitzen zu lassen. In solchen Dingen war er viel zu sehr Ritter, um unritterlich zu handeln, weshalb denn auch zu gewärtigen war, daß er früher oder später plötzlich und mit unbeugsamem Willen zur Ausführung seiner Absicht schritt, was gerade bei solchen schwachen Charakteren sehr, sehr leicht geschieht, denn es gibt bei ihnen eine gewisse

Grenze, bis zu der man sie unter keinen Umständen treiben sollte. Hinzu kam, daß er die ganze Peinlichkeit der Lage, in der sich Anna Andrejewna befand, vollkommen erkannte und sich auch darüber durchaus klar war, daß die Gesellschaft häßlich über sie reden, spotten und sie, die er so sehr verehrte, schließlich sogar in einen üblen Ruf bringen konnte. Was ihn vorläufig noch beruhigte und zurückhielt, war nur, daß seine Tochter Katerina Nikolajewna sich ihm gegenüber nie erlaubt hatte, weder mit einem Wort noch mit einer Anspielung, über Anna Andrejewna etwas Schlechtes zu sagen oder sich auch nur im geringsten gegen seine Heiratsabsichten zu äußern. Im Gegenteil, sie erwies der Braut ihres Vaters das größte Entgegenkommen und jede Aufmerksamkeit. So befand sich denn Anna Andrejewna in einer äußerst verzwickten Lage, denn mit ihrem feinen weiblichen Spürsinn hatte sie natürlich sofort erraten, daß sie mit der geringsten absprechenden Bemerkung über Katerina Nikolajewna, die der Fürst gleichfalls anbetete, und jetzt sogar noch mehr als je zuvor – eben weil sie so gutherzig und achtungsvoll ihre Zustimmung zu seiner Heirat gegeben hatte –, daß sie damit nur seine väterlich zärtlichen Gefühle verletzen und gegen sich selbst nur Mißtrauen, vielleicht sogar seinen Unwillen erwecken würde. So war denn zunächst dies das Feld, auf dem der Kampf vor sich ging: die beiden Gegnerinnen schienen miteinander in Taktgefühl und Nachsicht gleichsam zu wetteifern, und der alte Fürst wußte schließlich schon gar nicht, über welche von beiden er mehr staunen sollte, bis er zu guter Letzt nach der Art aller schwachen Leute, deren Herz liebevoll ist, darunter zu leiden begann und die Schuld an allem sich allein zuschrieb. Seine Selbstquälerei soll ihn fast krank gemacht haben, seine Nerven gerieten dadurch noch mehr aus dem Gleichgewicht, und das Ergebnis war, wie man versichert, daß er in Zárskoje, statt sich zu erholen, bald nahe daran gewesen war, das Bett hüten zu müssen.

Hier möchte ich, gewissermaßen in Klammern, etwas erwähnen, was ich erst viel später erfahren habe: wie verlautete, hätte Bjoring Katerina Nikolájewna ganz offen den Vorschlag gemacht, ihren Vater ins Ausland zu bringen, ihn durch irgendeine Vorspiegelung zur Reise zu überreden, und dann in der Gesellschaft vertraulich die Erklärung zu verbreiten, daß er vor Altersschwäche nicht mehr zurechnungsfähig sei, und sich dies im Auslande durch ein ärztliches Zeugnis bestätigen zu lassen. Katerina Nikolajewna jedoch hätte das um keinen Preis gewollt; wenigstens wurde das nachher behauptet. Sie hätte diesen Vorschlag vielmehr mit Unwillen zurückgewiesen. Freilich ist das nur ein ganz vages Gerücht, aber ich schenke ihm doch vollen Glauben.

Und ausgerechnet in dem Augenblick, als Anna Andrejewna ihr Spiel rettungslos verloren sah, erfährt sie auf einmal von Lambert, daß es einen Brief gibt, in dem seine Tochter einen Juristen um Rat fragt, wie sie ihren Vater offiziell für irrsinnig erklären lassen könnte! Ihr rachsüchtiger und stolzer Geist mußte dadurch selbstverständlich im höchsten Grade geweckt werden. Und wenn sie sich ihrer früheren Gespräche mit mir erinnerte und sich eine Menge geringfügiger Umstände vergegenwärtigte, so konnte sie an der Richtigkeit der Mitteilung wohl nicht mehr zweifeln. Da begann denn in diesem willensstarken, unbeugsamen Frauenherzen unwiderstehlich der Plan zu einem entscheidenden Schlag zu reifen. Dieser Plan lief darauf hinaus, dem Fürsten ohne jede Vorbereitung und Ohrenbläserei plötzlich alles zu sagen: ihn mit der Mitteilung zu erschrecken und zu erschüttern, daß ihm unfehlbar das Irrenhaus bevorstehe, und falls er sich sträuben oder unwillig werden oder gar das Mitgeteilte nicht glauben sollte – dann einfach den Brief seiner Tochter vorzuweisen, sozusagen: »Hier ist der Beweis dafür, daß schon einmal die Absicht bestanden hat, ihn, den Fürsten, für unzurechnungsfähig erklären zu lassen; um wieviel näher liegt das jetzt, wo es gilt, um jeden Preis die Heirat zu verhindern.« Und dazu wollte sie den erschrockenen, gebrochenen alten Herrn unverzüglich aus Zárskoje nach

Petersburg bringen, und hier – *geradeswegs in meine Wohnung!*

Das war ein ungeheures Wagnis, aber sie war überzeugt, sich auf ihre Macht verlassen zu können. Hier will ich einen Augenblick von meiner Erzählung abweichen und, wenn ich damit auch wieder vorgreife, schon im voraus sagen, daß sie sich in der Wirkung der Enthüllung auf den alten Fürsten nicht verrechnet hatte; ja, die Wirkung überstieg sogar noch alle ihre Erwartungen. Denn die Mitteilung von diesem Brief seiner Tochter an den Juristen Andrónikoff erschütterte den Fürsten tatsächlich noch weit mehr, als sie und wir alle für möglich gehalten hätten. Ich hatte bis dahin noch gar keine Ahnung davon gehabt, daß dem alten Fürsten schon früher einmal von diesem Brief etwas zu Ohren gekommen war, nur hatte er nach Art aller schwachen und zaghaften Leute dem Gerücht keinen Glauben geschenkt und es sich aus allen Kräften vom Leibe gehalten, um sich seine Ruhe nicht stören zu lassen; ja, schließlich hatte er sich noch selbst wegen seiner unvornehmen Leichtgläubigkeit Vorwürfe gemacht. Ich füge hier gleich hinzu, daß die Tatsache des Vorhandenseins jenes Briefes auch auf Katerina Nikolájewna unvergleichlich stärker wirkte, als ich erwartet hatte ... Mit einem Wort, dieses Schriftstück war von weit größerer Wichtigkeit, als ich, der es in der Tasche trug, damals annahm. Doch ich greife schon gar zu weit vor.

Aber warum, wird man fragen, warum hatte Anna Andréjewna gerade meine Wohnung ausersehen? Warum wollte sie den Fürsten in unsere billigen Wohnräume bringen und ihn womöglich durch die Ärmlichkeit unserer Umgebung erschrecken? Wenn es nun einmal nicht anging, ihn in sein eigenes Haus zu führen (da man dort alles vereiteln konnte), weshalb brachte sie ihn dann nicht in eine andere »hochherrschaftliche« Wohnung, wie Lambert ihr anriet? Ja, eben hierin lag das ganze Wagnis ihres gewiß außergewöhnlichen Planes.

Die Hauptsache war für sie: dem Fürsten sofort nach seiner

Ankunft das Dokument vorweisen zu können. Nun hatte ich aber das Dokument bisher um keinen Preis ausliefern wollen. Da aber keine Zeit zu verlieren war, so entschloß sich Anna Andrejewna, im Vertrauen auf ihre Macht, die Sache ohne Dokument anzufangen, und den Fürsten geradeswegs zu mir zu bringen – warum? Ja, eben darum, weil sie mit diesem Schritt auch mich zu fangen oder, wie das Sprichwort sagt, mit einem Stein gleich zwei Sperlinge zu treffen hoffte. Sie rechnete damit, durch einen solchen Schreckschuß, eine solche Überraschung und Erschütterung mich am ehesten überrumpeln zu können: ich würde, wie sie meinte, wenn ich den alten Fürsten plötzlich bei mir sähe, wenn ich seine Angst und Hilflosigkeit vor Augen hätte und ihren gemeinsamen Bitten ausgesetzt wäre, schließlich doch nicht widerstehen können und das Dokument vorweisen! Ich muß zugeben: ihre Berechnung war schlau und klug, war in den Schlüssen durchaus psychologisch, und noch mehr als das, denn beinahe hätte sie auch ihr Ziel erreicht ... Was aber den Alten betraf, so hatte sie ihn einzig damit zur Fahrt nach Petersburg bewegen können, daß sie ihm einfach erklärte, sie werde ihn *zu mir* bringen, ganz wie er ihr auch nur auf diese Erklärung hin Glauben geschenkt hatte, und das sogar auf ihr bloßes Wort hin. Das habe ich alles erst später erfahren. Allein schon die Mitteilung, daß jenes Dokument sich in meinem Besitz befände, hatte in seinem zaghaften Herzen den letzten Zweifel an der Richtigkeit der Mitteilung zerstört – so gern hatte er mich und so groß war sein Vertrauen zu mir!

Ich muß noch bemerken, daß Anna Andrejewna selbst keinen Augenblick daran zweifelte, daß ich das Dokument noch besäße und nicht aus der Hand gegeben hätte. Ihr Irrtum bestand nur darin, daß sie meinen Charakter falsch beurteilte und zynisch auf meine Ahnungslosigkeit, meine Gutherzigkeit und sogar auf meine Sentimentalität rechnete; und andererseits war sie der Meinung, daß ich, falls ich mich entschlossen hätte, den Brief zum Beispiel Katerina Nikolajewna auszuliefern, das doch nur unter gewissen besonderen

Umständen tun würde, und eben diesen Umständen wollte sie durch eine Überrumpelung, einen ganz unerwarteten Schlag, einen plötzlichen Ansprung zuvorkommen.

Und schließlich hatte Lambert sie in alledem noch bestärkt. Ich habe schon einmal erwähnt, daß Lambert sich zu jener Zeit in einer äußerst kritischen Lage befand: er, der Anna Andrejewna zu hintergehen beabsichtigte, wollte mich mit allen Mitteln von ihr weglocken, damit ich, halbpart mit ihm, das Dokument an Katerina Nikolajewna verkaufte, was er aus gewissen Gründen für vorteilhafter hielt. Da ich aber das Dokument um keinen Preis herausgab, so war er schließlich bereit, im äußersten Fall Anna Andrejewna behilflich zu sein, um nicht zu guter Letzt ganz umgangen zu werden; deshalb drängte er sich ihr mit seiner Dienstbeflissenheit bis zur letzten Stunde geradezu gewaltsam auf und erbot sich sogar, wie ich genau weiß, einen Priester zur Stelle zu schaffen, der sie, falls nötig, ohne weiteres trauen würde ... Doch Anna Andrejewna ersuchte ihn daraufhin nur mit einem feinen Spottlächeln, ihr nicht mit solchen Vorschlägen zu kommen. Lambert erschien ihr viel zu plump und erweckte in ihr nur Abscheu; aber aus Vorsicht lehnte sie seine Dienste nicht ab, die unter anderem darin bestanden, daß er für sie spionierte. Übrigens – da ich auf Spionage zu sprechen gekommen bin –, ich weiß auch heute noch nicht, ob mein Wirt Pjotr Ippolítowitsch für seine Dienste irgend etwas von ihnen erhielt, oder ob er einfach aus Vergnügen an der Intrige in ihr Lager übergegangen war; jedenfalls spionierte auch er mir nach, und seine Frau gleichfalls, das weiß ich bestimmt.

Der Leser wird jetzt verstehen, daß ich, obschon ich zum Teil darauf vorbereitet worden war, mir doch nicht hatte träumen lassen, am nächsten oder übernächsten Tage den alten Fürsten in meiner Wohnung und unter solchen Umständen wiederzusehen. Wie hätte ich auch ein solches Wagnis von Anna Anrejewna erwarten sollen! Reden kann man vielerlei und andeuten noch mehr, aber einen solchen Entschluß fassen und diesen Entschluß auch wirklich ausführen – nein, das muß ich sagen, dazu gehört Charakter!

II

Ich fahre fort.

Am nächsten Morgen erwachte ich spät, nachdem ich ungewöhnlich fest und traumlos geschlafen hatte, was mich eigentlich wunderte; und so fühlte ich mich denn beim Aufstehen geistig wieder ausnehmend frisch und mutig, als hätte es den ganzen gestrigen Tag gar nicht gegeben. Bei Mama wollte ich zunächst nicht vorsprechen, sondern mich geradeswegs in die Friedhofskirche begeben, um von dort nach der Trauerfeier mit Mama nach Hause zu fahren und dann den ganzen Tag bei ihr zu bleiben. Ich war fest überzeugt, daß ich ihn heute bei Mama treffen würde, früher oder später, aber jedenfalls ganz bestimmt!

Alphonsinka und mein Wirt hatten das Haus schon längst verlassen. Meine Wirtin wollte ich nach nichts fragen, und überhaupt nahm ich mir vor, alle Beziehungen zu ihnen abzubrechen und sogar sobald wie möglich auszuziehen; deshalb verriegelte ich auch wieder meine Tür, als man mir meinen Kaffee gebracht hatte. Plötzlich wurde an meine Tür geklopft: zu meinem Erstaunen war es nicht jemand von meinen Hausgenossen, sondern Trischátoff. Ich öffnete ihm sogleich und bat ihn erfreut, doch hereinzutreten, aber das wollte er nicht.

»Nein, besten Dank, ich will Ihnen nur zwei Worte von hier aus sagen ... das heißt, ich muß doch wohl über die Schwelle treten, denn es ist vielleicht besser, leise zu sprechen. Aber hinsetzen werde ich mich nicht. Sie wundern sich über meinen scheußlichen Mantel? Ja, Lambert hat mir den Pelz weggenommen ...«

Er hatte in der Tat einen ganz alten, abgetragenen Mantel an, der für ihn viel zu lang war. Er stand mit einem eigentümlich düsteren und traurigen Gesicht vor mir, die Hände in den Taschen, den Hut auf dem Kopf.

»Ich setze mich nicht, ich setze mich nicht. Hören Sie, Dolgorukij, ich weiß nichts Näheres, aber ich weiß, daß Lambert irgend etwas gegen Sie plant, etwas, was bald und ganz bestimmt ausgeführt werden wird. Das ist sicher. Also nehmen Sie sich in acht! Der Pockennarbige hat unvorsichtigerweise mir gegenüber so was verlauten lassen – Sie erinnern sich doch noch des Pockennarbigen? Er hat mir freilich nicht gesagt, um was es sich handelt, daher kann ich Ihnen auch nichts Bestimmteres sagen. Ich bin nur gekommen, um Sie zu warnen. Adieu!«

»Aber so setzen Sie sich doch, lieber Trischátoff! Ich habe zwar nicht viel Zeit, aber ich freue mich so, daß Sie gekommen sind . . .«, rief ich.

»Nein, nein, ich setze mich nicht; aber daß Sie sich über mein Kommen freuen, das werde ich nicht vergessen. Ach, Dolgorukij, wozu sich vor anderen maskieren: ich habe mich doch bewußt und freiwillig zu jeder Schändlichkeit bereit erklärt, und sogar zu einer solchen Gemeinheit, daß ich mich schäme, sie vor Ihnen auch nur auszusprechen. Wir sind jetzt zu dem Pockennarbigen übergegangen . . . Leben Sie wohl! Ich bin es nicht wert, bei Ihnen zu sitzen.«

»Aber was reden Sie da, Trischatoff, lieber . . .«

»Nein, sehen Sie, Dolgorukij: ich bin vor allen Menschen dreist und frech und werde jetzt zu prassen anfangen. Bald werde ich einen noch besseren Pelz tragen als früher und mit Trabern fahren. Aber bei alledem werde ich im geheimen wissen, daß ich mich bei Ihnen doch nicht hingesetzt habe, weil ich mich noch selbst zu verdammen vermag und weiß, daß ich für Sie zu gemein bin! Diese Erinnerung wird mir noch angenehm sein, wenn ich ehrlos schlemme. Nun, leben Sie wohl, leben Sie wohl! Auch die Hand gebe ich Ihnen nicht: nimmt doch selbst eine Alphonsinka nicht mehr meine Hand! Und bitte, kommen Sie mir nicht nach und suchen Sie mich nicht auf; wir haben unseren Kontrakt.«

Damit drehte sich der sonderbare Junge um und ging. Ich hatte im Augenblick wirklich keine Zeit, aber ich nahm mir vor, ihn unbedingt aufzusuchen, sobald ich nur alle diese Obliegenheiten erfüllt hätte, die es noch zu erledigen galt.

Von diesem Vormittag will ich sonst nichts weiter erzählen, obschon sich noch vieles erzählen ließe. Werssiloff war nicht zur Beerdigung erschienen, und ich glaube, man konnte bereits vor dem Verlassen der Wohnung aus den Mienen der anderen schließen, daß er auch in der Kirche gar nicht erwartet wurde. Mama betete andächtig und gab sich ganz dem Gebet hin. Am Grabe waren sonst nur noch Tatjana Pawlowna und Lisa. Aber ich wollte ja davon nichts weiter berichten. Nach der Beerdigung fuhren wir alle nach Haus und setzten uns zu Tisch, und wieder schloß ich aus ihren Mienen, daß man ihn auch zu Tisch nicht erwartete. Als wir nach dem Essen aufstanden, ging ich auf Mama zu, umarmte sie herzlich und gratulierte ihr zum Geburtstage; Lisa tat dasselbe.

»Höre, Arkadij«, flüsterte mir Lisa heimlich zu, »sie erwarten ihn.«

»Das merke ich, Lisa, das sieht man ihnen an.«

»Er wird auch bestimmt kommen.«

‚Sie müssen also zuverlässige Nachricht haben,' dachte ich und fragte nicht weiter. Wenn ich auch meine Gefühle nicht beschreiben will, so muß ich doch sagen, daß dieses neue Rätsel, trotz meines ganzen frischen Mutes, sich plötzlich wieder wie ein Stein auf mein Herz wälzte. Wir setzten uns alle im Wohnzimmer zu Mama, um den runden Tisch. Oh, wie wohl es mir damals tat, bei ihr zu sein und sie anzusehen! Sie bat mich plötzlich, etwas aus dem Neuen Testament vorzulesen. Ich las ein Kapitel aus dem Lukas-Evangelium. Sie weinte nicht und war nicht einmal sehr traurig, aber ihr Gesicht war mir noch nie so geistig belebt erschienen. In ihrem stillen Blick strahlte eine Idee, aber ich konnte es ihr nicht im geringsten anmerken, daß sie mit Bangen auf irgend etwas wartete. Das Gespräch spann sich fast von selbst weiter: man tauschte Erinnerungen an den Verstorbenen aus, und auch Tatjana Pawlowna erzählte vieles von ihm, was ich bisher noch gar nicht gewußt hatte. Und überhaupt, wenn man das aufzeichnen wollte, so fände sich viel Interessantes darunter. Selbst Tatjana Pawlowna schien ihr gewohntes Wesen ganz verändert zu haben: sie war sehr sanft, sehr freundlich, und vor allen Dingen gleichfalls sehr ruhig, wenn sie auch viel sprach, um Mama auf andere Gedanken zu bringen. Aber ein kleines Detail ist mir unvergeßlich: Mama saß auf dem Sofa, und auf einem runden Tischchen links vom Sofa lag ein Heiligenbild – es schien mit Absicht dorthin gelegt zu sein. Es war ein altertümliches Bild auf einer Holztafel und ohne metallene Verkleidung, außer den silbernen Heiligenscheinen um die Häupter der beiden Heiligen, die dargestellt waren. Dieses Heiligenbild hatte Makar Iwánowitsch gehört, das wußte ich; und ich wußte auch, daß der Verstorbene sich nie von diesem Bilde getrennt und es für wundertätig gehalten hatte. Tatjana Páwlowna sah schon wieder zu dem Bilde hinüber.

»Hör mal, Ssofja«, sagte sie plötzlich, das Gespräch unterbrechend, »sollte man nicht das Heiligenbild, statt es so liegen zu lassen, lieber auf dem Tisch aufstellen – man kann es ja an die Wand lehnen – und ein Lämpchen davor anzünden?«

»Nein, es ist besser so, wie es jetzt ist«, sagte Mama.

»Du hast recht. Sonst würde es sich gar zu feierlich ausnehmen . . .«

Ich begriff damals nicht, um was es sich handelte. Erst später erfuhr ich, daß dieses Heiligenbild von Makar Iwanowitsch schon vor langer Zeit Werssiloff mündlich vermacht worden war; und Mama wollte es ihm jetzt übergeben.

Es war schon fünf Uhr nachmittags; wir unterhielten uns ruhig weiter, als ich plötzlich in Mamas Gesicht ein schreckhaftes Zucken bemerkte; sie nahm schnell eine geradere Haltung an und begann zu lauschen, während Tatjana Pawlowna, ohne etwas zu bemerken, weitersprach. Ich sah mich unwillkürlich nach der Tür um, und in der nächsten Sekunde erblickte ich in ihr Andrei Petrowitsch. Er mußte durch die Hintertür und den Korridor gekommen sein. Von uns allen hatte nur Mama seinen leisen Schritt gehört. Die jetzt folgende wahnsinnige Szene werde ich Geste für Geste, Wort für Wort wiedergeben; sie war nur kurz.

Zunächst fiel mir in seinem Gesicht nicht die geringste Veränderung auf. Gekleidet war er wie immer, das heißt, beinahe elegant. In der Hand hatte er einen nicht großen, aber teuren Strauß frischer Blumen. Er trat näher und überreichte ihn mit einem Lächeln Mama; die sah ihn erschrocken und verständnislos an, nahm aber den Strauß, und plötzlich stieg eine leichte Röte in ihre blassen Wangen, und ihre Augen erstrahlten vor Freude.

»Ich wußte, daß du es so aufnehmen würdest, Ssonja«, sagte er.

Da wir bei seinem Eintritt alle aufgestanden waren, nahm er sich, als er an den Tisch trat, den Lehnstuhl Lisas, die links neben Mama gesessen hatte, und ohne zu bemerken, daß er einen fremden Platz einnahm, setzte er sich dort hin. So kam er neben das Tischchen zu sitzen, auf dem das Heiligenbild lag.

»Guten Tag allerseits. Ssonja, ich wollte dir heute unbedingt diesen Blumenstrauß bringen. Zu deinem Geburtstag, deshalb bin ich auch nicht zur Beerdigung erschienen, um nicht mit einem Strauß zu einem Toten zu kommen. Aber du hast mich ja zur Beerdigung auch gar nicht erwartet, ich weiß es. Und der Alte wird sich über diese Blumen gewiß nicht ärgern; er hat uns doch selbst noch Freude als Auftrag hinterlassen, ist es nicht so? Ich denke, er ist hier irgendwo im Zimmer.«

Mama sah ihn sonderbar an. Tatjana Pawlowna zuckte zusammen.

»Wer soll hier im Zimmer sein?« fragte sie.

»Der Verstorbene. Lassen wir das. Sie wissen doch, daß ein Mensch, der an alle diese Wunder nicht so recht glaubt, immer am ehesten zu allerhand Aberglauben geneigt ist ... Doch ich werde lieber von den Blumen sprechen; ich verstehe nicht, wie ich den Strauß heil und ganz hergebracht habe. Unterwegs hat mich mindestens dreimal die Lust angewandelt, ihn in den Schnee zu schleudern und mit dem Fuß zu zertreten.«

Mama zitterte.

»Ich hatte die größte Lust dazu. Hab Nachsicht mit mir, Ssonja, und mit meinem armen Kopf. Und die Lust dazu überkam mich, weil er gar so schön war. Gibt es ein schöneres Ding auf der Welt als eine Blume? Ich trage sie, und ringsum ist Schnee und Kälte. Unsere Kälte und Blumen – was für ein Gegensatz! Übrigens, das war es nicht, was ich sagen wollte: ich hatte einfach Lust, den Strauß zu zerdrücken, weil er schön ist. Ssonja, wenn ich jetzt auch wieder verschwinde, so werde ich doch sehr bald zurückkehren, denn ich glaube, mir wird bange werden. Wenn das aber geschieht, wer wird mich dann von meinem Schreck heilen, wo finde ich dann einen Engel wie Ssonja? ... Was habt ihr da für ein Heiligenbild? Ach so, das vom Verstorbenen, ich erinnere mich. Es war sein Erbstück, vom Großvater; er hat sich ja sein Lebtag nicht von ihm getrennt, ich weiß, ich erinnere mich; er hat es mir vermacht, ich erinnere mich noch sehr gut ... ich glaube, es ist ein Heiligenbild von den Altgläubigen ... laßt doch mal sehen.«

Er nahm das Heiligenbild in die Hand, hielt es näher zum Licht und betrachtete es aufmerksam, aber schon nach wenigen Sekunden legte er es hin, jetzt aber vor sich auf den Tisch. Ich wunderte mich, denn alle diese sonderbaren Worte sagte er so unvermittelt, daß ich eigentlich noch nichts richtig begreifen konnte. Ich weiß nur noch, daß ein schmerzhafter Schreck in mein Herz eindrang. Mamas anfänglicher Schrekken dagegen wurde zu einem Nichtverstehenkönnen und dann zu Mitleid; sie sah in ihm vor allem den unglücklichen Menschen: war es doch auch früher schon vorgekommen, daß er fast ebenso sonderbar gesprochen hatte wie jetzt.

Lisa wurde auf einmal sehr bleich und nickte mir mit einem seltsamen Blick auf ihn zu. Doch mehr noch als wir alle schien Tatjana Pawlowna erschrocken zu sein.

»Aber was haben Sie denn, liebster Andrei Petrowitsch?« fragte sie vorsichtig.

»Ich weiß es selbst nicht, liebe Tatjana Pawlowna, wirklich nicht, was mit mir ist. Erschrecken Sie nur nicht, ich weiß schon noch, daß Sie Tatjana Pawlowna sind, und daß Sie ein lieber Mensch sind. Ich bin übrigens nur für einen Augenblick hergekommen; ich wollte Ssonja etwas Gutes sagen und suche vergeblich nach so einem Wort, obschon mein Herz voll ist von Worten, die ich nicht auszusprechen verstehe; es sind aber auch wirklich lauter so sonderbare Worte. Wissen Sie, mir ist so, als ob ich mich gleichsam spaltete«, sagte er und sah uns alle mit einem furchtbar ernsten Gesicht und mit aufrichtigem Mitteilungsbedürfnis an. »Es ist wirklich so, ich spalte mich geistig und habe eine schreckliche Angst davor. Es ist, als stünde neben einem ein Doppelgänger; man selbst ist klug und vernünftig; jener andere aber neben einem will unbedingt irgendeine Sinnlosigkeit begehen, und manchmal sogar etwas äußerst Lustiges; und plötzlich wird man gewahr, daß man selbst derjenige ist, der dieses Lustige begehen will. Man will es, Gott weiß weshalb, man will es, ohne es zu wollen, man sträubt sich aus allen Kräften dagegen und will es doch mit aller Gewalt. Ich habe einmal einen Arzt gekannt, der bei der Beerdigung seines Vaters in der Kirche plötzlich zu pfeifen anfing. Glaubt mir, ich habe mich tatsächlich gefürchtet, heute zur Beerdigung zu kommen, weil sich meiner die Überzeugung bemächtigt hatte, ich weiß nicht, aus welchem Grunde, daß auch ich in der Kirche zu pfeifen oder zu lachen anfangen würde, ganz wie jener unglückliche Arzt, der traurig genug endete... Und ich weiß wirklich nicht, weshalb mir heute immer wieder dieser Arzt einfällt; so oft, daß ich von ihm gar nicht mehr loskomme. Weißt du, Ssonja, da habe ich nun wieder dieses Heiligenbild genommen« (er hielt es schon in der Hand und wendete es hin und her), »und weißt du, ich habe jetzt, gerade in diesem Augenblick, in dieser Sekunde die größte Lust, es an den Ofen zu schleudern, an jene Kante dort. Ich bin überzeugt, daß es dann sofort in zwei Hälften zerspringen werde, gerade in zwei – nicht mehr und nicht weniger.«

Das Sonderbarste war dabei, daß er das ohne jede Spur von Verstellung und ohne jede Herausforderung sagte; er sprach ganz wie gewöhnlich; aber um so schrecklicher wirkte es; und ich glaube, er hatte in der Tat furchtbare Angst vor irgend etwas; ich bemerkte plötzlich, daß seine Hände ein wenig zitterten.

»Andrei Petrowitsch!« fuhr Mama erschrocken auf.

»Laß das, laß das Bild liegen, Andrei Petrowitsch, laß es, leg es hin!« rief Tatjana Pawlowna aufspringend. »Kleide dich aus und leg dich ins Bett. Arkadij, zum Arzt!«

»Aber ... warum regt ihr euch denn so auf?« fragte er leise und sah uns alle der Reihe nach prüfend an.

Darauf stemmte er plötzlich beide Ellbogen auf den Tisch und stützte den Kopf mit den Händen.

»Ich erschrecke euch, aber ich habe eine Bitte, meine Freunde: unterhaltet mich ein wenig, setzt euch wieder hin und beruhigt euch alle – wenigstens auf einen Augenblick! Ssonja, ich bin nicht deshalb gekommen, um das zu sagen; ich kam allerdings, um etwas mitzuteilen, aber etwas ganz Anderes. Leb wohl, Sonja, ich gehe wieder auf die Wanderschaft, wie ich schon mehrmals von dir weggegangen bin ... Nun, und natürlich werde ich einmal wieder zu dir zurückkehren – in diesem Sinne bist du ja unvermeidlich. Zu wem sollte ich denn auch sonst gehen, wenn alles zu Ende ist? Glaube mir, Ssonja, ich bin jetzt zu dir gekommen, wie zu einem Engel und durchaus nicht wie zu einem Feinde: was wärest du mir denn auch für ein Feind, ja, was denn für ein Feind? Denke auch nicht, daß ich gekommen wäre, um dieses Heiligenbild zu zerschlagen, aber weißt du, Ssonja, ich habe doch Lust, es zu zerschlagen ...«

Als Tatjana Pawlowna vorhin ausgerufen hatte: »Laß das, laß das Bild liegen!« – da hatte sie es ihm entwunden und in ihrer Hand behalten. Plötzlich aber, bei seinem letzten Wort, sprang er ungestüm auf, entriß es ihr im Augenblick, holte wütend aus und schleuderte es aus aller Kraft an die Kante des Kachelofens. Das Heiligenbild zersprang in genau zwei Stücke ... Da wandte er sich hastig zu uns, sein bleiches Gesicht wurde rot, fast purpurrot, und jeder Nerv seines Gesichts bebte und zuckte.

»Faß es nicht als Sinnbild auf, Ssonja, ich habe nicht Makars Vermächtnis zerschlagen, sondern nur so ... etwas zerschlagen, um zu zerschlagen ... Und dennoch werde ich zu dir zurückkehren – als zu meinem letzten Engel! Oder übrigens – faß es meinetwegen auch als Sinnbild auf; denn das war es doch nun einmal, unbedingt! ...«

Und plötzlich ging er schnell aus dem Zimmer und verließ uns – wieder durch die andere Tür (sein Pelz und seine Pelzmütze waren an jenem Ende des Korridors geblieben). Ich will nicht ausführlich schildern, was mit Mama geschah: zu Tode erschrocken und mit erhobenen Händen stand sie wie erstarrt da, bis sie – jäh zu sich kam und ihm nachrief:

»Andrei Petrowitsch, so laß uns doch wenigstens Abschied nehmen, Liebster!«

»Er wird schon kommen, Ssofja, er wird schon kommen! Sei unbesorgt!« keuchte Tatjana Pawlowna in einem furchtbaren Haßanfall, zitternd vor Empörung, vor geradezu tierischer Wut. »Du hast's doch gehört, er versprach es ja selbst, zu dir zurückzukehren! Laß nur den Narren noch zum letzten Mal sich herumtreiben! Wenn er alt wird, wer wird ihn als Gichtlahmen dann noch pflegen außer dir, seiner alten Wärterin? So hat er's ja selber erklärt, hat sich ja nicht mal geschämt ...«

Lisa wurde ohnmächtig.

Ich selbst wollte ihm nachlaufen.

Aber dann eilte ich zu Mama, umfing sie und hielt sie in meinen Armen.

Lukérja kam auf einen Ruf hin herbeigelaufen und brachte ein Glas Wasser.

Mama kam bald wieder zu sich, sank auf das Sofa, bedeckte das Gesicht mit den Händen und weinte.

»Aber ... ja aber ... so lauf ihm doch nach!« rief plötzlich Tatjana Pawlowna laut, wie wenn sie jetzt erst zur Besinnung käme. »So lauf doch endlich, hol ihn ein, lauf, geh ihm nicht von der Seite, so geh doch, lauf, lauf ihm nach!« und sie suchte mich mit Gewalt von Mama loszureißen. »Ach, dann lauf ich doch selber!«

»Arkáscha, ja, ach, lauf ihm schnell nach!« rief plötzlich auch Mama.

Da lief ich denn Hals über Kopf hinaus, gleichfalls durch die Küche und über den Hof; aber er war schon nicht mehr zu sehen. In der Ferne sah ich auf den Fußsteigen schwarze Gestalten gehen; ich lief ihnen nach und sah im Vorüberlaufen jedem ins Gesicht. So lief ich bis zur Straßenkreuzung.

‚Über Irrsinnige ärgert man sich doch nicht', dachte ich flüchtig, ‚Tatjana aber wurde doch nur vor Ärger so wütend auf ihn – folglich ist er gar nicht irrsinnig ..'

Ich hatte das Gefühl, daß seine Tat dennoch ein *Sinnbild* gewesen war, und daß er unbedingt mit irgend etwas ein Ende habe machen wollen, ein Ende, wie mit diesem Heiligenbilde, und zwar so, daß wir es sähen, wir, Mama und alle. Aber auch der »Doppelgänger« war sicherlich neben ihm gewesen; daran war gewiß nicht zu zweifeln ...

III

Er war aber nirgendwo zu sehen, und ich wußte nicht, wo ich ihn suchen sollte: es war kaum anzunehmen, daß er so einfach in seine Wohnung gegangen wäre. Plötzlich kam mir ein Gedanke, und ich lief schnurstracks zu Anna Andrejewna.

Anna Andrejewna war schon zurückgekehrt, und ich wurde sogleich zu ihr gebeten. Ich nahm mich nach Möglichkeit zusammen, während ich hineinging. Ohne mich zu setzen, erzählte ich ihr, was für eine Szene sich soeben zugetragen hatte, also die Sache mit dem »Doppelgänger«. Niemals werde ich ihr jene gespannte, aber mitleidslos ruhige und selbstsichere Neugier, mit der sie mich (gleichfalls stehend) anhörte, vergessen oder gar verzeihen.

»Wo kann er jetzt sein? Vielleicht wissen Sie es?« schloß ich schroff. »Tatjana Pawlowna wollte mich gestern zu Ihnen schicken . . .«

»Ich habe Sie schon gestern zu mir bitten lassen. Gestern war er in Zárskoje Sseló und er war auch bei mir. Jetzt aber« (sie sah nach der Uhr), »da es schon sieben ist . . . wird er bestimmt bei sich zu Hause sein.«

»Ich sehe, daß Sie alles wissen – so sprechen Sie, sprechen Sie doch!« rief ich ungeduldig.

»Ich weiß viel, aber nicht alles. Es hat natürlich keinen Sinn, es Ihnen zu verheimlichen . . .« Sie maß mich mit einem sonderbaren Blick, dabei lächelnd und gleichsam erwägend. »Gestern früh hat er Katerina Nikolájewna, als Antwort auf ihren Brief, einen formellen Heiratsantrag gemacht.«

»Das – ist nicht möglich!« Ich starrte sie an.

»Der Brief ging durch meine Hände; ich selbst habe ihr den Brief uneröffnet überbracht. Diesmal hat er ‚ritterlich' gehandelt und mir nichts verheimlicht.«

»Anna Andrejewna, ich verstehe kein Wort davon!«

»Es ist allerdings schwer zu verstehen, aber das erinnert an einen Spieler, der sein letztes Goldstück auf den Tisch wirft und dabei schon den Revolver schußbereit in der Tasche hält so ungefähr ist auch sein Heiratsantrag zu verstehen. Von zehn Möglichkeiten sprechen neun dafür, daß sie seinen Antrag nicht annimmt; aber auf diese eine zehnte Möglichkeit rechnet er doch noch, und ich muß gestehen, das ist doch sehr interessant. Meiner Ansicht nach . . . übrigens . . . übrigens kann hier auch wieder so ein Anfall von Raserei oder Außersichgeraten mitgespielt haben, eben jener ‚Doppelgänger', wie Sie das soeben so treffend bezeichnet haben . . .«

»Und Sie lachen noch? Und wie soll ich das glauben, daß der Brief von Ihnen übergeben worden ist? Sie sind doch die Braut ihres Vaters? Foltern Sie mich nicht, Anna Andrejewna!«

»Er bat mich, mein Schicksal seinem Glück zu opfern, oder vielmehr gebeten hat er darum gerade nicht: das wurde ziemlich wortkarg abgetan, ich las das alles nur in seinen Augen. Mein Gott, wozu sich darüber wundern: ist er denn nicht nach Königsberg gereist, um sich von Ihrer Mutter die Zustimmung zu seiner Heirat mit Madame Achmakoffs Stieftochter zu holen? Das sieht dem doch wieder sehr ähnlich, daß er mich gestern zu seiner Vertrauten und Bevollmächtigten erkor.«

Sie war ein wenig bleich. Aber ihre Ruhe ließ ihren Sarkasmus noch sarkastischer erscheinen. Oh, ich verzieh ihr damals viel, als ich so nach und nach das Ganze erfaßte. Eine Minute lang überlegte ich; sie schwieg und wartete.

»Wissen Sie«, sagte ich plötzlich auflachend, »Sie haben den Brief ja nur deshalb überbracht, weil er für Sie nicht die geringste Gefahr bedeutete, denn zu dieser Heirat wird es doch nie und nimmer kommen! Aber er? Und schließlich auch sie? Selbstverständlich wird sie ihn mit seinem Antrag abweisen, und dann ... was wird dann geschehen? Wo ist er jetzt, Anna Andrejewna?« rief ich, »jetzt ist jede Minute kostbar, jeden Augenblick kann ein Unglück geschehen!«

»Er ist jetzt bei sich zu Hause, wie ich Ihnen schon sagte. In seinem gestrigen Brief an Katerina Nikalajewna, den ich überbrachte, bat er sie *in jedem Fall*, also unabhängig von ihrer Antwort, um eine Zusammenkunft in seiner Wohnung heute um sieben Uhr abends. Und sie hat zugesagt.«

»Sie in seiner Wohnung? Wie ist das möglich?«

»Warum denn nicht? Die Wohnung gehört ja Darja Onissimowna; da können sie sich doch sehr gut als ihre Gäste bei ihr treffen ...«

»Aber sie fürchtet sich vor ihm ... er kann sie doch umbringen!«

Anna Andrejewna lächelte nur.

»Katerina Nikolajewna hat trotz ihrer ganzen Furcht vor ihm, die auch ich an ihr bemerkt habe, doch immer, noch von früher her, eine gewisse Ehrfurcht und Bewunderung für die Vornehmheit seiner Grundsätze und für die Überlegenheit seines Geistes gehegt. Sie hat jetzt zugesagt, um ihm ihr Vertrauen zu beweisen, und um der Sache ein für allemal ein Ende zu machen. In seinem Brief aber hat er ihr feierlich sein Ehrenwort gegeben, daß sie nichts zu fürchten hätte ... Ich entsinne mich nicht mehr genau der Ausdrücke, aber jedenfalls hat sie ihm darauf mit ihrem Vertrauen geantwortet ... und da es doch das letztemal sein soll ... jedenfalls beruhte ihre Antwort auf den edelsten Gefühlen. Es war da beiderseits ein gewisser ritterlich heroischer Wettstreit, wenn Sie wollen.«

»Aber der Doppelgänger, sein Doppelgänger!« rief ich, »er ist doch wahnsinnig geworden!«

»Als Katerina Nikolajewna gestern in diese Zusammenkunft einwilligte, hat sie mit der Möglichkeit eines solchen Zwischenfalls wahrscheinlich nicht gerechnet«, meinte Anna Andrejewna.

Ich drehte mich plötzlich um und lief aus dem Zimmer – zu ihm, zu ihnen, selbstverständlich! Aber aus dem Vorsaal kehrte ich noch einmal auf einen Augenblick zu ihr zurück.

»Das ist es wohl gerade, was Sie brauchen, daß er sie umbringt!« rief ich ihr ins Gesicht und rannte aus dem Hause.

Obgleich ich am ganzen Körper wie im Fieber zitterte, betrat ich die Wohnung leise und behutsam, durch die Küchentür und bat flüsternd, Darja Oníssimowna zu mir herauszurufen, aber da kam sie schon in die Küche und sah mich wortlos fragend mit gespannt forschendem Blick an.

»Er ... er ist nicht zu Hause.«

Aber ich flüsterte ihr schnell und ohne Umschweife zu, daß ich alles wisse, Anna Andrejewna hätte mir alles gesagt, und ich käme geraden Weges von ihr.

»Darja Onı́ssimowna, wo sind sie?«

»Sie sind im Saal, dort, wo Sie vorgestern saßen, am Tisch ...«

»Darja Onissimowna, lassen Sie mich hinein!«

»Aber das geht doch nicht ...«

»Nicht dorthin, aber in das Nebenzimmer. Darja Onissimowna, das ist vielleicht Anna Andrejewnas Wunsch ... Sonst hätte sie mir doch nicht gesagt, daß sie hier sind! Sie werden mich ja nicht sehen ... und Anna Andrejewna will es ja selbst ...«

»Aber wenn sie es nicht will?« Darja Onissimownas Blick wich nicht von mir und sog sich förmlich hinein in meine Augen.

»Darja Onissimowna, ich habe Ihre Olä nicht vergessen ... lassen Sie mich hinein!«

Ihre Lippen und ihr Kinn begannen zu zittern.

»Liebster, dann um Oläs willen ... weil du mit mir fühlst ... Aber verlaß nicht Anna Andrejewna, Liebster! Wirst du sie nicht im Stich lassen, was? Wirst sie nicht im Stich lassen?«

»Ich lasse sie nicht im Stich!«

»Dann gib mir dein heiliges Ehrenwort, daß du nicht zu ihnen hineinrennen und auch nicht losschreien wirst, wenn ich dich hinführe?«

»Mein Ehrenwort, Darja Onissimowna!«

Sie faßte mich am Rock, führte mich leise in ein dunkles Zimmer, das an jenes stieß, in dem sie saßen, führte mich unhörbar auf dem weichen Teppich zur Tür, schob mich dicht an den zugezogenen Vorhang, dessen Kante sie um eine Winzigkeit verschob, und ließ mich die beiden sehen.

Ich blieb dort stehen, sie schlich zurück. Selbstverständlich blieb ich. Ich war mir vollkommen bewußt, daß ich horchte, daß ich ein fremdes Geheimnis belauschte, aber ich blieb. Wie sollte ich denn nicht bleiben! Und der Doppelgänger? Hatte er doch schon vor meinen Augen das Heiligenbild zerschlagen!

IV

Sie saßen sich gegenüber, an demselben Tisch, an dem wir an jenem Abend auf seine »Auferstehung« getrunken hatten. Ich konnte ihre Gesichter deutlich sehen. Sie war in einem schlichten schwarzen Kleide, schön und anscheinend so ruhig wie immer. Er sprach, und sie hörte ihm mit größter und zuvorkommender Aufmerksamkeit zu. Vielleicht konnte man ihr doch eine gewisse Furchtsamkeit ansehen. Er aber war ungemein angeregt. Was ich vernahm, war mir zunächst vollkommen unklar, da ich den Anfang des Gesprächs nicht gehört hatte. Auf einmal fragte sie:

»Und ich war die Ursache?«

»Nein, die Ursache war schon ich«, erwiderte er, »Sie aber sind nur unschuldig schuldig. Sie wissen doch, daß man unschuldig schuldig sein kann? Es ist das die allerunverzeihlichste Schuld und sie zieht fast immer Strafe nach sich«, flocht er in sonderbar lachendem Ton ein. »Ich habe mir doch eine Weile lang tatsächlich eingebildet, ich hätte Sie ganz vergessen und lachte nur noch über meine törichte Leidenschaft ... aber das wissen Sie ja. Und was geht mich dieser Mensch an, den Sie nun da heiraten wollen? Ich habe Ihnen gestern einen Antrag gemacht, verzeihen Sie mir das, es war eine Sinnlosigkeit, und doch wüßte ich sie durch nichts zu ersetzen ... Was hätte ich denn tun können außer dieser Sinnlosigkeit? Ich wüßte nichts ...«

Er lachte ein verlorenes Lachen nach diesen Worten. Auf einmal sah er sie an. Bis dahin hatte er beim Sprechen immer zur Seite gesehen. Wenn ich an ihrer Stelle gewesen wäre, dieses Lachen hätte mich erschreckt, das fühlte ich. Da stand er plötzlich auf.

»Sagen Sie, wie haben Sie darauf eingehen können, hierherzukommen?« fragte er auf einmal, als wäre ihm die Hauptsache plötzlich wieder eingefallen. »Diese Aufforderung meinerseits und mein ganzer Brief – war eine vollkommene Sinnlosigkeit ... Warten Sie, ich kann mir schließlich selbst denken, wie es zu erklären ist, daß Sie einwilligten zu kommen, aber ... zu welchem Zweck Sie gekommen sind – das ist die Frage! Oder sollten Sie wirklich nur aus Furcht gekommen sein?«

»Ich bin gekommen, um Sie wiederzusehen«, sagte sie, während sie ihn mit schüchterner Vorsicht gleichsam aufpassend ansah.

Beide schwiegen vielleicht eine halbe Minute lang. Werssiloff nahm wieder seinen Platz ein und begann mit verhaltener, aber ergriffener, fast vibrierender Stimme:

»Ich habe Sie so unendlich lange nicht gesehen, Katerina Nikolajewna, so lange nicht, daß ich fast schon für unmöglich gehalten habe, jemals wieder bei Ihnen sitzen, Ihr Gesicht sehen, Ihre Stimme hören zu können ... Zwei Jahre haben wir uns nicht gesehen, zwei Jahre nicht miteinander gesprochen. Daß ich Sie noch einmal sprechen würde, hätte ich gar nicht mehr gedacht. Nun gut, was vergangen ist – ist vergangen, und was ist – das wird morgen verschwunden sein wie Rauch – nun gut, mag das so sein! Ich bin damit einverstanden, denn ich wüßte wieder nicht, was ich sonst tun könnte, aber gehen Sie jetzt nicht so fort, seien Sie nicht umsonst gekommen«, stieß er plötzlich fast flehend hervor. »Wenn Sie schon ein Almosen geben, wenn Sie schon gekommen sind, so seien Sie wenigstens nicht umsonst gekommen, beantworten Sie mir nur eine Frage!«

»Welche Frage?«

»Wir werden uns ja nie mehr wiedersehen – also was macht es Ihnen denn aus? Sagen Sie mir die Wahrheit, nur einmal für alle Ewigkeit, antworten Sie auf eine Frage, die kluge Leute niemals stellen würden: Haben Sie mich wenigstens irgendwann einmal geliebt, oder habe ich ... mich getäuscht?«

Sie wurde feuerrot. »Ich habe Sie geliebt«, sagte sie.

Das hatte ich erwartet, daß sie so antworten würde: oh, du Aufrichtige, du Innige, du Ehrliche!

»Und jetzt?« fuhr er fort.

»Jetzt liebe ich Sie nicht.«

»Und Sie lachen?«

»Nein, ich lächelte jetzt nur unwillkürlich, weil ich im voraus wußte, daß Sie fragen würden: ‚Und jetzt?' Ich lächelte, weil man immer unwillkürlich lächelt, wenn etwas gesagt wird, worauf man schon gefaßt war ...«

Mir wurde ganz sonderbar zumut: ich hatte sie noch nie so auf der Hut, so vorsichtig, ja, fast sogar schüchtern und zugleich so verwirrt gesehen. Er umspannte sie mit seinem verzehrenden Blick.

»Ich weiß, daß Sie mich nicht lieben ... und – Sie lieben mich also gar nicht?«

»Es ist möglich, daß ich Sie gar nicht liebe. Nein, ich liebe Sie nicht«, fügte sie plötzlich fest hinzu, diesmal ohne zu lächeln und ohne zu erröten. »Ich habe Sie geliebt, ja, aber nicht lange. Ich habe damals sehr bald aufgehört, Sie zu lieben.«

»Ich weiß, ich weiß, Sie erkannten, daß es hierbei nicht das war, was Sie brauchen, aber ... was ist es denn, was Sie brauchen? Erklären Sie mir das noch einmal ...«

»Habe ich es Ihnen denn schon jemals erklärt? Was ich brauche? Aber ich bin doch eine ganz gewöhnliche Frau; ich bin eine ruhige Frau, ich liebe ... ich liebe heitere Menschen.«

»Heitere ...?«

»Da sehen Sie, wie ich mit Ihnen nicht einmal zu sprechen verstehe. Ich glaube, wenn Sie mich weniger zu lieben vermöchten, dann könnte auch ich Sie lieben«, sagte sie wieder mit einem schüchternen Lächeln.

Es war die vollkommenste Aufrichtigkeit, die in ihrer Antwort aufblitzte, – sollte sie wirklich selbst nicht gewußt haben, daß ihre Antwort die endgültigste Formel für ihr Verhältnis war, die Formel, die alles erklärte und entschied? Oh, wie er das hätte verstehen müssen! Aber er sah sie an und lächelte sonderbar.

»Und Bjoring ... ist das ein heiterer Mensch?« fuhr er fort zu fragen.

»Der braucht Sie nicht im geringsten zu beunruhigen«, antwortete sie mit einer gewissen Hast. »Ich heirate ihn nur deshalb, weil ein Leben mit ihm für mich am ruhigsten sein wird. Meine ganze Seele behalte ich dann für mich.«

»Sie sollen ja, wie man hört, wieder Geschmack an der Gesellschaft, an der glänzenden Welt gefunden haben?«

»Nicht an der Gesellschaft. Ich weiß wohl, daß in unserer Gesellschaft dieselbe Unordnung herrscht wie überall; aber ihre Formen sind wenigstens äußerlich noch gefällig, und deshalb ist es, wenn man schon lebt, bloß um das Leben hinzubringen, doch besser, in ihr zu leben als sonstwo.«

»Ich höre neuerdings oft das Wort ‚Unordnung'. Sie sind damals wohl auch vor meiner Unordnung zurückgeschreckt, vor meinen Fesseln, meinen Ideen, meinen Torheiten?«

»Nein, das war doch nicht ganz so ...«

»Sondern? Ich beschwöre Sie, sprechen Sie alles ganz offen aus.«

»Nun gut, ich werde es Ihnen ganz offen sagen, weil ich Sie für so überlegen klug halte ... Mir ist an Ihnen immer irgend etwas lächerlich erschienen.«

Kaum hatte sie das gesagt, als sie plötzlich rot wurde, ganz als hätte sie selbst gemerkt, daß sie eine ungeheure Unvorsichtigkeit begangen hatte.

»Sehen Sie, für das, was Sie mir jetzt gesagt haben, kann ich Ihnen viel verzeihen«, sagte er sonderbar.

»Ich habe noch nicht zu Ende gesprochen«, beeilte sie sich hinzuzufügen und errötete dabei noch mehr. »Ich wollte vielmehr sagen, daß ich es bin, die lächerlich ist ... schon deshalb, weil ich wie eine Törin mit Ihnen spreche.«

»Nein, Sie sind nicht lächerlich, Sie sind nur ... eine verderbte Weltdame!« sagte er unheimlich erbleichend. »Auch ich habe vorhin nicht zu Ende gesprochen, als ich Sie fragte, zu welchem Zweck Sie gekommen sind. Wollen Sie, daß ich es jetzt ausspreche? Es gibt einen gewissen Brief, ein Dokument, und vor dem zittern Sie, denn Sie wissen, daß Ihr Vater, wenn dieser Brief in seine Hände käme, Sie schon bei Lebzeiten verstoßen und in seinem Testament enterben könnte. Sie fürchten sich vor dieser Möglichkeit, und sind ... dieses Briefes wegen gekommen«, sagte er, am ganzen Leibe bebend und beinahe zähneklappernd.

Sie hörte ihn mit schmerzlichem und traurig bangem Gesichtsausdruck an.

»Ich weiß, daß Sie mir eine Menge Unannehmlichkeiten bereiten können«, sagte sie, seine Worte gleichsam von sich wegscheuchend, »aber ich bin nicht so sehr deshalb gekommen, um Sie zu bitten, mich in Ruhe zu lassen, als vielmehr ... um Sie selbst wiederzusehen. Ich habe sogar schon lange gewünscht, von mir aus gewünscht, Sie zu sehen. Aber ich habe Sie unverändert als den wiedergefunden, der Sie früher waren«, fügte sie plötzlich hinzu, wie fortgerissen von einem bestimmten und ausschlaggebenden Gedanken und sogar wie von einem sonderbaren plötzlichen Gefühl.

»Und Sie hatten einen anderen zu finden gehofft? Und das – nach meinem Brief, in dem ich Ihnen von Ihrer Verderbtheit geschrieben hatte? Sagen Sie, sind Sie denn ganz ohne Furcht hergekommen?«

»Ich bin gekommen, weil ich Sie früher geliebt habe; aber ich bitte Sie: drohen Sie mir nicht, bitte nicht, und mit gar nichts, wenigstens so lange nicht, wie wir jetzt beisammen sind; erinnern Sie mich nicht an meine häßlichen Gedanken und Gefühle. Wenn Sie mit mir von etwas anderem sprechen könnten, wäre ich sehr froh. Mit den Drohungen kommen Sie meinetwegen später, hier aber lassen Sie uns von anderem sprechen ... Ich bin wirklich nur gekommen, um Sie einen Augenblick zu sehen und sprechen zu hören. Nun, und wenn Sie das nicht können, so töten Sie mich meinetwegen, aber – drohen Sie mir nicht und peinigen Sie sich nicht selbst vor meinen Augen!« schloß sie und sah ihn in einer sonderbaren Erwartung an, ganz als hätte sie wirklich geglaubt, er könne sie töten.

Er erhob sich wieder von seinem Stuhl, sah sie mit brennendem Blick an und sagte mit fester Stimme:

»Es wird Ihnen hier nicht das Geringste widerfahren.«

»Ach ja, Ihr Ehrenwort!« sagte sie lächelnd.

»Nein, nicht nur deshalb, weil im Brief ein Ehrenwort gegeben ist, sondern weil ich ... die ganze Nacht an Sie denken möchte und werde ...«

»Um sich selbst zu quälen?«

»Wenn ich allein bin, stelle ich mir immer – Sie vor. Immer! Ich tue nichts anderes als mit Ihnen plaudern. Ich ziehe mich in meine Höhlen und Schlupfwinkel zurück – und als Kontrast erscheinen sofort Sie vor meinen Augen. Aber Sie lachen immer über mich, wie auch jetzt ...«

Er sagte das wie außer sich.

»Niemals, niemals habe ich über Sie gelacht!« rief sie erschüttert und wie in tiefstem Mitleiden, das im Ausdruck ihres Antlitzes deutlich sichtbar wurde. »Indem ich hergekommen bin, habe ich doch alles getan, um es so zu machen, daß dies für Sie unter keinen Umständen kränkend sein könnte«, sagte sie plötzlich. »Ich bin hergekommen, um Ihnen zu sagen, daß ich Sie beinahe liebe ... Verzeihen Sie, ich habe mich vielleicht nicht so ausgedrückt«, fügte sie schnell hinzu.

Er begann zu lachen.

»Warum verstehen Sie es nicht, sich zu verstellen? Warum sind Sie – eine solche Einfalt, warum sind Sie nicht so wie alle ... Wie kann man denn einem Menschen, dem man einen Korb gibt, sagen: ‚Beinahe liebe ich Sie'?«

»Ich habe mich nur nicht auszudrücken verstanden«, beeilte sie sich zu erklären. »Ich habe das nicht so sagen wollen; das kommt nur daher, weil ich mich in Ihrer Gegenwart immer befangen fühle und dann nicht zu sprechen verstehe; das ist schon von unserer ersten Begegnung an so gewesen. Aber wenn meine Worte auch nicht ganz richtig gewählt waren – daß ich Sie ‚beinahe liebe' –, so ist es dem Sinne nach doch beinahe so – nur deswegen habe ich es überhaupt auszudrücken versucht. Ich liebe Sie mit so einer ... eben mit so einer *allgemeinen* Liebe, mit der man alle liebt, und die einzugestehen man sich niemals schämt ...«

Er hörte sie schweigend an, ohne seinen brennenden Blick auch nur einmal von ihr abzuwenden.

»Ich beleidige Sie natürlich«, fuhr er dann fort, mit jedem Wort mehr und mehr außer sich geratend. »Es muß in der Tat das sein, was man Leidenschaft nennt ... Ich weiß nur das eine, daß es mit mir zu Ende ist, wenn Sie bei mir sind, und ohne Sie gleichfalls! Aber gleichviel ob ich ohne Sie oder mit Ihnen bin, wo Sie auch sein mögen – Sie sind immer bei mir. Ich weiß auch, daß ich Sie sehr zu hassen vermag, mehr noch als zu lieben. Übrigens, ich denke schon lange über nichts mehr nach – mir ist alles gleich. Es tut mir nur leid, daß ich eine solche wie Sie zu lieben angefangen habe ...«

Seine Stimme versagte; er fuhr gleichsam atemlos fort.

»Was haben Sie? Sie finden es wohl ungezogen, gar brutal, daß ich so spreche?« Er lächelte bei bleichem Gesicht. »Ich denke, wenn nur das Sie verführen könnte, würde ich irgendwo dreißig Jahre lang wie ein Säulenheiliger auf einem Bein stehen ... Ich sehe, ich tue Ihnen leid, Ihr Gesicht sagt: ‚Ich würde dich ja lieben, wenn ich könnte, aber ich kann nicht ...' Ist es nicht so? Macht nichts, ich habe keinen Stolz. Ich bin bereit, wie ein Bettler jedes Almosen von Ihnen anzunehmen – hören Sie, jedes ... Was kann denn auch ein Bettler für einen Stolz haben?«

Sie stand auf und trat an ihn heran.

»Mein Freund!« sagte sie mit unaussprechlichem Gefühl im Gesicht, und berührte mit der Hand seine Schulter. »Ich kann solche Worte nicht hören! Ich werde mein lebelang an Sie denken als an einen mir teuren, wertvollen Menschen, als an das größte Herz, als an etwas Heiliges, das ich achten und lieben kann. Andrei Petrowitsch, verstehen Sie mich recht: aus irgendeinem Grund bin ich doch heute hergekommen, Sie lieber, mir sowohl damals wie auch jetzt lieber Mensch! Ich werde nie vergessen, wie Sie bei unseren ersten Begegnungen meinen Geist erschüttert und aufgeweckt haben. Lassen Sie uns als Freunde scheiden, und der Gedanke an Sie wird mir der ernsteste und liebste bleiben mein ganzes Leben lang.«

»,Scheiden wir, und dann werde ich Sie lieben'; ich werde Sie lieben – nur scheiden wir. Hören Sie«, sagte er und sein Gesicht war ganz bleich, »schenken Sie mir noch ein Almosen: lieben Sie mich nicht, leben Sie nicht mit mir, wir wollen uns nie sehen; ich werde Ihr Sklave sein, wenn Sie mich rufen, und werde sofort verschwinden, wenn Sie mich nicht sehen und hören wollen, nur ... *nur heiraten Sie keinen anderen!«*

Mein Herz krampfte sich bis zum Schmerz zusammen, als ich diese Worte vernahm. Diese naiv erniedrigende Bitte war um so mitleiderregender, durchbohrte einem um so stärker das Herz, weil sie so nackt und unmöglich war. Ja, in der Tat, er bat um ein Almosen! Konnte er denn wirklich denken, daß sie darauf eingehen werde? Er erniedrigte sich bis zum Versuch; er bat versuchsweise! Diese tiefste Stufe der Mutlosigkeit war unerträglich! Jeder Zug ihres Gesichts verkrampfte sich plötzlich vor Schmerz; aber noch bevor sie ein Wort sagen konnte, kam er schon zur Besinnung.

»Ich werde Sie *vernichten!«* sagte er plötzlich mit einer sonderbaren, entstellten Stimme, die gar nicht wie seine Stimme war.

Aber auch sie antwortete ihm sonderbar und gleichfalls wie mit einer fremden, unerwarteten Stimme.

»Und wenn ich Ihnen dies Almosen schenkte«, sagte sie plötzlich entschlossen, »so würden Sie sich dafür noch viel schlimmer an mir rächen, als Sie jetzt drohen, denn Sie würden es nie vergessen, daß Sie als so ein Bettler vor mir gestanden haben ... Ich kann Drohungen von Ihnen nicht anhören!« schloß sie fast unwillig und sah ihn nahezu herausfordernd an.

»,Drohungen von Ihnen', das heißt: von so einem Bettler! Ich habe ja nur gescherzt«, sagte er leise und lächelte. »Ich werde Ihnen nichts antun, fürchten Sie sich nicht, gehen Sie ... und was jenes Dokument betrifft, so werde ich alles tun, um es Ihnen zu verschaffen, ich werde es Ihnen zusenden – nur gehen Sie jetzt, gehen Sie! Ich habe Ihnen einen törichten Brief geschrieben, Sie aber haben auf den törichten Brief geantwortet und sind gekommen – wir sind quitt. Nicht hier – dort ist der Ausgang«, sagte er und wies auf die richtige Tür (sie wollte durch das Zimmer gehen, in dem ich hinter der Portiere stand).

»Verzeihen Sie mir, wenn Sie können«, sagte sie, in der Tür stehenbleibend.

»Wie aber, wenn wir uns später einmal ganz als gute Freunde begegnen und auch an diese Szene mit heiterem Lachen zurückdenken werden?« fragte er auf einmal, aber jeder Zug in seinem Gesicht bebte wie bei einem Menschen, der von einem Krampf befallen ist.

»Oh, das gebe Gott!« rief sie aus, die Handflächen vor sich zusammenpressend, aber gleichzeitig sah sie ihm doch schreckhaft forschend ins Gesicht, als ob sie erriete, was er damit hatte sagen wollen.

»Gehen Sie. Wir haben jetzt beide nicht allzuviel Verstand, aber Sie ... Oh, Sie sind ein Mensch von meinem Schlage! Ich habe Ihnen einen wahnsinnigen Brief geschrieben, und Sie sind auf diesen Brief hin zu mir gekommen, um mir zu sagen, daß Sie mich ‚beinahe lieben'. Nein, Sie und ich, wir sind beide – Menschen ein und desselben Wahnsinns! Seien Sie immer so wahnsinnig, werden Sie nicht anders, und wir werden uns noch als Freunde begegnen, – das prophezeie ich Ihnen, das schwöre ich Ihnen!«

»Und sehen Sie, dann werde ich Sie bestimmt lieben, denn das fühle ich auch jetzt schon!« Die Frau in ihr konnte sich nicht zurückhalten und warf ihm noch von der Schwelle her als letztes diese Worte zu.

Sie ging hinaus. Ich schlüpfte hastig und unhörbar in die Küche und eilte, fast ohne auf Darja Onissimowna, die mich dort erwartete, einen Blick zu werfen, über die Küchentreppe und den Hof auf die Straße. Aber ich sah nur noch, wie sie in eine Droschke stieg, die vor dem Portal auf sie gewartet hatte. Ich lief die Straße hinunter.

ELFTES KAPITEL

I

Ich lief zu Lambert. Oh, wie sehr ich wünschte, meinen Handlungen an diesem Abend und in dieser Nacht ein logisches Aussehen zu geben und auch nur den geringsten vernünftigen Sinn in ihnen zu entdecken, so bin ich doch selbst heute noch außerstande, obgleich ich jetzt alles überschauen kann, sie in einem klaren und richtigen Zusammenhang zu schildern. Es war da ein Gefühl, oder richtiger, ein ganzes Chaos von Gefühlen, in dem ich mich wohl unvermeidlicherweise verirren mußte. Freilich gab es unter diesen Gefühlen ein Gefühl, das vorherrschte, eins, das mich unsäglich bedrückte und alle anderen Gefühle gleichsam tyrannisierte, doch ... soll ich es bekennen? Zumal ich noch nicht einmal ganz sicher bin ...

Als ich zu Lambert ins Zimmer stürzte, war ich selbstverständlich außer mir. Ich jagte sogar ihm und Alphonsinka einen gewissen Schrecken ein. Es ist mir übrigens immer aufgefallen, daß selbst die liederlichsten und verkommensten Franzosen den Hang haben, in ihrer häuslichen Lebensführung an einer gewissen Art von bourgeoiser Ordnung zah und kleinlich festzuhalten – an einer Ordnung, die überaus prosaisch, alltäglich, zeremoniell und ein für allemal anerkannt ist. Aber Lambert begriff doch sehr bald, daß etwas geschehen war, und geriet in Entzücken, als er sah, daß er mich endlich bei sich, das heißt, endlich in der Falle hatte. Das war ja sein Traum, sein sehnlichster Wunsch in allen diesen Tagen gewesen, denn ohne mich konnte er ja doch nichts machen! Und siehe da: nachdem er seine ganze Hoffnung fast schon aufgegeben hatte, erschien ich plötzlich bei ihm, ich selbst, und dazu kam ich noch wie ein Halbwahnsinniger, also in einer Verfassung, wie er mich gerade brauchte.

»Lambert, Wein her!« rief ich. »Trinken wir, laß uns lustig sein! Alphonsina, wo haben Sie Ihre Gitarre?«

Die Szene, die hierauf folgte, will ich nicht weiter beschreiben – sie ist nebensächlich. Er hörte mir gespannt zu. Ich machte ihm offen und als erster den Vorschlag zu einer Verschwörung.

Vor allen Dingen müßten wir Katerina Nikolajewna durch einen Brief veranlassen, zu uns zu kommen ...

»Das kann man«, stimmte mir Lambert zu, der jedes meiner Worte schnell erwog.

Zweitens müßten wir mit diesem Brief eine Abschrift des »Dokuments« schicken, damit sie sich selbst davon überzeugen könne, daß man sie nicht betrügen wolle.

»Ja, das muß man, das muß man!« pflichtete Lambert mir sogleich eifrig bei, während er mit Alphonsina immer wieder Blicke wechselte.

Und drittens müßte er, Lambert, sie von sich aus herbitten, angeblich im Auftrage eines Unbekannten, der gerade aus Moskau angekommen wäre; und ich hätte dann die Aufgabe, Werssiloff mitzubringen.

»Ja, auch Werssiloff könnte noch dabei sein«, bestätigte Lambert wieder.

»Nicht könnte, sondern er muß! Und zwar unbedingt!« rief ich aufgebracht. »Um seinetwillen soll doch das Ganze überhaupt gemacht werden!« erklärte ich und trank Schluck auf Schluck aus meinem Glase. (Wir tranken alle drei, aber ich glaube, ich trank die ganze Flasche Champagner allein aus, sie aber taten nur so, als tränken sie gleichfalls.) »Werssiloff und ich werden im Nebenzimmer sitzen (Lambert, wir müssen uns noch ein Nebenzimmer verschaffen!), und wenn sie dann auf alles eingegangen ist – auf den Kaufpreis in Geld und auch auf den *anderen* Kaufpreis, denn die Weiber sind doch alle gemein – dann erscheine ich mit Werssiloff, und wir überführen sie ganz ihrer Schändlichkeit. Und dann wird Werssiloff, wenn er selbst gesehen hat, wie gemein sie ist, mit einem Schlage von seinem Wahn geheilt sein und sie hinauswerfen! Und Bjoring muß auch noch dabei sein, damit auch er sie sieht!« fügte ich außer mir hinzu.

»Nein, Bjoring ist überflüssig«, bemerkte Lambert.

»Nein, der muß auch unbedingt, unbedingt dabei sein!« ereiferte ich mich wieder. »Du begreifst ja nichts, Lambert, weil du dumm bist! Versteh doch: es soll ja gerade zu einem Skandal in diesen höheren Kreisen kommen – damit rächen wir uns an diesen Kreisen und an ihr, sie soll nur ihre Strafe empfangen! Lambert, sie wird dir einen Wechsel geben ... Ich brauche das Geld nicht – ich spucke aufs Geld, du aber kannst dich bücken und es aufheben, wenn du magst, und mit meinem Speichel in die Tasche stecken, ich aber, ich – vernichte sie dafür!«

»Ja, ja«, pflichtete Lambert mir bei, »das mußt du tun ...« Er wechselte wieder einen Blick mit Alphonsinka.

»Weißt du, Lambert, sie hat eine ungeheure Ehrfurcht vor Werssiloff, ich habe mich soeben davon überzeugt«, lallte ich schon mit schwerer Zunge.

»Das ist gut, daß du sie belauscht hast! Ich hätte niemals gedacht, daß du ein so guter Spion sein könntest und überhaupt so gescheit bist!« Er wollte mir damit eine Schmeichelei sagen.

»Du lügst, Franzos, ich bin kein Spion, aber gescheit bin ich schon! Und weißt du, Lambert, sie liebt ihn ja doch!« fuhr ich fort, nur von dem Verlangen getrieben, mich auszusprechen: »Aber heiraten wird sie ihn nicht, denn Bjoring ist Gardeoffizier, und Werssiloff ist bloß ein großmütiger Mensch und ein Freund der Menschheit, und so einer ist doch nach den Anschauungen ihres Kreises nur eine lächerliche Figur und weiter nichts! Oh, sie begreift seine Leidenschaft und genießt sie, sie kokettiert mit ihm und lockt ihn an, aber sie heiratet ihn nicht! Sie ist ein Weib, ist eine Schlange! Jedes Weib ist Schlange und jede Schlange Weib! Ihn aber muß man davon heilen; man muß ihm die Binde von den Augen reißen: er soll erkennen, wie sie ist, dann wird er gesund werden. Ich werde ihn bald zu dir bringen, Lambert!«

»Ja, das mußt du«, stimmte mir Lambert eifrig bei, und goß mir schon wieder das Glas voll.

Er hatte jetzt vor allem nur eine Angst, daß er mich durch Widerspruch erzürnen, und daß ich zu trinken aufhören könnte. Das machte ihn so ungeschickt und unschlau, daß es mir sogar damals schon auffiel. Und doch hätte ich um keinen Preis fortgehen können: ich trank und sprach ununterbrochen, denn ich stand ganz unter dem unbezwingbaren Verlangen, mich vollends auszusprechen. Als Lambert nach einer neuen Flasche ging, spielte Alphonsinka auf der Gitarre irgendein spanisches Lied. Ich hätte beinah zu weinen angefangen.

»Lambert, du weißt ja noch nicht alles!« rief ich mit tiefem Gefühl. »Diesen Menschen muß man unbedingt retten, weil er jetzt . . . von einem Zauberbann umgeben ist. Wenn sie ihn heiratete, würde er sie am Morgen nach der ersten Nacht mit Fußtritten hinausjagen . . . so was kommt doch vor. Denn so eine gewaltsame, wilde Liebe ist wie ein Anfall, wie eine Schlinge um den Hals, wie eine Krankheit, doch kaum hat sie ihre Befriedigung erreicht, da fällt einem die Binde von den Augen, und es stellt sich gleich das entgegengesetzte Gefühl ein: Ekel und Haß, der Wunsch zu vernichten, zu zertreten. Kennst du die Geschichte von Abisag[24], Lambert, hast du sie gelesen?«

»Nein, ich . . . erinnere mich nicht; ist's ein Roman?« stotterte Lambert unsicher.

»Ach, du weißt aber auch gar nichts, Lambert! Du bist schrecklich, schrecklich ungebildet . . . aber ich pfeife drauf. Ist ja egal. Ich weiß, er liebt Mama; er hat ihr Bild geküßt; er würde jene am anderen Morgen hinausjagen und zu Mama gehen; aber dann wäre es zu spät, und deshalb muß man ihn jetzt retten . . .«

Zum Schluß fing ich bitterlich zu weinen an, redete aber immer weiter und trank furchtbar viel. Von Lambert war es sehr schlau, daß er kein einziges Mal nach dem »Dokument« fragte und wo es sei, oder daß ich nun auch mit dem Dokument herausrücken, es ihm auf den Tisch legen solle. Was wäre natürlicher gewesen, als danach zu fragen, zumal wir doch schon beschlossen hatten, gemeinschaftlich zu handeln? Wir aber sprachen nur davon, daß es nötig sei, »das und das« zu tun, aber wo das geschehen sollte, wann und wie – davon sprachen wir kein Wort! Er stimmte mir in allem fast widerspruchslos zu und wechselte dabei heimlich Blicke mit Alphonsinka – das war alles, was er zu tun wagte! Damals konnte ich darüber freilich nicht nachdenken, aber ich sah es doch und habe es behalten.

Die Szene endete damit, daß ich auf seinem Diwan, wie ich da saß, einschlief. Natürlich in den Kleidern! Ich schlief sehr lange und erwachte sehr spät. Ich weiß noch, daß ich, als ich erwachte, eine Zeitlang wie betäubt auf dem Diwan liegenblieb und mir Mühe gab, mich dessen zu erinnern, was am Abend eigentlich geschehen war; dabei tat ich, als ob ich immer noch schliefe. Ich bemerkte bald, daß Lambert nicht mehr im Zimmer war: er mußte ausgegangen sein. Es war schon zehn Uhr morgens; im Ofen prasselte das Feuer, ganz wie damals, nach jener Nacht, als ich das erstemal von Lambert in dieses Zimmer gebracht worden war. Hinter dem Wandschirm aber bewachte mich Alphonsinka: das bemerkte ich sogleich, weil sie zweimal hinter ihm hervorlugte und mich musterte, aber ich schloß jedesmal schnell die Augen und stellte mich schlafend. Ich tat es einerseits, weil ich noch ganz wie zerschlagen war, und andererseits, weil ich mir meine Lage erst einmal überlegen wollte. Mit Entsetzen erkannte ich die ganze Schändlichkeit und Sinnlosigkeit meiner nächtlichen Beichte vor Lambert und meiner Verschwörung mit ihm; erkannte vor allem die Tragweite meines Fehlers, daß ich ihn überhaupt aufgesucht hatte! Aber zum Glück war das Dokument ja noch immer bei *mir*, war ja noch immer in meiner Seitentasche eingenäht; ich fühlte unwillkürlich mit der Hand danach – Gott sei Dank, es war da! Also brauchte ich jetzt nur aufzustehen und davonzulaufen; mich höchstens vor Lambert noch zu schämen, – aber das war er ja gar nicht wert!

Aber ich schämte mich auch meiner selbst! Ich war mein eigener Richter, und – o Gott, wie sah es in meiner Seele aus! Wie könnte ich dieses höllische, unerträgliche Gefühl und diese gallenbittere Erkenntnis meiner eigenen Schmutzigkeit und Gemeinheit beschreiben! Aber ich muß es ja doch einmal gestehen, weil die Zeit dazu, wie mir scheint, nun gekommen ist. In meinen Aufzeichnungen darf das nicht übergangen werden. So mag man denn wissen, daß ich sie nicht etwa darum in den Schmutz ziehen und beinahe Zeuge dessen sein wollte, wie sie Lambert den Kaufpreis zahlen würde (o Niedertracht!) – nicht darum, um den wahnsinnigen Werssiloff zu retten und ihn Mama zurückzugeben, sondern darum ... weil ich vielleicht selbst in sie verliebt und eifersüchtig war! Eifersüchtig auf wen: auf Bjoring, auf Werssiloff? Oder auf alle, die sie auf den Bällen sehen, mit denen sie sprechen würde, während ich in der Ecke stünde und mich meiner selbst schämte? ... Oh, welch eine Erbärmlichkeit!

Kurz, ich weiß nicht, auf wen ich eifersüchtig war; aber ich fühlte nur und hatte mich an jenem Abend so sicher überzeugt – wie ich sicher bin, daß zweimal zwei vier ist –, hatte mich überzeugt, daß sie für mich verloren war, daß diese Frau mich von sich stoßen und verhöhnen werde wegen meines Betruges und meiner Schändlichkeit! Sie war offen und ehrlich, ich aber – ich war ein Spion mit unterschlagenen Dokumenten!

Das alles habe ich seitdem in meinem Herzen geheimgehalten, aber jetzt ist die Zeit gekommen, und – ich ziehe die Summe. Doch wiederum und zum letztenmal sei es gesagt: ich habe mich vielleicht um die Hälfte oder sogar um fünfundsiebzig Prozent schlechter dargestellt, als ich war! In jener Nacht haßte ich sie wie ein Mensch, der außer sich ist, und dann wie ein tollwütiger Betrunkener. Ich habe schon gesagt, daß es ein Chaos von Gefühlen und Empfindungen war, in dem ich mich selbst nicht zurechtfand. Aber gleichviel, ausgesprochen mußten sie werden, weil doch ein Teil dieser Gefühle immerhin tatsächlich vorhanden war.

Mit unüberwindlichem Widerwillen und mit leidenschaftlichem Entschluß, alles wieder gutzumachen, sprang ich plötzlich vom Diwan auf; aber kaum war ich aufgesprungen, da schoß auch schon Alphonsinka hinter dem Wandschirm hervor. Während ich nach meinem Pelz und meiner Mütze griff, beauftragte ich sie, Lambert zu sagen, alles, was ich gestern hier phantasiert und was ich zu meinem eigenen Bedauern von einer Dame Häßliches geredet hatte – sei nur ein Scherz von mir gewesen. Ferner: daß Lambert nicht wagen solle, jemals noch zu mir zu kommen ... Alles das brachte ich überstürzt hervor, auf französisch, und wahrscheinlich recht unklar. Aber zu meiner Verwunderung verstand Alphonsinka alles ausgezeichnet; und was am sonderbarsten war: sie schien sich sogar darüber zu freuen.

»Oui, oui«, stimmte sie mir gleich bei und nickte dazu, »c'est une honte! Une dame ... Oh, vous êtes généreux, vous! Soyez tranquille, je ferai voir raison à Lambert ...«

Nun hätte ich in dem Augenblick eigentlich stutzig werden müssen, angesichts dieses so überraschenden Umschwungs in ihren Gefühlen, also wohl auch in der Einstellung Lamberts? Ich sagte aber nichts und ging schweigend hinaus; in meinem Innern war alles trübe, und ich konnte nur mit Mühe denken. Nachher habe ich freilich auch dieses Verhalten begriffen, aber da war es schon zu spät! Oh, was war das für ein teuflisches Ränkespiel! Ich will hier diese ganze Geschichte im voraus erklären, denn sonst könnte der Leser das Weitere unmöglich verstehen.

Die Sache war die, daß ich schon bei meiner ersten Begegnung mit Lambert – damals, als ich in seinem Zimmer auftaute – wie ein Narr im Delirium davon gelallt hatte, daß ich das Dokument eingenäht in der Tasche trug. Und als ich darauf auf dem Diwan für kurze Zeit eingeschlafen war, hatte Lambert sofort die Gelegenheit benutzt, die Tasche zu befühlen und sich davon zu überzeugen, daß tatsächlich ein Papier in ihr eingenäht war. Auch später hatte er sich davon überzeugen können, daß ich das Papier immer noch bei mir trug: während unseres Gesprächs nach dem Mittagessen im Tatarischen Restaurant, als wir bei Miljútin Champagner tranken, hatte er mich ein paarmal um die Schultern gefaßt und mit der Hand auf die Tasche geklopft. Als ihm die ganze Wichtigkeit dieses Dokumentes aufgegangen war, da war in ihm ein Plan gereift, von dem ich keine Ahnung hatte. Wie ein rechter Dummkopf hatte ich mir die ganze Zeit eingebildet, er rufe mich nur zu dem Zweck zu sich in die Wohnung, um mich ungestört überreden zu können, mit ihm zusammen die Sache zu machen. Aber, o weh! – er hatte es in einer ganz anderen Absicht getan! Er hatte mich zu sich locken wollen, um mich betrunken zu machen, und wenn ich mich dann ausstreckte und fest einschlief, meine Tasche aufzutrennen und sich des Dokuments zu bemächtigen. Und das hatten sie, er und Alphonsinka, in dieser Nacht denn auch getan. Alphonsinka trennte die Tasche auf, und nachdem sie den Brief, *ihren Brief*, mein Moskauer Dokument, glücklich hatten, nahmen sie einen einfachen Bogen Postpapier von derselben Größe, steckten ihn in die Tasche und nähten die aufgetrennte Stelle zu, als wäre nichts geschehen, so daß ich auch nichts von der Auswechslung bemerken konnte. Alphonsinka war es, die die Tasche wieder zunähte. Und so ging ich denn, ging ich bis zum Schluß, also noch ganze anderthalb Tage, in dem Glauben umher, ich, ich wäre der Besitzer des Dokuments, und Katerina Nikolajewnas Schicksal sei immer noch in meiner Hand!

Noch ein letztes Wort: dieser Diebstahl des Dokuments war die Ursache des ganzen Unglücks, das nun folgte.

II

Ich stehe vor den letzten vierundzwanzig Stunden der Ereignisse, von denen meine Aufzeichnungen handeln, also vor dem Beginn des Endes.

Es war, glaube ich, gegen halb elf, als ich angeregt und doch, wie ich mich erinnere, seltsam zerstreut, aber mit einem endgültigen Entschluß im Herzen, in meine Wohnung gelangte. Ich hatte es nicht eilig, ich wußte schon, wie ich handeln würde. Und plötzlich, ich war kaum in unser Vorzimmer getreten, begriff ich sofort, daß ein neues Unglück hereingebrochen und die Sache noch unvergleichlich verwickelter geworden war: der alte Fürst, den sie soeben aus Zárskoje Sseló nach Petersburg gebracht hatten, befand sich in unserer Wohnung, und Anna Andréjewna war bei ihm!

Sie hatten ihn nicht bei mir untergebracht, sondern in den beiden Zimmern meiner Wirtsleute, die unmittelbar neben meinem Zimmer lagen. Es waren dort schon am Tage vorher, wie ich später sah, gewisse Veränderungen und Verschönerungen vorgenommen worden, übrigens nur ganz unwichtige. Mein Wirt war mit seiner Frau in das kleine Zimmer seines rechthaberischen pockennarbigen Mieters, von dem schon einmal die Rede gewesen ist, übergesiedelt, dieser aber war für die Zeit anderweitig untergebracht worden, ich weiß nicht wo.

Mein Wirt empfing mich und schlüpfte gleich hinter mir in mein Zimmer. Er sah nicht so selbstsicher drein wie tags zuvor auf der Treppe, war aber in einem sozusagen sehr belebten Zustand und ganz auf der Höhe des Ereignisses. Ich sagte kein Wort zu ihm, trat aber, die Stirn in die Hände gepreßt, in die Ecke und stand so vielleicht eine Minute. Er dachte zunächst, ich »stellte mich nur so an«, dann aber wurde er doch etwas ungeduldig, und schließlich erschrak er.

»Ist Ihnen etwas nicht recht?« fragte er unsicher. Als er

sah, daß ich nicht Miene machte zu antworten, begann er: »Ich hab' nämlich auf Sie gewartet, um Sie zuvor zu fragen, ob Sie nicht wünschten, daß diese Tür hier aufgemacht werde, damit Sie mit den fürstlichen Gemächern verbunden sind ... und nicht über den Korridor zu gehen brauchen?« Er deutete auf die verschlossene Seitentür, die zu den Zimmern führte, in denen er sonst wohnte, und die jetzt der Fürst einnahm.

»Also hören Sie, Pjotr Ippolítowitsch«, wandte ich mich mit strenger Miene an ihn, »ich bitte Sie, so freundlich zu sein, zu Anna Andrejewna zu gehen und ihr zu sagen, daß ich sie zu einer sofortigen Unterredung zu mir bäte. Sind der Fürst und Anna Andrejewna schon lange hier?«

»Ja, wohl schon seit ungefähr einer Stunde.«

»Also gehen Sie und richten Sie es aus.«

Er ging hin und brachte mir die sonderbare Antwort, Anna Andréjewna und der Fürst Nikolai Iwánowitsch erwarteten mich mit Ungeduld. Das bedeutete, daß Anna Andrejewna mich nicht mit ihrem Besuch beehren wollte. Ich brachte meine Kleider in Ordnung, bürstete meinen Rock, in dem ich in der Nacht geschlafen hatte, wusch mich, kämmte mich, tat aber alles ohne Hast, und ging endlich mit dem Bewußtsein, daß ich die größte Vorsicht beobachten müßte, zum alten Herrn.

Der Fürst saß auf dem Sofa hinter dem runden Tisch, und Anna Andrejewna stand am anderen Ende des Zimmers an einem zweiten, mit einem sauberen Tischtuch bedeckten Tisch, auf dem der so blank wie nie zuvor geputzte Ssamowar der Wirtsleute summte, und bereitete den Tee. Ich trat mit derselben strengen Miene ins Zimmer; der alte Fürst, der das sofort bemerkte, fuhr nur so zusammen, und das Lächeln in seinem Gesicht verwandelte sich im Nu in einen Ausdruck sichtbaren Erschreckens, aber da konnte ich sofort nicht mehr standhalten und streckte ihm lachend beide Hände entgegen. Der arme Fürst stürzte sich wie erlöst in meine Arme.

Natürlich begriff ich sofort, was für einen Menschen ich vor mir hatte. Erstens wurde mir sonnenklar, daß man aus jenem alten Herrn, der sogar noch ganz rüstig und immerhin noch ganz bei Vernunft gewesen war, ja, der doch immer noch einen gewissen Charakter besessen hatte, inzwischen, das heißt, seitdem ich mit ihm nicht mehr zusammengekommen war, so etwas wie eine Mumie oder ein verängstigtes, mißtrauisches Kind gemacht hatte. Ich füge hinzu: er wußte bereits, zu welchem Zweck er hierher gebracht worden war; es war alles genau so geschehen, wie ich vorgreifend schon erzählt habe. Man hatte ihn plötzlich, ohne jede Vorbereitung, mit der angeblichen Tatsache des Verrats seiner Tochter und ihrer Absicht, ihn in eine Irrenanstalt zu bringen, überrumpelt, erschreckt, niedergeschmettert und um jede Überlegung gebracht. Er hatte sich danach widerstandslos entführen lassen, vor Angst kaum wissend, was er tat. Man hatte ihm gesagt, der Besitzer der Beweise sei ich, ich hätte den Schlüssel zur endgültigen Entscheidung in der Hand. Es sei hier gleich bemerkt, daß gerade diese »endgültige Entscheidung« und der »Schlüssel« ihn am meisten erschreckt hatten. Deshalb hatte er denn auch nichts anderes erwartet, als daß ich mit einem Urteilsspruch auf der Stirn und einem großen Schriftstück in der Hand bei ihm eintreten werde, und um so größer war natürlich seine Freude, als er sah, daß ich vorläufig noch wie früher harmlos lachen und von allen möglichen anderen Dingen schwatzen konnte. Als wir uns umarmten, rollten ihm die hellen Tränen über die Wangen. Ich muß gestehen, auch mir wurden die Augen feucht: er tat mir auf einmal so leid ... Alphonsinkas kleines Hündchen kläffte mich vom Sofa her mit dünnem Stimmchen ganz außer sich an, wagte aber trotz aller Aufregung doch nicht, vom Sofa herabzuspringen. Von diesem winzigen Hündchen trennte sich der Fürst, seit er es gekauft hatte, überhaupt nicht mehr; es schlief sogar bei ihm.

»Oh, je disais qu'il a du coeur!« wandte er sich zu Anna Andrejewna und wies dabei auf mich.

»Wie Sie sich erholt haben, Fürst, wie frisch und gesund Sie aussehen!« sagte ich. Ach! – genau das Gegenteil war der Fall: er sah, wie gesagt, eher nach einer Mumie aus. Ich sagte ihm das nur so, um ihn zu ermuntern.

»N'est-ce pas, n'est-ce pas?« griff er freudig meine Bemerkung auf. »Oja, meine Gesundheit hat sich erstaunlich gebessert.«

»Lassen Sie sich bitte nicht stören, trinken Sie nur Ihren Tee, und wenn ich auch ein Tässchen bekommen könnte, so würde ich Ihnen Gesellschaft leisten.«

»Wunderbar! ‚Lasset uns trinken und uns ergötzen ...' oder wie die Verse da heißen. Anna Andrejewna, geben Sie ihm auch welchen; il prend toujours par les sentiments ... geben Sie uns beiden Tee, meine Liebe!«

Anna Andrejewna reichte uns den Tee, plötzlich aber wandte sie sich zu mir und begann mit außerordentlicher Feierlichkeit:

»Arkadij Makarowitsch, wir beide, ich und mein Wohltäter, Fürst Nikolai Iwanowitsch, haben unsere Zuflucht zu Ihnen genommen. Ich will damit nur gesagt haben, daß wir zu Ihnen gekommen sind, zu Ihnen allein, und daß wir beide Sie um Ihre Hilfe bitten. Bedenken Sie, daß das Schicksal dieses heiligen, dieses edlen und von aller Welt verratenen Mannes in Ihren Händen liegt ... Von Ihrem ehrlichen Herzen erwarten wir die Entscheidung ...«

Aber sie kam nicht dazu, weiter zu sprechen; der Fürst erschrak gleich dermaßen, daß seine Hände nur so zitterten.

»Après, après, n'est-ce pas? Chère amie!« unterbrach er sie mit flehender Geste.

Ich kann gar nicht sagen, wie unangenehm ihre Herausforderung auch auf mich wirkte. Ich antwortete ihr nichts darauf und begnügte mich mit einer kalten und gemessenen Verbeugung; ich setzte mich an den Tisch und begann sofort absichtlich von etwas anderem zu sprechen, von irgendwelchen Dummheiten; ich lachte und machte Witze ... Der Alte war mir offensichtlich sehr dankbar dafür und geriet alsbald in eine gehobene Stimmung. Aber seine Heiterkeit schien doch, obgleich er sich ihr mit ganzem Herzen hingab, gewissermaßen unsicher zu sein, und es war zu befürchten, daß sie plötzlich einer vollkommenen Niedergeschlagenheit weichen werde; das war unschwer vorauszusehen.

»Cher enfant, ich habe gehört, du wärest krank gewesen ... Ach, pardon! Das war ja ein anderer! Aber von dir habe ich gehört, du beschäftigtest dich die ganze Zeit mit Spiritismus?«

»Nicht einmal gedacht habe ich daran!« sagte ich lächelnd.

»Nicht? Aber wer hat mir denn vom Spi–ri–tis–mus gesprochen?«

»Das war vorhin unser Beamter, Pjotr Ippolitowitsch«, erklärte ihm Anna Andrejewna, »er ist ein sehr lustiger Mensch und kennt eine Menge Anekdoten; soll ich ihn rufen?«

»Oui, oui, il est charmant ... er kennt eine Menge Anekdoten ... aber rufen wir ihn lieber nicht. Wir können ihn später rufen, und er wird uns alles erzählen, mais après. Stell dir vor, hier wird vorhin der Tisch gedeckt, er aber sagt plötzlich: ‚Seien Sie unbesorgt, er fliegt nicht weg, wir sind keine Spiritisten!' Sag doch, cher enfant, fliegen denn bei den Spiritisten wirklich die Tische in die Luft?«

»Das weiß ich nicht; man sagt allerdings, sie erhöben sich mit allen vier Füßen in die Luft.«

»Mais c'est terrible ce que tu dis«, sagte er und sah mich erschrocken an.

»Oh, beunruhigen Sie sich nicht, das ist doch alles Unsinn.«

»Das hab' ich ja auch gesagt. Nastássja Stepánowna Ssoloméjewa ... du kennst sie ja ... ach nein, du kennst sie nicht ... stelle dir vor, sie glaubt auch an den Spiritismus, und stellen Sie sich vor, chère enfant«, wandte er sich an Anna Andrejewna, »ich habe zu ihr gesagt: in den Ministerien stehen doch auch Tische, und auf ihnen liegen doch je acht Paar Beamtenhände, die ewig Papier beschreiben –

warum tanzen denn dort nicht die Tische? Stell dir doch nur vor, wie das wäre, wenn sie plötzlich zu tanzen anfingen! Eine Revolte der Tische im Ministerium der Finanzen oder der Volksaufklärung – das fehlte uns gerade noch!«

»Was für nette Sachen Sie sagen, Fürst, ganz wie früher«, rief ich und gab mir Mühe, recht herzlich zu lachen.

»N'est-ce pas? Je ne parle pas trop, mais je dis bien.«

»Ich werde Pjotr Ippolitowitsch herbitten«, sagte Anna Andrejewna und erhob sich.

Aus ihrem Gesicht sprach die größte Zufriedenheit: meine Liebenswürdigkeit dem Alten gegenüber freute sie. Aber kaum war sie hinausgegangen, als das Gesicht des Fürsten sich sofort veränderte. Er blickte nach der Tür und nach allen Seiten, beugte sich auf dem Sofa zu mir vor und flüsterte mit angstvoller Stimme:

»Cher ami! Oh, wenn ich sie doch beide hier zusammen sehen könnte! Oh, cher enfant!«

»Beruhigen Sie sich, Fürst . . .«

»Ja, ja, aber . . . wir werden sie versöhnen, n'est-ce pas? Ein so leerer und kleinlicher Streit zwischen zwei so wertvollen Frauen, n'est-ce pas? Du bist meine letzte Hoffnung . . . Wir werden alles in Ordnung bringen . . . Aber was ist das hier für eine sonderbare Wohnung«, sagte er plötzlich und blickte ängstlich um sich, »und weißt du, dieser Wirt . . . er hat so ein Gesicht . . . Sag doch: ist er nicht gefährlich?«

»Der Wirt? O nein, inwiefern könnte der denn gefährlich sein?«

»C'est ça. Um so besser. Il semble qu'il est bête, ce gentilhomme. Cher enfant, sag es um Gottes willen nicht Anna Andrejewna, daß ich mich hier vor allem fürchte! Ich habe nämlich hier alles sehr schön gefunden, vom ersten Schritt an, auch den Wirt habe ich gelobt . . . Höre, du kennst doch die Geschichte von dem kürzlich ermordeten Herrn von Sohn, – erinnerst du dich?«[25]

»Was ist denn damit?«

»Rien, rien du tout ... Mais je suis libre ici, n'est-ce pas? Was meinst du, hier kann mir doch nichts geschehen ... etwas von der Art?«

»Aber ich versichere Sie, mein Lieber ... wie können Sie an so etwas nur denken!«

»Mon ami! Mon enfant!« rief er plötzlich und rang die Hände, ohne seine Angst noch zu verbergen. »Wenn du wirklich im Besitz von irgendwelchen Dokumenten bist ... wenn du wirklich etwas zu sagen haben solltest, so sag' es lieber nicht: sag' mir um Gottes willen nichts davon ... schweig', solange du nur irgend kannst ...«

Er wollte sich erheben und mich umarmen, Tränen rollten über sein Gesicht; ich kann gar nicht beschreiben, wie mein Herz sich zusammenkrampfte: der arme Alte war wie ein schwaches, bedauernswertes, erschrockenes Kind, das Zigeuner aus dem Elternhause gestohlen und zu fremden Leuten entführt hatten. Doch zu unserer Umarmung kam es nicht: die Tür öffnete sich, und Anna Andrejewna erschien, aber nicht mit dem Wirt, sondern mit ihrem Bruder, dem Kammerjunker. Diese Überraschung betäubte mich förmlich; ich erhob mich und ging zur Tür.

»Arkadij Makarowitsch, erlauben Sie, daß ich Sie bekannt mache ...«, sagte Anna Andrejewna mit lauter Stimme, so daß ich gezwungen war, stehenzubleiben.

»Ich kenne Ihren Bruder bereits *nur zu gut*«, sagte ich, indem ich jedes Wort langsam aussprach, mit besonderer Betonung der Worte »nur zu gut«.

»Ach, es handelte sich damals um einen unverzeihlichen Irrtum! Und ich be–dau–ere ihn so sehr, lieber And ... Andrei Makárowitsch«, begann der junge Mensch, kam mit ganz außerordentlich liebenswürdigem Ausdruck auf mich zu und ergriff meine Hand, die ich ihm leider nicht mehr entziehen konnte – »an allem war nur mein Stepán schuld: er hatte Sie mir damals so dumm gemeldet, daß ich Sie für einen anderen hielt – das war in Moskau«, erklärte er seiner Schwester. »Nachher wollte ich Sie unbedingt aufsuchen und Ihnen das Mißverständnis erklären, aber da erkrankte ich. Hier, fragen Sie nur meine Schwester. Cher prince, nous devons être amis même par droit de naissance . . .«

Und der unverschämte junge Mann wagte es sogar, den Arm um meine Schultern zu legen, was denn doch der Gipfel der Familiarität war. Ich trat zur Seite und zog es vor, da ich mich verwirrt fühlte, ohne ein Wort der Erwiderung hinauszugehen. In meinem Zimmer setzte ich mich erregt und in Gedanken auf mein Bett. Diese Intrige würgte mich geradezu, aber es war mir trotzdem unmöglich, Anna Andrejewna nun einfach fallen zu lassen. Ich fühlte plötzlich, daß auch sie mir teuer war, und daß sie sich in einer schrecklichen Lage befand.

III

Wie ich es nicht anders erwartet hatte, kam sie selbst in mein Zimmer und ließ den Fürsten in der Gesellschaft ihres Bruders, der ihm sofort die neuesten Klatschgeschichten aus der Gesellschaft erzählte und damit den neugierigen Alten von anderen Gedanken ablenkte. Ich erhob mich schweigend von meinem Bett und sah sie fragend an.

»Ich habe Ihnen bereits alles gesagt, Arkadij Makarowitsch«, begann sie ohne weiteres, »unser Schicksal ist in Ihren Händen.«

»Aber auch ich habe Ihnen doch gesagt, daß es mir unmöglich ist . . . Die heiligsten Gefühle verbieten mir, das zu tun, worauf Sie rechnen . . .«

»Wirklich? Ist das – Ihre ganze Antwort? Nun gut, mag ich zugrunde gehen, aber was soll aus ihm werden? Was glauben Sie denn: er wird doch noch bis heute abend irrsinnig werden!«

»Nein, aber er würde irrsinnig werden, wenn ich ihm den Brief seiner Tochter zeigte, in dem sie einen Juristen fragt, wie man ihren Vater entmündigen und für irrsinnig erklären könnte!« rief ich heftig. »Gerade das wäre es, was ihn um den Verstand brächte! Und außerdem würde er sich von diesem Brief niemals überzeugen lassen – das hat er mir bereits selbst gesagt!« Die letzte Bemerkung, er selbst hätte mir das gesagt, stimmte zwar nicht ganz, aber diese Verdeutlichung schien mir geboten.

»Das hat er Ihnen schon gesagt? Ich habe es mir ja gedacht! In dem Fall bin ich verloren; er hat auch bereits geweint und nach Hause verlangt.«

»So sagen Sie mir doch, worin besteht denn Ihr Plan?« fragte ich sie rücksichtslos. Sie wurde rot – wohl aus gekränktem Hochmut –, nahm sich aber zusammen und sagte:

»Wenn wir diesen Brief seiner Tochter in der Hand hätten, wären wir vor der Welt gerechtfertigt. Ich würde dann sofort zum Fürsten W– schicken und zu Boris Michäilowitsch Pelischtschóff, seinen Jugendfreunden; sie sind beide sehr angesehene, einflußreiche Persönlichkeiten, deren Wort in der Gesellschaft sehr viel gilt, und ich weiß, daß sie schon vor zwei Jahren manche Handlungen seiner mitleidlosen und selbstsüchtigen Tochter verurteilt haben. Sie würden natürlich, auf meine Bitte hin, den Vater mit der Tochter wieder versöhnen, weil ich selbst darauf bestehen werde; aber die Lage der Verhältnisse würde dann eine vollkommen andere sein. Außerdem würden dann, wie ich hoffe, auch meine Verwandten, die Fanariótoffs, sich entschließen, meine Rechte zu unterstützen. Aber für mich kommt es an erster Stelle auf sein Glück an; er soll endlich begreifen und wissen, wer ihm wahrhaft ergeben ist. Zweifellos rechne ich dabei am meisten auf Ihren Einfluß, Arkadij Makarowitsch: Sie lieben ihn doch so . . . Und wer liebt ihn denn, außer Ihnen und mir? Er hat in den letzten Tagen nur von Ihnen gesprochen: er hat sich nach Ihnen geradezu gesehnt, nach seinem ‚jungen Freund', wie er Sie nennt . . . Und es versteht sich von selbst, daß meine Dankbarkeit in meinem ganzen Leben Ihnen gegenüber keine Grenzen kennen wird . . .«

Damit spielte sie wohl gar auf eine Belohnung an – in Geld womöglich.

Ich fiel ihr scharf ins Wort:

»Was Sie mir da auch sagen mögen, ich kann nicht!« erwiderte ich mit fester Entschlossenheit. »Ich kann Ihnen nur mit derselben Aufrichtigkeit antworten und Ihnen meinen letzten Entschluß kundtun: ich werde in der allernächsten Zeit diesen unseligen Brief Katerina Nikolajewna selbst einhändigen, aber nur unter der Bedingung, daß sie mir ihr Wort gibt, aus dieser ganzen Geschichte keinen Skandal zu machen und Ihrem Glück nicht im Wege zu stehen. Das ist alles, was ich tun kann.«

»Das ist ausgeschlossen!« sagte sie und wurde feuerrot. Der bloße Gedanke, daß Katerina Nikolajewna sie *schonen* könnte, empörte sie schon.

»Ich werde meinen Entschluß nicht ändern, Anna Andrejewna.«

»Vielleicht ändern Sie ihn doch noch.«

»Wenden Sie sich doch an Lambert!«

»Arkadij Makarowitsch, Sie wissen nicht, welches Unglück Sie durch Ihren Eigensinn heraufbeschwören«, sagte sie hart und erbittert.

»Ein Unglück wird es schon geben – das ist sicher ... mir schwindelt der Kopf. Genug: ich habe so beschlossen, und daran ist nicht zu rühren. Und bringen Sie um Gottes willen nicht Ihren Bruder zu mir!«

»Aber er will doch gerade gutmachen ...«

»Hier ist nichts gutzumachen nötig! Ich brauche das nicht, ich will nicht, ich will nicht!« rief ich und griff mir an den Kopf. (Oh, vielleicht bin ich mit ihr doch gar zu hochmütig verfahren!) »Übrigens, wo wird der Fürst heute übernachten? Doch nicht etwa hier?«

»Er wird hier übernachten, bei Ihnen und mit Ihnen.«

»Ich ziehe noch heute abend in eine andere Wohnung!« Und nach diesen erbarmungslosen Worten nahm ich meine Mütze und zog mir den Pelz an. Anna Andrejewna betrachtete mich schweigend und kalt. Sie tat mir leid – oh, es tat mir leid um dieses stolze Mädchen! Aber ich lief aus der Wohnung und ließ sie ohne ein Wort zurück, das ihr noch hätte Hoffnung geben können.

IV

Ich will mich möglichst kurz fassen. Mein Entschluß war unerschütterlich, und ich machte mich sogleich auf den Weg zu Tatjana Pawlowna. O weh! Ein großes Unglück wäre verhütet worden, wenn ich sie damals zu Hause angetroffen hätte; aber es war wie vom Schicksal vorgesehen, daß mir an diesem Tage alles mißlang. Ich ging natürlich auch zu Mama, erstens um mich nach ihr, der Armen, zu erkundigen, und zweitens, weil ich sicher war, Tatjana Pawlowna dort anzutreffen. Aber auch bei Mama traf ich sie nicht an: sie war gerade fortgegangen, man wußte nicht, wohin; nur Lisa war bei Mama, die krank zu Bett lag. Lisa bat mich, nicht hineinzugehen und Mama nicht zu wecken: »Sie hat die ganze Nacht nicht geschlafen und sich gequält; Gott sei Dank, daß sie wenigstens jetzt eingeschlafen ist.« Ich umarmte Lisa und sagte ihr nur in ein paar Worten, daß ich einen großen, schwerwiegenden Entschluß gefaßt hätte und ihn sogleich ausführen würde. Sie hörte mich ohne besondere Verwunderung an, als hätte ich etwas ganz Gewöhnliches gesagt. Oh, sie hatten sich damals schon alle daran gewöhnt, daß ich »große Entschlüsse« faßte und sie dann kleinmütig aufgab! Diesmal aber – diesmal war es etwas anderes! Ich begab mich zunächst in die Kellerwirtschaft am Kanal und setzte mich dort hin, um die Zeit abzuwarten, bis ich Tatjana Pawlowna voraussichtlich zu Hause antreffen konnte. Übrigens muß ich noch erklären, wozu ich diese Dame gerade jetzt so notwendig brauchte.

Ich wollte sie sogleich zu Katerina Nikolajewna schicken, um sie in ihre, Tatjana Pawlownas, Wohnung bitten zu lassen und ihr dann in Tatjana Pawlownas Gegenwart das Dokument zu übergeben und alles ein für allemal zu erklären ... Kurz, ich wollte nur meine Pflicht tun; zugleich wollte ich mich ein für allemal rechtfertigen. Und wenn das geschehen war, wollte ich unbedingt und mit aller Dringlichkeit zu Anna Andrejewnas Gunsten sprechen, und dann, wenn möglich, Katerina Nikolajewna und Tatjana Pawlowna gleich zu mir führen, oder vielmehr zum alten Fürsten, die beiden Feindinnen versöhnen, den Fürsten aus seiner Pein erlösen und ... und ... kurz, alle diese Menschen noch heute glücklich machen – wenigstens diesen kleinen Kreis, so daß dann nur noch Werssiloff und Mama übrigblieben. An dem Gelingen meines Vorhabens zweifelte ich keinen Augenblick: Katerina Nikolajewna konnte mir in ihrer Dankbarkeit für die Rückgabe des Briefes, für die ich von ihr nichts verlangen wollte, eine solche Bitte nicht abschlagen. Ach! Ich glaubte mich ja immer noch im Besitze dieses unseligen Briefes! Und in was für einer dummen und unwürdigen Lage ich mich damals befand, ohne es auch nur zu ahnen!

Es dämmerte bereits und es war schon vier Uhr, als ich wieder bei Tatjana Pawlowna klingelte. Marja, ihre Köchin, antwortete auf meine Frage in unhöflichem Ton, sie wäre »noch nicht gekommen«. Ich muß jetzt wieder an den eigentümlichen Blick denken, mit dem Marja mich lauernd ansah, aber damals konnte ich natürlich noch keinen Verdacht schöpfen. Statt dessen stach mich plötzlich ein anderer Gedanke: als ich geärgert und ein wenig niedergeschlagen die Treppe wieder hinunterstieg, fiel mir der arme alte Fürst ein, der vorhin die Arme nach mir ausgestreckt hatte, und ich bereute schmerzlich, daß ich ihn verlassen hatte, vielleicht sogar nur aus persönlichen Gründen und gekränktem Ichgefühl. Beunruhigt malte ich mir aus, was ihm alles während meiner Abwesenheit zugestoßen sein konnte, und begab mich schleunigst nach Haus. Zu Hause war jedoch inzwischen folgendes geschehen:

Anna Andrejewna hatte trotz ihrer Enttäuschung und ihres Zornes den Mut noch nicht verloren. Nebenbei bemerkt: sie hatte schon am Morgen nach Lambert geschickt und dann noch einmal, und da Lambert beide Male nicht zu Hause gewesen war, hatte sie schließlich ihren Bruder ausgeschickt, ihn zu suchen. Es war der Armen nach meinem Widerstand eben nichts anderes verblieben, als ihre ganze Hoffnung auf Lambert und seinen Einfluß auf mich zu setzen. So erwartete sie ihn denn mit Ungeduld und wunderte sich nur, daß er, der bis dahin unablässig um sie herum gewesen war, sich plötzlich überhaupt nicht mehr sehen ließ. Aber wie hätte sie auch ahnen können, daß Lambert als Besitzer des Dokuments bereits ganz andere Pläne hatte und sich natürlich mit Absicht nicht mehr sehen ließ und sich nun vor ihr verbarg! In dieser Unruhe und wachsenden Angst war Anna Andrejewna kaum fähig gewesen, den alten Fürsten zu zerstreuen. Dabei hatte sich seine Aufregung in geradezu beängstigendem Maße gesteigert: er stellte seltsame und angstvolle Fragen, begann sogar, sie mißtrauisch zu betrachten, und weinte ein paarmal. Der junge Werssiloff war nicht lange bei ihm geblieben, und Anna Andrejewna hatte dann Pjotr Ippolítowitsch zu ihm gebracht, von dessen Unterhaltungskunst sie sich viel versprach, aber seine Unterhaltung hatte dem Fürsten nicht nur nicht gefallen, sondern zum Schluß sogar seinen Widerwillen erregt. Überhaupt begann der Fürst meinen Pjotr Ippolítowitsch mit wachsendem Mißtrauen und sonderbarem Verdacht zu beobachten. Mein Wirt aber mußte zum Unglück ausgerechnet wieder vom Spiritismus sprechen, mußte von irgendeinem Schwarzkünstler und dessen haarsträubenden Wunderstücken erzählen, die er selbst gesehen zu haben behauptete: nämlich wie dieser angereiste Scharlatan angeblich vor dem gesamten Publikum mehreren Menschen den Kopf abgeschnitten hätte, daß das Blut nur so in Strömen geflossen wäre, was alle gesehen hätten: und dann hätte er die Köpfe wieder auf die Hälse gesetzt, und sie wären alle wieder angewachsen, gleichfalls vor besagtem Publikum, und alles das wäre geschehen im Jahre achtzehnhundertundneunundfünfzig. Der Fürst erschrak darüber dermaßen und geriet dabei, Gott weiß weshalb, in solche Wut, daß Anna Andrejewna sich genötigt sah, den Erzähler schleunigst zu entfernen. Zum Glück wurde in dem Augenblick das Mittagessen gebracht, das schon tags vorher (durch Lamberts und Alphonsinkas Vermittlung) bei einem vorzüglichen französischen Koch bestellt worden war, der zufällig stellungslos in der Nähe wohnte und gerade eine neue Stellung in einem vornehmen, reichen Hause oder in einem Klub suchte. Das Essen und der Champagner, den es dazu gab, versetzten den alten Herrn in die beste Laune: er aß mit Genuß und scherzte sogar. Nach dem Essen wurde er natürlich müde und schläfrig, und da er nach Tisch immer ein wenig zu schlafen pflegte, so richtete Anna Andrejewna ihm das Bett her. Vor dem Einschlafen küßte er ihr immer noch die Hände, sagte ihr, sie sei sein Paradies, seine Hoffnung, seine „Houri", seine „Goldene Blume" – kurz, er erging sich in den orientalischsten Lobpreisungen. Schließlich schlief er ein, kurz bevor ich zurückkehrte.

Anna Andrejewna trat eilig in mein Zimmer, faltete die Hände vor mir und sagte, sie beschwöre mich, nicht um ihretwillen, sondern um des Fürsten willen, die Wohnung nicht wieder zu verlassen und wenn er aufwachte, zu ihm hinüberzugehen. »Ohne Sie ist er verloren, er kann einen Nervenschock bekommen; ich fürchte sogar, daß er es nicht einmal bis zum Abend aushält . . .« Sie fügte hinzu, sie selbst müsse jetzt unbedingt ausgehen, und »es könnte sein«, daß sie nicht vor zwei Stunden zurückkehren werde; so müsse sie den Fürsten ganz unter meinen Schutz stellen. Ich gab ihr sogleich mit größter Bereitwilligkeit mein Wort, bis zum Abend zu Hause zu bleiben und wenn er aufwachte, mich nach Kräften zu bemühen, ihn zu zerstreuen.

»Und ich werde meine Pflicht tun!« sagte sie entschlossen. Sie ging. Ich will dem Leser auch gleich mitteilen, weshalb sie ausging. Sie wollte Lambert suchen: auf ihn setzte sie ihre letzte Hoffnung; außerdem fuhr sie zu ihrem Bruder und zu ihren Verwandten, den Fanariótoffs; man kann sich also denken, in was für einer Stimmung sie zurückkehren mußte.

Der Fürst erwachte ungefähr nach einer Stunde. Ich hörte sein Stöhnen im Nebenzimmer und lief sofort zu ihm: ich fand ihn auf dem Bett sitzend, im Schlafrock, aber dermaßen erschreckt durch die Einsamkeit, das Licht der einsamen Lampe und das fremde Zimmer, daß er, als ich eintrat, zusammenfuhr, aufsprang und aufschrie. Ich trat schnell auf ihn zu, und als er mich erkannte, fiel er mir mit Tränen der Freude um den Hals.

»Du bist's! Cher enfant! – Stell dir vor, man sagte mir, du wärest in eine andere Wohnung übergesiedelt, hättest Angst bekommen und wärest davongelaufen.«

»Wer hat Ihnen das sagen können?«

»Wer? Hm ... vielleicht hab' ich es mir selbst ausgedacht, aber vielleicht hat es mir auch wirklich jemand gesagt. Stell dir vor, ich hab' soeben einen Traum gehabt: es kam ein alter Mann mit einem großen Bart und einem Heiligenbild zu mir, einem in zwei Stücke gespaltenen Heiligenbild, und auf einmal sagte er: ‚So wird sich auch dein Leben spalten!'«

»Ach Gott, Sie haben gewiß von irgend jemand gehört, daß Werssiloff gestern das Heiligenbild zerschlagen hat?«

»N'est-ce pas? Ich glaube auch, daß ich es gehört habe. Ja, richtig, ich habe es heute morgen von Darja Onissimowna gehört, die mein Hündchen und meinen Koffer herbrachte.«

»Nun, und da hat Ihnen denn jetzt davon geträumt.«

»Eh bien; und stell dir vor, dieser alte Mann hat mir immer mit dem Finger gedroht. – Wo ist Anna Andrejewna?«

»Sie wird gleich zurückkehren.«

»Woher? Ist sie denn auch fortgefahren?« fuhr er erschrocken auf.

»Nein, nein, sie wird sofort wieder hier sein, sie hat mich gebeten, so lange bei Ihnen zu bleiben.«

»Oui, zu bleiben. Hm ... Also unser Andrei Petrowitsch

ist verrückt geworden ...« „Wie plötzlich doch und unverhofft", zitierte er. »Ich hab's ihm ja immer prophezeit, daß er damit enden werde. Mon ami, weißt du ...« Er faßte mich plötzlich am Rock und zog mich näher zu sich.

»Der Wirt hier«, flüsterte er, »der hat mir vorhin Photographien gebracht, ganz abscheuliche Photographien nackter Weiber in verschiedenen orientalischen Stellungen, und er hat sie mir durch ein Glas gezeigt. Ich, weißt du, ich nahm mich zusammen und sagte, ich fände sie sehr schön, aber hat man nicht auch zu jenem Unglücklichen gemeine Weiber gebracht, um ihn bequemer betrunken machen zu können? ...«

»Ach, Sie denken schon wieder an Herrn von Sohn! Aber ich bitte Sie, Fürst! Der Wirt hier ist ein Dummkopf und weiter nichts!«

»Ein Dummkopf und weiter nichts! C'est mon opinion! Mon ami, wenn du kannst, so rette mich und bring mich fort von hier!« bat er mich plötzlich mit flehend erhobenen Händen.

»Fürst, ich werde alles für Sie tun, alles, was nur in meinen Kräften steht! Ich bin Ihnen ganz und gar ergeben ... Mein lieber Fürst, haben Sie nur noch ein wenig Geduld, und ich werde alles in Ordnung bringen!«

»N'est-ce pas? Wir nehmen einfach unsere Sachen und laufen davon, aber den Koffer lassen wir hier, so zum Schein, weißt du, damit er glaubt, wir kämen wieder.«

»Wohin sollen wir laufen? Und Anna Andrejewna?«

»Nein, nein, zusammen mit Anna Andrejewna .. Oh, mon cher, in meinem Kopf geht alles durcheinander ... Wart mal ... dort in meinem Handkoffer, rechts, ist Katjas Bild – ich habe es heute morgen heimlich hineingesteckt, damit Anna Andrejewna und besonders die Darja Oníssimowna es nicht bemerkten! Gib es mir her, um Christi willen, aber schnell, damit sie uns nicht überraschen ... Kann man die Tür nicht verriegeln?«

In der Tat fand ich dann in seinem Handkoffer eine Photographie von Katerina Nikolajewna in einem ovalen Rahmen. Er nahm sie in die Hand, hielt sie ans Licht, und plötzlich rollten Tränen über seine gelben, hageren Wangen.

»C'est un ange, c'est un ange du ciel!« rief er aus. »Mein ganzes Leben lang bin ich vor ihr schuldig gewesen ... und jetzt erst! Cher enfant, ich glaube ihnen nichts, nichts glaube ich ihnen! Mon ami, sag mir doch: ist es denn denkbar, daß sie mich ins Irrenhaus stecken wollen? Je dis des choses charmantes et tout le monde rit . . .und einen solchen Menschen will man plötzlich ins Irrenhaus einsperren!«

»Aber daran denkt doch kein Mensch!« rief ich aus. »Das ist ein Irrtum! Ich kenne ihre Gefühle!«

»Und du kennst auch ihre Gefühle? Das ist gut! Mon ami, du hast mich von den Toten auferweckt! Wie haben sie mir denn das alles von dir nur erzählen können? Mon ami, rufe Katja her, sie sollen sich beide hier vor mir küssen, und ich werde sie wieder nach Hause bringen, und den Wirt, den verjagen wir einfach!«

Er erhob sich, streckte die Hände aus und fiel vor mir nieder:

»Cher«, lispelte er in sinnloser Angst und zitterte wie ein Espenblatt, »mon ami, sag mir die ganze Wahrheit: wohin wird man mich jetzt bringen?«

»Mein Gott!« rief ich erschrocken, hob ihn auf und legte ihn aufs Bett. »Schließlich werden Sie auch mir nicht mehr glauben, werden denken, daß auch ich zur Verschwörung gehöre? Ich werde hier niemandem erlauben, Ihnen auch nur ein Haar zu krümmen!«

»C'est ça, erlaub du nichts«, lallte er und klammerte sich mit beiden Händen an meine Ellbogen, während er immer noch am ganzen Leibe zitterte. »Überlaß mich niemandem! Und belüge mich nicht . . . wird man mich denn wirklich von hier fortführen? Höre, dieser Wirt – Ippolit, oder wie er da heißt . . . ist er nicht der Arzt?«

»Was für ein Arzt?«

»Das hier . . . ist das nicht eine Irrenanstalt hier, dieses Zimmer?«

In dem Augenblick öffnete sich plötzlich die Tür, und Anna Andrejewna trat herein. Wahrscheinlich hatte sie hinter der Tür gelauscht und in der Erregung die Tür etwas zu plötzlich geöffnet – der Fürst, der schon beim leisesten Geräusch zusammenfuhr, schrie zu Tode erschrocken auf und warf sich mit dem Gesicht aufs Kissen. Er bekam nun doch eine Art Anfall, der sich in heftigem Schluchzen entlud.

»Sehen Sie, das sind die Folgen Ihrer Taten«, sagte ich zu ihr und wies auf den Alten.

»Nein, das sind die Folgen *Ihrer* Taten!« erwiderte sie scharf und mit erhobener Stimme. »Zum letztenmal wende ich mich an Sie, Arkadij Makarowitsch: wollen Sie endlich diese teuflische Intrige gegen den schutzlosen alten Mann aufdecken und Ihre ‚sinnlosen und kindischen Liebesträume' opfern, um Ihre *leibliche* Schwester zu retten?«

»Ich werde Sie alle retten, aber nur so, wie ich es Ihnen vorhin gesagt habe! Ich werde sofort gehen, und vielleicht schon in einer Stunde wird Katerina Nikalajewna hier sein! Ich werde alle versöhnen, und alle werden glücklich sein!« rief ich nahezu begeistert.,

»Bring sie, bring sie her zu mir! «rief der Fürst flehend und wie neu belebt. »Bringt mich zu ihr! Ich möchte Kátja sehen und sie segnen!« rief er mit erhobenen Händen und versuchte vom Bett aufzustehen.

»Sehen Sie«, sagte ich zu Anna Andrejewna und wies auf ihn, »jetzt haben Sie gehört, was er sagt: jetzt kann Ihnen auch kein Dokument mehr helfen!«

»Das sehe ich, aber das Dokument könnte wenigstens meine Handlungsweise vor den Augen dieser Welt rechtfertigen, so aber – bin ich an den Pranger gestellt! Doch genug; mein Gewissen ist rein. Ich bin von allen verlassen, sogar von meinen Verwandten und von meinem leiblichen Bruder, den die Möglichkeit eines Mißlingens erschreckt hat . . . Aber ich werde meine Pflicht erfüllen und bei diesem Unglücklichen bleiben, als seine Pflegerin, seine Krankenschwester.«

Jetzt durfte ich keine Zeit verlieren, so lief ich denn aus dem Zimmer.

»Ich kehre in einer Stunde zurück, und ich komme nicht allein!« rief ich ihnen noch von der Schwelle aus zu.

ZWÖLFTES KAPITEL

I

Endlich traf ich Tatjana Pawlowna zu Hause an. Ich erzählte ihr so schnell wie möglich alles – alles, was das Dokument betraf, und alles, was dort bei mir geschehen war. Wenn sie auch über alle Vorgeschichten unterrichtet war und die Sachlage bereits nach zwei Worten hätte überschauen können, so nahm mein Bericht doch, glaube ich, an zehn Minuten in Anspruch. Nur ich sprach, und ich sagte die ganze Wahrheit und schämte mich nicht. Sie saß schweigend, regungslos und steif wie eine Stricknadel auf ihrem Stuhl, die Lippen zusammengepreßt, gespannt horchend und ohne auch nur einmal ihren Blick von mir zu wenden. Doch kaum hatte ich geendet, da sprang sie plötzlich auf – so überraschend, daß ich unwillkürlich gleichfalls aufsprang.

»Ach, du junger Hund! So ist dieser Brief die ganze Zeit in deiner Tasche gewesen, und Marja Iwanowna, diese Gans, hat ihn dir noch eingenäht! Ach, ihr abscheulichen Halunken! Du bist also hergekommen, um hier Herzen zu erobern und die vornehme Gesellschaft zu besiegen, dich an irgendeinem Gevatter Teufel dafür zu rächen, daß du ein unehelicher Sohn bist?«

»Tatjana Pawlowna, so schimpfen Sie doch nicht ewig!« rief ich heftig. »Vielleicht sind gerade Sie mit Ihrer Schimpferei von Anfang an die Ursache meiner Erbitterung hier gewesen! Ja, ich bin ein unehelicher Sohn und habe mich vielleicht wirklich dafür rächen wollen, daß ich ein unehelicher Sohn bin, und vielleicht wirklich an irgendeinem ‚Gevatter Teufel', weil ja der Teufel selber nicht herausbringen könnte, wen hier die Schuld trifft! Aber vergessen Sie nicht, daß ich das Bündnis mit den Spitzbuben nicht eingegangen bin und meine Leidenschaften besiegt habe! Schweigend werde ich den Brief vor ihr hinlegen und davongehen, ohne auf ein Wort von ihr zu warten! – das werden Sie selbst sehen!«

»Gib her, gib ihn her, leg den Brief sofort hier auf den Tisch! Aber du lügst ja wohl wieder nur?«

»Er ist in meiner Tasche eingenäht; Marja Iwanowna hat ihn selbst in den alten Rock eingenäht, und als ich mir hier den neuen Rock bestellte, habe ich ihn aus dem alten herausgenommen und ihn eigenhändig in den neuen eingenäht; hier ist er, fühlen Sie, wenn Sie sich überzeugen wollen, ob ich lüge!«

»Gib ihn her, hol ihn heraus!« bestürmte mich Tatjana Pawlowna aufgeregt.

»Um keinen Preis! Ich sage Ihnen noch einmal: ich werde ihn in Ihrem Beisein vor Katerina Nikolajewna hinlegen und davongehen, ohne auch nur ein einziges Wort von ihr zu erwarten; aber sie soll wissen und mit eigenen Augen sehen, daß ich ihn freiwillig übergebe, ohne Zwang, und ohne Dank zu erwarten.«

»Also wieder eine Rolle spielen? Bist immer noch verschossen, junger Hund?«

»Sie können mir soviel Bosheiten an den Kopf werfen, wie Sie wollen; ich mag sie ja verdient haben und nehme sie Ihnen nicht einmal übel. Oh, mag ich ihr doch als ein grüner Bengel erscheinen, der sie beobachtet und heimlich eine ganze Verschwörung gegen sie geplant hat! Aber sie soll wissen, daß ich mich selbst besiegt und *ihr* Glück über alles in der Welt gestellt habe! Macht nichts, Tatjana Pawlowna, macht nichts! Ich rufe mir zu: Mut und Hoffnung! Und wenn das mein erster Schritt auf dem Schauplatz des Lebens gewesen ist, so habe ich ihn doch gut abgeschlossen, habe ihn anständig abgeschlossen! Und was tut es, daß ich sie liebe«, fuhr ich begeistert und mit glänzenden Augen fort, »ich schäme mich dessen nicht: Mama ist ein Engel des Himmels, sie aber ist – die Königin der Erde! Werssiloff wird zu

Mama zurückkehren. Und so brauche ich mich vor *ihr* meiner Liebe nicht zu schämen; ich habe doch gehört, was sie und Werssiloff dort gesprochen haben, ich stand hinter der Portiere ... Oh, wir sind alle drei – ‚Menschen ein und desselben Wahnsinns'! Wissen Sie, wer das gesagt hat: ‚Menschen ein und desselben Wahnsinns'? Das ist ein Ausspruch von ihm, von Andrei Petrowitsch! Und wissen Sie auch, daß wir vielleicht mehr sind als drei? Ja, ich wette, daß Sie die vierte sind! Wollen Sie, daß ich's sage? – Ich wette, daß Sie selbst Ihr ganzes Leben lang in Andrei Petrowitsch verliebt gewesen sind, ja, es vielleicht heute noch sind ...«

Wie gesagt, ich war begeistert und befand mich in einem Glücksrausch, aber ich kam nicht dazu, meinen Satz zu Ende zu sprechen: ihre Hand fuhr plötzlich mit verblüffender Geschwindigkeit in meine Haare und riß meinen Kopf zweimal aus aller Kraft nach vorn herunter ... dann ließ sie mich ebenso plötzlich fahren, ging in eine Ecke, kehrte das Gesicht zur Wand und verbarg es im Taschentuch.

»Junger Hund! Wage es nicht, mir das noch einmal zu sagen!« sagte sie schluchzend.

Das kam alles so unerwartet, daß ich einfach sprachlos war. Ich stand da und sah sie an und wußte nicht, was ich tun sollte.

»Pfui, du Esel! Komm her und gib mir alten Närrin einen Kuß!« sagte sie plötzlich weinend und lachend. »Aber daß du mir nie wieder, nie wieder davon zu sprechen wagst ... Und dich hab ich lieb und habe dich mein ganzes Leben lang lieb gehabt ... du Esel!«

Ich küßte sie. Ich möchte hierzu in Klammern bemerken, daß seit dieser Zeit Tatjana Pawlowna und ich die besten Freunde sind.

»Ach ja! Was fällt mir ein!« rief sie plötzlich und schlug sich vor die Stirn. »Was sagtest du da: der alte Fürst sei bei dir in der Wohnung? Ja, ist das auch wirklich wahr?«

»Ich schwöre es Ihnen!«

»Ach, mein Gott! Ach, mir wird ganz übel, wenn ich daran

denke!« rief sie und lief im Zimmer umher. »Und sie können ja mit ihm alles machen, was sie nur wollen! Ach, daß der Blitz nicht einschlägt in diese Dummköpfe! Und schon seit heute früh, sagst du? Da seht doch mal die Anna Andrejewna! Da seht ihr jetzt die Nonne! Und diese da, die Principessa, die ahnt ja wieder mal noch nichts!«

»Was für eine Principessa?«

»Na, die Königin der Erde, das sogenannte Ideal! Aber was sollen wir jetzt tun?«

»Tatjana Pawlowna, hören Sie!« rief ich, endlich wieder bei Besinnnug. »Wir reden hier Dummheiten und vergessen darüber die Hauptsache: ich bin ja gekommen, um Katerina Nikolajewna zu holen, und die warten dort alle darauf, daß ich zurückkehre!«

Und hierauf erklärte ich, daß ich ihr das Dokument nur unter einer Bedingung ausliefern würde: wofern sie mir verspräche, sich mit Anna Andrejewna zu versöhnen und zu dieser Heirat ihre Zustimmung zu geben.

»Vorzüglich!« unterbrach mich Tatjana Pawlowna. »Das hab' ich ihr ja auch schon hundertmal gesagt! Er wird ja doch noch vor der Hochzeit sterben – also wird es sowieso nicht zur Heirat kommen, und wenn er ihr im Testament Geld hinterlassen will, der Anna, so hat er's ihr doch schon ohnedies verschrieben ...«

»Ist es denn Katerina Nikolajewna wirklich nur ums Geld zu tun?«

»Nein, das nicht, aber sie fürchtete immer, das Dokument sei in Annas Händen, und ich fürchtete das auch! Deswegen haben wir doch auf sie aufgepaßt. Als gute Tochter wollte sie ihrem alten Vater nicht diesen Schmerz antun. Dem Bjoring aber, diesem Deutschen da, dem war es natürlich auch ums Geld zu tun.«

»Und trotzdem will sie diesen Bjoring heiraten?«

»Ja, was fängst du denn mit so einer Närrin an? Wer eine Närrin ist, ist eben eine Närrin. ‚Ruhe', sagte sie, werde er ihr geben! ‚Irgendeinen muß man doch heiraten, und zum

Heiraten scheint er mir der Geeignetste zu sein', sagt sie. Na, wir werden ja sehen, wie lange er ‚der Geeignetste' sein wird. Die Haare wird sie sich noch ausraufen, aber dann wird es zu spät sein!«

»Ja, warum lassen Sie es denn zu? Sie lieben sie doch, Sie haben ihr doch ins Gesicht gesagt, daß Sie in sie verliebt seien!«

»Und bin ich auch! Ich liebe sie mehr als euch alle zusammen, und doch bleibe ich dabei, daß sie eine Närrin ist!«

»Also dann laufen Sie jetzt und holen Sie sie her, und wir bringen hier alles in Ordnung und fahren dann mit ihr zu ihrem Vater.«

»Aber das geht doch nicht, das geht doch nicht, Dummkopf! Das ist es ja eben! Ach, was soll man da tun! Ach, mir wird schlecht, wenn ich daran denke!« Sie lief wieder ratlos im Zimmer umher, griff aber schon nach ihrem Schal.

»Wenn du doch um vier gekommen wärst, jetzt ist es ja schon acht Uhr, und sie ist vorhin zu Pelischtschöffs zum Diner gefahren und wollte nachher mit ihnen in die Oper.«

»Herrgott, ist es denn nicht möglich, sie in der Oper zu finden ... nein, nein, das geht nicht! Aber was wird denn jetzt aus dem Alten werden? Er wird ja noch in dieser Nacht sterben!«

»Hör mal: gehe nicht dorthin zurück, geh zu Mama und übernachte dort, und morgen früh ...«

»Nein, den Alten lasse ich um keinen Preis allein, möge kommen, was da wolle.«

»Ja, du hast recht, laß ihn nicht allein. Und ich, weißt du ... ich laufe zu ihr und werde ihr einen Zettel hinterlassen ... ich werde schon so schreiben, daß es außer ihr niemand versteht. Ich schreibe ihr, daß das Dokument hier ist, und daß sie morgen genau um zehn Uhr früh bei mir sein soll – aber pünktlich um zehn! Sei unbesorgt, sie wird kommen, auf mich hört sie schon; und dann bringen wir die ganze Sache mit eins in Ordnung. Du aber laufe zurück und unterhalte den Alten, erheitere ihn, so gut du nur kannst, und dann bringe ihn zu Bett, vielleicht schafft er es noch bis morgen früh! Und auch der Anna Andrejewna jag keinen Schrekken ein, ich hab' sie doch auch lieb; du bist zu ihr ungerecht, weil du da vieles nicht verstehst: auch sie ist doch beleidigt, auch ihr ist von klein auf Unrecht widerfahren! Ach, alle kommt ihr mir auf den Hals! Und vergiß nicht, ihr von mir zu sagen, ich selber hätte ihre ganze Sache in die Hand genommen, ich selbst, und von ganzem Herzen, und sie solle ganz ruhig sein, ihr Stolz wird nicht verletzt werden... Wir haben uns ja in den letzten Tagen ganz und gar überworfen, mußt du wissen, wir haben uns beinah angespien und beschimpft! Na, lauf nur... Warte, zeig mir noch einmal die Tasche... ist's auch wahr, ist's wahr? Ist es auch wirklich wahr, daß du den Brief hast?! Gib ihn mir doch wenigstens zur Nacht, was kann dir das denn ausmachen? Laß ihn hier, ich werde ihn dir ja nicht auffressen. Vielleicht kommt er dir noch über Nacht abhanden... oder du änderst vielleicht deine Absicht?«

»Um keinen Preis gebe ich ihn her!« rief ich. »Da, fühlen können Sie ihn meinetwegen noch einmal, hier ist er... aber ihn dalassen – um keinen Preis!«

»Ja, ein Papier ist drin.« Sie befühlte mit den Fingern meine Tasche. »Na, schon gut, also lauf jetzt, und ich gehe zu ihr, vielleicht auch ins Theater, du hast ganz recht damit! Lauf nur, lauf!«

»Warten Sie, Tatjana Pawlowna, sagen Sie mir noch: was macht Mama?«

»Sie lebt.«

»Und Andrei Petrowitsch?«

Sie winkte mit der Hand ab.

»Er wird schon wieder zur Besinnung kommen!«

Ich lief ermutigt und voller Hoffnung nach Hause, obschon mir nicht alles so geglückt war, wie ich es erwartet hatte. Aber, ach! – das Schicksal hatte anders beschlossen, und mich erwartete etwas ganz Unvorhergesehenes. Fürwahr: es gibt doch ein Schicksal und ein Verhängnis in der Welt!

II

Schon auf der Treppe vernahm ich einen großen Lärm in unserer Wohnung. Die Tür zu ihr war offen. Im Vorzimmer stand ein mir unbekannter Bedienter in Livree. Meine Wirtsleute, sowohl Pjotr Ippolitowitsch wie seine Frau, standen gleichfalls dort und schienen sehr erschrocken zu sein und auf irgend etwas zu warten. Auch die Tür zum Zimmer des Fürsten stand offen, und von dort scholl eine wahre Donnerstimme heraus, die ich sofort erkannte: es war Bjorings Stimme. Ich hatte noch nicht zwei Schritte machen können, als ich plötzlich sah, wie der Fürst, der ganz verweint war und zitterte, von Bjoring und Baron R. (demselben, der bei Werssiloff als Bjorings Bevollmächtigter erschienen war) aus dem Zimmer geleitet wurde. Der alte Fürst schluchzte laut und küßte und umarmte Bjoring. Jetzt sah ich auch, was Bjorings Geschrei zu bedeuten hatte: es galt Anna Andrejewna, die dem Fürsten ins Vorzimmer folgen wollte; er drohte ihr, und wenn ich mich nicht irre, stampfte er sogar mit dem Fuß – kurz, der brutale deutsche Soldat kam in ihm zum Vorschein, ungeachtet seiner ganzen Zugehörigkeit zur »höchsten Gesellschaft«. Später hat es sich freilich herausgestellt, daß er der Meinung gewesen war, Anna Andrejewna hätte sich eines schweren Verbrechens schuldig gemacht und würde ihre Tat auch noch vor Gericht verantworten müssen. Aus Unkenntnis der Sachlage übertrieb er das Geschehene, wie das bei vielen Menschen vorzukommen pflegt, und deshalb glaubte er, das Recht zu haben, sie mit aller Rücksichtslosigkeit zu behandeln. Er hatte noch keine Zeit gehabt, sich den Vorfall so recht klarzumachen: man hatte ihn anonym benachrichtigt, wie sich später herausstellte (worauf ich noch zurückkommen werde), und er war sofort, und zwar in der Gemütsverfassung des wildgewordenen Herrn, losgefahren, also in einem Zustand, in dem selbst die geistreichsten Leute dieser Rasse wie die Schuster zu einer Keilerei bereit sind.

Anna Andrejewna hatte dieser Überrumpelung mit der größten Würde standgehalten, aber das hatte ich selbst nicht mehr gesehen. Ich sah nur noch, wie Bjoring, der den alten Fürsten hinausgeführt hatte, diesen plötzlich dem Baron R. überließ, sich jähzornig nach Anna Andrejewna umwandte und sie, wahrscheinlich in Erwiderung auf eine Bemerkung von ihr, wütend anschrie:

»Sie sind eine Intrigantin! Sie haben es nur auf sein Geld abgesehen! Von nun an sind Sie aus der Gesellschaft ausgestoßen, und Sie werden sich vor Gericht zu verantworten haben! ...«

»*Sie* sind es, der den armen Kranken ausnutzen will und ihn bis zum Irrsinn gebracht hat ... und jetzt schreien Sie mich an, weil ich eine schutzlose Frau bin und niemand hier ist, der mich verteidigen könnte ...«

»Ach ja, Sie sind ja seine Braut, seine Braut!« Bjoring lachte boshaft und laut auf.

»Baron, Baron ... chère enfant, je vous aime!« schluchzte der Fürst und streckte die Arme nach Anna Andrejewna aus.

»Kommen Sie, Fürst, kommen Sie; hier war eine ganze Verschwörung gegen Sie angezettelt, vielleicht sogar gegen Ihr Leben!« rief Bjoring.

»Oui, oui, je comprends, j'ai compris au commencement ...«

»Fürst«, unterbrach ihn Anna Andrejewna mit erhobener Stimme, »Sie beleidigen mich und lassen es zu, daß man mich beleidigt!«

»Weg da!« schrie Bjoring sie plötzlich an.

Das war zuviel für mich!

»Lump!« brüllte ich ihn an, außer mir. »Anna Andrejewna, ich verteidige Sie!«

Was nun folgte, werde ich nicht ausführlich schildern, ich könnte es auch gar nicht. Jedenfalls kam es zu einem schrecklichen und widerlichen Auftritt, denn ich war plötzlich wie von Sinnen. Ich glaube, ich stürzte auf Bjoring los und schlug ihn, wenigstens versetzte ich ihm einen tüchtigen Stoß.

Er schlug mir daraufhin aus aller Kraft auf den Kopf, so daß ich hinfiel. Als ich zu mir kam, lief ich ihnen nach, die Treppe hinunter; ich weiß noch, daß mir das Blut aus der Nase floß. Vor der Haustür wartete eine Equipage auf sie, und während sie dem Fürsten beim Einsteigen halfen, stürzte ich mich, obgleich der Bediente mich zurückstieß, wieder auf Bjoring. Da tauchte plötzlich die Polizei auf. Bjoring packte mich am Kragen und befahl dem Schutzmann zornig, mich sofort auf die Wache zu bringen. Ich schrie, er müsse mitgenommen werden, das Protokoll wäre sonst unvollständig, und man dürfe mich nicht so ohne weiteres und nahezu aus meiner Wohnung abführen. Da aber das Ganze sich doch auf der Straße zutrug und nicht in meiner Wohnung, und da ich schrie, schimpfte und wie ein Betrunkener um mich schlug – hinzu kam noch, daß Bjoring in seiner Uniform war –, so bedachte sich der Schutzmann nicht lange und machte Anstalt, mich abzuführen. Darüber geriet ich erst recht außer mir: ich wehrte mich aus allen Kräften, widersetzte mich wie rasend und schlug auch den Schutzmann. Auf einmal waren zwei Schutzleute da, und ich wurde nun tatsächlich auf die Wache geführt. In meiner Erinnerung habe ich nur noch eine blasse Vorstellung davon, wie ich in ein dunstiges, vollgerauchtes Zimmer gebracht wurde, in dem sich eine Menge der verschiedenen Menschen befand, die teils saßen, teils standen und warteten, teils schrieben; ich schrie auch hier, erhob wieder Einspruch und verlangte das Protokoll. Aber jetzt handelte es sich schon nicht mehr um ein Protokoll allein, sondern bereits um einen viel verzwickteren Fall, da ich Unfug getrieben und mich der Staatsgewalt widersetzt hatte. Hinzu kam, daß ich wohl fürchterlich aussah. Irgend jemand fuhr mich plötzlich drohend an. Der Schutzmann berichtete inzwischen von meinem Unfug und der Rauferei und von dem Obersten in der Uniform eines Garderegiments . . .

»Ihr Name?« schrie mich jemand an.

»Dolgorukij!« brüllte ich.

»Fürst Dolgorukij?«

Außer mir, antwortete ich mit einem unsagbar groben Schimpfwort, und dann ... dann, erinnere ich mich, wurde ich »zur Ernüchterung« in eine dunkle Kammer geschleppt. Oh, ich erhebe keinen Einspruch dagegen. Noch kürzlich haben wir ja in den Zeitungen die Beschwerde eines Herrn gelesen, der die ganze Nacht in der Haft gesessen hat, sogar gefesselt und gleichfalls in der Ernüchterungskammer. Dabei war er, glaub' ich, noch nicht einmal schuldig, ich aber war schuldig. Ich warf mich auf die Pritsche, auf der bereits zwei schwer Betrunkene schliefen. Mein Kopf schmerzte, in meinen Schläfen hämmerte es, mein Herz klopfte. Ich werde dann wohl das Bewußtsein verloren haben, und ich glaube, ich habe sogar phantasiert. Ich weiß nur noch, daß ich mitten in der stockdunklen Nacht plötzlich wach wurde und mich auf der Pritsche aufsetzte. Mit einem Schlage fiel mir alles wieder ein, und ich begriff alles; ich stützte die Ellbogen auf die Knie, neigte den Kopf in die Hände und versank in tiefes Nachdenken.

Oh, ich will meine Gefühle nicht zu schildern versuchen, und ich habe auch gar keine Zeit dazu, aber eins möchte ich doch bemerken: ich habe vielleicht innerlich niemals frohere Augenblicke durchlebt als während jenes Nachdenkens in der dunklen Nacht, auf der Pritsche, in der Haft. Das wird dem Leser vielleicht unverständlich erscheinen, wie eine Art Tintenkleckserschwärmerei oder wie ein Ausdruck übertriebener Originalitätshascherei, – und doch war es so, wie ich sage. Es war einer jener Augenblicke, wie sie vielleicht jeder Mensch erlebt, die einem aber kaum mehr als einmal im Leben zuteil werden. In einer solchen Stunde entscheidet der Mensch über sein Schicksal, stellt seine Anschauung fest und sagt sich einmal für sein ganzes Leben: »*Dort* liegt die Wahrheit, und *den* Weg mußt du gehen, um zu ihr hinzukommen.« Ja, diese Augenblicke wurden zum Licht meiner Seele. Ich war von dem hochmütigen Baron Bjoring beleidigt worden und erwartete, am nächsten Morgen von jener Dame der vornehmen Gesellschaft beleidigt zu werden, und ich wußte, daß ich mich nur zu gut an ihnen rächen konnte, aber ich beschloß, mich nicht zu rächen. Ich war entschlossen, trotz der großen Versuchung, das Dokument nicht aller Welt bekanntzugeben (auch dieser Gedanke war mir ungerufen schon durch den Kopf geschossen): ich sagte mir nochmals, daß ich morgen diesen Brief vor sie hinlegen und, wenn es sein mußte, statt Dankbarkeit sogar ihr spöttisches Lächeln hinnehmen, trotzdem aber kein Wort sagen und für immer von ihr gehen würde... Übrigens, wozu das hier breittreten! Was aber am nächsten Morgen hier mit mir geschehen, wie man mich verhören, und was man schließlich mit mir machen werde – darüber nachzudenken, vergaß ich fast ganz. Ich bekreuzte mich mit Inbrunst, legte mich wieder auf die Pritsche hin und schlief leichten Herzens ein, wie ein Kind.

Ich erwachte spät, als es schon hell war. Ich sah mich um und sah, daß ich allein war. Ich setzte mich auf und begann schweigend zu warten; ich wartete lange, vielleicht eine gute Stunde. Es wird ungefähr neun Uhr gewesen sein, als auf einmal ein Schutzmann hereintrat, um mich vorzuführen. Ich übergehe die Einzelheiten, da sie nebensächlich sind; ich habe jetzt nur noch die Hauptsache zu beenden. Ich bemerke bloß, daß man zu meiner nicht geringen Verwunderung überraschend höflich mit mir umging: ich wurde nur irgend etwas gefragt, ich antwortete, und dann wurde mir ohne weiteres erlaubt, nach Haus zu gehen. Ich ging schweigend hinaus; in ihren Blicken las ich mit Genugtuung ein gewisses Staunen über einen Menschen, der sogar in einer solchen Lage seine Würde zu bewahren verstanden hatte. Ich würde das hier nicht erwähnen, wenn es nicht wirklich auffallend gewesen wäre. Aber wie groß war meine Überraschung, als ich am Ausgang plötzlich Tatjana Pawlowna vor mir sah. In zwei Worten sei hier nur noch erklärt, weshalb ich damals so schnell aus der Haft entlassen wurde.

In aller Frühe, vielleicht schon vor acht Uhr, war Tatjana

Pawlowna in meiner Wohnung erschienen, das heißt, bei Pjotr Ippolítowitsch – sie hatte sogar eine Droschke genommen – in der Annahme, den alten Fürsten noch anzutreffen, und statt dessen hatte sie auf einmal den Bericht von den Geschehnissen am Abend vorher vernommen und, was die Hauptsache war, erfahren, daß man mich auf die Polizeiwache geführt hatte. Da war sie denn schleunigst zu Katerina Nikolajewna geeilt (die schon am Abend, nach ihrer Rückkehr aus dem Theater, ihren Vater zu Hause vorgefunden hatte), war zu ihr ins Schlafzimmer gestürzt, hatte sie aufgeweckt, ihr Angst und Bange gemacht und meine sofortige Befreiung verlangt. Darauf war sie mit einem Brief von ihr zu Bjoring gefahren, hatte von ihm sofort ein Schreiben »an den zuständigen Polizeioffizier« erwirkt, in dem er, Baron Bjoring, dringend darum ersuchte, mich unverzüglich aus der Haft zu entlassen, da ich »infolge eines Mißverständnisses« verhaftet worden sei. Mit diesem Schreiben war sie dann auf der Polizeiwache erschienen, und selbstverständlich war man ihrer Bitte sofort nachgekommen.

III

Ich fahre also in der Erzählung der Hauptsache fort.

Tatjana Pawlowna, die mich nun glücklich befreit hatte, setzte mich in ihre Droschke und brachte mich zu sich nach Hause, bestellte sofort den Ssamowar und während ich mich wusch und sie meine Kleider säuberte, sagte sie mir, daß Katerina Nikolajewna nicht um zehn Uhr, sondern um halb zwölf zu ihr kommen werde, um mich zu treffen. Das hörte nun auch Marja. Nach ein paar Minuten brachte sie den Ssamowar herein, als aber Tatjana Pawlowna kurz darauf noch einmal nach ihr rief, erhielt sie keine Antwort: Marja war, wie sich zeigte, nicht in der Küche. Ich bitte den Leser, das zu behalten. Die Uhr war vielleicht viertel vor zehn. Tatjana Pawlowna ärgerte sich zwar darüber, daß sie so ohne zu fragen ausgegangen war, sagte sich aber, sie werde wohl nur in den nächsten Laden gegangen sein, und im übrigen vergaß sie den Vorfall schon im nächsten Augenblick. Wir waren aber auch wirklich mit Interessanterem beschäftigt: wir sprachen die ganze Zeit – und ich hatte noch so vieles zu sagen, daß ich dieses Verschwinden der dummen Köchin überhaupt nicht beachtete. Ich bitte den Leser, auch das nicht zu vergessen.

Natürlich war ich noch wie benommen; ich erklärte ihr meine Gefühle, aber die Hauptsache war doch, daß wir auf Katerina Nikolajewna warteten, und der Gedanke, daß ich ihr in einer Stunde endlich begegnen werde, und noch dazu in einem so entscheidenden Augenblick meines Lebens, ließ mich erzittern und beben. Schließlich, als ich schon zwei Tassen Tee getrunken hatte, stand Tatjana Pawlowna auf, nahm eine Schere vom Tisch und sagte:

»So, jetzt gib mir mal die Tasche her, wir müssen den Brief heraustrennen; das können wir doch nicht in ihrer Gegenwart tun.«

»Ja, natürlich!« sagte ich und knöpfte meinen Rock auf.

»Das sind mir mal Stiche! Wer hat dir denn das hier zusammengenäht?«

»Ich selbst, Tatjana Pawlowna, ich selbst.«

»Na, das sieht man aber auch! ... So, da haben wir ihn ...«

Sie zog den Brief heraus: der Umschlag war derselbe, aber in ihm war ein unbeschriebenes Blatt Papier.

»Das ... was ist denn das?« fragte Tatjana Pawlowna und wendete es hin und her. »Was hast du?«

Ich stand blaß da, ohne ein Wort sprechen zu können ... und plötzlich sank ich kraftlos auf den Stuhl ... ich wurde beinahe ohnmächtig.

»Ja, was soll denn das wieder bedeuten!« schrie Tatjana Pawlowna, »wo ist denn jetzt der Brief?«

»Lambert!« rief ich und sprang auf und schlug mir vor die Stirn, denn ich hatte plötzlich alles begriffen.

Hastig und atemlos erzählte ich ihr von der Nacht bei Lambert und von unserer ganzen Verschwörung – übrigens hatte ich ihr schon am Abend vorher von dieser Verschwörung manches mitgeteilt.

»Gestohlen hat er ihn mir, gestohlen!« schrie ich, stampfte mit den Füßen und raufte mir das Haar.

»Was nun?« fragte Tatjana Pawlowna ratlos, als sie den Zusammenhang begriff. »Wieviel Uhr ist es?«

Es war kurz vor elf.

»Ach, daß die Marja nicht da ist! . . . Marja, Marja!«

»Was wünschen gnä's Fräulein?« erscholl plötzlich Marjas Stimme aus der Küche.

»Bist du da? Ja, was machen wir denn jetzt! Ich renne zu ihr hin . . . Ach, du Maulaffe, du saumseliger Maulaffe!«

»Ich laufe zu Lambert!« brüllte ich, »und erwürge ihn, wenn es sein muß!«

»Gnä's Fräulein!« rief plötzlich Marja aus der Küche, »hier ist eine, die Sie gleich sprechen will . . .«

Noch hatte sie ihren Satz nicht zu Ende gesprochen, als diese »eine« mit Heulen und Schreien aus der Küche hereinstürzte. Es war Alphonsinka. Ich werde die Szene nicht in allen Einzelheiten wiedergeben; die Szene selbst war Betrug und Heuchelei, aber ich muß gestehen, daß Alphonsinka ihre Rolle großartig spielte. Unter Tränen der Reue und Gebärden der Verzweiflung schnatterte sie ihren Vortrag herunter (auf französisch selbstverständlich), gestand, daß sie selbst den Brief aus der Tasche getrennt hätte, daß ihn Lambert jetzt besäße, und daß Lambert zusammen mit »diesem Räuber«, cet homme noir, »madame la générale« zu sich gerufen habe, und sie würden madame la générale bestimmt erschießen, jetzt, sogleich, in einer Stunde . . . sie, Alphonsinka, hätte das alles von ihnen erfahren und plötzlich furchtbare Angst bekommen, weil sie in ihren Händen einen Revolver gesehen, »un pistolet«, und deshalb wäre sie zu uns gelaufen, damit wir hinkämen, Madame retteten, das Unglück verhüteten . . . »et cet homme noir . . .«

Kurz, alles, was sie sagte, erschien uns durchaus glaubwürdig, und die Dummheit einiger ihrer Erklärungen erhöhte eigentlich noch die Glaubwürdigkeit.

»Was für ein homme noir?« schrie Tatjana Pawlowna sie an.

»Tiens, j'ai oublié son nom ... Un homme affreux ... Tiens, Versiloff!«

»Werssiloff! – das ist nicht möglich!« schrie ich auf.

»Doch, das ist schon möglich!« kreischte Tatjana Pawlowna. »So erzählen Sie doch, meine Beste, aber springen Sie nicht so umher und fuchteln Sie doch nicht so mit den Armen! Was haben die beiden vor? Sprechen Sie doch vernünftig, meine Beste: ich kann es doch nicht glauben, daß sie sie erschießen wollen?«

Die »Beste« erklärte nun folgendes (NB.: es war alles Schwindel, ich bereite nochmals darauf vor): Werssiloff werde hinter der Tür sitzen, und Lambert werde ihr, wenn sie hereinkäme, cette lettre zeigen, und in dem Augenblick werde Werssiloff hervorstürzen, und dann ... »Oh, ils feront leur vengeance!« Sie, Alphonsina, habe Angst bekommen, weil sie daran beteiligt sei, denn »cette dame, la générale« werde bestimmt kommen, »sofort, sofort«, denn sie hätten ihr eine Abschrift des Briefes geschickt, aus der sie ersehen könne, daß der Brief wirklich in ihren Händen sei; und deshalb werde sie bestimmt kommen. Den Brief habe Lambert geschrieben, und von Werssiloff wisse madame la générale noch nichts; Lambert aber habe sich ihr als ein Herr vorgestellt, der soeben aus Moskau angekommen wäre, im Auftrage einer Moskauer Dame, »une dame de Moscou« (NB.: Marja Iwánowna!).

»Ach, mir wird schlecht, mir wird schlecht!« rief Tatjana Pawlowna.

»Sauvez-la, sauvez-la!« schrie und beschwor uns Alphonsinka.

Freilich hatte diese wahnwitzige Nachricht schon auf den ersten Blick etwas Unsinniges, aber zum Überlegen blieb uns keine Zeit; das Ganze schien uns andererseits durchaus glaubwürdig zu sein. Man hätte wohl voraussetzen können, und zwar mit ziemlicher Wahrscheinlichkeit, daß Katerina Nikolajewna nach Empfang von Lamberts Brief zuerst zu uns kommen werde, zu Tatjana Pawlowna, um die Sache aufzuklären. Aber auch das brauchte schließlich nicht unbedingt zu geschehen, und sie konnte ja auch direkt zu ihm fahren, und dann – war sie verloren! Und wenn auch kaum anzunehmen war, daß sie so ohne weiteres auf die erste Aufforderung hin zu dem ihr ganz unbekannten Lambert eilen werde, so war doch die Möglichkeit, daß sie es tat, immerhin nicht ausgeschlossen. Die Abschrift mußte sie jedenfalls überzeugen, daß Lambert wirklich im Besitz ihres Briefes war, und wenn sie daraufhin zu ihm fuhr, konnte das Unglück doch geschehen! Aber vor allen Dingen durften wir jetzt keinen Augenblick verlieren, und so hatten wir auch keine Zeit, lange zu überlegen.

»Und Werssiloff wird sie ermorden! Wenn er sich schon zur Gemeinschaft mit Lambert erniedrigt hat, so wird er sie auch ermorden! Das ist nicht er, das ist sein Doppelgänger!« rief ich.

»Ach, dieser Doppelgänger!« Tatjana Pawlowna rang die Hände. »Aber jetzt müssen wir handeln!« entschloß sie sich plötzlich. »Nimm deine Mütze, den Pelz, und vorwärts marsch! Und Sie, meine Beste, führen uns sofort zu ihnen hin. Ach, das ist ein weiter Weg! Marja, Marja, wenn Katerina Nikolajewna kommen sollte, dann sage ihr, ich käme sofort wieder, sie soll sich hinsetzen und auf mich warten, und wenn sie nicht warten will, so schließe die Tür zu und halt sie mit Gewalt zurück. Sag ihr, ich hätte dir so befohlen! Hundert Rubel bekommst du, Marja, wenn du mir diesen Dienst erweist!«

Wir liefen auf die Treppe hinaus. Zweifellos taten wir das Vernünftigste, denn die größte Gefahr drohte ihr doch in Lamberts Wohnung; und wenn Katerina Nikolajewna vorher zu Tatjana Pawlowna kam, so konnte Marja sie einfach zurückhalten. Aber Tatjana Pawlowna änderte, als wir schon eine Droschke genommen hatten, doch noch ihren Entschluß.

»Nein, fahr du allein mit ihr hin!« rief sie mir zu und ließ mich mit Alphonsinka einsteigen. »Und dort stirb für sie, wenn es sein muß, verstanden? Ich werde dir gleich folgen, aber vorher will ich noch schnell zu ihr, vielleicht treffe ich sie noch; denn sag, was du willst, mir kommt die Sache doch verdächtig vor!«

Und sie fuhr schnell zu Katerina Nikolajewna! Ich aber fuhr mit Alphonsinka zu Lambert. Ich trieb den Kutscher zur Eile an, und während der Fahrt fragte ich Alphonsinka weiter aus, aber Alphonsinka antwortete mir nur noch mit Ausrufen und zu guter Letzt mit Tränen. Doch Gott beschützte und rettete uns, als alles nur noch an einem Faden hing. Wir hatten kaum ein Viertel des Weges zurückgelegt, als ich plötzlich hinter uns schreien hörte: mein Name wurde gerufen. Ich sah mich um: Trischátoff jagte uns in einem Schlitten nach.

»Wohin?« schrie er erschrocken, »und mit ihr, mit Alphonsinka!«

»Trischatoff!« rief ich ihm zu, »Sie haben die Wahrheit gesagt! Das Unglück ist da! Ich fahre zu dem Schuft Lambert! Kommen Sie mit, es ist dann doch einer mehr!«

»Kehren Sie um, kehren Sie sofort um!« schrie Trischatoff. »Lambert betrügt Sie, und Alphonsinka betrügt Sie! Der Pockennarbige schickt mich, sie sind gar nicht bei Lambert! Ich bin Werssiloff und Lambert soeben begegnet: sie fuhren zu Tatjana Pawlowna ... sie sind jetzt dort ...«

Ich ließ den Kutscher halten und sprang in Trischatoffs Schlitten hinüber. Heute verstehe ich einfach nicht, wie ich mich damals so schnell habe entschließen können; aber ich glaubte ihm sofort und handelte dann danach. Alphonsinka kreischte fürchterlich, aber wir ließen sie sitzen, wo sie saß, und ich weiß nicht einmal, ob sie uns nachfuhr oder dort ausstieg, jedenfalls habe ich sie nachher nie wieder gesehen.

Im Schlitten teilte mir Trischatoff in aller Hast atemlos mit, daß es sich da um gewisse Machenschaften handle. Lambert sei mit dem Pockennarbigen anfangs unter einer Decke gewesen, aber im letzten Augenblick habe der Pockennarbige sich bedacht und sei von ihm abgefallen. Jedenfalls habe er ihn, Trischatoff, selbst zu Tatjana Pawlowna geschickt, damit er ihr sage, daß sie Alphonsinka keinen Glauben schenken solle. Trischatoff fügte hinzu, weiter wisse er nichts, denn der Pockennarbige hätte selbst etwas sehr Wichtiges vorgehabt und deshalb nur in aller Eile das Notwendigste sagen können. »Ich sah Sie fahren«, fuhr Trischatoff fort, »und da bin ich Ihnen nachgejagt.« Es war natürlich klar, daß der Pockennarbige alles wußte, da er Trischatoff doch geradeswegs zu Tatjana Pawlowna geschickt hatte; doch über dieses neue Rätsel dachte ich nicht lange nach.

Damit aber der Leser sich in diesem Wirrwarr zurechtfinde, will ich, bevor ich die Katastrophe beschreibe, noch einmal, zum letztenmal, vorgreifen und den ganzen Zusammenhang schon jetzt aufdecken.

IV

Nachdem Lambert mir den Brief in jener Nacht entwendet hatte, war er gleich mit Werssiloff in Verbindung getreten. Wie es für Werssiloff möglich war, sich mit Lambert zu verbünden, darüber schweige ich zunächst; davon später. In der Hauptsache war hier wohl der »Doppelgänger« im Spiel! Lambert aber stand nach seinem Bündnis mit Werssiloff die schwere Aufgabe bevor, Katerina Nikolajewna auf möglichst schlaue Weise zu sich zu locken. Werssiloff war überzeugt, daß sie nicht kommen werde. Lambert aber hatte schon zwei Tage vorher – noch an jenem Abend, als er mir kurz vor meiner Wohnung in den Weg gelaufen war und ich ihm erklärt hatte, ich würde ihr den Brief in Tatjana Pawlownas Wohnung und in Tatjana Pawlownas Beisein zurückgeben, ohne von ihr etwas zu verlangen – da hatte Lambert ungesäumt, um jederzeit über alles unterrichtet zu sein, was in dieser Wohnung vorging, eine Art Spionagedienst eingerichtet, und zwar hatte er Marja bestochen. Er hatte ihr zwanzig Rubel gegeben, und dann, einen Tag später, als er schon im Besitz des Dokuments war, hatte er ihr alles ausführlich auseinandergesetzt, was er von ihr erwartete, und schließlich ihr für diese Dienste zweihundert Rubel versprochen.

Deshalb also war Marja, als sie in der Küche gehört hatte, daß Katerina Nikolajewna um halb zwölf zu Tatjana Pawlowna kommen wolle und daß auch ich da sein werde, sogleich aus dem Hause gelaufen, um schnell mit einer Droschke zu Lambert zu fahren und ihm diese Nachricht zu überbringen. Eben diese Benachrichtigung war der ganze Dienst, den sie Lambert verabredetermaßen erweisen sollte. Zufällig hatte Werssiloff sich gerade in dem Augenblick bei Lambert befunden, und er war es denn auch gewesen, der im Nu diesen teuflischen Plan entwarf. Geisteskranke sollen ja, wie behauptet wird, in manchen Augenblicken unglaublich schlau sein können.

Der Plan bestand darin, Tatjana Pawlowna und mich kurz vor Katerina Nikolajewnas Ankunft, also kurz vor halb zwölf, aus der Wohnung zu locken, wenn auch nur auf eine Viertelstunde, und sobald wir das Haus verlassen hätten, schnell ihren Beobachtungsposten – irgendwo in der Nähe, von wo aus man die Haustür sehen konnte – zu verlassen und in die Wohnung einzudringen, die Marja ihnen öffnen sollte, und dort Katerina Nikolajewna zu erwarten. Alphonsinka aber fiel die Aufgabe zu, uns so lange wie möglich festzuhalten, gleichviel mit welchen Mitteln, wie und wo es ihr nur möglich war. Katerina Nikolajewna mußte ihrem Versprechen gemäß um halb zwölf Uhr dort eintreffen, also reichlich zweimal so früh, als wir wieder zurück sein konnten. (Selbstverständlich hatte Katerina Nikolajewna von Lambert überhaupt keine Aufforderung erhalten, das hatte

Alphonsinka uns einfach vorgelogen, und eben diesen Schachzug hatte Werssiloff erdacht; Alphonsinka aber hatte nur nach seinen Angaben die Rolle der erschrockenen Verräterin gespielt, die aus Angst die Verschwörung verriet.) Natürlich war es von ihnen ein gewagtes Spiel, aber schließlich sagten sie sich wohl ganz richtig: »Gelingt es, so ist es gut, gelingt es nicht, so ist immerhin noch nichts verloren, denn das Dokument bleibt doch in unseren Händen.« Aber es gelang. Und wie hätte es auch nicht gelingen sollen, denn wir mußten doch Alphonsinka schon aus der einen Erwägung heraus folgen: »Wenn es aber wahr ist, was dann?« Ich sage noch einmal: zum Überlegen blieb uns keine Zeit.

V

Ich lief mit Trischátoff in die Küche, wo wir Marja in der größten Angst vorfanden. Sie hatte, als Lambert und Werssiloff in die Wohnung getreten waren, in Lamberts Hand einen Revolver bemerkt, und das hatte sie so furchtbar erschreckt. Das Geld hatte sie zwar genommen, aber der Revolver paßte doch ganz und gar nicht zu ihrer Auffassung der Sache. Ratlos stand sie da, und als sie nun plötzlich mich erblickte, stürzte sie auf mich zu und flüsterte angstvoll:

»Die Generalin ist gekommen, und der Herr hat einen Revolver!«

»Trischatoff, bleiben Sie hier in der Küche«, ordnete ich an, »und wenn ich rufe, so kommen Sie mir sofort zu Hilfe, so schnell wie möglich!«

Marja öffnete mir die Tür zum kleinen Durchgang, und ich schlüpfte in Tatjana Pawlownas Schlafzimmer – in denselben kleinen Raum, wo eigentlich nur ihr Bett Platz hatte, und von wo aus ich schon einmal gegen meinen Willen ein Gespräch belauscht hatte. Ich setzte mich auf das Bett und fand alsbald auch einen Spalt zwischen den Vorhängen, durch den ich in das Wohnzimmer sehen konnte.

Aber dort wurde schon laut und erregt gesprochen; ich muß bemerken, daß Katerina Nikolajewna vielleicht nur eine Minute nach ihnen die Wohnung betreten hatte. Schon in der Küche hatte ich erregte Stimmen vernommen: namentlich Lambert sprach in der Aufregung übermäßig laut. Sie saß auf dem Sofa, er aber stand vor ihr und schrie wie ein Narr. Heute weiß ich, warum er so sinnlos den Kopf verlor: er hatte es furchtbar eilig, weil er fürchtete, sie könnten überrascht werden. Später werde ich erklären, von welcher Seite er die Überraschung fürchtete. Den Brief hielt er in der Hand.

Werssiloff war nicht im Zimmer: er stand bereit, um bei der ersten Gefahr ins Zimmer zu stürzen. Ich kann nur den Sinn der Reden wiedergeben; ich war damals gar zu aufgeregt, und so habe ich denn von dem Gehörten nur das wenigste wörtlich behalten.

»Ich verlange für diesen Brief nur dreißigtausend Rubel, und Sie wundern sich noch! Er ist hunderttausend wert, aber ich verlange bloß dreißigtausend!« rief Lambert laut und furchtbar erregt.

Katerina Nikolajewna war allerdings sichtlich erschrocken, aber sie sah ihn doch mit einem gewissen, schon im voraus verachtenden Staunen an.

»Ich sehe, daß man mir hier gewissermaßen eine Falle gestellt hat, aber ich verstehe nicht, was Sie eigentlich wollen«, sagte sie. »Doch wenn Sie diesen Brief wirklich . . .«

»Hier, sehen Sie, hier ist er! Erkennen Sie ihn? Ich verlange von Ihnen einen Wechsel über dreißigtausend Rubel und keine Kopeke weniger!« fiel ihr Lambert ins Wort.

»Ich habe kein Geld.«

»Stellen Sie einen Wechsel aus; hier ist Papier. Und dann verschaffen Sie sich das Geld, ich werde warten, aber nur eine Woche, nicht länger . . . Wenn Sie mir das Geld bringen, gebe ich Ihnen den Wechsel zurück, und dann bekommen Sie auch den Brief.«

»Sie erlauben sich mir gegenüber einen sehr sonderbaren

Ton. Sie irren sich. Dieser Brief wird Ihnen heute noch abgenommen werden, wenn ich hingehe und Sie anzeige.«

»Wem denn? Hahaha! Aber der Skandal, und der alte Fürst, dem wir den Brief inzwischen zeigen! Und wo will man ihn mir abnehmen? Dokumente lasse ich doch nicht in meiner Wohnung. Und dem alten Fürsten zeige ich den Brief durch eine dritte Person. Seien Sie nicht eigensinnig, meine Gnädigste! Seien Sie mir vielmehr dankbar, daß ich nur so wenig verlange; ein anderer würde an meiner Stelle noch viel mehr verlangen, würde noch eine gewisse Gefälligkeit fordern ... Sie können sich denken, was für eine ... jedenfalls eine, die von keiner hübschen Frau verweigert wird, wenn sie ein wenig in die Enge getrieben ist – eben eine solche Gefälligkeit ... Hehehe! Vous êtes belle, vous!«

Katerina Nikolajewna erhob sich hastig von ihrem Platz auf dem Sofa, wurde feuerrot und – spie ihn an. Dann wandte sie sich schnell zur Tür. In demselben Augenblick riß Lambert seinen Revolver hervor. Als echter Dummkopf hatte er blind an die entscheidende Wirkung des Dokuments geglaubt, das heißt, er hatte überhaupt nicht darüber nachgedacht, mit wem er es zu tun hatte, da er, wie ich einmal schon erwähnt habe, alle Menschen für genau so erbärmliche und niedrige Geschöpfe hielt, wie er selbst eines war. So kam es, daß er sie gleich mit einer Gemeinheit vor den Kopf stieß, während sie vielleicht sogar bereit gewesen wäre, auf eine Erledigung der Angelegenheit durch Geld einzugehen.

»Nicht von der Stelle!« brüllte er sie an, rasend vor Wut, weil sie ihn angespien hatte, packte sie an der Schulter und hielt ihr den Revolver vor – natürlich nur, um sie einzuschüchtern.

Sie schrie auf und sank auf das Sofa zurück. Ich stürzte ins Zimmer, doch im selben Augenblick flog auch schon die Tür zum Vorzimmer auf, und Werssiloff stand vor uns. (Er hatte dort gestanden und gewartet.) Ich hatte ihn kaum erblickt, da hatte er Lambert schon den Revolver entrissen und ihm aus aller Kraft mit der Waffe auf den Kopf geschlagen.

Lambert taumelte und stürzte bewußtlos hin. Aus seiner Kopfwunde sickerte Blut auf den Teppich.

Als Katerina Nikolajewna Werssiloff erblickte, wurde sie auf einmal kreidebleich; ein paar Augenblicke sah sie ihn starr an, in unbeschreiblichem Entsetzen, und plötzlich fiel sie in Ohnmacht. Er stürzte auf sie zu. Dieses ganze Erlebnis ist in meiner Erinnerung nur noch wie eine flimmernde Reihe von Momentbildern. Ich weiß noch, mit welchem Schrecken ich damals sein fast blutrotes Gesicht und die blutunterlaufenen Augen sah. Ich glaube, er sah mich wohl, aber er erkannte mich nicht. Er packte sie, die Ohnmächtige, und hob sie mit einer Kraft, die ich ihm gar nicht zugetraut hätte, wie eine leichte Feder auf seine Arme und begann sie sinnlos im Zimmer umherzutragen, ganz wie man ein kleines Kind trägt. Das Zimmer war ja nicht groß, er aber wanderte aus einer Ecke in die andere, offenbar ohne zu wissen, wozu er das tat. In einem dieser Augenblicke wird er wohl tatsächlich den Verstand verloren haben. Er starrte sie dabei die ganze Zeit an und schien seinen Blick von ihrem Antlitz nicht losreißen zu können. Ich lief hinter ihm her, in der größten Angst wegen des Revolvers, den er unbewußt in der rechten Hand behalten hatte und dicht neben ihrem Kopf hielt. Aber er stieß mich zurück, einmal mit dem Ellbogen, einmal mit dem Fuß. Ich wollte schon Trischatoff rufen, fürchtete jedoch, den Wahnsinnigen dadurch zu reizen. Schließlich zog ich den Vorhang zur Seite und beschwor ihn, sie doch auf das Bett zu legen. Er trat an das Bett und legte sie behutsam hin, blieb aber bei ihr stehen, sah ihr mit Spannung ins Gesicht, und plötzlich beugte er sich über sie und küßte sie zweimal auf die bleichen Lippen. Da begriff ich endlich, daß dieser Mensch nicht mehr bei Sinnen war! – Plötzlich holte er mit dem Revolver aus, als wolle er sie erschlagen, besann sich aber, drehte den Revolver um und richtete ihn auf ihr Gesicht. Im Nu hatte ich seinen Arm zurückgerissen und schrie nach Trischatoff. Ich weiß noch, wie wir beide heftig mit ihm rangen, aber es gelang ihm doch, den Revolver dann gegen sich selbst zu richten und abzudrücken. Er hatte zuerst sie und dann sich erschießen wollen. Daran wurde er von uns verhindert, und so drückte er die Mündung des Revolvers gegen sein eigenes Herz, aber ich konnte noch von unten gegen seine Hand stoßen, und die Kugel drang ihm in die Schulter. In diesem Augenblick stürzte Tatjana Pawlowna mit einem Aufschrei ins Zimmer; aber da lag er schon bewußtlos auf dem Teppich, wie Lambert.

DREIZEHNTES KAPITEL

Der Schluß

I

Jetzt ist seit dieser Szene fast schon ein halbes Jahr vergangen, und viel ist seitdem geschehen, vieles hat sich ganz verändert, und für mich hat schon lange ein neues Leben begonnen ... Aber ich will auch dem Leser Aufschluß geben.

Für mich wenigstens war sowohl damals wie noch lange nachher die wichtigste Frage: wie hatte Werssiloff sich mit einem Lambert verbünden können, und was hatte er damit eigentlich erreichen wollen? Nach und nach bin ich zu folgender Erklärung gelangt: ich glaube, oder vielmehr ich bin überzeugt, daß Werssiloff in jenen Augenblicken, das heißt, an jenem letzten Tag und auch schon am Tage vorher, so gut wie überhaupt kein bestimmtes Ziel im Auge gehabt hat, und ich denke, er wird überhaupt nicht viel gedacht, sondern sich unter dem Einfluß eines Wirbelsturmes von Gefühlen befunden haben. Übrigens, daß es bei ihm ein wirklicher Wahnsinn gewesen sei, gebe ich in keinem Fall zu, um so weniger, als er auch jetzt nicht im geringsten irgendwie wahnsinnig ist. Aber den »Doppelgänger« gebe ich unbedingt zu. Was ist nun eigentlich ein »Doppelgänger«? Nach der Erklärung eines medizinischen Sachverständigen, dessen Buch ich inzwischen gelesen habe, um mich zu informieren, versteht man unter einer Doppelgängeridee nichts anderes als den ersten Grad einer gewissen, bereits ernsthaften Seelenstörung, die zu einem ziemlich schlimmen Ende führen kann. Nun, Werssiloff hatte uns ja schon selber, damals in jener Szene bei Mama, diese »Spaltung« seiner Gefühle und seines Willens mit unheimlicher Aufrichtigkeit erklärt. Aber ich sage es noch einmal: wenn jene Szene bei Mama, die Zerschmetterung des Heiligenbildes, auch zweifellos unter dem

Einfluß einer merklichen Willensspaltung vor sich gegangen war, so hat mir seitdem doch die ganze Zeit geschienen, daß seiner Handlung sich zugleich eine gewisse schadenfrohe Symbolik beigemischt habe, etwas wie ein Haß gegenüber den Erwartungen dieser Frauen, wie eine Wut auf ihre Rechte und ihre Richterschaft, und da zerschmetterte er denn in Gemeinschaft mit seinem Doppelgänger dieses Heiligenbild! Es war, als hätte er damit sagen wollen: »Seht, so werden auch eure Erwartungen zerspalten werden!« Kurz, wenn auch der Doppelgänger dabei war, so war doch auch einfach Kaprice dabei . . . Aber das ist schließlich nur meine Auslegung; und mit Sicherheit läßt sich so ewas wohl kaum deuten.

Es ist wahr, daß trotz seiner ganzen Vergötterung Katerina Nikolajewnas immer der aufrichtigste und tiefste Unglaube an ihre sittlichen Werte in ihm wurzelte. Ich glaube bestimmt, daß er damals dort hinter der Tür auf ihre Erniedrigung vor Lambert nur so gewartet hat. Aber wünschte er deshalb diese Erniedrigung, selbst wenn er auf sie wartete? Ich wiederhole: ich bin fest überzeugt, daß er damals nichts wünschte und nicht einmal zu denken vermochte. Er wollte nur dort sein, irgendwo in der Nähe, um dann hervorzustürzen, ihr etwas zu sagen, aber vielleicht – vielleicht sie auch zu beleidigen, vielleicht sie auch zu töten . . . Alles konnte damals geschehen; nur wußte er, als er mit Lambert hinkam, noch nichts davon, was geschehen würde. Ich füge hinzu, daß der Revolver Lambert gehörte, er selbst war ohne Waffen gekommen. Als er aber ihre stolze Würde sah, da ertrug er vor allem den sie bedrohenden Schurken Lambert nicht und stürzte ins Zimmer, – und dann erst verlor er den Verstand. Ob er sie in dem Augenblick wirklich erschießen wollte? Ich glaube, auch das wußte er nicht, aber er hätte sie bestimmt erschossen, wenn wir seinen Arm nicht weggerissen hätten.

Seine Wunde war nicht tödlich und heilte, aber er lag doch ziemlich lange danieder – natürlich bei Mama. Jetzt ist draußen schon Frühling, es ist Mitte Mai, ein herrlicher Tag, und unsere Fenster stehen offen. Während ich dies schreibe, sitzt Mama bei ihm; er streichelt ihre Wangen, streichelt ihr Haar und sieht ihr gerührt in die Augen. Oh, das ist nur noch die Hälfte des früheren Werssiloff; von Mama trennt er sich überhaupt nicht mehr und wird auch nie wieder von ihr gehen. Ja, ihm ward sogar »die Gnade der Tränen zuteil«, wie sich der unvergeßliche Makar Iwanowitsch in seiner Erzählung von jenem Kaufmann ausdrückte. Übrigens glaube ich, daß Werssiloff lange leben wird. Uns gegenüber ist er jetzt schlicht und aufrichtig wie ein Kind, ohne übrigens sein Maß und seine Zurückhaltung zu verlieren und überflüssige Worte zu machen. Sein Geist und seine ganze sittliche Denkart sind ihm unverändert verblieben, nur daß alles, was an Idealem in ihm war, jetzt noch stärker hervortritt. Ich sage es gerade heraus: ich habe ihn noch nie so geliebt wie jetzt, es tut mir leid, daß ich hier weder Zeit noch Gelegenheit habe, mehr von ihm zu sprechen. Übrigens will ich doch noch ein Erlebnis erzählen, das wir erst kürzlich mit ihm hatten (wir haben schon viele gehabt): Zu den großen Fasten war er schon vollständig genesen, und in der sechsten Woche sagte er plötzlich, er werde diesmal auch das Abendmahl nehmen. Das hatte er, glaube ich, schon seit vielleicht dreißig Jahren nicht mehr getan. Mama war selig; es wurde sofort Fastenkost bereitet, aber natürlich eine ziemlich kostspielige und verfeinerte. Ich hörte im Nebenzimmer, wie er am Montag und Dienstag die Erlösungshymne vor sich hinsummte: „Siehe, der Bräutigam kommt", und sich an der Melodie und den Worten begeisterte. In diesen zwei Tagen sprach er ein paarmal sehr schön über Religion; aber schon am Mittwoch hörten das Fasten und der Kirchenbesuch plötzlich auf. Irgend etwas hatte ihn gereizt, irgend ein »komischer Widerspruch«, wie er sich lachend ausdrückte. Irgend etwas hatte ihm am Äußeren des Geistlichen oder am Gottesdienst nicht gefallen; und kaum war er nach Hause gekommen, da sagte er mit einem stillen Lächeln: »Meine Freunde, ich liebe Gott sehr, aber — dazu bin ich unfähig.« Und noch an demselben Tage gab es zur Mahlzeit Roastbeef. Aber ich weiß, daß Mama sich jetzt oft zu ihm setzt und dann mit leiser Stimme und stillem Lächeln manchmal von den abstraktesten Dingen zu sprechen anfängt; jetzt wagt sie es plötzlich, aber wie das gekommen ist, weiß ich nicht. Sie setzt sich einfach neben ihn hin und spricht zu ihm, meist im Flüsterton. Er hört ihr lächelnd zu, streichelt sie, küßt ihre Hände, und aus seinem Gesicht leuchtet das vollkommenste Glück. Manchmal hat er auch Anwandlungen, die fast hysterisch anmuten. Er nimmt dann ihre Photographie, dieselbe, die er an jenem Abend küßte, betrachtet sie mit Tränen in den Augen, küßt sie, gedenkt vergangener Zeiten, ruft uns alle zu sich, spricht aber in solchen Augenblicken wenig... Katerina Nikolajewna scheint er ganz vergessen zu haben; ihren Namen hat er nie wieder ausgesprochen. Auch von seiner Trauung mit Mama ist bei uns nicht mehr die Rede gewesen. Er sollte für den Sommer ins Ausland geschickt werden; aber Tatjana Pawlowna war sehr dagegen, und auch er hatte keine Lust dazu. Den Sommer werden sie in einem Landhause in der Nähe von Petersburg verbringen. Übrigens leben wir fürs erste alle noch von Tatjana Pawlownas Mitteln. Eins möchte ich noch hinzufügen: es tut mir unsagbar leid, daß ich mir in diesen Aufzeichnungen oft erlaubt habe, von einem solchen Menschen unhöflich und von oben herab zu sprechen. Aber ich habe mich während des Schreibens immer nach Möglichkeit in den Zustand jenes Augenblicks zurückversetzt, den ich gerade beschrieb. Als ich dann meine Aufzeichnungen beendet und die letzte Zeile niedergeschrieben hatte, fühle ich plötzlich, daß ich mich selbst eben durch dieses nochmalige Durchleben der Ereignisse, indem ich mir alles ins Gedächtnis zurückrief und mir vergegenwärtigte und es dann noch niederschrieb — daß ich mich eben dadurch zu einem anderen Menschen umerzogen habe. Vieles von dem, was ich da geschrieben habe, möchte ich heute widerrufen und besonders den Ton mancher Sätze ändern, aber ich korrigiere lieber nichts.

Ich habe schon gesagt, daß er Katerina Nikolajewna überhaupt nicht mehr erwähnt hat; ja, ich glaube sogar, daß er vielleicht vollkommen geheilt ist. Nur Tatjana Pawlowna und ich sprechen manchmal von Katerina Nikolajewna, aber auch wir tun es nur heimlich. Sie ist jetzt im Ausland; ich habe sie vor ihrer Abreise gesehen und bin mehrmals bei ihr gewesen. Aus dem Ausland habe ich von ihr bereits zwei Briefe erhalten und auch schon beantwortet. Doch über den Inhalt unserer Briefe und darüber, was wir vor ihrer Abreise, als wir Abschied nahmen, gesprochen haben, schweige ich: das ist schon eine ganz andere Geschichte, eine ganz *neue* Geschichte, eine, die sich vielleicht sogar erst in der Zukunft abspielen wird. Selbst vor Tatjana Pawlowna verschweige ich noch manches. Aber genug davon. Ich füge nur hinzu, daß Katerina Nikolajewna nicht verheiratet ist und mit Pelischtschoffs reist. Ihr Vater ist gestorben, und sie ist jetzt eine der reichsten Witwen. Augenblicklich weilt sie in Paris. Ihr Bruch mit Bjoring erfolgte schnell und ganz von selbst, das heißt, auf eine ganz natürliche Weise. Übrigens will ich auch das noch erzählen.

An demselben Vormittag, an dem es in Tatjana Pawlownas Wohnung zu jener schrecklichen Entladung kam, hatte der Pockennarbige – derselbe, zu dem Trischatoff und sein Freund übergegangen waren – Bjoring von Lamberts Anschlag gegen Katerina Nikolajewna noch rechtzeitig unterrichten können. Dazu war es folgendermaßen gekommen: Lambert hatte ihn, den Pockennarbigen, anfangs doch zur Teilnahme an dem Unternehmen überredet, und als er dann in den Besitz des Dokuments gelangt war, hatte er ihm alle Einzelheiten und im letzten Augenblick auch noch den Plan mitgeteilt, den Werssiloff entworfen hatte, um Tatjana Pawlowna aus ihrer Wohnung zu entfernen. Aber im entscheidenden Augenblick hatte der Pockennarbige doch vorgezogen, Lambert im Stich zu lassen, da er vernünftiger war als sie alle und die Möglichkeit eines Totschlages voraussah. Doch der Hauptgrund seines Verrats war, daß er sich von Bjorings Dankbarkeit mehr versprach als von dem phantastischen Vorhaben des ungeschickten und hitzigen Lambert und des vor Leidenschaft fast schon verrückten Werssiloff. Das alles habe ich später von Trischatoff erfahren. Übrigens ist mir Lamberts Verhältnis zum Pockennarbigen noch immer etwas unverständlich, und ich begreife nicht, warum Lambert nicht ohne ihn auskommen konnte. Aber viel wichtiger ist für mich die Frage: wozu brauchte Lambert, nachdem er mir das Dokument schon entwendet hatte, noch Werssiloff? Die Antwort habe ich erst jetzt gefunden. Er brauchte Werssiloff nicht nur deshalb, weil dieser die Verhältnisse und Gelegenheiten so gut kannte, sondern hauptsächlich deshalb, um im Falle eines Fehlschlages die ganze Verantwortung auf Werssiloff abwälzen zu können. Und da Werssiloff kein Geld begehrte, so hielt Lambert seine Hilfe durchaus nicht für überflüssig. Aber Bjoring kam damals zu spät. Er erschien erst, als schon eine Stunde nach dem Schuß vergangen war und Tatjana Pawlownas Wohnung bereits ganz anders aussah. Denn: ungefähr fünf Minuten, nachdem Werssiloff blutüberströmt hingestürzt war, hatte sich Lambert, den wir für tot hielten, wieder aufgerichtet. Er hatte sich verwundert umgesehen, plötzlich alles begriffen, war langsam aufgestanden und in die Küche hinausgewankt, ohne ein Wort zu sagen; dort hatte er seinen Pelz angezogen, und dann war er für immer verschwunden. Das »Dokument« hatte er auf dem Tisch liegen lassen. Ich hörte später, er sei nicht einmal krank gewesen, sondern habe sich nur eine Zeitlang unpäßlich gefühlt: der Schlag mit dem Revolver hatte ihn betäubt und etwas Blut fließen lassen, ihm aber keine ernstere Verletzung zugefügt. Trischatoff war sogleich zum nächsten Arzt gelaufen; aber noch bevor der Arzt erschien, kam Werssiloff zu sich. Schon vorher aber war auch Katerina Nikolajewna aus der Ohnmacht erwacht und danach von Tatjana Pawlowna in ihren Wagen gesetzt und nach Hause gebracht worden. So traf denn Bjoring, als er in die Wohnung gestürzt kam, außer mir und dem Arzt nur den verwundeten Werssiloff und Mama an, der Trischatoff gleichfalls die Nachricht gebracht hatte; sie war trotz ihres Krankseins sogleich herbeigeeilt, natürlich in größter Angst. Bjoring sah uns verständnislos an, und als er erfuhr, daß Katerina Nikolajewna die Wohnung schon verlassen hatte, begab er sich sofort zu ihr, ohne mit uns auch nur ein Wort zu wechseln.

Er sah wie vor den Kopf geschlagen aus: er wird sich wohl gesagt haben, daß ein Skandal und ein Gerede jetzt unvermeidlich waren. Aber zu einem großen Skandal kam es doch nicht, es verbreiteten sich nur einige Gerüchte. Den Schuß hatte man zwar nicht vertuschen können, aber der Zusammenhang der ganzen Geschichte blieb doch so gut wie unbekannt. Die Nachforschungen ergaben nur folgendes: ein gewisser W., ein fast fünfzigjähriger Familienvater, hätte einer hochachtbaren Dame, die er leidenschaftlich liebte, die jedoch seine Gefühle gar nicht erwiderte, eine Liebeserklärung gemacht und dann in einem Augenblick der Leidenschaft auf sich selbst geschossen. Weiter drang nichts in die Öffentlichkeit, und in dieser Gestalt kam der Vorfall denn auch als Gerücht in die Zeitung, unter Angabe nur der Anfangsbuchstaben der Namen. Wenigstens hat man, soviel ich weiß, nicht einmal Lambert mit irgendeinem Verdacht beunruhigt. Aber Bjoring, der die Wahrheit doch kannte, erschrak nichtsdestoweniger. Und gerade damals mußte er, als wäre es vom Schicksal gewollt, von Katerina Nikolajewnas Zusammenkunft mit dem in sie verliebten Werssiloff erfahren, die zwei Tage vor der Katastrophe stattgefunden hatte. Das machte ihn stutzig, und er ließ sich unvorsichtigerweise Katerina Nikolajewna gegenüber zu der Bemerkung hinreißen: er wundere sich nach alledem nicht mehr, daß ihr so eigentümliche Geschichten widerfahren konnten. Katerina Nikolajewna gab ihm darauf sofort sein Wort zurück, ohne Zorn, aber auch ohne zu zögern. Ihre vorgefaßte Meinung, eine Vernunftehe mit diesem Menschen würde für sie das Geeignetste sein, war wie Rauch verflogen. Vielleicht hatte sie ihn schon lange vorher durchschaut; aber es ist auch möglich, daß manche ihrer Anschauungen und Gefühle erst nach der erlittenen Erschütterung plötzlich umschlugen. Aber auch in dieser Hinsicht möchte ich wiederum Stillschweigen bewahren. Im übrigen habe ich nur noch zu bemerken, daß Lambert bald darauf nach Moskau verschwand; dort soll er, wie ich gehört habe, bei einem ähnlichen Erpressungsversuch der Polizei ins Garn gegangen sein. Und Trischatoff habe ich schon lange, fast schon seit diesen letzten Begebenheiten, aus den Augen verloren, so sehr ich mich auch heute noch bemühe, ihn zu finden. Er verschwand nach dem Tode seines Freundes »le grand dadais«: dieser hat sich erschossen.

II

Ich erwähnte auch schon den Tod des alten Fürsten Nikolai Iwanowitsch Ssokólskij. Der gute und sympathische alte Herr starb bald nach jenen Ereignissen, übrigens doch erst einen ganzen Monat später – er starb in der Nacht, in seinem Bett, an einem Gehirnschlag. Ich habe ihn seit dem Tage, den er in meiner Wohnung verbrachte, nicht wiedergesehen. Man hat mir von ihm erzählt, er sei diesen letzten Monat viel vernünftiger gewesen, viel beherrschter, er habe sich nicht mehr gefürchtet und habe nicht mehr geweint, und in dieser ganzen Zeit kein einziges Mal Anna Andrejewna erwähnt. Seine ganze Liebe hatte sich seiner Tochter zugewandt. Katerina Nikolajewna hatte ihm einmal, eine Woche vor seinem Tode, den Vorschlag gemacht, mich zu seiner Zerstreuung rufen zu lassen, aber dazu soll er nur die Brauen gerunzelt haben: diese Tatsache teile ich ohne jede weitere Erklärung mit. Nach seinem Tode zeigte sich, daß sein Landbesitz in bester Ordnung war, und außerdem hinterließ er ein sehr bedeutendes Barvermögen. Ein Drittel dieses Vermögens wurde, nach einer Bestimmung des alten Herrn, unter seine zahllosen Patenkinder verteilt; aber sehr sonderbar erschien es allen, daß Anna Andrejewna in seinem Testament überhaupt nicht genannt war: ihr Name war einfach fortgelassen. Dafür ist mir jedoch folgende verbürgte Tatsache bekannt: einige Tage vor dem Tode hatte der alte Herr – im Hinblick auf die Möglichkeit seines baldigen Hinscheidens – seine Tochter und seine Freunde, Herrn Pelischtschoff und den Fürsten W–, zu sich gebeten und in ihrer Gegenwart Katerina Nikolajewna beauftragt, von dem hinterlassenen Vermögen Anna Andrejewna sechzigtausend Rubel auszuzahlen. Seinen Willen drückte er klar und einfach aus, ohne jede Gefühlsäußerung oder nähere Erklärung. Nach seinem Tode, als die ganzen Angelegenheiten geordnet waren, ließ dann Katerina Nikolajewna durch ihren Bevollmächtigten Anna Andrejewna benachrichtigen, daß sie die Sechzigtausend zu jeder Zeit abheben könne; aber Anna Andrejewna lehnte das trocken und ohne überflüssige Worte ab: sie weigerte sich, das Geld anzunehmen, trotz aller Versicherungen, daß dieses Vermächtnis tatsächlich der letzte Wille des Fürsten gewesen sei. Das Geld liegt noch heute da und wartet auf sie, und Katerina Nikolajewna hofft noch immer, daß sie ihren Entschluß ändern werde; aber das wird gewiß nicht geschehen, und das weiß ich so bestimmt, weil ich jetzt einer der nächsten Freunde und Bekannten Anna Andrejewnas bin. Ihre Ablehnung hat in ihrem Kreise ein gewisses Aufsehen erregt, und es ist darüber gesprochen worden. Ihre Tante, Madame Fanariótowa, die wegen jenes Skandals mit dem alten Fürsten sehr ungehalten gewesen war, änderte plötzlich nach der Zurückweisung des Geldes ihr Verhalten zu Anna Andrejewna und versicherte sie ihrer Hochachtung. Ihr Bruder dagegen hat sich mit ihr deswegen endgültig überworfen. Ich besuche Anna Andrejewna sehr oft, aber ich will damit nicht sagen, daß ich mit ihr sehr vertraulich stünde; die alten Geschichten erwähnen wir überhaupt nicht; sie empfängt mich sehr gern bei sich, doch unsere Unterhaltung dreht sich fast nur um abstrakte Dinge. Unter anderem hat sie mir einmal gesagt, daß sie unbedingt ins Kloster gehen werde; das geschah erst unlängst, aber ich will es ihr noch nicht glauben, ich halte die Äußerung dieser Absicht vorläufig nur für ein bitteres Wort.

Aber ein schmerzliches, ein wahrhaft schmerzliches Wort habe ich noch über meine Schwester Lisa zu sagen. Ja, das ist nun schon ein wirkliches Unglück, und was sind alle meine Mißerfolge im Vergleich zu ihrem bitteren Schicksal! Es fing damit an, daß der Fürst Ssergei Petrowitsch nicht genas und, noch bevor seine Sache zur Verhandlung kam, im Lazarett starb. Er starb noch vor dem Fürsten Nikolai Iwanowitsch. Lisa blieb mit ihrem zukünftigen Kinde allein zurück. Sie weinte nicht und war äußerlich ganz ruhig, ja, sie wurde sanft und still; aber die ganze frühere Glut ihres Herzens war seitdem gleichsam über Nacht irgendwo in den Tiefen ihres Wesens begraben. Sie half freundlich Mama, pflegte den kranken Andrei Petrowitsch, aber sonst war sie schweigsam und sah eigentlich keinen Menschen und keine Sache an. Es war, als wäre ihr alles gleichgültig, als ginge sie an allem nur so vorüber. Als es Werssiloff allmählich besser ging, begann sie viel zu schlafen. Ich brachte ihr Bücher, aber sie las sie nicht. Zu gleicher Zeit magerte sie furchtbar ab. Ich wagte nicht recht, ihr Trost zuzusprechen, obgleich ich oft mit dieser Absicht zu ihr kam; aber in ihrer Gegenwart konnte ich die Worte nicht finden, um an sie heranzukommen. So ging das weiter, bis das Unglück geschah: sie fiel von der Treppe, nicht hoch, im ganzen drei Stufen, aber sie kam vor der Zeit nieder, und ihr Kranksein zog sich den ganzen Winter hin. Jetzt hat sie das Bett bereits verlassen, aber ihre Gesundheit ist wohl für lange untergraben. Zu uns verhält sie sich wie früher, ist schweigsam und versonnen; nur mit Mama spricht sie hin und wieder ein wenig. Alle diese letzten Tage stand die Frühlingssonne grell und hoch am Himmel, und ich mußte immer wieder an jenen sonnigen Vormittag denken, im vergangenen Herbst, als ich mit ihr auf der Straße ging, und wie wir beide voll Freude und Hoffnung waren, so voll Liebe zu einander. Was ist seitdem alles geschehen! Ich beklage mich nicht: für mich hat ein neues Leben begonnen, aber sie? Ihre Zukunft ist ein Rätsel, und heute kann ich sie nicht ansehen ohne Schmerz.

Vor ungefähr drei Wochen gelang es mir aber doch einmal, durch eine Mitteilung über Wassin ihr Interesse zu wecken. Er war aus der Haft entlassen und endgültig freigesprochen worden. Dieser vernünftige Mensch soll, wie man erzählt, die genauesten Aufschlüsse gegeben und die interessantesten Mitteilungen gemacht haben, die ihn in den Augen derjenigen, von denen sein Schicksal abhing, vollkommen gerechtfertigt hätten. Und selbst sein vielbesprochenes Manuskript war, wie sich herausstellte, nur eine Übersetzung aus dem Französischen, war also nur Material, das er ausschließlich für sich gesammelt hatte, in der Absicht, später einmal eine Kritik darüber zu schreiben, in der Form eines Aufsatzes für eine Zeitschrift. Er hat sich jetzt in das Gouvernement ††† begeben. Sein Stiefvater Stebelkóff sitzt dagegen noch immer in Untersuchungshaft wegen seines Vergehens, das, je mehr man der Sache nachgeht, desto verwickelter wird. Lisa hörte meine Mitteilungen über Wassin mit einem sonderbaren Lächeln an und bemerkte schließlich, daß es ihm gar nicht anders hätte ergehen können. Aber sie war doch sichtlich befriedigt – natürlich nur deshalb, weil die Anzeige des verstorbenen Fürsten Ssergei Petrowitsch Wassin nicht ernstlich geschadet hatte. Von Dergatschoff aber und den anderen habe ich hier nichts weiter mitzuteilen.

Meine Aufzeichnungen sind nun abgeschlossen. Vielleicht möchte der eine oder andere Leser noch wissen: wo denn nun meine »Idee« geblieben sei, und was es denn für eine Bewandtnis mit diesem neuen Leben habe, das jetzt für mich beginne, und das ich nur so geheimnisvoll andeute? Aber dieses neue Leben, dieser neue Weg, der sich vor mir aufgetan hat – ist ja eben meine »Idee«, dieselbe, die ich früher hatte, nur in einer so anderen Gestalt, daß sie kaum wiederzuerkennen ist. Aber in diese meine »Aufzeichnungen« paßt das schon nicht mehr hinein, eben weil es etwas ganz Anderes ist. Das alte Leben liegt schon weit hinter mir, und das neue hat erst kaum begonnen. Aber eins muß ich doch unbedingt erwähnen: Tatjana Pawlowna, mein aufrichtiger und geliebter Freund, redet mir fast jeden Tag zu, unbedingt und sobald wie nur möglich die Universität zu beziehen: »Nachher, wenn du dein Studium beendet hast, dann kannst du dir ja ausdenken, was du willst; jetzt aber bringe erst mal dein Studium zu einem Abschluß.« Ich muß gestehen, ich habe über ihren Vorschlag schon des öfteren nachgedacht, aber ich weiß noch gar nicht, wozu ich mich entschließen werde. Unter anderem habe ich eingewendet, ich hätte jetzt nicht einmal mehr das Recht zu studieren, da ich arbeiten müsse, um Mama und Lisa zu ernähren; aber sie bietet mir die Mittel zum Studium von ihrem Gelde an und versichert, es werde für die ganze Zeit meines Studiums ausreichen. So beschloß ich denn zu guter Letzt, einen anderen Menschen um Rat zu fragen. Ich suchte unter meinen Bekannten und traf nach sorgfältiger kritischer Überlegung meine Wahl: sie fiel auf Nikolai Ssemjónowitsch, meinen einstigen Erzieher in Moskau, Marja Iwánownas Gatten. Ich wählte ihn nicht deshalb, weil ich so sehr eines fremden Rates bedurft hätte, sondern weil ich einfach den unbezwingbaren Wunsch hatte, die Meinung gerade dieses vollkommen unbeteiligten Menschen zu hören, der zwar ein etwas kühler Egoist, jedoch zweifellos ein kluger Mensch ist. Ich schickte ihm mein ganzes Manuskript, mit der Bitte um Verschwiegenheit, da ich es noch keinem Menschen gezeigt hatte, und namentlich nicht Tatjana Pawlowna. Mein Manuskript erhielt ich von ihm nach zwei Wochen zurück, und er schrieb mir dazu einen ziemlich langen Brief . . . Aus diesem Brief will ich nun bloß ein paar Auszüge hier anhängen, da ich in ihnen eine gewisse allgemeine Anschauung und gleichsam etwas diese Aufzeichnungen Erklärendes finde. Es sind dies folgende Stellen:

III

»... Und niemals hätten Sie, mein teurer Arkadij Makarowitsch, Ihre zeitweilige Muße nützlicher anwenden können, als Sie es getan haben, indem Sie diese Ihre Aufzeichnungen schrieben! Sie haben sich sozusagen bewußt Rechenschaft gegeben über Ihre ersten ungestümen und gewagten Schritte ins Leben. Ich bin überzeugt, daß Sie sich durch diese Darlegung in der Tat in vieler Hinsicht ‚zu einem anderen Menschen haben umerziehen können', wie Sie sich selbst ausdrücken. Kritische Bemerkungen, im eigentlichen Sinne des Wortes, werde ich mir selbstredend nicht erlauben, obgleich man sich bei jeder Seite seine Gedanken machen kann ... wie zum Beispiel über den Umstand, daß Sie dieses ‚Dokument' so lange und so hartnäckig bei sich behalten haben, was mir im höchsten Grade charakteristisch zu sein scheint ... Aber das ist von hunderten nur eine Bemerkung, die ich mir hier zu machen erlaube. Ich weiß auch sehr zu schätzen, daß Sie mir, und wie es scheint, mir allein das ‚Geheimnis Ihrer Idee' anvertraut haben. Ihre Bitte jedoch, mich besonders zu dieser Ihrer ‚Idee' zu äußern, muß ich Ihnen abschlagen; denn erstens würde das über den Rahmen eines Briefes hinausgehen, und zweitens bin ich noch gar nicht imstande, darauf zu antworten, ich muß das alles selbst erst verarbeiten. Ich will nur bemerken, daß Ihre ‚Idee' sich durch Eigenart auszeichnet, während die Jugend von heute sich in der Mehrzahl nicht auf selbsterfundene Ideen einstellt, sondern sich auf fertig vorgefundene wirft, von denen es wohl nichts weniger als eine große Auswahl gibt, ganz abgesehen davon, daß sie häufig recht gefährlich sind. Ihre Idee hat Sie wenigstens zeitweilig vor den Ideen der Herren Dergatschöff und Konsorten bewahrt, die fraglos bei weitem nicht so originell sind wie Ihre Idee. Und schließlich pflichte ich durchaus der hochverehrten Tatjana Pawlowna bei, die ich zwar persönlich kenne, bisher jedoch nicht in dem Maße zu schätzen verstanden habe, wie sie es verdient. Ihr Wunsch, daß Sie die Universität beziehen, hat für Sie das Beste im Auge. Die Wissenschaft und das Leben werden in den drei bis vier Jahren die Horizonte Ihrer Gedanken und Bestrebungen zweifellos bedeutend erweitern, und sollten Sie sich nach beendetem Studium wieder Ihrer ‚Idee' zuwenden wollen, so wird Ihnen ja nichts im Wege stehen.

Und jetzt erlauben Sie, daß ich Ihnen von mir aus ganz offen und sogar ungebeten einige Gedanken und Eindrücke mitteile, die mir während der Lektüre Ihrer so offenherzigen Aufzeichnungen in den Sinn gekommen sind und mein Herz bewegt haben.

Ja, ich stimme mit Andrei Petrowitsch darin vollkommen überein, daß man für Sie und Ihre *einsame* Jugend in der Tat manches befürchten konnte. Und solcher Jünglinge wie Sie gibt es unter unserer heranwachsenden Jugend nicht wenige, und ihre Fähigkeiten drohen in der Tat immer, sich zum Schlechteren zu entwickeln, sei es zu kritiklosem Strebertum oder zum heimlichen Verlangen nach Unordnung. Aber dieses Verlangen nach Unordnung entspringt vielleicht – und sogar in den meisten Fällen – einer geheimen Sehnsucht nach Ordnung und (ich gebrauche den von Ihnen angeführten Ausdruck) nach ‚schöner Form'. Die Jugend ist schon darum rein, weil sie Jugend ist. Vielleicht sind diese so frühen Ausbrüche der Unvernunft eben nur Ausbrüche der Sehnsucht nach Ordnung und ein Suchen nach der Wahrheit; aber wer ist denn schuld daran, daß manche jungen Menschen von heute diese Wahrheit und diese Ordnung in so dummen und lächerlichen Utopien zu sehen glauben, daß man gar nicht begreift, wie sie auf so etwas überhaupt hereinfallen können! Ich will hier gleich bemerken, daß früher, in der noch gar nicht so weit zurückliegenden Vergangenheit, noch zur Zeit der vorigen Generation, diese interessanten jungen Leute gar nicht so sehr zu bedauern waren, denn damals endeten sie fast immer damit, daß sie sich in ihrem weiteren Leben unserer höheren Kulturschicht anschlossen und mit ihr zu einem Ganzen verschmolzen. Und wenn sie im Anfang ihres Weges auch die ganze Ordnungslosigkeit und Zufälligkeit ihrer Existenz erkannten, das Fehlen alles Schönen, zum Beispiel in ihrem Familienleben, das Fehlen jeglicher Familienüberlieferung und schöner, vollendeter Lebensformen, so war das ja um so besser, denn eben diese Erkenntnis lehrte sie, das Fehlende ganz unbewußt zu suchen, darum zu ringen und es zu schätzen. Heute verhält es sich anders – eben weil fast nichts vorhanden ist, an das man sich anschließen könnte.

Ich möchte das durch ein Beispiel oder sozusagen einen Vergleich klarer machen. Wenn ich ein russischer Romancier wäre und Dichtertalent hätte, so würde ich meine Helden unbedingt aus dem russischen Erbadel wählen, denn nur an diesem einen Typus russischer Kulturmenschen ist es für einen die Wirklichkeit darstellenden Dichter möglich, wenigstens den Schein einer schönen Ordnung zu zeigen und den schönen Eindruck zu erzielen, der in einem Roman zur ästhetischen Wirkung auf den Leser unbedingt erforderlich ist. Indem ich das sage, scherze ich durchaus nicht, obgleich ich selbst nichts weniger als ein Adliger bin, was Ihnen ja bekannt ist. Schon Puschkin hat sich die Stoffe für seine geplanten Romane einst in den „Überlieferungen der russischen Familie“ angemerkt, und glauben Sie mir: in diesen findet sich tatsächlich alles, was es bisher an Schönem bei uns überhaupt gegeben hat. Jedenfalls enthalten sie alles, was wir an wenigstens einigermaßen Abgeschlossenem hervorgebracht haben. Ich sage das nicht deshalb, weil ich etwa schon gar so bedingungslos von der Richtigkeit und Wahrhaftigkeit dieser Schönheit überzeugt wäre; aber es läßt sich doch nicht leugnen, daß es in der Kaste unseres Geburtsadels schon vollendete Formen für Ehre und Pflicht gegeben hat, die es doch sonst außer beim Adel in ganz Rußland nicht nur nicht in abgeschlossener Form, sondern nicht einmal im Anfangszustand gibt. Ich spreche das als ein Mensch aus, der selbst ruhig ist und Ruhe liebt.

Ob nun aber gerade diese Form der ‚Ehre' an sich gut und diese Auffassung der ‚Pflicht' richtig ist – das ist eine andere Frage; wichtiger ist für mich eben das Ausgearbeitetsein, die Vollendung solcher Formen und somit wenigstens irgendeine Art von rechter Ordnung, und zwar nicht eine von außen her vorgeschriebene, sondern eine aus uns selbst heraus entwickelte. Mein Gott, das ist ja für uns eben das Wichtigste, daß es gleichviel was für eine Ordnung, aber immerhin eine eigene Ordnung gibt! Und so etwas zu sehen, gab uns Hoffnung und war, man kann wohl sagen, eine Erholung fürs Auge; es war doch endlich etwas Aufgebautes, und nicht dieses ewige Einreißen, nicht überall umherfliegende Splitter, nicht Schutt und Unrat, aus denen bei uns nun schon seit zweihundert Jahren noch immer nichts hervorgeht.

Werfen Sie mir nicht Slawophilismus vor; ich sage das nur so, aus Misanthropie, weil mein Herz bedrückt ist! Denn jetzt, seit kurzer Zeit, spielt sich bei uns etwas ab, was dem oben Geschilderten vollkommen entgegengesetzt ist. Es ist nicht mehr der Nachschub von unten, der sich an die höhere Menschenschicht anschließt und in ihr aufgeht, sondern umgekehrt, von der schönen Typenschicht bröckeln mit fröhlicher Eilfertigkeit Stückchen und Klümpchen ab und tun sich mit den Vertretern der Unordnung und des Neides in einen Haufen zusammen. Es ist schon längst kein vereinzelter Ausnahmefall, daß die Väter und Familienhäupter alter Kulturgeschlechter heute selbst darüber lachen, woran ihre Kinder vielleicht noch würden glauben wollen. Und nicht nur das: sie zeigen ihren Kindern sogar mit Vergnügen ihre gierige Freude an dem plötzlichen Recht auf Ehrlosigkeit, das sie gleich als ganze Masse auf einmal irgendwoher erhalten zu haben glauben. Ich rede hier nicht von den wahren Fortschrittlern, bester Arkadij Makarowitsch, sondern bloß von jenem Gesindel, das sich als so zahlreich erweist, und von dem man sagt: „Grattez le russe et vous verrez le tartare." Glauben Sie mir, wirkliche Freisinnige, wahrhafte und großherzige Menschenfreunde gibt es bei uns durchaus nicht so viele, wie es uns auf einmal schien.

Aber das ist ja alles Philosophie; kehren wir zu unserem fiktiven Romancier zurück. Sein Spielraum wäre unter diesen Umständen ein streng begrenzter: er könnte in keiner anderen Form als in der historischen schreiben, denn in unserer Zeit gibt es keinen schönen Typus mehr, und wenn sich auch Reste von diesem erhalten haben, so haben sie doch, nach der heute herrschenden Ansicht, ihre Schönheit schon eingebüßt. Oh, auch in der historischen Form läßt sich noch eine Menge sehr gefälliger und erfreulicher Einzelheiten schildern! Man kann den Leser sogar so weit mit sich fortreißen, daß er das historische Bild auch noch in der Gegenwart für möglich hält. Aber ein solches Werk, von einem begnadeten Künstler geschrieben, würde schon weniger der russischen Literatur als vielmehr der russischen Geschichte angehören. Es wäre ein künstlerisch vollendetes Bild einer russischen Fata Morgana, die sich allerdings so lange noch halten würde, bis man dahinterkäme, daß sie eben doch nur noch eine Fata Morgana ist. Aber der heute lebende Enkel der Typen jenes Bildes, das die russische Familie der höheren Kulturschicht im Verlauf von drei Menschenaltern und in engster Verbindung mit der russischen Geschichte darstellt, – dieser Enkel jener Typen könnte in seinem gegenwärtigen Typ, wenn er wahrheitsgetreu sein soll, nicht mehr anders dargestellt werden als in einer etwas misanthropischen, einsamen und fraglos traurigen Gestalt. Er müßte sogar als eine Art Sonderling erscheinen, den der Leser auf den ersten Blick als das zu erkennen vermöchte, was er ist: als einen, der das Feld geräumt hat und dem man es ansieht, daß der Sieg nicht ihm verblieben ist. Über ein kleines – wird auch dieser misanthropische Enkel verschwunden sein; neue Gestalten werden auftauchen, uns noch unbekannte Gesichter, und eine neue Fata Morgana; aber was werden das für Gestalten sein? Wenn sie unschön sind, so ist ein weiterer russischer Roman unmöglich. Doch wehe uns! – wird dann nur der Roman allein unmöglich sein?

Aber wozu so weit vorausgreifen; ich komme lieber auf Ihr Manuskript zurück. Betrachten wir zum Beispiel die beiden Familien des Herrn Werssiloff (diesmal erlauben Sie mir schon, vollkommen aufrichtig zu sein). Da ist zunächst er selbst, Andrei Petrowitsch ... doch über ihn will ich mich nicht weiter äußern. Immerhin gehört er zu den Familienhäuptern. Er ist ein Edelmann aus ältestem vornehmen Geschlecht und gleichzeitig – ein Pariser Kommunard. Er ist ein echter Dichter und liebt Rußland, doch dafür verneint er es auch vollständig. Er ist ohne jede Religion, aber er ist bereit, womöglich in den Tod zu gehen für etwas Unbestimmtes, das er selbst nicht einmal zu nennen vermag, woran er jedoch leidenschaftlich glaubt, gleich einer Menge russisch-europäischer Zivilisatoren aus der Petersburger Ära der russischen Geschichte. Doch genug von ihm selbst; aber da ist nun seine legitime Familie – von seinem Sohn will ich nicht weiter reden, er ist ja dieser Ehre auch gar nicht wert. Wer Augen hat zu sehen, der weiß schon im voraus, was aus solchen Schnöseln bei uns wird, und wohin sie gelegentlich auch andere mitziehen. Aber da ist seine Tochter Anna Andrejewna: wer könnte der wohl Charakter absprechen? Eine Persönlichkeit vom Schlage der Mutter Äbtissin Mitrofania – doch selbstredend soll damit durchaus nicht gesagt sein, daß sie auch deren Verbrechen begehen könnte, das wäre unrecht von mir. Wenn Sie, Arkadij Makarowitsch, mir jetzt sagten, diese Familie sei eine Ausnahmeerscheinung, würde ich froh aufatmen. Aber ist nicht umgekehrt wohl der Schluß richtiger, daß schon eine Menge von solchen unzweifelhaft altadligen russischen Familien mit unaufhaltsamer Gewalt zu *zufälligen* Familien geworden ist, daß sie sich in Massen mit den tatsächlich zufälligen oder gelegentlichen Familien zu gemeinsamer Unordnung und gemeinsamem Chaos vermischen? Den Typus einer solchen Familie zeigen zum Teil doch auch Sie in Ihren Aufzeichnungen. Ja,

Arkadij Makarowitsch, Sie sind *ein Glied einer zufälligen Familie,* im Gegensatz zu den bei uns noch vor kurzem vorherrschenden Typen aus altem Stamm, die eine so anders geartete Kindheit und Jugend hatten als Sie.

Ich muß gestehen, ich möchte nicht der Schilderer eines Helden aus einer zufälligen Familie sein!

Es ist eine undankbare Arbeit, ohne die Möglichkeit schöner Formen. Auch sind diese Typen in jedem Falle erst in der Bildung begriffen und können gerade darum noch gar nicht künstlerisch vollendet dargestellt werden. Es sind wichtige Fehler möglich, Übertreibungen und Verkennungen, und manches müßte vorerst völlig ungesehen bleiben. Jedenfalls wäre man dabei gar zu oft auf ein bloßes Erraten angewiesen. Aber was soll schließlich ein Schriftsteller tun, der nicht nur als Historiker schreiben will und der von der Sorge um das Gegenwärtige befallen ist? Es verbleibt ihm nichts als: hin- und herzuraten und . . . sich zu irren.

Aber solche Aufzeichnungen wie die Ihren könnten, glaube ich, als Material für ein späteres Kunstwerk dienen, für ein künftiges Bild einer unordentlichen, halb schon vergangenen Epoche. Oh, wenn die Zeit dieser brennenden Tagesfrage vergangen sein wird und die Zukunft anbricht, dann wird ein künftiger Künstler für die Darstellung selbst der vergangenen Unordnung und des Chaos schon schöne Formen finden. Und dann werden solche ‚Aufzeichnungen' wie die Ihren zustatten kommen und als Material verwendet werden können – wenn sie nur aufrichtig sind, mögen sie dabei auch noch so chaotisch und zufällig sein . . . Es werden so doch immerhin einige richtige Züge erhalten bleiben, aus denen man wird erahnen können, was sich in der Seele manch eines Jünglings jener unruhigen Zeit verborgen hat – eine Ermittlung, die nicht ganz unnütz sein dürfte, denn aus den Jünglingen entstehen die Generationen . . .«

ANHANG

NAMENVERZEICHNIS

Hauptpersonen

Andrei Petrówitsch Werssíloff – russischer Edelmann aus altem Adelsgeschlecht

Andrei Andréjewitsch Werssíloff, Kammerjunker
Anna Andréjewna Werssílowa
} seine ehelichen Kinder

Arkádij Makárowitsch Dolgorúkij, der Jüngling
Lisa Makárowna Dolgorúkaja
} seine außerehelichen Kinder

Ssófja Andréjewna Dolgorúkaja – Mutter der außerehelichen Kinder Werssiloffs

Makár Iwánowitsch Dolgorukij – ihr rechtmäßiger Mann, ein ehemaliger Leibeigener Werssiloffs

Tatjána Páwlowna Prútkowa – eine entfernte Verwandte Werssiloffs

Fürst Nikolaí Iwánowitsch Ssokólskij – ein früherer Freund Werssiloffs

Katerina Nikolájewna, geborene Fürstin Ssokólskaja, einzige Tochter des Fürsten Nikolai Iwanowitsch Ssokolskij – die junge Witwe des Generals Achmakoff

Lydia Achmakówa – ihre verstorbene Stieftochter

Fürst Ssergéi Petrówitsch Ssokólskij (genannt Fürst Sserjósha), Leutnant, ein entfernter Verwandter des Fürsten Nikolai Iwanowitsch Ssokolskij

Andrónikoff – ehemals ein guter Bekannter Werssiloffs und des Fürsten Nikolai Iwanowitsch Ssokolskij

Márja Iwánowna ... (Familienname nicht angegeben) – Andronikoffs Nichte, bei der der Jüngling in Moskau als Gymnasiast in Pension gelebt hat

Nikolai Ssemjónowitsch ... – ihr Mann

Nebenpersonen

Wássin, Krafft, Dergatschóff und dessen revolutionäre Anhänger

Stebelkóff – Wassins Stiefvater

Jefím Swerjóff – ein Schulkamerad des Jünglings aus Moskau

Dárja Oníssimowna ... (Familienname nicht angegeben) – eine Witwe

Olga – ihre Tochter (genannt Ólä)

Lambert und seine zeitweiligen Spießgesellen Andréjeff und Trischátoff

Alphonsinka – Lamberts Geliebte

Lukérja, Marja – Köchinnen

ANMERKUNGEN

1 *S. 11:* Das Fürstengeschlecht der Dolgorukij gehört zu den ältesten aus dem Stamme des warägischen Heerführers Rurik, dem nach der ältesten russischen Chronik (Nestor-Chronik, um 1100) die Gründung des russischen Reiches in Nowgorod im Jahre 862 zugeschrieben wird. Bis zum 14. Jahrhundert entstammten sowohl die regierenden Fürsten des Kiewer Reiches als auch die der Teilfürstentümer dem Geschlecht der Rurikiden, die Moskauer Großfürsten bis 1598, dem Todesjahr Fjodors I. Iwanowitsch, dem Boris Godunoff auf den Zarenthron folgte. – In die unter den Rurikiden immer wieder aufflammenden Rivalitätskämpfe um den Fürstenthron Kiew im 12. Jahrhundert wurde auch Jurij I., der dritte Sohn des Kiewer Großfürsten Wladimir II. Monomach (1053–1125) und Erbe des Fürstentums Wladimir-Susdal, das 1169 Kiew als Residenz ablöste, hineingezogen. Dreimal gelang es ihm, der 1147 das Städtchen Moskau gegründet hatte, seine Macht im fernen Kiew erfolgreich zu festigen, zuletzt von 1154 bis 1157. Er erhielt den Beinamen Dolgo-rukij, der Langarmige oder Langarm. – Auch nach dem Zerfall der Kiewer Vormachtstellung unter der Mongolenherrschaft (1238–1480) zeichneten sich die Fürsten Dolgorukij als Politiker und Militärs aus, sowohl im Moskauer Reich (1480–1703) wie unter Peter I. (1672–1725, Zar seit 1682). Drei von ihnen waren zusammen mit dem Fürsten Golizyn die führenden Köpfe der russischen Adelspartei, die eine Beschränkung der Autokratie der von ihnen 1730 gewählten Zarin Anna Iwanowna (1693–1740), einer Nichte Peters des Großen, anstrebten, jedoch gegen die sogenannte deutsche Partei unter Führung des Günstlings Ernst Johann von Bühren (russ. Biron) unterlagen und hingerichtet wurden. Im 19. Jahrhundert machten sich Fürst Iwan M. Dolgorukij (gest. 1823) als Dichter und Memoirenschreiber und Fürst Peter M. Dolgorukij als Genealoge einen Namen. Letzterer zog sich 1843 als scharfer Kritiker die Ungnade Nikolaus' I. (1796–1855, Zar seit 1825) zu, wurde nach Wjatka verbannt und mußte nach Erscheinen seiner Schrift »La Vérité sur la Russie« (2 Bände, Paris 1860) Rußland verlassen. Er starb 1868 in Bern.

2 *S. 12:* Ende des 15. Jahrhunderts wurde die Freiheit und Freizügigkeit der Bauern, die vor allem dem Siedlungsbau zugute gekommen war, allmählich durch partielle und totale Abhängigkeiten von den weltlichen und geistlichen Grundherren verdrängt. Mit der Konsolidierung des Moskauer Reiches entwickelte sich jene Autokratie, die die Gesellschaft nach ihren eigenen wirtschaftlichen und machtpolitischen Bedürfnissen zu formen und ihre Beziehungen zu allen Untertanenschichten nach dem Prinzip von Dienst und Leistung zu regeln begann. Damit waren auch die Weichen für den Weg der Bauern in die Leibeigenschaft gestellt. Das 1497 ausdrücklich anerkannte Abzugsrecht, das heißt das Recht, den

Grundherrn zu wechseln, wurde 1581 eingeschränkt und 1607 aufgehoben. Der Bauer war nicht nur an das Land gebunden, er konnte auch mit diesem und schließlich auch ohne dieses verkauft werden. Die Leibeigenschaft wurde durch drei Jahrhunderte gesetzlich sanktioniert und erst unter Alexander II. (1818–1881, Zar seit 1855) am 19. Februar 1861 aufgehoben (vgl. Anm. 23).

3 *S. 16:* In seiner sozialkritischen Novelle »Anton Goremyka« (Anton Pechvogel), die 1847 erschien, schildert Dimitrij W. Grigorowitsch (1822–1899) die Schutzlosigkeit eines armen Bauern vor den Schikanen eines rachsüchtigen Gutsverwalters. Neben Iwan S. Turgenjeffs »Aufzeichnungen eines Jägers« (1846/47) ist dies einer der frühen Beiträge zur Bauernthematik und eines der erfolgreichsten Werke der sogenannten »natürlichen Schule«. Grigorowitsch, Sohn eines Gutsbesitzers und einer Französin, war Kommilitone Dostojewskis auf der Militäringenieurschule in Petersburg. Er gab, wie Dostojewski auch, 1846 sein literarisches Debüt mit der Novelle »Derevnja« (Das Dorf), die am Beginn der sogenannten Anklageliteratur steht. Dostojewski verdankt Grigorowitsch die Publikation seines Erstlingswerks »Arme Leute« in Nikolai A. Nekrassoffs »Petersburger Almanach« und damit die Aufmerksamkeit Wissarion G. Belinskijs (1811–1848), dessen Urteil ihm während der Verbannung Orientierung und Selbstbestätigung war: »Sie haben die Wahrheit erschlossen, und Sie haben sie als Künstler erhöht, sie ist Ihnen als Gabe zugekommen; halten Sie Ihre Gabe hoch und bleiben Sie ihr treu, und Sie werden ein großer Schriftsteller sein.« Später kam es zur Entfremdung zwischen beiden; Dostojewski lehnte Belinskij als einen Prototyp der verwestlichten, atheistischen Sozialisten ab (vgl. Anm. 3, S. 998, des Romans »Die Dämonen«, Serie Piper 403).

Die Novelle »Polinka Sachs« von Alexander W. Drushinin (1824–1864), ebenfalls 1847 erschienen, in der der Dichter für die Rechte der Frau, vor allem für das Recht auf die Freiheit ihrer Gefühle, eintritt, entstand unter dem Eindruck von George Sands Roman »Jacques« (1834), der den Einfluß Jean-Jacques Rousseaus verrät. Sie fand großen Beifall und blieb das einzige bedeutende literarische Werk des Essayisten und Kritikers (vgl. Anm. 67, S. 1007, des Romans »Die Dämonen«).

4 *S. 37:* Kusnetzkij most (Schmiedebrückenstraße) war die Straße mit den damals besten Modegeschäften in Moskau.

5 *S. 58:* Sserjosha: familiäre Form von Ssergei.

6 *S. 93:* Von den französischen utopischen Sozialisten hatte Charles Fourier (1772–1837) den größten Einfluß auf das intellektuelle Rußland der Jahrhundertmitte. Fourier hatte in seinem »Traité de l'association domestique-agricole« (1822) die Idee der »Phalansterien« entwickelt, unabhängiger, sich selbst genügender Gemeinschaften, in denen jeweils 400 Familien bzw. 1200 bis 1800 Personen zusammen wirtschaften sollten. Sein Schüler Victor Considérant (1808–1893) scheiterte mit seinem Versuch, den Plan

Fouriers zu verwirklichen. Nach kurzer Begeisterung für die Ideen der französischen Sozialphilosophen – neben Fourier Claude Henri de Saint-Simon (1760–1825) und Pierre Joseph Proudhon (1809–1865) – blieb Dostojewski jedoch mißtrauisch gegen alle Theorien, die vom Ökonomischen her die menschliche Gesellschaft und den Staat zu ändern versuchen wollten. Karl Marx war zu dieser Zeit in Rußland noch unbekannt, und Dostojewski hat ihn nie kennengelernt.

7 *S. 124:* Nach der Aufhebung der Leibeigenschaft der Gutsbauern 1861 (vgl. Anm. 2 und 23) sollten vom Adel gewählte »Friedensvermittler« die Auseinandersetzungen zwischen den Gutsherren und den Bauern in die Wege leiten. Es war eine Ehre, von Standesgenossen in dieses Amt gewählt zu werden.

8 *S. 128:* In der Komödie »L'Avare« (Der Geizige; 1668) von Molière (1622–1673) ist der Protagonist Harpagon nur ein Spießer und Egoist, der durch seinen Geiz seine Familie und seine Dienstboten gegen sich aufbringt.

In Nikolai W. Gogols (1809–1852) satirischem Roman »Die toten Seelen« (1842) ist Pljuschkin als Gutsbesitzer ein kleinlicher Sammler, der selbst jedes Federchen, das ein Huhn auf dem Gutshof verliert, aufhebt, ein Geizhals, der nur auf Festhalten und Mehrung des Besitzes um des Besitzes willen erpicht ist.

9 *S. 142:* Alexis Piron (1689–1773): französischer Lyriker und Dramatiker, geistreicher Spötter wie der französische Staatsmann Talleyrand (1754–1838) und lebenslanger Feind Voltaires. Als seine schlüpfrigen Jugendgedichte seine Wahl in die Académie Française verhinderten, schlug er als Inschrift für sein Grabdenkmal den Zweizeiler »Ci-gît Piron, qui ne fut rien, / pas même académicien« vor. Pirons Monodrama »Arlequin-Deucalion« (Musik von Jean-Philippe Rameau), geschrieben aus Protest gegen eine von der Comédie-Française durchgesetzte Regelung, nach der Wanderbühnen nur Stücke mit einer einzigen handelnden Person aufführen durften, hatte 1722 großen Erfolg. Zu den bemerkenswertesten Meisterwerken der ersten Hälfte des 18. Jahrhunderts zählt seine Verskomödie »La métromanie« (1738), in der er mit gefürchtet scharfem Witz die Manie des Verseschmiedens verspottet. Seine geistreich-boshaften Epigramme und die zahlreichen Anekdoten über ihn erfreuten sich in Rußland großer Beliebtheit.

10 *S. 145:* »Der geizige Ritter« (1830; erschienen 1836) gehört zu den vier sogenannten »kleinen Tragödien« von Alexander S. Puschkin (1799–1837) über den Geiz, den Neid, das Don-Juan- und das Todesthema. Im Gegensatz zu seinen Vorgängern, die das Thema des Geizes als Komödienstoff behandelt hatten, zeichnet Puschkin in drei kunstvoll aufeinander bezogenen Szenen die dämonischen, beinahe tragischen Züge dieser Leidenschaft. Der Monolog der zweiten Szene zeigt den sich am Anblick des Goldes (Sinnbild der Macht) berauschenden Ritter in einem unterirdi-

schen Gewölbe, symbolischer Ort für den Verlust aller menschlichen Beziehungen.

11 *S. 149:* Troïtzkij Possad: eine Siedlung in der Nähe des 1340 von Sergeij von Radonesch in einer Einöde gegründeten Klosters Troitzko-Ssergijewskaja Lawra, etwa 60 Kilometer nördlich von Moskau. Heute Sagorsk.

12 *S. 160:* Damals mußten die Kinder ihre Eltern mit »Sie« anreden, während die Eltern ihre Kinder duzten.

13 *S. 163:* Es ist im Russischen unhöflich, eine so nahestehende Person nur mit dem Familiennamen zu bezeichnen statt mit dem Taufnamen und dem Patronymikon.

14 *S. 168:* Jelissejeff war die damals beste Delikatessenhandlung, Ballet die teuerste Konditorei in Petersburg.

15 *S. 179:* Tschatzkij ist der Held in Gribojedoffs satirischer Verskomödie »Verstand schafft Leiden« (oder auch: »Weh dem, der Geist hat«), die, zum Druck nicht zugelassen, ab 1824 in handschriftlichen Kopien verbreitet wurde. Der junge, hochbegabte, geistreiche Adlige Tschatzkij, ein Mann des Fortschritts und der unbedingten moralischen Lauterkeit, kehrt nach dreijähriger Reise durch Westeuropa voller Weltverbesserungspläne nach Moskau zurück, wird hier von der Lethargie einer konservativen, aufgeblasenen, eigensüchtigen Gesellschaft zu immer schärferer Kritik herausgefordert und schließlich als unbequemer Außenseiter für geisteskrank erklärt und damit seiner einzigen Waffe, des Verstandes, beraubt. Enttäuscht verläßt er noch am selben Tage die Stadt. Wie Puschkins Onegin, Turgenjeffs Rudin oder Gontscharoffs Oblomoff gehört Tschatzkij, der die Wirklichkeit aus eigenen Vorstellungen nicht zu ändern vermag und letztlich an ihr scheitert, zum Typ des »überflüssigen Menschen« in der russischen Literatur. – Alexander S. Gribojedoff (1793–1829) gehörte als aufgeschlossener, hochgebildeter angehender Diplomat jenen fortschrittlich-konstitutionell, zum Teil republikanisch gesinnten Adelskreisen an, aus denen die Dekabristen hervorgingen, die nach ihrem verfrühten Aufstand am 14. Dezember 1825 gegen die zaristische Alleinherrschaft von Nikolaus I. mit dem Tode, mit Deportation und Vermögenskonfiskation drakonisch bestraft wurden (vgl. Anm. 37, S. 1003, des Romans »Die Dämonen«). Gribojedoff wie auch Puschkin entgingen der Verhaftung nur, weil Puschkin zur Strafe für seine bissigen Epigramme bereits verbannt auf seinem Stammgut lebte und Gribojedoff gerade im Kaukasus weilte. Als Gesandter in Teheran wurde Gribojedoff bei einem Überfall auf die Botschaft ermordet. Ihren großen Erfolg auf russischen Bühnen verdankt die neben Gogols »Revisor« bedeutendste russische Komödie der Sprache Gribojedoffs, der »kämpferischen Musik« (Gontscharoff) seiner Verse, von denen viele zu geflügelten Worten wurden.

16 *S. 198:* Werssiloffs Erklärung, er habe die Mutter seines Sohnes bisher nicht heiraten können, da ihr Mann noch lebe, entspricht dem damals

geltenden Kirchenrecht, aber auch Dostojewskis persönlicher Einstellung zur Frage der Unauflösbarkeit einer einmal geschlossenen Ehe.

17 *S. 216:* In Puschkins romantisch-phantastischer Novelle »Pique-Dame«, 1830 geschrieben, ist Hermann ein unbemittelter Offizier, der sich das Vertrauen und die Zuneigung der Pflegetochter einer tyrannischen alten Gräfin erschleicht, um dieser das Geheimnis um drei unfehlbar gewinnbringende Spielkarten zu entreißen. Als Hermann die Pistole zieht, stirbt die von ihm bedrängte alte Gräfin vor Entsetzen. Sie erscheint ihm jedoch bald darauf zu nächtlicher Stunde und verrät ihm das Geheimnis: Drei, Sieben, As. Zweimal gewinnt Hermann, dann erliegt er einer Selbsttäuschung: Statt des As greift er die Pique-Dame; er verliert alles und verfällt dem Wahnsinn.

Puschkins Verserzählung »Der eherne Reiter« (der Titel meint das Standbild Peters I. von Étienne Falconet, 1716–1791, das Katharina II. ihrem großen Vorgänger in Petersburg errichten ließ) konnte, von Nikolaus I. beanstandet, 1834 nur in verstümmelter Form erscheinen. Vor dem Hintergrund der Flutkatastrophe vom 7. November 1824 zeichnet Puschkin das janusköpfige Bild des Herrschers, der Rußland in eine neue Epoche führte, ihm gleichzeitig aber ungeheure Opfer abverlangte. Puschkins Held Ewgenij verkörpert den ohnmächtigen Protest des namenlosen einzelnen gegen die Paradoxie, daß Fortschritt ohne Leiden und Opfer, auch Zerstörung, nicht möglich scheint.

18 *S. 220:* Die erste westliche Hafenstadt Rußlands, Petersburg, ist 1703 von Peter dem Großen auf beiden Ufern der Newa, unweit ihrer Mündung in den Finnischen Meerbusen, gegründet worden. Das Nordufer wird von einem Flußarm geteilt: Der östliche Teil heißt die »Wyborger Seite«, nach der nächstgelegenen finnländischen Stadt Wyborg; der zentralere westliche Teil die »Petersburger Seite«. Weitere Flußarme bilden die Deltainseln, von denen die Wassiljeffinsel (Ostroff) die größte ist; auf ihr befinden sich die Börse, die Universität, die Kunstakademie und das Studentenviertel.

19 *S. 400:* Dostojewski setzt bei seinen Angaben der Tageszeit immer die in Petersburg übliche englische Tischzeit voraus: Die Hauptmahlzeit wird zwischen fünf und sechs Uhr nachmittags eingenommen.

20 *S. 579:* Das vom alten Pilger Makar Iwanowitsch gebrauchte kirchenslawische Wort »blago-obrasije« läßt sich nicht mit einem einzigen deutschen Wort wiedergeben. Das altslawische »blago« besagt soviel wie: gut, schön, wahr, wohl, recht, herrlich, heilsam und ähnliches. »Obras« bedeutet Bild (Heiligenbild), Vorbild, Gestalt, Muster, Beispiel (zur Nachahmung). Zusammen bezeichnet »blago-obrasije« eine Übereinstimmung von kultiviertem Inneren und schöner, ausgewogener, sicherer äußerer Form: die Harmonie der beispielhaften Persönlichkeit, die man sich jedoch weitaus farbiger zu denken hat als etwa einen bloß »vornehmen« Menschen. Das Gegenteil davon nennt der Jüngling daher »bes-obrasije«

(bes = ohne), um die Zucht- und Harmonielosigkeit, Dissonanz und Unausgeglichenheit des so unsicher gewordenen Lebens und der Menschen der damals bereits beginnenden Übergangszeit zu kennzeichnen.

21 *S. 635:* Das russische Wort »plotojadnostj« bedeutet Karnivorismus (Karnivoren = Fleischfresser), hier also einen Trieb, der den Menschen ebenso eigen ist wie den Raubtieren.

22 *S. 707:* Alexander I. Herzen, eigentlich Alexander Jakowleff (1812–1870), Sohn eines russischen Aristokraten und einer Deutschen, lebte seit 1847 im Ausland, in Paris, London, Genf und Brüssel, war dennoch der führende russische Publizist und hatte auf die geistige Entwicklung Rußlands den größten Einfluß. In seiner Jugend sympathisierte er mit den Führern des Dekabristenaufstandes, setzte sich später an die Spitze der geistigen Bewegung der »Westler«, die vom deutschen und französischen philosophisch-politischen Denken geprägt waren und für Rußland Gesellschafts- und Verfassungsreformen nach westlichem Vorbild forderten. Herzen gab 1855–62 in London die Monatsschrift »Der Polarstern« und 1857–67 das Wochenblatt »Die Glocke« heraus. Dostojewski lernte ihn wahrscheinlich schon 1846 persönlich kennen. Die Ideologie der »Potschwa«, die aus Herzens Synthese des Westlertums und des Slawophilentums entstanden war, bestimmte Dostojewski als Romancier und politischen Schriftsteller bis zu seinem Lebensende.

23 *S. 709:* Die Aufhebung der Leibeigenschaft der Gutsbauern mit gleichzeitiger Zuteilung von Land aus dem Grundbesitz der Gutsherren nach dem kaiserlichen Ukas vom 19. Februar 1861 wurde von vielen Gutsbesitzern als verfehlt abgelehnt, nicht nur aus persönlichen und ökonomischen, sondern auch aus ideellen Gründen, da viele Gutsbesitzer den Anforderungen einer Umstellung der Bewirtschaftung ihrer Güter nicht gewachsen waren. Namentlich wenn es ihnen, wie in der Mehrzahl der Fälle, an barem Geld fehlte, zog mancher es vor, mit dem Erlös in die Stadt überzusiedeln oder sich um eine Stellung im Staatsdienst zu bewerben. Auch von Nationalökonomen wurde die Reform heftig angegriffen, da man die Landzuteilung an die Bauern für völlig unzureichend hielt. In aufwiegelnden Flugblättern bezeichnete 1872 der Revolutionär Alexander W. Dolguschin (1848–1885), den Dostojewski hier in Dergatschoff und dessen Anhängern porträtiert hat, die »Befreiung« als Hohn.

24 *S. 796:* Abisag von Sunem, die von König David nicht berührt wurde und um die später Davids Sohn Adonia warb (I. Buch der Könige, Kap. 1,2).

25 *S. 806:* Die Ermordung eines Herrn von Sohn in einem Petersburger Freudenhaus wird von Dostojewski in seinem Roman »Die Brüder Karamasoff« ebenfalls erwähnt. In den Anmerkungen zum Nachlaßband »Die Urgestalt der Brüder Karamasoff« (Piper, München 1928, S. 614) teilt Anna Dostojewskaja, die Frau des Dichters, mit, daß damals, in den siebziger Jahren, ein großer Prozeß stattgefunden habe.

Zu den Anführungszeichen

Damit der Leser in diesem großenteils in Gesprächsform gestalteten Werk eindeutig unterscheiden und sich klar zurechtfinden kann, wurden die Anführungszeichen durchgehend auf folgende Weise gesetzt:

Alle Gespräche und Aussprüche aus Gesprächen außerhalb dieser wurden mit » und « angeführt und ausgeführt.

Die Wiedergabe von Äußerungen anderer innerhalb von Gesprächen wurde mit , und ' gekennzeichnet.

Zitate und Verse (soweit diese Zitate sind), Titel von Büchern, Schauspielen, Dichtungen sowie Namen von Gasthäusern und Stadtteilen, weiterhin Redensarten und ähnliches sind innerhalb und außerhalb von Gesprächen mit „und" angeführt und ausgeführt worden.

E. K. R.

NACHWORT

Der Diskurs der »Konfession«

Schon in den ersten Sätzen des Romans *Der Jüngling*, in zahlreichen Bemerkungen zwischendurch und dann wieder im Epilog wendet sich der Erzähler gegen die »Literatur«, gegen das professionelle »Romanschreiben«. Er gibt dafür zwei Hauptgründe an: Einmal handle es sich nicht um das bloße Erzählen einer Geschichte, sondern um eine vielfach motivierte »Bekenntnisschrift«; zum andern habe es der Leser nicht mit einem abgeschlossenen Roman (gar einem Familienroman à la *Krieg und Frieden*) zu tun, sondern um »Aufzeichnungen«, um vorläufiges »Material« für einen noch zu schreibenden, vielleicht aber bloß utopisch denkbaren, *zukünftigen* Roman.

Zunächst zum Erzähler als »Konfessor«. So gut wie alle wesentlichen Erzähler- und Heldenfiguren Dostojewskis sind »Bekennende«, ja im Grunde ist für Dostojewski jede Erzählrede ein freiwilliges oder unfreiwilliges Bekenntnis, das Eingeständnis einer »Schuld«, die den Namen »Leben« trägt und die nur abgetragen werden kann, wenn sie in größtmöglicher Offenheit und Schonungslosigkeit einem anderen gebeichtet wird. Wer aber ist dieser »andere«, an den sich der Konfessor ständig wendet, vor dem er sich schamhaft-schamlos »entblößt«? Der Autor gibt dazu eine auf den ersten Blick widersprüchliche Antwort: »Wenn ich aber in meinen Aufzeichnungen manchmal gleichsam zu einem Leser spreche, wie zu einem Kritiker, so ergibt sich das ganz von selbst. Mein Leser ist eine Phantasiegestalt« (S. 138). Hier ist der Adressat der Bekenntnisse eine anonyme, kollektive Außeninstanz (ein stummes Publikum), gleichzeitig wird diese Instanz als Projektion des Konfessorbewußtseins (seine »Phantasiegestalt«) entdeckt. Das Bekenntnis richtet sich also eigentlich an eine innere Stimme, die als unbarmherziger Richter alles Erzählen zur Beichte zwingt. Der Diskurs des »Bekenners« ist eine »Schamrede« vor den unerbittlichen, bösen Augen eines selbsterschaffenen, das Selbst bestrafenden Zuhörers: »Aber ich schämte mich auch meiner selbst! Ich war mein eigener Richter, und – o Gott, wie sah es in meiner Seele aus! ... Aber ich muß es ja doch einmal gestehen ... In meinen Aufzeichnungen darf das nicht übergangen werden« (S. 798); oder: »Ich sage das als mein eigener Richter, und ich weiß, daß ich schuldig bin« (S. 312), »... denn ich habe mich doch zum Schreiben hingesetzt, weil ich über mich selbst ein Urteil fällen wollte« (S. 690 f.).

Die innere Instanz des »Richters« ist bei Dostojewski (nicht anders als bei Augustinus, Jean-Jacques Rousseau und später dann Franz Kafka) nicht so sehr eine moralische oder gar göttliche Stimme, sondern vielmehr der diabolisch-neugierige Blick des Sadisten und Voyeurs, der den masochistischen Bekenner gleichzeitig bestraft und lüstern erregt: »Um mich aber noch mehr zu bestrafen, werde ich sie [diese dumme Geschichte] ganz erzählen« (S. 220); es geht immer um die »ganze Wahrheit« (S. 70), darum, daß alles aufgeschrieben wird. Mehrfach verrät sich der sich schamhaft-lustvoll »entblößende« Bekenner Arkadij Makarowitsch – und das gerade dann, wenn er von der Ehrlichkeit seiner Rede und ihrer Absichten am meisten überzeugt scheint: »Da müßte man denn doch schon gar zu erbärmlich in die eigene Person verliebt sein, um ohne Scham vor sich selbst sein ganzes Leben aufzudecken« (so gleich in einem der ersten Sätze des Romans, S. 7). Eben diese Selbstverliebtheit, die – wie es etwas später Sigmund Freud formulieren sollte – »narzißtische Krise«[1] ist es ja eben, die den »Jüngling« ins Reden und Unglück stürzt.

An einer Stelle liefert die Stimme des Autors, die sich immer wieder in das »unzusammenhängende« Gestammel des Jünglings mischt, einen nur allzu deutlichen Hinweis auf den exhibitionistischen Charakter dieser »Bekenntnisse«, wenn er (ganz nebenbei) bemerkt, »daß Jean-Jacques Rousseau in seinen ›Beichten‹ gesteht, er habe als Jüngling mit Vorliebe gewisse, stets bedeckte Körperteile zu entblößen und heimlich hinter Ecken hervorzustecken geliebt, um dann auf vorübergehende Frauen zu warten« (S. 151). Diese sich (und ihren Autor) entblößenden Bekenntnisse werden von Dostojewski ganz eindeutig auf eine Ebene gestellt mit jenen sexuellen Exhibitionsakten, die der Jüngling (teilweise unter Anstiften des dämonisch-komischen Schulfreundes Lambert) Frauen gegenüber ausübt[2].

»Beichte« bedeutet also zugleich schmerzliche Scham und lustvolle Schamlosigkeit, einerlei, ob sie sich an den Mann oder die Frau wendet – immer ist sie eine Art Annäherungsversuch an das diabolisierte weibliche Geschlecht: »Ich empfand eine unfaßbare Lust bei dieser Beichte vor ihm [vor seinem Vater Werssiloff]; denn ich sah in ihm eine so zarte Weichheit, eine so tiefe psychologische Feinheit ... Er hörte zart zu, wie eine Frau« (S. 422). Alle Entblößungsakte des Jünglings verwandeln den Adressaten unweigerlich – auch wenn es (oder gerade weil es) der eigene Vater ist! – in eine Frau, der – wie wir sehen werden – der Jüngling folgerichtig all jene Eigenschaften zuschreiben muß (Schmutzigkeit, Unkeuschheit, Schamlosigkeit, Bosheit), die er an sich selbst nicht ertragen kann: »Ich habe das jetzt niedergeschrieben, ohne mich zu schämen« (S. 323)[3].

Parallel zu dieser Erotik der Selbstentblößung (welcher jene des »Voyeurs« entspricht – dazu später) läuft aber ein durchaus gesundes oder jedenfalls der »Genesung« zustrebendes Klärungsbedürfnis des Jünglings, der selbsttherapeutische Zweck der langen Rede. Ihr reinigender, kathartischer Sinn wird freilich immer erst aus der Darstellungsposition des Nachher, ex post erkennbar, wenn der Erzähler (nicht immer glaubwürdig) auf den grundlegenden Wandel verweist, der ihn nach »all den Katastrophen« seiner ersten Jünglingsschritte erfaßt habe. Aus dieser Sicht erscheint die »Schonungslosigkeit« der Selbstexhibition als Instrument der Wahrheitsfindung (»Ich dagegen mühe mich, die ganze Wahrheit zu schreiben«, S. 70): »ich habe mich vielleicht um die Hälfte oder sogar um fünfundsiebzig Prozent schlechter dargestellt, als ich war« (S. 798) – und trotzdem, »wenn ich nicht vollkommen und ganz überzeugt wäre, daß ich jetzt schon ein ganz und gar anderer Mensch bin, ein Mensch, der sich im praktischen Leben einen Charakter erarbeitet hat, so hätte ich dem Leser um nichts in der Welt dies alles gestanden« (S. 685). Dennoch bleibt aber der zum »Charakter« gereifte Jüngling bis zur letzten Zeile ein Bekenner und stellt gerade durch den Stilzwang dieses Diskurses der Selbstbeschwörung die Tatsache in Frage, ob er (oder irgendein anderer Held des Romans) »ein neues Leben begonnen« hätte (S. 844). Allein die bekennende Ausdrucksweise straft Behauptungen des Jünglings Lügen: »Selbstverständlich ist zwischen dem Menschen, der ich damals war, und dem, der ich jetzt bin, ein unermeßlicher Unterschied« (S. 96). Ebenso fragwürdig bleibt die Behauptung: »Ich schreibe das jetzt wie einer, der schon längst ernüchtert und erwacht ist ... fast sogar wie ein ganz objektiver Beobachter« (S. 41). Von den zahlreichen »Gegenbeweisen« zu dieser Selbsttäuschung sei nur einer – vielleicht der wichtigste – zitiert. Arkadij spricht davon (und das ganz ehrlich), daß er es bei all seinen Aktionen gegenüber dem Vater ebenso wie gegenüber der von beiden geliebten Katerina Nikolajewna »gerade auf Macht abgesehen hatte ... Ich habe mich ... mir selbst nie anders vorzustellen vermocht, als immer ... auf dem ersten Platz. Und ich füge ein zweites seltsames Geständnis hinzu: Vielleicht setzt sich das noch heute fort. Hierzu bemerke ich, daß ich nicht um Verzeihung zu bitten beabsichtige« (S. 141).

Es gehört zu den großen Geheimnissen dieses Romans, in dem die moderne Psychologie ganz und gar zu Erzählkunst wurde (bevor sie eine Generation später erstmals überhaupt zur Wissenschaft erwachte), daß gerade in jenen Passagen, wo der Erzähler Arkadij Makarowitsch die Selbsttäuschung auf die Spitze treibt (also offensichtlich unwahr oder jedenfalls »unobjektiv« berichtet), für den Leser die »ganze Wahrheit«, also nicht nur jene der einzelnen Protagonisten des Dramas, erahnbar wird. Der Kunstgriff, den Dostojewski hier einsetzt, besteht aus einer Kombination zweier Verfahren, die ganz unterschiedlichen literarischen Traditionen entstammen: Es ist einmal die Technik des fiktionalen Dialogs zwischen einem auf die Rampe tretenden Erzählerhelden, der sich scheinbar direkt an ein »Publikum« (den »impliziten Leser«) wendet und mit diesem über die dabei in den Hintergrund tretende Erzählfiktion hinweg diskutiert. Diese Technik entstammt dem sentimentalen Romangenre à la *Tristram Shandy* von Lawrence Sterne und seinen Nachfolgern in der deutschen und auch russischen Romantik sowie im frühen Realismus.

Mit diesem Verfahren eines Pseudodialogs von Erzähler und Leser kombiniert Dostojewski eine Technik, die den Diskurs der »Beichte« mit jenem des direkten oder indirekten »Verhörs« verschmilzt. Dieses Verfahren gehört zur Technik des Kriminalromans (am deutlichsten wird es in seinem Roman *Schuld und Sühne* sichtbar)[4] und zu der Verhörtechnik beziehungsweise der Gerichtsrhetorik von Ankläger und Verteidiger in der forensischen Sphäre, für die sich der geradezu fanatische Gerichtssaalkiebitz Dostojewski brennend interessierte. Ein sich ständig verbergender und verratender »Delinquent« (und das ist bei Dostojewski ein jeder Erzähler oder Held, bevor er noch den Mund zu seiner Verteidigungsrede öffnen kann), ein solcher Sprecher wendet sich immer an eine doppelte Instanz: einmal an den common sense des Publikums, das er durch seine Rede zu manipulieren trachtet (wobei er seinen impliziten Zuhörer – also den von ihm projizierten – mit dem expliziten verwechselt), dann an sich selbst, an die vorher erwähnte Richterinstanz (das sokratische »Daimonion«), deren Kraft zur Wahrhaftigkeit er weitgehend überschätzt.

In seinen zahllosen Anreden an den »Leser«, an dessen Adresse die »Aufzeichnungen« gerichtet seien, unterstreicht der Erzähler immer wieder, daß er dem Wissensstand, Einfühlungsvermögen und überhaupt der Intelligenz dieses gedachten Rezipienten gründlich mißtraut. Erklärende (und oftmals für das Verständnis der Sache durchaus entbehrliche) Hinweise für diesen Leser treten so gut wie auf jeder Seite auf. Aus der Sicht eines selbst ständig die Übersicht verlierenden Erzählers nimmt es nicht wunder, wenn derselbe Erzähler an der Aufnahmefähigkeit und dem Verständnis seines Lesers zweifelt: »Damit aber der Leser sich in diesem Wirrwarr zurechtfinde, will ich . . . noch einmal, zum letztenmal, vorgreifen und den ganzen Zusammenhang schon jetzt aufdecken« (S. 837). Vorausgreifende Hinweise dieser Art begegnen auf Schritt und Tritt und lassen im realen Leser (der sich nicht unbedingt mit dem phantasierten Leser Arkadijs deckt) den Verdacht aufdämmern, daß der im »Wirbel« der Ereignisse ertrinkende Jüngling sich selbst nicht zurechtfinden kann: »Die Ereignisse stürmten mit solcher Wucht gegen mich an, daß sie meine Gedanken wie dürres Laub im Herbst durcheinanderwirbelten« (S. 456). Je mehr der Erzähler versucht, durch Vorgriffe und Erklärungen den logischen Zusammenhang der Ereignisse aufzuhellen, um so mehr verwirrt er den Zuhörer und sich selbst, ja er muß folgerichtig zu dem Schluß kommen: »im Grunde läßt sich doch nichts erklären. Es wird sogar nur noch unverständlicher« (S. 20).

Und doch operiert der über Arkadij Makarowitsch und durch ihn sprechende Autor mit dieser Verwirrtechnik durchaus konsequent und zielstrebig. Das Nicht-erzählen-Können wird immer wieder zum Anlaß genommen, einen das tatsächliche, »lebendige Leben« erfassenden Diskurs (der »Aufzeichnungen«) gegen die konventionelle Erzähl- und Romanliteratur auszuspielen, die den Anschein der Wohlgeordnetheit und Übersichtlichkeit einer Erzählgeschichte ja nur fingiert. Arkadij Makarowitschs »Aufzeichnungen« sind ein Bewußtseinsprotokoll, das gegen den konventionellen Leser und gegen die Literatur geschrieben ist[5]. Das Wesen der »Aufzeichnungen« besteht ja eben darin, daß ihr Autor (noch) nicht mit einem Publikum rechnen kann, ja gar nicht weiß, ob er je einen Leser bekommen wird. Genau das aber betont Arkadij immer wieder: ». . . ich schreibe nicht, um das Geschriebene drucken zu lassen; einen Leser aber werde ich, wenn überhaupt, dann wohl erst nach zehn Jahren haben« (S. 138), oder: »Ich weiß auch, daß niemand diese Zeilen lesen wird« (S. 145).

Für den »Beichtenden«, der nach Authentizität strebt, ist »Romanschreiben« und »Lügen« ein und dasselbe, doch der Stil des Literaten, gegen den sich der Jüngling immer wieder auflehnt, holt ihn gegen seinen erklärten Willen permanent ein. Für den vorgeblich »illiteraten« Schreiber der »Aufzeichnungen« gehört die Darstellung von »Gefühlen und Betrachtungen« in den Bereich des »Erdichteten«, wogegen die »ganze Wahrheit«, die »Tatsachen« eine Literarisierung verbieten: »dermaßen demoralisierend wirkt schon jede literarische Betätigung auf den Menschen, selbst wenn er ausschließlich für sich allein zu schreiben vorhat« (S. 8). Daher vermerkt Arkadij wiederholt, gewisse Passagen der Darstellung nur für sich zu machen, quasi am Leser vorbei mit dem eigenen inneren Zuhörer zu korrespondieren.

Während aber das emotionale Räsonieren den »Tatsachen« nicht gerecht wird (und dem faktographischen Diskurs von »Aufzeichnungen«), verbieten dieselben Tatsachen aufgrund ihrer Verwirrtheit, ihrer Zersplitterung in einen Wirbel von Details und Nebensachen eine literarische Fassung in einer »schönen Form«. Oberflächlich betrachtet wird der Jüngling eigentlich beiden Anforderungen nicht gerecht: Er ist sowohl ein schlechter Faktograph (dafür ist er viel zu voreingenommen und unobjektiv – trotz gegenteiliger Beteuerungen) als auch ein eher unbegabter (nach eigenen Worten miserabler, »ungeschickter«) Literat. Das Streben nach faktographischer Authentizität entpuppt sich aber bei näherer Betrachtung als ein Trick des Autors, der damit die scheinbar so objektive Gattung der »Aufzeichnungen« (und damit auch der »Konfessionen«) als die allersubjektivste und zugleich allerliterarischste Gattung der zeitgenössischen Prosa enthüllt: »Deshalb will ich denn eine ganz einfache und sachliche Darstellung ... hier einflechten, obgleich ich damit die sogenannte künstlerische Einheitlichkeit aufhebe, und ich will das so berichten, als ob gar nicht ich dies schriebe, also ganz ohne innere Anteilnahme, ungefähr wie ein kurzer Bericht in der Zeitung geschrieben wird« (S. 614). Denn: »Ohne Tatsachen lassen sich Gefühle nicht beschreiben« (S. 29), das Problem ist nur – was sind »Tatsachen«, was sind die »Haupt«- und die »Nebensachen«, das Wichtige und die Details, ja was ist überhaupt der Unterschied zwischen einem Faktum und einer Meinung, einem realen Ereignis und seiner Interpretation aus der Sicht verschiedener Menschen? Irgendwie ahnt Arkadij (und spricht es auch gelegentlich aus), daß seine Aufzeichnungen immer nur das Nebensächliche vorschoben, während das Wichtigste, die Hauptsache, ungesagt blieb. Wie der »Beichtende« im Zuhörer die eigene Richterinstanz anspricht (also im Grunde seinem eigenen Gewissen berichtet), wendet sich auch der Berichterstatter der Fakten bloß an einen fiktiven Zuhörer, während er doch erahnt, daß sich »alles Hauptsächliche« im eigenen »Herzen geklärt und formuliert« hatte (S. 538): Ebenso wie es einen Zuhörer (also quasi Gott als »Leser«) gibt, muß es auch einen absoluten Erzähler geben, der in der Tiefe des Herzens den einzig »wahren« Text, die eigene und eigentliche Geschichte erzählt, welcher der literarische Erzähler zu entkommen trachtet, indem er vom Hundertsten ins Tausendste gerät.

Die Kunst des Autors besteht darin, den Bericht seines Erzählerhelden gegen diesen selbst zu richten, indem er seine Rede zu einer macht, die sich und ihren Sprecher verrät, demaskiert. Dieses grausame Spiel einer »Selbstüberführung« des Sprechers, der seine »Konfession«, sein Plädoyer in eigener Sache ablegt, verweist – wie schon erwähnt – in die Sphäre der Gerichtsrede: Der Leser Dostojewskis (also der Autorleser) ist im Grunde immer weitaus besser informiert und weitblickender als der (für dumm gehaltene) projizierte Leser Arkadijs, der von diesem nur genausoviel erfährt, wie er wissen soll, um den Erzähler positiv zu rechtfertigen. Arkadijs Leser ist also das Produkt einer Selbsttäuschung, die dem Leser Dostojewskis durchaus bewußt wird.

An einer entscheidenden Stelle seines Berichts fragt sich der Jüngling, in welchem Maße und seit wann er eigentlich Mitwisser an jenem Skandal, jenem Verbrechen ist, das sich vor seinen eigenen Augen abspielte: »Wußte ich damals schon etwas und was war es denn, was ich wußte« (S. 624). Nicht zufällig ist es ein »Traum«, der Arkadij unmittelbar vor der »Katastrophe« zumindest erahnen läßt, wie sehr er selbst durch seine Rachsucht und eifersüchtige Begehrlichkeit in das Drama zwischen seinem leiblichen Vater und ihrer gemeinsamen Geliebten – Katerina Nikolajewna – verstrickt war. Arkadijs Vermutung, »vielleicht wird der Leser das verstehen«, trifft durchaus zu. Arkadij bietet dort gern schonungslose Offenheit, wo diese nicht allzusehr schmerzt (ein Zug, den er mit den rousseauistischen Konfessionsliteraten ganz allgemein teilt); wo die eigentliche Schuld zu entblößen wäre, bleibt die Scham – selbst noch im Rückblick: »jetzt freilich, wo ich das niederschreibe, erröte ich vor mir selbst« (S. 435).

Sosehr der Jüngling aber auf der einen Seite gegen die Lüge der Literatur polemisiert (und an ihre Stelle die Wahrheit der Tatsachen setzen möchte), so sehr sind die Figuren seines Berichts das Produkt rein literarischer Motivationen, ihrer eigenen Lektüre. Mehrfach wird der Verdacht geäußert, daß die wahren Beweggründe etwa für die Annäherung Werssiloffs an Arkadijs Mutter Ssofja der Lektüre von *Anton Goremyka* und *Polinka Sachs* entstammen[6]. Wie Gustave Flauberts Madame Bovary sind auch die Figuren Dostojewskis Opfer einer Literatur, die auf sie ebenso real einwirkt wie die von Arkadij zitierten »Tatsachen«. Der durch und durch literarisierte Charakter Werssiloffs hält sich einerseits an seine Romanvorbilder, anderseits »spielt) er tatsächlich eine Theaterrolle. Die erste prägende Begegnung mit seinem Sohn Arkadij hat er als Schauspieler in einer Laienaufführung der berühmtesten russischen Komödie, Alexandr Gribojedows *Verstand schafft Leiden* (1824). Arkadij lernt seinen Vater als Schauspieler, als Rollenträger kennen, wogegen er diesen seinerseits durch das Aufsagen von Fabeln des russischen Dichters Iwan Krylow zu beeindrucken trachtet. Alle diese Bezüge auf literarische Texte sind für den russischen Leser natürlich unmittelbar nachvollziehbar, da es sich ja um kanonisierte Klassiker der eigenen Literatur handelt. Die zitierten oder angespielten Texte enthalten nicht selten den »Schlüssel« für die Auflösung von Lebensrätseln der literarischen Helden Dostojewskis. Für den nichtrussischen Leser fällt hier eine ganz wesentliche Informationsquelle aus, wenn er die erwähnten Texte nicht kennt. Die vom kleinen Arkadij dem vergötterten Vater vorgetragene Krylow-Fabel *Das wählerische Mädchen* enthält Hinweise auf die Beziehungen der Frauen zum Vater; mehrfache Bezüge auf Alexandr Puschkins Werk *Der geizige Ritter*, das jedes Kind in Rußland (jedenfalls aber Arkadij) auswendig kannte, erklären vieles an der »Idee« des Jünglings, Geld und Macht wie Rothschild zu erlangen. Die Traumwirklichkeit Petersburgs wird mit Puschkins Verserzählung *Der eherne Reiter* und seiner Novelle *Pique Dame* in Verbindung gebracht. Am meisten aber liebt Arkadij die große Mitleidsdichtung, den letzten Monolog Othellos, Puschkins Jewgeni Onjegin vor Tatjana kniend, Victor Hugos *Misérables* oder Charles Dickens' *Old Curiosity Shop* ... Die tragikomische Seite dieser Fixierung der Romanhelden auf Literatur enthüllt die Gestalt des am Leben gescheiterten Trischatoff, dessen Lebensideal es war, eine »Faust«-Oper zu schreiben. Die Schilderung dieses geplanten, aber nie ausgeführten Werkes zählt zu den gespenstischsten Szenen des ganzen Romans.

Eine ganz andere Rolle spielen da die volkstümlichen Erzählungen und Anekdoten – etwa die Erzählung vom Stein, wie sie Arkadijs Zimmerwirt (zum großen Vergnügen Werssiloffs) erzählt, oder aber die stark stilisierten Legenden Makars, des gesetzlichen Mannes von Arkadijs Mutter Ssofja. Während die zitierten Texte der Hochliteratur des 19. Jahrhunderts gewissermaßen ein »falsches Bewußtsein« ihrer Erzähler verraten, enthüllen die folkloristischen Genres der Subkultur unbewußte Tendenzen, die sich unter der Oberfläche einer naiven und zugleich raffinierten Subtilität verbergen. Man denke nur an Makars »Geschichte von einem Soldaten«, wo es um die Schuldfrage geht, besonders aber an die erschütternde »Geschichte über das Wunder in der Stadt Afimjewsk«, die zum Grausamsten gehört, was je über das Verhältnis von Mann, Frau und Kind geschrieben wurde.

Arkadij Makarowitsch, der Jüngling, versucht in seiner Erzählung gleich mehrere widersprüchliche Perspektiven unterzubringen: jene des rückblickenden (und alles durchschauenden) Erzählers und jene des hic et nunc erlebenden Helden, seine eigene Position und jene der jeweils dargestellten Figuren. Immer wieder werden ein und dieselben Handlungen und Figuren von ganz unterschiedlichen, ja widersprüchlichen Standpunkten aus geschildert – am häufigsten Werssiloffs skandalöses Verhalten gegenüber Katerina Nikolajewna in Bad Ems, wobei die unterschiedlichen »Versionen« als gleichberechtigte Varianten *einer* Wahrheit koexistieren.

Diese Pluralität der Wertungen ergibt sich nicht nur aus der äußeren Konfiguration der Perspektiven, sie steckt auch in jedem einzelnen Helden, ein jeder verfügt über mindestens zwei innere Gegenpole, zwischen denen sein Standpunkt permanent pendelt. Damit wird das »Stellungsspiel« der Figuren noch komplizierter, da immer wieder Unklarheit über eigene und fremde Motivationen aufkommt. Arkadij ist – wie die meisten anderen auch – zugleich Verbrecher und Messias (etwa in seinem Wahn: »Ich werde alle versöhnen, und alle werden glücklich sein«, S. 818), pervers (vor allem in seinem Verhältnis zu Frauen) und normal, Drahtzieher und Marionette im Spiel der anderen, Kind und Erwachsener, Sohn und Rivale des Vaters um dieselbe Frau . . . Arkadij braucht unendlich lange, um die – dem Leser längst durchsichtigen – eigentlichen Verhältnisse der Figuren untereinander zu durchschauen: Viel zu spät begreift er das nicht eben rühmliche Verhältnis seines Freundes Ssergei Ssokolskij zu seiner eigenen Schwester Lisa; immer ist es die Angst vor der Desillusionierung, vor dem »Verlust des Ideals, der Idee«, die ihn daran hindert, die wahren Beziehungen zu realisieren.

Und trotzdem kann der »nominelle Vater« des Jünglings, Makar, über ihn sagen: »Gott segne ihn, er ist gewitzt« (S. 571), als wäre Arkadij der einzige, der im Strudel der Ereignisse irgend etwas begriffen und gelernt hätte. Gerade die Gestalt des Jünglings – als Erzähler wie als Romanfigur – zeigt deutlich, daß die Dostojewski zugeschriebene Poetik der »Polyphonie«[7] zu ergänzen wäre um eine der »inneren« Vielstimmigkeit und Ambivalenz. Das Wesen des »Jünglings« besteht im Dazwischen, im Zustand der Halbwüchsigkeit, im offen gehaltenen Widerspruch von allem und jedem: »Ja, ich bin ein trauriger Halbwüchsling und weiß oft selbst nicht, was gut und was böse ist« (S. 411).

Arkadij Makarowitsch gehört – schon aufgrund seiner illegalen Herkunft – in die Gesellschaft der »Erniedrigten und Beleidigten«; Hauptmotor seines Verhaltens ist ein alles vergiftender Minderwertigkeitskomplex, das Streben nach Macht über andere, um sich für alle Beleidigungen an »der Gesellschaft« zu rächen. Der Jüngling leidet unter seiner Minderwertigkeit als Mann, als Gesellschaftsmensch, als Sohn und als Literat, gleichzeitig aber genießt er sie als echter Masochist: Einmal saugt er aus der Minderwertigkeit die Süße des Selbstmitleids, einmal kippt alles um in maßlosen Größenwahn. Dieses Umkippen zwischen Selbsterniedrigung und Größenwahn, Masochismus und Sadismus erfolgt für den Leser völlig unmotiviert, überraschend. Oftmals wirkt die Darstellung der sozialen und seelischen Erniedrigung so penetrant, daß man Arkadijs Ausfällen gegen alle »Waisen und Ausgestoßenen« einiges Verständnis entgegenbringt. Das soziale Selbstmitleid erscheint durch seine Maßlosigkeit selbst als Krankheit, als Produkt einer »Lakaiennatur« im Wesen des Jüngling (oder aller Menschen dieses Typus). Die an Charles Dickens oder Thomas De Quincey gemahnenden Gymnasialszenen, zu denen Arkadij immer wieder zurückkehrt, erzeugen nicht so sehr Mitleid als eine Aggression, die den Leser in eine gefährliche Nähe zu den Peinigern des Jünglings drängt. Arkadijs »Tantchen«, die nüchterne Tatjana Pawlowna, durchschaut klarsichtig diesen Wesenszug des Jünglings, der sich für seine uneheliche Geburt an Gott und der Welt rächen möchte – und doch seiner Minderwertigkeit nicht entkommt.

Durch das Prinzip der Verdoppelung und Ambivalenz sind bei Dostojewski alle Figuren einer direkten, eindeutigen »Psychologisierung« entzogen. So läßt sich das Verhältnis Arkadijs zum Vater nicht auf den bloßen Ödipuskomplex des Sohnes reduzieren: Arkadij ist zwar (sozial gesehen) illegitim (weil sein »leiblicher« Vater Werssiloff seine Mutter nie geheiratet hatte) – und dennoch lebt dieser »reale« Vater mit seiner leiblichen Mutter zusammen; dagegen ist der »nominelle Vater« (Makar) zwar der legitime Mann Ssofjas, doch lebt er mit ihr nicht zusammen, sondern als Pilger in der Welt. Arkadij versucht unentwegt, das idealisierte, projizierte »Bild« seines Vaters einerseits aufrechtzuerhalten, anderseits den »realen« Vater zu erreichen, also aus der Illegitimität herauszutreten. Die Eindeutigkeit einer klassischen Ödipussituation ist dadurch aufgehoben, daß der Sohn gleichzeitig mehrere Ziele verfolgt: Als Sohn seiner Mutter will er, daß Werssiloff und Ssofja legitim und fest als Ehepaar zusammenleben; daher tut er alles, um Werssiloff daran zu hindern, seine fatale Beziehung zu Katerina Nikolajewna aufrechtzuerhalten. Gleichzeitig ist Arkadij eifersüchtig auf den Vater, weil er selbst die leibliche Mutter »ganz« für sich haben will. Kompliziert wird das Verhältnis aber noch dadurch, daß Arkadij auch mit der Mutter um die Gunst des Vaters rivalisiert, den er immer wieder (unbewußt) mit der imaginierten Gestalt einer weiblichen Geliebten verwechselt. Arkadij spricht von regelrechter Liebeseifersucht gegenüber Werssiloff; die Projektion ist total: »ich ... gab ihm meine ganze Seele hin« (S. 708). Und doch ist derselbe Vater-Geliebte Rivale des Sohnes im Verhältnis zur Femme fatale, zur gemeinsamen Geliebten Katerina. Wie so oft findet Tatjana Pawlowna, das »Tantchen«, die treffendsten Worte, wenn sie Arkadij zuruft: »Bist ja selber wie ein Spatz verliebt! – Vater und Sohn in ein und dasselbe Objekt! Pfui, schamlose Kerle!« (S. 747) Aus der Sicht des verblendeten Sohnes erscheint dieses Doppelverhältnis genau seitenverkehrt: »Wie könnte ich sie [Katerina] denn heiraten wollen, wenn ich wüßte, daß er [Werssiloff] sie liebt! Immerhin: Vater und Sohn, das aber wäre doch schon eine Schande! Er [Werssiloff] liebt Mama, nur Mama« (S. 683).

Am pikantesten ist dieses Doppelverhältnis in jener Szene, in der Werssiloff den Sohn über seine Geliebte Katerina ausfragt, ohne daß dieser ahnt, daß er – am Höhepunkt seiner Vaterverliebtheit – diesem nur als Informationsquelle über die im Grunde gemeinsame Geliebte dient. Diese ödipale Blindheit des Sohnes gegenüber dem Vater ist also in sich mehrfach widersprüchlich, ja der Ödipusmythos selbst wird in entscheidenden Punkten pervertiert: Arkadij sucht nicht den (physisch-psychischen) »Besitz« der Mutter, sondern des (mit der Mutter identifizierten) Vaters; Arkadij tötet keineswegs den Vater wie Ödipus – im Gegenteil: er rettet Werssiloff, als dieser in der Schlußszene die Waffe gegen die eigene Brust richtet. Noch radikaler verkehrt erscheint der Ödipusmythos (und mit ihm der entsprechend mythisierte »Komplex«) in der schon erwähnten Erzählung Makars »Über das Wunder in der Stadt Afimjewsk«: Hier ist es die Mutter, die mit dem (indirekten) Mörder ihres Sohnes zusammenlebt, ja diesen liebt und den Bösewicht zum Guten wandelt. Gerade dieses Beispiel zeigt, wie problematisch eine direkte Umsetzung von künstlerischen Romanstrukturen in »Psychologie« sein kann. Das Umgekehrte wäre da schon weit eher denkbar: eine Erweiterung der Psychologie um die spezifisch künstlerisch artikulierten Aussagen des Romans.

Werssiloff ist zugleich ein »guter« und »schlechter« Vater: Als »Erzeuger« ist er den eigenen Kindern gegenüber untreu, ja er kümmert sich nicht einmal um ihre materiellen Probleme; als »geistiger« Vater, das wird meist übersehen, ist er Arkadij gegenüber durchaus aktiv (weitaus aktiver als etwa Makar, dem normalerweise die Rolle dieser geistigen Vaterschaft zugeschrieben wird). Immer wieder fragt sich Arkadij, warum ihn Werssiloff »in dieser Zeit meiner Schmach« (S. 326) nicht zurückgehalten und gelenkt habe, worauf der Vater antwortet, es »geschah das meinerseits vielleicht nur zu dem Zweck, um dich bis an die Grenze zu führen, damit du sie selbst fändest«

(S. 411). Und derselbe Vater vermag lächelnd dem Sohn ins Ohr zu flüstern, daß er ihn die ganze Zeit belüge (S. 404).

Stärker noch als Arkadij ist Werssiloff selbst ein Bündel von Widersprüchen: »Ich habe ein so zähes Leben wie ein Hofhund. Ich kann auf die allerbequemste Weise zwei entgegengesetzte Gefühle zu gleicher Zeit empfinden« (S. 327). Eben dadurch wird er den anderen Menschen zum Schicksal – ob er will oder nicht: Jene, denen er Gutes tun will, vernichtet er unbeabsichtigt (so die arme Olga, die seinetwegen Selbstmord begeht); jene, die er zu Tode quält (wie Arkadijs Mutter Ssofja), erfüllt er mit unzerstörbarer Liebe und Zuneigung.

Die Gestalten der beiden Geliebten – Ssofja und Katerina – verkörpern für Werssiloff zwei Seiten einer für ihn unverbindbaren Einheit: die Mitleidsliebe zur Mutter im Weib – und die Haßliebe zur erotischen Geliebten. Beide Liebesformen sind zusammen ebensowenig realisierbar wie jeweils für sich genommen: Das Mitleidsverhältnis zu Ssofja ist ebensowenig lebbar wie das Wahnsinnsverhältnis zu Katerina. Arkadij gesteht er, »daß ich deine Mutter immer dann zu lieben anfing, wenn wir getrennt waren, und daß ich immer kühl zu ihr wurde, wenn ich mit ihr wieder zusammenkam« (S. 728). Ebenso aber vermutet Arkadij nicht zu Unrecht, daß Werssiloff Katerina nach der ersten Nacht mit einem Fußtritt aus seinem Leben befördern werde ... Werssiloff ist gar nicht dazu fähig, die »ganze Frau« als seelische und erotische Realität zu besitzen[8]. Erst als er sie in Ohnmacht versetzt hat, kann er sich ihr körperlich nähern – und auch das nur in der usurpierten Gestalt eines »Vaters«: »Er packte sie, die Ohnmächtige... und begann sie sinnlos im Zimmer umherzutragen, ganz wie man ein kleines Kind trägt« (S. 842).

Wenn sich auch alle Frauen zu Werssiloff »in nahezu andachtsvoller Ehrfurcht verhielten« – wie Arkadij süffisant bemerkt – und ihm »wie einem Götzen« dienten (S. 31), so schlecht er sie auch behandeln mochte, so hatte er selbst doch wenig »Glück bei den Frauen«. Katerina hält sich von ihm fern, weil sie den Haß in seiner Liebe fürchtet, weil sie zu Recht ahnt, daß sie »Menschen ein und desselben Wahnsinns« seien und daß sie einen »Zweikampf auf Leben und Tod« führten.

Sowenig auf Katerina eine rein »erotische« Deutung zutrifft, sowenig läßt sich die Muttergestalt der Ssofja auf das allzu strapazierte Bild der »Religiösen«, der großen russischen Dulderin, reduzieren[9]. Nicht zu Unrecht wirft Tatjana Pawlowna Ssofja vor, sie sei wie ein »Fisch«, nehme alles passiv und angstvoll hin (S. 15), und auch Arkadij leidet sichtlich unter diesem Zug der Mutter, der das Böse und die Aggression der anderen geradezu provoziert. So macht sich auch die große Dulderin und Sanftmütige am Leben schuldig und versteht es, ihr »rührendes« Wesen als Waffe einzusetzen. Und das abschließende Familienidyll trägt alles andere als ideale Züge: Einerseits vermeint Arkadij, daß nun – nach all den Skandalen und Katastrophen – das Ideale in Werssiloff nur »noch stärker hervortritt« (S. 846), anderseits bemerkt er halb naiv die Reduziertheit seines Vaterhelden: »Oh, das ist nur noch die Hälfte des früheren Werssiloff; von Mama trennt er sich überhaupt nicht mehr und wird auch nie wieder von ihr gehen« (S. 846).

Die plump vorgebrachte Idealisierung Ssofjas (»Die russische Frau – ist niemals Weib«, S. 200) ist weitaus weniger überzeugend als die versteckten Hinweise auf die mythischen Wurzeln der Mutter, deren Name ganz direkt auf den nicht viel später von Wladimir Solowjow aktualisierten »Sophia«-Kult der Gnosis und des Ostchristentums verweist. Nicht zufällig erhält die erste Begegnung des kleinen Arkadij mit seiner Mutter den entsprechenden mythischen Rahmen, »als ich in der dortigen Kirche einmal das Abendmahl bekam, und sie hoben mich auf, damit ich die Hostie empfinge und den Kelch küßte: es war im Sommer, und eine Taube [Symbol der »Sophia«, der vierten göttlichen Person] flog oben unter der Kuppel durch die Kirche« (S. 176). Diese mythische Rückbindung der Gestalt wird noch prägnanter, wenn man Ssofjas mehrfach wiederholte Äußerung bedenkt: »Christus verzeiht alles ... Christus ist aller Vater« (S. 408) – eine wahrhaft bezeichnende Vertauschung von Gott-Sohn und Gott-Vater aus der Sicht des »weiblichen Prinzips«. In diesem Lichte ist die Taubennatur Ssofjas Ausdruck des vollkommensten Wesens der Welt; auf der Ebene der Alltagsbanalität wird diese »Taube« zum zitternden »Täubchen«, das Zärtlichkeit mit Erotik verwechselt und – gerade deshalb – von Mann und Sohn gequält und verachtet wird.

Makar und Ssofja bleiben bis zuletzt das *legitime* Ehepaar, trotz oder gerade wegen ihrer getrennten Lebensführung; in der Ambivalenz ihres »Gutseins« sind sie einander ebenbürtig, ja ihre religiöse Überhöhung tritt in einen seltsamen Kontrast zu ihrer Lächerlichkeit, zu ihrer verborgenen Mitschuld am Bösen der anderen. Am klarsten durchschaut gerade Arkadij diesen Zug an der Heiligmäßigkeit seines »nominellen Vaters«: »Natürlich wurde er von allen geachtet, aber nichtsdestoweniger war er allen unausstehlich« (S. 15). Makar, der Pilger, ist – neben all seiner Herzenstiefe – ein geschwätziger, krankhaft mitteilungssüchtiger und oft süßlich-sentimentaler Typ, immer an der Grenze zum religiösen »Kitsch« jener von den Slawophilen idealisierten »echten Russen«, die Dostojewski bis zum Zynismus parodiert und bloßstellt, wobei der Leser nicht immer genau weiß, wo die Persiflage des volkstümlichen Pilgerstils aufhört und die »Perlen der Weisheit« zutage treten ...

Und doch spielt der von Makar verkörperte Vatertyp für die gesamte Familie (und ihre Krankheit) eine entscheidende Rolle. Bei aller Unähnlichkeit gibt es Parallelen zum Habitus Werssiloffs, des »realen Vaters«: Auch Makar kann sich seiner legitimen Ehefrau nur als (tatsächlich auch viel älterer) Vater, nicht aber als vollwertiger Ehemann zuwenden. Makar kannte Ssofja schon als Kind, er hätte theoretisch ihr Vater sein können; wie Werssiloff seine Geliebte Katerina gleich einem Kinde in den Armen trägt, wiegt auch Makar die kleine Ssofja in großväterlicher Sicherheit und betätigt sich als Märchenerzähler. Über diese Rolle ist er nie hinausgekommen, ja alle seine Geschichten handeln im Grunde von seinem eigenen gescheiterten oder nie realisierten Eltern-Kind-Verhältnis.

Kurz vor seinem Tod vergleicht sich Makar mit dem alten biblischen Hiob, der – mit einem Fuße schon im Jenseits – auf seine »neun Kindlein« schaute. So ist auch Makar ein gescheiterter Vater, der schließlich in den Zustand des Kindseins zurückkehrt, um das Geheimnis des Lebens zu entdecken. Das Geheimnis liegt in der kindlichen Unschuld und im Lachen, denn das »Lachen verlangt vor allen Dingen Aufrichtigkeit« (S. 542); »nur Kinder verstehen es, vollkommen arglos zu lachen« (S. 543). Für Arkadij ist diese Erkenntnis das wichtigste, zu dem er im Leben überhaupt gekommen ist.

Kompliziert wird im Roman das Eltern-Kind-Verhältnis noch um jenes der Geschwister untereinander[10]. Auch hier dominiert die Überschneidung von verwandtschaftlichem und erotischem Verhältnis. Damit wird die ödipale Problematik auf die inzestuösen Beziehungen (wenn auch nur andeutungsweise) im Geschwisterkreis ausgedehnt. Die einzig halbwegs geglückte Frauenbeziehung pflegt Arkadij zu seiner Schwester Lisa. Je lockerer die blutsverwandtschaftlichen Bande, um so problematischer das Verhältnis: Die Halbschwester Anna Andrejewna (eine Tochter Werssiloffs) bleibt auf Distanz, ganz zu schweigen vom Halbbruder Arkadijs, dem Kammerjunker. Arkadij versteigt sich sogar zu der – aus seiner Sicht durchaus konsequenten – Feststellung gegenüber seiner Mutter: »Das ist ja eben das Unmoralische an der Liebe aus Verwandtschaft, Mama, daß sie unverdiente Liebe ist. Liebe muß verdient sein« (S. 404).

Als dritte Komplikation des Verhältnisses zwischen Eltern und Kindern, Geschwistern und Nichtverwandten kommt die Polarität zwischen »realem« und »nominellem Vater« hinzu: Anna Andrejewna (die leibliche Tochter Werssiloffs) will ihren »Ziehvater« (den alten Fürsten Ssokolskij) heiraten, während Werssiloff die nicht leibliche Tochter des alten Fürsten Ssokolskij, Katerina Nikolajewna, heiraten möchte. Solchermaßen wird aus einer geradezu Feydeauschen Verwechslungskomödie eine totale Konfiguration, deren zentrale Protagonisten alle nur denkbaren Varianten genetischer und erotischer Konstellationen durchexerzieren. Die im Schaffen Dostojewskis beobachtete »Polyphonie« wäre also zu ergänzen um eine Art »polygames« Verhältnis der Protagonisten zueinander. Wollte man das

Beziehungssystem der Figuren insgesamt als eine Art funktionales Schema darstellen, dann ergäbe sich eine zirkuläre, im Kreise gehende Ordnung, in der alle von allen abhängig, alle zugleich gegen und aufeinander fixiert sind.

Was sind die eigentlichen Kräfte, die dieses Beziehungsspiel, diese »Beziehungsmaschine« in Gang halten? Oberflächlich betrachtet sind es zunächst die jeweiligen (»fixen«) »Ideen«, die eine jede Figur repräsentiert, auf die eine jede »programmiert« ist[11]. Die Verabsolutierung und Überschätzung dieses »ideellen Überbaus« der Werke Dostojewskis gehört zu den bewährtesten Fallen, die dieser Autor seinen Kritikern und Lesern stellt. Es stimmt schon: Dostojewskis Romane, besonders *Der Jüngling*, sind voller »Ideen« und »Ideologien«. Ein jeder Held hat nicht nur »seine Idee«, er wird von ihr auch »besessen«, er leidet unter seiner »Obsession«.

Am eindringlichsten schildert Arkadij den Auf- und Abbau seiner »Idee« und liefert damit das schönste Beispiel für das »Elend der Ideologen«. Arkadijs Idee entpuppt sich nämlich – das gilt auch für alle anderen Helden – als eine Selbsttäuschung, als bloßer intellektueller Vorwand, der die eigentlichen Motivationen, die Herrschafts- und Sexualtriebe, verhüllen oder verdrängen soll. Arkadijs größenwahnsinnige Idee, »so reich wie Rothschild zu werden« (aus der Sicht des Lesers also ein zweiter Raskolnikoff), entpuppt sich im Laufe seiner Entwicklung immer mehr als nackter Machttrieb. Worum es geht, ist die Demaskierung der »Idee« (und damit der »Ideologie«, ja der Politik) als psychischer Machtanspruch, als Aggression gegen sich selbst und andere: »Der ganze Zweck meiner ›Idee‹ ist – Einsamkeit« (S. 137), die Idee ist »die Festung«, in die Arkadij sich jederzeit zurückziehen kann, ist die intellektuelle Rechtfertigung des totalen Narzißmus. Dic Idcc ist eine Höhle, ein Sarg, ein Rückzugsloch. Sie ist aber ebenso eine Höhle zum »Herzeigen«, ein Winkeldasein, das die anderen zu Hochachtung und Mitleid gleichermaßen zwingen soll. Der Rückzug als eine Form des Angriffs, die Askese als eine Form des moralischen Rausches, Radikalität als Kompromiß von Stolz und

Selbstmitleid: »Eben das ist ja das Schlechte an ›meiner Idee‹ ... daß sie entschieden alle Seitensprünge zuläßt; wäre sie weniger fest und radikal, so hätte ich vielleicht nicht gewagt, mich ablenken zu lassen« (S. 313).

Werssiloff – auch ein exzessiver »Ideenträger« – kommt zu einer noch erbarmungsloseren Selbstkritik: »Ein höher entwickelter Mensch, der eine höhere Idee verfolgt, läßt sich bisweilen vollkommen ablenken von der Wirklichkeit, wird lächerlich, eigensinnig und kalt ... wird dumm ... zu guter Letzt sogar dumm auch in seinen Theorien« (S. 724). Werssiloff spricht aus, was Arkadij nur ahnt, daß nämlich Ideen nur dazu dienen, um die Berührung mit dem »praktischen Leben« zu vermeiden, um die phantasierte und projizierte Wunschwirklichkeit vor der Realität zu schützen. Gerade aus dieser Sicht ist eine rein ideologische Romaninterpretation – wie sie eben der *Jüngling* vielfach erfahren hat – besonders unsinnig, ja peinlich[12].

Natürlich ist Dostojewskis *Jüngling* auch ein Schlüssel- und Zeitroman, wenn man damit meint, daß er den öffentlichen, politisch-gesellschaftlichen und letztlich auch literarischen Diskurs seiner Epoche verwertet. Die im Roman präsentierten Aussagen und Meinungen bilden insgesamt jedoch keineswegs einen zusammenhängenden ideologischen Diskurs, der unabhängig von der Romanposition seines Trägers existieren könnte, ja der nicht einmal monologisch nacherzählbar ist, will man nicht eine Sammlung weltanschaulicher Gemeinplätze reproduzieren. Es geht also um etwas ganz anderes als die Propagierung der sozialen und politischen Ideen des Liberalismus eines Alexander Herzen – es geht um die Vision, mehr noch: um die Utopie einer Menschenwelt, in der die Idealisierung (etwa der Glaube an die Unsterblichkeit und an Gott) ersetzt ist durch eine unverstellte Realität von Menschenliebe. Dann würden die Menschen »die Erde und das Leben unwiderstehlich liebgewinnen, und das um so mehr, je mehr sie ihre eigene Vergänglichkeit und Endlichkeit allmählich erkennen würden« (S. 719). Der Gipfel aller utopischen Visionen, das scheinbar so bescheiden gewordene Ziel der »Wanderschaften« Werssiloffs, entpuppt sich als das nicht idealisierte, sondern realisierte Eltern- und Kind-sein-Dürfen: »Jedes Kind würde wissen und fühlen, daß jeder Mensch auf Erden ihm Vater und Mutter ist« (S. 719). Neben dieser geträumten Utopie Werssiloffs verblassen alle politischen und religiösen Ideale zum bloßen Vorwand, eben das nicht sein zu sollen, was das Einfachste und zugleich Schwierigste der Welt ist – nämlich die totale Familie, das Zusammenfallen von Eltern- und Kindsein aller gegenüber allen.

Vor diesem Hintergrund verflüchtigt sich die Relevanz der »Genfer Ideen«[13], der politischen Bekenntnisse Werssiloffs über die Rolle Rußlands in Europa, Äußerungen, die – losgelöst von der Person und Situation Werssiloffs – vielfach überschätzt wurden. Bei näherer Betrachtung lösen sich all diese Ideologien des »Volkes«, des russischen »Adels«, des »Liberalismus« usw. in Schall und Rauch auf: Die Idee eines russischen Universalismus, der europäischer als alle anderen europäischen Nationen sei, die Idee vom Adel als einer geradezu masonischen Elite, die maßlose Selbstüberschätzung Werssiloffs, der sich als Erlöser – und Messias der zivilisierten Welt sieht – all das wurde von den ideologischen Interpreten des Romans für bare Münze genommen, obwohl es doch nur »Bekenntnisse« waren, die Werssiloff hier abgab, »Konfessionen«, deren Wankelmütigkeit sich nicht von jener des Jünglings oder gar des gescheiterten jungen Fürsten Ssergei Ssokolskij unterscheiden. Gleichwohl konnte der (naive) Ideologe sich ihrer Seriosität ebenso bedienen wie der Religionsphilosoph der (teilweise peinlichen) Glaubensseligkeit eines Makar, ganz zu schweigen von den reichlich banalen politischen Ergüssen der Verschwörerzirkel ... Auf der einen Seite steht Rußland als kollektiver Messias der Menschheit – auf der anderen Seite findet sich das krasse Gegenteil in der Einsicht: »Das russische Schicksal hat uns beide ereilt, Arkadij Makarowitsch: Sie wissen nicht, was Sie tun sollen, und ich weiß nicht, was ich tun soll. Gerät der russische Mensch nur ein wenig aus dem durch die Gewohnheit für ihn zum Gesetz gewordenen Geleise, so hört er gleich auf zu wissen, was er tun soll« (S. 467).

Triebkräfte

Wenn also die eigentlichen Motivationen nicht den Ideen entstammen, ja von diesen geradezu verhüllt und unkenntlich gemacht werden, wo kommen sie dann her? Aus der Sicht der Ideale entstammen sie den finsteren Trieben aus den Tiefen des Unbewußten, aus dem schlammigen Untergrund der Psyche: Ins Leben treten die Triebkräfte in der diabolischen Gestalt des »Weibes« (als Verkörperung des Sexus) und des mit diesem geheimnisvoll verbündeten »Mammon«, der Macht des Geldes. Beide verbindet zu einer untrennbaren Einheit das Machtstreben nach Besitz (Geld) und Besessenwerden (Weib), das »Kaufen« des Weibes (des Sexus) *mit* Geld (Prostitution) und die Ersatzbefriedigung des Strebens nach dem Weib *durch* Geld, durch materielles Macht- und Besitzstreben (Arkadijs Rothschild-Idee).

Arkadijs Frauenhaß und Frauenangst steht an Monstrosität und unfreiwilliger Komik den üppigsten Blüten der Gynaikophobie des 19. Jahrhunderts in nichts nach. Am meisten gemahnen die Ausfälle des Jünglings an die aggressive Weiberfeindlichkeit eines Otto Weininger, an den im übrigen auch die antisemitischen Urängste Dostojewskis erinnern. Beispielhaft für die »Angstlust« des Jünglings der »Ungezogenheit« der Frauen gegenüber ist die groteske Schilderung des Weibes als »Schlange«, als diabolisches Wesen, das mit seiner Schleppe wie mit einem Schwanz den Staub aufwirbelt: »Sie binden sich hinten Seidenrüsche unter den Rock ... aber es gibt doch eine reine Jugend ... Bleibt also nichts übrig, als auszuspeien. Da geht sie auf dem Boulevard und wirbelt mit ihrer meterlangen Schleppe den Staub auf« (S. 48). Je wilder Arkadij seinen Ekel dem anderen Geschlecht gegenüber äußert, um so mehr entblößt er dabei seine Angst vor einem Trieb, der im Selbstverbot die eigentliche Lust findet: »Ich habe schon mit dreizehn Jahren ein Weib nackt gesehen, splitternackt; seitdem finde ich sie ekelhaft« (S. 51). In den Ekel aber – sogar während der sadistischen Bordellszene mit dem Schulfreund Lambert – mischen sich Lust und Sehnsucht nach Schönheit. Die sadistische Tötung des Kanarienvogels und die Auspeitschung einer nackten Prostituierten durch Lambert entspringen ein und demselben Haß auf die Schutzlosigkeit und Unerreichbarkeit »der Schönheit«. Diese mußte beschmutzt und zerfetzt werden, damit ihr Anblick erträglich wird.

Für den Vater wie den Sohn ist Katerina Nikolajewna gemeinsames Objekt einer verrückten Haßliebe, genauer gesagt: Sie ist (für beide) ein eigentlich inhaltsleeres Wesen, eine Art Leinwand, auf die sie ihr widersprüchliches, idealisiertes und zugleich pervertiertes »Weibs-Bild« projizieren. Das eigentliche Wesen ihrer Projektion bleibt ihnen selbst (wie auch dem Leser) letztlich verborgen. Zu vermuten ist unter der von außen aufgesetzten diabolischen Maske der Femme fatale eine ganz normale, lebenslustige Frau, deren »sonniges Wesen« (auf ihre solare Natur wird mehrfach hingewiesen) weder über- noch unterirdische Dimensionen beansprucht. Arkadij versteigt sich sogar dazu, ihr jene »Vollkommenheit« vorzuwerfen, die er ihr selbst andichtet, eine Vollkommenheit, die ihr umsonst zugefallen sei. »In *der* Beziehung sind die Frauen wirklich empörend« (S. 731). Die Idealisierung Katerinas durch den verliebten Jüngling trägt eher ridiküle Züge, während die Diabolisierung eine tragikomische Note erhält: Werssiloff schreibt Katerina alle Laster zu, die in Wirklichkeit seinen eigenen Abgründen entstammen, während Arkadij – Gefangener seiner eigenen »Raubtiertriebe« (so die Selbstcharakteristik) – diese Frau »haßte« und sie zugleich als sein »Opfer« liebte (S. 121).

Aus der narzißtischen Sicht Arkadijs ist die Frau (besonders aber die Idealfrau, das Frauenideal), nur als Opfer seiner eigentlichen Lust, der Macht- und Rachlust, denkbar[14]. Die masochistische Lust, anderen als »Opfer« zu dienen (Arkadijs »Lakaiennatur«!), speist die sadistische Lust, andere zum »Opfer«

zu machen, sie in jene Gewalt zu bringen, der man selbst permanent erliegt. Sosehr Arkadij auch die wahren Motive seines Handelns vor sich und den anderen verbergen möchte, in Wahrheit geht es immer um »sie«, um ihren Besitz, der Arkadij gleichzeitig zum Herrn über die so gefürchtete Weiblichkeit wie über den unerreichten Vater gemacht hätte: Nach seiner erträumten Eheschließung mit Katerina wollte Arkadij gleich ganz Rußland beherrschen und sich »an allen rächen« (S. 689). Die Intrige um das »Dokument« – ebenjenen Brief, der Katerina belastete und ihre materielle Sicherstellung durch den Ziehvater bedrohte –, diese Intrige enthüllt ein Gespinst von Abhängigkeiten, in dem Geld und Sexualität als austauschbare Faktoren fungieren: Alle erpressen alle, ein jeder ist käuflich, und am allergemeinsten sind doch die Weiber, die – in die Enge getrieben – jeden Kaufpreis (Geld und »den *anderen* Kaufpreis«) entrichten (S. 794). Genau damit aber spekuliert Arkadij, der – unterstützt durch den mephistophelischen Lambert – Katerina mit dem »Dokument« erpressen möchte. Als der »Skandal« wirklich ausbricht, hat er freilich längst das »Dokument« verloren und ist selbst zur Marionette in den Händen anderer geworden.

Die Jagd auf das »Dokument« bildet freilich nur die äußere Motivation zur Schürzung des Intrigenknotens. Auf der Ebene der unbewußten (aber nur unzureichend verhüllten) Triebkräfte verleiht das Dokument seinem Besitzer Macht über den Vater, über den Besitz der Frauen und gleich der ganzen Welt. Indem Arkadij ganz »zufällig« in den Besitz dieses Dokuments gerät, erhält er eine Machtfülle, die ganz seinem freien »Ermessen« überlassen ist: Die Bedeutung des Dokuments ist eine »Gewissenssache« (S. 104f.). Arkadij kann sich darum – wie der Märchenprinz mit Hilfe eines Zauberschlüssels – »alles kaufen«.

Sex und Geld (das »Dokument« ist gleichsam eine Aktie, ein »Genußschein« im großen Besitzspiel) sind nur zwei Seiten ein und desselben Machttriebes. Daher kann die starke Sexualisierung des Geldes (besonders für Arkadij) nicht wundernehmen.

Sein erster Versuch, ein »Rothschild« zu werden, indem er an einer Versteigerung teilnimmt, endet mit einer recht zweideutigen Szene: Arkadij reicht einer »Frau mit der langen Schleppe« (wie wir schon wissen, das Markenzeichen der diabolischen Femme fatale) ein Portefeuille, das diese zufällig – in ihren Wagen steigend – fallen ließ. Das »entzückende kleine Ledertäschchen« bildet die augenfällige Brücke zwischen der Symbolik des Geldes (analog zu dem eben ersteigerten »Futteral«) und jener des Geschlechts. Ebenso wie Arkadij mit Geld das »Futteral« ersteigerte, wird er versuchen, mit dem »Dokument« den Besitz des Weibes zu erpressen.

Jegliches Geld ist bei Dostojewski »schmutzig«: »Geld ist natürlich eine despotische Macht, zu gleicher Zeit aber ist es der größte Gleichmacher, und darin liegt seine hauptsächliche Macht. Geld macht alle Ungleichheiten gleich« (S. 142), und: »Geld ist – wenn auch kein Gott, so doch eines Halbgottes gewaltige Versuchung; und dann ist da noch allweil das weibliche Geschlecht« (S. 591). Diabolik und Erotik des Geldes bildeten besonders seit dem Aufkommen der Assignaten und der Aktien eine teuflische Zweieinigkeit. Zweifellos knüpft hier Dostojewski an die mephistophelische Erfindung des Papiergeldes in Goethes *Faust*, 2. Teil, an, er diskutiert aber auch John Laws Erfindung der Aktien, die er als Teufelswerk auf eine Ebene mit dem Glücksspiel stellt[15].

Geschlechtsangst, paranoide politische Theorien und Antisemitismus bilden das explosive Gemisch, dessen apokalyptische Dimensionen Dostojewski vorausahnte. Das Reich der Freiheit tritt dann ein, wenn das Volk (also die »Schuldner«) gegen die Aktionäre (und damit gegen die »jüdische Vorherrschaft«) gesiegt haben würde. Diese Wahnidee verliert viel von ihrer Absolutheit, wenn man bedenkt, daß der – wenn auch durchwegs gescheiterte – Russe, der junge Fürst Ssergei Ssokolskij, selbst es ist, der sich in einen riesigen Aktienbetrug hineinziehen läßt, an dem er schließlich zugrunde geht.

Das Geld als konkretes Zahlungsmittel (zum Erlangen von Sachwerten) tritt hinter seiner Symbolfunktion als Ausdrucksmittel psychischer Abhängigkeiten und Machtverhältnisse völlig in den Hintergrund. Die finanziellen und materiellen Abhängigkeitsbeziehungen legen sich wie ein Netz über die oben behandelten verwandtschaftlichen und erotischen Verhältnisse: Der eben erwähnte junge Fürst Ssokolskij ist gleichzeitig der »Liebhaber« Lisas, also der Schwester Arkadijs, während er dessen Gläubiger ist. Auf der erotischen Ebene ist Ssokolskij also der »Nehmende« (der »Schuldner«), während er auf der pekuniären Ebene der »Gebende« ist (»Gläubiger«); gleichzeitig ist er aber gegenüber seinen eigenen Gläubigern (die ihn mit dem Aktienbetrug erpressen) ein Schuldner.

Immer wieder kommt Arkadij in die schicksalhafte Situation desjenigen, der von seinen Gegnern (also jenen, die ihn erniedrigen) in die Position des »Schuldners«, des »Geldnehmers«, gedrängt wird: Und immer wieder macht Arkadij die Erniedrigung dadurch vollkommen, daß er das hingeworfene Geld auch wirklich annimmt – sei es das von seinem leiblichen Bruder in beleidigender Form überreichte Reisegeld, mit dem Arkadij seine Fahrt in die Stadt, zu Werssiloff, bezahlen sollte; sei es das Geld des Fürsten Ssokolskij, der damit das Schweigen des Bruders seiner Geliebten (Lisas) erkaufen will. So reproduziert und kompliziert die Sprache des Geldes jenen Text, der durch die Sprache der Verwandtschaftsbeziehungen und jene der erotischen Konfigurationen gebildet wird.

Eine Sonderform dieser Geldsprache ist das »Geldspiel«, das in der Gestalt des Roulettes freilich nur einen Nebenaspekt dieses Romans bildet. Das Hasardspiel konzentriert wie in einem Brennspiegel die totale Selbstentfremdung des Geldes als Wertträger (zur Erlangung von Sachwerten) und entblößt damit seine symbolische Ersatzfunktion als Spiel mit dem »Schicksal«, als Versuch, die Regeln der Welt selbst zu beherrschen, den eigenen »freien Willen« zu beweisen. Eben weil Arkadij das Geld nicht mag, also weil es ihm nicht um den materiellen Besitz geht, tritt der Symbolwert des Hasards so nackt zutage: Ein jeder ist zugleich Schuldner und Gläubiger, ein jeder Dieb und Bestohlener, Schuldiger und Richter.

In derselben Logik ist der Exhibitionist, der sich selbst entblößende Konfessor, immer auch gleichzeitig Voyeur, einer, der andere zum Exhibitionismus gleichsam zwingt. Arkadijs exhibitionistischer Diskurs ist also zugleich ein voyeuristischer – und das aus zwei Gründen: Einmal zwingt die Gattung des Ich-Romans den Autor dazu, Szenen darzustellen, an denen der Hauptheld Arkadij nicht teilnehmen kann, weil sie sich quasi außerhalb der Reichweite und Kompetenz seiner Person befinden. Dieses Erzählproblem ist perspektivisch nur dadurch lösbar, daß man Arkadij immer wieder zum »unfreiwilligen« Zeugen von Szenen macht, an denen er gar nicht teilnehmen dürfte. Ein anderes Mittel, Informationen zugänglich zu machen, die dem Ich-Erzähler aufgrund seiner Beschränktheit unerreichbar sind, besteht darin, die Rede dieses Ich-Erzählers mehrdeutig zu machen, wodurch er sich ebenfalls »unfreiwillig« verrät, etwas ausdrückt, dessen tiefere Bedeutung zwar der Leser, aber nicht der Sprecher begreift[16].

Neben dieser technischen Begründung der Voyeurposition Arkadijs spielt aber die erotische eine nicht weniger wichtige Rolle. So gut wie alle wesentlichen Schlüsselszenen der Romanintrige erlebt Arkadij aus der Position eines versteckten Beobachters, der die Szene (freiwillig oder gezwungenermaßen) durch einen Türspalt oder gar durch den Spalt von Bettvorhängen mitverfolgt. So etwa in der Wohnung von Tatjana Pawlowna, in der er ihr Gespräch mit Katerina vom Bett aus mitverfolgt, während er von ihr als Knecht und »Spion« beschimpft wird. Den großen Schlußskandal zwischen Werssiloff und Katerina erlebt Arkadij gleichfalls als Voyeur vom Schlafzimmer aus, was ihm die Möglichkeit gibt, diesen fulminanten Auftritt nicht nur zu beschreiben, sondern auch entscheidend in das Geschehen einzugreifen. Auch hier findet sich der Held in einer tragikomischen Verdoppelung der Perspektive: Als Voyeur spielt er ebenjene Rolle des »Spions«, die ihm die anderen (Katerina ebenso wie Werssiloff) in ihrem Spiel zugedacht haben. Gleichzeitig wird er selbst nie zum Zeugen oder gar Helden einer Bettszene, er befindet sich nur in der Position des Bettes. Andere Helden Dostojewskis nehmen da gleich die noch beschämendere Position unter dem Bett ein ...[17]

Die einzelnen Figuren des Romans befinden sich nicht nur zueinander in einem komplizierten Netz von verwandtschaftlichen, erotischen, ideellen und materiellen Abhängigkeiten (nicht zufällig bedient sich der Erzähler immer wieder der Metapher der »Spinne« und ihres Opfers, der »Fliege«) – die Figuren stehen zueinander auch in einem bildhaften Konnex, indem sie auf jene Bilder reagieren, die sich die anderen jeweils von ihnen machen. Dabei werden an entscheidenden Stellen (wenn auch immer verborgen) photographische und gemalte Abbilder der Helden mit ihren eigentlichen Ebenbildern konfrontiert, die als Ikonen in Erscheinung treten. Beide Bildtypen repräsentieren zwei polar entgegengesetzte »Menschenbilder«: Das Porträt (also die mehr oder weniger realistische malerische oder photographische Abbildung) enthüllt das äußere Erscheinungsbild des psychologischen Individuums, die Ikone verkörpert das mythisch-religiöse Wesen des Menschen[18].

Die wichtigste Rolle in diesem Wechselspiel der Bilder kommt den Frauenporträts zu. Es ist das Bild der Mutter, das Arkadij in Werssiloffs Wohnung vorfindet – und das Bild Katerinas. Ganz beiläufig ergeht sich Werssiloff, anläßlich Arkadijs Begegnung mit dem Mutterbild, in einem philosophischen Diskurs über den Unterschied zwischen Photographie und Porträtmalerei. Nach seiner Meinung seien die photographischen Porträts deshalb so selten ihrem Original ähnlich, da »jeder von uns ... ja auch im Leben nur äußerst selten sich selber ähnlich« sei (S. 702). Die Photographie provoziert also eine ganz ähnliche Problematik wie die oben erwähnte »Faktographie«, das Streben nach »Tatsachen«. Wie diese ist auch das photographische Porträt in der Regel immer dem eigentlichen Wesen des Dargestellten »unähnlich«, liefert nur den äußeren Anschein. Zu einer vergleichbaren Auffassung gelangt Arkadij angesichts der Porträtaufnahme Katerinas, die er lange vor der wirklichen Begegnung mit ihr eingehend studiert hatte; als sie ihm dann real gegenübertritt, »erblindete« er angesichts der überwältigenden Unähnlichkeit zwischen Porträt und Original.

Vor diesem Hintergrund entfaltet Dostojewski eine Ikonologie, die mit dem künstlerischen oder photographischen Abbild als irreführender Ausdruck der rein äußeren Identität einer Figur in vielfältige Konkurrenz tritt. Manchmal finden sich ganz zufällig beide Bildtypen in einem Raum. So hing in Dergatschoffs Wohnung an der einen Wand »ein Porträt, eine ganz billige Lithographie, und in einer Ecke ein Heiligenbild« (S. 80). Diese kurze Bemerkung hat mit dem Gang der Handlung und der Gespräche scheinbar gar nichts zu tun; trotzdem bildet sie ein Glied in der langen Kette von Bildszenen, die den ganzen Roman leitmotivisch durchziehen. Einmal ist es ein »Heiligenbild«, das ins Pfandhaus getragen werden soll, einmal ist es die vergoldete Verkleidung einer Ikone, die Werssiloff »angeblich blende, was für seine Augen schädlich sei« (S. 159), einmal ist es ein »Heiligenbild«, vor dem der kleine Gymnasiast Arkadij vor seiner mißglückten Flucht aus der Pension Touchard verzweifelt betet. Schließlich aber wird am Ende des Romans die eigentliche Funktion der Ikone sichtbar: Makar hatte ein Heiligenbild, von dem er sich zeitlebens nie hatte trennen wollen, schon lange vor seinem Tod Werssiloff mündlich vermacht. Als die Mutter Arkadijs dieses Bild Werssiloff überreichen will, kommt es zu der »wahnsinnigen Szene«. Werssiloff tritt in einer extrem überspannten Stimmung ins Zimmer und setzt zu einem Monolog an, in dem er seiner Zerstörungswut freien Lauf läßt: »Ich hatte einfach Lust, den Strauß zu zerdrücken, weil er schön ist« (S. 774). Ebenso zielt – seit seinem Eintritt ins Zimmer – seine Destruktionslust auf die ihm von Makar vererbte Ikone, die ihn unweigerlich an sein Versprechen erinnert, Ssofja nach Makars Tod zu seiner legitimen Frau zu machen: »Wissen Sie, mir ist so, als ob ich mich gleichsam spaltete ... Es ist wirklich so, ich spalte mich geistig und habe eine schreckliche Angst davor. Es ist, als stünde neben einem ein Doppelgänger;

man selbst ist klug und vernünftig; jener andere aber neben einem will unbedingt irgendeine Sinnlosigkeit begehen, und manchmal sogar etwas äußerst Lustiges; und plötzlich wird man gewahr, daß man selbst derjenige ist, der dieses Lustige begehen will« (S. 775). Das »Lustige« ist die groteske Außenseite jener diabolischen »Lust«, deren Innenansicht Angst und Schrecken birgt: »... ich habe jetzt ... in dieser Sekunde die größte Lust, es [das Heiligenbild] an den Ofen zu schleudern, an jene Kante dort. Ich bin überzeugt, daß es dann sofort in zwei Hälften zerspringen werde, gerade in zwei – nicht mehr und nicht weniger« (S. 776). Das Heiligenbild zerschlagen bedeutet in die Sprache der Konfiguration des Romans übersetzt das Zerschlagen der Beziehung zu Ssofja. Und genau dazu drängt ihn eine sadistische Lust, eben jener Zweite seiner diabolischen Doppelnatur: »Das Heiligenbild zersprang in genau zwei Stücke« (S. 777).

So wird in der Zerstörung des in der Ikone verkörperten ganzen Menschen die dualistische, manichäische, ja häretische Natur der Helden Dostojewskis offenkundig, eine Natur jedoch, die nur noch in der abgeflachten Sinnbildlichkeit der Allegorie aufscheint, wie Werssiloff resignierend selbst bemerkt: »Faß es nicht als Sinnbild auf, Ssofja, ich habe nicht Makars Vermächtnis zerschlagen ... Oder übrigens – faß es meinetwegen auch als Sinnbild auf; denn das war es doch nun einmal, unbedingt« (S. 777). Für Arkadij bedeutet das Zerbrechen des Bildes seines Vaters Versuch, endlich der Totalität der »Familie« zu entrinnen (»und zwar so, daß wir es sähen, wir, Mama und alle«; S. 778): »Aber auch der ›Doppelgänger‹ war sicherlich neben ihm gewesen; daran war gewiß nicht zu zweifeln« (S. 778)[19].

Gleiches gilt für den skandalösen Auftritt Werssiloffs mit Katerina, als er ihr seinen Heiratsantrag macht: Arkadij, der die Szene beobachtet, fühlt sich an einen »Spieler« erinnert, »der sein letztes Goldstück auf den Tisch wirft und dabei schon den Revolver schußbereit in der Tasche hält« (S. 779), der »Doppelgänger« tritt in Aktion. Er verkörpert das andere, den unbewußten Menschen: den Mörder, Erpresser, Spieler, Erotomanen. Gemessen an dieser Dimension erscheint Arkadijs »medizinische« Deutung der Doppelgängeridee am Ende des Romans geradezu lächerlich, die rein psychologische Interpretation nimmt selbstparodistische Züge an: Unter einer Doppelgängeridee versteht man »nichts anderes als den ersten Grad einer gewissen, bereits ernsthaften Seelenstörung, die zu einem ziemlich schlimmen Ende führen kann« (S. 844).

Viel näher der Wahrheit kommt Arkadij, als er schließlich – alle Interpretationsmöglichkeiten offenhaltend und zugleich relativierend – den grotesken Habitus der wie immer mythisch, religiös, psychologisch oder ideologisch gedeuteten »Spaltung« Werssiloffs herausstreicht: »Kurz, wenn auch der Doppelgänger dabei war, so war doch auch einfach Kaprice dabei ... Aber das ist schließlich nur meine Auslegung; und mit Sicherheit läßt sich so etwas wohl kaum deuten« (S. 845). Und Arkadij mußte schließlich einiges mehr vom Doppelgängertum verstehen, als er hier preisgibt: War doch seine Suche nach dem Vater, nach der Familie und nach dem anderen Geschlecht nichts anderes als eine Suche nach dem eigentlichen Arkadij, der sich unter »falschem Namen« (und damit hinter falschem Bewußtsein) verborgen hielt.

Arkadijs Doppelgängertum und Spiegelwesen manifestieren sich in der Ironie seines Namens (genauer: seines Familiennamens) »Dolgorukij«, der unentwegt zu Verwechslungen mit dem berühmten Fürstengeschlecht Anlaß gibt: Die Frage »Fürst Dolgorukij?« – »Nein, einfach Dolgorukij« durchzieht den gesamten Roman, ja es hat den Anschein, als würde sich die gesamte Erzählhandlung ausschließlich aus einer Homonymie entfalten. Wie das Geld und die Macht des Sexus sind auch die Namen große »Gleichmacher« an der Oberfläche, während sie die Wesensunterschiede (Klasse, Geschlecht, Qualität) noch schmerzlicher bewußt machen. Es ist daher durchaus konsequent, wenn Arkadij es als Gipfel seiner Utopie ansieht, »namenlos« zu werden, das heißt in der Alleinheit der Menschheit aufzugehen.

Bisweilen tritt der (aus der Sicht Arkadijs »falsche«) Name[20] »Dolgorukij« geradezu als Personifizierung jenes diabolischen Alter ego ins Leben: »Mein verwünschter Name mußte mir auch hier wieder alles verpfuschen« (S. 352). Einerseits trifft das richtige Aussprechen des Namens Dolgorukij die »falsche« Person (nämlich Arkadij und nicht einen Fürsten), anderseits verletzt das »falsche« Aussprechen des Namens die »richtige« Person: Mehrfach wird Arkadij als Alexei Makarowitsch angeredet (so von seinem Freund Ssergei Ssokolskij), in der karnevalesken Szene in der Wohnung Lamberts und seiner Kumpane wird Arkadij von einem der Ganoven konsequent mit »Dolgorowkij« angeredet, womit auch versteckte Hinweise auf Zeitgenossen Dostojewskis gegeben werden, die als Muster für seine Romanhelden gelten konnten. Ebenso wie es zweierlei Dolgorukijs gibt, führt der Autor – dem universellen Prinzip der Verdoppelung folgend – auch einen doppelten Fürsten Ssokolskij ein. Die Sache wird noch komplizierter und reizvoller dadurch, daß der alte Fürst Ssokolskij »Pflegesöhne« und »Pflegetöchter« um sich sammelt und sie versorgt. Während auf der einen Seite zum Namenstag des reichen Fürsten Ssokolskij der Name selbst affirmiert und glorifiziert wird (quasi als Ursprung, als Füllhorn immer neuer »Namen« seiner Ziehkinder), symbolisiert der Verlust des Namens für den armen Arkadij nichts anderes als Identitätsverlust.

Nun zum Finale – und damit zurück zum Anfang, zur Frage des Autors und seines Erzählers nach der Möglichkeit und Unmöglichkeit, in der gegenwärtigen Situation einen Roman zu schreiben, womit sich ganz konsequent die Frage verbindet, ob in dieser Zeit so etwas wie eine Familie überhaupt noch realisierbar sei. Dostojewski legt das Urteil über diese Doppelfrage nach dem Familienroman (bzw. der Romanfamilie) in die Hände einer subalternen Nebenfigur, eines gewissen Nikolai Ssemjonowitsch, dem er das Manuskript seiner »Aufzeichnungen« zur Beurteilung zusendet und den er damit zum ersten Leser macht. Dieser Primärleser kann nun als Figur des Romans und zugleich als sein Kritiker auftreten. Sein Urteil bildet einen

»Epilog«, in dem Dostojewskis Kunst der Erzählironie Triumphe feiert. Noch einmal wird das nun schon bis zum Überdruß zerredete Thema des Zerfalls der Familie aufgegriffen, noch dazu aus der Perspektive eines biederen, reichlich beschränkten Menschen, hinter dessen Maske der Autor gleichwohl auf subtile Weise in Stellung geht. Wogegen tritt er an[21]?

Dostojewski polemisiert in diesem Nachwort gegen niemand anderen als den Autor des russischen Familienromans kat exochen, gegen Lew Tolstoi und seinen Roman *Krieg und Frieden*: »Wenn ich ein russischer Romancier wäre und Dichtertalent hätte« – so schreibt Ssemjonowitsch –, »so würde ich meine Helden unbedingt aus dem russischen Erbadel wählen«, denn nur noch an diesem Menschentypus lasse sich der »Schein einer schönen Ordnung zeigen«, wodurch ebenjener »schöne Eindruck« entstehe, »der in einem Romen zur ästhetischen Wirkung auf den Leser unbedingt erforderlich ist« (S. 858). Freilich – und hier setzt die radikale Kritik Dostojewskis selbst ein – gibt es diese intakte Adelsfamilie nur noch in der Geschichte, weshalb der Familienroman höchstens ein historischer sein könne (was auf *Krieg und Frieden* zutrifft, der zur Zeit der Napoleonischen Kriege spielt). Der Roman als ästhetisches Kunstwerk, konkret: der Familienroman (einen anderen gibt es im Grunde gar nicht), ist als Gegenwartsroman unmöglich, weil es keine echten, sondern nur noch »zufällige Familien« gibt. Diese aber lassen sich nicht in der künstlerischen Romanform darstellen, sondern nur mit Hilfe des einleitend diskutierten Diskurses der vorläufigen, skizzierten »Aufzeichnungen«. Daher ist der historische Roman eine reine »Fiktion«: »Man kann den Leser sogar so weit mit sich fortreißen, daß er das historische Bild auch noch in der Gegenwart für möglich hält ... Es wäre ein künstlerisch vollendetes Bild einer russischen Fata Morgana, die sich allerdings so lange noch halten würde, bis man dahinterkäme, daß sie eben doch nur noch eine Fata Morgana ist« (S. 860).

Dies bedeutet nichts anderes, als daß *Krieg und Frieden* eine Fata Morgana erzeugt, mithin eine Lüge. Dem Autor eines

Zeitromans dagegen geht es um die »ganze Wahrheit« der Gegenwart – auch dann, wenn damit Ästhetik und Kunst unmöglich werden, wenn daran die Romangattung zerbricht. Es ist fürwahr keine lohnende Aufgabe, der Autor eines solchen Gegenwartsromans zu sein, der von »zufälligen Familien« handelt, es ist »eine undankbare Arbeit, ohne die Möglichkeit schöner Formen« (S. 862).

Indem nun aber der Nachwortschreiber ausdrücklich als recht beschränkter Typ vom Autor eingeführt wird, erfährt sein Urteil über Arkadijs »Aufzeichnungen« eine ironische Relativierung, wenn er schreibt: »Solche Aufzeichnungen wie die Ihren können, glaube ich, als Material für ein späteres Kunstwerk dienen, für ein künftiges Bild einer unordentlichen, schon halb vergessenen Epoche.« Doch ist es nicht genau umgekehrt (im Sinne einer postponierten Captatio benevolentiae des Autors), daß ebendiese »Aufzeichnungen Arkadijs« »Material« für ein Kunstwerk lieferten, das zum Autor Fjodor Dostojewski hat und den Titel *Der Jüngling* trägt?

Dezember 1985 *Aage Hansen-Löve*

1 Am nächsten kommt dem Problem aus psychoanalytischer Sicht Sigmund Freud in seinem berühmten Artikel »Dostojewski und die Vatertötung« (in: *Gesammelte Werke*, Band 14. Frankfurt a. M. 41968, S. 399–418). Alles, was hier Freud über die Rolle des Ödipuskomplexes in der Psyche Dostojewskis und im Zusammenhang mit seinem Roman *Die Brüder Karamasoff* sagt, gilt auch – vielleicht in noch höherem Maße – für den *Jüngling*: »Außer dem Haß, der den Vater als Rivalen beseitigen möchte, ist regelmäßig ein Maß von Zärtlichkeit für ihn vorhanden ... In gewissen Momenten lernt das Kind verstehen, daß der Versuch, den Vater als Rivalen zu beseitigen, von ihm durch Kastration bestraft würde« (ebd., S. 406 f.). Wenn beim Kind (wie dies Freud auch für Dostojewski annimmt) eine bisexuelle Tendenz vorherrscht, »dann wird unter der Bedrohung der Männlichkeit durch die Kastration die Neigung gekräftigt, nach der Richtung der Weiblichkeit auszuweichen, sich vielmehr an die Stelle der Mutter zu setzen und ihre Rolle als Liebesobjekt beim Vater zu übernehmen«

(ebd., S. 407). Der außerordentliche Erfolg des *Jünglings* bei Autoren wie Franz Kafka, Hermann Hesse und André Gide hängt zweifellos mit deren Vaterfixierung zusammen – vgl. die Äußerungen bei Hesse, »Der Jüngling« (1915), in: *Schriften zur Literatur,* Band 2. Frankfurt a. M. 1972, S. 315–320; André Gide: *Dostoïevsky. Articles et causeries.* Paris 1923; und die Nachricht bei Max Brod: *Über Franz Kafka.* Frankfurt a. M. 1977, S. 344. Den *Jüngling* als Gestaltung eines »pubertären Bewußtseins« analysiert Horst-Jürgen Gerigk, »Dostojewskijs Jüngling und Salingers Catcher in the Rye«, in: *Dostoevsky Studies. Journal of the International Dostoevsky Society,* Nr. 4, 1983, S. 37–52.

2 Nach Freud ist der Diskurs des Neurotikers immer eine Art »Beichte« (vgl. Freud: *Gesammelte Werke.* Band 8, Frankfurt a. M. [7]1978, S. 363–374, und Band 10, Frankfurt a. M. [6]1973 S. 305 ff.). Erstmals als eigenen Redetyp analysiert Michail Bachtin die »Beichte« der Romanhelden Dostojewskis (vgl. Bachtin: *Probleme der Poetik Dostojewskis.* München 1971, S. 241 ff.). Siehe dazu auch: Johannes Holthusen, »Zur Bewußtseinsdarstellung im Realismus: Beichte und selbstenthüllende innere Rede bei Dostoevskij«, in: *Miscellanea Slavica. To Honour the Memory of Jan M. Meijer.* Amsterdam 1983, S. 363–380. Dostojewskis Verhältnis zum Konfessionsstil Rousseaus behandelt Robin Feuer Miller, »Dostoevsky and Rousseau: The Morality of Confession Reconsidered«, in: *Western Philosophical Systems in Russian Literature.* University of Southern California Press, Los Angeles 1979, S. 89–101; vgl. auch Horst-Jürgen Gerigk: *Versuch über Dostoevskijs »Jüngling«. Beitrag zur Theorie des Romans.* München 1965, S. 192 ff.

3 Zum Problem der »Selbstbeschuldigung« vermerkt Freud in seinem oben zitierten Dostojewski-Aufsatz, daß »die Buße direkt eine Technik wird, um den Mord« (oder ein anderes reales oder phantasiertes Verbrechen) »zu ermöglichen« (Freud, »Dostojewski und die Vatertötung« a. a. O., S. 400). Als Autor ist Dostojewski – so Freud – ein Sadist nach »außen« (also dem Leser gegenüber), »ein noch größerer Sadist nach innen, also Masochist« (S. 401).

4 Am deutlichsten wird Dostojewskis Interesse am Gerichts- und Prozeßwesen in seinen journalistischen Arbeiten *(Tagebuch eines Schriftstellers)* sowie in seinen Romanen *Die Brüder Karamasoff* und, besonders, in *Rodion Raskolnikoff.* Im *Jüngling* geht es freilich um ein nicht begangenes Verbrechen, also um ein »Schuld«-Drama, das ausschließlich auf der Ebene psychischer Interaktion stattfindet. Das »Verbrechen« ist zum »Skandal« gemildert, die gerichtliche Inquisition zum inneren Gewissenskampf.

5 Dieses Problem diskutiert Dmitrij Lichatschow in seiner Studie »Chronikalische Zeit bei Dostojewski« (in: *Nach dem Formalismus. Aufsätze zur russischen Literaturtheorie.* München 1968, S. 86–106), wobei er besonders auf den *Jüngling* eingeht (S. 90 ff.): »Dostojewski nötigt den Leser, den ganzen Weg der Einsicht in die Geschehnisse mit ihm zu gehen ...

Daher rühren die Vorbehalte im Text, das Schwanken bei den Bewertungen ... Deshalb korrigiert er sich unablässig, deshalb strebt er danach, die Ereignisse sofort aufzuzeichnen« (S. 92). Der chronikale Erzähler ändert während des Ablaufes des Geschehens permanent seinen Standpunkt; oft weiß der Leser mehr als er, obwohl er seine Informationen ausschließlich aus der Perspektive des erzählenden Helden erhält. (Zum »Dreieck: Erzähler, Leser, handelnde Personen« vgl. Horst-Jürgen Gerigk, *Versuch über Dostoevskijs »Jüngling«*, a. a. O., S. 37 ff., 44 ff., 58 ff., und das Kapitel »La chronique et les nouvelles-apologues« bei Jacques Catteau, *La création littéraire chez Dostoïevski*. Paris 1978, S. 409–421.)

6 Die sozialkritische Erzählung *Anton Goremyka* von Dmitri Grigorowitsch schildert eindringlich das Leibeigenenschicksal; Alexandr Druschinins Roman *Polinka Sachs* behandelt Eheprobleme (geschrieben 1847).

7 Bachtin, *Probleme der Poetik Dostojewskis*, a. a. O. (russisch erschienen 1929 und 1963), stellt den »polyphonen« (also vielstimmigen) Romantyp Dostojewskis dem »monophonen« Typ (vertreten durch Lew Tolstoi) gegenüber.

8 Nikolaj Berdjajew, *Die Weltanschauung Dostojewskis*. München 1925, S. 106: »In seiner [Werssiloffs] Liebe bleibt die männliche Natur von der weiblichen getrennt.«

9 Zur religiösen Deutung der Romangestalten Dostojewskis vgl. Romano Guardini, *Der Mensch und der Glaube. Versuche über die religiöse Existenz in Dostojewskis großen Romanen*. Leipzig 1933.

10 Auch Anna Andrejewna, die leibliche Schwester Arkadijs, ist auf der Vater- und Familiensuche. Sie erhofft einen »Vaterersatz« in der Person des schon greisen Fürsten Ssokolskij zu erhalten, den sie als Ehegatten anstrebt: »Ich bin seit meiner Kindheit von meinem Vater [Werssiloff] verlassen ... Ist es da nicht natürlich, daß ich mich an den gewandt habe, der mir seit meiner Kindheit den Vater ersetzt hat« (S. 648).

11 Arkadij sieht daher in Alexandr Puschkin (besonders im Autor des Poems *Der geizige Ritter*) den genialen »Ideen«-Dichter: »Schon als Kind habe ich den Monolog des ›Geizigen Ritters‹ von Puschkin auswendig gelernt; als Idee hat Puschkin nichts Höheres geschaffen« (S. 145).

12 Dies gilt für die meisten russisch-sowjetischen Darstellungen, aber auch für viele westliche Dostojewski-Analysen, die zwischen Romanfiguren und Zeittypen (oder gar konkreten historischen Persönlichkeiten) direkte kausale Bezüge herstellen. Zum politisch-ideologischen Hintergrund des Romans vgl. zuletzt Michel Cadot, »L'Occident de Versilov«, in: *Dostoevsky Studies*, a. a. O., S. 13–27, und Katharina S. Dieterich: *Die geistes- und sozialgeschichtliche Dimension des Romans »Der Jüngling« von F. M. Dostoevskij, dargestellt am Beispiel der Frauengestalten im Roman*. Neustetten 1984.

13 Mit Genf werden bei Dostojewski die liberalen Ideen Jean-Jacques

Rousseaus ebenso assoziiert wie jene des russischen Gesellschaftsphilosophen Alexandr Herzen.

14 Arkadij sieht sich zugleich als »Fliege« (d. h. »Opfer«) und »Spinne« (also sadistischen Machthaber): »Das kam daher, weil die Seele einer Spinne in mir war« (S. 582); »Ich weiß nicht, ob eine Spinne die Fliege hassen kann, auf die sie es abgesehen ... hat? Süße kleine Fliege! Ich glaube, man liebt sein Opfer« (S. 69).

15 Ausführlich mit der Geldmetaphorik des *Jünglings* und ihrem Bezug zum Judentum beschäftigt sich Felix Philipp Ingold: *Dostojewski und das Judentum.* Frankfurt a. M. 1981, S. 80 ff. (den Zusammenhang mit Otto Weiningers Buch *Geschlecht und Charakter* behandelt er S. 227). Zum selben Thema des Geldes vgl. auch Jacques Catteau: *La Création littéraire chez Dostoïevski.* Paris 1978, S. 202 ff., 217 ff. (»La fonction médiatisante de l'argent, l'oralité de l'univers romanesque«).

16 Ernst Jünger weitet diese Sehweise auf das Gesamtwerk Dostojewskis aus: Bei Dostojewski erblicken wir alle Bilder, auch die von leuchtender Deutlichkeit, »wie durch einen *Spalt*« (Jünger, »Das abenteuerliche Herz«, in: *Sämtliche Werke.* Band 9, Stuttgart 1979, S. 242).

17 Vgl. Dostojewski, *Die fremde Frau und der Ehemann unter dem Bett.*

18 Einen Sonderfall bildet Claude Lorrains Bild »Acis und Galatea«, das Werssiloff zum Ausgangspunkt seiner Utopie vom »goldenen Zeitalter« macht: Hier verschmelzen künstlerisches und geträumtes Bild.

19 Eine leicht ironische Abwertung der symbolischen Zerspaltung des Heiligenbildes durch Werssiloff erfolgt durch die Tatsache, daß der senile Fürst Ssokolskij dieselbe Szene einige Tage später träumt: »... es kam ein alter Mann mit einem großen Bart und einem Heiligenbild zu mir, einem in zwei Stücke gespaltenen Heiligenbild, und auf einmal sagte er: ›So wird sich auch dein Leben spalten!‹« Der mit dem »Finger drohende« alte Mann im Traum des Fürsten ist niemand anderer als Makar in der Verkleidung von Gott-Vater (S. 815).

20 Den komplizierten Hintergrund der Namensverballhornungen im *Jüngling* beleuchtet die russische Studie von N. G. Pustygina, »O familii ›Dolgorukov‹ v romane F. M. Dostoevsogo ›Podrostok‹«, in: *Problemy tipologii russkoj literatury* (»Über den Familiennamen ›Dolgorukij‹ in Dostojewskis Roman ›Der Jüngling‹«, in: *Probleme der Typologie der russischen Literatur*). Tartu 1985, S. 37–53.

21 Zur polemischen Intention des Epilogs vgl. Horst-Jürgen Gerigk, *Versuch über Dostoevskijs »Jüngling«*, a. a. O., S. 52 ff.

AUSWAHLBIBLIOGRAPHIE

Anisimov, Ivan Ivanovič (u. a.): »Dostoevskij v rabote nad romanom ›Podrostok‹« (= Dostojewski bei der Arbeit am Roman ›Der Jüngling‹). In: *Literaturnoe nasledstvo*, Bd. 77, Moskau 1965.

Bachtin, Michail: *Probleme der Poetik Dostojewskijs.* München: Hanser 1971.

Braun, Maximilian: »Das Nachwort zum ›Jüngling‹. Zur Frage des aktuellen Romans bei Dostoevskij«. In: *Welt der Slaven*, Nr. 61, 1961, S. 16–25.

Catteau, Jacques: *La Création littéraire chez Dostoïevski*, Paris: Institut d'études slaves 1978.

Civ'jan, Tat'jana Vladimirovna: »O strukture vremeni i prostranstva v romane Dostoevskogo ›Podrostok‹« (= Über die Struktur von Zeit und Raum in Dostojewskis Roman ›Der Jüngling‹). In: *Russian Literature*, Nr. 3, 1976, S. 203–256.

Dietrich, Katharina S.: *Die geistes- und sozialgeschichtliche Dimension des Romans »Der Jüngling« von F. M. Dostoevskij, dargestellt insbesondere am Beispiel der Frauengestalten im Roman.* Neustetten: Selbstverlag 1984.

Dolinin, A. S.: *Poslednie romany Dostoevskogo. Kak sozdavalis' »Podrostok« i »Brat'ja Karamazovy* (= Die letzten Romane Dostojewskis. Wie entstanden die Romane »Der Jüngling« und »Die Brüder Karamasoff«). Moskau / Leningrad: Sov. pisatel' 1963.

Dostoevsky, F. M.: *The Notebooks for ›A Raw Youth‹.* Edited with introduction by E. Wasiolek, translated by V. Terras. Chicago / London: University of Chicago Press 1969

Dostoevskij, F. M.: »Podrostok. Rukopisnye redakcii, Nabroski 1874–1879«. In: *Polnoe sobranie sočinenij* (= Der Jüngling. Handschriftliche Redaktionen, Entwürfe 1874–1879. In: Vollständige Sammlung der Werke). Leningrad: Nauka 1976; darin: Anmerkungen und Kommentare von G. J. Galagan, E. I. Kijko, A. V. Archipova und K. M. Azadovskij.

Gerigk, Horst-Jürgen: *Versuch über Dostoevskijs ›Jüngling‹. Ein Beitrag zur Theorie des Romans.* München: Fink 1965.

Gerigk, Horst-Jürgen: »Dostojewskijs Jüngling und Salingers Catcher in the Rye«. In: *Dostoevsky Studies. Journal of the International Dostoevsky Society*, Nr. 4, 1983, S. 37–52.

Howard, B.: »The Rhetoric of Confession: Dostoevskij's Notes from the Underground and Rousseau's Confessions«. In: *Slavic and East European Journal*, Nr. 4, 1981, S. 16–32.

Kent, Leonard J.: *The Subconscious in Gogol' and Dostoevskij, and its antecedents.* Den Haag / Paris: Mouton 1969.

Komarovič, Vasilij L.: »Handschriftliche Aufzeichnungen, Varianten und Briefe zu dem Roman ›Der Jüngling‹«. In: *Der unbekannte Dostojewski.* Hrsg. von René Fülöp-Miller und Friedrich Eckstein. München: Piper 1926, S. 445–536.

Müller, Ludolf: *Dostoevskij.* Tübingen 1977 (Skripten des Slavischen Seminars der Universität Tübingen).

Neuhäuser, Rudolf: »Nachwort«. In: F. M. Dostojewskij: *Der Jüngling.* Übersetzt von M. Gras-Racić. München: Deutscher Taschenbuch Verlag 1979, S. 747–778.

Rzhevsky, N.: »›The Adolescent‹: Structure and Ideology«. In: *Slavic and East European Journal*, Nr. 1, 1982, S. 28 ff.

Schmid, Wolf: *Der Textaufbau in den Erzählungen Dostoevskijs.* München: Fink 1973, S. 9–16.

Semenov, E. I.: *Roman Dostoevskogo »Podrostok«* (= Dostojewskis Roman »Der Jüngling«). Leningrad: Nauka 1979.

Spencer, F.: »Form and disorder in Dostoevsky's ›A Raw Youth‹«. In: *F. M. Dostoevsky (1821–1881): A Centenary Collection.* Colchester: Department of Literature, University of Essex, S. 37–57.